Val McDermid

Das Lied der Sirenen

Schlussblende

Val McDermid wuchs in einem schottischen Bergbaugebiet auf und studierte dann Englisch in Oxford. Nach Jahren als Literaturdozentin und als Journalistin bei namhaften englischen Zeitungen lebt sie heute als freie Autorin in Manchester. Sie gilt als eine der interessantesten neuen britischen Autorinnen im Spannungsgenre.

VAL MCDERMID

DAS LIED DER SIRENEN

SCHLUSSBLENDE

Zwei Romane in einem Band

Weltbild

Die englischen Originalausgaben erschienen unter den Titeln
»The Mermaid Singing« und »The Wire in the Blood«
bei Harper Collins, London.

Besuchen Sie uns im Internet:
www.weltbild.de

Genehmigte Lizenzausgabe für Verlagsgruppe Weltbild GmbH,
Steinerne Furt, 86167 Augsburg
Das Lied der Sirenen

Ein Unternehmen der Droemerschen Verlagsanstalt
Th. Knaur Nachf. GmbH & Co. KG, München
Übersetzung: Manes H. Grünwald
Schlussblende

Ein Unternehmen der Droemerschen Verlagsanstalt
Th. Knaur Nachf. GmbH & Co. KG, München
Übersetzung: Klaus Fröba
Umschlaggestaltung: Thomas Jarzina, Köln
Umschlagmotiv: Mauritius Images, Mittenwald
Gesamtherstellung: CPI Moravia Books s.r.o.,
Brnenská 1024, CZ-69123 Pohorelice
Printed in Czech Republic

ISBN 3-8289-7662-X

2007 2006
Die letzte Jahreszahl gibt die aktuelle Lizenzausgabe an.

VAL MCDERMID

DAS LIED DER SIRENEN

Roman

Aus dem Englischen
von Manes H. Grünwald

Weltbild

Danksagung

Es ist stets beunruhigend, wenn das Leben die Kunst zu imitieren scheint. Ich begann mit der Planung für dieses Buch im Frühjahr 1992, lange vor den Morden, die später die Homosexuellenszene in London erschütterten. Ich hoffe sehr, daß nichts in diesen Seiten irgend jemandem Kummer bereitet oder von ihm als Kränkung empfunden wird.

Wie immer habe ich bei den Recherchen für dieses Buch und auch noch während des Schreibens sehr viel vom Fachwissen meiner Freunde profitiert und es intensiv ausgenutzt. Mein besonderer Dank gilt dem leitenden Psychologen und Spezialisten für die Erstellung von Verbrecherprofilen Mike Berry vom Ashworth Top Security Psychiatric Hospital in Liverpool, daß er mir so viel von seiner Zeit geopfert und sein Fachwissen zur Verfügung gestellt hat. Die Einblicke in Details und die Informationen, die ich durch ihn zusammentragen konnte, waren von unschätzbarem Wert, und unsere Fachsimpelei führte bei Dinner-Partys oft genug dazu, daß die Gespräche der anderen Gäste jäh abbrachen.

Dank auch an Peter Byram von der Responsive College Unit in Blackburn, der mir bei den Feinheiten der Computertechnologie wertvolle Hinweise gab. Alison Scott und Frankie Hegarty versorgten mich mit Informationen aus dem Bereich der Medizin. Detective Superintendent Mike Benison von der Sussex Police nahm sich trotz seines immer vollen Terminkalenders die Zeit, mir das polizeiliche Vorgehen bei schwierigen Morduntersuchungen zu erklären. Jai Penna, Diana Cooper und Paula Tyler demonstrierten wieder einmal, daß es Rechtsanwälte gibt, die zu

Opfern an Zeit bereit sind, wenn sie anderen mit ihrem Wissen helfen können.
Brigid Baillie und Lisanne Radice gilt mein besonderer Dank für die Unterstützung, die Geduld und die Ratschläge, die sie mir während des Schreibens an diesem Buch angedeihen ließen. Es ist sicher nicht einfach, sich mit jemandem abzugeben, der seine Tage damit verbringt, sich vorzustellen, was im Kopf eines Serienmörders vorgeht.
Die im Norden Englands gelegene Stadt Bradfield ist in jeder Hinsicht eine Schöpfung meiner Phantasie. Insbesondere möchte ich darauf hinweisen, daß ich das Verhalten und die Einstellung von Angehörigen bestimmter Berufsgruppen – einschließlich der Polizei – eher aus Gründen romangestalterischer Notwendigkeit so gewählt habe und nicht sosehr, um eine möglichst große Wahrscheinlichkeit zu erzielen. Wir haben in Großbritannien glücklicherweise nur wenige Serienmörder, was darauf zurückzuführen ist, daß die meisten bereits nach ihrem ersten Mord gefaßt werden. Wollen wir hoffen, daß unsere Kriminalpolizei und die mit der Erstellung von Verbrecherprofilen befaßten Polizeipsychologen es schaffen, daß es dabei bleibt.

Für Tookie Flystock,
meinen geliebten Serien-Insektenkiller

Ich habe die Meerjungfrauen singen hören.
Sie sangen einander vor.
Ich glaube nicht, daß sie je einmal für mich
singen werden.

T. S. Eliot, *J. Alfred Prufrocks Liebesgesang*

Die Seele der Folter ist männlich.

Anmerkung auf der Eintrittskarte
für das Museum für Kriminologie und Folter
in San Gimignano, Italien

Alle den Kapiteln vorangestellten Epigraphe sind dem Buch *Der Mord als eine schöne Kunst betrachtet* von Thomas De Quincey (erschienen 1827) entnommen.

Auf 3 1/2-Zoll-Diskette, Beschriftung: Backup.007; Datei Love001.doc

Man erinnert sich stets an das erste Mal. Sagt man das nicht vom Sex? Wieviel eher aber trifft es auf Mord zu. Ich werde keinen einzigen köstlichen Augenblick dieses neuen, exotischen Dramas vergessen. Obwohl ich inzwischen vor dem Hintergrund langer Erfahrung und später Einsicht sagen muß, daß es eine doch recht amateurhafte Vorstellung war – es vermag mich immer noch erschauern zu lassen, auch wenn es mir nicht mehr das Gefühl der Befriedigung verschafft.

Obgleich es mir vor der aufgezwungenen Entscheidung zum Handeln nicht bewußt war, ich hatte den Weg zum Mord weit im voraus geebnet. Stellen Sie sich einen Augusttag in der Toskana vor. Ein komfortabler Reisebus mit Klimaanlage brachte uns im Eiltempo von Stadt zu Stadt, eine Reisegruppe von Kulturbeflissenen aus dem Norden Englands, die begierig darauf waren, jeden Augenblick der Zweiwochentour mit erinnerungswürdigen Besichtigungen auszufüllen, die man Castle Howard und Chatsworth entgegenstellen konnte.

Ich hatte Florenz genossen, seine Kirchen und Museen voller sich auf seltsame Weise widersprechender Gemälde von Martyrien und Madonnen. Ich war in die schwindelerregende Höhe von Brunelleschis Kuppel gestiegen, welche den monumentalen Dom überragt, beginnend bei der Wendeltreppe, die von der Galerie zum kleinen Kuppeldach hinaufführt und deren abgetretene Steinstufen zwischen der Decke des Doms und dem Dach selbst eingezwängt sind. Ich hatte das Gefühl, in meinem Computer zu stecken, nur eine Rolle in einem

Fantasy-Stück zu spielen, während ich mich durch das Labyrinth zum Tageslicht hocharbeitete. Es fehlte bloß noch, daß unterwegs irgendwelche Ungeheuer auftauchten und zum Erreichen des Ziels erschlagen werden mußten. Und dann, beim Eintauchen ins helle Tageslicht, die Verwunderung, daß hier oben, am Ende dieses klaustrophobischen Aufstiegs, ein Postkarten- und Souvernirverkäufer stand, ein kleiner, dunkler, lächelnder Mann, gebeugt vom jahrelangen Hochschleppen seiner Ware. Wenn es tatsächlich nur ein Spiel gewesen wäre, hätte ich bestimmt irgendeinen Zauber bei ihm kaufen können. Wie es aber nun einmal in der Realität um die Dinge bestellt war, kaufte ich mehr Postkarten bei ihm, als ich Leute kannte, denen ich sie hätte schicken können.

Nach Florenz kam San Gimignano. Die Stadt ragte hoch aus der grünen toskanischen Ebene auf, und ihre zerfallenden Türme reckten sich in den Himmel wie Krallenfinger aus einem Grab. Der Fremdenführer plapperte etwas von einem »mittelalterlichen Manhattan« – ein weiterer krasser Vergleich zu all den anderen, mit denen er uns seit Calais gefüttert hatte.

Als wir der Stadt näher kamen, steigerte sich meine Aufregung. Überall in Florenz war ich auf Werbeplakate für die einzige Touristenattraktion gestoßen, die ich wirklich zu sehen wünschte. Die in prächtigem tiefem Rot und Gold gehaltenen Plakate glänzten mir verheißungsvoll von den Laternenpfählen entgegen, und sie forderten mich mit Nachdruck auf, das Museo Criminologico di San Gimignano zu besuchen. Ich zog meinen Reiseführer zu Rate und fand bestätigt, was ich vermutet hatte – ein Museum für Kriminologie und Folter. Natürlich befand es sich nicht auf unserem kulturellen Reiseplan.

Ich brauchte nicht nach meinem Ziel suchen; wir waren kaum ein paar Meter durch das massive Steintor in der mittelalterlichen Stadtmauer gegangen, als mir auch schon ein Faltblatt über das Museum, komplett mit Stadtplan, aufgedrängt wurde. Ich kostete meine Vorfreude aus, wanderte einige Zeit durch die Gassen und bewunderte die Baudenkmäler bis hin zu den Türmen, die dem Stadtbild eine gewisse Disharmonie verliehen. Jede mächtige Familie hier hatte ihren eigenen befestigten Turm gehabt, und sie hatte ihn mit allen Mitteln, von flüssigem Blei bis zu Kanonen, gegen die Nachbarn verteidigt. In seiner Blütezeit hat San Gimignano angeblich einige hundert Türme gehabt. Verglichen mit den Zuständen im mittelalterlichen San Gimignano geht es heutzutage in Hafenvierteln am Samstag nach Arbeitsschluß zu wie in einem Kindergarten, und die rauflustigen Seeleute sind nichts als chaotische Dilettanten.

Als ich dem Drang, endlich ins Museum zu kommen, nicht mehr widerstehen konnte, überquerte ich die Piazza im Stadtzentrum, warf eine zweifarbige 200-Lire-Münze in das Becken des Springbrunnens, um mir Glück in der Zukunft zu sichern, und ging dann ein kurzes Stück in eine Seitenstraße, wo die mir inzwischen bekannten rot-goldenen Plakate in großer Zahl die alten Hauswände zierten. Aufregung summte in meinem Inneren wie ein blutgieriger Moskito, als ich das kühle Foyer des Museums betrat und mir, äußerlich gelassen, die Eintrittskarte und den auf Hochglanzpapier gedruckten, reich illustrierten Museumsführer kaufte.

Wie soll ich dieses Erlebnis schildern? Die physische Realität war überwältigend, weitaus beeindruckender, als ich durch Fotos oder Videos oder Bücher darauf vorbereitet war. Das erste Ausstellungsstück war eine Streckbank, und das Hinweisschild beschrieb ihre Funktion auf italienisch und englisch in liebenswertem Detail. Schultern ruckten aus ihren Gelenkpfannen, Hüft- und Kniegelenke zerplatzten zum Geräusch zerfetzender Sehnen und Bänder, Wirbelsäulen dehnten sich aus ihrer Verankerung, bis die einzelnen Wirbel wie Perlen von einer defekten Schnur auseinanderrissen. »Die Opfer«, verkündete das Hinweisschild lakonisch, »waren nach der Behandlung auf der Streckbank meist zwischen fünfzehn und dreiundzwanzig Zentimeter länger als vorher.« Wie außergewöhnlich phantasievoll diese Inquisitoren doch waren. Es genügte ihnen nicht, ihre Ketzer peinlich zu befragen, solange sie noch lebten und qualvoll litten, nein, sie mußten auch noch in den verstümmelten Leichen nach weiteren Antworten suchen.

Die Ausstellung war ein Denkmal für die Genialität des Menschen. Man mußte diese Geister bewundern, die den menschlichen Körper so gründlich studiert hatten, daß sie sich solch auserlesene und feinstens abgestimmte Leidensprozesse ausdenken konnten. Trotz ihrer noch verhältnismäßig gering entwickelten Technologie waren diese mittelalterlichen Gehirne in der Lage, derart raffinierte Folterungssysteme zu ersinnen, daß sie heute noch angewendet werden. Es scheint, daß die einzige Verbesserung, die unsere moderne postindustrielle Gesellschaft hervorgebracht hat, in der zusätzlichen Anwendung der Elektrizität besteht.

Ich ging durch die Räume, genoß jedes einzelne Ausstellungsstück, von den dicken Eisenstacheln der Eisernen Jungfrau bis zum subtileren und äußerst eleganten Mechanismus der Lochbirnen, diesen schmalen, aus Einzelsegmenten zusammengesetzten eiförmigen Gebilden, die in die Vagina oder den Anus eingeführt werden. Wenn dann eine Sperrklinke gelöst und das Gerät gedreht wurde, glitten die einzelnen Segmente auseinander und spreizten sich nach außen, bis die Birne eine Metamorphose durchgemacht und sich in eine exotische Blume verwandelt hatte, deren Blütenblätter an den Rändern rasiermesserscharfe Metallzähne aufwiesen. Dann zog man das Gerät heraus. Manchmal überlebten die Opfer, was wahrscheinlich das grausamere Schicksal war.

Ich bemerkte das Unbehagen und das Entsetzen auf den Gesichtern und in den Stimmen einiger anderer Besucher, aber ich erkannte es sofort als Heuchelei. Insgeheim genossen sie jede Minute hier, aber die bürgerliche Ehrbarkeit verbot ihnen jegliches Eingeständnis ihrer inneren Erregung. Nur die Kinder waren ehrlich in ihrer begeisterten Faszination. Ich hätte liebend gern gewettet, daß ich keinesfalls die einzige Person in diesen kühlen pastellfarbenen Räumen war, die das Aufwallen sexueller Erregung zwischen den Beinen verspürte, während wir die Ausstellungsstücke gierig in uns aufnahmen. Ich habe mich oft gefragt, wie viele Sexakte während des Urlaubs durch die heimliche Erinnerung an das Foltermuseum gewürzt wurden.

Draußen im sonnendurchfluteten Innenhof kauerte ein Skelett in einem Käfig, die Knochen so sauber, als wären sie von Geiern abgenagt worden. In den Tagen, als die Türme noch herrisch San Gimignano überragten, waren Käfige mit solchem Inhalt an die Außenseite der Stadtmauer gehängt worden als Botschaft an die Einwohner wie an Fremde gleichermaßen, daß dies eine Stadt war, in der das Gesetz harte Strafen für diejenigen vorsah, die es nicht beachteten. Ich spürte eine seltsame Verwandtschaft mit diesen Bürgern. Auch ich respektiere die Notwendigkeit der Bestrafung nach einem Treuebruch.

In der Nähe des Skeletts lehnte ein großes, eisenbeschlagenes Speichenrad an der Mauer. Es wäre eher in einem landwirtschaftlichen Museum am richtigen Platz gewesen. Aber das Schild an der Wand dahinter wies auf eine phantasievollere Verwendung hin. Verbrecher wurden auf das Rad gebunden. Als erstes wurden sie gegeißelt, und zwar mit Peitschen, versehen mit Dornen, die ihnen das Fleisch von den Knochen

rissen und für die geifernde Menge ihre inneren Organe und Eingeweide bloßlegten. Dann wurden ihnen auf dem Rad mit Eisenstangen die Knochen gebrochen. Ich dachte unwillkürlich an die Tarot-Karte Das Schicksalsrad.
Als mir später klar wurde, daß ich zum Morden gezwungen sein würde, stieg die Erinnerung an das Foltermuseum wie eine Muse vor meinem geistigen Auge auf. Ich bin immer geschickt mit meinen Händen gewesen.
Nach dem ersten Mal hoffte ein Teil meines Bewußtseins, daß ich nicht gezwungen würde, es noch einmal zu tun. Aber ich wußte auch, wenn es wieder sein mußte, dann würde ich es besser machen. Wir lernen ja aus unseren Fehlern, aus den Unzulänglichkeiten unserer Handlungen. Und gottlob führt zunehmende Praxis letztendlich zur Perfektion.

1

Gentlemen, mir ist die Ehre zuteil worden, von unserem Komitee mit der anspruchsvollen Aufgabe betraut worden zu sein, den Williams-Vortrag über das Thema »Der Mord als eine der schönen Künste« zu halten – eine Aufgabe, die abzuhandeln vor drei oder vier Jahrhunderten ein leichtes gewesen wäre, als diese Kunst noch wenig verstanden zu werden pflegte und nur vereinzelte vorbildhafte Fälle zutage getreten waren. Aber in unserer Zeit, in der von genialen Könnern exzellente Meisterwerke ausgeführt sind, muß es für alle Welt augenscheinlich sein, daß, entsprechend der Kritik, mit der sie vom Volke belegt worden werden, die Polizei danach zu trachten gezwungen ist, ihre Methoden dieser Meisterschaft anzupassen.

Tony Hill legte die Hände hinter den Kopf und starrte an die Decke. Ein feines Netz von Rissen zog sich durch die kunstvolle Gipsrose, die sich um die Lampenbuchse rankte, aber er hatte keinen Blick dafür. Das dünne Licht der Morgendämmerung, vermischt mit dem Orange der Straßenlampen, drang durch einen dreieckigen Spalt am oberen Rand der Vorhänge, aber auch das interessierte ihn nicht. Unterbewußt registrierte er das Anspringen der Zentralheizung, die sich daranmachte, der feuchten Winterkälte die Schärfe zu nehmen, welche durch die Ritzen in der Tür und den Fensterrahmen hereinsickerte. Seine Nase war kalt, die Augen verklebt. Er konnte sich nicht daran erinnern, wann er zum letztenmal eine ganze Nacht durchgeschlafen hatte. Seine Sorgen über das, was am heutigen Tag auf ihn zukam, waren zum Teil schuld daran, daß seine Träume immer wieder unterbrochen worden waren, aber da war mehr als das. Viel mehr.

Als ob es heute nicht schon genug gäbe, über das er sich Sorgen machen müßte. Er wußte, was man von ihm erwartete, aber es auch fertigzubringen, das war eine ganze andere Sache. Es gab Menschen, die standen diese Dinge mit nicht mehr als einem leichten Flattern im Magen durch, doch nicht so Tony. Er würde alle seine Kräfte mobilisieren müssen, um die Fassade aufrechterhalten zu können, die erforderlich war, den Tag zu überstehen. Unter dem Eindruck der Umstände, die ihn derzeit in ihrem Bann hielten, hatte er ein ganz neues Verständnis dafür, wie viel für Schauspieler, die immer wieder im selben Stück auftreten, dazu gehört, das Publikum durch konzentriertes, schwungvolles Spiel zu fesseln. Heute abend würde er zu nichts mehr zu gebrauchen sein als zu einem weiteren vergeblichen Versuch, einmal acht Stunden durchzuschlafen.

Er veränderte seine Lage im Bett, zog eine Hand unter dem Kopf hervor und fuhr durch sein kurzes dunkles Haar. Dann strich er sich über die Bartstoppeln auf seinem Kinn und seufzte. Er wußte, was er heute am liebsten tun würde, war sich aber darüber im klaren, daß es beruflicher Selbstmord war, wenn er es tatsächlich machte. Sein Wissen, daß in Bradfield ein Serienmörder sein Unwesen trieb, war nicht von Bedeutung. Er konnte es sich nicht leisten, der erste zu sein, der das aussprach. Sein leerer Magen rebellierte, und er zuckte zusammen. Mit einem Seufzer schob er die Steppdecke zurück und stieg aus dem Bett.

Tony schleppte sich zum Bad und machte das Licht an. Während er pinkelte, schaltete er mit der freien Hand das Radio auf der Ablage ein. Der Ansager des Straßenverkehrsberichts der Station Bradfield Sound verkündete die üblichen Staus mit einer Fröhlichkeit, die keinem Autofahrer ohne eine gehörige Dosis Aufputschmittel zu entlocken gewesen wäre. Tony war froh, daß er sich heute morgen nicht in den Verkehr stürzen mußte, und wandte sich dem Waschbecken zu.

Er starrte im Spiegel in seine tiefliegenden blauen Augen, die noch verschlafen dreinblickten. Wer auch immer gesagt hat, die Augen seien der Spiegel der Seele, er hat echten Scheiß geredet, dachte er zynisch. Nun ja, vielleicht stimmte es doch, und er hatte nur keinen intakten Spiegel im Haus. Er machte den obersten Knopf seiner Schlafanzugjacke auf, öffnete die Tür des Spiegelschranks und wollte den Rasierschaum herausnehmen. Das Zittern seiner Hände ließ ihn abrupt innehalten. Wütend schlug er die Tür wieder zu, die mit einem lauten Knall ins Schloß fiel, und griff nach seinem elektrischen Rasierapparat. Er haßte diese Trockenrasur, die ihm nie das frische, saubere Gefühl der Naßrasur vermittelte. Doch es war immer noch besser, sich ein wenig schmuddlig zu fühlen, als zur Illustration für einen mißlungenen Selbstmordversuch durch tausend Schnitte zu dienen.

Ein weiterer Nachteil der elektrischen Rasur war die Tatsache, daß er sich nicht auf die Tätigkeit zu konzentrieren brauchte, und das gab seinem Geist die Möglichkeit, über den bevorstehenden Tag nachzudenken. Manchmal war es verführerisch, sich vorzustellen, alle anderen Menschen seien wie er selbst, würden morgens aufstehen und sich eine bestimmte Rolle für den Tag aussuchen. Aber er hatte im Lauf der jahrelangen Erforschung des Geistes anderer Menschen erkannt, daß das nicht so war. Für die meisten Leute war das, was sie wählen konnten, eng begrenzt. Einige von ihnen wären zweifellos dankbar für die Möglichkeiten, die das Wissen, das fachliche Können und die ihm auferlegten Zwänge Tony verschafft hatten. Er war keiner von ihnen.

Als er den Rasierapparat ausschaltete, erklangen im Radio die hektischen Musikfetzen, die jeder Nachrichtensendung bei Bradfield Sound vorausgingen. Mit dem Gefühl einer bösen Vorahnung wandte er das Gesicht dem Radio zu, wachsam und angespannt wie ein Mittelstreckenläufer in Erwartung des Startschusses. Am Ende der fünfminütigen Sendung seufzte er erleichtert auf und zog den Duschvorhang zur Seite. Er hatte eine Nachricht erwartet, die er auf keinen Fall hätte ignorieren können. Aber es war bei den drei Leichen geblieben.

Am anderen Ende der Stadt beugte sich John Brandon, Assistant Chief Constable (Kriminalabteilung) der Stadtpolizei von Bradfield über das Waschbecken in seinem Badezimmer und starrte griesgrämig in den Spiegel. Nicht einmal der Rasierschaum, der sein Gesicht wie der Bart eines Weihnachtsmanns umrahmte, konnte ihm ein gütig-wohlwollendes Aussehen verleihen. Wenn er sich nicht für den Polizeidienst entschlossen hätte, wäre er ein idealer Kandidat für den Beruf des Bestattungsunternehmers gewesen. Er war einsachtundachtzig groß, schlank an der Grenze zur Magerkeit, hatte tiefliegende dunkle Augen und – vorzeitig – stahlgraues Haar. Selbst wenn er lächelte, wich ein Ausdruck der Melancholie nicht von seinem langen Gesicht. Heute sehe ich aus wie ein Bluthund mit einer Kopfgrippe, dachte er. Es gab allerdings gute Gründe für sein Elend. Er war im Begriff, eine Vorgehensweise einzuschlagen, die bei seinem Chief Constable so populär sein würde wie ein christlicher Priester in einer Satanskult-Loge.

Brandon seufzte tief und bespritzte dabei den Spiegel mit Schaumflocken. Derek Armthwaite, sein Chief, hatte die brennenden blauen Augen eines Visionärs, aber was sie vor sich sahen, hatte nichts mit revolutionären Entwicklungen zu tun. Er war ein Mann, der das Alte Testament als angemesseneres Handbuch für Polizeibeamte betrachtete als das Polizeigesetz samt der Ermittlungsverordnung. Er hielt die meisten modernen Polizeimethoden nicht nur für untauglich, sondern sogar für ketzerisch. Nach Derek Armthwaites oft geäußerter Ansicht würde die Rückkehr zur Rute und zur neunschwänzigen Katze weitaus eher dazu beitragen können, die Kriminalitätsrate zu senken, als jede noch so große Zahl von Sozialarbeitern, Soziologen und Psychologen. Wenn er wüßte, was Brandon für diesen Morgen geplant hatte, würde er ihn umgehend zur Verkehrspolizei versetzen, was als modernes Äquivalent zum alttestamentarischen Verschlingen Jonas' durch den Wal zu betrachten war.

Ehe es jedoch dazu kommen konnte, daß Brandons Depression seinen Vorsatz überlagerte, wurde er durch ein Klopfen an der Badezimmertür aus seinen Gedanken gerissen. »Dad?« rief seine ältere Tochter. »Brauchst du noch lange?«
Brandon schnappte sich hastig sein Rasiermesser, tunkte es ins Waschbecken und zog es über eine seiner Wangen, ehe er antwortete. »Noch fünf Minuten, Karen«, rief er. »Tut mir leid.« In einem Haus mit drei Teenagern und einem Badezimmer konnte man es sich nur selten leisten, grübelnd die Zeit zu vertrödeln.

Carol Jordan stellte die noch halbvolle Kaffeetasse auf den Rand des Waschbeckens und wollte in die Dusche steigen, stolperte aber über die schwarze Katze, die um ihre Knöchel strich. »Nur ein paar Minuten, Nelson«, murmelte sie als Antwort auf sein fragendes Miauen, als sie es dann doch geschafft hatte und die Gleittür der Dusche zuschob. »Und weck bloß Michael nicht auf.«
Carol hatte sich vorgestellt, daß die Beförderung zum Detective Inspector und die damit verbundene Entlassung aus dem Turnus des Schichtdienstes ihr zu den regelmäßigen acht Stunden Schlaf verhelfen würden, die seit dem Eintritt in den Polizeidienst ihre große Sehnsucht gewesen waren. Aber sie hatte das Pech gehabt, daß ihre Beförderung mit dem, was ihr Team inoffiziell die »Schwulenmorde« nannte, zusammenfiel. Wie oft Superintendent Tom Cross den Medien gegenüber und in den Büroräumen des Morddezernats auch prahlte, es gäbe keine forensisch nachweisbaren Verbindungen zwischen den Morden und keinerlei Anlaß zu der Vermutung, ein Serienkiller treibe sein Unwesen in Bradfield, die Teams der Mordkommission waren da anderer Meinung.
Als das warme Wasser über Carol strömte und ihr blondes Haar eine mausgraue Farbe annahm, dachte sie – und nicht zum erstenmal –, daß Cross' Haltung, ebenso wie die des Chief

Constable, eher seinen Vorurteilen entsprang, als daß sie für die Allgemeinheit dienlich war. Je länger er leugnete, daß da ein Serienmörder umging, der Männer tötete, die hinter einer ehrbaren Fassade ein heimliches Homosexuellenleben verbargen, um so mehr schwule Männer würden sterben. Wenn man sie nicht mehr von der Straße bekommen konnte, indem man sie einsperrte, dann sollte doch ein Mörder sie aus dem Verkehr ziehen. Es spielte im Grunde keine Rolle, ob ihm das durch Mord gelang oder dadurch, daß er sie von ihrem Tun abbrachte, indem er ihnen Angst einjagte.

Das war eine Taktik, welche alle Arbeit, die Carol und ihre Kollegen in die Untersuchung steckten, ad absurdum führte, ganz zu schweigen von den Hunderttausenden von Pfund, die diese Untersuchungen den Steuerzahler kosteten, vor allem, weil Cross darauf bestand, daß jeder Mord als ein völlig von den anderen getrennter Fall zu behandeln war. Jedesmal, wenn eines der drei Teams auf Details stieß, die die Fälle miteinander in Verbindung zu bringen schienen, wies Cross sie mit fünf Punkten, die seiner Meinung nach dagegen sprachen, zurück. Es spielte keine Rolle, daß die Gemeinsamkeiten jedesmal andere waren und Cross' Gegenargumente stets aus denselben ermüdenden fünf Punkten bestanden. Cross war der Boß. Und sein Stellvertreter, der Deputy Chief Inspector, hatte den Entschluß gefaßt, dem Streit zu entgehen, indem er sich mit seinen für solche Fälle reservierten »Rückenbeschwerden« in Krankenurlaub abgemeldet hatte.

Carol schüttelte unter dem warmen Wasserstrahl die letzte Schläfrigkeit ab. Der von ihr eingeschlagene Kurs bei der Untersuchung würde am Felsen von Popeye Cross' bigotter Voreingenommenheit nicht stranden. Selbst wenn einige der jüngeren Polizeibeamten dazu neigten, sich – als Ausrede für ihren mangelnden eigenen Einsatz bei den Untersuchungen – der einseitigen Ansicht des Bosses anzuschließen, sie, Carol Jordan, würde sich stets zu hundert Prozent engagieren, und zwar in die richtige

Richtung. Sie hatte sich nun fast neun Jahre im Dienst die Hacken abgelaufen, zunächst mit dem Ziel, einen verantwortlichen Dienstgrad zu erreichen, und dann, um den erkämpften Sitz im Schnellzug der Beförderungen auch zu rechtfertigen. Sie hatte nicht die Absicht, ihre Karriere auf einen Prellbock auflaufen zu lassen, nur weil sie den Fehler begangen hatte, sich einer Abteilung von Neandertalern anzuschließen.
Carol hatte ihren Entschluß gefaßt, und sie stieg mit gestrafften Schultern und einem trotzigen Blick in den grünen Augen aus der Dusche. »Komm, Nelson«, sagte sie, schlüpfte in ihren Morgenmantel und nahm das Muskelbündel im schwarzen Fell auf den Arm. »Komm, Junge, jetzt kriegst du dein Frühstück aus schönem rotem Fleisch.«

Tony drehte sich um und schaute noch einmal für letzte fünf Sekunden auf das Folienbild auf der Leinwand hinter sich. Da die Mehrheit der Zuhörer das Desinteresse an seinem Vortrag dadurch zum Ausdruck gebracht hatte, daß man sich demonstrativ keine Notizen gemacht hatte, wollte er wenigstens dem Unterbewußtsein der Leute die bestmögliche Gelegenheit geben, das Flußdiagramm des Prozesses über die Erstellung eines Verbrecherprofils aufzunehmen.
Er wandte sich wieder den Zuhörern zu. »Ich brauche Ihnen nicht vorzutragen, was Sie längst wissen. Psychologen, die Verbrecherprofile erstellen, schnappen keine Kriminellen. Das machen unsere Bobbys.« Er schaute lächelnd in die Gesichter der hochrangigen Polizeibeamten und Beamten des Innenministeriums, wollte sie dazu bringen, seine Bescheidenheit anzuerkennen. Einige taten es, lächelten zurück, die meisten aber sahen ihn weiterhin mit steinerner Miene an.
Tony wußte, was er auch anstellte, er konnte die Masse der leitenden Polizeibeamten nicht davon überzeugen, daß er kein theoretisierender Universitätsprofessor war, der sich anmaßte,

ihnen zu sagen, wie sie ihren Job zu machen hatten. Er unterdrückte einen Seufzer, warf einen Blick auf sein Konzept und fuhr fort, während er versuchte, soviel Augenkontakt wie nur möglich herzustellen und die lässige Körpersprache der erfolgreichen, witzigen Redner zu imitieren, auf die er bei einer Studie über das Clubleben in Nordengland gestoßen war. »Aber manchmal sehen wir Psychologen, die wir Verbrecherprofile erstellen, die Dinge anders«, sagte er. »Und diese neue Perspektive kann alles in einem anderen Licht erscheinen lassen. Tote haben durchaus noch etwas zu berichten, und was sie Profilerstellern erzählen, ist nicht das gleiche wie das, was sie Polizeibeamten sagen.

Lassen Sie mich Ihnen ein Beispiel geben. Drei Meter neben einer Straße wird im Gebüsch eine Leiche gefunden. Ein Polizist hält diese Tatsache natürlich fest. Er wird den Boden in der ganzen Umgebung nach Spuren absuchen. Gibt es Fußspuren? Hat der Mörder irgend etwas zurückgelassen? Sind Stoffasern an Ästen hängengeblieben? Aber für mich ist diese einzige Tatsache nur der Ausgangspunkt für Überlegungen, die, in Verbindung mit allen anderen Informationen, welche mir verfügbar sind, sehr wohl zu nützlichen Schlüssen über die Person des Mörders führen können. Ich werde mich fragen: Wurde die Leiche absichtlich hier abgelegt, oder war der Mörder nur zu kaputt, sie an einen entfernteren Ort zu schleppen? Kam es ihm darauf an, die Leiche zu verstecken, oder war er vornehmlich darauf aus, sie loszuwerden? Wollte er, daß die Leiche gefunden wird? Wie lange sollte seiner Absicht nach die Leiche unentdeckt bleiben? Hatte dieser Ort eine besondere Bedeutung für ihn?« Tony hob die Schultern und streckte die Hände in einer fragenden Geste aus. Die Zuhörer beobachteten ihn weiterhin unbewegt. Mein Gott, wie viele Tricks mußte er noch aus dem Hut ziehen, ehe eine Reaktion erfolgte? Das leichte Prickeln der Schweißtropfen in seinem Nacken wurde zu einem Rinnsal, das zwischen seiner Haut und dem Hemdkragen herunterlief. Es verursachte ein unangenehmes

Gefühl, das ihn daran erinnerte, wer wirklich hinter der Maske steckte, die er für diesen öffentlichen Auftritt aufgesetzt hatte.
Tony räusperte sich, streifte ab, was er fühlte, wandte seine Aufmerksamkeit wieder dem zu, was er sagen wollte und fuhr fort: »Ein Verbrecherprofil ist nichts anderes als ein weiteres Werkzeug, das den Untersuchungsbeamten der Polizei helfen kann, sich auf den Kern der Ermittlungen zu konzentrieren. Unser Job ist es, dem Bizarren einen Sinn zu geben. Wir können Ihnen nicht den Namen, die Adresse oder die Telefonnummer eines Verbrechers nennen. Aber was wir tun *können*, ist, Ihnen aufzuzeigen, um welche Art von Persönlichkeit es sich handeln muß, die da ein Verbrechen mit besonderen Charakteristika begangen hat. Manchmal vermögen wir auch Hinweise darauf zu geben, in welcher Gegend der Verbrecher höchstwahrscheinlich lebt und welcher Arbeit er vermutlich nachgeht.
Ich weiß, einige von Ihnen haben die Notwendigkeit angezweifelt, eine Nationale Einsatzgruppe zur Erstellung von Verbrecherprofilen ins Leben zu rufen. Sie stehen damit nicht allein da. Auch in den liberalen, auf extreme Nutzung der freiheitlichen Rechte in unserem Land bedachten Kreisen lehnt man sich dagegen auf.«
Na endlich, dachte Tony mit einiger Erleichterung, als er Lächeln und Nicken in der Zuhörerschaft wahrnahm. Er hatte vierzig Minuten gebraucht, bis es soweit war, aber nun war es ihm schließlich doch gelungen, sie aus ihrer stoischen Teilnahmslosigkeit herauszuholen. Das hieß noch nicht, daß er sich jetzt entspannen konnte, aber es milderte doch sein Unbehagen. »Es ist«, fuhr er fort, »bei uns schließlich nicht wie bei den Amerikanern. Bei uns lauern nicht hinter jeder Ecke irgendwelche Serienmörder. In unserer Gesellschaft werden mehr als neunzig Prozent aller Morde von Familienangehörigen oder Bekannten der Mordopfer begangen.« Jetzt hörten sie ihm wirklich aufmerksam zu. Wie auf Kommando in der Exerzierhalle wurden gekreuzte Arme entfaltet und übereinandergeschlagene Beine gelockert.

»Aber das Erstellen von psychologischen Profilen kann nicht nur zu Festnahme von Jack the Ripper beitragen, sondern auf einem weiten Feld des Verbrechens eingesetzt werden. Wir hatten bereits bemerkenswerte Erfolge bei Maßnahmen zur Verhinderung von Flugzeugentführungen sowie bei der Überführung von Drogenkurieren, anonymen obszönen Anrufern und Briefschreibern, Erpressern, Vergewaltigern und Brandstiftern. Und ebenso wichtig ist, daß wir das System der Profilerstellung sehr effektiv eingesetzt haben, Polizeibeamte in Verhörmethoden zu unterweisen, mit denen sie bei Ermittlungen in Fällen von Schwerverbrechen aus Verdächtigen mehr herausholen können. Natürlich heißt das nicht, daß es Ihren Beamten an der entsprechenden Sachkenntnis bei Verhören mangelt. Es ist einfach nur so, daß unser klinisch-analytischer Hintergrund differenziertere Zugangsmöglichkeiten eröffnet, die oft bessere Ergebnisse bringen als die herkömmlichen Befragungstechniken.«
Tony holte tief Luft und beugte sich nach vorn, die Hände um den Rand des Pults klammernd. Sein Finale hatte vor dem Badezimmerspiegel sehr gut geklungen. Er betete, daß er damit den Nerv der Leute traf und ihnen nicht etwa auf die Hühneraugen trat. »Mein Team und ich arbeiten jetzt seit einem Jahr an der auf zwei Jahre konzipierten Realisierbarkeitsstudie des Projekts ›Nationale Einsatzgruppe zur Erstellung von Verbrecherprofilen‹. Ich habe dem Innenministerium vor kurzem einen Zwischenbericht vorgelegt, und man hat mir gestern bestätigt, daß die feste Absicht besteht, diese Einsatzgruppe aufzustellen, sobald mein Schlußbericht vorliegt. Ladies und Gentlemen, diese Revolution in der Verbrechensbekämpfung wird tatsächlich stattfinden. Sie haben jetzt noch ein Jahr Zeit, daran mitzuarbeiten, daß das Projekt in einer Form realisiert wird, mit der Sie einverstanden sein können. Mein Team und ich sind offen für konstruktive Vorschläge. Wir stehen ja alle auf derselben Seite. Wir wollen wissen, was Sie über die Sache denken, denn wir möchten natürlich erreichen, daß sie

auch funktioniert. Wir wollen genauso wie Sie, daß gewaltbereite Serienverbrecher hinter Gitter kommen. Ich bin davon überzeugt, daß Sie dabei unsere Hilfe brauchen können. Und ich weiß, daß wir Ihre Hilfe benötigen.«

Tony trat einen Schritt zurück und genoß den Applaus – nicht etwa, weil dieser besonders enthusiastisch aufbrauste, sondern weil damit das Ende der fünfundvierzig Minuten gekommen war, vor denen er sich seit Wochen gefürchtet hatte. Es hatte stets weit außerhalb der Grenzen seines Wohlbefindens gelegen, öffentliche Rede zu halten, und zwar so sehr, daß er nach dem Erringen der Doktorwürde einer akademischen Karriere den Rücken zugekehrt hatte, weil er sich dem Zwang zu permanenten Vorlesungen vor Studenten nicht gewachsen fühlte. Der Gedanke, seine Tage mit dem Herumstochern in den geheimsten Winkeln verwirrter, kranker Verbrechergehirne zu verbringen, erschien ihm weitaus weniger beunruhigend.

Als der kurze Applaus verklang, sprang Tonys Ansprechpartner beim Innenministerium von seinem Stuhl in der ersten Reihe auf. Während Tony bei den Vertretern der Polizei unter seinen Zuhörern nur einen wachsamen Argwohn wachrief, wirkte George Rasmussens allgemeines Verhalten und sein Erscheinungsbild aufreizender auf die Leute als ein Mückenstich. Sein eifriges Lächeln entblößte zu viele Zähne und verlieh ihm eine verwirrende Ähnlichkeit mit George Formby, was im Gegensatz stand zu seinem hohen Beamtenposten, dem eleganten Schnitt seines grauen Nadelstreifenanzugs und dem nachhaltigen Schmettern seines Public-School-Akzents, der so übertrieben klang, daß Tony überzeugt war, Rasmussen sei in Wirklichkeit an irgendeiner kleinen Schule gewesen. Tony hörte ihm nur mit halbem Ohr zu, während er sein Manuskript zusammenklaubte und seine Folien wieder in den Ordner heftete. Dankbar für großartige Einblicke bla, bla, bla … Kaffee und diese absolut köstlichen Kekse bla, bla, bla … Einräumen der Möglichkeit zu informellen

Fragen bla, bla, bla ... Erinnere Sie daran, alle Vorlagen an Dr. Hill zu geben, und zwar bis zum bla, bla, bla ...
Das Geräusch davonschlurfender Schritte überlagerte den Rest von Rasmussens Gequassel. Wenn es die Wahl zwischen den Dankesworten eines Ministerialbeamten und einer Tasse Kaffee gab, war die Entscheidung nicht schwer zu treffen, nicht einmal für die anderen Beamten des Innenministeriums. Tony atmete tief durch. Jetzt war die Zeit gekommen, den Dozenten hinter sich zu lassen und zum charmanten, informierten Kollegen zu werden, der stets eifrig zum Zuhören und zur Anpassung bereit war und seinen neuen Kontaktpersonen das Gefühl geben mußte, daß er wirklich auf ihrer Seite stand.

John Brandon erhob sich und trat einen Schritt zurück, um den anderen Leuten in seiner Reihe das Verlassen ihrer Sitze zu ermöglichen. Tony Hills Vortrag war nicht so informativ gewesen, wie er gehofft hatte. Die Ausführungen hatten ihm zwar eine Menge über das Erstellen von psychologischen Verbrecherprofilen gesagt, aber fast nichts über den Mann Tony Hill, außer vielleicht, daß er selbstsicher, jedoch nicht arrogant zu sein schien. Die letzte Dreiviertelstunde war nicht dazu geeignet gewesen, ihn darin zu bestärken, daß das, was er vorhatte, die richtige Handlungsweise war. Aber er sah keine Alternative. Dicht an der Wand entlang bewegte Brandon sich gegen den Strom, bis er auf Höhe von Rasmussen angekommen war. Die Abstimmung mit den Füßen hatte den Ministerialbeamten veranlaßt, seine Rede abrupt abzubrechen und sein Lächeln abzuschalten. Als Rasmussen sich bückte, um seine Papiere an sich zu nehmen, die er auf dem Stuhl abgelegt hatte, schlüpfte Brandon an ihm vorbei und ging auf Tony zu, der gerade die Verschlüsse seiner abgeschabten Gladstone-Tasche zudrückte.
Brandon räusperte sich, dann sagte er: »Dr. Hill?« Tony schaute mit höflichem Interesse zu ihm hoch. Brandon schob alle Beden-

ken zur Seite und fuhr fort: »Wir haben uns noch nicht kennengelernt, aber Sie beackern dasselbe Feld wie ich. Ich bin John Brandon …«

»Der Assistant Chief Constable der Kripo Bradfield?« unterbrach Tony und lächelte ihn an. Er hatte genug von John Brandon gehört, um zu wissen, daß er ein Mann war, den er auf seiner Seite haben wollte. »Ich freue mich sehr, Sie kennenzulernen, Mr. Brandon.«

»John, sagen Sie John«, bat Brandon hastiger, als er beabsichtigt hatte. Er stellte mit einiger Überraschung fest, daß er nervös war. Da war etwas an Tony Hills ruhiger Selbstsicherheit, das ihn verwirrte. »Haben Sie noch Zeit für ein kurzes Gespräch?«

Ehe Tony antworten konnte, drängte sich Rasmussen zwischen sie. »Entschuldigen Sie«, unterbrach er ohne den geringsten Anflug von Bescheidenheit, und er hatte wieder sein breites Lächeln aufgesetzt. »Tony, darf ich Sie bitten, mit in die Cafeteria zu kommen. Ich bin sicher, unsere Freunde von der Polizei werden sehr interessiert daran sein, mit Ihnen noch ein wenig in gelockerter Atmosphäre plaudern zu können. Begleiten Sie uns doch, Mr. Brandon.«

Brandon spürte, daß sich seine Nackenhaare sträubten. Die Situation war bereits schwierig genug, und nun würde er auch noch darum kämpfen müssen, das mit Hill geplante vertrauliche Gespräch in einem Raum voller kaffeetrinkender Polizisten und neugieriger Mandarine aus dem Innenministerium überhaupt führen zu können. »Ich hätte gern vorher noch allein mit Dr. Hill gesprochen.«

Tony sah Rasmussen an und bemerkte, daß sich die parallelen Falten zwischen seinen Augenbrauen leicht vertieften. Normalerweise hätte es ihn gejuckt, Rasmussen zu ärgern, indem er auf dem Gespräch mit Brandon bestanden hätte. Es machte ihm stets Spaß, Wichtigtuern eins auszuwischen und ihre Überheblichkeit als Hilflosigkeit bloßzustellen. Aber heute hing zu viel vom

Erfolg seines Zusammenseins mit anderen Polizeibeamten ab, und so entschloß er sich, auf diesen Spaß zu verzichten. Er wandte sich demonstrativ von Rasmussen ab und sagte zu Brandon: »John, fahren Sie nach dem Mittagessen nach Bradfield zurück?«
Brandon nickte.
»Würden Sie mich dann mitnehmen? Ich bin mit dem Zug gekommen, aber wenn es Ihnen nichts ausmacht, würde ich auf dem Rückweg gern auf den Kampf mit den Unzulänglichkeiten der Britischen Eisenbahn verzichten. Sie können mich ja am Stadtrand absetzen, wenn Sie nicht dabei gesehen werden wollen, wie Sie sich mit einem dieser supermodernen Spinner fraternisieren.«
Brandon lächelte, und sein langes Gesicht verzog sich in tausend Fältchen. »Ich glaube nicht, daß das erforderlich sein wird. Ich setze Sie ebenso gern vor der Polizeizentrale ab.« Er trat zurück und sah zu, wie Rasmussen, weiterhin unter großem Getue, Tony zum Ausgang dirigierte. Die leichte Verwirrung, die der Psychologe bei ihm hervorgerufen hatte, konnte er nicht abschütteln. Vielleicht lag es einfach nur daran, daß er es so gewohnt war, alles in seiner Welt fest unter Kontrolle zu haben, daß eine Bitte um Hilfe zu einer fremden Erfahrung für ihn geworden war, die ihn sich automatisch verwirrt fühlen ließ. Es gab keine andere einleuchtende Erklärung. Er zuckte mit den Schultern und folgte den anderen in die Cafeteria.

Tony legte den Gurt an und genoß die Bequemlichkeit des nicht als Polizeifahrzeug gekennzeichneten Range Rovers. Er sagte nichts, während Brandon vom Parkplatz der Polizeizentrale von Manchester und dann in Richtung Autobahn fuhr, denn es erforderte äußerste Konzentration, aus dieser nicht vertrauten Stadt wieder herauszufinden. Als Brandon sich dann in den schnell dahinfließenden Fahrzeugstrom des Autobahnzubringers eingeordnet hatte, brach Tony das Schweigen. » Wenn es hilfreich ist – ich glaube, ich weiß, worüber Sie mit mir reden wollen.«

Brandons Hände schlossen sich fester um das Lenkrad. »Ich dachte, Sie wären Psychologe und nicht Hellseher«, scherzte er, was ihn selbst überraschte. Humor gehörte nicht zu seinen Stärken. Er konnte sich nicht damit abfinden, wie nervös es ihn machte, um Hilfe bitten zu müssen.
»Einige Ihrer Kollegen würden mich mehr beachten, wenn ich Hellseher wäre«, erwiderte Tony sarkastisch. »Also, wollen Sie mich raten und das Risiko eingehen lassen, daß ich mich unsterblich blamiere?«
Brandon warf Tony einen schnellen Blick zu. Der Psychologe wirkte entspannt, hatte die Handflächen auf die Oberschenkel gelegt und die ausgestreckten Beine unten gekreuzt. Er machte den Eindruck, als würde er sich in Jeans und Pullover wohler fühlen als in dem Anzug, den er gerade trug, und dem selbst Brandon ansah, daß er längst aus der Mode war. Er konnte sich diese Einschätzung erlauben, weil er sich nur daran zu erinnern brauchte, wie seine Töchter seine formelle Zivilkleidung regelmäßig mit vernichtenden Kommentaren bedachten. »Ich glaube, in Bradfield ist ein Serienmörder am Werk«, sagte er abrupt.
Tony stieß einen leisen, zufriedenen Seufzer aus. »Ich fing schon an mich zu fragen, ob Sie das nicht auch langsam bemerken würden«, entgegnete er ironisch.
»Das ist aber keinesfalls eine einhellige Auffassung«, fügte Brandon hinzu. Er meinte Tony warnen zu müssen, noch ehe er ihn um Hilfe bat.
»Das ergibt sich schon allein aus den Berichten in den Medien«, sagte Tony. »Wenn es ein Trost für Sie ist – ich bin nach allem, was ich darüber gehört und gelesen habe, absolut sicher, daß Ihre Beurteilung zutrifft.«
»Oh, das deckt sich aber nicht ganz mit dem Eindruck, den ich aus Ihrer Stellungnahme in der *Sentinel Times* nach dem letzten Mord gewonnen habe.«
»Es gehört unabdingbar zu meinem Job, mit der Polizei zu

kooperieren, nicht ihre Arbeit zu unterminieren. Ich nehme an, Sie hatten ganz bestimmte taktische Gründe, mit Ihrer Serienmörder-Theorie nicht an die Öffentlichkeit zu gehen. Ich meinerseits habe den Verantwortlichen gegenüber zum Ausdruck gebracht, daß meine Beurteilung nichts weiter als eine sachlich begründete Vermutung ist, die sich auf die allgemein zugänglichen Informationen stützt«, fügte Tony hinzu, wobei sein gleichbleibend freundlicher Ton im Widerspruch zu der Tatsache stand, daß er plötzlich seine Finger in den Stoff seiner Hosenbeine krallte und damit längliche Falten erzeugte.

»Touché! Sind Sie denn nun daran interessiert, uns zu unterstützen?«

Tony spürte eine warme Welle der Befriedigung in sich aufsteigen. Das war es, was er nun seit Wochen herbeigesehnt hatte …

»Ein paar Meilen weiter ist eine Raststätte. Hätten Sie nicht Lust auf eine Tasse Tee?«

Detective Inspector Carol Jordan starrte auf das zerfetzte Fleischbündel, das einmal ein Mann gewesen war, und sie zwang ihre Augen ganz bewußt dazu, sich nicht darauf zu konzentrieren. Sie wünschte, sie hätte das vertrocknete Käsesandwich aus der Kantine nicht gegessen. Es wurde irgendwie akzeptiert, daß junge männliche Polizisten sich übergaben, wenn sie mit Opfern von Gewaltverbrechen konfrontiert wurden. Man brachte ihnen sogar Mitgefühl entgegen. Aber trotz der Tatsache, daß man bei Frauen im allgemeinen von sensiblen Magenreaktionen ausging, verlor eine Polizeibeamtin, wenn sie sich am Tatort eines Verbrechens übergeben mußte, jeglichen Respekt, den sie sich je erworben hatte, und wurde zu einem Objekt der Verachtung, zur Zielscheibe von derben Witzen. Wo bleibt da die Logik, dachte Carol bitter und biß die Zähne zusammen. Sie steckte die Hände tief in die Taschen ihres Trenchcoats und ballte die Fäuste.

Carol spürte eine Hand auf ihrem Arm, gleich oberhalb des

Ellbogens. Dankbar für die Möglichkeit, ihren Blick abwenden zu können, schaute sie ihren Sergeant an, der hoch neben ihr aufragte. Don Merrick war gut zwanzig Zentimeter größer als seine Chefin, und er hatte sich eine seltsam gebeugte Haltung angewöhnt, wenn er mit ihr sprach. Anfangs hatte sie das amüsant genug gefunden, um damit unter Freunden bei gemeinsamen Drinks oder den Abendessen, zu denen sie kaum einmal die Zeit fand, Witze zu machen. Jetzt nahm sie es gar nicht mehr wahr.

»Absperrung um den Tatort steht, Ma'am«, sagte er in seinem weichen Geordie-Akzent. »Der Pathologe ist auf dem Weg hierher. Was halten Sie von der Sache? Haben wir es mit Nummer vier zu tun?«

»Lassen Sie das ja nicht den Super hören, Don«, erwiderte sie, und sie meinte es nur halb im Scherz. »Ich würde Ihre Frage jedoch bejahen.« Carol schaute sich um. Sie waren im Stadtteil Temple Fields, im Hinterhof eines Pubs, der seine Kundschaft vornehmlich in der Homosexuellenszene hatte und im Obergeschoß dreimal in der Woche eine Bar für Lesbierinnen betrieb. Im Gegensatz zu den Machos unter den Kollegen, die sie bei den Beförderungen überholt hatte, hatte Carol nie einen Grund gehabt, dieses Lokal zu betreten. »Was ist mit dem Tor zum Hinterhof?«

»Stemmeisen«, antwortete Merrick lakonisch. »Das Tor ist nicht an das Alarmsystem angeschlossen.«

Carol schaute sich die großen Müllcontainer und die aufgestapelten Lattenkisten mit Abfall an. »Offensichtlich kein Grund, das zu tun«, meinte sie. »Was hat der Besitzer zu sagen?«

»Whalley redet gerade mit ihm, Ma'am. Der Mann hat gestern abend um halb zwölf das Lokal geschlossen. Sie haben hinter den Tresen Tonnen auf Rädern für den anfallenden Müll, und wenn sie dichtgemacht haben, rollen sie diese Tonnen da drüben hin.« Merrick zeigte auf die Hintertür des Pubs, wo drei blaue Plastiktonnen standen, alle etwa in der Größe von Supermarkt-Einkaufs-

wagen. »Sie sortieren den Müll dann erst am nächsten Nachmittag aus und werfen ihn in die Container.«
»Und bei dieser Arbeit haben sie das da gefunden?« fragte Carol und zeigte mit dem Daumen über ihre Schulter.
»Ja, lag einfach da. Den Elementen ausgesetzt, könnte man sagen.«
Carol nickte. Ein Schauder befiel sie, und er war nicht auf den scharfen Nordostwind zurückzuführen. Sie ging auf die Hintertür des Pubs zu. »Okay. Überlassen wir das erst mal der Spurensicherung. Wir sind hier nur im Weg.« Merrick folgte ihr in die schmale Gasse hinter dem Pub. Sie war gerade breit genug, daß sich ein kleiner Personenwagen hindurchquetschen konnte. Carol schaute erst in die eine, dann in die andere Richtung; sie war an beiden Enden mit Trassierband abgesperrt und zusätzlich von je zwei uniformierten Constables bewacht. »Er kennt sein Revier«, murmelte sie. Sie bewegte sich rückwärts durch die Gasse, dabei die Tür des Pubs ständig im Auge behaltend. Merrick folge ihr und wartete auf weitere Anweisungen.
Am Ende der Gasse blieb Carol stehen, drehte sich um und sah sich die Straße an, in die die Gasse mündete. Gegenüber lag ein hohes Gebäude, ein ehemaliges Lagerhaus, das man in Werkstätten für Kunsthandwerker umgebaut hatte. Bei Nacht lag es verlassen da, aber jetzt, mitten am Nachmittag, hingen fast in jedem Fenster Leute, die neugierig aus der Wärme ihrer Räume auf das Drama da unten starrten. »Zum entscheidenden Zeitpunkt hat wohl keiner aus dem Fenster geschaut«, stellte sie fest.
»Und selbst wenn jemand es getan hätte, er hätte das Geschehen kaum beachtet«, sagte Merrick zynisch. »Wenn die Lokale abends schließen, ist in dieser Gegend hier schwer was los. Unter jedem Torbogen, in jeder Gasse, in der Hälfte aller abgestellten Autos sind Schwulenpärchen zugange und ficken sich in die Ärsche. Kein Wunder, daß der Chief Temple Fields als Sodom und Gomorrah bezeichnet.«

»Wissen Sie, in dem Zusammenhang habe ich mir oft eine Frage gestellt: Es ist ziemlich klar, was die Leute in Sodom getrieben haben, aber können Sie mir sagen, was die Sünde der Leute in Gomorrha war?«
Merrick sah verwirrt aus. Das steigerte seine Ähnlichkeit mit einem traurig dreinblickenden Labrador in beunruhigendem Maße. »Jetzt kann ich Ihnen nicht folgen, Ma'am«, sagte er.
»Macht nichts. Es wundert mich, daß Mr. Armthwaite nicht dafür gesorgt hat, daß die Sitte diese Leute wegen anstößigen Verhaltens eingebuchtet hat.«
»Er hat es vor ein paar Jahren mal versucht«, erwiderte Merrick. »Der Polizeiausschuß hat ihm dafür jedoch die Eier gegrillt. Er hat sich dagegen aufgelehnt, aber man hat ihm mit dem Innenministerium gedroht. Und nach der Holmwood-Three-Sache war ihm klar, daß er sich bei den Politikern schon tief in die Nesseln gesetzt hatte, und so hat er dann ganz schnell den Schwanz eingezogen. Aber das wird ihn nicht davon abhalten, bei jeder sich bietenden Gelegenheit wieder in die Scheiße zu treten.«
»Na, da wollen wir hoffen, daß unser freundlicher Nachbarschaftskiller uns diesmal ein paar Spuren mehr hinterlassen hat, sonst wird unser geliebter Chef sich auf ein neues falsches Ziel stürzen, um den Tritt in die Scheiße ja nicht zu verpassen.« Carol straffte die Schultern. »Okay, Don, wir starten sofort mit der Befragung von Tür zu Tür, und heute abend klappern wir die Straßen ab und reden mit den Leuten vom einschlägigen Gewerbe ...«
Ehe Carol ihre Anweisungen abschließen konnte, wurde sie von einer Stimme hinter der Absperrung unterbrochen. »Inspector Jordan? Penny Burgess von der *Sentinel Times* ... Inspector? Was haben Sie herausgefunden?«
Carol schloß für einen Moment die Augen. Sich mit den widerspenstigen Betbrüdern unter ihren Kollegen auseinanderzusetzen, war eine Sache, sich mit den Medien auseinanderzusetzen,

war eine andere und unendlich viel schwieriger. Sie wünschte, sie wäre im Hinterhof bei der gräßlichen Leiche geblieben, atmete dann jedoch tief durch und ging auf die Absperrung zu.

»Jetzt noch mal, damit ich das auch richtig kapiere – Sie wollen, daß ich für die Dauer der Ermittlungen in diesen Mordfällen zu Ihnen an Bord komme, aber Sie wollen nicht, daß ich das irgend jemandem sage?« Der Ausdruck der Belustigung in Tonys Augen verbarg seinen Ärger über das widerstrebende Zögern der leitenden Polizeibeamten, den Wert der Arbeit, die er für sie leisten konnte, vorbehaltlos zu akzeptieren.

Brandon seufzte. Tony machte es ihm nicht einfach, aber warum sollte er auch? »Ich möchte jeden Hinweis in den Medien vermeiden, daß Sie uns bei der Sache unterstützen. Ich hätte nur dann eine Chance, Sie formell in die Ermittlungen einzuschalten, wenn ich den Chief Constable davon überzeugen könnte, daß Sie weder ihm selbst noch seinen Cops den Glorienschein des Erfolgs nehmen würden.«

»Und daß die Öffentlichkeit nicht erfahren würde, daß Derek Armthwaite, die Hand Gottes, Hokuspokus-Typen wie mich um Hilfe gebeten hat«, sagte Tony, und die Schärfe in seiner Stimme verriet mehr, als er beabsichtigt hatte.

Brandon verzog den Mund zu einem zynischen Lächeln. Es war interessant, zu sehen, daß man die glatte Oberfläche des Psychologen ankratzen konnte. »Sie sagen es, Tony. Technisch gesehen ist es eine operative Sache, und er darf regulär nicht in meine Befugnisse eingreifen, es sei denn, ich verstoße gegen die strategische Planung der Polizeiführung oder des Innenministeriums. Und es ist offizielle Strategie der Stadtpolizei von Bradfield, die Hilfe von Experten in Anspruch zu nehmen, wenn das angemessen erscheint.«

Tony lachte verächtlich. »Und Sie gehen davon aus, daß er mich als ›angemessen‹ akzeptiert?«

»Ich gehe davon aus, daß er es nicht auf eine weitere Konfrontation mit dem Innenministerium oder dem Polizeiausschuß ankommen lassen will. In achtzehn Monaten ist seine Pensionierung, und er ist ganz wild darauf, in den Ritterstand erhoben zu werden.« Brandon konnte selbst nicht glauben, daß er das alles sagte. Er machte solche illoyalen Äußerungen nicht einmal seiner Frau gegenüber, ganz zu schweigen von Leuten, die ihm praktisch fremd waren. Was war an diesem Tony Hill, das ihn dazu brachte, sich ihm gegenüber so schnell zu öffnen? An diesem Psychologie-Zeug schien tatsächlich etwas dran zu sein. Brandon tröstete sich damit, daß er dabei war, dieses Etwas in den Dienst der Justiz einzuspannen. »Was sagen Sie dazu?« fragte er.
»Wann soll ich anfangen?«

Auf 3 1/2-Zoll-Diskette, Beschriftung: Backup.007; Datei Love002.doc

Schon beim ersten Mal hatte ich den Ablauf sorgfältiger geplant als ein Theaterregisseur die Inszenierung eines neuen Stücks. Im Geist stellte ich mir das bevorstehende Erlebnis vor, bis es, wenn ich die Augen schloß, zu einem hellen und glänzenden Traum wurde. Ich überprüfte wieder und wieder die Choreographie jedes einzelnen Schritts, vergewisserte mich, daß ich kein wichtiges Detail übersehen hatte, welches meine Freiheit gefährden konnte. Wenn ich heute daran zurückdenke, erinnere ich mich, daß der mentale Film, den ich abspulte, mir fast so viel Spaß machte wie die Ausführung des Akts selbst.

Als erstes galt es, einen Ort zu finden, an den ich mein Opfer gefahrlos bringen, an dem ich unser ganz privates Beisammensein genießen konnte. Meine Wohnung schloß ich von vornherein aus. Sie hat eine schlechte Geräuschdämmung: ich kann die lautstarken Streitereien meiner Nachbarn, das Bellen ihres hysterischen Schäferhunds und das aufreizende Dröhnen der Bässe ihrer Stereoanlage hören. Ich hatte nicht die Absicht, sie an meiner Apotheose teilnehmen zu lassen. Außerdem gibt es in den Reihenhäusern meiner Straße zu viele Durch-den-Vorhang-Gucker. Ich wollte keine Zeugen bei Adams Ankunft oder seinem Verschwinden haben.

Ich überlegte auch, eine alleinstehende Garage zu mieten, verwarf dann den Gedanken jedoch aus denselben Gründen. Darüber hinaus kam mir das irgendwie zu schäbig vor, zu sehr als Klischee aus der Welt des Fernsehens und des Films. Ich

wollte einen Ort haben, der meinem Vorhaben angemessen war. Dann fiel mir Tante Doris, eine Tante meiner Mutter, ein. Doris und ihr Mann Harry waren Schaffarmer im Hochmoor über Bradfield. Vor etwa vier Jahren starb Harry. Doris versuchte noch eine Weile, die Farm weiterzuführen, aber als ihr Sohn Ken sie im vergangenen Jahr zu einem ausgedehnten Urlaub im Kreis seiner Familie in Neuseeland eingeladen hatte, verkaufte sie die Schafe und packte ihre Sachen. Ken hatte mir zu Weihnachten geschrieben und berichtet, seine Mutter habe einen leichten Herzanfall erlitten und würde wohl in absehbarer Zeit nicht nach England zurückkehren.
Eines Abends nutzte ich eine Flaute in meiner Arbeit und rief Ken an. Er klang zunächst überrascht, von mir zu hören, und murmelte dann: »Ich nehme an, du benutzt dein dienstliches Telefon.«
»Ich hatte schon seit langem vor, dich mal anzurufen«, sagte ich. »Ich wollte mich erkundigen, wie es Tante Doris geht.« Es ist sehr viel einfacher, via Satellit fürsorglich zu klingen als im direkten Gespräch. Ich bemühte mich, die jeweils angemessenen Laute von mir zu geben, als Ken sich lang und breit über den Gesundheitszustand seiner Mutter und das Ergehen seiner Frau, seiner drei Kinder und seiner Schafe äußerte.
Nach zehn Minuten meinte ich, daß es nun genug sei. »Da ist noch eine andere Sache, Ken. Ich mache mir Gedanken über euer Haus«, log ich. »Es liegt so einsam da oben, jemand sollte ein Auge darauf haben.«
»Da hast du recht«, sagte er. »Ihr Anwalt soll das machen, aber ich nehme nicht an, daß er sich bisher darum gekümmert hat.«
»Möchtest du, daß ich hin und wieder hochfahre und nachsehe, ob alles in Ordnung ist?«
»Würdest du das tun? Es wäre natürlich eine große Erleichterung für mich, das brauche ich dir ja wohl nicht zu sagen.

Ganz unter uns, ich glaube nicht, daß Mum jemals wieder gesund genug wird, um in ihr Haus zurückzukehren, aber mir gefällt der Gedanke nicht, daß der Stammsitz unserer Familie verkommt«, sagte Ken eifrig.

Dir gefällt eher der Gedanke nicht, daß dein Erbe verkommt, dachte ich. Ich kannte Ken. Zehn Tage später hatte ich die Schlüssel zum Haus in Händen. An meinem nächsten freien Tag fuhr ich hin, um mich von der Richtigkeit meiner Erinnerungen zu überzeugen. Der Feldweg, der zur Start Hill Farm führt, war weit mehr von Gras überwachsen als bei meinem letzten Besuch, und mein geländegängiger Jeep mußte sich anstrengen, die drei Meilen lange Steigung von der einspurigen Straße im Tal bis zur Farm zu bewältigen. Zehn Meter vor dem düsteren kleinen Cottage hielt ich an, stellte den Motor ab und blieb etwa fünf Minuten horchend im Wagen sitzen. Der beißende Wind vom Hochmoor raschelte in den verwilderten Hecken, hin und wieder sang ein Vogel. Aber es waren keinerlei Geräusche zu hören, die von Menschen stammten, nicht einmal ein ferner Verkehrslärm von irgendwelchen Straßen.

Ich stieg aus dem Jeep und schaute mich um. Das eine Ende des Schafstalls war zusammengestürzt, ein einziger Haufen aus zerbrochenen Steinen, aber es freute mich, daß es keine Anzeichen für gelegentliche menschliche Besuche gab – keine Überreste von Picknicks, keine verrottenden Bierdosen, keine zerknüllten Zeitungen, keine Zigarettenstummel, keine gebrauchten Kondome. Ich ging zum Cottage, schloß die Tür auf und trat ein.

Es hatte nur zwei Zimmer im Erdgeschoß und zwei im Obergeschoß. Im Inneren unterschied es sich erheblich von dem gemütlichen Farmhaus, das ich in Erinnerung hatte. Alles, was die persönliche Note ausgemacht hatte – die Fotos, der schmückende Krimskrams, die ziselierten Pferdeplaketten aus

Messing, die Antiquitäten –, war verschwunden, in Kisten verpackt und einer Spedition zur Lagerung übergeben worden, eine für die Bewohner von Yorkshire sehr typische Vorsichtsmaßnahme. In gewisser Weise erleichterte mich das; es gab hier nichts zu sehen, was Erinnerungen heraufbeschwören konnte, die sich störend auf mein Vorhaben auswirken würden. Dieses Haus war eine leere Schreibtafel, auf der alle Demütigungen, Peinlichkeiten und Qualen ausgewischt waren. Die Person, die ich einmal gewesen war, gab es nicht mehr.

Ich ging durch die Küche zur Vorratskammer. Die Regale waren leer. Gott weiß, was Doris mit den Dutzenden von Marmelade- und Gurkengläsern sowie den Flaschen mit hausgemachtem Wein angestellt hatte. Vielleicht hatte sie das alles als Vorsichtsmaßnahme gegen fremdartige Nahrung mit nach Neuseeland genommen. Ich stand in der Tür, starrte auf den Boden des Vorratsraums und spürte, wie ein albernes Grinsen mein Gesicht verzog. Meine Erinnerung hatte mich nicht getrogen. Da war die in den Boden eingelassene Falltür. Ich ging in die Hocke und zog an dem rostigen Eisenring. Mit quietschenden Angeln schwang die Tür auf. Als ich die aus dem Keller aufsteigende Luft roch, war ich zunehmend überzeugt, daß die Götter auf meiner Seite waren. Ich hatte befürchtet, sie würde feucht, schal und stinkend sein. Stattdessen war sie kühl und frisch, roch leicht süßlich.

Ich zündete meine Camping-Gaslaterne an und stieg vorsichtig die Steinstufen hinunter. Das Licht der Laterne erhellte einen großen, etwa sechs Meter breiten und neun Meter langen Raum. Der Boden war mit Steinplatten ausgelegt, und entlang einer der Wände befand sich eine breite Steinbank. Ich hielt die Lampe höher und sah jetzt die soliden Deckenbalken. Als einziges im Raum war der Verputz der Decke zwischen den Balken in desolatem Zustand. Ich konnte das jedoch leicht mit Mörtel wieder in Ordnung bringen und würde damit auch erreichen, daß kein Licht durch das Lattengerüst nach oben drang. Im rechten Winkel zur Steinbank ragte ein Wasserhahn aus der Wand, und im Boden war ein Abfluß eingelassen. Ich erinnerte mich, daß die Farm ihr Wasser aus einer eigenen Quelle bezog. Der Wasserhahn war festgerostet, aber es gelang mir schließlich, ihn aufzudrehen, und nach kurzer Zeit strömte klares, sauberes Wasser heraus. Neben der Treppe stand eine abgenutzte hölzerne Werkbank, komplett mit Schraubstöcken und Zwingen, und darüber hing Harrys Werkzeug in ordentlichen Reihen an der Wand. Ich setzte mich auf die Steinbank und beglückwünschte mich. Es bedurfte nur weniger Stunden Arbeit, um diesen Keller in einen Kerker zu verwandeln, der weitaus besser seinem Zweck dienen würde als alles, was einschlägige Videospiel-Programmierer je auf den Markt gebracht hatten. Jedenfalls brauchte ich mir keine Gedanken für eine Schwachstelle zu machen, die meinen Abenteurern die Flucht ermöglichen würde.

Ich fuhr täglich in meiner Freizeit zur Farm, und am Ende der Woche hatte ich die Arbeiten abgeschlossen. Es war nichts Kompliziertes zu tun gewesen. Ich hatte das Vorhängeschloß und die Riegel an der Falltür repariert, die Decke des Kellerraums verputzt und die Wände mit mehreren Schichten weißer Farbe getünscht. Ich wollte den Raum so hell wie möglich haben, um eine gute Qualität der geplanten Videoaufnahmen sicherzustellen. Ich hatte sogar eine Leitung vom zentralen Schaltkasten in den Keller gelegt, um mit Elektrizität versorgt zu sein.

Ich dachte lange und angestrengt nach, bevor ich endgültig beschloß, wie ich Adam bestrafen würde. Ich entschied mich zu dem, was die Franzosen »chevalet«, die Spanier »escalero«, die Deutschen »Streckbank«, die Italiener »veglia« und die poetischen Engländer »Die Tochter des Duke of Exeter« nennen. Diese Folterbank hatte ihren euphemistischen Namen nach dem einfallsreichen John Holland, Duke of Exeter und Earl of Huntingdon, bekommen. Nach einer erfolgreichen Karriere als Soldat war der Duke zum Constable des Tower of London ernannt worden, und um 1420 hatte er dieses großartige Instrument zur Überredung starrköpfiger Sünder in England eingeführt.

Die erste Version bestand aus einem offenen rechteckigen Rahmen auf Holzbeinen. Der Gefangene wurde unter das Gestell gelegt, und um seine Handgelenke und Fesseln wurde Seile geschlungen. An jeder der Ecken führten die Seile zu Winden, die von Wärtern durch Drehen der Kurbeln bedient wurden. Dieses wenig elegante und arbeitsaufwendige Gerät wurde mit den Jahren verfeinert und schließlich zu einer Konstruktion umgestaltet, die aus einer Art Tischplatte auf einer horizontalen Leiter bestand, in die in der Mitte eine mit Eisenstacheln versehene Rolle eingebaut war, so daß, wenn der Körper des Gefangenen sich streckte, sein Rücken von den Stacheln zerfetzt wurde. Man hatte auch ein Flaschenzugsystem entwickelt, das alle vier Seile erfaßte und somit ermöglichte, daß die Maschine von nur einer Person bedient werden konnte.

Glücklicherweise haben diejenigen, die sich im Lauf der Jahrhunderte für die Bestrafung der Sünder einsetzten, sorgfältige Beschreibungen und Zeichnungen ihrer Apparaturen hinterlassen. Darüber hinaus hatte ich ja auch den Museumsführer als Vorlage, und mit Hilfe eines Handbuchs für Heimwerker baute ich mir meine eigene Streckbank. Für den Mechanismus schlachtete ich eine alte Wäschemangel aus, die ich in einem Antiquitätenladen gekauft hatte. Bei einer Versteigerung erstand ich einen Eßtisch aus Mahagoni. Ich schaffte ihn geradewegs zur Farm und nahm ihn in der Küche auseinander, wobei ich das handwerkliche Können bewunderte, mit dem dieses harte Holz verarbeitet worden war. Es dauerte ein paar Tage, dann war meine »Tochter des Duke of Exeter« fertig. Jetzt blieb nur noch, sie einmal auszuprobieren.

2

Überlassen wir dann den geneigten Leser der reinen Ekstase des Horrors, wenn er in der atemlosen Stille der Erwartung, des Vorausahnens und, wahrhaftig, des Wartens darauf, daß die unbekannte Hand wieder einmal zuschlägt, gefangen ist und dennoch nicht glauben will, daß jemals eine solch wilde Verwegenheit aufgebracht werden könnte, diesen Versuch zu wagen, während alle Augen darauf gerichtet sind … und sich dann dennoch ein zweiter Fall der gleichen mysteriösen Art ereignet und ein Mord nach demselben vernichtenden Plan in ebenderselben Nachbarschaft begangen wird.

Brandon hatte gerade den Motor gestartet, als das Autotelefon in der Halterung am Armaturenbrett läutete. Er nahm ab und meldete sich: »Brandon!« Tony hörte eine Computerstimme sagen: »Es liegen Nachrichten für Sie vor. Rufen Sie bitte Eins-Zwei-Eins an. Es liegen Nachrichten für Sie vor. Rufen Sie …« Brandon drückte auf einige Tasten. Diesmal konnte Tony nicht verstehen, was der Angerufene sagte. Nach einigen Sekunden wählte Brandon eine andere Nummer. »Meine Sekretärin«, erklärte er. »Tut mir leid … Hallo, Martina? John hier. Sie lassen mich suchen?«

Während ihm geantwortet wurde, kniff Brandon wie im Schmerz die Augen zu. »Wo?« fragte er dann.

»Okay, verstanden. Ich werde in einer halben Stunde dort sein. Wer hat die Leitung? … Gut, danke, Martina.« Brandon öffnete die Augen und beendete das Gespräch. Er drückte den Hörer wieder in die Halterung und wandte sich Tony zu. »Sie wollten wissen, wann Sie anfangen sollen? Wie wäre es mit sofort?«

»Die nächste Leiche?« fragte Tony.

»Die nächste Leiche«, bestätigte Brandon grimmig, setzte sich gerade, legte den ersten Gang ein und fuhr los. »Wie reagieren Sie auf Tatort-Szenen?«

Tony zuckte mit den Schultern. »Ich werde vermutlich mein Mittagessen wieder ausspucken, aber es ist ein Bonus für mich, wenn ich die Leichen in noch halbwegs ursprünglichem Zustand sehe.«

»Bei dem Zustand, in dem sie dieser kranke Bastard zurückläßt, kann man nicht von ›ursprünglich‹ sprechen«, knurrte Brandon. Er fädelte sich zügig in die Überholspur ein. Der Tacho zeigte fünfundneunzig Stundenmeilen, doch dann ging Brandon ein wenig vom Gas.

»Ist er wieder auf Temple Fields zurückgekommen?« fragte Tony.

Brandon warf ihm einen erstaunten Blick zu. Tony schaute geradeaus und runzelte die Stirn. »Woher wissen Sie das?« fragte Brandon.

Da war eine Gegenfrage, auf deren Beantwortung Tony nicht vorbereitet war. »Nennen Sie es Intuition«, wich er aus. »Ich nehme an, beim letztenmal hatte er Angst, Temple Fields könnte ein wenig zu heiß für ihn geworden zu sein. Indem er die dritte Leiche in Carlton Park finden ließ, rückte er Temple Fields aus dem Mittelpunkt des Interesses, hielt die Polizei davon ab, sich nur auf einen Ort zu konzentrieren, und versprach sich wohl auch davon, die Wachsamkeit der Leute ein wenig einzuschläfern. Aber er mag Temple Fields, sei es, weil er sich dort gut auskennt oder weil es seine Phantasie anregt. Vielleicht aber bedeutete es ihm auch aus irgendeinem Grund etwas«, überlegte Tony laut.

»Kommen Sie jedesmal mit einem halben Dutzend verschiedener Hypothesen, wenn jemand Sie mit einer Tatsache konfrontiert?« fragte Brandon und ließ seine Lichthupe aufblitzen, damit der BMW vor ihm von der Überholspur fuhr. »Mach den Weg frei, du Bastard, oder ich hetzte dir die Verkehrspolizei auf den Hals«, schimpfte er.

»Ja, das versuche ich«, antwortete Tony. »So gehe ich bei meiner Arbeit immer vor. Nach und nach führen dann neue Erkenntnisse dazu, daß ich einige meiner ursprünglichen Annahmen ausmerzen kann. Und so beginnt sich schließlich ein Raster zu formen.« Daraufhin schwieg er und malte sich bereits aus, was er am Tatort vorfinden würde. Sein Magen flatterte, seine Muskeln waren angespannt wie bei einem Musiker vor einem Konzert. Im Normalfall bekam er stets nur die sterilen, von anderen vorgetragenen Schilderungen der Tatorte zu hören und die Bilder zu sehen. Wie gut der Polizeifotograf und die anderen Polizeibeamten ihre Arbeit am Tatort auch gemacht hatten, es waren immer die Versionen anderer Leute, die er für seine Folgerungen übersetzen mußte. Diesmal würde er so nahe bei einem Mörder sein wie nie zuvor. Für einen Mann, der sein Leben hinter dem Schild akademischer Verhaltensweisen verbrachte, war es eine Offenbarung, direkt an der Fassade eines Mörders kratzen zu können.

Carol sagte inzwischen schon zum elftenmal: »Kein Kommentar.« Penny Burgess kniff den Mund zusammen und schaute sich verzweifelt um, ob sie vielleicht jemand anderen von der Polizei erwischen konnte, bei dem ihre Fragen nicht wie an einer Steinmauer abprallten. Popeye Cross mochte zwar ein chauvinistisches Schwein sein, aber er salzte seine belehrenden Kommentare doch meistens mit ein paar verwertbaren Aussprüchen. Sie wollte es jedoch nicht wahrhaben, daß sie bei Carol kein Glück hatte. Also nahm sie einen neuen Anlauf.
»Wo ist die schwesterliche Verbundenheit geblieben, Carol?« beschwerte sie sich. »Kommen Sie, lassen Sie mich nicht hängen. Es muß doch außer ›Kein Kommentar‹ irgendwas geben, das Sie mir sagen können.«
»Es tut mir leid, Mrs. Burgess. Das, was Ihren Lesern am wenigsten vorgesetzt werden sollte, sind unsachliche Spekulationen. Ich verspreche Ihnen, sobald es konkrete Dinge zu sagen gibt,

werden Sie die erste sein, die ich informiere.« Carol milderte ihre Worte zusätzlich mit einem Lächeln.

Sie drehte sich um und wollte gehen, aber Penny hielt sie am Ärmel ihres Mantels fest. »Und ganz informell?« bettelte sie. »Nur zu meiner Orientierung? Damit ich nicht was schreiben muß, das mich wie einen Trottel aussehen läßt. Carol, ich brauche Ihnen doch nicht zu sagen, wie das bei uns in der Redaktion läuft. Ich bin von Männern umgeben, die sich vor Freude in die Hose machen, wenn ich wieder mal was vermaßle.«

Carol seufzte. Bei diesem Argument war es schwer, nicht umzukippen. Nur der Gedanke, was Tom Cross im Büro daraus machen würde, bewog sie, bei dem Entschluß zu bleiben, nichts verlauten zu lassen. »Ich kann und darf nicht«, erwiderte sie. »Und im übrigen, soweit ich das beurteilen kann, haben Sie sich bisher doch gut geschlagen.« Noch während sie das sagte, kam ein ihr bekannter Range Rover um die Ecke gefahren. »O Scheiße«, murmelte sie und riß sich aus dem Griff der Reporterin los. Was sie auf keinen Fall brauchen konnte, war, daß John Brandon glaubte, sie sei die Polizeiquelle hinter der Serienmörder-Hysterie, die die *Sentinel Times* verbreitete. Sie ging mit schnellen Schritten auf den Jeep zu, den Brandon abrupt abbremste und darauf wartete, daß jemand das Absperrband, das die Neugierigen auf Distanz hielt, wegnahm. Sie blieb stehen und sah zu, wie die Constables sich beeilten, den Assistant Chief Constable mit ihrer schnellen Reaktionsfähigkeit zu beeindrucken. Der Range Rover fuhr in die Absperrzone, und Carol bemerkte jetzt, daß auf dem Beifahrersitz ein ihr unbekannter Mann saß. Als die beiden ausstiegen, betrachtete sie den Fremden prüfend und speicherte die Einzelheiten in der Datenbank ihrer Erinnerung, wie sie es sich antrainiert hatte. Man konnte ja nie wissen, ob man eines Tages ein Phantombild von ihm anfertigen mußte. Etwa einsdreiundsiebzig groß, schlank, breite Schultern, schmale Hüften, Rumpf und Beine in richtigen Proportionen, kurzes dunkles Haar mit

Seitenscheitel, dunkle Augen, wahrscheinlich dunkelblau, Schatten unter den Augen, helle Gesichtshaut, normale Nase, breiter Mund, die Unterlippe voller als die Oberlippe. Geradezu jämmerlich allerdings die Kleidung. Der Anzug war noch altmodischer als der von Brandon, sah jedoch nicht abgetragen aus. Erste Schlußfolgerung: Es handelt sich um einen Mann, der bei seiner Arbeit normalerweise keinen Anzug trägt und der auch nicht gern Geld wegwirft. Er wird ihn also anziehen, bis er tatsächlich abgetragen ist. Zweite Schlußfolgerung: Er ist wahrscheinlich nicht verheiratet, lebt auch nicht in einer festen Beziehung. Jede Frau, deren Partner nur gelegentlich einen Anzug tragen muß, würde ihn dazu anhalten, ein zeitlos-klassisches Modell zu kaufen, das nicht nach fünf Jahren bereits völlig aus der Mode war.
Sie dachte noch darüber nach, als Brandon auch schon bei ihr war und seinem Begleiter winkte, zu ihnen zu kommen. »Hallo, Carol«, sagte er.
»Mr. Brandon«, grüßte sie ihn.
»Tony, ich möchte Sie mit Detective Inspector Carol Jordan bekannt machen. Carol, das ist Dr. Tony Hill vom Innenministerium.«
Tony lächelte sie an und streckte ihr die Hand entgegen. Attraktives Lächeln, fügte Carol ihrer Liste der besonderen Kennzeichen hinzu und schüttelte seine Hand. Auch der Händedruck ist in Ordnung. Kurz, fest, ohne das Macho-Bedürfnis so mancher höherer Polizeibeamter, einem die Knochen brechen zu wollen.
»Ich freue mich, Sie kennenzulernen.«
Eine überraschend tiefe Stimme mit einem Anflug von nordenglischem Akzent. Carol lächelte ihn ebenfalls an. Bei diesen Leuten vom Innenministerium konnte man ja nie wissen. »Ich mich auch«, erwiderte sie.
»Carol ist Leiterin eines der Einsatzteams, die wir zur Aufklärung dieser Morde gebildet haben. Und Tony ist Leiter der Arbeitsgruppe beim Innenministerium, die eine Realisierbarkeitsstudie

›Aufbau einer nationalen Einsatzgruppe zur Erstellung von Verbrecherprofilen‹ erarbeitet. Ich habe ihn gebeten, diese Morde einmal unter die Lupe zu nehmen – vielleicht kann seine Erfahrung uns irgendwelche Hinweise verschaffen.« Brandon sah Carol mit einem bohrenden Blick an, der soviel besagte, wie, daß sie hier zwischen den Zeilen lesen mußte.

»Ich würde mich über jede Hilfe freuen, die Dr. Hill uns geben kann, Sir. Ich habe den Fundort der Leiche in Augenschein genommen und glaube nicht, daß wir mehr Ansatzpunkte zum Einhaken haben als bei den vorherigen Fällen.« Carol beabsichtigte damit, zu signalisieren, daß sie verstanden hatte, was Brandon hatte sagen wollen. Sie balancierten beide auf demselben Seil, aber von den verschiedenen Enden aus. Man konnte von Brandon nicht erwarten, daß er Tom Cross' Autorität untergrub, und wenn Carol weiterhin ein erträgliches Dasein bei der Polizei von Bradfield führen wollte, durfte sie ihrem direkten Vorgesetzten nicht offen widersprechen, selbst wenn der Assistant Chief Constable insgeheim mit ihr übereinstimmte. »Möchte Dr. Hill sich den Fundort ansehen?«

»Wir werden das gemeinsam tun«, sagte Brandon. »Was sind Ihre ersten Erkenntnisse?«

Carol ging voraus. »Die Leiche ist im Hinterhof dieses Pubs gefunden worden. Der Fundort ist offensichtlich nicht der Tatort, keinerlei Blutspuren. Es handelt sich um einen Weißen, Ende Zwanzig, nackt. Noch nicht identifiziert. Er ist, wie es ausschaut, vor Eintritt des Todes gefoltert worden. Seine Schultern scheinen ausgerenkt zu sein, ebenso die Hüften und die Knie. Mehrere Haarbüschel sind aus der Kopfhaut gerissen worden. Er liegt auf dem Bauch, so daß wir das ganze Ausmaß der Verletzungen noch nicht feststellen konnten. Ich nehme an, daß als Todesursache eine tiefe Wunde in der Kehle anzusehen ist. Es sieht auch so aus, als ob die Leiche vor dem Ablegen da drüben abgewaschen worden wäre.« Carol beendete ihre nüchterne Darstellung am Tor zum Hinterhof. Sie sah Tony an. Die einzige Veränderung, die ihre Worte auf seinem Gesicht hervorgerufen hatten, waren die zusammengekniffenen Lippen. »Sind Sie bereit?« fragte sie ihn. Er nickte und atmete tief durch. »So gut es eben geht«, antwortete er.

»Bleiben Sie bitte vor dem Absperrband stehen, Tony«, sagte Brandon. »Die Leute von der Spurensicherung werden noch eine Menge zu tun haben, und sie mögen es nicht, wenn wir ihren Einsatzort versauen.«

Carol machte das Tor auf und winkte die beiden Männer hindurch. Wenn Tony geglaubt hatte, ihre Worte hätten ihn auf das vorbereitet, was ihn im Hinterhof erwartete, dann überzeugte ihn ein einziger Blick, daß er sich getäuscht hatte. Es war ein groteskes Bild, um so mehr, als jegliche Blutspuren fehlten. Die Logik verlangte, daß ein so verstümmelter Körper wie eine Insel in einem Meer aus geronnenem Blut zu liegen hatte, wie ein Eiswürfel in einer Bloody Mary. Er hatte noch nie eine so saubere Leiche außerhalb eines Beerdigungsinstituts gesehen. Aber statt still und steif wie eine Marmorstatue dazuliegen, war diese Leiche zur zusammenhanglosen Parodie einer menschlichen Gestalt verformt, eine zerschmetterte Marionette, die man dort liegengelassen hatte, wo sie nach dem Zerreißen der Fäden hingestürzt war.

Als die beiden Männer den Hinterhof betraten, stellte der Polizeifotograf seine Tätigkeit ein und nickte Brandon zu. Dieser machte bei dem Anblick, der sich ihm bot, nach außen hin einen unberührten Eindruck. Die geballten Fäuste in den Taschen seiner Regenjacke konnte niemand sehen.

»Ich bin mit den Aufnahmen aus großer und mittlerer Entfernung fertig, Mr. Brandon. Jetzt kommen die Nahaufnahmen dran«, berichtete Harry, der Fotograf. »Er hat 'ne ganze Menge Wunden und Quetschungen. Ich will sichergehen, daß ich alles auf die Platte kriege.«

»Sie leisten gute Arbeit«, sagte Brandon.

Carol, die hinter den beiden stand, fügte hinzu: »Harry, wenn Sie das erledigt haben, würden Sie dann alle in der näheren Umgebung abgestellten Autos aufnehmen?«
Der Fotograf hob die Augenbrauen. »Alle?«
»Ja, alle«, bestätigte Carol.
»Eine gute Idee, Carol«, schaltete Brandon sich ein, bevor der finster dreinblickende Fotograf noch etwas sagen konnte. »Es gibt immerhin die geringe Chance, daß unser Freund von hier zu Fuß oder im Wagen des Opfers verschwunden ist. Er könnte seinen eigenen Wagen hiergelassen haben, um ihn irgendwann später abzuholen. Und Fotografien sind in Plädoyers von Verteidigern weitaus schwerer vom Tisch zu wischen als die Notizen eines Bobbys.«
Mit einem genervten Schnauben wandte sich der Fotograf wieder der Leiche zu. Die kurze Unterhaltung hatte Tony die Gelegenheit gegeben, seinen revoltierenden Magen zu beruhigen. Er ging einen Schritt näher auf die Leiche zu, versuchte, zumindest im Ansatz den Geist des Menschen zu verstehen, der einen anderen Menschen zu dem machen konnte, was da auf dem Boden lag. Was für ein Spiel treibst du?, hielt er im stillen Zwiesprache mit dem Mörder. Was für eine Bedeutung hat das für dich? Welche Wechselbeziehungen bestehen zwischen diesem zerfetzten Fleisch und deinen Begierden? Ich dachte, ich sei Experte darin, für alle Geschehnisse eine Erklärung zu finden, aber mit dir ist das anders, nicht wahr? Du bist wahrscheinlich etwas Besonderes. Du bist die Ausgeburt eines Monstrums. Du wirst zu denen gehören, über die man Bücher schreibt. Die Großen dieser Welt heißen dich willkommen.«
Als Tony merkte, daß er kurz davor war, einen so beunruhigenden komplexen Geist zu bewundern, zwang er sich zur Konzentration auf die Realität, auf das, was da vor ihm lag. Der tiefe Schnitt in den Hals hatte den Mann praktisch enthauptet; der Kopf war zur Seite gekippt und schien nur noch im Genick mit dem Rest des

Körpers verbunden zu sein. Tony atmete tief durch, dann fragte er: »In der *Sentinel Times* stand, alle Opfer seien daran gestorben, daß ihnen die Kehle durchgeschnitten wurde. Stimmt das?«

»Ja«, antwortete Carol. »Sie wurden alle vor Eintritt des Todes gefoltert, aber in sämtlichen Fällen waren die Schnitte in die Kehle die Todesursache.«

»Und waren alle Schnitte so tief wie dieser?«

Carol schüttelte zweifelnd den Kopf. »Ich kenne nur den zweiten Fall, genau, den Mord an Paul Gibbs, und dort war der Schnitt nicht annähernd so tief. Aber ich habe die Fotos von den anderen beiden Fällen gesehen, und beim letzten Opfer war es fast genauso schlimm.«

Gott sei Dank gibt es wenigstens so was wie Übereinstimmungen, dachte Tony. Er trat ein paar Schritte zurück und schaute sich um. Wenn man die Leiche außer acht ließ, unterschied sich der Hinterhof nicht von dem anderer Pubs. Lattenkisten mit Abfall waren an der Hauswand aufgestapelt, die Deckel der großen, mit Rädern versehenen Müllcontainer geschlossen. Offensichtlich war hier nichts entfernt und außer der Leiche war auch nichts zurückgelassen worden.

Brandon räusperte sich. »Nun, Carol, hier scheint ja alles unter Kontrolle zu sein. Ich kümmere mich jetzt am besten mal um die Presse. Als wir ankamen, habe ich mitgekriegt, wie Penny Burgess Ihnen fast den Ärmel vom Mantel abgerissen hat. Und inzwischen ist mit Sicherheit der Rest der Meute zu ihr gestoßen. Ich sehe Sie später im Präsidium. Schauen Sie bei mir im Büro rein. Ich möchte mich mit Ihnen über Dr. Hills Einsatz bei uns unterhalten. Tony, Sie überlasse ich jetzt Carols fachkundiger Betreuung. Wenn Sie hier fertig sind, können Sie sich vielleicht mit Carol zusammensetzen und sich in die Akten des Falls einweisen lassen.«

Tony nickte. »Klingt gut. Vielen Dank, John.«

»Ich rühre mich wieder bei Ihnen. Und auch Ihnen nochmals

vielen Dank.« Dann ging Brandon, das Tor zum Hinterhof hinter sich schließend.

»Sie beschäftigen sich also mit Profilanalysen von Verbrechern?« fragte Carol.

»Ich versuche es«, antwortete er vorsichtig.

»Gottlob scheinen diejenigen, die das Sagen haben, letztlich doch noch zur Vernunft zu kommen«, meinte sie trocken. »Ich hatte schon die Hoffnung aufgegeben, daß sie die Kurve kriegen und zugeben, daß wir es mit einem Serienmörder zu tun haben.«

»Wir beide wissen es jedenfalls«, entgegnete Tony. »Nach dem ersten Mord war ich zunächst nur beunruhigt, aber seit dem zweiten bin ich überzeugt, daß es so ist.«

»Und ich nehme an, Sie sehen sich nicht in der Position, ihnen das klarzumachen«, sagte Carol müde. »Verdammte Bürokratie!«

»Es ist eine sehr sensible Sache. Selbst wenn wir eines Tages diese Nationale Einsatzgruppe zur Erstellung von Verbrecherprofilen haben sollten, werden wir, fürchte ich, lange darauf warten müssen, bis die einzelnen Polizeibehörden sich um Unterstützung an uns wenden.«

Carols Erwiderung ging in dem lauten Scheppern unter, mit dem das Hoftor von außen aufgestoßen wurde. Beide fuhren herum. Im Torrahmen stand einer der größten Männer, die Tony je gesehen hatte. Er hatte den wuchtigen Körperbau eines kaum aufzuhaltenden Rugby-Stürmers, dessen Bierbauch allerdings gut fünfzehn Zentimeter über das Seitenprofil der massigen Schultern hervorstand. Seine Augen quollen aus dem fleischigen Gesicht wie gekochte Stachelbeeren, was zu Detective Superintendent Tom Cross' Spitznamen Popeye geführt hatte. Sein Mund war, wie der seines Cartoon-Namensvetters, nur ein inkongruenter schmaler Schlitz. Mausgraues Haar umrahmte eine kahle Stelle wie die Tonsur eines Mönches. »Sir«, grüßte Carol die monströse Erscheinung.

Fahle Augenbrauen verzogen sich zu einem mißvergnügten Bogen und verstärkten so noch den finsteren Blick. Die tiefen Falten zwischen den Brauen bezeugten, daß dies der übliche Gesichtsausdruck war. »Wer zum Teufel sind Sie?« fauchte er und deutete mit einem kurzen, dicken Zeigefinger auf Tony.
Tony registrierte automatisch den abgekauten Fingernagel. Bevor er jedoch antworten konnte, schaltete sich Carol schnell ein. »Sir, das ist Dr. Tony Hill vom Innenministerium. Er ist verantwortlich für die Realisierbarkeitsstudie ›Aufbau einer nationalen Einsatzgruppe zur Erstellung von Verbrecherprofilen‹. Dr. Hill, das ist Detective Superintendent Tom Cross. Er ist der verantwortliche Leiter unserer Morduntersuchungen.«
Die zweite Hälfte von Carols Vorstellung ging in Cross' dröhnender Reaktion unter. »Was zum Teufel ist mit Ihnen los, Mädchen? Das hier ist der Fundort der Leiche eines ermordeten Mannes. Sie werden es ja wohl nicht zulassen, daß irgendein Tom, Dick oder Federfuchser vom Innenministerium hier rumläuft und alle Spuren zertrampelt!«
Carol schloß die Augen einen kurzen Moment länger als bei einem Blinzeln, dann sagte sie mit einer Stimme, deren fröhlicher Ton Tony erstaunte: »Sir, Mr. Brandon hat Dr. Hill hergebracht. Er ist der Meinung, Dr. Hill könne uns helfen, indem er eine Profilanalyse von unserem Killer erstellt.«
»Was meinen Sie mit ›unserem Killer‹? Wie oft muß ich es Ihnen denn noch sagen? Wir haben es mit einem widerlichen Haufen von irren Nachahmungstätern zu tun! Wissen Sie, was der Ärger mit euch voreingenommenen, hochgestochenen Akademikern ist?« fauchte Cross und beugte sich herausfordernd zu Carol herunter.
»Ich bin sicher, Sie werden es mir sagen, Sir«, säuselte Carol.
Cross, der nicht sofort weitersprach, machte den leicht verwirrten Eindruck eines Hundes, der die Fliege summen hört, sie aber nicht sehen kann. Dann fuhr er fort: »Ihr seid alle ganz wild auf Ruhm.

Ihr wollt im Glanz der Öffentlichkeit strahlen, in den Schlagzeilen erscheinen. Ihr wollt euch nicht mit der mühsamen Kleinarbeit des gewissenhaften Ermittlungsbeamten abgeben. Ihr habt keine Lust, euch mit drei Morduntersuchungen zu beschäftigen, also versucht ihr, sie auf eine zu reduzieren, um damit eure Anstrengungen verringern und größtmögliches Aufsehen in den Medien hervorrufen zu können. Und Sie«, fügte er hinzu und wirbelte zu Tony herum, »Sie verschwinden jetzt am besten schleunigst von diesem Ort einer Morduntersuchung, die in meiner Zuständigkeit liegt. Was wir am wenigsten brauchen können, sind besserwisserische liberale Scheißer, die uns einreden wollen, wir müßten nach irgendeinem armen verbogenen Kerlchen fahnden, dem man als Kind den sehnlichst gewünschten Teddybären verweigert hat. Man schnappt Verbrecher nicht mit irgendwelchem Hokuspokus, sondern mit solider Polizeiarbeit.«
Tony lächelte. »Ich stimme Ihnen in vollem Umfang zu, Superintendent. Aber Ihr Assistant Chief Constable ist anscheinend der Meinung, ich könnte dabei helfen, Ihre Polizeiarbeit effizienter auf das Ziel auszurichten.«
Cross war ein zu alter Hase im Polizeigeschäft, um auf Höflichkeiten reinzufallen. »Ich bin Chef der effektivsten Truppe bei der Stadtpolizei«, entgegnete er, »und ich brauche keinen verdammten Seelendoktor, um mir sagen zu lassen, wie ich ein paar mordlustige Schwule zu überführen habe.« Er wandte sich wieder Carol zu. »Bringen Sie *Doktor* Hill von hier fort, *Inspector.*« Er ließ Carols Dienstgrad wie eine Beleidigung klingen. »Und wenn Sie das getan haben, kommen Sie zurück und erzählen mir, was Sie über diesen letzten Mord rausgefunden haben.«
»Jawohl, Sir. Oh, übrigens, Sie wollen sich bestimmt Mr. Brandon anschließen, der vorne an der Straße eine improvisierte Pressekonferenz abhält.« Diesmal schwang in ihrer Stimme eine gewisse Schärfe mit.

Cross warf einen flüchtigen Blick auf die Leiche. »Nun ja, der da wird uns wohl nicht davonlaufen, oder?« knurrte er. »Also, Inspector, ich erwarte Ihren Bericht, sobald ich mit der Presse fertig bin.« Er machte auf dem Absatz kehrt und stürmte so geräuschvoll davon, wie er gekommen war.
Carol ergriff Tony am Arm und komplimentierte ihn durch das Tor aus dem Hinterhof. »Das sollten wir uns nicht entgehen lassen«, flüsterte sie ihm ins Ohr, als sie ihn hinter Cross her durch die Gasse führte.
Ein halbes Dutzend Reporter hatte sich inzwischen zu Penny Burgess hinter dem gelben Absperrband gesellt. John Brandon stand ihnen gegenüber. Als Carol und Tony näher kamen, hörten sie die Kakophonie von Fragen, die die Reporter auf den ACC abschossen. Die beiden blieben in einigem Abstand stehen, als Cross sich zwischen einem Constable und Brandon durchdrängte und losschrie: »Einer nach dem andern, Ladies und Gentlemen. Wir hören uns jede Frage an.«
Brandon wandte sich mit ausdruckslosem Gesicht Cross zu. »Danke, Superintendent Cross.«
»Treibt ein Serienmörder sein Unwesen in Bradfield?« fragte Penny Burgess, und ihre Stimme drang durch die nach Cross' Auftritt eingetretene Stille wie der Schrei eines unheilverkündenden Vogels.
»Es gibt keinen Grund zu der Annahme …« fing Cross an.
Brandon schnitt ihm eisig das Wort ab. »Überlassen Sie das bitte mir, Tom. Wie ich bereits eben dargelegt habe, ist heute nachmittag die Leiche eines um die dreißig Jahre alten Mannes, eines Weißen, aufgefunden worden. Wir können noch nicht hundertprozentig sicher sein, aber es gibt Anzeichen dafür, daß diese Tat mit den drei anderen Morden, die in letzten sechs Monaten in Bradfield begangen wurden, in Verbindung stehen könnte.«
»Heißt das, daß Sie sie als die Taten eines Serienmörders betrach-

ten?« fragte ein junger Mann und hielt sein Mikrophon vor Brandons Gesicht.
»Wir untersuchen die Möglichkeit, daß alle vier Morde auf das Konto eines einzigen Täters gehen könnten, ja.«
Cross machte den Eindruck, als wollte er auf jemanden einschlagen. Er hatte die Hände zu Fäusten geballt und die Augenbrauen so tief heruntergezogen, daß er wohl nur durch einen schmalen Schlitz sehen konnte. »Wobei das in dieser Phase der Ermittlungen nur eine vage Annahme ist«, knurrte er wütend.
Penny zeigte sich wieder einmal als Wortführerin der Opposition, indem sie nachhakte. »Wie wird das den Ansatz Ihrer Untersuchungen beeinflussen, Mr. Brandon?«
»Von jetzt an werden wir die Untersuchung der bisherigen drei Mordfälle und des heute hinzugekommenen zusammenfassen und zur Aufklärung ein gemeinsames Sonderkommando bilden«, antwortete Brandon. »Wir werden dabei das computergestützte Fahndungssystem des Innenministeriums in vollem Umfang nutzen und alle verfügbaren Daten analysieren, und wir sind zuversichtlich, daß wir damit auf neue Spuren stoßen.« Brandons sorgenvoller Gesichtsausdruck strafte den Optimismus in seiner Stimme Lügen.
Carols Atem ging schneller, und sie murmelte: »Sehr schön, dein Wort in Gottes Ohr!«
»Haben Sie nicht zu viel Zeit verstreichen lassen? Hat der Mörder nicht inzwischen einen großen Vorsprung, weil Sie nicht wahrhaben wollten, daß es sich um einen Serienmörder handelt?« kam eine zornige Stimme aus den hinteren Reihen der Meute.
Brandon hob die Schultern, finster dreinschauend. »Wir sind Polizisten, keine Hellseher. Wir wollen nicht den Ereignissen voraus ins Blaue hinein theoretisieren. Seien Sie versichert, wir werden alles, was in unserer Macht steht, tun, um diesen Killer so schnell wie möglich zu fassen und vor Gericht zu bringen.«

»Werden Sie einen Psychologen einsetzen, der eine Profilanalyse des Verbrechers erstellt?« Das war wieder Penny Burgess.
Tom Cross warf Tony einen haßerfüllten Blick zu.
Brandon lächelte. »Das war im Moment alles, was wir Ihnen sagen können, Ladies und Gentlemen. Sie erhalten später eine zusammenfassende Erklärung von unserer Presseabteilung. Und jetzt bitten wir Sie um Verständnis, wir haben eine ganze Menge Arbeit vor uns.« Er nickte den Reportern wohlwollend zu, faßte Cross fest am Ellbogen und führte ihn zurück in die Gasse. Cross' Rücken war steif vor Zorn. Carol und Tony folgten ihnen in einigen Schritten Abstand. Noch einmal drang Penny Burgess' Stimme hinter ihnen her. »Inspector Jordan, wer ist der neue Mann da bei Ihnen?«
»Mein Gott, diese Frau läßt wirklich nichts unversucht«, murmelte Carol.
»Ich gehe ihr dann wohl besser aus dem Weg«, sagte Tony. »Wenn mein Name auf den Titelseiten der Zeitungen erscheint, könnte das für mich ausgesprochen gesundheitsgefährdend sein.«
Carol blieb stehen. »Sie meinen, Sie könnten dann ein Ziel für den Killer werden?«
Tony grinste. »Nein, nein. Ich meine, Ihr Superintendent würde einen Schlaganfall kriegen.«
Der unwiderstehliche Drang, ebenfalls zu grinsen, überkam Carol. Dieser Mann war nicht so wie die anderen vom Innenministerium, die sie bisher kennengelernt hatte. Er hatte nicht nur Sinn für Humor, es machte ihm auch nichts aus, frei von der Leber weg zu reden. Und doch gehörte er letztlich in die Kategorie der Männer, die ihre Freundin Lucy als »ein wenig in sich gekehrt« bezeichnete. Jedenfalls schien er der erste interessante Mann zu sein, dem sie im Dienst nach langer, langer Zeit wieder einmal begegnete. »Sie könnten recht haben«, war alles, was sie sagte, und sie schaffte es, ihre Worte so unverbindlich klingen zu lassen,

daß man ihr sie nicht als illoyal gegenüber ihrem Vorgesetzten auszulegen vermochte.
Sie kamen gerade noch rechtzeitig um die Ecke der Gasse, um Tom Cross auf Brandon einreden zu hören. »Bei allem Respekt, den ich Ihnen schulde, Sir. Sie haben gerade allem widersprochen, was ich diesen Armleuchtern von der Presse von Anfang an gesagt habe.«
»Es ist Zeit für einen neuen Ansatz, Tom«, entgegnete Brandon kühl.
»Warum diskutieren Sie das dann nicht mit mir im Büro, statt mich vor dieser Pressemeute als sturen Dickschädel hinzustellen? Vom Eindruck auf unsere Männer gar nicht zu reden.« Cross beugte sich streitlustig vor. Seine rechte Hand fuhr hoch, und es sah so aus, als wollte er den ausgestreckten Zeigefinger in Brandons Brust bohren. Aber der gesunde Menschenverstand und die Rücksichtnahme auf die Karriere behielten letztlich die Oberhand, und er ließ den Arm sinken.
»Soll das heißen, ich hätte bekommen, was ich wollte, wenn ich Ihnen im Büro den Vorschlag gemacht hätte, diesen neuen Weg zu gehen?« In Brandons ruhigem Ton klang eine stahlharte Entschlossenheit mit, und sie entging Cross offensichtlich nicht. Er schob den Unterkiefer nach vorn. »Im Endeffekt liegt die Verantwortung für operationelle Entscheidungen bei mir«, knurrte er. Hinter seiner Aggressivität erkannte Tony einen Jungen, einen streitsüchtigen kleinen Tyrannen, der wütend auf die Erwachsenen war, die noch die Macht hatten, ihn in seine Schranken zu weisen.
»Aber ich bin als Assistant Chief Constable und Chef der Kripo verantwortlich für die Aufklärung von Schwerverbrechen, und der Schwarze Peter bleibt letztlich immer bei mir hängen. Ich lege fest, welche Politik zu verfolgen ist, und die Entscheidung, die ich in diesem Fall getroffen habe, kollidiert nun mal mit Ihrer Verantwortlichkeit. Doch ich bleibe dabei, von jetzt an behandeln

wir diese Morde als ein einziges Schwerverbrechen. Oder wollen Sie die Sache höher aufhängen?« Zum erstenmal war Carol Zeugin, daß John Brandon sich auf dem rutschigen Parkett der Kompetenzrangelei so weit vorwagte. Die Drohung in seiner Stimme war kein leerer Bluff. Er war ganz eindeutig bereit, alles zu tun, um sein Ziel zu erreichen, und er ging dabei mit der Sicherheit eines Mannes vor, der es gewohnt war, den Sieg davonzutragen. Tom Cross blieb keine Wahl mehr.

Cross fuhr zu Carol herum und fauchte sie an: »Haben Sie nichts Besseres zu tun, Inspector?«

»Ich warte darauf, Ihnen meinen Bericht vortragen zu können, Sir«, antwortete sie. »Sie haben gesagt, ich solle mich nach dem Gespräch mit der Presse dafür bereithalten.«

»Bevor Sie das tun ...« unterbrach Brandon. »Tom, ich möchte Ihnen Dr. Tony Hill vorstellen.« Er gab Tony ein Zeichen, näher zu Cross und ihm zu kommen.

»Wir haben uns schon kennengelernt«, sagte Cross mürrisch wie ein Schuljunge.

»Dr. Hill hat sich bereit erklärt, bei dieser Morduntersuchung eng mit uns zusammenzuarbeiten. Er hat mehr Erfahrung in der Profilanalyse von Serientätern als sonst jemand in unserem Land. Er hat im übrigen auch zugestimmt, seinen Einsatz für uns geheimzuhalten.«

Tony bemühte sich um ein bescheidenes, diplomatisches Lächeln. »Das ist richtig. Ich möchte keinesfalls, daß Ihre Ermittlung zur Nebensache wird. Wenn es Verdienste bei der Überführung dieses Bastards gibt, dann sollen sie natürlich Ihrem Team zugute kommen. Ihre Leute sind es ja schließlich, die die ganze Arbeit machen.«

»Damit liegen Sie nicht falsch«, brummte Cross. »Ich möchte nicht, daß Sie uns dauernd auf den Füßen stehen, wenn wir die Kleinarbeit machen.«

»Das will keiner von uns, Tom«, sagte Brandon. »Deshalb habe ich Carol gebeten, die Aufgabe eines Verbindungsbeamten zwischen Tony und uns zu übernehmen.«

»Ich kann es mir in Zeiten wie diesen nicht leisten, eine hochrangige Polizeibeamtin für so was abzustellen«, protestierte Cross.

»Sie geht Ihnen ja nicht verloren«, erwiderte Brandon. »Im Gegenteil, Sie werden in ihr eine Beamtin haben, die einen einzigartigen Überblick über alle Morde hat. Das könnte sich als unbezahlbar erweisen, Tom.« Er schaute auf die Uhr. »Ich muß jetzt gehen. Der Chief will sicher meinen Bericht über diesen neuen Mord hören. Wir sprechen uns wohl noch, Tom.« Brandon hob zum Abschied die Hand und verschwand dann um die Ecke.

Cross zog eine Zigarettenschachtel aus der Tasche und steckte sich eine Zigarette an. »Wissen Sie, was Ihr Problem ist, Inspector?« fragte er und gab gleich selbst die Antwort: »Sie sind nicht so raffiniert, wie Sie meinen. Ein Schritt weg vom vorgegebenen Weg, und ich mache Hackfleisch aus Ihnen.« Er nahm einen tiefen Zug, beugte sich vor und blies den Rauch in Carols Richtung. Seine Absicht wurde jedoch von einem Windstoß vereitelt, der den Rauch zur Seite fegte, ehe er Carols Gesicht erreichte. Cross verzog entrüstet die Mundwinkel, machte auf dem Absatz kehrt und marschierte zurück zum Fundort der Leiche.

»Sie haben soeben eine sehr nette, hochrangige Persönlichkeit aus den Reihen unserer Polizei kennengelernt«, sagte Carol zu Tony.

»Ich weiß jetzt zumindest, aus welcher Richtung der Wind weht«, entgegnete Tony. Regentropfen fielen plötzlich auf sein Gesicht.

»Oh, Mist«, sagte Carol. »Das hat uns gerade noch gefehlt. Hören Sie, können wir uns morgen irgendwo treffen? Ich lasse mir die Akten der ersten drei Fälle geben und gehe sie heute abend durch. Dann kann ich Sie morgen einweisen.«

»Gut. In meinem Büro um zehn Uhr?«

»Das paßt prima. Wie finde ich zu Ihnen?«

Tony erklärte Carol den Weg und schaute ihr dann nach, als sie zurück durch die Gasse eilte. Eine interessante Frau, und attraktiv, worin ihm die meisten Männer zustimmen würden. Manchmal wünschte er sich, er könnte so unkompliziert reagieren wie andere. Aber er hatte schon vor langer Zeit den Punkt überschritten, bei dem er es sich erlaubt hätte, eine Frau wie Carol Jordan attraktiv zu finden.

Es war bereits nach sieben, als Carol ins Präsidium zurückkam. Sie wählte John Brandons Nummer und war freudig überrascht, daß er tatsächlich noch da war. »Kommen Sie zu mir«, sagte er.

Sie war noch überraschter, als sie in der Verbindungstür zu seinem Vorzimmer stand und ihn dabei vorfand, dampfenden Kaffee aus der Glaskanne der Kaffeemaschine in zwei Becher zu gießen. »Milch und Zucker?« fragte er.

»Keins von beiden«, antwortete sie. »Das ist ja eine unerwartete nette Überraschung.«

»Ich habe vor fünf Jahren das Rauchen aufgegeben«, vertraute Brandon ihr an. »Jetzt hält mich nur noch das Koffein aufrecht. Kommen Sie rein.«

Voller Neugier betrat Carol sein Büro. Sie war bisher nie weiter als bis zur Türschwelle gelangt. Die Wände waren wie in allen Büros cremefarben gestrichen, die Möbel die gleichen wie in Cross' Büro, allerdings mit dem Unterschied, daß hier das Holz gepflegt glänzte, nicht abgenutzt, verschrammt und voller Brandlöcher war und keine verräterischen Ringe heißer Kaffeetassen aufwies. Im Gegensatz zu den meisten anderen höheren Polizeibeamten hatte Brandon die Wände nicht mit Fotos oder gerahmten Zertifikaten aus seiner Polizeikarriere vollgehängt. Stattdessen hatte er sich für ein halbes Dutzend Reproduktionen von Straßenszenen von Bradfield aus der Zeit um die Jahrhundertwende entschieden. Sie waren zwar in kräftigen Farben gehalten, spiegelten aber in ihrer trüben, meist regenverhangenen Darstellung den spektakulären Blick wider, der sich in diesem Moment aus dem Fenster im siebten Stock bot. Der einzige Gegenstand, der den Erwartungen entsprach, war das Foto von seiner Frau und den Kindern auf dem Schreibtisch. Aber selbst das war keine gestellte Studioaufnahme, sondern die Vergrößerung eines Schnappschusses aus dem Urlaub an Bord eines Segelboots. Folgerung: Obwohl Brandon den Eindruck eines rauhbeinigen, unkomplizierten, herkömmlichen Cops zu erwecken sich bemühte, war er in Wirklichkeit unter der Oberfläche weitaus komplizierter und sensibler.

Er ließ Carol auf dem einen von zwei Stühlen vor seinem Schreibtisch Platz nehmen und setzte sich auf den anderen. »Ich möchte, daß über eine Sache von vornherein Klarheit herrscht«, sagte er ohne jede Vorrede. »Sie unterrichten Superintendent Cross über alle Ihre Erkenntnisse. Er ist der Leiter dieser Morduntersuchung. Ich möchte jedoch Kopien von allen Ihren und Dr. Hills Berichten sehen, und ich möchte, daß Sie mir sämtliche Theorien mitteilen, die Sie beide entwickeln und noch nicht zu Papier bringen wollen. Glauben Sie, daß Sie mit diesem Balanceakt zurechtkommen können?«

Carol hob die Augenbrauen. »Es gibt nur einen Weg, das rauszufinden, Sir«, antwortete sie, »die Praxis.«

Brandon verzog die Lippen zu einem Lächeln. Er hatte schon immer Aufrichtigkeit jedem ausweichendem Gelaber vorgezogen. »Okay. Ich möchte sichergestellt wissen, daß Sie Zugang zu allen Unterlagen jedes einzelnen Mitglieds des Teams bekommen. Wenn es dabei die geringsten Probleme gibt, wenn Sie das Gefühl haben, irgend jemand versuche, Sie und Dr. Hill hinzuhalten, dann möchte ich das wissen, egal, um wen es sich handelt oder wer verantwortlich dafür ist. Ich werde das morgen bei der Besprechung allen bekanntgeben und dafür sorgen, daß keiner noch irgendeinen Zweifel hat, welches die neuen Spielregeln sind. Brauchen Sie ad hoc irgendwas von mir?«

Eine Verlängerung des Tages auf sechsunddreißig Stunden wäre für den Anfang nicht schlecht, dachte Carol erschöpft. Freude an einer Herausforderung war ja gut und schön, aber diesmal sah es so aus, als ob diese Freude vor allem aus mühsamer Plackerei bestehen würde.

Tony schloß die Haustür hinter sich. Er stellte die Aktentasche auf den Boden und lehnte sich gegen die Wand. Jetzt hatte er erreicht, was er erreichen wollte. Nun konnte der geistige Kampf beginnen – seine Kenntnisse der menschlichen Psyche gegen die Fehlschaltung im Gehirn des Mörders. Irgendwo im Muster dieser Morde gab es einen verstecken, labyrinthischen Pfad, der direkt zum Herzen des Täters führte. Tony mußte es irgendwie gelingen, diesem Pfad zu folgen, und er mußte sich dabei vor irreführenden Phantomen hüten, mußte aufpassen, nicht auf trügerischen Grund zu geraten.

Er stieß sich von der Wand ab, sich plötzlich erschöpft fühlend. Auf dem Weg zur Küche zog er die Krawatte runter und knöpfte das Hemd auf. Ein kaltes Bier, und dann konnte er seine kleine Sammlung von Zeitungsausschnitten über die bisherigen drei Morde noch einmal durchgehen. Er hatte gerade nach einer Dose Boddingtons gegriffen, als das Telefon läutete. Er schlug die Kühlschranktür zu und ging, mit der kalten Bierdose in der Hand, zum Apparat. »Hallo?« meldete er sich.

»Anthony«, sagte die Stimme.

Tony schluckte schwer. »Das ist keine günstige Zeit.« Er stellte die Dose auf die Arbeitsplatte vor sich und zog mit einer Hand den Verschluß auf.

»Spielst du den harten, unzugänglichen Mann? Nun ja, das gehört ja mit zum Spaß, nicht wahr? Ich dachte, ich hätte dich von den Versuchen geheilt, mir aus dem Weg zu gehen. Ich dachte, das hätten wir längst hinter uns gebracht. Bitte, hab nicht wieder einen Rückfall in die Primitivität und leg den Hörer auf. Das ist alles, worum ich dich bitte.« Die Stimme klang hänselnd, und unter der Oberfläche schwang ein glucksendes Lachen mit.

»Ich spiele nicht den Unzugänglichen«, erwiderte er. »Es ist wirklich kein günstiger Zeitpunkt.« Er spürte, wie aus der Tiefe seines Magens langsam ein brennender Ärger aufstieg.

»Das liegt an dir. Du bist der Mann. Du bist der Boß. Es sei denn natürlich, du willst mal ein bißchen Abwechslung ins Spiel bringen. Wenn du verstehst, was ich meine.« Die Stimme hörte sich jetzt fast wie ein Seufzen an und quälte ihn mit ihrer schwer zu fassenden Klangfarbe. »Schließlich spielt sich alles ja ganz strikt nur zwischen dir und mir ab. Erwachsene, die in gegenseitiger Übereinstimmung handeln, wie es so schön heißt.«

»Soll ich dann nicht das Recht haben, nein zu sagen, hier und jetzt? Oder haben nur Frauen dieses Recht?« Er hörte die Anspannung in seiner Stimme, als der Ärger wie Galle in seiner Kehle hochstieg.

»Mein Gott, Anthony, du klingst so sexy, wenn du wütend bist«, säuselte sie.

Verlegen nahm Tony den Hörer vom Ohr und starrte ihn an, als wäre er ein Artefakt von einem anderen Planeten. Manchmal fragte er sich, ob das, was da aus seinem Mund kam, dieselben Worte waren, die ans Ohr seines Zuhörers drangen. Mit einer kühl analysierenden Distanz, die er seinem Anrufer nicht übermitteln konnte und wollte, erkannte er, daß er den Hörer so fest umklammert hielt, daß seine Finger ganz weiß waren. Er hob ihn wieder ans Ohr.

»Wenn ich schon deine Stimme höre, Anthony, werde ich an bestimmten Körperteilen ganz feucht«, sagte sie gerade. »Willst du wissen, was für Kleidungsstücke ich trage, was ich gerade tue?« Sie klang jetzt verführerisch, ihr Atem war lauter als vorher.

»Ich hatte heute einen anstrengenden Tag, ich muß noch eine ganze Menge arbeiten, und sosehr ich unsere kleinen Spielchen auch mag, ich bin im Moment einfach nicht in der Stimmung dafür.« Aufgeregt schaute Tony sich in der Küche um, als suchte er nach dem nächsten Fluchtweg.

»Du klingst so aufgeregt, Darling. Laß mich all den Druck, der auf dir lastet, ganz sanft von dir nehmen. Laß uns ein Spielchen machen. Denk fest an mich, denk daran, daß ich dir zur Entspannung verhelfen werde. Du weißt, daß dir danach die Arbeit besser von der Hand geht. Du weißt, daß ich dir das schönste Erlebnis verschaffen kann, das du jemals gehabt hast. Mit einem Hengst wie dir und einer Sexkönigin wie mir sollte uns das nicht schwerfallen. Und nur so zum Einstieg, ich werde dir den schmutzigsten, schärfsten Anruf machen, den wir beide je gehabt haben.«

Plötzlich fand sein Ärger eine schwache Stelle im Damm und brach sich Bahn. »Nicht heute abend!« schrie er und knallte den Hörer so heftig auf die Gabel, daß die Bierdose hochhüpfte. Träger Schaum quoll aus der dreieckigen Öffnung im Deckel. Tony starrte angeekelt darauf. Er nahm die Dose und warf sie ins Spülbecken. Sie schepperte gegen die Stahlwand, rollte dann auf dem Boden hin und her, und weißer Schaum und braunes Bier spritzten aus der Öffnung. Tony ging in die Hocke, senkte den Kopf und bedeckte das Gesicht mit den Händen. Heute abend, angesichts des Vorhabens, in die Tiefen der Alpträume eines anderen Menschen vorzudringen, wollte er auf keinen Fall der unvermeidbaren Konfrontation mit seiner eigenen Schwäche ausgesetzt werden, die diese Anrufe jedesmal zur Folge hatten. Das Telefon klingelte wieder, aber er blieb reglos hocken, die Augen zukneifend. Als der Anrufbeantworter sich einschaltete, legte der Anrufer auf. »Miststück«, murmelte Tony wütend. »Verdammtes Miststück.«

Auf 3 1/2-Zoll-Diskette, Beschriftung: Backup.007; Datei Love003.doc

Wenn meine Nachbarn morgens zur Arbeit fahren, lassen sie ihren Schäferhund im Garten hinter dem Haus frei herumlaufen. Er rennt den ganzen Tag über rastlos hin und her, dabei stets dieselbe Strecke über den Asphaltpfad entlang des Zauns zurücklegend, und er tut das mit dem wachsamen Fleiß eines Gefängniswärters, der seine Arbeit gern verrichtet. Er ist kräftig gebaut und hat ein schwarzbraunes, zottiges Fell. Wenn jemand einen der Gärten links und rechts betritt, bellt er los, und zwar mit einer langgezogenen, aus der Tiefe der Kehle kommenden Kakophonie, die meistens viel länger andauert als die vermeintliche Gefahr für sein Territorium. Kommen die Müllmänner in die Gasse hinter den Gärten und leeren unsere Tonnen, wird der Hund geradezu hysterisch, stellt sich auf die Hinterbeine und kratzt wie wild mit den Vorderpfoten an dem schweren Holztor. Ich habe ihn vom Fenster meines hinteren Schlafzimmers aus beobachtet. Er ist aufgerichtet fast so groß wie das Tor selbst. Wirklich perfekt geeignet.

Am nächsten Montagmorgen kaufte ich einige Pfund Steak und schnitt das Fleisch in Würfel, in der Größe, wie sie in den meisten Rezepten vorgeschrieben sind. Dann machte ich einen kleinen Schnitt in jeden Würfel und steckte eine von den Beruhigungspillen, die mein Arzt meint, mir verschreiben zu müssen, hinein. Ich habe ihn nie darum gebeten und sie auch nie genommen, aber ich hatte das Gefühl,

sie könnten mir vielleicht eines Tages noch einmal nützlich sein.
Ich ging aus der Hintertür und freute mich über die sofort einsetzende Bellsalve des Hundes. Ich hatte allen Grund zur Freude – würde es doch das letzte Mal sein, daß ich sein Gebell über mich ergehen lassen mußte. Ich steckte die Hand in die Schüssel mit dem feuchten Fleisch, seine kühle schlüpfrige Konsistenz genießend. Dann warf ich es, eine Handvoll nach der anderen, über den Zaun. Anschließend kehrte ich ins Haus zurück, spülte das Geschirr und setzte mich danach an meinen Computer im Arbeitszimmer im ersten Stock, von wo ich ebenfalls einen guten Ausblick auf den Nachbargarten mit dem Hund hatte. Ich tauchte in die atmosphärische Welt von Darkseed ein; das Computerspiel dämpfte mit seiner romantischen, makabren Unterwelt-Szenerie, die ich inzwischen so gut kannte, meine Aufregung. Obwohl ich mich in das Spiel vertiefte, konnte ich nicht anders, als alle paar Minuten aus dem Fenster zu sehen. Nach einiger Zeit sank der Hund auf den Boden, und die Zunge hing weit aus seinem Maul. Ich klickte mich aus dem Spiel aus und schaute durchs Fernglas. Er schien noch zu atmen, bewegte sich aber nicht.
Ich lief nach unten, holte die Reisetasche, die ich vorher schon gepackt hatte, stieg in den Jeep und fuhr rückwärts in die Gasse hinter den Gärten, bis die Hecktür des Wagens sich auf Höhe des Gartentors des Nachbargrundstücks befand. Dann stellte ich den Motor ab. Stille. Ich konnte eine gewisse selbstgefällige Genugtuung nicht unterdrücken, als ich mein bereitgelegtes Stemmeisen ergriff und aus dem Wagen sprang. Es dauerte nur Sekunden, bis ich das Tor aufgehebelt hatte. Als es aufsprang, sah ich, daß der Hund sich nicht bewegt hatte. Ich kniete mich neben ihn, stopfte die Zunge zurück in sein Maul und umwickelte die zusammengedrückte Schnauze mit Klebeband. Dann fesselte ich seine Vorder- und

Hinterpfoten und trug ihn zum Jeep. Er war schwer, aber ich halte mich in guter körperlicher Verfassung, und so bereitete es keine Schwierigkeiten, ihn auf die Ladefläche zu schieben. Als wir bei der Farm ankamen, atmete er leise röchelnd, aber noch war kein Aufflackern von Bewußtsein zu erkennen, selbst als ich mit dem Daumen seine Augenlider hochschob. Ich zerrte ihn in eine Schubkarre, die ich nach den Ausbesserungsarbeiten zurückgelassen hatte, schob ihn damit durch das Cottage und kippte ihn dann über die Treppe in den Keller. Unten knipste ich das Licht an und wuchtete den Hund wie einen Kartoffelsack auf die Streckbank. Dann schaute ich mir meine Messer an. Ich hatte einen Magnethalter an der Wand befestigt, und dort hingen sie ordentlich nebeneinander, jedes einzelne rasiermesserscharf geschliffen – je ein Hackmesser, Filetmesser, Tranchiermesser, Schälmesser, Schnitzmesser. Ich entschied mich für das Schnitzmesser, schnitt die Fesseln durch und drehte den Hund auf den Bauch. Mit einem Lederriemen um den Rücken zurrte ich ihn in dieser Position fest. Plötzlich merkte ich, daß es ein Problem gab.

Der Hund hatte in den letzten Minuten nicht mehr geatmet. Ich drückte mein Ohr gegen die borstigen Haare auf seiner Brust, horchte nach dem Herzschlag, aber es war zu spät. Ich hatte mich offensichtlich in der Dosis verkalkuliert und ihm zu viel Beruhigungsmittel gegeben. Ich war stinksauer. Der Tod des Hundes würde zwar das wissenschaftliche Testen der Funktionsfähigkeit meines Geräts nicht beeinflussen, aber ich hatte mich darauf gefreut, ihn leiden zu sehen – eine kleine Rache für die vielen Male, in denen sein irres Bellen mich aufgeweckt hatte, was mich vor allem dann in Rage versetzt hatte, wenn ich von einer anstrengenden Spätschicht nach Hause gekommen war. Doch er war ohne jede Qual gestorben. Das letzte, was er in seinem Leben gehabt hatte, waren

einige Pfund Fleischwürfel gewesen. Es gefiel mir nicht, daß er glücklich gestorben war.
Aber das war noch nicht alles; kurz darauf stieß ich auf ein weiteres Problem. Die Riemen, die ich zum Fesseln der Gliedmaßen am Gerät angebracht hatte, waren für menschliche Hand- und Fußgelenke gut geeignet. Der Hund jedoch hatte keine Hände oder Füße, die ein Herausschlüpfen aus den Fesseln verhinderten.
Ich rätselte nicht lange herum. Es war zwar keinesfalls eine elegante Lösung, aber sie erfüllte den geplanten Zweck. Ich hatte von den Reparatur- und Ausbauarbeiten im Keller noch einige etwa fünfzehn Zentimeter lange Nägel übrig. Ich drückte die linke Vorderpfote des Hundes fest auf das Holzbrett, so daß sie sich spreizte. Dann tastete ich nach Lücken zwischen den Knochen und trieb mit einem einzigen Schlag meines Hammers den Nagel in das Holz, dicht vor der letzten Sehnenverbindung und schräg zur Streckrichtung der Pfote. Unterhalb der Schräge des Nagels führte ich schließlich den Lederriemen durch und zog ihn fest. Ein Test ergab, daß diese Befestigung lange genug halten würde.
Innerhalb von fünf Minuten hatte ich auch die anderen Beine des Hundes fixiert. Nachdem das Tier auf diese Weise vorbereitet war, konnte das große Experiment beginnen. Selbst unter dem Aspekt, daß es sich nur um ein rein wissenschaftliches handelte, spürte ich eine irre Aufregung in mir aufsteigen, die mir schließlich beinah die Kehle zuschnürte. Fast unbewußt, so schien es, bewegte sich meine Hand auf den Griff der Winde zu. Ich schaute auf die Hand hinab, wie sie sich, losgelöst von meinem Körper, wie diejenige eines Fremden, der Winde näherte. Sie streichelte die Speichen des Windenrads, dann den äußeren Radlauf und schloß sich sanft um den Drehgriff. Der Geruch nach Schmieröl hing noch leicht in der Luft, und er vermischte sich mit dem schwachen

Duft der Farbe an der Wand und dem strengen Hundegeruch meines Assistenten bei diesem Experiment. Ich atmete tief ein, zitterte vor freudiger Erwartung, und dann fing ich an, langsam den Griff zu drehen.

3

Es ist ganz sicher keine Übertreibung, wenn ich feststelle, daß jedweder Mann, der sich mit Morden befaßt, einer äußerst inkorrekten Denkweise anhängt und wahrhaft inakkurate Prinzipien verfolgt.

Don Merrick zog den Reißverschluß seiner Hose runter und begann mit einem Seufzer der Erleichterung zu pinkeln. Hinter ihm wurde die Toilettentür aufgestoßen, und eine schwere Hand legte sich auf seine Schulter. »Sergeant Merrick – genau der Mann, den ich sprechen wollte«, dröhnte die Stimme von Tom Cross. Es war ihm unerklärlich, aber Merrick mußte feststellen, daß er unter diesen Umständen nicht zu Ende führen konnte, was er so lustvoll begonnen hatte.

»Guten Morgen, Sir«, sagte er vorsichtig und rettete schnell seine Männlichkeit vor den Blicken seines Vorgesetzten.

»Sie hat Ihnen sicher von ihrer neuen Verwendung erzählt, Ihre Chefin, oder?« fragte Cross, ganz der joviale Kumpel.

»Sie hat es erwähnt, ja, Sir.« Merrick schaute sehnsüchtig zur Tür, aber es gab keine Rettung, nicht mit Cross' Hand auf seiner Schulter.

»Ich habe gehört, Sie wollen die Prüfung zum Inspector machen«, sagte Cross.

Merricks Magen verkrampfte sich. »Das ist richtig, Sir.«

»Also werden Sie die Hilfe aller Freunde auf höheren Posten brauchen können, nicht wahr, mein Junge?«

Merrick zwang sich, seine Lippen zu verziehen, und hoffte, Cross würde darin ein Lächeln erkennen können.

»In Ihnen steckt das Zeug zu einem guten Polizisten, Merrick. Sie dürfen nur nicht vergessen, wem gegenüber Sie sich loyal zu verhalten haben. Ich weiß, daß Inspector Jordan in den nächsten Wochen eine vielbeschäftigte Frau sein wird. Sie wird vielleicht nicht immer Zeit haben, mich über die *neuesten* Entwicklungen auf dem laufenden zu halten.« Cross grinste vielsagend. »Ich verlasse mich darauf, daß Sie mich über alle Entwicklungen informieren. Sie verstehen, was ich meine?«

Merrick nickte. »Jawohl, Sir.«

Cross nahm seine Hand von Merricks Schulter und ging zur Tür. Er öffnete sie, drehte sich aber noch einmal zu ihm um. »Besonders, wenn sie anfängt, mit unserem verehrten Doktor rumzubumsen«, fügte er hinzu.

Die Tür fiel quietschend hinter ihm ins Schloß. »Du Arschloch, fick dir ja nicht die Eier wund«, sagte Merrick leise, ging zum Waschbecken und schrubbte seine Hände unter dem heißen Wasser.

Tony saß nun schon seit acht Stunden am Schreibtisch, und dennoch hatte er bisher nicht mehr getan, als ein paar Fotokopien von dem »Bericht zur Verbrechensanalyse« zu machen, den er für die vorgesehene Einsatzgruppe entworfen hatte. Er basierte weitgehend auf dem »Fragebogen zur Erfassung von Schwerverbrechen« des FBI und hatte zum Ziel, eine Standardklassifizierung für jeden Aspekt eines Verbrechens festzulegen, vom Opfer bis hin zu den gerichtsverwertbaren Beweisen. Abwesend schob Tony die Fotokopien auf dem Schreibtisch hin und her und ordnete dann die Zeitungsausschnitte zu einem korrekten Stapel. Er rechtfertigte seinen Mangel an Aktivität damit, daß er, so redete er sich ein, sowieso nichts Gescheites tun könne, ehe Carol nicht mit den Polizeiakten käme. Doch, wie gesagt, das redete er sich nur ein.

In Wahrheit gab es gute Gründe dafür, daß er sich nicht konzentrieren konnte. Sie spukte wieder in seinem Kopf herum, diese geheimnisvolle Frau. Am Anfang hatte er sich gepeinigt gefühlt, hatte nicht an den Spielen teilnehmen wollen. Genau wie meine Patienten, dachte er ironisch. Wie oft schon hatte er die Maxime geäußert, daß bei einer Therapie jeder Patient zu einem bestimmten Zeitpunkt nur noch widerstrebend zur Kooperation bereit war? Er hatte die Übersicht verloren, wie oft er in der ersten Zeit den Telefonhörer aufgelegt hatte. Aber sie war hartnäckig geblieben, hatte geduldig und besänftigend ihre Überredungskunst eingesetzt, bis er tatsächlich Entspannung fand und dann sogar mitmachte.

Sie hatte ihn völlig aus dem Gleichgewicht gebracht. Von Anfang an schien sie instinktiv seine Achillesferse zu erkennen, hatte sie aber niemals angesprochen oder gar darauf herumgehackt. Sie hatte alles, was man sich von einer Phantasiegeliebten nur wünschen konnte, beherrschte das Repertoire von zart bis grob. Die Kernfrage für Tony war, ob er das so pathetisch beurteilte, weil er es fertigbrachte, überhaupt eine innere Beziehung zu obszönen Telefonanrufen durch eine Fremde zu haben, oder ob er sich dazu gratulieren sollte, daß er seelisch so gefestigt war und erkannt hatte, was er brauchte und was ihm weiterhalf. Aber er wurde die Angst nicht los, daß er, wenn er nicht bereits abhängig von diesen Anrufen war, sich zumindest dem Risiko aussetzte, dieser Gefahr zu erliegen. Wenn er denn schon unfähig zu einer normalen sexuellen Beziehung war, bedeuteten dann diese Telefonspielchen, daß sich seine sexuelle Konditionierung verschlechterte oder daß er auf dem Weg zur Besserung war? Die einzige Möglichkeit, das zuverlässig herauszufinden, war der Versuch, sich aus der Phantasiewelt zu lösen und in die Realität einzutauchen. Aber er hatte immer noch zuviel Angst vor neuen Demütigungen, um das zu wagen. Im derzeitigen Stadium schien er sich mit der mysteriösen Fremden zufriedengeben zu müssen; sie vermochte ihm das Gefühl zu vermitteln, ein Mann zu sein, zumindest so weit, daß die Dämonen in seinem Inneren in Schach gehalten werden konnten.

Tony seufzte und griff nach seinem Kaffeebecher. Der Kaffee war kalt, aber er trank ihn trotzdem. Unwillkürlich fing er an, frühere Telefongespräche im Geist durchzugehen. Als ob er das nicht schon in den Morgenstunden wieder und wieder getan hätte, als der Schlaf für ihn so unerreichbar gewesen war wie der Serienmörder von Bradfield. Die Stimme dieser Frau dröhnte in seinen Ohren, wie der zu laut eingestellte Walkman eines Mitfahrers in einem überfüllten Zugabteil. Er versuchte, seine Emotionen abzuschalten und die Anrufe mit der intellektuellen Objektivität zu behandeln, die er bei seiner Arbeit einsetzte. Alles, was er zu tun hatte, war, sich gegen Emotionen zu verschließen, wie er es auch tat, wenn er mit den perversen Phantasien seiner Patienten konfrontiert wurde. Er hatte sicherlich genug Erfahrung, um aufkommende Echos in sich selbst niederhalten zu können.

Stopp die Stimme. Analysiere. Wer ist sie? Was ist ihre Motivation? Vielleicht machte es ihr ebenso wie ihm einfach nur Spaß, in verwirrten Köpfen herumzustochern. Das würde wenigstens erklären, wie sie seine Barrikaden überwunden hatte. Sie war jedenfalls anders als die Frauen, die sich für die Arbeit bei diesen schäbigen Telefonsex-Diensten hergaben. Bevor er die Studie für das Innenministerium begonnen hatte, war er mit einer Teiluntersuchung über diese Telefonsex-Dienste beschäftigt gewesen. Nicht gerade wenige der in jüngster Zeit verurteilten Straftäter, mit denen er es zu tun bekommen hatte, hatten zugegeben, regelmäßige Anrufer bei solchen gebührenpflichtigen Telefondiensten gewesen zu sein, bei denen sie ihre sexuellen Phantasien, wie bizarr, obszön und pervers sie auch waren, verbal an schlechtbezahlte Frauen loswerden konnten, die von ihren Bossen ermutigt wurden, äußerst nachsichtig mit den Anrufern zu verfahren, solange sie nur bereit waren, die Gebühren zu bezahlen. Er hatte selbst bei einigen dieser Dienste angerufen, um herauszufinden, was da angeboten wurde, aber auch um festzustellen – unter Rückgriff auf die Aufzeichnungen der Interviews mit den Straftätern –, wie weit man gehen konnte, ehe der

Ekel bei den Frauen stärker wurde als die Profitgier oder die verzweifelte Notwendigkeit, Geld für den Lebensunterhalt zu verdienen.
Schließlich hatte er dann Gespräche mit einigen ausgewählten Frauen bei diesen Telefondiensten geführt. Was alle gemeinsam zum Ausdruck brachten, war, daß sie sich verletzt und erniedrigt fühlten, wobei einige von ihnen das hinter der Verachtung, die sie für ihre Kunden empfanden, versteckten. Er war zu einigen Schlußfolgerungen gekommen, aber in den Bericht, den er danach geschrieben hatte, hatte er nicht alle aufgenommen. Einige ließ er aus, weil sie zu weit hergeholt erschienen, andere, weil er fürchtete, sie würden zu viel von seiner eigenen Psyche offenbaren. Dazu gehörte auch seine Überzeugung, daß ein Mann, der vorher schon einmal bei einem der Telefonsex-Dienste angerufen hatte, völlig anders auf den überraschenden obszönen Anruf von einem unbekannten Mitglied des anderen Geschlechts reagierte als auf den einer Frau, die ebenfalls schon Erfahrung in diesen Dingen hatte. Statt den Hörer auf die Gabel zu knallen oder sich bei der Telecom zu beschweren, waren die meisten dieser Männer entweder amüsiert oder erregt. Wie auch immer, sie wollten mehr hören.
Jetzt mußte er nur noch herausfinden, warum solche Frauen, die von sich aus in dieser Hinsicht tätig wurden, anders als die, die es von Berufs wegen machten, so viel Spaß am Telefonsex mit völlig fremden Männern hatten. Er hatte das Bedürfnis, seine intellektuelle Neugier zu befriedigen, und das war mindestens so stark wie der Drang, den sexuellen Tummelplatz noch intensiver zu erforschen, auf den sie ihn geführt hatte. Vielleicht sollte er einmal ein Treffen vorschlagen. Ehe er diesen Gedanken weiterspinnen konnte, klingelte das Telefon. Tony zuckte zusammen, und seine Hand, die automatisch nach dem Hörer greifen wollte, hielt in der Luft inne. »O mein Gott«, murmelte er verstört und warf den Kopf hin und her wie ein Taucher, der gerade zur

Wasseroberfläche aufgetaucht ist. Schließlich nahm er dann doch ab. »Tony Hill«, meldete er sich.

»Dr. Hill, hier ist Carol Jordan.«

Tony reagierte zunächst nicht, zutiefst erleichtert, daß seine Gedanken nicht die geheimnisvolle Frau heraufbeschworen hatten.

»Erinnern Sie sich nicht, Inspector Jordan von der Polizei von Bradfield?« fragte Carol in sein Schweigen hinein.

»Ja, doch ... natürlich, ich war nur gerade dabei ... einen Fleck auf meinem Schreibtisch wegzuwischen«, stammelte Tony, und sein linkes Bein begann nervös zu zucken wie eine Teetasse in einem rüttelnden Zug.

»Es tut mir leid, aber ich werde es bis zehn nicht schaffen. Mr. Brandon hat eine Besprechung für das ganze Dezernat angesetzt, und es wäre sicher undiplomatisch, wenn ich nicht daran teilnehmen würde.«

»Das verstehe ich«, sagte Tony und malte mit der freien Hand abwesend eine Narzissenblüte auf seinen Notizblock. »Es wird schwer genug für Sie werden, als Verbindungsbeamtin zwischen mir und den Polizeioberen zu fungieren, ohne dabei den Eindruck zu erwecken, nicht mehr zum Ermittlungsteam zu gehören. Machen Sie sich also keine Gedanken wegen unseres Termins.«

»Vielen Dank. Ich glaube nicht, daß die Besprechung viel Zeit in Anspruch nehmen wird. Ich komme so schnell wie möglich zu Ihnen. Etwa um elf, ist das in Ordnung?«

»Ja, das paßt gut«, antwortete er und war erleichtert, daß er nicht allzulange seinen Brütereien ausgesetzt sein würde, ehe sie sich der praktischen Arbeit zuwenden konnten. »Ich habe heute keine Termine mehr, also lassen Sie sich Zeit. Sie bringen bei mir nichts durcheinander.«

»Okay. Bis dann.«

Carol legte den Hörer auf. So weit, so gut. Tony Hill schien kein Gefangener seines beruflichen Egos zu sein, im Gegensatz zu vielen anderen Experten, mit denen sie es bisher zu tun gehabt hatte. Und anders als die meisten Männer hatte er Verständnis für ihre latenten dienstlichen Schwierigkeiten gehabt, hatte Mitgefühl gezeigt, ohne gönnerhaft aufzutreten, und er hatte gottlob einer dienstlichen Vorgehensweise zugestimmt, die ihre Probleme verringern würde. Ungeduldig wischte sie die Erinnerung daran weg, wie attraktiv sie ihn gefunden hatte. Im Augenblick hatte sie weder Zeit noch Lust für eine emotionale Verstrickung. Das Zusammenleben mit ihrem Bruder Michael in einer Wohnung und die Pflege einiger weniger enger Freundschaften forderte alle Energie, die sie aufbringen konnte. Außerdem hatte das Ende ihrer letzten Beziehung zuviel an ihrer Selbstachtung genagt, als daß sie sich ohne weiteres in eine neue stürzen konnte.

Das Verhältnis mit einem Unfallchirurgen in London hatte ihren Umzug von der Hauptstadt nach Bradfield vor drei Jahren nicht überlebt. Rob vertrat den Standpunkt, daß es, da es ja ihre Entscheidung gewesen war, in den kalten Norden zu ziehen, nun auch ihre Sache war, die Autobahn runter und wieder rauf zu rasen, damit man sich treffen konnte. Er war nicht bereit, seine kostbare Freizeit zu opfern, um den Meilenstand auf dem Tacho seines BMW in die Höhe zu treiben, nur um in eine Stadt zu fahren, deren einzige Attraktion Carol war. Und außerdem waren Krankenschwestern weitaus weniger widerborstig und kritisch, und sie hatten ebensoviel Verständnis für Überstunden und Schichtarbeit wie eine Polizistin, wenn nicht mehr. Sein Egoismus hatte Carol erschüttert, und sie fühlte sich betrogen, wenn sie daran dachte, wieviel Emotionen und Energie sie in ihre Liebe zu Rob investiert hatte. Tony Hill mochte attraktiv, charmant und, wenn sein Ruf zutraf, auch intelligent und kreativ sein, aber Carol war nicht bereit, ihr Herz schon wieder aufs Spiel zu setzen. Wenn es ihr Schwierigkeiten machte, ihn aus ihren Gedanken zu verbannen, dann lag das daran, daß sie sehr gespannt darauf war, was sie von ihm im Zusammenhang mit den Mordfällen lernen konnte, und nicht davon, weil er ihr als Mann gefiel.

Carol fuhr sich durchs Haar und gähnte. In den vergangenen vierundzwanzig Stunden war sie exakt siebenundfünfzig Minuten zu Hause gewesen. Zwanzig dieser Minuten hatte sie unter der Dusche verbracht – bei dem vergeblichen Versuch, sich dagegen zu wappnen, daß sie nicht zum Schlafen gekommen war. Den größten Teil des Abends war sie mit dem Ermittlungsteam von Haus zu Haus durch die Straßen von Temple Fields gezogen, um Hinweise von den nervösen Bewohnern zu bekommen. Die Reaktion der Leute hatte von völliger Ablehnung jeglicher Zusammenarbeit bis hin zu wüsten Beschimpfungen gereicht. Carol war davon nicht überrascht. Diese Gegend kochte über von den widersprüchlichsten Gefühlen.

Dazu kam, daß die Leute, die im Schwulenmilieu ihr Geld verdienten, nicht daran interessiert waren, daß Polizisten durch das Viertel schwärmten, da dies naturgemäß die Einnahmen verringerte. Und diejenigen, die aktiv ihre homosexuellen Dienste anboten, forderten wütend entsprechenden Schutz durch die Polizei, welche offensichtlich verspätet zu der Erkenntnis gekommen war, daß ein Mörder serienweise schwule Männer umbrachte. Einige der Kunden hatten schreckliche Angst davor, von der Polizei befragt zu werden, weil sie ihr Schwulenleben vor ihren Frauen, Freunden, Arbeitskollegen oder Eltern verheimlichten. Andere wiederum spielten hemmungslos den Macho, brüsteten sich damit, sich niemals in eine Situation zu begeben, in der ein starräugiger Irrer sie abschlachten könnte. Und manche waren versessen darauf, Einzelheiten der Verbrechen zu erfahren, waren auf düstere und, wie Carol fand, obszöne Weise davon fasziniert, was geschehen konnte, wenn ein Mann die Kontrolle über sich verlor. Und zuletzt gab es da noch eine Handvoll kompromißloser lesbischer Sektiererinnen, die kein Geheimnis aus ihrer Schadenfreude machten, daß diesmal Männer die Opfer waren. »Viel-

leicht verstehen die Kerle jetzt, warum wir so wütend waren, als während der Jagd auf den Yorkshire Ripper ein paar Männer vorgeschlagen haben, man sollte eine abendliche Sperrstunde für Frauen einrichten«, hatte eine dieser Sektiererinnen höhnisch zu Carol gesagt.
Erschöpft und frustriert war Carol dann ins Präsidium gefahren und hatte sich darangemacht, die Akten über die ersten beiden Morde durchzuarbeiten. Es war extrem still im Gebäude gewesen, da die meisten Detectives draußen in Temple Fields Ermittlungen anstellten oder sich ein paar freie Stunden genehmigten, um ihren Alkoholkonsum, ihr Sexleben oder ihr Schlafbedürfnis auf dem üblichen Stand zu halten. Sie hatte mit den Beamten, die die Ermittlungen in den beiden ersten Mordfällen leiteten, bereits kurze Gespräche geführt, und diese hatten ihr widerstrebend die Akten überlassen und zur Bedingung gemacht, daß sie sie gleich als erstes am nächsten Morgen wiederbekamen. Das war genau die Reaktion, die sie erwartet hatte; an der Oberfläche kooperativ, aber in Wirklichkeit darauf aus, ihre Schwierigkeiten nur noch zu vergrößern.
Als sie in ihr Büro gekommen war, war sie entsetzt über die Unmenge an Papier, das überall herumlag. Stapel von Vernehmungsprotokollen und Anhörungsvermerken, gerichtsmedizinische Berichte, Ergebnisberichte pathologischer Untersuchungen und Fotografien begruben alle Möbelstücke unter sich. Warum um Gottes willen hatte Tom Cross es nicht zugelassen, daß HOLMES, das computergestützte Fahndungssystem des Innenministeriums, bereits bei den ersten Morden eingesetzt wurde? Dann wären alle Ermittlungsergebnisse im Computer gespeichert und sauber mit Stichworten und Querverweisen versehen, und sie hätte nur einen der Computerfachleute von HOLMES bitten müssen, die benötigten Unterlagen für Tony auszudrucken.
Mit einem Seufzer schloß sie die Tür vor dem Durcheinander und ging durch die stillen Flure zum Büro des wachhabenden Beam-

ten. Brandons Anordnung an alle Dienstränge, sie zu unterstützen, mußte jetzt in Anspruch genommen werden und eine erste Bewährungsprobe bestehen. Ohne die Hilfe zweier weiterer Hände würde sie die Arbeit, die vor ihr lag, niemals schaffen.

Selbst mit der nur widerwillig gewährten Hilfe eines Constables war es sehr mühsam gewesen, das Material zu sichten und bereitzustellen. Carol hatte die Ermittlungsberichte überflogen und alle aussortiert, die möglicherweise bedeutsam waren, und hatte sie dann dem Constable zur Anfertigung von Fotokopien gegeben. Selbst nach dieser Reduzierung des Materials blieb ein beängstigender Stapel zur Bearbeitung durch sie und Tony übrig. Als der Constable um sechs Uhr morgens Dienstschluß hatte, tat eine erschöpfte Carol die Fotokopien in zwei Pappkartons und schleppte sie zu ihrem Wagen. Sie ging noch einmal zurück, nahm sämtliche Fotos von allen Opfern und Fundorten an sich und füllte ein Anforderungsformular für neue aus, damit die Ermittlungsteams schnell wieder Ersatz bekamen.

Erst dann fuhr sie nach Hause. Aber auch dort kam sie nicht zur Ruhe. Nelson wartete hinter der Tür auf sie, strich ihr um die Füße und miaute kläglich, was sie dazu zwang, geradewegs in die Küche und zum Dosenöffner zu gehen. Als sie die Schale mit dem Futter vor ihn hinstellte, starrte er es erst einmal mißtrauisch an. Dann aber erwies sich der Hunger stärker als sein Wunsch, Carol für ihre lange Abwesenheit zu bestrafen, und er verschlang das ganze Futter ohne jede Pause. »Schön zu sehen, daß du mich vermißt hast«, sagte Carol trocken und begab sich unter die Dusche. Als sie wieder daraus auftauchte, hatte Nelson sich eindeutig entschlossen, ihr zu verzeihen. Er folgte ihr überallhin, schnurrte dabei liebevoll und setzte sich auf jedes Kleidungsstück, das sie aus dem Schrank nahm und aufs Bett legte.

»Du böser Junge«, schimpfte Carol und zog ihre schwarzen Jeans

unter ihm weg. Nelson hörte nicht auf, sie schmachtend anzuschnurren. Als sie die Jeans anhatte, bewunderte sie den Schnitt und den Sitz im Spiegel des Kleiderschranks. Es waren Jeans von Katharine Hammett, aber sie hatte in einem Secondhandshop in der Kensington Church Street nur zwanzig Pfund dafür bezahlt. Dort ging sie zweimal im Jahr hin, um sich die Designerkleidung als Schnäppchen zu kaufen, die sie so gern trug, sich aber neu nicht leisten konnte, nicht einmal jetzt mit dem Inspector-Gehalt. Das cremefarbene Leinenhemd stammte von French Connection, die gerippte graue Strickjacke hatte sie im Geschäft einer Ladenkette für Männerkleidung gekauft. Carol zupfte ein paar schwarze Katzenhaare von der Jacke und bemerkte dabei Nelsons vorwurfsvollen Blick. »Du weißt, daß ich dich liebe, aber ich brauche dich nicht auch noch an mir zu tragen«, erklärte sie.
»Du wärst geschockt, wenn er dir antworten würde«, sagte eine männliche Stimme von der Tür her.
Carol drehte sich zu ihrem Bruder um, der sich in seinen Boxershorts gegen den Türrahmen lehnte, das blonde Haar zerzaust, die Augen noch verschlafen. Sein Gesicht war Carols sehr ähnlich, als ob jemand ein Foto von ihr in einen Computer gescannt und dann vorsichtig die weiblichen Züge in männliche umgestaltet hätte. »Ich habe dich doch nicht aufgeweckt, oder?« fragte sie besorgt.
»Nein. Ich muß heute nach London. Die Geldleute kommen.« Er gähnte.
»Die Amerikaner?« Carol ging in die Hocke und kraulte Nelson hinter den Ohren. Der rollte sich daraufhin prompt auf den Rücken und hielt ihr den vollen Bauch hin, um auch dort gestreichelt zu werden.
»Richtig. Sie möchten sich ausführlich zeigen lassen, was wir bis jetzt auf die Beine gestellt haben. Ich habe Carl gesagt, daß wir noch nichts besonders Beeindruckendes zu bieten hätten, aber er meinte, sie würden sich hauptsächlich rückversichern wollen,

daß sie das Geld, das sie in die Entwicklung stecken, nicht in ein Faß ohne Boden schütten.«
»Die Freuden der Software-Entwicklung«, erwiderte Carol und kniff Nelson in sein Fell.
»Super-Spitzen-Software-Entwicklung, wenn ich bitten darf. Und was machst du heute? Was spielt sich in der Killerszene so alles ab? Ich habe in den Nachrichten gehört, daß ihr die nächste Leiche in der Serie gefunden habt.«
»Ja, sieht so aus. Unsere Bosse haben sich endlich dazu durchgerungen, die Morde als die eines Serienkillers zu betrachten. Und sie haben einen Psychologen ins Spiel gebracht, der mit uns zusammenarbeiten und eine Profilanalyse des Verbrechers erstellen soll.«
Michael pfiff durch die Zähne. »Donnerwetter, die Polizei von Bradfield wagt den Schritt ins zwanzigste Jahrhundert! Wie hat Popeye das denn aufgenommen?«
Carol verzog das Gesicht, senkte dann die Stimme und machte Tom Cross' Bradfield-Akzent nacht: »Er mag das etwa so, wie wenn ihm jemand mit einem spitzen Zahnstocher eine Fliege aus dem Auge popelt. Er meint, es sei nichts als verdammte Zeitverschwendung. Und als Brandon mich zur Verbindungsbeamtin zu dem Psychologen ernannt hat, hat er die Ohren gespitzt.«
Michael nickte, zynisch grinsend. »Er will zwei Fliegen – dich und den Psychologen – mit einer Klappe schlagen.«
Auch Carol grinste. »Nun ja, das wird er nur über meine Leiche schaffen.« Sie richtete sich auf. Nelson miaute protestierend. Carol seufzte und ging zur Tür. »Ich muß wieder zur Arbeit, Nelson. Danke, daß du mich von meinen Leichen abgelenkt hast.«
Michael trat zurück, um sie durch die Tür zu lassen, und drückte sie kurz an sich. »Dein Schlachtruf, meine liebe Schwester, muß lauten: Es werden keine Gefangenen gemacht!«
Carol schnaubte in gespielter Empörung. »Ich glaube, mein lieber

Bruder, du hast die ethischen Grundprinzipien der Polizeiarbeit außer acht gelassen.«

Als sie hinter dem Steuer ihres Wagens saß, waren Michael und Nelson vergessen. Sie war wieder bei ihrem Mörder.

Jetzt, zwei Stunden und einen Stapel Ermittlungsberichte später, kam ihr ihr Zuhause so fern vor wie die Erinnerung an einen Sommerurlaub auf Ithaka. Carol stand auf, nahm ihre Unterlagen an sich und ging zum Hauptbüro des Morddezernats.

Es gab nur noch Stehplätze, als sie ankam. Detectives, die ihren Arbeitsplatz in anderen Räumen hatten, suchten noch nach günstigen Positionen in der Menge. Zwei ihrer Detective Constables machten ihr Platz, einer bot ihr seinen Stuhl an. »Verdammte Arschkriecherin«, sagte jemand deutlich hörbar am anderen Ende des Raums. Carol konnte nicht erkennen, wer es gewesen war, aber es war, wie sie sah, keiner aus ihrem Team. Sie lächelte den Detective Constable an, der ihr den Stuhl angeboten hatte, schüttelte aber ablehnend den Kopf, es vorziehend, sich neben Don Merrick, der sie mit einem mürrischen Kopfnicken begrüßte, auf die Kante seines Schreibtisches zu setzen. Die Uhr an der Wand zeigte neun Uhr neunundzwanzig. Es roch im Raum nach billigen Zigarillos, Kaffee und regennassen Mänteln.

Ein anderer Inspector kam auf Carol zu, aber ehe sie miteinander reden konnten, ging die Tür auf, und Tom Cross stürmte in den Raum, gefolgt von John Brandon. Der Superintendent machte einen beunruhigend freundlichen Eindruck. Die Menge teilte sich automatisch vor ihm und Brandon, so daß für die beiden der Weg zur Wandtafel am entgegengesetzten Ende des Raums frei wurde.

»Guten Morgen, Kollegen«, sagte Cross freundlich. »Und Kolleginnen«, fügte er als offensichtlich nachträglichen Einfall hinzu. »Es gibt niemanden in diesem Raum, der nicht weiß, daß wir vier ungelöste Morde in der Stadt haben. Die ersten drei Opfer konnten wir inzwischen identifizieren – Adam Scott, Paul Gibbs und

Gareth Finnegan. Bei der vierten Leiche sind wir noch nicht soweit. Die Jungs vom pathologischen Labor versuchen das Gesicht des Mannes so hinzukriegen, daß die Pferde nicht scheuen, wenn das Foto in der Presse veröffentlicht wird.« Cross atmete tief ein. »Wie Sie ebenfalls alle wissen, gehöre ich nicht zu den Männern, die über das hinaus, was die Beweislage hergibt, theoretisieren. Und ich habe offiziell lange gezögert, diese Morde miteinander in Verbindung zu bringen, weil dann abzusehen war, daß eine Medienhysterie über uns hereinbrechen würde. Wenn ich die heutigen Zeitungen lese, finde ich meine Befürchtungen bestätigt. Dennoch, im Hinblick auf den letzten Mord müssen wir unsere Strategie revidieren. Gestern nachmittag habe ich angeordnet, daß die Ermittlungen in den vier Monaten zu einer einzigen großen Untersuchung zusammengefaßt werden.«
Zustimmendes Gemurmel wurde laut. Don Merrick flüsterte Carol ins Ohr: »Er wechselt seine Lieder öfter als eine Musikbox.« Sie nickte. »Ich wollte, er würde seine Socken ebenso oft wechseln.«
Cross blickte wütend in ihre Richtung. Er konnte die Bemerkungen nicht gehört haben, aber schon allein die Tatsache, daß Carol die Lippen bewegte, reichte aus, seinen Zorn zu erregen. »Ruhe bitte«, sagte er dann streng. »Ich bin noch nicht fertig. Es gehört nicht besonders viel kriminalistischer Spürsinn zu der Feststellung, daß diese Räumlichkeiten zu klein für uns *und* die normalen Aktivitäten der Polizei sind, und sobald wir heute hier fertig sind, werden wir umziehen und diese Sonderermittlung vom früheren Dienstgebäude in der Scargill Street aus durchführen. Einige von Ihnen werden sich erinnern, daß das Haus vor sechs Monaten praktisch eingemottet worden ist. Letzte Nacht war dort ein Team von Instandsetzungsarbeitern, Computergenies und Fachleuten der British Telecom tätig, um es zeitweise wieder in einen operativen Status zu versetzen.«
Ein allgemeines Murren war zu vernehmen. Niemand hatte eine

Träne vergossen, als das alte viktorianische Gebäude in der Scargill Street aufgegeben wurde. Zugig, unbequem, viel zuwenig Parkplätze und Damentoiletten, dafür aber Zellen im Übermaß, war es zum Abriß vorgesehen. An seiner Stelle sollte ein neues städtisches Gebäude errichtet werden. Aber dann war, typisch für solche Projekte, nicht genug Geld zur Realisierung im Etat aufzubringen gewesen. »Ich weiß, ich weiß«, sagte Cross und erstickte so sämtliche Proteste. »Aber wir sind dort alle unter einem Dach, so daß ich jeden von Ihnen im Auge behalten kann. Ich bin der Leiter der Gesamtoperation, Chef des Sonderkommandos, wenn Sie so wollen. Sie werden alle Fahndungsergebnisse an Inspector Bob Stansfield und Inspector Kevin Matthews melden und ihnen Ihre Berichte vorlegen. Die beiden werden Ihnen nachher die einzelnen Aufträge erteilen. Inspector Jordan wird auf Wunsch von Mr. Brandon einen Sonderauftrag wahrnehmen.« Cross hielt kurz inne. »Ich bin sicher, daß Sie alle zur Kooperation mit ihr bereit sind.«

Carol schaute sich um. Die meisten Gesichter zeigten unverhüllten Zynismus. Einige sahen sie an, und es lag keine Wärme in ihren Blicken. Selbst diejenigen, die im Grunde Partei für die Initiative zur Erstellung einer Profilanalyse des Verbrechers ergriffen, waren empört, daß man den besten Job einer Frau und nicht »einem der Jungs« gegeben hatte.

»Bob wird somit also anstelle von Inspector Jordan die Verantwortung für die Ermittlungen in den Mordfällen Adam Scott und Paul Gibbs übernehmen, und Kevin wird sich um den Fall Gareth Finnegan und den gestrigen Mord kümmern. Das HOLMES-Team steht bereit, den Computer mit allen Daten zu füttern, sobald die technischen Voraussetzungen dafür geben sind. Inspector Dave Woolcott, an den sich sicher einige von Ihnen erinnern, als er noch als Sergeant bei uns Dienst getan hat, ist Leiter des HOLMES-Teams und Systemmanager für unsere Ermittlungen. So, jetzt sind Sie dran, Mr. Brandon.« Cross trat einen

Schritt zurück und winkte ihn nach vorn. Seine Geste konnte man als Höflichkeit auslegen, aber sie war fast auch an der Grenze zur Überheblichkeit.

Brandon nahm sich Zeit und warf einen Blick in die Runde. Er hatte nie eine wichtigere Ansprache halten müssen. Die meisten der Detectives im Raum waren erschöpft und frustriert. Viele von ihnen arbeiteten nun schon seit Monaten an einem der vorangegangenen Morde und hatten kaum Erfolge vorzuweisen. Tom Cross' Fähigkeit, seine Leute zu motivieren, war legendär, aber selbst er hatte einen mühsamen Kampf durchzustehen, was nicht zuletzt auf seine Starrköpfigkeit zurückzuführen war, bis heute einen Zusammenhang zwischen den Morden zu leugnen. Die Zeit war gekommen, Tom Cross mit seinen eigenen Waffen zu schlagen. Grobheit gehörte nicht zu Brandons Stärken, aber er hatte den ganzen Morgen geübt. Unter der Dusche, vor dem Spiegel beim Rasieren, beim Frühstück, im Wagen auf der Fahrt zur Zentrale.

»Dies ist wahrscheinlich die schwierigste Aufgabe, die jeder einzelne von uns bisher in seiner Dienstzeit hatte. Soweit wir wissen, treibt der Killer nur in Bradfield sein Unwesen. In gewisser Weise bin ich froh darüber, denn ich habe noch nirgends einen besseren Haufen von Detectives gesehen als hier. Wenn jemand diesen Bastard überführen kann, dann sind Sie es. Sie können sicher sein, daß Sie dabei zu hundertzehn Prozent von Ihren Vorgesetzten unterstützt werden, und wir werden alle von Ihnen benötigten Hilfsmittel, koste es, was es wolle, verfügbar machen, ob die Politiker das mögen oder nicht.«

Brandons kämpferischer Ton rief ein zustimmendes Gemurmel im Raum hervor.

»Wir werden bei dieser Ermittlung in mehr als einer Hinsicht neue Wege gehen und Vorreiter sein. Sie alle wissen um die Pläne des Innenministeriums, eine Einsatzgruppe ins Leben zu rufen, die Profilanalysen von Mehrfachtätern erstellen soll. Nur, wir werden die Versuchskaninchen sein. Dr. Tony Hill, der Mann, der dem Ministerium sagen wird, wie es sich das vorzustellen hat, hat sich bereit erklärt, mit uns zusammenzuarbeiten. Ich weiß, daß einige von Ihnen denken, diese Profilanalysen seien ausgemachter Quatsch. Aber ob Sie es gut finden oder nicht, diese psychologischen Analysen wird es in der Zukunft bei Mordfällen regelmäßig geben. Wenn wir uns Dr. Hill gegenüber kooperativ zeigen, werden wir dazu beitragen, daß diese Einsatzgruppe so informiert wird, wie wir uns das wünschen. Wenn wir ihm Knüppel zwischen die Beine werfen, laufen wir Gefahr, uns selbst einen verdammt schweren Mühlstein um den Hals zu hängen. Hat das jeder hier im Raum verstanden?«

Brandon schaute ernst in die Runde, dabei Tom Cross nicht auslassend. Das zustimmende Nicken der Leute reichte von begeistert bis kaum wahrnehmbar.

»Ich bin froh, daß wir uns verstehen. Dr. Hills Aufgabe ist es, das Beweismaterial auszuwerten, mit dem wir ihn versorgen, und ein Profil des Killers zu erstellen, das es uns ermöglicht, unsere Ermittlungen zu kanalisieren. Ich habe Inspector Jordan als Verbindungsbeamtin zwischen dem Ermittlungsteam und Dr. Hill eingesetzt. Inspector Jordan, würden Sie mal kurz aufstehen?«

Carol zuckte zusammen, und prompt glitten ihr die Papiere aus der Hand und flatterten auf den Boden. Don Merrick kniete sich sofort hin und sammelte die verstreut herumliegenden Blätter wieder ein. »Für diejenigen, die aus anderen Bereichen kommen und Inspector Jordan nicht kennen, das ist sie.« Oh, wie nett, Brandon, dachte Carol. Als ob es ganze Dezernate aus weiblichen Detectives gäbe und man sich nur einen auszusuchen brauchte.

»Inspector Jordan hat bei den Ermittlungen Zugang zu jedem Stück Papier. Ich möchte, daß sie auch über die kleinste Entwicklung informiert wird. Jeder von Ihnen, der auf eine interessante Spur stößt, hat sie mit ihr zu besprechen – wie natürlich auch mit dem zuständigen Inspector beziehungsweise Superintendent

Cross. Und jede Forderung von Inspector Jordan ist als dringlich zu betrachten. Wenn mir zu Ohren kommen sollte, daß irgend jemand das anmaßende Arschloch spielen will und versucht, Inspector Jordan oder Dr. Hill aus den Ermittlungen auszugrenzen, dann werde ich keine Gnade kennen. Dasselbe gilt für denjenigen, der irgend etwas von diesem Aspekt der Morduntersuchung an die Medien weitergibt. Halten Sie sich das immer vor Augen. Wenn Sie nicht den unstillbaren Ehrgeiz haben, wieder in die Uniform zu steigen und für den Rest Ihrer Karriere im Regen durch die Straßen von Bradfield Streife zu schieben, dann werden Sie alles, was in Ihrer Macht steht, tun, ihr zu helfen. Das hier ist kein Wettstreit untereinander. Wir ziehen alle am selben Strick. Dr. Hill ist nicht dazu da, den Killer zu fassen. Das ist Ihre …«

Brandon hielt mitten im Satz inne. Niemand hatte gehört, daß die Tür geöffnet wurde, aber die Worte des Sergeants von der Fernmeldezentrale fesselten die Aufmerksamkeit jedes einzelnen schneller als ein Gewehrschuß. »Ich bitte um Entschuldigung, daß ich Sie unterbrechen muß, Sir«, sagte er, und seine Stimme zitterte vor unterdrückter Gefühlsaufwallung. »Gerade ist die Identifizierung des gestrigen Mordopfer bei uns eingegangen, Sir. Er war einer von uns.«

Auf 3 1/2-Zoll-Diskette, Beschriftung: Backup.007; Datei Love004.doc

Ein amerikanischer Journalist hat einmal gesagt: »Ich habe die Zukunft gesehen, und sie funktioniert.« Ich weiß genau, was er damit gemeint hat. Nach der Erfahrung mit dem Hund war ich sicher, daß Adam keinerlei Problem sein würde.

Ich verbrachte den Rest der Woche in einem Zustand nervöser Spannung. Ja, ich überlegte sogar, meine Beruhigungspillen einmal an mir selbst auszuprobieren, widerstand dann aber der Versuchung. Es war nicht der richtige Zeitpunkt, Schwäche zu zeigen. Außerdem konnte ich es mir nicht leisten, die absolute Kontrolle über mich zu gefährden. Die langen Jahre, in denen ich Selbstdisziplin hatte beweisen müssen, zahlten sich jetzt aus. Ich glaube nicht, daß jemand von meinen Kollegen und Kolleginnen bei der Arbeit etwas Ungewöhnliches an meinem Verhalten festgestellt hat, außer vielleicht der Tatsache, daß ich am Wochenende keine Überstunden mehr machte, zu denen ich mich sonst immer freiwillig gemeldet hatte.

Am Montag morgen hatte ich den Höchststand der Bereitschaft erreicht. Ich war bestens vorbereitet und motiviert, ein Mensch, der nach perfekter Vorarbeit auf seinen ersten Mord lauert. Sogar das Wetter war auf meiner Seite. Es war ein frischer, klarer Herbstmorgen, ein Tag, der selbst bei den beruflichen Pendlern ein Lächeln auf die Lippen zauberte. Kurz vor acht fuhr ich an Adams Haus vorbei, einem zweistöckigen Reihenhaus mit im Erdgeschoß integrierter Garage. Die Schlafzimmervorhänge waren noch zugezogen, eine

Milchflasche stand vor der Eingangstür, die *Daily Mail* ragte zur Hälfte aus dem Briefkasten. Ich stellte den Wagen zwei Straßen weiter vor einer Ladenzeile ab und ging zu Fuß die Strecke zurück. Ich kam wieder in die Straße, in der sein Haus war, und registrierte zufrieden, daß meine Zeitberechnung bis jetzt stimmte. Die Schlafzimmervorhänge waren inzwischen zurückgezogen, die Milch und die Zeitung verschwunden. Am Ende der Straße schlenderte ich in den kleinen Park auf der anderen Seite und setzte mich auf eine Bank.

Ich schlug meine *Daily Mail* auf und stellte mir vor, daß Adam jetzt die Artikel las, auf die ich abwesend starrte. Nach einer Weile veränderte ich meine Sitzposition so, daß ich seine Haustür im Blick hatte. Genau nach Zeitplan wurde um acht Uhr zwanzig die Haustür geöffnet und Adam erschien. Lässig faltete ich die Zeitung zusammen, warf sie in den Papierkorb neben der Bank und schlenderte hinter ihm her die Straße hinunter.

Die Straßenbahnhaltestelle war weniger als zehn Minuten entfernt, und ich war nahe bei ihm, als er sich der Menge der wartenden Leuten anschloß. Die Straßenbahn kam ein paar Minuten später, und er schob sich im Fluß der anderen Passagiere in den Wagen. Ich ließ mich ein wenig zurückfallen und einige Leute zwischen uns einsteigen, um jedes Risiko zu vermeiden.

Er schaute sich suchend um, als er im Wagen war. Ich wußte genau, warum er das tat. Als sich ihre Blicke trafen, winkte Adam und drängte sich durch die Menschen, bis sie beisammenstanden und sich auf den Weg in die Stadt geistlos unterhalten konnten. Ich beobachtete, wie er sich vorbeugte. Ich kannte jede Regung auf seinem Gesicht, jeden Teil, jede Bewegung seines schlanken, muskulösen Körpers. Sein Haar, die kleinen, vom Waschen feuchten Locken im Nacken, seine rosige Gesichtshaut, die vom Rasieren noch glänzte, den Duft seines Aramis-Rasierwassers. Er lachte laut über irgend etwas, und ich spürte den sauren Geschmack von Galle in meinem Mund – den Geschmack des Verrats, des Treuebruchs. Wie konnte er das nur tun? Ich hätte es sein sollen, der da mit ihm plauderte, sein Gesicht zum Leuchten brachte, dieses wunderschöne Lächeln auf seine warmen Lippen zauberte. Wenn mein Entschluß je ins Wanken geraten wäre, der Anblick der beiden, wie sie ihr Treffen genossen, hätte meine Entschlossenheit zu Granit werden lassen.

Wie üblich stieg er am Woolmarket Square aus. Ich folgte ihm im Abstand von etwa zehn Metern. Er drehte sich um und winkte seiner Süßen, die bald ohne ihn auskommen mußte, noch einmal zu. Ich wandte mich schnell ab und tat so, als ob ich die Fahrzeiten der Straßenbahn studieren würde. Ich wollte auf keinen Fall, daß er mich bemerkte und erkannte, daß ich ihm nachging. Ich wartete ein paar Sekunden, dann nahm ich die Verfolgung wieder auf. Er bog links in die Bellwether Street. Ich sah seinen dunklen Haarschopf im Gewühl der Leute auf dem Gehweg, die den Büros oder Läden zustrebten, in denen sie arbeiteten, immer wieder auftauchen. Adam nahm eine Abkürzung nach links durch eine Gasse, und ich erreichte die Crown Plaza gerade noch rechtzeitig, um ihn im Inland Revenue Building, in dem er sein Büro hatte, verschwinden zu sehen. Zufrieden stellte ich fest, daß alles wie an einem ganz normalen Montagmorgen ablief, überquerte den Platz, vorbei an dem geduckten Bürogebäude aus Glas und Metall, und ging in das renovierte Einkaufszentrum im viktorianischen Stil.

Ich hatte viel Zeit für meinen Mord. Dieser Gedanke ließ mich lächeln.

Ich begab mich in die Zentralbibliothek, um ein paar Studien zu betreiben. Sie hatten nichts Neues hereinbekommen, also entschloß ich mich zu einer alten Lieblingslektüre, *Mord als*

Begleiter. Dennis Nilsens Fall hört nie auf, mich gleichzeitig zu faszinieren und abzustoßen. Er ermordete fünfzehn junge Männer, ohne daß je einer von ihnen auch nur vermißt worden wäre. Niemand ahnte etwas davon, daß da ein schwuler Serienmörder unter den Obdachlosen und Entwurzelten wütete. Er freundete sich mit solchen Leuten an, nahm sie mit zu sich nach Hause, gab ihnen was zu trinken, aber ansonsten konnte er nur etwas mit ihnen anfangen, wenn der Tod sie nach seiner Vorstellung »vervollkommnet« hatte. Dann, und nur dann, vermochte er echte Gefühle für sie zu heben, sie in den Armen zu halten, Sex mit ihnen zu haben. Nun, das ist natürlich irgendwie krankhaft. Die Opfer hatten nichts getan, dieses Schicksal zu verdienen; sie hatten keinen Verrat, keinen Treuebruch begangen.

Der einzige Fehler, den Nilsen machte, war seine Methode, die Leichen zu beseitigen. Es sieht fast so aus, als ob er im Unterbewußtsein gewünscht hätte, überführt zu werden. Sie zu zerstückeln und das Fleisch dann zu kochen, das ist ja noch ganz in Ordnung, aber es anschließend in der Toilette hinunterzuspülen? Es muß für einen Mann mit seiner Intelligenz doch klar abzusehen gewesen sein, daß der Abfluß irgendwann solche Massen nicht mehr verkraften konnte. Ich habe nie verstanden, warum er das Fleisch nicht einfach an seinen Hund verfüttert hat.

Aber es ist ja nie zu spät, aus den Fehlern anderer zu lernen. Die groben Schnitzer der meisten Mörder erstaunen mich immer wieder. Es bedarf keiner großen Intelligenz, um zu verstehen, wie die Polizei und die Gerichtsmediziner ihre Arbeit verrichten, und so kann man dementsprechende Vorsichtsmaßnahmen treffen, insbesondere auch, weil die Männer und Frauen, die ihr Geld mit der Überführung von Mördern verdienen, freundlicherweise ausführliche Leitfäden über Einzelheiten ihres Vorgehens geschrieben haben. Über das Versagen dieser Leute hören wir jedoch kaum einmal etwas. Ich bin sicher, daß ich niemals in einem dieser Verzeichnisse der Inkompetenz erscheinen werde. Ich habe zu sorgfältig geplant, jedes Risiko auf ein Minimum reduziert und gegen die damit verbundenen Vorteile aufgewogen. Der einzige Nachweis meiner Tätigkeit wird dieses Computer-Tagebuch sein, und es wird mit keiner Druckertinte in Berührung kommen, ehe mein letzter Atemzug nur noch eine ferne Erinnerung ist. Das einzige, was ich bedauere, ist, daß ich nicht mehr da sein werde, um die Berichte in den Medien sehen und lesen zu können.

Um vier Uhr war ich wieder zurück auf meinem Posten, obwohl ich noch nie festgestellt hatte, daß Adam vor vier Uhr fünfundvierzig seinen Arbeitsplatz verließ. Ich saß am Woolmarket Square am Fenster eines Burger King, genau richtig, um die Einmündung der Gasse im Auge zu behalten, die zu seinem Bürogebäude führte. Wie aufs Stichwort tauchte er um vier Uhr siebenundvierzig auf und eilte zur Straßenbahnhaltestelle. Ich gesellte mich zu den Wartenden auf der erhöhten Plattform, und ich lächelte vor mich hin, als ich in der Ferne das Klingeln der Straßenbahn hörte. Genieße deine Bahnfahrt, Adam. Es wird deine letzte sein.

4

Es ist eine Tatsache, ich »hatte Lust auf ihn«, und ich entschied mich dazu, an seiner Kehle zu beginnen.

Als Damien Connolly nicht zu seiner Schicht in der Informationszentrale der Polizeistation im Süden der Stadt erschien, war der leitende Sergeant vom Dienst – in diesem Fall ein weiblicher Sergeant – nicht besonders beunruhigt. Connolly war einer der fähigsten Beamten der Stadtpolizei, was das Sammeln und Aufbereiten polizeirelevanter Daten im Lagezentrum betraf, und hatte obendrein eine Sonderausbildung am Computersystem HOLMES, aber er war ein notorisch unpünktlicher Mensch. Mindestens zweimal in der Woche kam er zehn Minuten nach Schichtbeginn durch die Tür der Station gestürmt. Als er jedoch eine halbe Stunde nach Dienstbeginn immer noch nicht aufgetaucht war, ärgerte sich Sergeant Claire Bonner dann doch ein wenig. Man konnte wohl erwarten, daß Connolly wenigstens anrief, wenn er mehr als eine Viertelstunde zu spät dran war. Und das ganz besonders heute, da die Zentrale angeordnet hatte, daß wegen der Ermittlungen gegen den Serienmörder alle HOLMES-Fachleute anwesend zu sein hatten.

Seufzend suchte Sergeant Bonner Connollys Privatnummer in den Unterlagen und tippte sie ein. Das Telefon am anderen Ende läutete und läutete, bis die Verbindung schließlich automatisch abgebrochen wurde. Jetzt begann sie langsam, sich Sorgen zu machen. In seinem Privatleben war Connolly ein Einzelgänger. Er war, was Bonner angenehm fand, stiller und wahrscheinlich auch nachdenklicher als die meisten der übrigen Constables, und selbst bei den kleinen Feiern im Büro blieb er stets reserviert den anderen gegenüber. Soweit sie wußte, gab es keine Freundin, in deren Bett Connolly womöglich verschlafen hatte. Seine Familienangehörigen lebten alle in Glasgow, also konnte man es nicht bei irgendwelchen Verwandten hier in Bradfield versuchen. Bonner überlegte, wann sie Connolly zum letztenmal gesehen hatte. Gestern hatten sie tagsüber frei gehabt. Als sie die davorliegende Nachtschicht beendet hatten, war Connolly, zusammen mit einem halben Dutzend andere Constables, noch mit zum Frühstück in ihre Stammkneipe gegangen. Er hatte nichts davon gesagt, daß er besondere Pläne für den Tag habe, sondern nur, daß er sich ausschlafen und dann an seinem Wagen arbeiten wolle, einem älteren Austin Healey Roadster.

Sergeant Bonner ging hinüber zum Einsatzraum und sprach mit dem dortigen Wachhabenden. Sie bat ihn, einen Streifenwagen zu Connollys Haus zu schicken und nachzusehen, ob er vielleicht krank oder irgendwie verletzt sei. »Sie sollen auf jeden Fall seine Garage überprüfen. Vielleicht hat er seine verdammte Karre aufgebockt, sie ist runtergestürzt, und er liegt jetzt drunter.« Dann kehrte sie zu ihrem Schreibtisch zurück.

Kurz nach acht kam der Wachhabende der Einsatzzentrale zu ihr. »Die Jungs haben Connollys Haus überprüft. Da war keine Reaktion auf ihr Klingeln an der Haustür. Sie schauten sich rund ums Haus um und sahen, daß alle Vorhänge zurückgezogen waren. Die Milchflasche stand noch auf der Treppe. Sie konnten keine Anzeichen dafür feststellen, daß jemand im Haus war. Eine Sache hat sie besonders erstaunt. Sein Wagen war auf der Straße abgestellt, und das tut er normalerweise nicht. Ich brauche es Ihnen ja nicht zu sagen, daß er auf sein Auto wie auf Kronjuwelen aufpaßt.«

Bonner runzelte die Stirn. »Vielleicht hat jemand bei ihm übernachtet? Ein Verwandter, eine Freundin? Vielleicht hat er oder sie seinen beziehungsweise ihren Wagen in der Garage abgestellt.«

Der Wachhabende der Einsatzzentrale schüttelte den Kopf. »Nein. Die Jungs haben durchs Garagenfenster reingucken können, sie war leer. Und vergessen Sie die Milch nicht.«

Bonner hob ratlos die Schultern. »Jetzt können wir kaum noch was tun, oder?«
»Nun, er ist über einundzwanzig. Ich hätte nicht gedacht, daß er sich mal auf die Vermißtenliste setzen läßt, aber Sie wissen ja, was man über die stillen Wasser sagt.«
Bonner seufzte. »Wenn er wieder auftaucht, reiß ich ihm die Därme aus. Übrigens, ich habe Joey Smith gebeten, ihn im Lageraum zu vertreten.«
»Wirklich, Sie wissen, wie man mir den Tag verderben kann!« erwiderte er, mit den Augen rollend. »Hätten Sie nicht einen von den anderen dafür nehmen können? Smith kommt doch kaum mit dem Alphabet zurecht.«
Ehe Bonner eine Erklärung für ihre Personenauswahl geben konnte, klopfte es an der Tür. »Ja?« rief sie. »Herein!«
Ein weiblicher Constable vom Lagezentrum kam zögernd ins Zimmer. Sie sah aus, als ob ihr übel wäre. »Skip«, sagte sie, und schon aus diesem einen Wort, der üblichen Anrede für den Sergeant vom Dienst, konnte man ihre Besorgnis heraushören, »ich denke, Sie sollten sich das mal ansehen.« Sie hielt Bonner ein Fax hin, dessen unteres Ende zerfranst war, weil man es zu hastig von der Rolle abgerissen hatte.
Der Mann von der Einsatzzentrale stand näher bei ihr, nahm ihr das dünne Papier aus der Hand und warf einen Blick darauf. Er atmete scharf ein und schloß dann für eine Sekunde die Augen. Wortlos gab er das Fax an Sergeant Bonner weiter.
Als erstes fiel ihr Blick auf das Schwarzweißfoto. Für einen kurzen Moment versuchte ihr Geist, sie automatisch vor dem Entsetzen zu schützen, und suggerierte ihr die Frage, warum jemand über ihren Kopf hinweg Connolly als vermißt gemeldet hatte. Dann erfaßten ihre Augen den Text und wandelten ihn in Worte um. »Dringend. An alle Polizeistationen. Dieses Foto zeigt das bisher noch nicht identifizierte Mordopfer, das gestern nachmittag im Hinterhof der Bar Queen of Hearts in Temple Fields,

Bradfield, aufgefunden wurde. Fotografie im Original folgt heute nachmittag. Bitte zunächst dieses Foto in den Stationen umlaufen lassen und am Schwarzen Brett aushängen. Hinweise bitte an Detective Inspector Kevin Matthews im Lagezentrum Scargill Street, Apparat 2456.«
Sergeant Bonner schaute die beiden anderen mit leerem Blick an. »Es gibt keinen Zweifel, oder?«
Die junge Frau sah zu Boden, und ihr Gesicht war bleich und glänzte feucht. »Ich glaube nicht, Skip«, antwortete sie. »Das ist Connolly. Ich meine, man kann es nicht eine absolute Ähnlichkeit nennen, aber es ist zweifellos Connolly.«
Der Wachhabende von der Einsatzzentrale nahm das Fax an sich. »Ich rufe sofort Inspector Matthews an«, sagte er.
Sergeant Bonner schob ihren Stuhl zurück und stand auf. »Ich mache mich wohl am besten sofort auf den Weg zum Leichenschauhaus. Sie brauchen so schnell wie möglich eine formelle Identifizierung.«

»Jetzt wird ein ganz neues Spiel daraus«, erklärte Tony mit düsterem Gesicht.
»Es erhöht auf jeden Fall die Einsatzfreude unserer Leute«, sagte Carol.
»Die wichtigste Frage, die ich mir stelle, ist die, ob Handy Andy wußte, daß er uns einen Bobby als Opfer präsentiert.« Tony drehte sich auf seinem Stuhl zur Seite und schaute aus dem Fenster auf die Dächer der Stadt.
»Wie bitte? Entschuldigung ...«
Er lächelte verlegen. »Nein, ich muß mich entschuldigen«, sagte er. »Ich gebe ihnen immer einen Namen. Es macht die Sache persönlicher.« Er drehte sich wieder zurück und sah Carol an. »Stört Sie das sehr?«
Carol schüttelte den Kopf. »Immer noch besser als der Name, den sie ihm in unsere Zentrale gegeben haben.«

»Und der ist?« fragte Tony und hob die Augenbrauen.
»Der Schwulenkiller«, antwortete Carol, und man hörte ihr an, daß sie diesen Namen nicht mochte.
»Das fordert eine Menge Fragen heraus«, sagte Tony unverbindlich. »Aber wenn es den Leuten hilft, besser mit ihrer Angst und ihrer Wut fertig zu werden, ist es gar nicht so schlecht.«
»Ich mag das nicht. Klingt für mich überhaupt nicht persönlich, ihn den Schwulenkiller zu nennen.«
»Was macht das Ganze für Sie denn zu einer persönlichen Angelegenheit? Die Tatsache, daß er einen aus Ihren Reihen umgebracht hat?«
»Es war für mich auch vorher eine persönliche Angelegenheit. Schon als der zweite Mord geschah, der, bei dem ich mit der Leitung der Ermittlungen beauftragt war, war ich überzeugt, daß wir es mit einem Serientäter zu tun haben. Und damit wurde es eine persönliche Auseinandersetzung. Ich will, nein, ich *muß* diesen verdammten Bastard zur Strecke bringen. Aus beruflichen, persönlichen, welchen Gründen auch immer.« Die kalte Leidenschaft in Carols Stimme stärkte Tonys Vertrauen in sie. Diese Frau würde alle Register ziehen, damit er das bekam, was er zur Erledigung seines Jobs brauchte. Der Ton ihrer Stimme und die Worte, die sie gewählt hatte, stellten auch eine Herausforderung dar und zeigten ihm, daß es ihr egal war, wie er ihre Absichten beurteilte. Sie war genau die Person, die er brauchte. Zumindest beruflich.
»Wir beide wollen dasselbe«, sagte Tony. »Und zusammen werden wir es auch schaffen. Aber wirklich nur zusammen. Wissen Sie, als ich zum erstenmal an der Erstellung eines Verbrecherprofils arbeitete, handelte es sich um einen Brandstifter. Nach einem halben Dutzend schwerer Brandstiftungen war mir klar, wie er es machte, warum er es machte und was ihn dazu trieb. Ich wußte genau, was für ein irrer Bastard er war, aber ich war nicht in der Lage, seinen Namen zu nennen oder sein Gesicht zu beschreiben.

Das machte mich einige Zeit fast verrückt vor Frustration. Dann erkannte ich, daß das nicht meine Aufgabe war. Es ist euer Job. Alles, was ich tun kann, ist, euch bei den Ermittlungen die Richtung zu zeigen.«

Carol lächelte verbissen. »Dann zeigen Sie mal, und ich werde losstürmen wie ein Jagdhund«, sagte sie. »Was meinten Sie eben mit Ihrer Frage, ob er wußte, daß Damien Connolly ein Bobby war?«

Tony fuhr sich mit den Fingern durchs Haar, was ihn danach aussehen ließ wie einen Punk. »Okay. Wie haben hier zwei Szenarien. Handy Andy mag nicht gewußt haben, daß Damien Connolly ein Bobby war. Es mag nichts als ein Zufall gewesen sein, ein besonders unangenehmer Zufall für seine Kollegen, jedenfalls aber ein Zufall. Mit diesem Szenarium bin ich jedoch nicht sehr glücklich, denn meine Beurteilung, begründet auf den wenigen Fakten, die ich inzwischen über den Fall weiß, geht in die Richtung, daß er sich seine Opfer nicht nach dem Zufallsprinzip aussucht. Ich bin der Meinung, daß er sie sich gezielt auswählt und die Morde sorgfältig plant. Würden Sie dem zustimmen?«

»Er überläßt nichts dem Zufall, das ist offensichtlich«, erwiderte Carol.

»Richtig. Die Alternative ist, daß Handy Andy sehr wohl weiß, daß sein viertes Opfer ein Polizist war. Und das führt uns zu zwei weiteren Möglichkeiten. Erstens: Handy Andy wußte, daß er einen Bobby ermordet hat, aber diese Tatsache ist völlig irrelevant für das, was der Mord ihm bedeutet. Mit anderen Worten, Damien Connolly erfüllte alle Kriterien, die Handy Andy bei seinen Opfern als unverzichtbar ansieht, und er hätte ihn ohne Rücksicht darauf ermordet, ob er ein Bobby oder ein Busfahrer war. Zweitens: Die Tatsache, daß Damien Connolly Polizist war, ist der ausschlaggebende Punkt, weshalb Handy Andy ihn als viertes Opfer ausgewählt hat. Und diese Möglichkeit halte ich für die wahrscheinlichere.«

»Sie meinen, er will uns damit die Zunge rausstrecken?« fragte Carol.

Gott sei Dank hat sie eine schnelle Auffassungsgabe, dachte Tony. Das wird meine Tätigkeit sehr erleichtern. Die Tatsache, daß sie attraktiv *und* intelligent ist, hat ihr zu einer schnellen Karriere verholfen. Wenn sie *nur* attraktiv oder *nur* intelligent gewesen wäre, wären die Beförderungen wahrscheinlich etwas gemächlicher vollzogen worden. »Das kann ein Grund sein«, stimmte Tony zu. »Aber ich halte es eher für eine Sache der Eitelkeit. Ich glaube, er war langsam sauer, daß Detective Superintendent Cross seine Existenz nicht zur Kenntnis nehmen wollte. Seiner eigenen Meinung nach ist er sehr erfolgreich bei seiner Tätigkeit. Er ist der Beste, er verdient Anerkennung. Und diesem Wunsch nach Anerkennung ist nicht entsprochen worden, weil die Polizei nicht eingestehen wollte, daß nur *ein* Täter für die Morde verantwortlich zeichnet. Okay, die *Sentinel Times* hat seit dem zweiten Mord über einen Serienmörder spekuliert, aber das ist nicht dasselbe wie die offizielle Anerkennung durch die Polizei. Und ich könnte nach dem dritten Mord unabsichtlich Öl ins Feuer gegossen haben.«

»Sie meinen das Interview, das Sie der *Sentinel Times* gegeben haben?«

»Ja, meine darin verkündete Annahme, es seien vermutlich zwei Mörder am Werk gewesen, könnte ihn wütend gemacht haben, weil er nicht als Meister seines Fachs anerkannt wurde.«

»Mein Gott«, stöhnte Carol, hin und her gerissen zwischen Abscheu und Faszination. »Also knöpfte er sich einen Polizisten vor, nur damit wir ihn ernst nehmen?«

»Es ist immerhin eine Möglichkeit. Aber es durfte natürlich nicht irgendein Polizist sein. Obwohl es wichtig für Handy Andy war, bei den ›herrschenden Mächten‹ klarzustellen, mit wem sie es zu tun haben, der primäre Antrieb ist stets, sich Opfer auszusuchen, die seinen persönlichen Kriterien entsprechen.«

Carol runzelte die Stirn. »Sie wollen damit sagen, daß es irgendwas an Connolly gab, das ihn von den anderen Bobbys unterschied?«
»Sieht für mich so aus.«
»Vielleicht ist es eine sexuelle Sache«, überlegte Carol laut. »Ich meine, es gibt nicht viele Schwule bei der Polizei. Und die, die es sind, neigen dazu, sich so tief im Kleiderschrank zu verstecken, daß man sie für Kleiderbügel halten könnte.«
»Wow!« Tony lachte und hielt abwehrend die Hände hoch. »Kein Theoretisieren ohne Fakten. Wir wissen noch nicht, ob Damien schwul war. Wenn wir jedoch herausfinden würden, in welchem Schichtsystem Damien in der letzten Zeit gearbeitet hat, wäre das hilfreich. Sagen wir mal in den letzten zwei Monaten. Wir hätten dann eine Vorstellung, zu welchen Zeiten er zu Hause war, und das könnte für die Beamten, die die Nachbarn befragen, zeitliche Ansatzpunkte geben. Außerdem sollten wir seine Kollegen fragen, wie er sich nach Schichtende verhielt, ob er immer allein nach Hause fuhr oder manchmal jemanden mitnahm und unterwegs absetzte. Wir müssen einfach alles herausfinden, was wir über den Mann und über den Bobby Damien Connolly erfahren können.«
Carol holte ihr Notizbuch heraus und schrieb sich zur Erinnerung ein paar Stichworte auf. »Schichtdienst«, murmelte sie vor sich hin.
»Es gibt noch etwas, was uns dieser vierte Mord über Handy Andy sagt.«
Carol schaute erwartungsvoll auf. »Und was ist das?« fragte sie.
»Er ist sehr, sehr gut in dem, was er tut«, antwortete Tony. »Ein Kriminalbeamter ist ein trainierter Beobachter. Selbst der schwerfälligste betrachtet das, was um ihn herum vorgeht, weitaus wachsamer als der Durchschnittsmensch. Und nun war Damien Connolly nach allem, was Sie mir über ihn gesagt haben, ein cleverer Bursche. Er war für die Zusammenstellung von Daten

verantwortlich, und das heißt, er war eher am Ball als die meisten anderen Beamten. Wenn ich das richtig verstanden habe, ist es der Job eines solchen Mannes, sozusagen das wandelnde Lexikon des Dezernats zu sein. Es ist ja ganz schön, alle Informationen über die Straftäter und Verbrecher im jeweiligen polizeilichen Verantwortungsbereich auf Karteikarten oder in Datenbanken von Computern verewigt zu haben, aber wenn der zuständige Beamte nichts taugt, ist das System wertlos, habe ich da recht?«

»Völlig. Ein guter Datenmann wiegt ein halbes Dutzend normaler Bobbys auf. Und nach allem, was ich gehört habe, war Connolly einer der besten.«

Tony lehnte sich zurück. »Wenn Handy Andy also Damien verfolgt und beobachtet und dabei keine Alarmglocken ausgelöst hat, dann muß er verdammt gut sein. Sagen Sie doch selbst, Carol, wenn jemand Sie verfolgen und beobachten und sich dabei nicht besonders geschickt anstellen würde, dann würden Sie das doch merken, oder?«

»Das will ich schwer hoffen«, antwortete Carol trocken. »Aber ich bin eine Frau. Wir passen wahrscheinlich ein bißchen mehr auf uns auf als die Männer.«

Tony schüttelte den Kopf. »Ich denke, ein so cleverer Typ wie Damien hätte was gemerkt, wenn es nicht besonders professionell ausgeführt worden wäre.«

»Verstehe ich Sie richtig, daß wir nach einem Polizisten suchen sollen?« fragte Carol, und ihre Stimme hob sich, als sie das Undenkbare aussprach.

»Nun, es ist eine Möglichkeit. Mehr als das kann ich nicht sagen, ehe ich nicht alle Unterlagen gesehen habe. Sind sie das?« fragte er und nickte zu dem Karton hin, den Carol neben der Tür abgestellt hatte.

»Ein Teil. Einen weiteren Karton und einige Ordner mit Fotos habe ich noch im Wagen. Und das, nachdem ich alles sorgfältig gesichtet habe.«

»Besser Sie als ich. Sollen wir es holen?«

Carol stand auf. »Fangen Sie doch schon mit der Durchsicht an, ich gehe und bringe den Rest rein.«

»Ich möchte mir als erstes die Fotos anschauen, also kann ich genausogut mitkommen und Ihnen helfen.«

»Danke«, sagte Carol.

Im Aufzug standen sie sich gegenüber, und jeder war sich der Gegenwart des anderen sehr bewußt. »Sie haben keinen Bradfield-Akzent«, sagte Tony, als die Türen zuglitten. Wenn er erfolgreich mit Carol Jordan zusammenarbeiten wollte, mußte er mehr über sie wissen, persönlich und beruflich, und je mehr er über sie herausfinden konnte, um so besser.

»Haben Sie nicht eben erklärt, Sie überlassen uns die Detektivarbeit?«

»Wir Psychologen sind gut darin, das Offensichtliche festzustellen. Sagen das nicht auch unsere Kritiker bei der Polizei?«

»Touché. Ich bin aus Warwick, dann Universität in Manchester und danach ab nach London zur Polizei. Und Sie? Ich bin nicht gut im Erkennen von Akzenten, aber bei Ihnen höre ich raus, daß Sie aus Nordengland stammen, wenn auch anscheinend nicht aus Bradfield.«

»Geboren und aufgewachsen in Halifax, Universität London, promoviert in Oxford, acht Jahre Tätigkeit in Spezialkliniken. Vor achtzehn Monaten hat mich das Innenministerium zur Erarbeitung dieser Realisierbarkeitsstudie angeheuert.« Gib ein kleines bißchen, um viel zu bekommen, dachte Tony sarkastisch. Wer wollte hier eigentlich wen aushorchen?

»Wir sind also beide keine Einheimischen«, stellte Carol fest.

»Vielleicht hat John Brandon Sie deshalb als Verbindungsbeamtin ausgesucht.«

Die Türen des Aufzugs öffneten sich, und sie gingen durch die Tiefgarage zu den Parkplätzen für Besucher, wo Carol ihren Wagen abgestellt hatte. Tony hob den Karton aus dem Koffer-

raum. »Sie müssen physisch stärker sein, als Sie aussehen«, keuchte er.
Carol klemmte den Ordner mit den Fotos unter den Arm und grinste. »Und außerdem habe ich den schwarzen Judo-Gürtel. Hören Sie, Tony, wenn dieser Irre aus unseren Reihen kommt, was erwarten Sie dann bei ihm zu finden?«
»Ich hätte das nicht sagen sollen. Ich bin den Fakten vorausgeeilt, und ich möchte nicht, daß sie dem irgendeine Bedeutung beimessen, okay? Streichen Sie es aus dem Protokoll.«
»Okay, aber welche Anzeichen würden auf ihn hindeuten?« fragte sie beharrlich.
Sie waren wieder im Aufzug, als Tony antwortete: »Sein Verhalten, das auf intensive Kenntnisse der polizeilichen Vorgehensweise und der modernen forensischen Techniken schließen läßt. Aber das beweist nicht viel. Es gibt heutzutage einen Haufen Bücher über ›echte Kriminalfälle‹ und Fernsehfilme mit der Darstellung der Arbeitsweise der Polizei, so daß jedermann dieses Wissen haben könnte. Hören Sie, Carol, ich bitte Sie nochmals, streichen Sie das aus Ihrem Gedächtnis. Wir müssen flexibel bleiben, sonst kommt bei unserer Arbeit nichts raus.«
Carol seufzte leise. »Okay. Aber ich bitte Sie, es mir zu sagen, wenn Sie nach Prüfung des vorliegenden Beweismaterials noch immer einen Verdacht in dieser Richtung haben. Denn wenn es mehr als eine vage Vermutung ist, müssen wir unseren Ansatz bei den Ermittlungen überdenken.«
»Das verspreche ich.« Die Aufzugtüren glitten auf, als ob sie ein Zeichen zum Abbruch des Gesprächs geben wollten.
Zurück im Büro, nahm Tony den ersten Satz Fotografien aus dem Ordner.
»Ehe Sie anfangen – würden Sie mir sagen, wie Sie sich den Ablauf vorstellen?« fragte Carol mit gezücktem Bleistift und dem Notizheft auf dem Schoß.
»Ich sehe mir zuerst die Fotos an, dann bitte ich Sie, mich mit den

bisherigen Ermittlungsergebnissen vertraut zu machen. Wenn wir das hinter uns haben, arbeite ich die Unterlagen durch. Danach gehe ich wie üblich vor und skizziere ein Profil von jedem der Opfer. Anschließend setzen wir uns wieder zusammen und beschäftigen uns hiermit.« Er wedelte mit einem Bündel seiner Formulare vor ihrem Gesicht. »Und zuletzt mache ich den Balanceakt auf dem Drahtseil und erstelle das Protokoll des Täters. Klingt dieser Ablauf für Sie plausibel?«

»Ja, klingt gut. Und wie lange wird das alles dauern?«

Tony runzelte die Stirn. »Schwer zu sagen. Bestimmt ein paar Tage. Doch Handy Andy scheint ja in einem Achtwochentakt zu morden, und es gibt bisher keine Anzeichen dafür, daß er den Rhythmus beschleunigen will. Das ist übrigens recht ungewöhnlich. Wie auch immer, wenn ich das Material gesichtet habe, werde ich eine bessere Vorstellung davon haben, wie weit er sich unter Kontrolle hat, aber ich glaube doch, daß er einige Zeit verstreichen läßt, ehe er wieder mordet. Doch während ich das sage, hat er vielleicht schon sein nächstes Opfer ausgesucht, weshalb wir sicherstellen müssen, daß jeder Fortschritt, den wir machen, vor den Medien geheimgehalten wird. Wir dürfen auf keinen Fall der Katalysator sein, der den Prozeß seines Handelns beschleunigt.«

Carol stöhnte auf. »Sind Sie immer so optimistisch?«

»Das kommt auf die Umstände an. Oh, noch etwas. Wenn Sie auf einen Verdächtigen stoßen, bitte ich, mir nichts davon zu sagen. Es besteht die Gefahr, daß ich unbewußt mein Profil auf ihn zuschneide.«

»Wenn es nur schon soweit wäre.«

»Sieht es wirklich so schlecht aus?«

»Wir haben uns jeden vorgeknöpft, der bei uns wegen tätlicher Bedrohung oder Gewalttätigkeit gegen homosexuelle Männer aktenkundig ist, aber bei keinem zeichnet sich auch nur ein entfernter Verdacht ab.«

Tony verzog mitfühlend das Gesicht, nahm dann die Fotos von Adam Scotts Leiche zur Hand und ging sie langsam durch. Er holte sich einen Bleistift aus der Schale und zog seinen DIN-A4-Notizblock näher zu sich. Dann sah er zu Carol auf. »Kaffee? Ich wollte Sie natürlich schon früher fragen, war aber von unserem interessanten Gespräch abgelenkt.«

Carol fühlte sich wie eine Mitverschworene. Auch ihr hatte das Gespräch Spaß gemacht, obwohl sie von dem leisen Schuldgefühl geplagt wurde, daß Mehrfachmörder keine Quelle von Spaß sein sollten. Ein Gespräch mit Tony war ein Gespräch mit einem Gleichgesinnten, einem Mann, der keine eigennützigen Zwecke verfolgte und dessen vornehmliches Bestreben es war, einen Weg zur Wahrheit zu finden, ohne dabei sein eigenes Ego aufbügeln zu wollen. Das war etwas, was sie bei den Ermittlungen in diesen Mordfällen bisher vermißt hatte. »Ja, bitte«, antwortete sie. »Ich nähere mich offensichtlich dem Punkt, bei dem Kaffee zur Notwendigkeit wird. Wollen Sie, daß ich welchen hole?«

»Um Gottes willen nein! Sie sind nun wirklich nicht zum Kaffeeholen hier. Warten Sie, ich bin gleich zurück. Wie nehmen Sie Ihren?«

»Schwarz, ohne Zucker, bevorzugt als intravenöse Tropfinfusion.«

Tony nahm eine große Thermoskanne aus einem Aktenschrank und verschwand damit. Nach weniger als fünf Minuten kam er mit zwei dampfenden Bechern und der Thermoskanne zurück. Er gab Carol einen der Becher und deutete auf die Kanne. »Sie ist voll. Ich denke, wir werden noch einige Zeit beisammensitzen. Bedienen Sie sich, wann immer Sie möchten.«

Carol nahm dankbar einen ersten Schluck. »Wollen Sie mich heiraten?« frage sie in gespielter Koketterie.

Tony lachte, um die plötzliche Verkrampfung seines Magens zu verbergen, eine ihm wohlbekannte Reaktion auf die kleinste Andeutung eines Flirts. »In ein paar Tagen werden Sie mich das nicht mehr fragen«, sagte er ausweichend und wandte dann seine Aufmerksamkeit wieder den Fotos zu.

»Opfer Nummer eins, Adam Scott«, murmelte er und machte sich eine Notiz auf seinem Block. Er ging die Fotos einzeln durch, dann fing er wieder von vorn an. Das erste Foto zeigte einen Platz in einer Stadt mit großen georgianischen Häusern auf der einen Seite, einem modernen Büroblock auf der anderen und einer Reihe von Geschäften, Bars und Restaurants auf der dritten. In der Mitte des Platzes war eine öffentliche Parkanlage, die von zwei diagonalen Fußwegen durchkreuzt wurde, und in dessen Mitte wiederum ein reichverzierter viktorianischer Trinkbrunnen. Die Anlage war von einer knapp einen Meter hohen Backsteinmauer umgeben. An zwei Seiten befanden sich dichte Buschreihen. Die georgianischen Häuser waren leicht heruntergekommen, der Stuck an den Fassaden zum Teil abgeblättert. Tony stellte sich vor, er würde an der Ecke des Platzes stehen, das Bild in sich aufnehmen, die feuchte Stadtluft, vermischt mit dem schalen Gestank nach Alkohol und Fast food riechen und die nächtlichen Geräusche hören, das leise Brummen von Automotoren, das Klappern hoher Absätze auf dem Pflaster, gelegentliches Lachen und Rufe im Nachtwind, das Zirpen von Staren, die vom grellen Licht der Straßenlaternen um den Schlaf gebracht werden. Wo hast du gestanden, Handy Andy? Von wo aus hast du den auserwählten Ort beobachtet? Was hast du vor dir gesehen? Was hast du gehört? Was hast du *gefühlt?* Warum hier?

Das zweite Foto zeigte ein Stück der Mauer und des Gebüschs von der Straßenseite aus. Es war deutlich genug, daß Tony die kleinen quadratischen Eisenplättchen auf der Krone der Mauer erkennen konnte, die die einzigen Überreste von einem Gitter waren, welches vermutlich während des Kriegs abmontiert worden war, um daraus Waffen und Granaten herzustellen. In einem Abschnitt des Gebüschs waren abgebrochene Äste und zerdrückte Blätter zu erkennen. Das dritte Foto zeigte die Leiche eines

Mannes, die mit dem Gesicht auf der Erde lag. Die Gliedmaßen waren in seltsamen Winkeln abgespreizt. Tony vertiefte sich in das Foto, versuchte sich an Handy Andys Stelle zu versetzen. Was hast du gefühlt? Warst du stolz auf dich? Warst du verängstigt? Hast du triumphiert? Hast du einen Hauch von Bedauern verspürt, daß du das Objekt deiner Begierde aufgeben mußtest? Wieviel Zeit hast du dir genommen, diesen Anblick in dich aufzusaugen, dieses seltsame Kunstwerk, das du da geschaffen hast? Hat das Geräusch von Schritten dich verjagt? Oder hast du dich nicht darum gekümmert?

Tony schaute auf. Carol beobachtete ihn. Zu seiner Überraschung fühlte er sich erstmals nicht unangenehm berührt, daß die Augen einer Frau auf ihm ruhten. Vielleicht lag es daran, daß ihre Beziehung so eindeutig auf beruflicher Zusammenarbeit basierte, ohne daß eine Konkurrenzsituation damit verbunden war. Seine innere Anspannung verflog. »Der Fundort der Leiche – erzählen Sie mir mehr darüber.«

»Crompton Gardens liegt im Zentrum von Temple Fields, dort, wo sich das Schwulenviertel und der Rotlichtbezirk überschneiden. Es ist nachts nur schwach beleuchtet, vor allem, weil die Straßenlaternen von denen, die ihre Sexdienste anbieten und in der Dunkelheit ihre Aktivitäten verbergen wollen, immer wieder kaputtgemacht werden. In Crompton Gardens wird eine Menge Sex gemacht, in den Büschen, auf den Parkbänken unter den Bäumen, in den Hauseingängen, in den Kellereingängen – normale Prostitution auf Ansprechbasis, aber auch mit Stammkunden. Es treiben sich die ganze Nacht über ständig Leute dort rum, aber sie gehören nicht zu denen, die damit rausrücken, wenn sie was Ungewöhnliches gesehen haben, selbst wenn es ihnen schon äußerst ungewöhnlich vorgekommen ist«, berichtete Carol, und Tony machte sich Notizen.

»Wie war das Wetter?« fragte er.

»Trockene Nacht, aber feuchter Boden.«

Tony wandte sich wieder den Fotos zu. Die Leiche war aus den verschiedensten Sichtwinkeln aufgenommen worden. Dann, nach ihrer Bergung, hatte man den Boden in kleinen Abschnitten fotografiert. Es waren keine Fußspuren zu erkennen, aber einige schwarze Plastikfetzen lagen dort, wo sich die Leiche befunden hatte. Tony deutete mit der Spitze seines Bleistifts darauf. »Hat man feststellen können, woher die stammen?«

»Von Müllsäcken der Städtischen Müllabfuhr, Standardausführung für Geschäfte und Wohnblocks. Die werden überall ausgegeben, wo Rädertonnen nicht angebracht sind. Dieser Typ wird seit zwei Jahren benutzt. Wir haben keine Hinweise, ob die Fetzen schon dort lagen oder zusammen mit der Leiche an diese Stelle gekommen sind.«

Tony hob die Augenbrauen. »Sie scheinen ja seit gestern nachmittag eine Unmenge von Einzelheiten aufgenommen zu haben.«

Carol grinste. »Es ist sehr verführerisch, die Superfrau vorzutäuschen, aber ich muß gestehen, daß ich mich bereits vorher darum bemüht habe, auch über die beiden anderen Ermittlungen alles, was ich nur konnte, rauszufinden. Ich war, ganz im Gegensatz zu meinem Chef, überzeugt, daß es einen Zusammenhang gab. Und ich muß fairerweise sagen, daß meine Kollegen, die die beiden anderen Untersuchungen leiteten, unvoreingenommen waren. Sie hatten keine Einwände, wenn ich mir gelegentlich ansah, was sie rausgefunden hatten. Als ich vergangene Nacht alles noch mal durchging, hat das nur meine Erinnerung wieder aufgefrischt.«

»Sie haben die Nacht durchgearbeitet?«

»Wie Sie vorhin schon sagten, es kommt auf die Umstände an. Ich werde sicher bis etwa vier heute nachmittag durchhalten. Dann wird es mich wie mit dem Vorschlaghammer treffen«, gestand Carol.

»Botschaft empfangen und verstanden«, erklärte Tony und sah sich das nächste Foto an. Er kam jetzt zu der Serie mit Aufnahmen von der Autopsie. Die Leiche lag auf dem Rücken auf einer weißen Steinplatte, und die scheußlichen Wunden waren erstmals in vollem Umfang zu erkennen. Tony schaute sich jedes einzelne Foto der Serie genau an und blätterte manchmal zurück zu einer davorliegenden Aufnahme. Als er die Augen schloß, konnte er sich Adam Scotts unversehrten Körper vorstellen, und dann, wie er nach und nach von Wunden und Quetschungen überzogen wurde wie von exotischen Blüten. Er vermochte im Geist die Zeitlupen-Vision der Hände heraufzubeschwören, die mit einer besonderen Maltechnik diese Bilder auf dem Fleisch eines Menschen hervorbrachten. Nach ein paar Sekunden öffnete er die Augen wieder. »Diese blauen Flecken im Nacken und auf der Brust – was sagt der Pathologe dazu?« fragte er.

»Lutschflecken, wie von einem Liebesspiel.«

Ein Kopf, der sich dem Körper nähert, raubtierartig, die bizarre Parodie eines Liebesspiels. »Und diese Auskerbungen im Fleisch des Nackens und der Brust? Die drei Stellen, an denen Fleisch weggeschnitten worden ist?«

»Die Fleischstücke sind vom Mörder erst nach Eintritt des Todes rausgeschnitten worden. Vielleicht ißt er sie auf.«

»Ja, vielleicht«, sagte Tony zweifelnd. »Können Sie sich erinnern, ob es irgendwelche Druckspuren im Gewebe neben den Einschnitten gab?«

»Ich glaube, ja«, antwortete Carol überrascht.

Tony nickte. »Ich werde das im Bericht des Pathologen nachlesen. Er ist ein schlauer Bursche, unser Handy Andy. Als spontane Reaktion würde ich sagen, daß er die Fleischstücke nicht als Souvenirs behalten wollte oder daß es sich gar um Anzeichen von Kannibalismus handelt. Ich glaube, daß es an diesen Stellen Bißspuren gab. Und Handy Andy weiß genug über forensische Zahnmedizin, um sich darüber klar zu sein, daß Bißspuren ihn überführen könnten. Nachdem seine Ekstase abgeklungen war, hat er das potentielle Beweismaterial durch Rausschneiden des

Fleisches beseitigt. Diese Schnitte in den Genitalien – sind sie vor oder nach Eintritt des Todes erfolgt?«

»Danach. Der Pathologe hat vermerkt, daß sie aussehen, als wären sie versuchsweise gemacht worden.«

Tony lächelte befriedigt. »Hat der Pathologe sich dazu geäußert, was die Verletzungen an den Gliedmaßen hervorgerufen hat? Bei den Aufnahmen von der Seite sieht es aus, als ob jemand vorgehabt hätte, einer Stoffpuppe die Arme und Beine auszureißen.«

Carol seufzte. »Er wollte nicht zu einer offiziellen Aussage gedrängt werden. Alle vier Gliedmaßen waren aus den Gelenken gerissen, einige Wirbel auseinandergezerrt worden. Er sagte ...« Sie unterbrach sich und gab dann genau die ungeheuerliche Aussage des Pathologen wieder: »›Zitieren Sie mich nicht, aber ich hätte solche Verletzungen bei einem Opfer der spanischen Inquisition erwartet, das man auf die Streckbank gespannt hat.‹«

»Die Streckbank? Scheiße, wir haben es tatsächlich mit einem verdammt verkorksten Gehirn zu tun. Okay. Zum nächsten Opfer. Paul Gibbs. Das war Ihr Fall, nicht wahr?« Tony steckte den ersten Fotosatz zurück in den Ordner und nahm die Mappe mit dem zweiten heraus. Er verfuhr mit diesen Fotos wie mit denen von Adam Scott. »Wo gibt es denn nun Verbindungen zum ersten Fall?« fragte er schließlich.

»Einen Moment, ich zeige es Ihnen.« Carol öffnete einen der beiden Kartons und nahm einen Stadtplan heraus, den sie obenauf gelegt hatte. Sie faltete ihn auseinander und breitete ihn auf dem Boden aus. Tony stand hinter dem Schreibtisch auf und ging neben ihr in die Hocke. Sie nahm sofort seinen Geruch wahr, eine Mischung aus Shampoo und einem leicht animalischen Körpergeruch. Kein Macho-Rasierwasser, kein Männerparfüm. Sie schaute auf seine blassen, fast quadratischen Hände auf der Karte, auf die kurzen Finger mit den gepflegten Nägeln und den dünnen Büscheln schwarzer Haare auf dem untersten Glied jedes Fingers. Erschrocken merkte sie, daß sie ihn begehrte. Du bist gefühlsduselig wie ein Teenager, schimpfte sie sich selbst verärgert, wie ein Schulmädchen, das den ersten Lehrer anhimmelt, der etwas Nettes über seine Mitarbeit sagt. Werde erwachsen, Carol Jordan! Sie rückte ein Stück von ihm ab und tat so, als wäre das zur Erklärung der Örtlichkeiten erforderlich. »Crompton Gardens ist hier«, sagte sie, »und die Canal Street hier, etwa eine halbe Meile davon entfernt. Ungefähr in der Mitte zwischen den beiden liegt der Pub Queen of Hearts.«

»Man kann wohl ziemlich sicher davon ausgehen, daß er sich in dieser Gegend gut auskennt, oder?« fragte Tony und prägte sich die Lage der Leichenfundorte ein.

»Ja, das denke ich schon. Crompton Gardens ist ein ziemlich augenfälliger Ort, aber die beiden anderen setzen gute Ortskenntnisse in Temple Fields voraus.« Carol hockte sich im Schneidersitz hin und überlegte, ob die Lage der Fundorte die Annäherung aus einer bestimmten Richtung voraussetzten.

»Ich muß mir die Fundorte anschauen, und zwar am besten zur gleichen Tageszeit, als die Leichen dort abgelegt wurden. Wissen wir, wann ungefähr das war?«

»Bei Adam wissen wir es nicht. Die geschätzte Todeszeit ist eine Stunde vor oder nach Mitternacht, also kann seine Leiche nicht vor dieser Zeit am Fundort abgelegt worden sein. Bei Paul ist bekannt, daß er kurz nach drei noch nicht unter dem Torbogen lag, wo er später gefunden wurde. Gareths' Todeszeit wird auf neunzehn bis zweiundzwanzig Uhr am Abend vor dem Auffinden seiner Leiche geschätzt. Und bei Damien ist gesichert, daß er um dreiundzwanzig Uhr dreißig noch nicht im Hinterhof des Pubs lag.« Carol hatte die Augen geschlossen, um sich so genau wie möglich an die Angaben in den Berichten zu erinnern.

Tony schaute ihr ins Gesicht und ergriff die Gelegenheit, es ungeniert betrachten zu können. Selbst ohne das Strahlen ihrer blauen Augen ließ sich sagen, daß sie eine Schönheit war – ovales Gesicht, hohe Stirn, reine, blasse Haut, dazu dieses dichte blonde

Haar, ein fester, entschlossener Mund, eine Falte zwischen den Brauen, wenn sie konzentriert nachdachte. Und seine Würdigung dieser Schönheit war so klinisch-trocken, als sähe er sich ein Foto in einer Ermittlungsakte an. Warum war das nur so? Warum ging bei ihm eine Klappe runter, wenn er es mit einer Frau zu tun hatte, von der sich jeder normale Mann angezogen fühlen würde? War es so, weil er es nicht zulassen wollte, daß sich in ihm Gefühle regten, die zu einem Punkt führten, bei dem er sich nicht mehr unter Kontrolle hatte, zu einer Situation, in der eine weitere Demütigung auf ihn lauerte?

Carol öffnete die Augen, und es spiegelte sich Überraschung in ihnen, als sie sah, daß er sie beobachtete.

Er spürte, wie seine Ohren rot anliefen, und wandte sich schnell wieder der Karte zu. »Er ist also ein Nachtschwärmer«, sagte er rasch. »Ich möchte mir gleich heute abend die Fundorte ansehen, wenn das möglich ist. Vielleicht finden Sie jemand anderen, der mich hinführt, damit Sie den ausgefallenen Schlaf nachholen können.«

Carol schüttelte den Kopf. »Nein, das geht schon. Wenn wir um fünf hier fertig sind, fahre ich nach Hause und schlafe ein paar Stunden. Ich hole Sie etwa um Mitternacht ab. Okay?«

»Wunderbar«, sagte Tony, stand auf und setzte sich wieder hinter seinen Schreibtisch. »Wenn Ihnen das nichts ausmacht.« Er nahm die Fotos erneut zur Hand und zwang sich, alles mit Handy Andys Augen zu sehen. »Den hier hat er ja schrecklich zugerichtet.«

»Paul ist der einzige, mit dem er so übel verfahren ist. Gareth hat Schnitte im Gesicht, allerdings nicht sehr tiefe. Pauls Gesicht aber ist zu Brei geschlagen worden – Nase gebrochen, Zähne eingeschlagen, gebrochene Wangenknochen, ausgerenkte Kinnladen. Auch die Verletzungen im Analbereich sind schrecklich, und außerdem ist ihm der Bauch aufgeschlitzt worden. Dieser hohe Grad von roher Gewaltanwendung war einer der Gründe für Superintendent Cross, auf zwei verschiedene Täter zu schließen.

Zudem ist bei ihm im Gegensatz zu den drei anderen keines der Gliedmaßen aus dem Gelenk gerissen.«
»Und das war auch die Leiche, die mit Plastikmüllsäcken zugedeckt war?«
Carol nickte. »Von dergleichen Art wie die Fetzen, die wir unter Adams Leiche gefunden haben.«
Sie gingen weiter zu Gareth Finnegan. »In diesem Fall hat der Killer sein Muster in mindestens zwei bedeutsamen Kriterien geändert. War es bisher Temple Fields, so hat er jetzt Carlton Park zum Ablegen der Leiche gewählt. Dort gibt es zwar auch einen Schwulenstrich, aber es ist dennoch eine Abweichung.« Tony hielt inne und lachte höhnisch auf. »Als ob nicht sein ganzes Verhalten eine Abweichung von der Norm wäre! Die zweite ist, daß er diesen Brief und das Video an die *Sentinel Times* geschickt hat. Warum hat er diese Leiche sozusagen angekündigt und die anderen nicht?«
»Ich habe mir darüber auch meine Gedanken gemacht«, sagte Carol, »und mich gefragt, ob es etwas damit zu tun haben könnte, daß die Leiche sonst vielleicht tagelang, wenn nicht gar wochenlang unentdeckt dort rumgelegen hätte.«
Tony machte sich eine Notiz und drückte mit dem hochgereckten Daumen der anderen Hand seine Zustimmung aus. »Diese Verletzungen an den Händen und Füßen – ich weiß, es klingt weit hergeholt, aber es sieht fast so aus, als ob er … gekreuzigt worden wäre.«
»Der Pathologe hat auch gezögert, das in seinen Bericht zu schreiben. Aber die Wunden an den Händen in Verbindung mit der Tatsache, daß beide Schultern aus den Gelenken gerissen waren, legen eine Kreuzigung nahe, vor allem, wenn man sich vor Augen hält, daß das vermutlich am Weihnachtstag geschehen ist.« Carol stand auf, rieb sich die Augen und konnte ein Gähnen nicht unterdrücken. Sie ging in dem kleinen Büro auf und ab und hob mehrmals hintereinander die Schultern an, um die verspann-

ten Muskeln zu lockern. »Verdammter geisteskranker Bastard«, murmelte sie.
»Die Verstümmelungen der Genitalien sind bei Finnegan schlimmer als bei den anderen«, stellte Tony fest. »Er hat ihn regelrecht kastriert. Und dann diese tödliche Verletzung – der Schnitt in die Kehle. Auch er ist tiefer.«
»Können wir daraus irgend etwas folgern?« fragte Carol, war jedoch kaum zu verstehen, weil sie wieder gähnen mußte.
»Mir geht es wie Ihrem Pathologen, ich möchte nicht spekulieren«, antwortete Tony. Er nahm sich jetzt den letzten Satz Fotos vor. Zum erstenmal sah Carol, daß er seine beruflich-ausdruckslose Maske fallen ließ. Entsetzen verzerrte sein Gesicht, ließ ihn die Augen aufreißen und tief einatmen. Sie war nicht überrascht. Als sie Damien Connollys Leiche umgedreht hatten, war ein einsneunzig großer Detective, ein bekannter Rugby-Spieler, in Ohnmacht gefallen. Selbst der erfahrene Pathologe hatte sich einen Augenblick weggedreht und dagegen angekämpft, sich übergeben zu müssen.
Die Leichenstarre hatte die Verformung von Damien Connollys Gliedmaßen zu einer Parodie menschlicher Gebärden verfestigt. Die aus den Gelenken gerissenen Arme und Beine standen in irren Winkeln vom Körper ab. Aber da war noch mehr und noch Schlimmeres. Sein Penis war abgeschnitten und ihm in den Mund gesteckt worden. Sein Torso war von der Brust bis zur Leistengegend in einem bizarren, zufällig wirkenden Muster mit sternförmigen, etwa einen Zentimeter großen Brandmalen übersät.
»Um Gottes willen!« stieß Tony aus.
»Er beherrscht sein Handwerk bestens, nicht wahr?« sagte Carol bitter. »Sicher ist er stolz auf seine Arbeit.«
Tony zwang sich, die widerlichen Fotos so sorgfältig zu studieren wie die anderen vorher. Schließlich fragte er: »Hat jemand schon mal eine Theorie entwickelt, ob er diese Brandmale aus einem besonderen Grund verursacht hat?«

»Nein, niemand«, antwortete sie.

»Sie sind irgendwie seltsam. Die Muster variieren. Es sieht nicht so aus, als ob er blindlings für alle denselben Gegenstand benutzt hätte. Es sind mindestens fünf verschiedene Formen zu erkennen. Haben Sie jemanden, der eine Computeranalyse der Muster machen kann, um festzustellen, ob es sich um eine versteckte Botschaft handelt? Es gibt Dutzende dieser verdammten Brandmale!«

Carol rieb sich erneut die Augen. »Keine Ahnung. Mit Computern hab ich nichts am Hut. Ich werde mich erkundigen, wenn ich wieder im Büro bin. Und wenn wir dienstlich niemanden auftreiben können, werde ich meinen Bruder fragen.«

»Ihren Bruder?«

»Michael ist ein Computergenie. Er arbeitet an der Erstellung von Software für Computerspiele. Wenn Sie ein vorhandenes Muster analysiert, manipuliert oder in ein idyllisches Leg-sie-alle-um-Computerspiel verwandelt haben wollen, ist mein Bruder der richtige Mann.«

»Und er kann auch den Mund halten?«

»Wenn er das nicht könnte, wäre er in seinem Job fehl am Platz. Es stehen Millionen Pfund auf dem Spiel, daß seine Firma bei neuen Entwicklungen den anderen immer um eine Nasenlänge voraus ist. Glauben Sie mir, er weiß, wann er den Mund zu halten hat.«

Tony lächelte. »Meine Frage sollte nicht aggressiv klingen.«

»Das war ja auch nicht der Fall.«

Tony seufzte. »Ich wollte bei Gott, man hätte mich bei dieser Sache eher ins Spiel gebracht. Handy Andy wird nach diesen Morden nicht aufhören. Er ist zu verliebt in seine Arbeit. Schauen Sie sich die Fotos an. Dieser Bastard wird weitermachen und Männer in seine Gewalt bringen und foltern und töten, bis man ihn faßt. Carol, dieser Mistkerl ist ein Berufskiller.«

Auf 3 1/2 Zoll-Diskette, Beschriftung: Backup.007; Datei Love005.doc

Mutig trat ich zum Eingang und läutete an Adams Tür. In den Sekunden, die er zur Reaktion brauchte, verzog ich mein Gesicht zu einem, wie ich hoffte, entschuldigenden Lächeln. Ich konnte die verschwommenen Umrisse seines Kopfs und der Schultern erkennen, als er durch den Flur auf die Tür zukam. Dann öffnete er sie, und wir standen uns von Angesicht zu Angesicht gegenüber. Er lächelte fragend. Als ob er nie zuvor in seinem Leben Notiz von mir genommen hätte.

»Es tut mir leid, Sie zu stören«, sagte ich, »aber mein Wagen hat seinen Geist aufgegeben, und ich habe keine Telefonzelle in der Nähe gesehen. Darf ich Ihr Telefon benutzen, um den Automobilclub anzurufen? Ich werde für den Anruf selbstverständlich bezahlen …« Ich ließ meine Stimme langsam verebben.

Sein Lächeln wurde breiter, entspannter, und die Fältchen in den Augenwinkeln vertieften sich. »Kein Problem. Kommen Sie rein.« Er deutete nach hinten. »Das Telefon steht in meinem Arbeitszimmer. Gleich rechts da drüben.«

Ich ging langsam den Flur hinunter und spitzte die Ohren, ob er die Haustür zumachte. Als das Schloß einschnappte, fragte er: »Es ist doch hoffentlich nichts Schlimmes mit Ihrem Wagen?«

»Ich muß die Telefonnummer raussuchen«, sagte ich, blieb in der Tür zum Arbeitszimmer stehen und griff in den Rucksack, den ich in der Hand hielt. Adam kam auf mich zu, und als ich die Spraydose mit dem Reizgas rausholte, war er nur noch einen halben Meter von mir entfernt. Es hätte nicht besser sein können. Ich sprühte ihm eine kräftige Ladung voll ins Gesicht.

Er stöhnte vor Schmerz auf, taumelte zurück gegen die Wand und drückte die Finger auf die Augen. Ich reagierte schnell, stellte einen Fuß zwischen seine Beine, packte ihn an den Schultern und brachte ihn mit einer kurzen Drehbewegung zu Fall. Sein Gesicht schlug hart auf, und er rang nach Luft. Schnell war ich über ihm, packte sein linkes Handgelenk, drehte ihm den Arm auf den Rücken und ließ die Handschelle zuschnappen. Tränen strömten über sein Gesicht, aber er wehrte sich gegen meinen Griff. Ich schaffte es dennoch, seinen rechten, um sich schlagenden Arm zu packen und ihm die andere Hälfte der Handschelle anzulegen.

Seine Beine bewegten sich wild unter mir, doch mein Gewicht reichte aus, ihn auf dem Boden festzunageln. Ich zerrte die kleine, fest verschlossene Plastikdose aus dem Rucksack, öffnete sie, holte den mit Chloroform vollgesaugten Wattebausch heraus und drückte ihn auf seinen Mund und seine Nase. Der scharfe Geruch drang auch in meine Nase und verursachte einen leichten Schwindel und Übelkeit. Ich hoffte, das Chloroform würde noch voll seine Wirkung tun; ich hatte die Flasche seit mehreren Jahren aufbewahrt, nachdem ich sie aus der Krankenstation eines sowjetischen Kreuzfahrtschiffs gestohlen hatte, in der ich die Nacht mit dem Ersten Offizier verbracht hatte.

Adam strampelte noch heftiger, als die kalte Kompresse ihm den Atem raubte, aber nach wenigen Minuten gaben seine Beine ihr nutzloses Kämpfen auf. Ich wartete zur Sicherheit noch einige Zeit, dann stieg ich von ihm und fesselte seine Beine mit Klebeband. Ich steckte den Chloroformbausch wieder in die sichere Dose und verklebte ihm zuletzt noch den Mund.

Dann stand ich auf und atmete tief durch. So weit, so gut. Als nächstes zog ich ein Paar Lastexhandschuhe an und machte eine Bestandsaufnahme. Ich bin vertraut mit der Theorie des französischen Gerichtsmediziners Edmond Locard, erstmals demonstriert bei einem Mordprozeß im Jahre 1912, daß jede menschliche Berührung eine Spur hinterläßt; ein Verbrecher wird am Ort seines Verbrechens immer etwas wegnehmen und etwas zurücklassen. Mit dieser Erkenntnis vor Augen, hatte ich am heutigen Tag meine Garderobe sorgfältig ausgewählt. Ich trug Levis 501, dieselbe Marke, die ich bei Adam oft gesehen hatte. Als Oberteil hatte ich einen zu weiten Kricket-Pullover mit V-Ausschnitt angezogen, das genaue Pendant zu dem, den ich ihn bei Marks and Spencer vor zwei Wochen kaufen gesehen hatte. Jede einzelne Faser, die ich hinterließ, würde zwangsläufig auf Adams eigene Garderobe zurückgeführt werden.

Ich schaute mich kurz in seinem Arbeitszimmer um und blieb bei seinem Anrufbeantworter stehen. Es war ein altmodisches Gerät mit nur einem Kassettenfach. Ich klappte es auf und nahm die Kassette an mich. Es würde schön sein, eine Erinnerung an seine normal klingende Stimme zu haben, denn, da war ich mir sicher, die Tonspur auf meinem Videoband würde nicht dieselbe entspannte Stimme wiedergeben.

Die Tür zur Garage war abgeschlossen. Ich stieg die zwei Stufen zu Adams Küche hinauf, wo ich die Jacke seines Anzugs über einer Stuhllehne hängend vorfand. Sein Schlüsselbund steckte in der linken Tasche. Ich kehrte zurück, öffnete die Tür zur Garage und klappte die Hecktür seines zwei Jahre alten Ford Escort auf. Dann ging ich erneut zu Adam. Er war inzwischen wieder bei Bewußtsein. In seinen Augen stand wilde Panik, und gedämpfte Grunzlaute drangen hinter dem Klebeband über dem Mund hervor. Ich lächelte ihn an, als ich den Chloroformbausch noch mal auf seine

Nase drückte. Jetzt konnte er natürlich nicht mehr so wild strampeln wie zuvor.

Ich zog ihn in eine sitzende Position hoch und schob ihn auf einen Stuhl, den ich aus dem Arbeitszimmer geholt hatte. Von dort konnte ich ihn mir leicht über die Schulter legen und zur Garage tragen. Ich ließ ihn in den Gepäckraum des Wagens gleiten und schlug die Heckklappe zu. Von außen war nichts von ihm zu sehen.

Ich schaute auf die Uhr, es war kurz nach sechs. Erst in etwa einer Stunde würde es dunkel genug sein, daß kein zufällig draußen vorbeikommender Nachbar sich wundern konnte, warum ein fremder Mensch in Adams Wagen aus seiner Garage fuhr. Die mir verbleibende Zeit füllte ich damit aus, ein bißchen in seinem Leben herumzuschnüffeln. Stapel von Fotos zeigten Freunde, ein Familien-Weihnachtsessen – ich hätte wunderbar in dieses Leben gepaßt. Wir hätten das alles zusammen erleben können, wenn er nicht so ein Narr gewesen wäre.

Das Klingeln des Telefons riß mich aus meinen Träumen. Ich ließ es klingeln, ging in die Küche, holte mir eine Flasche Putzmittel und einen Lappen und wischte sorgfältig alle lackierten Leisten im Flur ab. Den Lappen steckte ich danach in meinen Rucksack. Dann holte ich den Staubsauger und reinigte langsam und gründlich den ganzen Flur, beseitigte alle Spuren unseres kurzen Kampfes auf dem festen Berberteppich. Schließlich zog ich den Staubsauger hinter mir her in die Garage, wo ich ihn in einer Ecke stehenließ, als ob er dorthin gehörte. Als ich alle Spuren beseitigt hatte, stieg ich in Adams Wagen, drückte auf die Fernbedienung für das Garagentor an seinem Schlüsselbund und startete den Motor, während das Tor vor mir sanft in die Höhe schwebte.

Ich ließ das Tor hinter mir wieder zugleiten und fuhr auf die Straße. Kurz darauf hörte ich ein gedämpftes Stöhnen. Ich

kramte eine Kassette von Wet, Wet, Wet aus dem Handschuhfach, schob sie ins Kassettenfach des Radios, drehte die Lautstärke voll auf und sang laut mit, während ich aus der Stadt und zum Hochmoor fuhr.
Ich hatte mir Sorgen gemacht, ob Adams Wagen es den Feldweg hinauf schaffen würde, und diese Sorgen waren nicht unbegründet gewesen, wie sich jetzt zeigte. Etwa eine halbe Meile vor der Farm kam er in den tiefen Furchen des mit hohem Gras überwachsenen Weges nicht mehr weiter. Ich stieg seufzend aus, marschierte zur Farm und holte die Schubkarre. Als ich die Heckklappe aufmachte, um Adam in die Karre umzuladen, starrte er mich mit aufgerissenen Augen an. Doch ebenso wie sie ließen mich auch seine dumpfen Rufe kalt. Ich zerrte ihn ohne große Rücksichtnahme aus dem Wagen und legte ihn in die Karre. Es war eine anstrengende halbe Meile den Berg hinauf, weil er durch sein ständiges Strampeln das Lenken erschwerte.
Als wir die Farm erreicht hatten, öffnete ich die Falltür. Adams Augen weiteten sich vor Entsetzen beim Anblick des dunklen Kellers. Ich strich ihm durch das weiche Haar und sagte: »Willkommen in der Kathedrale des Vergnügens.«

5

Was den … Pöbel der Zeitungsleser angeht – man kann ihn mit allem erfreuen, wenn es denn nur blutrünstig genug ist. Aber der sensible Geist verlangt ein wenig mehr.

Nachdem er Carol zu ihrem Wagen gebracht hatte, ging Tony über die Straße zum Kiosk und kaufte sich eine Abendzeitung. Wenn es Publicity war, nach der Handy Andy strebte, dann hatte er sein Ziel erreicht. Angst und Ekel waren der Haupttenor der seitenlangen Berichterstattung der *Bradfield Evening Sentinel Times*. Sie erstreckte sich über fünf Seiten, um genau zu sein. Die Seiten 1, 2, 3, 24 und 25 waren dem »Schwulenkiller« gewidmet, und dazu kam noch ein Leitartikel. Die Nennung des bisher polizeiinternen Spitznamens zeigte auf, daß es bei der Polizei undichte Stellen gab wie bei einem Kabinettsausschuß.

»Du wirst es nicht mögen, der Schwulenkiller genannt zu werden, nicht wahr, Handy Andy?« murmelte Tony, während er zu seinem Büro zurückging. Als er wieder am Schreibtisch saß, las er die Artikel. Penny Burgess war zu großer Form aufgelaufen. Auf der Titelseite stand in balkengroßen Lettern: SCHWULENKILLER SCHLÄGT WIEDER ZU! Darunter wurde in etwas kleineren Buchstaben den Lesern mitgeteilt: POLIZEI RÄUMT EIN, DASS SERIENMÖRDER IN DER STADT SEIN UNWESEN TREIBT. In dem Artikel wurde der grausige Fund von Damien Connollys Leiche geschildert und dazu ein Foto von ihm beim Abschlußzeremoniell der Polizeiausbildung gezeigt. Auf den Seiten 2 und 3 stand eine sensationell aufgemachte Zusammenfassung der vorherigen drei Mordfälle, komplett mit Skizzen der Fundorte. »Hohlköpfiges, sensationsgeiles Geschwafel«, knurrte Tony und wandte sich den Seiten 24 und 25 zu. Die Überschrift HOMOSEXUELLE IN PANISCHER ANGST VOR

DEM SCHWULENKILLER-MONSTER ließ keinen Zweifel daran, wen die *Sentinel Times* als bedrohten Personenkreis betrachtete. Der Artikel war auf die angebliche Hysterie in Bradfields Schwulenszene ausgerichtet und mit Innenaufnahmen von Cafés, Bars und Clubs angereichert, die die Szene mies genug darstellten, um den Vorurteilen der Leser weiteren Vorschub zu leisten.

»Oh«, sagte Tony, »das wird dir nun wirklich nicht gefallen, Handy Andy!« Dann las er den Leitartikel.

Wenigstens hat die Polizei jetzt eingestanden, wovon viele von uns bereits seit einiger Zeit überzeugt sind. In Bradfield treibt ein Serienmörder sein Unwesen, und seine Opfer sind junge, unverheiratete Männer, die die schäbigen Schwulenbars der Stadt frequentieren. Es ist eine Schande, daß die Polizei die Homosexuellen in der Stadt nicht rechtzeitig gewarnt hat. In der zwielichtigen Welt anonymer und unverbindlicher Sexualkontakte ist es für dieses Raubtier, dieses Monster, sicherlich nicht schwer, Opfer zu finden. Das Schweigen der Polizei hat es dem Killer nur noch leichter gemacht.

Das Widerstreben der Polizei, die Wahrheit ans Tageslicht zu bringen, hat den bereits bestehenden Verdacht der Homosexuellen bestätigt und die Furcht vertieft, daß die Behörden ihr Leben geringer einschätzen als das der anderen Mitglieder unserer Gesellschaft.

So wie damals erst die Morde auch an unschuldigen Frauen – *statt* nur *an Prostituierten – die Polizei dazu brachte, dem* Yorkshire Ripper *volle Aufmerksamkeit zu schenken, so falsch ist es jetzt, daß erst ein Polizist ermordet werden mußte, bevor die Polizei von Bradfield den* Schwulenkiller *ernst nimmt.*

Trotzdem fordern wir die Homosexuellen in unserer Stadt auf, in vollem Umfang mit der Polizei zu kooperieren. Und wir erwarten, daß die Polizei diese entsetzlichen Morde im Inter-

esse unserer homosexuellen Mitbürger mit vollem Einsatz und allen verfügbaren Mitteln untersucht. Je eher dieser geisteskranke Mörder gefaßt wird, um so besser ist es für unser aller Sicherheit.

»Die übliche Mischung aus Selbstgerechtigkeit, Entrüstung und unrealistischen Forderungen«, sagte Tony zu dem Teufelsefeu auf dem Fensterbrett. Er schnitt die Artikel aus und legte sie nebeneinander auf den Schreibtisch. Dann schaltete er seinen Kassettenrecorder ein und diktierte in das Gerät: »*Bradfield Evening Sentinel Times,* 27. Februar. Handy Andy hat nun schließlich doch als der *eine* Killer Schlagzeilen gemacht. Ich frage mich, wie wichtig ihm das ist. Einer der Lehrsätze bei der Profilanalyse von Serientätern lautet, daß sie süchtig nach Publicity sind. Bei ihm bin ich mir jedoch nicht so sicher, ob es ihm wirklich darauf ankommt. Er hat sich nach den ersten beiden Morden nicht anonym gemeldet, und keiner dieser Morde hat nach der Entdeckung der Leichen außergewöhnlich große Schlagzeilen gemacht. Beim dritten Mord hat er zwar durch eine Zeitung der Polizei die Botschaft zukommen lassen, wo die Leiche zu finden ist, aber er hat sich darin nicht als derjenige zu erkennen gegeben, der die ersten beiden Morde begangen hat. Ich hatte daran herumgerätselt, bis Inspector Carol Jordan eine Erklärung für den Brief und das beigefügte Video lieferte, nämlich die, daß ohne diese Hinweise die Leiche wahrscheinlich längere Zeit unentdeckt geblieben wäre. Damit ist klar, daß Handy Andy nicht wild darauf sein mag, Schlagzeilen zu machen oder Panik zu erzeugen, es ihm jedoch daran gelegen ist, daß die Leichen gefunden werden, solange an ihnen seine Arbeit noch zu erkennen ist.« Mit einem Seufzer stellte Tony den Recorder ab. Obwohl er dem akademischen Rummel schon vor Jahren den Rücken zugekehrt hatte, konnte er dem antrainierten Prozedere nicht entkommen; jeder einzelne Abschnitt des laufenden Vorgangs mußte festgehalten werden. Der Perspektive, daß diese Morduntersuchungen das Rohmaterial für wissenschaftliche Artikel oder gar ein Buch abgaben, konnte Tony nicht widerstehen.

»Ich bin ein Kannibale«, sagte er zu dem Efeu. »Manchmal ekle ich mich vor mir selbst.« Er schob die Zeitungsausschnitte zusammen und steckte sie in eine für Presseartikel vorgesehene Mappe. Dann öffnete er die Pappkartons und nahm die darin aufgestapelten Dokumentenmappen heraus. Carol hatte sie alle ordentlich beschriftet, mit fließenden Großbuchstaben, wie Tony feststellte – eine Frau, der das geschriebene Wort Freude bereitete.

Für jedes Opfer war ein pathologischer Befund und ein vorläufiger gerichtsmedizinischer Abschlußbericht vorhanden. Die Zeugenaussagen waren in drei Gruppen unterteilt: »Hintergrund (Opfer)«, »Augenzeuge (Fundort der Leiche)«, »Sonstige«. Er fischte sich als erste die Mappe »Hintergrund (Opfer)« heraus und rollte seinen Schreibtischstuhl hinüber zu dem Tisch, auf dem sein Personal Computer stand. Als er nach Bradfield gekommen war, hatte ihm die Universität ein Terminal mit Zugriff auf das universitätseigene Informationssystem angeboten, aber er hatte abgelehnt. Er wollte keine Zeit damit verschwenden, neue Verfahrensweisen zu lernen, war er doch so vertraut mit seinem eigenen PC. Jetzt war er froh, daß er der Liste der Plackerei, die ihm die Nacht hindurch bevorstand, nicht auch noch umständliche Eingaben zur Datensicherheit anfügen mußte.

Tony rief die wohlbekannte Software ab, die es ihm erlauben würde, Vergleiche zwischen den Opfern anzustellen, und begann dann mit der Dateneingabe.

Fünf Minuten in der neuen Unterkunft in der Scargill Street reichten aus, um Carol wünschen zu lassen, sie wäre direkt nach Hause gegangen. Um zu dem Zimmer zu kommen, das man ihr für die Dauer der Ermittlungen zugewiesen hatte, mußte sie die ganze Länge des Großraumbüros der unteren Chargen durchqueren. Exemplare der Abendzeitung lagen fast auf jedem Schreibtisch, verhöhnten sie mit ihren fetten schwarzen Schlagzeilen. Bob Stansfield stand mit einigen Constables in der Mitte des Raums, und als Carol vorbeiging, sprach er sie an. »Der gute Doktor hat die Lösung sicher schon aus dem Ärmel geschüttelt, oder?«

»Nach dem zu urteilen, was ich heute von dem guten Doktor gesehen habe, Bob, könnte er einigen unserer Bosse zumindest ein paar Lektionen zum Thema Überstunden erteilen«, antwortete Carol und wünschte sich im selben Moment, ihr wäre eine schärfere Erwiderung eingefallen. Zweifellos würde sie später unter der Dusche damit keine Schwierigkeiten haben. Doch vielleicht war es auch ganz gut so. Die Kluft zwischen den Jungs und ihr mußte nicht noch größer werden, als sie es durch den Aufstieg in ihren Dienstrang schon geworden war. Sie blieb stehen und lächelte. »Gibt's was Neues?« fragte sie.

Stansfield sagte zu seinen Mitarbeitern: »Okay, verfolgt das mal weiter«, dann trat er zu Carol und antwortete ihr: »Nichts Wichtiges. Die Leute vom HOLMES-Team arbeiten sich die Finger wund, geben alles, was wir bisher zusammengetragen haben, in den Computer ein und prüfen, ob da irgendwelche Wechselbeziehungen sind. Cross hat angeordnet, noch mal sämtliche alten Spuren unter die Lupe zu nehmen. Er ist überzeugt, daß eine von ihnen zum Täter führt.«

Carol schüttelte den Kopf. »Reine Zeitverschwendung.«

»Du sagst es. Der Killerbastard wird auf diese Weise bestimmt nicht Gestalt annehmen, darauf wette ich mein letztes Hemd. Kevin wird heute nacht mit seinem Team mal was anderes ausprobieren«, teilte er ihr dann mit, nahm die letzte Zigarette aus seiner Schachtel und warf die leere Packung mit einem Ausdruck des Ekels auf dem Gesicht in einen Papierkorb. »Wenn wir nicht bald einen Durchbruch schaffen, muß ich mich um eine Gehalts-

erhöhung bemühen, um meinen verdammten Zigarettenkonsum bezahlen zu können.«
»Und ich trinke so viel Kaffee, daß ich nur noch ein Nervenbündel bin«, erwiderte Carol. »Also, was ist das für eine neue Idee von Kevin?« Mit ruhiger Freundlichkeit schaffst du es, dachte sie. Erst eine persönliche Beziehung aufbauen, dann die Fragen stellen. Ist schon komisch, wie das Herausholen von Informationen aus Kollegen denselben Regeln folgt wie das Verhör von Verdächtigen.
»Er läßt ein Team aus verdeckten Ermittlern in der Schwulenszene ausschwärmen«, sagte Stansfield verächtlich. »Es konzentriert sich auf die Clubs und Pubs, die im Ruf stehen, von Sadomasochisten frequentiert zu werden. Sie sind alle heute abend losgezogen, um sich bei Motorradrockern Lederhosen zu organisieren.«
»Na ja, vielleicht ist es einen Versuch wert«, entgegnete Carol.
»Ich will nur hoffen, daß Kevin da nicht einen Haufen von heimlichen Schwulen losschickt, wie wir ja offensichtlich in Damien Connolly einen hatten. Was wir im Moment überhaupt nicht gebrauchen können, sind schwule Kriminalbeamte, die wir als Leichen mit den eigenen Handschellen um die Gelenke auffinden.«
Carol lehnte es ab, diese Bemerkung zu kommentieren, und machte sich auf den Weg in ihr Büro. Sie wollte gerade hineingehen, als Cross aus dem Nebenzimmer rief: »Inspector Jordan? Kommen Sie mal zu mir.«
Carol schloß die Augen und zählte bis drei. »Sofort, Sir«, rief sie zurück und machte auf dem Absatz kehrt. Er war erst drei Tage in diesem behelfsmäßig eingerichteten Büro, aber er hatte ihm bereits seinen persönlichen Stempel aufgedrückt, wie ein Kater, der sein Territorium mit seinem Urin markiert. Es stank scheußlich nach Zigarettenrauch. In halbvoll mit Kaffee gefüllten Pappbechern, die nach irgendwelchen strategischen Gesichts-

punkten auf der Fensterbank und dem Schreibtisch verteilt waren, schwammen Zigarettenstummel. Und ein Girlie-Kalender hing an der Wand, ein Beweis dafür, daß der Sexismus in der Werbeindustrie ungebrochen in voller Blüte stand. Hatten diese Leute *immer noch nicht* realisiert, daß es die Frauen waren, die in den Supermärkten entschieden, welche Wodka-Marke gekauft wurde?

Sie ließ die Tür offen, damit frische Luft ins Zimmer kam, und stellte sich vor Cross' Schreibtisch. »Sir?«

»Was hat der Wunderknabe denn nun rausgefunden?«

»Es ist noch ein bißchen früh für eine Beurteilung, Sir«, antwortete sie freundlich. »Er muß sich erst mal durch all die Berichte arbeiten, die ich für ihn kopiert habe.«

»O ja, ich hatte vergessen, daß er ein verdammter *Professor* ist«, sagte Cross, und der Titel kam besonders verächtlich heraus. »Alles muß schriftlich gemacht werden, wie? Kevin hat im Connolly-Fall was entdeckt. Sie sollten sich mit ihm in Verbindung setzen. Hat es sonst noch was gegeben, Inspector?« fragte er herausfordernd, als ob sie sich ihm aufgedrängt hätte.

»Dr. Hill hat einen Vorschlag im Zusammenhang mit den Brandmalen auf Connollys Körper gemacht, Sir. Er hat mich gefragt, ob wir jemanden im HOLMES-Team haben, der eine Computeranalyse der Muster durchführen kann.«

»Was zum Teufel ist eine Computeranalyse der Muster?« fauchte Cross und warf seinen Zigarettenstummel in einen Kaffeebecher.

»Es ist, glaube ich …«

»Egal, egal«, unterbrach Cross sie. »Kriegen Sie raus, ob irgend jemand weiß, was verdammt noch mal damit gemeint ist.«

»Jawohl, Sir. Oh, noch eine Frage, Sir. Wenn wir hier niemanden haben, könnte das dann mein Bruder machen? Er ist Computerfachmann.«

Cross starrte sie an, und sein Gesichtsausdruck war ausnahmsweise einmal nicht lesbar. Als er reagierte, war er die Leutseligkeit in Person. »Ja, in Ordnung. Mr. Brandon hat Ihnen ja in jeder Hinsicht grünes Licht gegeben.«

So klingt jemand, der dir die Verantwortung zuschieben will, dachte Carol auf dem Weg die Treppe hinunter zum HOLMES-Zentrum. Ein fünfminütiges Gespräch mit dem gestreßten Dave Woolcott bestätigte, was sie von vornherein vermutet hatte. Das HOLMES-Team hatte weder die Software noch die Fachkenntnisse, die von Tony gewünschte Analyse durchzuführen. Als sie auf der Suche nach Kevin Matthews zur Kantine ging, quälte sie der Gedanke, ob Michael diese Arbeit auch wirklich für sich behalten würde. Über technische Computerentwicklungen zu schweigen, war etwas ganz anderes, als dem Drang zum Plaudern zu widerstehen, wenn es um eine aufsehenerregende Morduntersuchung ging. Sollte er sie diesbezüglich im Stich lassen, würde sie einer weiteren Karriere Lebewohl sagen können und den Rest ihrer Tage an einem Schreibtisch in der Personalabteilung verbringen.

Kevin saß allein, über eine Kaffeetasse und einen Teller mit den Resten eines Fertiggerichts gebeugt, an einem Tisch. Carol zog den Stuhl ihm gegenüber hervor. »Was dagegen, wenn ich mich zu dir setze?«

»Herzlich willkommen«, sagte Kevin. Er schaute hoch, sah sie mit einem müden Grinsen an und strich sich die rötlichen Locken aus der Stirn. »Wie läuft's bei dir?«

»Wahrscheinlich ein gutes Stück einfacher als bei dir und Bob.«

»Was ist dieser Intellektuelle vom Innenministerium denn nun für ein Typ?«

Carol dachte einen Moment nach. »Er ist vorsichtig, hat eine schnelle Auffassungsgabe, ist auf Draht, aber kein Alleswisser, und er scheint uns nicht sagen zu wollen, wie wir unseren Job zu machen haben. Es ist wirklich interessant, wie er bei seiner Arbeit vorgeht. Er sieht die Dinge aus einer anderen Perspektive.«

»Wie meinst du das?« fragte Kevin, und er schien ernsthaft interessiert zu sein.
»Wenn wir ein Verbrechen vor uns haben, schauen wir uns nach physischen Anhaltspunkten um, nach Spuren, nach Hinweisen, die uns aufzeigen, mit wem wir sprechen wollen oder was wir näher in Augenschein nehmen sollten. Wenn *er* ein Verbrechen beurteilt, ist er daran gar nicht interessiert. Er will wissen, *warum* die physischen Anhaltspunkte sich ergeben, und auf dieser Grundlage versucht er herauszufinden, wer es getan hat. Es ist ungefähr so, daß wir Informationen dazu benutzen, um uns vorwärts zu bewegen, und er, um nach rückwärts zu schauen. Macht das in deinen Augen Sinn?«
Kevin runzelte die Stirn. »Ich denke schon. Meinst du denn, er kann uns helfen?«
Carol hob die Schultern. »Wir stehen noch am Anfang. Aber ja, nach meinem ersten Eindruck würde ich sagen, er hat uns was zu bieten.«
Kevin grinste. »Er hat *uns* was bei der Ermittlung zu bieten oder *dir persönlich?*«
»Nun hör aber mit diesem verfluchten Mist auf, Kevin«, fauchte Carol. Sie hatte es satt, in ihrem Job dauernd von solchen Anspielungen verfolgt zu werden. »Im Gegensatz zu manch anderem scheiß' ich mir nicht auf die eigene Türschwelle.«
Kevin zeigte Reue. »Das war doch nur ein Spaß, Carol, ehrlich.«
»Späße sollten als solche zu erkennen und auch wirklich spaßig sein.«
»Okay, okay, tut mir leid. Jetzt mal unabhängig von allem anderen, was für ein Typ ist er? Nett oder wie?«
Carol sprach jetzt langsam, ihre Worte sorgfältig abwägend. »Wenn ich bedenke, daß er sein Arbeitsleben damit zubringt, in die Gehirne von Psychopathen einzudringen, wirkt er recht normal. Doch er ist ... ziemlich verschlossen, auf Distanz bedacht, öffnet sich nur ungern. Aber er behandelt mich wie eine Gleich-

gestellte, nicht wie einen Klotz am Bein. Er ist auf unserer Seite, Kevin, das ist die Hauptsache. Ich halte ihn für einen Workaholic, einen, für den die Arbeit absolut im Vordergrund steht. Und da wir gerade von der Arbeit sprechen – Popeye hat mir gesagt, du hast im Fall Connolly was Neues rausgefunden?«

Kevin seufzte. »Wenn es überhaupt was bedeutet. Eine der Nachbarinnen von Connolly kam um zehn vor sechs von der Arbeit nach Hause. Sie weiß die Zeit so genau, weil der Wetterbericht für den Schiffsverkehr im Radio gerade begonnen hatte. Connolly stand in der Einfahrt zu seinem Haus und machte in dem Moment die Motorhaube seines Wagens zu. Er trug einen Overall. Die Nachbarin sagt, er müsse an seinem Wagen gearbeitet haben, wie er das fast immer tat. Innerhalb der Zeit, die die Nachbarin zum Aussteigen aus dem Auto und zum Erreichen ihres Hauses brauchte, fuhr Damien seinen Wagen rückwärts in die Garage. Als die Nachbarin eine Stunde später wieder aus dem Haus kam, um zum Squashspielen zu fahren, sah sie, daß Connollys Wagen am Straßenrand geparkt war. Das überraschte sie, weil er sein geliebtes Gefährt niemals draußen stehen ließ, besonders nicht bei Nacht. Sie bemerkte auch, daß in Connollys Garage das Licht brannte. Nun ja, das ist auch schon alles.«

»Ist es eine ins Haus integrierte Garage?« fragte Carol.

»Nein, aber sie ist ans Haus angebaut, und es gibt eine Tür von der Küche in die Garage.«

»Es schaut also so aus, als ob der Killer ihn im Inneren des Hauses überwältigt hätte?«

Kevin zuckte mit den Schultern. »Möglich, aber es gibt keine Hinweise auf einen Kampf. Ich habe mit einem Mann von der Spurensicherung gesprochen, der dabei war, als man das Haus auf den Kopf gestellt hat, und er meinte, wir sollten uns keine Hoffnungen auf irgendwelche Hinweise machen.«

»Sieht aus wie bei den ersten beiden Morden.«

»Das sagt Bob auch.« Kevin schob seinen Stuhl zurück. »Ich muß

mich ranhalten. Wir legen uns heute nacht im Schwulenviertel auf die Lauer.«
»Vielleicht treffen wir uns«, erwiderte Carol. »Dr. Hill möchte sich die Fundorte etwa um die Zeit anschauen, zu der die Leichen abgelegt worden sind.«
Kevin erhob sich. »Paß auf, daß er sich nicht mit irgendwelchen seltsamen Männern in ein Gespräch einläßt.«

Tony nahm die Lasagne aus dem Mikrowellenherd und setzte sich an den Tresen in seiner Küche. Er hatte alle Daten, die er über die vier Mordopfer finden konnte, in den Computer eingegeben und dann die Datei auf eine Diskette überspielt, um zu Hause daran weiterarbeiten zu können, während er auf Carol wartete. Als er zur Straßenbahnhaltestelle gekommen war, hatte er gemerkt, daß er völlig ausgehungert war. Er hatte mit solcher Konzentration gearbeitet, daß er völlig vergessen hatte, zu essen. Er fand sein Hungergefühl auf seltsame Weise befriedigend, denn er wußte aus langer Erfahrung, daß er am meisten leistete, wenn er alle Befangenheit ablegte und in die Denkmuster eines anderen menschlichen Wesens eintauchte, wenn er sich in der persönlichen Logik und der andersgearteten Gefühlswelt dieses Menschen verlor.
Er aß die Lasagne so schnell er konnte, um sich wieder dem Computer und der Erstellung der Opferprofile zuwenden zu können. Noch einige Gabeln voll waren auf dem Teller, als das Telefon läutete. Ohne nachzudenken, hob Tony den Hörer ab. »Hallo?« meldete er sich.
»Anthony«, sagte die Stimme. Tony fiel die Gabel aus der Hand.
»Angelica!« stieß er aus. Er war wieder zurück in seiner eigenen Welt, in seinem eigenen Kopf und gefangen vom Klang ihrer Stimme.
»Bist du heute besser gelaunt als gestern?« wollte sie wissen.
»Ich war gestern nicht schlecht gelaunt. Ich hatte nur einiges zu

tun, was ich nicht einfach ignorieren konnte. Und du lenkst mich zu sehr ab.« Tony fragte sich, wieso er sich eigentlich vor ihr rechtfertigte.

»Das ist ja der Sinn der Sache«, erwiderte sie. »Ich habe dich vermißt, Anthony. Ich war so schrecklich scharf auf dich, und als du mich links liegengelassen hast wie eine alte Socke, war der Tag für mich gelaufen.«

»Warum machst du das eigentlich mit mir?« Er hatte diese Frage schon mehrmals gestellt, aber sie war ihm immer ausgewichen.

»Weil du mich verdienst«, antwortete sie. »Weil ich dich mehr begehre als irgendeinen anderen Menschen auf der Welt. Und weil du niemanden sonst in deinem Leben hast, der dich so glücklich machen kann wie ich.«

Es war immer dieselbe alte Leier. Sie ging nicht auf seine Frage ein, sondern gab irgendwelchen Schmus von sich. Aber heute abend wollte Tony Antworten haben, sich nicht mit Schmeicheleien abspeisen lassen. »Wie kommst du auf solche Ideen?« fragte er.

»Ich weiß mehr über dich, als du dir vielleicht vorstellst. Anthony, du mußt nicht mehr einsam sein«, sagte sie mit einem leisen Glucksen in der Stimme.

»Und was ist, wenn ich gern einsam bin? Wäre es nicht fair, mir zuzugestehen, daß ich einsam bin, weil ich es so will?«

»Ich habe nicht das Gefühl, daß du ein glücklicher Junge bist. An manchen Tagen kommst du mir vor, als ob du eine Umarmung mehr brauchen würdest als sonst was auf der Welt, an anderen, als ob du höchstens zwei Stunden geschlafen hättest. Anthony, ich kann dir inneren Frieden verschaffen. Frauen haben dich zutiefst verletzt, das wissen wir beide. Aber ich werde dich niemals verletzen. Ich kann bewirken, daß es dich nicht mehr schmerzt. Ich kann dir dazu verhelfen, daß du wie ein Baby schläfst, das weißt du. Alles, was ich will, ist, dich glücklich zu machen.« Die Stimme klang sanft, beruhigend.

Tony seufzte. Wenn doch nur … »Das glaube ich dir nicht«, sagte er hinhaltend. Von Beginn der Telefongespräche an hatte ein Teil in ihm den Hörer auflegen wollen, um dieser Qual zu entgehen. Aber der Wissenschaftler in ihm begehrte zu hören, was sie zu sagen hatte. Und der gedemütigte Mann in ihm hatte genug Selbsterkenntnis, um zu wissen, daß er geheilt werden mußte, und hoffte, daß das vielleicht ein Weg dazu war. Er hielt sich noch einmal seinen früheren Entschluß vor Augen, sie nicht von sich Besitz ergreifen zu lassen, so daß er, wenn er den Zeitpunkt für gekommen hielt, sich immer noch von ihr zurückziehen konnte, ohne daß es ihn schmerzte.

»Dann laß mich versuchen, es dir zu beweisen.« Die Stimme war so selbstbewußt. Ja, sie war sich ihrer Macht über ihn sicher.

»Ich höre dir ja zu, oder? Ich habe noch nicht aufgelegt.«

»Warum machst du nicht genau das? Warum legst du nicht auf, gehst hoch in dein Schlafzimmer und nimmst den Hörer da ab? Dort hätten wir es schön bequem.«

Ein kalter Schreck, ja, eisige Furcht fuhr durch Tonys Brust. Er bemühte sich, seine Frage professionell zu formulieren. Er durfte nicht fragen: Woher weißt du das?, sondern: Wieso glaubst du, daß ich ein Telefon im Schlafzimmer habe? Und das tat er dann auch.

Sie zögerte mit der Antwort einen so kurzen Moment, daß Tony nicht sicher war, ob er sich das nicht nur einbildete. »Habe ich einfach angenommen«, sagte sie. »Ich habe dich so eingeschätzt. Du bist der Typ Mann, der ein Telefon neben dem Bett hat.«

»Gut geraten. Okay, ich lege jetzt hier auf und gehe zum Anschluß im Schlafzimmer.« Er begab sich in sein Arbeitszimmer und schaltete dort den Anrufbeantworter auf den Aufzeichnungsmodus. Daraufhin hob er den Hörer ab. »Hallo? Da bin ich wieder.«

»Haben wir es nun bequem? Dann werde ich jetzt anfangen.« Und wieder war da dieses tiefe, sexy Glucksen in der Stimme. »Wir werden heute abend viel Spaß miteinander haben. Warte ab, was ich mir für dich ausgedacht habe. O Anthony«, ihre Stimme sank zu einem Flüstern, »ich habe von dir geträumt. Ich habe mir vorgestellt, wie deine Hände über meinen Körper gleiten, wie deine Finger meine Haut streicheln.«

»Was trägst du?« fragte Tony. Das war, wie er wußte, die Standardfrage.

»Was willst du an meinem Körper sehen? Ich habe eine umfassende Garderobe.«

Tony unterdrückte die Antwort: Hohe Anglerstiefel, ein Ballettröckchen und einen Südwester. Er schluckte schwer, dann sagte er: »Seide. Du weißt, wie gern ich Seide fühle.«

»Deshalb liebst du auch meine Haut so sehr. Ich nehme viel auf mich, um sie in einem seidenweichen Zustand zu halten. Aber für dich habe ich jetzt einen Teil meiner Haut unter Seide versteckt. Ich trage ein schwarzes französisches Seidenhöschen und ein schwarzes Bettjäckchen aus reiner Seide. Oh, ich liebe das Gefühl von Seide auf meinem Körper. O Anthony!« stöhnte sie auf. »Die Seide reibt sich an meinen Brustwarzen, ganz sanft, wie es deine Finger täten. Oh, meine Brustwarzen werden hart wie Stein, stehen hoch, von dir erregt, wild nach dir.«

Unwillkürlich spürte Tony, daß ihre Worte ihn fesselten. Sie machte das gut, daran gab es keinen Zweifel. Die meisten der Frauen, die er sich bei diesen Anrufdiensten angehört hatte, hatten schal und gelangweilt geklungen, und ihre Reaktionen waren stereotyp und vorhersehbar gewesen. Sie hatten nichts bei ihm erregt außer wissenschaftliches Interesse. Aber bei Angelica war es anders. Vor allem, weil sie so klang, als ob sie meinte, was sie sagte.

Sie stöhnte leise. »O Gott, ich werde feucht«, hauchte sie dann. »Aber du darfst mich dort noch nicht berühren, du mußt noch warten. Leg dich zurück, sei ein braver Junge. Oh, wie ich es liebe, dich langsam auszuziehen. Jetzt habe ich die Hände unter deinem

Hemd, sie streichen über deine Brust, streicheln deine Haut, und meine Finger fühlen deine Brustwarzen. Mein Gott, du bist wundervoll«, seufzte sie.
»Das ist schön«, sagte Tony. Die Zärtlichkeit in ihrer Stimme gefiel ihm.
»Aber wir sind ja erst beim Anfang. Jetzt setze ich mich rittlings auf dich und knöpfe dein Hemd auf. Ich beuge mich über dich, und meine Brustwarzen unter der Seide streichen über deine Brust. O Anthony!« stöhnte sie lustvoll auf. »Es regt dich auf, mich so zu sehen, nicht wahr? Du bist hart wie ein Stein unter mir. Oh, ich kann es kaum erwarten, dich in mir zu fühlen.«
Diese Worte ließen Tony erstarren. Die Erektion, die er in der Hose gespürt hatte, war weg wie eine Schneeflocke in einer Pfütze. Es war wieder einmal dazu gekommen. »Ich fürchte, ich werde dich enttäuschen«, sagte er mit sich fast überschlagender Stimme.
»O nein, keinesfalls. Du hast mir schon mehr gegeben, als ich mir erträumt habe. O Anthony, berühre mich. Sag mir, was du mit mir anstellen willst.«
Tony fand keine Worte.
»Sei nicht schüchtern, Anthony. Es gibt keine Geheimnisse, keine Hemmungen zwischen uns, was immer wir auch tun. Schließ deine Augen, laß deinen Gefühlen freien Lauf. Nimm meine Brüste in deine Hände, komm schon, saug dich an meinen Warzen fest, friß mich auf, laß mich deinen heißen feuchten Mund überall auf meinem Körper spüren.«
Tony stöhnte. Das war mehr, als er ertragen konnte, auch im Interesse der Wissenschaft.
Angelica keuchte, als ob die eigenen Worte sie ebenso erregt hätten, wie sie ihn erregen sollten. »So ist es gut, o Gott, Anthony, es ist wundervoll. Oh, oh, oh!« Ihre Worte waren jetzt nur noch ein Stöhnen. »Ich habe dir ja schon gesagt, daß ich ganz feucht da unten bin ... Ja, stoß deine Finger tief in mich. O Gott,

Anthony, du bist der Beste … Laß mich … laß mich, o Gott, laß mich an ihn ran …«

Tony hörte, wie am anderen Ende der Leitung ein Reißverschluß aufgezogen wurde. »Angelica …« sagte er. Er wurde wieder schwach, wie das immer geschah, verlor die Kontrolle über sich, taumelte dahin wie ein verletzter Vogel.

»O Anthony, du bist wundervoll. Das ist der schönste Schwanz, den ich je gesehen habe … Oh, ich möchte ihn schmecken …«

Ihre Stimme verlor sich, ging in saugende Laute über.

In einer Welle der Scham und des Zorns lief Tonys Gesicht plötzlich rot an. Er knallte den Hörer auf die Gabel, riß ihn dann aber sofort wieder hoch. Herrgott noch mal, welcher normale Mann bekam bei einem solchen Telefongespräch keine Erektion? Und welcher Wissenschaftler brachte es fertig, seine emotionalen Schwächen stets sauber von der pragmatischen Sammlung von Fakten zu trennen?

Das Schlimmste an der ganzen Sache war sein eigenes Verhalten. Wie oft hatte er Serienverbrechern gegenübergesessen, Vergewaltigern, Brandstiftern, Mördern, und beobachtet, wie sie beim erneuten Aufrollen ihrer Taten den Punkt erreichten, an dem sie sich selbst nicht mehr ausstehen konnten. Genau wie er hatten sie dann die geistigen Schotten dichtgemacht. Sie konnten nicht wie er einfach den Telefonhörer auflegen, doch sie verschlossen sich genauso wie er vor allem, was da noch kam. Aber natürlich, irgendwann im Verlauf einer guten Psychotherapie durchbrachen sie die Mauern und schafften es, sich dem zu stellen, was sie in ihre jetzige Lage gebracht hatte. Das war dann der erste Schritt zur Bewältigung des psychologischen Problems. Ein Teil in Tonys Geist hoffte, daß Angelica genug von der psychologischen Theorie und Praxis wußte, um mit ihm weiterzumachen, bis auch er die Mauern durchbrechen und sich dem stellen konnte, was auch immer es war, das ihn zu diesem sexuellen und emotionalen Krüppel hatte werden lassen.

Ein anderer Teil dagegen hoffte, sie würde nie mehr anrufen. Nichts mit »kein Gewinn ohne Qualen«. Er wollte einfach keine Qualen mehr durchstehen müssen.

John Brandon wischte mit dem letzten Stück des selbstgebackenen Brots über seinen Teller und lächelte dann seine Frau an. »Das war großartig, Maggie«.
»Mmm«, stimmte sein Sohn Andy zu, den Mund noch voll Lamm-und-Auberginen-Curry.
Brandon rutschte unruhig auf seinem Stuhl hin und her. »Wenn du nichts dagegen hast, möchte ich noch mal für eine Stunde in die Scargill Street fahren. Nur um zu sehen, wie alles so läuft.«
»Ich dachte, hochrangige Polizeibeamte wie du müßten abends nicht arbeiten«, entgegnete Maggie. »Hast du nicht gesagt, es sei nicht nötig, daß die Jungs dauernd deinen Atem im Nacken spüren?«
Brandon schaute verlegen drein. »Ja, sicher, aber ich will ja nur mal schauen, wie sie vorankommen.«
Maggie schüttelte den Kopf, resigniert lächelnd. »Es ist mir letztlich lieber, du fährst hin und bringst es hinter dich, als daß du den ganzen Abend zappelnd vor der Glotze hockst.«
Karen hob den Kopf. »Kannst du mich mitnehmen, Dad, und mich bei Laura absetzen? Wir müssen noch an unserem Geschichtsprojekt arbeiten.«
Andy prustete los: »Daran arbeiten, wie du Craig McDonald wieder loswirst, willst du wohl sagen.«
»Du hast doch keine Ahnung«, fauchte Karen. »Okay, Dad?«
Brandon stand auf. »Nur, wenn du sofort mitkannst. Und ich hole dich auf dem Rückweg wieder ab.«
»O Dad, wenn du in einer Stunde wieder heimfahren willst, reicht das nicht annähernd, um das zu tun, was wir tun wollen.«
Jetzt war Maggie Brandon an der Reihe, lachend loszuprusten.

»Wenn dein Vater vor halb zehn zurückkommt, mache ich schottische Pfannkuchen zum Abendessen.«

Karen sah von einem Elternteil zum anderen, und die Qual der Wahl zeichnete sich auf ihrem vierzehnjährigen Gesicht ab. »O Dad, holst du mich dann um neun Uhr ab?«

Brandon grinste. »Wie kommt es, daß ich das Gefühl habe, ich hätte keine andere Wahl?«

Es war kurz nach halb acht, als Brandon das HOLMES-Zentrum betrat. Selbst zu so später Stunde waren noch alle Terminals besetzt. Das Klicken von Tastaturen vermischte sich mit der gedämpften Unterhaltung an einigen der Schreibtische. Inspector Dave Woolcott saß neben einem der Bearbeiter, der ihm etwas auf seinem Bildschirm zeigte. Niemand schaute auf, als Brandon in den Raum kam.

Er ging zu Woolcott, stellte sich hinter ihn und wartete, bis dessen Gespräch mit dem Constable am Terminal beendet sein würde. Brandon unterdrückte einen Seufzer. Es wurde wirklich Zeit, daß er über seine Pensionierung nachdachte, so jung, wie sie alle um ihn herum waren. »Such weiter nach einer Übereinstimmung, Harry, mach auch eine Cross Reference mit dem Criminal Research Office, okay?« hörte er Woolcott sagen. Der Constable an der Tastatur nickte.

»Hallo, Dave«, sagte Brandon.

Woolcott schwang sich auf seinem Stuhl herum und sprang auf, als er sah, wer es war. »Guten Abend, Sir«, erwiderte er.

»Ich war auf dem Weg nach Hause und dachte, ich seh' mir mal an, wie es so läuft«, log Brandon.

»Nun, Sir, wir stehen ja erst am Anfang. Wir haben Teams zusammengestellt, die in den nächsten Tagen rund um die Uhr arbeiten und alle Einzelheiten dieser Mordfälle in das System eingeben werden. Wir arbeiten auch eng mit dem Team zusammen, das die Hotline-Telefone besetzt. Die meisten der Anrufe dort sind die üblichen Gehässigkeiten und Racheakte sowie pa-

ranoides Gequatsche, aber Sergeant Lascelles macht gute Arbeit und sortiert alles Wichtige aus.«
»Ist denn schon irgendwas dabei rausgekommen?«
Woolcott rieb sich mit einer Reflexbewegung über die kahle Stelle auf seinem Kopf; seine zweite Frau behauptete, dieses dauernde Reiben habe in erster Linie zu dem verstärkten Haarausfall geführt. »Ein paar Kleinigkeiten«, antwortete er. »Wir haben die Namen von einigen Typen, die sich an mindestens zwei der in Frage kommenden Nächte in Temple Fields auffällig rumgetrieben haben, und man wird sie verhören. Außerdem bombardieren wir die Zulassungsstellen mit Autonummern von Wagen, die zu den Zeiten der Leichenfunde in der Gegend gesichtet wurden. Inspector Jordan hat ja Gott sei Dank seit dem zweiten Mord Leute darauf angesetzt, die Autonummern im Schwulenviertel zu notieren. Es wird lange dauern, Sir, aber wir werden zum Ziel kommen.«
Wenn er je im Computer auftaucht, dachte Brandon. Er war derjenige gewesen, der eisern darauf bestanden hatte, daß man in diesen Mordfällen das HOLMES-Team einsetzte. Doch dieser Killer war anders als alle anderen, denen er bisher begegnet war oder von denen er gehört hatte. Dieser Killer war überaus vorsichtig.
Brandon verstand nicht viel von Computern, aber eine Aussage war bei ihm haftengeblieben: Gibt man wertlosen Dreck ein, kann auch nur wertloser Dreck wieder rauskommen. Er hoffte inständig, daß er seine Leute nicht mit einem Job beschäftigte, der besser an die Müllabfuhr gegangen wäre.

Carol machte die Augen auf. Ihr Herz klopfte. In ihrem Traum war eine schwere Zellentür hinter ihr zugeschlagen worden, und man hatte sie als Gefangene kalten, vor Nässe tropfenden, fensterlosen Wänden überlassen. Sie war noch verschlafen, und so dauerte es einen Moment, bis sie merkte, daß Nelson nicht wie üblich auf ihren Füßen lag. Sie hörte Schritte nebenan, dann das Klirren eines Schlüsselbunds, der auf den Tisch geworfen wurde. Ein schmaler Lichtschein drang durch die einen Spaltbreit offenstehende Tür, eine Konzession an Nelsons Kommen und Gehen. Sie rollte sich stöhnend auf die Seite und schaute auf die Uhr auf dem Nachttisch. Zehn nach zehn. Michael hatte sie mit dem Krach bei seiner Rückkehr um zwanzig Minuten ihres kostbaren Schlafs gebracht.

Carol taumelte aus dem Bett und schlüpfte in ihren dicken Frotteebademantel. Dann ging sie in das riesige Wohnzimmer, das den größten Teil der im dritten Stock gelegenen Wohnung ausmachte. Ein halbes Dutzend Deckenstrahler, in unterschiedlicher Höhe montiert, tauchten den Raum in ein warmes Licht. Nelson erschien in der Tür zur Küche, tänzelte auf dem blanken Holzboden hin und her, krümmte sich dann zusammen und sprang in einem Satz, der der Gravitationskraft zu widersprechen schien, hoch in die Luft, berührte mit den Vorderpfoten kurz einen kleinen Lautsprecher und landete dann sanft auf dem obersten Brett eines Bücherregals aus hellem Holz. Von dort sah er hochmütig in Carols Richtung, als ob er sagen wollte: Ich wette, das kannst du nicht!

Das Zimmer war etwa zwölf mal acht Meter groß. An einem Ende waren drei kleine Sofas mit Quiltüberwürfen um einen Couchtisch gruppiert. Am anderen Ende stand ein Eßtisch mit sechs Stühlen im Rennie-Mackintosh-Stil. In der Nähe der Sofagruppe befand sich der Fernseher und ein Videogerät auf einem Servierwagen. Ein Regal mit Büchern, Videos und CDs nahm etwa die Hälfte der Wand mit der Eingangstür ein.

Die Wände waren in einem kühlen Taubengrau gehalten, bis auf eine, welche aus unverputzten Backsteinen bestand, in die fünf hohe Rundbogenfenster mit Blick auf die Stadt eingelassen waren. Carol ging durch das Zimmer, bis sie das dunkle Band des Duke-of-Waterford-Kanals unten sehen konnte. Die Lichter der

Stadt glitzerten wie das Schaufenster eines billigen Juwelierladens. »Michael?« rief sie.

Ihr Bruder streckte den Kopf aus der winzigen, einer Bootskombüse ähnlichen Küche und sah sie überrascht an. »Ich wußte gar nicht, daß du zu Hause bist«, sagte er. »Habe ich dich aufgeweckt?«

»Ich hätte sowieso bald aufstehen müssen. Hab' nur mal ein paar Stunden geschlafen, bevor es wieder an die Arbeit geht. Hast du den Wasserkessel aufgestellt?« Sie setzte sich in der Küche auf einen Hocker vor dem Tresen, während Michael den Tee und für sich ein Sandwich mit Rindfleisch, Tomaten, schwarzen Oliven, Frühlingszwiebeln und Thunfisch machte.

»Was zu essen?« fragte er.

»So ein Sandwich wär' nicht schlecht«, gestand sie. »Wie ist es in London gelaufen?«

Michael hob die Schultern. »Wie üblich. Es gefällt ihnen gut, was wir da machen, doch es soll spätestens bis gestern fertig sein.«

Carol verzog das Gesicht. »Klingt wie die Artikel in der *Sentinel Times* über den Serienmörder. Aber sag mal, was genau machst du im Moment eigentlich? Kannst du das einer Computer-Analphabetin in halbwegs verständlichen Worten erklären?«

Michael grinste. »Die nächste große Sache ist die Entwicklung von Computer-Abenteuerspielen in der Qualität von Videos. Man filmt reale Szenen, digitalisiert und manipuliert sie und macht daraus ein Computerspiel, das so realistisch ist wie ein Film. Und wir sind jetzt an der nächsten großen Weiterentwicklung. Stell dir vor, du spielst ein Computer-Abenteuerspiel, und alle Personen, die darin auftreten, sind Leute, die du kennst. Du bist die Heldin, aber nicht nur in deiner Vorstellung.«

»Da komme ich nicht ganz mit«, sagte Carol.

»Okay. Wenn du das Spiel in deinen Computer eingibst, fügst du Fotos von dir und allen anderen ein, die du in dem Spiel dabeihaben willst. Der Computer liest diese Information und überträgt sie in Screen-Bilder. Statt Conan der Barbar führt also dann Carol Jordan die Ermittlungen. Du kannst Bilder von deinen besten Freunden – oder von deinen Lustobjekten – als Mitspieler einfügen. Und allen, die du nicht magst, überträgst du die Rollen der Bösen. Du kannst also Abenteuer mit Mel Gibson, Dennis Quaid und Martin Amis erleben und gegen Feinde wie Saddam Hussein, Margaret Thatcher und Popeye ankämpfen«, erklärte ihr Michael enthusiastisch und legte die fertigen Sandwiches auf Teller. Dann gingen sie ins Wohnzimmer, wo sie sie aßen und dabei den Blick auf den Kanal genossen.

»Alles klar, oder?« fragte Michael.

»Im Prinzip ja«, antwortete Carol. »Wenn ihr diese Software fertig habt, kann man sie vermutlich dazu benutzen, Leute in kompromittierende Situationen zu versetzen, nicht wahr? Wie in Pornofilmen?«

Michael runzelte die Stirn. »Theoretisch ja. Aber der durchschnittliche Computerbenutzer wüßte nicht mal, wo er dazu ansetzen sollte. Man müßte genau wissen, wie man vorgeht, und man würde auf jeden Fall auch eine ziemlich teure Hardware benötigen, um eine angemessene Qualität der Fotos oder der Videos aus dem Computer rausholen zu können.«

»Gott sei dafür gedankt«, sagte Carol erleichtert. »Ich dachte schon, du würdest so eine Art Frankenstein-Monster für Erpresser und Journalisten von der Sensationspresse erschaffen.«

»Keine Chance«, erwiderte er. »Eine genaue Analyse würde einen Mißbrauch jedenfalls aufdecken. Wie sieht's denn inzwischen bei dir aus? Wie kommst du bei deinen Ermittlungen voran?«

Carol hob die Schultern. »Ehrlich gesagt, könnte ich ein paar Superhelden aus deinen Computerspielen gut gebrauchen.«

»Und wie ist dieser Psychologe? Wird er neuen Wind in die Sache bringen?«

»Das hat er bereits getan. Popeye läuft schon mit völlig zerknit-

tertem Gesicht rum. Aber ich glaube, daß bei der Zusammenarbeit mit ihm was Konstruktives rauskommt. Ich habe schon eine Besprechung mit ihm gehabt und festgestellt, daß der Mann voller Ideen steckt. Und obendrein ist er auch noch ein netter Kerl.«
Michael grinste. »Das muß ja geradezu eine erfrischende Neuentdeckung sein.«
»Da hast du recht.«
»Und ist er dein Typ?«
Carol brach ein Stück von der Kruste ihres Sandwiches ab und warf damit nach Michael. »Ich habe keinen Typ, und selbst wenn ich einen hätte und Tony Hill es wäre, weißt du, daß ich Dienst und Vergnügen niemals vermischen würde.«
»Da du fast nur arbeitest und dein bißchen Freizeit verschläfst, kann man davon ausgehen, daß du dein Leben im Zölibat verbringen wirst«, sagte Michael trocken. »Er ist also großartig, oder?«
»Das ist mir nicht aufgefallen«, antwortete Carol steif. »Und ich habe meine Zweifel, ob er überhaupt registriert hat, daß ich eine Frau bin. Der Mann ist ein Workaholic. Er ist auch der Grund dafür, daß ich heute nacht wieder arbeiten muß. Er will sich die Fundorte der Mordopfer ansehen, und zwar in etwa zu der Zeit, als die Leichen dort abgelegt worden sind, damit er eine Vorstellung davon kriegt.«
»Schade, daß du noch mal weg mußt«, sagte Michael. »Wir haben schon seit Urzeiten keinen Abend mehr mit ein paar Flaschen Wein vor dem Fernseher verbracht. Wir sehen uns so selten, daß wir genausogut verheiratet sein könnten.«
Carol lächelte bedauernd. »Der Preis des Erfolgs, wie, lieber Bruder?«
»Scheint so zu sein.« Michael stand auf. »Nun, dann werde ich mich auch noch für ein paar Stunden an die Arbeit machen, bevor ich irgendwo versacke.«
»Ehe du gehst … Ich möchte dich noch um einen Gefallen bitten.«

Michael setzte sich wieder hin. »Wenn es nicht bedeutet, daß ich die Wäsche bügeln soll.«
»Was weißt du über Computeranalysen bestimmter Muster?«
Michael runzelte die Stirn. »Nicht viel. Ich habe mich während der Zeit, als ich mich auf den Studienabschluß vorbereitet habe und einen Nebenjob angenommen hatte, ein wenig damit beschäftigt, aber ich habe keine Ahnung, wie der neueste Stand ist. Warum fragst du? Soll ich irgendwas für dich überprüfen?«
Carol nickte. »Ich fürchte nur, es ist eine ziemlich gräßliche Angelegenheit.« Sie schilderte ihm in groben Zügen die sadistischen Brandverletzungen auf Damien Connollys Körper. »Tony Hill meint, sie könnten in ihrem Muster irgendeine Botschaft enthalten.«
»Natürlich schaue ich mir das für dich an. Ich kenne da einen Typ, der höchstwahrscheinlich die neueste Software auf diesem Gebiet hat. Er läßt mich sicher mal an seine Maschine und an der Sache rumknobeln.«
»Aber kein Wort zu irgend jemandem, worum es dabei geht!«
Michael sah beleidigt drein. »Selbstverständlich nicht. Wofür hältst du mich eigentlich? Ich mag Serienmörder genausowenig wie du. Ich werde meinen Mund halten. Bring morgen die Unterlagen mit, und ich werde versuchen, was rauszukriegen, okay?«
Carol beugte sich vor und strich ihrem Bruder durch das blonde Haar. »Danke. Du tust mir damit einen großen Gefallen.«
Michael drückte sie kurz an sich. »Du bewegst dich da echt auf einem unheimlichen Gebiet. Paß gut auf dich auf, hörst du? Du weißt, allein kann ich mir die Miete für diese Wohnung nicht leisten.«
»Ich bin immer vorsichtig«, sagte Carol und ignorierte die leise Stimme in ihrem Inneren, die sie warnte, ihr Schicksal nicht herauszufordern. »Ich bin der geborene Überlebenskünstler.«

Auf 3 1/2-Zoll-Diskette, Beschriftung: Backup.007; Datei Love006.doc

»Schon als ich dich zum erstenmal sah, habe ich dich begehrt«, sagte ich leise. »Ich begehre dich schon so lange.«
Adams schlaff daliegender Kopf streckte sich ein wenig. Ich drückte den Aufnahmeknopf der Fernbedienung für die auf einem Dreibein montierte Videokamera. Ich wollte keine Sekunde verpassen. Adams Augenlider, schwer vom Chloroform, öffneten sich zuerst zu einem Schlitz und dann ganz weit, als die Erinnerung einsetzte. Er warf den Kopf hin und her, um zu sehen, wo er sich befand. Als er wahrnahm, daß er nackt war, als er die weichen Lederriemen um seine Handgelenke und die Fußfesseln sah und erkannte, daß er auf meiner Streckbank festgebunden war, drang unter dem Klebeband über seinem Mund ein Laut hervor, der nach panischem Angstschrei klang.
Ich trat aus dem Schatten in sein Blickfeld, und mein eingeölter Körper glänzte in dem hellen Licht. Ich hatte mich bis auf einen engen Slip ausgezogen und war bemüht, ihm meinen Körper in seiner ganzen Schönheit zu präsentieren. Als er mich sah, riß er die Augen noch weiter auf. Er wollte etwas sagen, doch alles, was ich hörte, war ein dumpfes Gemurmel.
»Aber du hast dir gesagt, du könntest es dir nicht erlauben, mich ebenfalls zu begehren, nicht wahr?« fuhr ich mit harter, anklagender Stimme fort. »Du hast meine Liebe betrogen. Du hast nicht den Mut gehabt, eine Liebe zu wählen, die uns

beide in den siebten Himmel geführt hätte. Du hast dein wahres Selbst verleugnet und dich mit diesem dümmlichen kleinen Ding abgegeben, dieser billigen Nutte. Hast du denn nicht verstanden? Ich bin der einzige Mensch auf der ganzen Welt, der weiß, wirklich weiß, was du brauchst. Ich hätte dich zu Ekstasen führen können, aber du hast dich für die ungefährliche, klägliche Option entschieden. Du hast es nicht gewagt, eine wahre Verbindung von Geist und Körper einzugehen, so ist es doch, oder?«

Trotz der Kühle im Keller tropften Schweißperlen an seinen Schläfen hinunter. Ich trat zu ihm, berührte seinen Körper, strich mit der Hand über seine weiße, muskulöse Brust und ließ die Fingerspitzen auf seinen Leisten tanzen. Er zuckte zurück, und seine dunkelblauen Augen flehten mich an. »Wie konntest du verraten, was dein Herz dir sagt?« zischte ich und grub die Fingernägel in das weiche Fleisch oberhalb der drahtigen Locken seines Schamhaars. Er spannte den Körper an, sich gegen mich wehrend. Das ließ mich erschaudern. Ich nahm die Hand von seinem Körper und bewunderte die dunkelroten Halbmonde, die meine Fingernägel auf seiner Haut hinterlassen hatten. »Du weißt, daß du mir gehörst. Du hast es mir angedeutet. Du hast mich begehrt, wir beide wissen, daß es so ist.«

Wieder drang ein dumpfer Laut unter dem Knebel hervor. Schweiß breitete sich jetzt auch auf seiner Brust aus, und kleine Tröpfchen bedeckten das dichte schwarze Haar, das in einer dünnen Linie über seinem Bauch auslief und auf seinen Schwanz zeigte, der zusammengeschrumpelt und leblos wie eine tote Schnecke zwischen seinen Oberschenkeln lag. Obwohl er mich offensichtlich nicht begehrte, erregte mich der bloße Anblick seiner verwundbaren Nacktheit. Er war schön. Ich spürte, wie mein Blut schneller durch die Adern floß, spürte das Anschwellen meines Fleisches, die Gier, ihn zu nehmen, zu explodieren. Ich haßte mich selbst wegen dieser Schwäche und drehte mich schnell weg, ehe er sehen konnte, welche Auswirkungen sein Anblick auf mich hatte.

»Alles, was ich wollte, war, dich zu lieben«, sagte ich ganz ruhig. »Ich wollte nicht, daß wir beide in diese Situation geraten.« Meine Hand fuhr zur Winde des Streckmechanismus und streichelte das glatte Holz. Ich drehte den Kopf und schaute auf Adams attraktives Gesicht. Langsam, ganz langsam begann ich das Rad zu bewegen. Sein Körper, von Beginn an bereits in einer gestreckten Position, spannte sich durch den Zug der Riemen an den Gliedmaßen weiter an. Er versuchte vergeblich, sich dagegen zu wehren. Die Übersetzung des Streckmechanismus vervielfältigte meine geringe Anstrengung bis zur Kraft mehrerer Männer. Adam war keine besondere Herausforderung für meine Maschine. Ich sah, wie die Muskeln seiner Arme und Beine gestreckt wurden, wie seine Brust sich im Kampf um Atemluft schneller hob und senkte.

»Es ist noch nicht zu spät«, sagte ich. »Wir können immer noch zu Liebenden werden. Möchtest du das?«

Er bewegte verzweifelt den Kopf, und es war unmißverständlich, daß er nickte. Ich lächelte. »Das gefällt mir schon besser«, sagte ich. »Jetzt mußt du es mir nur noch beweisen.«

Ich strich mit der Hand über seine feuchte Brust und rieb dann mein Gesicht an dem weichen dunklen Haar. Ich roch seine Angst, schmeckte sie auch in seinem Schweiß. Ich vergrub mein Gesicht an seinem Hals, saugte an der nassen Haut, biß zärtlich zu und knabberte an seinem Ohrläppchen. Sein Körper blieb zwangsweise starr, aber ich spürte keine Erektion unter meinen Händen. Frustriert löste ich mich von ihm. Dann beugte ich mich über sein Gesicht und entfernte mit einer schnellen Bewegung das Klebeband von seinem Mund.

»Au!« schrie er, als seine Haut dabei aufriß. Er fuhr sich mit

der Zunge über die trockenen Lippen. »Bitte, lassen Sie mich gehen«, flüsterte er.
Ich schüttelte den Kopf. »Das kann ich nicht, Adam. Wenn wir vielleicht doch noch zu Liebenden würden ...«
»Ich werde es niemandem sagen«, krächzte er. »Ich schwöre es.«
»Du hast mich schon einmal betrogen«, erwiderte ich. »Wie könnte ich dir also trauen?«
»Es tut mir leid«, winselte er. »Ich wußte nicht ... Es tut mir wirklich leid.« Aber in seinen Augen stand keine Reue, nur Verzweiflung und Angst. Ich hatte diese Szene so oft im Geist durchgespielt. Einerseits triumphierte ich, daß ich den Ablauf so exakt vorausgesehen hatte, daß der Dialog fast identisch war mit dem Szenario, welches ich immer wieder heraufbeschworen hatte. Andererseits überkam mich eine unsägliche Traurigkeit, daß er tatsächlich so schwach und treulos war, wie ich befürchtet hatte. Und da war noch eine dritte Empfindung – ich war fast unkontrollierbar aufgeregt in der Erwartung dessen, was vor mir lag, Liebe oder Tod oder beides.
»Es ist zu spät für Worte«, erklärte ich, »es ist Zeit, zu handeln. Du hast gesagt, du möchtest, daß wir Liebende werden, aber dein Körper bestätigt das nicht. Vielleicht hast du zuviel Angst. Aber du brauchst keine Angst zu haben. Ich bin ein großzügiger, ein liebevoller Mensch. Du wirst das selbst herausfinden können. Ich werde dir eine letzte Chance geben, deinen Treuebruch wiedergutzumachen. Ich lasse dich für eine Weile allein. Wenn ich zurückkomme, erwarte ich, daß du deine Angst unter Kontrolle hast und mir zeigst, wie du wirklich für mich empfindest.«
Ich ging hinüber zu dem Camcorder, nahm die Kassette heraus, auf der unsere Begegnung aufgezeichnet war, und ersetzte sie durch eine neue. Auf der Treppe drehte ich mich

noch einmal um. »Sonst werde ich mich gezwungen sehen, dich für deinen Treuebruch zu bestrafen.«

»Warten Sie!« heulte er verzweifelt auf, während ich aus seiner Sicht verschwand. »Kommen Sie zurück!« hörte ich noch, als ich die Falltür schloß. Ich nehme an, er hat immer weitergeschrien, aber keines seiner Worte drang mehr an mein Ohr. Ich ging hinauf in Tante Doris' und Onkel Harrys Schlafzimmer, schob die Kassette in den Recorder, den ich auf eine Truhe am Fußende des Bettes gestellt hatte, schaltete den Fernseher ein und kroch zwischen die kühlen Baumwolltücher auf dem Bett. Auch wenn Adam mich nicht wollte, ich konnte meiner Gier nach ihm nicht entkommen. Ich sah ihn mir an, wie er da auf der Streckbank lag, und ich ließ meiner Hand freien Lauf, streichelte mich mit all der Geschicklichkeit und dem Einfallsreichtum, die ich mir von ihm gewünscht hätte, stellte mir vor, wie sein prachtvoller Schwanz in meinem Mund immer praller wurde. Aber jedesmal, wenn ich kurz vor dem Orgasmus stand, hörte ich auf, riß mich zusammen, zwang mich, nicht zu kommen, mir das für den späteren Höhepunkt unten im Keller aufzusparen. Nachdem ich mir das Videoband viermal angeschaut hatte, meinte ich, daß genug Zeit vergangen war.

Ich schlüpfte aus dem Bett und ging wieder nach unten. Ich schaute ihn mir an, wie er da gespreizt auf der Streckbank lag. »Bitte«, flehte er, »lassen Sie mich gehen. Ich tue alles, was Sie wollen, aber bitte, lassen Sie mich gehen.«

Ich lächelte freundlich und schüttelte den Kopf. »Ich werde dich wieder zurück nach Bradfield bringen, Adam. Aber vorher gibt's noch eine kleine Feier.«

6

Die gebildeten Schichten beginnen langsam zu begreifen, daß zur Komposition eines hübschen Mordes mehr gehört als nur zwei Dummköpfe, die morden und sich ermorden lassen – ein Messer – eine geraubte Handtasche – eine dunkle Gasse. Nein, Gentlemen, exakte Planung, geschickte Anordnung, Berücksichtigung von Licht und Schatten, Sinn für Poesie sowie Hingabe an die Sache werden inzwischen als unverzichtbar bei Unternehmungen dieser Art betrachtet.

Harte Arbeit mochte nicht zur Lösung aller Probleme führen, aber sie war eine großartige Ablenkungstaktik. Tony starrte auf den Bildschirm, noch einmal die von ihm in Tabellenform festgehaltenen Informationen durchgehend, die er den Polizeiberichten entnommen hatte. Er schien alle verwertbaren Fakten berücksichtigt zu haben, und so schaltete er den Drucker ein. Während des Ausdrucks schlug Tony einen anderen Ordner auf und notierte sich sämtliche Folgerungen, die er aus dem Rohmaterial ziehen konnte. Und das alles nur, um die Gedanken an Angelica zu verdrängen.

Er war so in die Arbeit vertieft, daß er das erste Läuten der Türglocke gar nicht hörte. Beim zweitenmal zuckte er zusammen und schaute auf die Uhr. Fünf nach elf. Wenn es Carol war, war sie früher dran, als er erwartet hatte. Sie waren übereingekommen, daß es wenig Zweck hatte, ihr Unternehmen vor Mitternacht zu starten. Tony erhob sich mit gemischten Gefühlen. Da sie seine Telefonnummer wußte, konnte es nicht schwierig für Angelica sein, auch seine Anschrift herauszufinden. Als es zum drittenmal läutete, war er gerade bei der Eingangstür angekommen. Er wünschte, es wäre ein Guckloch vorhanden. Vorsichtig machte er die Tür einen Spaltbreit auf.

Carol grinste ihn an. »Sie sehen aus, als würden Sie Handy Andy erwarten«, sagte sie. Als Tony nicht reagierte, fügte sie hinzu: »Tut mir leid, ich bin ein bißchen früh dran. Ich habe versucht, Sie anzurufen, aber es war dauernd besetzt.«

»Tut mir leid«, murmelte Tony. »Ich habe wohl nach einem früheren Gespräch den Hörer nicht richtig aufgelegt. Kein Problem, daß Sie zu früh sind. Kommen Sie rein.« Er schaffte es irgendwie, zu lächeln, und führte Carol in sein Arbeitszimmer. Als er zu seinem Schreibtisch kam, legte er den Telefonhörer auf die Gabel.

Carol, die das registrierte, dachte: Er wollte nicht gestört werden, nicht einmal durch den Anrufbeantworter. Wahrscheinlich war es bei ihm so wie auch bei ihr, daß er einem klingelnden Telefon nicht widerstehen konnte. Sie schaute auf den Computerausdruck auf dem Tisch neben dem Drucker. »Sie waren offensichtlich sehr beschäftigt«, sagte sie. »Und ich dachte, Sie kämen nicht gleich zur Tür, weil Sie ein kleines Schläfchen gemacht haben.«

»Sind Sie denn zum Schlafen gekommen?« fragte Tony. Er sah, daß sie klarer aus den Augen schaute als heute nachmittag.

»Ja, vier Stunden, was ungefähr zehn zuwenig sind. Im übrigen habe ich ein paar Informationen für Sie.« Sie teilte ihm kurz und prägnant mit, was sie bei ihrem Besuch in der Scargill Street erfahren hatte, erwähnte dabei jedoch Cross' Feindseligkeiten nicht.

Tony hörte ihr aufmerksam zu und machte sich Notizen auf seinem Block. »Interessant«, sagte er dann. »Ich glaube allerdings nicht, daß es etwas bringt, die aktenkundigen Sexstraftäter noch einmal zu überprüfen. Handy Andy wird vorher höchstens durch Jugendstraftaten, Bagatelldelikte, leichte Vergehen oder so was aufgefallen sein. Nun ja, ich habe mich auch früher schon manchmal geirrt.«

»Trifft das nicht auf uns alle zu? Übrigens, ich habe mich beim HOLMES-Team umgehört. Es gibt dort niemanden, der sich mit Analysen von vorgegebenen Mustern auskennt. Also habe ich meinen Bruder befragt, ob er in dieser Sache was für uns tun kann. Er will es versuchen. Soll ich ihm einfach die betreffenden Fotos geben, oder kann man ihm auf eine andere Art das benötigte Rohmaterial zur Verfügung stellen?«

»Ich nehme an, die Möglichkeit von Fehlern ist geringer, wenn er direkt mit den Fotos arbeitet«, antwortete Tony. »Danke, daß Sie das für mich geklärt haben.«

»Kein Problem«, sagte Carol. »Insgeheim glaube ich, er fühlt sich geschmeichelt, daß ich ihn gefragt habe. Er meint, ich würde ihn nicht ernst nehmen. Wissen Sie, er erstellt die Software für Computerspiele, ich dagegen arbeite an realen Dingen.«

»Und tun Sie es?«

»Was? Ihn ernst nehmen? Das können Sie wohl glauben. Ich respektiere jeden, der mehr von Computern versteht als ich. Außerdem verdient er doppelt soviel wie ich. Das muß man ja wohl ernst nehmen.«

»Na, ich weiß nicht. Andrew Lloyd Webber verdient wahrscheinlich am Tag mehr als ich im Monat, aber ich nehme ihn dennoch nicht ernst.« Tony stand auf. »Macht es Ihnen was aus, Carol, wenn ich Sie für zehn Minuten allein lasse? Ich muß unter die Dusche, um wieder voll wach zu werden.«

»Natürlich nicht, gehen Sie nur. Ich bin schließlich zu früh hier.«

»Danke. Wollen Sie sich inzwischen einen Tee oder Kaffee machen?«

Carol schüttelte den Kopf. »Nein, danke. Es ist kalt draußen, und es gibt nicht viele Orte in Temple Fields, wo eine Frau sich in den frühen Morgenstunden kurz diskret verziehen kann.«

Fast schüchtern schob Tony Carol den Computerausdruck zu. »Ich habe mit der Arbeit an den Profilen der Opfer begonnen. Möchten Sie einen Blick darauf werfen, während ich weg bin?«

Eifrig griff Carol nach dem Papier. »Sehr gern. Ich bin von dieser ganzen Arbeit fasziniert.«

»Das ist ja erst die Vorarbeit«, betonte Tony und ging zur Tür.

»Ich meine, ich habe noch keinerlei Schlüsse gezogen. Das steht mir noch bevor.«

Als er das Zimmer verlassen hatte, sagte Carol leise: »Entspann dich, Tony, ich bin auf deiner Seite.« Sie blickte ihm noch einen Moment nach und fragte sich, was ihn verwirrt hatte. Als sie sich am Nachmittag voneinander verabschiedet hatten, herrschte bereits so etwas wie Kameradschaft zwischen ihnen, wie Carol meinte, aber jetzt wirkte er nervös und geistesabwesend. Lag das daran, daß er müde war, oder daran, daß es ihm unangenehm war, wenn sie in seiner Wohnung herumsaß? »Mein Gott, was spielt das für eine Rolle? Konzentrier dich, Jordan. Schau dir an, was das Gehirn dieses Mannes da ausgebrütet hat«, murmelte sie und wandte ihre Aufmerksamkeit dem Computerausdruck zu.

	Adam S.	*Paul G.*	*Gareth F.*	*Damien C.*
Opfer Nummer	1	2	3	4
Datum des Verbrechens	6./7.9.93	1./2.11.93	25./26.12.93	20./21.2.94
Einwohner Bradfields?	ja	ja	ja	ja
Geschlecht	männl.	männl.	männl.	männl.
ethn. Herkunft	Weißer	Weißer	Weißer	Weißer
Nationalität	Brite	Brite	Brite	Brite
Alter	28	31	30	27
Sternzeichen	Zwilling	Krebs	Skorpion	Steinbock
Größe	1,78	1,80	1,80	1,83
Gewicht	67 kg	62 kg	69 kg	73 kg
Körperbau	mittel	schlank	mittel	mittel
Muskulatur	kräftig	mittel	mittel	stark
Haarlänge	über Kragen	bis Kragen	über Kragen	über Kragen
Haarfarbe	braun	dunkelbraun	braun	rotbraun
Haarstil	gewellt	glatt	glatt	gekräuselt
Tätowierungen	keine	keine	keine	keine

Bekleidung	keine	keine	keine	keine
Beruf	Beamter	Uni-Dozent	Anwalt	Polizist
Arbeitsplatz örtlich	Stadtzentrum	südl. des Zentrums	Stadtzentrum	südl. Vorstadt
Kfz	Ford Escort	Citroën AX	Ford Escort	Austin Healey Oldtimer
Hobbys	Bastelarbeiten, Angeln	Wandern	Bastelarbeiten, Theater, Kino	Auto-restaurierung
Wohnung	Modernes Reihenhaus, integrierte Garage	Edwardian. Reihenhaus, keine Garage	Doppelhaus-hälfte, Haus aus den 30er Jahren	Modernes Haus in Siedlung, Garage an-gebaut
Familienstand	Geschieden, lebte allein, DOP, VMP	Single, lebte allein, DOP, VOP	Single, lebte allein, DMP, VOP	Single, lebte allein, DOP, VOP
Fehlende pers. Gegenstände	Ehering, Armbanduhr	Armbanduhr	Siegelring, Armbanduhr	Armbanduhr
Fehlende Gegen-stände im Haus	Kassette Anrufbeant-worter	Kassette Anrufbeant-worter	nicht bekannt	nicht bekannt
Bisher bekannte sexuelle Neigung	heterosexuell	heterosexuell	heterosexuell	nicht bekannt
Zuletzt von Be-kannten gesehen	ca. 18.00 Uhr in Straßenbahn auf dem Heim-weg	17.00 Uhr beim Ver-lassen des Arbeitsplatzes	17.15 Uhr zu Hause	18.00 Uhr zu Hause
Vorstrafen	keine	keine	keine	keine
Verbindungen zu Verbrecher-kreisen	nicht bekannt	nicht bekannt	nicht bekannt	nicht bekannt
Status der Fundorte	städtisch	städtisch	vorstädtisch-ländlich	städtisch

Ort des ersten Kontakts mit dem Mördert	*unbekannt*	*unbekannt*	*unbekannt*	*unbekannt*
Tatort	unbekannt	unbekannt	unbekannt	unbekannt
Ablage der Leiche	Zur Verzögerung des Auffindens oberflächlich versteckt	wie Opfer 1	Versteckt, Benachrichtigung der Polizei durch Zeitung	Nicht versteckt, jedoch an Ort, wo erst später zu finden
Leiche in bestimmter Lage?	nein	nein	nein	nein
*Leiche gewaschen?**	ja	ja	ja	ja
Todesursache	Kehle durchschnitten	Kehle durchschnitten	Kehle durchschnitten	Kehle durchschnitten
*Fesselungen?***	Handgelenke, Fußgelenke, Klebeband vor Mund	wie Opfer 1	wie Opfer 1	wie Opfer 1

* WASCHEN DER LEICHEN: Es scheinen keine scharfen, stark duftenden Reinigungsmittel benutzt worden zu sein, was darauf schließen läßt, daß der Mörder den Prozeß des Waschens nicht durchführt, um sich den blutigen Anblick seiner Opfer zu ersparen. Ich gehe daher eher davon aus, daß das Waschen, ebenso wie seine sonstigen Vorsichtsmaßnahmen, zu dem Zweck erfolgt ist, forensische Spuren zu beseitigen, insbesondere auch, weil der Täter äußerst vorsichtig mit Fingernagelspuren war. Leichte Scheuerspuren an allen vier Opfern zeigen nichts als die Einwirkung einer unparfümierten Seife.

** FESSELUNGEN: An den Leichen wurden keine Fesseln gefunden, aber bei den Autopsien sind Blutergüsse festgestellt worden, die mit der Anwendung von Handschellen an den Handgelenken übereinstimmen; Spuren eines Klebstoffs, fehlende Körperhaare und leichte Blutergüsse an den Fußgelenken beweisen, daß die Füße mit einem Paket-Klebeband sowie zusätzlich mit Stricken oder Riemen gefesselt waren. Um den Mund jedes Opfers fanden sich Spuren von medizinischem Klebeband. Keine Anzeichen für Augenbinden.

Sichtbare Bißspuren	nein	nein	nein	nein
Vermutete Bißspuren (Fleisch entfernt)	ja	ja	ja	ja
Ort der Bißspuren	Hals (2), Brust (1)	Hals (2) Unterleib (4)	Hals (3),	Hals (3), Brust (2), Leiste (4)
Anzeichen für Folterungen oder unnatürl. Gewalt-anwendung	ja (s. A)	ja (s. B)	ja (s. C)	ja (s. D)

A: *Adam Scott.* Dislokation der Fußknöchel, der Knie, der Hüftgelenke, der Schultern, der Ellbogen und mehrerer Wirbel. Verletzungen stimmen mit der Annahme überein, daß der Körper auf einer Streckbank auseinandergezogen wurde. Kleine Schnitte in den Penis und den Hodensack nach Eintritt des Todes.

B: *Paul Gibbs.* Schwere Rißwunden im Mastdarm, zerfetzter Schließmuskel, Stücke des Enddarms herausgerissen. Annahme, daß mit Eisenspitze versehener Gegenstand mehrmals in den Anus eingeführt wurde. Verbranntes Gewebe unter der Haut, vermutlich durch Einwirkung von Hitze oder Elektroschock entstanden. Schwere Mißhandlungen des Gesichts vor Eintritt des Todes, Blutergüsse, Kieferbrüche, eingeschlagene Zähne. Postmortal beigebrachte Schnitte in den Genitalien, stärker ausgeprägt als bei A.

C: *Gareth Finnegan.* Ungewöhnliche Lochwunden in Händen und Füßen, 1,3 cm im Durchmesser. Rißwunden in der linken Wange und in der Nase, von rechtshändigem Täter vermutlich mit Glasscherbe oder zerbrochener Flasche beigefügt. Schultern aus den Gelenken gerissen. Möglicherweise Kreuzigung! Postmortal beigebrachte Wunden in den Genitalien, Kastration erfolgt.

D: *Damien Connolly*. Dislokationen ähnlich wie bei A, aber kein Wirbelsäulentrauma, was die Möglichkeit einer Folter auf der Streckbank ausschließt. Große Anzahl kleiner, sternförmiger Brandwunden auf dem Torso. Penis postmortal abgeschnitten und dem Opfer in den Mund gesteckt.

Frage: Befanden sich Damien Connollys Handschellen noch in seinem Haus oder seinem Spind in der Polizeistation?

Frage: Warum werden die Leichen stets in der Nacht von Montag auf Dienstag abgelegt? Wieso muß der Täter montags nicht arbeiten? Arbeitet er nachts und hat von Montag auf Dienstag frei? Ist er vielleicht verheiratet und kann montags unbemerkt weggehen, weil seine Frau sich dann mit Freundinnen trifft, zum Beispiel zu einem regelmäßigen Damenabend? Oder ist es so, daß der Montag *kein* traditioneller Tag zum Ausgehen ist und er deshalb sicherer sein kann, seine Opfer zu Hause anzutreffen?

Carol merkte, daß Tony zurückkam, aber sie las weiter, nur die Hand hebend und ihm damit zeigend, daß sie seine Rückkehr registriert hatte. Als sie am Ende der Zusammenstellung angekommen war, atmete sie tief durch und sagte: »Nun, Dr. Hill, Sie waren verdammt fleißig.«

Tony lächelte und stieß sich vom Türrahmen ab, an den er sich gelehnt hatte. »Ich glaube nicht, daß es da irgendwas gibt, das Sie nicht bereits sauber in Ihrem Kopf abgespeichert haben.«

»Das stimmt, aber es macht alles viel klarer, wenn man es so zusammengefaßt vor Augen hat.«

Tony nickte. »Er hat ein ganz spezielles Strickmuster.«

»Wollen wir gleich darüber sprechen?«

Tony schaute auf den Boden. »Ich möchte es lieber zunächst dabei bewenden lassen. Ich muß das alles erst einmal verarbeiten und noch den Rest der Zeugenaussagen durchgehen, ehe ich daran denken kann, ein Profil zu erstellen.«

Carol vermochte eine leichte Enttäuschung nicht zu unterdrücken. »Ich verstehe«, war alles, was sie sagte.

Tony lächelte. »Haben Sie mehr erwartet?«

»Nicht wirklich.«

Er lächelte noch breiter. »Nicht mal ein kleines bißchen?«

Jetzt mußte auch Carol lächeln. »Gehofft habe ich darauf, erwartet habe ich es nicht. Übrigens, eines habe ich nicht verstanden. Was bedeutet DOP, DMP, VOP und VMP?«

»Derzeit ohne Partner. Derzeit mit Partner. Vorher ohne Partner. Vorher mit Partner. Initialwort-Schöpfungsdrang. Das ist die Krankheit, die uns alle befällt, die wir in den ›nicht-exakten‹ Wissenschaften wie Psychologie oder Soziologie tätig sind. Wir wollen damit die Uneingeweihten beeindrucken. Tut mir leid. Ich werde in Zukunft versuchen, die Dinge sowenig wie möglich durch Fachchinesisch zu erschweren.«

»Damit Sie uns geistig Minderbemittelten nicht verwirren, wie?« scherzte Carol.

»Es ist eher eine Art Selbstschutz. Ich will auf keinen Fall den Skeptikern einen Stock in die Hand geben, mit dem sie auf mich eindreschen können. Es ist schon schwer genug, die Leute dazu zu bringen, daß sie meine Berichte überhaupt lesenswert finden, da will ich sie nicht auch noch mit all dem pseudowissenschaftlichen Kauderwelsch vor den Kopf stoßen.«

»Ich glaube Ihnen«, erwiderte Carol in ironischem Ton. »Wollen wir aufbrechen?«

»Ja. Aber da ist noch was, was ich Ihnen zu denken geben möchte«, sagte Tony, plötzlich wieder ganz ernst. »Es betrifft die Opfer. Alle gehen davon aus, daß der Killer es auf schwule Männer abgesehen hat. Nun, wir haben Hunderte, wenn nicht gar Tausende von männlichen Homosexuellen in Bradfield. Wir haben außer London die größte Schwulenszene im ganzen Land. Aber keines der Opfer hatte eine uns bekannte homosexuelle Neigung. Was können wir daraus folgern?«

»Handy Andy verheimlicht seine Homosexualität und macht sich an Männer ran, die sie ebenso verheimlichen«, riskierte Carol als Antwort.

»Vielleicht. Aber wenn die Opfer sich alle sexuell normal verhalten, wie trifft er sie dann?«

Carol strich das Papier vor sich glatt, um Zeit zu gewinnen. »Kontaktmagazine? Zeitungsanzeigen? Telefondienste von Schwulen für Schwule? Das Internet?«

»Okay, das sind alles Möglichkeiten. Aber es gab den Berichten der Polizeibeamten nach, die die Häuser der Opfer durchsucht haben, keinerlei Hinweise auf ein Interesse an solchen Dingen. In keinem einzigen Fall.«

»Was wollen Sie denn nun damit sagen?«

»Ich glaube nicht, daß Handy Andy sich was aus schwulen Männern macht. Ich glaube, er mag sie normal.«

Sergeant Don Merrick hatte noch nie so die Schnauze voll gehabt wie jetzt. Als ob es nicht schon schlimm genug wäre, daß Popeye ihm wegen Inspector Jordans neuer Verwendung im Nacken saß, inzwischen war er auch noch der Diener dreier Herren. Man erwartete von ihm, daß er sich um die Ausführung von Inspector Jordans Anordnungen kümmerte, wenn sie nicht da war, er hatte für Kevin Matthews im Damien-Connolly-Fall zu arbeiten, und darüber hinaus hatte er Bob Stansfield über die Ermittlungen im Fall Paul Gibbs, die er und Inspector Jordan bisher durchgeführt hatten, auf dem laufenden zu halten. Und um dem Ganzen die Krone aufzusetzen, mußte er jetzt auch noch seinen Abend im Höllenloch verbringen.

Nie hatte seiner Meinung nach ein Club seinen Namen mehr verdient. Das Höllenloch machte mit Anzeigen Reklame für sich, die zum Beispiel lauteten: »Der dominierende Club in Bradfield! Ein einziger Besuch wird Sie zum Sklaven machen! Sie werden gefesselt sein und im Höllenloch die schönste Zeit Ihres Lebens haben!« Das alles war eine noch fast milde Art, zum Ausdruck zu bringen, daß das Höllenloch der Ort war, an dem man Partner aufgabeln konnte, wenn Sadomasochismus und sklavische Un-

terwerfung die Methoden waren, bei denen man den Druck in den Eiern loswerden konnte.
Merrick fühlte sich wie Schneewittchen bei einer Orgie. Er hatte keine Ahnung, wie er sich verhalten sollte. Er war nicht einmal sicher, ob er richtig angezogen war. Er hatte sich für alte, verschlissene Levis entschieden, die normalerweise nur das Tageslicht erblickten, wenn er Gelegenheitsarbeiten im und am Haus machte, ein weißes T-Shirt und die abgetragene Lederjacke, die er in den Tagen, ehe die Kinder zur Welt kamen, bei Motorradfahrten zu tragen pflegte. In der hinteren Hosentasche steckten seine dienstlichen Handschellen, in der Hoffnung, sie würden seiner Tarnung ein wenig Wahrheitsgehalt verleihen. Er schaute sich in der nur schwach beleuchteten Bar um und sah so viele quälend eng sitzende Jeans- und Lederhosen, daß er jeden Moment erwartete, über der Tanzfläche SOS-Leuchtraketen aufsteigen zu sehen. Oberflächlich betrachtet, überlegte er, sehe ich eigentlich ja genauso aus. Als seine Augen sich an das Halbdunkel gewöhnt hatten, erkannte er einige seiner Kollegen. Die meisten schauten so unangenehm berührt drein wie er selbst.
Als er um kurz nach neun zum erstenmal in den Club gekommen war, war er noch völlig leer. Merrick hatte den Einsatzleiter gebeten, noch mal raus auf die Straße gehen zu dürfen. Er war fast eine Stunde in Temple Fields herumgelaufen und hatte dann in einem Café einen Cappuccino getrunken. Er hatte sich gefragt, warum einige der schwulen Gäste ihm seltsame Blicke zugeworfen hatten, bis er merkte, daß er der einzige war, der Jeans und Lederjacke trug. Ganz offensichtlich hatte er gegen einen ungeschriebenen Kleidungskodex verstoßen. Verschüchtert hatte er den heißen Kaffee hinuntergestürzt und war hinaus auf die Straße geeilt.
Er fühlte sich verwundbar, als er durch die Gassen und Straßen von Temple Fields schlenderte. Die Männer, denen er begegnete, seien es einzelne oder Pärchen oder Gruppen, musterten ihn von

oben bis unten, und meistens blieben die Blicke an seiner Genitalgegend hängen. Er wand sich innerlich vor Scham und wünschte, er hätte Jeans angezogen, die nicht so eng saßen. Als zwei schwarze Jugendliche Arm in Arm an ihm vorbeiflanierten, hörte er einen laut zu dem anderen sagen: »Für einen Weißen hat der einen knackigen Arsch, hm?« Merrick spürte, wie ihm das Blut ins Gesicht schoß, nicht wissend, ob aus Zorn oder Verlegenheit. In einem Moment erschreckender Klarheit erkannte er, was Frauen meinten, wenn sie sich beschwerten, von Männern als reine Lustobjekte betrachtet zu werden.

Er kehrte zum Höllenloch zurück und stellte erleichtert fest, daß es dort inzwischen ziemlich voll war. Laute Diskomusik dröhnte, ein so intensiver Beat, daß er Merrick bis tief in die Brust zu dringen schien. Männer in Leder, geschmückt mit Ketten, vielerlei Reißverschlüssen und Schirmmützen, bewegten sich ekstatisch auf der Tanzfläche, stellten ihre vom Bodybuilding gestärkten Muskeln zur Schau, zeichneten mit zuckenden Unterkörpern bizarre Sex-Parodien in die Luft. Merrick unterdrückte einen Seufzer und drängte sich durch die Menge zur Bar, wo er eine Flasche amerikanisches Bier bestellte, das für einen Gaumen, der die nussige Süße von Newcastle Brown gewohnt war, unglaublich fad schmeckte.

Er drehte sich zur Tanzfläche um, lehnte sich an den Tresen und schaute sich wachsam im Raum um, vermied aber ängstlich jeden Blickkontakt zu irgendeinem der Anwesenden. Er stand etwa zehn Minuten in dieser Haltung da, als er merkte, daß der Mann neben ihm keine Anstalten machte, sich ein Getränk zu bestellen. Als Merrick ihm einen scheuen Blick zuwarf, sah er, daß der Mann ihn anstarrte. Er war fast so groß wie er selbst, aber noch breitschultriger und muskulöser, und trug eine enge schwarze Lederhose und ein weißes Unterhemd. Sein blondes Haar war an den Seiten kurz geschnitten, in der Mitte etwas länger, und seine Haut war tief gebräunt und so glatt wie ein Chippendale-Möbel-

stück. Der Mann hob eine Augenbraue und sagte: »Hi, ich bin Ian.«
Merrick grinste unsicher. »Don«, stellte er sich mit erhobener Stimme vor, um die Musik zu übertönen.
»Ich habe dich hier noch nie gesehen, Don.« Ian rückte näher und drückte seinen nackten Arm gegen das abgetragene Leder von Merricks Jackenärmel.
»Bin zum erstenmal hier«, erwiderte Merrick.
»Also neu in der Stadt, hm? Du klingst nicht nach einem aus der hiesigen Gegend.«
»Ich bin aus dem Nordosten«, antwortete Merrick vorsichtig.
»Das erklärt alles. Ein hübscher Bursche aus Geordieland also«, sagte Ian und imitierte dabei nur unzulänglich Merricks nordenglischen Akzent.
Merricks Lächeln wurde verkrampft. »Du bist wohl regelmäßig hier, wie?« fragte er.
»Fast jeden Abend. Das ist die beste Bar in der Stadt für den Typ Mann, den ich mag.« Ian zwinkerte Merrick zu. »Darf ich dich zu 'nem Drink einladen, Don?«
Der Schweiß, der Merricks Rücken runterlief, hatte nichts mit der Wärme im Raum zu tun. »Noch mal so ein Bier«, sagte er.
Ian nickte, drehte sich zum Barkeeper um und drückte sich fest gegen Merrick. Dieser biß die Zähne zusammen und schaute sich hilfesuchend im Raum um. Er sah, daß ein Detective von der Mordkommission ihn beobachtete. Der Kollege machte grinsend ein widerliches Zeichen – er schob den Zeigefinger der einen Hand mehrmals hintereinander in die Öffnung der geballten Faust der anderen Hand. Merrick drehte sich weg und stand direkt vor Ian, dem man inzwischen die Getränke serviert hatte.
»Also dann prost, hübscher Kumpel«, sagte Ian. »Du suchst sicher ein bißchen Spaß heute abend, Geordie?«
»Ich will mich nur mal ein wenig umschauen«, antwortete Merrick.

»Wie sieht's denn in der Szene in Newcastle aus?« fragte Ian. »Lebhaft? Wird sicher was für jeden Geschmack geboten, oder?«
Merrick zuckte mit den Schultern. »Ich weiß nicht. Ich bin nicht aus Newcastle. Ich komme aus einem kleinen Dorf oben an der Küste. Das ist kein Ort, wo man sein darf, wie man möchte.«
»Ich versteh'«, sagte Ian und legte eine Hand auf Merricks Arm. »Nun, Don, hier bist du richtig, wenn du du selbst sein willst. Und du hast auch gleich den richtigen Mann gefunden.«
Merrick hoffte, er würde nicht so entsetzt aussehen, wie er sich fühlte. »Es ist echt was los hier«, versuchte er ein Ablenkungsmanöver.
»Wir könnten wo hingehen, wo es ruhiger ist, wenn du möchtest. Die haben einen anderen Raum da hinten, wo die Musik nicht so laut ist.«
»Nein, ich find's gut hier«, sagte Merrick schnell. »Mir gefällt die Musik, um ehrlich zu sein.«
Ian drängte sich mit dem Unterkörper noch enger an Merrick. »Worauf stehst du, Don, oben oder unten?«
Merrick erstickte fast an seinem Schluck Bier. »Wie bitte?«
Ian lachte und fuhr Merrick durchs Haar. Seine hellblauen Augen glänzten teuflisch, Merricks Blick standhaltend. »Du bist wirklich die Unschuld vom Lande, nicht wahr? Ich hab' wissen wollen, wie du's am liebsten hast? Willst du's machen oder gemacht kriegen?« Seine Hand glitt an Merricks Hose hinunter. Als dieser schon dachte, daß er gleich in einer Weise befummelt würde, wie es außer seiner Frau bisher noch niemand getan hatte, glitt Ians Hand zur Seite und krallte sich in Merricks Hintern.
»Das kommt drauf an«, keuchte Merrick.
»Auf was?« fragte Ian zweideutig und drängte sich so eng an Merrick, daß er dessen Erektion an seinem Oberschenkel spürte.
»Darauf, wie weit ich der Person trauen kann, mit der ich zusammen bin«, antwortete Merrick und gab sich Mühe, seinen Ekel

weder in seiner Stimme noch in seinem Gesichtsausdruck zu zeigen.
»Oh, ich bin sehr vertrauenswürdig, ganz bestimmt. Und du siehst auch verläßlich aus.«
»Hast du denn keine Angst, dich mit Fremden einzulassen? Immerhin treibt sich ein Serienkiller hier rum.« Merrick nutzte die Gelegenheit, seine leere Flasche auf den Tresen zu stellen, um ein Stück von Ian abzurücken.
Ian lächelte arrogant. »Warum sollte ich? Die Typen, die der sich greift, gehören nicht zu den Stammgästen in solchen Bars. Also sind das nicht die Orte, wo dieser irre Bastard seine Opfer findet.«
»Woher willst du das wissen?«
»Ich habe die Fotos der Ermordeten in den Zeitungen gesehen, und ich habe keinen einzigen von ihnen jemals in der Szene angetroffen. Und glaub mir, ich kenne die Szene. Deshalb wußte ich ja auch, daß du neu hier bist.« Ian drängte sich wieder näher an Merrick heran, legte die Hand auf seine hintere Hosentasche und ließ die Finger über die darin befindlichen Handschellen gleiten. »He, das fühlt sich interessant an. Ich kriege so langsam eine Vorstellung davon, was uns beiden Spaß machen könnte.«
Merrick zwang sich zu einem Lachen. »Sei vorsichtig, ich könnte ja der Killer sein.«
»Na und?« sagte Ian selbstbewußt. »Ich bin nicht der Typ, auf den dieser verdammte Irre scharf ist. Er mag süßliche Tunten, keine Macho-Männer. Wenn er sich an mich ranmachen würde, wollte er mich ficken, nicht abmurksen. Außerdem, ein gutaussehender Typ wie du braucht niemanden umzubringen, um zu 'nem Fick zu kommen.«
»Nun, kann ja sein, aber woher soll ich wissen, daß du nicht der Killer bist?«
»Ich sag' dir was, nur zum Beweis, daß ich's nicht bin – ich lass' dich heute nacht den Boß spielen. Du hast das Kommando. Ich bin derjenige, der die Handschellen anhat.«

Mach so weiter, und du wirst gar nicht so falsch damit liegen, dachte Merrick. Er langte nach hinten, ergriff Ians Hand und zog sie von seiner Tasche weg. »Ich denke nicht, daß es dazu kommt«, entgegnete er. »Nicht heute nacht. Ich geh' nicht mit jemandem nach Hause, ehe ich nicht ein bißchen mehr von ihm weiß.« Er ließ Ians Hand los und trat einen Schritt zurück. »War nett, mit dir zu reden, Ian. Und danke für den Drink.«

Ians Gesicht veränderte sich in Sekundenschnelle. Seine Augen wurden zu Schlitzen, sein Lächeln zu einem Zähnefletschen. »Einen Moment mal, Geordie. Ich weiß ja nicht, in was für jämmerlichen Clubs du sonst verkehrst, aber in dieser Stadt nimmst du nicht von jemandem einen Drink an, wenn du nichts von ihm willst, klar?«

Merrick versuchte einfach wegzugehen, aber die gedrängt vor der Bar stehende Menge ließ das nicht ohne weiteres zu. »Tut mir leid, wenn es ein Mißverständnis gegeben hat«, sagte er.

Ians Arm schoß vor, und seine Hand schloß sich fest um Merricks Oberarm. Bei dem Schmerz, den er empfand, schoß Merrick der Gedanke durch den Kopf, wie es Leute geben konnte, die den Schmerz als Teil ihres sexuellen Vergnügens geradezu suchten. Ian streckte den Kopf so weit vor, daß Merrick seinen schlechten Atem riechen konnte, einen Geruch, den er mit dem Mißbrauch von Amphetaminen in Verbindung zu bringen gelernt hatte. »Es gibt kein Mißverständnis«, sagte Ian. »Du bist heute abend wegen Sex hergekommen. Und deshalb werden wir beide auch Sex miteinander haben.«

Merrick stellte sich auf die Zehenspitzen und stieß Ian den Ellbogen in die Rippen. Ian atmete zischend aus, sein Oberkörper knickte ein, und er ließ reflexartig Merricks Arm los, um die Hände auf die schmerzende Stelle zu legen. »Nein, das werden wir nicht«, sagte Merrick und ging durch die Gasse, die sich wie durch Zauberei gebildet hatte, weg von der Bar.

Auf dem Weg durch den Raum drängte sich einer der Under-

cover-Officers neben ihn. »Gut gemacht, Sarge«, sagte er aus dem Mundwinkel. »Sie haben das getan, was wir alle schon tun wollten, seit wir hier reingekommen sind.«
Merrick blieb stehen und lächelte den Constable an. »Sie sind hier als verdeckter Ermittler. Entweder Sie tanzen jetzt verdammt noch mal mit mir, oder Sie verpissen sich und lassen sich von einem dieser Arschficker hier anmachen.«
Der Constable blieb mit offenem Mund stehen, während Merrick zur anderen Seite der Tanzfläche ging und sich an die Wand lehnte. Die Aufregung, die er an der Bar hinterlassen hatte, war verklungen. Ian drängte sich durch die Menge, zum Ausgang, Merrick giftige Blicke zuwerfend.
Es dauerte nicht lange, bis Merrick wieder Gesellschaft bekam. Diesmal erkannte er in dem Gesprächspartner einen Detective Constable von einem anderen Dezernat, der nur zu diesem Unternehmen zum Morddezernat abgestellt war. Er schwitzte stark unter dem Gewicht einer dicken Lederjacke und Lederhosen, die verdächtig nach der Standardausstattung der Motorrad-Verkehrsstreifen aussahen. Er drängte sich dicht an Merrick, damit niemand auf der Tanzfläche ihn hören konnte, und sagte dann hastig: »Da ist ein Typ, Sir, den wir uns näher ansehen sollten.«
»Warum?«
»Ich habe gehört, wie er zu zwei anderen Kerlen gesagt hat, er kenne die Ermordeten. Hat richtig geprahlt damit, und betont, es gebe nicht viele, die das von sich sagen könnten. Außerdem meinte er, daß der Killer ein Bodybuilder sein müsse wie er selbst auch, weil er die schweren Leichen rumgeschleppt hat. Und er wette, daß heute abend hier Leute seien, die nicht wüßten, daß sie einen Mörder kennen.«
»Warum nehmen Sie ihn sich nicht selbst vor?« fragte Merrick. Was er gehört hatte, weckte natürlich sein Interesse, aber er wollte den Constable nicht um den Verdienst bringen, einen Verdächtigen festzunehmen.

»Ich habe versucht, mit ihm ins Gespräch zu kommen, aber er hat mir einen Korb gegeben.« Der Constable lächelte sarkastisch. »Vielleicht bin ich nicht sein Typ.«
»Und wie kommen Sie auf die Idee, ich wär's?« fragte Merrick und war sich nicht sicher, ob er sich beleidigt fühlen sollte.
»Er ist fast genauso angezogen wie Sie.«
Merrick seufzte. »Dann zeigen Sie mir den Kerl mal unauffällig.«
»Dreh'n Sie sich nicht um, Sir, er steht drüben bei den Lautsprechern. Einsachtundsechzig groß, kurzes dunkles Haar, blaue Augen, glatt rasiert, schottischer Akzent. Gekleidet wie Sie. Trinkt ein Glas Lager-Bier.«
Merrick lehnte sich wieder an die Wand, warf einen Blick in Richtung Lautsprecher und entdeckte den Mann sofort. »Erkannt«, sagte er. »Tun Sie so, als ob Sie bei mir abgeblitzt wären, wenn ich jetzt gehe.«
Merrick überließ es dem Constable, seine Fähigkeiten im Aufsetzen eines enttäuschten Gesichtsausdrucks unter Beweis zu stellen, und schlenderte langsam durch den Raum, bis er schließlich in die Nähe des Mannes kam. Er hatte den stämmigen Körperbau eines Gewichthebers und das Gesicht eines Boxers. Seine Kleidung war tatsächlich wie die von Merrick, bis auf die Tatsache, daß seine Jacke mehr Schnallen und Reißverschlüsse aufwies.
»Ziemlich voll hier heute abend«, sagte Merrick zu ihm.
»Stimmt. Viele neue Gesichter. Die Hälfte von ihnen wahrscheinlich Bullen«, erwiderte der Mann. »Seh'n Sie den Armleuchter da drüben, mit dem Sie eben geredet haben? Er hätt' gleich mit seinem Panda-Dienstwagen hier reinfahren können. Haben Sie je im Leben jemanden gesehen, der auffälliger rumschnüffelt als dieser Blödmann?«
»Deshalb habe ich ihn ja auch abblitzen lassen.«
»Übrigens, ich bin Stevie«, stellte der Mann sich vor. »Unruhiger Abend, in den Sie da geraten sind mit all der unerwünschten Anmache durch die Schnüffler. Ich habe gesehen, wie Sie vorhin

diesen großkotzigen Typen fertiggemacht haben. Das war prima, Kumpel.«
»Danke. Ich bin Don.«
»Freut mich, dich kennenzulernen, Don. Du bist neu hier, nicht wahr? Nach deinem Akzent zu urteilen, bist du nicht aus dieser Gegend, oder?«
»Kennt denn jeder jeden hier?« fragte Merrick mit einem gequälten Lächeln.
»Ja, fast. Temple Fields ist wie ein Dorf, besonders, was die SM-Szene angeht. Wir wollen es doch mal offen aussprechen: Wenn man sich von jemandem fesseln läßt, dann will man wissen, mit wem man's zu tun hat.«
»Da hast du recht, Stevie«, erwiderte Merrick. »Und ganz besonders, wenn ein Killer hier rumgeistert.«
»Genau. Ich meine, ich geh' nicht davon aus, daß die Kerle, die da umgebracht worden sind, was anderes wollten als ein bißchen harten Sex. Ich hab' sie nämlich gekannt, alle vier, Adam Scott, Paul Gibbs, Gareth Finnegan und Damien Connolly. Und ich will dir was sagen, ich hätt' bei keinem von ihnen gedacht, daß er sich für diese Szene interessiert. Aber das zeigt's mal wieder, nicht wahr? Man weiß nie, was in den Köpfen der Leute vorgeht.«
»Woher hast du sie denn gekannt?« fragte Merrick. »In den Zeitungen stand doch, sie seien in der Szene nicht bekannt?«
»Ich betreib' ein Fitneßstudio«, erklärte Stevie stolz. »Adam und Gareth waren Mitglieder. Wir sind hin und wieder zu 'nem Drink ausgegangen. Diesen Paul Gibbs hab' ich durch einen Kumpel von mir kennengelernt. Und dieser Cop, Connolly, kam mal ins Studio, als bei uns eingebrochen worden war.«
»Ich wette, es gibt nicht viele hier, die von sich sagen können, daß sie jeden dieser armen Kerle gekannt haben.«
»Da hast du recht. Und ich glaub' nicht, daß der Mörder mehr im Sinn gehabt hat als ein bißchen Spaß.«

Merrick hob die Augenbrauen. »Du meinst, er hat Spaß dran, Leute abzumurksen?«
Stevie schüttelte den Kopf. »Nein, nein, da hast du mich nicht richtig verstanden. Ich denk' nicht, daß er von vornherein drauf aus ist, die Kerle zu killen. Nein, es ist so was wie ein Unfall, wenn du verstehst, was ich meine. Sie machen ihre Spielchen, und unser Mann verliert die Kontrolle über sich, die Sache gleitet ihm aus der Hand. Er ist anscheinend stark, so wie er die Leichen durch die Gegend schleppt. Er ist bestimmt kein weichlicher Schwächling, meinst du nicht auch? Wenn er ein echter Bodybuilder ist wie ich, kennt er vielleicht die Grenzen seiner eigenen Stärke nicht. Könnte jedem passieren«, fügte er nach einer kurzen Pause hinzu.
»Viermal?« fragte Merrick ungläubig.
Stevie zuckte mit den Schultern. »Vielleicht haben sie's herausgefordert. Verstehst du, was ich meine? Haben ihn gehänselt oder verspottet oder so was. Ich kenn' das, Don, und ich sag' dir, es hat Situationen gegeben, da hätt' ich manchen dämlichen Bastard am liebsten auch erwürgt.«
Der Spürhund in Merrick zerrte an der Leine. Carol Jordan war nicht die einzige, die sich mit der Psychologie von Serienkillern beschäftigt hatte. Merrick hatte von Fällen gelesen, in denen Mörder solche Rechtfertigungen vorbrachten und damit vor anderen prahlten. Wie er wußte, hatte der Yorkshire Ripper seinen männlichen Freunden gegenüber damit angegeben, er »kümmere sich« um Prostituierte. Merrick wollte Stevie im Verhörzimmer haben. Das Problem war nur, wie er ihn dorthin kriegen sollte.
Er räusperte sich. »Ich glaube, der einzige Weg, das zu vermeiden, ist der, daß man, bevor man mit jemandem ins Bett steigt, sich die Zeit nimmt, ihn kennenzulernen.«
»Genau das sag' ich auch. Sollen wir von hier abhauen? Vielleicht 'ne Tasse Kaffee in der Imbißstube trinken, damit wir uns ein bißchen näher kennenlernen?«

»Gute Idee«, antwortete Merrick und stellte seine Bierflasche auf einen Tisch in der Nähe. »Gehen wir.« Sobald sie draußen waren, ließ sich sein Minifunkgerät auf »Senden« stellen, und eines der Unterstützungsteams würde sofort zur Stelle sein. Und dann konnten sie Stevies angeberisches Verhalten in der Scargill Street unter die Lupe nehmen.

Obwohl es schon nach Mitternacht war, war in den Straßen um das Höllenloch noch eine Menge los. »Da lang«, sagte Stevie und zeigte nach links. Merrick steckte die Hand in die Jackentasche und drückte den Schalter des Funkgeräts in die richtige Position.

»Wo gehen wir denn hin?« fragte er.

»In Crompton Gardens ist eine Imbißstube, die die ganze Nacht über auf hat.«

»Sehr gut, ich habe große Lust darauf, ein Schinkensandwich zu verdrücken«, sagte Merrick.

»Sehr schlecht für deine Gesundheit, all das Fett«, erwiderte Stevie ernsthaft.

Als sie um die Ecke der Gasse bogen, die zum Crompton Square führt, hörte Merrick, daß hinter ihm jemand aus einem dunklen Torweg trat. Das Geräusch der Schritte ließ ihn herumfahren.

Wie in der Silvesternacht, war sein letzter bewußter Gedanke, als tausend Lichtblitze hinter seiner Stirn aufzuckten.

Auf 3 1/2-Zoll-Diskette, Beschriftung: Backup.007; Datei Love007.doc

Es dauerte nicht so lange, wie ich gedacht hatte. Als er nach der Dislokation seiner Gliedmaßen in Ohnmacht gefallen war, erwies es sich als unmöglich, ihn da rauszuholen. Ich wartete stundenlang, aber nichts brachte ihn wieder zu Bewußtsein – weder Schmerz noch kaltes Wasser noch Wärme. Ich war sehr enttäuscht, wie ich zugeben muß. Seine Qualen waren nur ein Schatten meiner eigenen gewesen, seine Bestrafung nicht ausreichend für den Treuebruch, der die Ursache dafür war. Kurz nach Mitternacht brachte ich zu Ende, was zu Ende gebracht werden mußte, ordentlich und schnell. Dann nahm ich ihn von der Streckbank und schob ihn in Hockstellung in einen breiten Sack für Gartenabfälle. Diesen wiederum steckte ich in einen amtlich von der Stadtverwaltung von Bradfield ausgegebenen schwarzen Müllsack. Es war schwierig, das schwere Paket die Treppe hinauf und in die Schubkarre zu bugsieren, aber die vielen Stunden, die ich mit dem Stemmen von Gewichten zugebracht hatte, zahlten sich jetzt aus.
Ich vermochte es kaum zu erwarten, nach Hause an meinen Computer zu kommen und die Erlebnisse des Abends zu einem transzendenten Genuß abzurunden. Aber ich hatte noch eine Menge Arbeit zu verrichten, ehe ich mich der Entspannung und dem Genuß hingeben konnte. Ich fuhr zum Stadtzentrum, wobei ich darauf achtete, daß ich die zulässige Höchstgeschwindigkeit nicht überschritt, damit man mich nicht deswegen anhielt. Aber ich durfte auch nicht zu lang-

sam sein, da man mich dann hätte verdächtigen können, ein übertrieben vorsichtiger alkoholisierter Fahrer zu sein. Ich schlug die Richtung zum Schwulenviertel hinter der Universität ein. Temple Fields war früher einmal ein Studentenviertel voller kleiner Cafés, Restaurants, Läden und Bars mit niedrigen Preisen und ebenso niedrigem Standard. Dann, vor etwa zehn Jahren, stellten einige der Bars auf Schwulenbetrieb um. Unser linker Stadtrat reagierte auf entsprechenden Druck und gab Zuschüsse für ein Schwulen- und Lesbenzentrum im Keller eines indischen Restaurants. Das hatte einen Dominoeffekt zur Folge, und innerhalb von zwei Jahren war Temple Fields zum Mekka der Homosexuellen geworden. Die heterosexuellen Studenten zogen um nach Greenholm auf der anderen Seite des Campus. Jetzt war Temple Fields gespickt mit Bars, Clubs und auf schick getrimmten Bistros für Homosexuelle sowie mit Läden, die Lederkleidung und SM-Bedarf, vor allem diverse Fesselungsgerätschaften, verkauften.

Um halb zwei am Dienstag morgen waren immer noch einige Männer auf den Beinen. Ich konzentrierte mich auf die Gegend von Crompton Gardens, fuhr zweimal die Strecke ab. Der Platz lag dunkel da, fast alle Straßenlaternen waren dem Vandalismus der Leute zum Opfer gefallen, die ihren Sex lieber im Schutz der Dunkelheit vollzogen, und die Stadt hatte kein Geld für ständige Reparaturen. Außerdem beschwerte sich keiner der anliegenden Geschäftsleute; je dunkler es war, um so beliebter war die Gegend, und das wiederum vergrößerte den Profit.

Ich schaute mich sorgfältig um. Niemand war zu sehen. Dann zerrte ich den Sack aus dem Wagen, schleifte ihn zu der niedrigen Mauer um die Grünfläche in der Mitte des Platzes und ließ ihn zur anderen Seite hinunterfallen, was einen dumpfen Laut verursachte. Anschließend beugte ich mich über die Mauer und schnitt mit meinem Taschenmesser beide

Säcke auf. Ich zerrte sie unter der Leiche hervor und zerknüllte sie zu einem Ball.
Kurz nach zwei stellte ich Adams Wagen ein paar Straßen von seinem Haus entfernt ab und ging zu meinem Jeep. Unterwegs steckte ich die Säcke in eine Mülltonne. Um drei lag ich in meinem Bett. Ich hatte den brennenden Wunsch, meine lustvolle Arbeit zu Ende zu bringen, war aber doch zu erschöpft, was mich nicht überraschte, wenn ich die Anstrengung betrachtete, die hinter mir lag. Ich schlief ein, sobald ich das Licht ausgemacht hatte.
Als ich aufwachte, schaute ich auf den Wecker auf dem Nachttisch, dann auf meine Armbanduhr. Ihre Bestätigung mußte ich akzeptieren. Ich hatte dreizehneinhalb Stunden geschlafen. Ich glaube nicht, daß ich jemals so lange an einem Stück geschlafen habe, nicht einmal nach einer Vollnarkose. Ich war stinksauer auf mich, hatte ich mich doch so darauf gefreut, vor meinem Computer zu sitzen und mein Zusammensein mit Adam noch einmal durchleben und genießen zu können, bis es meinen geheimsten Phantasien entsprach. Jetzt aber hatte ich gerade noch Zeit, zu duschen und etwas zu essen.
Auf dem Weg zur Arbeit holte ich mir die neueste Abendausgabe der *Bradfield Evening Sentinel Times*. Man brachte mich auf der zweiten Seite.

NACKTE LEICHE GEFUNDEN

Die verstümmelte Leiche eines nackten Mannes wurde heute morgen in Bradfields Homosexuellenviertel gefunden.
Der städtische Arbeiter Robbie Greaves machte die grausige Entdeckung, als er im Bezirk Crompton Gardens von Temple Fields seinen routinemäßigen Säuberungsarbeiten nachging.

Die Homosexuellenszene der Stadt fürchtet nun, daß dies vielleicht die erste Bluttat eines Schwulen-Serienmörders sein könnte – wie der irre Killer, der vor kurzem Londons Homosexuelle terrorisiert hat.
Die Leiche wurde im Gebüsch hinter der Mauer um die kleine Parkanlage in Crompton Gardens entdeckt, einem bekannten nächtlichen Treffpunkt schwuler Männer, die auf schnelle sexuelle Kontakte aus sind.
Der Ermordete, Ende Zwanzig, konnte bisher noch nicht identifiziert werden. Die polizeiliche Beschreibung lautet: Weißer, 1,78 m groß, muskulös, lockiges dunkles Haar und blaue Augen. Keine besonderen Kennzeichen, keine Tätowierungen.
Ein Polizeisprecher sagte: »Die Kehle des Opfers wurde durchschnitten, der Körper verstümmelt. Wer auch immer dieses scheußliche Verbrechen begangen hat, er ist ein gewalttätiger und gefährlicher Mann. Die Art der Wunden läßt darauf schließen, daß der Mörder blutbefleckt gewesen sein muß.
Wir gehen davon aus, daß der Mord nicht am Fundort begangen wurde und die Leiche irgendwann im Verlauf der Nacht in der Parkanlage abgelegt worden ist.
Wir fordern alle Mitbürger, die in der vergangenen Nacht im Bezirk Crompton Gardens in Temple Fields gewesen sind, auf, sich bei der Polizei zu melden, damit sie als Täter ausgeschlossen werden können. Sämtliche Informationen werden streng vertraulich behandelt.«
Robbie Greaves, 28, der städtische Arbeiter, der die Leiche gefunden hat, sagte: »Ich hatte gerade mit der Arbeit angefangen. Es war kurz nach halb neun. Ich benutzte meinen Stachelstock, um rumliegendes Papier aufzusammeln. Als ich auf die Leiche stieß, dachte ich zuerst, es wäre eine tote Katze oder ein toter Hund. Dann zog ich ein paar

Zweige zur Seite und sah den Körper eines Mannes da liegen.
Es war schrecklich. Ich mußte mich übergeben, dann bin ich zur nächsten Telefonzelle gerannt. Ich habe in meinem ganzen Leben noch nie so was gesehen, und ich hoffe, es passiert mir nicht noch mal.«

Nun ja, sie hatten wenigstens eines richtig dargestellt. Der Mann war woanders getötet und seine Leiche dann in Crompton Gardens abgelegt worden. Was aber den Rest anging … Wenn das bezeichnend für die Fähigkeiten der Polizei war, hatte ich wohl nicht allzuviel zu befürchten. Mir sollte es recht sein. Ich wollte auf keinen Fall verhaftet werden, denn ich hatte Adams Nachfolger bereits ausgesucht. Paul, das wußte ich, würde anders sein. Diesmal mußte es nicht mit dem Tod enden.

7

Alle seine Bekannten beschrieben hinterher seine Fassade als so glaubwürdig und perfekt, daß er zum Beispiel, wenn er durch die Straßen der Stadt … eilte und unbeabsichtigt eine andere Person anstieß, stehenblieb und sich wie ein Gentleman entschuldigte; während in seinem teuflischen Herzen bereits die höllischste aller Absichten brodelte, nahm er sich dennoch die Zeit, sich freundlichst zu entschuldigen, in der Hoffnung, daß das schwere Bleirohr unter seinem eleganten Surtout, das er in Erwartung des kleinen Geschäftes, welches er in neunzig Minuten zu erledigen beabsichtigte, dem Fremden, mit dem er zusammengestoßen war, nicht etwa irgendeinen Schmerz verursacht hatte.

Carol bog von der Hauptstraße ab und fuhr in einer Abkürzung durch Nebenstraßen nach Crompton Gardens. »Dort drüben hat man Adam Scott gefunden«, sagte sie und zeigte auf eine Stelle etwa in der Mitte der Buschreihe.

Tony nickte. »Würden Sie bitte langsam den Platz umrunden und dann an der Mauer halten, an der Stelle, wo die Leiche gefunden wurde?«

Carol tat, was Tony gewünscht hatte, während sich dieser aufmerksam die Gegend anschaute und sich mehrmals umdrehte, damit er das eine oder andere noch genauer sehen konnte. Als Carol anhielt, stieg er sofort aus. Ohne auf Carol zu warten, ging er über den Bürgersteig zur Ecke der Parkanlage. Carol folgte ihm, sich bemühend, das zu sehen, was er sah.

Weder die Morde noch das kühle Wetter hatte die Gewohnheiten derer, die regelmäßig Temple Fields aufsuchten, ändern können. In Torwegen und Eingängen zu Kellerwohnungen trieben es stöhnende Pärchen miteinander, sowohl hetero- als auch homosexuelle. Einige wenige erstarrten beim Klicken von Carols

hohen Absätzen auf dem Pflaster, aber die meisten ließen sich dadurch nicht stören. Ein toller Ort, wenn man sich was aus Voyeurismus macht, dachte Carol zynisch.
Tony kam zum Ende der Häuserreihe und ging über die Straße zur Front der Geschäfte und Bars. Hier waren keine Menschen zu sehen, die es gerade miteinander trieben. Die Verbrechensrate der Stadt gebot schwere Rolläden und Gitter vor Fenstern und Türen. Aber das interessierte Tony nicht. Er schaute hinüber zu der Parkanlage in der Mitte des Platzes und brachte den realen Anblick in Übereinstimmung mit den Fotos, die er gesehen hatte. Es gab keine Büsche auf dieser Seite, nur die niedrige Mauer. Er beachtete die beiden an ihm vorbeigehenden Männer, die sich wie Ringkämpfer umklammerten, nicht. Sein Interesse galt einzig und allein Handy Andy.
Du bist hiergewesen, sagte er im Geiste zu Handy Andy. Du bist nicht aufs Geratewohl zu diesem Ort gefahren, nicht wahr? Du bist über diesen Bürgersteig gegangen, hast dir diese Parodien von Liebe und Leidenschaft, für die gewisse Leute auch noch bezahlen, angeschaut. Aber das war es nicht, hinter dem du her warst, nicht wahr? Du hast etwas anderes gewollt, etwas viel Intimeres, etwas, für das du nicht zu bezahlen brauchtest. Tony konzentrierte sich wieder auf die realen Gegebenheiten. Wie hatte Handy Andy auf diese voyeuristischen Eindrücke reagiert?
Du hast niemals eine normale Beziehung zu einem anderen Menschen gehabt. Aber auch die Prostituierten bedeuten dir nichts. Oder die Strichjungen. Du bist nicht darauf aus, solche Leute zu töten. Es interessiert dich nicht, was man mit ihnen tun könnte. Es sind die Pärchen, die deinen Neid erregen, nicht wahr? Sieh mal, das kann ich von mir selbst auch sagen. Stelle ich da jetzt Spekulationen an? Ich denke, nein. Ich glaube, du sehnst dich nach einer Partnerschaft, nach einer idealen Beziehung, in der du dich selbst verwirklichen kannst, in der du so hoch geachtet wirst, wie du meinst, es verdient zu haben. Und dann wäre alles in bester

Ordnung. Die Vergangenheit wäre bewältigt, würde nichts mehr bedeuten. Aber sie spielt eine große Rolle, Handy Andy. Die Vergangenheit spielt sogar die ausschlaggebende Rolle.
Tony merkte plötzlich, daß Carol neben ihm stand und ihn neugierig betrachtete. Vielleicht hatte er die Lippen bewegt. Er mußte aufpassen, daß sie ihn nicht auch in eine Schublade mit der Aufschrift »Geistesgestörte« steckte. Das konnte er sich nicht leisten, nicht, wenn er sie lange genug auf seiner Seite behalten wollte, um das gewünschte Ergebnis zu erzielen.
Im Erdgeschoß des letzten Hauses auf dieser Straßenseite befand sich ein die ganze Nacht über geöffneter Imbiß. Die Fenster waren beschlagen, und drinnen bewegten sich im hellen Licht menschliche Umrisse wie Kreaturen in der Tiefe des Meeres. Tony stieß die Tür auf. Ein paar Gäste schauten auf und wandten sich dann wieder ihren Pommes frites und ihren Gesprächen zu. Tony trat zurück und ließ die Tür zufallen. Ich glaube nicht, daß du jemals hier reingehst, sagte er sich im stillen. Ich glaube nicht, daß du an einem Ort, der für Gemeinsamkeit gedacht ist, als Einzelgänger in Erscheinung treten willst.
Die dritte Seite des Platzes bestand aus mehreren modernen Bürogebäuden. Im Toreingang schliefen obdachlose Jugendliche, zugedeckt mit Kleidungsstücken, Zeitungen und Teilen von Pappkartons. Carol stand jetzt wieder neben Tony. »Hat man diese Leute verhört?« fragte Tony.
Carol verzog das Gesicht. »Wir haben es versucht. Mein Dad liebte Volkslieder. Als ich noch ein Kind war, sang er mir häufig ein Lied vor, dessen Refrain lautete: ›Oh, genausogut kann ich versuchen, den Wind zu fangen.‹ Jetzt verstehe ich, was das bedeutet.«
Sie gingen zu den Häusern auf der vierten Seite des Platzes und kamen an der Ecke an einigen Nutten vorbei. »He, Superman!« rief eine von ihnen. »Ich mach's dir zehnmal besser als dieses arschlose Miststück!«

Carol lachte schnaubend. »Jetzt bleibt nur zu hoffen, daß die Intuition über die Erfahrung triumphiert«, sagte sie sarkastisch. Tony äußerte sich nicht dazu. Die Worte waren kaum in sein Bewußtsein gedrungen. Er ging langsam auf dem Bürgersteig weiter, blieb alle paar Schritte stehen und nahm die Atmosphäre in sich auf. Aus den Wohnungen und möblierten Einzelzimmern drangen widerstreitende Musikfetzen in die Nacht. Der Geruch nach Curry hing im Wind, der den Unrat auf der Straße raschelnd verwehte und Fast-food-Styroporschachteln über die Gullys taumeln ließ. Der Platz war, wie Tony feststellte, nie ganz menschenleer. Wieder geriet er ins Grübeln. Du verachtest jedes Lotterleben, nicht wahr? Du willst alles sauber und übersichtlich und geordnet haben. Das ist mit ein Grund, warum du die Leichen wäschst. Wahrscheinlich ist das für dich sogar ebenso wichtig wie das Verwischen aller forensischen Spuren. Er umrundete die letzte Ecke und ging zu Carols Wagen, und zum erstenmal spürte er die Zuversicht, daß er es schaffen konnte, dieses komplexe und unheilvoll verwirrte Gehirn zu entschlüsseln.

»Er hat vermutlich ein paar Minuten im Wagen sitzen bleiben müssen, um sicher zu sein, nicht beobachtet zu werden«, sagte Tony. »Je nachdem, was für einen Wagen er benutzt hat, kann es sein, daß er weniger als eine Minute gebraucht hat, die Leiche rauszuheben und über die Mauer fallen zu lassen. Aber vorher mußte er sich vergewissern, daß ihn niemand beobachtet.«

»Wir haben eine komplette Befragung aller Leute auf der anderen Straßenseite gemacht, aber niemand hat angeblich etwas bemerkt, das ihm oder ihr nicht normal vorkam«, erklärte Carol.

»Lassen Sie uns den Tatsachen ins Auge blicken, Carol. Wenn Sie sich anschauen, was hier in der Gegend normal ist, dann läßt das eine Menge Spielraum für einen Serienmörder. Okay, ich habe genug gesehen. Fahren wir weiter?«

Cross stürmte in das Großraumbüro der Sonderkommission, erstaunlich leichtfüßig, wie das bei dicken Männern oft ist, als ob die Leichtigkeit der Bewegung den schweren Körperbau leugnen wollte. »Also, wo ist dieser Abschaum der Menschheit?« bellte er. Dann sah er den schlanken Mann, der sich drüben an die Wand lehnte und dessen Gespräch mit Kevin Matthews durch seinen Auftritt unterbrochen worden war.

»Sir«, sagte Cross und blieb abrupt stehen. »Sie hatte ich hier nicht erwartet.« Er warf Kevin Matthews einen giftigen Blick zu.

Brandon richtete sich auf. »Nein, Superintendent, ich nehme an, das haben Sie tatsächlich nicht.« Er ging ein paar Schritte auf Cross zu. »Ich habe Anweisung im Lagezentrum hinterlassen, daß ich sofort verständigt werde, wenn im Zusammenhang mit den Serienmorden eine Verhaftung vorgenommen wird. Das ist ein hochbrisanter Fall, wenn er vor Gericht kommt, Tom, und ich möchte sichergestellt wissen, daß wir astrein dastehen.«

»Jawohl, Sir«, erwiderte Cross rebellisch. In welche Worte Brandon es auch kleidete, was er da sagte, zielte darauf ab, daß er nicht glaubte, Cross sei der richtige Mann, übereifrige Detectives daran zu hindern, Fehler bei der Behandlung von Tatverdächtigen oder Zeugen zu machen. Wenn Brandon in den Fluren herumschlich, würde kein Tatverdächtiger in der Untersuchungshaft bedauerliche Unfälle irgendwelcher Art erleiden. Cross wandte sich an Kevin Matthews. »Was genau ist denn nun passiert?«

Kevin war derart blaß vor Müdigkeit und Streß, daß seine Sommersprossen wie bösartige Pockenpusteln auf seiner weißen Haut aussahen. »Soweit wir bisher wissen«, sagte er, »kam Don Merrick mit irgendeinem Typen aus dem Höllenloch. Eines der Unterstützungsteams sah die beiden. Don hatte sein Funkgerät auf ›Senden‹ gestellt, was uns vermuten läßt, daß er diesen Mann festnehmen und zu einem Verhör herbringen wollte. Sie waren, wie die Jungs vom Unterstützungsteam sagen, auf dem Weg zu einem durchgehend geöffneten Imbiß in Crompton Gardens. Es gibt da eine Gasse, die eine Abkürzung dorthin ist, und in diese gingen die beiden rein. Als nächstes hörten unsere Leute Geräusche von einem Handgemenge. Sie rannten hin, fanden Don auf dem Boden liegend und zwei Kerle, die sich prügelten. Sie nahmen die beiden fest, die jetzt in der Arrestzelle sitzen.«

»Was ist mit Merrick?« fragte Cross. Bei all seinen Fehlern war Cross ein fürsorglicher Vorgesetzter. Das Wohl seiner Männer lag ihm fast so sehr am Herzen wie seine Karriere.

»Er ist im Krankenhaus, wo eine Platzwunde am Kopf genäht wird. Er war ziemlich benommen und mußte im Krankenwagen zur Notaufnahme gebracht werden. Ich habe einen meiner Jungs hingeschickt, der sich seine erste Aussage anhört.« Kevin schaute auf die Uhr. »Er müßte jeden Moment zurückkommen.«

»Was steckt denn nun eigentlich hinter dem Ganzen?« knurrte Cross. »Haben wir einen Tatverdächtigen oder was?«

Brandon räusperte sich. »Wir können wohl davon ausgehen, daß Merrick der Meinung war, ein Gespräch mit dem Mann, den er da aufgegabelt hatte, würde sich lohnen. Was den Kerl angeht, der die beiden angegriffen hat, sind wir auf Merricks Aussage angewiesen. Ich schlage vor, daß Inspector Matthews und einer aus seinem Team sich den Angreifer vorknöpfen und daß Sie, Tom, und ich ein erstes Gespräch mit Merricks Zielobjekt führen. Sind Sie damit einverstanden, Tom?«

Cross nickte. »Ja. Und sobald Ihr Kollege vom Krankenhaus zurückkommt, Kevin, möchte ich ihn sehen.« Er trat zur Tür, erwartungsvoll über die Schulter zurück auf Brandon schauend.

»Bevor wir gehen, Tom, brauchen wir, denke ich, Inspector Jordan und Dr. Hill hier«, sagte Brandon.

»Bei allem Respekt, es ist mitten in der Nacht. Müssen wir sie wirklich aus dem Schlaf reißen?«

»Ich möchte nicht, daß wir jemanden im Zusammenhang mit diesen Mordfällen vernehmen, ehe ich nicht die Möglichkeit hatte, Dr. Hills Rat einzuholen, wie wir das Verhör führen sollen.

Außerdem sind die beiden noch unterwegs. Detective Inspector Jordan hatte vor, Dr. Hill heute nacht zu den Fundorten der Leichen zu bringen. Können Sie sie benachrichtigen, daß sie hier gebraucht werden, Inspector?«
Kevin sah Cross an, der kurz nickte. »Kein Problem, Sir. Ich werde Inspector Jordan sofort über den Funkruf anpiepsen lassen. Sie wird sich sicher freuen, eingeschaltet zu werden.«
Brandon lächelte und ging hinter Cross in den Flur. »Das zeigt mal wieder, wo es hinführt, wenn Theoretiker das Sagen haben«, knurrte Cross und schüttelte den Kopf. »Jetzt brauchen wir schon einen verdammten Psychologen, der einem erklärt, wie man einen erbärmlichen schwulen Mistkerl verhören soll.«

In der Canal Street war immer noch einiges los. Gäste kamen aus Clubs oder gingen hinein, Taxis brachten Leute oder nahmen welche auf, an Straßenecken teilten sich Pärchen Kebab und Chips, Strichjungen und Prostituierte warteten auf letzte Geschäfte. »Interessant, nicht wahr, wie bestimmte Gegenden sich von anderen unterscheiden«, sagte Tony zu Carol, als sie die Straße hinunterliefen.
»Sie meinen, dies hier ist die Zone, in der sich alles öffentlich und legal abspielt, während Crompton Gardens das düstere Gegenstück dazu darstellt?«
»Und nie werden beide sich mischen«, zitierte Tony. »Es ist für diese Nachtzeit wirklich noch einiges los hier. Ist es montags ruhiger?«
»Ein bißchen«, antwortete Carol. »Einige Clubs sind montags geschlossen. Und der eine oder andere macht eine Nacht nur für Frauen.«
»Wahrscheinlich ist dann weniger Autoverkehr«, überlegte Tony laut. Als sie durch die Straßen gefahren waren, um sich anzuschauen, aus welcher Richtung Handy Andy gekommen sein könnte, hatte Tony sich gewundert, was für belebte Gegenden er

sich für das Ablegen seiner ersten beiden Opfer ausgesucht hatte, fast so, als ob er sich absichtlich in herausfordernde, gefährliche Situationen begeben wollte. Jetzt, an der Ecke der Gasse, die zu einem Club namens Schattenland führte, schaute er die Straße hinunter und sagte dann leise: »Er ist geradezu verzweifelt darum bemüht, als der Beste zu gelten.«

»Wie bitte?«

»Handy Andy. Er entscheidet sich nicht für den einfacheren Weg. Schon bei der Auswahl seiner Opfer geht er ein hohes Risiko ein. Die Orte, an denen er die Leichen ablegt, sind keine dunklen, einsamen Verstecke. Die Leichen wäscht er gründlich, um keine forensisch verwertbaren Spuren zu hinterlassen. Er meint, er sei klüger als wir, und das muß er sich immer wieder beweisen. Ich wage eine Wette, daß er die nächste Leiche an einem sehr, sehr belebten öffentlichen Ort ablegt.«

Carol verspürte einen Schauder, und der war nicht auf die Kälte zurückzuführen. »Reden Sie nicht von der nächsten Leiche, als ob wir keine Chance hätten, den Mörder vorher zu schnappen«, bat sie. »Es ist einfach zu deprimierend, sich das vorzustellen.«

Carol ging voraus in eine kurze, dunkle Sackgasse. »Hier wurde die zweite Leiche, die von Paul Gibbs, gefunden. Als einziges gibt es hier den Notausgang vom Club Schattenland.«

»Verdammt dunkel«, schimpfte Tony, nachdem er über einen verrotteten Pappkarton gestolpert war.

»Wir haben dem Manager des Clubs geraten, eine Lampe über der Tür anbringen zu lassen, schon allein aus dem Grund, daß er selbst nicht mal überfallen wird, aber Sie sehen ja, wie ernst er unseren Rat genommen hat«, sagte Carol und kramte in der Handtasche nach ihrer kleinen Taschenlampe. Sie knipste sie an, und ihr Schein fiel auf eine Nutte in einem roten Kleid, die in der Tür des Notausgangs eifrig damit beschäftigt war, einem glasig dreinblickenden Geschäftsmann einen zu blasen.

»He!« schrie der Mann wütend. »Haut ab, ihr verdammten Spanner!«

Carol seufzte. »Polizei! Stecken Sie Ihren Schwanz weg, oder ich stecke Sie in eine Arrestzelle.« Noch ehe sie den Satz beendet hatte, war die Nutte auf den Füßen und rannte, so schnell es ihre Pfennigabsätze zuließen, an ihnen vorbei zum Ausgang der Sackgasse. Nachdem sie verschwunden war, schien der Mann keinen Wert auf eine weitere Diskussion zu legen. Er machte eiligst seine Hose zu und schob sich an Tony vorbei. Bevor er um die Ecke bog, schrie er Carol noch über die Schulter zu: »Frigide Fotze!«

»Alles okay?« fragte Tony, und die ernste Besorgnis war deutlich herauszuhören.

Carol zuckte mit den Schultern. »Als ich bei der Polizei anfing, war ich jedesmal am Boden zerstört, wenn solche Mistkerle mich auf diese Weise beleidigt haben. Dann aber habe ich mir gesagt, daß sie es sind, die Probleme haben, nicht ich.«

»Eine vernünftige Ansicht. Hält sie der Praxis stand?«

Carol verzog das Gesicht. »Manchmal komme ich nachts nach Hause und stelle mich zwanzig Minuten unter die Dusche und habe trotzdem noch das Gefühl, schmutzig zu sein.«

»Ich verstehe das sehr gut. Einige der verdrehten Gehirne, in denen ich herumstochern muß, hinterlassen bei mir das Gefühl, daß ich nie mehr eine normale Beziehung zu einem anderen Menschen haben kann.« Tony drehte den Kopf zur Seite, damit sein Gesicht ihn nicht verriet. »Das ist also der Ort, an dem man Paul Gibbs gefunden hat?«

Carol stellte sich neben ihn und richtete den Strahl der Taschenlampe auf den Türeingang. »Dort lag er, in zwei Plastiksäcke eingewickelt, so daß man nicht auf Anhieb erkennen konnte, was das für ein Bündel war. Nach den gebrauchten Kondomen zu urteilen, die überall hier herumlagen, haben die Straßenmädchen in dieser Nacht ihre Dienstleistungen direkt neben einer Leiche vollzogen.«

»Ich kann doch davon ausgehen, daß Sie mit den Mädchen gesprochen haben, oder?«

»Ja, wir haben sie alle verhört. Die da eben abgehauen ist, als ich die Taschenlampe angeknipst habe, hat hier ihren Stammplatz. Sie sagte aus, sie habe kurz nach vier Uhr morgens noch einen Kunden gehabt. Sie wisse die Zeit so genau, weil dieser Mann ein Stammkunde von ihr sei, der um diese Zeit immer von seiner Schicht bei der Zeitungsdruckerei komme. Jedenfalls, sie wollte hierher mit ihm gehen, aber ein Wagen stand ihnen im Weg.« Carol seufzte. »Wir dachten, wir hätten den Fall geknackt, denn sie konnte sich an die Marke, das Modell und die Zahlen auf dem Nummernschild erinnern. Die Zahlen waren dieselben wie ihre Hausnummer, Zwei-Vier-Neun.«

»Sagen Sie es nicht. Lassen Sie mich raten. Es war Paul Gibbs' Wagen.«

»Auf Anhieb richtig.«

Das nachhaltige Piepsen von Carols Funkempfänger unterbrach ihre Unterhaltung. »Ich muß schleunigst zu einem Telefon«, sagte Carol.

»Was kann das bedeuten?«

»Eines weiß ich mit Sicherheit«, knurrte Carol und eilte zum Ausgang der Sackgasse, »es bedeutet nie was Gutes.«

»Ich habe Ihnen wirklich alles gesagt, was ich weiß. Ich treffe diesen Typ Don im Höllenloch, wir wollen zu 'ner Tasse Kaffee gehen, und plötzlich sind da Schritte hinter uns, und Don sinkt zu Boden, als ob Vinny Jones ihm 'nen Bodycheck verpaßt hätt', und ich dreh' mich um, und da steht dieser Mistkerl mit 'nem Backstein in der Hand. Ich will ihn daran hindern, noch mal zuzuschlagen, und verpasse ihm einen linken Haken, und im selben Moment kommen eure Jungs angestürmt, und das war's.« Stevie McConnell hob die Hände. »Sie sollten mir ein Lob aussprechen, statt mich hier wie einen Verbrecher zu verhören.«

»Und Sie erwarten, daß wir das glauben ...« Cross schaute in seine Unterlagen. »Dieser Ian hat Don also nur deshalb angegriffen, weil der ihm irgendwann vorher am Abend eine Abfuhr erteilt hat?«

»Ja, so ungefähr war das. Seh'n Sie, Ian ist stadtbekannt als Schlägertyp. Er dreht oft vom Speed durch und meint dann, er wär' Gott der Allmächtige. Aber dieser Don hat's ihm gegeben, verstehen Sie, hat ihn wie 'ne weinerliche Tunte aussehen lassen statt wie 'nen Macho, und das hat ihn ganz schön auf die Palme gebracht. Hören Sie, Sie lassen mich doch laufen, oder?«

Cross wurde eine Antwort erspart. Jemand klopfte an die Tür. Brandon, der sich an die Wand gelehnt und zugehört hatte, öffnete sie. Er wechselte draußen ein paar gemurmelte Worte mit einem Constable und kam dann zurück in den Raum.

»Verhör um ein Uhr siebenundvierzig unterbrochen«, sagte er, beugte sich an Cross vorbei vor und schaltete den Kassettenrecorder aus. »Wir sind bald zurück, Mr. McConnell«, versprach Brandon.

Draußen berichtete Brandon, daß Inspector Jordan und Dr. Hill eingetroffen seien. »Und Detective Sergeant Merrick ist aus der Notaufnahme zurück. Er fühlt sich anscheinend gut genug, uns persönlich einen Bericht über die Ereignisse des Abends zu geben.«

»Nun, dann hören wir uns doch mal an, was er zu sagen hat.« Cross stapfte die Treppe zum Großraumbüro des Dezernats hinauf, wo eine besorgte Carol sich um Merrick kümmerte. Tony saß ein Stück abseits und hatte die Füße auf den Rand eines Papierkorbs gelegt.

»O mein Gott, Merrick!« stieß Cross aus, als er den Verband sah, der wie ein Turban ein wenig dramatisch um Merricks Kopf geschlungen war. »Sie haben sich doch hoffentlich nicht in einen von diesen verdammten Sikhs verwandelt, oder? Ich habe ja gewußt, daß es ein Risiko ist, ein Team verdeckter Ermittler ins

Schwulenviertel zu schicken, aber ich habe nicht erwartet, daß es in religiösen Wahn ausartet!«

Merrick lächelte schwach. »Ich dachte, mit dem Turban auf dem Kopf könnten Sie mich nicht zur Strafe zu den Uniformierten versetzen, weil ich die Sache vermasselt habe.«

Cross lächelte grimmig zurück. »Also, dann legen Sie mal los. Warum haben wir einen verdammten bolschewistischen Schotten-Arsch in der Arrestzelle sitzen?«

Brandon, der dicht hinter Cross stand, ergriff vor ihm das Wort. »Ehe Sergeant Merrick uns von den Ereignissen des Abends erzählt, möchte ich Dr. Hill erklären, warum wir ihn so spät in der Nacht hergeholt haben.« Tony richtete sich auf und nahm sein Notizbuch zur Hand. »Als Sie neulich Ihren Vortrag hielten«, fuhr Brandon fort, ging an Cross vorbei und setzte sich auf die Kante eines Schreibtischs, »haben Sie erwähnt, daß Psychologen den Polizeibeamten oft Hinweise geben können, wie man ein Verhör anpacken sollte. Haben Sie in dieser Situation auch Tips für uns?«

»Ich denke schon«, sagte Tony und nahm die Kappe von seinem Füller.

»Was soll das heißen, ›ein Verhör anpacken‹?« fragte Cross argwöhnisch.

Tony lächelte. »Ich gebe Ihnen ein Beispiel. Ein Sonderkommando, dem ich als Berater angehörte, hatte einen Verdächtigen in zwei Fällen von Vergewaltigung verhaftet. Er war ein ausgesprochener Macho-Typ, großmäulig und muskelbepackt. Ich schlug vor, ihn durch eine Kriminalbeamtin verhören zu lassen, wenn möglich eine kleine, sehr feminine Beamtin. Das versetzte ihn von Anfang an in Wut, weil er Frauen verachtete und daher meinte, er werde nicht mit dem ihm zustehenden Respekt behandelt. Ich riet der Beamtin vor dem Verhör, bei ihren Fragen die Linie zu verfolgen, daß sie ihn nicht für den Vergewaltiger halte, da sie gar nicht glauben könne, daß er zu so etwas fähig sei. Das

Ergebnis war, daß bei ihm die Sicherung durchbrannte und er prahlerisch damit herausrückte, daß er nicht nur für die zwei in Frage stehenden Vergewaltigungen, sondern auch noch für drei weitere, von denen die Polizei bisher nicht einmal etwas wußte, verantwortlich war.«

Cross gab keinen Kommentar dazu ab. »Okay, Sergeant Merrick, jetzt sind Sie dran«, sagte Brandon.

Merrick erzählte, was in und außerhalb der Bar geschehen war, wobei er häufig Pausen einlegte, um sich zu konzentrieren. Am Ende seines Berichts schauten Brandon und Carol erwartungsvoll Tony an. »Was halten Sie davon, Tony? Ist einer der beiden ein möglicher Verdächtiger?« wollte Brandon wissen.

»Ich glaube nicht, daß Ian Thomson in Frage kommt. Der Killer ist viel zu vorsichtig, als daß er sich auf etwas so lächerlich Dummes einlassen würde wie eine Schlägerei auf der Straße. Auch wenn Don kein Polizist wäre, hätte Thomson damit rechnen müssen, in Schwierigkeiten zu geraten, wenn er mit einem halben Backstein in der Hand auf jemanden losgeht. Und das selbst in einer Stadt, in der Angriffe auf Schwule in der Prioritätenliste der Polizei keinesfalls an erster Stelle stehen.«

Cross runzelte finster die Stirn. »Schwule werden von meinen Jungs genauso behandelt wie jeder andere auch«, fauchte er.

Tony wünschte, er hätte das nicht gesagt. Er wollte auf keinen Fall mit Tom Cross in einen Streit über die Einstellung der Polizei von Bradfield geraten, nach der Schwule und Schwarze nicht zählten. Er entschloß sich, Cross' Kommentar zu ignorieren, und fuhr fort: »Darüber hinaus gibt es, soweit wir bisher wissen, keinen Anlaß zu der Annahme, der Killer sei ein schwuler Sadomasochist. Er sucht sich mit Sicherheit sein Opfer nicht in der Schwulenszene aus. McConnell hingegen könnte für Sie interessanter sein. Wissen wir schon, welchen Beruf er hat?«

»Er ist Manager eines Fitneßstudios im Stadtzentrum. Es handelt sich dabei um das Studio, das Gareth Finnegan häufig besucht hat«, antwortete Cross.

»Hat man ihn schon mal verhört?« fragte Brandon. Cross zuckte mit den Schultern.

»Einer von Inspector Matthews' Männern hat mit ihm gesprochen«, schaltete Carol sich ein. »Ich weiß das aus seinem Bericht, den ich bei der Sichtung des Materials für Dr. Hill gefunden habe«, fügte sie hastig hinzu, als sie sah, daß Cross das Gesicht finster verzog. Er durfte um Gottes willen nicht den Eindruck bekommen, sie wolle in seine Kompetenzen eingreifen oder seine Stellung unterminieren. »Soweit ich mich erinnere, war es eine routinemäßige Befragung, um herauszufinden, ob Gareth spezielle Freunde oder Kontakte in dem Studio hatte.«

»Was wissen wir über seine privaten Verhältnisse?« fragte Tony.

»Er wohnt mit zwei verkorksten Typen in einem Haus zusammen«, antwortete Cross. »Er sagt, sie seien auch im Bodybuilding-Geschäft tätig. Was ist nun, könnte er ein Verdächtiger sein oder nicht?«

Tony malte Strichmännchen auf sein Blatt. »Schon möglich. Wie stehen die Chancen, einen Durchsuchungsbefehl für das Haus zu bekommen?

Brandon ergriff jetzt wieder das Wort. »Bei dem Material, das wir bis jetzt in der Hand haben, nicht gut. Und für eine Durchsuchung ohne richterliche Zustimmung fehlt ein Grund. Wir können auf keinen Fall behaupten, eine kleine Schlägerei würde uns die Berechtigung geben, McConnells Haus nach Beweisen im Zusammenhang mit den Serienmorden zu durchsuchen. Und außerdem, wonach sollten wir denn suchen?«

»Nach einem Camcorder. Nach Hinweisen dafür, daß er Zugang zu einem einsamen, abgelegenen Ort hat, zum Beispiel einem früheren Lagerhaus, einer aufgegebenen Fabrik, einem leerstehenden Haus oder auch nur einer Garage.« Tony fuhr sich mit der Hand durchs Haar. »Polaroid-Fotos, sadomasochistische Pornographie, Andenken an die Opfer, die Wertgegenstände, die bei den Opfern vermißt werden.« Er schaute auf und sah Cross' spöttisches Grinsen. »Und man sollte, auch wenn das noch so abwegig erscheint, in seiner Tiefkühltruhe nachsehen, ob er die Fleischstücke, die er aus den Leichen geschnitten hat, dort aufbewahrt.« Er sah mit einer gewissen Befriedigung, daß Cross' spöttischer Gesichtsausdruck von Ekel verdrängt wurde.

»Entzückende Vorstellung. Aber zunächst einmal müssen wir mehr Fakten in die Hände kriegen, um zielstrebig weitermachen zu können. Irgendwelche Vorschläge?« fragte Brandon.

»Lassen Sie Sergeant Merrick und Inspector Jordan den Mann vernehmen. Die Entdeckung, daß der Typ, den er sich aufgabeln wollte, ein Polizist ist, wird ihn verunsichern, wird ihm aufzeigen, daß er sich auf seine Instinkte nicht verlassen kann. Es besteht auch die Möglichkeit, daß er Probleme mit Frauen hat …«

»Natürlich hat er Probleme mit Frauen«, unterbrach Cross. »Er ist schließlich ein verdammter Arschficker.«

»Nicht alle schwulen Männer können Frauen nicht ausstehen«, sagte Tony in ruhigem Ton. »Aber bei vielen ist es so, und vielleicht ist McConnell einer von ihnen. Auf jeden Fall aber wird Carol ihm ein Gefühl der Bedrohung vermitteln. Gesprächssituationen nur unter Männern bieten ihm die Möglichkeit zur kumpelhaften Gemeinsamkeit, und die wollen wir ihm nehmen.«

»Also versuchen wir das doch mal«, sagte Brandon. »Wenn Sergeant Merrick sich das schon wieder zutraut.«

»Ich bin dabei, Sir«, erklärte Merrick.

Cross machte den Eindruck, als ob er sich nicht entscheiden könnte, ob er Brandon oder Tony verprügeln sollte. »Dann kann ich ja nach Hause gehen«, fauchte er.

»Gute Idee, Tom. Sie sind in letzter Zeit sowieso kaum zum Schlafen gekommen. Ich bleibe hier und schaue mir an, was McConnells Verhör ergibt.«

Cross stapfte an dem hinter ihm stehenden Kevin Matthews

vorbei aus dem Raum, und sofort wurde die Atmosphäre freundlicher. »Sir?« sagte Matthews. »Dieser Ian Thomson scheint als Verdächtiger für die Morde nicht in Frage zu kommen.«
Brandon runzelte die Stirn. »Wir waren uns doch einig, die Morde gar nicht ins Spiel zu bringen. Wir wollen Thomson nur mit dem Überfall auf Don konfrontieren.«
»Ich habe die Morde ja auch nicht angesprochen«, verteidigte sich Matthews. »Aber es ist im Verlauf des Verhörs herausgekommen, daß Thomson dreimal in der Woche abends als Discjockey arbeitet, montags, dienstags und donnerstags. Hard Rock in einem Schwulenclub in Liverpool. Es wird leicht nachzuprüfen sein, ob er an den Abenden beziehungsweise in den Nächten der Morde dort war.«
»Okay, setzen Sie jemanden darauf an«, sagte Brandon. »Und wir machen uns an die Arbeit.«
»Irgendwelche Tips?« fragte Carol Tony.
»Scheuen Sie sich nicht, ihn gönnerhaft zu behandeln. Bleiben Sie freundlich und ungezwungen, aber lassen Sie nie einen Zweifel daran, daß Sie diejenige sind, die das Verhör leitet. Und Sergeant Merrick – Sie sollten ruhig ein wenig die Rolle des dankbaren Geretteten spielen.«
»Okay«, sagte Carol. »Geh'n wir, Don?«
Die beiden ließen Brandon und Tony allein zurück. »Wie läuft es denn bei Ihnen?« fragte Brandon, stand auf und streckte sich.
Tony zuckte mit den Schultern. »Ich fange langsam an, eine Vorstellung von seinen Opfern zu bekommen. Es gibt da ein eindeutiges Muster. Er pirscht sich regelrecht an seine Opfer ran, da bin ich sicher. In etwa zwei Tagen werde ich ein Rohprofil erstellt haben. Es ist nur schlechtes Timing, daß man jetzt einen Verdächtigen festgenommen hat.«
»Wie meinen Sie das, schlechtes Timing?«
»Mir ist schon klar, warum Sie mich hinzugezogen haben, aber ich will vor der Erstellung meines Profils nichts von Verdächtigen

wissen. Es besteht nämlich dann die Gefahr, daß ich unbewußt das Profil so hinbiege, daß es besser auf ihn paßt.«

Brandon seufzte. Es war für ihn schon immer schwierig gewesen, in den frühen Morgenstunden optimistisch zu sein. »Morgen um diese Zeit wird unser Verdächtiger vielleicht nur noch eine vage Erinnerung sein.«

Auf 3 1/2 Zoll-Diskette, Beschriftung: Backup.007; Datei Love008.doc

Paul kennenzulernen war ein gutes Stück aufregender, als das bei Adam der Fall gewesen war. Zum Teil war es, wie ich meine, darauf zurückzuführen, daß ich jetzt wußte, wie ich damit fertigwerden konnte, wenn die Dinge sich nicht so entwickelten, wie ich es wollte. Selbst wenn Paul nicht die Erkenntnis gewann, daß ich ihm mehr geben konnte als jeder andere Mensch auf der Welt, selbst wenn er meine Liebe zurückwies, selbst wenn er so weit ging wie Adam und die Unausweichlichkeit unserer Partnerschaft mit einem anderen Menschen betrog – ich wußte jetzt, daß es ein alternatives Szenarium gab, das mir fast ebensoviel Befriedigung verschaffte wie das Erreichen dessen, was ich eigentlich verdient hatte.

Diesmal jedoch hatte ich das Gefühl, daß ich bekommen würde, was ich wollte. Adam, das vermag ich jetzt zu sagen, war unreif und schwach gewesen, was auf Paul nicht zutraf, wie ich sofort feststellen konnte. So lebte er zum Beispiel nicht im Yuppie-Viertel der Stadt wie Adam. Er zog es vor, in Aston Hey im Süden der Stadt zu wohnen, einer grünen Vorstadt, die bei Universitätsdozenten und alternativen Therapeuten besonders beliebt war. Pauls Haus lag in einer der teureren Straßen. Wie meines war es ein Reihenhaus, wobei die Räume – zwei unten, zwei oben – offensichtlich erheblich größer waren als meine. Anders als mein Haus hatte es einen kleinen Vorgarten, und der Garten nach hinten war doppelt so groß wie meiner. Dort hatte er Terrakottakübel und Schalen mit

Blumen und Zwergsträuchern aufgestellt. Ein wunderschöner Platz, um an Sommertagen nach der Arbeit einen Aperitif zu trinken.
Und mit Paul würde ich die Chance haben, in Aston Hey zu wohnen, mich an den stillen Straßen zu erfreuen und mit ihm durch den Park zu spazieren, würde mit ihm ein Pärchen sein können wie andere auch. Außerdem hatte er einen interessanten Beruf – Dozent am Institut für Wissenschaft und Technik, spezialisiert auf computergestützte Konstruktions- und Grafikprogramme. Wir hatten so viele Gemeinsamkeiten. Schade, daß ich ihm nie würde zeigen können, was ich mit Adam vollbracht hatte.
Da ich keine Miete zu zahlen brauche und keine Schulden auf dem Haus habe, kann ich praktisch mein ganzes Gehalt nach Lust und Laune ausgeben. Und mein Einkommen ist für jemanden in meinem Alter – und ohne Angehörige – beträchtlich. Das bedeutet, daß ich mir das modernste Computersystem leisten und es stets auf einem Upgrade-Stand halten kann, der dem Spitzenstandard entspricht. Wenn man bedenkt, daß ein einziges meiner Software-Programme fast dreitausend Pfund kostet, wird klar, daß ich mir das nur leisten kann, weil niemand sonst an meinem Gehalt knabbert. Mit meinem neuen CD-ROM-System, dem Video-Digitizer und der Software für Spezialeffekte brauchte ich weniger als einen Tag, die Videos in meinen Computer zu importieren. Sobald sie digitalisiert und im Computer installiert waren, konnte ich sie manipulieren und Bilder von jeder Geschichte erzeugen, die ich sehen wollte. Dank anderer Video-Erotika, die ich bereits in meinem Computersystem installiert hatte, war es mir sogar möglich, Adam zu der Erektion zu verhelfen, die er auf der Streckbank nicht zustande gebracht hatte. Und letztlich konnte ich ihn ficken, ihm einen blasen und mir ansehen, wie er dasselbe mit mir machte. Aber das Wissen, daß ich das

würde tun können, hatte mich nicht von dem Versuch abgehalten, ihn zu retten. Nicht einmal mein Computer und meine Vorstellungskraft konnten mir die Befriedigung geben, die er mir hätte geben können, wenn er nur ehrlich zu sich selbst gewesen wäre und sich eingestanden hätte, daß er mich begehrte. Und so mußte er jeden Tag aufs neue sterben. Meine Phantasien änderten sich fortwährend, paßten sich ganz meinen Wünschen und Launen an. Schließlich tat Adam alles, was seine Phantasie ihm in seinem Leben nur je eingegeben haben könnte. Schade, daß er mein Vergnügen nicht mit mir zu teilen vermochte.

Es war nicht perfekt, aber letztlich hatte ich mehr Spaß als die Polizei. Nach allem, was ich las, führten sämtliche Ermittlungen ins Leere. Adams Tod wurde in den überregionalen Medien kaum einer Erwähnung würdig befunden, und selbst die *Bradfield Evening Sentinel Times* gab nach fünf Tagen auf.

Nach vier Tagen wurde Adams Leiche identifiziert; besorgte Kollegen hatten vergeblich bei ihm zu Hause angerufen und an der Haustür geläutet und ihn schließlich als vermißt gemeldet. Ihre Schilderungen seiner Persönlichkeit waren interessant – beliebt, hart arbeitend, stets freundlich usw. –, und ich bedauerte es einen Moment, daß seine Dummheit mich um die Möglichkeit gebracht hatte, die Freundschaft dieser Menschen zu gewinnen. Die Kriminalreporterin der *Sentinel Times* hatte sogar seine Exfrau aufgespürt, ein Mißgriff, den er im Alter von einundzwanzig Jahren begangen und mit fünfundzwanzig wieder berichtigt hatte. Ihre Aussagen in der Zeitung ließen mich laut auflachen.

Die geschiedene Frau von Adam Scott, Lisa Arnold, 27, kämpfte mit den Tränen, als sie sagte: »Ich kann nicht glauben, daß Adam so etwas passiert ist. Er war ein freundlicher Mann, sehr gesellig, aber er trank nicht viel. Ich vermag mir nicht vorzustellen, wie er diesem Irren in die Hände hat fallen können.«

Lisa, eine Grundschullehrerin, inzwischen wieder verheiratet, fuhr fort: »Ich frage mich immer wieder, was er in Crompton Gardens gesucht hat. Während unserer Ehe hat er keinerlei homosexuelle Neigungen gezeigt. Unser Sexleben war völlig normal. Eher sogar ein bißchen langweilig. Wir haben zu jung geheiratet. Adams Mutter hatte ihn so erzogen, daß er eine Ehefrau erwartete, die ihn von morgens bis abends bediente und verhätschelte. Und so eine Frau war ich nun mal nicht.

Dann habe ich einen anderen Mann kennengelernt und bat Adam um die Scheidung. Er regte sich fürchterlich auf, aber ich glaube vor allem deswegen, weil er in seinem Stolz verletzt war.

Seit der Scheidung habe ich ihn nicht mehr gesehen, wußte aber, daß er allein lebt. Er hatte, soviel ich hörte, ein paar Liebschaften in den vergangenen drei Jahren, doch anscheinend keine feste Beziehung.

Ich kann nicht mit dem Gedanken fertig werden, daß er tot ist. Wir beide haben einander weh getan, aber ich bin entsetzt, daß er auf so schreckliche Weise ermordet worden ist.«

Ich schätzte die Chancen für die Dauer von Lisas zweiter Ehe nicht besonders hoch ein, wenn sie immer noch so wenig Verständnis für das Funktionieren des männlichen Geistes hatte. Langweilig? Es konnte einzig und allein nur an Lisa gelegen haben, wenn Sex mit Adam ihr langweilig vorgekommen war.

Und mich einen Irren zu nennen! Sie war es gewesen, die einem charmanten, attraktiven Mann davongelaufen war, der sie so sehr geliebt hatte, daß er noch drei Jahre nach ihrem Verrat an ihm zu völlig Fremden von ihr gesprochen hatte. Ich wußte das; ich hatte ihm gut zugehört. Wenn jemand geisteskrank war, dann war es diese Lisa.

8

Kein ungeübter Künstler hätte eine so kühne Idee entwickeln können wie die eines Mordes am hellichten Mittag im Herzen einer großen Stadt. Gentlemen, es war kein unbedeutender Bäckergeselle oder namenloser Kaminfeger, der dieses Werk ausführte. Ich weiß, wer es war.

Stevie McConnell fuhr sich mit einer Geste der Verzweiflung mit beiden Händen durchs Haar. »Mein Gott, wie oft soll ich Ihnen das denn noch sagen? Ich habe ein bißchen angegeben, wollte mich interessant machen, im Mittelpunkt stehen. Ich habe Paul Gibbs und Damien Connolly nie kennengelernt, habe keinen von beiden je im Leben gesehen.«

»Wir können aber beweisen, daß Sie Gareth Finnegan gekannt haben«, sagte Carol kalt.

»Das leugne ich ja auch gar nicht. Natürlich kannte ich ihn, er war ja Mitglied in unserem Fitneßstudio. Aber Himmel noch mal, er war Anwalt, er muß Tausende von Leuten in der Stadt gekannt haben.« McConnell trommelte mit seinen kräftigen Fäusten auf den Tisch.

Carol zuckte nicht einmal mit der Wimper. »Und Adam Scott«, fuhr sie unbarmherzig fort.

»Ja, ja«, sagte Stevie erschöpft. »Adam Scott hatte vor zwei Jahren mal ein Probeabonnement für einen Monat im Studio. Er ist nie mit uns weggegangen. Ich habe ihn ein paarmal zufällig im Pub um die Ecke getroffen, wir haben ein Glas zusammen getrunken, und das war's dann auch schon. Wissen Sie, ich trinke mit 'ner Menge Leute mal ein Glas. Ich bin kein verdammter Eremit. Mein Gott, wenn ich jeden umgebracht hätt', mit dem ich mal an 'nem Bartresen gestanden habe, dann wärt ihr Typen von heute an bis zum nächsten Jahrhundert beschäftigt.«

»Wir werden beweisen, daß Sie Paul Gibbs und Damien Connolly

gekannt haben«, schaltete Merrick sich ein. »Das wissen Sie doch, oder?«
McConnell seufzte. Er preßte die Hände zusammen, was die Muskeln seiner dicken Unterarme hervortreten ließ. »Wenn Sie das fertigbringen wollen, müssen Sie's türken, weil Sie nicht beweisen können, was nicht wahr ist. Aus mir machen Sie nicht so leicht 'nen Trottel, merken Sie sich das. Seh'n Sie doch mal, wenn ich wirklich dieser irre Bastard wär', meinen Sie denn, ich hätt' dann 'nem Polizisten geholfen? Ich wär' doch beim ersten Anzeichen von Ärger abgehauen. Das ist doch wohl klar.«
Carol bemühte sich, gelangweilt zu klingen. »Aber Sie wußten zu diesem Zeitpunkt ja noch gar nicht, daß Sergeant Merrick ein Polizist ist, nicht wahr? Kommen wir doch mal zu Ihrem Alibi für die Nacht von Montag auf Dienstag.«
McConnell lehnte sich zurück und starrte an die Decke. »Montags ist mein freier Tag«, begann er mit seiner Darstellung. »Wie ich schon sagte, die beiden Kumpel, mit denen ich die Wohnung teile, sind im Urlaub, also war ich allein. Ich bin spät aufgestanden, ging zum Einkaufen in den Supermarkt und dann ins Schwimmbad. Um sechs Uhr fuhr ich zum Kino draußen an der Autobahn und sah mir den neuen Clint-Eastwood-Film an.«
Plötzlich schob er sich auf seinem Stuhl nach vorn. »Die Leute dort werden es bestätigen können!« sagte er triumphierend. »Ich habe mit der Kreditkarte bezahlt, und bei ihrem System ist das im Computer gespeichert. Es beweist, daß ich in dem Kino war.«
»Es beweist nur, daß Sie eine Eintrittskarte gekauft haben«, entgegnete Carol lakonisch. Von dem Kino zu Damien Connollys Haus brauchte man über die Autobahn höchstens eine halbe Stunde, selbst im abendlichen Stoßverkehr.
»Ich kann Ihnen den ganzen Film erzählen, verdammte Scheiße!« stieß McConnell wütend aus.
»Sie könnten ihn sich jederzeit vorher angesehen haben, Stevie«, sagte Merrick freundlich. »Was war nach dem Kino?«

»Da bin ich nach Hause gefahren und hab' mir ein Steak und ein bißchen Gemüse zum Abendessen gemacht.« McConnell unterbrach sich und starrte auf den Tisch. »Dann bin ich noch für eine Stunde zu 'nem schnellen Drink mit ein paar Kumpeln in die Stadt gefahren.«
Carol spürte McConnells Zögern und beugte sich vor. »Wo in der Stadt waren Sie?« fragte sie.
McConnell antwortete nicht.
Carol beugte sich noch weiter vor, bis sich ihre Nasenspitzen fast berührten. Ihre Stimme war ruhig, aber eiskalt. »Wenn ich Ihr Gesicht auf der Titelseite der *Sentinel Times* bringen und Teams in jeden Pub in der Stadt schicken muß, dann werde ich das machen, Mr. McConnell. Wo in der Stadt?«
McConnell atmete hörbar ein. »Im Queen of Hearts«, zischte er.
Carol lehnte sich zufrieden zurück und stand dann auf. »Verhör um drei Uhr siebzehn unterbrochen«, sagte sie und schaltete den Kassettenrecorder aus. Sie schaute auf McConnell hinunter. »Wir sind gleich zurück, Mr. McConnell.«
»Warten Sie«, protestierte er, als Carol und Merrick zur Tür gingen. »Wann lassen Sie mich hier raus? Sie haben kein Recht, mich festzuhalten!«
Carol drehte sich in der Tür noch einmal zu ihm um, lächelte und sagte: »Oh, ich habe alles Recht auf meiner Seite, Mr. McConnell. Sie sind wegen tätlichen Angriffs verhaftet worden, vergessen Sie das nicht. Wir haben vierundzwanzig Stunden Zeit, Ihnen das Leben schwerzumachen, bevor wir daran denken müssen, Sie vor einen Richter zu bringen.«
Merrick lächelte ihn entschuldigend an, ehe er hinter Carol aus dem Zimmer ging. »Tut mir leid, Stevie«, sagte er, »aber die Lady hat recht.«
Er holte Carol ein, als sie den Sergeant der Zellenwache anwies, McConnell zurück in seine Zelle zu bringen. »Was meinen Sie, Ma'am?« fragte Merrick, als sie zusammen weitergingen.

Carol blieb stehen und sah Merrick prüfend an. Sein Gesicht war blaß und schweißbedeckt, seine Augen glänzten fiebrig. »Ich meine, Sie sollten schleunigst nach Hause fahren und sich ausschlafen, Don. Sie sehen beschissen aus.«
»Kümmern Sie sich nicht um mich. Was halten Sie von McConnell, Ma'am?«
»Wir wollen mal hören, was Mr. Brandon dazu zu sagen hat.« Carol stieg die Treppe hinauf, und Merrick stapfte hinter ihr her. »Aber was denken *Sie*, Ma'am?«
»Oberflächlich betrachtet, könnte er unser Mann sein. Er hat kein Alibi, er betreibt das Fitneßstudio, in dem Gareth Finnegan mal verkehrte, er kannte Adam Scott und hat zugegeben, daß er am Montag spätabends noch im Pub Queen of Hearts war. Er ist ganz bestimmt stark genug, die Leichen durch die Gegend zu schleppen. Es wäre möglich, daß er unser Mann ist, auch wenn wir ihm zunächst nur öffentliche Ruhestörung und Körperverletzung nach Paragraph achtzehn vorwerfen können. Und er treibt sich in SM-Kreisen rum. Aber es gibt die unwahrscheinlichsten Zufälle. Und ich meine immer noch, daß wir keine ausreichenden Gründe für einen Durchsuchungsbefehl haben.« Carol war mit ihrer Aufzählung fertig. »Und was meinen Sie, Don? Irgendein Gefühl im Urin?«
Sie gingen den Flur hinunter zum Großraumbüro des Dezernats. »Ich mag ihn irgendwie«, knurrte Merrick widerwillig. »Und ich kann mir nicht vorstellen, daß ich so ein Gefühl für einen Mörderbastard entwickeln würde. Aber er könnte ja auch zwei Gesichter haben. Also, vielleicht ist es *doch* Stevie McConnell.«
Carol machte die Tür zum Großraumbüro auf, in der Erwartung, Brandon und Tony noch bei Kaffee und Sandwiches aus der Kantine vorzufinden. Aber da war kein Mensch. »Wo könnte Mr. Brandon denn hingegangen sein?« fragte Carol, und die Müdigkeit ließ ihre Stimme zornig klingen.

»Vielleicht hat er eine Nachricht am Eingangsschalter hinterlassen«, meinte Merrick.
»Vielleicht war er ja auch nur vernünftig, ist nach Hause gefahren und hat sich ins Bett gelegt. Dann machen wir beide jetzt auch Schluß, Don. McConnell lassen wir noch ein bißchen garkochen. Warten wir ab, was die Bosse morgen früh zu sagen haben. Womöglich kriegen wir ja doch einen Durchsuchungsbefehl, nachdem McConnell zugegeben hat, daß er im Queen of Hearts war. Machen Sie jetzt, daß Sie nach Hause kommen, ehe Ihre Jean mir noch vorwirft, ich hätte Sie vom Pfad der Tugend abgebracht. Geh'n Sie ins Bett, und schlafen Sie sich aus. Ich möchte Sie hier nicht vor morgen mittag sehen, und wenn Ihnen der Kopf weh tut, bleiben Sie daheim. Das ist ein Befehl, Detective Sergeant Merrick.«
Merrick grinste. »Jawohl, Ma'am. Dann also bis morgen.«
Carol sah ihm nach, als er zur Tür ging, und es gefiel ihr gar nicht, wie langsam und unsicher er sich bewegte. »Don?« rief sie hinter ihm her. Er drehte sich um und sah sie fragend an. »Nehmen Sie ein Taxi. Auf meine Anordnung, okay? Ich möchte mein Gewissen nicht damit belasten, daß man Sie um einen Laternenpfahl gewickelt vorfindet. Und auch das ist ein Befehl.« Merrick grinste wieder, nickte und verschwand im Treppenhaus.
Mit einem Seufzer machte sich Carol auf den Weg zu ihrem Büro. Es lag keine Nachricht auf ihrem Schreibtisch. Verdammter Brandon, dachte sie. Und verdammter Tony Hill. Brandon hätte wenigstens warten können, bis sie mit McConnells Verhör fertig war. Und Tony hätte einen Hinweis hinterlassen können, wann sie sich treffen sollten, um das Profil zu besprechen. Vor sich hin schimpfend, ging sie zum Ausgang des Gebäudes. In der Eingangshalle rief der am Schalter sitzende wachhabende Constable hinter ihr her: »Inspector Jordan?«
Carol drehte sich um. »Ja? Ich bin das, was von ihr noch übrig ist.«

»Mr. Brandon hat eine Nachricht für Sie hinterlassen, Ma'am.«
Carol trat zum Schalter und nahm den Umschlag, den der Constable ihr hinhielt. Sie riß ihn auf und zog ein Blatt Papier daraus hervor. »Ich habe Tony zu einem kleinen Einsatz mitgenommen«, las sie. »Ich fahre ihn anschließend nach Hause. Bitte kommen Sie um zehn morgen früh zu mir in mein Büro, Carol. Danke für Ihre harte Arbeit. John Brandon.«
»Großartig«, sagte Carol verbittert, lächelte dann aber den Constable müde an. »Sie wissen nicht zufällig, wo Mr. Brandon und Dr. Hill hingegangen sind?«
Er schüttelte den Kopf. »Nein, tut mir leid, Ma'am. Sie haben es mir nicht gesagt.«
»Wunderbar«, murmelte sie sarkastisch. Kaum dreht man ihnen den Rücken zu, da ziehen sie auch schon los und machen ihre Kleine-Jungen-Spielchen. Kleiner Einsatz, aha. Scheiß drauf, dachte Carol, als sie zu ihrem Wagen ging. Doch als sie startete, sagte sie laut: »An dem Spielchen könnten auch drei teilnehmen.«

Tony blätterte die letzte der Zeitschriften durch und legte sie dann in die Schublade des Nachttischs zurück. »Sadomasochismus hinterläßt bei mir immer ein Gefühl des Ekels«, sagte er. »Und was ich hier finde, ist besonders scheußlich.«
Brandon stimmte ihm zu. McConnells Sammlung harter Pornographie bestand vornehmlich aus Magazinen, welche mit Hochglanzfotos muskelbepackter junger Männer bestückt waren, die sich gegenseitig folterten und masturbierten. Einige der Abbildungen waren noch beunruhigender; männliche Pärchen frönten, ausgestattet mit allem sadomasochistischen Drum und Dran, ihrer Art von Sex. Brandon konnte sich nicht erinnern, jemals widerlichere Beispiele für SM-Sex gesehen zu haben, selbst nicht während einer halbjährigen Abordnung zur Sittenpolizei.
Sie saßen auf der Bettkante in McConnells Zimmer. Als Carol und Merrick zu ihrem Verhör gegangen waren, hatte Brandon zu

Tony gesagt: »Würde es hilfreich für Sie sein, wenn Sie sich McConnells Wohnung ansehen könnten?«

Tony nahm daraufhin seinen Kugelschreiber zur Hand und malte erneut Strichmännchen auf ein Blatt Papier. »Es würde mir bestimmte Einsichten über ihn vermitteln. Und wenn er der Killer ist, würden wir sicher Beweismaterial finden, das ihn mit den Verbrechen in Verbindung bringt. Ich meine damit nicht Mordwaffen oder irgend so was. Ich denke eher an Erinnerungsstücke, Fotos, Zeitungsausschnitte und ähnliches, wie ich es vorhin im Büro angesprochen habe. Aber Ihre Frage ist ja rein theoretisch, nicht wahr? Sie sagten, wir hätten keine Chance, einen Durchsuchungsbefehl zu bekommen.«

Brandons Gesicht leuchtete in einem seltsamen, fast anzüglichen Lächeln auf. »Wenn man einen Verdächtigen erst einmal in Gewahrsam hat, kann man einiges tun, um die Bestimmungen zu umgehen. Sind Sie mit von der Partie?«

Tony grinste. »Ich bin fasziniert.« Er folgte Brandon nach unten zu den Arrestzellen. Der wachhabende Sergeant versuchte hastig, einen Roman von Stephen King, in dem er gerade gelesen hatte, verschwinden zu lassen, und sprang dann auf.

»In Ordnung, Sergeant«, sagte Brandon. »Wenn ich auch nur auf ein paar Festgenommene aufpassen müßte, würde ich ebenfalls ein gutes Buch lesen. Ich möchte einen Blick auf McConnells persönliches Eigentum werfen.«

Der Sergeant schloß einen Schrank auf und übergab Brandon einen durchsichtigen Plastikbeutel. Er enthielt eine Brieftasche, ein Taschentuch und einen Schlüsselbund. Brandon nahm den Schlüsselbund an sich. »Sie haben mich nicht gesehen, Sergeant, okay? Und Sie werden mich auch nicht sehen, wenn ich in ungefähr zwei Stunden wieder zurückkomme, alles klar?«

Der Sergeant grinste. »Völlig ausgeschlossen, daß Sie hier waren, Sir. Ich hätte Sie sonst ja sehen müssen.«

Zwanzig Minuten später stellte Brandon den Range Rover vor

McConnells Reihenhaus ab. »Zum Glück hat McConnell erzählt, daß die beiden Kumpel, mit denen zusammen er hier wohnt, in Urlaub sind.« Er nahm eine kleine Schachtel aus dem Handschuhfach und gab Tony ein Paar Lastexhandschuhe. »Die werden wir brauchen«, sagte er und zog selbst ein Paar an. »Sollten wir einen Durchsuchungsbefehl kriegen, wäre es ein wenig peinlich, wenn die Kollegen von der Spurensicherung Sie und mich als Hauptverdächtige überführen würden.«

»Eines möchte ich doch noch gern wissen«, meinte Tony, als Brandon den Schlüssel ins Schloß der Haustür steckte.

»Und das wäre?«

»Wir machen jetzt eine illegale Durchsuchung, stimmt doch, oder?«

»Stimmt«, antwortete Brandon, stieß die Tür auf und trat in die Diele. Er tastete nach dem Lichtschalter, knipste das Licht aber noch nicht an, als er ihn gefunden hatte.

Tony folgte ihm und drückte die Tür hinter sich ins Schloß. Erst jetzt drückte Brandon auf den Schalter, und sie sahen, daß die Diele mit einem Teppich ausgelegt war und daß von hier aus eine Treppe nach oben führte. Gerahmte Poster von Bodybuildern hingen an den Wänden. »Wenn wir Beweise finden sollten, wären sie vor Gericht also nicht verwertbar?« hakte Tony nach.

»Stimmt ebenfalls«, bestätigte Brandon. »Aber es gibt da ein paar Möglichkeiten, wie man das umgehen kann. Wenn wir zum Beispiel ein blutbeflecktes, zum Durchschneiden menschlicher Kehlen bestens geeignetes Rasiermesser unter McConnells Bett finden sollten, wird es auf wundersame Weise den Weg auf den Küchentisch finden. Und dann gehen wir zum Staatsanwalt und dem Richter und erklären, wir wären zu McConnells Haus gefahren, um zu überprüfen, ob seine Mitbewohner tatsächlich in Urlaub sind, und hätten durch die Fenster geschaut und auf dem Küchentisch etwas liegen sehen, von dem wir mit einer gewissen Berechtigung annehmen, daß es die Mordwaffe ist, mit der Adam

Scott, Paul Gibbs, Gareth Finnegan und Damien Connolly vom Leben zum Tod befördert worden sind.«

Tony schüttelte amüsiert den Kopf. »Hingebogen? Von uns? Aber niemals, Euer Ehren!«

Tony und Brandon nahmen Zimmer für Zimmer in Augenschein. Brandon war fasziniert von Tonys Methode. Er kam in ein Zimmer – in diesem Fall das Wohnzimmer –, stellte sich in die Mitte, sah sich langsam, nacheinander und sorgfältig prüfend, die Wände, die Regale, die Möbel, den Boden an und sog schnüffelnd die Luft ein. Dann zog er akribisch jede Schranktür und Schublade auf, hob Kissen hoch, blätterte Zeitschriften durch, schaute sich Buchtitel, CDs, Kassetten, Videos an, untersuchte die Dinge mit der Behutsamkeit und Präzision eines Archäologen. Und sekundenschnell analysierte er alles, was er sah und berührte, stellte im Geist langsam ein Bild des Mannes zusammen, der hier lebte, und verglich es permanent mit dem embryonalen Bild von Handy Andy, das sich in seiner Vorstellung formte wie ein Foto-Negativ in der Entwicklerlösung.

Wohnst du hier, Handy Andy? fragte er sich. Sieht das hier nach dir aus, riecht es nach dir? Würdest du dir diese Videos anschauen? Sind das deine CDs? Judy Garland und Liza Minnelli? The Pet Shop Boys? Ich glaube nicht. Du bist nicht tuntenhaft schwul, soviel weiß ich schon über dich. In diesem Haus ist auch nichts tuntenhaft. Dieses Haus ist geradezu aggressiv maskulin. Ein Wohnzimmer mit Chrom- und Ledermöbeln aus den achtziger Jahren. Aber es ist auch nicht das Haus normaler Männer, nicht wahr? Keine Magazine mit nackten Mädchen, nicht einmal Auto-Zeitschriften. Nur Bodybuilding-Hefte, aufgestapelt unter dem Couchtisch. Schau dir die Wände an. Ölglänzende Männerkörper, Muskeln wie aus Holz geschnitzt. Die Männer, die hier wohnen, wissen, wer sie sind, wissen, was sie mögen. Ich glaube nicht, daß das bei dir auch so klar ausgeprägt ist, Handy Andy. Du hast dich ebenfalls unter Kontrolle, aber nicht völlig. Es ist eine Sache, sich vor den Menschen zu verschließen, aber eine völlig andere, stark genug zu sein, dieses Bild auch permanent aufrechtzuerhalten. Ich müßte das wissen, in dieser Hinsicht bin ich nun mal Experte. Wenn du so fest in deiner Identität verwurzelt wärst wie die Männer, die hier wohnen, würdest du nicht tun müssen, was du tust, nicht wahr?

Schau dir die Bücher an. Stephen King, Dean R. Koontz, Stephen Gallagher, Ian Banks. Arnold Schwarzeneggers Biographie, ein paar Paperbacks über die Mafia. Nichts Sanftes, nichts Fröhliches, aber auch nichts völlig Kitschiges oder Absurdes. Würdest du diese Bücher lesen? Vielleicht. Ich nehme an, du würdest gern was über Serienmörder lesen, aber so was gibt es hier nicht.

Tony drehte sich langsam zur Tür um, und es war ein kleiner Schock für ihn, Brandon dort stehen zu sehen. Er war so in seine Überlegungen vertieft gewesen, daß er ihn ganz vergessen hatte. Paß auf dich auf, warnte er sich selbst.

Schweigend gingen sie zur Küche. Sie war spartanisch eingerichtet, aber mit allen notwendigen Geräten ausgestattet. Im Spülbecken standen ein schmutziger Suppentopf und ein Becher mit einem Rest von kaltem Tee. Ein kleines Regal voller Kochbücher bezeugte die Besessenheit der Hausbewohner für gesundes Essen. Er zog die Besteckschublade auf. Darin befand sich unter anderem ein kleines Gemüsemesser, dessen Schneide vom vielen Schärfen stark abgenutzt war, ein altes Brotmesser mit fleckiger Schneide und ein billiges Tranchiermesser, dessen Griff von der Geschirrspülmaschine ausgebleicht war. Das sind nicht deine Werkzeuge, Handy Andy, sagte Tony zu sich selbst. Du ziehst Messer vor, die gute Arbeit leisten.

Ohne sich mit Brandon abzusprechen, verließ er die Küche und stieg die Treppe hinauf. Brandon folgte ihm. Tony steckte den Kopf in das erste Zimmer und ging gleich weiter. Als Brandon zu dem Raum kam, sah er, daß es offensichtlich das Zimmer des abwesenden Männerpärchens war. In McConnells Zimmer schien Tony völlig in seine eigene Welt zu versinken. Es war mit einfachen, modernen Fichtenholzmöbeln ausgestattet, einem Bett, einer Kommode und einem Kleiderschrank. Eine Reihe von Gewichtheber-Trophäen stand auf einem tiefen Fensterbrett. Ein hohes, schmales Bücherregal war vollgestopft mit billigen Science-fiction-Büchern und Schwulenromanen. Auf einem kleinen Tisch befanden sich ein Computer und ein Fernsehmonitor, auf einem Regalbrett darüber eine Sammlung von Computerspielen – *Mortal Kombat, Streetfighter II, Terminator 2, Doom* und ein Dutzend anderer Spiele, deren ausschließliches Thema Gewaltanwendung war.

»Das kommt der Sache schon näher«, murmelte er. Er stand vor der Kommode, die Hand ausgestreckt, um die erste Schublade aufzuziehen. Vielleicht bist du es ja doch, dachte er. Überläßt du das Wohnzimmer den anderen beiden? Ist das hier deine einzige und eigentliche Sphäre? Was erwarte ich hier zu finden? Ich suche nach deinen Andenken, Handy Andy. Du mußt dir doch Erinnerungsstücke aufheben, sonst verfliegen die Eindrücke zu schnell. Wir alle brauchen handgreifliche Dinge. Das ausrangierte Parfümfläschchen, das ihren Duft für mich konserviert und sie vor meinen Augen wieder auferstehen läßt wie ein Hologramm; das Theaterprogramm von dem Abend, an dem wir uns zum erstenmal liebten und alles klappte und in Ordnung war. Speichere die guten Erinnerungen und wirf die schlechten über Bord. Was hast du mir zu bieten, Handy Andy?

Der Inhalt der ersten drei Schubladen war enttäuschend harmlos: Unterwäsche, T-Shirts, Socken, Jogginganzüge, Shorts. Als Tony die unterste Schublade aufzog, pfiff er leise durch die Zähne. Sie enthielt McConnells SM-Geräte – Handschellen, Fesselriemen aus Leder, Knebelzwingen, verschiedene Peitschen und eine Reihe anderer Gegenstände, die man eher in irgendwelchen Labors oder Anstalten für Geisteskranke vermutet hätte. Als Tony sie

schweigend herausnahm und sich ansah, befiel Brandon ein Schauder.
Tony setzte sich auf die Bettkante und blickte sich um. Langsam und vorsichtig versuchte er sich ein Bild von dem Mann zu machen, der in diesem Zimmer lebte. Du magst es, Macht durch Gewaltanwendung auszuüben. Und du magst es beim Sex, wenn du Schmerz verspürst. Aber du zeigst keinen Scharfsinn. Es gibt keinen Hinweis darauf, daß du ein Mann bist, der alles vorsichtig und detailliert plant. Du betest deinen Körper an. Er ist dein Tempel. Du hast einiges erreicht und bist stolz darauf. Du bist in deinem Sozialverhalten kein Einzelgänger. Du wohnst in einem Haus mit zwei anderen Männern zusammen, und du bist nicht zwanghaft auf den Schutz deiner Privatsphäre aus, denn es steckt kein Schlüssel innen in deiner Zimmertür. Du hast keine Probleme mit deiner Sexualität, du bist durchaus zufrieden damit, wenn du immer wieder einmal einen Mann in einem Club aufgabeln kannst.
Tonys Versuch, ein Profil von McConnell aufzubauen, wurde von Brandon unterbrochen. »Schauen Sie sich das an, Tony!« rief er aufgeregt. Er hatte sich einen Stapel Papiere in einem Schuhkarton angesehen und mitten unter Rezepten, Garantiescheinen für Elektrogeräte, Bank- und Kreditkartenauszügen ein offizielles Polizeiformular entdeckt.
Tony nahm es an sich und runzelte die Stirn. »Was soll das denn sein?«
»Es ist das Standardformular, das ein Polizist ausfüllt, wenn er einen Autofahrer wegen eines Verstoßes gegen die Verkehrsregeln anhält und es sich erweist, daß der Betroffene seine Papiere nicht bei sich hat. Er kriegt einen Strafzettel und muß sich verpflichten, innerhalb einer bestimmten Frist bei einer Polizeiwache zu erscheinen und die Papiere vorzuzeigen. Sehen Sie sich den Namen des Polizisten an«, drängte Brandon.
Tony schaute wieder auf das Blatt. Der Name, der zunächst nur

ein unleserliches Gekritzel für ihn gewesen war, entpuppte sich jetzt als »Connolly«.
»Ich habe es an der Dienstnummer erkannt«, sagte Brandon. »Den Namen kann man nur schwer entziffern.«
»Scheiße!« stieß Tony aus.
»Damien Connolly muß ihn wegen irgendeines Verstoßes gegen die Verkehrsregeln angehalten haben, oder McConnell ist in eine Routinekontrolle geraten und hatte seine Papiere nicht dabei«, erklärte Brandon.
Tony runzelte die Stirn. »Ich dachte, Connolly sei Polizeistatistiker gewesen? Wieso stellte er dann einen Strafzettel wegen eines Verkehrsdelikts aus?«
Brandon schaute Tony über die Schulter. »Das war vor fast zwei Jahren. Anscheinend war Connolly damals noch nicht bei der Datenauswertung eingesetzt. Entweder machte er Dienst bei einer Verkehrskontrolle, oder er war im Streifenwagen unterwegs, als er McConnell dabei erwischte, wie er etwas tat, was er nicht hätte tun dürfen.«
»Kann man das unauffällig nachprüfen?«
»Ja, das läßt sich machen«, antwortete Brandon.
»Dann ist das Problem also gelöst, oder?«
Brandon sah Tony erstaunt an. »Meinen Sie … meinen Sie etwa, das sei der Beweis? McConnell sei unser Mann?«
»Nein, nein«, sagte Tony schnell. »Ich meine nur, wenn es gelingt, das vom anderen Ende her aufzuwickeln, müßte man vor dem Hintergrund, daß McConnell drei der vier Opfer kannte, einen richterlichen Durchsuchungsbefehl erwirken können. Das sieht ja nach mehr als purem Zufall aus.«
»Richtig«, erwiderte Brandon und seufzte dann. »Sie sind also nicht davon überzeugt, daß McConnell der Killer ist?«
Tony stand auf und ging auf dem Teppich hin und her, dessen geometrisches Muster aus grauen, roten, schwarzen und weißen Zacken ihn an die einzige Migräne erinnerte, die er je gehabt

hatte. »Bevor Sie dieses Papier gefunden hatten, war ich zu dem Schluß gekommen, daß Sie den falschen Mann im Verdacht haben«, sagte er nach kurzem Zögern. »Ich hatte noch nicht die Zeit, mich hinzusetzen und ein vollständiges Profil des Täters zu erstellen, aber ich hatte eine Vorstellung, was für ein Mensch er sein könnte. Und hier in diesem Haus sind zu viele Dinge, die nicht in dieses Bild passen. Aber es ergibt sich ja jetzt ein geradezu unglaubliches zufälliges Zusammentreffen. Bradfield ist eine große Stadt. Wir haben herausgefunden, daß Stevie McConnell drei der vier Mordopfer kannte oder zumindest mal getroffen hat. Auf wie viele Menschen trifft das wohl zu?«

»Auf nicht viele«, sagte Brandon grimmig.

»Ich kann mich immer noch nicht mit dem Gedanken anfreunden, daß McConnell der Killer sein soll, aber es wäre möglich, daß er den Mörder kennt, daß der Mörder Adam Scott und Gareth Finnegan durch McConnell kennengelernt hat«, erklärte Tony. »Vielleicht war der Mörder sogar bei ihm, als er den Strafzettel gekriegt hat, oder er hat ihm bei einer anderen Gelegenheit Damien gezeigt. Sie kennen das ja: ›Das da ist der Bastard, der mir den Strafzettel wegen Geschwindigkeitsüberschreitung verpaßt hat.‹«

»Sie meinen also eher, daß er nicht der Mörder ist, nicht wahr?« fragte Brandon, und die Enttäuschung in seiner Stimme war nicht zu überhören. »Ich glaube auch, daß wir uns auf dünnem Eis bewegen. Wir haben hier im Haus genaugenommen nichts gefunden, was ihn mit den Morden in Verbindung bringen könnte. Aber Sie sagten ja selbst, daß er die Morde wahrscheinlich woanders begeht. Dort würde er dann sicher auch seine Souvenirs aufheben.«

»Für mich ist nicht nur ausschlaggebend, daß wir hier keine Souvenirs gefunden haben«, sagte Tony. »Um es einfach auszudrücken, John, Serienmörder töten, um ihre Phantasien in die Realität umzusetzen. Dabei ist typisch, daß sie ihre Phantasien so weit entwickelt haben, daß sie ihnen realer vorkommen als die Welt um sie herum. Und hier sind wir auf nichts gestoßen, was uns aufzeigen könnte, daß McConnells Persönlichkeitsstruktur so ausgerichtet ist. Sicher, er hat haufenweise Pornohefte hier rumliegen und Videos, in denen es ausschließlich um Gewaltanwendung geht, aber so was haben Tausende von Teenagern und Erwachsenen auch. Was wir hier vorfinden, sind massenhaft Beweise, daß McConnell kein Soziopath ist. Schauen Sie sich um, John. Dieses Haus stinkt, abgesehen vom schwulen Sadomasochismus, nach Normalität. Im Kalender in der Küche sind Termine eingetragen, zu denen Leute zum Abendessen kommen. Schauen Sie sich den Stapel Weihnachtskarten auf dem Bücherregal an. Es sind mindestens fünfzig. Und die Urlaubsfotos belegen, daß er vier oder fünf Jahre hintereinander mit demselben Partner im Urlaub war, wenn man von den verschiedenen Orten ausgeht. Stevie McConnell scheint keine Probleme zu haben, Beziehungen zu anderen Leuten herzustellen. Okay, wir haben nichts gefunden, das auf Verbindungen zu seiner Familie hinweist, aber viele Schwule werden von ihrer Familie geschnitten, wenn sie sich dazu bekannt haben. Es tut mir leid, John. Ich war mir anfangs nicht sicher, aber je mehr ich darüber nachdenke, um so weniger scheint dieser Kerl für mich der zu sein, den wir suchen.«

Brandon stand auf und legte das Formular wieder zwischen die anderen Papiere in dem Schuhkarton. »Es schmerzt mich zu sagen, aber ich glaube, Sie haben recht. Schon nach der Festnahme fand ich, daß er viel zu gelassen war, um unser Mann sein zu können.«

Tony schüttelte den Kopf. »Danach dürfen Sie nicht urteilen. Auch der wirkliche Täter wird bei einer Verhaftung sehr ruhig und gelassen sein. Vergessen Sie nicht, er hat alles sorgfältig geplant. Obwohl er sich für den Besten hält, hat er sicher Notfallpläne gemacht. Er wird damit rechnen, daß man ihn früher oder später einmal polizeilich vernimmt. Und er wird gut darauf vorbereitet sein. Er wird sich vernünftig und freundlich geben, wird höflich und hilfsbereit sein, und er wird alles tun, damit bei Ihren Detectives keine Alarmglocken losschrillen. Er wird kein Alibi haben. Wahrscheinlich wird er sagen, er sei mit einer Nutte vom Strich zusammengewesen oder habe sich allein ein Fußballspiel angeschaut. Man wird ihn vermutlich bald als Verdächtigen ausschließen, weil andere sich weitaus verdächtiger machen.«

Brandon schaute noch bedrückter drein als vorher. »Danke, Tony. Sie verstehen es wirklich, mich aufzuheitern. Was schlagen Sie denn nun vor?«

Tony zuckte mit den Schultern. »Wie ich schon sagte, es besteht die Möglichkeit, daß McConnell den Mörder kennt, ihn vielleicht sogar in Verdacht hat. Ich würde mich noch ein wenig länger mit ihm beschäftigen, aus ihm rausquetschen, was er weiß und wen er kennt, ihn auf keinen Fall aus dem Kreis der Verdächtigen ausschließen. Holen Sie sich den Durchsuchungsbefehl. Lassen Sie eine gründliche Durchsuchung machen, auch unter den Bodenbrettern. Man kann nie wissen, was dabei rauskommt. Und vergessen Sie nicht, ich könnte mich ja auch völlig getäuscht haben.«

Brandon schaute auf die Uhr. »Okay. Ich muß diese Schlüssel schleunigst zurückbringen, ehe die Schicht des Wachhabenden endet. Ich setze Sie unterwegs daheim ab.«

Die beiden blickten sich noch einmal um, ob auch alles wieder so war, wie sie es vorgefunden hatten, dann verließen sie McConnells Haus. Als sie auf den Range Rover zugingen, ertönte plötzlich eine Stimme hinter ihnen: »Guten Morgen, Gentlemen! Sie sind hiermit festgenommen!« Carol trat ins Licht einer Straßenlampe. »Dr. Anthony Hill, Assistant Chief Constable John Brandon, ich verhafte Sie hiermit wegen des Verdachts, einen Einbruch begangen zu haben. Sie müssen sich zu diesem Vorwurf nicht äußern ...« An diesem Punkt nahm ihr Kichern überhand.

Brandons Herz hatte bei ihren ersten Worten fast ausgesetzt. »Zur Hölle mit Ihnen, Carol!« schimpfte er. »Ich bin zu alt für solche Scherze!«
»Aber nicht für so was«, sagte Carol trocken und deutete mit dem Daumen auf McConnells Haus. »Widerrechtliche Durchsuchung, und das auch noch in Konspiration mit einer Zivilperson? Doch ebenso wie Sie bin auch ich nicht im Dienst, Sir.«
Brandon lächelte matt. »Wieso lungern Sie hier herum, wenn Sie nicht im Dienst sind?«
»Ich bin eine clevere Polizeibeamtin, Sir, und ich dachte, ich würde vielleicht Sie und Dr. Hill hier finden. Irgendwelche positiven Ergebnisse?«
»Dr. Hill meint nein. Was ist denn bei Ihrem Verhör rausgekommen?«
»Ihre Vorschläge waren gut, Tony. McConnell hat kein Alibi im Fall Damien Connolly, zumindest nicht für eine Stunde am späten Abend des Mordtags. Allerdings könnte Damien zu dieser Zeit bereits tot gewesen sein. Interessant ist aber auf jeden Fall, wo er sich während dieser Stunde aufgehalten hat, nämlich in dem Pub, in dessen Hinterhof Damiens Leiche gefunden worden ist.«
Tony hob die Augenbrauen und sog zischend den Atem ein. Brandon wandte sich ihm zu. »Nun, was meinen Sie dazu?«
»Es ist genau die freche Art, die ich Handy Andy zutrauen würde. Sie werden sicher überprüfen lassen, ob er regelmäßig in diesem Pub verkehrt. Wenn er es nicht tut, könnte diese Sache bedeutungsvoll sein«, sagte Tony langsam, und dann überwältigte ihn ein heftiges Gähnen. »Entschuldigung«, nuschelte er. »Ich bin kein Nachtschwärmer.«
»Ich fahre Sie nach Hause«, erbot sich Carol. »Ich denke, Mr. Brandon hat noch was in der Scargill Street abzugeben.«
Brandon schaute auf die Uhr. »Kommen Sie um elf zu mir, Carol, nicht um zehn.«
»Danke, Sir«, sagte Carol erfreut, während sie die Wagentür für

Tony aufschloß. Er ließ sich noch immer gähnend auf den Beifahrersitz sinken.

»Es tut mir echt leid, ich kann dieses verdammte Gähnen nicht unterdrücken.«

»Haben Sie etwas gefunden, das den Einsatz gelohnt hat?« fragte Carol.

»Damien Connolly hat ihm vor ein paar Jahren einen Strafzettel wegen eines Verkehrsvergehens verpaßt«, antwortete Tony.

Carol stieß einen Pfiff aus. »Jetzt haben wir ihn! Wir haben ihn bei einer doppelten Lüge ertappt, Tony. McConnell hat Merrick erzählt, er habe Connolly nach einem Einbruch in das Fitneßstudio kennengelernt. Im Verhör hat er dann ausgesagt, er sei ihm nie begegnet. Er erklärte, er habe gelogen, um sich interessant zu machen. Und jetzt zeigt sich, daß er ihn doch gekannt hat. Das ist der Durchbruch!«

»Aber nur, wenn Sie glauben, daß er der Killer ist«, entgegnete Tony. »Es tut mir leid, wenn ich Sie enttäuschen muß, Carol, doch ich glaube das nicht. Ich bin im Moment zu müde, das alles mit Ihnen durchzugehen, aber wenn ich mein Profil des Mörders erstellt habe und wir es besprechen, werden Sie verstehen, warum Stevie McConnell mich nicht in Alarmstimmung versetzt.« Er gähnte wieder und stützte den Kopf in die Hand.

»Und wann können wir das machen?« fragte Carol, gegen den Drang ankämpfend, ihn zu packen und eine Erklärung aus ihm herauszuschütteln.

»Geben Sie mir bis morgen früh Zeit. Dann habe ich einen Entwurf des Profils fertig. Einverstanden?«

»Okay. Brauchen Sie bis dahin noch irgend etwas?«

Tony antwortete nicht, und als sie ihn von der Seite ansah, merkte sie, daß er eingenickt war. Na schön, dachte sie. Sie fuhr zu Tonys Haus in einer ruhigen Straße nur wenige Straßenbahnhaltestellen von der Universität entfernt. Er bewohnte eine Doppelhaushälfte in einem Backsteinbau aus der Jahrhundertwende. Als Carol hielt, weckte das Tony keinesfalls. Sie löste ihren Gurt, beugte sich zur Seite und schüttelte ihn sanft. Er fuhr hoch und sah sie mit aufgerissenen Augen erschrocken an. »Alles in Ordnung«, sagte sie. »Wir sind bei Ihnen. Sie waren eingenickt.«

Tony lächelte verschlafen. »Danke, daß Sie mich heimgefahren haben.«

»Kein Problem«, sagte Carol, immer noch ihm zugewandt, und sie war sich mit klopfendem Herzen seiner Nähe bewußt. »Ich rufe Sie heute nachmittag an, dann können wir einen Termin für morgen ausmachen.«

Tony, plötzlich hellwach, spürte Panik in sich aufsteigen. »Nochmals vielen Dank«, sagte er, rutschte ein Stück von ihr weg, öffnete dann die Wagentür und taumelte in einer Mischung aus Hast und Schläfrigkeit auf den Bürgersteig.

Als Tony das Tor zum Vorgarten aufstieß und das kurze Stück zur Haustür ging, murmelte Carol: »Ich kann es nicht glauben, daß ich eben den Drang verspürt habe, diesen Mann zu küssen. Um Gottes willen, was ist nur mit mir los? Erst behandle ich Don Merrick wie eine Glucke, dann fange ich an, mich in den psychologischen Experten der Sonderkommission zu verknallen.« Sie sah, wie sich die Haustür hinter ihm schloß, legte eine Kassette ein und fuhr los. »Ich brauche anscheinend dringend Urlaub«, sagte sie zu Elvis Costello.

»Vergangene Nacht haben wir schon den Champagner kalt gestellt, und jetzt sagen Sie mir, wir sollen McConnell laufen lassen?« Cross schüttelte mit einem wütenden Gesichtsausdruck den Kopf. »Was ist denn passiert, daß wir plötzlich alles umstoßen? Hat er auf einmal ein wasserdichtes Alibi oder was? War wohl mit Prinz Edward und seinen Bodyguards auf 'nem Kneipenbummel, wie?«

»Ich sage nicht, wir sollen ihn sofort laufen lassen«, entgegnete Brandon müde. »Zunächst gilt es, herauszufinden, wer seine

Freunde und Kumpel sind und ob er jemanden sowohl mit Gareth Finnegan als auch mit Adam Scott bekannt gemacht hat. Aber danach müssen wir ihn laufen lassen, Tom.« Der Mangel an Schlaf hatte sein Gesicht in eine graue Maske verwandelt, die in einem Horrorfilm keinesfalls fehl am Platz gewesen wäre. Cross hingegen sah so frisch aus wie ein Baby, das gerade seinen Mittagsschlaf gehalten hat. Und seine Stimme klang genauso.

»Er war in der fraglichen Nacht im Queen of Hearts. Wahrscheinlich hatte er Damien Connollys Leiche im Kofferraum seines Wagens und wartete nur auf das Schließen des Pubs, um sie in den Hinterhof zu legen. Das sind genug Verdachtsgründe, um sein verdammtes Haus zu durchsuchen.«

»Sobald wir hinreichend Beweise für einen Durchsuchungsbefehl haben, werden wir ihn beantragen«, entgegnete Brandon. Er wollte natürlich nicht zugeben, daß er bereits einen unorthodoxen Schritt unternommen hatte. Er hatte Sergeant Claire Bonner beauftragt, alle Festnahmen und Verkehrsstrafzettel, die Damien Connolly veranlaßt und ausgestellt hatte, zu überprüfen, angeblich in der vagen Hoffnung, eine Verbindung zu McConnell herstellen zu können. Sie hatte jedoch offenbar die entscheidende Information, auf die er dringend wartete, noch nicht ausgegraben.

»Ich nehme an, das ist alles auf diesen Wunderknaben von Psychologen zurückzuführen«, knurrte Cross. »Wahrscheinlich hat er festgestellt, daß McConnells Kindheit nicht unglücklich genug war.«

Carol biß sich auf die Zunge. Es war peinlich, in diesem Kampf der Titanen die Fliege an der Wand zu sein, aber keiner ihrer Bosse schien wahrzunehmen, daß sie Zeugin der Auseinandersetzung war.

Brandon runzelte die Stirn. »Ich habe Dr. Hill zu Rate gezogen, und ja, er meint, auf der Basis der bisherigen Erkenntnisse sei McConnell wahrscheinlich nicht unser Mann. Aber das ist nicht

der eigentliche Grund, warum ich denke, wir sollten ihn laufen lassen. Der Mangel an Beweisen ist für mich ausschlaggebend.«
»Für mich auch. Deshalb müssen wir weitere auftreiben. Wir müssen diese Arschficker verhören, mit denen er am Montag abend gebechert hat, und rausfinden, in was für einer Verfassung er war. Und wir müssen uns anschauen, was McConnell unter der Matratze versteckt hat.« Cross sprach jetzt sehr selbstbewußt. »Wir haben ihn erst seit weniger als zwölf Stunden in der Arrestzelle, Sir. Wir sind berechtigt, ihn bis Mitternacht festzuhalten. Dann können wir beim Richter eine Klage wegen tätlicher Mißhandlung oder Körperverletzung einreichen und beantragen, ihn weitere drei Tage in polizeilichem Gewahrsam behalten zu können. Das kriegen wir durch, und das ist alles, was ich will. Sie können nein dazu sagen, Sir, aber die Jungs werden an die Decke gehen.«
Falsch, dachte Carol. Bis dahin hast du dich tapfer geschlagen, aber diese emotionale Erpressung macht alles kaputt.
Brandons Ohren wurden knallrot. »Ich hoffe, niemand denkt, die Arbeit könnte eingestellt werden, nur weil wir einen Verdächtigen verhören«, entgegnete er, und in seinen Worten lag eine gefährliche Schärfe.
»Nein, Sir, aber Sie laufen sich schon sehr lange die Hacken ab, ohne daß in diesem Fall ein Durchbruch erzielt wurde.«
Brandon drehte sich um und sah durch das Fenster auf die Stadt hinunter. Sein Instinkt sagte ihm, daß man McConnell laufen lassen mußte, nachdem man alles versucht hatte, seine Kontakte zu möglichen Verdächtigen aus ihm herauszuquetschen, aber er wußte auch ohne Cross' plumpe Bemerkungen, daß es den Angehörigen der Sonderkommission neuen Auftrieb gegeben hatte, einen Verdächtigen festgenommen zu haben. Ehe er jedoch eine Entscheidung treffen konnte, klopfte jemand an die Tür. »Ja!« rief Brandon, drehte sich um und ließ sich auf seinen Schreibtischstuhl fallen.

Kevin Matthews steckte seinen roten Lockenkopf herein. Er sah aus wie ein Kind, dem man einen Ausflug nach Disneyland versprochen hat. »Sir«, sagte er, »es tut mir leid, Sie zu stören, aber wir haben gerade einen Laborbericht zum Fall Damien Connolly gekriegt.«

»Dann kommen Sie rein und berichten Sie«, erwiderte Cross freundlich.

Kevin lächelte entschuldigend und trat ein. »Einer der Männer von der Spurensicherung hat an einem Nagel im Tor zum Hinterhof einen Lederfetzen gefunden. Das ist kein öffentlicher Zugang, also dachten wir, daß er vielleicht wichtig ist. Wir mußten natürlich die Mitarbeiter des Pubs und den Bierlieferanten zunächst mal ausschließen. Es hat sich rausgestellt, daß das Tor erst vor knapp einem Monat frisch gestrichen worden ist, so daß wir nicht allzu viele Leute zu überprüfen hatten. Das Ergebnis war, daß keiner der Befragten irgendwas aus solchem Leder besaß. Wir haben dann den Fetzen ins Labor geschickt, und der Bericht ist eben eingetroffen.« Eifrig wie ein Pfadfinder hielt er Brandon den Bericht hin.

Die wichtige Passage war mit gelbem Leuchtstift hervorgehoben. Sie sprang Brandon sofort ins Auge.

»Das Fragment aus dunkelbraunem Leder ist extrem selten in England. Es scheint aus irgendeiner Art von Hirschleder zu bestehen. Bedeutungsvoller ist jedoch das Analyseergebnis, daß dieses Leder in Meerwasser gebeizt worden ist, nicht in einem speziellen chemischen Beizmittel. Uns ist nur ein Herkunftsland für solches Leder bekannt – die frühere Sowjetunion. Da eine regelmäßige Versorgung mit den benötigten Chemikalien nicht sichergestellt war, haben viele Gerber dort die alte Methode des Beizens in Meerwasser angewendet. Es kann davon ausgegangen werden, daß das Fragment von einer Lederjacke stammt, die in Rußland hergestellt worden ist. Leder dieser Art ist kommerziell nirgendwo sonst erhältlich, da es den Qualitäts-

anforderungen im Westen nicht entspricht.« Brandon schob Cross den Bericht zu.
»Himmel noch mal!« rief Cross aus, nachdem er ihn gelesen hatte. »Soll das etwa heißen, daß wir nach einem Iwan suchen müssen?«

Auf 3 1/2 Zoll-Diskette, Beschriftung: Backup.007; Datei Love009.doc

Ich habe irgendwo gelesen, daß Morduntersuchungen eine Million Pfund im Monat kosten. Als sich herausstellte, daß Paul entgegen meiner Erwartung ebenso dumm und verräterisch war wie Adam, erkannte ich, daß die mir aufgezwungenen Aktionen erhebliche Auswirkungen auf die Besteuerung durch die Stadt Bradfield haben könnten. Nicht, daß es mir etwas ausmacht, wenn ich jährlich ein paar Pence mehr an städtischen Steuern zahlen muß – ein geringer Preis für die Befriedigung, die ich durch die Bestrafung der Treulosigkeit dieser Männer gewinne.

Pauls Treulosigkeit war eine Katastrophe für mich. Gerade als ich alle Vorbereitungen für die triumphale Feier unserer Liebe abgeschlossen hatte, verriet er mich und wählte eine andere Liebe. In der Nacht, als ich ihn dabei erwischte, wie er sich erstmals dieser anderen Liebe widmete, weiß ich nicht mehr, wie ich zurück zur Farm gekommen bin. Ich kann mich an keinerlei Einzelheiten der Fahrt erinnern. Ich saß schließlich in meinem Jeep vor der Farm, wütend über seine Oberflächlichkeit, sein Versagen, zu erkennen, daß ich der einzige Mensch war, den er wahrhaft liebte. Meine Wut war so groß, daß ich die physische Koordination verlor; ich fiel vom Fahrersitz auf den Boden und taumelte dann, als wäre ich betrunken, zum Haus – zur Oase meines Kerkers.

Ich kletterte auf die Steinbank und zog die Knie an die Brust, während ungewohnte Tränen mein Gesicht hinunterliefen,

auf den rohen Stein tropften und ihn dunkel färbten wie damals Adams Blut. Was war denn nur los mit ihnen? Warum wollten sie nicht haben, was, wie ich wußte, doch ihr eigener geheimster Wunsch war?
Ich wischte mir über die Augen. Ich schuldete es Paul und mir, unsere bevorstehende gemeinsame Erfahrung so ideenreich und perfekt wie möglich zu gestalten. Es war Zeit für ein neues Spielzeug. Adam war nur die Generalprobe gewesen. Paul würde die Uraufführung sein.

Der Trick mit dem Wagen, der nicht anspringen wollte, hatte bei Adam gut geklappt, und so wandte ich ihn auch bei Paul an. Er funktionierte reibungslos. Ich war kaum in der Diele, da bot er mir sogar einen Drink an, während ich auf die Leute vom Automobilclub wartete, aber ich fiel nicht auf seine Schmeicheleien herein. Er hatte seine Chance gehabt, und es war zu spät, daß ich meine Pläne für unsere Vereinigung nach meinen Bedingungen noch änderte.

Als ich ihn an Ort und Stelle hatte, fesselte ich ihn auf einen *Judasstuhl*. Ich hatte mehrere Tage gebraucht, ihn zu konstruieren, da ich ohne Bauanleitung auskommen mußte. Der Judasstuhl war eine meiner Entdeckungen in San Gimignano. Vorher war ich in meinen Büchern nur auf Hinweise auf ihn gestoßen, aus denen nicht zu entnehmen war, wie er im einzelnen konstruiert war. Aber im Museum von San Gimignano hatte man ein Musterbeispiel ausgestellt. Ich hatte mehrere Fotos davon gemacht und damit das Bild im Museumskatalog abgerundet. Ausgerüstet mit diesen Unterlagen, hatte ich dann in meinem Computer ein Modell simuliert.
Der Judasstuhl ist eine Maschine, die von den Inquisitoren nicht häufig angewendet wurde, was ich absolut nicht ver-

stehe. Das Museum von San Gimignano bietet eine Theorie an, die mir absurd erscheint. Zusammen mit einigen anderen Beschreibungen auf den Hinweisschildern hat mich diese dümmliche Theorie zu der Überzeugung gebracht, daß die Texte dieser Schilder von irgendeiner engstirnigen, fanatischen Feministin verfaßt worden sind. Die Theorie lautet: Es war durchaus üblich, Folterwerkzeuge bei den Geschlechtsteilen der Frauen anzuwenden, wie zum Beispiel die Vaginalbirne, die die Vagina und den Gebärmutterhals zerfetzte, oder den speziellen Keuschheitsgürtel, der die Schamlippen zu einem blutigen Brei zermalmte, oder auch Instrumente, die Brustwarzen abschnitten – denn für die Inquisitoren waren Frauen eine besondere Spezies, und sie waren ja tatsächlich oft auch Geschöpfe des Teufels. Dagegen seien, so lautet diese Theorie, Folterwerkzeuge bei Männern kaum einmal an ihren Geschlechtsteilen angewendet worden, obwohl sich diese sehr empfindlichen Bereiche bestens dazu eignen, weil – hören Sie sich das an! – die Folterer sich unterbewußt an der Stelle der Gefolterten sahen und daher für sie eine Verstümmelung an den Penissen oder Hoden der Opfer nicht in Frage kam. Der Verfasser dieser Theorie in San Gimignano ist anscheinend nicht vertraut mit den verfeinerten Foltermethoden im Dritten Reich der Deutschen.

Mein Judasstuhl ist, auch wenn ich mich damit selbst lobe, ein Meisterwerk seiner Gattung. Er besteht aus einem quadratischen, stabilen Holzrahmen mit Beinen an jeder Ecke, Lehnen für die Unterarme und einer dicken Planke als Rückenstütze. Er gleicht einem primitiven Bauernstuhl, hat aber keine Sitzfläche. Unter dem durch den fehlenden Sitz bestehenden Loch befindet sich ein mit scharfen Stacheln versehener, konisch zulaufender Dorn, der an seiner Basis mit einer Kreuzstrebe aus dicken Holzbohlen an den vier Stuhlbeinen verankert ist. Als Dorn hatte ich einen der langen, kegelförmigen

Metallstäbe genommen, wie sie bei industriellen Webstühlen zum Aufwickeln von Garn benutzt werden. Man kann sie ohne weiteres in Souvenirläden von Industriemuseen kaufen. Ich hatte ihn mit einer dünnen, flexiblen Kupferfolie überzogen und an dieser spiralförmig dünne Drahtstücke festgelötet, deren Enden ich rechtwinklig abgeknickt hatte, so daß sie Zacken bildeten. Darüber hinaus hatte ich meine eigene Verfeinerung des Musterexemplars im Foltermuseum entwickelt; mein Dorn war über einen Rheostat mit der Elektrizitätsversorgung verbunden, was mir erlaubte, Elektroschocks von unterschiedlicher Intensität anzuwenden. Das Gerät insgesamt ist am Fußboden festgeschraubt, um irgendwelche unbeabsichtigten Zwischenfälle zu vermeiden.
Während er noch bewußtlos war, wurde Paul von starken Lederriemen, die unter den Achseln hindurchführten und an der Oberkante der Rückenlehne festgezurrt waren, über dem Dorn gehalten. Seine Füße hatte ich an je eines der vorderen Stuhlbeine gefesselt, die Unterarme an die Armlehnen. Sobald ich den Lederriemen an der Rückenlehne löste, würde Paul auf die Anspannung seiner Rücken- und Schultermuskeln angewiesen sein, um nicht in den gefährlichen Dorn, der direkt unter seinem Anus plaziert war, abzusinken. Da der Stuhl so hoch war, daß Paul nur mit den Fußspitzen den Boden berührte, erwartete ich nicht, daß er das sehr lange schaffen würde.
Als er zu sich kam, erkannte ich in seinen Augen die gleiche Panik, die ich schon bei Adam gesehen hatte. Aber er hatte sich diese Situation selbst zuzuschreiben. Ich sagte ihm das, ehe ich das Klebeband von seinem Mund riß.
»Ich hatte doch keine Ahnung ... keinerlei Ahnung«, stammelte er. »Es tut mir leid, ehrlich, es tut mir schrecklich leid ... Sie müssen mir die Chance geben, es wiedergutzumachen. Lassen Sie mich von diesem Ding runter, und ich ver-

spreche Ihnen, daß wir gut miteinander auskommen werden.«
Ich schüttelte den Kopf. »Robert Maxwell hat recht, wenn er sagt: ›Vertrauen ist wie Jungfräulichkeit; man kann es nur einmal verlieren.‹ Du hast ein verräterisches Herz, Paul. Wie könnte ich dir glauben?«
Seine Zähne begannen zu klappern, jedoch nicht, wie ich vermute, vor Kälte. »Ich habe einen Fehler gemacht«, stieß er aus. »Das weiß ich jetzt. Jeder macht mal einen Fehler. Bitte, geben Sie mir eine Chance. Ich verspreche Ihnen, ich werde es nicht wieder vermasseln.«
»Dann beweise es mir«, sagte ich. »Zeige mir, daß du mich begehrst.«
Ich starrte auf seinen verschrumpelten Schwanz, der über seinen Eiern in dem Hohlraum nach unten hing. Ich hatte Schönheit erwartet, aber auch darin hatte er mich enttäuscht. »N-nicht hier, nicht unter diesen Umständen. Ich kann nicht!« Seine Stimme wurde zu einem kläglichen Winseln.
»Jetzt oder nie«, sagte ich. »Hier oder nirgendwo. Und übrigens, falls du dich wunderst, du sitzt auf einem Judasstuhl.« Ich erklärte ihm ausführlich, wie der Stuhl funktioniert. Ich wollte, daß er informiert war, bevor er eine letzte Chance bekam. Während ich sprach, wurde sein Gesicht grau und feucht vor Angst. Als ich von der Elektrizität erzählte, verlor er völlig jede Haltung. Pisse tropfte aus seinem Schrumpelschwanz und klatschte auf den Boden unter ihm. Der Gestank von warmem Urin stieg auf, und mir wurde fast schlecht.
Ich schlug ihn so fest mit der Faust ins Gesicht, daß sein Hinterkopf gegen die Rückenlehne des Judasstuhls krachte. Er schrie auf, und Tränen schossen ihm in die Augen. »Du dreckiger, widerlicher Jammerlappen!« schrie ich. »Du verdienst meine Liebe nicht! Schau dich an, wie du hier rumpinkelst und rumheulst wie ein Baby! Du bist kein Mann!«

Die Worte meiner Mutter, die da aus meinem Mund kamen, erschütterten meine Selbstkontrolle mehr, als irgend etwas anderes es vermocht hätte. Ich prügelte weiter auf ihn ein und genoß es in vollen Zügen, als sein Nasenbein unter einem wuchtigen Schlag brach. Ich war völlig außer mir vor Wut. Er hatte vorgetäuscht, jemand zu sein, der er nicht im geringsten war. Ich hatte gedacht, er sei stark und tapfer, intelligent und sensitiv. Aber er war nichts als ein dummes, feiges, geiles Schwein, das jämmerliche Zerrbild eines wahren Mannes. Wie hatte ich nur jemals denken können, er sei ein ebenbürtiger Partner? Er lehnte sich nicht im geringsten auf, saß nur da, wimmerte wie ein verletztes Kätzchen und ließ mich auf ihn einschlagen.

Schließlich hörte ich keuchend vor Erschöpfung und Wut auf. Ich trat zurück und blickte ihn voller Verachtung an, während Tränen helle Spuren in das Blut auf seinem Gesicht wuschen.

»Du hast dir das alles selbst zuzuschreiben«, fauchte ich. Alle meine schönen Träume hatten sich in Rauch aufgelöst.

Jetzt aber war ich nicht mehr bereit, ihm eine zweite Chance zu geben, wie ich das bei Adam getan hatte. Ich wollte Pauls Liebe nicht mehr, nicht unter diesen Umständen. Er hatte mich nicht verdient. Ich trat an die Rückseite des Stuhls und griff nach der Lasche des Lederriemens.

»Nein!« winselte er. »Bitte nicht!«

»Du hast deine Chance gehabt«, sagte ich wütend. »Du hast deine Chance gehabt, und du hast sie nicht genutzt. Du hast dir das alles selbst zuzuschreiben. Sitzt da und pinkelst auf den Boden wie ein Baby, das sich nicht unter Kontrolle hat.«

Ich zog an der Lasche, bis der Riemen sich gestrafft hatte und ich ihn aus der Schlaufe gleiten lassen konnte. Und das tat ich dann.

Pauls Muskeln spannten sich sofort an, hielten ihn starr etwa einen Zentimeter über der Spitze des Dorns. Ich ging um den

Stuhl herum, stellte mich vor ihn hin, zog langsam meine Kleider aus, streichelte meinen Körper und stellte mir vor, es seien seine Hände. Seine Augen traten vor Anstrengung, den Körper nicht durchsacken zu lassen, aus den Höhlen. Ich setzte mich auf den bereitgestellten Stuhl und streichelte mich weiter, langsam, voller Lust, aufgegeilt von seinem Kampf, den After über dem todbringenden Dorn zu halten.

»Du hättest das bei mir tun können«, höhnte ich, und meine Erregung nahm noch zu, als seine Oberschenkel und Schultern vor Anstrengung zu zittern anfingen. »Du hättest mit mir ficken können statt darum kämpfen zu müssen, deinen Arsch zu retten.«

Wenn es wie bei Adam gewesen wäre, hätte das Vergnügen der zunehmenden Erregung länger gedauert. So aber vermischten sich seine Schreie der Todesangst mit meinem aufgegeilten Grunzen. Ich kam wie eine Rakete, Feuerstürme durchzuckten mich, und ich explodierte in einem solchen Orgasmus, daß ich vor dem Stuhl auf die Knie sank.

Der Dorn war inzwischen ein Stück in seinem After, und er versuchte sich wieder hochzustemmen, aber die Stacheln drangen nur um so tiefer in das weiche, sensible Fleisch. Ich setzte mich wieder auf meinen Stuhl, lehnte mich zurück und genoß die Schauder der Erregung, die mich nach dem Orgasmus durchfluteten. Pauls Schmerzensschreie und sein qualvolles Wimmern waren ein extravaganter Kontrapunkt zu meiner sexuellen Befriedigung.

Mit der Zeit sank er immer tiefer in den Dorn, und seine Schreie gingen in ein winselndes Stöhnen über. Zu meiner Überraschung spürte ich erneut ein sexuelles Verlangen in mir aufsteigen. Nach der exquisiten Lust von meinem ersten Orgasmus drängte es mich schon wieder, die sich aufbauende Erregung abzureagieren. Ich griff nach dem Schaltkasten der Stromversorgung des Dorns und drückte auf den Knopf, der den Stromkreis schloß. Selbst bei der nur geringen Spannung krümmte sich Pauls Körper zu einem Bogen, der After wurde fast aus dem Dorn gerissen, und ein dünner Blutstrahl platschte auf den Boden und bildete schnell eine größere Lache unter dem Stuhl.

Ich paßte meine rhythmischen Bewegungen den seinen an und spürte, daß meine Muskeln genauso zitterten wie seine, als meine Hand mich dem Höhepunkt zutrieb. Als ich explodierte, bog sich mein Körper synchron zu seinem, mein lustvolles Stöhnen fand seinen Widerhall in seinen letzten qualvollen, winselnden Schreien, ehe er in Ohnmacht fiel.

Ich muß zugeben, daß ich überrascht war, wieviel Lust ich aus Pauls Bestrafung gewonnen hatte. Vielleicht war das so, weil er eine Bestrafung noch mehr als Adam verdient hatte, vielleicht, weil ich anfangs so hohe Erwartungen in ihn gesetzt hatte, oder einfach auch nur, weil ich besser bei dem wurde, was ich tun mußte. Welches auch immer die Gründe waren, meine zweite Exkursion in den Mord hinterließ bei mir das Gefühl, daß ich schließlich und endlich meine wahre Berufung gefunden hatte.

9

Wir trocknen unsere Tränen und ... entdecken, daß eine Handlung, die, moralisch betrachtet, schockierend und unerklärlich erschien, unter dem Gesichtspunkt des künstlerischen Geschmacks letztlich eine höchst verdienstvolle Leistung darstellt.

Okay, Handy Andy, jetzt geht's los«, sagte Tony zu dem leeren Bildschirm seines Computers. Nachdem Carol ihn nach Hause gebracht hatte, war er die Treppe hinaufgestolpert, hatte die Schuhe von den Füßen geschleudert, seine gesteppte Baseballjacke ausgezogen und einfach fallen lassen. Er war schnell noch auf die Toilette gegangen und dann ins Bett gekrochen. Er hatte so tief geschlafen wie seit Monaten nicht mehr. Als er aufgewacht war, war es schon kurz nach zwölf Uhr mittags gewesen. Aber zum erstenmal spürte er nicht, wie in den letzten Tagen, ein Schuldgefühl wegen der Arbeit, die er hätte erledigen müssen. Er war frisch, tatendurstig, ja sogar in Hochstimmung. Die Durchsuchung von Stevie McConnells Haus hatte ihm bestätigt, daß er im Griff hatte, was er tat. Er hatte mit absoluter Klarheit erkannt, daß Handy Andy nicht so wohnte. Und obwohl es etwas war, das er niemandem außerhalb des kleinen Kreises von Kollegen, die sich wie er mit der Erstellung von Verbrecherprofilen beschäftigten, eingestehen würde – es war ein echter Adrenalinstoß für ihn, als er sich sagen konnte, daß er wahrscheinlich den Weg in Handy Andys Kopf fand und einem Pfad durch das quälende Labyrinth seiner abseitigen Logik zu folgen imstande sein würde. Jetzt mußte er nur noch den Schlüssel zum Eingang finden.

In seinem Büro stürzte Tony sich auf die restlichen Stapel der Dokumente, las sie durch und machte sich fortwährend Notizen. Dann ließ er die Rollos herunter und sagte seiner Sekretärin, sie solle keine Telefonanrufe zu ihm durchstellen. Er schob seinen

Stuhl um den Schreibtisch herum, so daß er dem für Besucher gegenüberstand. Auf den Schreibtisch stellte er in Reichweite den Kassettenrecorder, ließ ihn aber noch ausgeschaltet. Anschließend trat er zur Tür und schaute sich prüfend das Zimmer an. Ein Gedicht, das er einmal gelesen hatte, ging ihm durch den Kopf. Es handelte von einem Pfad durch einen Wald, der sich an einer bestimmten Stelle teilte, und wie wichtig es war, die weniger benutzte Abzweigung zu wählen. Solange er zurückdenken konnte, hatte seine Faszination ihn immer den weniger benutzten Pfad wählen lassen. Es war der Weg, den seine Patienten einschlugen, der dunkle Pfad, der ins Unterholz führt, weg von den Sonnentupfen des breiten, ausgetretenen Pfades. »Ich muß verstehen lernen, warum du diesen dunklen Pfad gewählt hast, Andy«, murmelte Tony. »Das muß ich herausfinden. Verstehst du, ich weiß, was mich zu diesem dunklen Pfad hinzieht. Aber ich bin nicht wie du. Ich kann zurückgehen, wenn ich das will. Ich kann jederzeit zu dem sonnigen Weg zurückkehren. Ich muß nicht im Dunkeln weitergehen; ich suche hier nur nach deinen Fußspuren. Zumindest behaupte ich das in der Öffentlichkeit.
Aber wir beide kennen die Wahrheit, oder nicht? Du kannst dich vor mir nicht verstecken, Handy Andy«, sagte er leise, »denn ich bin letztlich doch wie du, verstehst du? Ich bin dein Spiegelbild. Ich bin der Wilderer, der zum Wildhüter geworden ist. Ich wäre du, wenn ich nicht Jagd auf dich machen würde. Ich bin hier und warte auf dich. Auf das Ende der Jagd.« Er blieb noch einen Moment stehen, das Eingeständnis genießend, das er sich selbst gegenüber gemacht hatte.
Schließlich setzte er sich auf seinen Stuhl, die Ellbogen auf den Knien, die Hände locker ineinander verschränkt. »Okay, Handy Andy«, fuhr er fort, »wir sind ganz unter uns. Wir werden alle Präliminarien weglassen, all das verbale Gerangel, bis du dich endlich entscheidest, mit mir zu reden. Wir gehen geradewegs auf das Ziel los, okay? Als erstes möchte ich dir sagen, wie beein-

druckt ich bin. Ich habe noch nie einen sauberer und geschickter ausgeführten Job gesehen. Ich meine damit nicht nur die Leichen, ich meine deine Arbeit insgesamt. Du hast das großartig gemacht. Keine Zeugen. Laß mich das betonen. Es existiert niemand, der dem, was er gesehen oder gehört hat, irgendeine Bedeutung beigemessen hätte, denn es muß Leute gegeben haben, die etwas gehört oder gesehen haben. Doch sie haben das nicht in Beziehung zu deinem Handeln gebracht. Wie hast du es geschafft, so unsichtbar zu bleiben?« Er schaltete den Kassettenrecorder ein, stand auf und setzte sich auf den anderen, auf Handy Andys Stuhl. Er atmete tief ein und entspannte sich ganz gezielt. Dabei wandte er stets eine bestimmte Atemtechnik an, mit der er sich in einen leichten Trancezustand versetzte. Er befahl seinem Bewußtsein, ganz abzuschalten und seinem höheren Selbst direkten Zugang zu allem zu geben, was er über Handy Andy wußte – und dann für ihn zu antworten. Als er sprach, war selbst seine Stimme verändert. Das Timbre war härter, die Töne tiefer. »Ich bin mit ihnen verschmolzen. Ich habe aufgepaßt. Ich habe sie beobachtet und daraus gelernt.«

Tony wechselte jetzt dauernd die Stühle. »Du hast offensichtlich gute Arbeit geleistet«, sagte er. »Wie hast du dir die Opfer ausgesucht?«

»Ich mochte sie. Ich wußte, es würde etwas ganz Besonderes mit ihnen sein. Ich wollte so sein wie sie. Sie alle hatten einen schönen Beruf, ein angenehmes Leben. Ich bin gut darin, von anderen zu lernen, ich hätte es lernen können, so zu sein wie sie. Ich hätte in ihre Leben hineingepaßt.«

»Warum hast du sie dann getötet?«

»Die Leute sind dumm. Sie verstehen mich nicht. Sie haben immer über mich gelacht, dann haben sie es gelernt, Angst vor mir zu haben. Ich mag es nicht, wenn man über mich lacht, und ich habe es satt, daß die Leute ganz behutsam mit mir umgehen, als wäre ich ein wildes Tier, das sie angreifen könnte. Ich habe ihnen ihre Chancen gegeben, aber sie ließen mir keine Wahl. Ich mußte sie töten.«

»Und als du es einmal getan hattest, hast du festgestellt, daß es dir großartig gefallen hat, nicht wahr?«

»Ich habe mich gut gefühlt. Ich hatte alles unter Kontrolle. Ich wußte, was geschehen würde. Ich hatte alles sorgfältig geplant, und es hat funktioniert!« Tony war selbst überrascht, wie enthusiastisch das aus ihm herausbrach. Er wartete, aber da kam nichts mehr aus seinem Inneren.

»Hat nicht lange angehalten, nicht wahr – das Vergnügen, das Gefühl der Macht über andere?«

Als er wieder auf Andys Stuhl saß, spürte Tony zum erstenmal eine Blockade. Normalerweise lockerte dieses Rollenspiel seine Gedanken, ließ sie frei fließen. Jetzt aber hinderte sie etwas daran. Dieses Etwas stand sicher im Mittelpunkt der Sache. Tony ging wieder zu seinem eigenen Stuhl und dachte darüber nach. Serienmörder leben in ihren Verbrechen ihre Phantasien aus. Die Ausführung des Verbrechens kommt jedoch nie an die Phantasmagorie heran, hat also im Hinblick auf die Befriedigung nur eine begrenzte Kraft. Die Details des Mordes werden in die Phantasievorstellungen übernommen und dann in einem weiteren, oft stärker ritualisiertem Mord in die Tat umgesetzt. Und so weiter. Aber mit der Zeit haben die Phantasievorstellungen weniger und weniger anhaltende Kraft. Die Morde müssen dichter aufeinander folgen, um die Phantasie weiter anzuheizen. Dann sagte er laut:

»Aber deine Morde folgen nicht dichter aufeinander, Handy Andy. Warum ist das so?«

Ohne große Hoffnung auf eine Antwort setzte er sich wieder auf dessen Stuhl. Er schaltete sein Bewußtsein aus, ließ eine große Leere in seinen Geist eintreten und hoffte, daraus würde eine Antwort aufsteigen, die zu seiner Vorstellung von Handy Andy paßte. Nach einigen Augenblicken spürte Tony, daß ihm sein Bewußtsein entglitt, und plötzlich, wie aus großer Ferne, zitterte ein glucksendes Lachen durch seine Kehle. »Es ist meine Sache, das zu wissen, und deine, es herauszufinden«, hörte er seine eigene Stimme spöttisch sagen.

Tony schüttelte den Kopf wie ein Taucher, der an die Wasseroberfläche zurückkommt. Benommen stand er auf und zog die Rollos hoch. Das war nicht viel, was da bei seinem Versuch, alternative Techniken anzuwenden, herausgekommen war. Interessant war allerdings, bei welchem Punkt sein Gehirn den Dienst verweigert hatte. Das war einer der einzigartigen Faktoren im Zusammenhang mit Handy Andy. Die Lücken blieben hartnäckig bestehen. Eine bemerkenswerte Tatsache. Zu gern hätte er sich jetzt eine Aufzeichnung seines Gesichts während der Prozedur mit einem Camcorder angesehen.

Diese Gedankengänge belebten seine frühere Tatkraft wieder, und er entschloß sich, zur Universitätsbibliothek zu gehen und sich in der Medienabteilung die Ausgaben der *Bradfield Evening Sentinel Times* an den Mordtagen durchzusehen. Bei einem Vergleich der Veranstaltungsanzeigen stellte sich heraus, daß es kaum eine Gemeinsamkeit an den vier Mordtagen gab, es sei denn, man fand es beachtenswert, daß das Kunstkino an Montagen stets klassische britische Schwarzweißkomödien zeigte. Tony vermochte sich jedoch nicht vorzustellen, daß *Ein Paß für Pimlico* todbringende sexuelle Phantasien anheizen konnte.

Schließlich, kurz nach sieben, war er soweit, mit der Erstellung des Profils anzufangen. Er begann mit der üblichen Vorbehaltsdarstellung.

Das nachstehende Verbrecherprofil ist nur als Leitlinie gedacht und sollte nicht als eine Art Phantombild verstanden werden. Der Täter wird dem Profil nicht in jedem Detail entsprechen, obwohl ich davon ausgehe, daß ein hoher Entsprechungsgrad zwischen den nachstehend aufgezeigten Charakteristika und der Realität erreicht wird. Sämtliche

Aussagen in dem Profil stellen Wahrscheinlichkeiten und Möglichkeiten dar, keine nachgewiesenen Fakten.
Ein Serienmörder hinterläßt bei der Ausführung seiner Taten bestimmte Hinweise und Signale. Alle seine Handlungen entspringen, ob bewußt oder unbewußt, einem bestimmten Muster. Die Aufdeckung dieses zugrundeliegenden Musters enthüllt zugleich die Logik des Mörders. Sie mag uns nicht logisch erscheinen, aber für ihn ist ihre Einhaltung von größter Bedeutung. Weil seine Logik auf einer krankhaften Veranlagung beruht, wird er mit normalen Methoden und den sonst üblichen Fallen nicht zu überführen sein. So einzigartig sein Geist funktioniert, so einzigartig müssen die Methoden bei seiner Überführung sowie bei den Verhören und bei der Rekonstruktion seiner Taten sein.

Dann machte Tony sich an eine detaillierte Darstellung der vier Opfer. Er führte dabei alles auf, was er den Berichten der Kriminalpolizei entnommen hatte: häusliche Umstände, beruflicher Werdegang, Ansehen bei Freunden und Kollegen, Gewohnheiten, körperliche Konstitution, Persönlichkeitsstruktur, Familienverhältnisse, Hobbys und soziales Verhalten. Als nächstes brachte er jeweils eine kurze Zusammenfassung der pathologischen Befunde der Opfer, vor allem die Art ihrer Verletzungen, sowie eine Beschreibung der Fundorte. Dann begann er mit dem wichtigen Prozeß, seine Informationen zu ordnen und in einem sinnvollen Muster darzustellen, das ihm die Schlußfolgerungen erlauben würde.

Bei keinem der vier Opfer sind Hinweise auf eine homosexuelle Ausrichtung zu finden, soweit dies mit Sicherheit gesagt werden kann. (Eine geheimgehaltene homosexuelle/bisexuelle Orientierung kann nicht ausgeschlossen werden, aber in keinem der vier Fälle gibt es Hinweise, die darauf schließen lassen würden.) Alle Leichen wurden jedoch in einer Gegend gefunden, die als Schwulentreff bekannt ist, vor allem auch für den schwulen Straßenstrich. Was sagt uns das über den Mörder?

1. *Er ist ein Mann, der sich in seiner sexuellen Rolle nicht wohl fühlt. Er wählt sich mit Vorbedacht Männer aus, die nicht als Homosexuelle bekannt sind. Es könnte durchaus sein, daß er seinen Opfern in der Vergangenheit einmal sexuelle Avancen gemacht hat und abgewiesen wurde. Der Mörder ist mit relativer Sicherheit kein »offener« Homosexueller; er unterdrückt wahrscheinlich unter großen persönlichen Schwierigkeiten seine eigene Sexualität. Vielleicht ist er in einem Umfeld aufgewachsen, in dem Männlichkeit hoch angesehen war und Homosexualität verdammt wurde, möglicherweise aus religiösen Gründen. Wenn er in einer sexuellen Gemeinschaft lebt, dann mit einem Mann. Und er wird in dieser Gemeinschaft höchstwahrscheinlich sexuelle Probleme haben, eventuell Potenzprobleme.*

Tony blickte düster auf den Bildschirm. Manchmal haßte er es, daß sein Job ihn immer wieder mit seinen eigenen Schwierigkeiten konfrontierte. Bedeutete sein sexuelles Versagen, daß er wirklich bereits auf dem weniger benutzten, dunklen Pfad feststeckte? Würde es eine Nacht geben, in der eine Frau so weit ging, indem sie seine Probleme auf ihre Weiblichkeit zurückführte und ihn damit völlig aus der Fassung brachte? Tony stand dieses Szenario fast zu lebhaft vor Augen. Angelica hingegen war in Sicherheit. Wenn sie ihn zur Raserei trieb, konnte er den Hörer auf die Gabel knallen, statt mit den Fäusten auf sie loszugehen oder noch schlimmere Dinge zu tun. Du mußt dieses Risiko vermeiden, dachte er. Mach nicht einmal einen Ansatz, an Carol Jordan zu denken. Du hast es in ihren Augen gelesen, sie ist an mehr als nur deinem Geist interessiert. Wage es nicht, auch bloß im entferntesten daran zu denken, verdammt noch mal. Konzentrier dich auf deine Arbeit.

2. *Er verachtet alle, die ihre Homosexualität offen bekennen. Zumindest ein Teil seiner Motive für das Ablegen der Leichen an diesen Orten ist es, seine Verachtung für schwule Männer zu zeigen. Aber er will sie auch in Angst versetzen. Und er demonstriert damit seine Überlegenheit: Schaut mich an, ich kann in euren Kreisen kommen und gehen, und keiner von euch erkennt mich. Ich kann eure Treffpunkte entweihen, und ihr seid nicht in der Lage, mich daran zu hindern.*
3. *Er ist jedoch mit den Örtlichkeiten, an denen schwule Männer sich treffen und Partner für den Sex suchen, bestens vertraut. Vielleicht bringt ihn sein Job hin und wieder nach Temple Fields, eventuell, um Waren anzuliefern oder andere Dienstleistungen für Geschäfte zu erbringen. Er ist von der Schwulenszene fasziniert, was so weit geht, daß er auch die Gegend um Carlton Park erkundet hat, wo der Schwulenstrich stattfindet.*
4. *Er verfügt über einen hohen Grad an Selbstkontrolle. Er fährt in eine belebte Gegend und legt Leichen ab, ohne sich in einer Weise zu verhalten, daß er dabei die Aufmerksamkeit anderer auf sich zieht.*

»Erzähl mir davon«, sagte Tony bitter. Er stand auf und ging zwischen der Tür und dem Fenster hin und her. »Auch ich hätte einen Leitfaden über Selbstkontrolle schreiben können.« Seit die Schlägertypen in der Schule und auf der Straße sich ihn, den kleinsten Jungen, aufs Korn genommen hatten, hatte er in harten Lektionen lernen müssen, was Selbstkontrolle ist. Zeige niemals, daß es dir weh tut, es stachelt sie nur weiter an. Zeige niemals, daß sie dich ins Mark getroffen haben, es deckt nur deine schwachen Punkte auf. Lerne es, ihr Kumpel zu werden. Lerne den Wortschatz, lerne die Körpersprache, nimm die Verhaltensweisen an. Mix das alles zusammen, und was kommt dann raus? Ein Mann, der nicht die leiseste Ahnung hat, wer er ist. Ein vollendeter Schauspieler, ein Schwindler, der die örtlich vorherrschende Farbe annehmen kann wie ein Chamäleon. Ein Wunder, daß so viele Leute darauf hereinfielen. Brandon dachte ganz offensichtlich, er sei ein prima Kerl. Carol Jordan mochte ihn anscheinend. Claire, seine Sekretärin, hielt ihn für den besten Boß, den sie jemals hatte. Die einzige, die er nicht täuschen konnte, war seine Mutter, welche ihn noch immer mit kaum verhohlener Verachtung behandelte, und das war auch schon alles an Gefühlen, was sie ihm je entgegengebracht hatte. Es war seine Schuld, daß sein Vater sie verlassen hatte – kein Wunder bei so einem Sohn. Sie hätte ihn sicher in ein Kinderheim gesteckt, wenn sie nicht auf ihre Eltern Rücksicht hätte nehmen müssen, auf deren Geld sie angewiesen war. Sobald sie ihre Mutter überredet hatte, sich um den kleinen Tony zu kümmern, stürzte sie sich in ihren Beruf und machte Karriere. Er hatte sich bemüht, ein guter Junge zu sein, wie Granny es ihn lehrte, aber das war nicht immer einfach gewesen. Sie war keine schlechte Frau, nur durch ihre eigene Erziehung in dem Glauben gefangen, Kinder dürften gesehen, aber niemals gehört werden. Die Reaktion des Großvaters auf die häusliche Tyrannei bestand darin, sich in Wettbüros, Bowling-Zentren und den Frontkämpferverband zurückzuziehen. So hatte Tony schnell und auf die harte Tour Selbstkontrolle üben gelernt. Hatte Handy Andy Ähnliches durchmachen müssen? Tony rieb sich mit der Hand über die überraschend feuchten Augen, ließ sich auf seinen Stuhl fallen und begann hektisch auf die Tastatur einzuhämmern.

5. *Seine häusliche und berufliche Situation erlaubt es ihm, an Montagabenden seine Morde zu begehen, und er geht da-*

von aus, in Temple Fields von niemandem, den er kennt, gesehen zu werden. Das läßt folgende Möglichkeiten zu: Er könnte die Montagabende/Montagnächte gewählt haben, weil ihm diese Zeit beruflich gut paßt oder weil seine Frau/Freundin, sofern er eine hat, zu dieser Zeit nicht zu Hause ist. Er könnte sich auch für den Montag als Mordtag entschieden haben, weil er den ersten Mord an einem Montag begangen hat, alles gut gelaufen ist und er jetzt abergläubisch daran festhält. Oder er mordet stets montags, weil er hofft, die Ermittlungen damit in eine bestimmte Richtung lenken zu können, die seinen Interessen entspricht. Er ist offensichtlich ein intelligenter Mann, und man sollte nicht davon ausgehen, eine so sorgfältige Planung werde von ihm nicht durchzuhalten sein.

Tony unterbrach sich, um nachzudenken und seine Notizen erneut zu überfliegen. Noch hatte er sich nicht voll in Handy Andys Gedankengänge versetzen können, aber sein schwer faßbarer Geist kam näher und näher. Tony fragte sich wieder einmal, ob seine Beschäftigung mit der verdrehten Logik von Mördern eine Ersatzhandlung für ihn war, die einzige Möglichkeit, die ihn davon abhielt, so zu werden wie sie. Weiß Gott, es gab Situationen, in denen der unausweichliche Drang zur Gewaltanwendung in ihren Köpfen ihm durchaus attraktiv erschien. Und es gab oft genug Situationen, in denen er eine mörderische Wut in sich aufsteigen spürte, auch wenn sie sich normalerweise gegen ihn selbst richtete und nicht gegen die Person, mit der er gerade im Bett lag. »Genug damit«, sagte er laut und wandte sich wieder dem flimmernden Bildschirm zu.

Der Täter ist ein systematisch vorgehender Serienmörder, der konstant einen Zeitraum von acht Wochen zwischen den Morden einhält. Diese Konstanz ist ungewöhnlich; normalerweise nimmt die Zeitspanne zwischen den Morden ab, da die Phantasien des Mörders nicht mehr zufriedengestellt werden können. Ein Grund für das Einhalten dieses Zeitraums könnte sein, daß er diese Wochen darauf verwendet, seine Opfer zu beobachten. Die Freuden der Erwartung, verbunden mit dem Genuß der davorliegenden Morde, könnten als zeitliche Bremse dienen. Ich glaube auch, daß der Mörder einen Camcorder einsetzt, um seine Taten aufzuzeichnen, und damit seine Phantasien zwischen den Morden zufriedenstellt.

Tony hielt erneut inne, um noch einmal zu überdenken, was er bis jetzt geschrieben hatte. Der Stolperstein … Seine Analyse war wahrscheinlich gut genug, einen Laien zu überzeugen, er selbst war jedoch weit davon entfernt, zufrieden damit zu sein. Sosehr er aber sein Gehirn auch anstrengte und die vorhandenen Daten zu Rate zog, er fand keine bessere Erklärung. Mit einem Seufzer machte er weiter.

Was ist die vorherrschende Absicht bei seinen Morden? Wir können Morde mit rein krimineller Absicht wie zum Beispiel Raubüberfall oder Einbruch ausschließen. Ebenso können emotionelle, selbstsüchtige oder sich aus bestimmten Umständen ergebende Morde wie zum Beispiel Notwehr, Mord aus Leidenschaft, Attentat oder häuslicher Streit ausgeschlossen werden. Diese Überlegungen führen zu einer Einstufung der Tötungen in die Kategorie Sexualmorde.
Die ausgewählten Opfer sind alle einer Kategorie »geringes Risiko« zuzurechnen. Mit anderen Worten, sie hatten alle Berufe und Verhaltensweisen, die sie nicht zu gefährdeten Zielobjekten machten. Allerdings muß der Mörder hohe Risiken auf sich nehmen, sie in seine Gewalt zu bringen und zu töten. Was sagt uns das über den Mann?

1. Er führt die Verbrechen unter einem hohen Streßniveau durch.

2. Er plant seine Morde äußerst sorgfältig. Er darf sich keine Fehler leisten, denn wenn er es tut und seine Opfer zum Beispiel entkommen können, setzt er sich sowohl körperlichen als auch strafrechtlichen Risiken aus. Er pirscht sich regelrecht an die mit Bedacht ausgewählten Opfer heran und beobachtet detailliert ihren Tagesablauf. Interessanterweise ist ihm bei der Wahl des Montags als Mordtag noch nichts in die Quere gekommen. Ist das das Resultat gründlicher Planung, exakter Vorbereitung oder einfach nur Glück? Wir wissen, daß sein drittes Opfer, Gareth Finnegan, seiner Freundin gesagt hat, er gehe zu einem Treffen mit Kumpeln, aber keiner seiner Freunde oder Arbeitskollegen scheint etwas davon gewußt zu haben, und es ist nicht geklärt, ob er von zu Hause entführt worden ist oder ob der Kontakt zu dem Mörder an einem vorher verabredeten Ort stattfand. Es könnte sein, daß der Mörder solche Verabredungen mit jedem seiner Opfer getroffen hat, entweder bei ihnen zu Hause oder woanders.

3. Er liebt die prickelnde Aufregung, die mit den Morden verbunden ist. Er braucht diese Stimulation.

4. In seiner Persönlichkeitsstruktur muß es Nischen emotionaler Reife geben, die es ihm erlauben, sich in diesen mit erheblichem Streß verbundenen Situationen unter Kontrolle zu halten. Dies mag auch dazu beitragen, daß er sich von dem sonst bei Serientätern oft anzutreffenden Muster abhebt, immer schlampiger bei der Begehung der Taten zu werden (s. unten).

Die meisten Serienmörder unterliegen einem Zwang zur Eskalation, der uns aufzeigt, daß sie eine Steigerung des Nerven-

kitzels brauchen, ein besseres Umsetzen ihrer Phantasien in die Realität. Wie bei einer Achterbahn muß jeder Scheitelpunkt höher sein als der vorherige, um den unvermeidlichen Tiefpunkt, der vorangegangen ist, zu kompensieren …

Tony zuckte zusammen. Was war das für ein Geräusch? Es hatte geklungen, als ob eine Tür geöffnet worden wäre. Nervös schob Tony sich vom Computertisch weg und steuerte den Stuhl auf leisen Rollen über den Teppich hinter seinen Schreibtisch, wo er außerhalb des Lichtkegels der Lampe neben dem Computer war. Er hielt den Atem an und horchte. Stille. Er begann sich schon wieder zu entspannen, da erschien plötzlich ein Lichtstreifen unter der Tür zu seinem Büro.

Eisige Angst packte Tony. Der Gegenstand auf dem Schreibtisch, der einer Waffe am nächsten kam, war ein Achatstein, den er als Briefbeschwerer benutzte. Er nahm ihn in die Hand und erhob sich so leise wie möglich.

Als Carol die Tür öffnete, war sie völlig verblüfft, Tony auf halbem Weg zur Tür mit einem Stein in der Hand auf sie zukommen zu sehen. »Ich bin's!« schrie sie.

Tony ließ die erhobene Hand sinken. »Oh, verdammt«, sagte er.

Carol grinste. »Wen haben Sie denn erwartet? Einbrecher? Journalisten? Den schwarzen Mann?«

Tony entspannte sich. »Tut mir leid. Da versucht man den ganzen Tag in den Kopf eines Beknackten einzudringen, und dann ist man genauso paranoid wie er.«

»Beknackter, aha. Ist das eine wissenschaftliche Bezeichnung, die ihr Psychologen benutzt?«

»Nur innerhalb dieser vier Wände«, antwortete Tony, ging zurück zu seinem Schreibtisch und legte den Achatstein wieder an seinen Platz. »Was verschafft mir das Vergnügen?«

»Da die British Telecom nicht in der Lage zu sein scheint, eine Verbindung zwischen uns beiden zustande zu bringen, dachte ich mir, ich komme persönlich vorbei«, antwortete Carol und setzte sich. »Ich habe heute morgen eine Nachricht auf Ihrem Anrufbeantworter zu Hause hinterlassen. Ich dachte, Sie seien schon zur Arbeit gegangen, aber hier waren Sie offensichtlich auch nicht. Dann habe ich es ungefähr um vier noch mal versucht, doch der Mann an der Vermittlung sagte, es würde sich niemand melden. Auf mein Drängen hin erklärte er sich schließlich bereit, mich durchzustellen, aber es nahm tatsächlich niemand ab. Und jetzt ist die Vermittlung natürlich nicht mehr besetzt, und ich habe nicht daran gedacht, mir die Nummer Ihres Apparats geben zu lassen, um direkt durchwählen zu können.«

»Und Sie wollen eine Kriminalbeamtin sein?« hänselte Tony sie.

»Jedenfalls ist das meine Entschuldigung. Um die Wahrheit zu sagen, es hat mich keine Minute mehr in der Scargill Street gehalten.«

»Wollen wir darüber reden?«

»Nur, wenn ich mit vollem Mund sprechen darf«, sagte Carol. »Ich sterbe vor Hunger. Könnten wir irgendwo schnell was essen?«

Tony sah auf den Bildschirm, dann auf Carols abgespanntes Gesicht und in ihre müden Augen. Er mochte sie, auch wenn er ihr nicht zu nahe kommen wollte, und er brauchte sie bei diesem dienstlichen Projekt auf seiner Seite. »Ich speichere schnell noch diese Datei ab, dann verschwinden wir. Ich kann das nachher auch noch abschließen.«

Zwanzig Minuten später beschäftigten sie sich eifrig mit Zwiebel-Bhajias und Hühnchen-Pakora in einem Asia-Schnellrestaurant in Greenholm. Die anderen Gäste waren Studenten, darunter auch solche, die schon eine Menge Semester auf dem Buckel hatten und sich noch nicht ganz darüber im klaren waren, daß sie im Grunde nichts anderes mehr studierten als Anpassung an die Gegebenheiten des Lebens. »Das Restaurant steht nicht im Feinschmeckerführer, aber das Essen ist preiswert und abwechslungs-

reich, und man hat es schnell auf dem Tisch«, entschuldigte sich Tony.
»Mir gefällt es«, sagte Carol. »Ich bin mehr für Ei auf Toast als für die feine Egon-Ronay-Küche. Mein Bruder hat alle Gourmet-Gene in unserer Familie auf sich vereinigt.« Sie schaute sich kurz um. Ihr Tisch für zwei Personen stand kaum mehr als dreißig Zentimeter vom nächsten entfernt. »Sind Sie absichtlich hierhergegangen, damit wir nicht über unsere Arbeit reden können? Eine Psychologen-Masche, damit ich mich geistig vom Dienst erholen kann?«
Tony sah sie erschrocken an. »Daran habe ich überhaupt nicht gedacht. Sie haben natürlich recht, hier können wir nicht über unseren Fall sprechen.«
Carol lächelte verschmitzt. »Sie können sich gar nicht vorstellen, wie sehr mich das freut.«
Sie aßen einige Minuten weiter, ohne etwas zu sagen. Dann brach Tony das Schweigen. So behielt er die Kontrolle über das Thema. »Was hat Sie zu der Entscheidung gebracht, Polizistin zu werden?«
Carol hob eine Augenbraue. »Ich war wild darauf, die Unterprivilegierten zu schikanieren und rassische Minderheiten zu drangsalieren.«
»Das nehme ich Ihnen ganz bestimmt ab.«
Sie schob ihren Teller zur Seite und seufzte. »Jugendlicher Idealismus. Ich hatte die verrückte Idee, daß die Polizei dazu da sein sollte, der Gesellschaft zu dienen und sie vor Gesetzesbrechern und der Anarchie zu beschützen.«
»Das ist keinesfalls eine verrückte Idee. Glauben Sie mir, wenn Sie mit den Leuten zu tun hätten, mit denen ich mich herumschlagen muß, dann wären Sie froh, daß es eine Institution gibt, die sie von der Straße holt.«
»Oh, in der Theorie ist das ja ganz schön, in der Praxis sieht es leider anders aus. Es begann, als ich Soziologie in Manche-

ster hörte. Ich belegte ein Spezialseminar über ›Soziologische Strukturen in Organisationen‹, und alle meine Kommilitonen verachteten die Polizei als eine korrupte, rassistische, sexistische Organisation, deren Hauptfunktion es sei, der Ober- und Mittelschicht ein komfortables Leben zu sichern. Bis zu einem gewissen Grad stimmte ich dem zu. Der Unterschied zwischen uns war der, daß sie meinten, man müsse solche Organisationen von außen angreifen, während ich immer der Auffassung war, daß man eine fundamentale Veränderung nur von innen erreichen kann.«

Tony grinste. »Sie kleine Umstürzlerin!«

»Nun ja, jedenfalls habe ich damals nicht erkannt, auf was ich mich da einließ. Der Kampf David gegen Goliath war ein Kinderspiel im Vergleich zu dem Versuch, die Strukturen in der Polizei zu ändern.«

»Erzählen Sie mir davon«, sagte Tony interessiert. »Diese Einsatzgruppe, die ich da aufbaue, kann die Aufklärungsrate bei Schwerverbrechen erheblich steigern, aber einige führende Polizeibeamte wehren sich dermaßen dagegen, daß man meinen könnte, ich wollte heimlich Pädophile zu Kindergärtnern machen.«

Carol kicherte. »Sie meinen, Sie wären lieber wieder bei Ihren Beknackten in der geschlossenen Anstalt?«

»Manchmal habe ich das Gefühl, ich wäre nie von dort weggegangen. Sie können sich gar nicht vorstellen, wie herzerfrischend es für mich ist, mit Leuten wie Ihnen und John Brandon zusammenzuarbeiten.«

Ehe Carol reagieren konnte, kam der Ober mit der Hauptspeise – Lamm in Spinat, Huhn-Karahi und Reis. Nach den ersten Bissen fragte Carol: »Haben Sie in Ihrem Beruf die gleichen Probleme mit freier Zeit fürs Privatleben wie wir bei der Polizei?«

Tony ging sofort in Verteidigungsstellung, indem er mit einer Gegenfrage reagierte: »Wie meinen Sie das?«

»Wie Sie neulich schon sagten, man wird von seiner Arbeit aufgefressen. Man verbringt seine Zeit mit Irren und Tieren ...«
»Und das sind zum Teil ja auch die Kollegen«, warf Tony ein.
»Ja, richtig. Und dann kommt man nach Hause, nachdem man sich mit übel zugerichteten Leichen und zerstörten Leben beschäftigt hat, und es wird von dir erwartet, daß du dich hinsetzt und die Seifenopern im Fernsehen anguckst und dich verhältst wie jeder andere Mensch auch.«
»Und das kann man nicht, weil man den Kopf noch voll hat vom Horror des Tages«, ergänzte Tony. »Und in Ihrem Job kommt ja noch erschwerend hinzu, daß Sie Schichtdienst machen müssen.«
»Genau. Haben Sie auch solche Probleme mit dem Privatleben?«
Stellte sie diese Frage aus reiner Neugier, oder war das ein indirekter Weg, etwas über ihn herauszufinden? Manchmal wünschte Tony, er könnte den Teil seines Gehirns einfach ausschalten, der jede Aussage, jede Geste, jeden komplizierten Ausdruck der Körpersprache analysieren mußte. Warum konnte er sich nicht einfach dem Vergnügen hingeben, mit jemandem zu essen und zu plaudern, der seine Gesellschaft zu schätzen schien? Er merkte plötzlich, daß eine zu lange Pause zwischen Carols Frage und seiner Antwort entstanden war, und so sagte er rasch: »Ich kann wahrscheinlich noch schlechter abschalten als Sie. Männer sind viel häufiger von bestimmten Dingen besessen als Frauen. Ich meine, wie viele weibliche Modelleisenbahn-Fans, Briefmarkensammler oder Fußballfanatiker kennen Sie?«
»Und das wirkt sich störend auf Ihre persönlichen Beziehungen aus?« ließ Carol nicht locker.
»Nun, keine meiner Beziehungen hat lange bestanden«, antwortete Tony und kämpfte darum, seine Stimme unbefangen klingen zu lassen. »Ich weiß nicht, ob das vornehmlich auf meinen Job oder auf mich selbst zurückzuführen ist. Meistens waren die letzten Worte, die sie mir in der Tür noch zuriefen, nicht ›du und deine verdammten Beknackten‹, also nehme ich an, daß es an mir

liegt. Und wie ist es bei Ihnen? Wie werden Sie mit den Problemen Ihres Jobs fertig?«

Carol kaute fertig und schluckte, ehe sie antwortete. »Ich habe herausgefunden, daß Männer wenig Verständnis für Schichtdienst haben, es sei denn, sie sind selbst auch darin eingespannt. Wissen Sie, man ist dann nie mit der Tasse Tee zur Stelle, bevor sie zum Squash spielen davoneilen. Wenn man die Schwierigkeit dazurechnet, ihnen Verständnis dafür abzuringen, daß einem der Job dauernd im Kopf steckt, wer bleibt dann noch übrig? Assistenzärzte, andere Cops, Feuerwehrmänner, Krankenwagenfahrer. Und nach meiner Erfahrung gibt es nicht viele, die eine Beziehung mit jemandem eingehen wollen, dem es so geht wie ihnen selbst. Der Job beansprucht uns zu sehr, da bleibt kaum mehr was übrig. Der letzte Mann, mit dem ich eine Beziehung hatte, war Arzt, und wenn er nicht bei seiner Arbeit war, wollte er nur noch schlafen, bumsen und zu Partys gehen.«

»Und Sie wollten mehr?«

»Nun, sich mal unterhalten, vielleicht auch mal ins Kino oder Theater gehen wäre nicht schlecht. Aber ich habe seine Art hingenommen, weil ich ihn liebte.«

»Und was hat dann dazu geführt, daß Sie die Beziehung beendet haben?«

Carol blickte auf ihren Teller. »Es ist nett von Ihnen, daß Sie das gesagt haben, aber ich habe sie nicht beendet. Als ich hierherzog, meinte er, das Hin- und Herfahren sei eine Verschwendung kostbarer Zeit fürs Bumsen, und schließlich ließ er mich zugunsten einer Krankenschwester sausen. Jetzt bin ich allein mit meinem Kater Nelson. Ihn scheint meine unregelmäßige Anwesenheit nicht allzusehr zu stören.«

»Aha«, sagte Tony. Er hatte den echten Schmerz unter der Oberfläche erkannt, aber diesmal ließ ihn seine professionelle Geschicklichkeit im Stich, und er fand keine angemessene Entgegnung.

»Und wie ist es bei Ihnen? Haben Sie im Moment jemanden?« fragte Carol.
Tony schüttelte den Kopf, sich auf sein Essen konzentrierend.
»Na so was, so ein netter Kerl wie Sie.« Carols neckender Ton überdeckte etwas, von dem Tony hoffte, daß er es sich nur einbildete.
»Oh, Sie haben bisher bloß die charmante Seite von mir kennengelernt. Wenn der Vollmond kommt, wachsen mir Haare in den Handflächen, und ich jaule den Mond an«, sagte Tony grinsend. »Ich bin nicht der, für den Sie mich halten, junge Frau«, knurrte er wie ein Werwolf.
»Oh, Großmutter, warum hast du so große Zähne?«
»Damit ich meinen Reis besser kauen kann«, lachte Tony. Er wußte, daß sie an einem Punkt angekommen waren, an dem er ihre Beziehung hätte vorantreiben können, aber er hatte zu viel Zeit damit verbracht, seine Verteidigung gegen genau diese Momente der Schwäche aufzubauen, um sie jetzt einfach zu ignorieren. Außerdem, sagte er sich, habe ich keinen Bedarf an einer Beziehung. Bittere Erfahrungen und seine Verbindung zu Angelica hatten ihn gelehrt, daß der jetzige Zustand das einzige war, womit er zurechtkam und was ihn wenigstens halbwegs funktionieren ließ.
»Und wie sind Sie zu dieser seelenzerstörenden Tätigkeit gekommen?« fragte Carol.
»Während meiner Zeit an der Uni entdeckte ich, daß ich es haßte, mich auf die Hinterbeine zu stellen und vor Zuhörern zu reden, was eine Universitätskarriere ausschloß. Also wandte ich mich der klinischen Praxis zu.« Tony schaffte es jetzt leicht, zu einer Reihe von Anekdoten aus seiner Arbeit überzugehen. Er spürte, daß er sich entspannte, wie ein Mann, der über einen dünn zugefrorenen See gewandert ist und merkt, daß er sich wieder auf festem Boden befindet.
Sie verbrachten den Rest des Essens mit Gesprächen auf dem

sicheren Grund ihrer Karrieren, und Carol bat den Ober um die Rechnung, als er das Geschirr abräumte. »Ich übernehme das, okay? Das hat nichts mit Feminismus zu tun, ich kann Sie ganz legitim als dienstlichen Gesprächspartner bei der Steuer geltend machen.«

Als sie zu Tonys Büro zurückgingen, sagte er: »So, und jetzt erzählen Sie mir von Ihrem Tag.«

Der schnelle Wechsel von den persönlichen Dingen zum Dienstlichen bestätigte Carol, daß sie sehr ruhig und gelassen mit Tony umgehen mußte. Sie hatte noch nie erlebt, daß jemand so rasch einen beginnenden kleinen Flirt abbrach. Das war erstaunlich, vor allem, nachdem sie spürte, daß er sie mochte. Und sie hatte keine Zweifel daran, daß sie auf Männer anziehend wirkte. Nun, die Ermittlungen gegen Handy Andy gaben ihr wenigstens Gelegenheit, eine Brücke zwischen ihnen zu bauen. »Wir haben heute morgen einen neuen Ansatzpunkt gefunden. Wir hoffen jedenfalls alle, daß es einer ist.«

Tony blieb abrupt stehen und sah Carol an. »Was für einen neuen Ansatzpunkt?« fragte er barsch.

»Keine Angst, man hat Sie dabei nicht übergangen«, antwortete Carol besänftigend. »Es wäre bei den meisten Ermittlungen nur ein untergeordnetes Detail, aber weil wir in diesem Fall so wenig in der Hand haben, ist alle Welt ziemlich aufgeregt. Man hat an einem Nagel im Tor zum Hinterhof des Queen of Hearts das Fragment eines Lederfetzens entdeckt. Im Labor hat man dann festgestellt, daß es sich um ein sehr ungewöhnliches Material handelt. Es ist Hirschleder und stammt aus Rußland.«

»Ach du lieber Himmel!« sagte Tony leise und ging weiter. »Lassen Sie mich raten. Man kann dieses Leder nicht in England kaufen, und man muß wahrscheinlich jemanden nach Rußland schicken, um der Sache nachzugehen. Habe ich recht?«

»Wie zum Teufel können Sie das wissen?« fragte Carol und hielt ihn am Ärmel fest.

»Ich habe so was erwartet«, antwortete er einfach.
»Was meinen Sie mit ›so was‹?«
»Ein hinterlistiges Ablenkungsmanöver des Mörders, welches dazu führt, daß die gesamte Polizei wie ein kopfloses Huhn rumrennt.«
»Sie meinen, es ist ein Ablenkungsmanöver?« Carol schrie die Worte fast. »Wieso?«
Tony strich sich mit den Fingern über die Wangen, dann durchs Haar. »Dieser Bursche ist ausgesprochen vorsichtig gewesen. Er ist geradezu besessen davon, keine Spuren zu hinterlassen. Serienmörder haben fast immer einen hohen Intelligenzquotienten, und Handy Andy gehört zu den intelligentesten, die mir je begegnet sind, sowohl persönlich als auch in der Literatur. Doch plötzlich, aus dem Nichts, taucht nicht nur ein Hinweis auf, sondern ein so einmaliger Hinweis, daß er nur mit einer eng begrenzten Gruppe aus der Bevölkerung in Verbindung gebracht werden kann. Und Sie halten das für eine echte Spur? Genau das will er erreichen. Ich wette, die meisten von der Sonderkommission sind den ganzen Tag rumgeirrt und haben versucht, rauszufinden, wo dieses obskure russische Lederstück herstammt, oder nicht? Oh, und sagen Sie es nicht, lassen Sie mich noch mal raten. Ich wette, eine komplette Detective-Gruppe ist damit beschäftigt, Stevie McConnells Leben zu durchforschen, um herauszukriegen, wie er an eine solche Lederjacke gekommen sein könnte.«
Carol starrte ihn an. Was er da sagte, erschien so überzeugend, so einleuchtend. Aber niemand bei der Sonderkommission war auf den Gedanken gekommen, den Lederfetzen als Ablenkungsmanöver des Mörders zu betrachten.
»Habe ich recht?« fragte Tony, diesmal nicht so barsch.
Carol verzog das Gesicht. »Keine ganze Gruppe, nur Don Merrick und ich und ein paar Constables. Ich habe fast den ganzen Tag damit zugebracht, die führenden Leute beim Gewichtheber- und Bodybuilderverband anzurufen und zu fragen, ob McConnell

mit einem nationalen oder regionalen Team mal an einem Wettkampf in Rußland oder in England gegen ein russisches Team teilgenommen hat. Und Don und die Constables haben bei Reiseveranstaltern nachgefragt, ob er mal in Rußland Urlaub gemacht hat.«

»Ach du lieber Gott!« stöhnte Tony. »Und?«

»Vor fünf Jahren war er mit der Gewichthebermannschaft von Nordwestengland bei einem Wettkampf in Leningrad.«

Tony atmete tief durch. »Der arme unglückliche Kerl«, sagte er. »Ich muß wohl davon ausgehen, daß keiner von Ihnen auf die Idee gekommen ist, das alles könnte mit Absicht vom Mörder so arrangiert worden sein. Ich meine das natürlich nicht irgendwie herablassend. Ich stelle nur fest, wie intensiv Sie sich alle da reinhängen und wie verzweifelt Sie versuchen, diesen Bastard zu überführen. Ich wünschte nur, man hätte mir das mitgeteilt, ehe es für jedermann eine solche Bedeutung angenommen hat.«

»Ich habe versucht, Sie heute morgen anzurufen«, erwiderte Carol. »Sie haben mir immer noch nicht gesagt, wo Sie waren.«

Tony hob die Hände. »Entschuldigen Sie. Ich lag im Bett und schlief und habe das Telefon auf den Anrufbeantworter umgeschaltet. Ich war total erschöpft nach der langen Nacht, und ich wußte, ich würde mich nicht auf das Profil konzentrieren können, wenn ich nicht ausgeschlafen wäre. Ich hätte den Anrufbeantworter abhören sollen, als ich aufstand. Tut mir leid, daß ich überreagiert habe.«

Carol grinste. »Diesmal lasse ich es Ihnen noch durchgehen. Sparen Sie sich Ihr furchterregendes Temperament auf, bis wir Handy Andy schnappen, hm?«

Tony verzog das Gesicht. »Sollten Sie statt ›bis‹ nicht besser ›wenn wir je‹ sagen?«

Er sah so verletzlich und verzagt aus, mit herabhängenden Schultern und gesenktem Kopf, daß Carol die erst vor einigen Minuten getroffene Entscheidung, gelassen mit ihm umzugehen, vergaß, zu ihm trat und ihn an sich drückte. »Wenn überhaupt jemand es schafft, ihn zu überführen, dann sind Sie es«, flüsterte sie und rieb ihre Wange an seinem Kinn – wie eine Katze, die ihr Revier markiert.

Brandon starrte Tom Cross mit entsetztem Gesicht an. »*Was* haben Sie gemacht?« fragte er ungläubig.

»Ich habe McConnells Haus durchsucht«, wiederholte Cross streitlustig.

»Ich glaubte eindeutig festgestellt zu haben, daß wir nicht berechtigt sind, das zu tun. Kein Richter in diesem Land wird eine Festnahme wegen Erregung öffentlichen Ärgernisses als ausreichenden Grund für Mordverdacht akzeptieren.«

Cross lächelte. Es war eher ein Entblößen der Schneidezähne, das einen Rottweiler in schäumende Wut versetzt hätte. »Bei allem Respekt, Sir, das war der Stand der Dinge, bevor Inspector Jordan herausgefunden hat, daß McConnell in Rußland war. Seitdem liegt eine veränderte Situation vor. Nicht viele Leute hatten schließlich Zugang zu seltenen russischen Lederjacken. Es macht ihn zum Verdächtigen. Und es gibt mehr als einen Richter, der mir was schuldig ist.«

»Sie hätten das mit mir abklären müssen«, sagte Brandon. »Meine letzte Anordnung in diesem Zusammenhang lautete, das Haus nicht zu durchsuchen.«

»Das wollte ich ja, aber Sie waren in einer Besprechung mit dem Chief. Ich dachte, ich sollte besser zuschlagen, solange das Eisen noch heiß ist, vor allem, weil wir ihn nicht ewig festhalten können.«

»Sie haben also eine Menge Zeit mit der Durchsuchung von McConnells Haus verschwendet«, sagte Brandon verärgert. »Meinen Sie nicht, Sie und Ihre Männer hätten was Besseres tun können?«

»Sie wissen ja noch nicht, was wir gefunden haben«, entgegnete Cross.

Brandon war kein Mann, der sich von bösen Vorahnungen schrecken ließ, aber diesmal hatte er es mit einer zu tun, die so greifbar und vorhersehbar war wie eine Tatsache.

»Wir haben ihn, Sir«, fuhr er fort. »Volltreffer. Wir haben eine Weihnachtskarte von Gareth Finnegans Firma in McConnells Schlafzimmer gefunden, dazu einen Pullover, der das genaue Gegenstück von dem ist, der nach Aussage von Adam Scotts Freundin in seinem Haus fehlt, und einen Strafzettel mit Damien Connollys Dienstnummer. Wenn wir zu alldem noch die Rußlandsache nehmen, ist es nach meiner Meinung an der Zeit, den miesen kleinen Arschficker vor den Kadi zu bringen.«

Auf 3 1/2-Zoll-Diskette, Beschriftung: Backup.007, Datei Love010.doc

Wenn man feststellt, daß man eine naturgegebene Neigung zu etwas hat, muß das nicht zwangsweise auch heißen, daß man ihr blindlings folgt. Schon zu dem Zeitpunkt, als ich Pauls Leiche ablegte – diesmal in einem dunklen Torweg in einer Gasse in Temple Fields –, hatte ich mich entschlossen, wer mein nächstes Objekt werden sollte. Aber selbst nach der so großartigen Erfahrung mit Paul hatte ich nicht die Absicht, sie bei Gareth zu wiederholen.

Ich würde zum drittenmal glücklich sein. Gareth, das wußte ich inzwischen, war ein Mann mit reicher und schöpferischer sexueller Phantasie. Selbst als ich Pauls jämmerliche Vorstellung in den Computer eingab und bearbeitete, bedauerte ich es im Grunde, daß ich, dank Gareth, nicht mehr die Gelegenheit haben würde, das außergewöhnliche Talent, das ich an mir entdeckt hatte, zu perfektionieren. Mit den Möglichkeiten, die mir zur Verfügung standen, stellte ich Filme her, wie ich nie welche gesehen habe. Das Äußerste an Todesagonie. Wenn ich diese Filme auf den Markt bringen könnte, würde ich ein Vermögen damit machen. Ich weiß, daß es da draußen einen Markt für so was gibt. Manch einer würde viel Geld dafür ausgeben, wenn er sich ansehen könnte, wie Paul mich in seinen letzten Todeszuckungen auf dem Judasstuhl fickt. Und was ich erst mit Adam angestellt habe ... Lassen wir es dabei bewenden, daß noch nie jemand einen Neunundsechziger wie den gesehen hat.

Wie ich es mir vorgenommen hatte, ging ich zu dem Friedhof, auf dem Adam vor einigen Wochen beigesetzt worden war. Die Beerdigung war in den Nachrichten des lokalen Fernsehens gezeigt worden; ich hatte sie auf Video aufgenommen und wußte daher, wo ungefähr das Grab lag. Nach Einbruch der Dunkelheit stapfte ich durch die Gräberreihen und fand Adams letzte Ruhestätte nach zwanzig Minuten. Ich zog den Verschluß von der Spraydose mit roter Farbe ab und sprühte das Wort WICHSER auf die eine Seite des grauen Granitsteins und das Wort ARSCHFICKER auf die andere. Das würde die Polizei sicherlich beschäftigen.

Während ich am folgenden Abend darauf wartete, daß Gareth aus der Anwaltskanzlei kam, in der er Sozius war, vertrieb ich mir die Zeit damit, den üblichen Schwulst in der *Bradfield Evening Sentinel Times* nachzulesen. Diesmal brachte man mich auf der Titelseite.

> **HAT DER SCHWULENKILLER WIEDER ZUGESCHLAGEN?**
>
> *Heute morgen wurde in Bradfields Homosexuellenviertel die verstümmelte Leiche eines Mannes aufgefunden.*
>
> *Das Mordopfer war im berüchtigten Stadtbezirk Temple Fields in einer Nebengasse der Canal Street vor dem Notausgang des Homosexuellentreffs Schattenland deponiert worden.*
>
> *Es ist dies das zweitemal innerhalb von zwei Monaten, daß die Leiche eines nackten Mannes in dieser Gegend des Schwulenstrichs gefunden wurde.*
>
> *Die Behörden fürchten nun, daß ein perverser Serienmörder in der Homosexuellenszene der Stadt umgeht.*
>
> *Die heutige schreckliche Entdeckung wurde von Nachtclubbesitzer Danny Surtees, 37, gemacht, als er sich mit seinem Buchhalter treffen wollte.*

Er sagte: »Ich gehe tagsüber immer durch diese Tür, die ansonsten nur als Notausgang dient, in den Club. Ich stelle dann meinen Wagen in der Gasse ab. Heute morgen war die Tür durch irgendwas Sperriges blockiert, das mit einigen schwarzen Müllsäcken zugedeckt war. Als ich die Müllsäcke wegzog, um das Hindernis zu beseitigen, kam die nackte Leiche zum Vorschein. Sie war schrecklich zugerichtet. Ich sah sofort, daß der Mann tot war. Ich werde mein Leben lang Alpträume von diesem Anblick haben.«

Mr. Surtees berichtete, die Leiche habe noch nicht vor der Tür gelegen, als er kurz nach drei Uhr morgens seine abschließende Kontrollrunde machte.

Das Opfer, knapp über dreißig Jahre alt, konnte noch nicht identifiziert werden. Es wird von der Polizei wie folgt beschrieben: Weißer, einsachtzig groß, schlank, dunkelbraunes, bis auf den Kragen fallendes Haar, braune Augen, ältere Blinddarmnarbe.

»Wir gehen davon aus, daß der Mann irgendwo anders ermordet und die Leiche dann zwischen drei und acht Uhr am Fundort abgelegt wurde«, erklärte ein Polizeisprecher. »Wir bitten alle Mitbürger, die am vergangenen Morgen zur fraglichen Zeit in Temple Fields waren und sachdienliche Hinweise geben können, sich mit der Polizei in Verbindung zu setzen. Alle Informationen werden mit strengster Vertraulichkeit behandelt.

Beim derzeitigen Stand der Ermittlungen gibt es keine Hinweise darauf, daß dieser Mord mit dem vor zwei Monaten entdeckten Mord an Adam Scott in Verbindung steht.«

Carl Fellowes, Mitarbeiter im Schwulen- und Lesbenzentrum von Bradfield, sagte heute: »Die Polizei meint, es gebe keine Hinweise auf eine Verbindung zwischen den beiden Morden.

Ich weiß nicht, was mich und die Homosexuellenszene in der Stadt mehr beunruhigt – der Gedanke, ein Irrer begeht Morde an schwulen Männern, oder der Gedanke, daß es zwei solcher Irrer gibt.«

Ich wußte nicht, ob ich lachen oder weinen sollte. Eines aber war klar, Police Constable Schwerfällig war weit davon entfernt, sich bei diesen Mordfällen mit Ruhm zu bekleckern. Ich hatte ganz offensichtlich gute Arbeit beim Verwischen der Spuren geleistet.

Ich faltete die Zeitung zusammen, trank meinen Cappuccino zu Ende und bat um die Rechnung. Gareth würde jeden Augenblick aus dem Bürogebäude auftauchen und durch die zum allgemeinen Arbeitsschluß überfüllten Straßen zur Straßenbahnhaltestelle gehen. Ich wollte für ihn bereit sein. Ich hatte heute abend etwas ganz Spezielles mit ihm vor, und ich wollte sichergehen, daß er allein zu Hause war, um es auch genießen zu können.

10

Allgemein gesehen, sind die Menschen ausgesprochen blutrünstig, Gentlemen, und bei einem Mord wollen sie vor allem ein ergiebiges Verströmen von Blut sehen; eine möglichst intensive Zurschaustellung in dieser Hinsicht genügt ihren Ansprüchen. Der aufgeklärte Connaisseur hingegen ist anspruchsvoller in seinem Geschmack.

Penny Burgess füllte ihr Glas aus der Flasche mit kalifornischem Chardonnay, die im Kühlschrank stand, und ging zurück ins Wohnzimmer, um die Nachrichten im lokalen BBC-Programm nicht zu verpassen. Erleichtert hörte sie, daß es nichts Neues gab, über das man beunruhigt sein müßte – ein bewaffneter Raubüberfall, um den sie sich wohl als erstes morgen früh kümmern würde, und die Polizei verhörte weiterhin einen Mann im Zusammenhang mit den Schwulenmorden, aber es war noch keine Anklage gegen ihn erhoben worden. Penny nippte an ihrem Wein und steckte sich eine Zigarette an.

Sie werden bald etwas unternehmen müssen, dachte sie, denn wenn sie morgen früh nicht Anklage gegen den Mann erheben, welcher Art auch immer, wird ihnen nichts anderes übrigbleiben, als ihn laufenzulassen. Bisher war die Identität des Verdächtigen noch nicht an die Öffentlichkeit gedrungen, was äußerst bemerkenswert war. Die ganze Meute der Journalisten – sie selbst natürlich auch – hatte die persönlichen Verbindungen zu Polizeibeamten spielen lassen, aber diesmal war der Informationstank dicht geblieben, kein Leck hatte sich in ihn bohren lassen. Penny beschloß, vorsichtshalber einen Blick auf die Liste der morgen anstehenden Gerichtsverhandlungen zu werfen. Es bestand immerhin die – wenn auch geringe – Chance, daß die Cops irgend etwas halbwegs Handfestes ausgegraben hatten, um gegen den Verdächtigen Anklage zu erheben, so daß sie ihn eingebuchtet lassen und nach weiteren Beweisen suchen konnten, die eine Anklage wegen der Serienmorde untermauerten.

Als die Nachrichten zum Wetterbericht übergingen, läutete das Telefon auf dem Couchtisch vor ihr. Sie nahm den Hörer ab. »Hallo?«

»Penny? Kevin hier.«

Halleluja, dachte Penny, richtete sich auf und drückte die Zigarette aus, sagte dann aber nur: »Kevin, mein Süßer, was gibt's?« Sie kramte einen Stift und ihr Notizbuch aus der Handtasche.

»Es liegt was an, das dich wahrscheinlich interessiert«, antwortete er vorsichtig.

»Das wäre nicht das erstemal«, erwiderte Penny zweideutig. Ihre gelegentlichen Sexkontakte mit dem verheirateten Kevin Matthews hatten ihr in der Vergangenheit zu mancherlei vertraulicher Information aus dem Bereich der Kriminalpolizei von Bradfield verholfen. Und Kevin war darüber hinaus einer der besten Liebhaber, die sie je gehabt hatte. Sie wünschte nur, sie käme gegen sein katholisches Schuldbewußtsein an, um öfter in den Genuß zu kommen.

»Das ist ernst gemeint«, protestierte Kevin.

»Ich meinte es auch ernst, Superhengst.«

»Nun hör mal, willst du die Information haben oder nicht?«

»Natürlich. Vor allem, wenn es der Name des Typs ist, den ihr wegen der Schwulenmorde festgenommen habt.«

Sie hörte, wie er scharf den Atem einzog. »Du weißt, daß ich dir den nicht nennen kann. Auch zwischen uns beiden gibt es bestimmte Grenzen.«

Penny seufzte. Ja, das war die Crux in ihrer Beziehung. »Okay, was hast du zu bieten?«

»Popeye ist suspendiert worden.«

»Wie, man hat ihm den Fall weggenommen?« fragte Penny aufgeregt. Tom Cross suspendiert?

»Man hat ihn *vom Dienst* suspendiert, Pen. Man hat ein Disziplinarverfahren gegen ihn eingeleitet und ihn nach Hause geschickt.«

»Wer hat das veranlaßt?« Mein Gott, das war ja eine tolle Story! Was hatte Popeye diesmal angestellt? Panik erfaßte sie. Was, wenn man ihn bestraft hatte, weil er einem ihrer Reporterrivalen den Namen des Verdächtigen verraten hatte? Sie überhörte beinah Kevins Antwort auf ihre Frage.

»John Brandon.«

»Und aus welchem Grund, zum Teufel?«

»Damit rückt keiner raus. Aber die letzte Aktion, die er vor dem Treffen mit Brandon startete, war die Durchsuchung des Hauses des Verdächtigen.«

»Eine legale Durchsuchung?« wollte Penny wissen.

»Soweit mir bekannt ist, hat er sich auf ›dringenden Tatverdacht nach Gewinnung neuer Ermittlungsergebnisse‹ berufen«, sagte Kevin vorsichtig.

»Und was ist nun eigentlich los? Hat Popeye dem Verdächtigen bei der Hausdurchsuchung gefälschtes Beweismaterial untergeschoben oder was?«

»Ich weiß es nicht, Pen«, antwortete Kevin. »Ich muß jetzt weg. Wenn ich noch was höre, ruf' ich dich wieder an, okay?«

»Okay. Du bist super, Kev.«

»Wir hören bald voneinander.«

Er legte auf. Penny schmetterte den Hörer auf die Gabel, lief zum Schlafzimmer und zog noch unterwegs den Morgenmantel aus. Fünf Minuten später rannte sie die Stufen der beiden Treppenabsätze von ihrer Wohnung zur Tiefgarage hinunter. Im Wagen schaute sie in ihrem Adreßbuch nach, fuhr dann los, und auf dem Weg überlegte sie, was sie sagen sollte, wenn sie vor der Tür stand.

Tony löste sich schnell aus der Umarmung, und sein Körper entzog sich dem ihrem mit einer Geste, die keinen Zweifel daran ließ, wie unangenehm ihm ihre Berührung war.
Carol versuchte der Sache einen unbefangenen Anstrich zu geben und die Peinlichkeit, die zwischen ihnen entstanden war, zu überbrücken. »Entschuldigen Sie, aber Sie sahen einfach so aus, als ob Sie eine tröstende Umarmung gebrauchen könnten«, sagte sie.
»Das ist schon in Ordnung«, erwiderte Tony steif. »Wir machen so was dauernd bei Gruppentherapien.«
Während sie weitergingen, fragte Carol: »Wann kann ich mir denn das Profil mal anschauen?«
Die Unterhaltung war wieder auf sicherem Boden, aber Carol, die sich bei ihm eingehakt hatte, war ihm immer noch zu nahe, um sich ganz wohl zu fühlen. Tony spürte die Anspannung in seinem Körper, eine kalte Hand, die seine Brust zusammendrückte. Er zwang sich, in normalem, ruhigem Ton zu sprechen. »Ich brauche noch ein paar Stunden, und ich werde mich als erstes morgen früh wieder damit beschäftigen. Am Nachmittag werde ich dann wohl einen Entwurf für Sie fertighaben. Fünfzehn Uhr, okay?«
»Sehr schön. Sagen Sie, würde es Ihnen was ausmachen, wenn ich dabei bin, während Sie arbeiten? Ich könnte endlich die Berichte und anderen Unterlagen zu Ende lesen. In der Scargill Street kriege ich nicht die Ruhe dazu.«
Tony sah sie zweifelnd an. »Nun, das geht wohl schon.«
»Ich verspreche, Sie nicht zu belästigen, Dr. Hill«, scherzte Carol.
»Verdammt schade«, erwiderte Tony und schnipste in gespielter Enttäuschung mit den Fingern. Schau an, dachte er zynisch, du benimmst dich tatsächlich wie ein ganz normaler Mensch, scheinst allen Situationen gewachsen zu sein. »Aber im Ernst, eigentlich bin ich es nicht gewohnt zu arbeiten, wenn noch jemand im Zimmer ist.«
»Sie werden gar nicht merken, daß ich da bin.«

»Daran habe ich ganz erhebliche Zweifel«, sagte Tony. Sie würde das als Kompliment werten können, aber er wußte die Wahrheit.

Penny drückte auf die Klingel des freistehenden Hauses im Pseudo-Tudorstil. Es lag in einer recht exklusiven Straße im Süden von Bradfield. Selbst beim Gehalt eines Superintendents hätte es außerhalb der finanziellen Möglichkeiten von Tom Cross liegen müssen, aber Popeyes sprichwörtliches Glück hatte sich vor einigen Jahren wieder einmal bewiesen, als er im Lotto eine fünfstellige Summe gewonnen hatte. Die Party, die er aus diesem Anlaß gegeben hatte, war in die Polizeigeschichte eingegangen. Jetzt aber sah es so aus, als ob die Glücksfee ihn im Stich gelassen hätte.

Im Flur ging Licht an, und jemand kam auf die Tür zu, was man durch das geriffelte Glas sah. Freitag der Dreizehnte fällt mit Halloween zusammen, murmelte Penny schwer atmend, als sich ein Schlüssel im Schloß drehte. Die Tür wurde vorsichtig einen Spalt geöffnet.

Penny legte den Kopf schief und sagte lächelnd: »Superintendent Cross, ich bin Penny Burgess von der *Sentinel Times*«, wobei sich der weiße Hauch ihres Atems mit dem Tabakrauch, der aus dem Türspalt drang, vermischte.

»Ich weiß, wer Sie sind«, knurrte Cross, und Penny hörte an der genuschelten Aussprache dieser wenigen Worte, daß er einige Drinks intus hatte. »Was zum Teufel wollen Sie zu dieser nachtschlafenden Zeit von mir?«

»Ich habe gehört, Sie hätten im Dienst einige Probleme.«

»Dann haben Sie falsch gehört, Ma'am. Und jetzt verschwinden Sie.«

»Morgen werden sich alle Medien damit beschäftigen. Man wird Sie regelrecht belagern. Die *Sentinel Times* hat Sie immer unterstützt, Mr. Cross. Wir waren bei den Ermittlungen in diesen Mordfällen von Anfang an auf Ihrer Seite. Ich bin kein Reporter

von einem Sensationsblatt in London, der auf Sie eindreschen will. Wenn man Sie aus dem Verkehr gezogen hat, haben unsere Leser ein Recht darauf, Ihre Stellungnahme dazu zu erfahren.«
Die Tür stand immer noch einen Spalt offen. Wenn er es zugelassen hatte, daß sie so viel sagte, ohne ihr die Tür vor der Nase zuzuschlagen, waren die Chancen, mehr aus ihm herauszuholen, nicht schlecht.
»Wie kommen Sie zu der Annahme, ich sei aus dem Verkehr gezogen worden?« fragte Cross herausfordernd.
»Ich habe gehört, Sie seien vom Dienst suspendiert. Ich weiß nicht, warum, und deshalb will ich zunächst mal Ihre Stellungnahme dazu hören, bevor wir mit der offiziellen Erklärung abgespeist werden.«
Cross blickte finster drein, und seine Augen schienen noch weiter aus den Höhlen hervorzuquellen. »Ich habe nichts dazu zu sagen«, knurrte er, jede einzelne Silbe unwillig hervorquetschend.
»Auch nicht inoffiziell? Wollen Sie wirklich tatenlos zuschauen, wie man nach allem, was Sie für die Polizei und die Gesellschaft geleistet haben, Ihre Reputation kaputtmacht?«
Cross öffnete die Tür weiter und schaute mißtrauisch auf die Straße. »Sie sind allein?« fragte er.
»Nicht mal mein Lokalredakteur weiß, daß ich hier bin. Ich habe die Nachricht gerade erst erhalten.«
»Na ja, dann kommen Sie für 'ne Minute rein.«
Penny trat über die Türschwelle in eine Diele, die wie eine Warenausstellung von Laura Ashley wirkte. Am Ende der Diele stand eine Tür halb offen, und aus dem Zimmer dahinter drangen die Geräusche eines Fernsehers bis zu ihnen herüber. Cross führte Penny in die andere Richtung zu einem großen Wohnzimmer. Als er das Licht anmachte, wurden Pennys Augen von mehr verschiedenartigen Mustern attackiert als in einem Tuchladen. Das einzige, was die Vorhänge, Teppiche, Läufer, Tapeten, Friese und

Sofakissen gemeinsam hatten, war, daß sie in diversen Grün- und Brauntönen gehalten waren. »Was für ein hübsches Zimmer«, stammelte Penny.

»So? Ich finde es scheußlich. Meine Frau sagt, es sei alles vom Besten, was man für Geld kriegen kann, wobei das für mich ein gutes Argument wäre, lieber arm zu bleiben«, knurrte Cross und steuerte eine Bartheke an. Er goß sich einen großen Drink aus einer Karaffe ein und fragte dann erst: »Sie werden wohl keinen Drink wollen, da Sie mit dem Auto gekommen sind, oder?«

»Natürlich nicht«, antwortete Penny und zwang sich, es überzeugend klingen zu lassen. »Ich möchte schließlich nicht Gefahr laufen, Ihren Jungs draußen auf der Straße unangenehm aufzufallen.«

»Sie wollen also wissen, warum diese schlappen Bastarde mich suspendiert haben?« fragte er herausfordernd und stieß den Kopf nach vorn wie eine hungrige Schildkröte.

Penny nickte. Sie wagte es nicht, ihr Notizbuch aus der Handtasche zu holen.

»Weil sie lieber auf einen verdammten schwulen Doktor hören als auf einen anständigen Cop, deshalb tun sie's.«

Wenn Penny ein Hund gewesen wäre, hätten sich jetzt ihre Ohren in erwartungsvoller Anspannung aufgestellt. So aber begnügte sie sich mit einem höflichen Hochziehen der Augenbrauen. »Ein Doktor?« fragte sie.

»Sie haben diesen Wichser von Seelenklempner ins Spiel gebracht, um unseren Job zu machen. Und der sagt, der Arschficker, den wir gefaßt haben, sei unschuldig, und damit sind alle Beweise, die wir gegen ihn zusammengetragen haben, im Arsch. Nun bin ich ja aber seit mehr als zwanzig Jahren ein Cop, und ich vertraue auf meine Instinkte. Wir haben den verdammten Killer gefaßt, ich spür's im Urin. Ich habe nur versucht, ihn hinter Gittern zu behalten, bis wir die losen Enden zusammenknüpfen können.« Cross trank sein Glas leer und knallte es auf die Thekenplatte. »Und sie haben die verdammte Frechheit, *mich* zu suspendieren!«

Er hat also Beweise gefälscht, dachte Penny. Obwohl sie dringend mehr über diesen mysteriösen Doktor erfahren wollte, hielt Penny es für besser, Cross sich erst einmal seinen Kummer von der Seele reden zu lassen. »Was wirft man Ihnen denn vor?« fragte sie.

»Ich habe nichts falsch gemacht«, sagte er und goß sich noch einen Whisky ein. »Das Problem mit diesem verdammten Brandon ist, daß er schon zu lange als Sesselfurzer hinter dem Schreibtisch sitzt und nicht mehr weiß, was in der Realität in unserem Job abläuft. Instinkt, darauf kommt es an. Instinkt und harte Arbeit. Kein verdammter Trickser mit dem Kopf voll von beknackten Ideen wie so ein Scheißtyp von Sozialarbeiter.«

»Wer ist dieser Mann denn nun?« fragte Penny.

»Ein gewisser beschissener Dr. Tony Hill vom Innenministerium. Sitzt in seinem Elfenbeinturm und will uns sagen, wie man diese Bastarde schnappt. Er hat so wenig Kenntnisse von der Arbeit eines Cops wie ich von der beschissenen Atomphysik. Aber der gute Doktor kommt zu dem Schluß, daß wir den Arschficker laufenlassen sollen, und Brandon sagt nur jawohl, Sir, nein, Sir, aber natürlich, Sir. Und bloß weil ich da nicht mitspiele, setzen sie meinen Arsch vor die Tür.« Cross nahm wieder einen kräftigen Schluck. Sein Gesicht war vor Zorn und vom Alkohol knallrot angelaufen. »Alle meinen sie, wir hätten es bei dem Killer mit einem Superhirn zu tun, nicht mit einem beschissenen dämlichen Arschficker, der bis jetzt nur ein bißchen Glück gehabt hat. Man braucht keinen Klugscheißer mit 'nem verdammten Doktor vor dem Namen, um Abschaum wie diesen Kerl zu schnappen. Man braucht die mordende kleine schwule Tunte nur ein bißchen in die Mangel zu nehmen.«

»Es wäre demnach richtig, wenn man sagt, daß Sie mit dem Vorgehen bei den Ermittlungen nicht einverstanden sind, oder?« fragte Penny.

»So könnte man das ausdrücken. Denken Sie an meine Worte – wenn sie diesen verdammten kleinen Arschficker laufenlassen, werden wir bald die nächste Leiche finden.«

Zu Tonys Überraschung traf ein, was Carol vorausgesagt und versprochen hatte. Sie saß an seinem Schreibtisch und kämpfte sich durch den Stapel der Polizeiberichte, während er am Computer weiterarbeitete. Sie lenkte ihn nicht ab, ja, er empfand seltsamerweise ihre Anwesenheit sogar als wohltuend. Er hatte keinerlei Schwierigkeiten, das Profil weiterzuentwickeln.

Wie bei einer Achterbahn muß jeder Scheitelpunkt höher sein als der vorherige, um den unvermeidlichen Tiefpunkt, der voranging, kompensieren zu können. In diesem besonderen Fall gibt es drei Anzeichen für eine Eskalation. Die Schnitte in die Kehle werden von Mal zu Mal heftiger und tiefer. Die Verstümmelungen im Genitalbereich haben sich von einigen kleinen Schnitten zu regelrechten Amputationen gesteigert. Und die Bisse, die er den Opfern beibringt und deren Spuren er durch Herausschneiden des Fleisches an diesen Stellen beseitigt, haben sich in der Zahl und in der Tiefe verändert. Aber er hat sich dennoch genug unter Kontrolle, um seine Spuren zu beseitigen.

Es ist schwer zu beurteilen, ob er die Intensität seiner Folterungen an den Opfern steigert oder nicht, da er jedesmal unterschiedliche Folterungsmethoden anwendet. Da er jedoch die Stimulierung durch diese unterschiedlichen Methoden zu brauchen scheint, ist dies an sich schon eine Form der Eskalation.

Auf der Grundlage der pathologischen Berichte scheint der Ablauf seines Vorgehens folgender zu sein:

1. *Er bringt die Opfer in seine Gewalt, dabei Handschellen sowie Fußfesseln einsetzend.*
2. *Anschließend Folterungen einschließlich sexuell motivierter Handlungen (Beiß- und Saugspuren).*
3. *Dann der tödliche Schnitt durch die Kehle.*
4. *Postmortale Verstümmelung der Genitalien.*

Was sagt uns das über den Mörder?

1. *Er hat intensive, ausschweifende Phantasievorstellungen, die er in seinen Foltermethoden auslebt.*
2. *Er verfügt über einen geeigneten Ort für seine Verbrechen. Der starke Ausfluß von Blut und anderer Körperflüssigkeiten kann in einer normalen häuslichen Umgebung nur schwer entfernt werden. Mit großer Wahrscheinlichkeit sind an diesem Ort auch Einrichtungen verfügbar, die ihm eine Reinigung seines Körpers ermöglichen, dazu Elektrizität, um Licht zu haben und einen Camcorder einsetzen zu können.*
   Wir sollten daher nach einer geschlossenen Garage oder einem ähnlichen Gebäude Ausschau halten, das für seine Zwecke geeignet erscheint und über Strom und Wasser verfügt. Es wird wahrscheinlich in einer abgeschiedenen Gegend liegen, in der der Mörder sicher sein kann, daß die Schreie seiner Opfer nicht gehört werden. (Er wird bei den Folterungen mit Sicherheit vorher angebrachte Mundknebel entfernen; er will die Schreie seiner Opfer und ihr Betteln um Gnade hören!)
3. *Er ist auf die Folterungen versessen und hat offensichtlich genügend handwerkliches Geschick, sich seine Foltermaschinen selbst zu bauen. Jedoch hat er anscheinend weder medizinische Kenntnisse noch die handwerklichen Fähigkeiten eines Metzgers, wie die unbeholfene und unfachmän-*

nische Ausführung der Schnitte in die Kehlen und der Verstümmelungen an den Genitalien zeigen.

Tony drehte sich vom Bildschirm weg und schaute zu Carol hinüber. Sie war völlig in das Lesen der Berichte vertieft, und zwischen ihren Augen war die Tony bereits vertraute senkrechte Falte. War er verrückt, weil er nicht auf das einging, was sie anzubieten schien? Mehr als jede andere Frau, mit der er bisher eine Beziehung hatte, würde sie den Druck verstehen, dem er in seinem Job ausgesetzt war, die Höhen und Tiefen, die damit verbunden waren, wenn man in die Gehirne von Soziopathen einzudringen versuchte. Sie war intelligent und einfühlsam, und wenn sie sich so intensiv einer Beziehung widmete wie ihrem Beruf, würde sie stark genug sein, ihm bei der Bewältigung seiner Probleme zu helfen und sie bestimmt nicht als Knüppel benutzen, um auf ihn einzuprügeln.

Carol merkte plötzlich, daß er sie ansah, und sie schaute auf und lächelte müde. In diesem Augenblick traf Tony seine Entscheidung. Nein. Er hatte genug Probleme, mit dem Mist in seinem Kopf zurechtzukommen, ohne daß er auch noch zuließ, daß ein anderer da hineingezogen wurde. Carol war einfach zu scharfsinnig, als daß er sie näher an sich herankommen lassen durfte. Sie würde ihn schnell durchschauen.

»Läuft es gut?« fragte sie.

»Ich fange an, ein Gefühl für Handy Andy zu kriegen«, antwortete er.

»Das kann kein sehr angenehmes Gefühl sein«, sagte Carol.

»Nein, aber dafür werde ich schließlich bezahlt.«

Carol nickte. »Und ich nehme an, irgendwie ist es auch befriedigend. Und aufregend, oder?«

Tony lächelte gequält. »Sicher, das stimmt schon, aber ich frage mich manchmal, ob mich das nicht auch so verdreht macht, wie es diese Verbrecher sind.«

Carol lachte. »Das gilt für uns beide. Man sagt ja, der beste Verbrecherjäger sei der, der sich in die Köpfe der Gejagten versetzen kann. Wenn ich also die Beste in meinem Job sein will, muß ich wie ein Verbrecher denken. Aber das heißt ja nicht, daß ich tun möchte, was sie tun.«
Seltsam getröstet von ihren Worten, wandte Tony sich wieder dem Computer zu.

Auch aus der Zeit, die der Mörder mit seinen Opfern verbringt, können wir bestimmte Schlüsse ziehen. In drei der vier Fälle scheint sich der Mörder am frühen Abend an die Opfer herangemacht und die Leichen dann in den frühen Morgenstunden des nächsten Tages abgelegt zu haben. Interessanterweise hat er im dritten Fall weitaus mehr Zeit mit dem Opfer zugebracht; er hat es offensichtlich fast zwei Tage am Leben erhalten. Es war der Mord, der an den Weihnachtstagen geschah.
Es kann sein, daß es ihm wegen der anderen Anforderungen an seine Lebensgestaltung normalerweise nicht möglich ist, mehr Zeit mit den Opfern zu verbringen, Pflichten, die über Weihnachten in den Hintergrund treten. Wahrscheinlich sind es eher berufliche als häusliche Anforderungen, obwohl es möglich ist, daß er mit einem Menschen eine Beziehung unterhält, der ohne ihn über die Weihnachtstage zu seiner Familie gefahren ist und ihm so die Gelegenheit gab, sich längere Zeit mit dem Opfer zu beschäftigen. Eine andere Möglichkeit ist die, daß er die ausgedehntere Zeit, die er mit Gareth Finnegan zubrachte, als bizarres Weihnachtsgeschenk an sich selbst betrachtete, als Belohnung für den guten Ablauf seiner vorangegangenen »Arbeiten«.
Die kurze Zeitspanne, die zwischen den Morden und dem Ablegen der Leichen vergeht, läßt die Vermutung zu, daß er während der Folterungen und Morde weder Alkohol noch Drogen in größeren Mengen zu sich nimmt. Er will und darf

es nicht riskieren, wegen unsicherer Fahrweise von der Polizei gestoppt zu werden, während er eine Leiche im Kofferraum transportiert. Und obwohl er, wenn sich die Gelegenheit bot, die Wagen seiner Opfer benutzt zu haben scheint, hat er mit Sicherheit ein eigenes Auto. Es wird sich dabei um ein relativ neues in gutem Zustand handeln, da er es sich nicht leisten kann, bei einer Routinekontrolle durch die Polizei näher unter die Lupe genommen zu werden.

Tony klickte das Icon »Dokument speichern« auf dem Bildschirm an und lehnte sich mit einem zufriedenen Lächeln zurück. Er war an einer Stelle angekommen, an der er gut unterbrechen konnte. Morgen früh würde er die detaillierte Kontrolliste der charakteristischen Merkmale, die er bei Handy Andy entdeckt zu haben glaubte, vervollständigen und Vorschläge für mögliche Handlungsweisen der Polizei skizzieren.
»Geschafft?« fragte Carol.
Er drehte sich zu ihr um und sah, daß sie die Aktenordner geschlossen hatte. »Ich wußte nicht, daß Sie schon fertig sind«, sagte er.
»Seit zehn Minuten. Ich wollte aber Ihre fliegenden Finger nicht stoppen.«
Tony haßte es, wenn andere ihn beobachteten, so wie er sie beobachtete. Die Vorstellung, als Patient das passive Zielobjekt seiner eigenen psychologischen Untersuchung zu sein, gehörte zu den Alpträumen, aus denen er stets schweißgebadet aufwachte. »Ich mache für heute Schluß«, erklärte er, kopierte seine Datei »Profil Handy Andy« auf eine Diskette und steckte sie ein.
»Ich bringe Sie nach Hause«, sagte Carol.
»Vielen Dank.« Tony stand auf. »Ich kann mich nie dazu aufraffen, mit dem Wagen in die Stadt zu kommen. Um ehrlich zu sein, ich fahre überhaupt sehr ungern Auto.«

»Das verstehe ich gut. Der Stadtverkehr ist ja auch wirklich die Hölle auf Rädern.«

Als Carol vor Tonys Haus vorfuhr, sagte sie: »Würden Sie mir eine Tasse Tee spendieren? Und ich muß auch ganz dringend auf die Toilette.«

Während Tony Wasser aufsetzte, ging Carol die Treppe hinauf zum Badezimmer. Als sie wieder herunterkam, vernahm sie ihre eigene Stimme aus dem Lautsprecher seines Anrufbeantworters. Sie blieb am Fuß der Treppe stehen und schaute zu Tony hinüber. Er lehnte an seinem Schreibtisch und hörte, Notizblock und Stift in der Hand, die eingegangenen Anrufe ab. Sie freute sich über ihre zunehmende Vertrautheit mit seinem Gesicht und den Umrissen seiner Gestalt. Ihre Stimme verstummte, und ein Piepsen ertönte.

»Hi, Tony, hier ist Pete«, meldete sich die nächste Stimme. »Ich habe am kommenden Donnerstag was in Bradfield zu erledigen. Spendierst du mir am Mittwoch abend ein Bier und ein Bett für die Nacht auf Donnerstag? Im übrigen Gratulation, daß man dich in die Schwulenkiller-Ermittlungen eingeschaltet hat. Ich hoffe, ihr schnappt den Bastard bald.« Piep. »Anthony, mein Liebling. Wo treibst du dich denn dauernd rum? Ich liege hier auf meinem Bett und habe schreckliche Sehnsucht nach dir. Wir haben noch eine angefangene Sache zu Ende zu führen, mein Superliebhaber.«

Tony richtete sich abrupt auf und starrte auf den Anrufbeantworter. Die Stimme klang heiser, sexy, sehr intim. »Glaub bloß nicht, du könntest ...« Tonys Hand schoß vor und schaltete das Gerät ab.

So ist das also, dachte Carol enttäuscht. Und er hat behauptet, er habe derzeit keine Beziehung. Sie trat durch die offene Tür ins Zimmer. »Lassen wir den Tee«, sagte sie eisig. »Wir sehen uns morgen.«

Tony fuhr herum, und in seinen Augen stand Panik. »Es ist nicht

das, was es zu sein scheint«, erklärte er hastig. »Ich habe diese Frau noch nie getroffen!«
Carol wandte sich um, ging in den Flur und öffnete mit zitternden Fingern die Tür.
»Ich habe Ihnen die Wahrheit gesagt, Carol. Obwohl Sie das eigentlich nichts angeht.«
Sie drehte sich halb zu ihm, brachte ein verkrampftes Lächeln zustande und erwiderte: »Sie haben völlig recht. Es geht mich *tatsächlich* nichts an. Bis morgen, Tony.«
Das Schließen der Tür dröhnte durch Tonys Kopf wie ein Preßlufthammer. »Gott sei Dank bist du Psychologe«, sagte er zynisch zu sich und ließ sich gegen die Wand sinken. »Ein Laie hätte das total vermasselt. Wenn du so weitermachst, Hill, wird aus diesem Job noch ein verdammter großer Scheißhaufen.«

Auf 3 1/2-Zoll-Diskette, Beschriftung: Backup.007; Datei Love011.doc

Als Gareth mich in der Straßenbahn – wenn auch nur oberflächlich – anlächelte, war ich davon überzeugt, daß meine Träume kurz vor ihrer Erfüllung standen. Wegen unerwarteter Schwierigkeiten im Büro und der damit verbundenen Überstunden hatte ich ihn länger als eine Woche nicht verfolgen können.

Sein Bild hatte mir stets, wenn ich von der Arbeit nach Hause gekommen war, zu seligen Träumen vor dem Einschlafen verholfen, und seine Stimme hatte hungrig in meinen Ohren geklungen, aber ich brauchte es, ihn persönlich zu sehen. Ich hatte an diesem Tag meinen Wecker auf eine sehr frühe Zeit eingestellt, um vor Gareth' Haus zu sein, wenn er zur Arbeit aufbrach, aber ich war so erschöpft, daß ich das Läuten nicht hörte. Als ich kurz darauf dann doch wach wurde, war die einzige Chance, ihn noch zu sehen, ein paar Haltestellen später zuzusteigen.

Die Straßenbahn kam gerade an, als ich auf die Haltestelle zurannte. Ich schaffte es und sah mich aufgeregt im ersten Wagen um, aber er war nirgendwo. Angst stieg wie ein Kloß in meiner Kehle hoch. Dann sah ich seinen schimmernden Haarschopf direkt neben der Tür im zweiten Wagen. Ich drängte mich durch die Leute, fand einen Stehplatz direkt neben ihm und schob mein Knie vorsichtig gegen seines. Bei diesem physischen Kontakt schaute er von seiner Zeitung auf, und in den Winkeln seiner grauen Augen bildeten sich kleine Fältchen, als er den Mund andeutungsweise zu einem

Lächeln verzog. Ich lächelte zurück und sagte: »Entschuldigung.«
»Kein Problem«, erwiderte er. »Diese Bahn wird von Tag zu Tag voller.«
Ich hätte die Unterhaltung gern fortgesetzt, aber mir fiel nichts ein, was ich hätte sagen können. Er wandte sich wieder seinem *Guardian* zu, und ich mußte mich damit zufriedengeben, ihn aus dem Augenwinkel zu beobachten, während ich so tat, als würde ich nach draußen schauen. Es war nicht viel, was sich da zwischen uns abgespielt hatte, das war mir klar, aber es war ein Anfang. Er hatte mich angesehen; er wußte, daß ich existierte. Jetzt war alles andere nur noch eine Frage der Zeit.

Shakespeare hatte recht, als er sagte: »Als erstes sollten wir alle Rechtsanwälte umbringen.« Es würden dann weniger Lügner rumlaufen. Ich hätte von einem Mann, der an einem Tag für den Kläger spricht und am nächsten für den Angeklagten, nichts anderes erwarten sollen.
Ich hatte den Wagen direkt um die Ecke von Gareth' Haus abgestellt, und von diesem Platz aus konnte ich ihn sehen, wenn er heimkam, ohne selbst gesehen zu werden, da mein Jeep dunkel getönte Scheiben hat. Vor seinem Haus war keine Hecke, so daß ich von meinem Beobachtungsplatz aus direkt in sein Wohnzimmer schauen konnte.
Inzwischen kannte ich seine Gewohnheiten. Er kam kurz nach sechs heim, ging in die Küche und holte sich eine Dose Grolsch, setzte sich anschließend im Wohnzimmer vor den Fernseher und trank das Bier dazu. Nach ungefähr zwanzig Minuten holte er sich etwas zu essen aus der Küche – eine Pizza, Bratkartoffeln, Fertiggerichte. Kochen war anscheinend nicht seine Stärke. Wenn wir erst zusammen waren, würde ich wohl die Verantwortung für

diesen Teil unseres gemeinsamen Lebens übernehmen müssen.
Nach den Nachrichten verließ er das Wohnzimmer, anscheinend, um in einem anderen Zimmer noch zu arbeiten. Ich stellte mir Gesetzbücher auf Fichtenholzregalen vor. Dann, später am Abend, kam er entweder ins Wohnzimmer zurück und schaute Fernsehen oder ging in den Pub an der Straßenecke und trank ein paar Bier.
Gareth braucht jemanden, der sein Leben mit ihm teilt, dachte ich, während ich auf seine Heimkehr wartete. Ich war der richtige Mensch dafür. Gareth würde ein Weihnachtsgeschenk sein, das ich mir selbst machte.
Um Viertel nach fünf fuhr ein weißer VW-Golf auf einen freien Parkplatz ein paar Häuser weiter, und eine Frau stieg aus. Sie beugte sich noch einmal zurück in den Wagen und holte eine prall gefüllte Aktentasche und eine Handtasche heraus. Sie kam mir irgendwie bekannt vor, als ich sie über den Bürgersteig gehen sah. Klein und schlank, hellbraunes, zu einem dicken Zopf geflochtenes Haar, große Schildpattbrille, schwarzer Hosenanzug, weiße Bluse mit Spitzenvolant.
Als sie in den Zugang von Gareth' Haus einbog, konnte ich es einfach nicht glauben. In den wenigen Sekunden, die sie bis zur Haustür brauchte, redete ich mir ein, sie sei seine Maklerin, eine Versicherungsagentin, eine Kollegin, die ihm irgendwelche Unterlagen brachte, alles mögliche, nur nicht …
Dann holte sie einen Schlüssel aus ihrer Handtasche. Nein!, schrie es in mir auf, als sie ihn ins Türschloß steckte, aufschloß und ins Haus ging. Die Wohnzimmertür öffnete sich, und sie warf die Aktentasche auf das Sofa. Dann verschwand sie, kam nach einigen Minuten zurück und trug Gareth' großen weißen Frotteebademantel.
Ich stimmte Shakespeare völlig zu.

Wir waren in der fröhlichen Weihnachtszeit, und so zwang ich mich, mir durch diese Enttäuschung nicht die Stimmung verderben zu lassen. Statt dessen konzentrierte ich mich auf die Überlegung, was jetzt zu tun war. Ich wollte etwas machen, das der Weihnachtszeit entsprach, irgendeinen barbarischen christlichen Symbolismus in die Tat umsetzen. Nun kann man natürlich mit einer Krippe und Windeln nicht viel anfangen, also erlaubte ich mir die künstlerische Freiheit, mich von der Geburt zu lösen und dem Ende des Lebens zuzuwenden.

Die Römer haben die Kreuzigung als Form der Bestrafung wahrscheinlich von den Karthagern. (Interessant, nicht wahr, daß die Römer ihre Sitten und Gebräuche niemals von »barbarischen« Völkern übernahmen.) Die Römer führten die Kreuzigung jedenfalls etwa um die Zeit der Punischen Kriege ein, und sie war ursprünglich nur als Strafe für Sklaven vorgesehen. Diese Rolle erschien mir für Gareth nunmehr angemessen. Später wurde die Kreuzigung im Römischen Imperium zu einer allgemeineren Form der Bestrafung, angewendet bei allen Volksstämmen, die die Frechheit besaßen, sich unbotmäßig zu verhalten, nachdem die Römer sie doch so uneigennützig erobert – pardon, zivilisiert! – hatten.

Traditionsgemäß wurde der Verbrecher zunächst gegeißelt, dann gezwungen, das Kreuz durch die Straßen des Orts zum Richtplatz zu tragen, wo man einen hohen Pfahl in die Erde getrieben hatte. Dann nagelte man ihn auf das Kreuz und zog es mit einem an dem Pfahl verankerten Flaschenzugsystem hoch. Seine Füße wurden manchmal festgenagelt, manchmal aber auch nur am Längsbalken festgebunden. Gelegentlich halfen die Soldaten des Kreuzigungskommandos dem Tod durch Erschöpfung nach und brachen dem Opfer die Beine, was ihm das Eintauchen in eine gnadenreiche Bewußtlosigkeit erlaubt haben muß. Ich hingegen entschloß mich für das dekorativere X-förmige Sankt-Andreas-Kreuz, da ich es für meine Zwecke als besser geeignet erachtete. Zum einen würde es mehr Spannung in Gareth' Muskeln erzeugen, zum anderen würde es mir, wenn er zum gewünschten Zeitpunkt eine Erektion bekommen sollte, den Zugang dazu wesentlich erleichtern.

Interessanterweise wurde die Kreuzigung als Strafe für Soldaten nur beim Verbrechen der Desertion angewendet. Die Römer hatten letztlich wohl doch die richtige Vorstellung von einer angemessenen Bestrafung.

11

Aber wer war nun das Opfer, zu wessen Wohnsitz eilte er? Er würde doch nicht etwa so taktlos sein und auf der Suche nach einem zufälligen Mordopfer einen ungesteuerten Kurs verfolgen? O nein! Er hatte sich schon vor einiger Zeit ein passendes Opfer auserkoren, nämlich einen alten und sehr intimen Freund.

Brandon starrte düster auf das Blatt Papier in der Schreibmaschine. Tom Cross mochte weit von Brandons Vorstellungen von einem perfekten Cop entfernt sein, aber er hatte sich doch stets als ein guter Verbrecherjäger erwiesen. Mätzchen wie die von heute führten nur dazu, daß man seine gesamte Karriere mit einem Fragezeichen versehen mußte. In wie vielen anderen Fällen hatte Cross Beweismaterial »zurechtgebogen«, ohne daß das jemand bemerkt hatte? Wenn Brandon nicht selbst gegen das Gesetz verstoßen und zusammen mit Tony die illegale Wohnungsdurchsuchung vorgenommen hätte, hätte niemand die Rechtmäßigkeit der »Beweise«, die Tom Cross beschafft hatte, angezweifelt. Niemand außer Stevie McConnell hätte gewußt, daß zwei der drei »Funde«, die Cross gemacht hatte, erst mit ihm in die Wohnung gelangt waren. Der bloße Gedanke daran ließ Brandon einen kalten Schauer über den Rücken laufen.

Cross hatte mit seinem Verhalten Brandon keine andere Möglichkeit gelassen als die, ihn vom Dienst zu suspendieren. Das Disziplinarverfahren, das zwangsweise folgen mußte, würde für alle Betroffenen qualvoll sein, aber das war Brandons geringste Sorge. Viel mehr Gedanken machte er sich über die Auswirkungen auf die Moral der Mitarbeiter bei der Mordkommission. Der Schaden konnte nur dadurch so klein wie möglich gehalten werden, indem er selbst die Verantwortung für die Untersuchung des Falls übernahm. Nun mußte er nur noch den Chief davon überzeugen, daß er, Brandon, mit dieser Beurteilung richtiglag. Mit einem Seufzer nahm er das Blatt aus der Maschine und spannte ein neues ein.

Sein Schreiben an den Chief Constable war kurz und sachlich. Jetzt war bloß noch eine Angelegenheit zu erledigen, bevor er endlich ins Bett gehen konnte. Seufzend schaute er auf die Uhr. Eine halbe Stunde vor Mitternacht. Er schob die Schreibmaschine zurück und schrieb auf einen Memo-Bogen: »An Detective Inspector Kevin Matthews. Von John Brandon, ACC. Betr.: Stevie McConnell. Nach der Suspendierung von Superintendent Cross werde ich die Leitung der Sonderkommission selbst übernehmen. Wir haben bis auf den Tatbestand des tätlichen Angriffs keine Beweise gegen McConnell, die für eine Anklage ausreichen. McConnell ist gegen Kaution bis zu der anhängigen Gerichtsverhandlung wegen tätlichen Angriffs auf freien Fuß zu setzen, mit der Auflage, sich binnen einer Woche in der Scargill Street zu melden, so daß wir ihn vernehmen können, wenn weitere Beweise auftauchen sollten. Im Hinblick auf seine Weigerung, uns Informationen über seine Kontakte zu geben und Namen von Leuten zu nennen, die er eventuell mit Gareth Finnegan und Adam Scott bekannt gemacht hat, sollten wir überwachen, mit wem er nach der Entlassung Kontakt aufnimmt. Darüber hinaus sollten wir eine richterliche Erlaubnis zur Überwachung seines Telefons erwirken, mit der Begründung, daß er Scott und Finnegan kannte und, wie wir inzwischen wissen, von Damien Connolly einmal einen Strafbefehl erhielt. Unsere Untersuchung der vier miteinander in Verbindung stehenden Morde sollte auf breiter Front weiter fortgeführt werden. Morgen um zwölf Uhr wird eine Besprechung mit den leitenden Beamten der Sonderkommission stattfinden.« Er unterschrieb den Mitteilungszettel und steckte ihn in einen Umschlag. So macht man sich Freunde und beeinflußt Leute, dachte er, als er die Treppe hinunter zum wachhabenden Sergeant ging. Brandon betete, daß Tony Hill mit seiner

Beurteilung von Stevie McConnell richtiglag. Wenn Tom Cross mit seinem Instinkt recht behielt, würde mehr als nur die Moral der Mordkommission auf dem Spiel stehen.

Carol saß am Eßtisch, hatte das Kinn auf die verschränkten Unterarme gestützt und kraulte mit den Fingern einer Hand Nelsons Bauch. »Was hältst du denn davon, mein Junge? Ist er auch wieder nur einer von diesen verdammten Lügnern?«
»Prrrt«, antwortete Nelson mit ansteigender Intonation, die Augen zu Schlitzen zusammengekniffen.
»Ich dachte mir, daß du das sagen würdest. Ich stimme dir zu, ich kann nicht gut mit Männern umgehen«, seufzte Carol. »Und du hast recht, ich hätte auf Distanz bleiben müssen. Das hat man nun davon, wenn man was zu schnell angeht. Dann kommen die Rückschläge, und zwar normalerweise ja nicht einfach aus dem Nichts. Jetzt weiß ich wenigstens, warum er dauernd auf Distanz geblieben ist. Ich lass' besser die Finger von ihm. Das Leben ist schon schwer genug, da sollte man nicht auch noch die zweite Geige spielen.«
»Mrrr«, stimmte Nelson zu.
»Er muß mich für total blöd halten, wenn er denkt, daß ich ihm glaube, eine völlig fremde Frau würde Nachrichten wie diese auf seinem Anrufbeantworter hinterlassen.«
»Rrraa«, meinte auch Nelson.
»Okay, du findest also ebenfalls, das sei lächerlich. Aber dieser Mann ist Psychologe. Wenn er eine Ausrede dafür konstruieren wollte, daß er mich angelogen hatte, dann würde er es verdammt viel plausibler erklären können als mit Telefonanrufen von einer beknackten Fremden. Er hätte zum Beispiel nur zu sagen brauchen, es handle sich um jemanden, mit dem er Schluß gemacht habe, der das aber noch nicht wahrhaben wolle.« Carol rieb sich die müden Augen, gähnte und stand träge auf.
Die Tür zu dem Abstellraum, den Michael als Arbeitszimmer

benutzte, ging auf, und er erschien im Türrahmen. »Ich meinte, deine Stimme zu hören. Du kannst ruhig mit mir sprechen statt mit Nelson. Ich antworte dir wenigstens.«
Carol lächelte ihn müde an. »Das macht Nelson auch. Es ist nicht sein Fehler, daß wir die Katzensprache nicht beherrschen. Ich habe gesehen, daß du noch beschäftigt bist, und wollte dich nicht stören.«
Michael ging zum Bartisch und goß sich einen kleinen Scotch ein. »Ich habe unsere bisherige Arbeit nur noch mal durchgecheckt, ob irgendwo noch Ungereimtheiten drinstecken. Keine schwierige Sache. Wie war dein Tag?«
»Frag mich besser nicht. Wir sind in die Scargill Street umgezogen. Ein Höllenloch, kann ich dir sagen. Stell dir vor, du müßtest deine Kalkulationen auf einem Abakus machen, dann kriegst du eine Ahnung von meinen derzeitigen Arbeitsbedingungen. Die Atmosphäre ist beschissen, und Tony Hill wird nicht so recht akzeptiert. Ansonsten ist alles wunderbar.« Carol folgte Michaels Beispiel und goß sich einen Drink ein.
»Möchtest du darüber mit mir reden?« fragte er und setzte sich auf die Armlehne eines der Sofas.
»Danke für das Angebot, aber nein.« Carol trank das Glas in einem Zug leer. »Übrigens, ich habe dir den Satz Fotos mitgebracht. Wann kannst du damit an die Arbeit gehen?«
»Ich habe mir für morgen abend die Computerzeit mit der Software reservieren lassen. Reicht dir das?«
Carol legte die Arme um ihn und drückte ihn an sich. »Danke, lieber Bruder.«
»Ist mir ein Vergnügen.« Er klopfte ihr zärtlich auf den Rücken. »Du weißt, ich liebe Herausforderungen.«
»Ich gehe jetzt ins Bett«, sagte sie. »Es war ein langer Tag.«
Kaum hatte Carol das Licht ausgemacht, da war auch schon der vertraute Plumps, mit dem Nelson auf das Fußende des Betts sprang. Es war schön, seine Wärme an ihren Füßen zu spüren,

aber das war kein Ersatz für den Körper, von dem sie am frühen Abend noch gehofft hatte, ihn später an sich fühlen zu können. Und sie hatte sich noch nicht richtig ausgestreckt, da war's natürlich auch mit der Schläfrigkeit vorbei. Die Erschöpfung war geblieben, aber in ihrem Kopf rasten die Gedanken. Gebe Gott, daß morgen nachmittag die Verstimmung zwischen ihr und Tony wieder verschwand. Den Stachel der Demütigung würde sie nicht so schnell los, aber sie war schließlich eine erwachsene Frau und eine ihrem Beruf verhaftete Polizistin. Er war von nun an für sie verbotenes Terrain, sie würde ihn nicht wieder in schwierige Situationen bringen, und da er jetzt wußte, daß sie das alles wußte, würde er vielleicht entspannen können. Wie auch immer, das Verbrecherprofil würde mehr als genug neutralen Gesprächsstoff zwischen ihnen abgeben. Sie konnte es kaum erwarten, was er da präsentieren würde.

Auf der anderen Seite der schlafenden Stadt lag Tony in seinem Bett, starrte an die Decke und zeichnete imaginäre Straßenkarten in die Risse der Gipsrose. Er durfte die Nachttischlampe nicht ausmachen, denn statt einzuschlafen, würde die Dunkelheit sich auf ihn senken und ihn beengen. Schafe zu zählen hatte sich bei ihm nicht bewährt; in den langen, schlaflosen Nächten wurde Tony Hill zu seinem eigenen Therapeuten. »Warum hast du heute abend anrufen müssen, Angelica?« murmelte er. »Ich *mag* Carol Jordan. Ich möchte sie nicht in mein Leben einschließen, aber ich wollte sie auch nicht verletzen. Als sie deine einschmeichelnden Worte auf dem Anrufbeantworter gehört hat, muß das für sie wie ein Schlag ins Gesicht gewesen sein, nachdem ich ihr doch erklärt hatte, es gebe keine Frau in meinem Leben.

Ein Außenstehender würde sagen, daß Carol und ich uns ja kaum kennen und daß das, was heute abend passiert ist, eine Überreaktion von ihr war. Aber Außenstehende haben keine Ahnung von den Bindungen, die sich aus dem Nichts bilden, wenn man bei einer Fahndung nach einem Mörder eng zusammenarbeitet und die Zeitbombe tickt, bis der Killer das nächste Opfer tötet.«

Er seufzte. Er hatte sich wenigstens so weit unter Kontrolle gehabt, daß er nicht herausgeschrien hatte, was Carol überzeugt hätte, daß er nicht log, nämlich die Wahrheit, die er so fest in seinem Inneren verschlossen hielt. Was sagte er immer zu seinen Patienten? »Lassen Sie es heraus. Es spielt keine Rolle, was es ist, es auszusprechen ist der erste Schritt auf dem Weg, die Qual zu besiegen.«

Was für ein verdammter Quatsch, dachte er verbittert. »Es ist nichts als ein weiterer Trick aus meiner Zauberkiste, dazu gedacht, meine laszive Neugier zu legitimieren, zurechtgeschneidert, die verwirrten Gedankengänge von Beknackten zu entwirren, die dazu getrieben werden, ihre Phantasien auf eine Weise auszuleben, welche die Gesellschaft nicht verstehen und dulden kann. Wenn ich Carol die Wahrheit gesagt hätte, das markante Stichwort ausgesprochen hätte, hätte das keinesfalls die Qual von mir genommen. Es hätte nur dazu geführt, daß ich mich noch mehr wie ein wertloses Stück Scheiße fühle. Es ist ganz in Ordnung, wenn ein alter Mann impotent ist. Ein Mann in meinem Alter, der ihn nicht hochkriegt, ist eine Witzfigur.«

Das Klingeln des Telefons ließ ihn zusammenfahren. Er drehte sich auf die Seite und tastete nach dem Hörer. »Hallo?« sagte er.

»Anthony, endlich! Oh, was habe ich mich nach dir gesehnt!«

Der Anflug von Ärger, als er die heisere Stimme hörte, verflog so rasch, wie er gekommen war. Was hatte es für einen Zweck, sie wütend anzublaffen? Sie war nicht das Problem. Er war es. »Ich habe deine Nachricht gehört«, sagte er. Sie war nicht schuld an der peinlichen Situation mit Carol; es hätte keinen Grund für irgendwelche Peinlichkeiten gegeben, wenn er nicht das jämmerliche Zerrbild eines Mannes wäre. Er durfte nicht im leisesten daran denken, eine Beziehung mit einer netten, normalen Frau einzugehen. Er hätte es mit Carol vermasselt, wie er es bisher mit jeder Frau vermasselt hatte, der er nahe gekommen war. Das Beste, auf das er hoffen konnte, war Telefonsex. Er gab Männern wenigstens einen gewissen Grad an Gleichberechtigung; man konnte nicht nur einen Orgasmus vortäuschen, sondern auch Erektionen.

Angelica kicherte. »Ich meinte, ich sollte dir was Nettes hinterlassen, wenn du nach Hause kommst. Ich hoffe, du bist nicht zu müde für ein bißchen Entspannung.«

»Ich bin nie zu müde für deine Art von Entspannung«, erwiderte Tony und schluckte den Selbstekel hinunter, der ihn beinah übermannt hätte. Nimm es als Therapie, sagte er sich. Er legte sich zurück und ließ ihre Stimme über sich hinwegfluten, und seine Hand wanderte langsam von seiner Brust hinunter zu seiner Leiste.

Die Putzfrauen hielten ein Schwätzchen vor dem Aufzug, als Penny Burgess im dritten Stock des Gebäudes der *Bradfield Evening Sentinel Times* auftauchte. Sie ging durch die Nachrichtenzentrale, knipste überall die Lichter an und summte dabei ein Liedchen vor sich hin. In ihrem Büro warf sie die Handtasche neben den Computer auf ihrem Schreibtisch, setzte sich, loggte sich ein, aktivierte das Programm, das sie zur Datenbank der Zeitungsbibliothek führte, und drückte dann die Suchtaste. Fünf Optionen wurden ihr angeboten: 1. Thema; 2. Name; 3. Verfasser des Artikels; 4. Datum; 5. Bilder. Penny wählte Option 2. Beim Familiennamen gab sie »Hill« ein, bei »Vorname« Tony, und als auch noch »Titel« gefragt wurde, tippte sie »Dr.« ein. Dann lehnte sie sich zurück und wartete, bis der Computer sich durch die Gigabytes an Informationen in seinem Speicher gearbeitet hatte. Penny riß eine Zigarettenpackung auf und steckte sich die erste Zigarette des Tages an. Sie hatte erst zwei Züge gemacht, als auf dem Bildschirm »gefunden (6)« aufleuchtete.

Penny rief die sechs Angebote nacheinander auf. Sie erschienen in umgekehrter Reihenfolge des Datums. Das erste war ein zwei Monate alter Artikel aus der *Sentinel Times*. Er war von einem der Nachrichtenreporter verfaßt worden. Sie hatte ihn damals gelesen, den Inhalt aber vergessen. Während sie ihn jetzt noch mal durchlas, pfiff sie leise vor sich hin.

IM KOPF EINES MÖRDERS
Der Mann, den das Innenministerium zum Vorkämpfer bei der Jagd nach Serienmördern auserwählt hat, äußerte sich heute über die Morde, die die Homosexuellenszene der Stadt in Angst und Schrecken versetzen.
Der forensische Psychologe Dr. Tony Hill ist seit einem Jahr an der Arbeit, ein von der Regierung finanziertes Projekt zu realisieren, das zur Einrichtung einer Nationalen Einsatzgruppe zur Erstellung von Verbrecherprofilen führen soll, wie sie beim FBI bereits besteht und in dem Film Das Schweigen der Lämmer *dargestellt wurde.*
Dr. Hill, 34, war vorher Chefpsychologe am Blamires Hospital, der Hochsicherheitsanstalt, die die gefährlichsten geisteskranken Verbrecher Englands beherbergt, unter ihnen auch den Massenmörder David Harney und den Serienmörder Keith Pond, den »irren Autobahnkiller«.
Dr. Hill äußerte sich wie folgt zu den Mordfällen in Bradfield: »Ich bin von der Polizei in keinem der Mordfälle konsultiert worden und weiß daher nicht mehr darüber als die Leser dieser Zeitung.«

Entweder hatte Dr. Hill ihren Kollegen damals angelogen, oder er war erst nach dem Interview offiziell in die Ermittlungen eingeschaltet worden. Wenn das der Fall war, sah Penny bereits die Möglichkeit, daraus eine Story zu machen, die ihrem Herausgeber gefallen würde. Sie hatte sogar schon eine Vorstellung von der Überschrift: »POLIZEI FOLGT BEI DER JAGD NACH

DEM MÖRDER EINER ANREGUNG DER *BRADFIELD EVENING SENTINEL TIMES*.« Sie überflog rasch den Rest des Artikels. Es stand nichts darin, was sie nicht schon wußte, allerdings war Dr. Hills Spekulation interessant, daß die Diskrepanzen beim dritten Mord im Vergleich zu den anderen auf die Existenz von zwei Mördern schließen lassen könnte. Dieser Gedanke war anscheinend versandet. Wenn sie Kevin wieder mal ans Telefon bekam, würde sie ihn danach fragen.

Der nächste Artikel stammte aus dem *Guardian*, und er kündigte das Vorhaben des Innenministeriums an, eine Nationale Einsatzgruppe zur Erstellung von Verbrecherprofilen ins Leben zu rufen, um Serientätern schneller auf die Spur zu kommen. Das Projekt war bei der Universität von Bradfield angesiedelt. Der Artikel verschaffte ihr intensivere Hintergrundinformationen über Dr. Hill, und sie machte sich ausführliche Notizen über seine Karriere. Kein Dummkopf, dieser Bursche. Sie würde vorsichtig mit ihm umgehen müssen. Sie klopfte mit dem Kugelschreiber gegen ihre Zähne und fragte sich, warum die *Sentinel Times* keinen Spezialartikel über dieses Projekt gebracht und Dr. Hill vorgestellt hatte. Vielleicht hatte man es vorgehabt, war aber aus irgendeinem Grund zurückgepfiffen worden. Sie würde das mit den Kollegen von der Dokumentarabteilung überprüfen.

Die nächsten beiden Artikel stammten aus einem landesweit vertriebenen Sensationsblatt; es handelte sich um zwei Folgen zum Thema »Serienmorde«, die in zeitlichem Zusammenhang mit dem Anlaufen des Films *Das Schweigen der Lämmer* standen. In beiden Artikeln standen recht allgemein gehaltene Aussagen von Dr. Hill über die Arbeit von Psychologen als Ersteller von Verbrecherprofilen.

Die letzten beiden Artikel handelten von einem seiner prominentesten Patienten, von Keith Pond, dem sogenannten »irren Autobahnkiller«. Pond hatte insgesamt fünf Frauen von Autobahnraststätten entführt und sie auf grausame Weise vergewaltigt und ermordet. Zum Zeitpunkt der Gerichtsverhandlung gegen ihn hatte die Polizei erst zwei seiner Opfer gefunden. Nach einer intensiven Therapie durch Dr. Hill sagte er jedoch, wo er die anderen drei Leichen versteckt hatte. Mitglieder einer der trauernden Familien bezeichneten Dr. Hill als »Psychologen, der Wunder bewirken kann«. In einem der Artikel war der Versuch unternommen worden, ein Profil von Dr. Hill zu zeichnen, aber es war, wohl mangels ausreichender Informationen, vom Inhalt her sehr dürftig ausgefallen. Wie üblich hatte es den Verfasser jedoch nicht davon abgehalten, seine Story damit anzureichern.

Dr. Tony Hill, bisher unverheiratet geblieben, ist ein Mann, der völlig in seiner Arbeit aufgeht. Ein früherer Kollege sagte über ihn: »Tony ist ein Workaholic. Er ist mit seiner Arbeit verheiratet.
Und er ist besessen von dem Bestreben, bis ins Detail zu verstehen, was in den Gehirnen seiner Patienten vor sich geht.
Es gibt wahrscheinlich keinen anderen Psychologen in unserem Land, der wie er befähigt ist, in den verwirrten Geist eines Menschen einzudringen und herauszuarbeiten, was ihn dazu bringt, das zu tun, was er tut.
Ich dachte manchmal, er kann besser mit Massenmördern umgehen als mit ›normalen‹ Geisteskranken.«
Dr. Hill lebt allein und ist wegen seiner Kontaktscheu bei Kollegen nicht besonders beliebt. Neben dem Studium der Gehirne von Serienmördern scheint sein einziges Hobby das Wandern zu sein. An freien Wochenenden fährt er regelmäßig in den Lake District oder in die Yorkshire Dales und streift durch die Hügel.

»Da kann man ja nur lachen«, sagte Penny laut und machte sich weitere Notizen. Sie ging ins Hauptmenü zurück und wählte Option 5. Wieder gab sie den Namen ein, um die Suche nach einem Bild zu starten. Die Datenbank reagierte mit der Eröffnung, daß nur ein Foto verfügbar sei. Penny holte es auf den Bildschirm. »Volltreffer!« rief sie triumphierend. Sie hatte diesen Mann erst einmal gesehen, aber jetzt wußte sie, wer Carol Jordans neuer Begleiter war.

Penny lehnte sich zurück, genoß die dritte Zigarette und stellte fest, daß die Nachrichtenzentrale sich langsam mit Menschen füllte. Noch ein kurzer Telefonanruf, dann konnte sie sich in der Kantine ein Frühstück genehmigen. Sie nahm den Hörer ab und wählte Kevin Matthews' private Nummer. Beim zweiten Läuten hob er ab. »Detective Inspector Matthews«, meldete er sich mit verschlafener Stimme.

»Hi, Kevin, hier ist Penny«, sagte sie und genoß die verblüffte Stille, die auf ihre Ankündigung folgte. »Entschuldige, daß ich dich zu Hause anrufe, aber ich dachte, du würdest meine Fragen lieber von dort als vom Büro aus beantworten.«

»W... was?« stammelte er. Dann, gedämpft: »Ja, es ist dienstlich. Schlaf weiter.«

»Seit wann ist Dr. Tony Hill in eurem Team?«

»Woher weißt du das? Verdammte Scheiße, das sollte doch geheim bleiben!« Seine Nervosität schlug in Zorn um, und er schrie die letzten Worte laut heraus.

»Deine Frau wird nicht wieder einschlafen können, wenn du so rumbrüllst. Ist doch egal, woher ich das weiß. Du kannst zumindest mit gutem Gewissen sagen, daß es nicht von dir kam. Seit wann, Kev?«

Er räusperte sich. »Erst ein paar Tage.«

»War es Brandons Idee?«

»Ja. Hör mal, ich darf wirklich nicht darüber reden. Es sollte nicht an die Öffentlichkeit dringen.«

»Er erstellt ein Profil des Mörders, oder?«

»Was denn sonst!«

»Und er arbeitet mit Carol Jordan zusammen, nicht wahr?«

»Sie ist die Verbindungsbeamtin. So, und jetzt muß ich Schluß machen. Über diese Sache werde ich später noch mal mit dir reden, klar?« Kevin versuchte einen drohenden Unterton in seine Stimme zu legen, aber das gelang ihm nicht überzeugend.
Penny lächelte vor sich hin und stieß eine Rauchwolke aus. »Danke, Kev. Dafür schulde ich dir was ganz Spezielles.« Sie legte auf, ging aus dem Programm und zur Textverarbeitung über. »Exklusiv. Von Penny Burgess«, tippte sie als erstes ein. Das Frühstück mußte verschoben werden. Sie hatte etwas weit Interessanteres zu tun.

Um halb neun saß Tony wieder vor seinem Bildschirm. Statt der Schuldgefühle, die er nach seinem erotischen Abenteuer erwartet hatte, war er gut gelaunt und munter. Es hatte ihn irgendwie erlöst und entspannt, daß er sich mit Angelica eingelassen hatte. So erstaunlich er es auch unter den gegebenen Umständen empfand, es hatte ihn sehr erregt, als sie ihn mit ihrer Stimme durch ein unerhört obszönes imaginäres Sexabenteuer geführt hatte. Er hatte es nicht ganz geschafft, seine Erektion bis zum Orgasmus durchzuhalten, aber da niemand bei ihm war, der sein Versagen bemerkt hätte, hatte es ihm nicht viel ausgemacht. Vielleicht waren ein paar weitere Anrufe von Angelica alles, was er brauchte, um sich der Realität mit weniger Panik zu stellen.
Jetzt aber an die Arbeit. Dazu benötigte er absolute Ruhe. Er hatte seiner Sekretärin bereits gesagt, keine Anrufe zu ihm durchzustellen; zusätzlich schaltete er auch noch das Läutwerk des Telefons aus, falls ihn jemand über die direkte Durchwahl anrufen sollte. Nichts und niemand würde somit den Fluß seiner Gedanken stören können. Sein Gefühl der Zufriedenheit verstärkte sich noch, als er durchlas, was er am Tag zuvor geschrieben hatte. Er war jetzt bereit, seine Schlußfolgerungen über Handy Andy zu Papier zu bringen. Tony goß sich eine Tasse Kaffee aus der Thermoskanne ein und atmete tief durch.

Wir haben es mit einem Serienmörder zu tun, der mit Sicherheit so lange morden wird, bis wir ihn fassen. Der nächste Mord wird am achten Montag nach dem Mord an Damien Connolly geschehen, es sei denn, irgendein Umstand löst eine Beschleunigung aus. Was ihn aus dem Konzept bringen und zu einer extremen Beschleunigung seiner Handlungen treiben könnte, wäre ein katastrophales Ereignis, das den Verlust dessen, was seine Phantasien am Leben erhält, zur Folge hätte. Da er Videos von seinen Morden macht und damit die Zeit zwischen den Taten überbrückt, könnte zum Beispiel der Verlust oder eine Beschädigung dieser Videos dazu führen, daß er die Kontrolle über sich verliert. Ein anderes mögliches Szenario wäre, daß eine unschuldige Person wegen der Morde angeklagt wird. Das wäre ein solcher Affront gegen sein Selbstbewußtsein, daß er den nächsten Mord vor der geplanten Zeit begehen könnte.

Ich glaube, daß er sein fünftes Opfer schon längst ausgesucht und sich mit seinen Lebensumständen und Tagesabläufen vertraut gemacht hat. Und ich gehe davon aus, daß das Opfer ein Mann ist, der in der Homosexuellenszene der Stadt nicht bekannt ist. Es wird sich, nach der Beurteilung all seiner Absichten und Zweckvorstellungen, um einen heterosexuellen Mann mit den entsprechenden Lebensumständen handeln.

Recht verwirrend ist die Tatsache, daß sein letztes Opfer ein Polizist war. Es war mit großer Wahrscheinlichkeit seine eigene Wahl, kein Mißgeschick oder Zufall. Der Killer will damit seinen Verfolgern eine Nachricht zukommen lassen. Er will, daß wir seine Existenz anerkennen, daß wir ihn ernst nehmen. Außerdem will er uns damit zeigen, daß er der Beste ist; er kann einen von unseren Leuten in seine Gewalt bringen, wir jedoch sind nicht in der Lage, ihn zu fassen. Es gibt eine Theorie, die besagt, ein solches Verhalten sei ein unterbewußtes oder auch bewußtes Vabanquespiel, ja, eine Ein-

ladung, ihn zu schnappen, aber ich glaube nicht, daß das in diesem Fall zutrifft.

Es ist möglich, daß er sich als nächstes Zielobjekt wieder einen Polizeibeamten ausgesucht hat, vielleicht sogar einen, der in der Sonderkommission zu seiner Überführung mitarbeitet. Dies allein wird jedoch kein ausreichendes Motiv für den Mörder sein, das Opfer auszuwählen; es muß auch die Kriterien erfüllen, die er sich generell für die Auswahl seiner Opfer gestellt hat, damit der volle Sinn und Zweck der Tat für ihn erfüllt wird. Ich empfehle dringend, daß alle Polizeibeamten, die in das Opferprofil passen, stets besonders wachsam sind, auf verdächtige Fahrzeuge in der Nähe ihrer Häuser und Wohnungen achten und aufpassen, ob ihnen zum und vom Dienst oder außerhalb des Dienstes jemand folgt.

Das Belauern der Opfer und die peniblen Vorbereitungen für die Morde geschehen aus der Sicht des Mörders zu zwei hauptsächlichen Zwecken, nämlich zur Verringerung möglicher Überraschungen bei der Ausführung der Morde sowie zur Anfeuerung seiner Phantasie, die in seinem Leben eine so bedeutsame Rolle spielt.

Bei unserem Täter handelt es sich wahrscheinlich um einen Weißen im Alter zwischen 25 und 35. Er ist mindestens 1,78 groß und muskulös mit besonders kräftigem Oberkörper. Trotzdem ist es möglich, daß er insgesamt eher unscheinbar aussieht. Es könnte sein, daß er seine Muskulatur in einem Fitneßstudio trainiert, aber es ist eher anzunehmen, daß er das zu Hause tut, wenn er sich die Anschaffung der Geräte leisten kann und die Räumlichkeiten zur Verfügung hat. Er ist Rechtshänder.

Äußerlich sieht er nicht wie ein Verbrecher aus, sondern sehr durchschnittlich. Sein Verhalten erregt keinerlei Anstoß. Er ist wahrscheinlich der Typ Mann, zu dem man nicht zweimal hinblickt und in dem man keinesfalls einen mehrfachen Mör-

der vermutet. Es könnte sein, daß er Tätowierungen und/oder Narben von selbstzugefügten Schnittwunden hat. Wenn das zutrifft, dann jedoch nicht an auffälligen Stellen.

Er kennt sich in Bradfield aus, und seine Ortskenntnisse von Temple Fields sind auf dem neuesten Stand. Dies läßt auf jemanden schließen, der hier wohnt und wahrscheinlich auch arbeitet. Ich glaube nicht, daß er bloß gelegentlich in die Stadt kommt oder ein früherer Einwohner ist, der nur zu den Morden wieder zurückkehrt. In den Wohnlagen oder Arbeitsorten der Opfer sehe ich kein geographisches Muster, außer der Tatsache, daß alle in der Nähe einer Straßenbahnhaltestelle wohnten. Das Haus des ersten Opfers liegt wahrscheinlich am nächsten zum Haus oder Arbeitsplatz des Mörders. Wenn man den allgemeinen Hintergrund und den Lebensstil der Opfer in Betracht zieht und davon ausgeht, daß er sich in einer Umgebung bewegt, die er kennt, kann man meines Erachtens den Schluß ziehen, daß der Mörder in einem eigenen Haus/einer eigenen Wohnung lebt, wie ich glaube, eher in einem Haus als in einer Wohnung, wahrscheinlich in einer Vorstadtgegend mit ähnlicher Immobilienstruktur wie bei den Opfern. Die Häuser der Opfer sind wahrscheinlich ansehnlicher und teurer als das des Mörders; bei den Opfern handelte es sich um Männer, deren Lebensstil der Mörder beneidet und erst noch anstrebt.

Er ist offensichtlich intelligenter als der Durchschnitt, obwohl ich nicht davon ausgehe, daß er einen Universitätsabschluß besitzt. Seine Schulzeugnisse sind wahrscheinlich recht unausgeglichen, zeigen eine geringe Beteiligung am Unterricht und sehr unterschiedliche Noten auf. Er wird sein Potential nicht ausgeschöpft und die Erwartungen, die andere in ihn gesetzt haben, nicht erfüllt haben. Die meisten Serienmörder sind beruflich sehr instabil, springen von Job zu Job, werden häufiger gefeuert, als daß sie von sich aus kündigen. Unser Mör-

der offenbart jedoch bei seinen Taten einen so außergewöhnlich hohen Grad an Selbstkontrolle, daß ich ihm zutraue, einen festen Arbeitsplatz über lange Zeit halten zu können, möglicherweise sogar einen Job, der bis zu einem gewissen Grad verantwortliches Handeln und vorausschauende Planung erfordert. Ich glaube allerdings nicht, daß er bei diesem Job engere Kontakte zu seinen Mitmenschen hat, da seine Fähigkeiten zur Anknüpfung von Beziehungen zu anderen Menschen von seiner geistigen Störung beeinträchtigt sind. Seine Opfer arbeiten, bis auf eine marginale Abweichung bei Damien Connolly, in einem Büro, woraus wir schließen können, daß er wahrscheinlich in einem ähnlichen Arbeitsumfeld tätig ist. Es würde mich nicht überraschen, wenn er auf technischem Gebiet tätig wäre, vielleicht in der Informatik. Das ist ein Arbeitsbereich, in dem man als Kollege voll anerkannt wird, auch wenn man sozial nicht besonders umgänglich ist. Leute, die im Grunde nicht in den Mitarbeiterstab passen, werden in der verrückten Welt der Computerwissenschaft durchaus akzeptiert; sie sind oft sogar hoch angesehen, weil sie wegen ihrer Fachkenntnisse kaum zu ersetzen sind. Ich glaube allerdings nicht, daß unser Mörder eine führende Position im Bereich der kreativen Software-Erstellung einnimmt, aber ich wäre nicht erstaunt, wenn wir ihn als Systemmanager oder Programmtester antreffen würden. Er wird wahrscheinlich nicht besonders gut mit seinen Vorgesetzten auskommen, ihnen wohl eher als ungehorsam und zu Widerspruch neigend auffallen.

Im Hinblick auf seine berufliche Tätigkeit, seine Zielvorstellungen sowie seiner häuslichen Umstände wird er der Mittelklasse zuzurechnen sein, obwohl er meines Erachtens aus der Arbeiterklasse stammt. Er ist handwerklich geschickt, aber ich neige nicht zu der Ansicht, daß er in einem handwerklichen Beruf tätig ist, schon allein aus dem Grund, daß er es

versteht, bei den Morden so sorgfältig und vorausschauend zu planen.
Sozial ist er isoliert. Er muß nicht zwangsweise ein Einzelgänger sein, aber er sucht mit großer Wahrscheinlichkeit von sich aus keine Kontakte zu anderen Menschen. Er fühlt sich als Außenseiter. Vielleicht hat er sich nach außen hin eine oberflächliche Kontaktfähigkeit angeeignet, aber in seinem Benehmen schlägt er meistens den falschen Ton an. Er ist ein Mann, der oft zu laut lacht, der meint, er sei lustig, wenn er in Wirklichkeit andere Menschen zutiefst verletzt, der oft in einem Tagtraum gefangen zu sein scheint. Er hat keine wirklichen Freunde, auch wenn er notgedrungen in der Gruppe mitmacht. Sein soziales Versagen ist ihm im Grunde nicht bewußt. Er zieht es vor, mit seinen Phantasien allein zu bleiben, denn er weiß, wenn er sich anderen anschließt, hat er nicht mehr fest unter Kontrolle, was um ihn herum vorgeht.
Es ist sehr gut möglich, daß er dennoch nicht allein lebt. Wenn er mit jemandem zusammenlebt, wird es eher eine Frau als ein Mann sein. Weil er sexuell von Männern angezogen wird und das für sich nicht akzeptieren kann, wird er unter keinen Umständen eine Beziehung zu einem Mann unterhalten, nicht einmal eine platonische Freundschaft. Seine Beziehung zu einer Frau kann sich durchaus auch auf sexuelle Kontakte erstrecken, aber er wird kein begeisterter oder guter Liebhaber sein. Seine heterosexuelle Potenz wird sogar kaum den Ansprüchen genügen, und er könnte regelmäßig Probleme haben, Erektionen zu bekommen oder durchzuhalten. Er ist jedoch nicht grundsätzlich impotent, und während des Begehens seiner Verbrechen wird er höchstwahrscheinlich imstande sein, einen vollen Sexualakt irgendeiner Art mit seinen Opfern zu vollziehen.

Tony unterbrach seine Arbeit und starrte aus dem Fenster. Manchmal war das alles wie die Sache mit dem primären Vorhandensein des Huhns oder des Eis. Hatte er so viel Einfühlungsvermögen für seine Patienten, weil auch er nur allzugut die Frustrationen und Qualen der Impotenz kannte, oder hatten sich seine sexuellen Probleme einfach nur verstärkt und dazu geführt, daß er dieses Einfühlungsvermögen aufbringen und seinen Job besser machen konnte? »Spielt das eine Rolle?« sagte er ungeduldig, fuhr sich mit den Fingern durchs Haar und konzentrierte sich wieder auf die Arbeit.

Wenn er mit einer Frau zusammenlebt, wird sie höchstwahrscheinlich keinerlei Verdacht haben, daß ihr Partner der Serienmörder sein könnte. Es ist daher zu erwarten, daß sie ihn in einem ersten Instinkt in Schutz nehmen wird, denn sie scheint tief in ihrem Herzen ja zu wissen, daß er es nicht sein kann. Jeder Verdächtige, dem nur von seiner Frau oder Freundin ein Alibi gegeben wird, sollte daher nicht allein deshalb aus dem Kreis der möglichen Täter ausgeschlossen werden.

Er ist mobil, hat einen eigenen Wagen, der sich in gutem Zustand befindet (s. oben). Und an Montagabenden stehen seinem Tun weder irgendwelche Hindernisse noch Verpflichtungen im Weg.

Seine Persönlichkeit ist so strukturiert, daß er stets geordnete Abläufe in seinem Leben anstrebt und geradezu fanatisch darauf aus ist, alles unter Kontrolle zu haben. Er ist ein Mann des Typs, der einen Wutanfall bekommt, wenn seine Freundin vergißt, ihm das gewohnte Müsli zu kaufen. Seine Taten hält er für absolut gerechtfertigt; er glaubt, daß er mit seinen Verbrechen nur das tut, was alle anderen auch tun möchten, aber nicht den Mumm dazu aufbringen. Er ist äußerst empfindlich und meint, die Welt habe sich gegen ihn verschworen; wie kommt es, denkt er, daß er, der doch so intelligent und talentiert ist, diesen untergeordneten Job machen muß und nicht Chef der Firma ist? Wie kommt es, daß er, der doch so charmant ist, nicht mit einem Super-Model liiert ist? Seine Antwort auf diese Fragen lautet: Weil die Welt es darauf anlegt, seine Talente sich nicht entfalten zu lassen. Er hat die egozentrische Weltsicht des verzogenen Kindes, und er erkennt die Auswirkungen seines Verhaltens auf andere Menschen überhaupt nicht. Er sieht nur die Auswirkungen der Geschehnisse in seinem Umfeld auf sich selbst.

Er ist ein ausdauernder Phantast und Tagträumer. Seine Phantasien sind kunstvoll konstruiert und erscheinen ihm bedeutungsvoller als die Realität. In diese Phantasiewelt zieht er sich zurück, wann immer er das will und die Möglichkeit dazu hat, aber auch dann, wenn er im Alltagsleben Rückschläge erleidet oder sich Hindernissen gegenübersieht. Die Phantasien schließen wahrscheinlich Gewaltakte ebenso ein wie Sex und erstrecken sich eventuell auch auf fetischistische Elemente. Sie bleiben nicht statisch erhalten, sie verlieren an Stärke und müssen neu angefacht und weiterentwickelt werden.

Er ist überzeugt davon, daß er die Phantasien, die sein Denken beherrschen, ausleben kann, ohne daß irgend jemand in der Lage ist, ihn davon abzuhalten. Er ist absolut sicher, daß er intelligenter als seine Verfolger von der Polizei ist. Daher stellt er keine Überlegungen an, wie er sich bei einer Festnahme verhalten soll. Er glaubt zu clever zu sein, als daß so etwas je geschehen könnte. Er war sehr gründlich bei der Beseitigung aller Spuren, und daher bin ich, wie ich Inspector Jordan bereits dargelegt habe, fest davon überzeugt, daß es sich bei dem Fetzen aus russischem Hirschleder am Fundort der vierten Leiche um ein gezieltes Ablenkungsmanöver handelt. Der Mörder beobachtet selbstverständlich die Ermittlungen sehr aufmerksam, und er wird sich ins Fäustchen lachen, wenn wir uns jetzt auf den Lederfetzen stürzen und seine Herkunft fest-

zustellen versuchen. Selbst wenn wir das schaffen würden – ich bin sicher, bei einer Überführung des Mörders werden wir nichts in seinem Besitz finden, das auch nur im entferntesten etwas mit dem Lederfetzen zu tun hat.
Sollte er vorbestraft sein, so handelt es sich höchstens um Jugendstrafen. Mögliche Delikte wären in diesem Fall Vandalismus, Diebstahl, geringfügige Brandstiftung, Tierquälerei, Terrorisierung jüngerer Kinder, tätliche Bedrohung von Lehrern oder ähnliches. Im Lauf der Zeit hat es unser Mörder jedoch gelernt, sich unter Kontrolle zu halten, und ich nehme nicht an, daß er als Erwachsener jemals straffällig geworden ist.
Er wird bestrebt sein, so weit wie möglich mit der Untersuchung Schritt zu halten, und er wird auf Publicity aus sein, soweit sie ihm den Ruhm und den Respekt einbringt, nach denen er so gierig ist. Es ist sehr interessant, daß das Grab von Adam Scott kurz nach dem zweiten Mord durch Schmierereien entweiht wurde. Es könnte ein Versuch des Mörders gewesen sein, das Profil seiner Verbrechen anzureichern. Möglicherweise hat er Kontakte zu Polizeibeamten, und wenn dem so ist, wird er diese Kontakte dazu nutzen, sich stets über den neuesten Stand der Ermittlungen zu informieren. Wir sollten alle Beamten der Kriminalpolizei anhalten, sofort ihren Vorgesetzten Meldung zu machen, wenn sie den Eindruck haben, von einem Außenstehenden ausgehorcht zu werden.

Tony speicherte den Text ab und las alles noch mal durch. Einige Psychologen, mit denen er bisher zusammengearbeitet hatte, erstellten ausführliche Beurteilungen über mögliche Kindheitserlebnisse des Mörders und legten Prüflisten über Verhaltensweisen an, die der Mörder als Heranwachsender gezeigt haben könnte. Tony machte das nicht. Für diese Art der Information war noch Zeit, wenn man den Mörder gefaßt hatte und Richtlinien für seine

Verhöre benötigte. Tony verlor nicht aus dem Auge, daß er es vornehmlich mit Polizisten zu tun hatte, die es gewohnt waren, auf die harte Tour mit Tatverdächtigen umzugehen, und die von seiner Arbeit nicht viel hielten; mit Männern wie Tom Cross, die sich den Teufel darum scherten, was für eine schreckliche Kindheit ihr Verdächtiger gehabt haben mochte.
Der Gedanke an Tom Cross schärfte Tonys kritisches Auge beim Durchlesen seiner Ausarbeitung. Ihn vom Wert des Profils zu überzeugen, würde wohl eine alptraumhafte Angelegenheit werden.

Die erste Ausgabe der *Bradfield Evening Sentinel Times* an diesem Tag wurde bereits kurz vor Mittag an die Straßenverkäufer ausgeliefert. Die Leute, die nach Wohnungen, Jobs oder Sonderangeboten der Geschäfte suchten, schnappten sich die Exemplare, ohne auch nur auf die Titelseite zu schauen. Sie blätterten in der Hoffnung, das zu finden, nach dem sie suchten, sofort die Anzeigenseiten auf und hielten die Titelseite sowie die letzte Seite den Passanten entgegen. Jeder, der neugierig genug war, auf die fette Balkenüberschrift zu schauen, konnte lesen: »CHEF DER SONDERKOMMISSION ZUR JAGD AUF DEN SERIENMÖRDER GEFEUERT. Exklusivbericht von unserer Kriminalreporterin Penny Burgess.« Im unteren rechten Drittel der Titelseite prangte ein Foto von Tony mit der Überschrift: »MORDKOMMISSION FOLGT EINER ANREGUNG DER *BRADFIELD EVENING SENTINEL TIMES*. Exklusiv von Penny Burgess.« Wenn das die Leute dazu brachte, sich ein eigenes Exemplar der Zeitung zu kaufen, konnten sie auch noch den Untertitel lesen: »Führender Psychologe Englands in die Ermittlungen gegen den Schwulenmörder eingeschaltet. Bericht auf S. 3.«
In einem Büro hoch über den geschäftigen Straßen Bradfields starrte ein Mörder auf die Zeitung, und eine prickelnde Erregung

stieg in ihm auf. Die Dinge entwickelten sich wunderbar. Es war, als ob die Polizei das Ausleben seiner Phantasien unterstützen würde, ein Beweis, daß Wünsche tatsächlich wahr werden können.

Auf 3 1/2-Zoll-Diskette, Beschriftung: Backup.007, Datei Love012.doc

Alle Welt war in den Straßen der Stadt unterwegs, um Weihnachtsgeschenke zu kaufen, an denen die meisten noch Ostern abzuzahlen hatten. Narren! Ich war in meinem Kerker und stellte sicher, daß ich ein unvergeßliches Weihnachtsfest erleben würde. Obwohl es Gareth' letztes auf Erden sein würde, war ich sicher, daß sich jede Einzelheit so deutlich in seinem Gedächtnis festsetzte, wie sie auf meinem Videoband eingefangen wurde.

Ich hatte unser Treffen mit aller Sorgfalt und Präzision, die ich nur aufbringen konnte, vorbereitet. Seine Beziehung zu diesem Miststück bedeutete, daß ich ihn mir nicht bei sich zu Hause schnappen konnte, wie ich das bei Adam und Paul gemacht hatte. Ich mußte nach einem Alternativplan vorgehen.

Ich schickte ihm – ohne Namensangabe – eine Einladung zu einer »Überraschungsparty«. Da er am Weihnachtsabend wahrscheinlich entweder durch familiäre Bindungen oder aber durch das Miststück belegt sein würde, wählte ich den 23. Dezember als Termin. Ich formulierte die Einladung so, daß er ihr kaum widerstehen konnte und sie sicherlich auch nicht dem Miststück zeigen würde. Der Schlußsatz lautete: »Einlaß nur gegen Vorlage dieser Einladung.« Ein cleverer Schachzug, wie ich meinte. Er würde dazu gezwungen sein, das einzige Beweisstück für Kontakte zwischen uns mitzubringen.

Die Wegbeschreibung auf der Rückseite führte – falls er vorab eine Erkundungsfahrt machen sollte – zu einem einsam gelegenen Ferien-Cottage zwischen Bradfield und den Yorkshire Dales. Es lag von der Start Hill Farm und meinem Kerker ausgesehen auf der gegenüberliegenden Seite der Stadt. Ich ging davon aus, daß das Cottage über Weihnachten vermietet sein würde. Aber ich hatte nicht die Absicht, ihn bis dorthin kommen zu lassen.

Es war ein weihnachtlicher Abend, wie er den Klischeevorstellungen entspricht: ein knochenbleicher Halbmond, Sterne, die wie Brillantsplitter funkelten, Gras und Hecken mit Rauhreif überzogen. Ich fuhr an den Rand der einspurigen Straße, die zu dem Ferien-Cottage und einigen abgelegenen Farmen führte. In der Ferne zogen die Lichter der Fahrzeuge auf der Straße nach Bradfield lautlos wie Irrlichter dahin.
Ich schaltete die Warnblinker an, stieg aus dem Jeep und öffnete die Motorhaube. Dann legte ich mir alles zurecht, was ich brauchte, lehnte mich an den vorderen Kotflügel und wartete. Es war kalt, aber das machte mir nichts aus. Ich hatte gut kalkuliert. Schon nach fünf Minuten hörte ich das Motorengeräusch eines Wagens, der sich den steilen Weg hinaufkämpfte. Scheinwerfer tauchten um die Kurve unter mir auf, und ich trat auf die Straße und winkte verzweifelt, ein frierender, in Not befindlicher Mitmensch.
Gareth' älterer Escort hielt ruckartig hinter dem Jeep an. Ich machte ein paar zögernde Schritte auf ihn zu, und er stieß die Tür seines Wagens auf und stieg aus. »Irgendwelche Probleme?« fragte er. »Ich verstehe leider nichts von Autos, aber wenn ich Sie mitnehmen kann …?«
Ich lächelte. »Danke, daß Sie angehalten haben«, sagte ich.
In seinen Augen flackerte keinerlei Erkennen auf, als er näher kam. Dafür haßte ich ihn.
Ich trat zurück zum Jeep und deutete unter die Motorhaube.

»Es ist kein großes Problem«, erklärte ich, »aber ich brauche drei Hände. Wenn Sie dieses Teil da festhalten, kann ich mit dem Schraubenschlüssel an diese Schraube da kommen.« Gareth beugte sich vor und schaute unter die Haube. Ich nahm den Schraubenschlüssel und schlug zu.

Innerhalb von fünf Minuten lag er, fester verschnürt als ein schlachtreifer Puter, im Kofferraum seines Wagens. Ich hatte seine Wagenschlüssel, seine Brieftasche und die Einladungskarte, die ich ihm geschickt hatte. Ich fuhr zurück durch die Stadt zur Farm, wo ich den immer noch Bewußtlosen ohne große Umstände die Kellertreppe hinunterrutschen ließ. Es blieb keine Zeit, mich weiter um ihn zu kümmern, denn als erstes mußte ich jetzt meinen Jeep holen.

Ich fuhr mit Gareth' Wagen in die Stadtmitte und ließ ihn in einer Nebenstraße in Crompton Gardens stehen. Niemand war in der Nähe; die Leute waren zu beschäftigt, ihre Partys zu feiern. Nach kaum zehn Minuten Fußweg durch die Stadt war ich am Bahnhof.

Zwanzig Minuten Zugfahrt und ein Fußmarsch von weiteren fünfzehn Minuten brachten mich wieder zu meinem Jeep. Ich näherte mich ihm vorsichtig. Es war kein Mensch zu sehen, und es gab auch keine Anzeichen, daß jemand in der Zwischenzeit hier herumgeschnüffelt hatte. Auf der Fahrt zur Start Hill Farm pfiff ich »Hört der Engel Schar verkünden ...« vor mich hin.

Als ich das Kellerlicht anmachte, funkelten mich Gareth' Augen wütend an. Ich mochte das. Nach dem jämmerlichen Getue von Adam und Paul war es herzerfrischend, einen Mann vorzufinden, der Charakter zeigte. Die gedämpften Töne, die unter dem Klebeband über seinem Mund hervordrangen, klangen eher wütend als bettelnd.

Ich beugte mich über ihn und strich ihm das Haar aus der

Stirn. Er zuckte zunächst vor mir zurück, wurde dann aber ganz ruhig, und ich las berechnende Schläue in seinen Augen. »So ist es besser«, sagte ich. »Kein Grund zum Kämpfen, kein Grund zum Widerstand.«
Er nickte und machte mir mit den Augen Zeichen in Richtung auf den Mundknebel. Ich kniete mich neben ihn, lockerte eine Ecke des Klebebands und riß es dann in einem Zug von seinem Mund. Es ist auf diese Art weniger schmerzhaft, als wenn man es langsam abzieht.
Gareth fuhr sich mit der Zunge über die trockenen Lippen. »Verdammt beschissene Party«, fauchte er, wenn auch seine Stimme ein wenig zitterte.
»Es ist genau das, was du verdienst«, erwiderte ich.
»Woher zum Teufel wollen Sie das wissen?« fragte er wütend.
»Du warst für mich bestimmt. Aber du hast dich mit dieser Schlampe abgegeben. Und du hast versucht, es geheimzuhalten.«
Verstehen dämmerte in seinen Augen auf. »Sie sind ...« begann er.
»Ja«, unterbrach ich ihn. »Und jetzt weißt du auch, warum du hier bist.« Meine Stimme war kalt wie der Steinboden. Ich stand auf und ging zu der Bank, auf der ich mein Werkzeug ausgelegt hatte.
Gareth sprach weiter, aber ich verschloß meine Ohren. Ich wußte, wie überzeugend Anwälte reden können, und ich war nicht bereit, mich durch süßliches Geschwätz von meinem Kurs abbringen zu lassen. Ich zog den Reißverschluß des Beutels auf und nahm den Chloroformbausch heraus. Dann ging ich zurück zu Gareth und kniete mich wieder neben ihn. Mit einer Hand griff ich in sein Haar, mit der anderen preßte ich den Wattebausch auf seinen Mund und seine Nase. Er bewegte sich so heftig, daß ein Büschel Haare in meiner Hand

zurückblieb, als er schließlich bewußtlos wurde. Nur gut, daß ich meine Lastexhandschuhe übergestreift hatte, sonst hätten seine dicken Haare mir vielleicht ins Fleisch der Finger geschnitten. Was ich keinesfalls brauchen konnte, war, daß sich mein Blut mit seinem vermischte.

Als er das Bewußtsein verloren hatte, schnitt ich ihm die Kleider vom Leib. Ich nahm den Lederriemen, der sich schon beim Judasstuhl bewährt hatte, legte ihn ihm um die Brust und führte ihn unter den Achseln hindurch. An einem der Deckenbalken hatte ich einen einfachen Flaschenzug befestigt, und ich schob jetzt den Haken des Zugseils unter den Lederriemen. Dann zog ich Gareth' Körper hoch, bis er wie ein weihnachtlicher Mistelzweig in einer Brise unter der Decke baumelte. In Sekundenschnelle hatte ich seine Handfesseln gelöst und ihn an meinem Weihnachtsbaum festgebunden.

Ich hatte zwei Holzbalken in der X-Form des Sankt-Andreas-Kreuzes fest an der Wand verschraubt und sie an der Vorderseite dicht mit den stachligen Zweigen einer Norweger-Tanne ausgekleidet. An jedem Arm des Kreuzes hatte ich Lederriemen befestigt, die ich jetzt um seine Hand- und Fußgelenke schlang und verknotete. Zum Schluß löste ich den Haken des Flaschenzugs, so daß sein Körper nur noch von den Lederriemen um die Handgelenke gehalten wurde. Er sackte so alarmierend tief durch, daß ich einen Moment fürchtete, die Lederriemen seien dem Gewicht nicht gewachsen. Es gab ein kurzes, quietschendes Geräusch, Leder rieb sich an Holz, dann war Stille. Er hing wie ein Märtyrer-Apostel an der Wand meines Kerkers.

Ich legte meinen schweren Hammer und die scharf angespitzten Bolzennägel bereit, die ich hierfür ausgewählt hatte. Gareth und ich würden jetzt bis zur Weihnachtsnacht beisammen sein. Und ich beabsichtigte, jede Minute dieser achtundvierzig Stunden in vollen Zügen zu genießen.

12

Nur sehr wenige Männer begehen Morde unter der Anlegung philanthropischer oder patriotischer Prinzipien … Die Mehrzahl der Mörder sind wahrlich inkorrekte Charaktere.

Die vier Detective Inspectors saßen mit versteinerten Gesichtern in Tom Cross' früherem Büro, während John Brandon ihnen die offizielle Version der Suspendierung des Superintendent vortrug. Manchmal wünschte er sich, er wäre wieder einer der Jungs, in der Lage, seine Gründe zu erklären, ohne dabei seine eigene Position zu untergraben. »Was wir jetzt tun müssen, ist, diese Sache hinter uns zu lassen und die Ermittlungen voranzutreiben«, sagte er energisch. »Wie ist der neueste Stand mit McConnell?«

Kevin beugte sich auf seinem Stuhl vor. »Ich habe entsprechend Ihrer Anweisung gehandelt, Sir. Wir haben ihn kurz vor Mitternacht entlassen, und seitdem wird er von einem Team beobachtet. Er hat noch kein außergewöhnliches Verhalten gezeigt. Er fuhr geradewegs nach Hause und scheint gleich darauf ins Bett gegangen zu sein, wie aus dem Löschen des Lichts in den Zimmern geschlossen werden kann. Heute morgen stand er um acht auf und ging zur Arbeit. Einen meiner Leute habe ich als neues Mitglied in das Fitneßstudio eingeschleust, ein zweiter beobachtet das Studio von der Straße aus.«

»Okay, Kevin, bleiben Sie dran. Sonst noch was? Dave, hat der Computer schon was ausgespuckt?«

»Wir überprüfen eine Menge Autonummern sowie Leute, die wegen Verstößen im Zusammenhang mit Homosexualität aktenkundig sind, und zwar sowohl unter dem Gesichtspunkt unzüchtigen Verhaltens als auch unter dem der Angriffe gegen Homosexuelle. Wir sind außerdem dabei, die Listen noch einmal zu

überprüfen, die Don Merrick von den Reiseveranstaltern bekommen hat und in denen alle Leute erfaßt sind, die Urlaubsreisen nach Rußland gebucht haben. Wenn wir erst mal das Mörderprofil haben, könnten sich Verdächtige herausschälen, aber im Moment zeichnet sich noch nichts ab, Sir.«
»Einige der Gewichtheberverbände haben zugesagt, uns Listen von Mitgliedern zu geben, die zu Wettkämpfen in Rußland waren oder hier bei uns Wettkämpfe gegen russische Teams ausgetragen haben«, warf Carol ein.
Dave verzog das Gesicht. »O Gott, noch mehr verdammte Listen«, stöhnte er.
»Ich habe Kontakt zum größten Importeur von Lederbekleidung im UK aufgenommen«, berichtete Stansfield. »Nachdem ich ihm von dem Lederfetzen erzählt habe, meinte er, wenn es Hirschleder sei, dann sei es keine von den üblichen billigen Jacken. Er sagte, es müsse sie jemand gekauft haben, der aus dem Durchschnitt rausragt, es aber noch nicht zum Boß geschafft hat.« Er grinste. »Jemand wie zum Beispiel ein Detective Inspector, oder ein höherer städtischer Angestellter, der etwa die Hälfte des glitschigen Erfolgswegs geschafft hat, oder ein Bahnhofsvorsteher, oder ein Zweiter Offizier auf einem Schiff. Solche Leute.«
Dave grinste ebenfalls. »Ich werde HOLMES beauftragen, ein Auge auf ehemalige KGB-Agenten zu werfen.«
Brandon wollte etwas sagen, wurde aber durch das Läuten des Telefons daran gehindert. Er hob ab und meldete sich: »Brandon hier ...« Sein Gesicht wurde erst ausdruckslos und dann so starr und hölzern wie der Sarg, der plötzlich auf seinen Schultern zu lasten schien. »Ja, Sir. Ich komme sofort.« Er ließ den Hörer langsam auf die Gabel gleiten und stand auf. »Der Chief Constable will wissen, warum die *Sentinel Times* heute so aufgemacht ist, wie das der Fall ist.« Er ging zur Tür und blieb mit der Hand auf der Klinke stehen. »Ich bin sicher, daß derjenige, der unsere schmutzige Wäsche in Mrs. Burgess' Spülbecken gewaschen hat,

darauf hofft, daß ich an ihm kein Exempel statuiere. Er hofft vergebens.« Er lächelte Carol frostig an. »Oder sie, um niemanden auszulassen.«

Tony schloß die Tür seines Büros hinter sich, winkte der Sekretärin fröhlich zu und lächelte sie an. »Ich gehe zu einem kurzen Mittagessen, Claire, wahrscheinlich ins Café Genet in Temple Fields. Inspector Jordan kommt um drei, aber bis dahin bin ich längst zurück. Okay?«

»Sind Sie denn sicher, daß Sie keinen der Anrufe der Journalisten beantworten wollen?« rief Claire hinter ihm her.

Tony, schon in der Tür, fuhr herum und fragte: »Was für Journalisten?«

»Vor allem und als erste diese Penny Burgess von der *Sentinel Times*. Sie hat es alle halbe Stunde versucht, seitdem ich hier bin. Außerdem kamen Anrufe von allen großen Zeitungen und von Radio Bradfield.«

Tony runzelte verwirrt die Stirn. »Warum? Haben die Leute gesagt, was sie von mir wollen?«

Claire hielt ein Exemplar der *Sentinel Times* hoch. Sie war vorhin schnell aus dem Büro geschlüpft und hatte es sich am Kiosk der Universität gekauft. »Ich bin keine Psychologin, Tony, aber ich glaube, das hat was mit Ihnen zu tun.«

Tony erstarrte. Selbst quer durch den Raum konnte er die Schlagzeile lesen und sein Foto auf der Titelseite erkennen. Wie ein Stück Eisen, das von einem Magneten angezogen wird, näherte er sich der Zeitung, bis er Penny Burgess' Namen über beiden Artikeln lesen konnte. »Darf ich?« fragte er heiser und griff danach.

Claire überließ sie ihm und beobachtete seine Reaktion. Sie mochte ihren Chef, aber sie war auch nur ein Mensch und genoß es irgendwie, daß er sich so ärgerte, in der Zeitung zu stehen. Tony blätterte hastig die Seiten um, nach dem Artikel über sich suchend. Als er ihn gefunden hatte, las er ihn mit wachsendem Entsetzen.

Dr. Hill ist bestens qualifiziert, um in den verwirrten Geist des Schwulenkillers einzudringen. Er hat nicht nur zwei Universitätsabschlüsse samt Promotionen und große Erfahrung im direkten Umgang mit kriminellen Perversen, die unsere Gesellschaft terrorisiert haben, er hat auch den Ruf, seine Arbeit mit verbissener Entschlossenheit zu tun.
Ein Kollege sagte über ihn: »Er ist mit seiner Arbeit verheiratet, lebt nur dafür. Wenn irgend jemand den Schwulenkiller überführen kann, dann ist es Tony Hill.
Es ist jetzt nur noch eine Frage der Zeit, davon bin ich überzeugt. Tony ist unerbittlich. Er wird nicht aufgeben, bis dieser Bastard hinter Gittern sitzt.
Eines ist klar, Tony verfügt über ein erstklassiges Gehirn. Diese Serienmörder mögen ja hohe IQs haben, aber um dem Arm des Gesetzes zu entgehen, sind sie nicht clever genug.«

»O mein Gott!« stöhnte Tony. Abgesehen davon, daß kein Kollege, der etwas auf sich hielt, solche Aussagen machen würde, bedeutete der Artikel, Handy Andy den Fehdehandschuh hinzuwerfen. Er mußte sich für ihn wie eine Herausforderung lesen. Und Tony war sicher, daß Handy Andy eine Antwort darauf finden würde. Er knallte die Zeitung auf Claires Schreibtisch.
»Es ist ein bißchen übertrieben, nicht wahr?« sagte sie mitfühlend.
»Ja, übertrieben, aber vor allem verdammt unverantwortlich«, wütete Tony. »Ach was, ich scheiß' drauf und werd' jetzt was essen. Wenn der Chief Constable anruft, sagen Sie ihm, ich sei schon nach Hause gegangen und nicht mehr erreichbar.« Er trat wieder zur Tür.
»Und was ist, wenn Inspector Jordan anruft?«

»Ihr können Sie sagen, ich sei aus dem Land geflohen.« In der Tür blieb er stehen. »Nein, das war nur ein Scherz. Richten Sie ihr aus, ich sei zu unserem Treffen wieder zurück.«
Während er auf den Aufzug wartete, ging es Tony durch den Kopf, daß er bei aller Erfahrung nicht auf die direkte Herausforderung eines Mörders vorbereitet war. Und bei dieser würde er sich ganz gewaltig ins Zeug legen müssen.

Kevin Matthews trank sein Glas Bier leer und machte dem Mädchen hinter der Bar ein Zeichen damit. »Selbst wenn es ein Ablenkungsmanöver ist, er muß auf jeden Fall Zugang zu diesem gottverdammten komischen Lederfetzen gehabt haben, oder?« fragte er Carol und Merrick. »Noch mal dasselbe?«
Merrick nickte. »Ich möchte diesmal einen Kaffee, Kevin«, sagte Carol. »Und ein halbes Hähnchen bitte. Ich habe so ein Gefühl, daß mir eine lange Sitzung mit dem Doc bevorsteht, und er hat die häßliche Angewohnheit, jegliches Essen zu vergessen.«
Kevin machte die Bestellung und wandte sich dann wieder Carol zu. Mit der Hartnäckigkeit, die ihm zu seinen Beförderungen verholfen hatte, fragte er: »Ich habe doch recht, oder? Und er muß nicht nur Zugang zu diesem Leder gehabt haben, er muß auch wissen, wie selten es ist.«
»Richtig«, sagte Carol.
»Es ist also keine Zeitverschwendung, wenn wir versuchen, seine Herkunft rauszufinden, oder?«
»Ich habe nie behauptet, es sei Zeitverschwendung«, antwortete Carol geduldig. »So, und jetzt erzählst du mir mal, was mit Tom Cross passiert ist, oder muß ich es unserem Mörder nachmachen und mein Folterwerkzeug rausholen?«
Während Kevin berichtete, was geschehen war, wandte Merrick seine Aufmerksamkeit anderen Dingen zu. Er hatte die Geschichte schon oft genug gehört. Er lehnte sich an die Bar und beobachtete die anderen Gäste. Das Sackville Arms war nicht der zum

Dezernat in der Scargill Street nächstgelegene Pub, aber es gab hier Tetleys aus Yorkshire und Boddingtons aus Manchester, beides vom Faß, und das machte ihn unausweichlich zum Polizistenlokal. Der Pub lag in der Randzone von Temple Fields, und das hatte ihm, als die Mordkommission noch fest in der Scargill Street untergebracht war, eine zusätzliche Attraktion bei den Polizeibeamten verschafft. Diese Lage erlaubte es, daß Prostituierte und kleine Gauner, die ihrem Vertrauensmann bei der Polizei ein paar Informationen zuflüstern wollten, es hier unauffällig tun konnten. Aber in den paar Monaten, seit sie von der Scargill Street weggezogen waren, hatten sich im Pub einige Veränderungen ergeben. Die Stammgäste hatten sich daran gewöhnt, den Pub für sich zu haben, und es herrschte inzwischen eine spürbare Distanz zwischen den Polizisten und den anderen Gästen. Die Beamten, die den Pub dazu genutzt hatten, sich neue Informationsquellen aus der Szene dieses verrufenen Stadtteils zu erschließen, wurden jetzt sehr kühl empfangen. Selbst ein frei herumlaufender Serienmörder konnte die Leute nicht dazu bringen, wieder zu der Gewohnheit zurückzukehren, die Polizisten mit Informationen zu füttern.

Merrick schaute sich mit seinem geschulten Blick die anderen Gäste an und klassifizierte sie. Nutte, Dealer, Strichjunge, Zuhälter, reicher Mann, armer Mann, Bettler, Spießer … Carols Stimme riß ihn aus seinen Gedanken. »Was meinen Sie dazu, Don?« hörte er gerade noch.

»Entschuldigung, Ma'am, ich war weggetreten. Was soll ich wozu meinen?«

»Daß es langsam Zeit wird, daß wir eigene Schnüffler in die Strichszene einschmuggeln, damit wir uns nicht immer nur auf die Mädchen von der Sitte verlassen müssen. Die kann man doch höchstens fragen, ob es draußen regnet oder schönes Wetter ist.«

»Die Nuttenszene ist meiner Meinung nach unwichtig«, sagte Merrick. »Was wir verdammt eher brauchen sind Erkenntnisse, was in der Schwulenszene abläuft. Ich meine damit nicht die Typen, die sich offen als Schwule bekennen und im Höllenloch rumsitzen. Ich meine die, die insgeheim schwul sind, die nicht rumstolzieren und es lauthals verkünden. Unter ihnen könnte es welche geben, die dem Mörder schon mal begegnet sind. Nach allem, was ich bisher über Serienmörder gelesen habe, töten sie manchmal nicht gleich beim erstenmal, sondern machen zunächst ein paar Versuche. Genauso, wie es der Yorkshire Ripper auch getan hat. Vielleicht versteckt sich irgendwo ein völlig verängstigter Schwuler, der mal von einem Typen, der seine Gewalttätigkeit nicht unter Kontrolle hatte, übel zugerichtet worden ist. Das könnte uns zum Durchbruch bringen.«

»Und weiß Gott, wir brauchen einen Durchbruch«, sagte Kevin. »Aber wenn wir nicht wissen, wie der Kontakt zwischen Opfer und Täter zustande gekommen ist, wie sollen wir dann Anknüpfungspunkte finden?«

Carol machte ein nachdenkliches Gesicht und erklärte dann: »Wenn du was nicht weißt, frag einen Polizisten.«

»Wie meinst du das?« Kevin sah sie neugierig an.

»Auch bei der Polizei gibt es Schwule, die ihre Neigung ja noch mehr als andere geheimhalten müssen. Sie werden uns sagen können, wie man in so einer Lage Kontakte knüpft.«

»Das ist aber kein Ansatz zur Lösung des Problems«, entgegnete Kevin. »Wenn diese Leute so auf Geheimhaltung ihrer Neigung aus sind, wie sollen wir dann rausfinden, wer denn nun schwul ist?«

»In London gibt es eine Vereinigung schwuler und lesbischer Polizisten. Wir könnten uns unter Zusicherung absoluter Geheimhaltung mit diesen Leuten in Verbindung setzen und um Hilfe bitten. Sie haben sicher auch Mitglieder hier in Bradfield.«

Merrick sah Carol bewundernd an, Kevin eher ein wenig frustriert, und beide fragten sich im stillen, wie es kam, daß Inspector Jordan auf alles eine Antwort wußte.

Tom Cross schaute sich die Titelseite der *Sentinel Times* an, und er verzog die Lippen zu einem zufriedenen Grinsen, was die Zigarette in seinem Mundwinkel hoch und nieder wippen ließ. Penny Burgess mochte gedacht haben, sie sei der agierende Teil bei ihrer kleinen Unterhaltung gestern abend gewesen, aber Cross wußte es besser. Er hatte die Spinne zur Fliege geführt, und sie hatte genau das getan, was er von ihr erwartet hatte. Ehre, wem Ehre gebührt, sie hatte sogar mehr getan. Diese Zeilen, wie die Polizei nach Auffassung der *Sentinel Times* hilflos in dem Fall herumgestochert und diesen verdammten Dr. Hill als letzte Hoffnung engagiert hatte, waren ein echter Knüller.

Es würde heute eine Menge verärgerter Polizisten in Bradfield geben. Das war das Racheelement in Tom Cross' Spielchen mit Penny Burgess. Aber es würde auch noch jemand anderen wütend sein. Wenn er die heutige Zeitung las, würde der Killer an die Decke gehen.

Tom Cross drückte seine Zigarette aus und nippte an seinem Tee. Er faltete die Zeitung zusammen, legte sie auf den Tisch vor sich und blickte eine Weile aus dem Fenster des Cafés. Dann steckte er sich die nächste Zigarette an. Er war entschlossen, den Schwulenkiller zu provozieren. Und wenn Cross ihn provoziert hatte, würde der Killer unvorsichtig werden, würde Fehler machen. Und wenn Stevie McConnell das tat, würde Tom Cross zur Stelle sein. Er würde den traurigen Figuren an der Spitze der Kripo in Bradfield zeigen, wie man einen Mörder zur Strecke bringt.

Um zehn vor drei war Tony zurück in seinem Büro. Dennoch war er nicht früh genug, was Carol betraf. »Inspector Jordan ist schon da«, empfing ihn Claire, noch ehe er die Tür zum Vorzimmer hinter sich geschlossen hatte, und nickte zu seinem Büro hin. »Sie wartet da drin auf Sie. Ich habe ihr gesagt, Sie würden gleich kommen.«

Tony reagierte mit einem verkrampften Lächeln. Als er zur

Türklinke griff, kniff er die Augen zusammen und atmete tief durch. Er zwang ein Lächeln auf sein Gesicht, von dem er hoffte, es würde herzlich wirken, und trat ein. Carol, die aus dem Fenster geblickt hatte, drehte sich um und sah ihn kühl und abschätzend an. Tony drückte die Tür hinter sich zu und lehnte sich dagegen.

»Sie schauen aus wie ein Mann, der gerade in eine Pfütze getreten ist, die tiefer als seine Schuhe war«, stellte Carol fest.

»Das wäre schon eine Verbesserung«, sagte Tony, und in seiner Stimme lag mehr als nur eine Spur Ironie. »Normalerweise fühle ich mich wie jemand, der in eine Pfütze getreten ist, die tiefer als sein Kopf war.«

Carol trat einen Schritt auf ihn zu, blitzschnell überlegend, wie sie reagieren sollte. »Mir gegenüber brauchen Sie sich nicht so zu fühlen. Gestern nacht ... nun ja, Sie waren nicht ganz aufrichtig, und ich habe die Signale mißverstanden. Wollen wir nicht das alles vergessen und uns auf das konzentrieren, was zwischen uns wichtig ist?«

»Und das wäre?« Tonys Frage klang unpersönlich wie von einem Therapeuten, eher beiläufig als herausfordernd.

»Zusammenzuarbeiten, um den Mörder zu überführen.«

Tony stieß sich von der Tür ab und rettete sich in die Sicherheit seines Schreibtischstuhls, mit dem Schreibtisch als Puffer zwischen sich und ihr. »Damit bin ich voll einverstanden.« Er lächelte sie verkrampft an. »Glauben Sie mir, ich bin weit besser in professionellen Beziehungen als in denen der anderen Art. Sehen wir das als möglichen Ausweg an.«

Carol zog sich einen Stuhl zum Schreibtisch und setzte sich. Sie schlug die in Hosen steckenden Beine übereinander und faltete die Hände im Schoß. »Lassen Sie uns jetzt das Profil ansehen.«

»Aber wir müssen uns doch nicht benehmen, als wären wir Fremde«, sagte Tony ruhig. »Ich respektiere Sie, und ich bewundere an Ihnen, daß Sie gegenüber neuen Aspekten der kriminologischen Arbeit so aufnahmebereit sind. Sehen Sie, ehe … ehe das gestern nacht passiert ist, schienen wir uns auf eine Freundschaft zuzubewegen, die über die berufliche Zusammenarbeit hinausgeht. War das eine schlechte Sache? Könnten wir nicht dazu zurückkehren?«

Carol zuckte mit den Schultern. »Es ist nicht so einfach, sich mit jemandem anzufreunden, wenn man wie ich eine Schwäche offenbart hat.«

»Ich glaube nicht, daß es in jedem Fall als Schwäche auszulegen ist, wenn man jemandem zeigt, daß man sich zu ihm hingezogen fühlt.«

»Ich komme mir vor wie eine Idiotin«, sagte Carol, ohne zu wissen, warum sie sich so öffnete. »Ich hatte kein Recht, irgendwas von Ihnen zu erwarten. Und jetzt bin ich wütend auf mich selbst.«

»Und natürlich auch auf mich.« Die Angelegenheit entwickelte sich weniger traumatisch, als Tony befürchtet hatte. Seine psychologisch-therapeutischen Techniken waren trotz mangelnder Anwendung in letzter Zeit doch noch nicht ganz eingerostet, wie er erleichtert feststellte.

»Vor allem auf mich«, sagte Carol. »Aber damit kann ich leben. Wichtig für mich ist, daß wir unseren Fall erfolgreich durchziehen.«

»Für mich auch. Es ist für mich eine seltene Ausnahme, auf jemanden von der Polizei zu stoßen, der Verständnis und Interesse dafür aufbringt, was ich zu erreichen versuche.« Er nahm die auf dem Schreibtisch liegenden Papiere in die Hand. »Carol … Es liegt nicht an Ihnen, verstehen Sie. Es liegt an mir. Ich habe Probleme, mit denen ich erst einmal fertig werden muß.«

Carol sah ihn lange und mit hartem Blick an. Panik durchzuckte ihn, als er merkte, daß er den Ausdruck in ihren Augen nicht deuten konnte. Er wußte nicht, was in ihr vorging, was sie fühlte.

»Ich verstehe, was Sie da sagen«, entgegnete sie mit kalter

Stimme. »Und da wir gerade von Problemen reden«, fügte sie hinzu, »haben wir nicht eine Menge Arbeit zu erledigen?«

Carol saß allein mit Tonys Profil des Serienmörders in seinem Büro. Er hatte es ihr zu lesen gegeben, während er draußen im Vorzimmer mit seiner Sekretärin die Post aufarbeitete, die in den wenigen Tagen, seit Brandon ihn so überraschend angeheuert hatte, zu einem hohen Stapel angewachsen war. Carol erinnerte sich nicht, daß sie jemals während ihrer Zeit bei der Polizei von einem Bericht so fasziniert gewesen war. Wenn das die Zukunft polizeilicher Ermittlungsarbeit war, wollte sie unbedingt dabeisein. Sie kam zum Ende des Hauptteils und wandte sich dann einem gesonderten Blatt zu.

Zu ermittelnde Punkte:

1. *Hat eines der Opfer je einem Freund/Verwandten gegenüber geäußert, daß es einem homosexuellen Annäherungsversuch ausgesetzt war? Wenn ja, wo und von wem?*
2. *Der Mörder pirscht sich an seine Opfer heran. Die erste Begegnung mit dem Opfer findet lange Zeit vor dem Mord statt – eher Wochen als Tage vorher. Wo ereignet sich diese Begegnung? Es könnte ein ganz banaler Ort sein – zum Beispiel dort, wo die Opfer ihre Kleidung chemisch reinigen lassen, dort, wo sie ihre Schuhe reparieren lassen, dort, wo sie regelmäßig Sandwiches kaufen, dort, wo sie an ihren Wagen neue Reifen aufziehen oder den kaputten Auspuff reparieren lassen. Da sie alle in leicht erreichbarer Nähe des Straßenbahnnetzes wohnten, sollten wir meiner Meinung nach überprüfen, ob sie regelmäßig die Straßenbahn für die Fahrt zur und von der Arbeit benutzten oder auch zu Fahrten am Abend in der Freizeit. Ich schlage ferner vor, daß wir ihren privaten Hintergrund intensiv durchleuchten, von Bankauszügen über Kreditkartenabrechnungen bis hin*

zu Anekdoten aus ihrem Leben, die Kollegen, Freundinnen oder Familienmitglieder zu erzählen wissen. Vielleicht schälen sich dabei Verdächtige heraus.

3. *Gibt es Hinweise darauf, daß die Opfer sich die fragliche Nacht für irgendwelche bestimmten Zwecke freihielten? Gareth Finnegan hat seine Freundin in dieser Hinsicht angelogen – haben es auch andere Opfer getan?*
4. *Wo begeht er die Morde? Wahrscheinlich nicht in seinem Haus oder seiner Wohnung, denn er wird die Möglichkeit, daß man ihn verdächtigt und eventuell festnimmt, einkalkuliert haben, und es würde ihn quälen, wenn er sich bei den Folterungen und Morden vor dem Hinterlassen forensischer Spuren hüten müßte. Er muß über einen Raum verfügen, der groß genug ist, um seine Folterapparate, von deren Vorhandensein wir ausgehen können, zu bauen und einzusetzen. Es kann sich um eine abseits liegende Garage oder um einen Raum in einer Industrieanlage, die ganz oder zumindest nachts verlassen ist, handeln. Er wohnt, wie bereits dargelegt, mit großer Wahrscheinlichkeit in Bradfield, und wir sollten auch die Möglichkeit ins Auge fassen, daß er ungestörten Zugang zu einem abgelegenen ländlichen Anwesen hat.*
5. *Er muß sich irgendwo Kenntnisse über Foltergeräte beschafft haben, um in der Lage zu sein, sie für seine Zwecke zu bauen. Es könnte sich lohnen, in Bücherläden und Bibliotheken nachzuprüfen, ob es Kunden gibt, die sich Bücher zum Thema Folter beschafft oder ausgeliehen haben.*

Carol blätterte zurück zu den Passagen, die sie im Hauptteil beim ersten Durchlesen besonders interessant gefunden hatte. Es war kaum zu glauben, wie schnell Tony die ihm überlassenen Aktenstapel ausgewertet hatte. Und nicht nur das, er hatte ein großartiges Gespür dafür bewiesen, die Schlüsselpunkte herauszufiltern, und das führte erstmals dazu, daß sich in Carols Vorstellung ein wenn auch noch vages Bild des Mörders abzeichnete, den sie jagte.

Aber das Profil warf auch Fragen auf. Mindestens eine dieser Fragen schien Tony entgangen zu sein. Oder ignorierte er sie, weil er sie als unbedeutend betrachtet hatte? Doch warum auch immer, sie jedenfalls wollte es wissen. Und sie mußte einen Weg finden, die Frage so zu stellen, daß sie nicht wie ein Angriff auf ihn wirkte.

Auf 3 1/2-Zoll-Diskette, Beschriftung: Backup.007, Datei Love013.doc

Ich ließ Gareth nur ungern an seinem Kreuz hängen, aber ich mußte ihn zu einem kleinen Botengang verlassen. In seinem Wagen hatte ich einige Weihnachtskarten seiner Firma an wichtige Klienten, bereits von allen Partnern der Kanzlei unterschrieben, vorgefunden, was mir erlaubte, auf die schon vorbereitete eigene Karte zu verzichten. Auf eine dieser Karten hatte ich mit dem Füller, einem Schablonensatz und Gareth' Blut in Großbuchstaben geschrieben:

»FROHE WEIHNACHTEN ALLEN IHREN LESERN;
IHR EXCLUSIVES WEIHNACHTSGESCHENK
WARTET AUF SIE IM GEBÜSCH VON CARLTON PARK
HINTER DEM MUSIKPODIUM.
BESTE WÜNSCHE FÜR GESEGNETE WEIHNACHTSTAGE
VON IHREM WEIHNACHTSKILLER.«

Es war nicht einfach, mit dem Blut zu schreiben; es trocknete an der Federspitze dauernd ein, und ich mußte sie nach immer nur wenigen Buchstaben säubern. Glücklicherweise gab es jedoch keinen Mangel an dieser Spezialtinte.
Ich adressierte einen braunen Umschlag an den Herausgeber der *Bradfield Evening Sentinel Times*, steckte die Karte hinein, dazu ein Video, das ich vor einigen Wochen gemacht hatte, als ich mich mit der Planung für Gareth' Behandlung beschäftigte. Ich hatte mich damals bereits entschlossen, meinen

Modus operandi abzuändern. Temple Fields war inzwischen zu riskant geworden; selbst wenn die Tunten zu betrunken oder bekifft waren, ihre Umgebung wachsam zu beobachten, die Polizei würde nicht nur die auf einen schnellen Fick bedachten Schwulen im Auge behalten. Aber der Trampelpfad durch das Gebüsch von Carlton Park ist ebenso bekannt als Schwulenstrich wie Temple Fields.

Ich war an einem regnerischen Sonntag morgen, als kaum jemand unterwegs war, mit meinem Camcorder zum Carlton Park gefahren und fing mit dem Filmen beim Musikpodium, das von einem schmiedeeisernen Gitter umgeben ist, an. Ich ging um es herum, nahm es aus jedem Winkel auf. Die Sonderkommission der Kriminalpolizei würde nicht lange brauchen, die Örtlichkeit zu identifizieren. Carlton Park ist schließlich der größte Park innerhalb der Stadtgrenzen, und von April bis September finden hier jeden Sonntag Blasmusik-Konzerte statt. Ich hielt den Camcorder absichtlich in Brusthöhe, nicht auf der Schulter; ich habe gelesen, daß man aus dem Winkel, in dem Aufnahmen gemacht worden sind, Schlüsse auf die Körpergröße des Fotografen ziehen kann. Wenn ein forensischer Fachmann aus diesem Video irgendwelche Schlüsse dieser Art ziehen würde, würden sie mit Sicherheit falsch sein.

Dann ließ ich das Podium hinter mir und ging über den Trampelpfad zum Gebüsch. Dort machte ich einen Schwenk über den Abschnitt, in dem ich die Leiche abzulegen gedachte. Auf dem Rückweg zu meinem Jeep stieß ich auf keinen einzigen Menschen. Das war gut so, denn ich grinste bei dem Gedanken an das Gesicht des Zeitungsverlegers beim Empfang meiner Weihnachtsbotschaft von einem Ohr zum anderen vor mich hin.

Die Nachricht diente noch zwei anderen Zwecken. Sie würde zum einen die Zeit zum Auffinden von Gareth' Leiche verkür-

zen, was der Publicity-Maschine in einer Periode geringen Nachrichtenaufkommens eine Menge Futter verschaffen und sie auf Hochtouren halten würde. Zum anderen würde sie die Polizei auf eine falsche Spur hetzen, indem sie herauszufinden versuchte, wer Zugang zu diesen Weihnachtskarten hatte.
Die Polizei würde vielleicht sogar zu dem Gedanken verleitet, jemand aus Gareth' beruflichem Umfeld hätte ihn aus dem Weg geräumt und als Trittbrettfahrer des »Schwulenmörders« seine Leiche in einer Schwulengegend abgelegt. Einem unzufriedenen und geistig verwirrten Klienten des Anwaltsbüros wäre so etwas ohne weiteres zuzutrauen. Wenn ich Glück hatte, würde man sogar diesem Miststück die Hölle heiß machen.
Ich fuhr ins Stadtzentrum zur Hauptpost und gab mein Päckchen auf. Es standen so viele Leute vor den Schaltern, die in letzter Minute noch Weihnachtsgeschenke wegschickten, daß ich überhaupt nicht auffiel. Auf der Rückfahrt hielt ich bei einem Getränkeladen an und kaufte eine Flasche Champagner. Normalerweise trinke ich nicht bei der Arbeit, aber hier handelte es sich schließlich um eine ganz besondere Gelegenheit.
Als ich zur Farm zurückkam, war Gareth noch halb bewußtlos und murmelte unverständliches Zeug vor sich hin. »Der Weihnachtsmann ist da!« rief ich fröhlich, als ich die Kellertreppe hinunterstieg. Ich öffnete die Champagnerflasche und schenkte zwei Gläser ein. Eines davon trug ich zu Gareth hinüber, stellte mich auf die Zehenspitzen und hob sanft seinen herunterhängenden Kopf hoch. Dann hielt ich ihm das Glas schräg an die Lippen. »Das wird dir schmecken«, sagte ich. »Es ist Dom Perignon.«
Er riß die Augen weit auf. Einen Moment lang sah er verwirrt aus, dann erinnerte er sich, und er starrte mich haßerfüllt an. Aber er hatte Durst, konnte dem Champagner nicht wider-

stehen. Er schluckte ihn gierig wie Wasser hinunter, genoß das köstliche Getränk nicht im geringsten. Dann rülpste er mir absichtlich ins Gesicht, und in seinen Augen zeigte sich ein Ausdruck seltsamer Befriedigung.

»Das war also Verschwendung«, sagte ich wütend. »Wie alle schönen Dinge im Leben an dich verschwendet wären.« Ich trat ein Stück zurück und schlug ihm das Glas ins Gesicht. Es zerklirrte an seinem Nasenbein und schnitt tiefe Risse in seine Wange. Ich war froh, daß Tante Doris nicht zurückkommen würde. Man hatte ihr sechs dieser dünnen Kristallgläser zur Silberhochzeit geschenkt, und sie hatte sie aus Angst, jemand könnte eines davon zerbrechen, nie benutzt. Sie hatte recht gehabt, sich um die Gläser zu sorgen.

Gareth schüttelte den Kopf. »Sie sind widerlich«, nuschelte er. »Das Böse in Person.«

»Nein, das bin ich nicht«, sagte ich sanft. »Ich bin die Gerechtigkeit in Person. Weißt du noch, was Gerechtigkeit ist? Das ist das, wofür du einmal einzutreten hattest.«

»Du irrer, bösartiger Bastard«, war seine Entgegnung.

Ich konnte es kaum glauben, daß er noch immer das Durchhaltevermögen für eine so herausfordernde Reaktion aufbrachte. Es wurde Zeit, ihm zu zeigen, wer hier der Boß war. Ich hatte seine Hände bereits mit zwei Bolzennägeln an das Kreuz genagelt. Das Blut um die Nägel hatte sich zu harten schwarzen Klumpen verfestigt. Jetzt waren seine Füße an der Reihe.

Als er sah, daß ich mein Werkzeug holte, brach er dann doch psychisch zusammen. »Bitte, das muß doch nicht sein«, sagte er verzweifelt. »Bitte! Sie können mich immer noch laufenlassen. Man wird Sie nie finden. Ich habe keine Ahnung, wo wir sind. Ich weiß nicht, wer Sie sind, wo Sie wohnen, welchen Beruf Sie haben. Sie könnten aus Bradfield weggehen, dann wird man Sie nie finden.«

Ich trat näher vor ihn hin. Tränen stiegen in seine Augen, quollen über und liefen durch das Blut und die Schnitte auf seinen Wangen. Das muß geschmerzt haben, aber er ließ es sich nicht anmerken. »Bitte!« flüsterte er. »Es ist noch nicht zu spät. Auch wenn Sie die anderen Männer getötet haben. Sie waren es doch, der sie umgebracht hat?«

Er war clever, das mußte ich zugeben, zu clever, und das war nicht zu seinen Gunsten. Er hatte sich gerade zusätzliche Leiden eingehandelt. Ich drehte mich um und legte die Bolzennägel und den Hammer zurück auf die Werkbank. Laß ihn denken, ich hätte es mir anders überlegt. Laß ihn die Nacht in der Hoffnung verbringen, ich würde Gnade walten lassen. Dadurch würde der Weihnachtstag um so schöner für mich.

Ich schloß die Falltür hinter mir und ging, mit meinen Videos und der fast noch vollen Champagnerflasche bewaffnet, ins Bett. Ich würde das schönste Weihnachten erleben, das ich je gehabt hatte. Ich erinnerte mich an all die Jahre der verzweifelten Hoffnung und des Betens, daß meine Mutter mir zu diesem Weihnachten Geschenke machen würde, wie sie die anderen Kinder auch bekamen. Aber sie hatte mich Jahr für Jahr nur aufs neue gedemütigt. Jetzt hatte ich herausgefunden, daß der einzige Mensch, der mir geben konnte, wonach ich so sehr verlangte, ich selbst war; ich wußte jetzt zum erstenmal in meinem Leben, daß ich einem Weihnachten entgegensehen durfte, wie es andere Leute auch erleben – erfüllt mit Überraschungen, Befriedigung und Sex.

13

Die Polizei, die seine Handlungen im Lichte der stummen, von ihm hinterlassenen Spuren zu beurteilen hatte, kam zu der Überzeugung, daß er sich zum Ende der Tat hin sehr viel Zeit gelassen hatte. Und der Grund, der ihn dabei offensichtlich geleitet hatte, ist äußerst bemerkenswert, denn es wird nunmehr klar – dieser Mord wurde von ihm nicht einfach nur als ein Mittel zu einem Ende, sondern auch als ein Ende an sich begangen.

Wunch of Bankers war einer der wenigen Pubs im Stadtzentrum, in denen Kevin Matthews ein Treffen mit Penny Burgess wagen konnte. Es war ein Fun-Pub mit dröhnender Rapmusik und einer Ausstattung, die sich an den Seifenopern im Fernsehen orientierte, vergleichbar höchstens noch mit dem Rover's Return Snug, dem Woolpack Eaterie, dem Queen Vic Lounge und der Cheers Beer Bar, und es war der letzte Ort, an dem Kevin befürchten mußte, auf einen anderen Cop zu stoßen, und Penny auf einen anderen Journalisten.

Kevin verzog das Gesicht, als seine Geschmacksnerven mit dem bitteren Kaffee konfrontiert wurden, welcher sich unter einem Schaum versteckte, der eher dem Abwasserschaum einer Industrieanlage glich als der Haube eines Cappuccinos. Wo zum Teufel blieb sie? Er schaute zum zwanzigstenmal auf die Uhr. Sie hatte versprochen, spätestens um vier hier zu sein, und jetzt war es schon zehn nach vier. Er schob die halbleere Tasse von sich und griff nach seinem modischen Regenmantel auf der Fensterbank neben sich. Er wollte gerade aufstehen, als Penny zur Tür hereinkam. Sie winkte ihm zu und trat mit schnellen Schritten zu ihm an den Tisch.

»Du hast ›spätestens vier Uhr‹ gesagt«, begrüßte Kevin sie.

»Mein Gott, Kevin, du wirst auf deine alten Tage noch echt ätzend«, beschwerte Penny sich, kniff ihn in die Wange und ließ sich auf den Stuhl neben ihm fallen. »Hol mir dieses Mineralwasser mit dem Hauch des Geschmacks von Waldfrüchten, das Getränk, das Liebe bedeutet«, sagte sie, den anspruchsvollen Reklamespruch für das von ihr gewählte Getränk nachahmend. Als Kevin mit dem von Kondenswasser getrübten Glas zurückkam und sich gesetzt hatte, legte Penny sofort eine Hand an die Innenseite seines Oberschenkels. »Hm, danke«, sagte sie nach dem ersten Schluck. »Also, was ist los? Warum wolltest du mich so dringend sehen?«

»Die heutige Zeitung. Die Scheiße ist echt in den Ventilator geraten.«

»Oh, das ist doch gut so«, erwiderte Penny. »Vielleicht ergibt sich daraus was Positives wie zum Beispiel ein neuer Verdächtiger, gegen den Beweise vorliegen.«

»Du verstehst nicht, was ich meine. Sie starten eine Jagd auf den Maulwurf in der Mordkommission. Der Chief hat Brandon heute morgen zu sich bestellt, und das Ergebnis ist, daß die Gruppe Interne Untersuchungen Ermittlungen über das Leck bei uns anstellt. Penny, du mußt mich decken.« Kevins Stimme klang fast verzweifelt. Penny steckte sich erst einmal eine Zigarette an. »Hörst du mir überhaupt zu?« fragte Kevin aufgebracht.

»Natürlich höre ich dir zu«, beruhigte ihn Penny automatisch, aber im Geist plante sie bereits die Story für die morgige Ausgabe. »Ich verstehe nur nicht, warum du dich so aufregst. Du weißt doch, daß ein guter Journalist niemals seine Quellen preisgibt. Wo ist da das Problem? Meinst du, ich wäre keine gute Journalistin?« Mit einiger Anstrengung gelang es Penny, Kevin zuzuhören und nicht bereits gedanklich Schlagzeilen für ihren Bericht zu entwerfen.

»Es ist ja nicht so, daß ich dir nicht vertrauen würde«, sagte Kevin ungeduldig. »Mich beunruhigt, was bei uns in der Sonderkommission vorgeht. Jeder wird verzweifelt darum bemüht sein, seine Unschuld zu beweisen, und deshalb wird jeder, der etwas von uns beiden weiß, sich geradezu überschlagen, es denen von der Untersuchungsgruppe mitzuteilen. Und wenn die erst mal erfahren, daß wir beide ... Ganz klar, dann ist es aus. Dann bin ich erledigt.«

»Aber niemand weiß was von uns. Jedenfalls nicht von mir«, entgegnete Penny gelassen.

»Ich dachte auch, wir seien vorsichtig genug gewesen. Aber dann hat Carol Jordan was gesagt, das mich vermuten läßt, daß sie doch was ahnt.«

»Und du meinst, sie würde dich an die Untersuchungsgruppe verpfeifen?« fragte Penny, und es gelang ihr nicht, ihre Ungläubigkeit zu verbergen. Sie hatte noch nicht oft mit ihr zu tun gehabt, aber was sie über Inspector Jordan wußte, paßte nicht zum Bild eines Menschen, der andere verpfeift.

»Du kennst sie nicht. Sie ist absolut skrupellos. Sie ist verdammt ehrgeizig und will ganz nach oben, und sie wird mich gnadenlos verpfeifen, wenn sie meint, das könnte für ihre Karriere nützlich sein.«

Penny schüttelte verärgert den Kopf. »Du steigerst dich da in eine unnötige Überreaktion. Selbst wenn Carol Jordan auf mysteriöse Weise rausgekriegt haben sollte, daß wir beide uns näher kennen, so ist sie ganz bestimmt zu sehr damit beschäftigt, Ruhm und Ehre aus der Zusammenarbeit mit Dr. Hill zu gewinnen, als daß ihr daran gelegen wäre, dich zu verraten. Und außerdem, denk doch mal logisch, sie kann nichts dabei gewinnen, wenn sie sich den Ruf einer Denunziantin bei den Kollegen einhandelt.«

Kevin schüttelte zweifelnd den Kopf. »Ich weiß nicht. Du kannst dir nicht vorstellen, was zur Zeit bei uns los ist. Wir arbeiten jeden Tag achtzehn Stunden, und es kommt doch nichts dabei raus.«

Penny streichelte die Innenseite seines Oberschenkels. »Du Armer, du. Hör zu, wenn die Sache platzt und jemand dich tatsächlich bezichtigen sollte, müssen die Leute von der Untersuchungsgruppe zu uns kommen und uns damit konfrontieren. Sie brauchen ja schließlich eine Bestätigung. Und wenn das passiert, werde ich es so aussehen lassen, als ob Carol Jordan meine Quelle wäre, okay? Das wird das Wasser der Verdächtigungen ganz schön trüben, meinst du nicht auch?«

Kevins Lächeln war der Schmus wert, dachte Penny. Das und auch noch ein oder zwei andere Dinge an ihm. Beruhigt stand er auf. »Danke, Pen. Ich muß zurück zur Arbeit. Ich ruf' dich bald an, und dann verabreden wir was, okay?« Er beugte sich zu ihr hinunter und küßte sie.

»Halt mich auf dem laufenden«, sagte Penny leise zu seinem sich bereits entfernenden Rücken. Noch ehe er die Tür erreicht hatte, nahm die Einleitung zu ihrem neuen Artikel in ihrem Kopf bereits Gestalt an. O ja, sie sah sie schon vor sich.

Im Zusammenhang mit der Jagd auf den Serienmörder, der bereits vier Männer getötet hat und die Männerwelt wie nie zuvor großer Gefahr aussetzt, erschließt die Kriminalpolizei neue Personalquellen.

Aber die zusätzlichen Beamten werden sich nicht an der Suche nach dem monströsen Schwulenkiller beteiligen. Ihr Job wird eine Suchaktion innerhalb der Polizei selbst sein.

Die Spitzenbeamten der Polizei sind so alarmiert über die Genauigkeit der Berichterstattung der Sentinel Times *über die Morde, daß sie eine großangelegte Maulwurfsjagd gestartet haben, um unsere Quelle aufzudecken. Statt dazu beizutragen, die Ermittlungen gegen den Mörder voranzutreiben, werden die Maulwurfjäger eine Untersuchung gegen ihre eigenen Kollegen durchführen, die der Meinung sind, die verunsicherte Öffentlichkeit habe ein Recht auf korrekte Informationen.*

Carol öffnete die Tür zum Vorzimmer und sagte: »Ich bin fertig. Können wir jetzt darüber reden?«

Tony schaute abwesend vom Bildschirm auf und hob die Hand. »Ja, natürlich, ich bin auch gleich fertig«, antwortete er.
Carol ging zurück ins Büro und atmete tief durch. Wie professionell sie auch mit ihm umzugehen versuchte, sie konnte das Gefühl des Hingezogenseins zu diesem Mann nicht unterdrücken. Es war leichter gesagt als getan, es zu ignorieren. Kurz darauf kam Tony herein und setzte sich auf die Kante seines Schreibtischs. Wie bei Dennis the Menace stand ihm das Haar vom Kopf ab, weil er sich bei der Konzentration auf seine Arbeit immer wieder mit den Fingern hindurchgefahren war. »So«, sagte er, »wie lautet denn nun Ihr Urteilsspruch?«
»Ich bin sehr beeindruckt«, antwortete sie. »Sie haben alles auf den Punkt gebracht. Ein paar Fragen habe ich allerdings noch.«
»Nur ein paar?«
»Sie sprechen mehrmals davon, wie stark er sein muß, um seine Opfer überwältigen und transportieren zu können. Sie stellen auch Spekulationen darüber an, wie er sie zu Beginn in eine verwundbare Situation bringt. Aber könnte es nicht auch sein, daß es sich um zwei Täter handelt?«
»Erklären Sie das näher«, bat Tony sie, ohne daß auch nur ein Hauch von Kälte in seiner Stimme zu hören gewesen wäre.
»Ich meine nicht zwei Männer. Ich meine einen Mann plus jemand, der irgendwie schwach, verwundbar ist. Vielleicht ein Mann und ein heranwachsender Junge oder, wahrscheinlicher, eine Frau. Möglicherweise sogar jemand in einem Rollstuhl. Ein Partner beim Mord – wie Ian Brady und Myra Hindley.« Carol schob die Blätter des Profils zu einem ordentlichen Stapel zusammen. Tony sagte nichts. Als sie ihn anschaute und sein ausdrucksloses Gesicht sah, fügte sie hinzu: »Ich nehme an, Sie haben selbst auch an diese Möglichkeit gedacht. Ich frage mich ja nur, ob wir sie im Auge behalten sollten.«
»Entschuldigung, ich wollte nicht den Eindruck erwecken, als ob ich Ihren Hinweis ignorieren würde«, sagte Tony rasch. »Ich habe

nur nachgedacht und ihn gegen das, was wir wissen, und das, was ich im Profil dargestellt habe, abgewogen. Eine meiner ersten Überlegungen war, ob wir es mit einem Einzeltäter zu tun haben oder nicht. Beim Herausarbeiten der größten Wahrscheinlichkeit bin ich zu dem Schluß gekommen, daß es sich um einen Einzeltäter handelt. Zum einen sind Fälle wie die Moor-Morde, bei denen zwei Leute als Team zusammenarbeiten und ihre Greueltaten begehen, extrem selten. Zum anderen würde ich größere Variationen in der Methodik und der Pathologie erwarten, wenn zwei Leute beteiligt wären; es ist kaum anzunehmen, daß ihre Phantasien so exakt übereinstimmen. Aber es ist interessant, daß Sie diesen Punkt zur Sprache bringen. In einer Hinsicht haben Sie recht. Wenn er mit einer Frau zusammenarbeiten würde, wäre eher erklärbar, wie er sich an die Opfer heranmachen konnte, ohne Gewalt anwenden zu müssen.« Tony blickte mit gerunzelter Stirn eine Weile vor sich hin. Carol verharrte reglos auf ihrem Stuhl. Schließlich sah Tony sie an und sagte: »Ich bleibe bei meinem Einzeltäter. Ihre Idee ist interessant, aber ich sehe keine überzeugenden Hinweise, die mich von meinem doch sehr wahrscheinlichen Szenario abbringen könnten.«

»Okay, die Sache ist damit erledigt«, sagte Carol ruhig. »Und nun zu meiner nächsten Frage. Haben Sie an die Möglichkeit gedacht, daß es sich um einen Transvestiten handeln könnte? Wie Sie gerade sagten, wäre es einer Frau leichter möglich, sich an die Opfer heranzumachen, ohne Gewalt anwenden zu müssen. Und wenn diese Frau ein verkleideter Mann wäre? Es hätte doch denselben Effekt.«

Tony sah im ersten Augenblick verblüfft aus. »Sie sollten sich überlegen, ob Sie sich nicht bei der Nationalen Einsatzgruppe zur Erstellung von Verbrecherprofilen bewerben wollen, wenn sie schließlich aufgestellt ist«, sagte er, offensichtlich, um Zeit zu gewinnen.

Carol grinste. »Mit Schmeicheleien kommen wir nicht weiter.«

»Ich meinte das ernst. Sie haben das Zeug dazu, das man bei dieser Arbeit braucht. Sehen Sie, ich bin natürlich nicht unfehlbar. An einen Transvestiten habe ich nicht gedacht. Warum habe ich diese Möglichkeit nicht berücksichtigt?« überlegte er laut. »Es muß eine unterbewußte Reaktion bei mir gegeben haben, die mich davon abhielt, diese Möglichkeit ins Auge zu fassen, ehe sie überhaupt in mein Bewußtsein vorgedrungen ist …« Carol wollte etwas sagen, aber er kam ihr zuvor. »Nein, einen Moment bitte, lassen Sie mich das durchdenken.« Er fuhr sich wieder mit den Fingern durchs Haar.

Sie ließ sich auf dem Stuhl zurücksinken und dachte: Er ist ebenso arrogant wie alle anderen, unfähig, zuzugeben, daß ihm etwas entgangen ist. Nein, hör auf, dich überlisten zu wollen, er ist anders.

»Richtig«, sagte Tony schließlich, und in seiner Stimme schwang tiefe Zufriedenheit mit. »Wir haben es mit einem sexuellen Sadisten zu tun, einverstanden?«

»Einverstanden.«

»Sadomasochismus ist die Gewaltform des sexuellen Fetischismus. Aber Transvestismus ist das diametrale Gegenteil davon. Das Fernsehen möchte uns eine angeblich schwächere Rolle der Frau in unserer Gesellschaft vorgaukeln. Der Transvestismus wird gestützt von dem Glauben, daß Frauen über eine sehr subtile Macht verfügen – die Macht der Eigenheit ihres Geschlechts. Sie ist meilenweit von der brutalen Zufügung und Erduldung von Schmerz und Machtausübung des Sadomasochismus entfernt. Und das ist nicht etwa eine Erkenntnis, die auf phantasievollen Fernsehfilmen beruht. Die Opfer davon zu überzeugen, daß sie es mit einer Frau zu tun haben und nicht mit einem verkleideten Mann, setzt voraus, daß der Killer ein perfekter Verkleidungskünstler sein müßte. Aber er müßte zugleich auch ein sexueller Sadist sein, und das wäre einzigartig in meiner praktischen psychologischen Erfahrung. Diese beiden Dinge passen einfach nicht zusammen.« Tony sprach jetzt mit einem Unterton der Endgültigkeit. »Dasselbe gilt für Transsexuelle. Eher noch mehr, denn sie müssen sich ja einer psychologischen Behandlung unterziehen, ehe man sie für eine operative Geschlechtsumwandlung akzeptiert.«

»Sie schließen es also aus?« fragte Carol, und sie war – grundlos, wie sie wußte – sehr enttäuscht.

»Ich schließe niemals etwas völlig aus. Man macht sich sonst in diesem Spiel zum Narren. Ich halte es nur für so unwahrscheinlich, daß ich es nicht in das Profil aufnehmen möchte. Wenn ich diese Möglichkeit allein nur andeuten würde, könnten die Ermittlungen in eine falsche Richtung gelenkt werden. Aber wir sollten das auf jeden Fall im Hinterkopf behalten.« Er lächelte und nahm seinen Worten damit den Stachel der Herablassung. »Wie ich schon zu Beginn unserer Zusammenarbeit sagte, Carol, gemeinsam werden wir es schaffen.«

»Und Sie sind fest davon überzeugt, daß es sich nicht um eine Frau handeln kann?« hakte sie nach.

»Die Psychologie paßt einfach nicht. Greifen wir den wichtigsten Punkt heraus – dieser Mörder ist ein Besessener, und das ist im allgemeinen ein männlicher Charakterzug. Wie viele Frauen kennen Sie, die sich im Regen in Anoraks auf Bahnhöfen herumtreiben und Zugnummern notieren?«

»Aber was ist mit diesem anderen Syndrom, wie heißt es noch, bei dem Leute so besessen von einem anderen Menschen sind, daß sie ihr Leben völlig ruinieren? Ich dachte immer, es seien vor allem Frauen, die daran leiden.«

»Das De-Clerambault-Syndrom«, sagte Tony. »Und ja, es sind in der Regel Frauen, die daran leiden. Aber sie sind auf eine Person fixiert, und der einzige Mensch, der dabei den Tod finden kann, ist der Leidende selbst, der manchmal Selbstmord begeht. Wichtig ist, daß Besessenheiten und Zwangshandlungen bei Frauen sich von denen bei Männern grundsätzlich unterscheiden. Besessenheiten bei Männern haben mit Kontrolle zu tun; sie sammeln Briefmarken und stecken sie in Ordner, sie sammeln Schlüpfer von allen Frauen, mit denen sie je geschlafen haben, sie sammeln Zugnummern auf Bahnhöfen. Sie brauchen Trophäen. Besessenheiten bei Frauen haben mit Unterwerfung, mit Gehorsam zu tun; indem sie Ungehorsam herunterschlucken und verdrängen, ergreift die Besessenheit Besitz von ihnen und kontrolliert sie, statt daß sie die Besessenheit unter Kontrolle haben. Eine Frau, die am De-Clerambault-Syndrom leidet und das Objekt ihrer Begierde heiratet, würde wahrscheinlich das chauvinistische Ideal einer perfekten Ehefrau sein. Dieses Muster paßt nicht auf unseren Killer.«

»Ich verstehe, was Sie meinen«, sagte Carol, war aber nicht willens, die eine neue Idee, die sie ihrer Meinung nach zur Abrundung des Profils beigesteuert hatte, ohne weiteres aufzugeben.

»Beachten Sie zudem die enorme physische Kraft, die hier im Spiel ist«, fügte Tony, der ihre Unzufriedenheit erkannte, schnell hinzu. »Sie sind körperlich durchtrainiert. Sie sind wahrscheinlich für Ihre Körpergröße recht stark. Ich bin nur ein paar Zentimeter größer als Sie. Aber was meinen Sie, wie weit Sie mich tragen könnten? Wie lange würden Sie brauchen, meine Leiche aus dem Kofferraum eines Wagens zu zerren und sie über eine Mauer zu werfen? Könnten Sie mich über Ihre Schulter nehmen und mich durch den Carlton Park bis zu dem Gebüsch tragen? Und jetzt berücksichtigen Sie noch, daß alle Mordopfer größer und schwerer waren als ich.«

»Okay, Sie haben gewonnen. Ich bin jetzt überzeugt. Da war aber noch eine Sache, die mir aufgefallen ist.«

»Dann raus damit.«

»Die Begründung für die Einhaltung einer achtwöchigen Pause zwischen den Morden ist nicht einleuchtend genug«, sagte sie vorsichtig.

»Sie haben das also auch gemerkt. Sie hat mich selbst nicht überzeugt. Aber mir ist keine bessere Erklärung eingefallen. So was ist mir noch nie begegnet, weder in der Praxis noch in der Literatur. Bei allen Serienmördern, von denen ich weiß, kam es zu einer Eskalation.«

»Ich habe da eine Theorie.«

Er beugte sich mit angespanntem Gesicht vor. »Dann lassen Sie mal hören, Carol«, bat er.

Carol fühlte sich wie ein Goldfisch im Kugelglas, und sie atmete tief durch. Sie hatte sich seine Aufmerksamkeit gewünscht, aber jetzt, da sie sie hatte, war sie sich nicht mehr sicher, ob ihr das wirklich gefiel.

»Ich erinnere mich, was Sie vor ein paar Tagen über die Intervalle zu mir sagten.« Sie schloß die Augen und zitierte aus dem Gedächtnis: »Bei den meisten Serienmördern ist es so, daß der zeitliche Abstand zwischen den Morden dramatisch schrumpft. Es sind vor allem ihre Phantasievorstellungen, die die Morde auslösen, und die Realität hält mit diesen Phantasien nicht Schritt, wie sehr sie die Prozeduren bei den Morden auch verfeinern. Aber je extremer diese werden, um so abgestumpfter wird ihr Empfindungsvermögen, und sie brauchen immer mehr Stimulationen, den sexuellen Kick zu erreichen, den das Morden ihnen vermittelt. Die Morde müssen also in immer kürzeren Abständen begangen werden. Shakespeare hat es so ausgedrückt: ›Als ob der größ're Appetit erwachsen sei aus dem, mit dem man ihn gefüttert.‹ Habe ich recht?«

»Bemerkenswert«, murmelte Tony. »Können Sie konkreter ausdrücken, was Sie meinen, oder ist es nur so eine Ahnung?«

»Zunächst mal nur eine Ahnung, fürchte ich. Jedenfalls, als ich im Profil die Stelle las, an der Sie die Vermutung äußern, er könne beruflich mit Computern zu tun haben, hat es bei mir geklickt. Die Frage, die Sie nicht direkt formuliert haben, die Sie aber offensichtlich quält, ist doch die, warum seine Videos mit der Zeit nicht nachlassen, den Ansprüchen seiner Phantasievorstellungen zu genügen, nicht wahr?«

Tony nickte. Sie hatte da einen wichtigen Punkt angesprochen, und genau er war es, der ihm Kopfzerbrechen bereitete. Er suchte nach einer Antwort, die sie beide zufriedenstellen konnte. Doch noch ehe er eine befriedigende Lösung gefunden hatte, sagte er: »Nehmen wir einmal an, nur so als eine Möglichkeit, daß das erste Video es vermochte, ihn zwölf Wochen lang stabil zu halten. Aber er hatte schon in die Wege geleitet, sich sein zweites Opfer zu schnappen, und die günstige Gelegenheit, das zu tun, kam früher, als es der Zwang zum Morden erforderte. Er konnte einfach der Chance, die sich ihm bot, nicht widerstehen. Hinterher wurde ihm bewußt, daß er acht Wochen zwischen den Morden hatte verstreichen lassen, und er entschloß sich, von nun an diese acht Wochen einzuhalten, sozusagen als sein persönliches Mordmuster. Bis jetzt haben ihm die Videos erlaubt, diese Zeitspanne einzuhalten. Vielleicht wird sich das aber ändern.«

Carol schüttelte den Kopf. »Das ist irgendwie plausibel, aber es überzeugt mich nicht.«

Tony grinste. »Gott sei Dank tut es das nicht. Ich bin auch nicht überzeugt davon. Es muß eine bessere Erklärung geben, aber ich rätsel' noch, welche das sein könnte.«

»Wieviel wissen Sie über Computer?« fragte sie.

»Ich weiß, wo der An-/Ausknopf ist, und ich weiß, wie ich die Software benutzen muß, die ich für meine Arbeit brauche. Bei allem, was darüber hinausgeht, bin ich ein absoluter Ignorant.«

»Nun, dann sind wir ja schon zu zweit. Mein Bruder dagegen ist ein Computergenie. Er ist Partner in einer Firma, die Computerspiele entwickelt. Die Software, an der er arbeitet, ist modernste Spitzentechnologie. Im Moment sind er und sein Partner damit beschäftigt, ein preiswertes System zu entwickeln, das es den Benutzern erlaubt, Bilder von sich selbst in das Spiel, das sie gerade spielen, zu importieren. Mit anderen Worten, anstatt daß

Arnie in *Terminator 2* die Bösen reihenweise außer Gefecht setzt, macht das Tony Hill. Oder Carol Jordan. Ausgangspunkt ist, daß es auf dem Markt bereits die Hardware und Software gibt, Videobänder zu scannen und die Bilder in den Computer zu importieren. Ich glaube, sie nennen das ›digitized images‹. Jedenfalls, wenn man das erst einmal im Computer hat, kann man es nach Lust und Laune manipulieren. Es lassen sich auch Fotos oder Ausschnitte aus anderen Videos einspielen oder Dinge überlagernd einblenden. Als sie vor etwa sechs Monaten zum erstenmal die entsprechende Hardware einsetzen konnten, zeigte mir Michael das erste Probeexemplar, das er zusammengestellt hatte. Er hatte Ausschnitte aus einer Parteikonferenz der Konservativen auf Video aufgenommen und sie mit einem Pornovideo kombiniert. Er hatte die Gesichter der Minister aufgezeichnet, während sie ihre Reden hielten, und sie dann auf das Pornovideo übertragen.« Bei der Erinnerung daran lachte Carol prustend los. »Die Szenen waren ein wenig abgehackt, aber glauben Sie mir, Sie haben noch nie Bilder gesehen, auf denen John Major und Margaret Thatcher so prächtig miteinander auskommen. Es hat dem Wort ›fachchinesisch‹ eine ganz neue Bedeutung gegeben.«

Tony starrte Carol verblüfft an. »Sie wollen mich wohl auf den Arm nehmen«, sagte er.

»Keineswegs. Es ist die perfekte Erklärung dafür, warum die Videos es dem Mörder ermöglichen, sich unter Kontrolle zu halten.«

»Würde das denn aber nicht heißen, daß er ein Computergenie sein müßte wie Ihr Bruder?«

»Das glaube ich nicht«, antwortete Carol. »Wie ich das verstanden habe, ist die zugrundeliegende Software einigermaßen einfach. Aber die Software und die benötigte Zusatzausstattung sind unglaublich teuer. Man muß bestimmt zwei- bis dreitausend Pfund für die Software auf den Tisch blättern. Unser Mörder arbeitet also entweder für eine Firma, bei der ihm diese Ausstattung zur Verfügung steht und er die Möglichkeit hat, ungestört an seinen privaten Computerspielchen zu arbeiten, oder aber er ist ein Computerfreak mit hohem Einkommen.«

»Oder ein Dieb«, fügte Tony hinzu, und er meinte es nur zum Teil scherzhaft.

»Oder ein Dieb«, stimmte Carol zu.

»Ich weiß nicht«, sagte Tony zweifelnd. »Es wäre zwar eine Lösung des Problems, aber es ist doch total verrückt.«

»Und Handy Andy ist das nicht?« fragte Carol streitlustig.

»Oh, er ist natürlich verrückt, aber ich zweifle daran, daß er das alles auf einmal ist.«

»Er baut sich Foltergeräte. Das wäre mit einem Computer-Design-Programm viel einfacher für ihn. Tony, irgend etwas hält ihn stabil bei diesem Achtwochenzyklus. Warum nicht das?«

»Es ist eine *Möglichkeit*, Carol, mehr nicht bei diesem Erkenntnisstand. Hören Sie, wieso machen Sie nicht erst einmal ein paar grundsätzliche Untersuchungen über die Realisierbarkeit dieser Sache in der Praxis?«

»Sie wollen das also nicht in das Profil aufnehmen?« fragte Carol, wieder bitter enttäuscht.

»Ich möchte die Dinge, die ich für höchstwahrscheinlich zutreffend halte, nicht mit etwas vermischen, das zum jetzigen Zeitpunkt noch wie ein Versuchsballon aussieht. Wie Sie selbst bemerkten, wurde unsere Diskussion durch eine Aussage im Profil ausgelöst, die noch wenig mehr als den Status der Spekulation hat. Verstehen Sie mich nicht falsch, ich will Ihre Idee keinesfalls verwerfen. Ich halte sie für brillant. Aber wir müssen verdammt hart daran arbeiten, den Widerstand einiger Leute gegen das Profil insgesamt zu überwinden. Selbst Leute, die die Grundidee der Profilerstellung intensiv unterstützen, werden nicht unbedingt mit einigen seiner Teilaussagen übereinstimmen. Wir dürfen ihnen keine Angriffsfläche bieten. Belassen wir es bei dem, was einigermaßen handgreiflich ist. Wir wollen es ihnen als

Geschenk verpackt präsentieren, dann können die Heckenschützen uns nicht so schnell von der Stange schießen. Okay?«

»Okay«, sagte Carol, die zugeben mußte, daß er recht hatte. Sie nahm ein Blatt Papier und einen Stift und fing an, sich Notizen zu machen. »Überprüfen Software-Hersteller und Software-Beratungsfirmen in Bradfield und Umgebung«, murmelte sie beim Schreiben. »Von Michael über Hersteller der erforderlichen Software/Hardware beraten lassen, dann Verkaufsunterlagen der Firmen überprüfen. Diebstähle teurer Software in letzter Zeit bei diesen Firmen?«

»Computer-Clubs«, fügte Tony hinzu.

»Ja, danke.« Carol notierte sich auch das. »Und Mitteilungsblätter der Firmen, Angebote in Fachzeitschriften. O Gott, ich werde dem HOLMES-Team ganz schön auf die Nerven gehen.« Sie stand auf. »Es wartet viel Arbeit auf mich. Ich fange am besten gleich damit an. Ich nehme das Profil mit in die Scargill Street und gebe es Mr. Brandon. Wir werden Sie dann brauchen, um es durchzusprechen.«

»Kein Problem«, sagte Tony.

»Wie schön, daß mal irgendwas kein Problem ist.«

Tony starrte aus dem Fenster der Straßenbahn auf die von einem Regenguß verzerrten Lichter der Stadt. Das Innere des Straßenbahnwagens mit dem weißen Lichtschimmer hatte etwas von einem Kokon an sich – keine Graffiti-Schmierereien, warm, sauber, ein sicherer Aufenthaltsort. Als die Bahn sich einer Ampel näherte, betätigte der Fahrer das Signalhorn. Für Tony klang es wie ein Geräusch aus der Kindheit, wie das Pfeifen eines Zuges aus einem Zeichentrickfilm.

Er wandte sich vom Fenster ab und beobachtete verstohlen die rund zehn anderen Fahrgäste. Nur ja etwas gegen die seltsame Leere tun, die er seit der Fertigstellung des Profils empfand. Aber es sah so aus, als ob sein Einsatz bei diesem Fall noch nicht

beendet wäre. Brandon hatte angeordnet, daß Carol ihn jeden Tag einmal treffen und über den Stand der Dinge unterrichten sollte. Er wünschte, er hätte sie in ihrer Computer-Theorie mehr bestärken können, aber in den langen Jahren des Lernens und der Praxis hatte er sich angewöhnt, stets vorsichtig zu sein. Die Idee selbst war brillant. Wenn sie erst einmal einige Nachforschungen betrieben hatte und es sich herausstellte, daß die Richtung erfolgversprechend war, würde er sich nur zu gern bei Carols Kollegen für ihre Idee einsetzen. Aber im Interesse der Glaubwürdigkeit des Profils mußte er zu Einfällen, die der durchschnittliche Cop als Science-fiction abtun würde, auf Distanz gehen.
Er fragte sich, was sich heute abend bei der Polizei abspielte. Carol hatte ihn angerufen und ihm berichtet, daß ganze Teams in Temple Fields ausschwärmen und die Stammbesatzung des einschlägigen Gewerbes sowie auch die Stammkunden befragen würden, um zu überprüfen, ob die Anregungen im Profil zu neuen Erkenntnissen führten. Mit ein wenig Glück würde man auf Namen stoßen, die bereits in HOLMES aufgetaucht waren, entweder im Zusammenhang mit einschlägigen Vorstrafen oder mit Autonummern, deren Besitzer in das System eingegeben worden waren.
»Nächster Halt Bank Vale, nächster Halt Bank Vale«, verkündete eine elektronische Stimme aus den Lautsprechern. Tony hatte gar nicht bemerkt, daß sie das Stadtzentrum bereits weit hinter sich gelassen hatten, sich schon dem Ende von Carlton Park näherten und nur noch knapp eine Meile von seinem Haus entfernt waren. Nach Bank Vale machte sich Tony bereit, bei der Ankündigung der nächsten Station zur Tür zu gehen.
Nach dem Aussteigen lief er zügig durch die sauberen Vorstadtstraßen, am Schulhof vorbei, entlang des niedrigen Wäldchens, das von der Anpflanzung übriggeblieben war, die der Gegend den Namen Woodside verliehen hatte. Der Pfad, der diagonal durch das Wäldchen führte, wurde inzwischen kaum mehr von jeman-

dem benutzt. Als erste hatten ihn die Frauen gemieden, die allein auf dem Weg nach Hause waren, dann hatten ängstliche Eltern ihren Kindern die Benutzung verboten. Und jetzt waren es die Männer, die die bittere Lektion lernen mußten, in Gefahr zu sein.
Tony bog in seine Straße ein, die Ruhe der Sackgasse genießend. Er würde den Abend schon irgendwie überstehen. Vielleicht fuhr er zum Supermarkt und kaufte die Zutaten für ein Hühnchen à la Biryani. Oder er sah sich ein Video an oder las in dem Buch weiter, das er neulich angefangen hatte.
Er steckte gerade den Schlüssel innen ins Türschloß, als das Telefon zu läuten begann. Tony ließ die Aktentasche fallen, rannte hin und hob ab. Aber noch ehe er etwas sagen konnte, drang ihre Stimme bereits in sein Ohr, und sie war für ihn wie warmes Olivenöl, das Ohrenschmerzen lindert. »Anthony, Liebling, du keuchst, als ob du scharf auf mich wärst.«
Er hatte es geschafft, auf dem Heimweg nicht ein einziges Mal daran zu denken, aber er wußte jetzt, daß es das war, worauf er gehofft hatte.

Brandon hatte die Nachttischlampe kaum eine Minute ausgeknipst, als das Telefon klingelte. »Das mußte ja kommen«, murmelte Maggie, als er sich von ihr und ihrer Wärme abwandte und zum Hörer griff.
»Brandon«, knurrte er.
»Sir, Inspector Matthews hier«, meldete sich eine müde Stimme. »Wir haben eben Stevie McConnell festgenommen. Die Jungs haben sich ihn im Fährhafen von Seaford gegriffen. Er wollte gerade an Bord einer Fähre nach Rotterdam gehen.«
Brandon setzte sich auf, zog dabei Maggie die Decke weg, ignorierte aber ihren Protest. »*Was* haben Sie getan?«
»Nun, Sir, die Jungs meinten zunächst, daß sie nicht viel unternehmen könnten, weil er nicht oder noch nicht gegen die Auflagen, unter denen er auf freiem Fuß ist, verstoßen hatte.«

»Und trotzdem halten sie ihn fest?« Brandon schwang sich aus dem Bett.
»Ja, Sir. Sie sitzen mit ihm im Büro der Kollegen vom Zoll.«
»Und mit welcher Begründung genau haben sie ihn festgenommen?«
»Tätlicher Angriff gegen einen Polizeibeamten.« Kevins Stimme klang, als ob er bei diesen Worten grinsen würde »Sie haben mich angerufen und gefragt, was sie jetzt tun sollen, und da Sie ein persönliches Interesse an dem Fall gezeigt haben, fand ich, das sollten Sie entscheiden.«
Bleib ganz ruhig, dachte Brandon wütend, sagte aber nur: »Das liegt doch auf der Hand. Veranlassen Sie, daß er wegen versuchten Verstoßes gegen richterliche Auflagen in Haft behalten und nach Bradfield zurückgebracht wird.« Er zwängte sich in seine Boxershorts und griff nach seiner Hose, die über der Lehne eines Stuhls hing.
»Verstehe ich das richtig – wir führen ihn dem Haftrichter vor und fordern diesmal, daß er nicht wieder gegen Kaution auf freien Fuß gesetzt wird?« Kevins Stimme klang jetzt so, als ob er kurz davor wäre, vor verhaltenem Lachen zu ersticken.
»Das tun wir in solchen Fällen doch immer, wenn wir es halbwegs begründen können, Inspector. Danke, daß Sie mich informiert haben.«
»Da ist noch was, Sir«, sagte Kevin salbungsvoll.
»Was?« knurrte Brandon.
»Die Jungs mußten noch eine zweite Verhaftung vornehmen.«
»Eine *zweite* Verhaftung? Wen zum Teufel haben sie noch festgenommen?«
»Superintendent Cross, Sir. Er hat offensichtlich versucht, McConnell unter Anwendung erheblicher körperlicher Gewalt am Betreten der Fähre zu hindern.«
Brandon schloß die Augen und zählte bis zehn. »Ist McConnell verletzt?«

»Anscheinend nicht, Sir, nur ein bißchen mitgenommen. Der Super hat jedoch ein blaues Auge.«

»Sehr schön. Sagen Sie den Leuten, sie sollen Cross laufenlassen, und außerdem sollen sie ihn bitten, mich morgen mal anzurufen, okay, Inspector?« Brandon legte den Hörer auf und beugte sich zu seiner Frau hinunter, um ihr einen Abschiedskuß zu geben. Sie hatte inzwischen die Decke ganz zu sich gezogen und sich darin eingerollt.

»Mußt du denn wirklich weg?« murmelte sie.

»Ich halte das auch nicht für einen besonders glücklichen Zeitpunkt, glaub mir das, aber ich will dabei sein, wenn sie den Festgenommenen anbringen. Er ist ein Bursche, bei dem die Gefahr besteht, daß er die Treppe runterfällt.«

»Hat er Gleichgewichtsstörungen?«

Brandon schüttelte verärgert den Kopf. »*Er* nicht. Andere geraten manchmal ein bißchen aus dem Gleichgewicht. Wir hatten es heute abend noch mit einem zweiten rumstreifenden Außenseiter zu tun. Da will ich nichts riskieren. Ich komme so bald wie möglich zurück.«

Fünfzehn Minuten später traf Brandon im Großraumbüro der Sonderkommission ein. Kevin Matthews war über einem Schreibtisch zusammengesunken, den Kopf auf die Arme gelegt. Als Brandon näher kam, hörte er sein leises Schnarchen. Er fragte sich, wann jemand von der Sonderkommission zum letztenmal eine ganze Nacht durchgeschlafen hatte. Wenn Kriminalbeamte müde wurden und gereizt, weil sich keine greifbaren Resultate abzeichneten, passierten die schwerwiegendsten Fehler. Brandon wollte mit aller Macht verhindern, daß sein Name in zehn Jahren als der des Mannes genannt wurde, der einen sensationellen Justizirrtum zu verantworten hatte, und dabei würde er bis zum äußersten gehen. Da gab es nur ein Problem, wie er sich selbst eingestand, während er sich Kevin gegenüber an den Tisch setzte. Um den Finger am Puls der Untersuchung halten zu können, mußte er dieselbe frustrierend hohe Stundenzahl wie seine Untergebenen arbeiten, und das konnte zu eben den Fehlern führen, die er doch so dringend zu vermeiden suchte. *Catch 22* – er hatte das Buch gelesen. Das war schon ein paar Jahre her, als Maggie zur Abendschule ging, um den Abschluß nachzuholen, den sie während der Schulzeit nicht geschafft hatte. Es sei ein wunderbares Buch, hatte sie gesagt, witzig, bösartig, sehr satirisch. Er hatte es als fast zu qualvoll empfunden. Es erinnerte ihn zu sehr an seinen Job, zum Beispiel an Nächte wie diese, wenn bisher relativ vernünftige Leute wie Cross plötzlich durchdrehten.

Das Telefon klingelte. Kevin bewegte sich, wachte aber nicht auf. Brandon verzog mitfühlend das Gesicht und hob den Hörer ab. »Kriminalpolizei, Brandon.«

Verwirrtes Schweigen am anderen Ende. Dann sagte eine aufgeregte Stimme: »Sir? Hier ist Sergeant Merrick. Wir haben wieder eine Leiche gefunden.«

Auf 3 1/2-Zoll-Diskette, Beschriftung: Backup.007; Datei Love014.doc

Gareth in den Carlton Park zu schaffen, war nicht so einfach, wie ich es mir vorgestellt hatte. Ich hatte alles sorgfältig erkundet und darauf gezählt, über den Zufahrtsweg, den die Gärtner benutzen, bis zum Gebüsch fahren zu können. Ich hatte jedoch die langen Weihnachtsferien nicht berücksichtigt. Der Weg war von zwei Metallpfosten blockiert, die in die Asphaltdecke eingelassen und mit dicken Schlössern gesichert worden waren. Wahrscheinlich hätte ich mich mit dem Wagen an der Seite vorbeiquetschen können, aber ich hätte dann unvermeidlich Reifenspuren und vielleicht auch Lackspuren hinterlassen. Außerdem hatte ich nicht die Absicht, Gareth noch nach seinem Tod zu erlauben, mich meiner Freiheit zu berauben.

Ich stellte den Jeep also hinter dem Schuppen ab, in dem die Parkgärtner ihre Geräte aufbewahrten. Dort war ich zumindest von der Straße und vom Park aus nicht zu sehen. Um zwei Uhr morgens am zweiten Weihnachtsfeiertag waren nicht mehr viele Leute unterwegs, aber vor den Erfolg haben die Götter nun einmal den Schweiß gesetzt.

Ich stieg aus und schaute mich um. Der Schuppen selbst kam nicht in Frage, da er eine Alarmanlage hatte. Aber die Götter meinten es dennoch gut mit mir. An der Seite des Schuppens stand ein hölzerner Karren, wie ihn die Träger auf Bahnsteigen früher vor sich herzuschieben pflegten, in der guten alten Zeit, als es noch Menschen gab, die den Gepäcktransport für andere nicht als unter ihrer Würde betrachteten. Die Gärtner benutzten ihn wahrscheinlich, um Pflanzen durch den Park zu transportieren. Ich schob ihn zum Jeep, legte Gareth' nackte Leiche darauf, wickelte einige Streifen aus schwarzen Plastikmüllsäcken um die Leiche und sprühte die Radnaben des Karrens mit Schmieröl ein, damit sie nicht verräterisch quietschten. Dann machte ich mich verstohlen auf den Weg zum Gebüsch.

Und ich hatte wieder Glück. Es war niemand zu sehen. Ich fuhr den Karren um die Rückseite des Musikpodiums herum zu dem Gebüsch vor dem steil abfallenden Hang. Dort schob ich den Wagen von dem asphaltierten Weg auf den Grasstreifen vor den Büschen. Um Fußspuren auf dem weichen Untergrund zu vermeiden, stieg ich auf die Ladefläche des Karrens und rollte Gareth' Leiche ins Gebüsch. Dann stieg ich vorsichtig wieder herunter auf den Asphaltweg und kehrte, die Karre hinter mir herziehend, zurück. Die Büsche waren ein wenig zusammengedrückt, von Gareth' Leiche war jedoch nichts zu sehen. Mit ein wenig Glück würde sie nicht entdeckt werden, bis die Post meine Weihnachtsbotschaft bei der *Bradfield Evening Sentinel Times* abgeliefert hatte.

Zehn Minuten später stand der Karren wieder an seinem Platz. Ich fuhr langsam zum Hinterausgang des Parks und von dort in eine stille Nebenstraße gegenüber dem Friedhof. Obwohl die Möglichkeit, daß mich jemand sah, nur gering war, schaltete ich das Licht am Wagen erst ein, als die Hauptverkehrsstraße in Sicht kam. Anders als in Temple Fields war das hier eine Gegend, in der einem an Schlaflosigkeit leidenden Neugierigen ein fremder Wagen in den frühen Morgenstunden seltsam vorkommen würde.

Ich fuhr nach Hause und schlief zwölf Stunden lang, wachte aber rechtzeitig auf, um noch ein paar interessante Stunden an meinem Computer verbringen zu können, ehe ich zur Arbeit mußte. Glücklicherweise hatte ich viel zu tun, und eine

Menge komplexer Probleme hielten mich davon ab, dauernd in ungeduldiger Vorfreude auf die Ausgabe der *Sentinel Times* am nächsten Tag zu schwelgen.
Sie hatten mir große Ehre erwiesen, trotz der kurzen Zeit, die ihnen für die Auswertung meiner Nachricht zur Verfügung gestanden hatte. Sie waren offensichtlich sofort an die Arbeit gegangen und hatten sich davon überzeugt, daß man mich ernst nehmen mußte. Man hatte mir die Titelseite eingeräumt, komplett mit einer Fotokopie meiner Nachricht, jedoch ohne Hinweis auf die Identität des Mannes, von dem sie ursprünglich stammte.

KILLER ALARMIERT DIE *SENTINEL TIMES!*
Das nackte und verstümmelte Opfer eines geistesgestörten Mörders wurde in einem Park der Stadt aufgefunden, nachdem eine bizarre Nachricht bei der Sentinel Times *eingegangen war.*
Der Mörder, der mit »der Weihnachtskiller« unterzeichnete, offenbarte auf einer Weihnachtskarte, daß er eine Leiche im Carlton Park abgelegt habe.
Die grausige Nachricht ist offensichtlich mit Blut auf die Firmen-Weihnachtskarte eines der führenden Anwaltsbüros der Stadt geschrieben worden.
Der Karte beigefügt war ein Videoband mit dem Ort, an dem die Leiche zu finden war. Unsere Lokalreporter erkannten die Stelle sofort anhand des Musikpodests auf dem Hügel des Parks.
Alarmiert vom Herausgeber der Bradfield Evening Sentinel Times, *entsandte die Polizei sofort einen Trupp aus Streifenpolizisten und Beamten der Kriminalpolizei an den bezeichneten Ort im Park.*
Nach kurzer Suche im Gebüsch an der Rückseite des Musikpodests entdeckte ein uniformierter Constable – wie

in dem Videoband angekündigt – abseits des Trampelpfads durch die Hecken die Leiche eines Mannes.

Nach Angaben der Polizei war die Leiche nackt. Die Kehle des Mannes war durchgeschnitten und der Körper verstümmelt.

Man geht davon aus, daß der Mann vor Eintritt des Todes gefoltert worden ist.

Obwohl diese Gegend von Carlton Park als Homosexuellenstrich bekannt ist, sieht die Polizei derzeit keinen Zusammenhang zwischen diesem Mord und den Morden an zwei jungen Männern, deren Leichen vor einigen Monaten im »Schwulenviertel« von Temple Fields gefunden wurden.

Die Leiche konnte bislang nicht identifiziert werden, und die Polizei hat noch keine Beschreibung des Opfers herausgegeben, dessen Alter auf Ende Zwanzig/Anfang Dreißig geschätzt wird.

Das Päckchen mit der Karte und dem Videoband, das am Weihnachtsabend in Bradfield aufgegeben wurde, kam mit der heutigen Morgenpost bei der Sentinel Times *an. Es war an den neuen Herausgeber unserer Zeitung, Mr. Matt Smethwick, adressiert.*

Mr. Smethwick sagte: »Mein erster Eindruck war, daß jemand sich einen geschmacklosen Scherz mit mir erlauben wollte, vor allem auch, weil ich mit einem der Anwälte der betroffenen Kanzlei befreundet bin.

Dann erinnerte ich mich, daß mein Freund zu einem Skiurlaub auf den Kontinent gefahren ist und er, dem ich einen so geschmacklosen Scherz im Grunde auch nicht zugetraut hätte, das Päckchen nicht hatte aufgeben können.

Ich rief die Polizei an, und man nahm die Sache dort gottlob sehr ernst.«

Ich hatte das nicht anders erwartet. Es war mir nie im Leben ernster mit einer Sache gewesen. Wenn ich die Angaben der Polizei richtig interpretierte, hatte der Gedanke, es könne sich bei Gareth um den dritten Mord in einer Serie handeln, die Gehirne der verantwortlichen Beamten nur kurz belastet. Diese Möglichkeit aber war den Journalisten natürlich nicht entgangen, die den letzten Leichenfund als Vorwand benutzten, die Morde an Adam und Paul wieder aufzuwärmen. In der Spätausgabe der Zeitung erhielt dann sogar ein hochkarätiger Akademiker die Gelegenheit, seine salbungsvollen Sprüche loszuwerden.

IM KOPF EINES MÖRDERS

Der Mann, den das Innenministerium zum Vorkämpfer bei der Jagd nach Serienmördern ausersehen hat, äußerte sich heute über die Morde, die die Homosexuellenszene der Stadt in Angst und Schrecken versetzt.

Der forensische Psychologe Dr. Tony Hill ist seit einem Jahr an der Arbeit, ein von der Regierung finanziertes Projekt zu realisieren, das zur Einrichtung einer Nationalen Einsatzgruppe zur Erstellung von Verbrecherprofilen führen soll, wie sie beim FBI bereits besteht und in dem Film Das Schweigen der Lämmer *dargestellt wurde.*

Dr. Hill, 34, war vorher Chefpsychologe am Blamires Hospital, der Hochsicherheitsanstalt, die die gefährlichsten geisteskranken Verbrecher Englands beherbergt, unter ihnen auch den Massenmörder David Harney und den Serienmörder Keith Pond, den »irren Autobahnmörder«.

Dr. Hill äußerte sich wie folgt zu den Mordfällen in Bradfield: »Ich bin von der Polizei in keinem der Mordfälle konsultiert worden und weiß somit nicht mehr darüber als die Leser dieser Zeitung.

Ich zögere daher, ein vorschnelles Urteil abzugeben, aber

wenn ich dazu gedrängt werde, würde ich sagen, daß es sehr gut möglich ist, daß die Morde an Adam Scott und Paul Gibbs von derselben Person begangen worden sind. Oberflächlich betrachtet, sieht der letzte Mord ähnlich aus, es gibt jedoch bedeutsame Unterschiede. Als erstes ist die Leiche an einem sehr anders gearteten Ort gefunden worden. Auch wenn Carlton Park ebenfalls als Homosexuellenstrich bekannt ist, so unterscheidet es sich im Milieu doch erheblich von dem städtischen Temple Fields.
Auch die Übersendung der Nachricht an die Sentinel Times *ist eine bedeutsame Variation. Bei den vorherigen Fällen ist nichts dergleichen geschehen, und der Mörder bezieht sich auch nicht auf frühere von ihm begangene Morde.*
Das veranlaßt mich zu der Vermutung, daß wir es bei diesen Mordfällen mit mindestens zwei Tätern zu tun haben könnten.«

Und so weiter und so fort, alles derselbe Krampf. Und alles schrie lauthals heraus: »Wir haben nicht die geringste Ahnung, wo wir mit der Suche anfangen sollen.« Ich glaubte nicht, daß angstvolle Gedanken an Dr. Tony Hill mich nachts um den Schlaf bringen würden. Ich hielt die Zeit für gekommen, den Verantwortlichen ein paar Lektionen zu erteilen, die sie so schnell nicht wieder vergessen würden.

14

Ein Mann ist nicht gezwungen, seine Augen, seine Ohren und seinen Verstand abzuschalten, wenn es um Mord geht. Falls er sich nicht in einem Zustand absoluter Geistesabwesenheit befindet, muß er, wie ich meine, erkennen, daß unter dem Gesichtspunkt des guten Geschmacks ein Mord höher oder niedriger einzustufen sein wird als ein anderer. Morde haben ihre kleinen Unterschiede sowie Schattierungen im Hinblick darauf, ob sie als künstlerisch verdienstvoll betrachtet werden können, sei es in Gestalt der Statue, des Gemäldes, des Oratoriums, der Miniatur, des Intaglios oder was sonst auch immer.

Tony lag ausgestreckt in der Badewanne, ein Glas, gefüllt mit Cognac, in greifbarer Nähe. Er war entspannt, matt, erschöpft, und er konnte sich nicht erinnern, wann er sich zum letztenmal so frei von Sorgen, so optimistisch gefühlt hatte. Sein Erlebnis mit Angelica am Telefon in Verbindung mit der Überzeugung, daß er bei der Erstellung des Profils gute Arbeit geleistet hatte, hatten ihm neue Hoffnung gegeben. Vielleicht konnte er seine sexuelle Funktionsstörung überwinden. Vielleicht konnte er so leben wie alle anderen, wie diejenigen, die mit ihren Problemen zurechtkamen, die Vergangenheit bewältigen und ihr Dasein so gestalten konnten, wie sie es sich wünschten. »Ich kann mein Leben ändern«, verkündete er laut.

Das schnurlose Telefon piepste. Mit einer langsamen, fließenden Bewegung griff Tony danach. Er hatte keine Angst mehr, wenn das Telefon läutete. Seltsam, wie er gelernt hatte, Angelicas Anrufe eher willkommen zu heißen als zu fürchten. »Hallo«, meldete er sich gut gelaunt.

»Tony, hier ist John Brandon. Ich schicke einen Wagen vorbei. Wir haben wieder eine Leiche gefunden.«

Tony setzte sich abrupt auf, und das Wasser in der Wanne schlug Wellen wie bei einem Experiment in einem Meeresaquarium. »Und Sie glauben …?«
»Carol Jordan und Don Merrick waren fünf Minuten nach Eingang des Anrufs am Fundort und haben mich verständigt.«
Tony schloß die Augen. »O Gott!« stöhnte er. »Wo ist es?«
»In der öffentlichen Toilette in der Clifton Street. Temple Fields.«
Tony stieg aus der Wanne. »Ich sehe Sie dort«, sagte er mit belegter Stimme.
»Okay, Tony. Der Wagen müßte in fünf Minuten oder so bei Ihnen sein.«
»Ich werde bis dahin fertig sein.« Tony beendete die Verbindung und stürmte aus dem Badezimmer, sich unterwegs abtrocknend. Wirre Gedanken schossen durch seinen Kopf, während er Jeans, T-Shirt, Pullover und Lederjacke anzog und ein zweites Paar Socken überstreifte, als ihm einfiel, wie kalt es draußen sein würde. Es klingelte an der Haustür, als er gerade die Schuhe zuschnürte.
Während der Fahrt im Streifenwagen machte die angespannte Atmosphäre jeden konstruktiven Gedanken unmöglich; sie rasten durch die nächtlichen Straßen, und die Blitze des Blaulichts zuckten durch das unwirkliche orangefarbene Licht der Straßenlaternen. Seine Eskorte, zwei machohaft wirkende Verkehrspolizisten, verharrten in einer schweigsamen Haltung absoluter Konzentration, was ein Gespräch nicht zuließ. Mit quietschenden Reifen bogen sie in die Clifton Street ein, dann stieg der Fahrer kräftig auf die Bremse, als er das polizeiliche Absperrband sah, das den Zugang zum mittleren Teil der Straße verhinderte.
Das Band wurde für Tony hochgehoben, und er eilte auf eine Ansammlung von Polizeifahrzeugen und einem Krankenwagen zu. Als er näher kam, sah er das Hinweisschild für die öffentliche Toilette, das hell vor dem dunkel aufragenden Gebäude leuchtete. Neben dem Krankenwagen ragte deutlich sichtbar die Gestalt von

Don Merrick auf, unverkennbar wegen des bandagierten Kopfs. Die herumlaufenden Polizisten ignorierten Tony, und er drängte sich zu Merrick durch, der gerade über ein Mobiltelefon in ein Gespräch vertieft war. Er machte Tony ein Zeichen, daß er ihn erkannt hatte, und beendete dann das Gespräch: »Okay, danke. Tut mir leid, daß ich Sie stören mußte.«

»Sergeant«, sagte Tony, »ich suche Mr. Brandon oder Inspector Jordan.«

Merrick nickte. »Sie sind beide da drin. Sie wollen sich das bestimmt auch ansehen, nehme ich an.«

»Wer hat die Leiche gefunden?«

»Eine von den Nutten. Sie behauptet, die Damentoilette sei besetzt gewesen, und sie sei deshalb in die Kabine für Schwerbehinderte gegangen. Ich würde wetten, sie hatte einen Freier dabei. Er ist bestimmt beim ersten Anzeichen dafür, daß es Ärger geben könnte, abgehauen.«

Aus dem Augenwinkel sah Tony, daß Carol aus der Toilette auftauchte. Sie ging geradewegs zu ihnen. »Danke, daß Sie gekommen sind«, sagte sie, während Merrick zur Seite trat und seine Telefonate fortsetzte.

»Wenn ich sagen würde, ich hätte das für nichts auf der Welt verpassen wollen, gäbe es sicher einige Leute, die das mißverstehen würden«, erwiderte Tony gequält. »Was führt Sie zu der Annahme, daß es Handy Andy war?«

»Das Opfer ist nackt, und die Kehle ist durchgeschnitten. Der Mann ist offensichtlich in einem Rollstuhl hergebracht worden, aber dann hat man ihn auf den Boden gekippt. Und auf der Leiche lag die Titelseite der *Sentinel Times* von gestern abend.« Carols Stimme war angespannt, ihr Blick verstört. »Wir haben ihn provoziert, nicht wahr?«

»Nein, das haben wir nicht. Die Zeitung mag das getan haben, aber nicht wir«, antwortete Tony. »Dennoch, ich habe nicht erwartet, daß er so schnell reagiert.«

Merrick kam wieder zu ihnen und sagte erfreut: »Sieht so aus, als ob ich dem Rollstuhl auf die Spur gekommen wäre. Am Abend ist einer aus der Empfangshalle der Geburtsklinik verschwunden. Wenn wir Glück haben, hat vielleicht jemand was gesehen.«

»Gute Arbeit, Don«, lobte ihn Carol und fragte dann Tony: »Sollen wir uns jetzt die Leiche mal ansehen?« Er nickte, und sie drängten sich durch die herumstehenden Polizisten zum Eingang der Toilette. Tony ging langsam in den Waschraum, machte in Gedanken eine Bestandsaufnahme, während er sich umschaute, registrierte die schwarzen Gummifliesen mit den ein wenig hervorstehenden kreisförmigen Innenflächen, das anscheinend zufällige Muster der grauen und schwarzen Wandfliesen, die herausfordernden Graffiti, die abgestandene naßkalte Luft und den Geruch nach Desinfektionsmitteln, der allerdings den Uringestank kaum überdecken konnte. Im Flur hinter dem Waschraum lag links die Herren- und rechts die Damentoilette. Die Behindertentoilette befand sich rechts neben dem Eingang zur Damentoilette. John Brandon und Kevin Matthews standen vor der Tür und schauten durch den breiten Türrahmen nach innen. Tony ging zu ihnen und stellte sich hinter die in bedrücktem Schweigen verharrenden Männer. Ein Polizeifotograf nahm eine Szene auf, die eine Jury bis ins Mark treffen würde, wenn es Brandons Männern je gelingen sollte, Handy Andy vor Gericht zu bringen.

Tony sah sich die auf dem Boden liegende Leiche aufmerksam an. Sie war, wie Carol bereits gesagt hatte, nackt, aber sie war nicht gesäubert worden. Flecken irgendeiner dunklen, öligen Substanz befanden sich an den Knien, den Ellbogen und an einem Fußknöchel. Auch eingetrocknete Blutflecken bedeckten den Körper. Der Schnitt in die Kehle klaffte weit auf, war aber, wie Tony vermutete, nicht tief genug, um den Tod herbeigeführt zu haben. Soweit er es sehen konnte, waren die Geschlechtsteile nicht verletzt, aber der Anus und das ihn umgebende weiche

Fleisch waren mit tiefen Schnitten eines scharfen Messers entfernt worden. Ein Gefühl der Erleichterung durchflutete Tony, zwang ihn, Notiz davon zu nehmen, was er verdrängt hatte, woran er einfach nicht hatte denken wollen. Wie Carol hatte auch er befürchtet, daß seine Aktivitäten Handy Andy dazu provoziert hatten, seinen Zyklus zu durchbrechen und vorzeitig wieder zuzuschlagen. Seit Brandons Anruf hatte diese Horrorvorstellung auf seiner Schulter gelastet wie ein riesiger, unheilbringender Raubvogel.

Tony sah Brandon an und sagte geradeheraus: »Das war nicht unser Mann. Das war ein Trittbrettfahrer.«

Aus dem Schatten am anderen Ende der Clifton Street beobachtete Tom Cross, den Mantelkragen hochgeschlagen, einem Gnom gleich, der aus einem Gully emporgestiegen ist, das bekannte Ritual des Polizeieinsatzes am Fundort einer Leiche. Mit einem flüchtigen Lächeln auf den Lippen zog er sich noch weiter in den Schatten zurück. Er nahm sein Notizbuch aus der Jackentasche und riß eine Seite heraus. Im schwachen Licht einer Straßenlaterne kritzelte er auf das Blatt: »Lieber Kevin, ich wette um eine goldene Uhr, daß der Schwulenkiller diesen Mord nicht begangen hat. Alles Gute, Tom.« Er faltete das Blatt zu einem kleinen Quadrat und schrieb »Detective Inspector Kevin Matthews persönlich« darauf. Dann ging er auf die Zuschauer zu, die sich vor dem Absperrband angesammelt hatten, und drängte sich bis zu einem Constable vor. »Sie wissen sicher, wer ich bin, Kollege?« fragte er herausfordernd.

Der Constable nickte zögernd und schaute sich scheu nach allen Seiten um, ob jemand seine Begegnung mit dem derzeit bekanntesten Aussätzigen der städtischen Polizei wahrnahm.

Cross drückte ihm den Zettel in die Hand. »Seien Sie so nett und sehen Sie zu, daß Inspector Matthews diese Nachricht bekommt.«

»Jawohl, Sir«, erwiderte der Constable, während er sich fragte, wer den Schneid gehabt hatte, Popeye Cross ein so hübsches Veilchen zu verpassen.

»Ich werde mich an Sie erinnern, wenn ich wieder im Dienst bin«, sagte Cross über die Schulter, als er sich erneut durch die Menge der Zuschauer drängte.

Cross ging die Straße hinunter zurück zu seinem Volvo, den er vor dem Notausgang eines Nachtclubs abgestellt hatte. Der Tag war nicht besonders zufriedenstellend verlaufen, und der kommende Morgen versprach keine Verbesserung. Aber die Überzeugung, daß seine Nachricht an Kevin Matthews den Tatsachen entsprach, gab Tom Cross das Gefühl, daß letztlich doch ein Sinn in seinen Aktivitäten lag.

»Die Obduktion wird meine Beurteilung stützen«, sagte Tony. »Wer auch immer diesen Mann ermordet hat, es war nicht unser Serienmörder.«

Bob Stansfield schaute ihn finster an. »Ich verstehe nicht, wie Sie nur wegen ein paar Ölflecken auf der Leiche so sicher sein können.«

»Es liegt nicht nur daran, daß die Leiche nicht gesäubert war.« Tony zählte die nachfolgenden Punkte an den Fingern ab: »Der Mann gehört der falschen Altersgruppe an. Er ist höchstens zwanzig, wenn überhaupt schon. Er gehört nicht zu den heimlichen Homosexuellen; er war in der Schwulenszene bestens bekannt. Sie werden ihn spätestens um drei heute morgen identifiziert haben.«

Kevin Matthews nickte. »Schon geschehen. Er ist bei der Sitte kein Fremder – heißt Chaz Collins, ehemaliger Strichjunge, hat in einer Bar gearbeitet und mochte harten Sex.«

»Aha«, sagte Tony zufrieden. »Darüber hinaus liegt keinerlei Verletzung am Penis oder den Hoden vor, während unser Killer sich doch zunehmend aggressiv gegen diese Körperorgane verhalten hat. Den Medien gegenüber ist bisher nur bekanntgegeben worden, daß die Opfer auch in sexueller Hinsicht verstümmelt worden sind. Wir haben uns nicht dazu geäußert, wie und wo. Der Mörder, mit dem wir es hier zu tun haben, hat das auf seine Weise interpretiert und den gesamten Analbereich herausgeschnitten. Ich vermute, daß er das getan hat, weil er mit dem Opfer Analverkehr gehabt hat, ehe er es tötete, und sichergehen wollte, daß bei einer Obduktion kein Sperma gefunden wird.« Tony unterbrach sich, um seine Gedanken zu sammeln und sich eine weitere Tasse Kaffee aus der Thermoskanne einzugießen, die Brandon zusammen mit einem Frühstücksbüffett bei der Kantine für diese Besprechung bestellt hatte.

»Der Rollstuhl«, ergriff Carol das Wort. »Er hat ein großes Risiko auf sich genommen, ihn in der Geburtsklinik zu stehlen. Ich denke, das paßt nicht zu dem äußerst vorsichtigen Verhalten, das der Serienmörder bisher gezeigt hat.«

»Und der Mann ist nicht gefoltert worden«, fügte Kevin hinzu, den Mund voll mit einem großen Bissen von seinem Wurstsandwich. »Jedenfalls nicht äußerlich.« In seiner Jackentasche steckte eine Nachricht, die seine Ansicht ebenso stark beeinflußte wie das, was in diesem Raum gesagt wurde. Popeye mochte vom Dienst suspendiert sein, aber Kevin würde sich auf Cross' Instinkt eher verlassen als auf den anderer.

Bob Stansfield gab noch nicht auf. »Okay, aber was ist, wenn der Killer es diesmal anders gemacht hat, um uns denken zu lassen, es wäre ein Trittbrettfahrer gewesen? Was ist, wenn er uns absichtlich verwirren will? Man kann schließlich die Zeitung, die auf der Leiche lag, nicht einfach ignorieren. Und Dr. Hill warnt uns ja in seinem Profil davor, daß eine unzutreffende Berichterstattung in der Presse ihn in Wut versetzen und zur Änderung seines Verhaltensmusters bringen könnte.«

Tony ließ sich zunächst nicht davon abhalten, sich ein Brötchen mit Schinken und Spiegelei zu belegen. Er träufelte einen Kranz aus brauner Sauce um den Eidotter, legte den Deckel des Brötchens darauf, drückte ihn fest, so daß der Dotter zerfloß, und sagte dann: »Theoretisch könnten Sie recht haben. Es ist durchaus möglich, daß er einen Mord begeht, nur um uns imponieren zu wollen. Er würde das nicht so weit im voraus planen wie die anderen Morde, so daß die Auswahl des Opfers sehr gut anders ausfallen könnte. Aber das zugrundeliegende Muster würde dennoch dasselbe sein.«

»Das ist es doch«, insistierte Stansfield. »Er hat diesem jungen Burschen den Hals durchgeschnitten wie bei den übrigen Morden auch. Und der Bastard hat ihn ganz schön zugerichtet. Wie können Sie sagen, er wäre nicht gefoltert worden, wenn Sie sich seinen Arsch ansehen?«

»Wenn ich mir was aus Wetten machen würde, würde ich hundert zu eins mit Ihnen wetten, daß Chaz Collins nicht an dem Schnitt in die Kehle gestorben ist. Ich würde wetten, daß er erwürgt und ihm der Schnitt in die Kehle erst nachträglich beigebracht wurde, um es so aussehen zu lassen, als wäre er ein weiteres Opfer des Serienmörders. Das, was hier geschehen ist, ist meiner Meinung nach die Folge eines rohen Sexspiels, das aus dem Ruder gelaufen ist. Chaz wehrte sich, als man Analverkehr mit ihm betrieb, und sein Sexpartner würgte ihn mit beiden Händen, um ihn zum Stillhalten zu zwingen. Im Rausch des Orgasmus drückte er zu fest zu, und zum Schluß hatte er eine Leiche in den Händen. Er meinte, er könne diesen Mord vertuschen, wenn er alles so machte wie der Serienmörder, und für den Fall, daß wir Zweifel hegen, legte er die gestrige Zeitung auf die Leiche.«

»Das klingt einleuchtend«, meinte Brandon und wischte sich mit angeekeltem Gesicht die fettigen Finger mit einem Papiertaschentuch ab.

»Ich glaube, daß Tony recht hat«, sagte Carol mit Nachdruck. »Meine erste Reaktion war auch, daß wir es mit dem fünften Opfer des Serienmörders zu tun haben, aber je mehr ich darüber nachdenke, um so überzeugter bin ich, daß ich falsch damit lag.

Und wissen Sie, was für mich außerdem noch entscheidend war?« Vier Augenpaare richteten sich fragend auf sie, und sie fühlte sich unter Druck gesetzt wie im Zeugenstand. »Gestern, als der Mord geschah, war kein Montag.«
Tony grinste. Stansfield verdrehte die Augen zur Zimmerdecke. Kevin nickte zögernd, und Brandon fragte: »Sie meinen, der Wochentag sei so wichtig für ihn?«
»Ja. Es gibt offensichtlich dringende Gründe für ihn, sich an den Montag zu halten, und ich glaube nicht, daß er davon abgewichen ist, nur um uns zu ärgern.«
»Ich stimme Carol zu«, erklärte Kevin, »und das nicht nur wegen des Wochentags, sondern auch wegen der anderen Argumente.«
Stansfield sah überrascht aus. »Na schön, ich werde hier wohl überstimmt«, sagte er dann einlenkend. »Es ist also ein getrennt von den anderen zu bearbeitender Fall. Wer wird ihn übernehmen?«
Brandon seufzte. »Ich werde mit Chief Superintendent Sharples vom Zentralbüro der Mordkommission sprechen und ihm die Sache zuschieben. Sein Chief Inspector wird sich darum kümmern müssen.«
»Der ist zur Zeit krank«, erinnerte ihn Kevin.
»Dann ist er das eben. Der Fall wird an den unglücklichen Inspector übergeben, der Sharples als erster heute früh über den Weg läuft. Zurück zu uns. Ich weiß, die Ereignisse von gestern abend haben uns davon abgehalten, Dr. Hills Profil die Aufmerksamkeit zuzuwenden, die es verdient, aber ich denke, wir sollten ...« Brandon wurde unterbrochen, als jemand laut an die Tür klopfte. »Herein!« rief er und versuchte, sich seine Irritation nicht anmerken zu lassen.
Der uniformierte Sergeant vom Dienst kam herein und übergab Brandon zwei braune Umschläge. »Die sind gerade bei mir abgegeben worden, Sir. Der ist vom forensischen und der hier

vom pathologischen Labor.« Der Sergeant ging wieder. Brandon riß die Kuverts auf und zog aus jedem ein paar Blätter heraus. Die anderen bemühten sich, ihre Neugier zu zügeln, während Brandon den vorläufigen Bericht des Pathologen über seine ersten Feststellungen überflog. Dann las er laut vor: »Lieber John, ich weiß, Sie warten dringend auf Ergebnisse in diesem Fall, da es bei oberflächlicher Betrachtung so aussieht, als ob unser Serienmörder endlich einmal ein paar Spuren hinterlassen hätte. Aber ich habe leider schlechte Nachrichten. Ich glaube nicht, daß dieser Mord das Werk unseres Mannes ist. Das Opfer war bereits tot, Todesursache Ersticken, als ihm die Kehle durchschnitten wurde. Er ist wahrscheinlich mit den Händen erwürgt worden. Der Schnitt wurde offensichtlich auch nicht mit demselben Messer ausgeführt wie bei den anderen vier Opfern. Es sieht so aus, als wäre die Klinge länger und breiter, eher wie beim Gemüsemesser eines Kochs, während ich, wie Sie wissen, bei den anderen Fällen mit ziemlicher Sicherheit auf ein Filetiermesser schließen konnte. Der Tod ist gestern zwischen zwanzig und zweiundzwanzig Uhr eingetreten. Meinen endgültigen Bericht erhalten Sie so schnell wie ...« Brandon schaute hoch. »Sieht so aus, als ob Sie richtigliegen würden, Tony.«
»Gut, daß ich gerade noch rechtzeitig auf Ihre Linie eingeschwenkt bin, sonst würde ich wie ein verdammter Schwachkopf dastehen«, sagte Bob Stansfield und streckte Tony die Hand hin. »Gut gemacht, Doc.« Carol lächelte verstohlen. Gott sei Dank fing der Rest des Teams endlich an zu akzeptieren, daß Tony durchaus positive Aspekte beizutragen hatte. Erstaunlich, wie sich die Atmosphäre seit dem Ausscheiden von Tom Cross verändert hatte.
Kevin rutschte unruhig auf seinem Stuhl hin und her. »Und was hat das forensische Labor rausgefunden? Irgendwas über unsere Fälle oder nur vorläufige Feststellungen zum Mord an Chaz Collins?«

Brandon überflog den anderen Bericht. »Vorläufiges Ergebnis ... vorläufig ... vorläufig ...« Dann zog er scharf den Atem ein. »O mein Gott«, sagte er, und seine Stimme klang verwirrt, aber auch angeekelt.
»Was ist los, Sir?« fragte Carol.
Brandon strich sich mit der Hand über sein langes Gesicht und starrte wieder auf das Blatt, als müßte er überprüfen, ob er auch nichts mißverstanden hatte. »Sie haben sich die Brandnarben auf Damien Connollys Leiche näher angesehen, wollten rausfinden, womit sie verursacht worden sind.«
Tony war gerade im Begriff, sich den letzten Bissen seines Brötchens in den Mund zu schieben, erstarrte aber mitten in der Bewegung.
»Und was ist dabei rausgekommen?« fragte Bob Stansfield ohne Umschweife.
»Eine total verrückte Sache«, antwortete Brandon. »Das einzige Gerät, daß die Jungs vom Labor sich vorstellen können, sind die Metalltüllen eines Satzes, mit denen man Torten und Kuchen verziert.«
»Natürlich!« stieß Tony aus, und in seinen Augen leuchtete ein verträumtes Lächeln auf. »All die verschiedenen Sternmuster! Es ist ganz offensichtlich, wenn man erst mal darauf gekommen ist.«
Ihm wurde plötzlich bewußt, daß die anderen vier ihn anstarrten. Carol allein wirkte einfach nur interessiert, der Gesichtsausdruck der übrigen spiegelte Empfindungen wider, die er kannte: vorsichtige Distanz, Widerstand, Unverständnis.
»Hochkarätiger Verursacher von Kopfschmerzen«, sagte Stansfield. Niemand war sich sicher, ob er den Killer oder Tony meinte.

Von dem Tag an, an dem Penny Burgess die Kriminalberichterstattung bei der *Bradfield Evening Sentinel Times* übernommen hatte, war sie fest entschlossen gewesen, bessere Kontakte aufzubauen, als ihre männlichen Vorgänger sie gehabt hatten. Sie war sich im klaren darüber, daß die männlichen Rituale der Freimaurerlogen und die Herrenzimmer in den Häusern der Oberschicht verschlossene Welten für sie bleiben würden, aber sie setzte sich zum Ziel, daß selbst dort nichts von Bedeutung ohne ihr Wissen geschehen würde.

So war es denn nicht überraschend, daß ihr Telefon zu Hause an diesem Morgen zwischen sechs und sieben bereits zweimal geläutet hatte. Beide Anrufe kamen von Polizeibeamten, die ihr mitteilten, daß der Mann, den man in Verbindung mit den Schwulenmorden bereits einmal verhört hatte, beim Versuch, das Land zu verlassen, erneut festgenommen worden war. Keine Namen, keine Hinweise auf Verdachtsmomente, aber der anonyme Verdächtige werde heute morgen dem Haftrichter vorgeführt, um ihn wegen Mißachtung einer richterlichen Anweisung erneut in Haft zu nehmen. Der Zusammenhang mit der Entdeckung einer fünften Leiche, die Penny bis nach zwei Uhr vom Schlafengehen abgehalten hatte, war offensichtlich.

Penny lächelte verträumt vor sich hin, während sie die zweite Tasse Earl Grey schlürfte. Man würde ihr heute abend wieder die Titelseite einräumen, vorausgesetzt, der Herausgeber und der Haftrichter blieben bei ihrem Kurs. Sie stellte die Teetasse und die Müslischale in das Spülbecken und schlüpfte in ihren Mantel. Auf jeden Fall stand ihr ein interessanter Tag bevor.

Carol hatte den kürzeren gezogen, als geklärt werden mußte, wer zum Gericht gehen und aufpassen sollte, ob beim Haftrichter alles nach Plan verlief. Stansfield und Kevin hatten Rückstände in den Ermittlungen aufzuholen, und Tony mußte nach Leeds zu einem seit langem verabredeten Treffen mit einem kanadischen Psychologen fahren, der dort an einer Tagung teilnahm. Sie hätten, sagte Tony, einige esoterische Aspekte seiner Realisierbarkeitsstudie für die Einsatzgruppe zu besprechen. »Konzeptionelle Umrißplanung«, hatte er erklärend hinzugefügt.

Er hätte genausogut »Quantenmechanik« sagen können, dachte sie ironisch, als sie die Treppe zum Gerichtsgebäude hinaufging, den Mantelkragen gegen den Ostwind, der noch vor dem Abend Schneeregen verhieß, hochgeschlagen. Sie würde noch eine Menge zu lernen haben, wenn sie jemanden dazu bringen wollte, sie ernsthaft für die Einsatzgruppe ins Auge zu fassen, soviel war sicher.

Alle Gedanken an die Einsatzgruppe verflogen sofort, als sie nach der Sicherheitsüberprüfung am Eingang in den langen Korridor einbog, in dem sechs der zwölf Haftrichter-Büros lagen. Statt der üblichen Gruppen mißmutig oder trotzig-herausfordernd blickender Gesetzesbrecher und ihrer bedrückten Familienangehörigen sah sie sich einer aufgeregten Meute von Journalisten gegenüber. Sie hatte noch nie eine solche Konzentration von Medienvertretern an einem Samstagmorgen, normalerweise die ruhigsten Stunden der Wochen, bei Gericht gesehen. Umdrängt von der Menge, an die Tür des Gerichtssaals gelehnt, stand der gestreßte Don Merrick.

Carol machte auf dem Absatz kehrt, aber es war zu spät. Einige der Journalisten, die von den landesweit operierenden Medienzentralen hierhergeschickt worden waren, weil man sich eine reißerische Story versprach, hatten sie nicht nur gesehen, sondern auch erkannt. Als sie um die Ecke bog, stürzten sie auf sie zu. Alle anderen schlossen sich an – bis auf Penny Burgess, die an der Wand stand und Don Merrick müde anlächelte.

»Sie waren offensichtlich nicht die einzige, die schon am frühen Morgen von ihren Gewährsmännern informiert wurde«, sagte Merrick zynisch.

»Leider nicht, Sergeant. Die Jungs scheinen aber an Ihrer Chefin mehr interessiert zu sein als an Ihnen.«

»Sie sieht besser aus als ich«, entgegnete Merrick.

»Oh, das würde ich nicht sagen.«

»Ich hab's jedenfalls so gehört«, meinte Merrick trocken.

Penny hob die Augenbrauen. »Ich möchte Sie irgendwann mal zu 'nem Drink einladen, Don. Dann können Sie selbst rausfinden, ob an dem Geschwätz, das Sie da gehört haben, was dran ist oder nicht.«
Merrick schüttelte den Kopf. »Ich glaube nicht, daß daraus was wird, Schätzchen. Meine Frau hätte bestimmt was dagegen.«
Penny grinste. »Und Mrs. Vorgesetzte sicher auch. Nun ja, Don, nachdem nun die Meute schreiend hinter Inspector Jordan hergerannt ist, würden Sie mich nunmehr meine demokratischen Rechte ausüben und über die Entscheidung des Haftrichters berichten lassen?«
Don Merrick gab die Tür frei und winkte sie in den Gerichtssaal. »Seien Sie mein Gast«, sagte er. »Aber denken Sie daran, Mrs. Burgess, nur die Fakten und nichts als die Fakten. Wir wollen doch keinesfalls unschuldige Menschen einer Gefahr aussetzen, nicht wahr?«
»Sie meinen, wie das der Schwulenkiller getan hat?« fragte Penny mit süßlichem Lächeln und schlüpfte an ihm vorbei in den Gerichtssaal.

Brandon starrte Tom Cross ungläubig an. Sein Gesicht zeigte den Ausdruck tiefster blasierter Selbstgefälligkeit, die nur durch das bunte Veilchenauge getrübt wurde. »Ganz unter uns, John«, sagte Cross, »Sie müssen doch zugeben, daß ich mit McConnell absolut richtiglag. Der Tote letzte Nacht – das war nicht der Schwulenkiller, nicht wahr? Nun, er kann es ja auch nicht gewesen sein, weil Sie das von mir verdächtigte Kerlchen aus dem Verkehr gezogen haben.« Er kümmerte sich nicht darum, daß kein Aschenbecher da war, steckte sich eine Zigarette an und stieß eine dicke Rauchwolke in die Luft.
Brandon kämpfte mit sich, aber er fand keine Worte. Ausnahmsweise einmal war er sprachlos.
Cross schaute sich flüchtig um, wo er die Zigarettenasche loswer-

den konnte, entschied sich dann für den Boden und rieb die Asche mit der Fußspitze in den Teppich. »Wann soll ich denn nun meinen Job wiederaufnehmen?« fragte er.
Brandon lehnte sich zurück und blickte zur Decke. »Wenn es nach mir ginge, würden Sie nie mehr bei der Polizei dieser Stadt arbeiten«, antwortete er in freundlichem Ton.
Cross verschluckte sich fast am Rauch seiner Zigarette. Brandon sah ihn an, diesen Augenblick genießend. »Zum Teufel, John, Sie ... Sie machen wohl Witze«, stotterte Cross.
»Es ist mir nie in meinem Leben mit etwas ernster gewesen«, sagte Brandon kalt. »Ich habe Sie heute hergebeten, weil ich Sie warnen wollte. Was Sie gestern mit Steven McConnell angestellt haben, war ganz eindeutig versuchte Körperverletzung. Eine Strafverfolgung behalten wir uns vor, Superintendent. Wenn Sie es wagen sollten, noch einmal in unsere Ermittlungen einzugreifen, werde ich nicht zögern, Sie vor Gericht zu bringen. Es würde mir sogar Spaß machen. Ich dulde es nicht, daß unsere Truppe durch einen Angehörigen in Verruf gerät, sei er nun im Dienst oder suspendiert.«
Bei Brandons Worten wurde Cross erst bleich, dann lief sein Gesicht vor Wut und Demütigung puterrot an. Brandon stand auf. »Und jetzt verschwinden Sie aus meinem Büro und aus dieser Polizeistation.«
Cross stemmte sich wankend auf die Füße. »Das werden Sie noch bereuen, Brandon«, fauchte er wütend.
»Reizen Sie mich nicht, Tom. In Ihrem eigenen Interesse, reizen Sie mich nicht.«

Carol beabsichtigte, mit den Journalisten in den kleinen Vorraum der Cafeteria zu gehen, was ihr auch gelang. »Okay, okay«, sagte sie und versuchte, ihren Ansturm mit energischen Handbewegungen abzuwehren. »Hören Sie, geben Sie mir zwei Minuten, ich komme gleich zurück und beantworte alle Ihre Fragen.«

Sie reagierten zögernd, und einige im Hintergrund schienen wieder zum Gerichtssaal laufen zu wollen. »Hört zu, Leute«, sagte sie und strich leicht mit den Fingerspitzen über ihr Kinn, »ich habe Zahnschmerzen, und wenn ich meinen Zahnarzt nicht vor zehn anrufe, kriege ich heute keinen Termin mehr bei ihm. Bitte! Wenn ich zurück bin, stehe ich Ihnen zur Verfügung, ich verspreche es.« Carol zwang ein von Schmerz verzerrtes Lächeln auf ihr Gesicht und schlüpfte in die Cafeteria. An der gegenüberliegenden Wand war ein Telefon, und sie griff nach dem Hörer. Dann zog sie eine große Show ab, nahm ihren Taschenkalender aus der Handtasche, blätterte zu einer beliebigen Seite, wählte aber die ihr bestens bekannte Nummer der Gerichtsverwaltung. »Gerichtshof eins, bitte.« Sie wartete auf die Verbindung und sagte dann zu dem Gerichtsdiener: »Hier ist Inspector Jordan. Kann ich bitte den Staatsanwalt sprechen?«

Nach einigen Sekunden hatte sie ihn am Apparat. »Eddie, hier ist Carol Jordan. Ich habe ungefähr dreißig Pressehaie auf den Fersen, die auf die Verhandlung gegen Steven McConnell warten. Sie sind ganz wild darauf, ihre falschen Schlüsse zu ziehen, und ich könnte mir denken, daß es Ihnen nicht unlieb wäre, McConnell jetzt gleich dranzunehmen, während ich die Meute bei einer improvisierten Pressekonferenz festhalte. Können Sie das mit dem Gerichtsdiener regeln?« Sie wartete, während der Staatsanwalt murmelnd mit dem Gerichtsdiener verhandelte.

»Geht in Ordnung, Carol«, sagte er nach ein paar Sekunden. »Und vielen Dank.«

Carol machte weiter mit ihrer Show, legte den Hörer auf und kritzelte etwas in ihren Kalender. Dann atmete sie tief durch und ging zurück zu der Meute.

Auf 3 1/2-Zoll-Diskette, Beschriftung: Backup.007; Datei Love015.doc

Damien Connolly, Police Constable – das schwerste Stück Arbeit. Aber ich hätte kein besseres Opfer finden können, um der Polizei eine Lektion zu erteilen, selbst wenn ich ein ganzes Jahr gesucht hätte. Doch er stand bereits auf meiner Liste, war einer meiner Spitzenkandidaten. Es war schwerer als bei den anderen, ihn zu beobachten, denn sein Schichtdienst fiel oft mit meiner Arbeitszeit zusammen. Aber, wie meine Großmutter zu sagen pflegte, was den Besitz lohnt, ist nicht leicht zu erhalten.

Ich schnappte ihn mir auf die übliche Weise. »Es tut mir leid, Sie zu stören, aber mein Wagen hat seinen Geist aufgegeben, und ich habe keine Telefonzelle in der Nähe gesehen. Darf ich Ihr Telefon benutzen, um den Automobilclub anzurufen?« Es ist fast lächerlich einfach, über die Schwellen ihrer Häuser zu kommen. Drei Morde sind geschehen, und sie treffen dennoch nicht einmal die elementarsten Vorsichtsmaßnahmen. Es tat mir fast leid um Damien, denn er ist von allen der einzige, der mich nicht betrogen hat. Doch ich brauchte ihn, um ein Exempel zu statuieren, um der Polizei zu zeigen, wie jämmerlich sie sich anstellte. Es war ärgerlich, daß man mich in Verbindung mit der sogenannten Schwulenszene brachte, aber die Presse lag zu hundert Prozent richtig, wenn sie meinte, daß dann, wenn schwule Männer ermordet wurden, die Polizei keine großen Anstrengungen zur Aufklärung der Morde unternahm. Einen aus ihren Reihen zu töten, würde dazu führen, daß die Herren Polizisten sich in ihren Schreib-

tischsesseln aufrichteten und Notiz davon nahmen. Sie würden zumindest gezwungen sein, mir die Anerkennung und den Respekt zu zollen, den ich verdient hatte.
Um das zu untermauern, hatte ich mir etwas ganz Spezielles für Damien ausgedacht. Eine ungewöhnliche Art der Bestrafung, gelegentlich benutzt *pour discourager les autres*. Sie scheint im allgemeinen nur in Fällen von Hochverrat angewandt worden zu sein, gegen Männer, die ein Komplott zur Ermordung des Königs geschmiedet hatten. Angemessen, dachte ich. Denn Damien war nun einmal ein integraler Bestandteil der Gruppe, die mich ausschalten wollte.
Der erste Bericht über die Anwendung dieser Behandlung in England stammt aus dem Jahre 1238, als ein Mann aus dem niederen Adel in die königliche Jagdhütte in Woodstock eindrang, um Heinrich III. zu ermorden, der sich dort auf einem Jagdausflug befand. Um möglichen anderen Hochverrätern zu demonstrieren, daß der König Mordversuche gegen sich sehr ernst nahm, wurde der Mann dazu verurteilt, von Pferden gevierteilt und dann enthauptet zu werden.
Einem weiteren Möchtegern-Mörder war Mitte des 18. Jahrhunderts dasselbe Schicksal beschieden. Sein Name war, unter meinen Aspekten gesehen, ein Omen. François Damiens versuchte König Ludwig XV. in Versailles zu erdolchen. Der Urteilsspruch lautete: »Brust, Arme, Schenkel und Schädel sind mit glühenden Zangen zu verbrennen; seine rechte Hand, in der er den Dolch bei dem Angriff hielt, ist in Schwefel zu verbrennen; brennendes Öl, geschmolzenes Blei und ein Gemisch aus Harz, Wachs und Schwefel sind in seine Wunden zu gießen; danach soll sein Körper von vier Pferden auseinandergerissen werden.«
Wenn man dem Bericht über die Exekution Glauben schenken darf, wurde Damiens' dunkelbraunes Haar während der Tortur grau. Casanova, dieser große Liebhaber, berichtet in

seinen *Memoiren*: »Ich beobachtete diese schreckliche Szene vier Stunden lang, war aber mehrere Male gezwungen, mein Gesicht abzuwenden sowie meine Ohren vor den durchdringenden Schreien zu verschließen, als große Stücke aus seinem Körper herausgerissen wurden.«

Es war klar, daß ich kein Pferdegespann in meinem Keller einsetzen konnte, also mußte ich mir ein eigenes Arrangement ausdenken. Ich konstruierte ein System aus vier Seilen und Flaschenzügen, die an den Wänden und der Decke verankert und mit einer dieser leistungsstarken Winden verbunden waren, wie man sie auf Segeljachten einsetzt. Jedes Seil endete in einer Stahlfessel, die ich um Damiens Hand- und Fußgelenke legte. Durch genaues Austarieren der Länge und Spannung der Seile gelang es mir, Damien senkrecht in der Luft in der Schwebe zu halten, wobei seine ausgestreckten Gliedmaßen ein großes menschliches X bildeten. Seine recht kümmerlichen Genitalien hingen in der Mitte herunter wie ein dünner Fleischlappen in einem Metzgerladen.

Das Chloroform hatte bei ihm eine schlimmere Auswirkung als bei den anderen. Als er wieder zu sich kam, mußte er sich heftig übergeben, was nicht einfach ist, wenn man senkrecht ausgespannt einen Meter über dem Boden hängt. Ich entfernte schleunigst das Klebeband vor seinem Mund, sonst wäre er an seinem eigenen Mageninhalt erstickt und hätte mich damit um den Genuß an seiner Bestrafung gebracht.

Er war total verwirrt, hatte keinerlei Ahnung, warum er sich in dieser Lage befand. »Weil ich dich auserwählt habe«, erklärte ich ihm. »Du hast Pech gehabt, daß du dir den falschen Beruf ausgesucht hast. Jetzt werde ich dich auf eine ähnliche Art verhören, wie ihr bei der Polizei eure Verdächtigen verhört.«

Als ich Tante Doris' Küche auf der Suche nach irgendwelchen Dingen, die für mein Vorhaben eventuell nützlich sein könnten, durchstöbert hatte, war ich auf ihren Gerätesatz zur Verzierung von Torten und Kuchen gestoßen. Ich erinnerte mich gut daran. Tante Doris' Weihnachtskuchen waren jedes Jahr aufs neue ein Wunder an kunstvoller Verzierung gewesen, die von den Bäckern in Bradfield kaum übertroffen werden konnte. Als sie eines vorweihnachtlichen Tages wieder einmal damit beschäftigt war, ihren besten Kuchen zu verzieren, wurde sie von Onkel Harry weggerufen, und ich griff im Bestreben, ihr zu helfen, zu dem mit Zuckerguß gefüllten Spritzbeutel mit Metalltülle und machte mich an die Arbeit.

Als sie zurückkam, von welcher scheußlichen bäuerlichen Tätigkeit auch immer, bei der man sie gebraucht hatte, und das Ergebnis meiner Bemühungen sah, drehte sie durch. Sie nahm den schweren Streichriemen, den Onkel Harry zum Schärfen seines Rasiermessers benutzte, und drosch damit so heftig auf mich ein, daß mein Hemd zerriß. Dann schloß sie mich fast vierundzwanzig Stunden lang in mein Zimmer ein, gab mir nichts zu essen und schob nur einen Eimer durch die Tür, in den ich pinkeln konnte. Ich wußte, ich würde einen angemessenen Gebrauch für das kostbare Verzierungsgerät finden.

Im Keller hatte ich eine Lötlampe, die ich dazu einsetzte, die Spitze der metallenen Tülle des Geräts zu erhitzen, so daß ich meine Markierungen auf Damiens Körper hinterlassen konnte, wie es die Folterknechte auf dem Körper seines Namensvetters Damiens vor zweihundertvierzig Jahren getan hatten. Es war sehr hübsch anzusehen, wie seine Haut zu scharlachroten Sternchen aufblühte, wenn die glühenden gezackten Tüllenspitzen mit dem bleichen Fleisch in Kontakt kamen. Und die Methode war erstaunlich effizient. Er sagte mir alles, was ich hören wollte, dazu noch eine Menge Zeug, welches mich nicht im geringsten interessierte. Ich bedauerte nur, daß er

nicht direkt in die Untersuchung meiner bisherigen Werke eingeschaltet war. Ich hätte mir aus erster Hand bestätigen lassen können, wie hilflos die Polizei war.
Ich entschloß mich, die sterblichen Überreste wieder in Temple Fields zu deponieren. Ich hatte die Zeit seit Gareth' Ableben genutzt, weitere sichere Orte für die Hinterlassung meiner Kunstwerke zu erkunden. Der Hinterhof des Queen of Hearts war bestens für meine Zwecke geeignet – abgelegen und einsam bei Nacht. Aber am nächsten Tag würde es dort lebhaft zugehen, und es würde sichergestellt sein, daß Damien nicht zu lange in der Kälte herumliegen mußte.
Die Zeit für ein neues Spielchen war gekommen. In Vorbereitung darauf war ich, kurz nach Adam, auf den Dachboden gestiegen und hatte die Truhe geöffnet, in der ich die Dinge aus meiner Vergangenheit aufbewahre, die ich für aufhebenswert halte. Eines der Souvenirs war eine Lederjacke, die mir der Ingenieur eines sowjetischen Schiffs gegeben hatte – als Bezahlung für eine Nacht, die für ihn wohl unvergeßlich bleiben wird. Sie sieht anders aus und fühlt sich auch anders an als alles an Lederkleidung, was mir bisher in unserem Land begegnet ist. Ich riß so lange Lederstreifen von den Ärmeln, bis ich zufrieden war, einen Fetzen in der Hand zu haben, den ich an einen Nagel oder die scharfe Ecke eines Türschlosses anbringen konnte. Ich legte den Fetzen in eine Schublade, zerschnitt dann die Jacke in kleine Streifen, steckte sie zusammen mit Eierschalen und Gemüseabfällen in einen Plastiksack, fuhr damit in die Stadt und warf ihn in eine Mülltonne. Bis zu dem Zeitpunkt, an dem ich mein Ablenkungsmanöver zu starten gedachte, würden die Überreste der Jacke längst auf irgendeiner Mülldeponie vergraben sein.
Ich vermochte mir eine klammheimliche Schadenfreude nicht zu verkneifen, wenn ich daran dachte, wie viele Arbeitsstunden die Polizei vergeuden würde, um herauszufinden, wo

dieser seltsame kleine Lederfetzen herkam, ihn jedoch in keinem Fall mit mir in Verbindung bringen konnte. Ganz zu schweigen von allem anderen – niemand in Bradfield hat mich je in dieser Jacke gesehen.

Diesmal übertraf die Publicity alles, was ich bisher erreicht hatte. Die Polizei rang sich endlich zu der Erkenntnis durch, daß ein einziges Gehirn hinter allen vier Morden steckte. Man erkannte letztlich, daß es Zeit wurde, mich ernst zu nehmen. Nachdem nun Damien diese Welt verlassen und seinen Platz in meinem Computer gefunden hatte, mußte ich mich noch mit einer bestimmten Person beschäftigen, ehe ich zu meinem ursprünglichen Projekt zurückkehren würde. Noch konnte ich mich nicht der Aufgabe zuwenden, einen Mann zu finden, der meiner würdig war, einen Mann, der als gleichberechtigter und respektvoller Partner mein Leben mit mir teilen würde – nicht, ehe ich den Mann bestraft hatte, der mich in der Öffentlichkeit mit einer solchen Geringschätzung behandelt hatte.

Das Ziel meiner Rache war Dr. Tony Hill, dieser Narr, der nicht einmal erkannt hatte, daß Gareth Finnegan eines meiner Werke war. Er hatte mich beleidigt. Er hatte Spott und Hohn auf mich ausgegossen, hatte mir die Anerkennung meiner Verdienste verweigert. Er hatte keine Vorstellung von der Qualität des Geistes, gegen den er den Kampf aufgenommen hatte. Für diese seine Arroganz würde er büßen müssen.

Ich konnte mir nicht helfen, ich sah seine Vernichtung als große Herausforderung an. Wäre es nicht jedem anderen auch so gegangen?

15

Warum können sie nicht bei der guten alten Methode des Halsabschneidens bleiben, warum nur müssen sie zu Neuerungen wie Bauchaufschlitzen greifen …?

Das Gebrüll einer Zuschauermenge begrüßte Carol, als sie die Wohnungstür hinter sich schloß. Michael lag ausgestreckt auf dem Sofa und nahm nicht einmal den Blick von dem Rugby-Spiel auf dem Fernsehschirm. »Hi«, sagte er. »Ausscheidungsspiel. Noch zehn Minuten, dann stehe ich dir zur Verfügung.«

Carol warf einen Blick auf den Bildschirm, wo sich verdreckte Männer in den Farben Englands und Schottlands in einem Gedränge übereinanderschoben. »Sehr intelligent«, murmelte sie. »Ich muß dringend unter die Dusche.«

Fünfzehn Minuten später saßen Bruder und Schwester beisammen und genossen die übliche Flasche Cava. »Ich habe einen Computerausdruck für dich«, sagte Michael.

»Was Interessantes?«

Michael zuckte mit den Schultern. »Ich weiß nicht, was für dich interessant ist. Dein Killer hat fünf verschieden geformte Objekte verwendet, um die Brandmale anzubringen. Ich habe sie in fünf verschiedene Muster aufsplitten können. Dabei kommt folgendes raus: ein Gebilde, das wie ein Herz aussieht, und einige Großbuchstaben – A, D, G und P. Sagt dir das irgendwas?«

Ein Schauder befiel Carol. »O ja. Hast du den Computerausdruck dabei?«

Michael nickte. »Ja, in meiner Aktentasche.«

»Ich werde ihn mir gleich anschauen. Darf ich vorher dein Gehirn noch für eine andere Frage in Anspruch nehmen?«

Michael trank sein Glas leer und füllte es wieder auf. »Ich weiß nicht. Ich bin teuer. Kannst du dir mich leisten?«

»Abendessen, Übernachtung und Frühstück in einem Landhaus-

Hotel deiner Wahl am ersten Wochenende, an dem ich wieder mal dienstfrei habe«, bot Carol an.

Michael verzog das Gesicht. »Bei dieser Bedingung könnte es sein, daß ich bis zu meiner Pensionierung warten muß, ehe du dein Versprechen einlösen kannst. Wie wär's mit Übernahme des Bügelns für einen Monat?«

»Vierzehn Tage.«

»Drei Wochen.«

»Okay, abgemacht.« Sie streckte ihm die Hand hin, und er schlug ein.

»Was kann ich also für dich tun?«

Carol beschrieb ihm ihre Theorie über die Computer-Manipulation des Mörders an den Videos. »Was meinst du dazu?«

»Es ist möglich«, sagte Michael. »Das ist überhaupt keine Frage. Die Technologie dazu ist vorhanden, und die Software ist nicht schwer zu handhaben. Ich könnte das mit links machen. Aber man braucht 'ne Menge Geld – rund dreihundert Pfund für die Capture Card, vierhundert für die ReelMagic Card, noch mal dreihundert bis fünfhundert für einen halbwegs ordentlichen Video-Digitizer plus mindestens einen Tausender für einen Scanner der neuesten Generation. Das große Problem ist aber die Software. Es existiert nur ein Programm-Package, welches das, von dem du sprichst, in guter Qualität hergibt, und zwar Vicom 3D Commander. Wir haben es, und es hat unser Budget mit fast viertausend Pfund belastet. Das war vor sechs Monaten. Das neueste Upgrade hat uns noch mal achthundert gekostet. Das Handbuch dazu ist so dick wie ein Ziegelstein.«

»Es ist also keine Software, die viele Leute haben, oder?«

»Ganz bestimmt nicht. Das ist eine verdammt aufwendige Sache. Nur Software-Hersteller wie wir, Video-Produktionsfirmen und sehr interessierte einzelne Computerfreaks werden sie haben.«

»Und wie schnell ist diese Software verfügbar? Kann man sie über den Ladentisch kaufen?«

»Normalerweise nicht. Wir haben uns direkt mit Vicom in Verbindung gesetzt, denn wir wollten eine komplette Demonstration der Leistungsfähigkeit, ehe wir ihnen so viel Kies auf den Tisch blätterten. Anscheinend gibt es einige Spezialgroßhandelsfirmen, die sie verkaufen, doch ganz bestimmt nicht in größeren Stückzahlen, auf jeden Fall aber wie beim meisten Computerzubehör über Postzustellung.«
»Die Geräte, die du erwähnt hast – meinst du, die haben viele Leute?« fragte Carol.
»Sie sind nicht unüblich. Aus dem Stegreif würde ich sagen, Marktsättigung beim Video-Zusatzgerät zwei bis drei Prozent, beim Scanner vielleicht fünfzehn Prozent. Wenn du aber darauf hinauswillst, deinem Mörder damit auf die Spur zu kommen, solltest du bei der Vicom-Software ansetzen«, riet ihr Michael.
»Was meinst du, wie groß wäre ihre Bereitschaft, uns ihre Verkaufslisten einsehen zu lassen?«
Michael verzog das Gesicht. »Das kann ich genausowenig einschätzen wie du. Aber du bist ja kein Konkurrent, und es geht um eine Morduntersuchung. Man weiß es nicht, vielleicht wären sie sogar froh, euch helfen zu können. Schließlich benutzt dieser Kerl ihr Produkt, und es wäre keine gute Reklame für sie, wenn sie nicht mit euch kooperieren würden. Wie hieß noch gleich der Typ, mit dem wir verhandelt haben? Er war der Verkaufsdirektor bei Vicom. Ein Schotte. Einer dieser Namen, bei denen man nie weiß, welches der Vorname und welches der Familienname ist. Wie zum Beispiel Grant Cameron, Campbell Elliott … Er fällt mir gleich wieder ein …«
Während Michael sein Adreßbuch durchging, füllte Carol ihr Glas auf und genoß das Prickeln der Bläschen an ihrem Gaumen. In letzter Zeit waren Genüsse in ihrem Leben selten geworden. Wenn sie jedoch auf erfolgversprechende Ansatzpunkte im Rahmen ihrer Theorie stieß, würde sich das alles vielleicht ändern.
»Ich hab' ihn! Fraser Duncan. Sprich mit ihm am Montag mor-

gen, und berufe dich auf mich. Es wird höchste Zeit, daß du mal zu 'ner Pause kommst, Schwesterherz.«
»Da hast du nicht ganz unrecht«, sagte sie mit einem Seufzer. »Glaub mir, ich hätte sie verdient.«

Kevin Matthews lag ausgestreckt auf dem zerwühlten, überdurchschnittlich großen Bett und lächelte zu der Frau hoch, die rittlings auf ihm saß. »Hm«, murmelte er, »das war gar nicht so schlecht.«
»Besser als Hausmannskost.« Penny Burgess ließ die Finger durch das kastanienbraune Haar auf seiner Brust gleiten.
Kevin lachte glucksend. »Aber nur ein bißchen.« Er griff nach dem Glas mit dem Rest des kräftigen Wodka-Cola, das Penny ihm gemixt hatte.
»Es hat mich überrascht, daß du heute abend entkommen konntest«, sagte Penny, beugte sich vor und strich mit ihren Brustwarzen über seine.
»Wir haben in letzter Zeit so viele Überstunden gemacht, daß Lynn es aufgegeben hat, mich für mehr als ein kurzes Schläfchen zu Hause zu erwarten.«
Penny ließ den Oberkörper schwer auf seine Brust sinken und preßte so den Atem aus seiner Lunge. »Ich meinte nicht Lynn, sondern die Arbeit.«
Kevin packte ihre Handgelenke und wälzte sie von sich runter. Atemlos kichernd lagen sie eine Zeitlang nebeneinander, dann entgegnete Kevin: »Um die Wahrheit zu sagen, es gab nicht viel zu tun.«
Penny schnaubte ungläubig. »Oh, wirklich? Gestern abend findet Carol Jordan Leiche Nummer fünf, der Verdächtige wird beim Versuch, das Land zu verlassen, festgenommen, und du willst mir erzählen, es gebe bei euch nicht viel zu tun? Komm, Kevin, du redest mit mir, nicht mit ...«
»Du hast alles gründlich mißverstanden, Liebling«, unterbrach

sie Kevin, großmütige Herablassung in der Stimme. »Du und all deine Kollegen von den Medien.« Er hatte nur selten Gelegenheit, Penny zu korrigieren, und er beabsichtigte, es voll auszukosten.
»Was meinst du damit?« Penny stützte sich auf einen Ellbogen und zog unbewußt das Leintuch über ihren nackten Körper. Das war jetzt kein Vergnügen mehr, das war Arbeit.
»Erstens: Die Leiche, die Carol Jordan gestern abend gefunden hat, war kein Opfer des Serienmörders. Es war der Mord eines Trittbrettfahrers. Die Autopsie hat das eindeutig bewiesen. Nichts als ein weiterer mieser Sexualmord. Das Zentralbüro der Mordkommission sollte den Fall, mit ein bißchen Unterstützung durch das Sittendezernat, in ein paar Tagen aufgeklärt haben.« Die Selbstzufriedenheit in seiner Stimme war nicht zu überhören.
Penny schluckte die bittere Pille und fragte mit süßlichem Unterton, wenn auch mit zusammengebissenen Zähnen: »Und ...?«
»Und was, Liebling?«
»Wenn das ›erstens‹ war, muß ja wohl auch noch ein ›Zweitens‹ kommen.«
Kevin lächelte so selbstgefällig, daß Penny auf der Stelle den Entschluß faßte, ihn fallenzulassen, sobald sie eine akzeptable Alternative gefunden hatte. »O ja, zweitens ... Stevie McConnell ist nicht der Killer.«
Ausnahmsweise einmal fand Penny keine Worte. Diese Information war schockierend. Noch schockierender aber war, daß Kevin, obwohl es ihm längst bekannt gewesen sein mußte, nichts gesagt hatte. Ihre Zeitung würde eine Story bringen, die sie, Penny Burgess, am Ende wie eine falsch informierte Schwätzerin aussehen lassen würde. »Wirklich?« fragte sie in dem vornehm-überheblichen Ton, den sie nicht mehr benutzt hatte, seit sie das Pensionat verlassen hatte.
»Ja, wirklich. Wir wußten das schon, bevor wir ihn festnahmen.« Kevin legte sich zurück auf das Kissen, ohne etwas von dem Haß zu spüren, von dem Penny mittlerweile erfüllt war.

»Und wozu sollte das Theater heute morgen am Gericht dienen?« fragte sie in einem Ton, der ihre Spracherzieherin stolz gemacht hätte.
Kevin grinste. »Na ja, die meisten von uns wußten inzwischen, daß McConnell nicht unser Mann war. Aber weil Brandon ihn beschatten ließ, waren wir mehr oder weniger verpflichtet, ihn festzunehmen, als er versuchte, das Land zu verlassen. Zu der Zeit war jedoch schon definitiv klar, daß McConnell nicht der Schwulenkiller sein konnte. Er paßte auch nicht in das Profil, das Tony Hill über ihn erstellt hat.«
»Ich kann kaum glauben, was ich da höre«, sagte Penny mit scharfem Unterton.
Kevin registrierte nun endlich, daß da einiges nicht in Ordnung war.
»Was ist los? Hast du ein Problem, Liebling?«
»Bloß ein ganz gottverdammt kleines«, fauchte Penny und betonte jede einzelne Silbe scharf. »Du sagst mir da also, daß ihr nicht nur einen unschuldigen Mann in Untersuchungshaft gesteckt habt, sondern auch die Medien der Welt wider besseres Wissen im Glauben laßt, dieser Kerl sei höchstwahrscheinlich der Schwulenkiller?«
Kevin richtete sich auf, nahm einen weiteren Schluck von seinem Drink und wollte mit der anderen Hand Penny durchs Haar streichen. Sie zog ruckartig den Kopf zurück. »Das ist doch keine große Sache«, sagte er beruhigend. »Niemand wird den Versuch machen, den Mann zu lynchen. Und wir gehen davon aus, daß wir, wenn wir der Öffentlichkeit zwischen den Zeilen mitteilen, wir hätten den Killer überführt, den echten Mörder dazu provozieren, mit uns in Verbindung zu treten, um uns zu beweisen, daß er noch da ist.«
»Du meinst, ihn dazu zu bringen, einen weiteren Mord zu begehen?« fragte Penny mit erhobener Stimme.
»Natürlich nicht«, erwiderte Kevin entrüstet. »Ich meine, mit uns

in Verbindung zu treten, wie er es nach dem Mord an Gareth Finnegan getan hat.«

»Mein Gott, Kevin«, sagte Penny verwundert, »wie kannst du nur hier sitzen und mir erklären, es könnte Stevie McConnell im Knast nichts Böses passieren?«

Während Penny Burgess und Kevin Matthews noch über die moralische Berechtigung für Stevie McConnells Festnahme diskutierten, machten sich im C-Flügel Ihrer Majestät Gefängnis Barleigh drei Männer daran, Stevie McConnell zu zeigen, was Sexualstraftäter in Untersuchungshaft zu erwarten haben. Am Ende des Treppenabsatzes sah ein Wärter teilnahmslos zu und schien gegen McConnells Schreie und Flehen taub zu sein wie ein Gehörloser, der sein Hörgerät ausgeschaltet hat. Und nicht weit von Bradfield entfernt legte ein skrupelloser Mörder letzte Hand an das Folterinstrument, welches der Welt zeigen sollte, daß der Mann im Gefängnis nicht für die vier perfekt ausgeführten Serienmorde verantwortlich war.

Das HOLMES-Zentrum war erfüllt von den gedämpften Geräuschen der Arbeit an Computern. Operatoren starrten auf Bildschirme und ließen die Finger über die Tastatur gleiten. Carol fand Dave Woolcott in seinem Büro, wo er lustlos in einer Portion Fish and Chips herumstocherte. Als sie hereinkam, schaute er auf und lächelte sie matt an. »Ich dachte, du hättest mal einen Abend frei«, sagte er.

»Ich hab' die Hoffnung noch nicht aufgegeben. Mein Bruder hat mir eine große Packung Popcorn ganz für mich allein versprochen, wenn ich vor dem Beginn des Films im Filmpalast bin. Ich wollte nur schnell noch bei dir reinschauen und was mit dir besprechen.« Sie legte zwei Plastiktüten auf Davids Schreibtisch. Hochglanz-Computermagazine rutschten heraus.

»Ich habe da eine Theorie«, begann sie. »Nun ja, mehr so eine

Ahnung.« Zum drittenmal erläuterte Carol ihre Idee, daß der Killer Videos in einen Computer transformierte und sie zur Befriedigung seiner Phantasien benutzte.
Dave hörte ihr aufmerksam zu und nickte zum Schluß. »Das gefällt mir«, sagte er schlicht und einfach. »Ich habe dieses Profil inzwischen mehrmals studiert, und ich kann nicht akzeptieren, was Dr. Hill da über die Stabilisierung der Phantasien des Killers durch Videos von den Morden sagt. Es macht für mich keinen Sinn. Deine Idee aber macht Sinn. Und was willst du nun von mir?«
»Michael meint, wenn wir die Käufer von Vicom 3D Commander aufspüren, könnte uns das zu dem Mörder führen, sofern wir recht haben. Ich bin mir da nicht so sicher. Es kann sein, daß die Firma, bei der unser Mörder angestellt ist, diese Software hat und er die Manipulationsarbeit dort erledigt. Das Scannen und Digitizing müßte er allerdings zu Hause machen. Ich dachte mir nun, es würde sich vielleicht lohnen, die Lieferanten von Video-Digitizern und Video-Capture-Cards rauszusuchen. Die finden wir am ehesten über ihre Anzeigen in diesen Magazinen, da der Kauf von Computerzubehör meistens über Postbestellung erfolgt. Wir sollten auch Kontakt zu lokalen Computerclubs aufnehmen. Wenn du Leute für diese Ermittlungen übrig hättest, wäre das großartig.«
Dave seufzte. »Da hast du dir ja was Schönes ausgedacht, Carol.« Er nahm eines der Magazine in die Hand und blätterte es durch. »Ich denke, ich kann heute abend und morgen eine Liste der Firmen erstellen, und als erstes am Montag morgen setzen wir dann ein paar Constables daran, bei den Firmen anzurufen. Wann meine Operatoren Zeit für den Input der Daten haben, weiß ich nicht, aber ich werde dafür sorgen, daß es getan wird. Okay?«
Carol strahlte ihn an. »Du bist einfach super, Dave.«
»Ich bin nicht super, sondern ein verdammter Märtyrer, Carol.

Mein Jüngster hat zwei Zähne bekommen, und ich habe sie bisher nicht mal gesehen.«

»Ich könnte hierbleiben und beim Durchforsten der Magazine helfen«, sagte Carol zögernd.

»O nein, du verschwindest augenblicklich von hier und machst dir einen schönen Abend. Es ist höchste Zeit, daß wenigstens einer von uns mal dazu kommt. Was wirst du dir denn anschauen?«

Carol verzog das Gesicht. »Es ist eine Samstagabend-Filmnacht – *Manhunter* und *Das Schweigen der Lämmer*.«

Daves Lachen klang auf dem ganzen Weg zum Wagen in ihren Ohren nach.

Der langgezogene Schrei schien aus der Tiefe seines Magens aufzusteigen. Während der Orgasmus durch seinen Körper bebte, empfand Tony ein wundervolles Gefühl der Erlösung. »O Gott!« stöhnte er.

»O ja, ja, ja«, keuchte Angelica. »Ich komme noch mal, oh, noch mal, o Tony, Tony ...« Ihre Stimme verebbte in einem erstickten Schluchzen.

Tony sank auf das Bett, schwer atmend, umgeben von dem intensiven Geruch nach Schweiß und Sex. Er hatte das Gefühl, plötzlich von einer schweren Last befreit zu sein, die er schon so lange mit sich herumschleppte, daß er ihr Gewicht gar nicht mehr gespürt hatte. Fühlte man sich so, wenn man geheilt war, diese ganz neue Empfindung für Licht und Farben erlebte, diesen Eindruck hatte, man habe die Vergangenheit wie einen Kohlensack im tiefsten Keller verstaut? Fühlten sich so seine Patienten, wenn sie ihren geistigen Müll bei ihm abgeladen hatten?

Aus dem Telefonhörer drang ihr stoßweises Atmen. Schließlich sagte sie: »Toll, einfach toll. So schön war es noch nie. Ich liebe es, wie du mich liebst.«

»Es war auch schön für mich«, erwiderte Tony und meinte es

ausnahmsweise ehrlich. Zum erstenmal seit dem Beginn ihrer seltsamen Kombination aus Therapie und Sexspiel hatte er keine Schwierigkeiten mit der Erektion gehabt. Von Anfang an war er hart wie Stein gewesen – kein Nachlassen, kein Schlappmachen, kein Schämen. Der erste problemlose Sex seit Jahren. Okay, Angelica war natürlich nicht bei ihm auf dem Bett, aber es war ein gewaltiger Schritt in die richtige Richtung.

»Wir beide spielen die schönste Musik zusammen«, sagte Angelica. »Mich hat noch nie jemand so angeturnt wie du.«

»Machst du das oft?« fragte er träge.

Angelica lachte glucksend, ein heiseres, sexy Gurgeln. »Du bist nicht der erste.«

»Das kann ich mir denken. Dazu bist du viel zu sehr Expertin auf diesem Gebiet«, schmeichelte ihr Tony, und er meinte es durchaus ernst. Sie war die perfekte Therapeutin für ihn, soviel stand fest.

»Ich bin sehr wählerisch bei den Männern, mit denen ich so etwas teile«, sagte Angelica. »Mancher weiß es nicht zu würdigen, was ich anzubieten habe«, fügte sie hinzu.

»Es müssen seltsame Typen sein, die daran keinen Spaß haben. Ich habe jedenfalls viel Spaß daran.«

»Darüber bin ich froh, Anthony, mehr, als du dir vorstellen kannst. Ich muß jetzt aufhören.« Ihr Ton veränderte sich plötzlich, wurde geschäftsmäßig, was stets das Ende ihrer Anrufe ankündigte. »Der heutige Abend war wirklich ein besonderes Erlebnis. Wir sprechen uns bald wieder.«

Sie legte auf. Auch Tony drückte den Hörer auf die Gabel und streckte sich aus. Heute abend, im Gespräch mit Angelica, hatte er zum erstenmal in seinem Leben eine beschützende Fürsorge gespürt, die helfend und doch nicht erdrückend war. Seine Großmutter, das wußte er verstandesmäßig, hatte ihn geliebt und sich um ihn gesorgt, aber es hatte keine gefühlvollen Familienbande gegeben, und Großmutters Liebe war eher barsch und praktisch gewesen, mehr auf ihre Bedürfnisse ausgerichtet als auf seine. Die Frauen, mit denen er in der Vergangenheit zu tun gehabt hatte, waren ihre emotionalen Doppelgänger gewesen, das erkannte er jetzt. Dank Angelica wagte er nun zu hoffen, daß diese Serie beendet war, die ihm im Laufe der Jahre so viele Qualen bereitet hatte.

Sein Sexualleben hatte später begonnen als bei den meisten Gleichaltrigen, zum Teil, weil sein Körper nur zögernd heranreifte. Bis zu seinem siebzehnten Lebensjahr war er bei weitem der Kleinste in der Klasse gewesen, dazu verdammt, sich mit dreizehn- bis vierzehnjährigen Mädchen einzulassen, die noch mehr Angst vor Sex hatten als er. Dann war er plötzlich innerhalb eines halben Jahres um dreizehn Zentimeter hochgeschossen. Kurz nach Beginn seines Studiums an der Universität hatte er bei einer unbeholfenen Fummelei auf einem schmalen Einzelbett seine Unschuld verloren. Die daran beteiligte Freundin war erleichtert, das Hindernis der Jungfräulichkeit los zu sein, und hatte ihm wenige Tage später den Laufpaß gegeben.

Während des Studiums war er zu schüchtern und zu arbeitsam gewesen, um seine Erfahrungen entscheidend zu vertiefen. Kurz nach dem Beginn der Arbeit an seiner Promotion aber hatte er sich Hals über Kopf in eine junge Philosophie-Tutorin verknallt. Da er intelligent und attraktiv war, erregte er ihr Interesse. Patricia machte kein Hehl daraus, daß sie eine Frau von Welt war, wie sie dann auch kein Held daraus machte, daß sie ihre Beziehung wegen seiner schwachen Vorstellung im Bett beendete. »Schau den Tatsachen ins Auge, mein Süßer«, hatte sie zu ihm gesagt, »dein Gehirn mag dir ja den Doktortitel einbringen, aber dein Ficken ist nicht mal reif für den Abschluß der Mittelschule.«

Von da an war es immer nur bergab gegangen. Die letzten Frauen, die sich mit Tony angefreundet hatten, waren der Meinung, er sei der perfekte Gentleman, der sie nie drängte, mit ihm ins Bett zu gehen, bis sie ihn dann doch dorthin brachten und feststellten, wie wenig er zum Sex fähig war. Er hatte schon vor langer Zeit entdeckt, wie schwer es war, Frauen zu überzeugen, daß seine Unfähigkeit zur Erektion nichts mit ihnen zu tun hatte.

Vielleicht hatte er endlich einen Weg gefunden, die Vergangenheit hinter sich zu lassen und die Zukunft in Angriff zu nehmen. Noch ein paar Abende wie heute mit Angelica, und vielleicht – vielleicht! – war er dann so weit, die Sache realiter auszuprobieren. Er fragte sich, ob Angelicas Dienste sich auch darauf erstreckten. Vielleicht sollte er einmal ein paar Andeutungen in dieser Richtung fallenlassen.

Brandon las das Papier vor sich auf dem Schreibtisch, sich dabei den Schlaf aus den Augen reibend. Dave Woolcott und er hatten den Abend damit verbracht, Dutzende von Ergebnisberichten auszuwerten, die Dave zur Feststellung von Wechselbeziehungen zwischen ermittelten Daten – zum Beispiel Autonummern – veranlaßt und die der HOLMES-Computer ausgespuckt hatte. Trotz ihrer verbissenen Entschlossenheit, auch nur Ansätze für Spuren zu finden, die zu dem Killer führen könnten, waren sie auf nichts dergleichen gestoßen.

»Vielleicht wird Carols Idee uns was bringen«, sagte Dave gähnend.

»Wir haben alles andere versucht«, erwiderte Brandon, und seine Stimme entsprach der Mutlosigkeit auf seinem Gesicht. »Es kann nichts schaden, wenn wir das auch noch probieren.«

»Sie ist intelligent, dieses Mädchen«, stellte Dave fest. Wieder verzog sich sein Gesicht zu einem Gähnen.

»Gehen Sie nach Hause, Dave. Wann haben Sie Marion zum letztenmal wach gesehen?«

»Fragen Sie nicht, Sir. Aber ich wollte sowieso abhauen, es gibt nicht mehr viel, was ich noch tun könnte. Ich werde gleich morgen früh herkommen und diese Liste der Lieferanten von Computerzubehör fertigstellen.«

»Okay, aber nicht zu früh, hören Sie? Kümmern Sie sich mal ein bißchen um Ihre Familie. Frühstücken Sie wenigstens mit ihr.«
Bevor er selbst ging, wollte Brandon noch einmal die Zeugenaussagen und Berichte der Beamten der Sonderkommission durchlesen; er weigerte sich einfach, zu glauben, daß nicht irgend etwas darin verborgen war, das zu einem ersten erfolgversprechenden Durchbruch führen konnte. Als er etwa die Hälfte des Stapels geschafft hatte, war es mit seiner Motivation vorbei, auch noch den Rest durchzulesen. Die Aussicht, im Bett Maggies warmen Körper zu spüren, war geradezu unwiderstehlich verlockend.
Brandon seufzte und starrte auf das nächste Blatt Papier. Das schrille Läuten des Telefons ließ ihn zusammenzucken. »Brandon«, meldete er sich.
»Sergeant Murry hier, Sergeant vom Dienst. Tut mir leid, daß ich Sie stören muß, Sir, aber es ist im Moment kein Inspector mehr im Gebäude. Es geht darum – hier ist ein Gentleman namens Harding, mit dem Sie sicher sprechen wollen. Er ist ein Nachbar von Damien Connolly, Sir.«
Brandon sprang auf. »Ich komme sofort«, sagte er.
Der Mann saß in der Eingangshalle auf der Holzbank an der Wand. Er hielt den Kopf gesenkt. Als Brandon hinter dem Schalter hervorkam, schaute er auf – Ende Zwanzig, schätzte Brandon, braungebrannt, dunkle Ringe unter den Augen und ein Zweitagebart, Geschäftsmann irgendeiner Art, nach dem teuren dunklen Anzug und der Seidenkrawatte, die schräg unter dem aufgeknöpften Hemdkragen hing, zu urteilen. Er sah aus wie jemand, der eine so lange Reise hinter sich hat, daß er nicht mehr weiß, welcher Tag heute ist oder in welcher Stadt er sich befindet. Der Anblick eines Mannes, der noch müder war als er selbst, schien Brandon einen Schub frischer Energie zu verleihen. »Mr. Harding?« fragte er. »Ich bin John Brandon, Assistant Chief Constable und verantwortlich für die Ermittlungen im Mordfall Damien Connolly.«

Der Mann nickte. »Terry Harding. Ich wohne ein paar Häuser von Damien entfernt.«
»Mein Sergeant erzählte mir, daß Sie eine Information für uns haben.«
»Das ist richtig«, sagte Terry Harding, und seine Stimme klang krächzend vor Erschöpfung. »Ich habe in der Nacht, als Damien ermordet wurde, einen Fremden aus seiner Garage fahren sehen.«

Auf 3 1/2-Zoll-Diskette, Beschriftung: Backup.007; Datei Love016.doc

Ich hatte mit der Arbeit am »Unternehmen Dr. Tony Hill« schon längst begonnen, als ich Damien Connolly ins Jenseits beförderte. Es erschien mir als ausgleichende Gerechtigkeit, daß sein Name, wie der von Damien, bereits auf meiner Liste als potentieller Partner verzeichnet war. Sofern es einer Bestätigung bedurft hätte, daß ich das Richtige tat, wenn ich ihn bestrafte, dann wäre es das gewesen.

Ich wußte also schon, wo er wohnte, wo er arbeitete und wie er aussah, zu welcher Zeit er morgens das Haus verließ, welche Straßenbahn er auf dem Weg zur Arbeit nahm und wie lange er in seinem kleinen Büro an der Universität blieb. Als ich gerade befriedigt feststellte, wie reibungslos bisher alles gelaufen war, bewegten sich die Dinge in eine Richtung, die ich nicht vorhergesehen hatte und die mir nicht gefiel. Es lag wohl daran, daß ich den Fehler gemacht hatte, die Dummheit meiner Gegner zu unterschätzen. Ich hatte nie viel Gehirnmasse bei den Beamten der Kriminalpolizei von Bradfield vermutet, aber die jüngste Entwicklung erschütterte selbst mich. Sie verhafteten den falschen Mann!

Ihr unglaublicher Mangel an Intelligenz und Auffassungsvermögen wurde nur noch von den Medien übertroffen, die wie Schafe alles unkritisch übernahmen, was man ihnen vorsetzte. Ich konnte es nicht glauben, als ich in der *Sentinel Times* las, daß die Polizei einen Mann wegen des Verdachts, meine Morde begangen zu haben, verhaftet hatte. Die Festnahme war nach einer Straßenschlägerei, an der auch ein Polizeibeamter beteiligt war, erfolgt. Wie um alles in der Welt konnten sie nur annehmen, daß jemand, der so viel Vorsicht hatte walten lassen wie ich, sich an einer Schlägerei in Temple Fields beteiligen würde? Es war eine Beleidigung meiner Intelligenz. Meinten sie wirklich, ich sei ein zügelloser Straßenrowdy?

Ich las den Artikel mehrmals durch, wollte einfach nicht glauben, daß sie tatsächlich so dumm waren. Wut wallte in mir auf. Sie brannte in meinen Eingeweiden wie eine schwere Magenverstimmung, wie eine Verstopfung durch einen stachligen Ball. Es drängte mich, etwas Gemeines und Dramatisches zu tun, etwas, das ihnen beweisen würde, wie falsch sie lagen.

Ich arbeitete mit meinen Gewichten, bis meine Muskeln vor Erschöpfung zitterten und mein Trainingsanzug schweißdurchnäßt war, aber die Wut wollte sich nicht legen. Ich stürmte die Treppe hinauf zu meinem Computer und beschäftigte mich mit den Videos von Damien, die ich in ihn übertragen hatte. Als ich damit aufhörte, hatte ich sexuelle Turnübungen veranstaltet, auf die die russische Nationalmannschaft stolz gewesen wäre. Aber nichts befriedigte mich. Nichts nahm den Ärger von mir.

Im Gegensatz zu ihnen bin ich jedoch nicht dumm. Ich weiß, wie gefährlich unkontrollierte Wut für mich sein könnte. Ich mußte meinem Zorn Zügel anlegen, mußte ihn in kreative Bahnen lenken und für meine Zwecke ausnutzen. Ich zwang mich also, ihn in konstruktive Überlegungen zu kanalisieren. Akribisch bis ins kleinste Detail plante ich, wie ich Dr. Hill in meine Gewalt bringen und was ich mit ihm anstellen würde, wenn ich ihn erst einmal in meinem Keller hatte. Ich würde ihn unter Spannung setzen – buchstäblich.

Squassatio und *strappado* – die spanischen Inquisitoren verstanden es vortrefflich, aus den gegebenen Möglichkeiten das Beste zu machen. Sie spannten die stärkste aller Kräfte

auf dieser Erde für ihre Zwecke ein – die Schwerkraft. Man braucht dazu nichts als eine Winde, einen Flaschenzug, ein paar Seile und einen schweren Stein. Man fesselt die Hände des Opfers auf dem Rücken und führt von dieser Fessel ein Seil zu einem Flaschenzug an der Decke. Anschließend befestigt man den schweren Stein an seinen Füßen.
In seinem Buch *Die schrecklichen Grausamkeiten der Inquisition* aus dem Jahre 1770 beschreibt John Marchant diese wirkungsvolle Foltermethode äußerst eloquent: »Dann wird er hochgezogen, bis sein Kopf an den Flaschenzug anstößt. Er wird einige Zeit in dieser hängenden Position festgehalten, wobei durch das Gewicht an seinen Füßen alle seine Gelenke und Glieder aufs schlimmste gestreckt werden, sodann wird er mit einem Ruck durch ein Nachgeben am Seil heruntergelassen, jedoch nicht ganz bis auf den Boden, und infolge dieses entsetzlichen Rucks werden seine Arme und Beine aus den Gelenken gerissen, wodurch er schlimmste Qualen erleidet; der Aufprall, dem er durch das plötzliche Abbremsen seines Falls ausgesetzt ist, sowie die Zugkraft des Gewichts an seinen Füßen zerreißen seinen ganzen Körper auf eine äußerst wirkungsvolle und grausame Weise.«
Die Deutschen fügten eine Verfeinerung hinzu, die mir gut gefiel. Hinter dem Rücken des Opfers installierten sie mit Eisendornen versehene Rollen, die beim plötzlichen Fall tief in das Fleisch des Rückens einschnitten und bewirkten, daß der Körper nach der Prozedur als zerfetzte, blutige Masse zurückblieb. Ich plante, diesen Effekt ebenfalls einzubauen, aber selbst nach vielerlei Manipulationen am Layout im Computer kam kein Design zustande, das reibungsloses Funktionieren versprach und mich befriedigt hätte, es sei denn, ich würde seine Hände vor dem Körper fesseln, was jedoch die Methode der *squassatio* und *strappado* verfälscht und weitaus weniger effizient gemacht hätte.

Während ich plante und konstruierte, zog ich mein Netz immer enger um Dr. Hill. Er meinte, er könne sich in mein Gehirn einschleichen, aber es war genau umgekehrt.
Ich konnte es kaum erwarten, endlich loszulegen. Ich zählte schon die Stunden.

16

»Und nun, verehrte Miß R., nehmen wir einmal an, ich würde zu mitternächtlicher Stunde vor Ihrem Bette erscheinen, in der Hand ein großes Tranchiermesser – was würden Sie dann sagen?« Woraufhin das vertrauensselige Mädchen geantwortet hatte: »Oh, Mr. Williams, wenn es jemand anders wäre, würde ich mich fürchten. Sobald ich jedoch Ihre Stimme hörte, wäre ich ganz beruhigt.« Arme junge Frau; wäre diese skizzenhafte Darstellung des Mr. Williams wahrhaft in ihr Bewußtsein gedrungen, dann hätte sie etwas in diesem leichenhaften Gesicht gesehen und in dieser unheilvollen Stimme gehört, das ihre Ruhe für immer erschüttert hätte.

Als das Telefon klingelte, war Carols erste Reaktion purer Zorn. Zehn nach acht am Sonntagmorgen, das konnte nur dienstlich sein. Sie streckte sich und stieß ein wütendes Fauchen aus, das Nelson veranlaßte, die Ohren aufzustellen. Dann schob sie den Arm unter der Decke hervor, tastete nach dem Telefon auf dem Nachttisch, fand den Hörer, hob ab und knurrte »Jordan!« in die Sprechmuschel.

»Dies ist Ihr morgendlicher Weckruf.« Die Stimme ist bei weitem zu fröhlich, dachte Carol, noch ehe sie den Anrufer identifizierte.

»Kevin«, warnte sie, »wehe, du weckst mich nicht mit einer guten Nachricht!«

»Sie ist besser als gut. Oder was würdest du sagen, wenn wir einen Zeugen gefunden hätten, der den Killer aus Damien Connollys Haus fahren sah?«

»Sag das noch mal«, murmelte sie, und Kevin wiederholte es. Seine Stimme katapultierte sie bei dieser Bestätigung in eine sitzende Position auf der Bettkante. »Wann?« fragte sie aufgeregt.

»Der Typ marschierte gestern nacht bei uns rein. Er war geschäftlich im Ausland. Brandon hat ihn vernommen. Er hat für neun eine Besprechung angesetzt.« Kevin klang aufgeregt wie ein Kind vor der Weihnachtsbescherung.

»Kevin, du Bastard, du hättest mich schon viel früher anrufen sollen!«

Er kicherte. »Ich dachte, du brauchst mal einen längeren Schönheitsschlaf.«

»Zum Teufel mit dem Schönheitsschlaf ...«

»Nun, um ehrlich zu sein, ich bin selbst erst seit fünf Minuten im Büro. Kannst du den Doc mitbringen? Ich habe versucht, ihn anzurufen, bin aber nicht durchgekommen.«

»Okay, ich fahre bei ihm vorbei und sehe zu, daß ich ihn aus den Federn kriege. Er scheint die Angewohnheit zu haben, sein Telefon abzuschalten. Meint wohl, sich so einen ungestörten Schlaf erschleichen zu können. Daran erkennt man, daß er kein Cop ist.«

Sie legte auf und ging unter die Dusche. Der Gedanke schoß ihr durch den Kopf, daß Tony vielleicht sein Telefon abgeschaltet hatte, weil er mit der Frau zusammen war, deren Stimme Carol auf dem Anrufbeantworter gehört hatte. Diese Vorstellung verursachte ihr Magenschmerzen. »Alberne blöde Kuh«, murmelte sie, während das Wasser über sie strömte.

Um zwanzig vor neun drückte sie auf Tonys Türklingel. Nach einigen Minuten wurde die Tür geöffnet. Mit verschlafenen Augen starrte Tony sie an, noch mit dem Gürtel seines Bademantels kämpfend. »Carol?«

»Es tut mir leid, daß ich Sie wecken mußte«, sagte sie sehr formell. »Wir konnten Sie telefonisch nicht erreichen. Mr. Brandon hat mich gebeten, Sie mitzubringen. Er hat für neun eine Besprechung angesetzt. Wir haben einen Zeugen gefunden.«

Tony rieb sich die Augen, immer noch verwirrt dreinblickend. »Sie kommen wohl besser rein.« Er ging zurück in die Diele und überließ es Carol, die Tür zu schließen. »Die Sache mit dem Telefon tut mir leid. Ich bin spät ins Bett gekommen und habe es abgeschaltet.« Er schüttelte den Kopf. »Warten Sie, bis ich geduscht und mich rasiert habe? Sonst fahre ich mit meinem Wagen. Ich möchte nicht, daß Sie wegen mir zu spät kommen.«

»Ich warte auf Sie«, sagte Carol. Sie nahm die Zeitung von der Fußmatte hinter der Tür, blätterte sie durch und lehnte sich dabei an die Wand, auf Geräusche einer dritten Person in der Wohnung horchend. Als sie nichts dergleichen feststellte, war sie irgendwie erfreut. Sie wußte, daß das kindisch war, aber es hieß sicherlich nicht, daß diese Reaktionen über Nacht aufhören würden. Sie mußte schleunigst lernen, sie zu verbergen und abzuwarten, bis sie verflogen, so wie sie ja auch sicher sein konnte, daß sie aufgrund Tonys Desinteresse schließlich ganz ausbleiben würden.

Zehn Minuten später kam Tony in Jeans und Hemd zurück, das Haar noch feucht und ordentlich gekämmt. »Entschuldigen Sie«, sagte er, »aber mein Gehirn verweigert die Arbeit, solange ich nicht geduscht habe. Also, was ist los mit diesem Zeugen?«

Carol berichtete ihm auf dem Weg zum Wagen die wenigen Dinge, die sie wußte.

»Das sind ja großartige Neuigkeiten«, jubelte Tony. »Der erste große Durchbruch, nicht wahr?«

Carol zuckte mit den Schultern. »Das hängt davon ab, wieviel er uns sagen kann. Wenn wir nur erfahren, daß der vermutliche Täter einen roten Escort gefahren hat, bringt uns das nicht weiter. Wir brauchen handfeste Hinweise, um sie auf Übereinstimmung mit anderen Fakten überprüfen zu können. Vielleicht so was wie diesen Computer-Aspekt.«

»O ja, Ihre Computer-Theorie. Wie sieht es damit aus?«

»Ich habe mit meinem Bruder darüber gesprochen. Er meint, es wäre ohne weiteres machbar«, antwortete Carol kühl, da sie sich gönnerhaft behandelt fühlte.

»Großartig!« entgegnete Tony begeistert. »Ich hoffe sehr, daß uns das was bringt. Wissen Sie, ich wollte bestimmt kein Wasser in

Ihr Feuer gießen. Ich muß die Möglichkeiten ausgewogen beurteilen, und Ihre Idee liegt weit jenseits meiner Parameter. Aber sie ist die Art von Geistesblitz, wie wir sie in der Profil-Einsatzgruppe brauchen werden. Sie sollten ernsthaft überlegen, ob Sie sich bewerben, wenn der Zug erst einmal auf den Gleisen ist.«

»Ich ging bisher davon aus, daß es Ihnen nicht besonders angenehm wäre, wenn Sie nach dieser Sache weiter mit mir zusammenarbeiten müßten«, sagte Carol, die Augen starr auf die Straße gerichtet.

Tony atmete tief ein. »Ich habe noch nie einen Polizeibeamten getroffen, mit dem ich lieber zusammenarbeiten würde als mit Ihnen.«

»Selbst wenn ich in Ihre Privatsphäre eindringe?« fragte sie und haßte sich zugleich dafür, daß sie wieder in dieser Wunde herumrührte.

Tony seufzte. »Ich dachte, wir wären übereingekommen, als Freunde miteinander umzugehen. Ich weiß, ich ...«

»Sehr schön«, unterbrach sie ihn. Sie wünschte, sie hätte dieses Thema nicht wieder angeschnitten. »Ich kann ein guter Kumpel sein. Wie beurteilen Sie die Chancen von Bradfield Victoria im Pokalwettbewerb?«

Tony rutschte auf seinem Sitz zur Seite und starrte Carol an. Dann sah er das Lächeln in ihren Mundwinkeln, und plötzlich lachten sie beide laut los.

Die neuesten regierungsamtlichen Drohungen an die Gefängnisverwaltungen des Landes hatten dazu geführt, daß die Wärter in Ihrer Majestät Gefängnis Barleigh Dienst nach Vorschrift machten. Das wiederum hieß, daß die Gefangenen dreiundzwanzig Stunden am Tag in ihren Zellen eingesperrt blieben. Stevie McConnell lag auf der Seite auf dem unteren Etagenbett in seiner Einzelzelle. Nach dem Angriff der drei Mitgefangenen auf ihn, bei dem er zwei blaue Augen, einige gebrochene Rippen, eine Unzahl von Blutergüssen und die Art Verletzung der Genitalien davongetragen hatte, die Sitzen zu einer Qual werden ließ, hatte er die Unterbringung in einer Einzelzelle gefordert, was ihm auch gewährt wurde.

Es spielte keine Rolle, wie oft er protestierend hinausschrie, er sei nicht der Schwulenkiller, niemand kümmerte sich darum, weder die anderen Gefangenen noch die Wärter. Er hatte aus den Bemerkungen während der Essensausgabe im Flur erkennen müssen, daß die Wärter ihn genauso verabscheuten, wie das seine Mitgefangenen taten. Und keiner hatte ihm die Zellentür aufgeschlossen und erlaubt, den stinkenden Eimer in der Ecke, in den er seine Notdurft verrichten mußte, auszuleeren. Der Gestank war penetranter und irgendwie auch ekliger als in den vielen öffentlichen Toiletten, in denen Stevie manchmal seine Sexpartner aufgegabelt hatte.

Soweit er es beurteilen konnte, waren seine Zukunftsaussichten absolut düster. Schon allein die Tatsache, daß er hinter Gittern saß, genügte bei den meisten Leuten, ihn zu verurteilen. Wahrscheinlich war alle Welt überzeugt, daß jetzt, nachdem Stevie McConnell im Knast saß, die Serienmorde aufhören würden. Als er nach der ersten Festnahme entlassen worden war, hatte er bei der Arbeit im Fitneßstudio schmerzvoll erfahren müssen, daß sowohl die Kollegen als auch die Kunden einen großen Bogen um ihn machten und sogar jeglichen Augenkontakt mit ihm vermieden. Ein einziger Drink in der Bar in Temple Fields, in der er seit Jahren Stammkunde war, hatte gereicht, um ihm aufzuzeigen, daß auch die Schwulensolidarität auf mysteriöse Weise verschwunden war. Die Polizei und die Medien gingen eindeutig davon aus, daß er der gesuchte schwule Psychopath war. Und bis man den wahren Schwulenkiller gefaßt hatte, würde Bradfield nicht der Ort sein, an dem Stevie McConnell willkommen war. Der Entschluß, sich nach Amsterdam abzusetzen, wo ein Ex-

liebhaber ebenfalls ein Fitneßstudio betrieb, war ihm damals logisch erschienen. Er hatte nicht damit gerechnet, daß man ihn beschattete.
Die Ironie, daß ihm das alles passiert war, weil er in erster Linie einem Polizisten zu Hilfe geeilt war, ging Stevie nicht aus dem Kopf. Dieser große Geordie-Sergeant war wahrscheinlich dankbar, daß er mit einem Backstein niedergeschlagen worden war, hatte ihn das doch davor bewahrt, das nächste Opfer des Schwulenkillers zu werden. In Wirklichkeit war Stevie McConnell das einzige Opfer der Ereignisse dieser Nacht. Und daran würde sich auch so schnell nichts ändern. Seine geschockte Familie wollte nach Aussagen seines Anwalts wie die anderen nichts mehr von ihm wissen.
Während er so, auf dem Bett liegend, nüchtern seine Zukunftsaussichten beurteilte, kam er zu einem Entschluß. Er rollte sich vom Bett, dabei vor Schmerz das Gesicht verziehend, zog das Jeanshemd über den Kopf und stöhnte auf, als qualvolle Stiche der gebrochenen Rippen durch seine Brust schossen. Mit Zähnen und Fingernägeln zerfetzte er die Nähte des Hemds. Dann ritzte er mit Hilfe des scharfen Endes einer Bettfeder die Ecken des Stoffs ein, so daß er ihn in schmale Streifen reißen konnte, die er zu einem festen Strick zusammenflocht. Er machte an einem Ende eine straffe Schlinge, die er sich um den Hals legte, dann kletterte er auf das obere Bett. Das andere Ende seines kurzen Seils befestigte er am Rahmen des oberen Betts.
Dann, um siebzehn Minuten nach neun an einem sonnigen Sonntagmorgen, ließ er sich kopfüber nach unten fallen.

Wie eine kränkelnde Firma, die gegen alle Widerstände eine lebensrettende Ausschreibung für sich gewonnen hat, erzitterte Scargill Street in aufgeregter Aktivität. Im Mittelpunkt des Geschehens stand das HOLMES-Zentrum, in dem Beamte auf Bildschirme starrten, die neuesten Informationen in den Computer eingaben und neue Übereinstimmungen bewerteten, die das System ausspuckte.

In seinem Büro hielt Brandon Kriegsrat mit seinen vier Detective Inspectors und Tony, die alle eine Fotokopie seines Berichts über die Vernehmung von Terry Harding vor sich hatten. Brandon hatte nur fünf Stunden geschlafen, aber die Aussicht, daß Bewegung in die Untersuchung kam, verlieh ihm neue Energie, die durch die Schatten unter seinen tiefliegenden Augen allerdings Lügen gestraft wurde. »Ich rekapituliere«, sagte Brandon. »Etwa um neunzehn Uhr fünfzehn an dem Abend, an dem Damien Connolly ermordet wurde, fuhr ein Mann in einem großen Jeep mit Allradantrieb, Farbe dunkel, Typ nicht bekannt, aus seiner Garage. Er stieg aus, um das Garagentor zu schließen, und dabei sah ihn unser Zeuge am deutlichsten. Er beschreibt ihn wie folgt: Weißer, Größe einsachtundsiebzig bis einsdreiundachtzig, Alter zwischen zwanzig und fünfundvierzig, das Haar möglicherweise zu einem Pferdeschwanz zusammengebunden. Er trug weiße Turnschuhe, Jeans und einen langen Regenmantel. In der vergangenen Nacht hat das HOLMES-Team alle Fahrzeuge durchgescheckt, deren Nummern wir in Temple Fields notiert haben und auf die die Beschreibung paßt. Die meisten der Fahrzeughalter haben wir bereits vernommen, aber wir werden sie uns alle noch einmal vorknöpfen und genauer befragen, nachdem wir nun Terry Hardings Aussage haben. Bob, ich bitte Sie, das zu übernehmen und auch die Alibis der Leute zu überprüfen.«

»Okay, Boß«, sagte Stansfield und schnippte die Asche seiner Zigarette mit einer entschlossenen Bewegung in den Aschenbecher.

»Oh, und Bob … setzen Sie jemanden darauf an, der überprüft, ob Harding tatsächlich die ganze Woche über auf Geschäftsreise in Japan war. Ich will sichergehen, daß diesmal alles Hand und Fuß hat.« Stansfield nickte. »Ich lasse Harding um elf Uhr abholen«, fuhr Brandon fort und schaute auf eine Liste, die er sich heute morgen beim Frühstück in der Küche gemacht hatte. »Carol, Sie werden ihn noch mal vernehmen. Klären Sie, von welcher Taxifirma Harding sich zum Flughafen bringen ließ; wir wollen sehen, daß wir diesen Zeitpunkt exakter herausfinden. Tony, Sie bitte ich, bei der Vernehmung dabeizusein. Vielleicht können Sie uns mit irgendwelchen Spezialtechniken helfen, sein Erinnerungsvermögen zu verbessern, so daß wir eine genauere Beschreibung des Täters kriegen.«

»Ich werde mein Bestes tun«, versprach Tony. »Zumindest kann ich wahrscheinlich auseinanderhalten, was seine realen Erinnerungen sind und was er nur für Erinnerungen hält.«

Brandon sah ihn verwirrt an, wandte sich dann aber kommentarlos an Matthews. »Kevin, Sie bitte ich, ein Team zusammenzustellen, das die Autohändler abklappert und so viele Broschüren und Abbildungen von Allrad-Jeeps einsammelt wie nur möglich. Wir zeigen sie dann Mr. Harding und können so vielleicht den Wagentyp rausfinden.«

»Wird erledigt, Sir. Wollen Sie, daß wir uns bei den Nachbarn in den anderen Fällen noch mal erkundigen, ob jemand einen ähnlichen Wagentyp in der Gegend gesehen hat?« fragte Kevin eifrig.

Brandon dachte einen Moment nach. »Lassen Sie uns erst mal abwarten, wie wir heute vorankommen«, antwortete er dann. »Wir würden viele Leute und viel Zeit brauchen, um die alten Jagdgründe erneut abzugrasen, und vielleicht ist es ja gar nicht erforderlich. Wahrscheinlich lohnt es sich aber, die übrigen Nachbarn in Connollys Straße noch mal zu befragen. Jetzt haben wir ja was Handfestes, mit dem wir sie konfrontieren können. Gute Idee, Kevin. Und nun zu Ihnen, Dave. Was können Sie für uns tun?«

Woolcott umriß die Aktionen, die das HOLMES-Team bereits unternommen hatte. »Da wir heute Sonntag haben, habe ich die Kontaktaufnahme zur Kfz-Zulassungszentrale in Swansea zurückgestellt. Das bringt sowieso erst was, wenn wir den Fahrzeugtyp eingeengt haben. Je mehr Informationen wir ihnen geben können, um so weniger Möglichkeiten kommen dabei raus, mit denen wir uns rumschlagen müssen. Wenn dieser Harding uns Marke, Modell und ungefähr das Baujahr sagen oder wenigstens eine Reihe von Modellen aussondern kann, dann soll uns die Zulassungszentrale eine Liste aller in Großbritannien zugelassenen Fahrzeuge geben, die der Beschreibung entsprechen. Anschließend können wir uns die Fahrzeughalter vorknöpfen, wobei wir in Bradfield anfangen und danach die Untersuchung in die Umgebung ausdehnen. Es ist eine irre Arbeit, aber wir sollten damit letztendlich zum Ziel kommen.«

Brandon nickte zustimmend. »Hat sonst noch jemand irgendwelche Vorschläge?«

Tony hob die Hand. »Wenn Sie sowieso die Nachbarn noch mal befragen, würde es sich vielleicht lohnen, diese Aktion ein wenig auszudehnen.« Die Augen aller Anwesenden waren auf ihn gerichtet, aber er nahm nur die von Carol wahr. Was zwischen ihnen geschehen war, hatte sein Verlangen verstärkt, bei der Überführung von Handy Andy einen gewichtigen Beitrag zu leisten. »Der Mörder pirscht sich an seine Opfer heran, daran wird inzwischen wohl niemand mehr zweifeln. Ich gehe davon aus, daß er Damien Connolly eine ganze Weile beobachtet hat. Da wir mitten im Winter sind und es bestimmt kein ideales Wetter dafür ist, im Freien rumzustehen, wird er hauptsächlich vom Wagen aus spioniert haben. Er hat sein Auto wahrscheinlich nicht in der Nähe geparkt, das wäre in der kurzen Straße wohl zu auffällig gewesen. Ich nehme an, er hat es in der Straße, die parallel dazu verläuft, abgestellt, und zwar dort, von wo aus er das Haus im Blickfeld hatte. Vielleicht ist jemand von diesen Leuten ein fremder Wagen aufgefallen, der längere Zeit da rumstand.«

»Gute Idee«, sagte Brandon. »Können Sie das übernehmen, Kevin?«

»Machen wir, Sir. Ich setze die Jungs darauf an.«

»Und die Mädchen auch«, konnte sich Carol nicht verkneifen, hinzuzufügen. »Und vielleicht sollten wir den Leuten sagen, sich nicht nur auf Jeeps zu konzentrieren. Wenn der Kerl so vorsichtig ist, wie wir annehmen, wird er vielleicht den Jeep bloß zu den Überfällen auf die Opfer benutzt und für sein Spionieren andere Fahrzeuge verwendet haben, für den Fall, daß neugierige Nachbarn ihn beobachten.«

»Was meinen Sie dazu, Tony?« fragte Brandon.

»Das würde mich nicht überraschen«, antwortete er. »Es ist wichtig, daß wir nie aus den Augen verlieren, wie clever der Killer ist. Er könnte sogar Leihwagen dazu benutzt haben.«

Dave Woolcott stöhnte auf. »O Gott, tun Sie mir das bitte nicht an.«

Bob Stansfield schaute von seinem Notizblock auf, auf dem er eine Einteilung seiner Leute entworfen hatte. »Sehe ich das richtig, daß die anderen Ermittlungsvorschläge, die Dr. Hill gemacht hat, zunächst mal zurückgestellt werden?«

Brandon preßte enttäuscht die Lippen zusammen. Seine Euphorie war im Verlauf der Besprechung vor die Hunde gegangen. Die Unmenge an Arbeit, die vor ihnen lag, war kaum zu bewältigen, und die Aussicht, den Mörder zu finden, war fast so weit entfernt wie vor Terry Hardings Auftauchen. »Ja. Das ist keine Mißachtung Ihrer Vorschläge, Tony, aber sie sind Hypothesen, und was wir jetzt in Händen haben, sind erstmals Fakten.«

»Kein Problem für mich«, sagte Tony. »Fakten sind immer vorrangig zu behandeln.«

»Und Carols Idee mit dem Computerzeug? Sollen wir das weiterverfolgen?« fragte Dave.

»Dafür gilt dasselbe«, entschied Brandon. »Es ist nur eine Vermutung, also ja, es wird zurückgestellt.«

»Bei allem Verständnis, Sir«, meldete sich Carol zu Wort, entschlossen, sich nicht aufs Abstellgleis schieben zu lassen. »Selbst wenn Terry Harding uns den Hersteller und das Modell des

Wagens nennen kann, sind wir noch nicht viel weitergekommen. Wir brauchen noch mehr Ausmerzungsfaktoren, um die Dinge einengen zu können. Wenn ich mit dieser Computersache recht habe, müssen wir nur eine so kleine Gruppe der Bevölkerung durchleuchten, daß es sofort von größter Bedeutung wäre, wenn wir auf eine Übereinstimmung mit anderen Faktoren im Raster stoßen würden.«

Brandon dachte einen Moment nach, dann sagte er: »Ihr Argument ist einleuchtend, Carol. Okay, wir verfolgen das weiter, Dave, aber nicht mit Priorität, nur dann, wenn wir Leute bei der Hauptuntersuchung erübrigen können. So, jetzt weiß jeder, was er zu tun hat.« Er sah die anderen reihum fragend an und registrierte das Nicken jedes einzelnen. »Nun dann, Leute«, sagte Brandon mit ernster Stimme, »an die Arbeit.«

»Und mögen sämtliche Polizeigötter mit Ihnen sein«, flüsterte Kevin Carol zu, als sie aus dem Büro gingen.

»Besser die als die Sensationspresse«, entgegnete Carol trocken und wandte sich von ihm ab. »Tony, können wir in einer ruhigen Ecke mal über unsere Strategie bei der Vernehmung sprechen?«

»Die einzige Möglichkeit, mehr aus ihm rauszuholen, wäre die Hypnose«, sagte Tony zu Carol, als sie sich nach einer Stunde, in der sie Terry Harding befragt hatten, im Flur über das Ergebnis unterhielten.

»Beherrschen Sie diese Technik denn?« wollte Carol wissen.

»In den Grundzügen ja. Nach seinen Augenbewegungen und seiner Körpersprache zu urteilen, hat er über das, was er gesehen hat, die Wahrheit gesagt. Er hat nichts aus dem hohlen Bauch hinzugefügt und nichts übertrieben. Es könnte also sein, daß unter Hypnose weitere Details zutage kommen, vor allem, wenn wir ihm Bilder zeigen können.«

Zehn Minuten später war Carol mit einem Stapel Broschüren

zurück, die Kevins Leute bei den Autohändlern der Stadt eingesammelt hatten. »Ist es das, was wir brauchen?«

Tony nickte. »Bestens. Sind Sie wirklich sicher, daß wir das machen sollen?«

»Es ist auf jeden Fall einen Versuch wert«, antwortete Carol.

Sie gingen zurück in den Vernehmungsraum, wo Terry Harding gerade den letzten Schluck aus einem Kaffeebecher trank. »Kann ich jetzt gehen?« fragte er. »Ich fliege morgen nach Brüssel und habe noch nicht mal meinen Koffer von der Japanreise ausgepackt.«

»Es dauert nicht mehr lange, Sir«, sagte Carol und setzte sich an die Längsseite des Tischs. »Dr. Hill möchte mit Ihnen einen Versuch machen.«

Tony lächelte Harding beruhigend an. »Wir haben ein paar Fotos von Jeeps, die vom Äußeren her dem entsprechen könnten, den Sie aus Damiens Garage kommen sahen. Wenn Sie damit einverstanden sind, möchte ich Sie in einen leichten hypnotischen Trancezustand versetzen und Sie dann bitten, sich die Fotos anzuschauen.«

Harding runzelte die Stirn. »Warum kann ich mir sie nicht einfach so anschauen?«

»Die Chancen, daß Sie das spezielle Modell erkennen, sind dann größer«, antwortete Tony. »Es ist doch so, Mr. Harding, Sie sind ganz offensichtlich ein vielbeschäftigter Mann. Seitdem Sie diesen Vorfall beobachtet haben, sind Sie zur anderen Seite der Erde gereist, Sie haben an einer Reihe wichtiger geschäftlicher Besprechungen teilgenommen, und Sie hatten wahrscheinlich nicht genug Schlaf. All das bedeutet, daß Ihr Bewußtsein die Details dessen, was Sie am vergangenen Sonntag gesehen haben, ins Unterbewußtsein abgespeichert hat. Durch die Hypnose kann ich Ihnen helfen, diese Dinge wieder hervorzukramen.«

Harding schien noch immer Zweifel zu haben. »Ich weiß nicht. Nehmen wir mal an, Sie würden es schaffen, mich in diesen

Zustand zu versetzen – könnten Sie mich dann dazu bringen, alles mögliche auszuplaudern?«

»Leider nicht. Wenn es so wäre, wären alle Hypnotiseure Millionäre«, scherzte Tony. »Wie ich schon sagte, alles, was ich erreichen kann, ist das Hervorholen der Dinge, die Sie im Unterbewußtscin vergraben haben, weil Sie sie nicht für wichtig hielten.«

»Was müßte ich dann machen?« fragte Harding argwöhnisch.

»Nur auf meine Stimme hören und das tun, was ich Ihnen sage«, erklärte Tony. »Sie werden sich ein wenig seltsam fühlen, ein wenig zerfahren, aber Sie werden sich stets unter Kontrolle haben. Ich wende eine Technik an, die ›Neurolinguistische Programmierung‹ genannt wird. Sie ist sehr entspannend, das verspreche ich Ihnen.«

»Muß ich mich dazu hinlegen, oder wie läuft das ab?«

»Nein, nichts dergleichen. Und ich werde keine Uhr vor Ihren Augen hin- und herpendeln lassen. Sind Sie bereit, den Versuch zu wagen?«

Carol hielt den Atem an, denn sie sah, wie eine Folge widersprechender Gefühlsregungen über sein Gesicht zuckte. Schließlich nickte er. »Ich bezweifle, daß Sie mich in diesen Zustand versetzen können. Ich bin ein Mann, der seinen Geist kennt. Aber ich bin bereit, es zu versuchen.«

»Okay«, sagte Tony. »Bitte entspannen Sie sich. Schließen Sie die Augen, wenn Sie sich dann wohler fühlen. Und jetzt möchte ich, daß Sie sich tief in Ihr Innerstes versetzen ...«

In Hochstimmung wegen ihres Erfolgs stürmten Carol und Tony in das Großraumbüro des Sonderkommandos. Bob Stansfield stand am Fenster und starrte mit hängenden Schultern, eine brennende Zigarette unbeachtet zwischen den Fingern, auf die regennasse Straße hinunter. Als Carol und Tony auf ihn zukamen, schaute er zu ihnen herüber, und Carol rief: »Du kannst dich freuen, Bob, wir werden den Kerl kriegen!«

Stansfield drehte sich zu ihnen um und sagte verbittert: »Ihr habt anscheinend die neueste Nachricht noch nicht gehört.«
»Was für eine Nachricht?« fragte Carol.
»Stevie McConnell hat sich umgebracht.«
Carol blieb abrupt stehen und taumelte gegen einen Schreibtisch. In ihren Ohren rauschte es plötzlich, und sie hatte das Gefühl, gleich umzukippen. Instinktiv faßte Tony sie am Arm und schob sie auf einen Stuhl. »Tief durchatmen, Carol, tief und langsam durchatmen«, sagte er leise, beugte sich über sie und schaute aufmerksam in ihr kreidebleiches Gesicht.
Sie schloß die Augen, grub die Fingernägel in die Handflächen und befolgte Tonys Rat.
»Tut mir leid. Es hat mich auch fast umgehauen«, erklärte Stansfield.
Carol schaute auf und strich das Haar aus der plötzlich feuchten Stirn. »Was ist passiert?«
»Anscheinend ist er gestern brutal verprügelt worden – gängige Spezialbehandlung für Sexualverbrecher, wie man hört. Heute morgen hat er sein Hemd zerrissen und sich aufgehängt ... Die verdammten Wärter haben nichts gemerkt, weil sie zur Zeit Dienst nach Vorschrift machen«, fügte er wütend hinzu.
»Der arme Kerl«, sagte Carol.
»Dafür werden einige Leute schwer bezahlen müssen«, meinte Stansfield. »Bin ich froh, daß ich nichts damit zu tun hatte. Jedenfalls wird man unter meinem Arsch kein Feuer machen. Klar, Brandon ist tabu, also wird irgendeine arme Sau von Inspector die Suppe auslöffeln müssen.«
Carol schaute ihn an, als ob sie gleich auf ihn einschlagen würde. »Manchmal kotzt du mich an, Bob«, sagte sie kalt. »Wo ist Brandon?«
»Unten im HOLMES-Zentrum. Versteckt sich dort wahrscheinlich vor dem Chief.«
Sie fanden Brandon und Woolcott in der kleinen Kabine, die man

als Büro für den Inspector vom Hauptraum abgeteilt hatte. Carols ursprünglicher Überschwang war durch Stansfields Nachricht verflogen. »Wir haben ein positives Ergebnis, Sir«, sagte sie. »Wir wissen, was für einen Wagen der Killer benutzt hat.«

Penny Burgess bog von der Hauptstraße in einen Weg ein, der tief in den Wald führte. Ihr Ziel war ein Parkplatz mit Picknickanlage mitten darin. Es war einer ihrer Lieblingsorte, von dem aus sie durch die Bäume zu einem kahlen Sandsteinfelsen aufsteigen und den Wind allen angesammelten Frust der Woche wegblasen lassen konnte. Nach den schwierigen Recherchen, großen Artikeln und zuwenig Schlaf in den letzten Tagen brauchte sie das dringend.

Die Musik im Radio brach ab, und der Sprecher sagte: »Und jetzt geben wir ab zur Nachrichtenredaktion zu den stündlichen Nachrichten.« Die entsprechende Erkennungsmelodie folgte, dann sagte eine Frau mit viel zu fröhlicher Stimme für ihr ernstes Hauptthema: »Hier ist Northern Sound mit den stündlichen Nachrichten. Ein Mann, der von Bradfields Kriminalpolizei im Zusammenhang mit den Serienmorden, die die Stadt in Angst und Schrecken versetzt haben, verhört worden war, wurde heute morgen tot in seiner Zelle im Gefängnis Barleigh aufgefunden.«

In ihrem Schock nahm Penny den Fuß vom Gas, würgte den Motor ab und ruckte heftig nach vorn. »Scheiße!« rief sie aus und griff mit der Hand zum Radio, um die Lautstärke weiter aufzudrehen.

»Steven McConnell hat offensichtlich Selbstmord begangen, indem er sich an einer Schlinge, die er aus Streifen seiner Kleidung zusammengeflochten hatte, erhängte. McConnell, Manager eines Fitneßstudios in Bradfield, war vergangene Woche nach einer Straßenschlägerei im Schwulenviertel der Stadt, an der auch ein verdeckter Ermittler der Polizei beteiligt war, verhaftet worden.«

Die Sprecherin klang, als ob sie die Punktewertung des Eurovisons-Chansonwettbewerbs verlesen würde. »Er war gegen Kaution auf freiem Fuß, aber wieder festgenommen worden, als er versuchte, aus dem Land zu fliehen. Ein Sprecher des Innenministeriums sagte, es werde eine umfangreiche Untersuchung der Umstände seines Todes eingeleitet.
Die Wirtschaft unseres Landes war nie in einem besseren Zustand, teilte der Premierminister heute mit ...« Penny startete den Wagen, machte eine gefährliche Wendung auf dem engen Weg, stieg dann aufs Gas und schoß zurück in Richtung auf die Hauptstraße. Gut, daß ich mich bereits entschlossen habe, Kevin fallenzulassen, dachte sie. Sie konnte sich auch nicht vorstellen, daß er nach dem Artikel, den sie schreiben würde, jemals wieder mit ihr zusammentreffen wollte.

Tony trommelte, von einer seltsamen Unrast befallen, mit den Fingern auf dem Rücksitz des Taxis. Es war nicht leicht gewesen, die Scargill Street zu verlassen, aber er wußte, daß ihm bei der polizeilichen Ermittlungsarbeit an der neuen handgreiflichen Spur keine Rolle zufiel. Die Leute konnten es im Strudel von Vorwürfen wegen McConnell und gehetzter Aktivität jetzt am wenigsten brauchen, daß Tony bei ihnen herumsaß und ihnen unter die Nase rieb, warum er Stevie McConnell von vornherein nicht für den richtigen Mann gehalten hatte.
Verstärkt wurde seine innere Unruhe noch durch den Gedanken, daß Angelica heute abend sicherlich wieder anrufen würde. Während das Taxi durch die nassen und leeren Straßen zischte, probte Tony im Geiste die bevorstehende Unterhaltung. Er war von einer neuen Zuversicht erfüllt, von der Sicherheit, daß er heute abend keine Probleme haben würde, daß er dank ihrer sonderbaren erotischen Therapie endlich seinen Dämon niedergerungen und zur Aufgabe gezwungen hatte. Er würde ihr sagen, daß sie sich gar nicht vorstellen könne, wie viel ihre Anrufe ihm bedeuteten.

Daß sie ihm mehr geholfen habe, als sie wissen könne. Zufrieden, daß er die Dinge unter Kontrolle hatte, seufzte Tony behaglich auf und schob alle Gedanken an Handy Andy von sich.

Penny Burgess riß den Verschluß von einer Dose Guinness, steckte sich eine Zigarette an und schaltete den Computer ein. Nachdem sie einige Telefonanrufe gemacht hatte, um sich die Version der Ereignisse, die sie im Radio gehört hatte, bestätigen zu lassen, war sie von dem selbstgerechten Enthusiasmus befeuert, wie ihn nur Politiker, Journalisten und fundamentalistische Prediger aufzubringen vermögen, die nach beruflichem Aufstieg streben.
Sie inhalierte den Rauch eines tiefen Zugs an der Zigarette, dachte einen Moment nach und hämmerte dann auf die Tastatur ein.

Der Serienmörder von Bradfield hat gestern (Sonntag) sein fünftes Opfer gefordert, als der schwule Bodybuilder Stevie McConnell in seiner Gefängniszelle Selbstmord beging.
Die Polizei hatte angedeutet, daß McConnell selbst der Schwulenkiller sei – in einem zynischen Spiel, den wahren Mörder aus der Reserve zu locken.
Aber dieser irrwitzige Plan endete in einer Tragödie, als McConnell, 32, sich an einem Seil, das er sich aus Streifen seines Hemds zusammengeflochten hatte, erhängte. Er band es am Rahmen des oberen Betts in seiner Einzelzelle im Gefängnis Barleigh fest und stürzte sich dann von dort herunter, strangulierte sich auf diese Weise.
Und am vergangenen Abend gestand ein Polizeibeamter, der an den Ermittlungen gegen den Schwulenkiller beteiligt ist: »Wir wußten schon seit mehreren Tagen, daß Stevie McConnell nicht der Mörder sein konnte.«
McConnell hatte die Gefängnisverwaltung gebeten, ihm eine

Einzelzelle zuzuweisen, nachdem er am Tag zuvor einer barbarischen Attacke durch Mitgefangene ausgesetzt war.
Eine Quelle im Gefängnis Barleigh sagte aus: »Er wurde wirklich wüst zusammengeschlagen. Als er eingeliefert wurde, ging das Gerücht um, er sei der Schwulenkiller, die Polizei habe nur noch nicht genug Beweise, Anklage gegen ihn zu erheben.
Gefangene mögen Sexualmörder nicht, und sie neigen dazu, ihren Gefühlen freien Lauf zu lassen. McConnell wurde brutal zusammengeschlagen und auch an den Geschlechtsteilen verletzt.«
Die Wärter haben sich offensichtlich, was McConnells Mißhandlung betrifft, blind gestellt. Dann, am gestrigen Sonntag, wurde er, da die Gefängnisbeamten zur Zeit Dienst nach Vorschrift machen, lange genug unbeobachtet in seiner Zelle gelassen, um seinem Leben ein Ende setzen zu können. Ein Sprecher des Innenministeriums sagte, es werde eine umfangreiche Untersuchung des Vorfalls eingeleitet.
McConnell war Manager eines Fitneßstudios im Stadtzentrum, bei dem das dritte Mordopfer, Gareth Finnegan, Mitglied war.
McConnell war wegen eines Vergehens der Körperverletzung festgenommen worden, nachdem er einem verdeckten Ermittler der Polizei zu Hilfe geeilt war, der von einem dritten Mann im Schwulenviertel von Temple Fields angegriffen wurde.
Auf Kaution freigelassen, versuchte er aus dem Land zu fliehen. Die Polizei nahm ihn erneut fest, als er im Begriff war, an Bord einer Fähre nach Holland zu gehen, und es gelang ihr, den Haftrichter zu überzeugen, ihn in Untersuchungshaft zu nehmen.
Eine Quelle bei der Polizei gestand ein: »Unser Verhalten ließ die Leute glauben, er sei der Mörder, und genau das wollten wir.

Serienmörder sind sehr eitel, und wir dachten, der Mörder würde so wütend darüber werden, daß wir mit dem Finger auf den falschen Mann zeigten, daß er seine Deckung aufgeben und mit uns in Kontakt treten würde.
Es ist alles verdammt schiefgelaufen.«
Ein Freund von McConnell sagte gestern abend: »Die Polizei von Bradfield ist eine Mörderbande. Für mich steht fest, daß sie Stevie auf dem Gewissen hat. Sie hat ihn wegen der Serienmorde schwer in die Mangel genommen, ihn in jeder Hinsicht unter Druck gesetzt.
Auch wenn sie ihn nach der ersten Festnahme wieder laufenließen, Dreck wie dieser bleibt an einem haften. Man hat ihm bei der Arbeit und auch in den Schwulenbars die kalte Schulter gezeigt.
Er hat sich deshalb entschlossen, Schluß zu machen. Es ist eine Tragödie – noch schlimmer, es ist eine sinnlose Tragödie.
Und das alles hat die Polizei nicht einen Zentimeter näher an die Aufklärung der Serienmorde gebracht.«

Penny steckte sich die nächste Zigarette an und las alles noch einmal durch. »So, Kevin, such dir aus, was in deine Richtung geht«, sagte sie laut und drückte auf die Tasten, die die Datei abspeicherten und über ihr Modem in den Computer im Büro überspielten. Dann, als nachträglichen Gedanken, tippte sie:

Memo für die Nachrichtenredaktion.
Von Penny Burgess,
Redaktion Kriminalberichterstattung.

Als Ausgleich für die Überstunden, die ich in der vergangenen Woche und heute geleistet habe, nehme ich morgen (Montag) frei. Ich hoffe, es gibt dadurch nicht zu viele Probleme.

»Ein Landrover Discovery, metallicgrau oder dunkelblau?« wollte Dave Woolcott noch einmal wissen und machte sich eine Notiz.
»Genau das sagte der Mann«, bestätigte Carol.
»Okay. Aber heute am Sonntag kann ich von Swansea keine detaillierte Auskunft über jedes Fahrzeug kriegen, das auf unserer Liste steht«, meinte Dave.
»Es wäre doch möglich, ein Team zu den größten Auto- und Gebrauchtwagenhändlern zu schicken und uns aus ihren Akten die Leute raussuchen zu lassen, die so einen Wagen gekauft haben«, schlug Kevin vor. Wie alle anderen war er voller Tatendrang, der nur durch die tragische Nachricht aus Barleigh gedämpft wurde.
»Nein«, entschied Brandon. »Das ist eine Verschwendung von Zeit und Personal. Es ist nicht sicher, daß der Killer den Wagen hier in Bradfield gekauft hat. Wir warten bis morgen früh, und dann legen wir los.«
Alle sahen enttäuscht aus, obwohl sie Brandon zustimmen mußten. »Wenn das so ist, Sir«, sagte Carol, »möchte ich mit Dave die Liste der Lieferanten von Computer-Software und auch -Hardware zusammenstellen, damit wir für eine telefonische Rundfrage bereit sind, sobald wir ein paar Leute dafür frei haben.«
Brandon nickte. »Gute Idee, Carol. Und wir anderen gehen jetzt heim und sehen mal nach, ob wir unsere Häuser und Familien noch wiedererkennen.«

Tony lag ausgestreckt auf dem Sofa und versuchte sich einzureden, er freue sich über den Luxus, wieder einmal fernsehen zu können, als es an der Haustür klingelte. Die Aussicht auf Gesellschaft zur Erlösung aus seiner ruhelosen Langeweile katapultierte ihn auf die Füße und in die Diele. Mit einem freudigen Lächeln öffnete er die Tür.
Das Lächeln verflog, als er feststellen mußte, daß sich seine

Hoffnung nicht erfüllte. Vor der Tür stand eine Frau, aber sie war keine Bekannte oder Kollegin. Sie war groß und knochig, hatte derbe Gesichtszüge und ein kräftiges, eckiges Kinn. Sie strich sich das lange Haar aus dem Gesicht und sagte: »Es tut mir sehr leid, Sie zu stören, aber mein Wagen streikt, und ich habe keine Telefonzelle in der Nähe gesehen. Darf ich Ihr Telefon benutzen, um den Automobilclub anzurufen? Ich werde selbstverständlich dafür bezahlen …« Ihre Stimme verebbte, und sie lächelte schüchtern.

Auf 3 1/2-Zoll-Diskette; Beschriftung: Backup.007; Datei Love017.doc

Als ich Sergeant Merrick im Sackville Arms sah, fiel ich beinah in Ohnmacht. Ich war nur hingegangen, weil ich wußte, daß es die Stammkneipe der Detectives von der Scargill Street war, und ich mir anhören wollte, was die Leute von der Mordkommission sich zu erzählen hatten. Ich wollte sie über mich und meine Verdienste reden hören. Aber ich war nicht darauf vorbereitet, ein bekanntes Gesicht zu sehen, das auch noch in meine Richtung blickte.

Ich saß ganz unauffällig in einer Ecke, als Merrick hereinkam. Zuerst überlegte ich, ob ich gehen sollte, sagte mir aber dann, daß ich so die Blicke nur auf mich ziehen würde. Er durfte mich auf keinen Fall erkennen und mir aus irgendeinem Grund folgen. Außerdem, warum sollte ich es zulassen, daß ein Polizist mich um meine Mittagspause brachte?

Aber ich konnte das flaue Gefühl in der Magengegend nicht unterdrücken, die beklemmende Befürchtung, er könnte mich erkennen und ansprechen. Ich hatte keine Angst vor ihm, doch absolut keine Lust, die Aufmerksamkeit auf mich zu lenken. Glücklicherweise war er in Begleitung von zwei Kollegen, und sie waren so in eine Diskussion vertieft – über mich wahrscheinlich, wie man sich denken kann –, daß sie den anderen Gästen nur wenig Beachtung schenkten. Die Frau kannte ich von Zeitungsfotos – Inspector Carol Jordan. Sie sieht in natura besser aus als auf Fotos, vermutlich auch, weil ihr Haar eine wunderschöne Blondtönung hat. Der Mann war mir fremd, aber ich prägte mir für spätere Fälle sein

Gesicht ein. Merrick, der alle übrigen Gäste überragte, hatte einen Verband um den Kopf. Ich fragte mich, wie er dazu gekommen war.

Ich hatte Merrick nie gehaßt, wie ich einige der anderen Polizisten haßte, obwohl er mich mehrfach festgenommen hatte. Er hatte mich nie mit der Verachtung behandelt, wie sie mich einige seiner Kollegen spüren ließen, hatte mich nicht einmal verhöhnt. Aber dennoch mußte ich erkennen, daß er in mir ein bloßes Objekt sah, jemanden, dem kein Respekt gebührte. Er hat nie verstanden, daß es einem bestimmten Zweck diente, wenn ich meinen Körper an Seeleute verkaufte. Aber was auch immer ich damals tat, ist nicht mehr von Bedeutung. Ich bin jetzt anders, ich habe meine Persönlichkeit geändert. Was damals in Seaford geschah, ist so fern wie etwas, das ich im Kino gesehen habe.

Es war auf seltsame Weise aufregend, mich in unmittelbarer Nähe der Polizeibeamten zu befinden, die mich zu überführen versuchten. Ja, es war ein echter Nervenkitzel, nur ein paar Meter von meinen Jägern entfernt zu sein, die nichts von mir als ihrer Beute ahnten. Sie hatten nicht einmal so viel siebten Sinn, daß ihnen das Außergewöhnliche der Situation bewußt wurde, auch nicht Carol Jordan. So viel zur weiblichen Intuition. Ich sah es als einen Test an, als einen Maßstab für die Fähigkeit, meine Verfolger zu täuschen. Die Vorstellung, sie könnten mich überführen, ist einfach absurd, undenkbar.

Ich fühlte mich nach dieser Begegnung so sicher, daß mich die Meldung der Zeitung am nächsten Tag wie ein Schlag mit dem Sandsack traf. Ich ging gerade durch den zentralen Computerraum, als ich die Morgenausgabe der *Sentinel Times* auf dem Schreibtisch eines jungen Operators liegen sah. FÜNFTES OPFER DES IRREN SCHWULENKILLERS GEFUNDEN, schrie mir die Schlagzeile entgegen.

Ich hätte am liebsten gebrüllt und getobt und irgendwas aus

dem Fenster geworfen. Wie konnten sie es wagen? Meine Werke sind so individuell, wie konnten sie das Opfer irgendeines herumpfuschenden Trittbrettfahrers für meines halten? Ich zitterte vor unterdrückter Wut, als ich zurück zu meinem Büro ging. Ich hätte den Operator gern gefragt, ob ich mal einen Blick in die Zeitung werfen dürfe, aber ich traute mir nicht zu, in diesem Zustand unbefangen mit jemandem zu sprechen. Ich wäre am liebsten auf die Straße gelaufen und hätte mir beim nächsten Zeitungsstand ein Exemplar gekauft, aber das wäre eine unverzeihliche Schwäche gewesen. Das Geheimnis des Erfolgs ist es, sich normal zu verhalten, sagte ich mir. Ich durfte nichts tun, das meine Kollegen auf den Gedanken bringen könnte, in meinem Leben würden seltsame Dinge vor sich gehen.

Geduld, sagte ich mir, ist eine der Kardinaltugenden. Also setzte ich mich an meinen Schreibtisch und beschäftigte mich mit den kniffligen Problemen einer bestimmten Software, die neu konzipiert werden mußte. Aber ich war mit meinen Gedanken nicht voll bei der Sache, und an diesem Nachmittag rechtfertigte ich mein Gehalt sicherlich nicht. Um vier Uhr hielt ich es nicht länger aus. Ich griff zum Telefonhörer und wählte die Nummer, unter der der Radiosender Bradfield Sound die neuesten Nachrichten für Anrufer abrufbereit hält.

Die Geschichte war das Hauptthema der Nachrichten, was ich auch nicht anders erwartet hatte. »Die Leiche, die in den frühen Morgenstunden in Temple Fields gefunden wurde, ist nicht das fünfte Opfer des Schwulenkillers, der Bradfields Homosexuellenszene in Angst und Schrecken versetzt hat, wie die Polizei heute nachmittag bekanntgab.« Als diese Worte des Nachrichtensprechers in mein Bewußtsein drangen, verflogen meine Wut und die dumpfe Leere in meinem Inneren.

Das genügte mir. Ich knallte den Hörer wieder auf die Gabel.

Zum Schluß hatten sie es also doch richtig beurteilt. Aber ich war wegen ihres Fehlers vier Stunden durch die Hölle gegangen. Jede Stunde, die ich gelitten hatte, würde ich den Qualen, die ich für Dr. Tony Hill vorgesehen hatte, hinzufügen, das schwor ich mir, vor allem auch deswegen, weil die Polizei von Bradfield nun wahrhaftig die größte aller Dummheiten begangen hat. Dr. Tony Hill, dieser dumme Mensch, der nicht einmal erkannt hat, daß alle vier Morde meine Werke sind, ist zum offiziellen Berater der Polizei bei der Untersuchung der Serienmorde ernannt worden. Diese armen, irregeführten Narren. Wenn das ihre größte Hoffnung ist, dann gibt es für sie bestimmt keinerlei Hoffnung.

17

Im Falle eines Mordes aus purer Lust – ansonsten gänzlich unvoreingenommen begangen –, bei dem kein unliebsamer Zeuge zu beseitigen ist, keine spezielle Beute erwartet werden kann und keine Rachegelüste gestillt werden sollen, ist es offensichtlich, daß jedwede Eile völlig unangebracht wäre.

Der Schmerz war so schlimm, daß Tony sich einredete, er sei in einem Alptraum gefangen. Er hatte nicht gewußt, wie viel unterschiedliche Arten des Schmerzes es gab. Das dumpfe Stechen im Kopf, das scharfe Brennen in der Kehle, das bohrende Reißen in den Schultern, die schneidenden Krämpfe in den Oberschenkeln und Lenden. Die Schmerzen blockierten alle anderen Sinneswahrnehmungen. Er kniff die Augen fest zu, und er nahm nichts anderes wahr als die Tatsache, daß die Schmerzen ihm den Schweiß auf die Stirn trieben.

Nach und nach schaffte er es, die extremen Spitzen der Schmerzwellen zu ertragen, als er herausfand, daß die Krämpfe nachließen und das unerträgliche Zerren in den Schultern abebbte, wenn er sein Gewicht anders auf die Füße verlagerte. Während jedoch die Qualen erträglicher wurden, spürte er, daß ihm schlecht wurde, daß eine würgende Übelkeit an seinem Magen rüttelte und sich jeden Augenblick entladen konnte. Gott allein wußte, wie lange er schon hier hing.

Langsam, ängstlich öffnete er die Augen und hob den Kopf, eine Bewegung, die eine Schmerzwelle durch seinen Hals und die Schultern jagte. Tony schaute sich um. Im selben Augenblick wünschte er, er hätte es nicht getan. Er wußte sofort, wo er sich befand. Der Raum war hell erleuchtet, Strahler an der Decke und den Wänden enthüllten einen weißgetünchten Keller, dessen unebener Steinboden von dunklen Flecken übersät war, die Tony sofort als Blut erkannte, das hier vergossen und verspritzt worden war. Das reglose Auge eines Camcorders auf einem Stativ zeigte, daß Tonys die Umgebung erforschenden Blicke aufgezeichnet wurden. An der gegenüberliegenden Wand hing, fein säuberlich geordnet, ein Satz großer Messer an einem Magnetbrett. In einer Ecke standen, nicht schwer als solche zu erkennen, Foltergeräte, unter anderem eine Streckbank und ein seltsamer Apparat, einem Stuhl ähnlich, den er kannte, aber nicht auf Anhieb benennen konnte. Hatte der nicht was mit Religion zu tun? Mit dem Christentum? Ein tückisches Ding, ganz im Gegensatz zu seinen recht harmlosen Aussehen. Ein Judasstuhl, ja, so nannte man es. Und an der Wand waren zwei schwere, X-förmig gekreuzte Holzbalken, die wie eine widerlich pervertierte Reliquie wirkten. Ein leises Stöhnen entrang sich seiner Kehle.

Er wußte jetzt das Schlimmste, und er machte eine weitere Bestandsaufnahme seiner Situation. Er war nackt und hatte wegen der Kälte hier unten eine Gänsehaut. Seine Hände waren hinter dem Rücken gefesselt, und zwar den harten Kanten nach zu urteilen, welche ihm ins Fleisch schnitten, mit Handfesseln, die durch ein in der Decke verankertes Seil oder eine Kette oder was auch immer straff nach oben gezogen wurden. Diese Anspannung war so stark, daß sein Oberkörper nach vorn gezwungen wurde und in der Hüfte fast im rechten Winkel abknickte. Tony schaffte es, sich auf die Zehenspitzen zu stellen und den Körper zur Seite zu drehen. Aus dem Augenwinkel sah er, daß ein dickes Kunststoffseil von seinen Händen nach oben zu einem Flaschenzug führte, von dort entlang der Decke zu einem weiteren Flaschenzug und schließlich zu einer Winde.

»O Gott!« krächzte er. Er hatte Angst, auf seine Füße zu schauen, wollte die schlimmsten Befürchtungen nicht bestätigt finden, aber er zwang dennoch seine Augen zum Blick nach unten. Und wirklich, um jedes seiner Fußgelenke war ein Lederband geschlungen. Diese Bänder wiederum waren an einem Hängegerüst aus Seilen befestigt, in dem eine schwere Steinplatte lag. Ein Schauder befiel ihn und spannte die gequälten Muskeln noch schmerzhafter an. Er kannte sich mit Foltermethoden aus; zur Behandlung bestimmter Patientengruppen hatte er die Geschichte des Sadismus studieren müssen. Nicht einmal in seinen schlimmsten Träumen hatte er sich jedoch vorgestellt, daß er je in die Lage kommen würde, einem so unmenschlichen Schicksal direkt ins Auge sehen zu müssen.

Und schon rasten seine Gedanken diesem Schicksal voraus. Man würde ihn mit Hilfe der Winde bis unter die Decke hochziehen, seine Muskeln würden angespannt und schließlich reißen, seine Gliedmaßen bis zum äußersten gestreckt. Man würde die Winde loslassen, währenddessen sein Körper ein Stück nach unten sauste, und dann ruckartig abbremsen. Das Gewicht der Steinplatte, mit einer Geschwindigkeit von etwa zehn Metern pro Sekunde nach unten fallend, würde das Werk vollenden, seine Gliedmaßen aus den Gelenken reißen, und er wäre nur noch ein baumelndes, wirres Fleischbündel. Wenn er Glück hatte, würden der Schock und der Schmerz ihn in Ohnmacht fallen lassen. *Strappado* – zur hohen Kunst entwickelt von den spanischen Inquisitoren. Bei dieser Folter bestand kein Bedarf an High-Tech-Methoden.

In der Absicht, die wilde Panik niederzuringen, die seine Erkenntnisse hervorgerufen hatten, zwang er sich zu der Überlegung, wie er in diese Lage geraten war. Die Frau an der Tür – damit hatte es angefangen. Als er sie ins Haus gelassen hatte, war sie ihm irgendwie bekannt vorgekommen. Er war sich sicher, sie schon einmal irgendwo gesehen zu haben, aber er vermochte sich nicht vorzustellen, eine so ausgesprochen häßliche Frau getroffen zu haben und sich dann nicht mehr an sie erinnern zu können. Er war ihr durch den Flur ins Arbeitszimmer vorausgegangen, dann der flüchtige Geruch nach einer Medizin oder Chemikalie und die Hand, die sich plötzlich von hinten vor sein Gesicht schob und den kalten, ekligen Wattebausch auf seinen Mund und seine Nase preßte, ein Tritt von hinten in seine Kniekehlen, der Sturz auf den Boden. Er hatte sich gewehrt, aber sie hatte ihn mit ihrem Gewicht niedergedrückt, und nach wenigen Augenblicken hatte er das Bewußtsein verloren.

Danach war er hin und wieder zu einem schattenhaften Bewußtseinszustand erwacht, aber gleich wieder in Dunkelheit abgedriftet, und er registrierte nur noch, daß der Wattebausch ihn jedesmal, wenn er um die Rückkehr des Bewußtseins kämpfte, in die Ohnmacht zurückzwang. Schließlich war er endgültig zu sich gekommen – in Handy Andys Folterkammer. Aus dem Nichts drang ihm ein Zitat ins Gedächtnis: »Es hängt von den Umständen ab, Sir. Wenn ein Mann weiß, daß er in vierzehn Tagen gehängt wird, drängt das seinen Geist zu einer unglaublichen Konzentrationsfähigkeit.« Er wußte, irgendwo gab es einen Anhaltspunkt zur Erklärung dessen, was geschehen war, und er würde es ihm vielleicht ermöglichen, dem unausweichlich erscheinenden Schicksal noch zu entrinnen. Es mußte ihm nur gelingen, ihn herauszufinden.

Hatte er denn mit seinem Profil völlig falsch gelegen? War die Frau, die ihn gekidnappt hatte, Handy Andy? War sie der Serienmörder? Oder war sie nur der Lockvogel, die willige Komplizin, die ihrem Meister die Opfer heranschaffte? Wieder forschte er in seiner Erinnerung nach Einzelheiten des Geschehens, rief sich das Aussehen der Frau ins Gedächtnis zurück. Zuerst die Kleidung. Beiger Regenmantel wie der von Carol, nicht zugeknöpft, darunter ein weißes Hemd, die oberen Knöpfe offen, so daß der Ansatz voller Brüste zu sehen war, Jeans, Turnschuhe, dieselbe Marke, dasselbe Modell wie seine eigenen. Aber all das gab nichts her. Es waren nur äußere Beweise für die Sorgfalt, die Handy Andy aufwendete, um nicht gefaßt zu werden. Die Kleidung der Frau war so ausgewählt, daß irgendwelche Fasern, die an den Tatorten zurückblieben, keine Beweiskraft hatten, da sie ebensogut von Carols oder seiner eigenen Kleidung stammen konnten. Und

Carol war inzwischen oft genug in seinem Haus gewesen, um solche Fasern zu finden.

Das Gesicht der Frau ließ trotz des ersten Eindrucks kein Erinnerungslämpchen aufleuchten. Sie war groß für eine Frau, mindestens einsachtundsiebzig, und sie hatte den dazu passenden derben Knochenbau. Nicht einmal ihre Mutter hätte sie attraktiv nennen können, mit dem eckigen Kinn, der leichten Knollennase, dem breiten Mund und den seltsam weit auseinanderstehenden Augen. Auch wenn sie geschickt und keinesfalls sparsam mit dem Make-up umgegangen war, an den gegebenen Grundstrukturen war nicht viel zu verbessern. Tony war sich inzwischen sicher, daß er mit dieser Frau nie zusammen in einem Raum gewesen war, konnte jedoch nicht ausschließen, daß er ihr auf der Straße, an einer Straßenbahnhaltestelle oder auf dem Campus einmal begegnet war.

Die Turnschuhe – aus einem unerklärlichen Grund kamen seine Gedanken immer wieder zu den Turnschuhen zurück. Wenn die Schmerzen doch nur einmal lange genug aufhören würden, um sich richtig konzentrieren zu können. Tony schob die Füße enger zusammen in dem Versuch, den quälenden Schmerz in den Schultern zu mildern. Die wenigen Millimeter Höhe, die er dadurch gewann, reichten jedoch nicht aus. Wieder schoß eine entsetzliche Angst durch seine Eingeweide, und er blinzelte eine Träne aus dem Auge.

Was war mit diesen Turnschuhen los? Tony nahm alle Konzentrationskraft zusammen, die er aufbringen konnte, rief sich das Bild der Frau noch einmal vor Augen und erkannte dann mit einem leisen Seufzer der Erleichterung, was es war. Die Füße waren zu groß, selbst für eine so hochgewachsene Frau. Und die Hände, die zuerst in schwarzen Lederhandschuhen, später dann in Lastex-Handschuhen steckten – große Hände, dicke, kräftige Finger. Die Person, die ihn hierhergebracht hatte, war nicht immer eine Frau gewesen.

Carol drückte noch einmal auf die Türklingel. Wo zum Teufel war er? Die Lichter im Haus brannten, die Vorhänge waren zugezogen. Vielleicht war er nur schnell mal weggegangen, um sich eine Pizza zu holen, einen Brief einzuwerfen, eine Flasche Wein zu kaufen, ein Video auszuleihen? Mit einem frustrierten Seufzer wandte sie sich ab und begab sich zum Ende der Straße, wo sie in den Weg einbog, der zwischen Tonys Straße und den Häusern dahinter verlief. Sie ging bis zum Garten hinter Tonys Haus. Dort hatte der frühere Besitzer die Mauer eingerissen und den halben Garten als Abstellfläche für Autos asphaltiert, und auch Tony stelle seinen Wagen da ab, wie er ihr erzählt hatte.

Der Wagen befand sich an seinem Platz. »Verdammter Mist«, schimpfte Carol. Sie kehrte zum Haus zurück und schaute durch das Fenster in der Küchentür hinein. Das Licht in der Diele warf durch die geöffnete Tür einen schwachen Schimmer in die Küche, und sie konnte keine Anzeichen dafür entdecken, daß jemand daheim war – kein schmutziges Geschirr, keine leeren Flaschen. Auf gut Glück versuchte Carol es mit der Hintertür, jedoch ohne Erfolg. »Scheißmänner«, murmelte sie und ging wieder zu ihrem Wagen. »Fünf Minuten, mein Freund, dann bin ich weg«, sagte sie und ließ sich auf den Fahrersitz fallen. Nach zehn Minuten war noch immer niemand erschienen.

Carol startete den Motor und fuhr los. Am Ende der Straße schaute sie zu dem Pub auf der anderen Seite der Hauptstraße hinüber. Es ist einen Versuch wert, dachte sie. Sie brauchte weniger als drei Minuten, um die überfüllten und verräucherten Räumlichkeiten zu überprüfen und festzustellen, daß Tony Hill nicht im Farewell to Arms war.

Wohin sonst konnte er um neun Uhr an einem Sonntagabend zu Fuß gegangen sein? »Überallhin«, sagte sie zu sich selbst. »Du bist ja bestimmt nicht sein einziger Freund auf dieser Welt. Und er hat dich nicht erwartet; du hast ja nur den Rundruf für die Besprechung morgen veranlaßt.«

Carol gab auf und fuhr nach Hause. Michael war nicht da; er hatte, wie sie sich erinnerte, eine Verabredung zum Dinner mit einer jungen Frau, die er bei einer Computermesse getroffen hatte. Sie beschloß, sich von der Welt für heute zu verabschieden und ins Bett zu gehen. Vorher aber wollte sie Tony noch eine Nachricht auf seinem Anrufbeantworter hinterlassen. Wenn sie an zwei Tagen hintereinander ohne Vorwarnung bei ihm auftauchte, würde er das vielleicht falsch auslegen. Der Anrufbeantworter schaltete sich nach einigen Ruftönen ein, aber die übliche Ansage blieb aus, es erfolgte nur eine Serie von Klicks und dann der bekannte Piepston. »Hi, Tony«, sagte Carol. »Ich weiß nicht, ob Ihr Anrufbeantworter richtig funktioniert, und somit auch nicht, ob diese Nachricht bei Ihnen ankommt. Es ist einundzwanzig Uhr zwanzig, und ich will zeitig ins Bett gehen. Ich bin morgen früh im Büro und arbeite an dieser Sache mit dem Computerzubehör. Mr. Brandon hat für fünfzehn Uhr eine Besprechung einberufen. Wenn Sie möchten, daß wir uns vorher noch mal treffen, rufen Sie mich an. Sollten Sie mich in meinem Büro nicht erreichen, bin ich im HOLMES-Zentrum.«

Dann setzte sie sich mit Nelson auf dem Schoß und einem kräftigen Drink neben sich in einen Sessel und dachte über die vor ihr liegende Arbeit nach. Die Liste der Computerfirmen, die die Zusatzgeräte und die Hardware verkauften, die Handy Andy zur Herstellung seiner Spezial-Computerfilme brauchte, war deprimierend lang. Sie hatte Dave gesagt, er solle nicht mit der Arbeit daran anfangen, bis sie die Möglichkeit gehabt hatte, die Software-Firma, die Michael ihr genannt hatte, zu überprüfen. Deren Liste der Käufer würde kürzer sein, und sie würde den Landrover Discovery mit dieser Liste querchecken können. Nur wenn dabei nichts herauskam, würde sie Daves Team auf die Unzahl von Telefonnummern loslassen, die sie gewissenhaft am Abend noch zusammengestellt hatte. »Wir werden ans Ziel kommen«, sagte sie zu Nelson. »Die Mühe muß sich doch auszahlen.«

Das Klappern hoher Absätze auf Steinboden schnitt durch das Delirium der Schmerzen wie das Quietschen von Kreide auf einer Schultafel. Ein eigentlich ganz alltägliches Geräusch wirkte an diesem Ort bedrohlich. Tony wußte nicht, ob es Tag oder Nacht oder wieviel Zeit vergangen war, seit man ihn aus seinem Alltagsleben gerissen hatte. Er zwang sich zur Wachsamkeit, als sich das Geräusch hinter seinem Rücken näherte. Sie kam die Treppe herunter. Am Fuß der Treppe hörte das Klappern auf. Ein leises Kichern drang an sein Ohr. Langsam, Schritt für Schritt, ging sie hinter ihm vorbei. Er spürte ihre prüfenden Blicke in seinem Rücken.

Es dauerte eine Weile, bis sie schließlich in sein Blickfeld kam. Im ersten Moment war Tony überrascht, wie schön ihr Körper war. Vom Hals nach unten hätte sie ohne weiteres als Modell in Softporno-Heften auftreten können. Sie stellte sich in Positur, die Beine leicht gespreizt, die Hände auf die Hüften gestützt. Jetzt trug sie einen weiten roten Seidenkimono, der vorn offenstand und den Blick auf ein außergewöhnliches, reich verziertes rotes Lederjäckchen mit Löchern für die Brustwarzen sowie ein im Schritt geschlitztes Höschen freigab. Schwarze Strümpfe umschlossen wohlgeformte, muskulöse Beine. Die Füße steckten in hochhackigen schwarzen Schuhen. Selbst unter dem weiten Kimono zeichneten sich kräftige Schultern und Arme ab. In Tonys derzeitiger Lage wirkte sie so erotisch wie eine kalte Fangopackung.

»Na, ist der Knoten inzwischen geplatzt, *Anthony*?« fragte sie mit schleppender, von unterdrücktem Lachen verzerrter Stimme.

Die Betonung seines vollen Vornamens führte in seinem Bewußtsein zur letzten, entscheidenden Drehung am Rubikwürfel. Die Gedanken rasten durch seinen Kopf. »Ich nehme an, ein paar Schmerztabletten stehen außerhalb jeder Diskussion, oder, Angelica?« fragte er schließlich.

Wieder das leise Kichern. »Ich freue mich, daß du deinen Sinn für Humor noch nicht verloren hast.«

»Nein, das nicht, aber meine Würde. Ich habe das alles nicht erwartet, Angelica. Nichts in unseren Telefongesprächen hat mich ahnen lassen, daß du das hier mit mir vorhattest.«

»Du hast keine Ahnung gehabt, wer ich war, oder?« fragte Angelica, und der Stolz in ihrer Stimme war unverkennbar.

»Ja und nein. Ich wußte nicht, daß du diejenige warst, die diese Männer getötet hat. Aber ich habe gewußt, daß du die richtige Frau für mich warst.«

Angelica runzelte die Stirn, als wüßte sie nicht, wie sie reagieren sollte. Sie drehte sich um und überprüfte den Camcorder. »Du hast lange genug gebraucht, um zu dieser Erkenntnis zu kommen. Erinnerst du dich noch, wie oft du im Gespräch mit mir den Hörer auf die Gabel geknallt hast?« Ihre Stimme klang zornig, nicht verletzt.

Tony spürte die Gefahr und suchte nach besänftigenden Worten. »Das habe ich nur gemacht, weil ich ein Problem hatte, nicht deinetwegen.«

»Du hast ein Problem mit mir gehabt«, sagte sie, ging zu der Steinbank an der Wand, nahm eine neue Kassette und kehrte zur Kamera zurück.

Tony versuchte es weiter. »Ganz im Gegenteil«, sagte er. »Ich habe immer Probleme in den Beziehungen mit Frauen gehabt. Deshalb war ich mir am Anfang nicht sicher, wie ich mit dir umgehen sollte. Aber es wurde dann ja soviel besser. Du weißt doch selbst, daß es wunderschön mit uns beiden war. Ich habe es dir zu verdanken, daß ich das Gefühl habe, alle meine Probleme lägen hinter mir.« Er hoffte, sie würde die unbeabsichtigte Ironie in seinen Worten nicht erkennen.

Aber Angelica war nicht dumm. »Ich denke, davon kannst du ganz sicher ausgehen, Anthony«, sagte sie mit einem sarkastischen Lächeln.

»Du hast mich ganz schön ausgetrickst. Ich war fest davon überzeugt, daß der Mörder ein Mann ist. Ich hätte es besser wissen müssen.«
Mit dem Rücken zu ihm schob Angelica die Kassette in den Camcorder. Dann drehte sie sich um und sagte: »Du hättest mich nie im Leben gefaßt. Und da du nun aus dem Weg bist, wird es auch kein anderer schaffen.«
Tony ignorierte den drohenden Unterton in ihrer Stimme und redete weiter, bemüht darum, die seine warm und unverkrampft klingen zu lassen. »Ich hätte merken müssen, daß du eine Frau bist – die Raffinesse, die Beachtung der Details, die Sorgfalt, mit der du alle Spuren beseitigt hast. Es war dumm von mir, nicht zu kapieren, daß das die Kennzeichen eines weiblichen Geistes sein mußten und nicht die eines männlichen.«
Angelica grinste. »Ihr seid alle gleich, ihr Psychologen.« Sie spuckte das Wort aus, als wäre es eine Obszönität. »Ihr habt keine Phantasie.«
»Ich bin nicht wie die anderen, Angelica. Okay, ich habe diesen einen schweren Fehler gemacht, aber ich wette, ich weiß mehr über dich als jeder von ihnen, weil du mir das Innere deines Geistes offenbart hast. Und das nicht nur durch die Morde. Du hast mir bei unseren Kontakten die wahre Frau gezeigt, die Frau, die viel von Liebe versteht. Die anderen, nehme ich an, haben dich nicht verstanden, stimmt's? Sie glaubten dir nicht, als du ihnen gesagt hast, daß du einen weiblichen Geist hast, der in einem männlichen Körper gefangen ist. Ich vermute, sie taten so, als ob sie es verstehen würden, sie redeten gönnerhaft und von oben herab mit dir. Aber insgeheim haben sie dich als Monstrosität abgetan, nicht wahr? Glaub mir, ich bin nie auf einen solchen Gedanken gekommen.« Gegen Ende seiner Rede war Tonys Stimme nur noch ein heiseres Krächzen; sein Mund und seine Kehle waren in einer Mischung aus Angst und den Nachwirkungen des Chloroforms völlig ausgetrocknet. Der angestiegene

Adrenalinspiegel in seinem Blut bewirkte jedoch zumindest eine Milderung der Schmerzen.
»Was weißt du schon über mich?« fragte sie barsch, und die Qual auf ihrem Gesicht stand in krassem Gegensatz zu der koketten Pose, die sie eingenommen hatte.
»Ich brauche was zu trinken, wenn wir noch weiter miteinander reden wollen«, sagte Tony, in der Hoffnung, daß ihr Narzismus danach lechzte, ihn von ihren Großtaten sprechen zu hören, daß es sie drängte, seine Version der Beurteilung ihrer Persönlichkeit zu hören. Wenn er eine Chance haben wollte, mit dem Leben davonzukommen, mußte er eine Beziehung zu ihr aufbauen. Ein Getränk, von ihr gebracht, würde den ersten Stein aus der Mauer brechen. Je mehr er sie dazu bringen konnte, in ihm ein Individuum zu sehen und keine abzuhakende Nummer, um so besser waren seine Aussichten.
Angelica sah ihn finster und argwöhnisch an. Dann warf sie den Kopf zurück, wandte sich um und ging zu einem Wasserhahn, der aus der Wand ragte. Sie drehte ihn auf, während sie sich nach einem Trinkgefäß umsah. »Ich hole ein Glas«, murmelte sie und stieg mit klappernden Absätzen die Treppe hinauf.
Tony fühlte sich sehr erleichtert, daß er diesen kleinen Sieg errungen hatte. Angelica kam nach höchstens dreißig Sekunden zurück. Über diesem Raum muß die Küche liegen, folgerte Tony. Sie ging wieder zum Wasserhahn, sich geschickt auf den hohen Absätzen bewegend, ganz gleichmäßig und feminin. Das war interessant, denn unter dem Streß des Kidnappens und Mordens war sie offensichtlich in einen maskulineren Gang zurückverfallen. Dies war jedenfalls die einzige Erklärung dafür, daß nach Terry Hardings Überzeugung ein Mann von Damien Connollys Haus weggefahren war.
Angelica füllte das Glas und kam damit vorsichtig auf Tony zu. Sie griff mit der linken Hand in sein Haar, zog seinen Kopf zurück, was ihm stechende Schmerzen verursachte, und träufelte

dann das kalte Wasser in seinen Mund. Es lief zwar ebensoviel über sein Kinn wie in seine Kehle, aber die Erleichterung war dennoch groß. »Danke«, keuchte er, als sie das Glas wegnahm.
»Man soll stets freundlich zu seinen Gästen sein«, sagte sie sarkastisch.
»Ich hoffe, längere Zeit dein Gast zu bleiben«, entgegnete Tony. »Weißt du, ich bewundere dich. Du hast Stil.«
Sie runzelte erneut die Stirn. »Wage es nicht, mich zu verarschen, Anthony. Du kriegst mich mit dümmlichen Schmeicheleien nicht rum.«
»Ich verarsche dich ganz und gar nicht«, protestierte er. »Ich habe lange Tage und Nächte damit zugebracht, über die Einzelheiten deiner Errungenschaften nachzugrübeln. Wie könnte ich dich nicht bewundern, da ich doch so tief in deinem Kopf stecke? Wie könnte ich nicht beeindruckt sein? Die anderen, die du hierhergebracht hast, hatten keine Ahnung, wer du bist, was du zu leisten vermagst.«
»Das ist wahr, ich gebe es zu. Sie waren wie Babys, wie verschreckte, dumme Babys«, erwiderte Angelica verächtlich. »Sie wußten nicht zu würdigen, was eine Frau wie ich für sie hätte tun können. Sie waren treulose, geile Narren.«
»Sie kannten dich eben nicht, wie ich dich kenne.«
»Du sagst das immer wieder. Beweise es mir. Beweise, daß du so viel über mich weißt.«
Der Fehdehandschuh ist geworfen, dachte Tony. Mach dir nichts draus, jetzt für dein Abendessen singen und um dein Leben reden zu müssen. Das war nun wahrlich der Prüfstand, die Situation, in der er feststellen konnte, ob seine Psychologie tatsächlich eine Wissenschaft war oder einfach nur dummes Zeug.

»Fraser Duncan? Hallo, hier ist Detective Inspector Carol Jordan von der Kripo Bradfield«, sagte sie. Carol hatte sich nie daran gewöhnen können, ihren vollen Titel zu nennen. Sie fürchtete noch immer, jemand könnte laut herausplatzen: »O nein, das sind Sie nicht! Das kann nicht sein! Wir haben Sie durchschaut!« Glücklicherweise schien das heute nicht zu passieren.

»Ja?« Die Stimme klang vorsichtig, die Silbe zu einer Frage gedehnt.

»Mein Bruder Michael Jordan meinte, Sie könnten mir vielleicht bei einer Untersuchung helfen, die wir gerade durchführen.«

»Oh, ja?« Das Klima wurde wärmer. »Wie geht es Michael? Ist er mit der Software zufrieden?«

»Ich glaube, es ist sein Lieblingsspielzeug«, antwortete Carol.

Fraser Duncan lachte. »Ein teures Spielzeug, Inspector. Also, was kann ich für Sie tun?«

»Ich möchte mit Ihnen über das System Vicom 3D Commander sprechen. Streng vertraulich natürlich. Wir stecken in einer schwierigen Morduntersuchung, und eine unserer Theorien ist die, daß der Mörder Ihre Software eingesetzt haben könnte, um seine Videos zu bearbeiten, vielleicht sogar, um zusätzliches Material in die Videos zu importieren. Das wäre doch möglich, oder?«

»Durchaus. Es wäre völlig unkompliziert.«

»Nun meine Frage: Registrieren Sie alle Käufer des Systems?«

»Das tun wir. Wir verkaufen natürlich nicht jedes Systempaket direkt über den Ladentisch, aber jeder Käufer sollte sich registrieren lassen, weil er dann bei Schwierigkeiten kostenfreien Zugang zu einer Helpline bekommt und auf eine Info-Prioritätenliste gesetzt wird, wenn wir ein Upgrade des Systems entwickelt haben.« Duncan war jetzt ausgesprochen mitteilsam. »Höre ich aus Ihrer Frage heraus, daß Sie Zugang zu unserer Käufer-Datenbank haben wollen, Inspector?«

»So ist es, Sir. Diese Information könnte für uns bei der bereits erwähnten Morduntersuchung von großer Bedeutung sein. Ich möchte ausdrücklich betonen, daß wir die Sache streng vertraulich behandeln werden. Ich verbürge mich persönlich dafür, daß

Ihre Daten in unserem System gelöscht werden, sobald wir sie nicht mehr benötigen.« Carol versuchte, nicht zu sehr nach Bittstellerin zu klingen.
»Ich weiß nicht …« sagte Duncan zögernd. »Ich kann mich nicht mit dem Gedanken anfreunden, daß Sie und Ihre Kollegen an die Haustüren unserer Kunden hämmern.«
»Dazu wird es nicht kommen, Mr. Duncan, auf gar keinen Fall. Wir werden Ihre Liste nur in unser Home Office Large Major Enquiry System eingeben und sie mit bereits existierenden Daten abgleichen. Wir werden nur in Aktion treten, wenn sich Übereinstimmungen bei Leuten ergeben, die wir bereits in unserem Computer haben.«
»Geht es bei der Untersuchung um den Serienmörder?« fragte Duncan unumwunden.
Was will er jetzt hören?, schoß es Carol durch den Kopf. »Ja«, sagte sie dann, das Spiel wagend.
»Ich rufe Sie zurück, Inspector. Ich muß mich vergewissern, daß Sie wirklich die sind, für die Sie sich ausgeben.«
»Kein Problem.« Sie nannte ihm die Nummer der Zentralvermittlung der Polizei. »Verlangen Sie zur HOLMES-Zentrale in der Scargill Street durchgestellt zu werden.«
Die nächsten Minuten gingen für die ungeduldig fiebernde Carol extrem langsam vorbei. Das Telefon hatte kaum mit dem Klingeln begonnen, als sie auch schon den Hörer am Ohr hatte. »Inspector Jordan.«
»Du schuldest mir was, Schwesterchen.«
»Michael!«
»Ich habe gerade Fraser Duncan erklärt, was für eine ehrenwerte kleine Person du bist und daß er dir trotz all der bösen Dinge, die er über die Polizei so hört, voll trauen kann.«
»Ich liebe dich. Und jetzt mach dich aus der Leitung, und laß den Mann mit mir reden!«
Nach weniger als einer Stunde waren dank Dave Woolcott und

den Wundern der modernen Technologie die Vicom-Käuferdaten im HOLMES-Computer. Carol hatte Fraser Duncan zu Dave durchgestellt, nachdem sie sich über die grundsätzlichen Bedingungen für die Nutzung der Daten geeinigt hatten, und dann hatte sie verständnislos an Daves Ende der Leitung dem Gespräch der beiden zugehört, in dem es vor fremdartigen Ausdrücken wie »Baudrate« und »ASCII-Set« nur so wimmelte.

Carol saß neben Dave, während er an einem der Terminals arbeitete. »Okay«, sagte er. »Wir haben jetzt die Swansea-Liste aller Personen in einem Umkreis von zwanzig Meilen um Bradfield, die einen Discovery besitzen, ins System eingegeben. Dasselbe gilt für die Vicom-Liste der Käufer dieser speziellen Software. Ich drücke auf diese Taste, okay, gehe im Menü zu der Option ›Wildcard-match‹, okay, und jetzt lehnen wir uns zurück und lassen den Computer den Rest mit sich selbst ausmachen.«

Eine quälende Minute lang geschah gar nichts. Dann verschwand das bisherige Bild vom Schirm, und eine Meldung flackerte auf: »(2) Übereinstimmungen gefunden. Auflisten?« Dave drückte die Ja-Taste, und zwei Namen und Adressen erschienen.

1: Philip Crozier, 23 Broughton Crag, Sheffield Road, Bradfield, BX4 6JB.

2: Christopher Thorpe (Sortierkriterium 1)/Angelica Thorpe (Sortierkriterium 2), 14 Gregory Street, Moorside, Bradfield, BX6 4LR.

»Was heißt das?« fragte Carol und deutete auf die zweite Option. »Der Discovery ist auf Christopher Thorpe zugelassen, die Software wurde von Angelica Thorpe gekauft«, erklärte Dave. »Beim Einsatz der Wildcard-Option sortiert die Maschine sowohl nach Anschrift als auch nach Namen aus. Es ist also was dabei rausgekommen. Ob was dahintersteckt, müssen wir erst noch rausfinden.«

Penny Burgess wanderte über den rauhen, rissigen Kalksteinboden von Malham Pavement. Der Himmel glänzte im hellen Blau des Frühlings, das harte Moorgras begann mehr grün als braun zu schimmern. Von Zeit zu Zeit schossen Lerchen in die Luft und trillerten ihr Lied in Pennys Ohren. Es gab zwei Gelegenheiten, bei denen Penny so richtig zum Leben erwachte. Die eine war die Verfolgung einer heißen Story, die andere waren Wanderungen in den Hochmooren der Yorkshire Dales und dem Derbyshire Peak District. In der Weite dieser Landschaft fühlte sie sich frei wie die Lerchen am Himmel, und aller Druck wich von ihr. Keine Nachrichtenredaktion verlangte dann einen Artikel von ihr mit Termin vor einer Stunde, keine Kontaktleute mußten beschwichtigt werden, und sie brauchte nicht dauernd über die Schulter zu schauen, ob sie auch ja den Konkurrenten voraus blieb. Da waren nur der Himmel, die faszinierende Kalksteinlandschaft und sie.
Es gab keinen besonderen Grund, aber plötzlich fiel ihr Stevie McConnell ein. Er würde nie mehr den Himmel sehen, nie mehr durch ein Moor wandern und den Wechsel der Jahreszeiten beobachten können. Gott sei Dank hatte sie die Möglichkeit, dafür zu sorgen, daß jemand für diesen grausamen Verlust, den er einem Mitmenschen zugefügt hatte, bezahlen mußte.

Philip Croziers Haus war ein modernes zweistöckiges Reihenhaus, dessen Erdgeschoß zum Großteil von der integrierten Garage eingenommen wurde. Carol saß im Wagen und sah es sich genau an. »Gehen wir rein?« fragte der junge Detective Constable auf dem Fahrersitz.
Carol dachte einen Moment nach. Sie hätte Tony gern dabeigehabt, wenn sie die Leute befragte, deren Namen der Computer ausgespuckt hatte. Sie hatte versucht, ihn zu Hause anzurufen. Keine Reaktion. Claire, seine Sekretärin, hatte ihr gesagt, er sei noch nicht ins Büro gekommen, was sie wundere, da er um halb

zehn einen Termin habe. Carol war noch einmal an seinem Haus vorbeigefahren, aber es war noch alles im selben Zustand wie am Abend zuvor. Er treibt sich mit einer Freundin rum, hatte sie gefolgert. Geschieht ihm recht, wenn er dadurch das Finale mit Handy Andy verpaßt, war ihr nächster gehässiger Gedanke gewesen, doch sogleich hatte sie ihr kindisches Verhalten bereut. Da Tony nicht aufzutreiben war, hätte sie gern Don Merrick mitgenommen, aber er war mit anderen Ermittlungen beschäftigt, die sich aus der Identifizierung des Discovery ergaben. Der einzige Beamte, der nicht woanders dringend gebraucht wurde, war Detective Constable Morris, seit drei Monaten zur Kripo Bradfield abkommandiert.

»Wir könnten tatsächlich nachsehen, ob er daheim ist«, sagte Carol. »Aber wahrscheinlich arbeitet er.«

Sie gingen über den Plattenweg. Carol registrierte den gepflegten Rasen und den hübschen Anstrich des Hauses. Es paßte eigentlich nicht zu den Aussagen in Tonys Profil. Im Hinblick auf seinen Wert und den allgemeinen Status sah es eher wie das Haus eines Opfers aus, nicht wie das eines Mannes, der noch anstrebte, dessen Lebensstil zu erreichen. Carol drückte auf die Klingel. Keine Reaktion. Sie wollten schon zum Wagen zurückgehen, als sie polternde Schritte auf einer Treppe hörte. Dann wurde die Tür geöffnet, und dahinter zeigte sich ein stämmiger schwarzer Mann in einer grauen Trainingshose, scharlachrotem T-Shirt und bloßen Füßen. Er hätte nicht weiter von Terry Hardings Beschreibung abweichen können. Carol war einen Moment enttäuscht, dann zwang sie sich, daran zu denken, daß Crozier vielleicht nicht der einzige war, der zu seiner Software und zu seinem Discovery Zugang hatte. Es lohnte sich auf jeden Fall, ihn zu befragen. »Ja?« sagte er.

»Mr. Crozier?«

»Stimmt. Wer will das wissen?« Seine Stimme war gelassen, der Bradfielder Akzent stark ausgeprägt.

Carol zeigte ihm ihren Ausweis und stellte sich vor. »Dürfen wir bitte reinkommen und uns mit Ihnen unterhalten, Sir?«
»Worüber?«
»Ihr Name ist bei einer Routineuntersuchung aufgetaucht, und ich möchte Ihnen ein paar Fragen stellen, um Sie bei den Ermittlungen ausschließen zu können.«
Crozier runzelte die Stirn. »Was für Ermittlungen?«
»Dürfen wir reinkommen, Sir?«
»Nein, einen Moment mal, was soll das alles? Ich bin gerade sehr beschäftigt.«
Morris trat neben Carol. »Es besteht kein Anlaß, uns Schwierigkeiten zu machen, Sir, es geht um eine Routinesache.«
»Mr. Crozier macht uns sicher keine Schwierigkeiten, Constable«, sagte Carol kühl. »An Ihrer Stelle würde ich mich auch so verhalten, Sir. Ein Kraftfahrzeug, auf das die Beschreibung Ihres Wagens paßt, war in einen Unfall verwickelt, und wir möchten sichergehen, daß wir Sie bei den weiteren Ermittlungen ausschließen können. Im Zusammenhang mit dieser Untersuchung reden wir auch noch mit mehreren anderen Leuten, Sir. Es wird nicht lange dauern.«
»Na gut«, seufzte Crozier, »kommen Sie rein.«
Sie folgten ihm eine Treppe hinauf, die mit einem praktischen Sisalläufer ausgelegt war, in ein großes Wohnzimmer mit eingegliederter Küche. Es war teuer, aber nicht überladen eingerichtet. Er ließ sie in zwei Ledersesseln mit Holzlehnen Platz nehmen und setzte sich auf einen Ledersack auf dem Parkettboden. Morris zog ein Notizbuch aus der Tasche und schlug es ostentativ an einer unbeschriebenen Seite auf.
»Sie haben Ihren Arbeitsplatz also hier bei sich zu Hause?« fragte Carol.
»Stimmt. Ich bin freischaffender Kunstzeichner.«
»Cartoons?«
»Ich mache vor allem wissenschaftliche Zeichnungen. Wenn Sie

mal für ein Telekolleg was brauchen, das zeigt, wie Atome kollidieren, dann bin ich Ihr Mann. Also, worum geht's nun eigentlich?«

»Sie fahren einen Landrover Discovery?«

»Richtig. Der steht in der Garage.«

»Können Sie uns sagen, ob Sie letzten Montag nachts damit unterwegs waren?« fragte Carol. Mein Gott, war das alles wirklich erst eine Woche her?

»Das kann ich. Da war ich nicht mit dem Wagen unterwegs, sondern in Boston, Massachusetts.«

Sie ging mit ihm die üblichen Routinefragen durch, die exakt aufzeigten, was er zur fraglichen Zeit getan hatte und wer das bestätigen konnte. Dann erhob sie sich. Es wurde Zeit für die Kernfrage, aber es war wichtig, daß sie beiläufig klang. »Vielen Dank für Ihre Unterstützung, Mr. Crozier. Noch eine letzte Frage. Gibt es jemanden, der Zugang zu Ihrem Haus hat, wenn Sie abwesend sind? Jemanden, der sich Ihren Wagen ausgeliehen haben könnte?«

Crozier schüttelte den Kopf. »Ich lebe allein hier. Nicht mal eine Katze oder Pflanzen habe ich, um die sich jemand kümmern müßte, wenn ich verreist bin. Ich bin der einzige, der Schlüssel zum Haus und zum Wagen hat.«

»Sind Sie ganz sicher? Keine Putzfrau, kein Kollege, der kurz mal reinschaut und Ihren Computer benutzt?«

»Natürlich bin ich sicher. Ich putze das Haus selbst, ich arbeite allein, ich habe mich vor ein paar Monaten von meiner Freundin getrennt und danach die Schlösser auswechseln lassen, okay? Niemand außer mir hat Schlüssel.« Cozier klang jetzt gereizt.

Carol hakte dennoch nach. »Und keiner könnte sich ohne Ihr Wissen die Schlüssel besorgt und sich Nachschlüssel angefertigt haben?«

»Ich wüßte nicht, wie. Ich habe nicht die Angewohnheit, sie rumliegen zu lassen. Und die Versicherung für den Wagen ist nur für mich abgeschlossen, also hat niemand sonst ihn irgendwann gefahren.« Er wurde immer gereizter. »Hören Sie, wenn jemand was Kriminelles mit einem Wagen angestellt hat, der mein Nummernschild hatte, dann war dieses Nummernschild gefälscht, okay?«

»Danke, Mr. Crozier. Ich versichere Ihnen, wenn die Informationen, die Sie uns gegeben haben, der Überprüfung standhalten, werden Sie nichts mehr von uns hören. Und nochmals vielen Dank für die Zeit, die Sie uns geopfert haben.«

Als sie wieder im Wagen saßen, sagte Carol: »Halten Sie an der nächsten Telefonzelle. Vielleicht erreiche ich nun Dr. Hill. Ich kann nicht glauben, daß er ausgerechnet jetzt, da wir ihn nun wirklich brauchen, fahnenflüchtig geworden ist.«

Auf 3 1/2-Zoll-Diskette, Beschriftung: Backup.007; Datei Love018.doc

Es ist lächerlich. Sie suchen sich einen Mann aus, der nicht einmal feststellen kann, ob ich es war, der eine bestimmte Strafaktion gegen einen Verräter ausgeführt hat oder ein anderer, und sie heuern ihn an, um ihnen bei der Jagd nach mir zu helfen. Sie hätten mir wenigstens den Respekt erweisen können, einen Psychologen mit einiger Reputation hinzuzuziehen, mir einen Gegner gegenüberzustellen, welcher meiner Fähigkeiten würdig ist, nicht irgendeinen Dummkopf, der es noch nie mit jemandem von meinem Kaliber zu tun hatte.

Statt dessen beleidigen sie mich. Dr. Tony Hill soll ein psychologisches Profil von mir erstellen, basierend auf der Analyse meiner Morde. Wenn dieser mein Bericht veröffentlicht wird, in vielen Jahren, nach meinem Tod in meinem Bett aufgrund natürlicher Umstände, werden die Historiker dieses Profil mit der Realität vergleichen und über die plumpen Unzulänglichkeiten seiner Pseudowissenschaft lachen.

Dr. Tony Hill wird der Wahrheit niemals nahe kommen. Zur Dokumentation stelle ich sie nachfolgend dar.

Ich wurde in der Stadt Seaford in Yorkshire geboren, die einen der geschäftigsten Fischerei- und Handelshäfen unseres Landes besitzt. Mein Vater war Seemann bei der Handelsmarine, Erster Offizier auf einem Öltanker. Er fuhr zu allen Häfen dieser Welt und kam nur selten zu uns nach Hause. Meine Mutter war eine ebenso schlechte Hausfrau wie Mutter. Ich sehe jetzt noch vor mir, wie das Haus ständig in einem chaotischen Zustand war, und die Mahlzeiten kamen unregelmäßig und unappetitlich auf den Tisch. Nur im Trinken war sie gut, und der Alkohol war auch das einzige, was meine Eltern miteinander verband. Wenn es einen olympischen Wettbewerb für Säuferehepaare gäbe, wären sie bestimmt mit der Goldmedaille ausgezeichnet worden.

Als ich sieben war, kam mein Vater gar nicht mehr nach Hause. Meine Mutter warf mir ständig vor, ich sei kein guter Sohn, und so behauptete sie dann auch, ich habe meinen Vater aus dem Haus vertrieben. Und sie sagte, daß ich jetzt der Mann im Haus sein müsse. Aber ich konnte es ihr nie recht machen. Sie verlangte mehr von mir, als ich zu leisten vermochte, und sie erzog mich weitaus mehr durch Strafen als durch Lob. Ich habe mehr Zeit eingesperrt im Kleiderschrank verbracht als der Mantel so mancher Leute.

Ohne meines Vaters monatlichem Scheck war sie auf die Sozialfürsorge angewiesen, was kaum zum Leben reichte, vom erforderlichen Alkoholnachschub gar nicht zu reden. Als die Wohnbaugesellschaft uns das Haus kündigte, zogen wir für einige Zeit nach Bradfield zu Verwandten, aber meine Mutter konnte deren Vorwürfe wegen ihres Lebenswandels nicht ertragen. Also kehrten wir nach Seaford zurück, wo sie sich dem anderen florierenden Geschäftszweig der Stadt zuwandte – der Prostitution. Ich mußte mich an die Prozession ekelhafter, betrunkener Seeleute gewöhnen, die durch die schnell wechselnden dreckigen Wohnungen und möblierten Zimmer zogen, in denen wir untergeschlüpft waren. Wir waren immer mit den Mieten im Rückstand und setzten uns meistens bei Nacht und Nebel ab, ehe die Gerichtsvollzieher zu hartnäckig wurden.

Ich lernte die widerlichen, von Stöhnen begleiteten Kopulationen hassen, deren Zeuge ich fortlaufend wurde, und so hielt ich mich so oft wie möglich von zu Hause fern. Geschlafen habe ich oft draußen bei den Docks. Anderen Kindern, die jünger waren als ich, nahm ich ihr Geld ab, so daß ich mir etwas zu essen kaufen konnte. Ich wechselte die Schulen fast so häufig, wie wir die Wohnungen wechselten, und so machte ich mich nicht besonders gut als Schüler, obwohl ich wußte, daß ich die anderen Kinder alle leicht in die Tasche stecken konnte.

Sobald ich sechzehn war, ging ich von Seaford weg. Der Abschied fiel mir nicht schwer. Es war ja nicht so, daß ich mich bei unserem dauernden Wohnungswechsel mit vielen anderen Kindern hätte anfreunden können. Ich hatte genug von Männern gesehen, um mir klar darüber zu sein, daß ich nicht so werden wollte wie sie, und in meinem Inneren fühlte ich auch irgendwie nicht wie ein Mann. Ich glaubte, daß ich, wenn ich wieder in eine große Stadt wie Bradfield ziehen würde, leichter herausfinden könnte, was ich eigentlich wollte. Ein Cousin meiner Mutter verschaffte mir einen Job bei der Elektronikfirma, bei der er arbeitete.

Etwa um diese Zeit entdeckte ich, daß ich mich gut fühlte und mit mir im reinen war, wenn ich Frauenkleider anzog. Ich hatte ein möbliertes Zimmer gemietet und konnte das tun, wann immer ich wollte, und es führte stets zu einer tiefen inneren Ruhe bei mir. Ich begann an der Abendschule Kurse über Informatik zu belegen und brachte es schließlich zu einigen hochwertigen Abschlüssen. Und dann erbte meine Mutter von ihrem verstorbenen Bruder ein Haus in Seaford.

Ich bekam einen Job in Seaford, und zwar als Mitarbeiter am Computersystem der örtlichen privaten Telefongesellschaft. Ich wollte eigentlich nicht wieder dorthin zurück, aber die Stelle war zu gut. Ich ging nicht ein einziges Mal zu meiner Mutter. Ich glaube nicht, daß sie überhaupt wußte, daß ich wieder in der Stadt war.

Einer der wenigen Vorzüge Seafords ist es, daß von dort die

Fähre nach Holland verkehrt. Ich benutzte sie jedes zweite Wochenende, weil ich in Amsterdam als Frau gekleidet herumlaufen konnte, ohne daß auch nur jemand die Augenbrauen hob. In dieser Stadt traf ich viele Transvestiten und Transsexuelle, und je mehr ich mich mit ihnen unterhielt, um so klarer wurde mir, daß ich so war wie sie. Ich war eine Frau, gefangen im Körper eines Mannes. Das erklärte auch, warum ich nie viel Interesse an Mädchen entwickelt hatte. Und obwohl ich mich zu Männern hingezogen fühlte, ich war keinesfalls ein Schwuler. Sie ekeln mich an, diese Männer, die normale Beziehungen verachten, weiß doch jedermann, daß nur Männer und Frauen wirklich zusammenpassen.

Ich ging zu den Ärzten in der Spezialklinik in Leeds, an der alle Geschlechtsumwandlungen im Norden durchgeführt werden, und sie wiesen mich ab. Die Psychologen dort waren so dumm und einseitig wie ihre gesamte Zunft. Doch in London fand ich einen Privatarzt, der mir zumindest die Hormonbehandlung verschrieb, die ich brauchte. Natürlich konnte ich während dieser Zeit nicht arbeiten, aber ich sprach mit meinem Boß, und er sagte, er werde mich für eine andere Arbeit empfehlen, wenn ich die Operation hinter mir habe und eine Frau sei.

Zu der Operation mußte ich ins Ausland gehen, und die ganze Sache war viel teurer, als ich gedacht hatte. Ich wandte mich an meine Mutter und fragte sie, ob sie eine Hypothek auf das Haus aufnehmen und mir das Geld leihen könne, aber sie lachte mich nur aus.

Daraufhin tat ich das, was ich von ihr gelernt hatte – ich verkaufte mich in den Docks. Es ist erstaunlich, wieviel Geld Seemänner für einen Travesti zahlen. Sie geraten vor Aufregung völlig aus dem Häuschen, wenn sie jemanden treffen, der Brüste und einen Schwanz hat. Und ich war auch sonst nicht wie die anderen Nutten, ich warf nicht alles für Alkohol

oder Drogen oder für einen Zuhälter zum Fenster raus. Ich legte mein Geld zur Seite, bis ich mir die Operation leisten konnte.
Als ich nach Seaford zurückkam, erkannte mich nicht einmal meine Mutter wieder. Ein paar Tage nach meiner Rückkehr nahm sie eine Überdosis aus Alkohol und Pillen. Niemand war überrascht. Ja, Doktor, Sie können sie der Liste meiner Morde hinzufügen.
Mit meiner Qualifikation und Erfahrung sowie guter Referenzen hatte ich keine Schwierigkeiten, einen Job als Leitende Systemanalytikerin bei der Telefongesellschaft in Bradfield zu bekommen. Mit dem Geld aus dem Verkauf des Hauses in Seaford erwarb ich mein Haus in Bradfield, und dann begann ich mit der Suche nach einem Mann, der es wert war, mein Leben mit mir zu teilen.
Und dieser Dr. Tony Hill maßt sich an, mich zu kennen, ohne daß er von alldem etwas weiß. Nun, in wenigen Tagen werde ich mein Geheimnis mit ihm teilen. Schade, daß er nicht die Möglichkeit haben wird, es selbst niederzuschreiben.

18

Die Wahrheit ist, ich bin ein sehr penibler Mann, wenn es sich um Mord handelt; und vielleicht gehe ich mit meinen Feinheiten ein wenig zu weit.

Don Merrick kam ins HOLMES-Zentrum und biß in einen fünf Zentimeter dicken doppelten Käse-und-Schinken-Burger. »Wie schaffen Sie das nur?« fragte Dave Woolcott. »Wie kriegen Sie die in der Kantine nur dazu, Ihnen was Genießbares zu machen? Die bringen es doch sogar fertig, eine Tasse Tee anbrennen zu lassen, diese blöden Weiber, aber Sie schaffen es immer, sie um den Finger zu wickeln.«

Merrick zwinkerte. »Das liegt an meinem natürlichen Gordie-Charme«, antwortete er. »Ich suche mir das häßlichste Mädchen raus und sage ihr, sie würde mich an meine Mutter erinnern, als sie in der Blüte ihrer Jahre stand.« Er setzte sich und streckte seine langen Beine aus. »Ich habe die sechs Discoverys und ihre Besitzer überprüft, die auf der Liste von Ihrem Sergeant standen. Sie sind alle sauber. Zwei sind Frauen, zwei haben bombensichere Alibis für mindestens zwei der in Frage kommenden Nächte, einer hat Multiple Sklerose, der könnte also schon rein körperlich die Morde nicht begangen haben, und der sechste hat seinen Wagen vor drei Wochen an einen Autohändler in den Midlands verkauft.«

»Na großartig«, sagte Dave. »Geben Sie die Liste einem der Operatoren, damit er die Datei updaten kann.«

»Wo ist der Boß?«

»Carol oder Kevin?«

Merrick zuckte mit den Schultern. »Für mich ist Inspector Jordan immer noch mein Boß.«

»Sie ist auf Phantomjagd.«

»Bei ihrer Idee sind also Resultate rausgekommen?« fragte Merrick.
»Zwei Übereinstimmungen.«
»Darf ich mir das mal ansehen?« bat Merrick.
Dave kramte in seinen Papieren herum und fand schließlich drei zusammengeheftete Blätter. Das erste war die Auflistung der beiden Übereinstimmungen. Merrick runzelte die Stirn. Das zweite war ein Computerausdruck des Vorstrafenregisters von Philip Crozier – keine Eintragungen. Auf dem dritten Blatt standen die Strafregisterauszüge von zwei Christopher Thorpes. Bei einem war als zuletzt bekannte Anschrift ein Ort in Devonshire angegeben, und die Eintragungen enthielten mehrere Vorstrafen wegen Einbruchdiebstahls. Der zweite hatte seine zuletzt bekannte Adresse in Seaford. Es waren eine Reihe von Jugendstrafen eingetragen: tätlicher Angriff auf einen Fußballschiedsrichter, Einschlagen von Fensterscheiben an einer Schule, Ladendiebstähle. Ein halbes Dutzend Straftaten als Erwachsener waren vermerkt, alle wegen nicht lizenzierter Prostitution. Merrick atmete tief durch. »Scheiße«, sagte er.
»Was ist los?« fragte Dave, plötzlich hellwach.
»Der hier. Christopher Thorpe, der aus Seaford.«
»Was ist mit ihm? Carol glaubt, es sei nicht derselbe wie unserer hier. Ich meine, er hat Vorstrafen wegen männlicher Prostitution, aber unserer hier in Bradfield scheint verheiratet zu sein, denn die Frau mit derselben Adresse trägt ja seinen Familiennamen. Und dann kommt noch hinzu, daß Hafenstrichjungen nicht in einem so soliden Wagen wie einem Discovery rumfahren.«
Merrick schüttelte den Kopf. »Nein, nein, Sie haben das falsch verstanden. Ich kenne diesen Christopher Thorpe aus Seaford. Bevor ich herkam, war ich in Seaford bei der Sitte, erinnern Sie sich? Zwei von diesen Festnahmen wegen Prostitution habe ich vorgenommen. Christopher Thorpe stand damals kurz vor einer Geschlechtsumwandlung. Er hatte Titten wie 'ne Frau und all so

was, und er versuchte das Geld für die Operation zusammenzusparen. Und jetzt raten Sie mal, unter welchem Namen er damals gearbeitet hat? Dave, Christopher Thorpe ist nicht mit einer Frau *verheiratet,* er *ist* Angelica Thorpe.«
»Ach du Scheiße!« stieß Dave aus.
»Dave, wo zum Teufel ist Carol?«

Angelica stand vor ihm, die Hände in die Hüften gestemmt. »Du kannst es nicht, stimmt's? Du kannst es nicht beweisen, weil du nichts über mein Leben weißt.«
»In einer Hinsicht hast du völlig recht, Angelica, ich kenne die Fakten deines Lebens nicht«, sagte Tony vorsichtig. »Aber ich glaube ein wenig über seine grundsätzliche Gestaltung zu wissen. Deine Mutter hat dir nicht den Eindruck vermittelt, dich zu lieben. Vielleicht hatte sie ein Problem mit dem Alkohol oder mit irgendwelchen Drogen, vielleicht verstand sie aber auch nur nicht, was ein kleines Kind braucht. Wie dem auch sei, sie hat dir nicht das Gefühl gegeben, geliebt zu werden, als du noch klein warst. Habe ich recht?«
Angelica sah ihn finster an. »Mach weiter. Schaufle dir selbst dein Grab.«
Tony verspürte erneut Angst. Was, wenn er falschlag? Was, wenn diese Frau die Ausnahme von jeder statistischen Wahrscheinlichkeit war, die Tony während der ganzen Ermittlung in den Vordergrund seiner Beurteilung gestellt hatte? Was, wenn sie der erste Serienmörder war, der aus einer glücklichen, liebevollen Familie stammte? Tony verwarf seine Zweifel als einen Luxus, den er sich in dieser Situation nicht leisten konnte, und fuhr fort: »Dein Vater war während deines Heranwachsens nicht oft zu Hause, und er hat dir nie gezeigt, wie stolz er auf seinen Sohn war, obwohl du alles getan hast, ihm diesen Stolz zu vermitteln. Deine Mutter hat zuviel von dir erwartet. Sie sagte dir immer wieder, du seist der Mann im Haus, und sie ging hart mit dir um, wenn du

dich wie das Kind benahmst, das du warst, und nicht wie der Mann, den sie in dir sehen wollte.« Über Angelicas Gesicht huschte ein Anzeichen des Erkennens. Tony hielt inne.
»Mach weiter«, krächzte sie durch zusammengebissene Zähne.
»Es ist nicht einfach für mich, in dieser gekrümmten Haltung zu reden. Ist es nicht möglich, das Seil ein bißchen zu lockern, damit ich aufrecht stehen kann?«
Sie schüttelte den Kopf, den Mund trotzig wie ein Kind verziehend.
»Ich kann dich so nicht richtig ansehen«, versuchte er es anders. »Du hast so einen wunderschönen Körper. Wenn er das Letzte ist, was ich im Leben sehe, dann laß mich diesen Anblick wenigstens noch genießen.«
Sie legte den Kopf schief, als wollte sie prüfen, ob seine Worte ernst gemeint waren oder ob es nur betrügerische Schmeichelei war. »Okay«, räumte sie schließlich ein. »Aber das heißt nicht, daß sich irgendwas ändert«, fügte sie dann hinzu, während sie zu der Winde ging und das Seil um etwa dreißig Zentimeter nachließ. Tony konnte einen Schmerzensschrei nicht unterdrücken, als die Anspannung, mit der seine Schultermuskeln bis zum äußersten gestreckt worden waren, so plötzlich nachließ. »Das legt sich wieder«, sagte Angelica roh und ging zu ihrem Platz neben dem Camcorder zurück. »Rede weiter«, befahl sie. »Ich habe Fantasy-Geschichten schon immer gemocht.«
Er streckte seinen Körper, gegen den Schmerz ankämpfend. »Du warst ein kluges Kind«, keuchte er, »viel heller im Kopf als die anderen. Es ist nicht einfach, Freunde zu gewinnen, wenn man so viel intelligenter ist als die Kinder um einen herum. Und es könnte sein, daß du oft umziehen mußtest, häufig andere Nachbarn, vielleicht sogar andere Schulen hattest.« Angelica hatte sich wieder unter Kontrolle, ihr Gesicht blieb teilnahmslos, als er fortfuhr: »Es war nicht leicht, Freundschaften zu schließen. Du hast gewußt, daß du anders warst, etwas Besonderes, aber zu-

nächst war dir nicht klar, warum es so war. Dann, als Teenager, hast du festgestellt, woran es lag. Du warst nie wie die anderen Jungs, weil du gar kein Junge warst. Du hattest kein sexuelles Interesse an Mädchen, aber nicht, weil du schwul warst. Nein, es lag daran, daß du in Wirklichkeit selbst ein Mädchen warst. Du hast entdeckt, daß du das Gefühl hattest, endlich zu Hause angekommen zu sein, endlich deine wahre Bestimmung gefunden zu haben, wenn du Mädchenkleider angezogen hast.« Er machte eine Pause und fragte sie anlächelnd: »Wie hört sich das bis jetzt an?«

»Sehr beeindruckend, Doktor«, sagte sie kalt. »Ich bin fasziniert. Mach weiter.«

Tony spannte die Schultermuskeln an und stellte erleichtert fest, daß anscheinend noch kein bleibender Schaden entstanden war. Die Stecknadeln und Nägel, die wie wild in seine Rückenmuskeln stachen, schienen im Vergleich zu dem, was er bisher durchgemacht hatte, nur ein leichtes Pieksen zu sein. Er atmete tief durch.

»Du hast dich dann entschlossen, die Person zu werden, die in dir steckte, die Frau, die du nun einmal warst. Glaub mir, Angelica, ich habe enormen Respekt vor dir, daß du das alles durchgestanden hast. Ich weiß, wie schwer es ist, Mediziner zu finden, die so etwas ernst nehmen. Und dann die Hormontherapie, die Elektrolyse, das Leben halb als Mann, halb als Frau, während du auf die Operationen warten mußtest, und schließlich die Qualen der chirurgischen Eingriffe.« Er schüttelte staunend den Kopf. »Ich hätte nicht den Mut gehabt, das alles über mich ergehen zu lassen.«

»Es war nicht leicht.« Die Worte kamen ihr fast gegen ihren Willen über die Lippen.

»Das kann ich mir vorstellen«, sagte Tony mitfühlend. »Und dann, nach all den Qualen, hast du dich gefragt, ob es sich gelohnt hat, als du erkennen mußtest, daß die Dummheit, der Mangel an Sensitivität und Verständnis, die du bisher schon bei Männern festgestellt hattest, nicht einfach verschwanden, weil du jetzt eine

Frau warst. Sie waren immer noch ein Haufen dummer Bastarde, unfähig, eine außergewöhnliche Frau zu erkennen, die ihnen ihre Zuneigung und Liebe auf einem silbernen Tablett servierte.«

Wieder unterbrach sich Tony, musterte ihr Gesicht und entschied, daß die Zeit für das große Spiel gekommen war. Die Kälte war aus ihren Augen gewichen und hatte einem fast leidenden Ausdruck Platz gemacht. Er sprach mit weicher, leiser Stimme weiter. Lieber Gott, flehte er, gib, daß sich meine Ausbildung bezahlt macht.

»Sie haben dich zurückgewiesen, nicht wahr? Adam Scott, Paul Gibbs, Gareth Finnegan, Damien Connolly. Sie haben dich abblitzen lassen.«

Angelica schüttelte heftig den Kopf, als ob sie dadurch die Vergangenheit leugnen könnte. »Sie haben mich im Stich gelassen. Sie haben mich nicht zurückgewiesen oder abblitzen lassen, sie haben mich im Stich gelassen. Sie haben mich verraten.«

»Erzähl mir davon«, sagte Tony sanft.

»Warum sollte ich?« schrie sie, trat vor und schlug ihm so fest ins Gesicht, daß er vom Aufprall seiner Wange auf die Zähne Blut im Mund schmeckte. »Du bist nicht besser als sie. Was ist mit diesem blonden Miststück, dieser Schlampe, die du gebumst hast?«

»Du meinst Carol Jordan?« fragte er. Wie sollte er damit umgehen? Sollte er lügen oder die Wahrheit sagen?

»Du weißt ganz genau, wen ich meine. Und ich weiß, daß du mit ihr zusammen warst. Versuch ja nicht, mich anzulügen«, fauchte sie und hob wieder die Hand. »Du verräterischer, treuloser Bastard!« Ihr Handrücken knallte erneut auf seine Wange, so fest, daß sein Genick unter dem Aufprall knackte.

Tränen schossen Tony unwillkürlich in die Augen. Die Wahrheit würde ihm nichts nützen. Sie würde ihm nur weitere Bestrafungen einbringen. Er hoffte inständig, überzeugend zu lügen, und hielt dann seine Verteidigungsrede. »Sie war für mich doch nur ein

schneller Fick, Angelica, einfach jemand, bei dem man das Jucken mal weggekratzt bekam. Du hast mich mit deinen Anrufen so unglaublich scharf gemacht. Ich wußte nicht, wann du dich, wenn überhaupt, wieder melden würdest.« Er zwang jetzt Ärger in seine Stimme. »Ich hatte unheimliche Sehnsucht nach dir, und du hast mir ja nicht gesagt, wie ich dich erreichen kann. Es ist wie bei dir mit den anderen Männern, Angelica. Ich habe Zeit totgeschlagen, wartete darauf, wieder mit der mir ebenbürtigen Frau zusammenzukommen. Du kannst doch nicht im Ernst annehmen, daß ein simpler Cop meinen Phantasien entsprechen würde, oder? Du solltest es wissen, du hast ja selbst mit einem zu tun gehabt.«
Angelica trat zurück. Sie war sichtlich geschockt. Tony spürte, daß er so etwas wie einen Durchbruch erzielt hatte, und fuhr rasch fort: »Mit uns war es anders, mit dir und mir. Sie waren deiner nicht wert. Aber das mit uns beiden war etwas Besonderes. Du mußt es doch von unseren Telefongesprächen wissen. Hast du denn nicht gespürt, daß wir eine außergewöhnliche Beziehung hatten, daß es diesmal nicht so war wie mit den Kerlen davor? Ist das nicht das, was du wirklich willst? Du willst diese Morde im Grunde nicht. Das Morden geschah nur, weil sie deiner nicht würdig waren, weil sie dich im Stich gelassen haben. Was du wirklich willst, das ist ein würdiger Partner, das ist Liebe. Was du willst, Angelica, bin ich.«
Für einen langen Moment starrte sie ihn mit weit geöffneten Augen und offenem Mund an. Dann zeigte sich Bestürzung auf ihrem Gesicht, für Tony so offensichtlich wie der vorgetäuschte Orgasmus einer Nutte. »Benutze dieses Wort nicht mir gegenüber, du … du wertloser Abschaum der Menschheit«, stotterte sie. »Verdammte Scheiße, sag es ja nicht!« Ihre Stimme war nur noch ein leises, kehliges Wimmern. Sie drehte sich ganz plötzlich um und rannte mit klappernden Absätzen die Treppe hinauf.
»Ich liebe dich, Angelica!« schrie Tony verzweifelt hinter den sich entfernenden Schritten her. »Ich liebe dich!«

Carol und Morris standen vor der Tür des schmalen Reihenhauses in der Gregory Street. Carol brauchte keine Psychologin zu sein, um Morris' Körpersprache zu verstehen. Er hatte die Schnauze voll, wegen Carols blödsinnigen Intuitionen in der Gegend rumzukurven. »Die sind anscheinend bei der Arbeit«, sagte er nach ihrer vierten Attacke auf die Türklingel.

»Sieht so aus«, stimmte Carol zu.

»Sollen wir später noch mal herfahren?«

»Lassen Sie uns erst bei den Nachbarn nachfragen«, meinte Carol. »Vielleicht ist irgendwo einer zu Hause und kann uns sagen, wann die Thorpes normalerweise von der Arbeit zurückkommen.«

Morris schaute drein, als wäre er lieber im Einsatz bei einer Studenten-Demo. »Ja, Ma'am«, erwiderte er mit gelangweilter Stimme.

»Sie übernehmen die gegenüberliegende Straßenseite, ich diese.«

Carol sah ihm nach, als er sich müde wie ein Bergarbeiter nach seiner Schicht über die Straße schleppte, schüttelte seufzend den Kopf und wandte dann ihre Aufmerksamkeit der Nummer zwölf zu. Die Häuser entsprachen durchaus Tonys Vorstellung von der Behausung des Killers. Der Gedanke an Tony machte Carol wieder wütend. Wo zum Teufel steckte er? Sie brauchte heute dringend seinen Rat, gar nicht zu reden von ein wenig Unterstützung bei der Verfolgung ihrer Idee, die alle anderen für Zeitverschwendung zu halten schienen. Er hätte sich keinen schlechteren Zeitpunkt für die Aufnahme in die Vermißtenliste aussuchen können. Es war unverzeihlich. Er hätte doch wenigstens seiner Sekretärin Bescheid geben können, die jetzt gezwungen war, die für ihn bestimmten Telefonanrufe entgegenzunehmen und sich Entschuldigungen für ihn auszudenken.

An der Tür von Nummer zwölf gab es keine Klingel, und so schlug sich Carol die Fingerknöchel wund. Die Frau, die nach einer Weile öffnete, sah aus wie eine Karikatur aus einer Seifenoper. Sie war in den Vierzigern, und ihr Make-up wäre für ein

Dinner in Los Angeles maßlos übertrieben gewesen, ganz zu schweigen von einem frühen Nachmittag in einer Seitenstraße in Bradfield. Ihr gefärbtes platinblondes Haar war zu einem hohen, ein wenig zur Seite gerutschten Bienenkorb aufgetürmt. Sie trug einen engen schwarzen Pullover mit weitem Rollkragen, durch den ein Brustansatz mit faltiger Haut hindurchschimmerte, glänzende enge Leggings, weiße Schuhe mit Pfennigabsätzen und ein dünnes goldenes Fußkettchen. Eine Zigarette hing in ihrem linken Mundwinkel. »Was gibt's, Schätzchen?« fragte sie mit nasaler Stimme.

»Entschuldigen Sie, wenn ich Sie störe«, sagte Carol und zückte ihren Dienstausweis. »Detective Inspector Carol Jordan von der Polizei von Bradfield. Ich wollte mit Ihren Nachbarn von Nummer vierzehn, den Thorpes, sprechen, aber anscheinend ist niemand zu Hause. Können Sie mir sagen, um welche Zeit sie normalerweise von der Arbeit zurückkommen?«

Die Frau zuckte mit den Schultern. »Fragen Sie mich nicht, Schätzchen. Diese Kuh kommt und geht zu jeder Tages- und Nachtzeit.«

»Und Mr. Thorpe?«

»Welcher Mr. Thorpe? Da gibt es keinen Mr. Thorpe, Schätzchen.« Sie lachte krächzend. »Klar, Sie haben sie ja noch nie zu Gesicht bekommen. Ein Mann, der so eine häßliche Kuh heiraten würde, müßte blind und verdammt scharf sein. Was wollen Sie denn von ihr?«

»Es handelt sich nur um eine Routineuntersuchung«, antwortete Carol.

Die Frau schnaubte verächtlich. »Erzählen Sie doch keinen Scheiß«, sagte sie. »Ich habe genug Folgen von *Die Abrechnung* gesehen, um zu wissen, daß man keinen Inspector zu einer Routineuntersuchung losschickt. Es wird höchste Zeit, daß diese Kuh hinter Gitter kommt, wenn Sie meine Meinung hören wollen.«

»Warum das denn, Mrs. …?«

»Goodison, Bette Goodison. Wie in Bette Davis. Weil sie eine häßliche, ungesellige Kuh ist, deshalb.«
Carol lächelte. »Ich fürchte, das ist kein Verbrechen, Mrs. Goodison.«
»Nein, aber Mord ist es, oder?« krähte Bette Goodison triumphierend.
Carol schluckte und hoffte, daß ihre Reaktion auf diese Worte nicht so sichtbar war, wie sie sie im Inneren empfand. »Das ist eine sehr ernstzunehmende Beschuldigung.«
Bette Goodison machte einen letzten Zug an ihrer Zigarette und schnipste dann gekonnt den Stummel über den schmalen Gehweg in einen Gully. »Ich bin froh, daß Sie so denken. Es zeigt eine bessere Einstellung als die Ihrer Kollegen bei den Moorside-Morden.«
»Es tut mir leid, daß meine Kollegen Ihnen da nichts Besseres geboten haben«, erwiderte Carol in besorgtem Ton. »Aber können Sie mir bitte mal sagen, wovon Sie sprechen?« Lieber Gott, laß das keine Wiederholung des Yorkshire-Ripper-Falls sein, bei dem der beste Freund des Mörders der Polizei mitgeteilt hatte, er halte ihn für den Ripper, aber die Polizei hatte dieser Aussage keine Bedeutung zugemessen.
»Prince, davon rede ich.«
Für einen wirren Augenblick hatte Carol die Vision, der kleine amerikanische Rockstar läge verscharrt im Garten eines Reihenhauses in Bradfield. Sie riß sich zusammen und fragte: »Prince?«
»Unser Schäferhund. Sie hat sich dauernd über ihn beschwert, diese dämliche Angelica Thorpe. Und ganz ohne Grund. Der Hund hat ihr einen großen Dienst erwiesen. Wenn jemand die Zufahrt hinterm Garten entlangging, hat Prince einem das jedesmal gemeldet. Sie hätte 'ne Menge Geld ausgeben müssen für eine Alarmanlage, die so wirksam gewesen wär' wie dieser Hund. Und dann, vor ein paar Monaten – August war's, am Wochenende vor dem Bankfeiertag – da waren wir, Col und ich, bei der Arbeit,

und als wir heimkamen, war Prince verschwunden. Er hätte aber auf gar keinen Fall aus dem Garten weglaufen können, und er wär' auf jeden losgegangen, der versucht hätte, reinzukommen. Es gibt nur eine Möglichkeit, wie er verschwunden sein kann – er ist ermordet worden.« Mrs. Goodison stach zur Unterstreichung ihrer Worte Carol den Zeigefinger in die Brust. »Sie hat ihn vergiftet und dann weggeschafft, damit's keinen Beweis gab. Sie ist eine Mörderin!«

Normalerweise wäre Carol barfuß eine Meile gelaufen, um einer solchen Unterhaltung aus dem Weg zu gehen, aber sie war hinter Handy Andy her, und man mußte jede noch so merkwürdige Sache verfolgen. »Wieso sind Sie so sicher, daß es Mrs. Thorpe war?« fragte sie.

»Ganz einfach, sie war die einzige, die sich über ihn beschwert hat. Und an dem Tag, als er verschwand, waren Col und ich arbeiten, sie aber war den ganzen Tag daheim. Ich weiß das genau, weil sie in dieser Woche Nachtschicht hatte. Und als wir bei ihr angeklopft und gefragt haben, ob sie was über sein Verschwinden wisse, hat sie ihre häßliche Visage nur zu 'nem breiten Lächeln verzogen. Ich hätte ihr am liebsten die Zähne eingeschlagen«, sagte Mrs. Goodison mit großem Nachdruck. »Und was werden Sie jetzt unternehmen?«

»Ich fürchte, ohne Beweise können wir nicht viel tun«, antwortete Carol. »Sie sind also ganz sicher, daß Mrs. Thorpe allein lebt?«

»Niemand würde mit einer häßlichen Kuh wie der zusammensein wollen. Sie kriegt nicht mal irgendwelche Besuche.«

»Wissen Sie zufällig, was für einen Wagen sie fährt?« fragte Carol.

»Einen von diesen verdammten Yuppie-Jeep-Dingern. Ich frage Sie, wer braucht schon mitten in Bradfield einen großen Jeep? Ist ja nicht so, daß wir an einem Feldweg wohnen, oder?«

»Und wissen Sie zufällig, wo sie arbeitet?«

»Nein, und es interessiert mich auch nicht.« Sie schaute auf die

Uhr. »Meine Serie im Fernsehen fängt gerade an, wenn Sie mich jetzt entschuldigen.«

Carol sah zu, wie sich die Tür hinter Bette Goodison schloß, und ein unangenehmer Verdacht stieg in ihr auf. Ehe sie zu Nummer zehn weitergehen konnte, piepste ihr Funkrufempfänger wie wild los. Don will mich dringend sprechen, dachte sie.

»Morris!« rief sie. »Bringen Sie mich zu einem Telefon. Pronto!«

Was in der Gregory Street noch zu entdecken war, konnte warten, Don aber ganz bestimmt nicht.

Völlig erschöpft war Tony in ein alptraumhaftes, fiebriges Dösen hinübergeglitten. Ein Schwall kalten Wassers in sein Gesicht ließ seinen Kopf schmerzhaft nach hinten zucken und rief ihn in die qualvolle Wirklichkeit zurück. »Au!« stöhnte er auf.

»Immer schön wach bleiben«, sagte Angelica.

»Ich hatte recht, nicht wahr?« fragte Tony durch geschwollene Lippen. »Du hast Zeit gehabt, darüber nachzudenken, und du weißt jetzt, daß ich recht habe. Du willst, daß das Morden aufhört. Sie mußten sterben, sie hatten den Tod verdient. Sie haben dich im Stich gelassen, sie haben dich verraten, sie hatten dich nicht verdient. Aber all das kann sich jetzt ändern. Mit mir kann es anders werden, weil ich dich liebe.«

Die starre Maske ihres Gesichts zerfloß vor seinen Augen, wurde weicher, zarter. Sie lächelte ihn an. »Weißt du, es ist mir nie um Sex gegangen. Ich konnte Sex haben, wann immer ich wollte. Männer haben mich für Sex bezahlt. Sie haben mir viel Geld für Sex gegeben. So habe ich die Operationen finanziert, verstehst du? Die Männer waren immer scharf auf mich.« Aus ihrer Stimme klang eine seltsame Mischung aus Stolz und Zorn.

»Ich kann gut verstehen, warum«, log Tony und hoffte, sein Gesichtsausdruck spiegle Begierde und Bewunderung wider. »Aber alles, was du wirklich gewollt hast, war Liebe, nicht wahr? Du wolltest mehr als lieblosen Sex auf den Straßen und gesichtslosen Sex über das Telefon. Und du verdienst Liebe, bei Gott, du verdienst sie. Und ich kann sie dir geben, Angelica. Liebe besteht nicht nur daraus, daß man körperlich voneinander angezogen wird, obwohl ich dich unheimlich attraktiv finde. Bei der Liebe geht es auch um Respekt, Bewunderung, Faszination, und ich fühle all das für dich. Angelica, du kannst haben, was du dir so sehr wünschst. Du kannst es mit mir erleben.«

Ihre widerstreitenden Gefühle waren ihr deutlich ins Gesicht geschrieben. Sie wünschte sich sehnsüchtig, ihm glauben, in die Welt normaler Beziehungen entkommen zu können. Aber das mußte erst einmal mit ihrer Selbstachtung in Übereinstimmung gebracht werden, die so gering war, daß sie sich nicht vorzustellen vermochte, daß ein Mann, der ihrer Liebe wert war, sie auch tatsächlich liebte. Und vor allem war sie natürlich mißtrauisch, daß Tony sie in eine Falle locken würde. »Wie können wir das?« fragte sie barsch. »Du hast versucht, mich zur Strecke zu bringen. Du arbeitest mit der Polizei zusammen. Du bist auf ihrer Seite.«

Tony schüttelte den Kopf. »Das war vor dem Zeitpunkt, als ich erkannte, daß du die Frau warst, in die ich mich bei den Telefongesprächen verliebt hatte. Liebe ist eine Emotion, die sich über die Pflicht hinwegsetzt. Ja, ich habe mit der Polizei zusammengearbeitet, aber ich bin keiner von ihnen.«

»Wenn man sich zu den Hunden legt, steht man mit Flöhen wieder auf«, höhnte sie. »Du hast versucht, mich aus dem Verkehr zu ziehen, Anthony. Kannst du da erwarten, daß ich dir glaube? Du hältst mich anscheinend für strohdumm.«

»Ganz im Gegenteil. Wenn du von dumm reden willst, dann sprich über die Polizei. Die meisten Polizeibeamten sind völlig einseitige, langweilige, engstirnige Typen, die das Interesse eines Psychologen höchstens fünf Minuten fesseln können. Ich habe nichts gemeinsam mit ihnen«, bemühte sich Tony verzweifelt, sie von seiner Loyalität zu überzeugen.

Sie schüttelte den Kopf, aber eher besorgt als verärgert. »Du arbeitest für das Innenministerium. Während deines ganzen Berufslebens hast du Serientäter überführt und sie dann therapiert. Und jetzt erwartest du von mir, daß ich glaube, du hättest plötzlich die Seiten gewechselt und würdest loyal zu mir stehen? Komm, Anthony, ich falle auf so einen Unsinn nicht herein.«
Tony sah seine Felle davonschwimmen. Sein Gehirn arbeitete einfach nicht schnell genug, sie in Schach zu halten. Deprimiert sagte er: »Ich habe nicht all die Jahre Leute überführt, sondern sie behandelt. Und das mußte ich tun, verstehst du das denn nicht? Die Einrichtungen, an denen ich gearbeitet habe, boten als einzige die Möglichkeit, auf menschliche Gehirne zu stoßen, deren Funktionieren komplex genug war, mein Interesse zu wecken. Es ist damit vergleichbar, daß man in den Zoo geht, um sich wilde Tiere anzusehen. Man würde sie selbstverständlich am liebsten in ihrer natürlichen Umgebung beobachten, in der Wildnis, aber wenn die einzige Möglichkeit, sie überhaupt studieren zu können, bei einem Besuch im Zoo geboten wird, dann geht man eben in den Zoo. Ich mußte immer darauf warten, bis sie eingefangen waren, ehe ich sie studieren konnte. Du aber, Angelica, lebst noch in der Wildnis, lebst noch so, wie du es möchtest, als Persönlichkeit zur Perfektion herangereift. Und im Vergleich mit ihnen bist du das Sahnehäubchen auf der Torte. Du bist einmalig, außergewöhnlich. Ich möchte den Rest meines Lebens damit zubringen, von deinem Geist in Erregung versetzt zu werden. Ich kann mir nicht vorstellen, dich jemals langweilig zu finden.«
Sie schob die Unterlippe vor, was ihrem Gesicht einen Ausdruck berechnender Gereiztheit verlieh. Sie nickte zu seinem Penis hin, der schlaff herunterhing. »Wenn du mich so attraktiv findest, warum rührt sich dann da nichts?«
Das war eine Frage, auf die Tony nun wirklich keine Antwort wußte.

»Wie ist denn der Stand der Dinge?« fragte Brandon.
Carol lief in Brandons Büro umher und zählte ihre Punkte an den Fingern auf. »Wir haben da einen Transsexuellen, aber einen, der zur Geschlechtsumwandlung nicht den kontrollierten, von einer Psychotherapie begleiteten Weg über den Nationalen Gesundheitsdienst eingeschlagen hat, sondern nach Dons Aussagen von unseren Gesundheitsbehörden abgewiesen wurde und zur Finanzierung der Operationen im Ausland auf den Strich gehen mußte. Wir wissen also von vornherein, daß wir es mit jemandem zu tun haben, der von Psychiatern untersucht und für instabil befunden wurde. Dieser Transsexuelle fährt einen Wagen, wie ihn ein Verdächtiger im Mordfall Damien Connolly benutzt hat. Dann haben wir da eine Nachbarin, die überzeugt ist, daß Angelica Thorpe ihren Hund umgebracht hat. Der Hund wurde vierzehn Tage vor dem ersten Mord getötet. Angelica Thorpe hat Software gekauft, die es ihr ermöglicht, Videos in ihr Computersystem zu importieren und zu manipulieren, was zu der Theorie paßt, die ich entwickelt habe und die von unserem psychologischen Profilersteller gutgeheißen wurde. Sie lebt sogar in einem Haus, wie es Tony vorausgesagt hat«, schloß Carol ihre vehemente Argumentation ab.
»Als sie noch Christopher war, muß sie sich echt beschissen gefühlt haben«, warf Don ein.
»Ich wollte, wir könnten Tonys Meinung dazu hören«, sagte Brandon nachdenklich.
»Ich auch«, stieß Carol durch zusammengebissene Zähne aus. »Aber er hat ja anscheinend was Wichtigeres zu tun.« Und dann schoß ihr ein Gedanke durch den Kopf, der sie wie ein Schlag in den Nacken traf. Ihre Knie gaben nach, und sie sank auf den nächsten Stuhl. »O mein Gott!« keuchte sie.
»Was ist los?« fragte Brandon besorgt.
»Tony … Er hat mit niemandem Kontakt aufgenommen, seit er gestern hier wegging. Er hatte für heute zwei Besprechungen im

Zusammenhang mit dem Aufbau der Profilerstellungsgruppe angesetzt, wie seine Sekretärin mir sagte, aber er ist nicht erschienen und hat sich auch nicht telefonisch gemeldet. Er war gestern abend nicht zu Hause, und dort ist er auch jetzt nicht.« Carols Worte hingen in der Luft wie eine Giftgaswolke. Ihr Magen revoltierte, und sie glaubte sich übergeben zu müssen. Unter Brandons konzentriertem Blick gelang es ihr, Haltung zu bewahren.

Mit zitternden Fingern nahm Carol Brandons Kopie des Profils vom Schreibtisch. Eilig blätterte sie darin, bis sie gefunden hatte, was sie suchte. Dann las sie vor: »Es ist möglich, daß er sich als nächstes Zielobjekt wieder einen Polizeibeamten ausgesucht hat, vielleicht sogar einen, der in der Sonderkommission zu seiner Überführung mitarbeitet. Dies allein wird jedoch kein ausreichendes Motiv für den Mörder sein, das Opfer auszusuchen; es muß auch die Kriterien erfüllen, die er sich generell für die Auswahl seiner Opfer gestellt hat, damit der volle Sinn und Zweck der Tat für ihn erfüllt wird. Ich empfehle dringend, daß alle Polizeibeamten, die in das Opferprofil passen, stets besonders wachsam sind, auf verdächtige Fahrzeuge in der Nähe ihrer Häuser und Wohnungen achten und aufpassen, ob ihnen vom und zum Dienst oder außerhalb des Dienstes jemand folgt.« Dann wandte sie sich an Brandon. »Denken Sie darüber nach, Sir. Denken Sie an das Opferprofil, Sir, es paßt haargenau auf Tony!«

Brandon wollte nicht glauben, was Carol da sagte. »Es sind doch noch keine acht Wochen seit dem letzten Mord vergangen. Es ist noch nicht soweit!«

»Aber es ist *Montag*. Und Tony hat auch darauf hingewiesen, daß sich die Zeitabstände verringern könnten, wenn etwas geschieht, was den Killer seelisch erschüttert. Stevie McConnell, Sir. Denken Sie an den Rummel in den Medien. Ein anderer heimste den Ruhm für seine Verbrechen ein. Sehen Sie, hier steht es: ›Ein

anderes mögliches Szenario wäre, daß ein Unschuldiger wegen der Morde festgenommen wird. Das wäre ein solcher Affront gegen sein Selbstwertgefühl, daß er den nächsten Mord vor Ablauf der Achtwochenfrist begehen könnte.‹ Sir, wir müssen sofort etwas unternehmen!«
Brandons Hand lag schon auf dem Telefonhörer, noch ehe sie den letzten Satz zu Ende gesprochen hatte.

Die Haustür führte direkt ins Haus, nicht in einen Windfang. Im Erdgeschoß hätte es nicht normaler aussehen können. Das kleine Wohnzimmer war mit nicht sehr wertvollen, aber bequemen Möbeln ausgestattet. Es gab ein Sofa in moosgrünem Bezug und dazu passende Stühle, ein Fernsehgerät, einen Videorecorder, eine nicht allzu teure Stereoanlage und einen Couchtisch, auf dem ein Exemplar von *Elle* lag. Zwei gerahmte Poster mit der Darstellung von Walen im Ozean hingen an den Wänden. Im einzigen Bücherregal standen eine Sammlung von Science-fiction-Klassikern, einige Romane von Stephen King und drei Bände von Jackie Collins' Schockern. Carol, Merrick und Brandon gingen vorsichtig durch das Zimmer, dann an der Treppe vorbei in die Küche. Sie war klinisch sauber wie ein Ausstellungsraum, selbst die Arbeitsplatte war sauber abgewischt und leer. Auf dem Abtropfbrett über dem Spülbecken lagen ein Becher, ein Teller, eine Gabel und ein Messer.
Sie gingen, Brandon voraus, die schmale Treppe zwischen den beiden Erdgeschoßräumen hinauf. Das Schlafzimmer zur Straßenseite war in einem Rosa gehalten, das an einen schäumenden Erdbeer-Milchshake erinnerte. Selbst die nierenförmige Frisierkommode war rosa unter der Spitzendecke. »Barbara Cartland, ach du meine Güte!« murmelte Merrick. Brandon öffnete den Kleiderschrank und schaute sich die darin hängenden Frauenkleider an. Carol durchsuchte von oben nach unten die Schubladen einer rosafarbenen Kommode. Es war nichts Aufregenderes darin

zu finden als recht ausgefallene Unterwäsche, meistens aus rotem Satin.

Merrick kam als erster in das nach hinten gelegene Schlafzimmer. Er hatte kaum die Tür geöffnet, als er auch schon wußte, daß diesmal niemand zu den Medien laufen und sich beschweren konnte, daß der Haftrichter jemanden ohne entsprechende Beweislage eingesperrt hatte. »Sir!« schrie er. »Ich glaube, wir haben die Sache geknackt!«

Das Zimmer war als Büro eingerichtet. Auf einem großen Schreibtisch standen ein Computer und verschiedene Zusatzgeräte, die keiner von den dreien identifizieren konnte. An einer der Seiten war ein Telefon mit einem modernen Kassettenrecorder verbunden. Ein kleiner Video-Schneidetisch stand in einer Ecke neben einem Aktenschrank. Auf einem stabilen Teewagen befanden sich ein Fernseher und ein Videogerät, beide hochmodern und von bester Qualität. An zwei Wänden ragten Regale bis zur Decke, vollgestellt mit Computerspielen, Videokassetten, Musikkassetten und Computerdisketten, jedes einzelne Stück ordentlich mit Großbuchstaben beschriftet. Das einzige unpassende Möbelstück in diesem Büroraum war ein Lehnstuhl, dessen Ledersitzfläche wie eine Hängematte an dem Stahlrahmen hing.

»Bingo!« keuchte Brandon schwer atmend. »Gut gemacht, Carol!«

»Wo zum Teufel sollen wir anfangen?« fragte Merrick.

»Kann einer von Ihnen mit dem Computer umgehen?« erkundigte sich Brandon.

»Ich meine, das sollten wir den Experten überlassen«, sagte Carol. »Er könnte so programmiert sein, daß die Daten vernichtet werden, wenn ein Unbefugter versucht, sich einzuloggen.«

»Okay. Don, Sie übernehmen den Aktenschrank, ich kümmere mich um die Videos, und Sie, Carol, schauen sich die Kassetten an.«

Carol ging zum Regal mit den Kassetten. Die ersten paar Dutzend schienen Musikkassetten zu sein, von Liza Minnelli bis zu U2. Als nächstes kamen ein Dutzend mit »AS« beschriftete und von eins bis zwölf durchnumerierte Kassetten. Es folgten vierzehn mit »PG« gekennzeichnete, dann fünfzehn mit »GF«, acht mit »DC« und schließlich sechs mit »AH«. Die Übereinstimmung der ersten vier Initialen mit denen der Mordopfer lag weit jenseits der Zufallsgrenze. Carol nahm voll schlimmer Ahnungen die erste der »AH«-Kassetten aus dem Regal, schob sie in den Recorder und setzte vorsichtig den Kopfhörer auf, der am Gerät angeschlossen war. Sie hörte das Geräusch eines läutenden Telefons, dann eine Stimme, die ihr so vertraut war, daß sie fast zu weinen angefangen hätte. »Hallo?« meldete sich Tony.

»Hallo, Anthony«, sagte eine Frauenstimme, die ihr irgendwie bekannt vorkam.

»Wer ist da bitte?« fragte Tony.

Es folgte ein glucksendes Lachen, tief und sexy. »Das rätst du nie. Nicht in Millionen Jahren.« Jetzt hab' ich's, dachte Carol, und eine böse Erinnerung schoß ihr durch den Kopf. Die Stimme auf Tonys Anrufbeantworter.

»Okay, dann sagen Sie mir doch, wer Sie sind«, erwiderte Tony, das Spielchen zunächst mitspielend.

»Wer sollte ich nach deinen Wünschen denn sein, wenn du dir jemanden auf dieser Welt aussuchen könntest?«

»Ist das so was wie ein Scherz?« fragte Tony, jetzt doch ein wenig ungeduldig.

»Es war mir noch nie im Leben ernster zumute. Ich melde mich bei dir, um deine Wünsche wahr werden zu lassen. Ich bin die Frau deiner Phantasien, Anthony. Ich bin deine Telefongeliebte.«

Einen Augenblick blieb es still, dann knallte Tony den Hörer auf die Gabel. Carol hörte die seltsame Frau noch sagen: »*Hasta la vista,* Anthony.«

Sie drückte auf den Stop-Knopf und riß den Kopfhörer von den Ohren. Dann drehte sie sich zu Brandon um und sah, daß er wie

versteinert auf den Fernsehschirm starrte, auf dem Adam Scott zu sehen war, auf eine Streckbank geschnallt, nackt und anscheinend besinnungslos. Ein Teil ihres Bewußtseins weigerte sich zu verstehen, was sie da sah. Das ist scheußlich, dachte sie, so was Blutrünstiges sollte nicht auf einem Fernsehschirm in einer Vorstadtwohnung gezeigt werden.
»Sir«, stieß sie aus, »die Kassetten … Sie war hinter Tony her.«

Tony versuchte zu lachen. Es kam eher wie ein Schluchzen aus seiner Kehle, aber er sprach dennoch weiter: »Du erwartest, daß ich eine Erektion kriege? So zusammengeschnürt? Angelica, du hast mich chloroformiert, gekidnappt und in einer Folterkammer wieder zu Bewußtsein kommen lassen. Es tut mir leid, dich zu enttäuschen, aber ich habe keine Erfahrungen mit masochistischem Sex. Und ich bin verdammt viel zu verängstigt, um einen hochzukriegen.«
»Ich werde dich nicht laufenlassen. Ich werde es nicht zulassen, daß du geradewegs zu ihnen rennst.«
»Ich bitte dich doch gar nicht, mich laufenzulassen. Glaube mir, ich bin glücklich, dein Gefangener zu sein, wenn das denn die einzige Möglichkeit ist, bei dir sein zu können. Ich möchte dich kennenlernen, Angelica. Ich möchte dir meine Gefühle beweisen, ich möchte dir zeigen, was Liebe ist. Ich möchte dir zeigen, auf wessen Seite ich wirklich stehe.« Tony versuchte das Lächeln zustande zu bringen, von dem er wußte, daß Frauen dafür empfänglich waren.
»Dann zeig es mir«, forderte Angelica ihn auf und strich zart mit den Fingern über ihren Körper, ließ sie um die Brustwarzen kreisen und dann langsam zur Scham hinuntergleiten.
»Ich brauche deine Hilfe, so wie ich sie auch am Telefon brauchte. Du hast es damit geschafft, daß ich mich so wunderbar gefühlt habe, wie ein richtiger Mann. Bitte, hilf mir jetzt auch.«
Sie kam einen Schritt auf ihn zu, sich schlängelnd wie eine

Stripperin bewegend. »Du willst, daß ich dich scharf mache?« fragte sie in schleppendem Ton, einer gespenstischen Parodie der Verführung.

»Ich glaube nicht, daß ich das so schaffe«, entgegnete Tony. »Nicht mit hinter dem Rücken gefesselten Händen.«

Angelica sah ihn finster an. »Ich habe dir gesagt, ich lasse dich nicht laufen.«

»Und ich habe dir gesagt, daß ich das gar nicht will. Ich bitte dich doch nur, meine Hände vor dem Körper zu fesseln, damit ich dich berühren kann.« Wieder zwang er sich zu einem zärtlichen Lächeln.

Jetzt schaute sie ihn nachdenklich an. »Wie soll ich wissen, ob ich dir trauen kann? Ich muß die Handschellen öffnen, um sie vor deinem Körper wieder zu schließen. Könnte ja sein, daß du mich austricksen willst.«

»Das werde ich nicht tun. Ich gebe dir mein Wort darauf. Wenn du dich dabei sicherer fühlst, dann chloroformiere mich wieder. Mache es, während ich bewußtlos bin.« Tony wagte wieder ein Spiel; ihre Reaktion würde ihm verraten, welche Chancen er hatte.

Angelica trat hinter ihn. Eine triumphierende Stimme in ihm rief: Ja! Er spürte die Wärme ihrer Hände an seinen, als sie nach den Handschellen griff und sie mit einem schmerzhaften Ruck nach oben zog. »Scheiße!« schrie Tony auf, als wieder schmerzhafte Nadelstiche durch seine Arme und Schultern schossen. Er hörte ein metallisches Klicken, als der Verschluß, mit dem das Seil an den Handschellen befestigt war, aufschnappte. Angelica ließ die Handschellen los, Tonys Beine gaben unter ihm nach, und er sank auf die Knie. »O Gott«, stöhnte er, als er nach vorn aufs Gesicht kippte und sich die Wange auf dem rauhen Steinboden aufschrammte.

Mit schnellen Bewegungen löste Angelica eine Seite der Handschellen, griff mit der Hand in sein Haar und zog ihn auf die Knie hoch. Sie hielt seinen Arm mit der baumelnden Handschelle umklammert, trat vor ihn, packte den anderen Arm und riß ihn roh nach vorn. Sekunden später waren seine Hände wieder gefesselt, jetzt vor dem Körper.

Er kniete vor ihr wie ein Bittsteller. »Siehst du«, keuchte er, »ich habe dir gesagt, ich würde nichts versuchen.«

Mit gespreizten Beinen dastehend, forderte Angelica: »So, jetzt beweise es mir.«

»Du mußt mir auf die Beine helfen. Ich schaffe es nicht allein.«

Sie beugte sich über ihn, griff wieder in sein Haar und riß ihn hoch auf die Füße. Seine Beinmuskeln zitterten von der Anstrengung, das volle Gewicht des Körpers tragen zu müssen. Sie standen sich jetzt dicht gegenüber, die Seide ihres Kimonos streifte seine Hand. Er spürte die Wärme ihres Atems auf dem rohen Fleisch der Schramme auf seiner Wange. »Küß mich«, bat er sie leise und dachte: Huren werden nie geküßt. Meine Aufforderung zeigt ihr, daß ich sie nicht als Hure betrachte.

Ein unsicheres Flackern zuckte in ihren Augen auf, aber sie ließ sein Haar los und zog sein Gesicht zu ihrem. Er mußte seine ganze Willenskraft aktivieren, um nicht zurückzufahren, als ihre Lippen sich trafen, ihre Zunge in seinen Mund drang, über seine Zähne glitt und seine Zunge umspielte. Dein Leben hängt davon ab, dachte er. Du hast einen Plan. Tony zwang sich, ihren Kuß zu erwidern, schob seine Zunge in ihren Mund, sich sagend, daß es schlimmere Dinge auf der Welt gab, und diese Frau hatte ihre vorherigen Opfer einige wahrlich schlimme Dinge erleiden lassen.

Nach dem längsten Kuß seines Lebens, wie es ihm vorkam, löste sich Angelica von ihm und schaute prüfend auf seinen Penis. »Da brauche ich auch ein bißchen Hilfe«, sagte er schnell. »Es war kein leichter Tag für mich.«

»Welche Art von Hilfe?« fragte Angelica, stoßweise durch den geöffneten Mund atmend. Es war leicht zu erkennen, daß sie

keinerlei Schwierigkeiten mit der sexuellen Erregung hatte, die für ihn in so weiter Ferne lag.
»Nimm ihn in den Mund. Das funktioniert immer, wenn ich Schwierigkeiten habe. Ich kenne jetzt deinen Mund. Ich weiß, du wirst es wunderbar machen. Bitte, ich will dich so schrecklich gern richtig lieben und ...«
Er hatte noch nicht zu Ende gesprochen, als sie sich auch schon auf die Knie niederließ, ihre Hände um seine Hoden legte, dann zärtlich seinen schlaffen Penis anhob und ihn in den Mund schob, ohne jedoch den Blick von seinem Gesicht zu wenden. Unendlich langsam zog er ihren Kopf zu sich und zwang ihn nach unten.
Und dann, unter Aufbietung aller Kraft, die ihm noch geblieben war, riß Tony blitzartig die Arme hoch und ließ die Handschellen auf ihren Hinterkopf niederkrachen.
Der Schlag kam völlig überraschend für sie, und sie fiel nach vorn zwischen seine Knie, wobei sie noch versuchte, ihre Zähne in sein Bein zu schlagen. Tony ließ sich schnell nach hinten fallen, ein scharfes Reißen in den Fußgelenken spürend, als sie sich gegen eine unnatürliche Bewegung wehrten. Sobald sein Rücken den Boden berührte, schnellte er wieder vor, griff mit beiden Händen in Angelicas Haar und schlug ihren Kopf so lange auf den Steinboden, bis sie sich nicht mehr bewegte.
Er schob sich über ihren auf dem Bauch liegenden Körper, bis seine tauben Finger die Riemen um seine Fußknöchel erreichen konnten. Mit einer Unbeholfenheit, die ihn fast verrückt machte, versuchte er, die Schnallen der Lederriemen aufzuziehen, die ihn an die Steinplatte fesselten. Nach einer Ewigkeit, wie es ihm vorkam, war er schließlich frei. Als er aufstehen wollte, versagten die Fußknöchel ihm den Dienst, er kippte um, krachte wieder auf den Rücken, und unerträgliche Schmerzen schossen wie Dolchstiche durch seine Beine. Mühsam zog er sich über den Boden auf die Treppe zu. Er war kaum zwei Meter weit gekommen, als Angelica aufstöhnte. Sie hob den Kopf, und Blut und schleimiger

Speichel verwandelten ihr Gesicht in eine schaurige Halloween-Maske. Ihn erblickend, schrie sie auf wie ein verwundetes Tier und kroch auf ihn zu.

Die Suche nach Angelicas Mord-Keller wurde immer verzweifelter, im gleichen Maß, wie ihre Angst um Tonys Leben wuchs. Sie hatten den Inhalt des Aktenschranks auf dem Boden ausgebreitet. Jedes Blatt Papier wurde nach einem Hinweis auf die örtliche Lage des Kellers überprüft, der auf dem Video zu sehen gewesen war. Lieferscheine, Garantiescheine, Rechnungen und Quittungen wurden gleichermaßen untersucht. Carol arbeitete sich durch einen Ordner mit offizieller Korrespondenz, in der Hoffnung, auf einen Mietvertrag oder Unterlagen über eine Hypothek zu stoßen, irgend etwas, das auf einen weiteren Besitz hinwies. Merrick hatte sich die Akten vorgenommen, die sich auf Thorpes Geschlechtsumwandlung bezogen. Brandon hatte schon einmal einen falschen Alarm ausgelöst, als er einige Briefe eines Anwalts entdeckt hatte, bei denen es um einen Besitz in Seaford ging. Es hatte sich jedoch bald herausgestellt, daß sie sich auf den Verkauf des Hauses von Thorpes verstorbener Mutter in dieser Stadt bezogen.
Merrick fand schließlich die Lösung des Rätsels. Er war mit der Akte »Geschlechtsumwandlung« fertig und hatte sich einem Stapel von Briefen zugewandt, die unter »Steuern« abgelegt waren. Als er auf den Brief stieß, mußte er ihn zweimal lesen, um sicher zu sein, daß ihn Wunschdenken nicht dazu verführte, sich irgendwas einzubilden.
»Sir«, sagte er vorsichtig, »ich glaube, ich habe gefunden, wonach wir suchen.«
Er gab Brandon den Brief, dessen Aufmerksamkeit sich zunächst auf den Briefkopf richtete. Das Schreiben kam von der Anwaltskanzlei Pennant, Taylor, Bailey & Co. und lautete: »Sehr geehrter Herr Christopher Thorpe, wir haben ein Schreiben von Ihrer

Tante, Mrs. Doris Makins, derzeit in Neuseeland, erhalten, in dem wir autorisiert werden, Ihnen die Schlüssel zur Start Hill Farm, Upper Tontine Moor bei Bradfield, W. Yorkshire, auszuhändigen. Als Rechtsvertreter Ihrer Tante sind wir ermächtigt, Ihnen den Zugang zu o.a. Besitz zum Zwecke der Instandhaltung und Sicherung zu gestatten. Bitte verabreden Sie nach Ihrem Gutdünken einen Termin mit unserem Büro, zu dem Sie die Schlüssel abholen wollen …«

»Zugang zu einem abgelegenen ländlichen Besitz«, sagte Carol, die über Brandons Schulter geschaut hatte. »Tony meinte, so was könnte der Mörder zur Verfügung haben. Und jetzt hat sie ihn dort.« Eine Welle der Wut durchflutete sie und verdrängte das bohrende Glimmen der Angst, das sie von dem Moment an befallen hatte, als sie die makabren Geheimnisse dieses äußerlich so normalen Büroraums aufgedeckt hatten.

Brandon schloß einen Moment die Augen, dann sagte er: »Wir wissen es nicht mit Bestimmtheit, Carol.«

»Und selbst wenn sie ihn in den Krallen hat, er ist ein verdammt cleverer Bursche«, meinte Merrick. »Wenn einer mit seiner Schnauze Schwierigkeiten von sich fernhalten kann, dann Tony Hill.«

»Wir sollten jetzt endlich etwas tun«, sagte Carol scharf. »Wo zum Teufel liegt diese Start Hill Farm? Und wie kommen wir am schnellsten dorthin?«

Tony sah sich verzweifelt um. Die Messer hingen links über ihm an der Wand, fast unerreichbar hoch. Als Angelica auf die Knie kam, klammerte er sich an die Steinbank und zog sich hoch. In dem Moment, als sie sich taumelnd aufrichtete und sich auf ihn stürzte, immer noch brüllend wie eine Kuh, der man ihr Kalb weggenommen hat, schloß sich seine Hand um den Schaft eines Messers.

Ihr Gewicht und die Wucht des Anpralls drückten Tony rückwärts

auf die Bank. Ihre Hände umklammerten seinen Hals und drückten ihm die Luft ab. Grelle Lichter tanzten vor seinen Augen. Als er schon meinte, es nicht länger aushalten zu können, spürte er den warmen, klebrigen Schwall ihres Bluts auf seinem Bauch, und Angelicas Griff um seinen Hals wurde immer schlaffer.
Noch ehe er das alles richtig aufnehmen konnte, polterten Schritte die Steintreppe herunter. Wie in der wirren Vision von einem paradiesischen Racheengel sah er Don Merrick und dicht dahinter John Brandon, dessen Kiefer beim Anblick des Bilds, das sich ihm bot, nach unten klappte.
»Um Gottes willen!« stieß er aus.
Carol drängte sich an den beiden vorbei und starrte verständnislos auf das Blutbad vor sich.
»Sie haben sich verdammt viel Zeit gelassen«, keuchte Tony. Das letzte, was er hörte, ehe ihm die Sinne schwanden, war sein eigenes hysterisches Lachen.

Epilog

Carol stieß die Tür des Krankenzimmers auf. Tony lag, gestützt von einem Stapel Kissen, im Bett. Seine linke Gesichtshälfte war angeschwollen und mit blauen Flecken bedeckt.
»Hallo«, sagte Tony mit einem schwachen Lächeln; mehr brachte er ohne erhebliche Schmerzen nicht zustande.
Carol schloß die Tür hinter sich und setzte sich auf den Stuhl vor dem Bett. »Ich habe Ihnen ein paar Kleinigkeiten mitgebracht.« Sie legte eine Plastiktüte und einen gefütterten Umschlag auf die Bettdecke.
Tony griff nach der Tüte, und Carol zuckte zusammen, als sie die Quetschungen um seine entzündeten Handgelenke sah. Er nahm eine Ausgabe des *Esquire,* eine Dose Aqualibra, eine Dose Pistazien und einen Sammelband mit Romanen von Dashiel Hammett heraus. »Danke«, sagte er und war überrascht, wie sehr ihn ihre Auswahl anrührte.
»Ich wußte nicht so recht, was Sie mögen«, entgegnete sie entschuldigend.
»Dann können Sie offensichtlich die Wünsche anderer gut voraussehen. Die perfekte Mitarbeiterin in der Profilerstellungsgruppe.«
»Allerdings ein wenig schwer von Begriff.«
Tony schüttelte den Kopf. »John Brandon war eben bei mir. Er hat mir erzählt, wie Sie alles herausgefunden haben. Ich wüßte nicht, wie Sie schneller hätten reagieren können.«
»Ich hätte früher darauf kommen müssen, daß Sie sich zu so einem entscheidenden Zeitpunkt nicht einfach absetzen. Und da

wir schon mal dabei sind – ich hätte bereits beim ersten Lesen des Profils erkennen müssen, daß Sie ein mögliches Ziel des Killers sind, und hätte Maßnahmen zu Ihrem Schutz veranlassen sollen.«

»Das ist doch Blödsinn, Carol. Wenn das jemand hätte checken müssen, dann ich selbst. Sie haben verdammt gute Arbeit geleistet.«

»Nein. Wenn ich auf Draht gewesen wäre, hätten wir noch rechtzeitig da sein können, um Ihnen zu ersparen, was … was Sie getan haben.«

Tony seufzte. »Sie meinen, Sie hätten Angelicas Leben retten können? Wozu? Jahre in einer geschlossenen Anstalt für Geisteskranke? Betrachten Sie lieber die positiven Seiten, Carol. Sie haben dem Staat ein Vermögen gespart – kein teures Gerichtsverfahren, keine Ausgaben für eine jahrelange Einschließung und psychiatrische Behandlung. Man wird Ihnen vielleicht sogar einen Orden verleihen!«

»So meinte ich das nicht, Tony«, sagte Carol. »Ich dachte vielmehr daran, daß Sie nicht mit der Last leben müßten, einen Menschen getötet zu haben.«

»Nun ja, ich kann nicht so tun, als hielte ich dieses Ergebnis für optimal, aber ich werde es lernen, damit zurechtzukommen.« Er zwang ein Lächeln auf sein Gesicht. »Verstehen Sie das jetzt nicht falsch, aber das erste, was ich tue, wenn ich wieder gehen kann, ist, Ihnen einen anderen Regenmantel zu kaufen. Jedesmal, wenn ich diesen hier sehe, verspüre ich den Drang, unkontrolliert loszuschreien.«

»Warum das denn?« fragte Carol erstaunt.

»Wußten Sie das nicht? Sie trug den gleichen Mantel, als sie vor meiner Haustür stand. Wenn sie irgendwelche Fasern in meinem Haus zurückgelassen hätte, wäre die Spurensicherung davon ausgegangen, sie würden von Ihrem Mantel stammen.«

»Na großartig«, sagte Carol. »Apropos gehen – was machen die Fuß- und Handgelenke?«

Tony verzog das Gesicht. »Ich glaube nicht, daß ich jemals wieder Geige spielen kann. Ich habe es geschafft, auf Krücken zur Toilette zu wanken, aber ich konnte nicht im Stehen pinkeln. Sie sagen, es bleibe wahrscheinlich kein permanenter Schaden zurück, aber es wird eine Weile dauern, bis die gerissenen Bänder wieder zusammengewachsen sind. Wie war Ihr Tag?«

Jetzt verzog Carol das Gesicht. »Scheußlich. Sie lagen richtig mit der Vermutung, wie sie – oder er oder es – die Phantasien am Leben hielt. Sie hatte alle Telefonsex-Gespräche, die sie mit den Opfern geführt hatte, auf Kassetten aufgezeichnet, und die besprochenen Kassetten der Anrufbeantworter, soweit welche vorhanden waren, hatte sie aus den Häusern der Männer mitgehen lassen. Die Spezialisten brauchten eine Weile, den Speicher des Computers zu knacken. Wir hatten niemanden, der uns erklären konnte, was sie da machten und herausfanden, aber mein Bruder hat es uns dann verklickert.«

Tony lächelte verzerrt. »Ich wollte damals nichts sagen, aber für einen wirren Moment habe ich überlegt, ob Ihr Bruder nicht als Verdächtiger in Frage kommen könnte.«

»Michael? Das soll doch wohl ein Scherz sein!«

Tony nickte verlegen. »Der Verdacht tauchte bei mir auf, als Sie die Idee mit der Computermanipulation von Videos aufbrachten. Michael hatte zweifellos das Fachwissen, um so was machen zu können. Er gehört zur richtigen Altersgruppe, lebte mit einer Frau zusammen, ohne sexuelle Beziehungen mit ihr zu haben, hatte Zugang zu allen Informationen, die der Killer brauchte, um die Arbeit der Polizei, der Spurensicherung und der Gerichtsmedizin richtig einschätzen zu können, hatte einen Job auf dem allgemeinen Gebiet, in das ich den Mörder eingeordnet hatte, und er war durch Sie stets genau darüber informiert, was die Polizei vorhatte und wie der Stand der Ermittlungen war. Wenn wir Angelica nicht gefaßt hätten, hätte ich mich von Ihnen mal zum Dinner einladen lassen, um ihn mir näher anzusehen.«

Carol schüttelte den Kopf. »Verstehen Sie jetzt, daß ich recht mit der Aussage hatte, ich sei schwer von Begriff? Ich hatte zu denselben Informationen wie Sie Zugang, aber daß Michael in Frage kommen könnte, daran habe ich nicht eine Sekunde gedacht.«

»Das ist verständlich. Sie kennen ihn gut genug, um zu wissen, daß er kein Psychopath ist.«

Carol zuckte mit den Schultern. »Ist das wirklich so? Es wäre nicht das erstemal, daß ein nahes Familienmitglied, sogar eine Ehefrau, sich irrt.«

»Normalerweise machen sie sich selbst etwas vor, oder aber sie sind emotional instabil und in irgendeiner Art von dem Mörder abhängig. Keines von beiden würde in diesem Fall zutreffen.« Er lächelte müde. »Doch wie dem auch sei, erzählen Sie mir jetzt, was Michael Ihnen ›verklickert‹ hat.«

»Der Computer war eine wahre Goldgrube. Sie hat in einer Spezialdatei Tagebuch über das Anpirschen an die Männer und über die Morde geführt. Sie schreibt darin sogar, sie möchte, daß das Tagebuch nach ihrem Tod veröffentlicht wird. Stellen Sie sich das mal vor!«

»Ja, das kann ich mir gut vorstellen«, sagte Tony. »Erinnern Sie mich daran, daß ich Ihnen einmal einige der wissenschaftlichen Arbeiten gebe, die ich zum Thema ›Serienmörder‹ gesammelt habe.«

Carol ergriff ein Schauder. »Danke, lieber nicht. Ich habe Ihnen einen Ausdruck des Tagebuchs mitgebracht. Ich dachte, es würde Sie interessieren.« Sie zeigte auf den Umschlag. »Er ist da drin. Und wie Sie vermutet hatten, hat sie die Morde auf Videos aufgezeichnet und sie entsprechend meiner Annahme in ihren Computer importiert und die Bilder manipuliert, um ihre Phantasien am Leben zu erhalten. Es ist ganz entsetzlich, Tony, viel schlimmer als jeder Alptraum.«

Tony nickte. »Ich will nicht sagen, daß man sich daran gewöhnen

kann, denn an solche Dinge kann man sich einfach nicht gewöhnen, aber man kommt in ein Stadium, in dem man sie zu verdrängen und so fest einzusperren vermag, daß sie nicht unerwartet wieder herausschlüpfen und das Bewußtsein überfallen können.«
»Ist das wahr?«
»Ja, laut der Theorie jedenfalls. Fragen Sie mich in ein paar Wochen noch mal. Hat sie sich dazu geäußert, nach welchen Kriterien sie ihre Opfer ausgesucht hat?«
»Nur verdammt wenig«, antwortete Carol. »Schon viele Monate, bevor sie sich das erste Opfer herauspickte, begann sie mit einem Selektionsprozeß. Sie arbeitete als Systemmanagerin bei der hiesigen Telefongesellschaft. Zunächst hatte sie einen Job bei einer kleinen privaten Telefongesellschaft in Seaford, bei der sie die nötige Erfahrung sammelte, um die Stelle in Bradfield zu bekommen. Sie war, wie man das nennt, ein Super-User, ein übergeordneter Anwender des Computersystems, hatte also Zugang zu sämtlichen gespeicherten Daten. Sie holte sich aus dem Computer der Gesellschaft alle privaten Telefonnummern von Männern, die im vergangenen Jahr regelmäßig Anrufe bei Telefonsex-Anbietern gemacht hatten.« Carol unterbrach sich, die naheliegende Frage im Raum stehenlassend.
»Es war eine wissenschaftliche Untersuchung«, erklärte Tony. »Ich habe eine Arbeit über die Rolle von Telefonsex-Gesprächen auf die Entwicklung der Phantasievorstellungen von Serienmördern veröffentlicht. Man hätte Angelica sagen sollen, sie dürfe, was mich angeht, keine falschen Schlüsse ziehen.«
Carol legte seine Worte als versteckten Vorwurf aus, reagierte aber nicht darauf, sondern fuhr fort: »Diese Telefonnummern stellte sie dann dem Anschriftenverzeichnis gegenüber, und auf diese Weise kam sie zu den Adressen von Männern, die allein lebten. Dann hat sie die Männer beobachtet, um ihre Erkenntnisse zu überprüfen und weitere zu gewinnen. Sie hatte eine klare Vorstellung vom Aussehen des Mannes, den sie suchte, und es

mußte außerdem jemand sein, der ein eigenes Haus hatte, ein angemessenes Einkommen und gute Karriereaussichten. Man kann es kaum glauben!«

»Doch, es paßt genau«, entgegnete Tony. »Im Grunde wollte sie die Männer nicht töten, sie wollte sie lieben. Aber sie machten sie zur Mörderin, indem sie sie betrogen. Sie hatte einzig Sehnsucht nach einem Mann, der sie liebte und mit ihr zusammenlebte.«

Diese Sehnsucht haben wir doch alle, dachte Carol, sprach es aber nicht aus. »Wie auch immer, wenn sie sich für den passenden Kandidaten entschieden hatte, ebnete sie sich den Weg durch obszöne Telefonanrufe. Damit hatte sie die Männer am Angelhaken, konnte sich darauf verlassen, daß ihr schäbigen geilen Kerle anonymem Sex nicht zu widerstehen vermögt.«

Tony zuckte zusammen. »Zu meiner Verteidigung möchte ich betonen, daß ein Großteil meines Interesses rein wissenschaftlich war. Mir ging es um die Psyche der Frauen, die freiwillig so was machten.«

Carol lächelte verkrampft. »Zumindest weiß ich jetzt, daß Sie nicht gelogen haben, als Sie behaupteten, die Frau nicht zu kennen, die da diese sexy Nachricht auf Ihrem Anrufbeantworter hinterlassen hatte.«

Tony schaute zur Seite. »Die Entdeckung, daß ein Mann, den Sie mochten, Spaß an abartigem Telefonsex mit einer fremden Frau hat, kann nicht sehr erfreulich für Sie gewesen sein.«

Carol erwiderte nichts darauf, da sie nicht wußte, was sie sagen sollte. »Ich habe mir alle Kassetten inzwischen angehört«, fuhr sie fort. »Ihre unterscheiden sich ganz erheblich von den anderen. Es war Ihnen offensichtlich häufig sehr unangenehm. Nicht, daß mich das was angeht ...«

Tony konnte ihr zwar immer noch nicht in die Augen sehen, aber er hatte sich entschlossen, zu reden. »Ich habe ein sexuelles Problem. Um es deutlich zu sagen, ich habe Probleme, Erektionen zu bekommen oder durchzuhalten. Und um ehrlich zu sein, ich habe die Anrufe nur zu einem Teil mit professionellem Interesse betrachtet. Zum anderen Teil habe ich versucht, sie als eine Art Therapie zu nutzen. Ich weiß, das läßt mich wie einen Perversen klingen, aber das Problem in meinem Beruf ist, daß es praktisch unmöglich ist, einen Therapeuten zu finden, den ich respektieren und dem ich vertrauen kann und der nicht in irgendeiner Weise mit der Welt verbunden ist, in der ich arbeite. Wie oft man auch immer das Prinzip der ärztlichen Schweigepflicht betont, ich habe stets gezögert, mich dem Risiko auszusetzen, daß sie nicht eingehalten wird.«

Carol erkannte, wie schwer es Tony gefallen war, dieses Geständnis zu machen, und sie legte ihre Hand auf seine. »Ich danke Ihnen, daß Sie mir das gesagt haben. Ich werde es natürlich für mich behalten. Und Sie sollen auch wissen, daß die einzigen, die die Kassetten in vollem Umfang abgehört haben, John Brandon und ich sind. Sie brauchen sich keine Sorgen zu machen, daß bei der Polizei hinter Ihrem Rücken rumgetuschelt wird.«

»Wenigstens das. Okay, fahren Sie fort. Erzählen Sie mir von Angelicas Anrufen bei den anderen Opfern.«

»Ganz offensichtlich dachten die Männer, es handle sich dabei um Sex ohne jede Verpflichtung oder längere Dauer. Angelicas Auslegung aber war entschieden anders. Sie war überzeugt, die Reaktion der Männer bedeute, daß sie sich in sie verliebt hätten. Zu ihrem Unglück entschieden sich die Männer jedoch nicht für sie. Und in dem Moment, in dem sie Interesse für andere Frauen zeigten, unterschrieben sie ihr eigenes Todesurteil – bis auf Damien Connolly. Ihn hat sie getötet, um uns eine Lektion zu erteilen. Und Sie wären die zweite Lektion gewesen.«

Ein Schauder befiel Tony. »Kein Wunder, daß sie für die Operation zur Geschlechtsumwandlung ins Ausland gehen mußte.«

»Die Psychologen vom Nationalen Gesundheitsdienst haben offensichtlich entschieden, sie sei wegen des Mangels an Einsicht in ihre Sexualität kein geeigneter Kandidat für eine Geschlechtsumwandlung. Sie kamen zu dem Schluß, sie sei ein schwuler Mann, der sich mit seiner Sexualität wegen seines sozialen und familiären Umfelds nicht abfinden könne. Statt einer Geschlechtsumwandlung empfahlen sie eine psychologische Behandlung durch einen Sexualtherapeuten. Es kam damals zu einer häßlichen Szene. Er – sie – schleuderte einen der Psychologen durch eine Glastür.«

»Ein Jammer, daß man deshalb keine Anklage gegen sie erhoben hat«, sagte Tony.

»Ja. Und Sie werden froh sein, zu hören, daß man gegen Sie definitiv keine Anklage wegen Angelicas Tod erheben wird.«

»Das will ich aber auch meinen! Denken Sie nur, wie ich schon erwähnt habe, an das viele Geld, das ich dem Steuerzahler erspart habe. Wir sollten das bei einem Dinner feiern, wenn ich hier rauskomme, meinen Sie nicht auch?« fragte er vorsichtig.

»Das wäre schön. Und noch etwas Erfreuliches kann ich Ihnen berichten«, sagte Carol.

»So? Was denn?«

»Penny Burgess hatte sich gestern frei genommen, um eine Wanderung in den Dales zu machen. Anscheinend hatte sie mitten im Wald eine Autopanne und mußte dort übernachten. Sie hat das ganze Finale verpaßt. Es gibt in der *Sentinel Times* von heute ein Dutzend Verfasserangaben zum Thema Überführung des Serienmörders, aber ihre ist nicht dabei!«

Tony legte sich zurück und blickte zur Decke. Die Risse übertünchen, das war es, was sie da machten. Er hatte Carol im Verdacht, daß sie das ebensogut wußte wie er, und er war ihr nicht böse für ihre Bemühungen. Aber er hatte zunächst einmal genug von alldem. Er schloß die Augen und seufzte.

»O Gott, tut mir leid«, sagte Carol und sprang auf. »Es war gedankenlos von mir. Sie müssen ja immer noch völlig erschöpft sein. Ich verschwinde sofort. Dieses Zeug hier lasse ich Ihnen da.

Lesen Sie es, wenn Ihnen danach ist. Ich könnte morgen wieder vorbeikommen, wenn Sie möchten ...«

»Ich würde mich freuen«, sagte Tony matt. »Die Müdigkeit überfällt mich manchmal in Wellen.«

Er hörte ihre Schritte und das Klicken der Tür, als sie sie aufmachte. »Gute Besserung«, wünschte ihm Carol zum Abschied.

Nachdem die Tür hinter ihr geschlossen war, richtete Tony sich wieder so weit auf, bis sein Rücken durch die Kissen gestützt war. Er griff nach dem Umschlag. Eine längere Unterhaltung konnte er zwar noch nicht durchstehen, aber seine Neugier, in Angelicas Tagebuch zu schauen, vermochte er nicht zu zügeln. Er zog einen dicken Stapel DIN-A4-Bogen aus dem Umschlag. »Dann wollen wir mal sehen, wie du wirklich warst«, sagte er leise. »Was hast du zu erzählen? Wie rechtfertigst du dich, was hast du vor mir verborgen?« Gierig begann er zu lesen.

Für Tony war es normalerweise eine routinemäßige Sondierungsarbeit, sich durch die schriftlichen Ergüsse psychisch geschädigter Menschen hindurchzukämpfen. Aber das hier war anders, wie er schon nach wenigen Absätzen feststellte. Zunächst konnte er nicht genau sagen, was es war. Der Stil war gebildeter, kontrollierter und direkter als das Geschwafel der meisten seiner Patienten, doch das erklärte nicht, warum er so anders darauf reagierte. Er las ein paar Seiten weiter und war fasziniert und abgestoßen zugleich. Es war nicht mehr, aber auch nicht weniger selbstbesessen als die sonstigen Texte, aber da war ein frostiger Beigeschmack, der von der Norm abwich. Die meisten Mörder, deren Selbstzeugnisse Tony gelesen hatte, hatten sich weitaus mehr in ihrer blutigen Rolle glorifiziert und weniger Gedanken darauf verschwendet, was sie ihren Opfern angetan hatten. Diese Mörderin dagegen identifizierte sich sehr kühl mit ihren Taten. Doch auch das konnte nicht völlig erklären, warum er von dem, was er da las, so beunruhigt war. Was es auch war, es führte dazu, daß es ihm zunehmend widerstrebte, weiterzulesen, ganz im Gegensatz zu seiner normalen Reaktion. Er war so obsessiv darauf aus gewesen, in den Kopf des Mörders einzudringen, den er Handy Andy genannt hatte, und jetzt, da die letzten Geheimnisse ausgebreitet vor ihm lagen, schien er sie gar nicht mehr wissen zu wollen.

Er zwang sich, weiterzulesen, notierte in Gedanken zufrieden die richtigen Voraussagen, die er im Profil getroffen hatte, und schließlich dämmerte ihm, daß das beunruhigende Gefühl, welches ihn erfaßt hatte, den ganz persönlichen Bereich betraf. Die Worte, die er da las, berührten ihn auf eine Art, die er vorher nie erfahren hatte, und es lag daran, daß das Leben, welches auf diesen Seiten vor ihm ausgebreitet war, ihn mit einer bisher unbekannten Direktheit ansprach. Es waren die Fußstapfen seiner eigenen Nemesis, deren Spuren er da verfolgte, und es war eine sehr unbequeme Reise.

Nicht mehr in der Lage, weiterzulesen, schob er das Papier zur Seite. Er sah die Widerspiegelung seines eigenen Schicksals in den zerfetzten Körpern, die Angelica so akribisch geschildert hatte. Da er Psychologe war, wußte er genau, was mit ihm geschah. Er wußte, er stand noch unter einem Schock, war noch tief in der Verweigerung des Geschehenen gefangen. Obwohl er die Ereignisse in diesem Keller nicht aus dem Kopf bekam, gab es dennoch eine Distanz zwischen seinem Bewußtsein und der Erinnerung, so als ob er das alles aus einer großen Entfernung betrachten würde. Eines Tages aber würde der Horror der vergangenen Nacht zurückkehren, in Stereo auf ihn eindröhnen, in Cinemascope vor sein inneres Auge gestrahlt werden. Und weil er das wußte, betrachtete er seine derzeitige Erstarrung als Segen. Sein Anrufbeantworter war inzwischen sicherlich mit lukrativen Angeboten für die Story, wie der Jäger zum Killer wurde, gespickt. Und eines Tages würde er diese Geschichte tatsächlich erzählen müssen. Er hoffte, daß er die Stärke aufbringen würde, sie für einen Psychiater zu reservieren.

Es war kein Trost, sich darüber im klaren zu sein, daß es statistisch gesehen unwahrscheinlich war, noch einmal das Ziel eines Serienmörders zu werden. Alles, woran er denken konnte, waren die Stunden in diesem Keller, in denen er seine ganze Erfahrung und sein ganzes Wissen aktivieren mußte, um die magischen Worte zu finden, die ihm ein paar Minuten mehr Zeit verschafften, nach dem Schlüssel zu seiner Freiheit zu suchen.

Und dann dieser Kuß. Der Kuß der Hure, der Kuß der Mörderin, der Kuß der Liebenden, der Kuß der Erlöserin – alles floß ineinander. Ein Kuß von dem Mund, der ihn über Wochen betört hatte, der Mund, dessen Worte ihm Hoffnung für die Zukunft gegeben und dann doch nur dazu geführt hatten, daß er an diesem schrecklichen Ort gestrandet war. Er hatte sein berufliches Leben damit zugebracht, sich in die Köpfe derer einzuschleichen, die Menschen töten, nur um dank eines Judaskusses als einer von ihnen zu enden.

»Du hast gewonnen, nicht wahr, Angelica?« sagte er leise. »Du hast mich haben wollen, und jetzt hast du mich bekommen.«

VAL MCDERMID

SCHLUSSBLENDE

Roman

Aus dem Englischen
von Klaus Fröba

Weltbild

Ein Wort des Dankes

Ich glaube kaum, daß ich es geschafft hätte, dieses Buch ohne die Hilfe all derer zu schreiben, die mit ihrem reichen Fachwissen und ihrem Rat für mich da waren. Dafür möchte ich mich bei Sheila Radford, Dr. Mike Berry, Jai Penna, Paula Tyler und Dr. Sue Black bedanken. Edwina und Lesley muß ich nachträglich um Entschuldigung bitten, sie haben als rastlose Spürnasen nach Textpassagen gefahndet, die mir bei der Überarbeitung irgendwie verlorengegangen waren. Ohne Jim und Simon von Thornton Electronics und ohne Mac und Manda hätte ich mit an Sicherheit grenzender Wahrscheinlichkeit einen Nervenzusammenbruch erlitten, als mein Computer abgestürzt ist. Letztendlich aber habe ich es der Beharrlichkeit und dem Scharfsinn dreier Frauen zu verdanken, daß ich bis zum Schluß durchgehalten habe. Deshalb widme ich dieses Buch in Liebe

Julia, Lisanne und Brigid.

Verborgen unter alten Narben
Mahnt stumm in deinem Blut ein Menetekel,
Das dich versöhnt mit lang vergess'nen Kriegen.

Four Quartets,
Burnt Norton
T. S. Eliot

Prolog

Mord ist wie Magie, dachte er. Die Geschicklichkeit seiner Hand hatte das Auge bisher noch immer getäuscht, und dabei sollte es auch bleiben. Er war wie der Postbote, der etwas in den Briefkasten wirft, und später schwören alle Stein und Bein, daß niemand an der Tür gewesen war. Eine Begabung, die ihm eingepflanzt war wie ein Herzschrittmacher. Ohne diese magischen Fähigkeiten wäre er tot gewesen. Oder so gut wie.

Schon beim ersten Blickkontakt war ihm klar gewesen, daß sie die nächste sein würde. Es war diese spezielle Kombination, die seinen Sinnen signalisierte, daß alles genau zusammenpaßte. Unschuld und Reife, nerzbraunes Haar und tänzelnde Augen. Er hatte sich noch nie geirrt. Ein Instinkt, der ihn am Leben hielt. Oder so gut wie.

Er merkte, daß ihr Blick auf ihm ruhte, und sofort fing über das Murmeln der Menge hinweg in seinem Kopf der alte Kindervers zu rotieren an: *Nick und Bell klettern schnell einen steilen Fels bergan. Doch auf einmal stolpert Nick, stürzt und bricht sich das Genick. Was wird nun aus der armen Bell?* Die schlichte Melodie schwoll an und überflutete sein Hirn wie eine gewaltige Woge einen Wellenbrecher. Ja, was wurde denn aus Bell? Oh, er wußte, was aus ihr wurde. Das Wissen rotierte in seinem Schädel wie der grausame Kindervers. Aber es war nie genug. Sogar der Umstand, daß die Strafe dem Vergehen exakt gerecht wurde, konnte ihn nicht endgültig versöhnen. Darum mußte es immer wieder eine nächste geben. Und da stand er nun, nahm mit lauernden Augen wahr, daß sie ihn mit Blicken verschlang, und las in ihren Augen die Botschaft:

»Ich bin dir ganz nahe. Nimm Kontakt auf zu mir, dann werden wir uns bald noch näher sein.« Kein Zweifel, sie las seine Gedanken. Und war doch selbst so durchschaubar. Das Leben hatte ihre Sehnsüchte noch nicht glattgehobelt. Ein wissendes Lächeln zuckte um ihre Mundwinkel, dann tat sie den ersten Schritt auf der langen, zumindest für ihn so erregenden Expedition zu den Abgründen des Schmerzes. Schmerz war aus seiner Sicht eine der unabdingbaren Begleiterscheinungen.

Es entging ihm nicht, daß sie kleine Umwege machte. Genau wie er. Neben zielstrebigen, kühnen Schritten aufeinander zu gab es ausweichende, zögernde, für den Fall, daß sie falsch gedeutet hatten, was sie in seinen und er in ihren Augen zu lesen glaubte. Sie wählte die spiralförmige Annäherung, die mit jedem Schritt ein Stück weiter nach innen führt, als bewege sie sich im schraubenförmigen, hier natürlich ins Riesenhafte verzerrten Gehäuse eines Tintenfischs auf ihn zu. Und dabei ruhten ihre Augen unablässig auf ihm, als gäbe es auf ihrem Weg nichts, was sie aufhalten, und niemanden, der sie ablenken konnte. Selbst als sie schon hinter ihm war, spürte er ihren festen Blick im Rücken. Alles war exakt so, wie es sein mußte.

Ihre Art, auf ihn zuzugehen, verriet ihm viel über sie. Sie wollte die Annäherung auskosten, wollte ihn aus jedem denkbaren Blickwinkel in sich aufnehmen und den Anblick in ihrer Erinnerung speichern, weil sie glaubte, eine solche Gelegenheit werde sich nie wieder ergeben. Hätte sie geahnt, was sie wirklich erwartete, wäre sie auf der Stelle in Ohnmacht gefallen.

Schließlich führte der enger werdende Orbit sie bis auf Armlänge an ihn heran. Nur die zwei, drei Reihen seiner hartnäckigsten Verehrer trennten sie noch von ihm. Seine Augen verhakten sich mit ihren, er ließ seinen ganzen Charme spielen, bedachte die Umstehenden mit einem höflichen »… ein Vergnügen, mit Ihnen zu plaudern. Würden Sie mich nun bitte entschuldigen« und ging, als die Menge brav eine Gasse bildete, die letzten Schritte auf sie zu.

Unsicherheit irrlichterte über ihr Gesicht. Erwartete er, daß sie ihm wie die anderen auswich? Oder sollte … mußte sie im Bannstrahl seiner hypnotisierenden Augen ausharren? Es war kein Wettstreit mit gleichen Waffen, es konnte keiner sein. Er hielt sie mit den Augen fest. »Hallo«, sagte er. »Hast du auch einen Namen?«

Noch nie war sie so sehr auf Tuchfühlung mit dem Ruhm gewesen, das machte sie sekundenlang sprachlos. Bis sie schließlich »Donna« stammelte. »Donna Doyle.«

»Was für ein wunderschöner Name«, sagte er mit warmer Stimme und erntete dafür ein Lächeln, das er strahlend erwiderte. Mitunter kam ihm alles zu einfach vor. Menschen hören, was sie hören wollen, besonders, wenn es ihre Träume wahr werden läßt. Mit seinem Lächeln merzte er alles Mißtrauen aus, jedesmal. Sie kamen zu diesen Abendveranstaltungen mit ganz bestimmten Erwartungen, das Bild von Jacko Vance vor Augen, das das Fernsehen ihnen vermittelte: ungezwungen, fröhlich und so vertrauenswürdig, daß ihnen nie in den Sinn gekommen wäre, das Abgründige in ihm zu suchen. Warum auch, wenn die Medien ein so überaus positives Image von ihm zeichneten?

In der Beziehung war Donna Doyle genau wie alle anderen. Sie verhielt sich, als folge sie einem eigens für sie geschriebenen Drehbuch. Nachdem er sie nun gewissermaßen in die Enge getrieben hatte, tat er, als sei es ihm nur darum gegangen, ihr eines der handsignierten Hochglanzfotos des Megastars Vance zu schenken. Dann jedoch folgte ein doppelbödiger Schachzug, den er so unübertrefflich natürlich auszuführen wußte, daß selbst De Niro vor Neid erblaßt wäre.

»Mein Gott!« stieß er mit schwerem Atem hervor. »Ja doch! Natürlich!« Der verbale Ersatz für die flach an die Stirn geschlagene Hand.

Ihre Finger – nur noch Zentimeter von dem Foto entfernt, das er ihr beinahe überreicht hätte – erstarrten. Sie runzelte rätselnd die Stirn. »Wie bitte?«

Seine Mimik verriet, wie sehr er mit sich selbst haderte. »O nein, entschuldige. Du hast sicher interessantere Zukunftspläne als das, was jemand wie ich dir anbieten kann.« Beim ersten Mal hatte er den Satz nur mit schwitzenden Händen und hämmerndem Herzschlag über die Lippen gebracht. Weil es sich so plump anhörte, daß nicht mal ein Volltrunkener darauf reinfallen konnte. Und doch hatte er recht daran getan, auf seine Instinkte zu hören, obwohl es andererseits die waren, die ihn zum Abrutschen auf den Weg gemeingefährlicher Kriminalität verleitet hatten. Das Mädchen, bei dem er den dummen Satz zum ersten Mal erprobt hatte, war genauso darauf angesprungen wie Donna. Sie witterten, daß er ihnen etwas anbot, was für gewöhnliche Sterbliche – Leute wie die Fans, mit denen er vorhin geplaudert hatte – unerreichbar war.

»Was meinen Sie?« Atemlos, auf der Hut und nicht bereit, zuzugeben, daß ihre Ahnungen sich bereits in eine bestimmte Richtung bewegten. Denn es war immerhin möglich, daß sie ihn mißverstanden hatte und am Ende beschämt, mit hochrotem Kopf irgendeine Erklärung zusammenstottern mußte.

Sein Achselzucken war nicht mehr als eine Andeutung, so beiläufig, daß sich auf seinem maßgeschneiderten Anzug kein einziges Fältchen kräuselte. »Vergiß es.« Das strahlende Lächeln war erloschen, sein kaum merkliches Kopfschütteln galt unverkennbar ihm selbst.

»Nein, sagen Sie's mir.« Schon schwang verzweifeltes Drän-

gen in ihrer Stimme mit. Schließlich wollten alle Fernsehstars werden, egal, ob sie's zugaben oder nicht. Er konnte ihr doch nicht im letzten Moment den schon halb versprochenen Zauberteppich wegziehen, auf dem sie aus ihrem öden Alltag in die Wunderwelt seines Lebens geschwebt wäre.
Er vergewisserte sich mit einem raschen Blick nach links und rechts, daß niemand zuhören konnte, dann legte er Eindringlichkeit in die Stimme, ohne den betörenden Ton zu vernachlässigen. »Ein neues Projekt, an dem wir arbeiten. Du wärst dem Aussehen nach wie geschaffen dafür. Wirklich, du bist perfekt. Ich habe auf den ersten Blick gesehen, daß du die Richtige wärst.« Ein bedauerndes Lächeln. »Nun, zumindest trage ich bei den Vorstellungsgesprächen mit all den – wie ihre Agenten glauben – vielversprechenden Talenten jetzt dein Bild im Kopf mit mir herum. Vielleicht haben wir mit einer anderen Glück ….« Seine Stimme brach, ein feuchter Film legte sich auf seine Augen. Sie sollte ruhig merken, wie schwer es ihm fiel, auf sie zu verzichten.
»Könnte ich nicht … ich meine, nun ja …« Ein Hoffnungsschimmer huschte über ihr Gesicht, mischte sich mit Verblüffung über ihre eigene Kühnheit und dann mit Angst, als ihr klar wurde, daß sie eine einmalige Chance verpaßte, wenn sie nicht sofort mutiger wurde.
Ungeduld floß in sein Lächeln. Wäre sie älter gewesen, hätte sie's für herablassend gehalten, aber sie war zu jung, um empfindlich zu reagieren, wenn sie von oben herab behandelt wurde. »Ich glaube nicht. Es wäre ein immenses Risiko. Bei einem solchen Projekt, in einem so frühen, heiklen Stadium … Ein einziges Wort in ein unberufenes Ohr könnte zu einem kommerziellen Desaster führen. Und du hast doch keinerlei Erfahrung in diesem beruflichen Umfeld, oder?«
Der Hinweis auf diese Klippe, an der alles scheitern konnte, was womöglich ihre Zukunft gewesen wäre, ließ einen Vul-

kan heißer Hoffnungen ausbrechen, in dessen Lavastrom die Worte nur so aus ihr heraussprudelten. Preise beim Karaoke im Jugendklub … und eine sehr gute Tänzerin, das könne ihm jeder bestätigen … und wenn sie in der Schule aus Romeo und Julia vorlas, hielten alle den Atem an …

Er grinste. »Na gut, du hast mich überzeugt.« Er sah ihr mit gesenktem Kopf tief in die Augen. »Aber kannst du auch ein Geheimnis für dich behalten?«

Sie nickte, als hinge ihr Leben davon ab. Daß es tatsächlich so war, konnte sie nicht wissen. »O ja.« Donnas dunkelblaue Augen funkelten, ihre Lippen brachen auf, die winzige pinkfarbene Zunge zappelte aufgeregt zwischen ihnen. Er wußte, daß sie einen trockenen Mund hatte. Nur – und auch das wußte er – es gab andere Körperöffnungen, in denen in diesem Augenblick völlig entgegengesetzte Reaktionen abliefen.

Er sah sie nachdenklich an. Ein abschätzender Blick, der ihr nichts zu rätseln, aber alles zu hoffen aufgab. »Nun ja«, sagte er, und es hörte sich fast wie ein Seufzen an, »dann bleibt nur die Frage … kannst du dich morgen früh mit mir treffen? Sagen wir, um neun Uhr?«

Einen Moment lang runzelte sie die Stirn, dann glättete sich ihr Gesicht, ihre Augen spiegelten Entschlossenheit wider. »Ja, das kann ich«, sagte sie und verbannte damit die Schule in den Bereich, der für ihr Leben irrelevant geworden war. »Und wo?«

»Kennst du das Plaza Hotel?« Er mußte sich beeilen. Die Reihen seiner Fans rückten schon wieder näher. Sie hatten alle irgendein Kreuz zu tragen, und da sie sich nichts sehnlicher wünschten, als daß er ihnen dabei half, mußten sie beim Gerangel um ihren persönlichen Platz an der Sonne notfalls die Ellbogen einsetzen.

Sie nickte.

»Die haben dort eine Tiefgarage. Benutze den Eingang Beamish Street. Ich werde im Parkdeck zwo auf dich warten. Und laß nirgendwo etwas verlauten. Kein Wort, ist das klar? Nicht bei deiner Mum, nicht bei deinem Dad, nicht bei deiner besten Freundin, nicht mal bei deinem Hund.« Sie kicherte. »Wirst du das schaffen?« Wieder ein tiefer Blick in ihre Augen. Der hundertmal erprobte Blick des Fernsehprofis, der selbst der mißtrauischsten Seele Vertrauen einflößen mußte.

»Parkdeck zwei, um neun«, wiederholte Donna, fest entschlossen, um keinen Preis diese einmalige Chance zu verpassen, der Enge ihres Lebens zu entrinnen. Dafür hätte sie alles hergegeben, selbst ihre unsterbliche Seele. Hätte ihr aber jemand zugeflüstert, daß sie auf dem besten Wege dazu sei, hätte sie ihn nur verständnislos angestarrt.

Gut so. Sie war fasziniert vom Glanz all dessen, was er ihr in Aussicht stellte und was die Verwirklichung ihrer Träume bedeutete. Konnte es eine idealere Ausgangsposition geben?

»Und kein Wort, versprochen?«

»Ich verspreche es«, versicherte sie mit feierlichem Ernst. »Meine Lippen sind versiegelt bis zum Tod.«

TEIL EINS

Tony Hill lag im Bett und sah das langgezogene Wolkenband über einen Himmel wandern, dessen Farbe irgendwie an Enteneier erinnerte. Wenn es etwas gab, was ihn mit diesem schmalgeschnittenen, eng ans Nachbargrundstück grenzenden Haus versöhnte, dann das im Dachgeschoß gelegene Schlafzimmer mit den beiden schrägen Oberlichtern, die ihm, wenn er wach im Bett lag, spektakuläre Ausblicke boten. Ein neues Haus, ein neuer Wohnort, eine neue Aufgabe, und doch fiel es ihm noch immer schwer, abzuschalten, und sei's auch nur für acht Stunden.

Er hatte nicht gut geschlafen, wie üblich. Heute beginnt der Rest deines Lebens, ermahnte er sich mit einem verkniffenen Lächeln. Das Netz aus Falten, das sich dabei um seine tiefblauen Augen zog, hätte nicht mal sein bester Freund als Lachfältchen gedeutet. Für Lachfältchen lachte er zu selten. Und solange es sein Job war, sich mit Morden zu beschäftigen, würde sich daran wohl nichts ändern.

Sicher, es war immer die beste Ausrede, alles auf den Job zu schieben. Er hatte sich zwei Jahre hart darauf vorbereitet, im Auftrag des Innenministeriums eine landesweit operierende Spezialgruppe aus psychologisch geschulten Profilern aufzustellen, die bei komplexen Mordfällen die Sokos der Polizei durch die Erstellung von Täterprofilen unterstützen und dadurch die Aufklärungsrate erhöhen und die Ermittlungen beschleunigen sollte. Eine Aufgabe, in die er nicht nur seine fachlichen Erfahrungen einbringen mußte, sondern auch sein in vielen Jahren seiner Tätigkeit in einer geschlossenen psychiatrischen Anstalt erworbenes psychologisches Geschick.

Es war verlockend gewesen, der Tretmühle eintöniger Schreibtischarbeit und immer wieder um dieselben Themen kreisender Besprechungen hinter Gefängnismauern zu entrinnen, und so hatte er sich dazu verleiten lassen, seinen alten Job aufzugeben und sich einer neuen Aufgabe zu stellen, die ihn prompt mitten in einen Fall führte, dem schon auf den ersten Blick das Etikett des Außergewöhnlichen anhaftete. Daß dieser Fall tatsächlich alle Normen sprengen und ihn kaputtmachen sollte, hatte er allerdings nicht mal in seinen schlimmsten Alpträumen ahnen können.

Er preßte sekundenlang die Lider zusammen, um all die Erinnerungen auszublenden, die ständig am Rand des Bewußtseins darauf lauerten, daß seine Wachsamkeit nachließ und sie sich seiner bemächtigen konnten. Auch ein Grund dafür, daß er so miserabel schlief. Das Wissen, was Träume in ihm anrichteten, war wahrhaftig kein Anreiz, einzudösen und ihnen die Kontrolle über sein Unterbewußtsein zu überlassen.

Das Wolkenband glitt wie ein träge durchs Wasser dümpelnder Fisch aus seinem Blickfeld. Er schwang sich aus dem Bett, tapste nach unten in die Küche, goß Wasser in den unteren Teil der italienischen Kaffeemaschine, löffelte dunkelbraun geröstetes Pulver in das Mittelteil, schraubte das leere Oberteil auf und stellte den Aluminiumtopf auf den Gasherd. Wie gewöhnlich dachte er dabei an Carol Jordan. Sie hatte ihm den Topf mitgebracht, seinerzeit, als der Fall gelöst und er aus dem Krankenhaus entlassen worden war. »Sie werden sich eine Weile schwertun, ins Café zu spazieren«, hatte sie gesagt. »Mit dem Ding können Sie sich wenigstens zu Hause einen anständigen Espresso machen.«

Es war ein paar Monate her, seit er und Carol sich zuletzt gesehen hatten. Sie hatten nicht mal Gelegenheit gefunden, ihre Ernennung zum Detective Chief Inspector zu feiern. Was deutlich zeigte, wie fremd sie sich geworden waren. Am

Anfang, nach seiner Zeit im Krankenhaus, war sie, wann immer die Hektik ihres Jobs es zuließ, bei ihm vorbeigekommen. Aber allmählich war ihnen beiden klargeworden, daß ihre Gedanken bei diesen Begegnungen nur um das Spektrum des gerade abgeschlossenen Falles kreisten, und das beherrschte ihr Denken derart, daß es alles andere, was vielleicht zwischen ihnen möglich gewesen wäre, im Ansatz erstickte. Er hatte rasch begriffen, daß Carol besser als andere zu interpretieren vermochte, was sie beim Blick in sein Ich sah. Und er wollte einfach nicht das Risiko eingehen, sich einem Menschen wie ihr zu öffnen. Denn wenn sie erkannte, wie sehr er sich bei seiner Arbeit infiziert hatte, würde sie sich womöglich von ihm abwenden.

Und wenn das geschah, mußte er befürchten, daß er seine Aufgabe nicht mehr erfüllen konnte. Aber seinen Job zu tun war zu wichtig für ihn, als daß er das riskieren wollte. Was er tat, rettete Menschen das Leben. Und er machte es gut. Möglicherweise war er sogar einer der Besten, weil er die Abgründe in einem Menschen verstand. Das alles aufs Spiel zu setzen wäre ein unverzeihlicher Fehler gewesen – erst recht jetzt, zu einem Zeitpunkt, zu dem die Zukunft der neugegründeten Profilergruppe von ihm abhing.

Was manch einer für einen Opfergang hielt, war lediglich die Dividende aus seiner bisherigen Arbeit. Man ließ ihn tun, worauf er sich besonders gut verstand, und bezahlte ihn auch noch dafür. Ein müdes Lächeln huschte über sein Gesicht. Mein Gott, hatte er ein Glück.

Shaz Bowman hatte volles Verständnis dafür, daß Menschen Morde begehen. Die Erkenntnis hatte nichts mit ihrem neuen Job oder dem durch ihn bedingten Umzug in eine andere Stadt zu tun, sondern ausschließlich mit dem Pfusch, den sich die Klempnerkolonne bei der Installation der Wasserleitungen in der neuen Wohnung geleistet hatte. An sich hatten die Bauherren bei der Umgestaltung des viktorianischen Herrenhauses eines Grubenbesitzers in abgetrennte Wohnungen eine geschickte Hand bewiesen. Sie hatten die Fassade erhalten und nicht den Fehler begangen, durch allzu kleinliche Raumaufteilung die Stimmigkeit der inneren Proportionen zu zerstören. Auf den ersten Blick gab es an Shaz' Wohnung nichts auszusetzen – perfekt bis hin zu den Sprossenfenstern, aus denen der Blick auf den Garten fiel – ihr ganz persönliches, kleines Refugium.

Nach Jahren in den mit Kommilitonen geteilten Studentenbuden mit bekleckerten Teppichen und vor Schmutz starrenden Waschbecken, gefolgt von spartanischen Unterkünften in der Polizeischule und ihrem letzten Domizil, einer schäbigen, sündhaft teuren Schlafkammer in Londons Westen, war sie neugierig geworden, ob ihr der Begriff Wohnkultur überhaupt noch etwas bedeutete. Und nun bot ihr der Umzug nach Nordengland endlich die langersehnte Gelegenheit, das herauszufinden. Leider erwies sich die Idylle schon am ersten Morgen als trügerisch.

Sie war, weil sie früh zur Arbeit mußte, noch halb verschlafen, mit trüben Augen aus dem Bett gekrochen, hatte die Dusche laufen lassen, bis die Temperatur stimmte, und in der Vorfreude auf ein mollig warmes Duschbad den Vorhang hinter sich zugezogen. Doch schon nach wenigen Sekunden verwandelte sich der bis dahin angenehm warm sprudelnde Wasserstrahl in ein stotterndes, zudem siedend heißes Geplätscher, so daß sie schleunigst Reißaus nahm. Sie rutschte auf den Fliesen aus, verrenkte sich das Knie, stieß sämtliche in drei Jahren bei der Metropolitan Police gelernten Flüche aus und starrte fassungslos auf den Dampf, der genau da aufstieg, wo sie eben noch gestanden hatte.

Kurz darauf war der Dampf verschwunden, die Temperatur

fühlte sich auf wundersame Weise wieder normal an. Zweiter Versuch. Zögernd, mit angehaltenem Atem griff sie nach dem Shampoo. Als sie sich jedoch gerade eingeseift und Schaum ins Haar gerieben hatte, prasselte aus dem Duschkopf urplötzlich ein winterlicher Eisregen auf sie nieder. Unglücklicherweise reagierte sie auch diesmal falsch, und mit der scharf eingesogenen Luft schluckte sie so viel Seifenschaum, daß sie eine Weile damit beschäftigt war, gegen den drohenden Erstickungstod anzuhusten.

Als Detective kam sie rasch dahinter, daß sie den morgendlichen Leidensweg handwerklicher Schlamperei verdankte. Diese Erkenntnis der ursächlichen Zusammenhänge vermittelte ihr allerdings kein ausgeprägtes Glücksgefühl. Statt den ersten Tag in der neuen Umgebung ruhig und durch ein Duschbad entspannt anzutreten, war sie ein wütendes, frustriertes Nervenbündel. Die verspannte Nackenmuskulatur war ein unverkennbarer Vorbote langanhaltender Kopfschmerzen. »Großartig«, grollte sie vor sich hin und kämpfte gegen die Tränen an, die wohl eher auf ihre aufgewühlten Emotionen zurückzuführen waren als auf das Shampoo, das ihr in die Augen gelaufen war.

Shaz kletterte mutig zurück in die Wanne, stellte mit einem energischen Ruck die Dusche ab und drehte statt dessen den Hahn für das Badewasser auf. An einen ruhig und entspannt begonnenen Tag war nicht mehr zu denken, aber sie mußte sich ja wenigstens das Shampoo aus den Haaren waschen, wenn sie am ersten Arbeitstag nicht wie ein gerupftes Huhn aussehen wollte.

Als sie in der Wanne kauerte und den Kopf ins Wasser tauchte, versuchte sie, etwas von ihrer positiven Einstellung zurückzugewinnen. »Mädchen, du kannst von Glück sagen, daß du hier bist«, redete sie sich zu. »Alle, die was zu sagen hatten, waren einverstanden. Du hast nicht mal irgendwelche Testbögen ausfüllen müssen. Allgemeines Kopfnicken, und schon gehörst du zur handverlesenen Elite. Jetzt zahlt sich's aus, daß du alles mit verbissenem Lächeln geschluckt hast. Sollen die Flegel, die ständig auf dir rumtrampeln wollten, doch zusehen, wo sie bleiben. Dahin, wo du jetzt bist, schaffen die's so schnell nicht. Was verstehen die schon von der Erarbeitung von Täterprofilen?« Wobei noch hinzukam, daß sie unter dem absoluten Spitzenprofiler arbeiten würde – Dr. Tony Hill, Examen in London, promoviert in Oxford, Verfasser einer als *das* britische Standardwerk geltenden Studie über Serientäter. Hätte Shaz zur Heldenverehrung geneigt, wäre diesem Tony Hill eine Ehrenloge im Pantheon ihrer persönlichen Halbgötter sicher gewesen. Kein Opfer wäre ihr zu groß gewesen für die Chance, sein methodisches Denken zu studieren und sich seine Tricks und Kniffe abzugucken. Aber sie mußte gar kein Opfer bringen. Die Chance war ihr einfach in den Schoß gefallen.

Als sie sich das Haar geföntund zurechtgebauscht hatte, war ihr Ärger so gut wie verflogen, nur ihre Nerven flatterten noch ein wenig. Sie sah in den Spiegel, versuchte, die Sommersprossen auf ihren Wangen zu ignorieren, nicht darauf zu achten, daß ihre Nase zu zierlich geraten war, so zu tun, als sähe sie nicht, daß ihre Lippen zu streng aussahen, um sinnlich zu wirken, und sich ganz auf das eine Schmuckstück zu konzentrieren, das die Natur ihr geschenkt hatte: ihre aufregenden Augen. Die dunkelblauen Iris waren von rätselhaften Riefen durchzogen, in denen das Licht sich brach wie in den Facetten eines Saphirs. Augen mit dem gewissen Etwas. Manchmal beschlich Shaz der Verdacht, ihr früherer Chef habe sich unter ihrem durchdringenden Blick so unbehaglich gefühlt, daß er trotz ihrer beachtlichen Erfolge bei Festnahmen und Verhören froh gewesen war, sie loszuwerden.

Ihrem neuen Chef war sie erst einmal begegnet. Irgendwie

kam ihr Tony Hill nicht vor wie jemand, der sich leicht durch Augen einschüchtern ließ, wie blau sie auch waren. Und wer weiß, was er alles hinter dem Tarnschleier dieser blauen Augen ausmachte. Eine bange Vorahnung kroch ihr über den Rücken, sie wandte sich schnell vom Spiegel ab.

Detective Chief Inspector Carol Jordan zog das Original aus dem Fotokopierer, nahm die Kopie aus der Auswurfschale, durchquerte energischen Schritts das Großraumbüro der Kriminalabteilung und rief den beiden Detectives, die bereits an ihren Schreibtischen saßen, ein lässiges »'n Morgen, Jungs« zu. Notorische Frühaufsteher. Oder, was sie für wahrscheinlicher hielt, zwei, die bei ihr Eindruck schinden wollten. Arme Teufel.

Sie schloß die Tür, setzte sich an den Schreibtisch, heftete das Original in den Sammelordner mit Meldungen über Vorkommnisse während der Nacht und legte ihn in den Ausgangskorb. Die Kopie heftete sie in einem anderen Ordner ab, der schon vier ähnliche Meldungen enthielt und den sie ständig in ihrer Aktenmappe aufbewahrte. Fünf, entschied sie, waren die kritische Größe. Zeit, etwas zu unternehmen. Aber nicht hier und jetzt.

Das einzige Stück Papier, das sonst noch auf ihrem Schreibtisch lag, war ein langatmiges Memo des Innenministeriums, durch das in geschraubtem Behördenenglisch die Einsetzung der »National Offender Profiling Task Force (NOP Task Force)« bekanntgegeben wurde. »... ist dienstrechtlich Commander Paul Bishop unterstellt und wird fachlich von dem Psychologen und Profiler Dr. Tony Hill geleitet.« Dann folgten Festlegungen zu Detailfragen, angefangen von der disziplinarrechtlichen Zuständigkeit bis zur Zahlung von Bezügen.

Carol seufzte. »Eine von denen hätte ich sein können, o ja.«, murmelte sie in sich hinein. Nicht, daß sie offiziell aufgefordert worden war, aber ein Wort von ihr hätte genügt. Tony wollte sie in seiner Gruppe haben. Er hatte ihre Arbeit aus der Nähe miterlebt und ihr mehr als einmal versichert, sie sei genau aus dem richtigen Holz geschnitzt, um in seiner neuen Profilergruppe für Effektivität zu sorgen. Aber so einfach war das Ganze nicht. Das eine Mal, bei dem sie gemeinsam einen Fall bearbeitet hatten, war für sie beide zermürbend und persönlich belastend gewesen. Die Gefühle, die sie für Tony Hill hegte, waren immer noch zu verworren, als daß sie sich uneingeschränkt für die Idee erwärmen konnte, seine rechte Hand zu werden. Zumal die Fälle, die dann auf sie zukamen, mit Sicherheit wieder zu einer ebenso starken emotionalen Belastung und intellektuellen Herausforderung geführt hätten wie beim ersten Mal.

Trotzdem, es war eine Versuchung gewesen. Doch dann war ihr das Angebot dazwischengekommen, die Leitung der Kriminalpolizei in einer neuen Dienststelle in Yorkshire zu übernehmen. So eine Chance konnte sie sich auf keinen Fall entgehen lassen. Wobei die Ironie darin lag, daß sie auch dieses Angebot im Grunde der Zusammenarbeit mit Tony Hill verdankte. John Brandon war während ihrer Jagd auf den Serienmörder Assistant Chief Constable in Bradfield gewesen, und nach seiner Ernennung zum Chief Constable der neuen Dienststelle hatte er sie unbedingt in seiner Crew haben wollen. Sein Timing hätte nicht besser sein können, dachte sie, obwohl sie sich andererseits eines leichten Bedauerns nicht erwehren konnte. Sie stand auf und ging die wenigen Schritte, die sie in ihrem kleinen Büro vom Fenster trennten, stand da und starrte auf die tief unter ihr liegenden Hafenanlagen, in denen rastlos hin und her hastende, zwergenhaft kleine Gestalten weiß Gott welchen Geschäften nachgingen.

Carol hatte ihr Handwerk zuerst bei der Londoner Met und danach bei der Bradfield Metropolitan Police erlernt – beides Mammutdienststellen, in denen die Großstadtkriminalität den Adrenalinspiegel der Mitarbeiter ständig bis dicht unter den Siedepunkt aufheizte. Jetzt, bei der East Yorkshire Police, war sie in der Beschaulichkeit der Provinz angekommen, was ihren Bruder Michael zu dem spöttischen Kommentar veranlaßte, in Yorkshire genüge es vollauf, wenn Polizisten beim Büroschlaf ein Auge offenhielten. Mit raffinierten Mördern, aus fahrenden Autos feuernden Maschinenpistolen, Bandenkriegen, bewaffneten Raubüberfällen und Drogenhandel im großen Stil mußte sich die Seaforder Kripo bestimmt nicht herumschlagen.

Nicht, daß es in den Kleinstädten und Dörfern von East Yorkshire keine Kriminalität gegeben hätte, aber das spielte sich alles auf einem so niedrigen Level ab, daß ihre Mitarbeiter ohne weiteres damit fertig wurden, sogar in mittelgroßen Orten wie Holm, Traskham oder in ihrem neuen Dienstort, dem Nordseehafen Seaford. Die jungen Officer mochten es nicht sonderlich, wenn Carol sie an die kurze Leine nahm. Mein Gott, was wußte ein Großstadtmädchen wie sie schon von Viehdiebstählen im Schafzüchterland oder von gefälschten Ladepapieren? Außerdem ahnten alle, daß sie einstweilen hinlänglich damit beschäftigt war, die Spreu vom Weizen zu trennen, also herauszufinden, wer nur eine große Klappe hatte und laut herumposaunte und bei wem wirklich Substanz dahintersteckte. Und sie hatten recht. Es dauerte länger, als sie erwartet hatte, aber allmählich zeichnete sich ein ziemlich klares Bild davon ab, auf wen sie in ihrem Team bauen konnte.

Carol seufzte noch einmal und fuhr sich mit der Hand durchs zerzauste blonde Haar. Ein verdammt hartes Stück Arbeit, nicht zuletzt deshalb, weil die rauhbeinigen Yorkshireburschen, mit denen sie's zu tun hatte, sich von einer Frau nur zähneknirschend sagen ließen, wo es langging. Was sie dazu führte, sich – nicht zum ersten Mal – zu fragen, ob sie nicht aus Ehrgeiz eine vielversprechende Karriere aufgegeben hatte und nun in einer Sackgasse gelandet war.

Sie wandte sich achselzuckend um und nahm den Ordner mit den Kopien der nächtlichen besonderen Vorkommnisse aus ihrer Aktenmappe. Auch wenn sie sich gegen eine Mitarbeit in Tonys Profilergruppe entschieden hatte, die Gelegenheit, bei ihm den einen oder anderen neuen Trick zu lernen, wollte sie sich nicht entgehen lassen. Sie wußte, woran man die Handschrift eines Serientäters erkannte, und konnte nur hoffen, daß sie es hier nicht mit einem zu tun hatte und plötzlich nichts dringender brauchte als ein Team von Spezialisten, um ihn zur Strecke zu bringen.

Die Doppeltüren schwangen dicht vor dem Gesicht auf, das – laut letzter Zuschauerumfrage – in achtundsiebzig Prozent aller britischen Wohnzimmer auf Anhieb erkannt worden wäre. »… habe ich doch überhaupt nichts zu tun«, sagte die Frau, zu der das Gesicht gehörte, zu Betsy Thorne, die einen halben Schritt hinter ihr folgte. »Sag also Trevor, daß er gefälligst die Einstellungen zwei und vier im Drehplan austauschen soll, okay?« Und damit stöckelte sie auf hochhackigen Pumps und Beinen, die ihr glatt einen Werbevertrag für Pantyhöschen eingebracht hätten, ins Allerheiligste der Maskenbildnerin.

Betsy nickte gelassen. Mit dem Fernsehen hätte sie wohl niemand in Verbindung gebracht, dafür sah sie zu bieder aus. Dunkles, hier und dort von Silbersträhnen durchzogenes Haar, blaues Stirnband und darunter ein Gesicht, das die Summe all dessen zu sein schien, was man gemeinhin mit dem Begriff »englisch« verbindet: die klugen Augen eines

Schäferhunds, den Knochenbau eines hochgezüchteten Rassepferds und eine Apfelhaut à la Cox' Orange. »Kein Problem«, behauptete sie und machte sich eine Notiz auf ihrem Klemmbrett.

Micky Morgan, Moderatorin und Star des zum unangefochtenen Quotenrenner eines Privatsenders aufgestiegenen Mittagsmagazins *Morgan am Mittag*, ging zielstrebig auf ihren angestammten Sessel zu, setzte sich, strich das honigblonde Haar zurück und unterzog ihr Äußeres einer letzten kritischen Prüfung im Spiegel, als Marla, die ungekrönte Königin der Maske, auftauchte, um ihr den Schutzumhang umzulegen.

»Marla, du bist wieder da!« rief sie entzückt aus. »Gott sei Dank. Ich habe gebetet, daß du außer Landes wärst und nicht sehen konntest, was sie mir angetan haben, solange du nicht dagewesen warst. Ich verbiete dir strikt, je wieder in Urlaub zu fahren.«

Marla lächelte. »Immer noch der alte Nonsens.«

Betsy, die sich neben dem Spiegel auf den Schminktisch geschwungen hatte, sagte trocken: »Dafür wird sie ja bezahlt.«

»Ich komm zur Zeit einfach nicht an die Jungs von der Redaktion ran«, beklagte sich Micky. Sie mußte es ziemlich breitlippig tun, weil Marla angefangen hatte, Grundierung auf ihre Haut aufzutragen. »An der rechten Schläfe wächst übrigens ein Pickel ran.«

»Prämenstrual?« fragte Marla.

»Ich hätte gewettet, daß ich die einzige bin, die so was aus einer Meile Entfernung sieht«, stichelte Betsy.

»Die Haut ist eben nicht mehr so straff«, meinte Marla. Eine der Unbarmherzigkeiten, die ihr, weil sie sich professioneller Wahrheit verpflichtet fühlte, gelegentlich herausrutschten.

»Die Anmoderation«, wandte sich Micky an ihre Freundin Betsy, »lies mir die noch mal vor.« Sie schloß die Augen, um

sich besser konzentrieren zu können, was Marla Gelegenheit gab, sich mit Mickys Augenlidern zu beschäftigen.
Betsy zog ihr Klemmbrett zu Rate. »Vor dem Hintergrund der Enthüllungen in der Klatschpresse, derzufolge abermals ein junges Kabinettsmitglied im falschen Bett erwischt worden ist, beschäftigen wir uns heute mit der Frage: Was kann Frauen daran reizen, eine Geliebte zu sein?« Sie las die Namen der zu diesem Thema eingeladenen Talkgäste vor, den letzten ließ sie sich geradezu auf der Zunge zergehen. »Das wird dich besonders freuen: Dorien Simmonds, deine bevorzugte Romanautorin, im übrigen professionelle Mätresse und Verfechterin der These, es mache nicht nur eine Menge Spaß, Geliebte zu sein, sondern verrate überdies soziales Mitgefühl gegenüber den Frauen, die das eheliche Sexjoch bis zum Erbrechen ertragen haben.«
Micky kicherte. »Brillant – die gute alte Dorien. Was meinst du, ob's irgendein Thema gibt, das sie ausläßt, wenn sich's zu einem Buch auswälzen läßt?«
»Sie ist einfach neidisch«, sagte Marla. »Bitte, Micky, die Lippen!«
»Neidisch?« hakte Betsy nach.
»Wenn Dorien Simmonds einen Ehemann wie den von Micky hätte, käme sie nie auf die Idee, eine Lanze für außereheliche Liebschaften zu brechen«, sagte Marla überzeugt. »Sie ist doch bloß sauer, weil sie nie bei einem wie Jacko landen konnte. Wozu ich nur anmerken kann: Wer wäre das nicht?«
»Hm«, gurrte Micky.
»Hm«, äffte Betsy sie nach.
Die Publicitymaschine hatte Jahre gebraucht, um im Bewußtsein der Nation die Überzeugung zu verankern, daß Micky Morgan und Jacko Vance so unzertrennlich zusammengehörten wie … nun, wie Fish und Chips. Eine im Quotenhim-

mel geschlossene und daher unauflösbare Prominentenehe. Selbst die hartnäckigsten Klatschkolumnisten hatten es aufgegeben, dazwischenzufunken.
Der Witz dabei war, daß es die Angst vor Gazettenklatsch gewesen war, die die beiden ursprünglich zusammengebracht hatte. Micky hatte kurz vorher Betsy kennengelernt. Ein einschneidender Bruch in Mickys Leben, und das, als ihre Karriere gerade zu ungeahntem Höhenflug ansetzte – eine Phase, die stets den Neid lieber, aber zu kurz gekommener Kollegen weckte. Da es professionell nichts an Micky auszusetzen gab, fixierte sich die Neiderschar auf ihre persönliche Lebensführung. Seinerzeit, in den frühen Achtzigern, galten lesbische Beziehungen noch nicht als schick, im Gegenteil, sie waren der sicherste Weg, sich die Feindschaft nahezu aller zuzuziehen, einschließlich der Steuerfahndung. Nachdem sie sich in Betsy verliebt hatte, dauerte es nur ein paar Monate, bis Micky aus eigener Erfahrung wußte, wie einem gehetzten Tier zumute ist.
Sie mußte Jacko dankbar sein. Er war, als sie sich zu einer radikalen Kehrtwende entschloß, ihr Rettungsanker gewesen. Und sie waren immer noch glücklich miteinander, dachte sie, während sie zufrieden ihr Spiegelbild begutachtete. Perfekt.

Tony Hills Blick wanderte bedächtig an der Reihe der Detectives entlang. Er war sich darüber im klaren, woran es bei ihnen hakte. Sie glaubten, sie hätten sich sehenden Auges für diesen gefährlichen Job entschieden. Gestandene Cops halten sich nie für ahnungslos, dafür bringen sie aus ihrer Zeit auf der Straße zuviel Erfahrung mit. Sie hatten alles gesehen und alles erlebt. Sie waren angepinkelt worden und hatten sich aufs T-Shirt kotzen lassen. Sie bildeten sich ein, selbst den unvorstellbarsten Horror zu kennen – den, der einen nachts aus dem Schlaf hochschrecken läßt und beten lehrt; nicht um Vergebung, sondern um Heilung. Und nun mußte er ihnen klarmachen, daß sie bei ihrer Bewerbung nicht die geringste Ahnung gehabt hatten, worauf sie sich einließen. Niemand von ihnen, ausgenommen vielleicht Paul Bishop.

Eine der als Bitte verbrämten Bedingungen, die Tony bei der Aufstellung der Gruppe gestellt hatte, war die Forderung, einen Mann an die Spitze zu berufen, der genau wußte, welche Bürde er sich auflud. Paul Bishop war auch für die politisch Verantwortlichen kein unbeschriebenes Blatt, schließlich hatte er mit dem Bahncard-Vergewaltiger und dem Metroland-Killer zwei der meistgesuchten Verbrecher zur Strecke gebracht und sich damit selbst bei den hartgesottensten schweren Jungs der Londoner Unterwelt Respekt verschafft. Für Tony stand es außer Frage, daß ein Mann wie Bishop wußte, welche Horrorszenarien ihn erwarteten. Einziger Lohn dafür war das Wissen, durch beharrliches Bemühen Massenmörder hinter Schloß und Riegel gebracht und so Menschen das Leben gerettet zu haben.

Paul Bishop begrüßte die Detectives und erläuterte ihnen das Ausbildungsprogramm. »Wir werden Ihnen die Methodik bei der Erarbeitung von Täterprofilen vermitteln, so daß Sie sich, darauf aufbauend, selbst die für Sie zweckmäßige Vorgehensweise erarbeiten können.« Das Ganze lief auf einen Crashkurs in Psychologie hinaus, der sich natürlich auf Grundkenntnisse beschränken mußte. Aber wer das Zeug zu einem echten Profiler hatte, würde bald herausfinden, welche Art des methodischen Vorgehens ihm am meisten lag, und vor allem, auf welches Teilgebiet der Erarbeitung von Täterprofilen er sich spezialisieren wollte.

Wieder sah Tony sich seine neuen Kollegen der Reihe nach an. Alle hatten Erfahrung als Ermittler und alle – bis auf einen – ein abgeschlossenes Studium. Ein Sergeant und fünf Constables, zwei davon Frauen, eine geballte Ladung Fachwissen und Lebensklugheit. Und sie wußten, daß ihnen, wenn sie bei ihrer Arbeit Erfolg hatten, der Weg bis ganz nach oben offenstand.

Irgendwie hätte er sich gewünscht, daß Carol Jordan dabeigewesen wäre. Andererseits wußte er, daß auch ohne diese zusätzliche Komplikation genügend Probleme auf sie zukamen. Hätte er eine Wette eingehen müssen, wer sich zum Star der kleinen Gruppe mausern würde, dann wäre die junge Frau mit dem kalten Feuer im Blick sein heißester Tip gewesen. Sharon Bowman. So eine war imstande zu töten, wenn ihr keine andere Wahl blieb.

Wie alle guten Jäger. Und wie er's selbst getan hatte.

Paul Bishop war fertig, er gab Tony das Zeichen, daß er dran wäre. Tony lehnte sich demonstrativ entspannt zurück. »Das FBI«, begann er, »veranschlagt zwei Jahre für die Schulung seiner Profiler. Wir sind da bescheidener.« Seine Stimme wurde ätzend. »Wir lassen uns in drei Wochen die ersten Fälle aufs Auge drücken, und nach drei Monaten Schonfrist erwartet das Innenministerium von uns, daß wir voll im Geschäft sind. Was Sie bis dahin zu bewältigen haben, läßt sich so zusammenfassen: Verdauen Sie einen Wust von Theorie, lernen Sie eine Wagenladung Regeln und Vorschriften auswendig, machen Sie sich mit dem eigens für unsere Arbeit entwickelten Softwareprogramm vertraut, und entwickeln Sie einen Riecher für Mitmenschen, die – wie wir das in Fachkreisen nennen – total durchgeknallt sind.« Sein Grinsen kam für die Detectives, die mit ernsten Mienen vor ihm saßen, offensichtlich etwas überraschend. »Irgendwelche Fragen?«

»Kann man noch abspringen?« Die Bowman – scheinbar todernst, aber in ihren lebhaften Augen funkelte hintergründiger Humor.

»Die akzeptieren hier nur einen Kündigungsgrund, und der muß von einem Pathologen bestätigt werden«, warf Simon McNeill ein. Psychologieexamen in Glasgow, vier Dienstjahre bei der Polizei in Strathclyde, rekapitulierte Tony und stellte zufrieden fest, daß er sich solche Dinge immer noch mühelos merken konnte.

»Vollkommen richtig«, sagte er.

»Und im Krankheitsfall?« fragte ein anderer aus der Gruppe.

»Viel zu durchsichtig, als daß wir uns darauf einlassen würden«, ließ Tony ihn wissen. »Aber ich bin froh, daß Sie das angeschnitten haben, Sharon. Das gibt mir quasi das Stichwort für die Dinge, über die ich zuerst mit Ihnen sprechen will.« Wieder sah er sie der Reihe nach an, bis sich der Ernst seines Tonfalls in ihren Gesichtern widerspiegelte. Es verblüffte ihn immer noch, wie leicht sich gestandene Detectives manipulieren ließen. Aber er ahnte, daß das in ein paar Monaten ganz anders aussehen würde, sonst hatte er irgend etwas falsch gemacht.

Er schlug den Ordner mit handschriftlichen Notizen auf, und als er zu dozieren anfing, hörte sich das eher wie lautes Nachdenken an. »Isolierung. Entfremdung. Verdammt hart, damit fertig zu werden. Menschen sind ihrer Natur nach gesellig. Wir sind Herdentiere. Wir jagen im Rudel und feiern im Rudel. Nehmen Sie jemandem jeglichen menschlichen Kontakt, und sein ganzes Verhalten wird sich schlagartig verändern. Sie werden in den kommenden Monaten und Jahren in diesem Punkt eine Menge Erfahrungen sammeln.« Sie hingen wie gebannt an seinen Lippen. Zeit für den Schlag in die Magengrube.

»Ich rede nicht von Serientätern, sondern von Ihnen. Sie alle sind Officer mit Erfahrung in kriminalpolizeilicher Arbeit, an Teamarbeit, Kameradschaft und Rückendeckung durch das System gewöhnt, und daran, gemeinsam Erfolge zu feiern und sich gegenseitig Trost zu spenden, wenn's mal kein Erfolg war. Vergleichbar einer großen Familie, nur ohne den großen Bruder, der dauernd auf einem herumhackt, und ohne Tanten, die ständig fragen, wann man endlich heiraten will.« Alle nickten, die Frauen etwas zögernder als die Männer.

Er machte eine kleine Pause, dann beugte er sich vor. »Hiermit spreche ich Ihnen mein Beileid aus. Das alles haben Sie nun verloren. Die große Familie ist tot, Sie können nie, nie wieder nach Hause gehen. Das hier – das ist von jetzt an Ihre Familie und das einzige Zuhause, das Sie haben.«

Und dann erklärte er ihnen, warum das so war.

»Ihr Leben wird sich sehr bald von Grund auf verändern. Ihre Prioritäten geraten ins Wackeln wie Los Angeles bei einem Erdbeben. Wenn Sie sich ständig in ein fremdes, auf Mord programmiertes Gehirn hineindenken müssen, werden Sie sehr bald feststellen, daß Dinge, die Sie bisher für wichtig gehalten haben, auf einmal völlig irrelevant geworden sind. Wer so was noch nie erlebt hat, kann sich kein Bild davon machen, wie das ist. Sie zermartern sich pausenlos das Gehirn nach dem einen Hinweis, den Sie bisher übersehen haben. O ja, es gibt einen Zeugen, der den Mörder gesehen hat. Nur, der kann sich an nichts erinnern. Wie hätte er auch ahnen sollen, daß einer der Jungs, die nachts an derselben Tankstelle wie er gehalten haben, einen Mord begehen wird? Sie können diesen Zeugen an den Schultern packen und durchschütteln, sooft Sie wollen, er spuckt nichts aus. Dafür ist der Detective, der Ihre Arbeit sowieso für den letzten Unsinn hält, um so redseliger. Er sieht überhaupt nicht ein, warum Sie's leichter haben sollen als er. Also gibt er Ehefrauen, Lovern, Eltern, Kindern und Neffen Ihre Telefonnummer, und die rufen dann verzweifelt bei Ihnen an, weil sie irgendeinen Hoffnungsfunken brauchen. Und als wäre das nicht genug, sitzen Ihnen auch noch die Medien im Genick. Und dann schlägt der Mörder wieder zu.«

Leon Jackson, der es geschafft hatte, sich aus dem Liverpooler Schwarzenghetto über ein Oxford Stipendium zur Londoner Met hochzuarbeiten, zündete sich eine Zigarette an, hängte den Arm über die Stuhllehne und murmelte: »Hört sich cool an.«

»Eiskalt«, sagte Tony. »Das war also ein knapper Exkurs darüber, wie andere Ihren Job sehen. Und was ist mit Ihren ehemaligen Kollegen? Nun, die werden vor allem feststellen, daß Sie ein komischer Vogel geworden sind. Sie gehören nicht mehr zur alten Crew, Sie haben den Stallgeruch verloren, also werden sie Sie links liegenlassen. Wenn Sie dann bei der Bearbeitung eines Falles mit ihnen zu tun haben, prallen Sie auf eine Mauer der Ablehnung. Verlassen Sie sich drauf, die alten Kollegen wollen nichts mehr mit Ihnen zu tun haben und haben nicht die geringste Scheu, Sie das spüren zu lassen.«

Daß Leon skeptisch grinste, erklärte Tony sich damit, daß er als Schwarzer daran gewöhnt war, von einigen Kollegen geschnitten zu werden. Was er dabei wahrscheinlich nicht bedachte, war, daß seine Vorgesetzten unbedingt eine schwarze Erfolgsstory von ihm erwarteten.

»Und noch etwas«, fuhr Tony fort, »glauben Sie ja nicht, daß Ihr Boß Ihnen den Rücken stärkt, wenn es Scheiße regnet. Entweder haben Sie Erfolg, oder Sie sind unten durch. Ohne vorzeigbaren Erfolg machen alle einen großen Bogen um Sie, weil Sie an einer ansteckenden Krankheit leiden, die Mißerfolg heißt. Egal, wie nahe Sie der Wahrheit sind, solange Sie sie nicht beweisen können, sind Sie ein Aussätziger. Ach ja – und übrigens«, fügte er hinzu, als wäre ihm das gerade erst eingefallen, »falls der Mistkerl, hinter dem Sie her waren, dank Ihrer Arbeit überführt wird … Sie werden nicht zur Erfolgsparty eingeladen.«

Die Stille war so lähmend, daß man das Knistern des brennenden Tabaks hören konnte, als Leon einen Zug an seiner Zigarette tat. Tony stand auf. »Vielleicht denken Sie, daß ich übertreibe. Aber ich versichere Ihnen, ich habe Ihnen allenfalls eine erste Ahnung davon vermittelt, wie beschissen Sie sich mitunter in Ihrem neuen Job fühlen werden. Wenn jemand glaubt, das sei nichts für ihn – noch ist Zeit zum Aussteigen. Keiner wird Sie zurückhalten, keiner macht Ihnen Vorwürfe. Wenden Sie sich einfach vertrauensvoll an Commander Bishop.« Ein kurzer Blick auf die Uhr. »Zehn Minuten Kaffeepause.«

Er vermied es, irgendeinen aus der Gruppe anzusehen, als die Frauen und Männer die Stühle zurückschoben und sich auf den Weg zum kleinen Pausenraum machten. Als er schließlich doch hochsah, traf sich sein Blick mit dem von Detective Constable Shaz Bowman. Sie lehnte neben der Tür an der Wand.

»Noch was, Sharon?« fragte er.

»Sagen Sie bitte nicht Sharon zu mir. Nennen Sie mich Shaz. Ich wollte Ihnen nur noch sagen, daß Profiler nicht die einzigen sind, die wie der letzte Dreck behandelt werden. Was Sie uns bisher erzählt haben, hört sich nicht schlimmer an als das, woran Frauen im Polizeidienst ohnehin gewöhnt sind.«

»Das höre ich nicht zum ersten Mal«, erwiderte Tony und mußte unwillkürlich an Carol Jordan denken. »Und wenn das stimmt, müßten Sie bei diesem Spiel eigentlich im Vorteil sein.«

Shaz grinste zufrieden, sagte: »Warten wir's ab« und war einen Moment später – lautlos und geschmeidig wie eine Dschungelkatze – durch die Tür verschwunden.

Jacko Vance beugte sich vor und deutete stirnrunzelnd auf den aufgeschlagenen Terminkalender. »Du siehst doch, Bill,

ich hab für Sonntag zugesagt, am Halbmarathon teilzunehmen, Montag und Dienstag drehen wir, Dienstag abend ist diese Kluberöffnung in Lincoln – da kommst du doch hin, oder? …« Und nachdem Bill genickt hatte: »Ich habe bis Donnerstag einen Termin nach dem anderen, und dann fahre ich nach Northumberland – mein freiwilliger karitativer Einsatz. Ich sehe wirklich nicht, wie ich die noch unterbringen soll.« Er lehnte sich zurück und beklagte im stillen einmal mehr, daß die Sitzbank in diesem Produktionscaravan ein derart unbequemes Möbelstück war.
»Darum geht's doch, Jacko.« Bill Ritchie, der Produzent von *Besuch von Vance,* kannte den Star seiner Sendung lange und gut genug, um zu wissen, daß Überredungsversuche bei ihm wenig Sinn hatten. »Die Dokumentation soll ja gerade zeigen, wie beschäftigt du bist und daß du dennoch Zeit für Wohltätigkeitsaktivitäten findest.« Er tauchte mit zwei Bechern Kaffee aus der winzigen Kochnische auf.
»Tut mir leid, Bill, aber das ist nicht drin.« Jacko wollte einen Schluck Kaffee trinken, stellte den Becher aber rasch wieder ab. Höllisch heiß, das Zeug. »Wann stellst du hier jemanden ein, der einen ordentlichen Kaffee macht?«
Bill grinste. »Wenn's nach mir geht, nie. Der lausige Kaffee ist die einzige Möglichkeit, dich auf andere Gedanken zu bringen, wenn du wieder mal irgendwas ausbrütest.«
Jacko fühlte sich ertappt, blieb aber bei seinem bedauernden Kopfschütteln. »Ich tu's trotzdem nicht. Erstens will ich die Kameraleute nicht auch noch an drehfreien Tagen auf den Hacken haben. Zweitens mache ich nicht in Wohltätigkeit, damit das zur besten Sendezeit über die Mattscheiben flimmern kann. Drittens will ich nicht, daß die armen Teufel, um die ich mich kümmere, ihre ausgemergelten Kehlen für die Kamera hinhalten müssen. Ich mach gern irgendwas anderes für dich, zum Beispiel zusammen mit Micky, aber ich will

keinen von denen zum Objekt für die Kamera machen, bloß damit unsere Zuschauer ihr schlechtes Gewissen entdecken und ein paar Tausender mehr spenden.«
Bill spreizte abwehrend die Hände. »Ist ja schon gut. Sagst du's ihnen, oder soll ich das tun?«
»Tu du's lieber, Bill. Erspar mir den Ärger.« Jacko lächelte sein antrainiertes Lächeln, das brave Ehefrauen vor Augen hatten, wenn sie mit ihren Männern Liebe machten, Teenagersehnsüchten ein leibhaftiges Zielobjekt gab und alternde Damen ins Schwärmen geraten ließ.
Männer mochten ihn auch, aber mehr, weil sie in ihm den guten alten Kumpel sahen. Schließlich war der Liebling der Sportpresse einmal Europameister im Speerwerfen und sicherer Anwärter auf olympisches Gold gewesen. Bis er dann eines Nachts auf dem Rückweg von einem Sportlertreffen in Gateshead auf der A 1 in eine Nebelbank gerast war. Nicht als einziger.
Die Zahlen in den Morgennachrichten schwankten zwischen siebenundzwanzig und fünfunddreißig in den Unfall verwickelte Wagen. Und trotzdem, die Schlagzeile waren nicht die sechs Toten, die Schlagzeile waren Großbritanniens Goldjunge Jacko Vance und seine tragische Heldentat. Trotz dreier gebrochener Rippen und zahlreicher Schnittwunden war er aus seinem völlig demolierten Wagen gekrochen und hatte zwei Kinder von den Rücksitzen eines Autos gerettet, das Sekunden später in Flammen aufging. Als die Kinder hinter der Leitplanke in Sicherheit waren, hatte er versucht, einen zwischen dem Lenkrad und der verbeulten Tür eingeklemmten Trucker aus der Fahrerkabine zu befreien.
Aber dann hatte sich unter dem Druck der zusammengeschobenen Fahrzeuge plötzlich das Dach der Fahrerkabine nach unten eingebeult. Der Fahrer hatte keine Chance und Jackos nach vorn gereckter Arm ebensowenig. Erst nach drei

Stunden gelang es den Feuerwehrleuten, seinen zerschmetterten Arm aus dem Gewirr aus Blech und schweren Metallteilen herauszuschneiden. Das schlimmste war, daß Jacko als durchtrainierter Sportler das alles bei vollem Bewußtsein erlebte.

Einen Tag nachdem ihm die Ärzte die erste Prothese angepaßt hatten, kam die Meldung von der Verleihung des George-Kreuzes. Ein geringer Trost für jemanden, der den Traum vieler Jahre begraben muß. Aber er war zu klug, um sich Verbitterung anmerken zu lassen, außerdem kannte er die Launenhaftigkeit der Medien. Er erinnerte sich nur allzugut an die Schlagzeilen, als der erste Versuch, Europameister zu werden, mißlungen war. JACK ABGESCHMIERT war noch der freundlichste Kommentar gewesen. Von demselben Blatt, das noch am Vortag JACK, UNSER HERZBUBE getitelt hatte.

Er wußte, daß er aus seinem Ruhm rasch Kapital schlagen mußte, oder er war bald einer der vergessenen Helden von gestern. Er knüpfte also an frühere Kontakte zu Bill Ritchie an und wurde Fernsehkommentator bei ebenden Olympischen Spielen, bei denen ihn alle auf dem Siegertreppchen erwartet hatten. Ein Anfang. Gleichzeitig begründete er seinen Ruf als rastloser Wohltäter – ein Mann, der nicht müde wurde, sich um Mitmenschen zu kümmern, denen das Glück weniger hold gewesen war als ihm.

Heute konnte er all die Narren, die ihn schon abgeschrieben hatten, auslachen. Sein Charme und seine Wortgewandtheit ließen ihn schnell zu einem der beliebtesten Sportmoderatoren werden, wobei er den zerschmetterten Arm geradezu schamlos immer wieder ins Bild zu bringen verstand, damit seine Heldentat auf der A 1 nicht in Vergessenheit geriet. Bald wurde er zum Star einer Unterhaltungssendung, die drei Jahre lang *der* Quotenrenner war.

Als sie im vierten Jahr auf Platz drei abrutschte, ersetzte Jacko sie durch *Besuch von Vance* – eine Show, die vorgab, daß es sich um »spontane Besuche bei Menschen wie du und ich« handele, obwohl das Bildschirmspektakel natürlich mit der gleichen Akribie wie die öffentlichen Auftritte von Mitgliedern des Hauses Windsor vorbereitet wurde. Ein Dauerbrenner, besonders seit er mit Micky verheiratet war.
Und trotzdem genügte ihm das nicht.

Carol bezahlte den Kaffee – ein Privileg ihrer Dienststellung. Eigentlich wollte sie bei den Schokokeksen abwinken, aber ihre Detectives hätten das vielleicht mißverstanden. Also bezahlte sie die grinsend mit und führte ihre kleine, sorgfältig ausgewählte Gruppe in eine durch Plastikpalmen abgeschirmte Ecke der Kantine. Sie mochte sich irren, aber ihrem ersten Eindruck nach waren Detective Sergeant Tommy Taylor, Constable Lee Whitebread und Constable Di Earnshaw der harte Kern, auf den sie in der Seaforder CID-Zentrale setzen konnte.
»Ich will gar nicht erst so tun, als wäre das ein harmloses Plauderstündchen, damit wir uns besser kennenlernen«, legte Carol beim Verteilen der Schokokekse von vornherein ihre Karten auf den Tisch. »Ich habe eine Aufgabe für Sie. Ich habe mir mal die Meldungen über nächtliche besondere Vorkommnisse angesehen und bin etwas irritiert wegen der hohen Zahl der ominösen Brände in unserem Zuständigkeitsbereich. Unserem Meldebuch nach war allein im letzten Monat in fünf Fällen der Verdacht auf Brandstiftung nicht auszuschließen, und beim Blättern im Meldebuch der uniformierten Polizei bin ich auf noch mal ein halbes Dutzend solcher Fälle gestoßen.«
Tommy zuckte die Achseln. »So was kommt eben im Hafenbereich immer wieder vor.«

»Das glaube ich«, sagte Carol. »Trotzdem frage ich mich, ob nicht mehr dahintersteckt. Bei dem einen oder anderen kleineren Brand kann Fahrlässigkeit oder ein technischer Defekt die Ursache gewesen sein, aber es könnte auch sein …« Sie wartete gespannt, wer zuerst darauf ansprang.
»Denken Sie an einen Feuerteufel, Ma'am?« Di Earnshaw – höflich im Ton, aber ihre Miene war eine einzige Unverschämtheit.
»Einen Serienbrandstifter, ja.«
Allgemeines Schweigen. Carol ahnte, was in ihren Köpfen vorging. Die Kripodienststelle East Yorkshire war neu eingerichtet worden, aber für ihre Officer bedeutete das gleiche Arbeit unter einer anderen Adresse. Neu war nur sie.
»Es gibt ein gewisses Muster«, sagte sie. »Alle Brände brechen in den frühen Morgenstunden aus, wenn hier gähnende Leere herrscht. Betroffen sind kleinere Objekte. Schulen, mittelständische Betriebe, Lagerhäuser. Nie Großbetriebe, wo das Wachpersonal dem Täter in die Quere kommen könnte. Aber es sind jedesmal größere Brände. Mit Schäden, die den Versicherungen ziemlich weh tun dürften.«
»Ich hab noch nie was davon gehört, daß hier ein Feuerteufel wüten soll«, warf Tommy mit ruhiger Stimme ein. »Gewöhnlich geben die Feuerwehrleute uns einen Wink, wenn sie argwöhnen, daß irgendwas nicht mit rechten Dingen zugeht.«
Lee, der gerade an seinem zweiten Schokokeks kaute, nuschelte mit vollem Mund: »Oder einer von den örtlichen Oberfuzzis macht uns die Hölle heiß.«
»Ich denke, daß wir bestimmen, worum wir uns kümmern, nicht der Stadtrat oder die Feuerwehr«, sagte Carol kühl. »Brandstiftung ist kein Kavaliersdelikt. Sie kann ebenso verheerende Folgen haben wie Mord, und wie Mord die unterschiedlichsten Motive. Rache, Beweisvernichtung, Versicherungsbetrug, Ausschalten der Konkurrenz. Und bei abartig

veranlagten Tätern sexuelle Befriedigung oder krankhafter Zerstörungswahn. Auch Brandstifter folgen, genau wie Mörder, einer Logik, die nur sie selbst nachvollziehen können und durch die sie ihre Tat gerechtfertigt sehen. Zum Glück sind Serienmörder seltener als Serienbrandstifter. Die Versicherer schätzen, daß etwa jeder vierte Brand in Großbritannien vorsätzlich gelegt wird. Gott sei Dank ist nicht jeder vierte Tote ein Mordopfer.«

Tommy Taylor sah gelangweilt aus. Lee Whitebread starrte sie mit leerem Blick an. Di Earnshaw machte sich immerhin die Mühe, etwas zu dem Thema beizutragen. »Ich hab gehört, die Häufigkeit von Brandstiftungen ist ein Index für die wirtschaftliche Lage eines Landes. Je mieser es aussieht, desto mehr Brände werden gelegt. Na ja – und wir haben hier 'ne Menge Arbeitslose.«

»Auch ein Punkt, den wir berücksichtigen sollten«, sagte Carol. »Also, wir machen folgendes: Sie sehen noch mal alle Meldungen über nächtliche Feststellungen während der letzten sechs Monate durch, befragen erneut die Opfer von Brandstiftungen sowie die Versicherungsgesellschaften und achten dabei besonders auf auffällige Übereinstimmungen. Wer was macht, überlasse ich Ihnen. Ich spreche mit dem Chef der Feuerwehr, und danach sehen wir uns – sagen wir: in drei Tagen? – wieder. Noch Fragen?« Sie stand auf. »Sehr schön. Danke.« Und weg war sie.

Taylor kratzte sich das Kinn. »Die sagt uns, wo's langgeht. Na, Lee, denkst du immer noch, daß du mit der 'ne Nummer schieben kannst.«

Di Earnshaw grinste gehässig. »Nur wenn du darauf aus bist, hinterher im Falsett zu singen.«

»Ich glaub nicht, daß mir hinterher überhaupt noch nach Singen zumute ist«, brummelte Lee. »Jemand scharf auf den letzten Schokokeks?«

Shaz rieb sich die müden Augen und sah eine Weile nicht auf den Bildschirm. Sie war heute früh gekommen, um sich ein bißchen in der Anwendung der Software zu üben, die Tony Hill ihnen gestern erklärt hatte. Zu ihrer Überraschung saß er, als sie kurz nach sieben die Dienststelle betrat, bereits vor seinem Computer.
»Hallo«, begrüßte er sie, »ich dachte, ich wäre der einzige schlafgestörte Workaholic.«
Shaz grinste verlegen. »Ich brauche bei einer neuen Software immer doppelt so lang wie die anderen.«
Tonys Augenbrauen schnellten hoch. Cops gaben vor Außenseitern nicht gern zu, daß sie Schwächen hatten. Entweder war Shaz Bowman die große Ausnahme, oder sie sah in ihm keinen Außenseiter mehr. »Und ich dachte, alle unter Dreißig sind mit dem Computer auf du und du.«
»Ich war wohl bei der Verteilung der Trümpfe gerade mal für kleine Mädchen.« Shaz setzte sich vor den Bildschirm, schob die Ärmel des Pullovers hoch und hoffte, daß Tony ihr leise gemurmeltes »Erst das Paßwort eingeben« nicht mitbekam.
So ruhig und gelassen sie gewöhnlich wirkte, es gab zwei beherrschende Kräfte in ihrem Leben. Die eine war ihr mangelndes Selbstvertrauen, die Furcht zu versagen. Sooft sie in den Spiegel sah, entdeckte sie in ihrem Gesicht nur das, was nicht perfekt war, nie etwas Anziehendes. Und wenn sie ihre dienstlichen Leistungen Revue passieren ließ, fielen ihr nur Dinge ein, die sie schlechter konnte als andere. Dem wirkte die andere Kraft entgegen, ihr Ehrgeiz. Und das Resultat aus beidem war zwangsläufig ein ständiges inneres Spannungsfeld.
Die Berufung in diese Spezialgruppe war die Erfüllung eines langgehegten Traums, manchmal glaubte sie, es sei so etwas wie eine schicksalhafte Fügung gewesen. Aber daß sie das Ganze deswegen lockerer angegangen wäre – nein, das kam

für sie nicht in Frage. Ihre langfristige Karriereplanung verlangte von ihr, daß sie besser war als die anderen. Sie mußte sich Tony Hills Denkweise so perfekt aneignen, daß sie sie wie einen Generalschlüssel benutzen konnte. Und weil ihrer Überzeugung nach alle anderen in der Gruppe besser waren als sie, mußte sie sich noch mehr anstrengen.
Stirnrunzelnd klickte sie sich durch das Übungsprogramm, bei dem es darum ging, einem fiktiven Tathergang diejenigen im Computer gespeicherten Tätermerkmale zuzuordnen, die für den angenommenen Fall relevant sein konnten. Aus dem Augenwinkel bekam sie mit, daß Tony von seinem Computerplatz aufstand und hinausging. Und kurz danach roch sie dicht hinter sich den maskulinen Duft seines After-shaves.
»Kaffeepause«, ordnete er an und stellte zwei Becher Kaffee, beide mit einem Stück Blätterteig zugedeckt, auf den Tisch zwischen ihren Arbeitsplätzen. Sie rieb sich die müden Augen, murmelte »danke« und kam zu ihm herüber.
»Keine Ursache. Irgendwas unklar? Ich helfe Ihnen gern, wenn Sie wollen.«
Sie zögerte. »Es ist nicht so, daß ich's nicht verstehe. Ich trau bloß dem Ergebnis nicht.«
Tony schmunzelte. »Sie wissen, daß zwei und zwei vier gibt, wollen aber den empirischen Beweis dafür, ja?«
»Ich hatte schon immer eine Schwäche für Beweise. Was meinen Sie, warum ich Cop geworden bin?«
»Da müßte ich spekulieren. Aber hierher haben Sie sich vermutlich gemeldet, weil wir uns auf unerforschtem Neuland bewegen.«
Shaz legte das Gebäck beiseite und nahm den Deckel vom Kaffeebecher. »Eher auf einem bereits umgepflügten Acker. Die Amerikaner machen das schon so lange, daß sie mittlerweile sogar Filme über die Arbeit von Profilern gedreht haben. Wir hinken, wie üblich, hinterher. Und die Pionierarbeit

bei uns haben Sie ja schon geleistet, da bleibt nicht mehr viel Neuland übrig.« Ein herzhafter Biß in ihr Gebäck … hm, das Aprikosenaroma der Zuckerglasur war ganz nach ihrem Geschmack.

Tony setzte sich wieder vor seinen Computer. »Oh, sagen Sie das nicht. Es hat lange gedauert, bis die Polizei unsere Arbeit als nützlich akzeptiert hat, und jetzt nehmen uns die Medien in die Mangel. Noch vor ein paar Jahren haben sie Profiling als so was wie das Ei des Kolumbus gefeiert, aber plötzlich mäkeln sie an der Erfolgsquote herum. Und wir müssen als Sündenböcke für ihre überzogenen Erwartungen herhalten.«

»Ich weiß nicht«, sagte Shaz, »der Durchschnittsbürger erinnert sich doch sowieso nur an die großen Erfolge. Zum Beispiel an den Fall, den Sie letztes Jahr in Bradfield bearbeitet haben. Wäre das nicht ein Thema für eines Ihrer Seminare? In großen Zügen kennen wir den Fall aus der Presse, aber da es nun mal um ein Musterbeispiel für erfolgreiches Profiling geht …«

»Wir werden diesen Fall nicht behandeln«, fiel Tony ihr entschieden ins Wort.

Shaz sah verdutzt hoch. Offenbar hatte sie in irgendein Wespennest gestochen. »'tschuldigung«, murmelte sie irritiert.

»Sie müssen sich nicht entschuldigen«, sagte er. »Sie haben recht, die Lösung dieses Falls war so etwas wie ein Durchbruch. Aber ich könnte das Thema nicht emotionslos behandeln. Möglich, daß es Ihnen eines Tages bei irgendeinem Fall ähnlich geht. Was ich Ihnen allerdings nicht wünschen möchte.« Er starrte angewidert auf seine Blätterteigtasche. Die Erinnerungen hatten ihm den Appetit verdorben.

Shaz hätte das Band am liebsten bis zu dem Moment zurücklaufen lassen, als er mit dem Kaffee und dem Gebäck hereingekommen war. Zu spät, sie konnte sich nur noch entschuldigen. »Ich bitte Sie aufrichtig um Entschuldigung, Dr. Hill.« Sie merkte selber, daß das übertrieben förmlich klang.

Tony zwang sich zu einem Lächeln. »Ehrlich, Shaz, das müssen Sie nicht. Und das mit dem *Dr. Hill* – könnten wir das ein bißchen runterschrauben? Ich wollte das schon gestern sagen, hab's aber dann vergessen. Ich möchte nicht, daß Sie nur den Lehrer in mir sehen. In Kürze werden wir Seite an Seite zusammenarbeiten, da sollte es keine Barrieren zwischen uns geben. Also, von jetzt an Tony, ja?«

»Ja, Tony.« Sie las in seinen Augen, daß er ihr nichts nachtrug. Beruhigt verschlang sie mit Heißhunger den Rest ihres Gebäcks und wandte sich dann wieder dem Bildschirm zu.

Jetzt ging es nicht, weil Tony ein paar Meter neben ihr saß, aber wenn ich allein vor dem Computer sitze, nahm sie sich vor, klicke ich mich ins Internet ein, wähle die Zeitungsarchive an und lese alles nach, was ich über die Serienmorde in Bradfield finden kann. Wozu ist man schließlich Detective?

Carol Jordan kämpfte mit den technischen Tücken der verchromten neuen Kaffeemaschine, ein Geschenk ihres Bruders Michael anläßlich des Umzugs nach Seaford. Dafür hatte er – das heißt, genaugenommen die Rechtsanwältin, mit der er neuerdings das Schlafzimmer teilte – ihr mit Freuden ihre Hälfte der auf ihren und Michaels Namen ins Grundbuch eingetragenen Wohnung abgekauft. Ein wahrer Glücksfall, so wie die Preise für Wohneigentum immer mehr in den Keller sackten.

Nun bewohnte sie ein niedriges Steincottage, an einem Hügel oberhalb der Bucht gegenüber dem Stadtkern von Seaford gelegen. Ganz allein. Na gut, fast allein, korrigierte sie sich, als ein harter Kopf sie unsanft gegen das Schienbein stupste. Sie blieb stehen, beugte sich hinunter und kraulte dem Kater die schwarzen Ohren. »Okay, Nelson, schon ver-

standen.« Während der Kaffee durchlief, kippte sie den Inhalt einer Dose Katzenfutter in seinen Freßnapf, und dann hatte sie, abgesehen von Nelsons schmatzenden Frühstücksgeräuschen, ihre Ruhe. Sie schlenderte hinüber ins Wohnzimmer, um vom Fenster aus den Blick auf die Bucht und den schlanken Bogen der Hängebrücke zu genießen. Das für heute vereinbarte Gespräch mit dem Feuerwehrchef fiel ihr ein. Nelson kam herein, sprang auf die Fensterbank und reckte ihr, zum Zeichen, daß er seine Streicheleinheiten haben wollte, den krummen Rücken hin. Sie kraulte ihm das dichte Fell und murmelte: »Ich muß den Burschen davon überzeugen, daß ich Erfahrung mit Brandstiftungen habe. Bei Gott, ich brauche einen Verbündeten.«
Nelson legte ihr die Pfote auf die Hand, als wolle er sagen: Ich bin auch noch da. Carol trank ihren Kaffee aus und kam mit derselben Geschmeidigkeit wie ihr Kater auf die Beine. Eine Dienststelle zu leiten und einen relativ geregelten Tagesablauf zu haben brachte den Vorteil mit sich, daß sie ihre Mitgliedskarte im Fitneßklub mehr als einmal im Monat nutzen konnte. Sie spürte bereits, wie gut ihr die Aerobic und die Arbeit am Trainer tat. Es wäre schön gewesen, das Programm gemeinsam mit einer Freundin zu absolvieren, aber es ging ja nicht um Geselligkeit, sondern um körperliches Wohlbefinden.
Eine Stunde später hatte sie die Bewährungsprobe der Führung durch die Einsatzzentrale der Seaforder Feuerwehr überstanden. Nicht einfach, mit Chief Jim Pendleburys langen Beinen Schritt zu halten. »Sie sind anscheinend besser organisiert als wir bei der Kriminalpolizei«, sagte sie, als sie in seinem Büro saßen. »Verraten Sie mir das Geheimnis Ihrer Effizienz?«
»Unser Etat wurde so zusammengekürzt, daß wir einfach stromlinienförmiger werden mußten. Früher hatten wir in al-

len Stationen Officer in einem Full-time-Job, aber das war nicht kosteneffektiv. Darum sind wir vor ein paar Jahren dazu übergegangen, die Gruppen neu zu organisieren – ein Mix aus Berufsfeuerwehr und freiwilligen Kräften zur Verstärkung. Eine Weile wurde gemeckert, aber dann hatten alle den Vorteil kapiert.«

Carol verzog das Gesicht. »Das geht bei uns nicht.«

Pendlebury zuckte die Schultern. »Ich weiß nicht. Warum sollten Sie nicht auch eine Kerngruppe für die Routinearbeit und so etwas wie ein Einsatzkommando für besondere Fälle haben?«

»Haben wir bereits«, erwiderte Carol trocken. »Die Kerngruppe heißt bei uns Nachtschicht, und unser Einsatzkommando arbeitet dann tagsüber das auf, was nachts angefallen ist. Bedauerlicherweise fällt so viel an, daß beide Gruppen ständig hinter ihrem Arbeitspensum herhinken.«

Sie hatte sich angewöhnt, Leute, denen sie zum ersten Mal begegnete, so genau zu beobachten, als müsse sie ein Polizeibulletin über sie anfertigen. Bei Pendlebury bestimmten die kräftigen, dicht über den blaugrauen Augen sitzenden Brauen die Mimik. Für einen, der die meiste Zeit am Schreibtisch verbrachte, sah er erstaunlich wettergegerbt aus – vielleicht vom Freizeitsegeln oder vom Angeln in der Bucht, vermutete sie. Als er kurz den Kopf neigte, sah sie, daß sich ein paar Silbersträhnen zwischen die dunklen Locken geschlichen hatten. Also ging er wahrscheinlich doch schon auf Mitte Vierzig zu, korrigierte sie ihre erste Schätzung.

»Nachdem Sie gesehen haben, wie wir arbeiten, sind Sie vielleicht eher bereit, unsere These, daß bei jedem Brand a priori von Brandstiftung auszugehen ist, nicht für blanken Unsinn halten.« Sein Ton enthielt keine Schärfe, aber sein Blick war eine Herausforderung.

»An dieser These habe ich nie gezweifelt«, sagte sie mit ruhiger Stimme. »Ich bezweifle eher, ob wir das Ganze ernst genug nehmen.« Sie zog den Ordner mit den Kopien aus der Aktenmappe. »Ich würde diese Brandfälle gern mit Ihnen durchgehen, wenn Ihre Zeit das erlaubt.«

Pendlebury legte den Kopf schief. »Wollen Sie damit das sagen, was ich heraushöre.«

»Nachdem ich gesehen habe, wie Sie arbeiten, gehe ich davon aus, daß Ihnen auch schon der Gedanke an einen Serienbrandstifter gekommen sein muß.«

Er sah sie groß an. »Schau mal an. Und ich hab mich schon gefragt, wie lange es dauert, bis jemand bei euch darauf kommt.«

Carol rümpfte die Nase. »Es wäre hilfreich gewesen, wenn Sie uns einen kleinen Wink gegeben hätten. Schließlich sind Sie die Experten.«

Pendlebury zuckte die Achseln. »Ihr Vorgänger hat das anders gesehen.«

Carol schob ihm den Ordner hin. »Schnee von gestern. Ist Ihnen bereits bei weiter zurückliegenden Fällen der Verdacht auf mögliche Brandstiftung gekommen?«

Er starrte auf das Datum des obersten Blattes und schnaubte leise. »Wie weit wollen Sie denn zurückgehen?«

Tony Hill saß grübelnd an seinem Schreibtisch. Eigentlich hatte er sich auf das morgige Seminar vorbereiten wollen, aber er war inzwischen in Gedanken bei all den kranken Gehirnen da draußen gelandet, die sich in diesem Augenblick ausmalten, wie sie Menschen, die noch nichts davon ahnten, quälen wollten.

Die Psychologie hatte die Existenz des Bösen lange geleugnet und selbst schlimmste Exzesse bei Fällen von Entführung, Folterung und Mord dadurch zu erklären versucht, daß ein bestimmtes Schlüsselerlebnis ausreichen kann, um Menschen, die durch die Bedingungen und besondere Ereignisse in ihrer Jugend vorbelastet sind, zu einem Verhalten zu treiben, das von der menschlichen Gesellschaft als abartig angesehen wird. Aber Tony hatte das nie überzeugt, weil es die Frage offenließ, warum dann andere, die als Kinder ebenfalls unter Mißbrauch oder Liebesentzug gelitten hatten, zu anständigen Menschen geworden waren.

Neuerdings war unter Wissenschaftlern die Rede von einer genetischen Antwort – einer Bruchstelle im DNS-Code, die die Abweichung von der sogenannten Norm erklären sollte. Auch diese Anwort war ihm zu gewollt. Sie war letztlich ein Abklatsch der längst überholten These, daß manche Menschen eben von Natur aus böse seien, und damit basta. Eine Theorie, die den Menschen von jeglicher Verantwortung für sein Handeln freisprach.

Es war ein Thema, das ihn in besonderer Weise fesselte und zugleich die Frage beantwortete, warum er auf seinem Fachgebiet so gut war. Weil er sich bei der Jagd auf einen Serienmörder in den Täter hineindachte und ihn quasi in dessen eigenen Fußstapfen verfolgte. Bis ihre Wege sich an einem Punkt, den er nicht genau definieren konnte, trennten. Anfangs waren die Mörder die Jäger, dann, wenn sie jenseits dieses nicht definierbaren Punktes angekommen waren, jagte er sie. Und doch hallte das Echo ihres Denkens immerfort in ihm wider. Die Fantasien, die sie zu ihren Taten trieben, kreisten um Sex und Tod. Seine Fantasien von Sex und Tod nannte man Profiling. Nur, sie waren denjenigen eines Mörders unheimlich ähnlich.

Manchmal erinnerte ihn das an die alte Frage, was zuerst dagewesen war, die Henne oder das Ei. Hatte seine Impotenz etwas mit der insgeheim gehegten Sorge zu tun, ein allzu freies Ausleben seiner Sexualität könne in Gewalt und Tod enden? Oder lag die Tatsache, daß er seine Sexualität nicht mehr ausleben konnte, an seinem Wissen, wie oft der Sexualtrieb Menschen zu Mördern werden ließ? Er bezweifelte, daß er je die Antwort darauf fand. Egal, was Ursache und was Wirkung war, soviel stand fest: seine Arbeit hatte sein Leben infiziert.

Ohne recht zu wissen, warum, fiel ihm die unkomplizierte Begeisterung ein, die er in Shaz Bowmans Augen gelesen hatte. Die Begeisterung, die auch er einmal empfunden hatte. Bis sie durch die Konfrontation mit all dem Schrecklichen, das Menschen einander antun können, gedämpft worden war. Vielleicht konnte er sein Wissen dazu nutzen, seine Gruppe besser dagegen zu wappnen, als er es gewesen war. Allein das lohnte jede Anstrengung.

Shaz Bowman verließ mit einem Mausklick das Internet, schaltete den Computer aus und starrte mit blicklosen Augen auf den dunkel werdenden Bildschirm. Auf alles war sie gefaßt gewesen, als sie beschlossen hatte, mit Hilfe des Internets ein wenig in Tony Hills Vergangenheit zu stöbern, aber darauf nicht.

»Tony Hill – Bradfield – Killer« hatte sie als Schlüsselwörter eingegeben und war zu ihrer Überraschung auf einen Schatz an Informationen gestoßen – freilich einen schaurigen Schatz. Mehrere Internetseiten mit Presseausschnitten und Kommentaren beschäftigten sich mit dem sogenannten Schwulenkiller. Shaz hatte den Rest des Abends damit verbracht, alle Informationen zu lesen, die sie finden konnte. Und so war das, was als akademische Übung begonnen hatte, weil sie die Ursache für Tony Hills heftige Reaktion herausfinden wollte, zu einem Horrortrip durch seine Vergangenheit geworden, der ihr das Herz schwermachte.

Die Fakten waren eindeutig. In bevorzugt von Schwulen aufgesuchten Gegenden von Bradfield waren vier nackte männliche Leichen gefunden worden – weggeworfen wie Abfall. Die Opfer waren vor ihrem Tod mit unvorstellbarer Grausamkeit gefoltert worden. Schließlich hatte die Polizei Tony Hill hinzugezogen, er sollte gemeinsam mit Detective Inspector Carol Jordan ein Täterprofil erarbeiten. Sie waren dem Mörder schon dicht auf der Spur, als aus den Jägern Gejagte wurden. Der Killer wollte Tony haben, um ein Menschenopfer darzubringen. Gefesselt und grausam gequält, wäre er um ein Haar zum Opfer Nummer fünf geworden. Die Rettung in letzter Sekunde verdankte er nicht einem Eingreifen von außen, sondern seiner in vielen Jahren der Beschäftigung mit geistesgestörten Tätern antrainierten Überredungskunst. Um jedoch sein Leben zu retten, hatte er seinen Peiniger töten müssen.

Shaz hatte fassungslos auf den Bildschirm gestarrt, mit tränenverhangenem Blick und vor Angst und Entsetzen zitternd. Mit dem Fluch lebhafter Vorstellungskraft gestraft, hatte sie sich ausmalen können, durch welche Hölle er gegangen war.

Wie lebte er damit? fragte sie sich beklommen. Wie konnte er mit diesen Erinnerungen Schlaf finden? Kein Wunder, daß er sich weigerte, das als Lehrbeispiel bei einem ihrer Seminare zu behandeln. Eher erstaunlich, woher er die Kraft nahm, sich weiter einer Aufgabe zu stellen, die ihn immer wieder bis an die Grenzen des Wahnsinns führen mußte.

Und wie wäre sie an seiner Stelle damit fertig geworden? Shaz vergrub das Gesicht in den Händen. Zum ersten Mal, seit sie von der Profilergruppe gehört hatte, fragte sie sich, ob sie nicht einen schrecklichen Fehler begangen hatte.

Betsy mixte den Drink für die Journalistin mit viel Gin, wenig Tonic und einem Viertel Lemone, deren süßsaures Aroma den Gingeschmack übertönen sollte. Daß die Beziehung zwischen ihr und Micky nie zu einem Skandal geführt hatte, lag zum guten Teil an der Sorgfalt, mit der sie dafür gesorgt hatte, daß außer Jacko niemand das Geheimnis mit ihnen teilte. Suzy Joseph mit ihrem Zahnpastalächeln und affektierten Charme vertrat zwar eines der prominentenfreundlichsten Hochglanzmagazine, hätte aber, sobald sie eine pikante Klatschgeschichte witterte, ohne Zögern zugegriffen. Also durften die Drinks kräftiger ausfallen, um so sicherer war Suzys Wahrnehmungsvermögen schon durch einen leicht getrübten Blick beeinträchtigt, wenn sie sich nachher mit Micky und Jacko zum Lunch traf.

Betsy setzte sich etwas schräg, den Arm auf die Rückenlehne des Sofas gelegt, in dessen schwellenden Polstern die schmächtige Journalistin fast ertrank. Auf die Weise behielt sie Suzy immer im Blick, während die sich, wenn sie sie ansehen wollte, in den Hüften verrenken mußte. Außerdem machte das Arrangement es Betsy leichter, unauffällig Blickkontakt mit Micky zu halten und ihr nötigenfalls eine stumme Warnung zukommen zu lassen. »O Himmel, was für ein zauberhafter Raum«, plapperte Suzy drauflos, »so leicht und elegant. Ein derart stilsicheres Interieur trifft man selten. Und glauben Sie mir, ich kenne hier in Holland Park mehr Anwesen von innen als alle ortsansässigen Makler.« Sie schwang sich etwas unbeholfen herum und fragte Betsy in einem Ton, als hätte sie's mit dem Hausmädchen zu tun: »Haben Sie dafür gesorgt, daß die Leute vom Partyservice alles haben?«

Betsy nickte. »Alles in Ordnung. Sie waren ganz entzückt von der Küche.«

»Das war mir im voraus klar.« Dann war Betsy abgemeldet, Suzy widmete sich ganz Micky. »Haben Sie das Eßzimmer selbst eingerichtet? So überaus stilvoll! So ganz *Sie*! Wie geschaffen für *Ein Fest mit Joseph*.«

Ein zweifelhaftes Kompliment von einer Frau, die ohne

Scheu hartes Rot mit einem schwarzen Kostüm von Moschino kombinierte, das für eine zwanzig Jahre jüngere, nicht ganz so hagere Person gedacht war. Aber Micky verschanzte sich hinter einem Lächeln. »Um ehrlich zu sein, verdanken wir das mehr Betsys Anregungen. Sie ist hier für den guten Geschmack zuständig. Ich sag ihr lediglich, wie ich mir das Ambiente denke, und sie realisiert das dann.«

Suzys Routinelächeln fehlte jede Herzlichkeit. Es gelang ihr einfach nicht, Micky Morgan eine Antwort zu entlocken, die sich in ihrem Artikel zitieren ließ. Bevor sie einen neuen Versuch starten konnte, kam Jacko ins Zimmer, die breiten Schultern unter dem maßgeschneiderten Jackett so gekonnt nach vorn geschoben, daß er Suzy irgendwie an einen schwebenden Keil erinnerte. Er ignorierte ihr entzücktes Gurren, steuerte auf Micky zu und umarmte sie innig. »Liebling ...« Mit einer Stimme wie ein Celloakkord. »... tut mir leid, daß es später geworden ist.« Dann erst bedachte er Suzy mit seinem sorgfältig dosierten Lächeln. »Sie müssen Suzy sein. Wir waren entzückt, als wir hörten, daß wir Sie heute bei uns haben.«

Suzy strahlte wie ein Christbaum. »*Ich* bin entzückt, hier zu sein«, flötete sie und ließ vor Aufregung ihren West-Midlands-Akzent durchklingen, den sie sonst mit viel Bedacht unterdrückte. Betsy fand es jedesmal verblüffend, wie wenig Jackos Wirkung auf Frauen mit den Jahren nachließ. Sogar eine abgebrühte Journalistin wie Suzy Joseph war nicht gegen Jackos Charme gefeit. Und da Feste für Suzy etwa denselben Reiz hatten wie Misthaufen für Fliegen, kam sie natürlich sofort auf den Anlaß ihres Besuches zu sprechen. »Selbst *Ein Fest mit Joseph* gibt mir nur selten Gelegenheit, bei Leuten zu Gast zu sein, die ich aufrichtig verehre.«

»Danke«, sagte Jacko mit strahlendem Lächeln. »Betsy, sollen wir schon mal ins Eßzimmer gehen?«

Betsy warf einen Blick auf die Uhr. »Ja, das wäre wohl angebracht. Dann könnten die Leute vom Partyservice auftragen.« Sie folgte Micky, Jacko und Suzy bis zur Eßzimmertür, zog sich, als alle Platz genommen hatten, zurück und dachte, als sie wenig später bei Brot, Käse und *Die Welt um eins* allein in ihrem Zimmer saß, daß es eben mitunter gewisse Vorteile mit sich brachte, keine offiziellen Pflichten zu haben.

Micky, die geflissentlich so tun mußte, als bemerke sie Suzys unverfrorene Flirtversuche mit ihrem Mann nicht, hatte es da etwas schwerer. Sie gab sich Mühe, nicht auf das schale Geschwätz zu achten und sich darauf zu konzentrieren, die leckeren Happen aus den Hummerscheren zu lösen.

Bis sie an Suzys Tonfall merkte, daß aus der Plauderei journalistische Arbeit wurde. Und richtig, Suzy hatte die Hand auf Jackos echte Hand gelegt – die andere würde sie wohl nicht derart liebevoll tätscheln, dachte Micky grimmig –, und dann hörte sie Suzy sagen: »Ich habe natürlich in Presseausschnitten gelesen, wie Sie und Micky sich gefunden haben, aber nun möchte ich es gern aus Ihrem Mund erfahren.«

Aha, ich bin dran, dachte Micky. Für den ersten Teil der Geschichte war sie zuständig. »Wir haben uns im Krankenhaus kennengelernt«, begann sie.

Bis Mitte der zweiten Woche fühlten sich die Officer der Profilergruppe in der neuen Dienststelle heimisch. Sicher kein Zufall, daß sechs von ihnen Singles ohne feste Bindung waren, was Commander Bishop nicht nur den Personalakten entnommen, sondern außerdem durch diskrete Recherchen verifiziert hatte. Genau die Mitarbeiter, die Tony haben wollte – ungebundene junge Officer konnten leichter zu einem Team zusammenwachsen. Und als er die sechs über die Fotokopie eines Polizeiberichts gebeugten Köpfe vor sich sah,

dachte er, zumindest insoweit habe er offensichtlich den richtigen Riecher gehabt.
Bis jetzt hatte er noch keine Anzeichen für Animositäten beobachtet, im Gegenteil, ein paar von ihnen hatten bereits erste Kontakte untereinander geknüpft, ohne daß es zur Cliquenbildung gekommen wäre. Shaz schien, wenn ihn nicht alles täuschte, eher eine Einzelgängerin zu sein. Nicht, daß es Probleme mit den anderen gegeben hätte, sie lachte und diskutierte mit ihnen, achtete aber irgendwie immer auf einen Rest Distanz.
Tony ahnte bei Shaz eine geradezu besessene Erfolgsorientierung, die weit über den Ehrgeiz der anderen hinausging. Sie war morgens die erste und abends die letzte und ließ keine Gelegenheit aus, Tony, wenn sie ihn allein erwischte, ein paar vertiefende Fragen zum zuletzt durchgenommenen Stoff zu stellen. Seine einzige Sorge war, daß sie zu verschlossen war. Er mußte sie dazu bringen, aus ihrem Schneckenhaus herauszukommen, damit sie ihre Anlagen zur guten Profilerin optimal nutzen konnte.
In diesem Moment sah sie zu ihm hoch, ohne Verlegenheit, ohne den linkischen Versuch, schnell wieder wegzugucken. Sie sah ihn einfach einen Augenblick lang an, dann wandte sie sich wieder ihrer Fotokopie zu. Ihn beschlich das eigenartige Gefühl, sie habe sekundenlang seinen Gedächtnisspeicher angezapft, die gewünschte Information gefunden und sich wieder ausgeklinkt. Ein wenig genervt sagte er: »Vier Fälle, bei denen es um sexuellen Mißbrauch durch Vergewaltigung geht. Dem Anschein nach von Einzeltätern begangen. Irgendwelche Anmerkungen dazu?«
Wie üblich machte Leon Jackson den Anfang. »Ich glaube, wir müssen das potentielle Verbindungsglied bei den Opfern suchen. Ich hab mal gelesen, daß die Opfer von Vergewaltigungen in aller Regel aus derselben Altersgruppe stammen

wie der Täter. Bei unseren Fällen sind es Frauen Mitte Zwanzig, alle tragen kurzes, blondes Haar und sind sehr fitneßbewußt. Zwei sind Joggerinnen, eine spielt Hockey, und eine betreibt Rudersport. Lauter Sportarten, bei denen es einem zufälligen Spaziergänger kaum möglich gewesen wäre, sie zu beobachten, ohne daß das auffällt.«

»Danke, Leon. Noch weitere Anmerkungen?«

Simon, der in der Gruppe gern die Rolle des *advocatus diaboli* spielte, meldete sich zu Wort. Sein Glasgow-Akzent und seine Art, lauernd unter buschigen Augenbrauen nach oben zu starren, gaben seinen Beiträgen meistens eine ungewollt aggressive Note. »Kann natürlich sein, daß sportliche Frauen keine Scheu haben, sich allein an einsam gelegenen Orten aufzuhalten. Weil sie so selbstbewußt sind, daß sie glauben, ihnen könne nichts passieren. Aber egal wie, falls es sich um zwei, drei oder gar vier verschiedene Täter gehandelt hat, ist der Versuch, sie mit Hilfe eines Täterprofils zu überführen, von vornherein reine Zeitverschwendung.«

Shaz schüttelte den Kopf. »Es geht nicht nur um die Opfer«, sagte sie mit fester Stimme. »Ihren Aussagen nach hatte der Täter allen die Augen verbunden. Und alle wurden während der Tat durch Verbalsex erniedrigt. Das kann kein bloßer Zufall sein.«

»Ach komm, Shaz«, widersprach Simon, »wenn einer so ein lahmer Vogel ist, daß er Frauen vergewaltigen muß, dann muß es einen nicht wundern, wenn er sich während der Tat an seinem dreckigen Gerede aufgeilt. Und was die verbundenen Augen betrifft, da gibt's keine Übereinstimmungen. Mal abgesehen vom ersten und dritten Opfer, denen wurde das eigene Stirnband über die Augen geschoben. Der zweiten hat der Täter das T-Shirt über den Kopf gezerrt und zugeknotet, und der vierten hat er Klebeband um den Kopf gewickelt. Eindeutige Abweichungen, wie?« Zum Zeichen, daß er's nicht persönlich meinte, schickte er ein gutmütiges Grinsen hinterher.

Tony grinste mit. »Die passende Überleitung zu unserem nächsten Thema. Heute beschäftigen wir uns mit dem Unterschied zwischen Handschrift und MO. Ahnt jemand, wovon ich rede?«

Kay Hallam, die andere Frau in der Gruppe, hob zögernd die Hand. Als Tony nickte, strich sie sich mit einer fahrigen Bewegung das sandbraune Haar hinters Ohr – eine bei ihr zur Gewohnheit gewordene Geste, die viel über ihre Unsicherheit verriet. »MO ist das dynamische, die Handschrift das statische Element.«

»So könnte man's ausdrücken«, sagte Tony, »aber es hört sich vielleicht ein bißchen zu technisch an.« Er schob den Stuhl zurück und ging mit großen Schritten auf und ab. »MO bedeutet *modus operandi*, lateinisch. Die Art, etwas zu tun. Im Kontext mit polizeilichen Ermittlungen meinen wir damit die immer gleichbleibende Vorgehensweise des Täters. Als das Profiling noch in den Kinderschuhen steckte, hatten Polizisten und bis zu einem gewissen Grad auch Psychologen sehr grobgestrickte Vorstellungen von Serientätern. Das war für sie jemand, der jedesmal dieselben Dinge tut, um sein Ziel zu erreichen, meistens mit ungefähr demselben Ergebnis. Nur, ihr Handeln kann eskalieren. Zunächst gehen sie auf Prostituierte los, später zerschmettern sie Hausfrauen mit einem Hammer den Schädel.«

Er blieb stehen. »Je mehr wir dazulernten, desto klarer wurde uns, daß wir nicht die einzigen sind, die aus ihren Fehlern lernen. Zumal wir es bei Serientätern mit intelligenten, fantasiebegabten Verbrechern zu tun haben. Wir mußten uns also klarmachen, daß der Täter seinen MO schnell verändern kann und daß er das um so bereitwilliger tut, wenn der MO sich nicht als effektiv erwiesen hat. Dann paßt er die

Mittel dem Zweck an. Nehmen wir an, er hat seinen ersten Mord durch Strangulation begangen, dabei aber festgestellt, daß das zu langwierig, mit zuviel Lärm und zuviel Streß für ihn verbunden ist, obwohl er ja eigentlich seine Tat genießen wollte. Also zerschmettert er das nächste Mal seinem Opfer mit einem Brecheisen den Schädel. Zuviel Blut. Also ersticht er das nächste Opfer. Und schon geht die Polizei davon aus, daß es sich wegen des unterschiedlichen MO um drei Täter handeln muß. Was sich aber nicht geändert hat, ist das, was wir die Handschrift des Täters nennen – die Signatur, abgekürzt das Sig.«

Tony setzte sich auf die Fensterbank. »Das Sig ändert sich nicht, weil es das *raison d'être* des Verbrechens ist. Das, woraus der Täter Befriedigung schöpft. Was aber gehört nun zu der sogenannten Signatur, der Handschrift des Täters? Im Grunde alle Details des Täterverhaltens. Sein Ritual. Die Elemente seiner Handschrift müssen vollständig gegeben sein, damit ihm das Verbrechen Befriedigung verschafft. Dinge wie: Zieht er sein Opfer aus? Stapelt er die Kleidungsstücke ordentlich übereinander? Trägt er den Opfern posthum Rouge auf? Lippenstift? Bringt er ihnen rituelle Verstümmelungen bei, indem er ihnen die Brüste, den Penis oder die Ohren abschneidet?«

Simon sah auf einmal etwas käsig aus. Tony fragte sich, wie viele Mordopfer er wohl bisher gesehen hatte. Er mußte sich ein dickeres Fell zulegen, sonst lauerten seine Kollegen unbarmherzig darauf, daß ihm am Tatort das Essen aus dem Gesicht fiel, und machten dann auch noch rüde Witze darüber.

»Ein Serienmörder«, fuhr er fort, »muß seine Handschrift gewissermaßen bis zum letzten Jota vollziehen, weil ihm erst dies Erfüllung bringt und seine Tat sinnvoll macht. Es hat etwas mit seinen Zwängen zu tun. Seinem Zwang, zu dominieren, Schmerz zuzufügen, bestimmte Reaktionen zu erleben und sexuelle Befriedigung zu erfahren. Die Mittel können variieren, das Ziel bleibt aber konstant dasselbe.«

Er atmete tief durch, um die Erinnerungen an die Variationen abzuschütteln, die er am eigenen Leib erlebt hatte. »Für einen Mörder, der seine Lustgefühle befriedigt, indem er seinem Opfer Schmerzen zufügt und es vor Qual schreien läßt, ist es unerheblich, ob er …« Seine Stimme bebte, er konnte die Bilder nicht bannen, die sich in seinem Gehirn festgehakt hatten. »… ob er …« Alle starrten ihn an. Er versuchte verzweifelt, die Erinnerungen zu verdrängen. »Ob er … sie fesselt oder … auf sie einsticht oder … oder …«

»Oder sie auspeitscht«, warf Shaz ein, um ihm zu helfen.

Tony nickte ihr dankbar zu. »Genau. Interessant, was Sie für niedliche Fantasien haben, Shaz.«

»Typisch Frau, häh?« Simon lachte dröhnend.

Ehe das Ganze in eine Flut von witzigen Bemerkungen ausarten konnte, fuhr Tony rasch fort: »Sie können es also mit zwei Leichen zu tun haben, die dem physischen Zustand nach einen völlig unterschiedlichen Eindruck machen. Aber wenn Sie den Tatort genau untersuchen, werden Sie auf bestimmte Dinge stoßen, die der Mörder vor oder nach dem Mord getan hat, weil er sie tun mußte, um den ultimativen Kick zu erleben. Und das ist dann die Handschrift, nach der Sie suchen.«

Er hatte sich wieder fest im Griff und sah die Officer der Reihe nach an, um sich zu vergewissern, daß alle ihn verstanden hatten. Einer der Männer schien skeptisch zu sein. Tony versuchte, ihm mit einem vereinfachten Beispiel auf die Sprünge zu helfen.

»Nehmen wir an, es gibt einen Einbrecher, der sich auf Videos spezialisiert hat. Der Kerl ist nur auf Videos aus, weil er dafür einen gut zahlenden Hehler an der Hand hat. Also sucht er sich Erdgeschoßwohnungen und bricht über die Terrasse ein. Aber dann verteilt die Polizei Flugblätter, in denen vor dem Videofan gewarnt und seine Vorgehensweise beschrieben wird. Nun verlegt er sich auf ältere Reihenhäuser, in die er durch eines der Seitenfenster einsteigt. Er hat seinen MO verändert, aber den Videotick hat er immer noch. Der ist seine Handschrift.«

Die Miene des Officers hellte sich auf, jetzt hatte er's begriffen. Tony nickte zufrieden und fing an, sechs Stapel Papier zu verteilen. »Wir müssen also beim Verdacht, daß wir's mit einem Serientäter zu tun haben, an beide Elemente denken. Nicht nur Übereinstimmungen, sondern auch Abweichungen in der Vorgehensweise können ein Indiz für einen Serientäter sein. Erfahrene Profiler vertreten die These, daß in den letzten zehn Jahren in Großbritannien gut und gern ein halbes Dutzend Serienmorde unentdeckt geblieben ist. Der eine oder andere Täter könnte bis zu zehn Opfern auf dem Gewissen haben. Dank des guten Straßennetzes und der notorischen Abneigung der Polizeibehörden gegen den Austausch von Informationen hat sich kein Mensch die Mühe gemacht, nach wirklich wichtigen Übereinstimmungen zu suchen. Das sollten wir uns für unsere künftige Arbeit merken.«

Betroffene Gesichter, gewölbte Augenbrauen, leises Gemurmel, bis Tony anfing, die Papierstapel zu verteilen.

»Wir machen also fürs erste eine Art Trockenlauf. Es geht um dreißig vermißte Teenager. Alles echte Fälle, die im Lauf der letzten sieben Jahre bekannt geworden sind. Alle in verschiedenen Landesteilen. Sie haben eine Woche Zeit, die Fälle in Ihrer Freizeit zu untersuchen. Dann sagen Sie mir, ob Sie genug Anhaltspunkte für den Verdacht sehen, daß ein Serientäter am Werk war. Ich möchte betonen, daß es sich nur um eine Übungsaufgabe handelt. Es gibt keinen Grund zu der Annahme, daß eines der Kids entführt oder ermordet wurde.

Falls inzwischen einige von ihnen tot sind, hat das vermutlich eher etwas mit den Lebensbedingungen auf der Straße zu tun als mit einem Verbrechen. Die einzige Gemeinsamkeit ist, daß alle aus einem guten Elternhaus stammten. Keine Kids, die von daheim weglaufen. Die Eltern sagen übereinstimmend aus, daß sie sich zu Hause wohl gefühlt haben. Kein ernster Streit, keine nennenswerten Probleme in der Schule. Der eine oder andere hatte zwar mal Ärger mit der Polizei oder dem Sozialdienst, aber das lag in allen Fällen lange zurück. Keines der Kids hat wieder von sich hören lassen. Daher dürfte die naheliegendste Vermutung sein, daß sie in London untergetaucht sind. Das alte Lied: die Verlockung der Großstadt.«

Tony kehrte zu seinem Platz zurück, setzte sich und sah die Officer ernst an. »Es ist natürlich auch ein anderes, düsteres Hintergrundszenario denkbar. Ihre Aufgabe besteht darin, herauszufinden, ob das nur eine Möglichkeit oder eine Wahrscheinlichkeit ist.«

Shaz verspürte einen erregenden Kitzel. Es fing wie ein fast unmerkliches Zwicken im Bauch an, und dann brannte es wie Feuer in ihr. Ihre erste Chance. Wenn die Kids Opfer eines unentdeckten Serienmörders geworden waren, würde sie das rausfinden und zu ihrer Advokatin und Rächerin werden.

Kriminelle werden oft zufällig erwischt, das wußte er aus einer Fernsehreportage. Dennis Nilsen, der fünfzehn junge Obdachlose umgebracht hatte, war über große Stücke menschlichen Fleisches gestolpert, die seine Abflußrohre verstopften. Peter Sutcliffe, der Yorkshire Ripper, auf dessen Konto dreizehn Frauen gingen, war aufgefallen, als er einen Satz Nummernschilder klaute, die er an seinem Wagen anschrauben wollte. Ted Bundy, der nekrophile Mörder von sage und schreibe vierzig jungen Frauen, war nur deshalb hinter Gittern gelandet, weil er nachts ohne Licht ein Polizeifahrzeug überholt hatte. Solche Geschichten schreckten ihn nicht, sie lösten höchstens – zusätzlich zu dem Adrenalinkick, den er sich bei seinen Feuerspielchen holte – ein wohliges Schaudern bei ihm aus. Seine Motive mochten sich von denen eines Mörders unterscheiden, aber sein Risiko war ebenso groß.

Irgendwann kurz nach ein Uhr morgens parkte er sein Auto an einer zuvor sorgfältig ausgekundschafteten Stelle. Er stellte es nie in einer Wohnstraße ab. Ältere Anwohner litten nicht selten unter Schlaflosigkeit, jüngere kamen oft erst nach Mitternacht von einem Kneipenbummel nach Hause. Er bevorzugte die zu nächtlicher Stunde leeren Parkplätze von Einkaufscentern, unbebautes Gelände neben Farbrikgebäuden oder die Zufahrtsbereiche nachts geschlossener Tiefgaragen. Am besten waren die Abstellflächen von Gebrauchtwagenhändlern, da fiel es nach Mitternacht keinem auf, wenn für ein, zwei Stunden ein Auto mehr dort stand.

Er schleppte nie eine Reisetasche mit sich herum. Das hätte nachts Verdacht wecken können, und er wollte nicht, daß irgendein übereifriger Bobby ihn für einen Einbrecher hielt. Gefunden hätte der allerdings nichts bei ihm. Ein Stück Bindfaden, ein Sturmfeuerzeug, eine angebrochene Zigarettenschachtel, ein zerknittertes Streichholzbriefchen, eine Zeitung von gestern, ein Schweizer Armeemesser, ein mit Öl bekleckertes Taschentuch und eine kleine, lichtstarke Taschenlampe, sonst trug er nichts bei sich. Kein Grund für eine Festnahme, zumal die Arrestzellen sowieso schon aus allen Nähten platzten.

Er hatte sich den Weg, den er nehmen mußte, gut eingeprägt, hielt sich dicht an den Mauern und bewegte sich auf den glatten Weichledersohlen seiner Bowlingschuhe lautlos durch

die Nacht. Nach ein paar Minuten bog er in eine schmale Gasse ein, an der die Hintereingänge kleiner Handwerksbetriebe lagen. Das aus der Jahrhundertwende stammende Backsteingebäude, auf das er ein Auge geworfen hatte, war ursprünglich eine Seilerei gewesen. Nun war es umgebaut und auf vier kleinere Betriebe aufgeteilt worden – eine Werkstatt für Autoelektrik, eine Möbelpolsterei, ein Geschäft für Klempnerbedarf und eine Bäckerei, deren Spezialität Biskuits waren. Pappige Dinger, die zu so horrenden Preisen verkauft wurden, daß der Laden allein deshalb verdient hätte, in Schutt und Asche gelegt zu werden. Leider fehlte es dort an leicht entflammbarem Material.
Deshalb hatte er beschlossen, sich heute nacht die Polsterwerkstatt vorzunehmen. Dort gab es alles, was er für ein erstklassiges Feuerwerk brauchte. Er freute sich schon auf den Anblick der gelben und glutroten Flammen und der schmutziggrauen Rauchwolken, die von den brennenden Stoffballen, dem Holzfußboden und dem alten Balkenwerk genährt wurden. Aber erst mußte er mal hineinkommen.
Dafür hatte er natürlich die nötigen Vorkehrungen getroffen. Er nahm aus der Mülltonne neben dem Hintereingang der Werkstatt die dort deponierte Tragetasche, die eine Tube Sekundenkleber und eine Saugglocke für verstopfte Abflüsse enthielt, arbeitete sich zwischen den Brandmauern bis zum Toilettenfenster vor und klebte die Saugglocke an der Scheibe fest. Als er sicher sein konnte, daß sie fest genug saß, packte er mit beiden Händen zu, holte tief Luft und zog die Saugglocke mit einem kräftigen Ruck zu sich her. Die Scheibe brach mit leisem Knacken, die Splitter fielen zu Boden. Genauso hätte es ausgesehen, wenn das Glas von der Hitze eines Brandes geborsten wäre. Eine Alarmanlage gab es nicht, das wußte er, und so war es ein Kinderspiel, durch das zersplitterte Fenster in die Werkstatt zu gelangen.

Im Lichtstrahl der Taschenlampe schlich er durch den Korridor bis zum hinteren Ende des Arbeitsbereiches, wo etliche Kartons mit Stoffresten lagerten, die Bastler für ein paar Pennys erstehen konnten. Jeder Brandsachverständige sah auf den ersten Blick, daß es sich hier um eines jener stillen Eckchen handelte, in dem Arbeiter sich schnell mal verstohlen einen Glimmstengel reinziehen.
Die Installation des Brandzünders war eine Sache von Minuten. Er öffnete das Sturmfeuerzeug, tränkte das Stück Bindfaden mit Benzin und schob das Ende in die Mitte des von einem Gummiband zusammengehaltenen Bündels aus einem halben Dutzend Zigaretten. Der benzingetränkte Bindfaden reichte genau bis zu dem vordersten Karton. Zur Sicherheit warf er das ölgetränkte Taschentuch und zerknülltes Zeitungspapier dazu, dann zündete er die Zigaretten an. Jetzt dauerte es ein paar Minuten, bis die Zigaretten halb heruntergebrannt waren und die Glut den Bindfaden erreichte, dann noch mal ein, zwei Minuten, bis die glimmende Flamme sich an den Karton herangefressen hatte, und abermals ein paar Minuten, bis die Stoffreste in dem Karton Feuer fingen. Dann aber gab es kein Halten mehr. Nicht lange, und die Flammen schlugen wie ein Feuersturm hoch.
Dieser Augenblick war es wert, daß er sich die Polsterwerkstatt so lange aufgespart hatte. Er wußte, daß es ein wunderschönes Feuerchen wurde. Der verdiente Lohn für seine Mühe.

Betsy sah auf die Uhr. Zehn Minuten gab sie ihnen noch, ehe sie ins Eßzimmer platzte, um Micky an eine fiktive Verabredung zu erinnern und so von Suzy Josephs oberflächlichem Geschwätz zu erlösen. Wenn Jacko weiter Süßholz raspeln wollte, war das seine Sache. Die Dreharbeiten für die neueste Folge von *Besuch von Vance* waren abgeschlossen, er würde also ohnehin nachmittags aufbrechen, um in einem Spezialkrankenhaus sein karitatives Image aufzupolieren und sich übers Wochenende als Tröster und Aushilfspfleger der armen Patienten aufzuspielen. Was freilich Micky und ihr zu zwei Tagen trauter Zweisamkeit verhalf.

Im Geiste hörte sie Jacko schwadronieren. Bestimmt erzählte er wieder in dramatischem Tonfall, wie er im Bett gelegen hatte, mit dem Ende aller Träume konfrontiert, weil sein Leben jeden Sinn verloren hatte. »Und da, in der Stunde meiner tiefsten Depression ...« Sie glaubte, seine weitausholende Geste zu sehen. »... hatte ich auf einmal eine Vision. Eine Vision von unübertrefflicher Lieblichkeit. Zum ersten Mal seit dem Unfall habe ich etwas gesehen, das mir neuen Lebensmut geben konnte.«

Betsy kannte seine Version in- und auswendig. Nur, die hatte wenig Ähnlichkeit mit der Wahrheit. Sie erinnerte sich noch gut an Mickys erste Begegnung mit Jacko. Da war's nicht um Romantik gegangen, sondern schlichtweg um Jackos erstes Fernsehinterview nach dem Unfall. Betsy hatte es sich zu Hause angesehen. Jedesmal ein erregender Augenblick für sie, ihre Geliebte im Fernsehen zu sehen und zu wissen, daß in diesem Moment die Augen von Millionen Zuschauern auf ihr ruhten.

Micky schwebte, als sie sich später zu Hause das Video angesehen hatte, im siebten Himmel. Aber dann läutete das Telefon, Betsy nahm ab. Ein Zeitungsreporter teilte ihr kurz und bündig mit, er wisse, daß sie eine spezielle Freundin von Micky sei, und er wisse auch, wie speziell. Natürlich leugnete Betsy alles entschieden ab, Micky nannte den Anrufer sogar einen dummdreisten Wichtigtuer, aber beide Frauen wußten, daß es nur noch eine Frage der Zeit war, bis sie von den Skandalblättern in übelster Weise bloßgestellt wurden.

Und dann begann Micky, ihre Abwehrfestung auszubauen. Geduldig, umsichtig und genauso rücksichtslos, wie sie ihre Karriere geplant hatte. Jeden Abend wurden in zwei verschiedenen Schlafzimmern die Vorhänge zugezogen. Das Licht ließen sie eine Weile brennen, ehe sie es – zu unterschiedlichen Zeiten natürlich – ausmachten. Auch morgens achteten sie darauf, alles zu vermeiden, was den Verdacht nähren konnte, sie hätten im selben Bett geschlafen. Intimitäten gab es zwischen ihnen nur bei geschlossenen Vorhängen. Und wenn es sich nicht vermeiden ließ, daß sie das Haus zur gleichen Zeit verließen, trennten sie sich am Fuß der Treppe – nur mit einem Winken, nicht etwa mit einer Umarmung.

Andere hätten sich nun vielleicht sicher gefühlt in dem Glauben, die Pressemeute endgültig abgeschüttelt zu haben. Aber Micky wollte es nicht bei defensiven Maßnahmen belassen. Sie wußte, wenn die Skandalpresse eine Story wollte, bekam sie sie auch. Als wirksamster Schachzug bot sich an, den Pressehaien die Story freiwillig zu liefern. Aber eine viel aufregendere als die, die sie gewittert hatten.

Am Vormittag nach dem ominösen Anruf gab es in Mickys Terminkalender zufällig eine kleine Lücke. Sie fuhr ins Krankenhaus, becircte mit ihrem Charme die Schwestern und spazierte – als Geschenk ein kleines Radio samt Kopfhörern unter dem Arm – in Jackos Krankenzimmer. Er war trotz der starken Schmerzmittel, die er immer noch nehmen mußte, hellwach und offensichtlich dankbar für alles, was ihm die Langeweile vertreiben und ihn vor dem Grübeln bewahren konnte. Sie verbrachte eine Stunde bei ihm, redete über dies und das, nur nicht über seinen Unfall und die Amputation, und dann verabschiedete sie sich mit einem flüchtigen Kuß auf die Stirn. Es war nicht die erwartete Tortur gewesen, sie empfand zu ihrer Überraschung sogar Sympathie für Jacko, zumal er offenbar nicht der arrogante Macho war, für den sie ihn vor dem Hintergrund früherer Erfahrungen mit Sportlern gehalten hatte. Und was sie noch mehr überraschte: er badete nicht in Selbstmitleid. Der Krankenbesuch mochte ursprünglich reine Berechnung gewesen sein, aber irgendwie war sie von Jacko eingenommen. Anfangs wegen seiner stoischen Haltung, dann aber merkte sie, daß sie sich in seiner Gesellschaft unerwartet wohl fühlte. Was ihn anging, so mußte er sich zumindest eingestehen, daß sie recht unterhaltsam und gescheit zu plaudern wußte.

Beim fünften Besuch stellte Jacko ihr die Frage, auf die sie insgeheim wartete. »Warum kommen Sie mich regelmäßig besuchen?«

Micky zuckte die Achseln. »Ich mag Sie.«

Jackos Augenbrauen hoben und senkten sich, als wolle er sagen: Das kann nicht alles sein.

Micky seufzte, wich seinem erwartungsvollen Blick aber wohlweislich nicht aus. »Ich bin mit einer lebhaften Vorstellungskraft gestraft. Und ich habe Verständnis für den Drang nach Erfolg. Ich hab mir die Hacken abgelaufen, um dort anzukommen, wo ich jetzt bin. Das war für mich das Wichtigste im Leben. Ich kann mir gut vorstellen, wie mir zumute wäre, wenn ich ohne eigenes Verschulden plötzlich aus der Bahn geworfen würde. Also würde ich sagen: Ich kann mich gut in Ihre Lage versetzen.«

»Im Klartext?« fragte er mit unbewegter Miene.

»Sagen wir: Mitgefühl ohne Mitleid.«

Er nickte zufrieden. »Die Schwester hat gedacht, Sie schwärmen für mich. Ich wußte, daß sie unrecht hat.«

Es lief besser, als sie zu hoffen gewagt hatte. »Rauben Sie ihr nicht die Illusionen. Die Leute mißtrauen jeder Motivation, die sie nicht verstehen können.«

»Sie haben ja so recht.« Und da lag plötzlich doch Verbitte-

rung in seiner Stimme. »Aber etwas verstehen heißt nicht automatisch, es auch akzeptieren.«
Sie wußte, worauf er anspielte. Ein Thema, für das es jetzt noch zu früh war. Als sie sich verabschiedete, achtete sie darauf, daß die Schwester den liebevollen Wangenkuß mitbekam. Als Journalistin wußte sie, daß sich im Krankenhaus Klatsch schneller ausbreitet als die Legionärskrankheit. Gut so – je unverdächtiger die Quelle, aus der etwas durchsickerte, desto glaubhafter war die Story.
Als sie ihn eine Woche später wieder besuchte, wirkte Jacko sehr in sich gekehrt. Irgend etwas mußte ihn aufgewühlt haben – nur, was? Schließlich, als die Unterhaltung immer mehr zum Monolog verkümmerte, sprach sie ihn darauf an.
»Wollen Sie's mir sagen oder abwarten, bis Ihr Blutdruck so ansteigt, daß Sie einen Schlaganfall kriegen?«
Zum ersten Mal an diesem Nachmittag sah er ihr in die Augen. Er war so wütend, daß er kaum sprechen konnte. Sie merkte, wie mühsam er um Worte rang. Schließlich murmelte er: »Meine sogenannte Verlobte – dieses Miststück.«
»Jillie?« Micky hoffte, daß sie sich an den richtigen Namen erinnerte. Sie waren sich einmal kurz begegnet, in Mickys Erinnerung war vage das Bild einer schlanken, dunkelhaarigen Schönheit mit sehr erotischer Ausstrahlung gespeichert.
»Was ist denn passiert, Jacko?«
Er schloß die Augen und atmete schwer. »Die Schlampe hat mir den Laufpaß gegeben«, stieß er wutschnaubend aus.
»Nein! Oh, Jacko ...« Sie faßte ihn sanft am Handgelenk und spürte an seinem erhöhten Pulsschlag, wie aufgebracht er war.
»Sagt einfach, sie wird nicht damit fertig.« Sein zynisches Lachen hörte sich für Micky wie ein Hilfeschrei an. »Sie kann's nicht, basta. Was glaubt die eigentlich, wie ich damit fertig werde, verdammt noch mal?«

»Es tut mir so leid«, murmelte Micky hilflos.
»Ich hab's ihr sofort angesehen, als sie mich nach dem Unfall das erste Mal besucht hat. Zwei Tage hat sie gebraucht, bis sie den Arsch hierherbewegt hat. Und dann stand's ihr ins Gesicht geschrieben. Sie hat Abstand gehalten. Sich nicht in meine Nähe gewagt. Ich war plötzlich abstoßend für sie.«
Micky wählte ihre Worte mit Bedacht. »Traurig, daß Jillie so oberflächlich ist und so wenig Verständnis für Sie hat. Aber es ist besser für Sie, das jetzt zu erkennen als irgendwann später. Die Frage, auf die Sie eine Antwort finden müssen, ist, wie Sie darauf reagieren.«
Er sah sie verblüfft an. »Was?«
»Das Ganze wird nicht lange ein Geheimnis bleiben. Wenn die Schwester etwas gemerkt hat – und das hat sie sicher –, werden spätestens zur Teezeit die Rotationsmaschinen angehalten, damit sie die Schlagzeile noch auf der ersten Seite unterbringen können. Wenn Sie wollen, können Sie auf das Mitleid der ganzen Nation setzen. Jeder anständige Brite wird Jillie verachten. Aber es gibt auch eine Alternative: Rache nehmen und gewinnen.«
Jacko starrte sie mit offenem Mund an. Dann sagte er in einem Ton, der empfindsameren Gemütern als Micky das Fürchten gelehrt hätte: »Weiter.«
»Nun, das hängt ganz von Ihnen ab. Sollen die Leute in Ihnen das Opfer oder den Sieger sehen?«
»Raten Sie mal«, fauchte er ungehalten.

Irgendwie war es zur Gewohnheit geworden, daß Shaz, Kay, Simon und Leon Samstag abends gemeinsam ausgingen. Die beiden anderen aus ihrer Gruppe zogen es vor, am Wochenende in die heimischen Jagdgründe zurückzukehren, statt hier in Seaford auf die Pirsch zu gehen. Der Vorschlag stammte von Simon. Shaz war sich zuerst nicht sicher gewesen, ob sie überhaupt einen so engen Kontakt mit ihren Kollegen wollte, aber Simon ließ nicht locker, und da Commander Bishop ihr neulich angedeutet hatte, daß in der Gruppe kooperatives Verhalten erwünscht sei, ließ Shaz sich breitschlagen, und siehe da, sie hatte den gemeinsamen Abend zu ihrer Überraschung sogar sehr genossen, und nicht nur wegen des Essens.

Wie üblich hatte Leon seinen Teller als erster leer gegessen. »Ich sag ja nur, daß hier oben alles ziemlich primitiv ist.« Er ließ, seit sie das Restaurant betreten hatten, kein gutes Haar am hügeligen Hinterland von Yorkshire.

»Ich weiß nicht«, widersprach Shaz, »man kann hier recht gut essen, das Wohnen ist so billig, daß ich mir mehr als einen Kaninchenstall leisten kann, und wenn ich einkaufen will, geh ich zu Fuß in die Innenstadt, statt mich eine Stunde in der U-Bahn durchrütteln zu lassen.«

»Und die Landschaft«, fing Kay zu schwärmen an. »Denk mal, wie schnell du hier mitten im Grünen bist.«

»Sag ich ja«, trumpfte Leon auf, »eine zurückgebliebene Ecke. Mehr als Natur haben die hier nicht zu bieten. Und soll ich euch mal was sagen? Ich bin hier in den drei Wochen schon dreimal auf dem Heimweg angehalten worden. Sogar die Jungs bei der Met haben inzwischen kapiert, daß nicht jeder Schwarze, der ein einigermaßen ansehnliches Auto unterm Hintern hat, Drogendealer sein muß.« Die Sache schien ihm tatsächlich im Magen zu liegen. Er sah ärgerlich aus, als er sich eine Zigarette anzündete.

Shaz sagte grinsend: »Die haben dich nicht angehalten, weil du schwarz bist.«

»Nein?« Leon blies ihr den Rauch ins Gesicht.

»Die haben dich gestoppt, weil du im Besitz einer gemeingefährlichen Waffe warst.«

»Was meinst du damit?«

»Deinen Anzug, Babe. Noch ’ne Spur schärfer, und du würdest dich beim Anziehen schneiden.«

Als das Gelächter sich gelegt hatte, wagte sich Kay ein wenig aus der Deckung. »Apropos scharf – unser Boß ist eigentlich ganz okay, oder?«

»Tony Hill? Kluger Junge«, bestätigte Simon. »Wär nur schön, wenn er mehr über sich rauslassen würde. Aber bei ihm steht man einfach vor ’ner Mauer und kann nicht dahinterschauen.«

»Ich sag dir, was dahintersteckt.« Shaz war auf einmal sehr ernst. »Bradfield. Der Schwulenkiller.«

»Der, der ihn zerschnippeln wollte?« fragte Leon.

Shaz nickte.

»Das wird alles irgendwie unter der Decke gehalten, stimmt’s?« Kay sah Shaz an wie ein Kaninchen – niedlich, aber gierig auf jeden Happen. »In den Zeitungen haben sie damals auch nur alles Mögliche angedeutet, aber nichts Genaueres gebracht.«

Shaz starrte auf ihr halbes Hähnchen und bedauerte, daß sie sich nicht für etwas Vegetarisches entschieden hatte. »Wenn ihr mehr wissen wollt, müßt ihr ins Internet gehen. Da steht alles drin, brutal und ungeschminkt. Nur, das sag ich euch im voraus: Wenn ihr die ganze Story kennt und euch nicht fragt, ob’s womöglich doch ein Fehler war, sich zu unserer Gruppe zu melden, habt ihr ’ne Stange mehr Mumm als ich.«

Betroffenes Schweigen. Dann beugte sich Simon vor und fragte zuversichtlich: »Du erzählst’s uns, nicht wahr, Shaz?«

Er war eine Viertelstunde vor der vereinbarten Zeit da, weil er ahnte, daß sie ebenfalls früher kam. Das war bei allen so gewesen, da sie sich einredeten, er sei Rumpelstilzchen, der Bursche, der aus dem trockenen Stroh ihres Lebens pures Gold spinnen werde.

Donna Doyle war da keine Ausnahme. Als ihre Silhouette sich gegen das schwache Licht in der Tiefgarage abzeichnete, begann in seinem Schädel sofort wieder der Leierkasten zu dudeln: *Nick und Bell klettern schnell einen steilen Fels bergan …*

Er schüttelte sich wie einer, der eben aus dem Wasser aufgetaucht ist und die Ohren frei bekommen will. Offensichtlich beeindruckt von den vielen teuren Wagen, bewegte sie sich langsam auf ihn zu. Es sah spaßig aus, wie sie den Kopf ständig von einer Seite zur anderen drehte, als wolle sie ihre innere Antenne auf ihn ausrichten. Er sah, daß sie sich ihm zuliebe viel Mühe gemacht und den Schulrock eine Handbreit höher gezogen hatte, damit er ihre gutgeformten Beine sehen konnte; und daß sie an ihrer Bluse einen Knopf mehr geöffnet hatte, war sicher nicht im Sinn ihrer Eltern und Lehrer. Damit der Rucksack mit den Schulsachen nicht gleich auffiel, trug sie ihren Blazer lässig über der Schulter. Ihr Make-up war auffälliger als gestern abend, was sie schlagartig einige Jahre älter erscheinen ließ. Ihr Haar hatte einen wundervollen Glanz, der auf und ab wippende kurze Bob schien das Licht der Leuchtröhren einzufangen.

Als sie beinahe auf seiner Höhe war, stieß er die Beifahrertür des Autos auf. Sie zuckte erschrocken zusammen, bis sie ihn erkannte. »Komm, setz dich zu mir«, lud er sie ein, »damit ich dir erzählen kann, worum es geht.«

Ein paar Sekunden lang schien sie zu zögern, aber seine Miene war zu aufrichtig, und, du meine Güte, sie kannte ihn ja von seinen öffentlichen Auftritten und vom Fernsehen. Also rutschte sie neben ihn. Er verkniff es sich, auf ihre Schenkel zu schielen, von denen sie beim Einsteigen freigebig etliche Zentimeter mehr zeigte. Dennoch, es machte sich besser, wenn er Zurückhaltung demonstrierte.

Sie lächelte kokett und doch unschuldig. »Als ich heute mor-

gen aufgewacht bin, wußte ich erst gar nicht, ob ich nicht alles nur geträumt hätte.«
Er schmunzelte. »So geht's mir auch.« Er schreckte vor keiner Lüge zurück, wenn sie dazu beitrug, ihr Vertrauen in ihn zu stärken. »Ich hab mich schon gefragt, ob du's dir womöglich anders überlegt hättest. Du kannst so vielerlei aus deinem Leben machen, und das eine oder andere wäre bestimmt gesellschaftspolitisch gesehen wertvoller, als im Fernsehen aufzutreten.«
»Aber Sie tun das ja auch«, sagte sie mit großem Ernst. »All diese Wohltätigkeitsarbeit. Nur Fernsehstars können soviel Geld für karitative Zwecke sammeln. Die Leute spenden ihr Geld nur, weil sie einen Fernsehstar sehen wollen, sonst würden sie ihre Brieftasche nicht so bereitwillig öffnen. Deshalb will ich auch zum Fernsehen. Ich möchte wie Sie sein.«
Der unerfüllbare Traum, der sich schon bald als Alptraum erweisen würde. Sie konnte nicht wie er werden, nie. Menschen wie er waren so rar, daß ihre Existenz fast ein Gottesbeweis war. Gütiger als er hätte der Papst nicht vom Balkon des Vatikans lächeln können. »Nun, vielleicht kann ich dir ein paar Türen öffnen.« Er sah ihr an, daß sie ihm glaubte.
Da saß sie nun bei ihm im Wagen, in einer Tiefgarage, voller Vertrauen und bereit, alles zu tun, was er ihr auftrug. Was wäre einfacher gewesen, als mit ihr loszufahren und sie dahin zu bringen, wo er sie haben wollte?
O nein, er war doch kein Narr. Erstens waren sie hier unten nicht allein. Alle paar Minuten checkte jemand im Plaza aus und ließ sich das Gepäck zum Auto karren, und genausooft fuhren andere Autos in die Tiefgarage ein. Zweitens zieht ein silberfarbener Mercedes unvermeidbar neugierige Blicke an – erst recht, wenn auf den Kotflügeln Werbeträger mit dem Text *Morrigan Mercedes of Cheshire – wir sind bei jedem Besuch von Vance dabei* kleben.

Außerdem war er heute sehr beschäftigt, ein Termin jagte den anderen. Die kleine Donna mußte warten, was im übrigen die Vorfreude steigerte. Zumindest bei ihm. Bei ihr mochte das anders sein, aber aus Donnas hochgespannten Erwartungen wurde ohnehin bald unsägliches Entsetzen. Nun, fürs erste genügte es, sie bei Laune zu halten und ihren Appetit zu wecken.

»Als ich dich gestern abend gesehen habe, wußte ich auf Anhieb, daß du die ideale Co-Moderatorin wärst. Ein hübscher Kontrast – die dunkelhaarige Donna und der blonde Jacko. Die Schöne und das Biest.« Er klopfte grinsend mit dem Knöchel auf seine Prothese. Donna kicherte. »Wir arbeiten an einer neuen Game-Show, zu der wir Eltern und ihre Kinder einladen. Aber die Kids wissen nicht, daß ihre Eltern da sind, und umgekehrt. Bis wir's ihnen sagen, und das wird dann die totale Überraschung. *Das ist euer Leben* heißt die Show. Jetzt wirst du auch verstehen, warum das auf keinen Fall vorzeitig bekannt werden darf.«

Donna nickte eifrig. »Ich kann meinen Mund halten. Auf Ehre und Gewissen, ich hab keinem was davon gesagt, daß ich Sie heute treffe. Auch der Freundin nicht, die gestern abend mit mir bei Ihrer Performance war. Sie wollte natürlich wissen, worüber wir so lange geredet hatten. Ich hab ihr weisgemacht, ich hätte Sie um einen Rat gebeten, wie ich zum Fernsehen kommen kann.«

»Und? Hab ich dir einen gegeben?«

Donna lächelte verschmitzt. »Ich hab erzählt, Sie hätten mir geraten, erst die Schule abzuschließen, bevor ich an eine Fernsehkarriere denke. Und das Dummchen hat's geglaubt. Obwohl natürlich jeder wissen müßte, daß Sie so was Langweiliges nie sagen würden. Damit labert mir nur meine Mum die Ohren voll.«

»Ich verspreche dir, daß ich nie so etwas Langweiliges sagen werde. Und nun zu uns beiden. Leider hab ich in den kommenden Tagen schrecklich viel um die Ohren. Aber Freitag vormittag habe ich Zeit, und ich könnte leicht einen Termin für Probeaufnahmen mit dir arrangieren. Wir haben dafür ein kleines Studio oben im Nordosten.«

Donna machte große Augen. »Ist das Ihr Ernst? Probeaufnahmen fürs Fernsehen?«

»Versprechen kann ich's nicht. Aber bei deinem Aussehen ... und du hast eine schöne Stimme. Es geht eigentlich nur noch um die Frage, ob ich mich wirklich auf deine Verschwiegenheit verlassen kann.«

Sie sah ihn bestürzt an. »Ich hab Ihnen doch gesagt, daß ich niemandem was erzählt habe.«

»Aber kannst du das bis Donnerstag abend durchhalten?« Er zog eine Fahrkarte aus der Jackentasche. »Hier – das ist ein Ticket nach Five Walls in Northumberland. Du nimmst am Donnerstag den Drei-Uhr-fünfundzwanzig-Zug nach Newcastle. Da steigst du um in den Zug, der zehn vor acht nach Carlisle abfährt. Ich kann dich nicht am Bahnsteig abholen, wir wollen ja nicht, daß irgend jemand zwei und zwei zusammenzählt. Aber ich warte auf dem Parkplatz in einem Land Rover auf dich. Wir kümmern uns um ein Zimmer für dich, und am nächsten Morgen machen wir dann die Probeaufnahmen.«

Sie zögerte. »Meine Mum rastet aus, wenn ich über Nacht wegbleibe und sie nicht weiß, wo ich bin.«

»Du kannst sie Freitag morgen aus dem Studio anrufen«, sagte er. Und um sie endgültig zu überzeugen: »Schau mal, wenn sie früher was davon erführe, würde sie dir die Probeaufnahmen bestimmt nicht erlauben. Das ist doch so, oder?«

Wie immer hatte er richtig kalkuliert. Donna wußte, daß ihre ehrgeizige Mutter ihr bestimmt nicht erlauben würde, in einer Game-Show aufzutreten, statt nach dem Schulabschluß zur Uni zu gehen und etwas Vernünftiges zu studieren. Schluß mit allen Zweifeln und Skrupeln. Sie sah ihn mit verführerischem Augenaufschlag an. »Ich werd ihr kein Wort sagen«, versprach sie feierlich.

»Braves Mädchen. Ich hoffe, du hältst dich daran. Ein einziges falsches Wort, und das Projekt könnte platzen. Und das würde nicht nur eine Menge Geld kosten, sondern einige Leute auch den Job. Ich sag dir, wie so was laufen kann. Du erzählst's unter dem Siegel der Verschwiegenheit deiner besten Freundin, und die sagt's ihrer Schwester. Die Schwester sagt's ihrem Freund, und der erzählt es seiner Schwägerin. Nur, diese Schwägerin ist zufällig Reporterin oder Angestellte bei einem Konkurrenzsender. Und schon ist die Show tot. Und mit ihr deine große Chance. Im Showgeschäft darf man sich keinen Patzer erlauben, schon gar nicht am Anfang einer Karriere. Du mußt eine Menge Erfolge vorweisen können, bevor die Fernsehbosse bereit sind, dir einen Fehler zu verzeihen.« Jacko beugte sich zu ihr hinüber und legte ihr die Hand auf den Arm. Nur ein kleiner Vorgeschmack darauf, wie sehr seine Nähe sie bald erregen würde.

»Ich verstehe«, sagte Donna mit der Intensität einer Vierzehnjährigen, die sich für erwachsen hielt und nicht verstehen konnte, weshalb die anderen Erwachsenen, zum Beispiel ihre Eltern, ihr den Zutritt in die Wunderwelt ihrer Geheimnisse verwehren wollten.

»Kann ich mich auf dich verlassen?«

Sie nickte. »Ich werd Sie nicht enttäuschen. Nicht in diesem Punkt und auch sonst nicht.«

Die versteckte sexuelle Anspielung war unüberhörbar. Vermutlich war sie noch Jungfrau. Das schloß er jedenfalls aus ihrem Hunger nach Zärtlichkeiten. Sie wollte sich ihm wie eine Vestalin zum Opfer darbringen.

Er rutschte näher zu ihr hinüber und berührte mit geschlossenen Lippen ihren weichen, gierigen Mund, der sich sofort öffnete. Er wich ihr aus. Sie war enttäuscht, aber auch dafür wußte er ein Trostpflaster: sein Lächeln. Ein paar Sehnsüchte mußten immer unerfüllt bleiben. Der älteste Trick im Showgeschäft, und doch verfehlte er nie seine Wirkung.

Carol wischte mit einem Stück Brot die letzten Spuren des Hähnchens jalfrezi vom Teller und genoß andächtig den letzten Bissen. »Das war teuflisch gut«, schwärmte sie.
»Es ist noch mehr da.« Maggie Brandon schob ihr die Kasserolle hin.
»In mir ist kein Eckchen mehr frei«, stöhnte Carol.
»Dann nehmen Sie eben was mit nach Hause«, sagte Maggie. »Ich weiß, wie lange Sie abends arbeiten. Zum Kochen bleibt Ihnen da nicht viel Zeit. Als John damals DCI geworden ist, habe ich mit dem Gedanken gespielt, den Chief Constable zu fragen, ob wir in den Arrestzellen in der Scargill Street einziehen dürften. Dann hätten die Kids ihren Vater wenigstens mal gesehen.«
John Brandon, Chief Constable der Polizei von East Yorkshire, sagte kopfschüttelnd: »Meine liebe Frau übertreibt mal wieder schrecklich.«
Carol musterte ihn verstohlen. An Brandon verlief alles vertikal. Senkrecht verlaufende Linien in den hohlen Wangen, sogar zwischen den Augenbrauen gab es eine senkrechte Furche. Von der Nase gar nicht erst zu reden. Und das eisgraue Haar war selbstverständlich wie mit dem Lineal gescheitelt.
Sie erinnerte sich an ihre Pflicht, als Gast artig Konversation zu treiben, brach die heimliche Inspektion ihres Chefs ab und erkundigte sich bei Maggie: »Haben Sie sich im neuen Zuhause eingelebt?«
»Nun, es ist eben eine Dienstwohnung.« Maggies Blick streifte die einfallslos weiß gestrichenen Wände. »Im Laufe der

Zeit gewöhnt man sich daran. Wissen Sie, wir haben das Haus in Bradfield nur vermietet. In fünf Jahren hat John seine dreißig Jahre rum, und dann ziehen wir dorthin zurück. Dort sind wir zu Hause, dort wohnen alle unsere Freunde. Und da die Kids dann aus der Schule raus sind, brauchen wir auf sie keine Rücksicht mehr zu nehmen.«

»Wenn ich Maggie so reden höre«, brummelte Brandon, »scheint sie sich wie eine viktorianische Missionarsfrau bei den Hottentotten zu fühlen.«

Maggie fing an, den Tisch abzuräumen. »Du wirst wenigstens zugeben, daß East Yorkshire sich ein bißchen von Bradfield unterscheidet. Jede Menge Landschaft – nur, bis zum nächsten Theater fährt man mit dem Auto eine halbe Stunde. Die Oper kannst du sowieso vergessen. Und ich hab bisher nur eine einzige Buchhandlung entdeckt, bei der nicht nur die gängigen Bestseller in den Regalen stehen.«

»Trotzdem«, wandte Carol ein, »finden Sie es nicht besser, daß die Kinder in einer Gegend aufwachsen, in die der lange Arm der Drogenbarone nicht reicht?«

Maggie schüttelte den Kopf. »Die Kids leben hier wie auf einer künstlichen Insel. In Bradfield kamen sie mit Kids aus aller Herren Länder in Kontakt – asiatischen, afro-karibischen, sogar ein vietnamesischer Junge war dabei. Hier kreist alles um den eigenen Nabel. Und den Kids wird nichts geboten. Da treiben sie sich eben auf der Straße herum. Ehrlich, da hätte ich lieber das Risiko mit den Drogendealern in Kauf genommen. Ich finde, die Vorzüge des ländlichen Lebens werden überschätzt.« Sie verschwand mit dem benutzten Geschirr in der Küche.

»Tut mir leid«, sagte Carol, »ich wußte nicht, daß ich einen von Maggies wunden Punkten berühre.«

Brandon zuckte die Achseln. »Sie kennen ja Maggie. Geben Sie ihr ein paar Monate Zeit, Sie werden sehen, dann fühlt sie sich pudelwohl hier. Den Kids geht's jetzt schon so. Wie sieht's denn bei Ihnen aus? Sind Sie mit dem Cottage zufrieden?«

»Ich liebe es. Das Ehepaar, von dem ich es gekauft habe, hat es fantastisch restauriert.«

»Dann wundert's mich, daß sie's verkauft haben.«

»Scheidung«, sagte Carol lakonisch.

Maggie kam mit der Kaffeekanne, schenkte Carol und John eine Tasse ein und sagte: »Ich laß euch beide, wenn ihr's mir nicht übelnehmt, jetzt allein. Ich weiß, daß ihr's kaum noch abwarten könnt, über dienstlichen Kram zu reden, und ich habe Karen versprochen, sie nach dem Kino in Seaford abzuholen.« Sie gab John einen Abschiedskuß auf die Wange. »Viel Spaß noch.«

Carol wurde das Gefühl nicht los, daß hinter Maggies ein wenig abruptem Aufbruch ein abgekartetes Spiel steckte, trank einen Schluck Kaffee und wartete gespannt, was John wohl auf dem Herzen hätte. Und da kam es auch schon. »Also, wie kommen Sie mit Ihren neuen Mitarbeitern zurecht?«

»Nun, sie sind offensichtlich noch auf der Hut. Da wird Ihnen eine Frau vor die Nase gesetzt, was in East Yorkshire ungefähr gleichbedeutend mit einer Mischung aus Schlange und Spürhund zu sein scheint, und zusätzlich mutmaßen sie wohl, daß der Chief Constable sie mitgebracht hat, damit sie hier für ihn den Spitzel spielt und die Peitsche schwingt.«

»Ich habe befürchtet, daß Sie das so empfinden«, sagte Brandon. »Andererseits müßte Ihnen das klar gewesen sein, bevor Sie den Job übernommen haben.«

Carol wiegte den Kopf hin und her. »Eine Überraschung war's nicht. Ich hatte es mir sogar schlimmer vorgestellt. Vielleicht zeigen sie mir noch ihre Schokoladenseite, aber ich habe den Eindruck, daß es eine gute Crew ist. Sie sind sich bisher wie auf dem Abstellgleis vorgekommen, bevor die

Dienststelle in Seaford eingerichtet wurde, und da hat sich vielleicht ein gewisser Schlendrian eingeschlichen. Und bei dem einen oder anderen habe ich den Eindruck, daß sie etwas über ihre Verhältnisse leben, aber daß das was mit Korruption zu tun hat, glaube ich nicht.«

Brandon nickte. Das hörte sich gut an. Er traute ihr zu, daß es nicht lange dauerte, bis sie fest im Sattel saß und ihr Team auf sich eingeschworen hatte. »Sonst irgendwas, was Ihnen Kopfschmerzen macht?«

Carol runzelte die Stirn. Was sie bisher an Indizien aufzählen konnte, war noch recht dürftig, aber sie wollte es trotzdem riskieren. »Da wäre noch was. Vorausgesetzt, daß das ein informelles Gespräch ist.«

»Ist es«, sagte Brandon.

Carol berichtete ihm von den nächtlichen Bränden, ihrem Verdacht, daß es sich zumindest in einigen Fällen um Brandstiftung handeln könnte, und ihrem Gespräch mit dem Feuerwehrchef, der offensichtlich diesen Verdacht teilte.

»Ein Serienbrandstifter?« fragte Brandon leise.

»Ich kann mir kaum etwas anderes vorstellen.«

»Und was wollen Sie unternehmen?«

Carol grinste. »Ich will den Burschen schnappen.«

Brandon lächelte. »Was sonst? Haben Sie konkrete Pläne?«

»Nun, ich habe bereits ein Team zusammengestellt, das in allen verdächtigen Fällen nochmals recherchiert. Und ich will ein Täterprofil erstellen.«

Brandon hob die Augenbrauen. »Einen Profiler hinzuziehen?«

»Nein«, sagte Carol entschieden, »bei der dürftigen Beweislage wäre das ein übertriebener Aufwand. Im übrigen glaube ich, daß ich damit ganz gut selber klarkommen werde.«

»Sie sind keine Psychologin«, gab Brandon zu bedenken.

»Nein, aber ich hab letztes Jahr mit Tony Hill zusammenge-

arbeitet und dabei viel gelernt und seither alles über Profiling gelesen, was ich finden konnte.«
Brandon sah ihr fest in die Augen. »Sie hätten sich zu seiner neuen Gruppe melden sollen.«
Carol spürte ein Brennen auf ihren Wangen. Falls sie rot geworden war, konnte sie nur hoffen, daß Brandon den Kaffee dafür verantwortlich machte. »Ich glaube, Officer in meinem Rang waren nicht gefragt. Abgesehen von Commander Bishop ist niemand mit einem höheren Dienstgrad als Sergeant dabei. Außerdem liegt mir die konkrete Arbeit vor Ort mehr. Ich möchte den Finger am Puls haben.«
Brandon ließ nicht so schnell locker. »Die neue Gruppe wird in ein paar Wochen alle Hände voll zu tun haben. Vermutlich wäre Hill froh gewesen, seine Leute bei einem Fall wie diesem ein paar praktische Erfahrungen sammeln zu lassen.«
»Möglich«, sagte Carol, »aber es ist mein Fall, und ich will ihn nicht aus der Hand geben.«
Brandon nickte. Es gefiel ihm, daß Carol ihre Arbeit in East Yorkshire bereits als eine Art persönlicher Domäne betrachtete. »Einverstanden. Aber Sie halten mich auf dem laufenden?«
»Natürlich«, sagte Carol und redete sich ein, nur deshalb so erleichtert zu sein, weil sie ihren Kopf durchgesetzt hatte und nun die Lorbeeren ausschließlich für ihre Leute und sich in Anspruch nehmen konnte. Vorausgesetzt, sie lösten den Fall. Aber insgeheim wußte sie, daß sie sich selbst etwas vormachte.

In dem Raum zu übernachten, den der Makler das Gästezimmer genannt hatte, wäre für die meisten ihrer Bekannten eine Zumutung gewesen, erst recht dann, wenn sie zu den Leuten gehörten, die vor dem Einnicken unbedingt noch ein paar Seiten lesen wollen. Im Gegensatz zu den klassischen oder

modernen Romanen, die den Bücherschrank im Wohnzimmer füllten, enthielt das Regal in diesem Raum – den Shaz übrigens nicht als Gäste-, sondern als Arbeitszimmer nutzte – das, was sie scherzhaft ihre Schmuddelecke nannte: zum Teil eine wahre Horrorlektüre, auch wenn manche Autoren krampfhaft versuchten, ihren Machwerken einen pseudowissenschaftlichen Anstrich zu geben.
Bei den Büchern im untersten Fach war es ihr geradezu peinlich, solchen Schund zu besitzen. Überwiegend handelte es sich dabei um Biographien verurteilter Serienmörder, die unter dem Vorwand der nachträglichen Betrachtung aus sozio- und psychologischer Sicht, tatsächlich aber bar jeglicher Logik, breit ausgewalzt ihre schauerlichen Untaten beschrieben. Darüber standen die von Wissenschaftlern verfaßten, ernstzunehmenderen Versionen derselben Lebensläufe und im dritten Fach, etwa in Augenhöhe, Bücher, in denen die Vorkämpfer des Profilings die Vorurteile und Schwierigkeiten schilderten, mit denen sie sich vor etlichen Jahren – also zu einer Zeit, zu der Profiling natürlich noch reine Männersache gewesen war – bei ihren ersten Gehversuchen auf einem noch nicht anerkannten Feld wissenschaftlicher Arbeit herumschlagen mußten.
Die Bezeichnung Fachliteratur verdienten im Grunde nur die Bücher in den beiden obersten Fächern. Alles in allem eine recht ansehnliche Handbibliothek, die Shaz da in kürzester Zeit zusammengetragen hatte, seit sie wußte, daß ihr ein Platz in der Tony Hills NOP Task Force sicher war.
Nach dem gemeinsamen Abendessen hatte sie sich, allem guten Zureden zum Trotz, aus dem Quartett ausgeklinkt, weil die anderen beschlossen, nach Hähnchen mit Curry als Sahnehäubchen einen Nachtklubbummel folgen zu lassen. Solchen Streifzügen vermochte sie keinen Reiz abzugewinnen, und heute schon gar nicht, weil es sie in den Fingern juckte,

an ihren Computer zurückzukehren und weiter an der heute morgen begonnenen, vergleichenden Analyse zu arbeiten. Seit Tony ihnen vor drei Tagen als Hausaufgabe aufgegeben hatte, in den verteilten Kopien der Polizeiberichte über verschwundene Teenager nach MO zu fahnden, verbrachte sie jede freie Minute damit, die Unterlagen immer wieder gründlich durchzulesen. Nicht einmal, sondern dreimal hatte sie sie studiert, in der Hoffnung, auf irgend etwas zu stoßen, was sie möglicherweise auf die richtige Spur führen konnte. Und als sie dann in der Lage gewesen wäre, die spärlichen Fakten im Schlaf aufzusagen, hatte sie sich an den Computer gesetzt.

Die Datenbasis, auf die Shaz sich stützte, war schon damals, als sie sich die Software bei einem Mitstudenten kopiert hatte, nicht der letzte Schrei gewesen. Inzwischen konnte man sie fast als museumsreif bezeichnen, aber für Shaz' Zwecke genügte sie vollauf – sie war benutzerfreundlich und bot ihr die Möglichkeit, die Daten nach Kategorien und Kriterien zu ordnen, die ihrer persönlichen Logik entsprachen. Sie war froh, endlich wieder – abgeschminkt und im Freizeitdreß – vor dem Computer zu sitzen. Die Arbeit am Bildschirm faszinierte sie so, daß sie sich nicht mal die Zeit nahm, etwas Warmes zum Lunch zuzubereiten. Statt dessen begnügte sie sich mit einer Banane und einer Packung Biskuits – mit dem Erfolg, daß sie anschließend mühsam die Krümel aus dem Keyboard picken mußte.

Die Mausklickanzeige hüpfte auf und ab, während sie das Keyboard säuberte. Die Schritte, denen sie bei ihrer vergleichenden Analyse folgte, hatte sie bereits festgelegt: Zuordnung nach geographischen Gesichtspunkten, physische Merkmale, Berücksichtigung der häuslichen Verhältnisse, Angaben darüber, ob die Betreffenden bereits früher bei der Polizei aufgefallen waren, Alkoholkonsum, Erfahrungen mit

Drogen, spezielle Interessengebiete und, falls bekannt, sexuelle Beziehungen. Die Ausbeute war ziemlich dürftig, für die Hobbys der Teenager hatten sich die ermittelnden Officer offenbar nicht sonderlich interessiert. Am Schluß ordnete sie die Fälle nach dem Alter der dreißig verschwundenen Jugendlichen, druckte das Ergebnis aus und legte die Bogen nebeneinander, damit sie sie beim Durchlesen leichter vergleichen konnte.

Das erste Alarmzeichen war wie üblich ein unruhiges Kribbeln im Magen. Stirnrunzelnd ging sie die Ausdrucke nochmals durch. Sie traute sich einfach nicht, zu glauben, was sich da abzeichnete. Schließlich verglich sie das Bild, das sich aus der Computeranalyse ergab, mit den Kopien der Fotos aus den Polizeiakten. »Ach du liebes bißchen«, murmelte sie vor sich hin, atmete tief durch und schloß die Augen. Aber es blieb dabei, es schien sich eine Gruppe von sieben Mädchen herauszuschälen, bei denen es bei allen oder nahezu allen Kriterien auffallende Übereinstimmungen gab.

Gut, dann zuerst die Übereinstimmungen. Alle hatten dunkles, zu einem kurzen Pferdeschwanz gebundenes Haar, alle waren vierzehn oder fünfzehn Jahre alt und zwischen eins sechzig und eins siebzig groß. Alle hatten zu Hause gewohnt, zusammen mit beiden Eltern oder einem Elternteil. Sowohl Eltern und Geschwister wie auch Freunde hatten bei der Polizei ausgesagt, sie könnten sich das Verschwinden der Mädchen nicht erklären, sie hätten absolut keinen Grund gehabt, von zu Hause wegzulaufen. Keine hatte Reisegepäck dabeigehabt, was dafür gesprochen hätte, daß sie lange wegbleiben wollten. Offenbar hatten aber alle eine Wechselgarnitur Unterwäsche mitgenommen – der Hauptgrund dafür, daß die Polizei ein Verbrechen, Entführung oder Mord, mit hoher Wahrscheinlichkeit ausschloß. Für diese Annahme sprach auch der Zeitpunkt des Verschwindens. Die Mädchen

hatten morgens die gewohnten Vorbereitungen für die Schule getroffen, waren aber nicht dort angekommen. Alle Ausreden, mit denen sie ihre Eltern darauf vorbereitet hatten, daß sie möglicherweise an diesem Tag etwas später heimkämen, erwiesen sich nachträglich als frei erfunden.
Und da war noch etwas, was Shaz allerdings nicht der Computeranalyse entnehmen konnte, es war ihr beim Studium der Fotos aufgefallen: alle sieben Mädchen entsprachen ungefähr demselben Typ. Ihre Augen strahlten eine kokettierende Sinnlichkeit aus. Shaz las aus der Art, wie sie mit ihren Blicken förmlich in die Kamera krochen, daß die Jahre kindlicher Unschuld hinter ihnen lagen. Ob es ihnen bewußt war oder nicht, sie waren sexy.
Nun zu den negativen Übereinstimmungen. Keine der sieben war je unter die Aufsicht der Fürsorge gestellt worden. Sie hatten auch nie Schwierigkeiten mit der Polizei gehabt. Wie die Freundinnen der Mädchen einräumten, hatten sie hin und wieder abends Alkohol getrunken und vielleicht mal einen Joint geraucht oder eine Prise Speed geschnupft. Aber von regelmäßigem Drogenkonsum konnte keine Rede sein. In keinem der sieben Fälle gab es Anhaltspunkte dafür, daß die Mädchen sich Männern für Geld angeboten hätten oder Opfer sexuellen Mißbrauchs gewesen wären.
Natürlich gab es auch Dinge, die nicht in das erhoffte Bild auffallender Übereinstimmungen paßten. Drei aus der Gruppe hatten einen festen Freund, vier nicht. Der Versuch einer geographischen Zuordnung erwies sich als schwierig. Die Fälle verteilten sich sozusagen quer über die Landkarte – Sunderland war der nördlichste, Exmouth der südlichste Punkt. Dazwischen lagen Swindon, Grantham, Tamworth, Wigan und Halifax. Die Vermißtenanzeigen waren im Laufe eines Zeitraums von sechs Jahren eingegangen. Die Zeitabstände zwischen dem Verschwinden der Mädchen waren

nicht konstant, sie wurden auch nicht im Laufe der Jahre zunehmend kleiner, wie Shaz das erwartet hätte, wenn die Mädchen wirklich die Opfer eines Serienmörders geworden wären.
Andererseits, vielleicht gab es Mädchen, von denen sie noch nichts wußte.

Als Shaz am Sonntag morgen aufwachte, versuchte sie zuerst, sich wieder zum Einschlafen zu zwingen. Doch daraus konnte nichts werden, solange in ihrem Kopf beharrlich das Wissen rotierte, daß es nur eine Möglichkeit gab, bei ihrer Arbeit Fortschritte zu machen und ihre These von einer Gruppe aus sieben möglichen Mordopfern zu untermauern. Und weil sie dazu auf fremde Hilfe angewiesen war, mußte sie sich wohl oder übel mit Geduld wappnen. Als sie gegen Mitternacht ins Bett gegangen war, hatte sie sich vorgenommen, Sonntag mittag, etwa zur Lunchzeit, zum Telefon zu greifen. Als sie aber um Viertel vor sieben immer noch wach im Bett lag und ihre Gedanken unablässig um das immer gleiche Problem kreisten, wußte sie, daß sie es bestimmt nicht so lange aushielt.
Zu wissen, daß sie ohne fremde Hilfe, nur auf ihre Computeranalyse gestützt, nicht weiterkam, machte sie derart kribbelig, daß sie schließlich energisch die Bettdecke wegstieß. Eine halbe Stunde später war sie bereits auf der Zufahrt zur M 1 und drückte das Gaspedal durch.
Der Kampf mit der Dusche, das Anziehen und die Rundfunknachrichten, während sie ihren Kaffee trank, hatten sie vorübergehend ein wenig abgelenkt, aber als sich jetzt das leere, dreispurige Band der M 1 vor ihr erstreckte, gab es nichts mehr, was sie vom Grübeln abhalten konnte. Ungehalten schob sie eine Kassette mit Opernarien ins Stereofach des Autoradios, gab aber bald darauf den Versuch auf, sich

selbst weiszumachen, sie konzentriere sich auf die Musik. In den folgenden zweieinhalb Stunden war sie dem Kreislauf ihrer Gedanken ähnlich wehrlos ausgeliefert wie an einem verregneten Sonntag der soundsovielten Wiederholung eines uralten Films im Fernsehen.

Es war fast zehn Uhr, als sie die Rampe zur Tiefgarage des Barbicankomplexes hinunterfuhr. Peter, der Parkwärter, konnte sich offenbar noch an sie erinnern, jedenfalls begrüßte er sie fröhlich mit einem scherzhaften »Hallo, Fremde – ist 'ne Weile her, daß wir uns zuletzt gesehen haben«.

»Ich bin nach Leeds umgezogen«, sagte sie, ohne zu erwähnen, daß der Umzug erst vor kurzem stattgefunden hatte. Es mußte gut und gern achtzehn Monate hersein, daß sie das letzte Mal hiergewesen war, aber dafür gab es Gründe, die niemanden etwas angingen.

Peter quetschte sich an ihr vorbei durch die schmale Tür des engen Glasgevierts, weil er einen freien Stellplatz für sie suchen wollte. »Ulkig, Chris hat gar nichts davon gesagt, daß Sie kommen.«

»Tja, das hat sich erst in letzter Minute so ergeben«, sagte sie ausweichend und stieg schon mal ins Auto, während er stirnrunzelnd das Parkdeck inspizierte. »Bleiben Sie über Nacht?«

»Nein, ich werd nicht lange bleiben.« Sie ließ den Motor an, folgte ihm im Schrittempo und rangierte ihr Auto auf den Stellplatz, den Peter für sie ausgesucht hatte.

»Ich laß Sie noch ins Haus«, sagte er, als sie ausgestiegen war. »Wie lebt sich's denn so im eiskalten Norden?«

Shaz schmunzelte. »Na ja, die spielen da oben den besseren Fußball«, war alles, was ihr auf die Schnelle einfiel.

Dann standen sie vor der schweren Metalltür, die die Tiefgarage vom Wohnhaus trennte, er schloß sie auf, sie nickten sich freundlich zu, und zwei, drei Sekunden später stand sie vor dem Fahrstuhl und drückte die Ruftaste.

Als sie im dritten Stock über den mit Teppichboden ausgelegten Flur ging, holte die alte Beklommenheit sie ein. Sie atmete tief durch, dann drückte sie den Klingelknopf. Lange Zeit rührte sich nichts, erst als sie schon gehen wollte, hörte sie schlurfende Schritte. Die Tür wurde einen Spalt geöffnet. Zerzaustes kastanienrotes Haar, trübe Augen mit dunklen Ringen, eine Schniefnase und ein halb hinter einer Hand mit untadelig manikürten Fingern verstecktes Gähnen – mehr konnte Shaz fürs erste nicht erkennen.

Ihr Lächeln fiel so schmal aus wie der Türspalt, aber es war wohl herzlich genug, daß Chris Devine schlagartig hellwach wurde. Die Hand, die das Gähnen kaschiert hatte, rutschte nach unten, aber der Mund stand weiter offen. Chris' Mienenspiel spiegelte das Wechselbad ihrer Gefühle wider, von Verblüffung über Freude bis zu Bestürzung.

»Hab ich 'ne Chance, einen Becher Kaffee zu kriegen?« fragte Shaz.

Chris zögerte einen Moment, dann trat sie einen Schritt zurück und zog die Tür weiter auf. »Du kommst am besten erst mal rein«, sagte sie.

Wer etwas erreichen will, muß sich anstrengen. Eine Lebensweisheit, an die er sich, sooft ihn Zweifel quälten, immer wieder selbst erinnerte, obwohl sie ihm von Kindesbeinen an so eingebleut worden war, daß er sie ohnehin nie vergessen hätte. Seine Eltern hatten auf strenge Disziplin geachtet, jedes Aufbegehren und erst recht freche Antworten waren auf der Stelle geahndet worden. Er hatte rasch gelernt, seine wahren Gefühle hinter einer stoischen Miene zu verbergen, egal, was seine Eltern ihm vorhielten oder von ihm verlangten. Anderen hätte man vielleicht die siedende Erregung angemerkt, die in ihm brodelte, sooft er an die kleine Donna Doyle dachte, ihm nicht. Niemand konnte etwas von seinen verborgenen Gedanken ahnen, wenn er – schon in die Welt seiner bizarren Träume entrückt – geistesabwesend vor sich hin starrte. Eine Maskerade, die ihm in seiner Jugend viele Schmerzen erspart hatte und ihn nun davor bewahrte, erwischt zu werden.

In Gedanken war er ständig bei ihr, fragte sich, ob sie sich auch wirklich an ihr Versprechen hielt, malte sich aus, wie sie schon vor Aufregung glühte. Mit Sicherheit war sie völlig verändert, seit die Verantwortung auf ihr lastete, ein ihr anvertrautes Geheimnis zu bewahren. Sie mußte keine Zeitungshoroskope mehr lesen, sie wußte ja genau, was die Zukunft für sie bereithielt. Jedenfalls glaubte sie das.

Natürlich konnte sie nicht dieselben Visionen haben wie er, das war ihm klar. Im Gegenteil, ihre und seine Fantasien hatten bestimmt nichts gemein. Abgesehen von der Vorfreude auf den Orgasmus.

Sich vorzustellen, welchen trügerischen Hoffnungen sie sich

hingab, ließ ihm ein Schaudern verstohlenen Vergnügens über den Rücken rieseln und schuf ein inneres Gegengewicht zu der ständig nagenden Furcht, daß sie vielleicht doch nicht Wort hielt. Eine Möglichkeit, die ihm, sogar während er mit den armen Würmchen in der Spezialklinik für krebskranke Kinder Computerspiele gespielt hatte, unablässig durch den Kopf gegangen war. Im Geiste sah er Donna, wie sie ihrer besten Freundin, in der Schulgarderobe hinter Mänteln und Überjacken versteckt, das Geheimnis verriet. Das war das Risiko, das er jedesmal einging. Aber bisher hatte er noch immer richtig eingeschätzt, wie die Würfel fielen, deshalb war er nie behelligt worden. Jedenfalls nicht durch polizeiliche Ermittlungen. Einmal hatten die verzweifelten Eltern eines vermißten Teenagers ihn gebeten, übers Fernsehen einen Appell an das Mädchen zu richten. An ihn hatten sie sich gewandt, weil ihre Tochter, wie sie ihm erzählten, wo sie auch wäre, mit Sicherheit seine wöchentliche Sendung *Besuch von Vance* nicht verpassen würde. Ach, das Schicksal war mitunter zu köstlichen Späßen aufgelegt! Er hatte noch Monate danach einen Steifen bekommen, wenn er daran dachte. Na schön, er hatte ihnen den Gefallen getan, es blieb ihm ja nichts anderes übrig. Hätte er ihnen vielleicht raten sollen, lieber über ein Medium Kontakt zu ihrer Tochter zu suchen? Na also.

Nachdem er zwei Nächte lang auf den Beinen gewesen war, fiel er kurz nach Mitternacht in Tiefschlaf, um in der Morgendämmerung mit weit aufgerissenen Augen und rasendem Pulsschlag auf einem völlig verschwitzten Laken hochzuschrecken. Was den Alptraum ausgelöst hatte, wußte er nicht, aber er tat danach kein Auge mehr zu und verbrachte den Rest der Nacht damit, in seinem Hotelzimmer ruhelos auf und ab zu wandern, abwechselnd von innerem Jubel erfüllt oder von rätselhaften Ängsten geschüttelt.

Aber irgendwann lag auch das hinter ihm. Am Donnerstag abend hielt er sich bereits in seinem Schlupfwinkel in Northumberland auf. Ruhig und abgeschieden wie ein Bauernhof in den Highlands, obwohl das Haus – eine ehemalige Methodistenkapelle, so winzig, daß höchstens zwei Dutzend Gläubige darin Platz gefunden hatten – nur fünfzehn Autominuten von der Innenstadt entfernt lag. Als die Kapelle zum Verkauf angeboten wurde, bestand sie im Grunde nur noch aus vier kahlen Wänden mit einem allmählich einfallenden Dach darüber. Aber ein paar örtliche Bauunternehmen hatten – froh über einen Auftraggeber, der bar zahlte – in Teamarbeit ein richtiges kleines Schmuckstück daraus gemacht und wegen der ausgefallenen Wünsche des Bauherrn bezüglich der Raumaufteilung selbstverständlich keine neugierigen Fragen gestellt.

Er musterte überaus zufrieden die Vorbereitungen für seinen jungen Gast. Das Bett war frisch bezogen, kuschelweiche Handtücher lagen bereit. Das Telefon war abgestellt, der Anrufbeantworter ›stumm‹ geschaltet, das Faxgerät in einer Schublade verschwunden. Von ihm aus konnten die Hilfsmittel moderner Kommunikation die ganze Nacht vor sich hin blinken, er war erst morgen früh wieder zu erreichen. Auf die blütenweiße Leinentischdecke wäre jede Hausfrau stolz gewesen. Er hatte den Tisch mit edlem Porzellan, Kristallgläsern und silbernen Kerzenleuchtern eingedeckt und eine Kristallvase mit roten Rosen dazugestellt. Donna war bestimmt schlichtweg überwältigt. Daß sie zum letzten Mal mit Messer und Gabel aß, konnte sie natürlich nicht ahnen.

Ein letzter prüfender Blick in die Runde – alles war so, wie es sein mußte. Nichts zu sehen von den Ketten, den Lederfesseln und dem seidenen Knebeltuch. Wie harmlos eine Zimmermannswerkbank doch aussehen konnte, wenn keine Werkzeuge darauf bereitlagen, abgesehen von dem fest montierten Schraubstock. Er hatte die Werkbank selbst entworfen, auch das neben dem Kopfteil angeschraubte Klappbrett, auf dem er später seine Spezialwerkzeuge ausbreiten würde. Ein Blick auf die Uhr – Zeit, loszufahren, obwohl es nicht weit war: zuerst ein Stück über den holperigen Feldweg, dessen Schlaglöcher der Land Rover aber klaglos überwand, dann noch die wenigen Kilometer auf der leeren Nebenstraße zu der vermutlich menschenleeren Bahnhaltestelle Five Walls. Mit einem genüßlichen Lächeln, in dem sich seine ganze Vorfreude widerspiegelte, zündete er die Kerzen an. Er hegte jetzt keinen Zweifel mehr, daß sie Wort gehalten und ihr und sein Geheimnis gewahrt hatte.

»Na, willst du nicht in meine gute Stube kommen?« fragte die Spinne die Fliege …

Endlich waren Tim Coughlans Gebete erhört worden, er hatte das ideale Plätzchen gefunden. Das Verladedock war ein wenig schmaler als der Fabrikkomplex und sah auf den ersten Blick aus, als sei es von einem Ende bis zum anderen mit Kartons vollgestellt. Wenn man sich aber die Mühe machte, genauer hinzusehen, kam man dahinter, daß die Kartons keineswegs dicht an dicht standen, so daß jemand, der nicht zuviel Platz beanspruchte, sich zwischen ihnen relativ bequem einrichten konnte. Bei einer – zum Glück sehr unwahrscheinlichen – Inspektion des Verladedocks wäre Tims Schlafplatz ohne Zweifel schnell entdeckt worden, aber mehr als seinen schmuddeligen Schlafsack und zwei Tragetaschen hätte man dabei nicht gefunden. Die eine Tragetasche enthielt ein schmutziges T-Shirt, ebenso schmutzige Socken, schmutzige Boxershorts und eine Cordhose, die irgendwann mal dunkelbraun gewesen war, mittlerweile aber eine Farbe angenommen hatte, bei der man unwillkürlich an das Gefieder von Seevögeln denken mußte, die einer Ölpest zum Opfer gefallen waren.
Tim kauerte, den zusammengeknautschten Schlafsack als Kissen unter den knochigen Hintern geschoben, in einer Ecke seines illegalen Domizils und aß Chips und Currysoße, der Einfachheit halber gleich aus der Plastikschale. Die Literflasche Cidre – oder zumindest den größten Teil davon – hatte er sich vorsorglich fürs Abendessen aufgespart, damit er sein kärgliches Mahl mit dem Apfelwein hinunterspülen konnte. Außerdem gab ihm das die nötige Bettschwere. Gerade in kalten Nächten kann's nichts schaden, etwas intus zu haben, was von innen wärmt.

Es war ihm schon schlechter gegangen. Er hatte viele Monate lang auf der Straße gelebt, bevor es ihm gelungen war, aus dem Heroinnebel aufzutauchen, durch den für ihn das Leben zur Hölle geworden war. Er war seinerzeit so auf den Hund gekommen, daß er nicht mal das Geld für Drogen zusammenkratzen konnte. Und genau das hatte ihn, wie das Schicksal so spielt, gerettet. Zum Wendepunkt war der Abend geworden, an dem er, vor Kälte zitternd, im Weihnachtszelt einer karitativen Organisation mit einer Portion kaltem Truthahn und frommen Sprüchen gefüttert worden war. Kurz danach hatte er angefangen, auf der Straße *Jesus und du* zu verkaufen, und es fertiggebracht, immerhin soviel Geld beiseite zu legen, daß er in einem Wohltätigkeitsbazar Kleidung erstehen konnte, in denen er arm, aber nicht hoffnungslos heruntergekommen aussah. Und er hatte es geschafft, Arbeit auf den Docks zu finden. Schlechtbezahlte Gelegenheitsarbeit, für die er bar auf die Hand bezahlt wurde. Und bei der Gelegenheit hatte er seinen jetzigen Schlafplatz auf dem Verladedock entdeckt und zu seiner Erleichterung festgestellt, daß die Firma, der das Dock gehörte, zu knauserig war, um sich einen Nachtwächter zu leisten.

Seither hatte er fast dreihundert Pfund zusammengespart, die einstweilen noch auf dem Konto der Firma schlummerten, aber das blieb nicht mehr lange so. Denn bald würde er so weit sein, daß er ein eigenes Bankkonto eröffnen konnte, und das warf dann so viel Zinsen ab, daß er sich davon und von der monatlichen Sozialfürsorge eine anständige Bleibe und etwas Ordentliches zu essen leisten konnte.

Tim war ganz unten gewesen, kurz vor dem Absaufen. Aber nun war er überzeugt, daß er's bald schaffte, sich wieder nach oben zu strampeln, nicht gerade bis zur Sonne, aber ein Stück näher zu ihr. Er knüllte das Plastikschälchen zusammen und warf es irgendwohin zwischen die Kartons. Dann öffnete er die Cidreflasche und ließ sich den Inhalt mit schnellen Schlucken die Kehle hinunterrinnen. Der Gedanke, das Zeug mit Genuß zu trinken, wäre ihm nie gekommen. Warum sollte er auch?

Jacko Vance war nie etwas in den Schoß gefallen. Meistens hatte er die Gelegenheit am Schopf packen und sie, wie sehr sie auch strampelte und sich wehrte, auf die Bühne seines Lebens zerren müssen. Die Einsicht, daß jeder seines Glückes Schmied ist, war ihm schon in Kindertagen gekommen, und seither hatte er wieder und wieder die Erfahrung gemacht: Wer nicht fleißig schmiedete, bekam auch nichts ab. Seine Mutter hatte unter einer postnatalen Depression gelitten und sich, weil sie Abscheu vor ihm empfand, kaum um ihn gekümmert. Sein Vater um so mehr, und das war meistens nicht sehr angenehm gewesen.

Bereits in den ersten Schuljahren hatte das hübsche Kind mit dem nackenlangen, blonden Haar und den großen staunenden Augen herausgefunden, welche magische Kraft in Träumen steckte. Sie konnten alles wahr machen, was man sich wünschte. Manche Lehrer schmolzen beim Anblick dieses netten kleinen Jungen förmlich dahin. Also dauerte es nicht lange, bis er den richtigen Dreh gefunden hatte, sie nach seiner Pfeife tanzen zu lassen. Die Erfahrung, wie leicht er sie manipulieren konnte, machte nichts von dem wett, was er zu Hause erleiden mußte, verhalf ihm aber schon in frühen Jahren zu einem Gespür dafür, wieviel Vergnügen es machen kann, Macht über andere auszuüben.

Obwohl ihm viel an seiner Ausstrahlung lag, verließ er sich nie ausschließlich auf die Wirkung seines Charmes. Es war, als merke er es instinktiv, wenn er auf Menschen traf, bei denen es anderer Waffen bedurfte, um sie sich gefügig zu machen. Und als er dann noch die Kraft der Worte entdeckt hatte, war es ihm ein leichtes, immer und überall die Ziele zu erreichen, die er sich gesteckt hatte. Endgültig waren die Weichen gestellt, als Jacko seine sportlichen Anlagen entdeckte und erkannte, daß sich auf diesem Feld mehr Möglichkeiten zur Entfaltung boten als im engen Klassenzimmer. Es zahlte sich einfach eher aus, spektakuläre Leistungen vor einem großen Publikum zu erbringen.

Natürlich war es unvermeidlich, daß seine Mitschüler ihm die unverhohlene Art, in der er sich bei all denen lieb Kind machte, die an den Schalthebeln der Macht saßen – also bei den Lehrern –, übelnahmen; Lieblingsschüler sind bei Mitschülern nie sehr beliebt. Er mußte die üblichen Raufereien ausfechten, und mitunter gewann er dabei, mitunter nicht. Die Jungen, gegen die er verlor, vergaß er nie. Es mochte Jahre dauern, aber irgendwann fand er einen Weg, an dem Sieger von einst Rache zu nehmen, wobei der arme Kerl meistens nicht mal ahnte, wer ihm da ein Bein gestellt hatte. Jeder in der Wohnsiedlung, in der er aufgewachsen war, erinnerte sich an seine Dauerfehde mit Danny Boy Ferguson, der ihm, etwa zu der Zeit, als beide zehn, zwölf Jahre alt waren, das Leben schwergemacht hatte, wo immer er konnte. Als Jacko eines Tages wütend auf ihn losgegangen war, hatte Danny Boy ihn – mit einer Hand, die andere ostentativ hochgereckt – zu Boden geschlagen. Jackos gebrochene Nase war gut verheilt, aber im Inneren, hinter der zur Schau gestellten Liebenswürdigkeit, brannte unversöhnlicher Haß in ihm.

Als Jacko seine erste britische Jugendmeisterschaft gewann, wurde er über Nacht zum Star der Wohnsiedlung. Noch nie war das Foto von irgend jemandem aus dieser Gegend in einer Zeitung abgedruckt worden, nicht mal das von Gladstone Sanders, nachdem er den schweren Betonbrocken aus dem zehnten Stockwerk auf die Straße gekippt hatte. Jackos Foto erschien sogar in den überregionalen Blättern. Es koste-

te ihn keine große Mühe, Danny Boys Freundin Kimberly zu überreden, sich mit ihm in der nahe gelegenen Großstadt die Nacht um die Ohren zu schlagen.
Eine Woche lang lud er sie zu Drinks und zum Essen ein, dann ließ er sie fallen. Und an einem Sonntag abend schlug dann für Jacko die Stunde der Rache. Danny Boy zog sich in einer Kneipe sein fünftes Pint rein, nicht ahnend, daß Jacko mit einem Fünfziger cash den Wirt bestochen hatte, über die Stereoanlage des Lokals das – natürlich heimlich aufgenommene – Band zu übertragen, auf dem Kimberly ihm in allen Details anvertraute, was für ein lausiger Fick Danny Boy sei.
All das fiel ihm wieder ein, weil er glaubte, in Micky Morgan bei ihren Besuchen im Krankenhaus eine verwandte Seele entdeckt zu haben. Er war sich nicht sicher, was sie wollte, aber irgendein Gefühl sagte ihm, daß sie etwas wollte. Und als Jillie ihm den Laufpaß gegeben und Micky angeboten hatte, ihm zu helfen, wurde aus dem Gefühl Gewißheit.
Fünf Minuten nachdem Micky das Krankenhaus verlassen hatte, heuerte er den Privatdetektiv an. Der Mann war gut und lieferte ihm das Ergebnis seiner Recherchen schneller als erwartet. Und als Jacko dann in den schreienden Schlagzeilen der Klatschpresse nachlesen konnte, was Micky daraus gemacht hatte, wurde ihm endlich klar, was sie von ihm wollte. Und er erkannte schlagartig, auf welche Weise er Mickys Motive am besten für sich nutzen konnte.
SPORTSTAR JACK SAGT DER LIEBE ADIEU! EIN HELD MIT GEBROCHENEM HERZEN! JACKS TRAGISCHER OPFERGANG!

Er grinste in sich hinein und las weiter.

> Ein Mann, den alle Briten wegen seines Muts bewundern, hat heute ein mutiges Bekenntnis abgelegt und

das Geheimnis des größten Opfers seines Lebens gelüftet.

Wenige Tage nach der mutigen Rettung zweier Kleinkinder aus dem Inferno auf der M 1 – einer heldenhaften Tat, die Jacko Vance einen Arm und seine Olympiahoffnungen kostete – hat er die Beziehung zu seiner Jugendliebe Jillie Woodrow gelöst.

Wir haben im Krankenhaus mit ihm gesprochen, wo er sich von der Amputation erholt. Mit gebrochenem Herzen hat er uns exklusiv anvertraut: »Ich habe sie freigegeben. Ich bin nicht mehr der, den sie heiraten wollte. Es wäre nicht fair gewesen, sie weiter an mich zu binden. Ich kann ihr nicht mehr das Leben bieten, von dem wir geträumt haben. Für mich ist das wichtigste, daß sie glücklich wird.

Ich weiß, sie wird es jetzt noch nicht verstehen, aber eines Tages wird sie erkennen, daß ich die richtige Entscheidung getroffen habe.«

Wenn Jillie es jetzt wagen sollte, seiner Version zu widersprechen, stand sie als Großbritanniens meistgehaßte Schlampe da.

Der Rest war ein Spiel auf Zeit. Jacko tat, als gebe er sich damit zufrieden, in Micky eine gute Freundin zu haben. Aber als eine innere Ahnung ihm sagte, daß der richtige Moment gekommen sei, schlug er hinterhältig wie eine Natter zu.

»Wann beabsichtigen Sie eigentlich, Ihre Dankesschuld abzutragen?«

Micky sah ihn verblüfft an. »Dankesschuld?«

»Ihre Story über mein gebrochenes Herz und meinen tragischen Opfergang ...« Aus jedem Wort triefte Spott. »Schreien Ihre Leser da nicht schon nach einem Neun-Tage-Wunder?«

»Lassen wir sie schreien«, versuchte Micky, sich gelassen zu geben, und zupfte geflissentlich an dem Blumenarrangement herum, das sie ihm mitgebracht hatte.
»Nun, die Jacko-und-Jillie-Sensation ist nun schon zehn Tage alt, damit locken Sie keinen Hund mehr hinter dem Ofen hervor. Ich dachte, es würde allmählich Zeit, mein Honorar einzufordern.« Sein Ton war freundlich, aber die Kälte in seinen Augen hätte ein Sumpfloch im Hochmoor zufrieren lassen.
Micky setzte sich kopfschüttelnd auf seine Bettkante. Äußerlich ließ sie sich nichts anmerken, aber er ahnte, daß sie verzweifelt überlegte, wie sie den Kopf doch noch aus der Schlinge ziehen könnte. »Ich weiß nicht recht, was Sie meinen«, versuchte sie, auf Zeit zu spielen.
Er lächelte herablassend. »Kommen Sie, Micky, ich bin nicht von gestern. In Ihrem Metier lernt man schnell, daß alles seinen Preis hat. Nach jeder Gefälligkeit gibt es einen Zahltag.«
Sie versuchte, den Spieß umzudrehen. »Mir reicht es zu wissen, daß ich etwas bei Ihnen guthabe.«
»Umgekehrt wird ein Schuh daraus«, erwiderte er nonchalant. Doch dann schnellte plötzlich seine Hand vor und legte sich wie eine Zwinge um ihr Handgelenk. Der Griff tat ihr weh, aber sie wußte instinktiv, daß Jackos Hand sich nicht abschütteln ließ. »Andererseits ist mir klar, daß Sie und Ihre Freundin derzeit nach einem Rettungsanker Ausschau halten.«
Ein Schaudern überlief sie, als sie seinen lauernden Blick sah. Was mochte hinter seiner Stirn vorgehen? »Was reden Sie da für komisches Zeug?«
»Nicht nur Journalisten haben ihre Verbindungen«, sagte er mit verächtlichem Unterton. »Als Sie angefangen haben, Interesse an mir zu zeigen, bin ich natürlich auch neugierig ge-

worden. Sie heißt Betsy Thorne, Sie leben seit über einem Jahr mit ihr zusammen. Offiziell ist sie Ihre Agentin, aber sie ist auch Ihre Geliebte. Zu Weihnachten haben Sie ihr bei einem Juwelier auf der Bond Street eine Bulova-Uhr gekauft. Vor vierzehn Tagen haben Sie für sie und sich ein Doppelzimmer in einem Landhotel bei Oxford gemietet. Jeweils am Dreiundzwanzigsten eines Monats schicken Sie ihr Blumen. Soll ich noch mehr aufzählen?«

»Das hat sich umständehalber so ergeben.« Sie gab sich kühl, aber in dem Handgelenk, das Jacko weiter mit eisernem Griff umklammerte, pochte es verräterisch. »Und im übrigen geht Sie das nichts an.«

»Die Klatschpresse auch nicht. Aber die bohrt weiter, Micky. Es ist nur noch eine Frage der Zeit, wann es zum Skandal kommt, und das wissen Sie.«

»Wo es nichts zu finden gibt, kann man nichts finden«, erwiderte sie schnippisch.

»Die Pressepiranhas werden es rausfinden«, versprach er ihr. »Und für diesen Fall könnte ich mich als hilfreich erweisen.«

»Und in welcher Weise?«

Er gab ihr Handgelenk frei. »Sie als Journalistin müßten das wissen. Werfen Sie den Haien einen Leckerbissen hin, dann hören sie auf, Sie zu umkreisen.«

»Und woran denken Sie?«

»Wie wär's mit: ›Romanze am Krankenbett: TV-Star Micky tröstet den unglücklichen Jacko‹.«

»Schön und gut, aber was hätten Sie davon?«

»Ruhe und Frieden«, sagte er. »Sie ahnen gar nicht, wie viele Frauen darauf aus sind, mein gebrochenes Herz zu heilen.«

»Vielleicht wäre eine von ihnen die Frau fürs Leben.«

Er lachte bitter. »Das Marxsche Trostpflaster für alle Unzufriedenen, wie? Bewirb dich nicht um die Mitgliedschaft bei einem Klub, der dich sowieso nicht aufnimmt. O nein,

Micky, ich brauche kein Mitleid, ich brauche Tarnung. Wenn ich hier rauskomme, und das wird schon bald sein, möchte ich nicht, daß sich all die hirnlosen Teenager auf mich stürzen, bloß weil sie in mir die Chance ihres Lebens wittern. Ich möchte so etwas wie einen erogenen Bodyguard haben. Wäre das nicht ein Traumjob für Sie?«

Als Carol die Wagentür öffnete, stieg ihr sofort der Gestank in die Nase. Nichts roch so ekelerregend wie verbranntes menschliches Fleisch, und wer den Geruch einmal kennengelernt hatte, vergaß ihn nie. Sie versuchte, sich das flaue Gefühl im Magen nicht anmerken zu lassen, und ging auf die Stelle zu, an der Jim Pendlebury im gleißenden Licht von Feuerwehrscheinwerfern offensichtlich eine Art improvisierte Pressekonferenz abhielt. Im Hintergrund richteten Feuerwehrleute, von einer Kette uniformierter Polizisten abgeschirmt, immer noch den Strahl ihrer Löschkanonen auf ein schwelendes Fabrikgebäude.

Pendlebury speiste die Reporter der Lokalpresse und des örtlichen Rundfunksenders mit kurzen, nichtssagenden Antworten ab. Die überregionale Presse und das Fernsehen konnten noch nichts von diesem Brand wissen. Aber es würde nicht mehr lange dauern, bis sie Wind davon bekamen, daß hier offensichtlich ein Serienbrandstifter sein Unwesen getrieben und daß es einen Toten gegeben hatte.

Pendlebury war fertig und kam mit grimmigem Grinsen auf sie zu. »Stinkt bestialisch, wie?«

»Das läßt sich nicht leugnen.«

»Danke, daß Sie sofort gekommen sind.«

»Danke, daß Sie mich verständigt haben, sonst hätte ich erst morgen früh davon erfahren. Und es geht bekanntlich nichts über das Vergnügen, als erste am Tatort eines Verbrechens zu sein.«

»Na ja, nach unserem kleinen Gespräch neulich wußte ich, daß das genau auf Ihrer Wellenlänge liegt.«
»Glauben Sie, daß es wieder unser Serientäter war?«
»Wenn ich nicht ziemlich sicher wäre, hätte ich Sie nicht nachts um drei aus dem Bett geholt«, erwiderte Pendlebury.
»Was wissen wir bis jetzt?«
»Wollen wir uns mal umsehen.«
»Sofort. Solange ich mich noch nicht ausschließlich auf meinen rebellierenden Magen konzentrieren muß, möchte ich mir erst eine kurze Zusammenfassung von Ihnen anhören.«
Pendlebury sah leicht erstaunt aus, als habe er nicht erwartet, daß sie so zartbesaitet war. »Wir wurden kurz nach zwei alarmiert. Von einem Ihrer Streifenwagen, sie hatten die Flammen gesehen. Innerhalb von sieben Minuten waren die beiden ersten Löschzüge am Brandort, aber da stand schon alles in hellen Flammen. Innerhalb einer halben Stunde sind drei weitere Löschzüge hier eingetroffen. Aber das Fabrikgebäude war nicht mehr zu retten.«
»Und die Leiche?«
»Als meine Leute das Feuer auf dieser Seite des Gebäudes unter Kontrolle hatten – das war ungefähr nach einer halben Stunde –, ist ihnen der Gestank aufgefallen. Sie haben umgehend bei mir angerufen, ich bin für solche Fälle in ständiger Rufbereitschaft. Ihre Jungs haben Ihre Dienststelle verständigt, und ich hab Sie angerufen.«
»Und wo ist die Leiche?«
Pendlebury deutete auf das Verladedock. »Soweit wir das bereits sagen können, muß sie irgendwo da vorn liegen. Den Aschespuren nach waren dort offenbar Kartons gestapelt. Wir konnten noch nicht näher rangehen. Es ist einfach zu heiß, und außerdem kann jeden Moment irgendeine Mauer einstürzen. Aber dem Augenschein und dem Geruch nach

würde ich sagen, daß die Leiche unter der durchnäßten Asche liegen muß.«

»Daß es eine Leiche geben muß, steht für Sie fest?«

»Es gibt auf der ganzen Welt keinen Gestank, den man mit dem von verbranntem menschlichem Fleisch verwechseln kann«, antwortete Pendlebury mit der ganzen Abgebrühtheit des langgedienten Feuerwehrmanns. »Ich meine, man kann sogar die Umrisse der Leiche erkennen. Kommen Sie, ich zeig's Ihnen.«

An der Stelle, zu der er sie führte, kam es ihr nahezu unerträglich heiß vor, aber Pendlebury hatte gesagt, sie seien hier außerhalb der Gefahrenzone, und Carol hatte sich im Laufe ihrer Dienstzeit angewöhnt, Expertenaussagen zu vertrauen. Als Pendlebury auf die seltsame Wölbung in dem schwarzen Aschehaufen deutete, in den Feuer und Wasser die gestapelten Kartons verwandelt hatten, war sie sicher, daß der Chief auch mit seiner Vermutung, wo sie die Leiche finden würden, recht hatte.

»Wann kann die Mordkommission mit der Arbeit beginnen?«

Pendlebury verzog das Gesicht. »Am frühen Vormittag.«

Carol nickte. »Ich veranlasse, daß das Team sich abrufbereit hält.« Sie wandte sich um und murmelte halblaut: »Genau das habe ich verhindern wollen.«

Pendlebury, der Carol zum Wagen begleitete, versuchte sie zu trösten. »Nach dem Gesetz der Wahrscheinlichkeit mußte das früher oder später passieren.«

»Wir hätten eben früher ein Auge auf diesen Feuerteufel haben müssen.« Sie blieb stehen und kramte nach einem Papiertaschentuch, um sich die schmutzige Asche von den Trainingsschuhen zu wischen. »Nachlässige Polizeiarbeit. Er müßte längst gefaßt sein. Es ist unsere Schuld, daß der Kerl noch frei herumläuft und Menschen umbringen kann.«

»Sie müssen sich keine Vorwürfe machen. Sie waren kaum hier angekommen, da hatten Sie auch schon den Finger auf der richtigen Wunde.«
Carol unterbrach ihre Bemühungen, die Trainingsschuhe in einen einigermaßen vorzeigbaren Zustand zu bringen, und sah Pendlebury stirnrunzelnd an. »Ich mach mir keine Vorwürfe, ich sage nur, daß wir uns nicht genug reingekniet haben. Auch Sie nicht. Sie hätten meinem Vorgänger Ihren Verdacht eindringlicher klarmachen müssen.«
Pendlebury sah sie verblüfft an. Er konnte sich nicht erinnern, wann ihn jemand das letzte Mal so rüde kritisiert hatte. »Jetzt gehen Sie ein bißchen zu weit, Chief Inspector.«
»Tut mir leid, daß Sie das so sehen.« Sie kam hoch und strafte die Schultern. »Aber wenn bei unserer Zusammenarbeit etwas herauskommen soll, hat es keinen Sinn, Höflichkeiten auf Kosten der Wahrheit auszutauschen. Ich möchte von Ihnen genauso klar hören, was wir Ihrer Meinung nach falsch machen. Und wenn ich etwas sehe, das mir nicht gefällt, nenne ich die Dinge ebenfalls beim Namen. Aber ich will nicht, daß wir uns deswegen in die Haare kriegen. Ich will den Kerl erwischen. Und wir kommen keinen Schritt weiter, wenn wir uns gegenseitig versichern, daß der Tod irgendeines armen Teufels eben leider nicht zu verhindern war.«
Einen Moment lang starrte Pendlebury sie an, dann streckte er ihr versöhnlich die Hand hin. »Sie haben recht. Ich hab mich von Ihrem Vorgänger zu schnell abwimmeln lassen.«
Carol schlug lächelnd ein. »Dann nehmen wir uns einfach vor, es von jetzt ab besser zu machen, okay?«
»Abgemacht«, sagte er. »Wir unterhalten uns später noch mal, wenn die Brandfahndung mit ihrer Arbeit fertig ist.«
Auf der Heimfahrt hatte Carol Zeit, über alles nachzudenken. Aus dem Serienbrandstifter war ein Mörder geworden, oder zumindest jemand, der den Tod eines Menschen fahr-

lässig in Kauf genommen hatte. Was sie jetzt brauchte, war ein Täterprofil. Und sie nahm sich vor, den Entwurf fertig zu haben, bevor die Ergebnisse der forensischen Untersuchung vorlagen. Wenn John Brandon sie schon bei ihrer Zusammenarbeit in Bradfield für eine Besessene gehalten hatte, würde er jetzt sein blaues Wunder erleben. Sie wußte genau, was sie sich aufhalste und wie lange es dauerte, alle, die als Täter in Frage kamen, auf Herz und Nieren zu überprüfen. Aber wenn sie irgendwann auf der langen Strecke müde werden sollte, war der Gestank, der ihr noch in den Nasenlöchern hing, mit Sicherheit Antrieb genug, nicht aufzugeben.

Shaz hatte erst vor zehn Minuten auf die Uhr gesehen, ertappte sich aber dabei, daß sie schon wieder aufs Zifferblatt schielte. Zwanzig vor sieben. Sie wußte, daß sie jetzt keinen Schlaf mehr fand. Vielleicht nie wieder. Jedenfalls nicht, bevor Chris ihr das versprochene Ergebnis lieferte.

Komisch, es war ihr längst nicht so schwergefallen, Chris um den Gefallen zu bitten, wie sie gedacht hatte. Offenbar stimmte es eben doch, daß die Zeit Wunden heilt. Bei ihr und Detective Sergeant Chris Devine hatte die Zeit zumindest den Irritationen, die aus falsch gedeuteter Anhänglichkeit entstanden waren, den bitteren Beigeschmack genommen.

Als Shaz ihren Dienst bei der Met antrat, hatte Chris Devine in ihren Augen all das repräsentiert, was Shaz selber anstrebte. Chris war auf dem Polizeirevier in Westlondon die einzige Frau im Ermittlungsdienst, mit dem höheren Dienstgrad, der längeren Erfahrung und den besseren Beurteilungen. Eine Frau, die selbst in kritischen Situationen der unerschütterliche Fels in der Brandung war. Fleißig, einfallsreich, humorvoll und absolut unbestechlich. Und was Shaz noch mehr imponierte: Sie war ein echter Kumpel, ohne die Männer je vergessen zu lassen, daß sie eine Frau war.

Shaz hatte sie studiert wie ein exotisches Gewächs unter dem Mikroskop. Sie wollte dahin, wo Chris war, sie wollte sich denselben Respekt erwerben. Klugschwätzer und Versager gab es genug, auch und gerade unter den weiblichen Polizisten. Sie wußte natürlich, daß sie – damals noch als Constable bei der uniformierten Polizei – für Chris eigentlich nur ein kleiner Niemand sein konnte, aber irgendwie schaffte sie es, die Aufmerksamkeit der lebens- und dienstgradälteren Chris auf sich zu lenken, und bald wußten alle, wenn sie eine von beiden suchten, fanden sie Chris und Shaz mit Sicherheit in der Kantine. Nicht, weil beide notorische Teetrinker gewesen wären, sondern weil sie dienstliche Probleme besprechen wollten.
Dann kam der Tag, an dem Shaz – wie jeder ahnte: auf Chris' Empfehlung – in den Ermittlungsdienst versetzt wurde. Und wenig später folgte ihr erster gemeinsamer Einsatz, irgendeine nächtliche Observation. Shaz ahnte nichts von Chris' lesbischer Veranlagung. Aber als ihr Sergeant sie in dieser Nacht küßte, wurde ihr schlagartig klar, daß Chris ihren Eifer und ihre Zuneigung gründlich mißverstanden hatte.
Von da an waren sie sich, soweit möglich, aus dem Weg gegangen. Demütigung, Verlegenheit, Verärgerung, Enttäuschung – weiß der Himmel, welcher Gefühlswirrwarr mitspielte. Das vernünftigste wäre gewesen, daß eine von ihnen um ihre Versetzung gebeten hätte. Aber Chris wollte nicht aus London weg, und Shaz, gerade bei ihren ersten Gehversuchen in der Criminal Investigation Division, schaltete ebenfalls auf stur. Wer weiß, wann sie noch einmal die Chance bekam, in den Kriminaldienst übernommen zu werden?
Kurz darauf wurde Chris befördert und zum New Scotland Yard versetzt, sechs Monate vor Shaz' Umzug nach Leeds. Über die bewußte Nacht hatten sie nie wieder gesprochen, bis Shaz auf einmal vor Chris' Wohnungstür stand und sie

um einen Gefallen bat. Offenbar zum nicht gerade günstigsten Zeitpunkt, jedenfalls aus der Sicht der jungen Mitarbeiterin des kriminaltechnischen Labors, die in Chris' Bett lag. Trotzdem, als Shaz ihr erklärte, was sie wollte, hatte Chris ihr sofort ihre Unterstützung zugesagt. Und da am Montag zufällig ihr freier Tag war, konnte Shaz darauf hoffen, die gewünschten Informationen schneller zu bekommen, als das normalerweise möglich gewesen wäre.

Während Shaz gedankenverloren ihr Müsli mit Früchten in sich hineinlöffelte, malte sie sich aus, wie Chris im zentralen Zeitungsarchiv in Colindale saß, ihr zuliebe ganze Berge von Lokalzeitungen durchblätterte, um anschließend alles zu kopieren, was sie im Zusammenhang mit dem Verschwinden der sieben Mädchen gefunden hatte.

Shaz war überzeugt, den Schlüssel zur Aufklärung der Fälle irgendwo in der Berichterstattung der örtlichen Presse zu finden. Ihre Nase hatte sie noch nie im Stich gelassen.

Außer bei Chris, aber das war etwas anderes gewesen.

»An Fälle wie die, mit denen wir's gewöhnlich zu tun haben, gehen Police Officer meist mit langen Zähnen ran. Und zwar, weil der Rhythmus, nach dem Verbrecher tanzen, uns wie ein bizarrer Veitstanz vorkommt.« Tony musterte seine Officer, um zu sehen, ob sie ihm wirklich zuhörten oder nur gelangweilt in ihren Unterlagen blätterten. Leon sah aus, als wäre er ganz weit weg, aber Tony hatte inzwischen gelernt, Leons scheinbar geistesabwesender Miene keine Bedeutung beizumessen. »Selbst für erfahrene Officer ist es nicht einfach, jemandem zu folgen, der sie mit einer völlig fremden Denkmethodik konfrontiert. Dazu kommt, daß wir aus ihrer Sicht nicht zu ihnen gehören, sondern von außen kommen. Darum neigen sie dazu, in uns ein zusätzliches Problem zu sehen und nicht jemanden, der ihnen bei der Lösung ihres

Problems helfen will. Die Frage ist also, wie schaffen wir die Voraussetzungen für eine vertrauensvolle Zusammenarbeit mit den Officer, die mit den Ermittlungen betraut sind? Hat jemand einen guten Vorschlag?«
Simon meinte: »Die Jungs auf 'n Bierchen einladen.«
Die anderen stöhnten gequält, Tony lächelte dünn. »Sie werden sich wundern, was denen alles für Ausreden einfallen, damit sie nicht mit einem Profiler im Pub gesehen werden. Nein, nach meiner Erfahrung ist der wirksamste Trick, den Jungs immer wieder um den Bart zu gehen.«
Hier und da ein zaghaftes Nicken. Leon schüttelte entsetzt den Kopf. »Auch das noch«, murmelte er vor sich hin.
»Ich will Ihnen damit kein Patentrezept für die Arbeit eines Profilers an die Hand geben«, fuhr Tony fort, »aber bei mir hat sich das jedesmal bewährt. Im übrigen kann es ja nichts schaden, den ermittelnden Officern zu sagen, daß man ihre Arbeit zu würdigen weiß. Und wenn Sie ihnen das immer wieder sagen – mindestens fünfmal am Tag –, nehmen Sie ihnen die heimliche Sorge, daß sie sich bei ihren Ermittlungen die Hacken ablaufen dürfen, während wir, obwohl wir ja nur ein Täterprofil erstellt haben, am Schluß groß rauskommen. Außerdem werden sie Ihnen um so bereitwilliger die Fakten zur Verfügung stellen, die Sie für Ihr Profiling brauchen. Wenn Sie dann noch die Wahrscheinlichkeiten abgeschätzt haben …« Er grinste breit, um jedem Mißverständnis vorzubeugen. »… ist der Fall so gut wie gelöst.«
Er stand auf und fing an, die Gruppe mit langen Schritten zu umkreisen wie ein Kater, der sein Revier abschreitet. »Vergessen Sie nie, daß die Abschätzung der Wahrscheinlichkeit ein unerläßlicher Schritt ist. Es sei denn, Sie hätten knallharte Beweise. Allerdings werden Sie weder richtige Abschätzungen noch knallharte Beweise davor bewahren, daß Sie am Schluß womöglich bis über beide Ohren in etwas Unappetit-

lichem stecken, was gemeinhin schlicht Scheiße genannt wird.«
Er merkte, daß sein Pulsschlag sich beschleunigte und seine Hände schweißnaß wurden. Dabei war er noch mit keinem Wort auf den Fall des Schwulenkillers zu sprechen gekommen. »Eine Erfahrung, die ich bei meinem letzten großen Fall selbst gemacht habe. Wir hatten es mit einem Serienmörder zu tun, der junge Männer umbrachte. Dank der Zusammenarbeit mit einem brillanten Officer des Kriminaldezernats standen mir alle Fakten zur Verfügung, ich konnte mich also bei der Erarbeitung eines Täterprofils auf bewiesene Tatsachen stützen. Der Officer, von dem ich spreche – eine junge Frau –, hat mir außerdem ein paar interessante Vorschläge gemacht. Einen habe ich nicht berücksichtigt, weil ich der Annahme, auf der er basierte, eine geringe Wahrscheinlichkeit zugemessen habe. Gewöhnlich ordnet das Ermittlerteam der Spur dann eine geringere Priorität zu. In diesem Fall haben die Ermittler die Spur jedoch weiter verfolgt und, wie sich herausstellte, damit recht gehabt. Und dann gab es da noch einen anderen Vorschlag …«
Es war wieder soweit, die Erinnerungen holten ihn ein. Aber er hatte sich vorgenommen, diesmal durchzuhalten. Und tatsächlich, er schaffte es, sogar leichter, als er gedacht hatte. Und so fuhr er fort: »… bei dem ich spontan abgewinkt habe. Weil mir die Annahmen abwegig erschienen. Alle Erfahrungen mit Serienmördern sprachen dagegen.« Er las in den Gesichtern, wie gespannt die Gruppe auf die Fortsetzung wartete.
»Diese falsche Einschätzung hätte mich fast das Leben gekostet.« Er wunderte sich selber, wie gelassen ihm das über die Lippen kam. »Und wissen Sie, was? Ich hatte dennoch recht, nicht auf den Vorschlag dieser tüchtigen jungen Frau einzu-

gehen. Weil die Wahrscheinlichkeit, daß ihre Annahme richtig war, irgendwo unterhalb von einem Prozent lag.«

Als feststand, daß unter der Asche tatsächlich eine Leiche gefunden worden war, rief Carol ihr Dreierteam zu einer Besprechung zusammen. Diesmal in ihrem Dienstzimmer – ohne Schokokekse. Tommy Taylor belegte als Sergeant die einzige Sitzgelegenheit, die es außer Carols Schreibtischsessel gab, mit Beschlag. Gewöhnlich hätte er so was nie getan, solange eine Frau stehen mußte, aber er hatte schon lange aufgehört, in Di Earnshaw eine Frau zu sehen.

»Der arme Teufel«, murmelte Lee Whitebread.

»Von wegen armer Teufel«, protestierte Tommy. »Er hatte dort nichts zu suchen, oder?«

Carol merkte, daß es Zeit wurde, einzugreifen. »Sie sind also bereits unterrichtet. Die Frage, ob der Tote etwas auf dem Verladedock zu suchen hatte oder nicht, ist unerheblich. Wir haben die Aufgabe, denjenigen zu finden, der ihn getötet hat, und zwar nahezu unter unseren Augen. Das ist kein Ruhmesblatt für uns. Also, was haben Sie bisher herausgefunden?«

Lee, an den Schrank gelehnt, machte den Anfang. »Ich hab mir die Meldungen der letzten sechs Monate vorgenommen und tatsächlich ein paar wenige Hinweise auf ein bestimmtes Täterverhalten gefunden. Ich wollte das heute schriftlich zusammenstellen.«

»Di und ich haben noch mal mit den Geschädigten gesprochen«, sagte Tommy. »Bis jetzt hat sich nichts ergeben, was auf einen Serientäter schließen läßt.« Er hörte sich leicht gekränkt an, offenbar nahm er Carol den versteckten Tadel übel.

»Rassisch begründete Motive?« fragte Carol.

»Ein paar der Geschädigten sind Asiaten, aber eine Regelmäßigkeit läßt sich daraus nicht ableiten«, antwortete Di.

»Haben wir schon mit den Versicherern gesprochen.«
Di sah Tommy an, Lee starrte aus dem Fenster. Tommy räusperte sich. »Di wollte heute damit anfangen.«
»Gut«, sagte Carol, »reden wir über unsere nächsten Schritte. Ich habe ein wenig Erfahrung bei der Erarbeitung von Täterprofilen ...« Sie ignorierte Tommys süffisantes Grinsen. »Ich werde also ein solches Profil ausarbeiten. Damit das Ganze aber keine theoretische Spielerei wird, brauche ich jede Menge gesicherter Inputs. Da wir nichts haben, was auf signifikante Gemeinsamkeiten bei den Geschädigten schließen läßt, muß ich einfach den Finger in die Luft halten und davon ausgehen, daß wir es eher mit einem sogenannten Kick-Sucher als mit einem bezahlten Handlanger zu tun haben. Also werden wir uns auf junge Männer konzentrieren. Unser Täter ist vermutlich arbeitslos, Single und lebt noch bei seinen Eltern. Psychogeschwafel von sozialer Benachteiligung und dergleichen sparen wir fürs erste aus. Wir suchen einen Burschen mit einem Strafregister wegen gelegentlicher Gewalttätigkeit, Vandalismus, Sachbeschädigung – irgendwas in der Art. Vielleicht auch sexuelle Belästigung. Einer, der gern zuschaut oder zu Exhibitionismus neigt. Straßenräuber, Einbrecher und Strichjungen scheiden aus. Wir haben es mit einem Kerl von der üblen Sorte zu tun, er war vermutlich schon als Kind auf der schiefen Bahn. Wahrscheinlich hat er kein Auto, also besteht eine gewisse Chance, daß er innerhalb eines Gebiets wohnt, das wir durch die am weitesten außen gelegenen Brandorte eingrenzen können. Ich nehme an, er wollte die Brände beobachten. Also müssen wir prüfen, von wo aus er das am besten tun konnte und wer ihn dort möglicherweise gesehen hat.«
Ein Klopfen unterbrach Carol. »Herein.«
John Brandon. Carol sprang auf, Tommy wäre beinahe über seine eigenen Beine gestolpert, Lee schlug sich den Ellbogen

an, so hastig stieß er sich vom Schrank ab, nur Di Earnshaw blieb ungerührt mit verschränkten Armen stehen. Kunststück, hinten an der Wand kann man leicht cool sein.

»Tut mir leid, Sie zu unterbrechen, DCI Jordan«, sagte Brandon in liebenswürdigem Ton. »Einen Augenblick Zeit.«

»Sicher, Sir. Wir sind so gut wie fertig. Ihr drei wißt, worauf es mir ankommt, fangt schon mal an.«

Die drei Officer verließen den Raum, Brandon bedeutete Carol, wieder Platz zu nehmen, setzte sich in den Besuchersessel, schlug die langen Beine übereinander und kam ohne Formalitäten zur Sache. »Dieses Feuer am Wardlaw, bei dem es einen Toten gegeben hat ...«

Carol nickte. »Ich war bereits am Brandort.«

»Das habe ich gehört. Vermutlich Ihr Serientäter, wie?«

»Ich denke, ja. Alle Anzeichen sprechen dafür. Ich warte noch auf den Bericht der Brandfahndung. Aber Jim Pendlebury, der Feuerwehrchief, ist wie ich der Ansicht, daß es gewisse Ähnlichkeiten mit früheren Brandfällen gibt.«

John Brandon nagte an der Unterlippe. Ein Zeichen dafür, daß er sich unbehaglich fühlte. »Ich weiß, wir haben darüber schon gesprochen, und Sie waren überzeugt, daß Sie das selbst erledigen können. Carol, ich weiß, daß Sie verdammt gut sind. Trotzdem möchte ich, daß Tony Hill sich die Sache ansieht.«

Carol spürte, daß ihr siedend heiß wurde. »Dazu sehe ich im gegenwärtigen Stadium keine Veranlassung.«

»Das soll kein Zweifel an Ihrer Kompetenz sein«, versicherte ihr Brandon.

»So hört sich's aber an, wenn Sie mir die Bemerkung gestatten, Sir.« Carol war durch den kleinen Schlagabtausch mit Tommy Taylor ohnehin gereizt, und jetzt kam auch das noch dazu. »Wir haben ja noch nicht mal richtig mit den Ermittlungen begonnen. Möglicherweise können wir die Sache in

wenigen Tagen aufklären. So groß kann das Potential an Serienbrandstiftern in einem Ort wie Seaford doch kaum sein.«
Brandon setzte sich anders hin, als wolle er demonstrieren, daß er's mit seinen langen Beinen auf Büromöbeln besonders schwer habe. »Ich stecke in einer Zwickmühle. Ich habe noch nie viel von blindem Gehorsam gehalten. Ich glaube, daß ein Officer effektiver mitarbeiten kann, wenn er die Gründe für eine Anordnung kennt. Aber wenn es um eine andere Dienststelle geht und ich ausdrücklich um vertrauliche Behandlung gebeten wurde, habe ich das auch dann zu respektieren, wenn ich beim besten Willen keinen Grund für Geheimniskrämerei sehe. Stimmen Sie mir soweit zu?«
Carol runzelte die Stirn. »Dann erlauben Sie mir bitte eine Hypothese. Ich nehme an, es geht darum, daß die neu eingerichtete Spezialgruppe eine Gelegenheit sucht, ihre Officer ergänzend zur theoretischen Ausbildung praktisch zu schulen. Wenn im Zusammenhang damit ausdrücklich um Vertraulichkeit gebeten wurde, kann ich mir das nur so erklären, daß die Spezialgruppe den wahren Grund für ihr Interesse nicht offenlegen will.«
Brandon lächelte dankbar. »Rein hypothetisch gesehen, ja.«
Carol lächelte nicht zurück. »Es geht also um eine Art Versuchsballon. Nur, dann hätten Sie nicht ausgerechnet meine Abteilung aussuchen sollen.« Und nach einem etwas zu lang geratenen Luftholen hängte sie ein »Sir« dran.
Brandon sah sie überrascht an. »Warum nicht?«
Carol dachte einen Augenblick lang nach. Sie verdankte Brandon viel, nicht zuletzt ihre rasche Karriere. Und sie war insofern in einer nicht gerade optimalen Position, als sie die wahren Gründe ihres Zögerns ebenfalls nicht offen aussprechen wollte. »Meine Gruppe ist noch ein frisch zusammengewürfelter Haufen. Ich versuche gerade, die Grundlage für eine vertrauensvolle Zusammenarbeit zu schaffen, und da ist

es nicht besonders hilfreich, wenn mir der erste wichtige Fall weggenommen wird, bevor wir uns überhaupt damit beschäftigen können.«

»Niemand will Ihnen den Fall wegnehmen, Chief Inspector.« Die Retourkutsche für das förmliche Sir. »Wir reden über eine beratende Unterstützung durch die NOP Task Force.«

»Die aber den Eindruck erwecken kann, daß Sie kein Vertrauen zu mir haben«, ergänzte Carol.

»Das ist Unsinn. Wenn das so wäre, warum hätte ich Sie dann für diesen Posten vorgeschlagen?«

Carol schüttelte ungläubig den Kopf. Brandon war tatsächlich ein ahnungsloser Engel. »Nun, die Klatschmäuler haben dafür bestimmt eine Erklärung parat.«

Brandons Augen weiteten sich, als ihm klar wurde, worauf sie hinauswollte. »Sie glauben …? Das ist doch lächerlich. So etwas Absurdes habe ich noch nie gehört.«

»Wenn Sie meinen, Sir.« Carol fuhr sich nervös durchs Haar. »Ich glaube nicht, daß ich mir das aus den Fingern sauge.«

Brandon sah ehrlich erschüttert aus. »So etwas hätte ich nie für möglich gehalten. Es liegt doch für jeden auf der Hand, daß Sie die Beförderung ausschließlich Ihren Leistungen verdanken.« Er nagte wieder an der Unterlippe. »Dadurch wird alles noch ein bißchen schwieriger, als es vorher schon war.« Er starrte ein paar Sekunden ins Leere, dann gab er sich einen Ruck. »Also gut – in aller Offenheit, aber nur für Ihre Ohren bestimmt. Es gab ein paar Probleme zwischen Paul Bishop und politisch einflußreichen Leuten, die keinen Hehl daraus gemacht haben, daß man in East Yorkshire keinen Bedarf für neumodischen Schnickschnack wie seine Profilergruppe habe. Er hat also dringend einen spektakulären Fall gebraucht, bei dem sein Team sich in der Praxis bewähren kann. Aus naheliegenden Gründen wollte er am Anfang andererseits nichts allzu Spektakuläres haben, also keinen Serienkiller oder eine Serie von Vergewaltigungen. Er hat sich an mich gewandt, und ich habe ihm Ihren Serienbrandstifter angeboten. Und zwar schon bevor eine Brandstiftung mit Todesfolge daraus wurde.«

Carol hoffte, daß sich ihr Ärger nicht allzudeutlich in ihrer Miene widerspiegelte. Immer dasselbe. Kaum gab's eine Chance, ihre Leute zu einem Team zusammenzuschweißen, da wurde ihr der Fall weggenommen. »Jetzt ist es ein Mordfall. Etwas wesentlich Spektakuläreres werde ich kaum bekommen. Daher muß ich darauf bestehen, daß ich die Leitung bei dem Fall habe. Das bin ich meiner Selbstachtung schuldig, vom Respekt meiner Leute vor mir ganz zu schweigen. Ich möchte nicht wie ein Lakai der Profilergruppe dastehen.« Sie atmete tief durch, dann zuckte sie resignierend die Schultern. »Sie haben eine Anordnung getroffen, es ist selbstverständlich, daß ich mich korrekt daran halten werde.«

Brandon sah erleichtert aus, als er aufstand. »Danke, Carol, ich weiß Ihr Verständnis zu schätzen.« Unter der Tür wandte er sich noch einmal um. »Merkwürdig, ich hätte geschworen, daß Sie die Gelegenheit begrüßen, wieder mit Tony Hill zu arbeiten. Bei den Bradfield-Morden hat Ihre Zusammenarbeit doch ausgezeichnet geklappt.«

Sie verließ sich darauf, daß ihre Muskeln von selber so etwas wie ein Lächeln zustande brachten. »Meine wenig begeisterte Reaktion hatte nichts mit Dr. Hill zu tun«, sagte sie. Aber sie hatte Zweifel, daß Brandon ihr das abnahm.

»Ich werde Bishop wissen lassen, daß Sie sich mit der Gruppe in Verbindung setzen«, sagte Brandon und drückte die Tür hinter sich zu.

Carol starrte ihm grimmig nach. »Ich kann's kaum abwarten.«

Shaz kam mit Schwung in die Eingangshalle der Dienststelle gelaufen und grinste den uniformierten Officer am Empfangstisch erwartungsvoll an. »DC Bowman, Profilergruppe. Für mich ist ein Päckchen abgegeben worden.«
Der Constable sah sie skeptisch an. »Hier?«
»Richtig.« Sie schielte auf die Uhr. »Der Nachtkurier sollte es abliefern, bis spätestens neun Uhr. Und wenn meine Uhr richtig geht, ist es jetzt zehn nach …«
»Da müssen Sie sich woanders beschweren, meine Liebe, hier liegt nämlich nichts für Sie.« Sein Ton verriet, wie er es genoß, einer dieser forschen jungen Frauen mal zu zeigen, was Sache war. Und daß es eine aus dieser neuen Task Force war, machte es geradezu zum Hochgenuß.
Shaz' gute Laune war wie weggeblasen. Sie benutzte das Treppenhaus als Jogginggelände und murmelte, während sie sich in den fünften Stock hochquälte, im Takt mit dem Herzschlag, der ihr in den Ohren widerhallte, verbiestert »Verlaß-dich-nie-auf-an-de-re« vor sich hin.
Im Computerraum saß nur Simon. Sie murmelte ihm irgend etwas zu, was er bei gutem Willen als Guten-Morgen-Gruß deuten konnte, ließ sich an ihrem Arbeitsplatz frustriert in den Drehstuhl fallen, griff zum Telefon und tippte Chris' Nummer ein. »Mist, verdammter.« Nur der Anrufbeantworter. Sie kramte ihr Notizbuch aus der Umhängetasche und suchte Chris' Durchwahlnummer im New Scotland Yard heraus.
Chris nahm beim zweiten Läuten ab. »Devine.«
»Hier ist Shaz.«
»Ach, du. Hör zu, was du auch willst, die Antwort ist nein. Ich hatte noch nie so dreckige Finger wie nach dieser gestrigen Aktion. Das Durchstöbern von alten Zeitungen kommt bestimmt nie auf die Liste der Dinge, mit denen ich den Tag am liebsten anfange.«

»Ich bin dir sehr dankbar, das weißt du. Nur, hier ist noch nichts angekommen.«

Chris schnaubte. »Sonst noch was? Hör mal, als ich's endlich geschafft hatte, war's zu spät für den Nachtkurier. Das Paket kommt irgendwann vormittags bei dir an, okay.«

»Das muß es auch. Ich muß morgen mein Ergebnis vortragen.«

Chris lachte. »Reg dich ab, sonst holst du dir noch ein Magengeschwür. Wo liegt das Problem? Du hast doch die ganze Nacht Zeit, das Zeug durchzuarbeiten. Nimm's locker. Es geht ja nicht um Leben und Tod.«

»Das will ich hoffen«, murmelte Shaz in die tote Leitung.

»Probleme?« Simon pflanzte sich neben ihr auf und schob ihr einen Becher Kaffee hin. Shaz zuckte die Achseln. »Es geht um das Zeug, das ich noch durchlesen muß, ehe Tony morgen von uns hören will, was wir von seinen dreißig Fällen halten.«

Simon wurde hellhörig. »Und? Ist dir da was aufgefallen?«

Shaz grinste bösartig. »Na hör mal! Sag bloß, dir nicht.«

»Doch, natürlich«, behauptete Simon. »Auf den ersten Blick.«

»Du hast also auch gemerkt, daß es da eine verdächtige örtliche Ballung gibt.« Sie sah ihn förmlich rätseln, was sie wohl meinen könnte. Eine Weile beobachtete sie amüsiert Simons angestrengtes Mienenspiel, dann platzte sie lachend heraus: »Okay, Simon, war kein schlechter Versuch.«

Er grinste. »Eins zu null für dich, Shaz. Sagst du mir, was du rausgefunden hast, wenn ich dir ein Abendessen spendiere?«

»Das erfährst du morgen, wie alle anderen. Aber einen Drink vor dem Curry am Samstag abend würde ich nicht ablehnen.«

Simon hielt ihr die Hand hin. »Abgemacht, DC Bowman.«

Shaz schlug grinsend ein.

Es fiel ihr schwer, sich auf den Bildschirm ihres Computers zu konzentrieren, denn sie mußte immer wieder an das Päckchen denken, auf das sie wartete. In der Kaffeepause rannte sie die fünf Treppen hinunter ins Erdgeschoß. Gott sei Dank, es war da. Auf dem Empfangstisch lag eine über und über mit Paketklebeband zugepflasterte Archivbox. »Ich wollte schon die Sprengstoffexperten rufen«, knurrte der diensttuende Officer. »Wir sind auf einer Polizeidienststelle, nicht auf dem Postamt.«

»Um so besser. Dem Streß wären Sie nie gewachsen«, gab Shaz ihm eins drauf. Sie schleppte das Paket auf den Parkplatz, öffnete den Kofferraum, wuchtete es hinein und schielte rasch auf die Uhr. Wenn sie sich beeilte, schaffte sie's, wenigstens einen Blick hineinzuwerfen, bevor die Pause zu Ende war. Hastig riß sie das Klebeband mit den Fingern auf, bis sie den Kartondeckel auf der einen Seite ein Stück anheben konnte.

Ihr Magen verkrampfte sich. Der Karton war randvoll mit Fotokopien. Im ersten Augenblick dachte sie daran, ihren Verdacht einfach zu vergessen. Aber dann sah sie im Geiste die Gesichter der sieben Teenager – Gesichter, in denen sie so viele Hoffnungen las. Es mochte auch Enttäuschungen gegeben haben, aber nur eine davon hatte sie das Leben gekostet. Hier ging es nicht nur um eine Übungsaufgabe. Irgendwo dort draußen trieb ein eiskalter Mörder sein Unwesen. Und es schien nur einen Menschen zu geben, der etwas von seiner Existenz ahnte. Sie, Detective Constable Shaz Bowman. Und wenn sie sich die ganze Nacht um die Ohren schlagen mußte, das, zumindest das war sie den verschwundenen Mädchen schuldig.

Carol erschrak, als sie sah, wie tief der Schmerz seine Spuren in Tony Hills Gesicht eingegraben hatte. Sie kannte ihn so lange, aber sie hätte nicht gedacht, daß das Erlebnis der Todesnähe ihn so erschüttern konnte. Sie hatte immer geglaubt, er sei wie sie – besessen davon, Zusammenhänge zu erkennen und Erklärungen zu suchen, getrieben vom Schaudern der Erinnerung an all die Dinge, die Leute in ihrem Beruf sehen, hören und tun mußten. Sie fragte sich nachträglich, ob sie ihm wohl seinerzeit anders begegnet wäre, wenn sie geahnt hätte, was hinter diesen dunklen, bekümmerten Augen vorging.

Natürlich hatte er dafür gesorgt, daß sie bei dieser ersten Begegnung seit Monaten nicht allein waren. Paul Bishop, der sie in der Lobby begrüßte, ließ seinen berühmten, von den Medien überaus geschätzten Charme spielen, nahm ihr – durch und durch Gentleman der alten Schule – die beiden schweren Aktentaschen ab und versicherte: »Ich kann Ihnen gar nicht sagen, wie sehr ich mich freue, John Brandons beste und gescheiteste Mitarbeiterin kennenzulernen. Ihr Ruf ist Ihnen vorausgeeilt, kein Wunder bei Ihren eindrucksvollen Erfolgen. Hat John mal erwähnt, daß wir Jahrgangskameraden an der Stabsakademie waren? Ein Mann mit dem richtigen Riecher für junge Talente.«

Unwillkürlich ließ Carol sich von seinen Schmeicheleien anstecken und fühlte sich bemüßigt, nun ihrerseits Brandons Loblied zu singen. »Es war mir immer ein Vergnügen, mit Mr. Brandon zusammenzuarbeiten. Und wie lassen sich die Dinge hier bei der neuen Spezialgruppe an?«

»Oh, Sie werden das gleich selber erleben«, antwortete Bishop ausweichend und begleitete sie in den Fahrstuhl. »Tony stimmt wahre Lobeshymnen auf Sie an. Wie angenehm er die Zusammenarbeit mit Ihnen stets empfunden hat …« Ein wissendes Lächeln. »Und dergleichen mehr.«

Nun wußte Carol, daß er ihr Honig ums Maul schmieren wollte. Sie zweifelte nicht daran, daß Tony Respekt vor ihrer dienstlichen Leistung hatte, aber von einer angenehmen Arbeitsatmosphäre hatte er sicher nicht gesprochen, das wäre ihm zu persönlich erschienen. Sie vermutete eher, daß er überhaupt nicht viel von ihr erzählt hatte, weil sonst womöglich auch der Fall des Bradfield-Mörders zur Sprache gekommen wäre, und das bedeutete unvermeidlich, Dinge zu berühren, die nur sie und ihn etwas angingen. Wie sie sich in Tony verliebt hatte, er aber wegen seiner sexuellen Probleme geglaubt hatte, ihre Gefühle nicht erwidern zu können. Und wie alle Hoffnung, daß sie doch noch einen Weg zueinander fänden, an der Brutalität eines Mörders erstickt war. Davon hätte Tony nie im Leben einem Dritten etwas erzählt, ebensowenig, wie sie das getan hatte.

Bishop drückte den Knopf für den fünften Stock und lächelte sie gewinnend an. Wenn ich ein Mann wäre, dachte sie kühl, hätte er mir lediglich gesagt, in welchen Stock ich fahren muß.

»Es ist eindeutig ein Bonus, daß Sie bereits mit Tony zusammengearbeitet haben. Unsere jungen Officer können viel lernen, wenn sie sehen, wie Sie sich ständig austauschen und wie einer den anderen braucht.«

»Sie kennen meine Methoden, Watson«, zitierte Carol mit ironischem Lächeln.

Bishop sah sie irritiert an, dann war der Groschen gefallen. »Äh – ja.« Die Fahrstuhltüren schwangen auf. »Da hinüber, bitte. Wir nehmen erst eine Tasse Kaffee, nur wir drei, dann wird Tony mit Ihnen das erste Kontaktgespräch führen, sozusagen als Lehrvorführung für unsere Officer.« Er führte Carol ein Stück weit den Flur hinunter und hielt ihr schließlich die Tür zu einem Raum auf, der die Ähnlichkeit mit einem leicht heruntergekommenen Klassenzimmer nicht verleugnen konnte.

Tony, den Kaffeefilter in der einen, den Löffel in der anderen

Hand, wirbelte herum und sah sie mit großen Augen stumm an. Auf ihrem Gesicht breitete sich ein Lächeln aus. »Tony! Schön, daß wir uns nach so langer Zeit mal wiedersehen.«
»Carol.« Der Löffel rutschte ihm aus der Hand und fiel klappernd auf den Tisch. »Du siehst ... Ich wollte sagen: Sie sehen gut aus.«
Sie hätte lügen müssen, um dasselbe von ihm zu behaupten. Er kam ihr blaß vor, wenn auch nicht mehr ganz so blaß, wie sie ihn in Erinnerung hatte. Die dunklen Schatten unter seinen Augen gaben Zeugnis davon, daß er selbst heute noch keine Nacht durchschlafen konnte. Aber die Blutergüsse damals, nachdem der Serienmörder gefaßt worden war, hatten schlimmer ausgesehen. Seine Augen spiegelten nicht mehr die Qualen wider, die er durchlitten hatte, jedenfalls nicht mehr so deutlich, aber sie las darin, wie sehr ihn die Erinnerungen immer noch bedrückten. Trotzdem hätte sie in diesem Moment nichts lieber getan, als ihn zu küssen.
Sie stellte die Aktentaschen auf den Tisch, deutete auf die Kaffeekanne und fragte: »Krieg ich was von dem Gebräu ab?«
»Stark, schwarz und ohne Zucker?« vergewisserte er sich mit der Andeutung eines Lächelns.
»Aha«, meinte Bishop, »wie haben Sie das geschafft?« Er ließ sich – nicht ohne sorgsam die Hosenbeine hochzuziehen, damit sie nicht in Kniehöhe ausbeulten – auf einem durchgesessenen Polsterstuhl nieder. »Bei mir vergißt Tony von einem zum anderen Mal, wie ich ihn trinke.«
»Bei unserer Zusammenarbeit in Bradfield mußten wir uns darin üben, uns jedes Detail unvergeßlich einzuprägen«, sagte sie.
Tony warf ihr einen dankbaren Blick zu, dann wandte er sich ab, um den Kaffee einzuschenken. »Übrigens – danke, daß Sie mir die Akten so rasch zugeschickt haben«, sagte er über

die Schulter. »Ich hab sie kopieren und in der Gruppe zum Vorabstudium verteilen lassen.«

»Sehr schön. Und wie soll das Ganze ablaufen?« fragte Carol. »Ich meine, wie wollen Sie die Officer aus Ihrer Gruppe einbeziehen?«

Tony konnte im Augenblick nicht antworten, er mußte sich auf die drei Kaffeebecher konzentrieren, die er auf seinen Händen vor sich her balancierte. Bishop nutzte die Gelegenheit, sich als Teamchef in Erinnerung zu bringen.

»Sechs Officer – selbst wenn Sie gewillt wären, uns soviel Ihrer kostbaren Zeit zu opfern, scheint es mir nicht nötig, daß jeder seinen Senf dazu abgibt. Dem Ausbildungszweck wird Genüge getan, wenn sie sich anhören, wie Tony und Sie das abwickeln. Anschließend können sie Fragen stellen, wenn's unbedingt sein muß. Sobald Tony dann ein Täterprofil erarbeitet hat – in einigen Tagen, denke ich –, schickt er es Ihnen zu, und dann bleibt uns nur noch zu hoffen, daß es möglichst bald zu einer Festnahme kommt. Ach ja – und wenn Sie uns später die Tonbänder von Vernehmungen der Verdächtigen zur Verfügung stellen, würden wir die gern zur Schulung der Gruppe verwenden.« Sein Lächeln ließ keinen Zweifel daran, daß die Ablehnung seiner Bitte einem Affront gleichkäme.

Carol zögerte. »Ich weiß nicht, ob das möglich ist. Vermutlich müssen Sie damit bis nach dem Prozeß warten. Und auch dann brauchen wir wahrscheinlich das Einverständnis der Vernommenen. Ich werde mich erkundigen.«

Bishops Wangenmuskeln zuckten. »Wir werden uns ja wohl nicht sklavisch an solche Formalitäten halten.« Von seiner Jovialität war nichts mehr zu spüren. »Wie ich Mr. Brandon kenne, teilt er meine Meinung.«

»Die Leitung der Ermittlungen liegt bei mir, Commander. Hier geht es nicht um die Schulung Ihrer Gruppe, sondern um die Aufklärung eines Verbrechens. Ich kann nicht das Risiko eingehen, daß ein geschickter Anwalt die Verurteilung eines Serienbrandstifters, der zudem den Tod eines Menschen verschuldet hat, an Formfehlern bei der Untersuchung scheitern läßt.«

»Sie hat recht«, stimmte Tony ihr zu. »Letztendlich muß Carol vor Gericht für formale Fehler geradestehen.«

»Nun gut.« Bishop ließ seinen Kaffee stehen, stand auf und wandte sich zur Tür. »Regeln Sie das untereinander. Mich bitte ich zu entschuldigen, ich muß vor dem Seminar noch einige wichtige Telefonate führen. Wir sehen uns später, DCI Jordan.«

Carol grinste. »Wetten, daß er, noch bevor er seinen Hintern im Schreibtischsessel untergebracht hat, Brandon an der Strippe hat?«

Tonys Augen glitzerten amüsiert, trotzdem schüttelte er den Kopf. »Glaube ich nicht. Paul mag's nicht, wenn man ihm in die Parade fährt, aber er hält sein Pulver für die großen Schlachten trocken.«

»Nicht wie ich, die immer gleich aus der Haut fährt, eh?«

»Sie gibt's eben nur einmal, Carol.« Er sah sie an – sie hätte nicht sagen können, wie, aber es ging ihr durch und durch. »Ehrlich, ich hab's sehr bedauert, daß Sie nicht zu unserem Team gehören wollten.«

Sie zuckte die Schultern. »Nicht das, was ich mir vom Polizeidienst erträume, Tony. Natürlich, die spektakulären Fälle hätten mich gereizt, aber ich will nicht ständig ein Leben in der Vorhölle führen.«

Tony verstand, was sie meinte. Er drehte den Kopf zur Seite, hüstelte und sagte: »Nun, jedenfalls freut's mich, daß wir wieder zusammenarbeiten. Das war der Grund, warum ich darum gebeten habe, daß wir bei Ihrem Fall mitarbeiten können. Obwohl mir klar war, daß Sie nicht gerade darauf bren-

nen, uns einzuschalten. Es geht schließlich nur um einen Serienbrandstifter, auch wenn es jetzt unglücklicherweise einen Toten gibt. Meine Gruppe profitiert davon, wenn sie Ihnen über die Schulter sehen kann. Es gibt nicht viele, die ihre Arbeit so gut machen wie Sie.« Er sah verlegen zu Boden und versuchte schnell, das Thema zu wechseln. »Wie fühlen Sie sich denn im Seaforder Moor? Ist ein bißchen wie in der Steinzeit, wie?«
Carol zuckte die Achseln. »Fehlen nur noch die Dinosaurier. Fragen Sie mich in einem halben Jahr.« Sie warf einen Blick auf die Uhr. »Wann müssen wir im Seminarraum sein?«
»In ein paar Minuten.«
»Hätten Sie hinterher Lust auf einen Lunch?« Den beiläufigen Ton hatte sie während der Herfahrt immer wieder geübt.
»Geht leider nicht.« Es schien ihm ehrlich leid zu tun. »Wir essen immer gemeinsam, die ganze Gruppe. Aber was ich Sie fragen wollte ...«
»Ja?« Langsam Carol, nicht zuviel Begeisterung zeigen.
»Haben Sie's eilig, wieder nach Seaford zu kommen?«
»Überhaupt nicht.« Ja, ja! hämmerte ihr Herz. Gleich wird er mich zum Dinner einladen.
»Es wäre schön, wenn Sie Zeit hätten, auch am Nachmittagsseminar teilzunehmen.«
Ihre Hoffnungen waren zerronnen. Aber sie schaffte es, sich nichts von ihrer Enttäuschung anmerken zu lassen. »Gern. Liegt irgendwas Besonderes an?«
»Ich hab der Gruppe eine Art Hausaufgabe gegeben. Sie werden heute ihre Ergebnisse vortragen, und ich glaube, es wäre für die Officer hilfreich, wenn jemand aus Sicht der praktischen Polizeiarbeit zu ihren Analysen Stellung nimmt.«
»Ja, gut.«
Tony brauchte einen kleinen innerlichen Anlauf, ehe er her-

ausbrachte: »Und hinterher, hab ich gedacht, könnten wir vielleicht einen Drink nehmen?«

Die Konzentration und die Hoffnung, tatsächlich auf irgend etwas Wichtiges zu stoßen, hatten Shaz' Adrenalinspiegel ansteigen lassen. Obwohl sie in der Nacht nur drei Stunden geschlafen hatte, fühlte sie sich aufgekratzt wie ein Raver auf dem Amphetamintrip. Kaum zu Hause angekommen, hatte sie die Fotokopien auf dem Teppichboden des Wohnzimmers ausgelegt und sich in die Lektüre vertieft. Als ihr der Bote vom Pizza-Service abends die bestellte 22er-Margerita lieferte, war sie so in Gedanken, daß das Schlitzohr ihr die 25er mit extra dickem Belag berechnen konnte, ohne daß sie's merkte. Gegen ein Uhr morgens hatte sie bis auf die Veranstaltungsanzeigen und die Sportseiten alles gründlich durchgeackert. Ohne Erfolg, ihr Verdacht schien also nur eine trügerische Hoffnung gewesen zu sein. Sie machte ein paar Dehn- und Streckübungen, um den verspannten Rücken zu lockern, rieb sich die übermüdeten Augen und ging in die Küche, um sich noch eine Thermoskanne Kaffee zu kochen.

Gestärkt nahm sie sich die Sportseiten vor. Vielleicht war's jemand aus einer Fußballmannschaft, der immer bei einem Auswärtsspiel zugeschlagen hatte? Oder ein Spieler, der von einem Verein zum anderen gewechselt hatte? Sportler waren heutzutage mobil – Golfspieler, Teilnehmer an Bridgemeisterschaften … weiß der Himmel, wer alles. Als sie mit den Sportseiten durch war, zitterte Shaz vor Erschöpfung, Koffeinmißbrauch und der Ahnung des nahen Mißerfolges.

Darum glaubte sie zunächst an Halluzinationen, als sich zum ersten Mal eine Verbindung abzeichnete. Zumal es eine so abwegige Möglichkeit war, daß Shaz, ohne es zu wollen, haltlos zu kichern begann. »Das ist Irrsinn«, murmelte sie leise und sah den Stapel Kopien aus sieben Lokalzeitungen noch mal durch, um wirklich sicher zu sein, daß nicht alles nur Einbildung war. Zu guter Letzt drückte sie sich steifbeinig hoch, lockerte rasch die Muskulatur und fing schon auf dem Weg ins Schlafzimmer an, sich die Kleidung vom Leib zu streifen. Begreifen konnte sie's immer noch nicht, morgens um halb vier weigert sich der Verstand, etwas derart Verrücktes ernst zu nehmen. Sie stellte den Wecker auf halb sieben, ließ sich bäuchlings aufs Bett fallen und war Sekunden später eingeschlafen.

Ein erholsamer Schlaf wurde es nicht. Sie träumte von einer Fernsehshow, bei der die Sieger sich aussuchen konnten, wie sie umgebracht werden wollten. Als der Wecker schrillte, gaukelte die überhitzte Fantasie ihr vor, das letzte Warnsignal eines elektrischen Stuhls zu hören. Immer noch halb von Schlaf umfangen, kam ihr das, was sie aus den Zeitungen ausgegraben hatte, wie ein nächtliches Hirngespinst vor. Sie stieß die Daunendecke zurück und schlich auf Zehenspitzen ins Wohnzimmer, als fürchte sie, die Kopien könnten bei einem festen Schritt zu Staub zerfallen.

Sieben Stapel aus fotokopierten Zeitungsseiten. Obenauf lag jeweils die Seite mit dem örtlichen Veranstaltungskalender. Und jedesmal wurde in einer Anzeige das persönliche Erscheinen desselben Mannes angekündigt. Wie Shaz es auch drehte und wendete, es sah danach aus, als habe dieser von seinen Verehrern vergötterte Mann irgend etwas mit dem Verschwinden der letzten sieben Mädchen zu tun. Und damit auch, wie zu befürchten war, mit ihrer Ermordung.

Und das sollte sie nun den anderen klarmachen.

Micky fand bald heraus, daß es gar nicht so schwierig war, den Schwanz mit dem Hund wedeln zu lassen. Sie mußte nur bei ihren Besuchen in dem Rehazentrum, in dem Jacko sich im Gebrauch seines künstlichen Arms übte, darauf achten, jedesmal

die Tür hinter sich zuzumachen und sich dann so dicht neben ihn zu setzen, daß sie, wenn ein Arzt oder eine Schwester hereinkamen, auseinanderfahren und glaubwürdig Verlegenheit mimen konnten. Was ihnen prompt jeder abkaufte.
Wenn sie Jacko aus der Redaktion anrief, überzeugte sie sich vorher davon, daß sich möglichst viele Kollegen in der Nähe aufhielten – die sicherste Gewähr dafür, daß irgend jemand etwas mitbekam. Wenn sie dann noch besonders lieb ins Telefon flötete, ihn möglichst oft mit Namen anredete und hin und wieder die Stimme senkte, wurde sogar dem Begriffsstutzigsten irgendwann klar, daß er Ohrenzeuge eines Liebesgeflüsters geworden war.
Zum Steigbügelhalter ihrer gezielten Indiskretion wählte sie den befreundeten Redakteur eines nicht sonderlich auflagenstarken, dafür um so skrupelloseren Skandalblättchens, das drei Tage später prompt mit der Schlagzeile JACKOS NEUE LIEBE DIE ZIELSCHEIBE PERVERSER ATTACKEN aufmachte.

> Vandalismus und anonyme Briefe machen Jacko Vance' neuer Liebe das Leben zur Hölle. Es ist kaum zu fassen, was die Fernsehjournalistin Micky Morgan seit Beginn ihrer Romanze mit dem Mann, dessen heldenhaftes Verhalten im Chaos auf der M 1 unvergessen ist, alles angetan wurde. Ihr Auto wurde mit Farbbeuteln beworfen. In ihrem Briefkasten lagen tote Mäuse und Vögel. Anonyme Briefe von unvorstellbarer Gehässigkeit waren an der Tagesordnung.
> Das Paar hatte sich bei einem Fernsehinterview nach Jackos tragischem Unfall auf der M 1 im Krankenhaus kennengelernt, nachdem er, selbst schwer verletzt, bei dem mutigen Versuch, Menschenleben zu retten, einen Arm verloren hatte.

Damit war für den einstigen Weltrekordhalter im Speerwerfen alle Hoffnung auf das schon zum Greifen nahe olympische Gold zerronnen.
Beide haben lange versucht, ihre Beziehung geheimzuhalten. Doch jetzt hat uns die attraktive blonde Micky, 25, Starreporterin des Magazins *Die Welt um sechs* exklusiv enthüllt, welchem Martyrium sie seit Beginn der Affäre ausgesetzt war.
»Es ist ein Alptraum«, klagte Micky gestern abend in ihrem gepflegten Heim in Westlondon. »Wir haben keine Ahnung, wer dahintersteckt. Ich bete darum, daß dieser Wahnsinn endlich aufhört.«
»Wir haben unsere Beziehung geheimgehalten, weil wir uns erst besser kennenlernen wollten, und zwar, ohne daß uns die Öffentlichkeit auf Schritt und Tritt belauert. Wir lieben uns sehr. Privat ist Jacko noch hinreißender, als er sich in der Öffentlichkeit gibt. Er ist ein so liebenswürdiger, tapferer Mensch. Ich kann nicht verstehen, was jemanden zu solchen herzlosen Attacken treibt.«
Jacko, der sich zur Zeit in Londons renommierter Martingale Klinik einer intensiven Rehabilitations- und physiotherapeutischen Behandlung unterzieht, ließ durch einen Sprecher erklären: »Ich bin entsetzt, daß jemand Micky derart scheußliche Dinge antut. Sie ist die wundervollste Frau, die ich kenne. Ich kann nur hoffen, daß die Polizei sich diesen Kerl vornimmt, bevor ich es tue.«
Jacko, der seine Beziehung zu *(Forts. auf S. 4)* …

Ein paar Wochen lang war die Presse hinter Micky und Jacko her wie der Teufel hinter der armen Seele, dann erlahmte das Interesse allmählich, wurde aber, sobald es Neuigkeiten zu berichten gab, sofort wieder hellwach. An Futter für die Boulevardpresse mangelte es nicht: Jackos Entlassung aus der Reha-Klinik, seine Verpflichtung als Sportreporter, Mickys neues Engagement beim Frühstücksfernsehen, Jackos freiwilliger Einsatz für Behinderte und Schwerkranke … Beide lernten schnell, daß es kein wirksameres Mittel gegen Klatsch gab, als sich möglichst oft zusammen in der Öffentlichkeit sehen zu lassen. Nachdem Micky begonnen hatte, Jacko auch bei seiner Wohltätigkeitsarbeit zu unterstützen, verbrachte er, sooft sie merkten, daß irgendein Pressehai sich an ihre Fersen heftete, die Nacht demonstrativ unter ihrem Dach. Als das knapp ein Jahr so gegangen war, beschloß Micky, ihrem Jacko mit Betsys Hilfe die Daumenschrauben anzulegen. Und bei einem gemeinsamen Abendessen zu Hause war es dann soweit.

Die Jahre, in denen Jacko sich allzuoft mit Bordverpflegung begnügen mußte, hatten seinem für kulinarische Genüsse empfänglichen Gaumen nicht geschadet. Als er den letzten Bissen gegessen hatte, lehnte er sich zurück und grinste die beiden Frauen verschlagen an. »Wenn ihr mich derart verwöhnt, um mich bei Laune zu halten, führt ihr sicher nichts Gutes im Schilde.«

Betsy lächelte spröde. »Dabei haben Sie meinen klebrigen Vanillepudding mit hausgemachtem Haselnußeis noch gar nicht probiert.«

Jacko mimte Entsetzen. »Allein die Androhung genügt für eine Klage wegen versuchter Körperverletzung.«

»Wir haben dir auch etwas anderes anzubieten«, sagte Micky.

Jacko schaukelte auf dem Stuhlbein vor und zurück. »Eine innere Stimme sagt mir, daß ihr nicht an einen Dreier denkt.«

»Der könnte zu einem ernüchternden Erlebnis für Sie werden«, sagte Betsy trocken. »Und so was schadet dem, was

Amerikaner so hübsch mit männlicher Selbstachtung umschreiben.«
»Betsy, meine Liebe, wenn Sie wüßten, was ich mit Frauen im Bett treibe, wären Sie mir für mein Desinteresse zutiefst dankbar.« Jackos Grinsen erinnerte Micky an Jack Nicholson.
»Nun ja, daß wir Ihnen unseren Vorschlag erst jetzt unterbreiten, hat tatsächlich etwas mit Ihrer in diesem Punkt bemerkenswerten Ignoranz zu tun«, sagte Betsy, schon mit dem Tischgeschirr auf dem Weg in die Küche.
»Jetzt bin ich neugierig geworden.« Jacko sah Micky durchdringend an. »Laß mal die Katze aus dem Sack.«
Wie aufs Stichwort tauchte Betsy wieder an der Küchentür auf. »Ihr zwanghaftes Bemühen, sich möglichst oft mit Micky in der Öffentlichkeit zu zeigen, ist im Grunde verschwendete Zeit. Nicht, daß es mich stört, wenn Sie mit ihr ausgehen. Aber Micky und ich würden den Feierabend lieber miteinander zu Hause verbringen.«
Jacko runzelte die Stirn. »Also alles zurück auf null?«
»Ganz im Gegenteil.« Betsy setzte sich wieder an den Eßtisch und legte ihre Hand auf Mickys. »Wir dachten eher, es wäre eine gute Idee, wenn ihr beide heiraten würdet.«
Jacko sah fassungsloser aus, als Micky ihn je gesehen hatte. »Heiraten«, wiederholte er, was sich aber schon nicht mehr nach einer Frage anhörte.

Shaz ließ den Blick durch den Seminarraum gleiten und versuchte abzuschätzen, von wem sie welche Reaktion auf den Vortrag ihrer Analyse zu erwarten hätte. Simon fand mit Sicherheit irgend etwas an ihrer Argumentation faul, schon aus Prinzip. Leon, das kannte sie bereits, würde mit spöttisch verzogenen Mundwinkeln vor sich hin qualmen und am Ende ihre Analyse zerpflücken. Von Kay erwartete sie eher kleinliches Herummäkeln an Details, der Blick fürs Ganze war nicht ihre Stärke. Von Tony dagegen erhoffte sie sich, daß er sich von der Brillanz ihrer Schlußfolgerungen beeindruckt zeigte – und unverzüglich Ermittlungen veranlaßte. Und dann kam alles, wie es kommen mußte: Sie wurde zu einer Legende. Die Frau, die den berüchtigten Serienmörder zur Strecke gebracht hatte. Das große Fragezeichen war Carol Jordan. Sie hatte heute vormittag …

Aha, es ging los, Leon machte den Anfang.

Shaz war überrascht von der Kürze seines Vortrags, und wahrscheinlich ging das nicht nur ihr so. Er räumte ein, daß es gewisse Ähnlichkeiten gebe, hielt das aber angesichts der hohen Zahl von Teenagern, die jedes Jahr in Großbritannien verschwanden, nicht für signifikant. Er hatte sich – offensichtlich mehr pflichtgemäß als aus Überzeugung – auf vier Mädchen im Westteil des Landes konzentriert, eines davon gehörte zu Shaz' Siebenergruppe. Die Übereinstimmung sah er darin, daß sie alle von einer Karriere als Model geträumt hatten. Woraus Leon den Schluß zog, daß sie vermutlich einem Pornofotografen auf den Leim gegangen und im Milieu der Hard-core-Filmemacher, wenn nicht gar im Sumpf der käuflichen Liebe geendet waren.

Langes Schweigen, dann einige lahme Kommentare aus der Gruppe und schließlich Carols sarkastische Frage: »Und wie lange, Mr. Jackson, haben Sie für diese Analyse gebraucht?«

Leon runzelte die Augenbrauen. »Nicht lange, es gab ja nicht viel zu analysieren.«

»Wenn ich die Leiterin der Ermittlungen wäre und Ihnen diese Unterlagen zur Verfügung gestellt hätte, wäre ich von einer so oberflächlichen Analyse enttäuscht«, sagte Carol. »Das ist kein Ergebnis, für das ich einen Spezialisten bemühen muß. Das hätte mir jeder meiner Officer in zwei Stunden liefern können.«

Leon starrte sie mit vor Verblüffung offenem Mund an. So

war er von Tony noch nie kritisiert worden, nicht mal von Commander Bishop. Aber bevor er aufmucken konnte, griff Tony ein: »DCI Jordan hat recht, Leon. Wir machen uns keine Freunde, wenn wir den Eindruck erwecken, als nähmen wir einen Auftrag nicht ernst. Egal, was wir von einem Fall halten, für denjenigen, der die Ermittlungen leitet, ist er wichtig. Und für die Opfer eines Verbrechens erst recht.«

»Das war doch nur eine Übung«, versuchte sich Leon herauszureden. »Hier gibt's keinen Leiter der Ermittlungen.«

»Soweit ich weiß, handelt es sich um echte Fälle«, erinnerte ihn Carol. »Diese Kids stehen tatsächlich auf der Vermißtenliste. Ist Ihnen noch nie der Gedanke gekommen, wie sehr die Eltern unter der Ungewißheit über das Schicksal ihrer Kinder leiden?«

Tony nickte. »Eben. Und um das klarzustellen: Wir haben DCI Jordan ausdrücklich gebeten, kein Blatt vor den Mund zu nehmen. So, wer trägt jetzt vor.«

Kay war dran. Shaz konnte während des Vortrags kaum ihre Ungeduld verbergen. Immerhin hatte Kay sehr fleißig verschiedene Übereinstimmungen herausgearbeitet, so daß Tony am Ende ihres Vortrags zufriedener aussah als bei Leon. »Eine gründliche Analyse«, stellte er fest, »danke, Kay.« Irgendwie schien allerdings ein unausgesprochenes ›Aber‹ in der Luft zu hängen.

Carol sprach es aus. »Ja, aber das hört sich an, als hätten Sie alles von einer höheren Warte aus beurteilt. Der Leiter einer Ermittlung erwartet Anregungen für sein weiteres Vorgehen. Eine implizite Empfehlung, wo er seine Prioritäten setzen soll. Bei Ihnen wird nicht klar, was Sie für die wahrscheinlichste Möglichkeit halten. Was soll ein Ermittler damit anfangen?«

»Um fair zu sein«, warf Tony ein, »das mag bei der theoretischen Erörterung in einem Seminar nicht ganz einfach sein, dennoch sollte ein Vorschlag für Prioritäten nicht fehlen. Möchte jemand in unserem konkreten Fall dazu etwas vorschlagen.«

Shaz beteiligte sich kaum an der anschließenden, kurzen Diskussion, dazu war sie viel zu nervös. Und ehe sie sich's versah, war plötzlich sie an der Reihe. Sie hüstelte und legte ihre Unterlagen zurecht.

»Auf den ersten Blick sieht es aus, als seien die Ähnlichkeiten oder Übereinstimmungen nicht so zwingend, daß sich überzeugend eine zusammengehörende Gruppe von Opfern herausschält. Aber bei genauerer Analyse stellte sich heraus, daß es doch eine Gruppe gibt, bei der die Übereinstimmungen auffälliger sind als bei anderen. Bitte achten Sie darauf, daß es bei der Gruppe, über die ich gleich mehr vortragen werde, zusätzlich einen stets gleichbleibenden, externen Faktor gibt, der als Indiz dafür gelten könnte, daß diese sieben Teenager alle das Opfer ein und desselben Mörders geworden sind.«

Sie blickte hoch. Kay sog verblüfft die Luft ein, Leon grinste süffisant, Tony sah alarmiert aus, aber Carol Jordan beugte sich, das Kinn in die Faust geschmiegt, interessiert vor. Shaz flocht ein kleines Lächeln ein. »Ich habe mir das nicht aus der hohlen Hand gesogen.« Sie verteilte den ersten Stapel der vorbereiteten Fotokopien.

»Sieben Fälle«, sagte sie. »Auf der ersten Seite finden Sie all das aufgelistet, was ich bei den verschwundenen Mädchen als Übereinstimmungen herausgefunden habe. Eine der bemerkenswertesten Übereinstimmungen scheint zu sein, daß die sieben Mädchen alle eine Garnitur Unterwäsche zum Wechseln mitgenommen haben, nur das. Obwohl Kids, die von zu Hause ausreißen wollen, eigentlich mehr brauchen. Und in allen Fällen trugen sie beim Verschwinden ihr bestes Kleid. Obwohl Ausreißerinnen doch eher an Trainingsschuhe und eine gefütterte Jacke für kalte Nächte auf der Straße

denken sollten. Ich weiß, daß Teenager nicht immer vernünftig handeln, aber die sieben Mädchen sind nicht Hals über Kopf von zu Hause weggelaufen. Sie mußten nicht ausreißen.«
Sie schielte hoch und sah, daß Tony ihr nun genauso aufmerksam folgte wie Carol Jordan. »Sie sind in allen Fällen morgens verschwunden, als es Zeit war, zur Schule zu gehen, wo sie aber nie angekommen sind. Und alle hatten ihren Elters etwas vorgeflunkert, bei welcher Freundin sie angeblich übernachten wollten. Zeitlich gesehen hatten sie sich damit ein Alibi für etwa zwölf Stunden verschafft. Nur eine der sieben hatte mal Schwierigkeiten mit der Polizei gehabt, wegen Ladendiebstahls, da war sie zwölf. Keine von ihnen hat übermäßig Alkohol getrunken oder regelmäßig Drogen genommen. Wenn Sie nun umblättern, finden Sie die Fotos der Mädchen, alle im gleichen Format. Schauen Sie genau hin. Drängt sich Ihnen nicht auch der Eindruck auf, daß es eine erstaunliche äußere Ähnlichkeit gibt?«
»Das ist ja 'n Ding«, murmelte Simon. »Ich kann's nicht fassen, daß mir das nicht aufgefallen ist.«
Carol meinte leicht irritiert: »Da steckt mehr als äußerliche Ähnlichkeit dahinter. Sie haben alle einen ganz bestimmten Gesichtsausdruck. Fast so was wie … sexuelle Gier.«
Leon brachte es auf den Punkt. »Die wollten keine Jungfrauen mehr sein. Das ist es, was man denen ansieht.«
»Was sie auch wollten, sie haben es bekommen«, sagte Shaz. »Die Mädchen haben an verschiedenen Orten gelebt, sie sind innerhalb eines Zeitraums von sechs Jahren verschwunden, die Abstände zwischen den einzelnen Vermißtenanzeigen variieren. Nur, äußerlich scheinen alle Opfer das Abziehbild ein und desselben Typs zu sein. Das allein wäre ein starkes Indiz, aber Tony hat uns gesagt, wir sollten auch nach potentiellen externen Verbindungsgliedern Ausschau halten.

Also nach regelmäßig zu beobachtenden Faktoren, auf die die Opfer keinen Einfluß hatten, weil sie etwas mit dem Mörder, nicht mit den Opfern zu tun haben.

Ich habe also angefangen, nach einem solchen externen Verbindungsglied zu suchen.« Shaz verteilte den zweiten Stapel Fotokopien. »Die Lokalzeitungen der Gegend, in der die verschwundenen Mädchen gewohnt haben. Ich habe den Zeitraum von zwei Wochen vor und nach dem Verschwinden überprüft. Und heute nacht – das heißt, strenggenommen war's schon heute morgen, hab ich gefunden, wonach ich gesucht hatte. Jeweils kurz bevor diese sieben Mädchen ihr Leben verloren haben, hat ein und dieselbe sehr bekannte Persönlichkeit ihren Heimatort besucht. Und ich erinnere noch mal daran: Alle sieben haben am Tag des Verschwindens ihr schickstes Kleid getragen. Wie das Teenager eben tun, wenn sie Eindruck auf einen Mann machen wollen.«

Die Andeutung war so ungeheuerlich, daß das Gemurmel in der Gruppe immer mehr anschwoll. »Ganz recht«, sagte Shaz, »ich habe es erst auch nicht glauben wollen. Ich meine, wer kauft einem schon ab, daß ein einst gefeierter Spitzensportler und heute bekannter Fernsehstar ein Serienmörder ist?« Und wer besaß dann auch noch genug Zivilcourage, die Entscheidung für Ermittlungen gegen Jacko Vance zu treffen?

Die kühle Dunkelheit schien das leise Wimmern aufzusaugen. Donna Doyle hatte noch nie soviel Angst gehabt. Und sie hatte auch nicht gewußt, daß Angst derart lähmend sein kann. Das, was hinter ihr lag, war schlimm genug gewesen, und doch war es schlimmer, nicht zu wissen, was ihr noch bevorstand.

Alles hatte so gut angefangen. Donna hatte das Geheimnis für sich behalten, obwohl es in ihr gärte, daß es ihr vorkam, als suche es mit aller Gewalt den Weg über ihre Lippen. Aber er hatte ihr ja ausdrücklich erklärt, wie wichtig absolute Vertraulichkeit bei diesem Projekt sei. Hinterher gab es zwar mit Sicherheit Ärger zu Hause, aber sie konnte sich doch eine so einmalige Chance nicht entgehen lassen. Wenn sie ins Fernsehen kam, wog das allen Ärger auf, doppelt und dreifach. Zugegeben, es war nicht schön, daß sie Mum belogen hatte, aber sie hätte doch nicht das Risiko eingehen können, daß ihre Mutter ihr alles vermasselte.

Die Schule zu schwänzen war einfach gewesen. Donna war zur gewohnten Zeit losgegangen, dann aber, statt Richtung Schule zu gehen, in die Innenstadt abgebogen und hatte sich dort in einer öffentlichen Toilette umgezogen. In der Schultasche lag, sorgfältig zusammengefaltet, statt der Bücher ihr bestes Kleid. Ein schicker Fummel, der sie älter aussehen ließ. Sie hätte glatt eine dieser sagenhaft coolen jungen Frauen bei MTV sein können. Rasch noch vor dem Spiegel das Make-up auftragen – o Mann, sie sah toll aus. An dem Abend, als er auf sie zugekommen war, hatte sie einen Alltagsfummel getragen, trotzdem hatte er auf Anhieb erkannt,

daß das Zeug zu einem Star in ihr steckte, und wie sie heute aussah, das mußte ihn einfach umhauen.
Jetzt, als sie von Schmerzen und Ängsten gepeinigt im Dunkel lag, kam ihr das wie ein schlechter Witz vor, aber heute morgen hatte es ihr Selbstvertrauen und Zuversicht gegeben. Sie hatte sich vergewissert, daß keine Nachbarn oder Mutters langweiliger Freund im Bus nach Manchester saßen, und sich einen Sitzplatz im Oberdeck gesucht, von wo sie am besten sehen konnte, wer an den Haltestellen zu- oder ausstieg.
Mitten in der Woche einen ganzen Tag zum Bummeln in Manchester zu haben war ein tolles Gefühl gewesen. Sie war durch die Kaufhäuser geschlendert, hatte sich in einem Spielsalon an den Flipperautomaten ausgetobt und auf dem Weg zum Bahnhof an einem Kiosk ein paar Rubbellose gekauft. Daß sie mit einem davon zehn Pfund gewann, bar auf die Hand, konnte nur ein gutes Omen sein. Erst als sie in den Zug stieg, fing es bei dem Gedanken an Mum wieder an, in ihrem Magen zu kribbeln.
Das Umsteigen war kein reines Vergnügen. Es wurde schon dunkel, und in Newcastle hörte sie von der Lautsprecherdurchsage kein einziges Wort. Die Leute dort redeten ganz anders als Jimmy Nail oder Kevin Whatley im Fernsehen. Wie Wesen von einem anderen Stern. Irgendwie hatte sie's doch geschafft, den richtigen Bahnsteig zu finden. Aber als sie dann im Zug nach Five Walls gesessen und gemerkt hatte, daß all die fremden Typen auf ihren kurzen Rock und das aufsehenerregende Make-up starrten, war ihr doch wieder mulmig zumute gewesen. Auf einmal waren ihr die müden Pendler wie Sittenstrolche oder Mädchenhändler vorgekommen.
Als sie endlich an der Bedarfshaltestelle Five Walls ankam, wartete er, wie versprochen, auf dem Parkplatz auf sie. Und er war richtig süß, sagte all das, was sie hören wollte, und be-

ruhigte sie, sie habe alles richtig gemacht, und morgen werde bestimmt alles prima laufen. Lieb und verständnisvoll, nicht so arrogant, wie man das bei einem, der im Fernsehen auftritt, eigentlich erwartet.

Während der Fahrt über die schmale Landstraße fragte er, ob sie, weil die Probeaufnahmen ja erst morgen früh möglich waren, einverstanden sei, bei ihm zu Abend zu essen und im Gästezimmer seines Cottages zu übernachten. Dann müsse er, wenn er ein paar Gläser Wein getrunken habe, nicht mehr Gott weiß wie weit zum nächsten Hotel fahren. Natürlich gab es eine innere Stimme, die sie warnte, so was schicke sich nicht, aber es gab auch die andere Stimme, die ihr einflüsterte, wenn sie sein Angebot annahm und sich nicht zickig anstellte, wären die Probeaufnahmen morgen früh nur noch eine Formalität. Und die Flüsterstimme setzte sich durch. Zumal sie Donna auch mit dem Argument lockte, eine so günstige Gelegenheit, ihr Jungfernhäutchen loszuwerden, böte sich wahrscheinlich so schnell nicht wieder.

»Wenn ich bei Ihnen übernachten könnte, das wäre toll«, sagte sie.

Er lächelte und sah sie ein paar Sekunden an, statt auf die Straße zu achten. »Ich verspreche dir, wir werden viel Spaß haben.«

Und er hatte Wort gehalten. Jedenfalls am Anfang. Das Essen war fantastisch gewesen – alles Delikatessen wie bei Marks und Spencer, von denen Mum immer sagte, daß sie sich die nicht leisten könnten. Erst Champagner, zur Vorspeise Weißwein, Rotwein zum Hauptgang und zum Nachtisch einen süßen, goldfarbenen Südwein. Und er war so lustig gewesen, hatte mit ihr geflirtet und ihr Geschichten über Prominente erzählt, die sie aus dem Fernsehen kannte.

Er schien sie auch unterhaltsam zu finden, hatte sie dauernd gefragt, wie ihr die oder jene Fernsehsendung gefiel. Nicht nur aus Höflichkeit, nein, er war wirklich an ihrer Meinung interessiert und nahm sie ernst. Weil er für sie schwärmte, das sah sie an der Art, wie er ihr in die Augen blickte. Nicht wie die Jungs aus der Schule, die nur über Fußball redeten und rausfinden wollten, wie weit sie bei ihr gehen konnten. Da war er ganz anders, er tätschelte auch nicht an ihr herum wie ein geifernder, alter Lustmolch, sondern er behandelte sie wie eine junge Dame.

Nach dem Essen hatte sie einen hübschen kleinen Schwips gehabt. Nicht, daß sie betrunken gewesen wäre wie damals auf Emma Lomas Party, wo sie sich nach fünf Flaschen extra starkem Cidre übergeben mußte. Sie war sehr glücklich gewesen und hatte sich danach gesehnt, seine Wärme auf ihrer Haut zu spüren und das Gesicht im Zitrus- und Sandelholzduft seines Eau de Toilette zu vergraben und wahr werden zu lassen, was ihre Träume ihr schon lange vorgaukelten.

Als er aufstand, um Kaffee zu machen, folgte sie ihm – schon ein wenig unsicher auf den Beinen, weil die Wände plötzlich zu schweben anfingen – in die Küche, schlang von hinten die Arme um ihn und flüsterte: »Ich find dich wundervoll. Einfach fantastisch.«

Und als er sich umdrehte und sie sich eng an ihn schmiegte, barg er das Gesicht in ihrem Haar, knabberte zärtlich an ihrem Ohrläppchen und murmelte: »Und du bist etwas Besonderes. O ja, etwas ganz Besonderes.«

Sie spürte seine Erektion an ihrem Bauch. Einen winzigen Moment lang wollte Angst in ihr aufflackern, aber da lagen seine Lippen schon auf ihren, und das Gefühl, zum ersten Mal wirklich geküßt zu werden, erstickte alle Angst. Der Kuß schien eine Ewigkeit zu dauern, Farben von nie gesehener Schönheit entstanden hinter ihren geschlossenen Lidern, und durch ihre Venen rann das Blut schneller als je zuvor.

Ohne daß sie's recht merkte, schob er sie allmählich auf die

Werkbank zu, bis sie mit dem Rücken sanft dagegenstieß. Er küßte sie immer noch, seine Zunge schien sich tiefer in ihren Mund zu wühlen. Und plötzlich, völlig unerwartet, schoß seine Hand nach vorn, umklammerte ihr Handgelenk und bog ihr den Arm zur Seite. Sie spürte kaltes Metall und riß erschrocken die Augen auf. Und im selben Moment ließen seine Lippen die ihren allein.

Sie blickte verdutzt auf ihren Arm und konnte gar nicht verstehen, wieso er auf einmal zwischen den Zwingen eines schweren Werkzeuges gefangen war. Er trat etwas zurück, fing an, an einem Rad zu kurbeln, und sie merkte, daß die beiden Zangen sich immer enger um ihren nackten Arm schlossen. Alle Versuche, ihn herauszuwinden, waren vergeblich. Es gab kein Entrinnen. Solange ihr Arm in diesem Schraubstock steckte, war sie an die Werkbank gefesselt.

»Was tust du da?« schrie sie. Ihr Gesicht spiegelte namenlose Verblüffung wider, noch keine Angst.

Aber sein Gesicht war zur Maske erstarrt. Von der Zuneigung, die sie den ganzen Abend darin gelesen hatte, war nichts mehr zu sehen. »Ihr seid alle aus demselben Holz«, sagte er mit ausdrucksloser Stimme. »Ihr denkt doch nur daran, was für euch dabei rauskommt.«

»Wovon redest du?« Sie fing zu betteln an. »Mach mich bitte los. Das ist nicht spaßig, das tut weh.« Sie versuchte, mit der freien Hand nach der Kurbel zu greifen. Aber sein harter Schlag warf sie auf die Bank zurück.

»Rühr dich ja nicht, du falsches Biest«, sagte er, wieder in diesem unheimlich ruhigen Ton.

Donna schmeckte Blut. Das halb erstickte Schluchzen, das sie hörte, mußte wohl aus ihrer eigenen Kehle kommen. »Ich versteh das nicht. Was hab ich denn falsch gemacht?« stammelte sie.

»Du hast dich an mich rangemacht, weil du gedacht hast, daß

du durch mich kriegst, was du haben willst. Hast was von Liebe geschwafelt. Aber wenn du morgen aufwachst und merkst, daß ich dir nicht geben kann, was du willst, schmeißt du dich dem nächsten Kerl an den Hals, der vorbeikommt.« Er beugte sich zu ihr hinunter, ließ sich auf sie fallen und nagelte sie mit seinem Gewicht auf der Werkbank fest.

»Ich weiß nicht, was du meinst«, wimmerte sie. »Ich hab doch nie … aaah.« Sie stieß einen gellenden Schrei aus, als die Zwingen des Schraubstocks sich noch fester um ihr Handgelenk schlossen. Ihre Muskeln und sogar die Knochen wurden zusammengepreßt, die Stahlklammer schnitt ihr tief ins Fleisch. Als ihre Schreie in ein bettelndes Wimmern übergingen, drehte er sich halb seitwärts, so daß er sie mit seinem Gewicht weiter auf die Werkbank drücken konnte und trotzdem die Hand des gesunden Arms frei hatte. Und dann riß er ihr mit einem Ruck das Kleid von oben bis unten auf.

Nun hatte sie wirklich Angst. Sie konnte einfach nicht verstehen, warum er das tat. Sie wünschte sich doch, von ihm geliebt zu werden. Aber nicht so, es sollte romantisch und zärtlich und wunderschön sein. Das hier, das war sinnlos und brutal. Er mußte ihr doch nicht den Arm festklemmen und ihr so weh tun. O Gott, sie sehnte mit jeder Faser ihres Herzens den Augenblick herbei, in dem das endlich aufhörte.

Aber er hatte noch nicht mal richtig angefangen. Donna hörte etwas zerreißen, und dann lag ihr Höschen zerfetzt auf dem Boden. Aus den Augenwinkeln konnte sie die Rillen sehen, die der Gummizug ihr bei seiner gewaltsamen Attacke ins Fleisch gegraben hatte. Zitternd und schluchzend murmelte sie nutzlose, flehentliche Bitten vor sich hin, denn wehren konnte sie sich nicht.

Auch nicht, als er den Reißverschluß seiner Hose öffnete und seinen Penis in sie hineinstieß. Aber das, woran Donna sich erinnerte, war nicht der Schmerz im Augenblick der

Entjungferung, es war die nicht enden wollende Qual, als er, während er in sie eindrang, bei jedem Stoß mit der Hüfte die Kurbel des Schraubstocks traf und die Zwingen sich tiefer und tiefer in ihren Arm gruben. Sie spürte es gar nicht, als ihr Jungfernhäutchen zerriß, das ging unter in dem gräßlichen Knacken, mit dem die Knochen ihres Handgelenks und Unterarms splitterten, und in dem unvorstellbaren Schmerz, als das Fleisch zwischen den gnadenlosen Zwingen zermalmt wurde.

Als sie jetzt so im Dunkel lag, war sie nachträglich dankbar für die Ohnmacht, die sie schließlich von ihren Qualen erlöst hatte. Sie wußte nicht mehr, wo sie war und wie er sie hierhergeschleppt hatte, sie wußte nur, daß sie, Gott sei Dank, endlich allein war. Das war genug. O ja, für den Augenblick war ihr das genug.

Tony ging, die Hände gegen die Kälte tief in den Jackentaschen vergraben, die Briggate hinunter – ständig ausweichend, um nicht mit den mit Taschen beladenen Hausfrauen zusammenzustoßen, die erst in letzter Minute zum Einkaufen gekommen waren, oder den fußmüden Verkäuferinnen, die den Bus erwischen wollten. Den Drink hatte er sich redlich verdient, der Nachmittag war anstrengend gewesen. Eine Weile hatte es sogar danach ausgesehen, daß der zaghaft keimende Teamgeist, den er seiner Gruppe einzupflanzen versuchte, die hitzigen Diskussionen nicht überlebte.

Die anfängliche Reaktion auf Shaz' kühne Hypothese war eisiges Schweigen gewesen. Dann hatte Leon geschrien: »Shazza-Baby, du schaffst es, in ein paar Minuten mehr Scheiße zu quirlen als ein Klärwerk am ganzen Tag. Aber mach ruhig so weiter, du bist trotzdem unser bestes Stück.«

»He, Moment mal«, widersprach Simon, »auf Shaz rumzuhacken ist einfach. Aber wenn sie nun recht hat?«

»O ja«, schnaubte Leon, »als ob ausgerechnet Jacko Vance der typische Serienmörder wäre. Guck ihn dir bloß mal in der Glotze an. Oder lies, was die Presse über ihn schreibt. Jack, der Kumpel, glücklich verheiratet, Englands Stolz, der Held, der einen Arm geopfert hat, um Menschenleben zu retten. Und das soll genau so 'n Typ wie Jeffrey Dahmer oder Peter Sutcliffe sein? Nein, mein Lieber, der nicht.«

Tony hatte Shaz während Leons Verbalattacke beobachtet und gesehen, wie ihre Augen dunkler und ihre Lippen zu einem Strich wurden. Offene Kritik konnte sie vertragen, aber auf Spott reagierte sie allergisch. Und so warf er, als Leon

Luft holen mußte, ironisch ein: »Wie wär's, Leon, wenn Sie, statt große Töne zu spucken, Shaz' mit überzeugenden Argumenten zu widerlegen versuchen?«

Leon war wie üblich eingeschnappt, zündete sich eine Zigarette an und murmelte irgend etwas vor sich hin.

»Könnten Sie das so sagen, daß wir's alle hören?« fragte Carol ihn zuckersüß.

»Ich hab nur gesagt, daß Jacko Vance absolut nicht den üblichen Vorstellungen von einem Serienmörder entspricht«, wiederholte Leon griesgrämig.

»Woher weißt du das?« warf Kay ein. »Du kennst doch nur das Bild, das die Medien von ihm zeichnen. Es gab schon andere Serienmörder, bei denen alle auf ihre liebenswürdige Art reingefallen sind. Ted Bundy, zum Beispiel. Wer Spitzensportler ist, hat Übung darin, sich beherrscht zu geben. Vielleicht sehen wir bei Jacko Vance auch nur die Fassade, hinter der sich eine psychopathische Persönlichkeit verbirgt.«

»Aber er ist doch seit Jahren glücklich verheiratet«, wandte jemand aus der Gruppe ein. »Da hätte seine Frau doch was merken müssen. Man kann ja nicht ständig mit einer Maske rumlaufen.«

»Sonia Sutcliffe hat immer wieder versichert, daß sie keine Ahnung von den Prostituiertenbesuchen ihres Mannes gehabt hätte«, gab Carol zu bedenken. »Und Rosemary West behauptet steif und fest, sie hätte nicht gewußt, daß ihr Mann Leichen ins Fundament ihres Anbaus einbetoniert hat.«

»Ja«, warf Simon ein, »und noch was: Leute wie Micky Jordan und Jacko Vance führen ein völlig anderes Leben als wir. Jacko ist für seine Sendung und seine freiwillige karitative Arbeit dauernd auf Achse, und wenn er zu Hause ist, bereitet Micky im Studio ihre Sendung vor. Ich wette, die sehen sich seltener als Cops ihre Kinder.«

»Ein interessanter Punkt«, sagte Tony. »Was meinen Sie dazu, Shaz? Schließlich geht's um Ihre Theorie.«
Shaz schürzte rebellisch die Lippen. »Bisher hat mir niemand erklären können, wieso die sieben Mädchen keine Gruppe mit auffälligen Übereinstimmungen sein sollen.«
»Na ja«, meinte Kay, »ich finde, so eindeutig ist das nicht, da könnte man genausogut andere Gruppen identifizieren. Zum Beispiel die Mädchen, bei denen die Polizei vermutet, daß sie als Kinder sexuell mißbraucht worden sind.«
»Nein«, widersprach Shaz, »nicht mit so vielen Übereinstimmungen. Und von denen sind einige so ungewöhnlich, daß der Leiter einer Ermittlung seine Leute auf ganz bestimmte Spuren ansetzen kann. Zum Beispiel, daß sie alle ihr bestes Kleid von zu Hause mitgenommen haben.«
So schnell gab Kay sich nicht geschlagen. »Hast du die Zeitungen auch unter dem Gesichtspunkt durchgesehen, ob Vance möglicherweise auch am Wohnort von vermißten Kids aufgetaucht ist, die du nicht in deiner Gruppe hast?«
Shaz schnaubte zornig. »Das konnte ich leider nicht schaffen. Wie wär's, wenn du das übernimmst, Kay?«
Wieder griff Carol ein. »Wenn das eine echte Ermittlung wäre, müßten Sie das tun, Shaz. Aber dann hätten Sie die Leichen, Kollegen, die mitarbeiten, und mehr Zeit. Darum möchte ich betonen, daß es mich sehr beeindruckt, wieviel Sie in der gegebenen Zeit und mit den begrenzten Möglichkeiten herausgearbeitet haben.« Shaz' Schultern strafften sich, die Anerkennung tat ihr sichtlich gut. Aber dann fuhr Carol fort: »Nur, selbst wenn Ihre Vermutung einen realen Hintergrund hätte, wäre es ein zu gewagter Sprung ins Dunkel, jetzt schon mit dem Finger auf Vance zu zeigen. Wenn die Fälle dieser sieben verschwundenen Mädchen wirklich etwas mit Vance' öffentlichen Auftritten zu tun haben, ist es sehr viel wahrscheinlicher, daß der Täter zu Vance' Team ge-

hört. Alles deutet darauf hin, daß es jemand ist, der bei einer Frau abgeblitzt ist, zum Beispiel bei einer aus Vance' Fangemeinde. Das halte ich für wahrscheinlicher als die Vermutung, daß Vance selber die Finger im Spiel gehabt hat.«

»Das wäre ein Gesichtspunkt«, gab Shaz zu und ärgerte sich, daß ihr die Möglichkeit nicht eingefallen war. »Aber ich verstehe Sie so, daß Sie die weitere Ermittlung auf die Gruppe dieser sieben Mädchen konzentrieren wollen.«

»Ich – äh …« Carol sah Tony hilfesuchend an.

»Das war von Anfang an eine reine Übungsaufgabe, Shaz«, sagte Tony. »Zu weiteren Ermittlungen sind wir nicht berechtigt.«

Shaz sah ihn entsetzt an. »Aber diese Siebenergruppe gibt es doch. Sieben ungeklärte Fälle verschwundener Mädchen. Und alle hatten eine Familie …« Ihr Blick irrte von einem zum anderen, aber alle sahen weg, niemand schien bereit zu sein, sie zu unterstützen oder ihr auch nur aufmunternd zuzunicken. »Na gut«, sagte sie schließlich verbittert, »vergessen wir einfach, was ich vorgetragen habe.«

Tony ahnte, daß Shaz nur scheinbar klein beigab, aber es war nun mal eine Übung, und er mußte auch die Analysen der anderen mit der Gruppe diskutieren. Als das Nachmittagsseminar sich dem Ende zuneigte, glaubte er, Shaz anzusehen, daß sie allmählich anfing, den ersten Schock zu überwinden. Anfangs hatte ihre verzweifelte Miene deutlich widergespiegelt, wie sehr sie die nahezu einhellige Ablehnung ihrer These verletzt hatte. Davon war nichts mehr zu merken, aber nun meinte er, etwas anderes in ihrem Gesicht zu lesen. Etwas, was ihm ein bißchen Sorge machte: eine trotzige Entschlossenheit.

Na gut, er mußte sich in den nächsten Tagen die Zeit nehmen, ihr ein paar anerkennende Worte über ihre gründliche Analyse zu sagen, was er freilich auch mit dem Rat verbin-

den wollte, künftig mit allzu gewagten Thesen so lange hinter dem Berg zu halten, bis sie genügend handfeste Beweise oder zumindest Indizien in der Hand hatte.
Er bog von der Main Street in die enge Gasse ab, in der der Whitelocks Pub lag, ein altehrwürdiges Relikt aus der Zeit, als die City noch nicht nach halb sechs Uhr abends wie ausgestorben war. Und ehrlich gesagt, sah er diesem Treffen mit gemischten Gefühlen entgegen. Die Vergangenheit machte es Carol und ihm nicht leicht, einander unbefangen zu begegnen. Und gerade heute hätte er ihr eigentlich etwas sagen müssen, was sie bestimmt nicht gern hörte.
Er bestellte an der Bar ein Glas Bitter und suchte sich einen ruhigen Ecktisch ganz hinten. Er schreckte nicht vor Risiken zurück, aber Shaz' Fehler, nicht an die Möglichkeit zu denken, daß jemand aus Vance' Fangemeinde oder seinem Begleitteam als Täter in Frage kam, hatte ihm erneut klargemacht, wie wichtig es war, sich auf hieb- und stichfeste Daten stützen zu können, bevor man sich aus der Deckung wagte. Shaz hatte ihn, ohne es zu ahnen, auf einen Gedanken gebracht. Aber er dachte nicht daran, mit seiner These herauszurücken, bevor er deren Richtigkeit eindeutig untermauern konnte.

Eine halbe Stunde hatte Carol gebraucht, um den bohrenden Fragen der beiden Frauen von Tonys Task Force zu entrinnen. Eine Ahnung sagte ihr, daß die mit dem zwingenden Blick – Shaz – sie bis Mitternacht mit Fragen gelöchert hätte, wenn Carol sich zu guter Letzt nicht abrupt verabschiedet hätte.
Sie stieß die Glastür des Pubs auf, sah Tony am Ecktisch auf sie warten, deutete den quer auf die ausgestreckte Hand gelegten Zeigefinger richtig und brachte ihm von der Bar ein frisch eingeschenktes Glas Tetley's mit. Für sich selbst hatte

sie ein kleines Helles genommen. »Ich muß fahren«, sagte sie erklärend.
»Ich hab den Bus genommen. Cheers.« Er trank ihr zu.
»Cheers. Tut gut, mit Ihnen hier zu sitzen.«
»Ganz meinerseits.«
Carol lächelte beklommen. »Ob wir uns wohl je gegenübersitzen können, ohne das Gefühl zu haben, daß noch jemand am Tisch sitzt?« Sie mußte das einfach loswerden. Es war wie das zwanghafte Verlangen, eine kaum verheilte Wunde aufzukratzen, obwohl sie wußte, daß sie sofort wieder bluten würde.
Er sah weg. »Eigentlich sind Sie der einzige Mensch, bei dem ich dieses Gefühl nicht habe. Danke, daß Sie das Pub akzeptiert haben. Ich weiß, wenn's darum geht, eine alte ...« Er stockte.
»Bekanntschaft?« schlug Carol mit bitterem Unterton vor.
»Freundschaft«, hielt Tony dagegen.
Nun war sie's, die wegsah. »Ich hoffe es«, sagte sie. Es war nicht die ganze Wahrheit, das wußten sie beide, und es half ihr nur ein wenig über den Moment der Verlegenheit hinweg. Sie brachte ein unbefangenes Lächeln zustande. »Eine Ladung Dynamit, Ihre Baby-Profiler.«
»Ja, nicht wahr? Ich vermute, Sie haben sofort entdeckt, was alle gemeinsam haben.«
»Wenn auf Ehrgeiz lebenslänglich stünde, säßen sie alle hinter Gittern. Gleich neben Paul Bishops Zelle.«
Er verschluckte sich fast an seinem Bier. »Ich sehe, Sie haben Ihren alten Killerinstinkt nicht verloren.«
»Das riecht man doch auf Anhieb, wie Mundgeruch oder Testosteron in einem Nachtklub. Macht es Ihnen nichts aus, daß Ihre Officer in dieser Profilergruppe nur das Sprungbrett für eine glänzende Karriere sehen?«
Tony schüttelte den Kopf. »Nein. Mag sein, daß sie große Ro-

sinen im Kopf haben, aber wenn sie erst mal richtig drin sind, wird Profiling ihre zweite Liebe, und dann wollen sie nie wieder was anderes tun. Simon, zum Beispiel, der Bursche aus Glasgow. Er bringt das richtige Maß an Skepsis mit. Oder Dave. Aber der eigentliche Star wird Shaz werden. Sie weiß es noch nicht, aber sie hat sich schon am Profilervirus angesteckt, sie wird das Fieber nicht mehr los. Finden Sie nicht?«

Carol nickte. »Eine Workaholikerin. Sie kann's kaum noch abwarten, in all die kranken Gehirne da draußen reinzukriechen.« Sie sah Tony mit schiefgelegtem Kopf an. »Wissen Sie, was?«

»Was?«

»Sie erinnert mich an Sie.«

Tony sah aus, als könne er sich nicht entscheiden, ob er gekränkt oder amüsiert reagieren sollte. »Komisch«, sagte er verwundert, »mich erinnert sie an Sie.«

»Wieso denn das?« fragte Carol erschrocken.

»Nun, diese Präsentation heute nachmittag. Die Siebenergruppe, die sie identifiziert hat – nicht schlecht, aber daß sie bei den Morden sofort auf Jacko Vance getippt hat, beweist eine derart blühende Fantasie, wie ich sie bisher nur einmal erlebt habe.« Er verdrehte bewundernd die Augen. »Bei Ihnen, bei dem Fall in Bradfield.«

Carol mußte über seine gekonnte Mimik lachen. »Aber ich hatte recht.«

»De facto, ja. Aber nur um den Preis, daß Sie gegen alle Gesetze der Logik und Wahrscheinlichkeit verstoßen haben.«

»Vielleicht hat Shaz genauso recht. Vielleicht sind wir Frauen bessere Profiler als ihr Männer.«

»Selbst wenn ich das zugebe, kann ich mir nicht vorstellen, daß Sie wirklich glauben, Shaz könnte recht haben.«

Carol verzog das Gesicht. »In einem halben Jahr habt ihr sie

so verdorben, daß sie sich schämt, so was überhaupt laut ausgesprochen zu haben« Sie hob ihr Glas. »Trotzdem, auf Ihre Hokuspokus-Gruppe.«
»Könnte sein, daß wir schon lange im Himmel sind, bevor der Teufel überhaupt merkt, daß es uns nicht mehr gibt«, sagte Tony trocken und trank sein Glas in einem Zug aus. »Noch eins?«
Carol schielte auf die Uhr. Sie hatte es im Grunde nicht eilig, aber es war vielleicht besser, zu gehen. Wer weiß, wie lange es dauerte, bis die Vergangenheit sie einholte. Da war's ihr lieber, die halbe Stunde im Pub in angenehmer Erinnerung zu behalten. »Tut mir leid, geht nicht. Ich will noch ein paar Worte mit den Jungs von der Nachtschicht reden, bevor die losschwirren.« Sie trank ihr Glas aus und stand auf. »War schön, daß wir uns mal wieder unterhalten konnten.«
»Find ich auch. Bis Montag haben wir was in Ihrem Brandstifterfall ausgearbeitet.«
»Großartig.«
»Fahren Sie vorsichtig«, sagte er, als sie sich umwandte.
Sie sah zurück. »Und Sie, passen Sie gut auf sich auf.«
Tony starrte eine Weile in sein leeres Glas und grübelte an der Frage herum, die ihn schon seit geraumer Zeit beschäftigte. Der sexuelle Kick – war das nicht auch bei Brandstiftern eines der häufigsten Motive? Als er merkte, daß die Idee eine Art Eigenleben entwickeln wollte, daß sie sich anschickte, sein ganzes Denken zu beherrschen, stand er auf, ging und lauschte auf dem Weg zur Bushaltestelle dem Echo seiner Schritte auf den leeren Straßen.

Es war nicht der Spott ihrer Kollegen, auch nicht Carol Jordans Versuch, sie mit ein paar aufmunternden Worten aufzurichten, es war Tonys Sympathie, die Shaz so sauer aufstieß. Statt die Qualität ihrer Arbeit anzuerkennen, hatte Tony sich hinter Freundlichkeit verschanzt. Sie hatte keine Lobeshymnen erwartet, aber sein kumpelhaftes Getue ärgerte sie. Erst recht, als er anfing, ihr Geschichten von den Fehlern zu erzählen, die ihm am Anfang seiner Profilerlaufbahn unterlaufen waren.

Wenn jemand ihr so kam, fühlte sie sich hilflos. Als einziges, ungewolltes Kind in einer Ehe, in der die Partner so aufeinander fixiert waren, daß sie die emotionalen Bedürfnisse ihrer Tochter kaum wahrnahmen, hatte sie schnell gelernt, ohne Zuneigung oder gar Zärtlichkeit auszukommen. Bei schlechtem Benehmen wurde sie gerügt, für gute Leistungen eher beiläufig gelobt und ansonsten einfach ignoriert. Die Wurzeln ihres Ehrgeizes reichten bis in eine Kindheit zurück, in der sie verzweifelt auf ein wenig Anerkennung durch ihre Eltern gewartet hatte. Ihre Lehrer waren sehr zufrieden mit ihr gewesen, aber auch bei denen hatte sie das Gefühl gehabt, jedes Lob sei im Grunde nur ein professionell berechnendes Schulterklopfen. Darum fühlte sie sich von Tonys Freundlichkeit, so ehrlich die gemeint sein mochte, eher verunsichert. Und wenn sie verunsichert war – das wußte sie –, ließ sie nicht locker, bis sie etwas erreicht hatte, das jedes Lob überflüssig machte.

Am Morgen nach ihrem Debakel hatte sie alle Hänseleien ihrer Kollegen mit stoischer Ruhe ertragen. Nein, sie war ihnen nicht aus dem Weg gegangen, sie hatte sich mit dem berühmten zwingenden Blick aus ihren blauen Augen gerächt, weil sie genau wußte, wie unbehaglich den anderen in der Gruppe zumute wurde, wenn diese Augen sie stumm musterten. Und doch, hinter ihrer Maske scheinbarer Gelassenheit brodelte es wie in einem Hexenkessel. Sie wußte, daß sie keine Ruhe finden würde, bis sie etwas in der Hand hatte, womit sie den anderen beweisen konnte, daß sie recht gehabt hatte. Sich durch das Vermißtenregister zu wühlen, in der Hoffnung, weitere vermißt Gemeldete ausfindig zu machen, die den Kriterien nach zu ihrer Siebenergruppe paßten, wäre ein von vornherein hoffnungsloses Unterfangen gewesen. Sie wußte aus ihrer Zeit in der praktischen Polizeiarbeit, daß Jahr für Jahr annähernd eine Viertelmillion Menschen vermißt gemeldet wurden, davon hunderttausend unter achtzehn Jahren. Manche waren einfach vor dem unerträglichen Druck des ungeliebten Berufs oder der Familienverhältnisse davongelaufen, andere, weil sie hofften, anderswo wären die Straßen mit Gold gepflastert. Und ein paar wenige waren die Opfer von Verbrechern geworden, die sie aus der Geborgenheit ihrer Familien gerissen und durch die Hölle geführt hatten. Aus einem Vermißtenregister ließ sich nicht herausfiltern, wer zu welcher Gruppe gehörte. Selbst wenn ihre Kollegen alle Skepsis vergessen hätten und bereit gewesen wären, ihr zu helfen, hätte das bedeutet, in monatelanger Sisyphusarbeit ein ellenlanges Register nach weiteren potentiellen Opfern des Serienmörders zu durchforsten. Dafür fehlten ihnen einfach die Zeit und die personellen Ressourcen.

Als Tony ankündigte, am Nachmittag stehe »Selbststudium« auf dem Dienstplan, fing es in Shaz zu kribbeln an. Jetzt hatte sie Zeit, etwas zu unternehmen. Sie lehnte Simons Vorschlag ab, den Lunch in einem Pub einzunehmen, und eilte in die größte Buchhandlung der Stadt. Minuten später stand sie an der Kasse, in der Hand das Buch *Jack auf dem Prüfstand – die nicht autorisierte Version* von Tosh Barnes, einem für seine ätzenden Kolumnen bekannten Fleet-Street-Journalisten, und *Löwenherz – die wahre Geschichte eines Helden*, eine aktualisierte Fassung des Buches, das Micky Morgan kurz nach ihrer Heirat geschrieben hatte. Tony war der Ansicht gewesen, daß der Mörder – vorausgesetzt, Shaz hatte mit ihrer These recht – eher in Vance' Team zu suchen sei? Nun gut, vielleicht fand sie in den Büchern einen Hinweis, der sie auf die

Fährte des wahren Mörders führte. Aber vielleicht fand sie auch ihre Vermutung bestätigt, daß sie ihn in Jacko Vance bereits gefunden hatte.

Zu Hause stürzte sie sich sofort auf Micky Morgans Buch: eine einzige Lobhudelei – der große Sportler, selbstlose Held, unbeugsame Kämpfer, erfolgreiche Sportreporter, unermüdliche Helfer der Kranken und Behinderten ... und der mustergültige Ehemann. Shaz konnte sich nicht helfen, es wäre ihr ein Vergnügen gewesen, dieses lebende Denkmal zu demolieren. Als sie sich bis zur letzten Seite dieser schamlosen Eloge durchgequält hatte, legte sie das Buch erleichtert weg.

Kein Wunder, daß sich bei allen Ermittlungen gegen einen Serienmörder das alte Mißtrauen regte: War es wirklich denkbar, daß die eigene Frau nichts von seinen Untaten geahnt hatte? Wie konnte Micky Morgan das Bett und ihre Arbeit mit einem Kerl teilen, der junge Mädchen entführte und umbrachte, ohne die Wahrheit wenigstens zu ahnen? Und wenn sie es wußte, wie brachte sie es dann ohne Gewissensbisse fertig, die Angehörigen eines Mordopfers vor die Kamera zu holen?

Sie wußte keine Antwort auf diese Fragen. Es sei denn, Tony hatte recht mit seiner Vermutung, daß der Serienmörder eher in Jacko Vance' Begleittroß oder unter seinen Fans zu suchen wäre.

Sie griff nach dem Buch *Jack auf dem Prüfstand*, von dem sie sich eine objektivere Darstellung derselben Heldensaga erhoffte. Die eine oder andere Anekdote las sich zwar anders, aber im Grunde stimmte auch Tosh Barnes das Loblied des liebenswürdigen, für andere engagierten, im Beruf zu Perfektionismus neigenden Jacko an. Und all das zählte nicht gerade zu den herausragenden charakterlichen Merkmalen eines wahnsinnigen Massenmörders.

Shaz hatte sich bei der Lektüre der Bücher Notizen gemacht. Sie startete ihr Laptop, richtete eine neue Datei ein und gab ihr die Überschrift *Systematische Täter-Checkliste.* Darin ordnete sie sämtliche Eigenschaften ein, die die Autoren Vance zugeschrieben hatten, jeweils mit Querverweisen auf die Fundstelle. Als sie fertig war, schnurrte sie zufrieden wie eine Katze. Sie war eben doch keine Verrückte. Das mußte selbst Tony einsehen, wenn er diese neue Analyse vor sich liegen hatte.

Die Frage war, ob sie sie ihm jetzt schon zeigen sollte. Sie ahnte, daß das Material noch nicht genügte, um ihn zu überzeugen. Aber irgendwo da draußen trieb sich ein Mörder herum, der es auf junge Mädchen abgesehen hatte. Und Shaz war sicherer als je zuvor, daß es Jacko Vance war. Mag sein, daß sie noch nicht genug Beweise gegen ihn hatte, aber auch Vance mußte irgendeine Schwachstelle haben, und genau die wollte sie herausfinden.

Der Sergeant vom Dienst gab den zweiten Löffel Zucker in seinen Tee, rührte um und beobachtete fasziniert den kleinen Whirlpool im Becher. Dann hörte das Kreiseln auf, und er griff seufzend nach dem obersten Aktenordner aus dem Stapel, der sich neben ihm auf dem Schreibtisch türmte.
Zwei Seiten später erlöste ihn das Telefon vom verhaßten Aktenstudium. »Glossop Police, Sergeant Stone«, sagte er fröhlich in die Sprechmuschel.
Die Stimme am anderen Ende der Leitung klang aufgeregt, ein mühsam beherrschtes Wortstakkato. Eine Frauenstimme, weder jung noch alt, registrierte er automatisch, als er nach dem Notizblock griff. »Meine Tochter Donna ... sie ist nicht nach Hause gekommen«, stammelte die Frau. »Und bei der Freundin, zu der sie wollte, war sie auch nicht. Sie ist erst vierzehn. Ich weiß nicht, wo sie sein könnte.« Die Stimme wurde schrill. »Sie müssen mir helfen. Bitte, helfen Sie mir.«
Stone versuchte, Ruhe auszustrahlen. »Ich verstehe Ihre Aufregung gut.« Er hatte selbst eine Tochter und wagte nicht, sich die Gefahren auszumalen, die jungen Mädchen heutzutage drohten, sonst hätte er nicht mehr ruhig schlafen können. »Ich benötige ein paar Angaben von Ihnen.« Formalitäten wirkten immer beruhigend auf aufgeregte Anrufer. »Wie ist Ihr Name?«
»Doyle. Pauline Doyle. Meine Tochter heißt Donna. Donna Theresa Doyle. Wir wohnen in der Corunna Street 15. Nur wir beide. Donnas Vater ist tot. Ein Gehirnschlag, vor zwei Jahren. Fällt um und ist tot, einfach so. Was kann meiner Tochter bloß zugestoßen sein?« Ihre Stimme hörte sich trä-

nenverschleiert an, sie gab sich Mühe, beherrscht zu wirken, aber Stone hörte das unterdrückte Schluchzen. Außerdem zog sie immer wieder verstohlen die Nase hoch.

»Nun, Mrs. Doyle, ich werde gleich jemanden zu Ihnen schicken, der die Angaben für eine Suchmeldung aufnimmt. Was ich Sie noch fragen wollte: Wie lange vermissen Sie Donna schon?«

»Das weiß ich eben nicht. Sie hat das Haus heute morgen verlassen, um zur Schule zu gehen. Und nach der Schule wollte sie zu ihrer Freundin Dawn gehen. Sie wollten irgendwas ausarbeiten, für ein Naturkundeprojekt. Als sie um zehn Uhr noch nicht zurück war, habe ich bei Dawns Mutter angerufen. Aber die hat gesagt, Donna sei gar nicht dagewesen. Und Dawn hat gesagt, daß Donna heute nicht in der Schule war.«

Stone schielte auf die Uhr. Viertel nach elf. Das bedeutete, daß Donna sich seit annähernd fünfzehn Stunden irgendwo anders aufhielt als da, wo ihre Mutter sie vermutete. Kein Grund, sich bereits Sorgen zu machen, aber Stone hatte in zwölf Dienstjahren ein Gespür für besondere Situationen entwickelt. »Sie hatten keinen Streit, oder doch?« fragte er in freundlichem Ton.

»O nein.« Nun weinte Pauline Doyle wirklich. »Sie ist alles, was ich noch habe. Bitte helfen Sie mir!«

»Es kommt häufig vor, daß junge Mädchen über Nacht wegbleiben. Setzen Sie schon mal Tee auf, zwei unserer Officer werden in zehn Minuten bei Ihnen sein.«

»Danke. Ich danke Ihnen.« Pauline Doyle legte auf und starrte mit leerem Blick auf das Foto, auf dem Donna sie mit einem wissenden, verführerischen Lächeln ansah. Als wollte sie sagen: Mum, ich bin doch kein Kind mehr.

Die Entscheidung war gefallen, es ging nur noch um die Details. Zum Beispiel darum, wie sie das bevorstehende Ereignis so publicitywirksam wie möglich in die Fernsehsendung einbauen konnten, in der Jacko seine Zuschauer alljährlich aufrief, womöglich noch großzügiger als im Vorjahr für die notleidenden Kinder in aller Welt zu spenden. Und so wurden acht Millionen Fans Zeuge, wie Jacko vor Micky auf die Knie sank und sie fragte, ob sie seine Frau werden wollte. Micky mimte Verblüffung, war aber dann sehr gerührt und sagte unter Tränen ja.

Nach der standesamtlichen Trauung, bei der Jackos Agent und Betsy als Trauzeugen fungierten, stieg die große Hochzeitsparty, deren Hauptzweck darin bestand, der Klatschpresse fürs erste das Maul zu stopfen. Und daran schloß sich, versteht sich, die Hochzeitsreise an, auf eine verschwiegene kleine Insel auf den Seychellen. Betsy und Micky wohnten in der einen, Jacko in der anderen Strandhütte. Hin und wieder sahen sie ihn am Strand, jedesmal mit einem anderen Mädchen, das er aber nie mitbrachte, wenn sie von Zeit zu Zeit eine Mahlzeit gemeinsam einnahmen.

Am letzten Abend, als sie – über sich den Mond, vor sich den Indischen Ozean – beim Dinner saßen, fragte ihn Betsy, von fünf Gläsern Champagner beflügelt: »Sind Ihre Freundinnen schon abgereist?«

Woraufhin Jacko, jedes Wort sorgfältig abwägend, erwiderte: »Es handelt sich nicht um Freundinnen. Seit Jillie mich nach meinem Unfall verlassen hat, pflege ich Sex auf streng geschäftlicher Grundlage abzuwickeln. Ich möchte mich nicht

der Gefahr aussetzen, daß irgend jemand mir je wieder irgend etwas wegnehmen kann.«
»Das ist schade«, sagte Micky. »Du verpaßt eine Menge, wenn du nicht bereit bist, Risiken einzugehen.«
Und da verdunkelten sich plötzlich seine Augen – ein ähnlicher Effekt wie bei einer Limousine, wenn die getönten Scheiben sich schließen. Ein seltsamer Ausdruck lag auf seinem Gesicht. So hatte ihn das Publikum mit Sicherheit noch nie gesehen. Denn einen, der aussah, als stünde er mit finsteren Mächten im Bunde, durfte man auf keinen Fall in die Nähe von Kranken und Behinderten lassen. Die Welt kannte nur seinen Charme, doch viel mehr hatte auch Micky von ihm bisher nicht gesehen. Und nun konfrontierte er sie auf einmal mit diesem rätselhaften Dunkel in seinen Augen. Absichtlich, da war sie sich sicher, es sei denn, sie kannte den Mann, den sie geheiratet hatte, noch schlechter, als sie ohnehin vermutete.
»Oh, ich gehe eine Menge Risiken ein, Micky.« Jackos Lächeln war spurlos verschwunden. »Ich minimiere nur den potentiellen Schaden. Nimm zum Beispiel unsere Ehe – die ist auch ein Risiko. Aber eines, das ich nie eingegangen wäre, wenn ich nicht gewußt hätte, daß du, falls sich diese Ehe je als geplanter Schwindel erweisen sollte, mehr zu verlieren hast als ich.«
»Das mag sein.« Micky nippte an ihrem Glas. »Aber ich denke, es ist trotzdem traurig, daß du dir jede Möglichkeit zur Liebe versagst. Und das tust du, seit du dich von Jillie getrennt und angefangen hast, Spielchen mit mir zu spielen.«
»Das ist kein Spielchen«, erwiderte Jacko mit ernster Miene. Und wieder hatte Micky den Eindruck, als sei vor seinem Gesicht ein Vorhang niedergegangen. »Ich sorge schon dafür, daß ich auf meine Kosten komme. Und zwar so, daß dir daraus keine Peinlichkeiten erwachsen werden.« Er legte sich

feierlich die Hand aufs Herz. »Glaub mir, ich bin ein Meister der Verschleierung.«

Worte, an die Micky sich bis zum heutigen Tag nur mit Schaudern erinnerte. Manchmal glaubte sie, in dem unheimlichen Dunkel, das seinen Blick von einem zum anderen Moment verschleiern konnte, dieselbe Wut zu erkennen, die sie damals im Krankenhaus gesehen hatte, an dem Tag, als Jillie das Verlöbnis gelöst hatte. Welches Geheimnis mochte Jacko mit sich herumtragen, daß er sich in der Kunst der Verschleierung üben mußte?

An Mord hätte sie natürlich nie gedacht.

Ganz allein auf sich gestellt zu sein brachte das Problem mit sich, daß der Tag einfach nicht genug Stunden hatte. Und Erkundigungen bei den Polizeidienststellen in Jackos Geburtsort oder seinen späteren Wohnorten durfte sie nicht einholen. Sie hatte nicht mal jemanden, mit dem sie über ihre Probleme reden konnte. Sie trat auf der Stelle. Dabei brannte es ihr unter den Nägeln, endlich weiterzukommen. Also blieb ihr nur, sich wieder an Chris Devine zu wenden.

Sie war froh, daß sich nach dem dritten Läuten der Anrufbeantworter einschaltete, das ersparte ihr lange Erklärungen, die sich für Chris ohnehin nur verworren anhören konnten. »Chris? Hier ist Shaz. Ich brauche noch mal deine Hilfe. Ist es dir möglich, mir die Telefonnummer von Jacko Vance zu besorgen? Ich bin den ganzen Abend zu Hause. Du bist ein Engel, danke. Und ...«

»Bleib dran«, meldete Chris sich so unerwartet, daß Shaz vor Schreck beinahe den Kaffeebecher umgestoßen hätte. »Ich war unter der Dusche. Was hast du denn jetzt wieder vor?«

»Ich will Vance ein paar Fragen stellen. Aber ich krieg seine Nummer nicht raus.«

»Vom offiziellen Dienstweg hältst du wohl nicht viel, Kleines?«
Shaz hüstelte verlegen. »Strenggenommen ist es keine offizielle Befragung.«
»Hört sich ziemlich flau an. Sag mal, hat das etwas mit meiner Mammutkopieraktion zu tun, für die schätzungsweise ein halbes Dutzend Bäume sterben mußte?«
»In gewisser Weise. Ich hab dir doch von dieser Übungsaufgabe erzählt. Ich glaube, bei den Opfern zeichnet sich eine echte Gruppe ab. Da treibt sich ein Serienmörder rum, der's auf Teenager abgesehen hat. Und irgendwie hängt Jacko Vance mit drin.«
»Jacko Vance? Der *Besuch-von-Vance*-Vance? Was soll der denn mit einem Serienmörder zu tun haben?«
»Das will ich ja gerade rausfinden. Aber es ist, wie gesagt, nur eine Übungsaufgabe. Darum tu ich mich ein wenig schwer mit offizieller Unterstützung.«
»Momentchen mal. Was meinst du damit, daß Vance da mit drinhängt? Wie hängt er drin?« Chris hörte sich beunruhigt an. Also wurde es Zeit, das Ganze ein Stück herunterzuspielen.
»Ach, da steckt nichts Dramatisches dahinter. Es ist nur so, daß die Mädchen in der Gruppe, von der ich gesprochen habe, jedesmal einige Tage nach Vance' Auftritt in ihrem Heimatort verschwunden sind. Vermutlich ein Zufall, aber es könnte ja sein, daß es was mit jemandem aus seinem Team zu tun hat. Oder mit einem seiner Fans.«
»Hab ich dich richtig verstanden? Du willst Jacko Vance fragen, ob ihm bei seinen Auftritten irgendwelche Typen aufgefallen sind, die mit irrem Blick hinter jungen Mädchen herhecheln? Aber du willst das inoffiziell tun?«
»Ja, so ungefähr könnte man's ausdrücken.«
»Bowman, du bist total verrückt.«
»Ich dachte, gerade das macht meinen Charme aus?«

»Verdammt noch mal, Baby, wenn du Jacko Vance dabei auf die Füße trittst, sitzt du so tief in der Scheiße, daß du nie wieder rauskommst.«
»Sag mir einfach, ob du mir helfen willst oder nicht.«
Langes Schweigen. Shaz wartete, ihre Nerven vibrierten. Dann fragte Chris: »Wenn ich's nicht tue, wendest du dich an jemand anderen, stimmt's?«
»Muß ich wohl. Wenn ich recht habe, gibt's da einen Mörder, der reihenweise Teenager umbringt. Und da kann ich nicht einfach weggucken.«
»Ich mach mir mehr Sorgen darüber, was passiert, wenn du unrecht hast. Was hältst du davon, wenn ich mitkomme? Dann sieht das Ganze ein bißchen offizieller aus.«
Ein verführerischer Vorschlag. Trotzdem sagte Shaz: »Lieber nicht. Wenn ich mir schon die Finger verbrenne, will ich nicht auch noch dich mit reinziehen. Aber du könntest was anderes für mich tun.«
Chris stöhnte. »Nicht, wenn's wieder was mit dem Archiv einer Bibliothek zu tun hat.«
»Du könntest mir ein bißchen Rückendeckung geben. Leute wie Vance sind mißtrauisch. Er will vielleicht eine Telefonnummer haben, bei der er zurückrufen kann. Bei uns geht das nicht, wir sitzen den ganzen Tag im Seminarraum. Und bei dir wär's wenigstens die Nummer einer Polizeidienststelle.«
Chris seufzte. »Du hast mich rumgekriegt. Ich ruf gleich zurück.«
Und tatsächlich, es dauerte nicht mal fünf Minuten, bis das Telefon klingelte. »Hast du was zu schreiben?« fragte Chris.
»Ja.«
»Also ...« Chris gab ihr die nicht im Telefonbuch eingetragene Geheimnummer durch, die sie dem Sergeant vom Dienst entlockt hatte. »Von mir hast du sie nicht, klar?«
»Klar. Danke, Chris. Ich halt dich auf dem laufenden. Bye.«

Das Telefon läutete ein paarmal, dann teilte eine Automatenstimme Shaz mit: »Der Anruf wird umgeleitet.« Ein paar leise, klickende Geräusche und schließlich klingelte es wieder, der jaulenden Tonfolge nach ein Mobiltelefon. »Hallo?«
Shaz erkannte die Stimme sofort. Ein komisches Gefühl, diese Stimme, die sie sonst nur im Fernsehen hörte, auf einmal in der Leitung zu haben. »Miss Morgan?« fragte sie zögernd.
»Ja, wer ist denn da?«
»Detective Constable Sharon Bowman von der Metropolitan Police. Kann ich bitte Ihren Mann sprechen.«
»Tut mir leid, er ist außer Haus. Ich übrigens auch. Sie haben die falsche Leitung erwischt. Das ist meine Privatnummer.«
Shaz lief rot an. »Dann bitte ich um Entschuldigung, daß ich Sie gestört habe.«
»Macht ja nichts. Kann ich Ihnen irgendwie helfen, Officer?«
»Wahrscheinlich nicht. Es sei denn, Sie könnten mir die Nummer geben, unter der ich Mr. Vance erreiche.«
Micky Morgan zögerte. »Das möchte ich lieber nicht tun. Aber ich richte ihm gern etwas aus, wenn Ihnen das genügt.«
Muß es ja wohl, dachte Shaz. Gut, daß sie die Vereinbarung mit Chris getroffen hatte. »Ich glaube, Ihr Mann könnte uns gewisse Hintergrundinformationen zu einem Fall geben, den wir bearbeiten. Ich weiß, er ist sehr beschäftigt, aber wenn er morgen ein paar Minuten Zeit für mich hätte, wäre mir sehr geholfen. Wann und wo es ihm genehm ist. Da ich heute im Außendienst bin, soll er bitte unter folgender Nummer zurückrufen ...« Shaz diktierte ihr Chris' Durchwahlnummer. »Unter dieser Nummer meldet sich Sergeant Devine. Sie notiert alles für mich.«
Micky wiederholte die Nummer. »Richtig so? Und morgen, sagten Sie? Gut, DC Bowman, ich werd's ihm ausrichten.«
»Ich bin Ihnen sehr verbunden«, erwiderte Shaz förmlich.
»Keine Ursache. Es ist mir immer ein Vergnügen, der Polizei

zu helfen. Wenn Sie meine Sendung mal gesehen haben, wissen Sie das ja.«

Shaz konnte nicht anders. Wenn sie Micky Morgan schon mal an der Strippe hatte, mußte sie das einfach loswerden: »Eine großartige Sendung. Ich seh sie mir an, sooft ich kann.«

Das glucksende Lachen war wieder etwas, was sie sofort wiedererkannte. »Wer mir so was Nettes sagt, kann sicher sein, daß ich seine Bitte Jacko so bald wie möglich ausrichte.«

Ja, das hoffe ich, dachte Shaz, denn nichts war ihr im Augenblick wichtiger.

Pauline Doyle starrte auf den leeren Fotorahmen auf ihrem Fernseher. Das Foto hatten die Officer mitgenommen, um Fotokopien davon zu machen. Sie schienen ziemlich besorgt zu sein, hatten eine Menge Fragen gestellt. Wie's in der Schule lief und ob sie einen Freund hatte und was sie gewöhnlich am Wochenende machte. Pauline ahnte, daß nur die Anwesenheit der beiden Officer sie davor bewahrt hatte, die Nerven zu verlieren, durch die mitternächtlichen Straßen zu rennen und laut Donnas Namen zu rufen. Obwohl der ältere Officer ihr ausdrücklich geraten hatte, möglichst nicht aus dem Haus zu gehen. Damit, falls Donna anrief, jemand da sei. »Alles andere können Sie uns überlassen.«

Seine Kollegin war morgens noch mal wiedergekommen und hatte sie gebeten, genau zu beschreiben, was Donna mitgenommen hatte. Als sie hörte, daß der kurze schwarze Rock und das weit ausgeschnittene, gestreifte T-Shirt fehlten, Donnas Lieblingsgarderobe, war sie sichtlich erleichtert gewesen, da sie wahrscheinlich dachte, es ginge nur um einen Teenager, der von zu Hause ausgerissen war.

Aber Donna hatte keinen Grund, wegzulaufen. Ihre Tochter und sie verstanden sich sehr gut. Bei ihnen war's nicht das übliche gespannte Verhältnis zwischen Mutter und halbflügger Tochter. Bernards Tod hatte sie zusammengeschweißt.

Aber wie hätte sie das der jungen Polizistin klarmachen sollen? Pauline hatte es gar nicht erst versucht, sondern angefangen, stumm zu beten. Was sie schon lange nicht mehr getan hatte. Aber die junge Polizistin hörte es nicht, und schaden konnte es ja nicht.

Links der Straße dämmerte der Morgen heran, was Shaz kaum wahrnahm, so sehr war sie in ihr Gemurmel vertieft. Sie wollte die Zeit nutzen, das Frage-und-Antwort-Spiel zwischen ihr und Vance zu üben. Der Mann war schließlich Profi, da kann man sich gar nicht gut genug vorbereiten. Und außerdem war das Gemurmel Balsam für ihre Nerven.

Als sie die Abfahrt London West erreichte, fühlte Shaz sich gut gerüstet. Entweder rutschte Vance eine unbedachte Bemerkung heraus (womit sie nicht rechnete, dafür war er zu routiniert), oder er geriet so offensichtlich in Panik, daß das eine eindeutige Bestätigung ihres Verdachts war. Oder er erzählte ihr von einem fanatischen Bewunderer, der bei beinahe allen seiner Auftritte im Publikum saß und den er neulich erst mit einem jungen Mädchen gesehen hatte, das der Beschreibung nach einer der verschwundenen Teenager sein konnte. Dann hatte sie mit ihrer gewagten These unrecht gehabt. Eine Blamage. Aber wenn das Ergebnis war, daß ein Mörder hinter Gittern landete, konnte sie damit leben.

Chris Devines Andeutung, daß sie sich möglicherweise in Gefahr bringen könnte, beeindruckte sie nicht. Mit vierundzwanzig hat man noch keine Todesahnungen. Nach drei Jahren im Polizeidienst war sie an schwierige Situationen gewöhnt. Außerdem standen Leute, die in Holland Park wohnten, nicht in dem Ruf, Police Officer zu attackieren. Erst recht nicht, wenn die Ehefrau etwas von der geplanten Unterredung wußte.

Wie üblich zu früh, suchte sie sich eine Parkuhr in Notting Hill und ging zu Fuß nach Holland Park zurück, um erst mal die richtige Hausnummer zu suchen. Unfaßbar, daß es mitten im Herzen von London Privatgrundstücke von dieser Größe gab. Und wie sie von ihren Recherchen wußte, wurde das Anwesen nur von Micky und Jacko bewohnt – abgesehen von Mickys persönlicher Assistentin Betsy Thorne. Stinkt nach Geld, dachte sie beim Anblick der blütenweißen Hausfassade. Von dem durch hohe Hecken abgeschirmten Garten war nicht viel zu sehen. Irgendwie beschlichen sie auf einmal Zweifel. Wie konnte sie jemanden, der ein derartiges Juwel sein eigen nannte, verdächtigen, insgeheim ein Verbrecher zu sein? Schließlich weiß jeder, daß Leute, die so wohnen, keine Mörder sind.

Sie ärgerte sich über ihr klischeehaftes Denken, machte auf dem Absatz kehrt und ging zu ihrem Auto. Der Kerl war ein Krimineller, und wenn sie mit ihm fertig war, wußten es alle.

Sie fuhr das kurze Stück nach Holland Park zurück, hielt am Tor der Zufahrt, kurbelte das Fenster herunter, drückte die Sprechtaste und sagte mit fester Stimme: »DC Bowman. Ich bin mit Mr. Vance verabredet.«

Das Tor schwang auf. Mit dem Gefühl, auf feindliches Territorium vorgedrungen zu sein, fuhr Shaz bis vors Haus, vorbei an der Freitreppe und dem Land Rover, der davor stand, und parkte ihren Wagen neben einem silberfarbenen Mercedes Kabriolett. Als sie den Motor abgestellt hatte, blieb sie noch einen Augenblick sitzen, atmete tief durch und konzentrierte sich auf die Unterredung mit Vance.

Dann stieg sie aus, rannte die Stufen hinauf und drückte auf die Klingel. Fast im selben Moment schwang die Tür auf. Mickys Gesicht, das ihr so vertraut war wie eines aus der eigenen Familie, lächelte sie an. »Detective Constable Bowman, nicht wahr? Kommen Sie rein. Ich will gerade gehen.« Sie trat einen Schritt beiseite, winkte Shaz herein und deutete auf eine Frau, die um die Vierzig sein mußte, obwohl sich schon ein paar graue Strähnen in ihr Haar mischten. »Das ist Betsy Thorne, meine PA. Wir müssen uns beeilen, wenn wir das Shuttle nach Frankreich kriegen wollen.«

»Nur ein Kurzurlaub in Le Touquet«, sagte Betsy.

Micky nickte. »Und mit Meeresfrüchten vollstopfen und unser Glück im Kasino versuchen.« Sie nahm Betsy den Lederkoffer ab. »Jacko erwartet Sie schon. Er telefoniert noch, ist aber gleich fertig. Wenn Sie die erste Tür links nehmen, ist er in ein paar Minuten bei Ihnen.«

Als Shaz endlich ein »danke« herausbrachte, waren Micky und Betsy schon halb draußen. Sie ging in das Zimmer, auf das Micky gedeutet hatte, und sah vom Fenster aus zu, wie die beiden Frauen in den Land Rover stiegen.

»DC Bowman?«

Shaz fuhr herum. Sie hatte gar nicht gehört, daß jemand hereingekommen war. Jacko Vance lächelte ihr zu, aber sein Lächeln kam ihr vor wie das Zähnefletschen eines Panthers kurz vor dem todbringenden Sprung. War das nun ihre erste Begegnung mit einem Serienmörder? Wenn es so war, ahnte Jacko Vance hoffentlich nicht, daß er seiner Nemesis in die Augen blickte.

Ihre Augen waren außergewöhnlich. Dabei hatte sie von hinten völlig durchschnittlich ausgesehen, und in einer Bar hätte er nicht zweimal hingeguckt. Doch in dem Augenblick, in dem sie herumwirbelte, schien der Stahlglanz ihrer blauen Augen sie völlig zu verändern. Was sie auch hergeführt hatte, Jacko las in ihren Augen, daß sie seine Widersacherin war. Wider alle Vernunft spürte er das leise Prickeln einer unerklärlichen Genugtuung.

»Tut mir leid, daß Sie warten mußten.«

Der liebenswürdige Tonfall, den sie aus dem Fernsehen kannte. »Ich war etwas zu früh.«

Vance kam näher und deutete auf das Sofa hinter ihr. »Nehmen Sie Platz, Officer.«
»Danke«, sagte Shaz. Sie tat so, als habe sie seine Geste nicht gesehen, und setzte sich in den Lehnstuhl. Den hatte Vance vermutlich selber nehmen wollen, weil er da höher gesessen und das Licht im Rücken gehabt hätte. Er starrte sie irritiert an, ging zum Kamin und lehnte sich gegen das obere Sims. Sein abwartender Blick signalisierte, daß sie den ersten Zug tun sollte.
»Ich bin Ihnen dankbar, daß Sie mir einen Termin geben konnten. Ich weiß, wie beschäftigt Sie sind.«
»Nun, nach Ihrem Gespräch mit meiner Frau blieb mir ja kaum eine andere Wahl. Im übrigen bin ich immer gern bereit, der Polizei zu helfen. Ihr Deputy Commissioner wird Ihnen gern bestätigen, daß ich den Wohltätigkeitsfonds der Polizei nach Kräften unterstütze.«
Shaz' blaue Augen starrten Vance unbewegt an. »Das glaub ich aufs Wort, Sir.«
»Ach, da fällt mir ein ... Ihr Dienstausweis?« Vance rührte sich nicht, er wollte, daß sie aufstehen, zu ihm herüberkommen und ihm ihr Ledermäppchen hinhalten mußte. »Man kann nicht vorsichtig genug sein. Ich meine, da könnte sich ja Gott weiß wer als Polizist ausgeben.« Er nahm sich viel Zeit, den Dienstausweis zu prüfen. »Sie haben noch einen anderen, nicht wahr?«
»Ich verstehe nicht ganz? Das ist der reguläre Dienstausweis der Metropolitan Police.« Sie ließ sich nicht anmerken, daß irgendwo in ihr eine Alarmglocke anschlug.
Vance' Lippen wurden zu einem schmalen Strich, sein Lächeln verzerrte sich. Zeit, ihr zu zeigen, wer hier die Karten mischte. »Aber Sie sind doch gar nicht mehr bei der Met, DC Bowman, oder? Sie sehen, auch ich habe meine Hausaufgaben gemacht. Sie doch sicherlich auch, oder?«

»Ich bin nach wie vor Officer der Metropolitan Police«, sagte sie mit fester Stimme. »Falls Ihnen jemand etwas anderes erzählt hat, befindet er sich im Irrtum, Sir.«

Plötzlich hatte er Ähnlichkeit mit einem Raubvogel, der seine Beute ausgemacht hat. »Aber Sie sind seit einigen Wochen zu einer Spezialeinheit abkommandiert. Warum zeigen Sie mir nicht den neuen Dienstausweis, damit ich weiß, mit wem ich es zu tun habe, und wir endlich zur Sache kommen können.« Nicht überziehen, ermahnte er sich. Laß sie nicht zu deutlich merken, daß du viel schlauer bist als sie. Er lächelte sein gewinnendes Lächeln. »Ich will Ihnen keine unnötigen Schwierigkeiten machen, aber in meiner Position kann man nicht vorsichtig genug sein.«

Shaz' Gesicht war zur Maske erstarrt. »Ihre Vermutung trifft in der Tat zu.« Sie zückte den Ausweis der NOP Task Force. Vance wollte danach greifen, aber sie hielt den Ausweis so, daß er ihn zwar prüfen, aber nicht in die Hand nehmen konnte.

»Aha. So einen hab ich noch nie gesehen.« Er bemühte sich um einen unbefangenen Tonfall, obwohl ihm das Wort ›Profiling‹ wie ein Menetekel ins Auge stach. »Ist das die Profilergruppe, über die die Zeitungen jetzt ständig schreiben? Wissen Sie, wenn die Ausbildungsphase beendet ist, sollte mal jemand aus Ihrer Gruppe in der Sendung meiner Frau erzählen, was Sie tun, um die Bürger vor Verbrechen zu schützen. Das müßte natürlich ein erfahrener Officer sein.« So, jetzt wußte sie, daß er wußte, daß sie eine blutige Anfängerin war.

»Das müssen andere entscheiden.« Shaz kehrte zu ihrem Lehnstuhl zurück. »Können wir jetzt zum Thema kommen?«

»Natürlich.« Er machte keine Anstalten, sich zu setzen. Sein ausgestreckter linker Arm schien anzudeuten, daß er ganz zu ihrer Verfügung stehe. »Vielleicht können wir damit beginnen, daß Sie mir sagen, worum es eigentlich geht.«

»Es geht um Fälle vermißt gemeldeter Mädchen im Teenageralter. Speziell um sieben Fälle, bei denen wir auffallende Ähnlichkeiten festgestellt haben. Darum haben wir die Ermittlungen wieder aufgenommen.« Shaz nahm einen Aktenordner aus ihrer Umhängetasche und schlug ihn auf. »Die sieben Fälle haben sich im Zeitraum von sechs Jahren ereignet. Es kann natürlich sein, daß wir die Ermittlungen weiter ausdehnen müssen.«

Vance runzelte die Stirn. »Ich verstehe nicht recht, wie ich Ihnen dabei ... Mädchen im Teenageralter, sagten Sie?«

Shaz nickte. »Vierzehn, fünfzehn Jahre alt. Auf Details kann ich nicht näher eingehen, aber wir haben Grund zu der Annahme, daß ein Zusammenhang zwischen den Fällen besteht.«

Vance' Verblüffung wirkte täuschend echt. »Wollen Sie damit sagen, die Kids sind nicht einfach weggelaufen, weil sie Ärger zu Hause oder in der Schule hatten?«

»Es gibt Anhaltspunkte dafür, daß ihr Verschwinden von dritter Hand geplant wurde.« Sie wählte mit Bedacht eine vorsichtige Formulierung, sah Vance dabei in die Augen und registrierte befriedigt, daß er sich unter ihrem zwingenden Blick offensichtlich unbehaglich fühlte. Er bemühte sich, gelassen zu erscheinen, aber seine Augen wichen ihrem Blick immer wieder aus.

»Reden Sie von Kidnapping?«

Shaz hob die Augenbrauen. »Ich sehe mich nicht in der Lage, darüber weitere Informationen zu geben.« Ihr Lächeln fiel denkbar knapp und kühl aus.

»Gut, aber der Zweck Ihres Besuches ist mir immer noch nicht ganz klar. Was habe ich mit diesen vermißt gemeldeten Teenagern zu tun?« Der gereizte Unterton fiel ihm um so leichter, als er merkte, daß seine Nerven nun tatsächlich zu flattern anfingen.

Shaz blätterte in ihrem Ordner und zog das Blatt mit den Fotokopien der sieben Fotos heraus. »Sie haben sich jeweils wenige Tage vor dem Verschwinden dieser Mädchen im Zusammenhang mit einer Wohltätigkeitsveranstaltung in deren Wohnort aufgehalten. Nach dem Stand der Ermittlungen ist davon auszugehen, daß die Mädchen diese Veranstaltung besucht haben.«

Er spürte, wie ihm das Blut in den Hals schoß, und es machte ihn wütend, daß er nichts dagegen tun konnte. Immerhin schaffte er es wenigstens, seine Stimme ruhig klingen zu lassen. »Zu meinen Abendveranstaltungen kommen Hunderte von Menschen. Da liegt es, statistisch gesehen, nahe, daß im Laufe der Zeit einer von Hunderten verschwindet.« Aber auf einmal klang seine Stimme etwas belegt.

Shaz sah Vance mit vorgerecktem Kinn an, er sollte ruhig merken, daß ihr die Veränderung in seinem Tonfall durchaus aufgefallen war. Plötzlich ahnte sie, wie einem Jagdhund zumute ist, wenn er die Witterung eines Hasen aufgenommen hat. »Natürlich, ich weiß. Ich bedauere es sehr, daß wir Sie überhaupt damit behelligen müssen. Es ist nur so, daß mein Chef glaubt, es könnte eine vage Möglichkeit bestehen, daß jemand aus Ihrem Team etwas mit dem Verschwinden der Teenager zu tun hat. Oder jemand, der Ihnen übel mitspielen will.«

»Sie meinen, es gibt irgendeinen Lüstling, der es auf meine Fans abgesehen hat?« Diesmal fiel es ihm schwerer, ungläubiges Staunen vorzutäuschen. Daß sie auf einmal einen aus seinem Team oder aus dem Troß derer, die ihm von Auftritt zu Auftritt nachreisten, aus dem Hut zauberte und das auch noch als Idee ihres Vorgesetzten ausgab, war lächerlich. Selbst ein Schwachsinniger hätte gemerkt, daß sie nicht an einen Irren oder einen aus seiner Begleitmannschaft glaubte. Sie meinte ihn. Er sah es an dem starren Blick, mit dem sie

sein Mienenspiel verfolgte. Der feine Schweißfilm auf seiner Stirn war ihr längst aufgefallen. O nein, sie war nicht von ihrem Chef hergeschickt worden. Sie war ein einsamer Wolf, genau wie er, und ein Wolf wittert den anderen.
Shaz nickte. »Das könnte sein. Die Psychologen nennen es eine Ersatzhandlung. Wie bei John Hickley. Erinnern Sie sich? Er hat auf Reagan geschossen, weil er Jodie Foster auf sich aufmerksam machen wollte.«
Ihr Ton war höflich-verbindlich, sie sprach jetzt etwas lauter, da sie nervös wurde. Es ärgerte ihn, daß sie allen Ernstes glaubte, er werde das nicht merken. Er stieß sich vom Kaminsims ab und fing an, auf dem handgeknüpften seidenen Bokhara auf und ab zu wandern. Auf das Muster aus grauen und weißen Fäden zu starren wirkte beruhigend auf ihn. Außerdem enthob es ihn der Notwendigkeit, ihr in die irritierenden Augen zu sehen. »Das ist absurd. Geradezu lachhaft, wenn es nicht um eine so erschreckende Vorstellung ginge. Aber ich habe immer noch keine Ahnung, was das mit mir zu tun haben soll.«
»Das ist sehr einfach, Sir.«
Er haßte ihren besänftigenden, herablassenden Ton, blieb abrupt stehen und fragte gereizt: »Ach ja?«
»Ich möchte lediglich, daß Sie einen Blick auf diese Fotos werfen und mir sagen, ob Sie bei irgendeiner Gelegenheit eines der Mädchen gesehen haben. Es könnte gut sein, daß sie sich Ihnen gegenüber besonders aufdringlich benommen haben und daß jemand aus Ihrem Arbeitsstab oder aus Ihrer Fangemeinde sie dafür bestrafen wollte. Aber vielleicht haben Sie auch nie eine von ihnen gesehen. Das Ganze dauert nur ein paar Minuten, und schon packe ich ein und bin weg.«
Shaz breitete die sieben Fotos auf dem Fußschemel ihres Lehnstuhls aus.
Vance kam näher und sah sich die Fotos an. Keine vollstän-

dige Sammlung seiner Opfer, aber sieben hatte sie immerhin identifiziert. Jedes Lächeln auf den Kopien der sieben Fotos war ein Lächeln, das er ausgelöscht hatte.
Er rang sich ein gekünsteltes Lachen ab. »Sieben von Tausenden Gesichtern? Bedaure, DC Bowman, Sie verschwenden Ihre Zeit. Ich habe nie eine von denen gesehen.«
»Sehen Sie noch mal hin«, sagte Shaz, »sind Sie absolut sicher?«
Jetzt lag etwas in ihrer Stimme, was vorher nicht dagewesen war, eine gewisse Schärfe. Er wunderte sich, wie blaß das junge Fleisch, das er gequält hatte, auf den Fotokopien aussah. Dann riß er sich von den Gesichtern los und zwang sich, in Shaz' unbeugsame Augen zu blicken. Sie wußte es. Vielleicht fehlten ihr noch die Beweise, aber sie wußte es, das sah er ihr an. Und sie würde nicht lockerlassen, bis sie ihn vernichtet hatte. Nur, so einfach war das nicht, weil sie an die Spielregeln der Gesetze und des Rechts gebunden war und damit automatisch die schlechteren Karten hatte.
Er schüttelte mit einem bedauernden Lächeln den Kopf. »Ganz sicher. Keine von denen ist mir je unter die Augen gekommen.«
Shaz schob das Foto in der Mitte näher zu ihm hin. Sie verzog keine Miene, als sie sagte: »Sie haben im Fernsehen an Tiffany Thompson appelliert, sie möge ihre Eltern anrufen.«
»Mein Gott!« rief er aus, und diesmal gelang ihm das gemimte Staunen wieder perfekt. »Wissen Sie, daß ich das total vergessen hatte? Jetzt, wo Sie's sagen – natürlich, Sie haben recht.«
Shaz hätte sich nicht so auf sein Gesicht konzentrieren dürfen. Er holte blitzschnell mit dem rechten Arm aus und schlug wuchtig mit der Prothese zu, dicht hinter ihrem Ohr. Er las Erschrecken in ihren Augen, dann kippte sie nach vorn und schlug mit dem Kopf auf der Fußstütze auf. Als sie

seitlich wegrutschte und zu Boden fiel, war sie bereits ohnmächtig.

Vance verlor keine Zeit. Er rannte in den Keller, griff sich eine Rolle Lautsprecherkabel und ein Päckchen Latexhandschuhe und eilte nach oben. Minuten später lag Shaz verschnürt wie ein Paket auf dem Fußboden. Er rannte in den oberen Stock und fing an, in seinem Kleiderschrank zu wühlen, bis er den weichen Flanellbeutel gefunden hatte, in dem sie ihm im Geschäft den neuen ledernen Aktenkoffer verpackt hatten. Er rannte die Treppe hinunter, stülpte Shaz den Beutel über den Kopf und wickelte einige Längen Kabel darum. Fest genug, daß sie es spürte, und locker genug, daß sie atmen konnte. Sie sollte sterben, aber nicht gleich und nicht hier. Und nicht durch einen dummen Zufall.

Als er sicher war, daß sie sich nicht befreien konnte, griff er nach ihrer Schultertasche, dem Aktenordner und den Fotokopien, setzte sich damit auf das Sofa und unterzog alles einer sorfältigen Inspektion. Mit dem Aktenordner fing er an. Bei den nüchternen Polizeiprotokollen genügte es, wenn er sie einstweilen überflog, genauer konnte er sie später studieren. Die Analyse, die Shaz erarbeitet hatte, interessierte ihn mehr. Er las sie Wort für Wort und überlegte, wie gefährlich ihm die Presseausschnitte werden konnten, auf die sie in der Zusammenfassung verwies. Nicht sehr, entschied er. Für jeden, der auf einen Zusammenhang mit seinem Auftritt und dem Verschwinden eines Mädchens hinzudeuten schien, konnte er auf zwanzig andere verweisen, die belegten, daß er ungezählte Male bei Abendveranstaltungen aufgetreten war, ohne daß hinterher irgendein Teenager von zu Hause weggelaufen war. Als nächstes nahm er sich Shaz' Systematische Täter-Checkliste vor. Die Schlußfolgerungen, die sie gezogen hatte, ärgerten ihn dermaßen, daß er aufsprang und die bewußtlose junge Frau ein paarmal kräftig in die Magen-

grube trat. »Woher willst du das wissen, du Schlampe?« schrie er wütend. Er bedauerte, daß er ihre Augen nicht sehen konnte. Die hätten ihn jetzt nicht mehr so kühl gemustert. O nein, die hätten um Gnade gebettelt.
Zornig legte er den Aktenordner weg. Das hatte Zeit, es gab Wichtigeres zu tun. Aber er hatte recht daran getan, diesen Alleingang einer kleinen Anfängerin im Keim zu ersticken, ehe irgend jemand auf die Schlußfolgerungen dieses Miststücks stieß. Er kippte ihre Umhängetasche auf dem Sofa aus und entdeckte das Notizbuch. Viel Interessantes fand er zunächst nicht, abgesehen von Mickys Mobiltelefonnummer und der Adresse in Holland Park. Da er nicht abstreiten konnte, daß Shaz hiergewesen war, hätte es wenig Sinn gemacht, die Seite herauszureißen. Statt dessen riß er ein paar Seiten hinter der letzten Eintragung heraus, so daß es aussah, als sei dort etwas eingetragen gewesen, was der Polizei möglicherweise Aufschlüsse über Shaz' rätselhaftes Verschwinden gegeben hätte.
Danach nahm er sich den Mikrorecorder vor, dessen Band noch lief. Er drückte die Stopp-, dann die Rücklauftaste, nahm das Band heraus und legte es beiseite. Ein Taschenbuch – uninteressant, aber da war auch noch ihr Filofax. Unter dem Datum von heute fand er die Eintragung JV, 09.30. Vance überlegte kurz, dann schrieb er ein T darunter. So, nun sollten die Cops sich mal die Köpfe zerbrechen, was das wohl bedeutete. Und dann fand er in der Seitentasche das, wonach er suchte. Eine kurze Notiz: Hab's gefunden. Mit Dank zurück an S. Bowman, Apartment 1, Hyde Park Hill, Headingley, Leeds. Meine Anerkennung. Er suchte die Umhängetasche gründlich ab. Keine Schlüssel.
Vance stopfte alles zurück in Shaz' Tasche, klemmte sich den Aktenordner unter den Arm und kauerte sich neben die Gefesselte. Er klopfte sie von oben bis unten ab, und siehe da,

in der Hosentasche fand er die Schlüssel. Lächelnd stieg er die Treppe hinauf in sein Arbeitszimmer, nahm einen großen gefütterten Umschlag aus dem Schrank, schob Shaz' Aktenordner hinein, schrieb als Adresse seinen Schlupfwinkel in Northumberland auf den Umschlag, klebte ihn zu und frankierte ihn.

Ein rascher Blick auf die Uhr. Noch nicht mal halb elf, Zeit genug, sich im Schlafzimmer umzuziehen. Jeans, eines seiner wenigen kurzärmligen T-Shirts und ein Baumwolljackett. Dann kramte er aus den Tiefen des eingebauten Kleiderschranks eines seiner Geheimutensilien heraus: die Nike-Baseballkappe mit dem angenähten von grauen Strähnen durchzogenen, schulterlangen Haarteil. Der Effekt war bemerkenswert. Er setzte die Fliegerbrille mit den ungeschliffenen Gläsern auf und stopfte sich die Wangen mit Schaumpolstern aus. Die Verwandlung war komplett. Nun konnte ihn nur noch der prothetische Arm verraten, aber auch dafür wußte er Rat.

Er verließ das Haus, schloß hinter sich ab, stieg in Shaz' Wagen, nahm sich Zeit, die Sitzposition seinen längeren Beinen anzupassen, sich mit dem Armaturenbrett vertraut zu machen und davon zu überzeugen, daß er, auch wenn die Linke auf dem Lenkrad lag, mit der Prothese die ein wenig harte Gangschaltung bedienen konnte. Dann fuhr er los. Er hielt an einem Briefkasten in Ladbroke Grove, um den Umschlag einzuwerfen, und als er kurz nach elf die Auffahrt zur M 1 erreichte, gestattete er sich ein kleines, nur für ihn selbst bestimmtes Lächeln. Bestimmt tat es Shaz Bowman, wenn sie wieder zu sich kam, sehr, sehr leid, daß sie seine Pfade gekreuzt hatte. Aber nicht lange.

Der erste Schmerz, den sie spürte, kam von dem Krampf im linken Bein. Er war so heftig, daß er sie aus der Bewußtlosigkeit riß. Durch instinktive Dehn- und Streckbewegungen der Zehen vermochte sie ihn so weit zu dämpfen, daß nicht viel mehr als ein lähmend dumpfes Schmerzgefühl übrigblieb. Unter ihrer Schädeldecke hämmerte es. Es fiel ihr schwer, klare Gedanken zu fassen. Sie zwang sich, die Augen zu öffnen, aber es blieb dunkel. Allmählich wurde ihr klar, daß ihr Kopf in einer Art Haube aus dickem, weichem Stoff steckte. Irgend etwas war so straff um ihren Hals gewickelt, daß sie kaum schlucken konnte.

Auch die seltsam gekrümmte Art, in der sie dalag, konnte sie sich erst allmählich erklären. Sie lag auf der Seite, auf hartem Untergrund, die Hände auf dem Rücken gefesselt, anscheinend mit einem ummantelten Draht, der ihr scharf in die Handgelenke schnitt. Ihre Fußgelenke waren ebenfalls gefesselt, und daß sie so krumm dalag und sich kaum rühren konnte, kam daher, daß die obere Fessel mit der unteren verbunden war. Jede Bewegung – die Beine auszustrecken oder der Versuch, sich zu drehen – verursachte höllische Schmerzen. Sie hatte keine Ahnung, wie groß ihr Bewegungsspielraum war, und nach dem ersten Versuch, sich herumzuwälzen, war ihr die Lust vergangen, es herauszufinden.

Sie wußte auch nicht, wie lange sie bewußtlos gewesen war. Das letzte, woran sie sich erinnerte, war, daß Vance sich grinsend über sie gebeugt hatte. Als wollte er ihr demonstrieren, daß er nichts zu befürchten habe, weil sich keine Menschenseele um die vorwitzige, kleine DC Bowman scherte, die ihre neugierige Nase ein bißchen zu tief in seine Angelegenheiten gesteckt hatte. Nein, ganz so stimmte das nicht, da war noch etwas anderes, was in ihrer Erinnerung schlummerte. Sie versuchte, sich durch Atem- und Entspannungsübungen zu konzentrieren, und dann hatte sie's. Sie sah wieder die rasche Bewegung vor sich, die sie aus den Augenwinkeln wahrgenommen hatte, als sein rechter Arm auf sie zugeschnellt und wie

eine Keule auf ihrem Schädel niedergegangen war. Ja, das war das letzte, woran sie sich erinnern konnte.
Mit der Erinnerung kam die Angst, und die setzte ihr mehr zu als alle körperlichen Schmerzen. Niemand wußte, wo sie war. Außer Chris, aber die rechnete nicht damit, daß sie sich in nächster Zeit bei ihr meldete. Sie hatte auch Simon nichts von ihrem Vorhaben erzählt, keinem in der Gruppe, aus Scheu vor ihren Hänseleien, auch wenn sie freundlich gemeint waren. Eine Scheu, die sie jetzt das Leben kosten konnte, darüber machte sie sich keine Illusionen. An den Fragen, die sie Jacko Vance gestellt hatte, mußte er gemerkt haben, daß sie ihn für den Serienmörder hielt. Dennoch war er, entgegen ihrer Erwartung, nicht in Panik geraten. Er mußte also irgendwie dahintergekommen sein, daß sie auf eigene Faust ermittelte. Und das wiederum mußte ihn zu dem Entschluß gebracht haben, sie aus dem Weg zu schaffen, damit er alle Spuren verwischen und, wenn es nötig wurde, das Land unbemerkt verlassen konnte.
Sie spürte, wie ihr der Schweiß ausbrach. Ihr Tod war besiegelt, das stand außer Frage. Sie mußte sterben, weil sie recht gehabt hatte. Die einzige Frage war, wann und wie.

Pauline Doyle war verzweifelt. Die Polizei weigerte sich, einzusehen, daß Donnas Verschwinden eben nicht einer der vielen Fälle war, in denen Teenager von zu Hause wegliefen. Ein Polizist hatte ihr das ins Gesicht gesagt. »Sie wird wahrscheinlich nach London gefahren sein. In unserer Gegend nach ihr zu suchen hat überhaupt keinen Zweck.«
Pauline ahnte, warum die Polizei das so sah. Die mußten nur einen Blick auf das Foto werfen, um aus Donnas keckem, wissendem Lächeln zu schließen, daß das Mädchen bestimmt nicht so unschuldig war, wie ihre arme Mutter vermutete.
Da die Polizei Paulines Idee, das Foto im Fernsehen zu zeigen, als wenig erfolgversprechend abtat, wandte sie sich an die Lokalzeitung. Die zeigte sich ebenfalls nicht interessiert, abgesehen davon, daß die für die Frauenseite verantwortliche Redakteurin auf die Idee kam, ein Feature über weggelaufene Teenager zu schreiben. Was sie aber, nachdem sie Donnas Foto gesehen hatte, dann doch nicht tat. Irgendwas in Donnas Augen oder in der Art, die Lippen zu schürzen, ließ den Betrachter offenbar vermuten, das Mädchen sei viel weiter, als sie ihrem Alter nach sein sollte.
Nachdem sie nächtelang bitter geweint hatte, entschied Pauline, es sei an der Zeit, die Sache selbst in die Hand zu nehmen. Ihre Stelle in einem Maklerbüro wurde nicht sonderlich gut bezahlt. Es hatte für die Miete, das Essen und die Kleidung gereicht, viel mehr war nicht dabei herausgesprungen. Aber es gab noch eine kleine Rücklage aus Bernards Lebensversicherung. Pauline hatte das Geld für die Zeit nach Donnas Schulabschluß aufheben wollen, weil sie wußte, daß

es dann wegen der Studiengebühren und der Kosten für eine getrennte Haushaltsführung eng würde. Jetzt schien das Sparen sinnlos geworden zu sein, zumal sie nicht mal wußte, ob Donna je zurückkam. Besser, sie investierte das Geld in den Versuch, ihre Tochter ausfindig zu machen und nach Hause zurückzuholen. Was die Uni anging, da mußte sie zu gegebener Zeit eine andere Lösung finden.

Sie ließ bei einer örtlichen Druckerei tausend großformatige Flugblätter mit Donnas Foto drucken und darunter den Text setzen: »HABEN SIE DIESES MÄDCHEN GESEHEN? Donna Doyle wird seit Donnerstag, dem 11. Oktober, vermißt. Sie wurde zuletzt morgens um Viertel nach acht auf dem Weg zur Glossop Girls Grammar gesehen. Sie trug die kastanienbraune Schuluniform, dazu schwarze Kickers, einen schwarzen Anorak und einen schwarzen Nike-Rucksack. Wenn Sie das Mädchen nach dem genannten Zeitpunkt gesehen haben, benachrichtigen Sie bitte Pauline Doyle ...« Es folgten die Adresse in der Corunna Street und zwei Telefonnummern – die zu Hause und im Maklerbüro.

Pauline nahm eine Woche frei, um die Flugblätter in sämtliche Hausbriefkästen zu stopfen und jedem in die Hand zu drücken, der ihr auf der Straße begegnete und bereit war, sie anzunehmen. Sie war von frühmorgens bis spätabends auf den Beinen. Aber niemand rief an.

Während Shaz Bowman gefesselt auf dem harten Fußboden lag und an nichts anderes als den Schmerz und die lähmende Angst denken konnte, durchsuchte Jacko Vance ihre Wohnung. Er war in einer guten Zeit nach Leeds gefahren, mit nur einem Zwischenstopp, um aufzutanken und die Behindertentoilette aufzusuchen, weil er dort unbeobachtet das Tonband aus Shaz' Mikrorecorder loswerden konnte. Die Plastikumhüllung hatte er schon auf dem Parkplatz vernichtet – ein paar Drehungen mit dem Schuh, den Rest besorgte der Wind, der die Splitter in die Midlands wehte.

Shaz' Wohnung zu finden war kein Problem, sie hatte die genaue Lage entgegenkommenderweise auf einer Regionalkarte eingekreist. Er parkte den Wagen hinter der nächsten Kreuzung, zwang sich, das nervöse Zwicken im Magen nicht zu beachten, und ging gemächlich die Straße hinunter. Bis auf ein paar spielende Kinder war niemand zu sehen. An der schweren viktorianischen Tür des Hauses Nummer 17 probierte er sein Glück mit einem der beiden Yale-Schlüssel. Daß er auf Anhieb den richtigen erwischte, nahm er als Zeichen, daß die Götter ihm gewogen waren.

Im spärlichen Licht, das durch zwei schmale Fenster beiderseits der Haustür fiel, sah er, daß es offensichtlich zwei Erdgeschoßwohnungen gab. Mit der Entscheidung für die linke lag er wiederum richtig. Er hatte nicht vor, lange zu bleiben, er wollte sich nur kurz umsehen und ein Bild von der Umgebung des Hauses machen. Im Wohnzimmer erkannte er auf den ersten Blick, daß Shaz Bowman die für seine Zwecke ideale Wohnung angemietet hatte. Das Sprossenfenster führ-

te in einen von hohen Mauern umgebenen Garten mit schattenspendenden Obstbäumen, und ganz hinten entdeckte er in der Mauer ein hölzernes Gartentor.
Nun gab es nur noch eine Sache zu erledigen. Er schlüpfte aus dem Jackett, löste die Prothese und nahm aus seiner Reisetasche einen Gegenstand, den ein geschickter Handwerker in der Requisite vor Jahren für ihn gebastelt hatte – aus der provisorischen ersten Prothese, die er nicht mehr trug, und sicher in der Annahme, Vance wolle sich einen makabren Scherz damit machen. Herausgekommen war ein Kunststoffgebilde mit verblüffend echt aussehenden Fingern, vor allem, wenn er ein Jackett darüber trug. Eine Schlinge um den Arm, und schon glaubte jeder, er habe sich den Arm gebrochen. Als Vance den Kunststoffarm angelegt, in die Schlinge gesteckt und die neue Prothese in der Reisetasche verstaut hatte, konnte er die Heimreise antreten.
Das Sprossenfenster diente gleichzeitig als Tür zum Garten, Vance mußte nur von außen die Flügeltüren wieder zudrücken. Auf dem Weg zum hinteren Gartentor beschlich ihn das unbehagliche Gefühl, von verstohlenen Blicken verfolgt zu werden, was prompt ein unangenehmes Prickeln im Nacken auslöste, bis er sich klarmachte, daß niemand der Polizei eine Beschreibung geben konnte, die auch nur entfernt auf eine Ähnlichkeit mit Jacko Vance hindeutete.
Er entriegelte das Tor und stand auf einem Feldweg, der zwischen den Rückfronten der links und rechts gelegenen Gärten zum Stadtzentrum führte. Im Vertrauen darauf, daß niemand den Riegel von innen zuschob, bevor er zurückkam, machte er sich auf den Weg zum Bahnhof. Er brauchte zwar zu Fuß knapp eine Stunde, dafür mußte er nur wenige Minuten auf den Zug nach London warten. Und so war es noch nicht mal halb acht, als er in Holland Park ankam und sich in Jacko Vance zurückverwandeln konnte.

Ehe er mit den letzten Vorbereitungen begann, schob er eine Pizza in den Herd – nicht gerade seine Idealvorstellung von einem Samstagabend-Dinner, aber die Kalorienbomben hatten sich wegen des hohen Gehalts an Kohlehydraten als probates Mittel gegen unkontrollierte Schlingerbewegungen des Magens bewährt. Freudige Erregung löste bei ihm jedesmal Magenkrämpfe oder Brechreiz aus; das war schon in seiner Zeit als Sportkommentator so gewesen. Darum hatte er sich angewöhnt, eine kräftige Mahlzeit zu sich zu nehmen, bevor er eines seiner Opfer am Bahnhof abholte. Und gewöhnlich aß er dann auch noch mit ihm zu Abend.
Während die Pizza im Herd war, belud er den Mercedes. Körperliche Anstrengungen konnte er – im Gegensatz zu psychischen Belastungen – mit leerem Magen leichter verkraften. Und damit waren nun alle Vorbereitungen für DC Bowmans letzten Auftritt getroffen. Sie mußte sozusagen nur noch die Bühne betreten.

Auch Donna Doyle war allein und längst zu apathisch, um sich Gedanken über das Schicksal zu machen, das ihr bevorstand. Was sie über ihr Gefängnis wußte, hatte sie gestern herausgefunden, als sie zum ersten Mal aufgewacht war. Oder war das vorgestern gewesen? Sie hatte immer noch schreckliche Angst, aber es war nicht mehr die lähmende Angst des ersten Tages. Undurchdringliche Dunkelheit rings um sie. Und es roch muffig wie in dem kleinen Kohlenkeller zu Hause. Sie reckte den unverletzten Arm ins Dunkel und fing an, ihre Umgebung abzutasten, um wenigstens eine Ahnung davon zu bekommen, wo sie sich befand. Als erstes fand sie heraus, daß sie auf einer mit Kunststoff überzogenen Matratze lag. Sie tastete sich nach unten, bis ihre Finger auf die kalten Bodenfliesen stießen. Keine glatten Fliesen wie zu Hause im Bad, eher wie die Terrakottastufen vor Sarah Dysons Haustür.

Die Wand dahinter fühlte sich wie unverputztes Mauerwerk an. Als sie sich mühsam aufrichtete, wurde ihr zum ersten Mal klar, daß sie mit den Füßen angekettet war, beide Fußgelenke steckten in Eisenmanschetten, die mit einer schweren Kette verbunden waren. Wohin die Kette führte und wie lang sie war, konnte Donna mit einer Hand nicht feststellen. Nach vier tastenden Schritten an der Wand entlang war sie in einer Ecke angekommen. Sie machte kehrt und wollte es in der entgegengesetzten Richtung versuchen, aber schon nach zwei Schritten stieß sie mit dem Schienbein gegen irgend etwas Hartes. Als der Schmerz etwas nachließ, fand sie durch Abtasten und mit Hilfe des Geruchssinns heraus, daß es sich

um eine chemische Toilette handelte. Mit dem Gefühl grenzenloser Dankbarkeit ließ sie sich darauf nieder und entleerte die Blase.
Was sie plötzlich spüren ließ, wie durstig sie war. Ob sie Hunger verspürte, wußte sie nicht, aber der Durst war quälend. Sie tastete sich ein Stück weiter an der Wand entlang, bis die Kette sich plötzlich ruckartig spannte und sie schmerzhaft daran erinnerte, daß sie eine Gefangene war. Sie mußte eine Weile warten, bis die Schmerzwellen in ihr abklangen, dann trippelte sie, gebeugt wie eine alte Frau, an der Matratze vorbei zur gegenüberliegenden Wand und tastete dort mit der Hand das Mauerwerk ab.
Nach wenigen Schritten stieß sie auf einen Wasserhahn, drehte ihn auf und fing gierig zu trinken an. Sie kniete sich sogar unter den Hahn, damit sie das eiskalte Wasser schneller mit offenem Mund schlucken konnte. Dabei stieß sie mit dem Kopf gegen eine Art Regal über dem Wasserhahn. Als sie sich satt getrunken hatte, tastete sie das Regal ab. Vier große, rechteckige Schachteln standen darauf, alle sehr leicht, und als sie sie schüttelte, erkannte sie an dem raschelnden Geräusch, daß es Schachteln mit Cornflakes waren.
Das war alles, was sie über ihr Gefängnis herausfinden konnte. Sie hatte etwas zu essen und Wasser zum Trinken. Und im übrigen hatte der verdammte Kerl sie festgekettet wie einen Hund. Wollte er sie in diesem Verlies sterben lassen?
Sie kauerte sich auf den Boden und fing an, wie ein Klageweib vor sich hin zu jammern.
Aber das war alles schon ein, zwei Tage her, wenn nicht gar noch länger. Nun lag sie in der Agonie ihrer Schmerzen wimmernd und zitternd auf der Matratze und war dankbar, wenn sie hin und wieder vor Erschöpfung in Schlaf oder erlösende Ohnmacht fiel. Hätte sie gewußt, wie schlimm ihre Lage tatsächlich war, hätte sie keine Minute länger leben wollen.

Der Wagen hielt. Shaz wurde durch die Fliehkraft in die vordere Ausbuchtung des Kofferraums gepreßt und stieß sich die Ellbogen und Schultern an. In der verzweifelten Hoffnung, irgend jemanden auf sich aufmerksam zu machen, stemmte sie sich hoch und hämmerte mit dem Kopf gegen den Kofferraumdeckel, was aber nur dazu führte, daß neue Schmerzwellen sie durchrasten. Sie kämpfte gegen das Schluchzen an, da sie fürchtete, dann nicht mehr durchatmen zu können und an dem Knebel zu ersticken, den Vance ihr in den Mund geschoben hatte, bevor er sie – ein Stück weit über harten Parkettfußboden, dann über Teppichboden und schließlich ein paar wenige Stufen hinunter – zum Wagen geschleift und in den Kofferraum gewuchtet hatte. Es war verblüffend, wieviel Kraft und Geschick dieser einarmige Mann entwickelte.

Shaz versuchte, möglichst tief und ruhig zu atmen. Der Kofferraum stank ekelhaft nach ihrem Urin, und sie mußte alle Willenskraft aufbieten, um den Brechreiz zu unterdrücken. Sollte Vance mal sehen, wie er den Urin aus dem Teppichbelag rausbrachte. Sie hatte eingesehen, daß sie nichts tun konnte, um ihr Leben zu retten, aber sie war fest entschlossen, alles daranzusetzen, daß der Kerl nicht ungestraft davonkam. Wenn die SOKO Vance je auf die Spur kam, war der uringetränkte Kofferraumteppich exakt der Beweis, den sie brauchten.

Die Musik, die gedämpft von vorn zu ihr drang, brach abrupt ab. Er hatte, seit sie losgefahren waren, Hits aus den Sechzigern gehört. Unter der Annahme, daß sie pro Titel durch-

schnittlich drei Minuten ansetzen mußte, schätzte Shaz, daß sie nach etwa zwanzig Minuten Stadtfahrt ungefähr drei Stunden auf einer Fernstraße unterwegs gewesen waren, den Verkehrsgeräuschen nach vermutlich auf einer Autobahn. Aus der Zeit, die sie bis zum Autobahnzubringer gebraucht hatten, schloß sie, daß sie nach Norden unterwegs waren; die Auffahrt Richtung Süden hätten sie schneller erreicht. Es war natürlich möglich, daß er, um ihr die Orientierung zu erschweren, einen Bogen um die M 25 geschlagen und Londons äußere Stadtumgehung benützt hatte. Shaz hielt das für nicht sehr wahrscheinlich. Er hatte keinen Grund für irgendwelche Täuschungsmanöver, weil er vermutlich davon ausging, daß sie am Ende dieses Tages tot wäre.
Eine Autotür fiel mit sattem Geräusch zu, danach ein leises Klicken und das schwache hydraulische Seufzen, mit dem der Kofferraumdeckel sich hob. »Gott, stinkst du«, sagte Vance angewidert und zerrte sie rücksichtslos nach vorn. »Hör gut zu, ich schneid dir jetzt die Fußfesseln los. Das Messer ist sehr, sehr scharf. Ich verwende es gewöhnlich, wenn ich Fleischfilets zuschneide, wenn du verstehst, was ich damit andeuten will.« Er redete im Flüsterton, sie spürte seinen heißen Atem dicht an ihrem Ohr, was sie fast noch ekelerregender fand als den Uringestank. »Wenn du wegzurennen versuchst, schlitze ich dich auf wie ein Schwein am Schlachterhaken. Hier gibt's sowieso nichts, wo du Hilfe holen könntest, wir sind mitten in der Einöde.«
Ihre Ohren erzählten ihr etwas anderes. Zu ihrer Verblüffung hörte sie, nicht weit weg, lebhaften Verkehr und im Hintergrund die unverkennbaren, gedämpften Geräusche, die vom Leben in einer Großstadt zeugen. Wenn sich ihr irgendeine Chance bot, so klein sie auch sein mochte, würde sie sie nutzen.
Sie spürte, wie die kalte Messerklinge an ihren Fußknöcheln

hochfuhr, dann waren plötzlich ihre Füße auf wundersame Weise frei. Sekundenlang spielte sie mit dem Gedanken, Vance mit beiden Beinen einen kräftigen Tritt zu versetzen und dann loszurennen. Aber da fing das Blut wieder zu zirkulieren an, das anfängliche Kribbeln ging schnell in ein Stechen wie von tausend Nadeln und dann in einen Krampf über. Und als der Schmerz nachließ und sie das Wimmern endlich unterdrücken konnte, war es zu spät. Er hatte sie gepackt, zerrte sie über die Kofferraumkante und riß sie, als sie in sich zusammensackte, grob auf die Füße. Er faßte sie unter den Armen und schleifte sie in eine Art Torweg, wo sie mehrmals mit den Schultern gegen die roh verputzten Wände prallte, dann einen Pfad hinunter und einige Stufen hoch. Als er sie schließlich wie ein Bündel Lumpen fallen ließ, spürte sie unter sich einen Teppichboden.

Ihre Beine fühlten sich immer noch taub an. Wie durch einen Schleier aus Schmerz und Desorientierung hörte sie eine Tür aufgehen und dann das Ratschen von Vorhängen, die zugezogen werden. Seltsamerweise kamen die Geräusche ihr irgendwie vertraut vor. Ihre Angst steigerte sich zur Panik, sie fing unkontrollierbar zu zittern an, und dann entleerte sich zum zweiten Mal innerhalb einer Stunde unwillkürlich ihre Blase.

»O Gott, was bist du für eine widerliche Schlampe«, fuhr er sie an, zerrte sie abermals hoch und stieß sie auf einen harten Stuhl mit gerader Rückenlehne. Bevor der Schmerz in ihren Oberarmen und Schultern abklingen konnte, spürte sie, daß er wieder anfing, Fesseln um ihre Beine zu schlingen, diesmal so, daß sie wie gebrochene Glieder gegen das harte Holz der Stuhlbeine gedrückt wurden. Das rechte Bein konnte sie schon nicht mehr rühren, aber mit dem linken trat sie zu. Ihr letzter verzweifelter Versuch, sich zu befreien, brachte ihr die kurze Genugtuung, zu spüren, daß sie getroffen hatte, und Vance vor Verblüffung und Schmerz aufschreien zu hören.

Ein Schlag gegen den Unterkiefer schleuderte ihren Kopf zurück, sie hörte es im Nacken knacken und hatte das Gefühl, daß ihr ein scharfes Messer ins Rückgrat fuhr. »Du verdammtes, blödes Miststück«, schrie er sie an, drückte ihr linkes Bein gegen das Stuhlbein und zerrte die Fessel fest.

Sie spürte seine Beine zwischen ihren Knien, was sie quälender empfand als alle Schmerzen, die sie erlitten hatte. Er riß ihre Arme hoch, bog sie nach hinten und hielt sie mit eisernem Griff hinter der Rückenlehne des Stuhls fest. Sie spürte wieder die Messerklinge, hörte, wie sie Stoff aufschlitzte, und dann wurde die Haube weggezogen, unter der ihr Kopf gesteckt hatte. Shaz blinzelte gegen das grelle Licht an, und als sie erkannte, daß die Realität schlimmer war als alles, was sie sich je ausgemalt hatte, verkrampfte sich ihr Magen. Sie saß in ihrem eigenen Wohnzimmer und war auf einem der Eßtischstühle festgebunden, die sie erst vor zehn Tagen gekauft hatte.

Vance stand immer noch zwischen ihren Beinen, fest gegen ihren wehrlosen Körper gepreßt. Bevor er schließlich zurücktrat, zwickte er sie leise schnaufend mit der prothetischen Hand grob in die Brüste.

Er wetzte die Klinge seines Filettiermessers an der Eßtischkante und starrte Shaz arrogant an. Sie hatte noch nie ein solches Maß an Selbstgerechtigkeit in der Pose und der Miene eines Menschen gesehen. »Du hast mir das Wochenende wahrhaftig gründlich verdorben«, sagte er in belehrendem Ton. »So habe ich mir meinen Samstag abend nicht vorgestellt. Mir hier in deiner beschissenen Wohnung in einem Nest wie Leeds diese grünen Chirurgen-Ärmelschoner und Latexhandschuhe anzuziehen ist bei Gott nicht das, was ich mir unter einem vergnüglichen Abend vorstelle.« Er schüt-

telte mißbilligend den Kopf. »Dafür wirst du bezahlen, Detective Bowman. Es wird dir noch leid tun, daß du so ein verdammtes Miststück warst.«
Er legte das Messer weg, zog einen Brustbeutel unter seinem T-Shirt hervor, öffnete den Reißverschluß und nahm eine CD-ROM heraus. Dann ging er, ohne etwas zu sagen, aus dem Zimmer. Shaz hörte, daß er erst ihren Computer, dann den Drucker einschaltete. Das vertraute Brummen, dann das dumpfe Rumpeln, während das System hochfuhr. Sie lauschte angestrengt und glaubte, ein paar Mausklicks, leises Klappern auf dem Keyboard und dann das unverwechselbare Wimmern zu hören, mit dem der Drucker das Papier einzog. Als er zurückkam, hatte er ein Blatt in der Hand. Er hielt es ihr vors Gesicht. »Weißt du, was das ist?« fragte er. Natürlich wußte sie's, der Ausdruck eines illustrierten Artikels aus einem Nachschlagewerk. Sie mußte die fettgedruckte Zeile nicht lesen, um Vance' makabre Symbolik zu verstehen.
Sie gab ihm keine Antwort. Ihre Augen waren blutunterlaufen, aber sie hatten, als sie ihn stumm ansah, nichts von ihrer zwingenden Kraft verloren. Wenn es etwas gab, was sie sich fest vorgenommen hatte, dann, daß sie sich von ihm nicht kleinkriegen ließ.
»Das ist ein guter Rat, den man Studienanfängern mit auf den Weg gibt, Detective Bowman. Die drei weisen Affen: nichts Böses sehen, hören oder sagen. Das hättest du, auch eine Anfängerin, dir zum persönlichen Motto machen, mir vom Leib bleiben und die Nase nicht in meine Angelegenheiten stecken sollen. Glaub mir, du wirst das bestimmt nicht wieder tun.«
Er ließ den Bogen zu Boden flattern. Und plötzlich sprang er sie an, stieß mit beiden Händen ihren Kopf zurück, und im nächsten Moment lag der Daumen seiner prothetischen Hand auf ihrem Augapfel, drückte ihn auf und nieder, zerriß

Muskelstränge und grub das Oval schließlich aus seiner Verankerung.
Shaz' gellender Schrei hallte nur in ihr wider, den Weg über ihre Lippen fand er nicht. Aber in ihr gellte er laut genug, um sie in eine erlösende Ohnmacht sinken zu lassen.

Jacko Vance betrachtete das Werk seiner Hände – und siehe, es war gut. Da ihn gewöhnlich völlig andere Beweggründe dazu trieben, jemanden zu töten, hatte er einen Mord noch nie unter ästhetischen Gesichtspunkten gesehen. Hier war ihm ein mit Symbolik befrachtetes Kunstwerk gelungen. Er fragte sich, ob jemand klug genug wäre, der Botschaft, die er hinterlassen hatte, Beachtung zu schenken, und ob er sie, wenn er sie las, zu deuten wußte. Er bezweifelte das.
Er beugte sich nach vorn und rückte das Blatt Papier auf ihrem Schoß zurecht. Als alles zu seiner Zufriedenheit arrangiert war, gestattete er sich ein kleines Lächeln. Nun mußte er nur noch sicherstellen, daß Shaz ihrerseits keine Botschaft hinterlassen hatte. Er begann, das Apartment gründlich zu durchsuchen, jeden Winkel und jedes Eck, einschließlich der Abfalleimer. Die Anwesenheit von Shaz' sterblichen Überresten bedeutete für ihn keine Streßsituation, er war daran gewöhnt, Leichen um sich zu haben. Er war entspannt und so in seine intensive Suche vertieft, daß er, als er sie in der Küche fortsetzte, tatsächlich anfing, leise vor sich hin zu singen.
In dem Raum, den sie als Büro benutzte, fand er mehr, als er erwartet hatte. Einen Karton mit Fotokopien alter Zeitungsausschnitte, einen Stapel handgeschriebener Notizen, auf der Festplatte ihres Laptops und andere, auf Disketten gespeicherte Dateien, darunter auch verschiedene Entwürfe der Analyse, die er bereits von der Durchsicht des Aktenordners kannte, den sie bei ihrem Besuch in Holland Park dabeigehabt hatte, sowie zahlreiche Computerausdrucke. Was

ihn irritierte, war der Umstand, daß es zu den meisten Ausdrucken keine korrespondierende Datei gab, jedenfalls nicht auf ihrem Laptop. Von dem hatte sie den Text also nicht ausgedruckt. Was nur bedeuten konnte, daß die Dateien anderswo gespeichert waren, wahrscheinlich auf der Festplatte eines Computers in der Dienststelle. Und an die kam er nicht ran. Seine einzige Hoffnung war, daß sie ihren Kollegen gegenüber nichts von ihrer Computerarbeit erwähnt hatte. Wie sie ja offensichtlich auch nichts davon erzählt hatte, daß sie ihm einen Besuch abstatten wollte.

So oder so, er konnte nichts anderes tun, als dafür zu sorgen, daß er hier in ihrer Wohnung keine Spuren zurückließ, und im übrigen darauf zu hoffen, daß die mit modernen Kommunikationssystemen wenig vertrauten Cops nicht auf die Idee kamen, den Dateimanager des Computers aufzurufen, den sie in ihrer Dienststelle benutzt hatte. Zumal ja niemand damit rechnete, daß die Bowman die Nase unaufgefordert in irgendwelche ungeklärten Fälle steckte. Also konnte eigentlich niemand vermuten, daß es irgendeinen Zusammenhang zwischen ihren derzeit auf die Teilnahme an einem Lehrgang begrenzten, dienstlichen Aufgaben und den Umständen ihres überaus bizarren Todes gäbe.

Aber was sollte er nun mit dem ganzen Zeug in ihrem Arbeitszimmer anfangen? Mitnehmen konnte er es nicht, das Risiko, auf dem Rückweg in eine Verkehrskontrolle zu geraten, war zu groß. Zumal mißtrauische Cops sich nach Mitternacht mit Vorliebe luxuriöse Autos herauspickten. Einfach liegenlassen konnte er es ebensowenig, das wäre ungefähr so gewesen, als hätte er selber mit dem Finger auf sich gezeigt.

Jacko Vance sang nicht mehr vor sich hin. Er kauerte sich in einer Ecke des Arbeitszimmers an die Wand und dachte fieberhaft nach. Verbrennen? Ausgeschlossen. Irgendeinem Nachbarn wäre mit Sicherheit aufgefallen, daß es verdächtig nach Rauch roch, und das mitten in der Nacht. Fehlte nur noch, daß die Feuerwehr anrückte. Die Toilette runterspülen konnte er den Aktenberg auch nicht, da wäre das Abflußrohr im Nu verstopft gewesen. Es sei denn, er zerriß jedes einzelne Blatt in klitzekleine Schnitzel. Aber das hätte bis zum Morgengrauen oder noch länger gedauert. Im Garten vergraben konnte er das Zeug ebenfalls nicht. Sobald die Leiche des heimtückischen Miststücks entdeckt worden war, fiel den Cops nichts Besseres ein, als in der Umgebung der Wohnung jeden Stein umzudrehen.

Also blieb ihm doch nichts anderes übrig, als das potentiell belastende Material mitzunehmen, sosehr er auch vor dem Gedanken zurückschreckte. Er mußte einfach darauf vertrauen, daß das Glück ihm treu blieb. Bisher war er immer vorsichtig gewesen und daher nie erwischt worden.

Er verstaute alles, was an Akten, Computerausdrucken und Notizen herumlag, in zwei Abfallbeutel und schleppte einen davon zu seinem Mercedes. Er ging steifbeinig, jeder Schritt fiel ihm schwer. Die Bowman hatte ihn immerhin um die fünfzehn, sechzehn Stunden in Atem gehalten, er war am Ende seiner physischen und psychischen Kraft. Er hatte bei der Arbeit noch nie Drogen genommen. Das trügerische Gefühl neuer Energie verleitete schnell zu Leichtsinn und zu nicht wiedergutzumachenden Nachlässigkeiten. Aber diesmal wünschte er, er hätte ein Tütchen Koks bei sich. Einige Linien Charlie hätten ihm bei den Aufgaben, die noch vor ihm lagen, Flügel verliehen. So aber blieb ihm, Gott sei's geklagt, nichts anderes übrig, als sich müde und matt, mit letzter Kraft den grobkörnigen Kiesweg am Arsch von Leeds hinunterzuschleppen.

Mit erleichtertem Schnaufen warf er den zweiten Abfallbeutel in den Kofferraum. Er wollte gerade den Deckel zuschlagen, als ihm der seltsame Gestank auffiel. Er stutzte, beugte sich nach vorn und begann zu schnüffeln. Hatte die Schlampe doch tatsächlich in seinen Kofferraum gepinkelt. Nun mußte er auch noch sehen, daß er den Teppichbelag los wurde. Zum Glück war ihm inzwischen eine Lösung für all seine Probleme eingefallen. Mürrisch streifte er die Handschuhe und die Ärmelschoner ab und warf sie in den Kofferraum. Dann drückte er sanft den Deckel zu, murmelte »Lebwohl, DC Bowman« und ließ sich müde auf den Fahrersitz fallen. Die Uhr im Armaturenbrett zeigte ihm an, daß es beinahe halb drei war. Vorausgesetzt, daß er nicht von irgendeinem Cop angehalten wurde, konnte er sein Ziel bis halb fünf erreichen. Er durfte nur nicht den Fehler begehen, in seiner Ungeduld, so schnell wie möglich dort anzukommen, das Gaspedal voll durchzutreten. Die verschwitzte linke und die eiskalte rechte Hand auf dem Lenkrad, fuhr er Richtung Norden.

Er schaffte es zehn Minuten unter der geschätzten Zeit. Der technische Gebäudetrakt der Royal Newcastle Kliniken lag, wie an einem Sonntagmorgen nicht anders zu erwarten, verlassen da, die Tagesschicht des Wochenend-Notdienstes rückte erst um sechs an. Vance lenkte den Mercedes in eine Parknische neben dem Tor, das zur Verbrennungsanlage der Kliniken führte. Er kam, wenn er mit seiner Arbeit als freiwilliger Hilfspfleger fertig war, oft auf einen Sprung hierher, um mit den Männern, die die Schmutzarbeit der Abfallbeseitigung verrichteten, einen Kaffee zu trinken und zu plaudern. Die fühlten sich natürlich geehrt, daß ein berühmter Mann wie Jacko Vance sich so umgänglich zeigte, und hatten ihm sogar eine der Plastikkarten besorgt, die zum Betreten des technischen Trakts berechtigte. Und daß er sich nicht zu fein war, mitunter selbst Hand anzulegen und eigenhändig die unappetitlichen Beutel mit widerlichen medizinischen Abfällen ins Feuer zu werfen, rechneten sie ihm hoch an. Der Ge-

danke, daß er ab und zu auch einen Beutel mit hineinwarf, an dessen Beseitigung ihm – und nur ihm – gelegen war, wäre ihnen nie gekommen.
Einer der vielen Gründe, deretwegen er nicht befürchtete, je erwischt zu werden. Er war kein Fred West, der seine Leichen im Fundament seines Hauses einbetonierte. Wenn er sich mit seinen Opfern vergnügt hatte, verschwand das, was von ihnen übrig war, auf Nimmerwiedersehen in der höllischen Hitze der Verbrennungsanlage des RNI. Gemessen an den Abfallbergen, die in den Kliniken tagtäglich anfielen, waren die beiden Beutel mit den Unterlagen der Bowman eine Kleinigkeit.
Nach zwanzig Minuten war er wieder draußen am Wagen. Und nun war das Ende der Aktion endlich abzusehen. Er freute sich schon darauf, sich auf das Bett fallen zu lassen, auf dem er am liebsten lag, und dort, wo er gewöhnlich seinen mörderischen Gelüsten frönte, den Schlaf des Gerechten zu schlafen.

TEIL ZWEI

»Weiß jemand, wo die Bowman steckt?« Paul Bishop sah zum fünften Mal in den letzten beiden Minuten auf die Uhr. Fünf ahnungslose Augenpaare starrten zurück.
»Muß wohl tot sein«, meinte Leon grinsend. »Unser Shazza-Baby kommt nie zu spät.«
»Haha, Jackson«, erwiderte Bishop sarkastisch. »Würden Sie sich freundlicherweise die Mühe machen, unten beim Empfang nachzufragen, ob der Officer vom Dienst etwas von ihr gehört hat?«
Leon, der wie üblich auf zwei Stuhlbeinen geschaukelt hatte, ließ den Stuhl nach vorn kippen und bewegte sich ohne Hast auf die Tür zu. Bishop trommelte mit den Fingern auf der Fernbedienung des Videogeräts herum. Wenn er nicht bald anfangen konnte, geriet der ganze Zeitplan aus den Fugen. Er wollte dem Kurs einige Tatort-Videos zeigen, aber damit mußte er bis mittags fertig sein, weil er zum Lunch mit einem hohen Tier aus dem Innenministerium verabredet war. Warum mußte Shaz sich ausgerechnet heute verspäten? Er beschloß abzuwarten, was Jackson in Erfahrung brachte, und dann notfalls ohne sie anzufangen. Ihre eigene Schuld, wenn sie etwas Wichtiges verpaßte.
Simon fragte Kay leise: »Hast du was von ihr gehört? Die ist seit Freitag wie vom Erdboden verschwunden.«
Kay fielen, als sie den Kopf schüttelte, ein paar Strähnen ihres weichen Haars ins Gesicht, was ihr plötzlich Ähnlichkeit mit einer Feldmaus gab, die zwischen Grashalmen hervorspitzt. »Ich wollte bei ihr anrufen, weil sie nicht zu unserm Curryabend gekommen ist. Hab mich auf dem Anrufbeant-

worter erkundigt, was los ist. Aber sie hat mich nicht zurückgerufen. Und gestern abend beim Frauenschwimmen war sie auch nicht. Obwohl, da waren wir nicht fest verabredet oder so was.«

Die Tür flog auf, Leon war zurück und berichtete: »Hat keinen Pieps von sich hören lassen. Sich nicht krank gemeldet und nichts.«

Bishop verzog unwillig das Gesicht. »Na gut, dann fangen wir ohne sie an.«

Bishops Videobilder, sosehr sie auch Zeugnis von unglaublicher Gewalt und Grausamkeit gaben, huschten an Simon vorbei. Er beteiligte sich auch kaum an der anschließenden Diskussion, was freilich nicht am Thema, sondern daran lag, daß er ständig grübelte, was wohl mit Shaz los sein könnte. Sie hatte ihn am Samstag abend glatt sitzenlassen, als er sie zu Hause zu dem verabredeten Drink vor dem gemeinsamen Abendessen abholen wollte. Er hatte einige Male geklingelt, dann angenommen, daß sie, weil er etwas früh dran war, möglicherweise noch unter der Dusche stünde oder sich das Haar fönte und darum nichts hörte. Also war er zur Hauptstraße zurückgegangen und hatte sie aus einer Telefonzelle angerufen. Dreimal, und jedesmal hatte er's durchklingeln lassen, bis die Verbindung automatisch abbrach. Weil es ihr absolut nicht ähnlich sah, daß sie eine Verabredung einfach nicht einhielt, war er zu ihrem Apartment zurückgegangen und hatte, wieder ohne Erfolg, noch mal Sturm geläutet.

Er wußte, welche der beiden Erdgeschoßwohnungen ihre war. Er hatte sie mal nach einem feuchtfröhlichen Abend nach Hause gebracht und sich – in der Hoffnung, sie irgendwann ausführen zu können – hinterher eine Zeitlang vor dem Haus herumgedrückt, um zu sehen, wo das Licht anging. Deshalb fiel ihm sofort auf, daß in ihrem nach vorn gelegenen Schlafzimmer die Vorhänge zugezogen waren, obwohl es noch nicht dunkel war. Na schön, das hatte er sich so erklärt, daß sie sich umzog und zurechtmachte, weil sie ausgehen wollte. Anscheinend allerdings nicht mit ihm. Er war schon so weit gewesen, daß er aufgeben und seinen Frust irgendwo einsam in ein paar Bieren ertränken wollte, als er den schmalen Kiesweg entdeckte, der neben der Gartenmauer nach hinten führte.

Und so war er heimlich und verstohlen in Shaz' Garten eingedrungen. O Gott, wenn ihn einer erwischt und gefragt hätte, was er denn hier zu suchen habe, hätte er nur noch rote Ohren kriegen und irgendwas zusammenstottern können. Übrigens wäre er um ein Haar tatsächlich auf der Nase gelandet, weil er im Dunkel auf dem Gartenpfad ein paar Stufen übersah. Er konnte sich gerade noch fangen, stand schließlich, nachdem er leise, aber inbrünstig in sich hineingeflucht hatte, vor dem hohen Sprossenfenster ihres Wohnzimmers und schaute, die Augen seitlich mit den Händen gegen den Lichtschein aus der Nachbarwohnung abgeschirmt, durch die Glasscheiben. Fehlanzeige, drin rührte sich nichts.

Dafür ging plötzlich das Licht im oberen Stock an, und er stand mitten in einem hellgelben Viereck. Als ihm klar wurde, daß er für jemanden, der zufällig aus dem Fenster sah, eher wie ein Einbrecher als wie ein Cop aussah, trat er eilends den Rückzug an. Das hätte ihm noch gefehlt, bei der Polizei als Spanner angezeigt zu werden – o Gott, da hätten sich alle die Mäuler zerrissen! *Stellt euch mal vor, einer aus der Profilergruppe …*

Tief enttäuscht von Shaz' Unzuverlässigkeit war er zu ihrem Stammlokal Shees Mahal getrottet, hatte Kays und Leons Bemerkungen, Shaz habe wohl eine bessere Offerte bekommen, mit säuerlichem Lächeln quittiert und sich mehr und

mehr darauf konzentriert, seinen Ärger mit Lagerbier hinunterzuspülen.
Aber heute, am Montag morgen, war aus seinem Ärger endgültig Besorgnis geworden. Shaz hätte jederzeit einen anderen finden können. Einen, der mehr hermachte. Aber daß sie Paul Bishops Seminar verpaßte, das sah ihr wirklich nicht ähnlich. Er war so in sein Grübeln vertieft, daß Bishops goldene Worte weitgehend ungehört an ihm vorbeirauschten. Als er am allgemeinen Stühlerücken merkte, daß das Seminar offenbar zu Ende war, drängte er sich an den anderen vorbei, um Tony Hill zu suchen.
Er fand ihn in der Kantine, an dem Tisch, den die Gruppe gewöhnlich in der Pause mit Beschlag belegte. »Hätten Sie 'n Augenblick für mich Zeit, Tony?« Heute hätte er mit seiner bekümmerten Miene glatt mit Tony wetteifern können.
»Na klar. Holen Sie sich einen Kaffee, und setzen Sie sich zu mir.«
»Ähm …« Simon schielte über die Schulter zur Tür. »Die anderen werden gleich hiersein, und … na ja, es geht sozusagen um was Privates.«
Tony nahm seinen Kaffeebecher und klemmte sich den Aktenordner, in dem er geblättert hatte, unter den Arm. »Dann gehen wir am besten in ein freies Vernehmungszimmer.«
Simon folgte ihm den Flur hinunter, bis sie zu einem Zimmer kamen, über dessen Tür kein rotes Lämpchen brannte. Das Kabuff roch nach Schweiß, schalem Zigarettenrauch und rätselhafterweise nach gebranntem Zucker. Tony setzte sich in einen der Drehstühle und sah Simon, der unruhig auf und ab ging, erwartungsvoll an.
»Es geht um Shaz«, sagte Simon. »Ich mach mir Sorgen um sie. Sie ist heute morgen nicht gekommen, und angerufen oder so was hat sie auch nicht.«
Tony ahnte instinktiv, daß noch irgend etwas anderes dahin-

tersteckte, aber das ging ihn nichts an. »Hm«, machte er, »das sieht ihr allerdings nicht ähnlich. Sie ist sehr gewissenhaft. Aber es kann ja mal was Unvorhergesehenes passiert sein. Vielleicht irgendein Problem in der Familie?«
Simon verzog den Mundwinkel. »Könnte sein«, räumte er zögerlich ein, »nur, dann hätte sie einen von uns angerufen. Sie ist nicht nur gewissenhaft, sie ist besessen. Das wissen Sie genausogut wie ich.«
»Vielleicht hat sie einen Unfall gehabt?«
Genau das Stichwort, auf das Simon gewartet hatte. »Ja, das vermute ich auch. Darum mach ich mir ja Sorgen.«
Tony zuckte die Schultern. »Wenn's ein Unfall war, werden wir's sowieso erfahren. Entweder sie ruft an oder jemand anders.«
Simon knirschte lautlos mit den Zähnen. Nun blieb ihm nichts anderes übrig, er mußte Tony irgendwie klarmachen, daß das Ganze etwas verzwickter war. »Wenn sie einen Unfall hatte, glaube ich nicht, daß das heute morgen war. Wir – ich meine Leon, Kay, Shaz und ich – waren Samstag abend verabredet, wir treffen uns da immer zum Essen. Und Shaz und ich wollten vorher noch einen Drink nehmen. Ich sollte sie zu Hause abholen.« Nachdem er die erste Hürde genommen hatte, fiel es ihm irgendwie leichter, und die nächsten Sätze sprudelten nur so aus ihm heraus. »Ich war also bei ihrer Wohnung, aber da hat sich nichts gerührt. Na, hab ich gedacht, sie hat sich's wohl anders überlegt und ist schon weg oder so. Aber heute ist Montag, und sie ist immer noch nicht aufgetaucht. Da muß was passiert sein, und zwar etwas Ernstes. Sie könnte in der Dusche ausgerutscht und mit dem Kopf aufgeschlagen sein – oder was weiß ich. Oder sie liegt irgendwo im Krankenhaus, und kein Aas weiß, wer sie ist. Meinen Sie nicht auch, daß wir was unternehmen sollten? Wir sind doch ein Team – oder wie?«
Eine dunkle Vorahnung löste in Tony Alarm aus. Simon hat-

te recht. Jemand wie Shaz verschwand nicht zwei Tage von der Bildfläche, ohne etwas von sich hören zu lassen. Er stand auf. »Haben Sie mal bei ihr angerufen?«

»Weiß der Himmel, wie oft. Ihr Anrufbeantworter ist auch abgeschaltet. Darum habe ich ja an einen Unfall zu Hause gedacht. Ich meine: Sie kommt nach Hause, schaltet das Ding ab, und dann passiert was.« Er schnaufte. »Ich weiß, das klingt alles ziemlich albern. Ich komm mir vor wie 'n Teenager, der viel Wirbel um nichts macht.«

Tony legte ihm die Hand auf den Arm. »Nein, ich glaube, Sie haben die Nase, die ein guter Cop braucht. Der riecht es meilenweit, wenn's irgendwo stinkt. Das ist einer der Gründe, warum Sie bei uns in der Gruppe sind. Kommen Sie, wir fahren zu Shaz' Haus und sehen mal, ob wir irgendwas entdecken.«

Im Auto rutschte Simon vor Ungeduld unruhig auf dem Sitz hin und her. Tony merkte, daß es sinnlos gewesen wäre, ein Gespräch anfangen zu wollen. Bis auf ein paar knappe Anweisungen, wo er abbiegen müsse, kam kein Wort über Simons Lippen. Als sie vor dem Haus hielten, war Simon draußen, ehe Tony den Motor abstellen konnte. »Die Vorhänge sind immer noch zugezogen«, stellte er mit finsterer Miene fest, rannte die Stufen hoch und drückte auf die Klingel. Er und Tony hörten deutlich, daß sie anschlug.

»Mh«, meinte Tony, »die Klingel geht jedenfalls.«

Simon ließ den Klingelknopf los. »Wir könnten vom Garten aus an die Wohnung rankommen«, sagte er und war im nächsten Moment auf dem schmalen Pfad, der ums Haus herum zum Gartentor führte. Tony ging ihm nach, aber zu langsam. Er war erst am Tor, als er Simon aufheulen hörte wie einen verletzten Wolf, und sah, wie der junge Polizist auf die Knie sank und sich würgend übergab. Irgend etwas mußte ihn furchtbar geschockt haben.

Und als er vor dem Sprossenfenster stand, sich vorbeugte und einen Blick nach innen warf, war ihm alles klar. Sein Magen erstarrte zu einem Eisklumpen. Was er durch die Scheiben sah, erinnerte auf den ersten Blick mehr an die stümperhafte Kopie eines Stillebens von einem rohen Schinken als an das blutige Werk eines psychopathischen Mörders. Einen Augenblick lang konnte er nur fassungslos in das Zimmer starren.

Er hatte schon viele verstümmelte Leichen gesehen, aber noch nie war ein Mordopfer, das ihm persönlich nahe gestanden hatte, so grauenhaft zugerichtet gewesen. Er fuhr sich mit den Fingern über die Augenbrauen. Jetzt war nicht die Zeit, sich der Trauer hinzugeben. Es gab sicher viele Dinge, die er – und nur er – für Shaz Bowman tun konnte, aber Jammern und Klagen gehörten nicht dazu.

Er atmete tief ein und drehte sich zu Simon um. »Geben Sie das an die Kripo durch. Dann sichern Sie vor dem Haus den Tatort, bis die Mordkommission eintrifft.«

Simon sah ihn mit leidenden Hundeaugen an. »Ist das Shaz?«

Tony nickte. »Ja, das ist Shaz. Tun Sie jetzt, was ich Ihnen gesagt habe, Simon. Und sichern Sie den Hauseingang. Wir brauchen so schnell wie möglich Verstärkung.«

Er wartete, bis Simon wie ein Betrunkener den Gartenweg hinuntertaumelte, dann drehte er sich um und starrte wieder durch das Fenster auf Shaz' verstümmelte Leiche. Er hätte viel dafür gegeben, näher an die Tote heranzukommen, um die Szene in allen grauenhaften Details in sich aufzunehmen, ehe andere dabeistanden. Aber er wußte zu gut, wie schnell man an einem Tatort Spuren verwischen kann, um den Gedanken an das Sprossenfenster zu Ende zu denken.

Er mußte sich mit dem begnügen, was von draußen zu erkennen war. Für viele wäre es mehr gewesen, als sie sehen wollten, für ihn aber war es ein quälend bruchstückhaftes

Bild. Zuerst mußte er vergessen, daß die Tote Shaz Bowman war, damit er das Szenario emotionslos, mit innerem Abstand und kühlem, analytischem Verstand in sich aufnehmen konnte. Und wenn er den Officern der Mordkommission von Nutzen sein wollte, mußte er das. Nach ein paar Sekunden fiel es ihm tatsächlich etwas leichter, das Bild der gräßlichen Szenerie nicht mehr mit Shaz zu verbinden. Was wohl auch damit zusammenhing, daß der verstümmelte Kopf, der über die Stuhllehne hinausragte, kaum noch Ähnlichkeit mit einem menschlichen Wesen aufwies.

Da, wo früher die blauen Augen mit dem zwingenden Blick gewesen waren, sah er nur noch dunkle Höhlen. Rausgedrückt, dachte er mit einer Nüchternheit, die ihn vor ein paar Jahren noch selbst erschreckt hätte. Die abgerissenen Adern, die wie Fäden aus den leeren Höhlen hingen, ließen keinen anderen Schluß zu. Die Spuren angetrockneten Bluts verwandelten das Gesicht in eine bizarre Maske. Der Mund sah aus wie ein verformter, in allen Schattierungen von Rot und Pink bemalter Klumpen Plastikmasse. Es gab keine Ohren mehr. Ein Gewirr aus seltsam starren Haarbüscheln verdeckte die Wunden. Es mußte viel Blut geflossen sein, bevor das Haar so verkrusten konnte.

Tonys Blick glitt nach unten. An der Brust hing ein Blatt Papier, angesteckt oder festgeklebt. Die Worte konnte er nicht lesen, dazu war er zu weit weg, aber die Zeichnung erkannte er sofort. Die drei weisen Affen. Ein eisiges Schaudern durchlief ihn vom Kopf bis in die Zehen. Für eine endgültige Festlegung war es zu früh, aber dem Augenschein nach hatten sie es nicht mit einem Sexualmord zu tun. Der Schlüssel zu diesem kühl berechneten Verbrechen lag in dem weisen Rat der drei Affen. Das Motiv war nicht sexuelle Lust. Shaz war nicht zufällig ins Visier eines geistesgestörten, wildfremden Mörders geraten. Nein, das hier war eine Hinrichtung.

»Du hast das nicht aus Lust getan«, murmelte er in sich hinein, »du wolltest ihr eine Lektion erteilen. Und uns ebenfalls. Du willst uns mitteilen, daß du besser bist als wir. Du spielst dich auf, grinst uns hochmütig an, weil du überzeugt bist, daß wir dir nie etwas anhängen können. Und du willst uns sagen, daß wir unsere Nasen nicht in deine Angelegenheiten stekken sollen. Ich hab dich durchschaut, du arroganter Bastard.«

Das Szenario offenbarte Tony Dinge, die einem Police Officer verborgen bleiben mußten, weil der gewöhnt war, sich an objektiv feststellbaren Spuren und Beweisen zu orientieren. Ein Psychologe sah etwas anderes: den messerscharfen, zielorientierten Verstand des Täters. Das war eiskalter Mord, nicht das im sexuellen Rausch begangene Werk eines Wahnsinnigen. Woraus Tony den Schluß zog, daß der Mörder in Shaz Bowman eine Bedrohung gesehen hatte. Darum war er so brutal, kalt und methodisch vorgegangen. Noch ehe die Mordkommission eintraf, hätte er den Männern sagen können, daß sie keine Spuren finden würden, die sie zum Täter führen konnten. Die Aufklärung dieses Falles mußte im Kopf erfolgen, nicht im forensischen Labor. »Du bist gut«, murmelte er grimmig in sich hinein, »aber ich werde besser sein.«

Als das Heulen der Polizeisirenen näher kam, nahm Tony noch einmal die Details des Szenarios in sich auf. Und als es nichts mehr gab, was noch nicht in ihm gespeichert war, wandte er sich um und ging vors Haus. Es wurde Zeit, daß er sich um Simon kümmerte.

»Das wär ja wohl nicht so verdammt eilig gewesen«, knurrte der Polizeiarzt, öffnete seine Tasche und nahm ein Paar Latexhandschuhe heraus. »Bei dem Zustand, in dem sie ist, wär's auf eine Stunde mehr oder weniger auch nicht mehr angekommen. Lebendig machen kann ich sie sowieso nicht mehr, oder? Der verdammte Piepser ist der Fluch meines Lebens.«

Tony hätte ihm am liebsten eine runtergehauen. »Sie war Police Officer«, sagte er scharf.

Der Arzt blinzelte ihn an. »Wir kennen uns noch nicht, oder? Sind Sie neu hier?«

»Dr. Hill arbeitet für das Innenministerium«, antwortete der Leiter der Mordkommission. »Er bildet die neue NOP Task Force aus. Das Mädchen hat zu seiner Profilergruppe gehört.«

»Für mich sind die Opfer eines wie's andere«, sagte der Arzt trocken. »Ich tu dasselbe für sie, was ich für jedes Yorkshiremädchen täte.«

Tony stand vor dem offenen Sprossenfenster auf der Terrasse, den Blick ins Zimmers gerichtet, wo ein Fotograf und die Männer der Mordkommission ihrer Routinearbeit nachgingen. Er brachte es einfach nicht fertig zu vergessen, daß es hier um Shaz Bowman ging. Und für ihn war sie eben immer noch die blitzgescheite, hellwache junge Frau aus seiner Gruppe. Was ihn nur in seiner Entschlossenheit bestärkte, den Mörder zur Strecke zu bringen.

Simon hat's schlimm getroffen, dachte er. Mit fleckigem Gesicht und am ganzen Leib zitternd, war er in den Polizeiwagen gestiegen; die Kripoleute wollten ihn wegen der Ereignisse seit Samstag abend vernehmen. Tony ahnte, was in ihren Köpfen vorging. Es sollte ihn nicht wundern, wenn sie in dem armen Simon fürs erste den Hauptverdächtigen sahen. Das mußte er unbedingt so bald wie möglich zurechtrücken.

Der Leiter der Mordkommission kam zu ihm nach draußen. Ein Detective Inspector, den Namen hatte Tony vergessen.

»Ein elendes Blutbad«, murmelte er grimmig.

»Sie war eine gute Polizistin«, murmelte Tony zurück.

»Wir kriegen den Saukerl«, versprach ihm der DI, »da machen Sie sich mal keine Sorgen.«
»Ich würde Ihnen gern dabei helfen.«
Der DI hob die Augenbrauen. »Das habe ich nicht zu entscheiden. Es geht ja nicht um einen Serienmörder. So ein scheußliches Gemetzel ist uns hier, Gott sei Dank, noch nicht untergekommen.«
Es kostete Tony Mühe, sich den Frust nicht anmerken zu lassen. »Inspector, das war keiner, der seinen ersten Mord begeht. Der Kerl war Experte. Kann sein, daß er in Ihrem Dienstbereich noch nicht zugeschlagen oder bei früheren Morden nicht präzise dieselbe Methode benutzt hat, aber ein Amateur war hier mit Sicherheit nicht am Werk.«
Sie wurden unterbrochen, der Polizeiarzt war fertig mit seiner Arbeit. »Tja, also – sie ist definitiv tot, Colin.«
Mit einem verstohlenen Blick auf Tony sagte der Leiter der Mordkommission: »Ersparen Sie uns dieses eine Mal Ihren makabren Humor, Doc. Haben Sie eine Vorstellung, wann?«
»Fragen Sie Ihren Pathologen, Inspector Wharton.« Nun war er eingeschnappt.
»Das werde ich tun. Aber könnten Sie mir einstweilen wenigstens eine ungefähre Vorstellung geben?«
Der Arzt zog die Latexhandschuhe aus. »Montag, Lunchtime … tja, irgendwann zwischen sieben Uhr Samstag abend und vier Uhr Sonntag morgen. Abhängig davon, ob die Heizung an war und von wann bis wann.«
DI Colin Wharton seufzte. »Verdammt langes Zeitfenster. Können Sie's nicht genauer sagen?«
»Ich bin Arzt, kein Hellseher«, blaffte der Arzt ihn an. »Und nun gehe ich, wenn Sie nichts dagegen einzuwenden haben, wieder Golf spielen. Bis morgen früh haben Sie meinen Bericht.«
Tony legte ihm die Hand auf den Arm. »Doktor, ich könnte

gut etwas Hilfe brauchen. Ich weiß, es ist nicht Ihre Aufgabe, die exakte Todeszeit festzulegen, aber Sie haben sicher langjährige Erfahrung in solchen Dingen.« Schmeichelei konnte nie schaden. »Diese Verletzungen – sind ihr die post mortem zugefügt worden, oder hat sie noch gelebt?«

Der Arzt schürzte die vollen roten Lippen und sah nachdenklich auf die Leiche. Er kam Tony vor wie ein Schuljunge, der überlegt, was für ihn dabei rausspringt, wenn er einen Schulkameraden verpfeift. »Teils, teils, würd ich sagen. Bei den Augen hat sie noch gelebt, denke ich. Muß einen Knebel im Mund gehabt haben, sonst hätte sie halb Leeds zusammengeschrien. Vermutlich ist sie danach ohnmächtig geworden, eine Kombination aus Schock und Schmerz. Er hat ihr irgendwas zu schlucken gegeben, was sie umgebracht hat. Bei der Obduktion wird man feststellen, daß ihre Atemwege verätzt wurden, darauf würde ich meine Pension wetten. Dem starken Blutverlust nach müßte sie, als er ihr die Ohren abgeschnitten hat, nahe dem Tode gewesen sein. Ein präziser, sehr scharfer Schnitt. Kein Pfusch, wie man das üblicherweise bei Verstümmelungen antrifft. Wenn er klarmachen wollte, daß er auf die drei Affen anspielt, ist ihm das gelungen.« Er nickte Tony und Wharton zu. »So, ich bin weg, den Rest überlaß ich Ihnen. Und ich drück Ihnen die Daumen, daß Sie ihn finden. Der Kerl ist irre, den muß man aus dem Verkehr ziehen.« Und damit ging er davon.

Wharton sah ihm kopfschüttelnd nach. »Dieser Bursche hat die miserabelsten Manieren im ganzen West Riding. Tut mir leid, daß Sie das miterleben mußten.«

Tony winkte ab. »Schönreden hätte nichts daran geändert, daß jemand Shaz Bowman regelrecht zerstückelt hat und daß er wollte, daß wir wissen, warum.«

DI Wharton sah ihn irritiert an. »Hab ich da irgendwas nicht mitgekriegt? Was meinen Sie mit: wissen, warum?«

»Sie haben ja die Zeichnung gesehen. Nichts Böses sehen, hören und sagen – die drei weisen Affen. Der Kerl hat ihr die Augen, die Ohren und den Mund verstümmelt. Das sagt alles.«

Wharton zuckte die Achseln. »Entweder war's ihr Freund, dann ist der durchgeknallt, oder es kann uns egal sein, was irgendeinem irren Scheißkerl durch den Kopf gegangen ist. Oder es war ein Verrückter, der uns sagen wollte, daß wir die Nase nicht in seine Angelegenheiten stecken und ihn in Ruhe lassen sollen.«

»Glauben Sie nicht, daß es dem Mörder speziell darum gegangen sein kann, uns wissen zu lassen, daß DC Shaz Bowman die Nase zu tief in seine Angelegenheiten gesteckt hat?« fragte Tony.

»Ich wüßte nicht, wieso. Sie hat doch hier in der Gegend nie an einem Fall mitgearbeitet. Also kann sie auch keinem Verrückten in die Quere gekommen sein.«

»Wir bearbeiten keine aktuellen Fälle, aber wir benutzen zu Übungszwecken echte Fälle von früher. Shaz hat neulich eine These vorgetragen, der zufolge ein Serienmörder ...«

»Diese Jacko-Vance-Geschichte?« fiel ihm der DI höhnisch ins Wort. »Da haben wir uns alle vor Lachen den Bauch gehalten. Das war doch ein Witz. Jacko Vance als Serienmörder!«

Tony runzelte die Stirn. »Woher wissen Sie überhaupt was davon? Das war nur intern für unsere Gruppe bestimmt.«

»Ach, kommen Sie, Doc, so was bleibt nicht geheim. Demnächst kommt uns einer mit der These, daß die Queen Mum die Massenmörderin war.« Er grinste breit. »Nein, früher oder später werden Sie einsehen müssen, daß Sie sich mit Shaz' Freund den falschen Mann ins Boot geholt haben.« Er hob bedeutsam die Augenbrauen. »Sie werden nicht bestreiten, daß sich in neun von zehn Fällen herausstellt, daß der-

jenige, der das Opfer gevögelt hat, es auch später umgebracht hat. Wobei in diesem Fall dazukommt, daß er ganz zufällig auch derjenige war, der die Leiche entdeckt hat.«
Tony schnaubte spöttisch. »Wenn Sie glauben, Simon wäre der Mörder, sind Sie auf dem Holzweg. Er war's nicht.«
Wharton zog mit den Zähnen eine Marlboro aus der Packung und zündete sie mit einem Wegwerffeuerzeug an. »Ich hab mal oben in Manchester einen Vortrag von Ihnen gehört. Da haben Sie gesagt, die besten Jäger wären die, die sich am ehesten in ihr Jagdwild hineindenken können. Zwei Seiten derselben Münze, haben Sie gesagt. Ich schätze, Sie hatten recht. Nur, diesmal ist einer Ihrer eigenen Jäger zur Laus im Pelz geworden.«

Jacko beendete das Gespräch mit seinem Agenten und drückte auf die Fernbedienung des Fernsehers. Noch war seine Frau im Bild, die Umschaltpause zu den *Schlagzeilen am Mittag*. Ja – da kamen sie ja schon. Immer noch nichts. Na gut, je länger es dauerte, um so besser. Je weniger exakt der Pathologe den Zeitpunkt des Todes bestimmen konnte, um so schwerer hatten es die Cops, einen Zusammenhang zwischen ihrem Tod und dem Umstand zu sehen, daß die blöde Kuh bei ihm zu Hause aufgekreuzt war. Als er den Fernseher ausschaltete und sich wieder dem Text zuwandte, der vor ihm lag, ging ihm einen Augenblick lang die Frage durch den Kopf, was man wohl für ein Leben führen müsse, um an dessen Ende tagelang tot herumzuliegen, ohne daß irgend jemand Notiz davon nahm. Bekannten Leuten wie ihm konnte so was gottlob nicht passieren.
Obwohl, daran allein lag es nicht. Sogar seiner Mutter wäre es, als er noch ein Kind war, aufgefallen, wenn er verschwunden wäre. Kann sein, daß es ihr nicht unrecht gewesen wäre, trotzdem, bemerkt hätte sie's. Wie wohl Donna Doyles Mut-

ter auf deren Verschwinden reagiert hatte? In den Nachrichten hatten sie nichts darüber gebracht, aber das war ja in den früheren Fällen genauso gewesen.
O ja, er hatte sie alle dafür bezahlen lassen, was eine von ihnen ihm angetan hatte. Schade, daß er sich nicht die vornehmen konnte, die es wirklich verdient hätte. Das ging nicht, denn da wäre der Verdacht sofort auf ihn gefallen. Aber er fand überall Ersatz-Jillies. Mädchen, die genauso reif und zart aussahen wie sie, als er sie zum ersten Mal flachgelegt und ihr – wie heißt es immer so schön? – mit der Kraft seiner Lenden das Jungfernhäutchen aufgesprengt hatte. Jetzt ließ er die anderen spüren, was er durchgemacht und was Jillie, die treulose Schlampe, nie verstanden hatte. Die Mädchen, die er sich jetzt holte, konnten ihn nicht so einfach sitzenlassen, für sie war er der Herr über Leben und Tod. Sie mußten Jillies Schuld abtragen, wieder und wieder.
Früher hatte er geglaubt, ihr Ersatztod werde ihn irgendwann versöhnen mit dem, was ihm angetan worden war. Aber das Gefühl der Erlösung hielt nie lange an. Er mußte es immer wieder tun.
Wirklich ein Glück, daß er eine so kunstvolle Methode entwickelt hatte. Darum war ihm ja in all den Jahren niemand auf die Spur gekommen. Bis zu dem Tag, an dem ihm diese verbiesterte Einzelgängerin auf die Pelle gerückt war. Nun ja, die Bowman hatte er auf andere Art bezahlen lassen. Und doch war auch ihr Tod auf seine Art befriedigend gewesen. Vielleicht sollte er überhaupt mal ein wenig Abwechslung ins Spiel bringen. Man darf sich nie sklavisch an Routine klammern.

Tony nahm bei jedem Schritt zwei Stufen auf einmal. Er war zornig und frustriert, weil ihm niemand erlauben wollte, mit Simon zu reden. Colin Wharton verschanzte sich hinter der

Ausrede, es läge nicht in seinem Ermessen, bei einem Mordfall über eine Zusammenarbeit mit Dritten zu entscheiden. Paul Bishop war wieder mal nicht zu erreichen, er hatte ein besonderes Geschick dafür, genau dann, wenn man ihn dringend brauchte, irgendwo an Besprechungen teilzunehmen. Und McCormick, der Divisional Chief Superintendent, bedauerte, Tony wegen angeblich dringender anderer Termine nicht empfangen zu können.

In der Erwartung, wenigstens die drei verbliebenen Angehörigen seiner Gruppe anzutreffen, stieß er die Tür zum Seminarraum auf. Carol Jordan sah von ihrem mitgebrachten Aktenstapel hoch. »Ich dachte schon, ich hätte mich im Datum geirrt.«

»Ach, Carol.« Tony ließ sich seufzend auf den nächsten Drehstuhl fallen. »Ich hab völlig vergessen, daß Sie heute nachmittag zu uns kommen wollten.«

»Sieht so aus, als wären Sie nicht der einzige.« Sie deutete auf die leeren Stühle. »Wo stecken die anderen? Die können doch nicht alle schwänzen?«

Tony sah sie gequält an. »Hat Ihnen denn keiner was gesagt?«

»Wieso? Was ist passiert?« Ein ungutes Gefühl beschlich Carol. Irgend etwas mußte Tony mächtig geärgert haben.

»Erinnern Sie sich an Shaz Bowman?«

Carol nickte. »Natürlich. Diese zwingenden blauen Augen vergißt man so schnell nicht.«

Tony zuckte zusammen. »Jetzt können Sie sie vergessen.«

»Was ist denn los?« Sie roch Unheil, dachte dabei aber immer noch an Tony, nicht an Shaz.

Er schluckte, schloß die Augen, sah im Geiste Shaz' verstümmelte Leiche vor sich und mußte sich zwingen, seine Gefühle einigermaßen unter Kontrolle zu halten. »Sie ist einem Psychopathen zum Opfer gefallen. Einem Kerl, der's spaßig fand, ihr die blauen Augen auszudrücken, die Ohren, die immer so genau hingehört haben, abzuschneiden und ihr eine ätzende Flüssigkeit einzuflößen, bis ihr Mund, aus dem wir soviel Gescheites gehört haben, aussah wie ein Klumpen grell angemalte Knetmasse. Sie ist tot, Carol. Shaz Bowman ist tot.«

Carols Lippen öffneten sich ungläubig. »Nein«, hauchte sie. In dem Blick, mit dem sie Tony anstarrte, mischten sich Entsetzen und Erschrecken. Sie blickte lange stumm vor sich hin. Dann stellte sie die Frage, die man ihr vor vielen Jahren an der Polizeischule beigebracht hatte: »Warum?«

»Der Mörder hat ihr einen Computerausdruck ans Jackett geheftet. Eine Zeichnung und den Auszug aus einem Nachschlagewerk über die drei weisen Affen«, sagte Tony.

In Carols Augen schien eine Ahnung aufzuschimmern, aber dann hob sie irritiert die Augenbrauen. »Sie glauben doch nicht etwa … Ich meine, diese These, die sie neulich vorgetragen hat … Damit kann es doch nichts zu tun haben, oder?«

Tony rieb sich mit den Fingerspitzen die Stirn. »Womit denn sonst? Der einzige aktuelle Fall, mit dem wir uns beschäftigen, ist die Sache mit Ihrem Brandstifter. Und ich habe noch nie von einem Feuerteufel gehört, der jemanden umbringt, um anderen eine Warnung zukommen zu lassen.«

»Aber Jacko Vance.« Carol schüttelte den Kopf. »Das glauben Sie doch selber nicht. Der Mann, den alle Großmütter von Land's End bis John O'Groats lieben? Ich kenne Frauen, die ihn für genauso sexy wie Sean Connery halten.«

»Und Sie?« fragte Tony. Und als er merkte, daß sich das mißverständlich anhörte, fügte er rasch hinzu: »Was glauben Sie?«

Carol dachte einen Moment nach, sie wollte nichts sagen, was Tony falsch verstehen konnte. »Nun, ich würd ihm nicht über den Weg trauen, dafür ist er mir zu glatt. Man kann ihn nicht greifen. Er gibt sich charmant, herzlich und verständnisvoll, aber wenn ihn jemand auf irgend etwas festnageln will, was er früher mal gesagt hat …«

»Jedenfalls hätten Sie bei ihm nie an einen Serienmörder gedacht«, fiel Tony ihr ins Wort. »Ich auch nicht. Es gibt Leute, die genauso im Licht der Öffentlichkeit stehen wie er, bei denen wir nicht allzu überrascht wären, wenn sich irgendwann herausstellen sollte, daß sie ein paar Morde auf dem Kerbholz haben. Aber zu denen gehört Jacko Vance nicht.«

Sie sahen einander lange stumm an. Schließlich sagte Carol: »Er muß es ja nicht selber sein. Es könnte jemand aus seinem Team sein. Sein Fahrer, einer, der für ihn Recherchen für seine Sendung anstellt oder ein Bodyguard. Einer von denen, die dauernd um ihn herumturnen. Ein – wie nennen Sie die?«

»Laufbursche.«

»Genau. Einer seiner Laufburschen.«

»Aber das beantwortet noch nicht Ihre Frage nach dem Warum.« Tony stemmte sich aus seinem Drehstuhl hoch und ging mit großen Schritten auf und ab. »Ich kann mir nicht vorstellen, daß etwas, was Shaz hier in diesem Raum gesagt hat, bis in die engste Umgebung von Jacko Vance durchgesickert sein könnte. Woher soll also jemand aus Vance' Team – unser theoretischer Mörder – gewußt haben, daß Shaz hinter ihm her war?«

Carol schwang ihren Stuhl herum, so daß sie Tony, während er hinter ihr auf und ab ging, ansehen konnte. »Shaz war eine von den Mädchen, die nicht so schnell lockerlassen. Ich glaube, sie war entschlossen, der Sache auf den Grund zu gehen. Und dadurch hat sie ihren Mörder irgendwie auf sich aufmerksam gemacht.«

Tony blieb stehen. »Wissen Sie eigentlich …« Weiter kam er nicht. Die Tür flog auf, Detective Chief Superintendent Dou-

gal McCormicks breite Schultern schoben sich in den Türrahmen.
Ein Mann, dem man den Aberdonian auf den ersten Blick ansah. Sein massiges Kreuz, die in die Stirn fallenden, schwarzen Kräusellocken, die wäßrigen dunklen Augen, die breiten Wangenknochen, die die fleischige Nase nach innen zu drücken schienen – sein Äußeres erinnerte unwillkürlich an die schwarzen Aberdeen-Angus-Rinder seiner Heimat. Das einzig Verblüffende war seine hohe Stimme. Statt eines mächtigen, tief aus der Brust aufsteigenden Grollens, auf das jeder wartete, fragte er in melodisch hellem Tenor: »Dr. Hill?« Er drückte, ohne sich umzudrehen, die Tür hinter sich zu, musterte Carol fragend und sah wieder Tony an.
»DCS McCormick – DCI Carol Jordan von der Dienststelle East Yorkshire«, beantwortete Tony McCormicks unausgesprochene Frage. »Wir unterstützen DCI Jordan bei den Ermittlungen in einer Serie von Brandstiftungen.«
Carol stand auf. »Ich freue mich, Sie kennenzulernen, Sir.«
McCormick nickte flüchtig. »Wenn Sie uns bitte entschuldigen wollen? Ich habe etwas mit Dr. Hill zu besprechen.«
»Ich warte unten in der Kantine«, sagte Carol zu Tony.
»Warten Sie lieber draußen auf dem Parkplatz«, riet ihr McCormick. »Dr. Hill wird das Dienstgebäude verlassen.«
Carols Augen weiteten sich, aber sie sagte lediglich: »Ganz wie Sie meinen, Sir. Ich warte also draußen, Tony.«
Sobald sich die Tür hinter Carol geschlossen hatte, fuhr Tony herum. »Wie habe ich das zu verstehen, Mr. McCormick?«
»So wie ich's gesagt habe. Ich bin der Dienststellenleiter, und ich lasse einen Mord untersuchen. Ein weiblicher Police Officer ist … ist verstümmelt worden. Es ist meine Aufgabe, den Täter zu finden. Es gibt keinerlei Anzeichen für ein gewaltsames Eindringen in Sharon Bowmans Wohnung, und sie war nach allem, was ich gehört habe, kein leichtsinniges

Dummchen. Und soweit ich weiß, hat Sharon Bowman in Leeds niemanden außer Ihnen und Ihren Leuten näher gekannt.«

»Shaz«, murmelte Tony. »Sie wollte nicht Sharon genannt werden, sondern Shaz.«

»Das dürfte wohl jetzt keine Bedeutung mehr haben«, kanzelte McCormick ihn ab. »Der entscheidende Punkt ist, daß sie außer Ihnen und Ihren Leuten niemand hereingelassen hätte. Daher wünsche ich nicht, daß Sie und Ihre Leute untereinander über den Fall sprechen, bis meine Officer Gelegenheit hatten, jeden von Ihnen zu vernehmen. Die Angehörigen der Task Force sind bis auf weiteres vom Dienst suspendiert. Es ist ihnen untersagt, die Dienststelle zu betreten und untereinander Kontakt aufzunehmen. Mit Commander Bishop und dem Innenministerium habe ich mich bereits abgestimmt, sie billigen mein Vorgehen. Ist das klar?«

Tony schüttelte den Kopf. Das durfte alles nicht wahr sein. Shaz war tot, und nun hängte McCormick seiner Gruppe – den einzigen, die der Mordkommission brauchbare Hinweise geben konnten – einen Maulkorb um. »Bei großzügiger Auslegung Ihrer Kompetenzen könnte ich akzeptieren, daß Sie die Befugnis haben, den Angehörigen der Gruppe derartige Anweisungen zu geben. Aber mir nicht, McCormick, ich bin kein Police Officer und Ihnen nicht unterstellt. Sie sollten, statt uns Steine in den Weg zu legen, unsere speziellen Erfahrungen nutzen. Wir können Ihnen helfen. Mein Gott, kapieren Sie das nicht?«

»Helfen?« fragte McCormick aufgebracht. »Wie denn? Mir sind da etwas seltsame Fantastereien zu Ohren gekommen. Meine Männer orientieren sich an Spuren, nicht an Witzen. Und das mit Jacko Vance kann ja wohl nur ein Witz sein. Es gibt eine Art von Hilfe, die ich als eher hinderlich betrachte.

Ich möchte, daß Sie das Dienstgebäude sofort verlassen und meinen Leuten keinen Ärger machen. Morgen früh um zehn melden Sie sich hier, dann werden meine Officer Sie zum Fall Sharon Bowman vernehmen. Habe ich mich klar ausgedrückt, Dr. Hill?«

»Hören Sie, ich kann Ihnen wirklich helfen. Ich verstehe die Psyche von Mördern, ich weiß, warum sie das tun, was sie tun.«

»Das ist nicht schwer zu erraten. Die haben ein krankes Gehirn, das ist alles.«

»Das schon, aber jedes Mördergehirn ist auf eine andere Weise krank«, sagte Tony. »Dieser Fall, zum Beispiel – ich wette, der Mörder hat sie nicht sexuell attackiert. Habe ich recht?«

McCormick runzelte die Stirn. »Woher wissen Sie das?«

»Ich *weiß* es nicht im üblichen Sinne des Wortes.« Tony redete immer eindringlicher auf ihn ein. »Ich weiß es, weil ich aus dem Szenario am Tatort Dinge herauslesen kann, die Ihre Männer nicht herauslesen. Das war kein spontaner Lustmord, Superintendent, hier ging's dem Mörder darum, uns eine Botschaft zu übermitteln. Und das deutet darauf hin, daß er sich uns himmelhoch überlegen fühlt. Er ist sicher, daß wir ihn nie schnappen. Aber ich kann Ihnen helfen, ihn zu schnappen.«

McCormick schüttelte den Kopf. »Sie haben irgendwo irgendwas aufgeschnappt, und nun machen Sie flugs eine hochtrabende Theorie daraus. Aber das überzeugt mich nicht. Es bleibt dabei, Ihre Mitarbeit in meinem Dienstbereich ist unerwünscht. Ihre Vorgesetzten im Innenministerium haben dieser Entscheidung bereits zugestimmt. Und nun darf ich Sie bitten zu gehen.«

Tony wußte, daß er die Schlacht – zumindest hier und heute – verloren hatte. Er biß sich auf die Lippen, nahm sämtliche Unterlagen über die Fälle der vermißten Teenager aus dem Schrank, verstaute sie in der Aktentasche und ging wortlos aus dem Seminarraum. Überall auf den Fluren begegnete er den stummen Blicken der Officer. Er war froh, daß Carol diesen Spießrutenlauf nicht miterlebte. Sie hätte nicht so ruhig und gelassen darauf reagiert. Aber scheinbare Gelassenheit war jetzt seine einzige Waffe.

Als die Außentür hinter ihm zufiel, hörte er noch irgend jemanden – die Stimme erkannte er nicht wieder – hinter sich rufen: »Ein Glück, daß wir den Kerl los sind.«

Sooft sie ein paar Minuten aus dem Meer der Schmerzen auftauchte, dachte Donna Doyle über ihr kurzes Leben nach. Nichts bedauerte sie so wie das blinde Vertrauen, das sie hierhergebracht hatte. Ein Schritt hin zu dem vermeintlich goldenen Regenbogen, zu einer Erlösung, die genauso trügerisch war wie die, von der der Priester jeden Sonntag erzählte. Sie hatte mal an die Chance geglaubt, ein Star zu werden. Ein furchtbarer Irrtum.

Es war nicht fair. Sie hatte das alles ja nicht nur für sich gewollt. Mit dem Ruhm wäre das Geld gekommen, und mit dem Geld hätte Mum nicht mehr so schuften und jeden Penny zweimal umdrehen müssen wie seit Dads Tod. Donna hatte sie damit überraschen wollen. Aber daraus wurde nun nichts. Selbst wenn sie je wieder hier herauskam, selbst wenn sie rechtzeitig gefunden wurde, der Traum vom Star war ausgeträumt.

Sie konnten sie immer noch finden, sagte sie sich und redete sich ein, daß das nicht nur wie Pfeifen im Dunkeln wäre. Natürlich suchten sie nach ihr. Ihre Mum war zur Polizei gegangen, in den Zeitungen war ihr Foto gewesen, vielleicht auch im Fernsehen. Überall im Land gab es Leute, die sie gesehen hatten und sich an sie erinnern würden. Die vielen Leute im Zug. Die, die mit ihr in Five Walls ausgestiegen waren. Einer mußte sich an sie erinnern. Wo sie doch so schick ausgesehen hatte. Die Polizei kam bestimmt bald dahinter, wem der Land Rover gehörte, in den sie eingestiegen war. Oder etwa nicht?

Sie wimmerte leise in sich hinein. Tief im Herzen wußte sie, daß sie nie wieder woanders liegen würde als hier. Es war – wie sagt man da? – ihre letzte Ruhestätte. Und da fing Donna Doyle in ihrem Grab zu weinen an.

Tony saß nach vorn gebeugt im Lehnsessel und starrte ins flackernde Gasgelb des falschen Kaminfeuers. Vor ihm stand noch immer das Glas Bier, das Carol ihm gebracht hatte, als er gekommen war. Ausreden hatte sie nicht gelten lassen, es war ja nur eine Stunde auf der Schnellstraße bis zu den Vororten von Seaford. Er stand unter Schock, er mußte sich irgendwo aussprechen können. Und sie brauchte seinen Rat in der Sache mit dem Brandstifter. Sie mußte einen Kater füttern, er nicht, also konnten sie sich nur bei ihr treffen.
Und nun saßen sie da und hatten, seit er gekommen war, kaum ein Wort geredet. Er starrte in die Flammen, sah aber im Geiste das Bild der toten Shaz Bowman vor sich. Carol hatte ihn in Ruhe gelassen und die Zeit genutzt, um den vorbereiteten Auflauf aus Hühnerbrüstchen, Kartoffeln, kleingehackten Zwiebeln und einer Fertigsoße in den Herd zu schieben und anschließend oben im Gästezimmer das Bett zu beziehen. Obwohl sie sich nicht der Illusion hingab, heute irgend etwas von Tony erwarten zu können.
Sie schenkte sich einen großen Gin-Tonic ein, gab zwei tiefgefrorene Lemonenscheiben dazu, ging ins Wohnzimmer und setzte sich – mit untergeschlagenen Beinen, Nelson lag auf dem Hirtenteppich zwischen ihnen – in den Lehnsessel ihm gegenüber.
Tony sah hoch und brachte ein verhuschtes Lächeln zustande. »Danke für den Frieden und die Stille. Das Ambiente Ihres Cottages ist genau das, was ich heute brauche.«
»Ich bin froh, daß es Ihnen gefällt. Mir auch, deshalb habe ich's ja gekauft. Und wegen der Aussicht.«

»Ich … ich werde das Bild nicht los«, sagte er. »Ich stelle mir das immer wieder vor. Wie er sie fesselt und knebelt, in dem Wissen, daß sie nicht lebend davonkommt. Dabei weiß er nicht mal, was und wieviel sie weiß.«
»Was immer das gewesen ist«, sagte Carol. »Ich nehme an, das läßt in Ihnen alles wieder lebendig werden.«
Tony nickte. Dabei wünschte er sich nichts so sehr, als die Erinnerungen loszuwerden. Nur, der Versuch, alles zu vergessen, war manchmal genauso quälend wie das Erleben. »Carol«, sagte er unvermittelt, »Sie sind Detective. Sie haben dabeigesessen, als Shaz ihr Ergebnis zu meiner Übungsaufgabe vorgetragen hat. Und Sie haben gehört, was die anderen dazu gesagt haben. Versetzen Sie sich in Shaz' Lage. Stellen Sie sich vor, Sie stünden noch ganz am Anfang Ihrer Karriere und müßten noch beweisen, was in Ihnen steckt. Denken Sie nicht lange nach, antworten Sie einfach aus dem Bauch heraus. Wie hätten Sie an Shaz' Stelle reagiert?«
»Ich hätte beweisen wollen, daß ich recht habe und ihr alle unrecht habt.«
»Geschenkt, das ist klar«, sagte Tony ungeduldig, »aber wie hätten Sie das bewiesen? Was hätten Sie konkret getan?«
Carol nahm einen Schluck von ihrem Drink. »Ich weiß, was ich jetzt tun würde. Ein Team zusammenstellen, zwei, drei Officer, und auf die Fälle dieser verschwundenen Teenager ansetzen. Weit zurück in die Vergangenheit gehen. Mit Freunden und den Familien reden. Herausfinden, ob die vermißten Mädchen Fans von Jacko Vance waren. Ob sie bei seiner Veranstaltung waren. Und wer mit ihnen dort gewesen war. Und ob dem Freund oder der Freundin irgend etwas aufgefallen ist.«
»Dafür hatte Shaz weder die Zeit noch die Leute. Stellen Sie sich vor, Sie sind jung und ehrgeizig. Was tun Sie?«
»Dann muß ich versuchen, sämtliche Aktivposten einzuset-

zen«, sagte Carol. »Und ein paar Beziehungen spielen lassen.«
Tony nickte ihr aufmunternd zu. »Und was heißt das?«
»Viel Lauferei, mit den richtigen Leuten reden. Das Bäumchen schütteln, bis ich sehe, was runterfällt.«
»Ein wenig genauer«, verlangte Tony.
»Nun, ich war seinerzeit mit einer Journalistin befreundet. Der hätte ich eine Story untergejubelt, die sich für den Mörder anders lesen mußte als für Hinz und Kunz. Nur, Shaz hatte anscheinend keine solchen Beziehungen. Oder sie hat sie nicht genutzt. Aber eines hätte ich an ihrer Stelle mit Sicherheit versucht: in Kontakt mit dem Verdächtigen zu kommen.«
Tony lehnte sich zurück und trank einen Schluck Bier. »Gut, daß Sie's sind, die das sagt. Ich hab jedesmal Hemmungen, bei einer Ermittlung so eine Vermutung zu äußern, weil ich ahne, daß die Officer mich auslachen und mir sagen, daß niemand von ihnen so unbedacht sein Leben und seine Karriere aufs Spiel setzen würde.«
»Sie glauben, sie ist in Kontakt mit Jacko Vance getreten?«
Tony nickte.
»Und Sie glauben, das, was sie ihm gesagt hat …«
»Oder jemandem aus seiner Umgebung«, unterbrach er sie. »Es muß ja nicht Vance selber gewesen sein. Aber ich glaube in der Tat, daß sie zu jemandem etwas gesagt hat, was dem Mörder angst gemacht hat.«
»Und der hat dann keine Zeit verloren.«
»Nein. Und er hatte den Nerv, sie in ihrem eigenen Wohnzimmer zu ermorden. Mit dem Risiko, daß sie schreit oder daß ein Möbelstück umfällt oder sonst was passiert, was in einem Mehrparteienhaus Aufmerksamkeit erregen muß.«
Carol nahm einen Schluck von ihrem Drink. »Und er mußte

sich irgendeinen Trick einfallen lassen, um in ihre Wohnung zu kommen.«
Tony sah sie überrascht an. »Warum erwähnen Sie das?«
»Weil sie sich mit einem, den sie für einen Serienmörder gehalten hat, nie in ihrer Wohnung verabredet hätte. Nicht mal in jugendlichem Übermut. Niemand lädt den Fuchs in den Hühnerstall ein. Und wenn er später, nachdem sie mit ihm geredet hatte, bei ihr aufgetaucht wäre, hätte sie ihn nicht reingelassen, sondern Alarm geschlagen. Nein, sie muß, als sie in ihre Wohnung gekommen ist, bereits seine Gefangene gewesen sein.«
Diese spontanen, logisch begründeten Einfälle hatten die Arbeit mit ihr schon damals in Bradfield so angenehm gemacht, erinnerte sich Tony. »Natürlich – Sie haben recht. Danke.«
Jetzt wußte er, wo er anfangen mußte. Er trank sein Bier aus. »Kriege ich noch eines? Wir müssen noch über Ihr kleines Problem reden.«
Carol zog die Beine unter sich hervor, reckte sich mit Nelson um die Wette und fragte, schon auf dem Weg in die Küche, um sein Bier zu holen: »Ich hätte gedacht, Sie wollen lieber weiter über Shaz reden.«
»Das heb ich mir für das Gespräch mit Ihren Kollegen am Montag morgen auf. Wenn Sie bis zur Teezeit nichts von mir gehört haben, sollten Sie mal checken, ob die Jungs mich einigermaßen fair behandeln.«
Als Carol ihm wieder gegenübersaß, nahm Tony zwei Bogen Papier aus der Brieftasche. »Jeder von meinen Leuten hat im Laufe der letzten Woche in der Sache mit den Brandstiftungen ein Täterprofil ausgearbeitet. Am Freitag haben sie auf der Grundlage der Einzelergebnisse eine gemeinsame Analyse erstellt. Hier habe ich eine Kopie davon, ich zeige sie Ihnen später.«
»Großartig. Ich wollte vorläufig nichts davon erwähnen,

aber ich habe selbst an einem Täterprofil gearbeitet. Da bin ich natürlich gespannt, wieweit die Ergebnisse übereinstimmen.«
Nun fiel es Tony erst recht schwer, ihre Erwartungen zu enttäuschen. »Carol, ich muß Ihnen sagen, ich vermute, daß wir alle unsere Zeit verschwendet haben.«
Unwillkürlich reckte sie das Kinn vor. »Und das heißt?«
»Das heißt, daß Ihre Brände sich keiner bekannten Kategorie zuordnen lassen.«
»Wollen Sie damit sagen, es handelt sich nicht um Brandstiftungen?«
Bevor er antworten konnte, brachte ein heftiges Klopfen die große, nachtdunkle Scheibe hinter ihnen zum Klirren. Tony drehte sich um, konnte aber nichts erkennen. »Erwarten Sie Besuch?«
Carol schüttelte den Kopf, ging zur Fensterfront und öffnete die Tür zur Terrasse. Tony war mitgekommen, konnte aber nur eine Gestalt im Dunkeln ausmachen. Ein Mann, kräftig und groß.
»Jim«, rief Carol überrascht aus. »Was treibt Sie denn her?«
»Ich hab Sie den ganzen Nachmittag telefonisch nicht erreichen können, und da hab ich mir von Sergeant Taylor den Weg zu Ihnen beschreiben lassen und mir gedacht, rückst ihr einfach zu Hause auf die Pelle.« Als Carol ihm Platz machte und er hereinkommen wollte, entdeckte er Tony. »Oh, Entschuldigung, ich wußte nicht, daß Sie Besuch haben.«
»Macht nichts.« Carol winkte ihn herein. »Ihr Timing hätte nicht besser sein können. Das ist Dr. Tony Hill vom Innenministerium. Tony leitet die NOP Task Force in Leeds. Wir haben gerade über die Brandstiftungen gesprochen. Tony, das ist Jim Pendlebury, der Feuerwehrchief von Seaford.«
»Freut mich, Sie kennenzulernen«, sagte Tony, war sich dessen aber nicht mehr so sicher, als Pendlebury ihm in der Ma-

nier eines professionellen Knochenbrechers die Hand schüttelte. Dann vergrub er beide Hände in den Hosentaschen und brachte sie mit zwei Flaschen australischem Shiraz wieder zum Vorschein. »Mein Housewarming-Präsent. Löst die Zunge. Sie werden sehen, wie beschwingt wir gleich über unseren Feuerteufel reden.«
Carol holte Gläser und einen Korkenzieher und schenkte Pendlebury und sich Wein ein. Tony hatte ihr schon bedeutet, daß er beim Bier bleiben wollte.
»Na, Doc, was haben Ihre Baby-Watsons für uns rausgefunden?« Pendlebury fläzte sich in den Sessel und streckte seine langen Beine so weit aus, daß Nelson empört neben Carol Zuflucht suchte.
»Wenn Sie mich fragen: nichts, was Carol nicht selber rausfinden könnte. Ich fürchte, es ist nichts Brauchbares dabei.«
Pendlebury lachte laut. »Ach, seit wann geben Profiler zu, daß sie außer gequirlter Scheiße nichts zu bieten haben? Carol, haben Sie das Tonband laufen?«
Tony – daran gewöhnt, angepflaumt zu werden – reagierte mit nachsichtigem Lächeln. »Würden Sie einen Schraubenzieher benutzen, wenn Sie einen Zaunpfahl einrammen wollen?«
Pendlebury legte den Kopf schief. »Heißt das, Profiling ist bei der Sache so was wie das falsche Werkzeug?«
»Genau das will ich damit sagen. Profiling ist das geeignete Werkzeug bei bestimmten Verbrechen, bei denen das Motiv zumindest im Ansatz im psychopathischen Bereich zu suchen ist.«
»In schlichtem Englisch.« Pendleburys Miene verriet eine Mischung aus Neugier und Skepsis.
»Wollen Sie meinen Standardvortrag hören? Die siebenunddreißigste Fassung? In voller Länge?«
»Bitte lieber die Kurzfassung für Feuerwehrleute.«

Tony fuhr sich mit der Hand durchs volle dunkle Haar, eine Reflexbewegung, nach der er jedesmal aussah wie die Karikatur eines leicht zerstreuten Wissenschaftlers. »Okay. Die meisten Verbrechen werden in unserem Land aus Gewinnsucht, in blinder Wut oder unter Drogen- oder Alkoholeinfluß begangen. Oder alles das kommt zusammen. Mit dem Verbrechen soll ein bestimmtes Ziel erreicht werden: an Geld oder Drogen ranzukommen, Rache zu nehmen, dafür zu sorgen, daß einen irgend jemand nicht mehr nervt. Einige Verbrechen haben ihre Wurzeln aber auch in psychologischen Zwängen. Irgend etwas treibt den Verbrecher – es handelt sich meist um einen Mann – zu Handlungen, die einen Schlußpunkt setzen. Das kriminelle Handeln an sich kann so geringfügig sein wie … sagen wir, Damenslips von der Wäscheleine zu klauen. Es kann sich aber auch um sehr ernste Verbrechen handeln. Serienbrandstiftung ist so ein ernstes Verbrechen. Ich glaube lediglich nicht, daß wir es hier mit einem Feuerteufel zu tun haben, der die Brände legte, weil er seinen Kick sucht. Ein angeheuerter Handlanger ist es auch nicht. Der Bursche, mit dem wir's zu tun haben, ist von anderer Couleur. Er hat eher was von einem Hybriden.«

Pendlebury sah ihn groß an. »Würden Sie uns jetzt auch noch verraten, was Sie damit meinen?«

»Mit Vergnügen.« Tony lehnte sich zurück und ließ sein Glas zwischen den Fingern kreisen. »Lassen Sie uns zuerst die Theorie vom angeheuerten Brandstifter ausschließen. In einigen wenigen Fällen könnte es sich um Racheakte am Besitzer des Gebäudes gehandelt haben, aber die allermeisten Brände wurden offensichtlich nach dem Zufallsprinzip gelegt. Es ist kein finanzielles Motiv zu erkennen, es ging nicht um bestimmte Branchen, nicht mal um dieselbe Versicherungsgesellschaft. Abgesehen davon, daß alle Brände nachts und – bis auf den letzten – in menschenleeren Gebäuden ge-

legt wurden, gibt es keine auffallenden Übereinstimmungen. Also auch keinen Grund zu der Annahme, daß ein angeheuerter Profi dahintersteckt. Soweit einverstanden?«
Carol schenkte sich Wein nach. »Bis hierhin kann ich Ihnen nicht widersprechen.«
»Aber es kann doch sein, daß es trotzdem ein Profi ist, der jedesmal aus einem anderen Motiv angeheuert wird«, wandte Pendlebury ein.
»Dann bleiben immer noch zu viele Ungereimtheiten«, sagte Carol. »Wir haben zunächst auch auf einen angeheuerten Profi getippt – nicht ein einziger brauchbarer Anhaltspunkt. Aber, Tony, wieso soll es nicht ein emotional geschädigter Täter sein, der seinen Kick sucht?«
Tony zögerte. »Ich könnte mich irren.«
»O ja«, sagte Carol grinsend, »in den Akten Ihrer Fälle wimmelt es von Irrtümern.«
Tony grinste zurück. »Danke für die Blumen. Nun, ich sag Ihnen, warum ich nicht an einen geistesgestörten Täter glaube. In den allermeisten Fällen gab es nahezu keine forensisch auswertbaren Spuren, nur der Brandherd konnte identifiziert werden, und es gab Anzeichen dafür, daß irgendein Brandbeschleuniger und so etwas wie eine Zündvorrichtung verwendet wurden. Kein gewaltsames Eindringen. Wären es nicht so viele Feuer in relativ kurzer Zeit gewesen, hätte jeder eine zufällige Häufung von Fahrlässigkeit vermutet.«
Er griff zu den beiden Bogen, die er mitgebracht hatte. »Wir haben es also mit jemandem zu tun, der gut vorbereitet und sehr umsichtig zu Werke geht. Etwas, was man bei typischen Feuerteufeln nie antrifft. Unser Mann bringt sein Handwerkszeug mit, er verwendet aber auch an Ort und Stelle vorhandenes Material.«
Sein Blick traf sich mit dem von Carol. Er spürte ihre Skepsis. »Weiter ist zu bedenken, daß die meisten Feuerteufel se-

xuell motiviert sind. Wenn Sie irgendwo Feuer legen, masturbieren sie oft dabei, oder sie urinieren oder entleeren den Darm. Auch dafür gibt es keine Anzeichen. Es wurde auch kein pornographisches Material gefunden. Wenn er sich nicht am Brandort einen runtergeholt hat, hat er's möglicherweise an der Stelle getan, von der aus er den Brand beobachten konnte. Aber bis jetzt hat sich kein Zeuge gefunden, der so etwas gesehen hat. Oder etwas, was den Verdacht begründen kann, daß er's getan hat. Also wiederum negativ.«

»Wie ist es mit den Zeitabständen?« fragte Carol. »Die werden immer kürzer. Ist das nicht ein typisches Merkmal für Serientäter?«

»Ja«, warf Pendlebury ein, »das liest man in jedem Buch über Serienmörder.«

»Aber bei Brandstiftungen stimmt das nicht. Schon gar nicht, wenn einer spektakuläre Brände legt, wie in unserm Fall«, sagte Tony. »Die Zeitabstände sind willkürlich – Wochen, Monate oder sogar Jahre. Aber bei einem Wiederholungstäter ist ein gewisser Rhythmus zu beobachten. Insofern stimmt es, daß zunehmende Häufigkeit ein Indiz für einen Serientäter ist. Ich sage ja auch nicht, daß wir es mit mehreren Tätern zu tun haben. Es ist vermutlich immer wieder derselbe. Ich glaube nur nicht, daß es ein geistesgestörter Täter ist, der seinen Kick sucht.«

»Also zusammenfassend?« fragte Carol.

»Der Bursche, der die Brände legt, tut das aus hundsgewöhnlichen kriminellen Motiven. Er ist kein Psychopath.«

Pendlebury schnaufte. »Und was sind das für hundsgewöhnliche kriminelle Motive.«

»Genau das wissen wir noch nicht.«

»Ist ja auch unwichtig, wie?« knurrte der Chief.

»In gewisser Weise, ja«, sagte Carol. »Wenn es kein Psychopath ist, also nicht jemand, der mit hoher Intelligenz und nach einer für uns schwer nachvollziehbaren Logik handelt, müßte es um so leichter sein, hinter sein Motiv zu kommen. Und wenn wir erst mal so weit sind, ist der Rest Polizeiroutine.«

Pendlebury sah verärgert aus. »Also, ich kann mir kein anderes Motiv als die Suche nach einem Kick vorstellen.«

»Oh, ich weiß nicht«, erwiderte Tony schmunzelnd.

»Laß uns auch mitspielen, Sherlock«, forderte Carol ihn auf.

»Nun, es gibt Sicherheitsdienste, die auf mehr Aufträge für nächtliche Objektbewachung angewiesen sind, und Firmen, die einen Absatzrückgang bei ihren Sprinkler- und Feuermeldeanlagen beklagen. Oder ...« Tony sah den Chief nachdenklich an.

»Oder was?«

»Jim, beschäftigen Sie so was wie Teilzeitkräfte?«

Pendlebury sah ihn entsetzt an. Dann entdeckte er Tonys verhuschtes Lächeln und deutete es völlig falsch. »Sie wollen mich hochnehmen, wie?« Er drohte ihm scherzhaft mit dem Finger.

»Nur mal aus Neugierde: Haben Sie so was?«

»Ja, haben wir«, sagte Pendlebury mit beginnendem Mißtrauen.

»Könnte ich morgen eine Liste mit den Namen bekommen?« fragte Carol.

Der Feuerwehrchief schob die Schultern nach vorn und starrte Carol entgeistert an. »Mein Gott, sagen Sie bloß, Sie meinen das ernst?«

»Wir dürfen keine Möglichkeit außer acht lassen«, antwortete Carol ruhig. »Das ist nicht persönlich gemeint, Jim. Aber Tony hat eben eine Möglichkeit angedeutet, die ich bei den weiteren Ermittlungen berücksichtigen muß. Sonst vernachlässige ich meine Pflichten.«

Pendlebury sprang auf. »Wenn meine Leute ihre Pflichten

vernachlässigen würden, stünde in dieser Stadt kein Stein mehr auf dem anderen. Seit dieser Irre bei uns wütet, setzen meine Leute ihr Leben ein. Und jetzt sollen sie auf einmal an den Pranger gestellt werden?«

»Ich würde genauso reagieren, wenn jemand einen meiner Leute als Täter verdächtigt«, sagte Carol. »Aber hier wird ja niemand verdächtigt, es geht nur darum, alle Möglichkeiten in Betracht zu ziehen. Kommen Sie, setzen Sie sich wieder, und trinken Sie noch ein Glas Wein. Es bringt nichts, wenn wir uns streiten.«

Pendlebury atmete tief durch und ließ sich in seinen Sessel fallen. Als Carol ihm nachschenkte, brachte er schon wieder ein leicht verkniffenes Lächeln zustande. »Ich muß mich schließlich vor meine Leute stellen«, murmelte er.

Tony, beeindruckt von der ruhigen Art, in der Carol die Situation entschärft hatte, nickte ihm zu. »Ich finde es gut, daß Sie das tun. Ich kann Ihre Leute nur beglückwünschen.«

Bis Pendlebury sich verabschiedete, vermieden es alle drei, von den Bränden zu reden, und zu guter Letzt war es der Feuerwehrchief, der den kleinen Knacks, den der Abend bekommen hatte, mit hübschen kleinen Anekdoten aus East Yorkshire kittete. Tony genoß die gelöste Stimmung besonders, denn sie lenkte ihn davon ab, ständig an Shaz Bowman zu denken.

Später, in den Stunden zwischen Mitternacht und frühem Morgen und in der Einsamkeit von Carols Gästezimmer, gab es nichts mehr, was die Erinnerung an das Bild der gräßlich verstümmelten jungen Frau wenigstens vorübergehend verblassen ließ. Der Alptraum hatte ihn wieder eingeholt.

Im stillen versprach er Shaz, den Mann ausfindig zu machen, der ihr das angetan hatte, welchen Preis er auch dafür bezahlen mußte. Und er wußte aus bitterer Erfahrung, daß es ein sehr hoher Preis sein konnte.

Jacko Vance saß im schallisolierten, elektronisch abgeschirmten Projektionsstudio im Dachgeschoß seines Hauses. Er hatte heute sogar die Tür hinter sich abgeschlossen, weil er sich den Mitschnitt der Spätnachrichten verschiedener Fernsehkanäle ansehen wollte. Das Hauptthema war überall der Tod von Shaz Bowman. Von Zeit zu Zeit blickten ihre blauen Augen ihn vom Bildschirm an – ein erregender Kontrast zu dem Bild ihrer letzten Lebensminuten, das in ihm gespeichert war.

Aber solche Aufnahmen zeigten sie natürlich nicht. Nicht mal mit dem Hinweis, daß die folgenden Szenen nicht für Kinder und Leute mit schwachen Nerven geeignet seien.

Er fragte sich, wie es Donna Doyle wohl ging. Über die hatten sie im Fernsehen nichts gebracht. Immer dasselbe mit diesen jungen Dingern. Bildeten sich alle ein, sie hätten das Zeug zum Star, dabei nahm außer ihm kein Mensch Notiz von ihnen. Für ihn repräsentierten sie das Idealbild junger Frauen, er mochte ihre Fügsamkeit und die Bereitwilligkeit, mit der sie ihm alles abnahmen, was er ihnen weismachte. Und er liebte den Moment, in dem sie begriffen, daß es nicht um Ruhm ging, nicht mal um Sex, sondern nur um Schmerz und Tod.

Es war ein Hochgenuß, ihnen in diesem Moment in die Augen zu blicken. Eben hatte er noch Verehrung darin gelesen, nun war es tödliches Erschrecken. Ihre Gesichter verloren alle Individualität, sie wurden alle Jillie ähnlich. Nein, sie wurden zu Jillies Gesicht. Und das machte die Strafe sinnvoll und gerecht.

Im übrigen geschah es ihnen recht. Erst redeten sie von ihrer Familie, als wären alle Engel auf Erden. Wie lieb ihre Mütter und Väter zu ihnen wären und wie sie sich um sie kümmerten. Aber dann erlebte er, daß die kleinen Luder, die sich so bereitwillig auf all das einließen, was er von ihnen verlangte, diese Liebe überhaupt nicht verdienten. Er war's, der sich etwas verdient hatte. Ihr Leben. Und was bekam er statt dessen?

Siedend heißer Ärger stieg in ihm auf, aber er konnte damit umgehen. Er konnte ihn kontrollieren, als hätte er einen eingebauten Thermostaten. Es war sinnlos, wegen dieser jungen Luder Energie zu verschwenden und sich zu ärgern. Sein vorherrschendes Gefühl mußte Genugtuung sein. Genugtuung über die exzellente Arbeit, die er geleistet hatte.

> Da sitzt Little Jack
> Ganz still in sei'm Eck
> Und denkt sich: den Pflaumenkuchen,
> Den werd' ich jetzt schnell mal versuchen.
> Und er bohrt mit dem Däumchen
> Ein hellblaues Pfläumchen
> Aus dem Kuchen heraus
> Und denkt: ei der Daus,
> Das war mal ein lustiger Gag.

Er kicherte leise in sich hinein. Genauso hatte er Shaz Bowman mit dem Daumen die leuchtendblauen Pfläumchen ihrer Augen herausgebohrt und gespürt, wie ihr lautloser Schrei im Kern seines Ich vibrierte. Es war leichter gewesen, als er geglaubt hatte. Verblüffend, wie einfach sich ein Auge aus der Verankerung lösen läßt.

Schade nur, daß es ihm nicht vergönnt gewesen war, den Ausdruck dieser Augen zu sehen, als er ihr die Ohren abgeschnitten und die Säure eingeflößt hatte. Er rechnete nicht damit, daß er in nächster Zeit irgend jemanden einer ähnlichen Behandlung unterziehen mußte, aber für alle Fälle nahm er sich schon jetzt vor, sorgfältiger auf die richtige Reihenfolge zu achten.

Und so stellte sich, als er das Band zurücklaufen ließ, nun doch die angemessene Genugtuung ein.

Wenn Micky, was ihre morgendliche Routine anging, nicht so unerbittlich streng mit sich selbst gewesen wäre, hätte sie vielleicht im Radio oder Fernsehen etwas über Shaz' Tod erfahren. Aber sie hatte es sich nun mal zur Regel gemacht, die Neuigkeiten, die die Welt bewegten, erst zur Kenntnis zu nehmen, wenn sie im Büro saß. Sie frühstückte lieber bei Musik von Mozart und fuhr bei Wagnerklängen ins Studio. Und da sie und Betsy dort schon frühmorgens sein mußten, also gewöhnlich vor den Spätnachrichten schlafen gingen, waren die Morgenzeitungen ihre erste Nachrichtenquelle.

Betsy war's, die Shaz' Foto im *Daily Mail* entdeckte. Druckerschwärze verwischte den Glanz der blauen Augen, dennoch mußten diese Augen jeden Leser sofort in ihren Bann ziehen.

»Mein Gott«, hauchte Betsy, ließ sich in den Schreibtischsessel fallen und starrte auf die Titelseite.

Micky hängte ihr Jackett auf den Bügel, prüfte kritisch, ob es auch keine Falten abbekommen hatte, und erkundigte sich beiläufig: »Was gibt's?«

»Schau dir das an.« Betsy schob ihr die Zeitung hin. »Ist das nicht die Polizistin, die am Samstag bei uns war?«

Mickys Blick fiel auf die Schlagzeile. ABGESCHLACHTET, stand da. Darunter das Foto einer lächelnden Shaz Bowman mit der Uniformmütze der Metropolitan Police. Sie nahm in einem der Besuchersessel Platz und las den Artikel, eine Mischung aus Nachruf und Sensationsbericht. Einzelne Wörter wie »entsetzliches Blutbad«, »Horrorszenario« und »unglaubliche Brutalität« sprangen sie an. Sie spürte, wie ihr Magen zu rebellieren begann.

Ihr Beruf hatte sie an Kriegs- und Bürgerkriegsschauplätze geführt, an Orte, die Zeugnis gaben von grauenhaften Massakern oder persönlichen Tragödien, und doch hatte keine der Katastrophen, über die sie berichten mußte, sie so aufgewühlt wie diese Sache mit Shaz Bowman. Es traf sie wie ein Schock, weil es ihr auf unerklärliche Weise irgendwie persönlich vorkam.

»O mein Gott«, sagte sie. »Sie war am Samstag vormittag bei uns, kurz bevor wir das Haus verlassen haben. Dem Zeitungsartikel nach geht die Polizei davon aus, daß sie zwischen dem späten Samstag abend und dem frühen Sonntag morgen ermordet wurde. Wir reden mit ihr, und ein paar Stunden später ist sie tot. Was unternehmen wir jetzt, Bets?«

Betsy kam um den Schreibtisch herum, kauerte sich neben ihre Freundin und legte ihr die Hand aufs Knie. »Gar nichts. Das ist nicht unsere Sache. Sie wollte zu Jacko, nicht zu uns. Mit uns hatte sie gar nichts zu tun.«

Micky sah sie entsetzt an. »Wir können doch nicht gar nichts tun. Sie muß ihrem Mörder begegnet sein, kurz nachdem sie das Haus verlassen hat. Das können wir doch nicht einfach auf sich beruhen lassen. Es wäre doch immerhin ein Anhaltspunkt für die Polizei, wenn wir ihr sagen, daß und wann sie da war und daß sie das Haus ...«

»Liebling, atme ruhig durch und denk darüber nach, was du sagst«, fiel Betsy ihr ins Wort. »Sie ist nicht irgendein Mordopfer, sie war Police Officer. Da geben ihre Kollegen sich kaum mit so einer allgemeinen Aussage zufrieden. Sie werden unser Leben gründlich durchleuchten, und wir wissen beide, daß dabei viel Staub aufgewirbelt werden kann. Laß das Ganze Jackos Sache sein. Ich werd ihn anrufen und ihm sagen, daß wir schon weg waren, als sie gekommen ist. Das ist die einfachste Lösung.«

Micky schob ihren Sessel heftig zurück, sprang auf und ging erregt auf und ab. »Und wenn sie nun anfangen, die Nachbarn zu befragen, und einer alten Klatschtante fällt plötzlich ein, daß sie DC Bowman mit uns an der Haustür gesehen hat? Und außerdem war ich's, die mit ihr telefoniert und den Termin für sie vereinbart hat. Was ist, wenn das in ihrem Notizbuch steht? Oder wenn sie das Telefonat gar auf Band aufgenommen hat? Wirklich, ich verstehe nicht, wie du auf die Idee kommst, wir könnten das einfach totschweigen.«

Betsy rappelte sich hoch. »Wenn du mal einen Moment mit deinem dramatischen Getue aufhörst, wirst du begreifen, daß mein Vorschlag sehr vernünftig ist«, sagte sie ärgerlich.

Micky griff zum Telefonhörer. »Ich rufe Jacko an.« Sie warf einen Blick auf die Uhr. »Er wird noch nicht wach sein, trotzdem werde ich ihm die Neuigkeit schonender beibringen als die Boulevardpresse.«

»Na gut. Vielleicht kann er dich zur Vernunft bringen«, sagte Betsy sarkastisch.

Micky tippte Jackos Privatnummer ein. »Ich sag ihm, daß ich vorhabe, die Polizei anzurufen ... Hallo, Jacko? Ich bin's. Hör zu, ich habe schreckliche Neuigkeiten für dich ...«

Jacko legte den Kopf in die Kissen zurück und dachte nach. Er hatte selbst mit dem Gedanken gespielt, die Polizei anzurufen. Einerseits wäre es geradezu ein Beweis seiner Unschuld gewesen, weil außer seiner Frau und Betsy niemand wissen konnte, daß die Bowman hiergewesen war. Andererseits konnte ihn ein Übermaß an Beflissenheit, die Ermittlungen in einem Mordfall unaufgefordert zu unterstützen, verdächtig erscheinen lassen. Wie in jedem Fachbuch nachzulesen war, versuchten psychopathische Mörder häufig, sich der Polizei als Zeuge anzudienen.

Es war besser, den Anruf Micky zu überlassen. Das Leumundszeugnis einer treu ergebenen Ehefrau, die noch dazu ein Fernsehstar war, hatte bestimmt einen hohen Stellenwert.

Also, sagte er sich, sehen wir das Ganze mal so: Micky ruft die Polizei an, gleich nachdem sie Shaz' Foto in der Zeitung gesehen hat. Das ist noch vor der Zeit, zu der ich gewöhnlich aufstehe. Demnach kann ich noch nichts davon gewußt haben, und das erklärt, warum ich nicht selbst zum Hörer gegriffen habe. *Denn, Officer, gestern abend hatte ich einfach zuviel um die Ohren, um mir die Spätnachrichten anzusehen. Ich komm ja kaum dazu, mir meine eigene Show anzusehen, ganz zu schweigen von der meiner Frau. Wie meinen Sie? Aber ja, ich gebe Ihnen gern ein Autogramm für Ihre Frau …*

Jetzt kam es darauf an, eine Strategie zu entwickeln. Nach Leeds mußte er sich gar nicht bemühen, die Polizei tauchte sicher bald bei ihm auf, davon ging er aus. Wenn nicht, machte es erst recht keinen Sinn, die Cops anzurufen. *Warum hätte ich anrufen sollen, Officer? Ich habe weder irgendwelche Erkenntnisse, noch habe ich etwas zu verbergen …*

Das wichtigste war jetzt ein Plan. Vorausplanen war das Geheimnis seines Erfolgs. Er hatte die Lektion auf nervenaufreibende Weise lernen müssen – damals, bei seiner ersten Ersatz-Jillie. Da hatte er eben nicht gründlich über alle Eventualitäten nachgedacht, sich nicht klargemacht, was alles dazwischenkommen und wie er damit fertig werden konnte. Das Cottage in Northumberland hatte er damals noch nicht gehabt und törichterweise geglaubt, die halbverfallene Wanderhütte, die er von den Wanderungen seiner Jugendzeit kannte, werde es auch tun.

Mitten im Winter kommt da sowieso niemand hin, hatte er gedacht. Und wer außer ihm kannte schon die alte Fahrspur, die zu der Hütte führte? Und weil er es nicht gewagt hatte, sie am Leben zu lassen, hatte er sie noch in derselben Nacht, in der er über sie hergefallen war, umgebracht. Was, weiß Gott, nicht so einfach gewesen war. Es hatte bis zur Morgendämmerung gedauert, bis sie endlich ihren letzten Atemzug tat. Allein die Anstrengung, sie zu fesseln und zu knebeln, den schweren Schraubstock in die Hütte zu schleppen und sie schließlich – oh, diese tiefe Symbolik für den Verlust, den er erlitten hatte – mit einer Gitarrensaite zu erdrosseln ... Er war, vor Erschöpfung zitternd, einfach nicht mehr in der Lage gewesen, nun auch noch die Leiche zu beseitigen, und hatte beschlossen, das in der darauffolgenden Nacht zu erledigen.

Aber dann ... ihm stockte jetzt noch der Atem, wenn er daran zurückdachte. Er war auf der Hauptstraße gewesen, nur noch zwei Meilen von der Abzweigung der Fahrspur entfernt, und da brachten sie plötzlich in den Nachrichten, eine Gruppe Nachtschwärmer habe vor etwa einer Stunde die Leiche einer jungen Frau gefunden. Vor Schreck hätte er beinahe das Lenkrad verrissen und wäre mit dem Land Rover im Straßengraben gelandet.

Nun, irgendwie hatte er's geschafft, die Nerven zu bewahren, und war schweißgebadet nach Hause gefahren. Und so verblüffend es war, er hatte offensichtlich nicht genug forensisch auswertbare Spuren hinterlassen, die die Polizei auf seine Spur führen konnten. Er war jedenfalls nie verhört worden. Soweit er wußte, hatten sie ihn nicht mal verdächtigt.

Immerhin hatte er drei entscheidende Dinge daraus gelernt. Erstens, er mußte die Tortur länger hinausziehen, damit er sich an den Qualen seiner Opfer weiden und das Gefühl genießen konnte, daß sie all das durchleiden mußten, was er selbst durchlitten hatte.

Zweitens war er dahintergekommen, daß ihm der Akt des Tötens keine Freude bereitete. Er genoß die Zeit bis dahin, die Agonie und die Angst des Opfers, und das Gefühl, ein Leben verlöschen zu lassen, aber die Mühe, die es kostete, ein junges, gesundes Ding umzubringen, war wahrhaftig kein Spaß, nein, das war harte Arbeit. Es war ihm egal, ob sie an

Blutvergiftung oder vor Verzweiflung starben, Hauptsache, er mußte nicht selbst Hand anlegen.
Und drittens, er brauchte einen sicheren Schlupfwinkel. Während der sechs Monate, die er bis zum Abschluß der Vorbereitungen brauchte, hatte er sich gedulden müssen. Was ihm nicht leichtgefallen war, aber dafür war beim nächsten Mal alles um so schöner gewesen.
Er dachte nicht daran, auf sein süßes, verstohlenes Vergnügen zu verzichten, bloß weil die Bowman sich eingebildet hatte, sie sei schlauer als er. Das Ganze war eine Sache sorgfältiger Planung. Und so schloß Jacko die Augen und dachte nach.

Carol holte tief Luft, klopfte an und marschierte mit einem forschen »Morgen, Jim« in Pendleburys Büro, als habe es nie auch nur einen Augenblick der Spannung zwischen ihnen gegeben.
»Carol«, sagte er überrascht, »bringen Sie Neuigkeiten?«
Sie setzte sich ihm gegenüber und schüttelte den Kopf. »Ich komme, um die Liste mit den Namen der freiwilligen, nicht vollzeitbeschäftigten Feuerwehrleute abzuholen.«
»Was denn? Ich dachte, Sie hätten nur Ihrem Gast zuliebe so getan, als fänden Sie diese dämliche Idee gut.«
»Bei Ermittlungen habe ich gute Erfahrungen mit Tonys Ideen gemacht«, sagte Carol.
»Glauben Sie im Ernst, daß ich Ihnen dabei helfe, meine Leute zu Sündenböcken zu stempeln?« konterte Pendlebury. »Immerhin sind das diejenigen, die den Kopf hinhalten, sooft wir zu einem Brandort gerufen werden.«
Carol seufzte verdrossen. »Ich versuche, dafür zu sorgen, daß Ihre Leute seltener gerufen werden. Außerdem geht's auch um arme Teufel wie Tim Coughlan, der nicht mal geahnt hat, daß er in Gefahr ist. Hier findet keine Hexenjagd statt. Ich

will keinen Unschuldigen festnageln, verstehen Sie das nicht? Sie wollen es doch nicht darauf ankommen lassen, daß ich mit einer richterlichen Anordnung hier auftauche.«

Sie starrten einander sekundenlang an, wie zwei Gegner, von denen jeder darauf wartet, daß der andere den Blick senkt. Nach einer Weile schüttelte Pendlebury resignierend den Kopf. »Ich geb sie Ihnen.« Sein Mund war ein Strich. »Aber Sie werden Ihren Brandstifter nicht darauf finden.«

»Das hoffe und wünsche ich mir sehr«, sagte Carol in ruhigem Ton. »Korruption ist eine häßliche Sache, bei der Feuerwehr genau wie bei der Polizei.«

Der Chief drehte sich abrupt weg, ging zum Aktenschrank, zog aus der untersten Schublade ein Blatt Papier heraus und warf es Carol hin, wie man einem Hund einen Knochen hinwirft: die Namen, Adressen und Telefonnummern der zwölf Freiwilligen, die Jim Pendleburys Seaforder Berufsfeuerwehr unterstützten. »Danke«, sagte Carol, »ich weiß das sehr zu schätzen.« Sie war schon auf dem Weg zur Tür, als ihr einfiel: »Noch was, Jim. Diese Brände – fallen die alle in die Zuständigkeit Ihrer Zentrale, oder gibt es ähnliche Fälle auch in der Umgebung?«

»Alle im Zentralbereich«, sagte Pendlebury, ohne sie anzusehen. »Sonst hätten Sie den Bogen Papier gar nicht gekriegt.«

»So was habe ich vermutet.« Carols Tonfall war eindeutig ein Friedensangebot. »Glauben Sie mir, Jim, niemand ist glücklicher als ich, wenn sich herausstellt, daß Ihre Jungs nichts damit zu tun haben.«

Der Chief sah immer noch weg. »Genau das wird sich rausstellen. Für die Jungs leg ich die Hand ins Feuer. Aber so was gehört zu den Dingen, von denen Ihr Psychologe keine Ahnung hat.«

Erst als sie im Wagen saß, die Autotür zugeknallt hatte und wütend mit dem Schlüssel nach der Zündung stocherte, machte Carol ihrem Herzen Luft. »Himmelarschundzwirn«, fluchte sie lauthals vor sich hin. »Verdammte Scheiße.«

Sie hatten nicht vor, ihn mit Samthandschuhen anzufassen. Darauf war Tony gefaßt gewesen. Immerhin erwiesen Detective Chief Superintendent McCormick und Detective Inspector Colin Wharton ihm die Ehre, die Vernehmung persönlich durchzuführen. Das Band lief. Die Mühe, ihn zumindest der Form halber um Einverständnis zu bitten, hatten sie sich nicht gemacht.

Tony schätzte die Situation realistisch ein. Er war kein Police Officer und damit aus ihrer Sicht keiner von ihnen, sondern ein wissenschaftlicher Wirrkopf aus dem Innenministerium, der ihnen mit seinem Profiling-Hexeneinmaleins ein X für ein U vormachen wollte und ihnen zudem für diesen Unfug ein paar der ohnehin zu knappen Diensträume weggenommen hatte. Obwohl Carol ihm beim Frühstück wiederholt versichert hatte, es handle sich nur um eine Routinebefragung, kreiste in seinem Schädel unablässig die Frage, wie er McCormick und Wharton klarmachen könne, daß sie Shaz' Mörder nicht im Kollegen- oder Freundeskreis, sondern ganz woanders suchen müßten.

Er spürte bereits, wie seine Schultern sich verspannten, eine Art Krampf, der den Rücken aufwärts wanderte, geradewegs auf den Hals und den Schädel zu. Es dauerte sicher nicht lange, bis er höllische Kopfschmerzen bekam.

»Fangen wir noch mal ganz vorn an«, sagte McCormick brüsk.

Für Wharton das Stichwort, die vorher abgesprochene Frage zu stellen: »Wann sind Sie DC Bowman zum ersten Mal begegnet?«

Aha, zumindest ersparten sie ihm das dümmliche Rollenspiel, bei dem einer den guten und der andere den bösen

Cop mimte, sie machten beide aus ihrer Aggressivität keinen Hehl.

»Commander Bishop und ich haben vor etwa acht Wochen mit ihr in London das Bewerbungsgespräch geführt. Das genaue Datum finden Sie in unserem Terminkalender.« Es kostete ihn Mühe, in ruhigem, sachlichem Ton zu sprechen.

»Sie haben dieses Gespräch gemeinsam geführt?« Offensichtlich wollten sie sich bei den Fragen abwechseln, McCormick war an der Reihe.

»Ja. Nach dem Gespräch hat sich Commander Bishop zurückgezogen, und ich habe einige psychologische Tests mit ihr gemacht. Dann ist Shaz Bowman gegangen, und ich habe sie erst wiedergesehen, als der Kurs anfing.«

»Wie lange waren Sie mit ihr allein?« Wieder McCormick.

»Nun, die Tests dürften etwa eine Stunde gedauert haben.«

»Lange genug, um sich näher kennenzulernen.«

Tony schüttelte den Kopf. »Dabei bleibt keine Zeit für persönliche Gespräche. Im übrigen könnte sich das kontraproduktiv auswirken. Wir streben an, die Auswahl so objektiv wie möglich zu treffen.«

»Und Sie haben die Entscheidung, Bowman in die Gruppe aufzunehmen, einhellig getroffen.«

Tony zögerte einen Moment. Wenn sie's nicht schon getan hatten, würden sie Bishop dieselbe Frage stellen. Es war sinnlos, um die Wahrheit herumzureden. »Paul hatte einige Vorbehalte, er meinte, sie sei innerlich zu sehr auf die Arbeit als Profilerin fixiert. Ich war der Ansicht, daß eine gewisse Unterschiedlichkeit der Gruppe nur guttun kann. Also hat Paul der Berufung von Shaz zugestimmt und ich der eines anderen Bewerbers, der mich weniger beeindruckt hatte.«

»Wer war das?«

Die Falle war zu plump, als daß Tony hineintappte. »Das fragen Sie besser Bishop.«
Plötzlich schoß Whartons plumper Schädel nach vorn. »Sie haben sie attraktiv gefunden, nicht wahr?«
»Was soll diese Frage?«
»Eine völlig unkomplizierte Frage. Ja oder nein? Waren Sie von ihr angetan?«
Tony wählte seine Worte mit Bedacht. »Es ist mir nicht verborgen geblieben, daß sie vom Aussehen her Eindruck auf Männer machen kann. Ich selbst habe mich von ihr nicht sexuell angezogen gefühlt.«
Wharton grinste anzüglich. »Woher wollen Sie das wissen? Wie ich höre, reagieren Sie auf Frauen nicht übermäßig heißblütig.«
Tony zuckte zusammen wie unter einem Schlag. Im Zuge der Ermittlungen nach dem Fall mit dem Schwulenkiller, bei dem er mit Carol zusammengearbeitet hatte, waren zwangsläufig auch seine sexuellen Probleme zur Sprache gekommen. Damals war ihm absolute Vertraulichkeit zugesichert worden, woran sich bisher seinem Eindruck nach alle Beteiligten gehalten hatten. Nun, nach Shaz Bowmans Tod, schien das auf einmal nicht mehr zu gelten. Woher Wharton sein Wissen auch haben mochte, Tony konnte nur hoffen, daß seine Impotenz nicht zum allgemeinen Kantinengespräch wurde. »Meine Beziehung zu Shaz war rein beruflich«, sagte er. »Im übrigen hat mein Privatleben nichts mit dieser Untersuchung zu tun.«
»Das zu entscheiden, überlassen Sie gefälligst uns«, fauchte McCormick ihn böse an.
»Rein beruflich, sagen Sie«, hakte Wharton nach. »Uns liegen aber Aussagen vor, denen zufolge Sie DC Bowman mehr Zeit gewidmet haben als den anderen Officers. Sie sollen bereits morgens vor Dienstbeginn mit ihr zusammengesessen

haben. Dem Vernehmen nach ist sie auch nach den Seminaren häufig zu einem Gespräch unter vier Augen dageblieben. Das deutet eher auf eine sehr enge Beziehung hin.«

»Zwischen ihr und mir gab es nichts. Ich komme morgens immer etwas früher, und Shaz hatte ein paar Probleme mit dem Softwareprogramm, deshalb hat sie sich vor Dienstbeginn an den Computer gesetzt. Es stimmt, daß sie hin und wieder nach einem Seminar dageblieben ist, aber auch da ging es um dienstliche Dinge. Bei den Ermittlungen zu diesem Mordfall wird Ihnen sicher klarwerden, daß Shaz' einzige Leidenschaft ihr Job war.«

Ein paar Sekunden Schweigen, dann fragte McCormick: »Wo waren Sie am Samstag?«

Tony schüttelte verblüfft den Kopf. »Damit verschwenden Sie nur Zeit. Sie sollten unsere Möglichkeiten nutzen, um den Mörder zu finden, statt einen von uns zu verdächtigen. Wir sollten darüber reden, was uns der Mörder mit der symbolischen Zeichnung der drei weisen Affen sagen wollte, und warum er allen forensischen Spuren nach die Tote nicht sexuell mißbraucht hat.«

McCormicks Augen verengten sich. »Von wem wollen Sie das mit den forensischen Spuren wissen?«

Tony stöhnte gequält. »Ich *weiß* es nicht. Aber ich habe den Tatort und die Leiche gesehen. Nach meinen Erfahrungen mit psychopathischen Mördern konnte ich das Szenario leicht deuten.«

»Das kann jeder, wenn er genau hinsieht«, fuhr ihm McCormick über den Mund. »Aber wie man am Tatort sämtliche Spuren auslöscht, ohne daß die Manipulation auf Anhieb deutlich wird, das weiß nur jemand, der wiederholt Gelegenheit hatte, die Arbeit der Mordkommission aus nächster Nähe zu verfolgen.«

Tony, begierig auf jede Information, die er bekommen konn-

te, beschloß, einfach mal auf den Busch zu klopfen. »Das heißt also, daß es keine forensischen Beweise gibt?«
»Das habe ich nicht gesagt«, trumpfte McCormick auf. »Sharon Bowmans Mörder glaubt vielleicht, er hätte keine Spuren hinterlassen. Aber er irrt sich.«
Tony überlegte fieberhaft. Fingerabdrücke? Oder die von einer Schuhsohle? Aber das hätte einem Mörder, der mit soviel Umsicht zu Werke gegangen war, nicht ähnlich gesehen. Also vermutlich eher Kleidungsfasern oder Haare. Ein Haar wäre, sobald der Verdacht sich auf eine bestimmte Person konzentrierte, das überzeugendste Beweismittel gewesen. Obwohl auch Fasern erfahrenen Forensikern wertvolle Aufschlüsse geben konnten.
»Gut«, sagte er. McCormick starrte ihn finster an.
Wharton schlug einen Aktenordner auf, entnahm ihm ein Blatt Papier und schob es Tony hin. »Für das Protokoll: Ich zeige Dr. Hill eine Ablichtung aus ihren Tagebucheintragungen für die Woche vor ihrem Tod. Für den Tag, an dem sie ermordet wurde, gibt es zwei Eintragungen. JV – neun dreißig. Und den Buchstaben T. Gestützt darauf, halte ich Ihnen vor, Dr. Hill, daß Sie an diesem Samstag mit Shaz Bowman verabredet waren und daß Sie sich tatsächlich mit ihr getroffen haben.«
Tony fuhr sich mit der Hand durchs Haar. Carol hatte mit ihrer Vermutung also recht gehabt. »JV – neun dreißig« konnte nur heißen, daß sie Vance am Samstag vormittag mit den Rückschlüssen aus ihrer Analyse konfrontiert hatte. Aber ein Triumphgefühl wollte sich nicht einstellen. »Inspector, eine solche Verabredung habe ich nicht getroffen. Was ich an besagtem Samstag tatsächlich getan habe, ist für diese Untersuchung völlig irrelevant.«
McCormick beugte sich vor. »Da bin ich nicht so sicher.« Gerade die leise, sanfte Stimme klang bedrohlich. »T für Tony.

Es könnte sein, daß sie sich nach Dienstschluß, außerhalb der Diensträume mit Ihnen getroffen hat, und ihr Freund hat das herausgefunden und ist wütend geworden. Vielleicht hat er sie zur Rede gestellt, und Shaz hat ihm gesagt, daß ihre Empfindungen für Sie stärker sind als die für ihn.«
Tony verzog die Lippen. »Etwas Besseres haben Sie nicht? Das ist pathetisch, McCormick. Da haben sogar manche meiner Patienten glaubwürdigere Wahnvorstellungen. Sie werden nicht in Abrede stellen, daß die entscheidende Eintragung die ist, aus der hervorgeht, daß sie um halb zehn mit JV verabredet war. Möglicherweise hatte Shaz die Absicht, nach der Unterredung mit Vance mich aufzusuchen, aber sie hat's nicht getan. Überprüfen Sie den Tagesablauf von Jacko Vance und den Leuten aus seinem Team, dann wissen Sie, was der Mörder am Samstag getan hat.«
Im dem Moment, in dem ihm der Name herausgerutscht war, wußte er, daß er einen Fehler begangen hatte. McCormick schüttelte mitleidig den Kopf, und Wharton schoß so vehement hoch, daß der Stuhl mit häßlichem Kreischen über den Vinylfußboden schrammte.
»Jacko Vance bemüht sich, Leben zu *retten*, nicht sie zu vernichten«, rief Wharton erregt. »Sie haben doch schon mal jemanden getötet, Dr. Hill, nicht wahr? Und wie Ihr Psychologen uns immer sagt: Wer einmal ein Tabu gebrochen hat, schreckt vor dem nächsten nicht zurück. Wer einmal getötet hat … den Rest können Sie selber ergänzen.«
Tony schloß die Augen. Er hatte das Gefühl, keine Luft mehr zu kriegen. Ein Jahr lang hatte er die Erinnerungen zu bewältigen versucht, und plötzlich war alles wieder da. Er roch erneut Schweiß und Blut, hörte die gequälten Schreie aus seiner eigenen Kehle und schmeckte den Judaskuß. Als er Wharton und McCormick ansah, lag Haß in seinem Blick – mehr Haß, als er noch in sich vermutet hatte.

»Das war's«, sagte er und stand auf. »Wenn Sie noch mal mit mir reden wollen, müssen Sie mich festnehmen. Aber ich rate Ihnen, nicht zu vergessen, meine Anwälte hinzuzuziehen.«
Er stürmte nach draußen, als könnte er's kaum erwarten, endlich wieder frische Luft zu atmen. Er eilte über den Parkplatz, damit er wenigstens nicht mehr auf dem Dienstgelände war, wenn er die Schlacht mit dem Frühstück verlor. Als ihn nur noch ein, zwei Schritte vom Bürgersteig trennten, hielt neben ihm ein Auto, das Seitenfenster wurde heruntergekurbelt, Simon McNeills brauner Kopf tauchte auf. »Wollen Sie mitgenommen werden?«
Tony zuckte erschrocken zurück. »Nein – ich … danke.«
»Ach, kommen Sie«, drängte ihn Simon, »ich hab extra auf Sie gewartet. Die hatten mich die halbe Nacht in der Mangel. Wollen unbedingt einen von uns darauf festnageln. Wir müssen rauskriegen, wer Shaz umgebracht hat, bevor die auf die Idee kommen, es sei Zeit für eine Festnahme.«
Tony beugte sich durchs Wagenfenster. »Hören Sie mir mal gut zu, Simon. Sie haben recht, die haben uns im Visier. Sie werden hoffentlich nicht so weit gehen, Beweise so lange zurechtzubiegen, bis sie passen. Aber ich hab nicht die Absicht abzuwarten, was sie tun. Ich habe vor, den Kerl zu finden, der's getan hat. Und dabei kann ich Sie nicht brauchen. Sie sind sicher ein guter Detective, aber wenn's darum geht, sich mit einem Psychopathen anzulegen, sind Sie ein blutiger Anfänger. Tun Sie uns also beiden den Gefallen und fahren Sie heim. Bitte, Simon, versuchen Sie nicht, den Helden zu spielen. Ich habe keine Lust, noch einen von euch zu begraben.«
Simon sah aus, als wollte er Tony anspringen oder in Tränen ausbrechen. »Ich bin ausgebildeter Detective. Ich habe Mordfälle bearbeitet. Und ich habe Shaz gemocht. Sie kön-

nen mich nicht beiseite schieben. Und Sie können mich nicht daran hindern, den Scheißkerl festzunageln.«

Tony seufzte. »Nein. Auch Shaz hat Mordfälle bearbeitet, sie wußte, worauf sie sich einließ. Trotzdem hat er sie umgebracht. Und nicht nur das, er hat sie regelrecht ausgelöscht. Mit konventionellen Polizeimethoden kann man den Kerl nicht zur Strecke bringen. Ich hab das schon mal getan. Ich weiß, wie das ist, Simon, und ich wünsche keinem, daß er das durchmachen muß.«

Das letzte, was er sah, war, daß Simon mit qualmenden Reifen lospreschte und in halsbrecherischem Tempo um die nächste Ecke bog. Er konnte nur hoffen, daß der Junge kein noch größeres Risiko einging.

So schlecht war ein Delirium gar nicht. Es ermöglichte ihr immerhin die Flucht in Halluzinationen, und die waren allemal erträglicher als die Realität.
Donna Doyle lag zusammengekauert an der Wand und suchte Zuflucht bei Erinnerungen an ihre Kindheit. Einmal hatten Mum und Dad sie zum Valentinsmarkt nach Leeds mitgenommen. Zuckerwatte, Hot dogs, die wirbelnden Lichter der Karussells und das Riesenrad, in dessen Gondel sie in den nachtdunklen Himmel aufgestiegen war, bis sie von hoch oben auf den bunten Glanz hinuntersehen konnte. Dann hatte Dad für sie einen Teddybären gewonnen, und sie wußte noch genau, wie verschmitzt das weiße Gesicht sie angegrinst hatte. Dads letztes Geschenk vor seinem Tod.
Es war alles seine Schuld, dachte sie und fing an zu schniefen. Wenn er nicht gestorben wäre, wäre das alles nie passiert. Sie wären nicht arm gewesen, und sie hätte nicht angefangen, von einer Karriere als Fernsehstar zu träumen. Sie hätte den Schulabschluß gemacht und wäre zur Uni gegangen, wie Mum es wollte.
Ihre Augen füllten sich mit Tränen. Sie schlug mit der linken Faust gegen die Wand und schrie: »Ich hasse dich.« Dabei war ihr nicht mehr als eine verschwommene Erinnerung an den schmalgesichtigen Mann geblieben, der seine Tochter abgöttisch geliebt hatte. »Ich hasse dich, du verdammter Kerl.«
Etwas Gutes hatte das Schluchzen, es machte sie müde. So müde, daß sie schließlich wieder von einer barmherzigen Ohnmacht eingehüllt wurde.

Von Leons offenem, forschem Blick war nichts geblieben, er verschanzte sich hinter der arroganten, verschlossenen Miene, die er von vielen jungen Schwarzen kannte, egal, ob sie schon in Polizeigewahrsam saßen oder sich noch draußen auf der Straße herumtrieben. Auf seiner Straße. Er hatte zwar einen Dienstausweis in der Tasche, auf dem stand, daß er ein Cop war, aber er wußte, wohin er gehörte. Und die beiden smarten Yorkshireburschen, die ihm am Vernehmungstisch gegenübersaßen, wußten es auch.

»Schön, Leon, Ihre Aussage deckt sich mit dem, was wir von DC Hallam gehört haben«, sagte Wharton. »Sie haben sich mit ihm um vier zum Bowling getroffen und danach im Cardigan Arms einen Drink genommen. Und dann haben Sie sich mit Simon McNeill zum Curryessen getroffen.«

McCormick nickte. »Also hat keiner von Ihnen Shaz Bowman umgebracht.« Leon hielt ihn für einen Rassisten. McCormicks hölzerne Miene verriet nichts, der Blick war starr, irgendwie wartete man geradezu auf sein höhnisches Grinsen.

»Nein, keiner von uns hat Shaz umgebracht, Sir.« Leon dehnte das letzte Wort so, wie Typen wie McCormick es vermutlich von Schwarzen erwarteten. »Sie war eine von uns. Mit uns verschwenden Sie nur Ihre Zeit.«

»Nun«, sagte Wharton, »Sie wissen, daß wir abchecken müssen, wer zu welcher Zeit was getan hat. Und Sie als künftiger Profiler wissen auch, daß über neunzig Prozent aller Morde von Familienangehörigen oder Lovern begangen werden. Also, als Simon an diesem Abend zu Ihnen gestoßen ist, welchen Eindruck hat er auf Sie gemacht? War er erregt? Oder kam er Ihnen niedergeschlagen vor.«

Leon schüttelte den Kopf. »Weder das eine noch das andere. Er war ein wenig still. Vermutlich, weil Shaz nicht da war. Ich schätze, er hat sie sehr gemocht. Und als sie nicht kam, war er natürlich enttäuscht.«

»Wie kommen Sie darauf, daß er sie gemocht hat?«

Leon zuckte die Achseln. »Sein Benehmen, verstehen Sie? Die Art, wie er Eindruck auf sie machen wollte. So sind Männer gewöhnlich, wenn sie an einer Frau Interesse haben.«

»Und glauben Sie, daß sie auch an ihm Interesse hatte?«

»Ich glaub nicht, daß Shaz überhaupt an irgend jemandem Interesse hatte. Nicht so, daß es geknistert hätte. Dafür war sie zu versessen darauf, ihren Job gut zu machen. Ich glaube nicht, daß Simon Chancen hatte, bei Shaz zu landen. Es sei denn, er hätte was Besonderes zu bieten gehabt. Zum Beispiel eine heiße Spur in der Sache mit dem Serienmörder.«

»Hat er erwähnt, daß er bei ihrem Haus war?« wollte McCormick wissen.

»Nein. Aber das hätten Sie auch nicht getan, oder? Ich meine, wenn man denkt, daß einen gerade ein Mädchen sitzenlassen hat, erzählt man das ja nicht rum. Ist doch ganz normal, daß er nichts gesagt hat. Oder hätte er damit angeben sollen, daß er sich einen Korb geholt hatte?« Leon zündete sich eine Zigarette an und musterte McCormick mit starrem Blick.

»Was hatte er an?«

Leon dachte stirnrunzelnd nach. »Lederjackett, ein flaschengrünes Polo-Shirt, schwarze Jeans, schwarze Docs.«

»Kein Flanellhemd?«

»Nein. Nicht, als er zu uns ins Lokal kam. Warum? Haben Sie an Shaz' Kleidung Flanellfasern gefunden?«

»Nicht an der Kleidung«, sagte Wharton. »Wir glauben ...«

»Details der forensischen Ermittlungen sind im Moment

nicht unser Thema«, unterbrach ihn McCormick energisch. »Dieses Samstagsessen war eine feste Gewohnheit bei Ihnen. Waren Sie nicht beunruhigt, als Shaz nicht aufgetaucht ist?«
Leon blies den Rauch in McCormicks Richtung. »Nein, beunruhigt waren wir nicht. Kay meinte, Shaz hätte vielleicht was Besseres gefunden. Und ich hab mir gedacht, daß sie sich bestimmt wieder in ihrem Computerprogramm vergraben hat.«
»Sie war so was wie die Musterschülerin, wie?« Wharton versuchte es wieder mit einem anbiedernden Lächeln.
»Nein. Sie war einfach nur ein Arbeitspferd. Sollten Sie nicht lieber versuchen, den Saukerl zu kriegen, der Shaz getötet hat? In unserer Task Force finden Sie ihn bestimmt nicht. Wir haben uns zu der Gruppe gemeldet, um solche Schweinereien aufzuklären, nicht, um sie selber zu begehen.«
Wharton nickte. »Darum führen wir dieses Gespräch mit Ihnen, Leon. Wir brauchen Ihre Hilfe. Sie sind ein erfahrener Detective, aber Sie müssen außerdem gesunde Instinkte haben, sonst wären Sie nicht für diese Gruppe ausgewählt worden. Erzählen Sie uns, was Ihre Instinkte Ihnen sagen. Zum Beispiel, was Sie von Dr. Hill halten. Wissen Sie eigentlich, daß er dagegen war, Sie in die Task Force aufzunehmen?«

Tony starrte auf den graublauen Bildschirm. McCormick und Wharton hatten ihm zwar verboten, die Diensträume zu betreten, aber entweder verstanden sie nichts von vernetzten Computersystemen, oder sie wußten nicht, wie sie ihm den Zugang zu den Daten verwehren sollten. Jeder siebenjährige Knirps hätte ihnen erklären können, daß die PCs in den Büros mit einem zentralen Datenspeicher verbunden waren und daß jeder aus dem Team sich mit Hilfe seines persönlichen Passworts in das Programm einklicken konnte. In der Profilergruppe hatte Tony aus Sicherheitsgründen angeordnet, es wöchentlich zu wechseln. Was die Officer nicht wußten, war, daß er eine Liste der verwendeten Zugangscodes besaß, sich also jederzeit in die Arbeitsprogramme der Lehrgangsteilnehmer einklicken konnte. Computer sind blind, sie erkennen nicht, wer welche Daten abfragt, für sie zählt nur, ob das Passwort stimmt.

Also hatte er, als er wieder zu Hause war, zunächst auf seinem Computer alle Arbeitsergebnisse aufgerufen, die Shaz abgeliefert hatte, und sich dann, sobald er in ihrem Programm war, unter seinem Namen ab- und unter Shaz' Namen angemeldet.

Nur leider war er zwei Stunden und etliche Kaffeetassen später kein Stück weitergekommen. Er hatte es mit sämtlichen Codes versucht, die ihm einfielen. SHAZ, SHARON, BOWMAN, ROBIN, HOOD, WILLIAM, TELL, ARCHER … Mit Opern und Seifenopern, mit den Vornamen ihrer Eltern, mit Städten und Straßen, in denen sie gewohnt hatte, mit JACKO, VANCE und sogar mit MICKY und MORGAN. WILLKOMMEN IM PROGRAMM DER NOP TASK FORCE. BITTE GEBEN SIE IHR PASSWORT EIN: flimmerte auf dem Bildschirm. Der Cursor blinkte beharrlich, das Programm war also nicht zusammengebrochen. Aber das war auch alles, was er mit Sicherheit wußte.

Er stand auf, lief ruhelos im Zimmer auf und ab, gab schließlich mit einem gemurmelten »jetzt reicht's« auf, schnappte sich sein Jackett und redete sich ein, ein Spaziergang bis zum nächsten Kiosk werde ihm zu einem klaren Kopf verhelfen. »Mach dir nicht selber was vor«, murmelte er leise in sich hinein, als er die Haustür hinter sich zudrückte, »du willst bloß wissen, was die Idioten bei der letzten Pressekonferenz erzählt haben.«

Als er vom Gehweg vor dem Haus auf die Straße einbog, fiel

ihm die dunkle Limousine auf, die an der Bürgersteigkante wartete. Zwei Männer saßen darin, der eine hatte es verdächtig eilig, vom Beifahrersitz ins Freie zu rutschen, der andere startete – ebenfalls auffallend hastig – den Motor. Offenbar eine reichlich stümperhafte Observation. Himmel noch mal, hatten die nichts Wichtigeres zu tun, als ihre Leute auf ihn anzusetzen?

Er blieb an der Straßenecke vor dem Bric'n-Brac-Schaufenster eines Trödlerladens stehen. Das Angebot war dürftig, aber eines mußte man dem Besitzer lassen: Er achtete auf spiegelblank geputzte Schaufensterscheiben. So konnte Tony, ohne sich umdrehen zu müssen, genau verfolgen, was sich hinter ihm tat. Der Mann, der so eilig ausgestiegen war, tat so, als studiere er auf der gegenüberliegenden Straßenseite die Busfahrpläne, was ihn eindeutig als Ortsfremden entlarvte. Einheimische kannten den verbissenen Kleinkrieg konkurrierender Busunternehmen und das daraus resultierende Durcheinander, für sie waren die ausgehängten Fahrpläne allenfalls ein schlechter Witz.

Tony ging weiter bis zur Kreuzung und warf, wie man das eben tut, wenn man eine Straße überqueren will, einen Blick über die Schulter zurück. Die Limousine hatte gewendet und kam, gut vier Wagenlängen hinter ihm, die Straße heruntergekrochen. Nun gab es keine Zweifel mehr. Wenn das alles war, was die örtliche Polizei zu bieten hatte, mußte Shaz' Mörder sich keine allzu großen Sorgen machen.

Er kaufte eine Abendzeitung und überflog auf dem Heimweg den Bericht über die Pressekonferenz. Wenigstens hatten sie sich so weit bedeckt gehalten, daß niemand unnötig aufgeschreckt werden konnte. Entweder wollten sie das Wenige, was sie wußten, nicht preisgeben, oder sie wußten tatsächlich nur das, was der Pressebericht widerspiegelte, also so gut wie nichts. Tony tippte auf die zweite Möglichkeit.

Zu Hause prüfte er zuerst unter dem Vorwand, den Vorhang zuzuziehen, damit die Sonne ihn nicht bei der Arbeit am Computer störte, was seine Bewacher machten. Beide saßen wieder im Auto, das an derselben Stelle parkte wie vorhin. Worauf warteten die Burschen bloß? Was dachten sie, was er anstellte?

Wenn die Überwachungsaktion nicht so unverschämt gewesen wäre, hätte er das Ganze spaßig finden können. Er griff zum Telefon und tippte die Nummer von Paul Bishops Handy ein.

»Paul? Du wirst's nicht glauben, McCormick und Wharton haben sich in die Idee verrannt, daß jemand von uns Shaz getötet haben muß. Und zwar, weil sie außer meinen Officer und mir niemanden hier gekannt hat.«

»Ich weiß.« Bishop klang bedrückt. »Aber was kann ich dagegen tun? Sie leiten die Ermittlungen. Wenn's dir ein Trost ist, sie haben inzwischen bei Shaz' früherer Dienststelle angefragt, ob es dort vielleicht jemanden gibt, der so mit ihr über Kreuz war, daß er oder sie Shaz möglicherweise bis hierher verfolgt hat. Und dabei hat sich etwas Interessantes ergeben. Eine frühere Kollegin, Sergeant beim CID, hat ausgesagt, sie habe Shaz indirekt geholfen, für Samstag vormittag eine Verabredung mit Jacko Vance zu treffen. Sieht ganz so aus, als sei DC Bowman fest entschlossen gewesen, ihrer Idee wegen der verschwundenen Teenager auf den Grund zu gehen.«

Tony schnaufte erleichtert. »Na, Gott sei Dank. Jetzt fangen sie vielleicht an, uns ernst zu nehmen. Ich meine, sie müssen sich ja zumindest fragen, warum Vance sich nicht von selber gemeldet hat, obwohl Shaz' Foto in allen Zeitungen war.«

»Da gibt's nur einen Haken«, sagte Bishop. »Vance' Frau hat nämlich am Montag morgen bei der Polizei angerufen und mitgeteilt, daß Shaz am Samstag vormittag bei ihnen im

Haus gewesen ist. Wie sie sagt, hat ihr Mann zum Zeitpunkt ihres Anrufs noch geschlafen. Er konnte also noch keinen Blick in die Zeitung geworfen haben, und damit entfällt der Verdacht, daß er irgendwas totschweigen wollte.«

»Aber sie werden doch wenigstens mit ihm reden?«

»Davon gehe ich aus.«

»Also müssen sie ihn zu den Verdächtigen rechnen.«

Bishop seufzte. »Tony, das Problem ist, daß ich den für die Ermittlung Zuständigen zwar Empfehlungen geben kann, aber nicht befugt bin, ihnen in ihre Arbeit reinzureden.«

»Nun, nach allem, was ich höre, warst du damit einverstanden, daß die Gruppe de facto vom Dienst suspendiert ist«, hielt Tony ihm vor. »Dazu hättest du nicht unbedingt ja und amen sagen müssen.«

»Ach komm, Tony, du weißt selbst, wie schwierig die Situation unserer Task Force hier ist. Das Innenministerium wünscht keine Spannungen zwischen uns und den örtlichen Behörden. Daher hätte es keinen Zweck gehabt, auf stur zu schalten. Die Gruppe ist ja nicht aufgelöst. Wir sind sozusagen in der Warteschleife, bis der Fall gelöst oder zumindest aus den Schlagzeilen ist. Sieh's einfach als eine Art Sonderurlaub an.«

Für Tony das Stichwort, zum eigentlichen Grund seines Anrufs zu kommen. »Schöner Sonderurlaub, wenn ich observiert werde und zwei Keystone Cops vor meiner Haustür herumlungern.«

»Soll das ein Witz sein?«

»Schön wär's. Erst haben sie mir nach der Anhörung ziemlich unverblümt zu verstehen gegeben, daß ich einer ihrer Hauptverdächtigen bin, und nun hetzen sie mir auch noch zwei Aufpasser auf den Hals. Das geht entschieden zu weit, Paul.«

Er hörte Bishop tief durchatmen. »Da geb ich dir recht. Aber

es bleibt uns nichts anderes übrig, als zähneknirschend abzuwarten, bis sie vernünftig werden und mit sinnvollen Ermittlungen anfangen.«
»Das seh ich anders, Paul. Eine Frau aus meinem Team ist tot, und sie wollen uns nicht mal erlauben, ihnen bei der Suche nach dem Mörder zu helfen. Sie haben mich unmißverständlich spüren lassen, daß ich ein Außenseiter bin und nicht zu ihnen gehöre. Na gut, das hat auch seine Vorteile. Wenn du sie nicht dazu überreden kannst, mich in Ruhe zu lassen, halte ich morgen eine eigene Pressekonferenz ab. Und ich verspreche dir, das, was dabei rauskommt, wird dir ebensowenig gefallen wie Wharton und McCormick. Es wird Zeit, ein paar Verbindungen spielen zu lassen.«
Bishop seufzte. »Verstanden, Tony. Aber gib mir erst mal eine Chance.«
Tony legte auf, knipste die Schreibtischlampe an, zog den Vorhang wieder auf, stand reglos am Fenster und starrte auf die Straße. Er versuchte, Bishops Informationen mit dem zu verknüpfen, was er am Tatort festgestellt hatte. Der Mörder war wütend geworden, weil Shaz die Nase in seine Angelegenheiten gesteckt hatte. Das sprach für Shaz' Theorie, daß hinter den Fällen der verschwundenen jungen Mädchen ein Serienmörder steckte. Offenbar hatte Shaz irgend etwas getan, was den Mörder in Panik versetzt und zu dem Entschluß gebracht haben mußte, sie zu beseitigen. Und soweit sie wußten, hatte sie nichts anderes getan, als Vance einen Besuch abzustatten. Und das wenige Stunden vor ihrem Tod.
Damit war für ihn klar, daß Shaz' Mörder nicht irgendein Irrer aus Jacko Vance' Fangemeinde sein konnte, weil der innerhalb so kurzer Zeit nichts von Shaz' Besuch bei Jacko Vance erfahren, geschweige denn herausfinden konnte, wer sie war, woher sie kam und was sie von Vance wollte.
Er mußte mehr über das Treffen zwischen Shaz und Vance

herausfinden. Wenn der Mörder aus Vance' engerer Umgebung stammte, war er möglicherweise bei dem Gespräch dabeigewesen. Wenn Vance aber allein mit ihr gesprochen hatte, kam nur er selbst als Mörder in Frage. Selbst wenn er, nachdem sie gegangen war, sofort zum Telefon gegriffen und irgendeinem Dritten von ihrer Vermutung erzählt hätte, wäre dem nicht genügend Zeit geblieben, sich an Shaz dranzuhängen, herauszufinden, wo sie wohnte, und sie auch noch dazu zu überreden, ihn ins Haus zu lassen.
In diesem Moment gaben seine beiden Bewacher auf und fuhren davon. Tony warf das Jackett über eine Stuhllehne und ließ sich schwer in den Drehsessel vor dem Computer fallen. Es war lediglich ein kleiner Teilerfolg, aber er machte ihm Appetit darauf, nun auch den Beweis dafür zu finden, daß Shaz mit ihrer Vermutung recht gehabt hatte und genau darum getötet worden war. Und damit stand er abermals vor der Frage, welches Paßwort sie gewählt haben konnte. Den Namen eines Romanhelden? Tony versuchte es mit KINSEY, MILLHONE, MORSE, HOLMES, MARPLE und POIROT. Eine Niete nach der anderen. Vielleicht ein Schurke aus einem bekannten Roman? MORIARTY, HANNIBAL, LECTER? Wieder nichts.
Normalerweise hätte das Geräusch eines draußen haltenden Autos ihn nicht aus seiner Konzentration gerissen, aber heute war es wie ein Alarmsignal. Er reckte sich ein Stück hoch, sah nach draußen und erstarrte. Die drei, die aus dem roten Ford stiegen und im Gänsemarsch aufs Haus zukamen, hatten ihm gerade noch zu seinem Glück gefehlt. Kay Hallam, Simon McNeill und Leon Jackson schielten zum Fenster hoch und sahen natürlich, daß er mit finsterer Miene zu ihnen hinunterstarrte. Mit ärgerlichem Knurren stemmte Tony sich hoch, öffnete die Wohnungstür und kehrte, ohne sich weiter um die drei zu kümmern, zum Computer zurück.

Und da kamen sie auch schon ins Zimmer marschiert, wieder in Reihe, und suchten sich stumm einen Platz – Simon auf dem Fensterbrett, Leon am Aktenschrank und Kay im Lehnstuhl in der Ecke. Tony wirbelte in seinem Drehstuhl herum, starrte sie an und versuchte, sich nicht anmerken zu lassen, wie miserabel er sich fühlte. »Irgendwie kann ich verstehen, warum Leute sich zu Verbrechen bekennen, die sie gar nicht begangen haben«, sagte er, und das war nicht mal nur als Scherz gemeint.
Simon sah ihn trotzig an. »Mich allein haben Sie nicht ernst genommen, darum habe ich Verstärkung mitgebracht.«
»Dieser McCormick und der Wharton, die haben's auf uns abgesehen«, platzte Leon heraus. »Haben mir den ganzen Nachmittag Honig ums Maul geschmiert. ›Na kommen Sie, Leon, uns können Sie ruhig sagen, was Sie wirklich von Dr. Hill und Simon McNeill halten. McNeill hat für die Bowman geschwärmt, aber sie war in den Doc verliebt, und deshalb hat Simon sie aus Eifersucht getötet, war's nicht so? Oder dieser Hill wollte ihr an die Wäsche gehen, aber sie hat ihn wegen ihrer Verabredung mit Simon abblitzen lassen, und da hat er sie in einem Anfall von Eifersucht ...‹ und so weiter und so weiter. Mehr Bullenscheiß, als ein Bauernhof im ganzen Monat produziert. So was macht mich fix und fertig.« Er zog eine Zigarette aus dem Päckchen, zögerte und fragte: »Darf ich?«
Tony nickte und deutete mit einem Kopfnicken auf den Kaktus neben ihm. »Benutzen Sie den Untersetzer als Aschenbecher.«
Kay beugte sich, die Ellbogen auf die Knie gestemmt, in ihrem Lehnstuhl vor. »Die können nicht mal übern Tellerrand gucken. Starren die ganze Zeit nur auf Sie und sehen sonst nichts. Am allerwenigsten scheint sie Shaz' Theorie von einem Serienmörder zu interessieren. Das halten die natür-

lich für eine typisch blöde Frauenfantasie. Weil so was angeblich unsere Hormone zum Tanzen bringt. Also, wir finden, wenn die nicht tun, was getan werden muß, nehmen wir das Ganze selber in die Hand.«

»Darf ich auch mal was sagen?« fragte Tony.

Leon machte eine großzügige Geste. »Bitte, nur zu.«

»Ich verstehe gut, wie euch zumute ist, und das spricht für euch. Aber wir lösen hier keine Übungsaufgabe. Wir spielen auch nicht ›Fünf Klugscheißer jagen einen Psychopathen‹. Diese Sache ist höchst gefährlich, ob als Spiel oder als Jagd. Als ich's das letzte Mal mit einem Serienmörder zu tun hatte, hätte mich das beinahe das Leben gekostet. Und bei allem Respekt vor eurer Erfahrung als Police Officer, in solchen Dingen habe ich, verdammt noch mal, mehr Erfahrung als ihr. So einen Fall löst man nicht mit dem Schulbuch unter'm Arm.« Er fuhr sich mit der Hand durchs Haar.

»Wir wissen, daß es hier um harte Realität geht, Tony«, protestierte Kay. »Und wir wissen, daß Sie der Beste sind. Deshalb sind wir ja hier. Aber es gibt ein paar Dinge, die wir eher erledigen können als Sie, weil wir einen Dienstausweis haben und Sie nicht. Fremde Cops trauen allenfalls einem Cop, Ihnen nicht.«

Simons Mund wurde zu einem schmalen Strich. »Wenn Sie sich partout von uns nicht helfen lassen, müssen wir's eben, so gut wir's können, auf eigene Faust versuchen.«

Tony empfand das schrille Klingeln des Telefons wie eine Erlösung. »Hallo?«

»Ich bin's«, sagte Carol. »Ich wollte nur hören, ob Sie vorankommen.«

Tony zögerte, preßte den Hörer ans Ohr und beäugte die drei Officer wie eine scharfe Bombe. »Das erzähle ich Ihnen lieber unter vier Augen.«

»Sie können gerade nicht reden?«

»Ich stecke gerade mitten in einer bestimmten Sache. Könnten wir uns später treffen?«
»In meinem Cottage? Um halb sieben?«
»Sagen wir lieber um sieben. Ich hab hier noch eine Menge zu erledigen, bevor ich weg kann.«
»Ich warte auf Sie. Fahren Sie vorsichtig.«
»Danke.« Er legte den Hörer auf und schloß ein paar Sekunden lang die Augen. Es war ihm gar nicht bewußt gewesen, wie isoliert er sich fühlte. Aber die Tatsache, daß es Police Officer wie Carol gab, die eines Tages die Mehrheit sein würden und ihn dann nicht mehr brauchten, machte ihm ein wenig Mut. Er öffnete die Augen und sah nacheinander Kay, Simon und Leon an. »Tut mir leid«, sagte er, »es bleibt bei meinem Nein.«
Kays Lächeln hätte einen Eisbären frieren lassen. »Gut, dann tritt ab sofort Plan B in Kraft. Wir bleiben an dem Fall dran, bis Sie uns ins Boot holen. Was Sie auch tun und wohin Sie auch gehen, wir hängen uns dran. Vierundzwanzig Stunden am Tag. Drei gegen einen.«
»Womit Sie verdammt miese Karten haben.« Leon zündete sich an der noch glimmenden Kippe die nächste Zigarette an.
Tony seufzte. »Also gut, wenn ihr schon nicht auf mich hören wollt, hört ihr vielleicht auf jemanden, der sich auf dem Terrain auskennt.«

Tonys Auto quälte sich mit altersschwach ächzender Federung die Schlaglochstrecke von der Straße zum Haus hinauf. Als die letzte Biegung hinter ihnen lag, sah er erleichtert, daß im Cottage Licht brannte. Und als er ausstieg und die Wagentür hinter sich zuwarf, stand sie unter der Haustür. Er konnte sich nicht erinnern, wann er das letzte Mal so froh gewesen war, irgendwo auf fremdem Territorium Zuflucht zu finden.

Carol starrte etwas verdutzt auf die drei Leute, die nach ihm ausstiegen, reagierte aber nur mit kaum merklich hochgezogenen Augenbrauen. »Der Wasserkessel steht auf dem Herd, das Bier im Kühlschrank.« Sie drückte Tony zur Begrüßung kurz den Arm. »Ist das Ihre Leibwache?«

»Nicht ganz«, antwortete er trocken, »in Wirklichkeit befinde ich mich eher in Geiselhaft.« Er folgte Carol ins Haus, seine Begleiter blieben ihm, wie sie's versprochen hatten, dicht auf den Fersen. »Sie erinnern sich an Kay, Leon und Simon? Sie haben mir angedroht, wie Kletten an mir zu kleben, bis ich bereit bin, sie bei der Aufklärung, wer Shaz ermordet hat, mitarbeiten zu lassen.« Im Wohnzimmer zeigte er mit dem Daumen aufs Sofa und die Sessel, die drei nahmen Platz. Tony wandte sich hilfesuchend an Carol. »Ich setze alle Hoffnung darauf, daß Sie es ihnen ausreden.«

Carol schüttelte ungläubig den Kopf. »Was, die drei wollen freiwillig an einem echten Fall mitarbeiten? Ach Gott, wenn die Gerüchte, die im Umlauf sind, auch nur zur Hälfte stimmen, müßten sie eigentlich nach all dem Ärger um Mordfälle einen großen Bogen machen.«

»Erst mal Kaffee«, schlug Tony vor, legte Carol die Hand auf die Schulter und dirigierte sie in die Küche.

»Kommt sofort.«

Tony kam hinter ihr her und drückte die Tür hinter ihnen zu. »'tschuldigung, daß ich so hier reinplatze, aber auf mich wollten die drei nicht hören. Das Problem ist, daß West Yorkshire offenbar in Simon den Hauptverdächtigen sieht, und ich rangiere mit knappem Abstand auf Platz zwei. Und die drei wollen das nicht akzeptieren, ohne etwas dagegen zu unternehmen. Aber Sie wissen, wie das bei der Jagd auf einen Serienmörder ist, Carol. Vor allem, wenn die Sache einen persönlichen Aspekt bekommt. Nur, die drei dort draußen haben nicht genug Erfahrung, um das richtig einzuschätzen. Vance oder irgend jemand aus seiner engsten Umgebung hat schon die beste und gescheiteste aus meiner Gruppe getötet. Ich möchte nicht noch mehr Tote auf dem Gewissen haben.«

Carol löffelte Kaffee in den Filter und schaltete das Gerät ein. »Sie haben völlig recht«, sagte sie, »obwohl ... nun, wenn ich mich nicht sehr irre, werden die drei die Sache auf jeden Fall weiter verfolgen. Die beste Gewähr, nicht noch einen Officer zu verlieren, wäre, wenn Sie Ihre drei Eleven am kurzen Zügel halten – also mit ihnen zusammenarbeiten. Lassen Sie sie die Laufarbeit machen, und die diffizilen Arbeiten, bei denen es auf Erfahrung ankommt, erledigen wir.«

»Wir?«

Carol schlug sich mit der flachen Hand vor die Stirn. »Wieso habe ich plötzlich das Gefühl, mich in irgendwas einzumischen, was mich nichts angeht?« Sie gab Tony einen Stups. »Wären Sie so freundlich, schon mal Zucker, Milch und Becher aufs Tablett zu stellen und reinzubringen, ehe wir uns ernsthaft in die Wolle kriegen?«

Auf dem Weg ins Wohnzimmer fing Tony an, sich mit dem Gedanken anzufreunden, daß er innerhalb weniger Stunden vom Einzelkämpfer zum Teamchef avanciert war. Bis Carol dann mit dem Kaffee nachkam, hatte er die drei anderen bereits davon unterrichtet, daß die Karten in ihrem Sinne neu gemischt waren.

Er stellte sein Laptop auf den Eßtisch, steckte das Modem in den Telefonstecker und schloß den Transformator an. Während die anderen sich so um ihn gruppierten, daß sie auf den Bildschirm blicken konnten, fragte Carol: »Wie ist Ihre Vernehmung eigentlich gelaufen?«

»Ich bin am Schluß einfach gegangen«, erwiderte er lakonisch und starrte weiter auf den Bildschirm. »Man könnte von einer feindseligen Atmosphäre sprechen. Für sie bin ich jemand, der nicht auf derselben Seite steht. In der für den

Hauptverdächtigen reservierten Nische haben sie zwar Simon geparkt, weil er so dumm war, sich ausgerechnet für den Abend mit Shaz zu verabreden, an dem sie ermordet wurde. Aber mich haben sie ganz eindeutig auf der Reserveliste.« Er sah hoch, und da las Carol in seinen Augen, daß seine kaltschnäuzige Schnodderigkeit nur vorgetäuscht war, in Wirklichkeit fühlte er sich verletzt.

»Blödes Pack«, murmelte Carol und stellte ihm seinen Kaffeebecher neben den Computer. »Aber so sind die Yorkshireburschen eben. Ich kann's nicht fassen, daß sie sich nicht von euch helfen lassen.«

Leon lachte kurz auf. »Wem sagen Sie das? Äh – darf man hier rauchen?«

Carol sah, wie er nervös mit den Fingern auf die Schenkel trommelte. »Im Küchenschrank finden Sie einen Aschenbecher, über dem Wasserkessel. Aber bitte nur dort, ja.« Als er in die Küche ging, rutschte sie auf den freigewordenen Stuhl neben Tony nach.

Tony klickte sich mit Shaz' Code ins Programm der Task Force ein. Er deutete auf den blinkenden Cursor. »An der Stelle hänge ich schon den ganzen Nachmittag. Ich kann mich unter ihrem Namen im Programm anmelden, aber ohne ihr Paßwort komme ich einfach nicht weiter.«

Er startete ein paar neue Versuche, unterstützt von Kay und Simon, die ihm ihre Vorschläge zuriefen, aber das Ergebnis war immer dasselbe: der Cursor blinkte unerbittlich weiter.

Carol hatte eine Weile stumm danebengesessen, erst als Tony und seinen Leuten die Ideen ausgingen, sagte sie: »Ich vermute, wir haben das Naheliegendste übersehen. Wem wollte Shaz nacheifern? Wer war ihr Idol?«

Tony sah sie verdutzt an. »Irgend jemand bei Scotland Yard?«

Carol rückte den Laptop so zurecht, daß sie das Keyboardteil bedienen konnte. »Bekannte Profiler.« Sie tippte die Namen

LEYTON, RESSLER und DOUGLAS ein. Der Cursor blinkte weiter. Und da hatte sie auf einmal eine Idee, und ihre Finger flogen über die Tastatur. Hinter dem blinkenden Cursor stand: TONYHILL. Für einige Sekundenbruchteile war der Bildschirm leer, dann tauchte ein Menu auf. »Verdammt«, murmelte Carol, »warum ist mir das nicht gleich eingefallen?«

Kay und Simon applaudierten begeistert, Leon stieß eine Art Wolfsgeheul aus, und Tony fragte kopfschüttelnd: »Wie krieg ich Sie bloß dazu, doch noch in unsere Gruppe zu kommen. Mit normaler Kripoarbeit verschwenden Sie nur Ihr Talent. Mit Ihrem Einfühlungsvermögen sollten Sie lieber Psychopathen fangen.«

Carol schob Tony den Laptop wieder hin. »Ach? Und wieso bin ich dann nicht dahintergekommen, daß mein Brandstifter ein ganz gewöhnlicher Verbrecher und kein Geistesgestörter ist?«

»Weil Sie allein gearbeitet haben. Das zahlt sich bei Analysen nie aus. Der beste Weg ist, einen Detective und einen Psychologen zusammenarbeiten zu lassen. Man nennt das Bündeln der Erfahrungen.« Er verschob den Cursor auf den »Dateimanager« und drückte die Enter-Taste.

Carol bedauerte nachträglich, daß sie den Brandstifter überhaupt erwähnt hatte, weil Tony das gleich wieder zum Anlaß genommen hatte, sie doch noch in seine Gruppe zu locken. Ein Thema, über das sie nicht reden wollte, schon gar nicht in Gegenwart seiner Lehrgangsteilnehmer. Aber nachdem das nun mal passiert war, hielt sie es für angebracht, Leon, Kay und Simon in Kurzfassung Tonys Theorie zu erklären, daß der Täter vermutlich ein freiwilliger Feuerwehrhelfer sei, der aus gewöhnlichen kriminellen Motiven handle.

»Aber aus welchem Motiv?« fragte Kay. »Das ist doch der entscheidende Punkt, oder nicht?«

»Bei kriminellen Motiven geht's immer um die Frage: Wer hat Nutzen davon?« warf Leon ein. »Und da es sich bei den Geschädigten um verschiedene Eigentümer handelt und bei den Versicherungen auch jedesmal andere Gesellschaften betroffen sind, würde er auf jemanden ziemlich weit oben in der örtlichen Hierarchie tippen, der weiteren personellen und finanziellen Kürzungen einen Riegel vorschieben will.«

Tony sah von der Liste der Dateinamen, durch die er sich arbeitete, hoch. »Interessante Idee, trotzdem abwegig. Ich orientiere mich gern an der naheliegendsten Möglichkeit: Schulden.«

»Schulden?« fragte Carol skeptisch.

»Richtig.« Tony, schon wieder mit den Dateien beschäftigt, sah kurz hoch. »Einer, den die monatlichen Abzahlungsraten auffressen, dem ein Zahlungsbefehl nach dem anderen ins Haus flattert und der jeden Tag damit rechnen muß, daß sein Häuschen unter den Hammer kommt.«

»Aber was kann so 'n nächtlicher Feuerspuk groß bringen? Maximal einen Fünfziger oder 'n Hunderter bar auf die Kralle. Glauben Sie wirklich, daß jemand dafür so 'n hohes Risiko eingeht?«

Tony zuckte die Achseln. »Wenn er mit dem Rücken zur Wand steht? Wenn's darum geht, ob sie einem den Strom abdrehen oder das Auto zerkratzen? Und wenn er's vielleicht mit Gläubigern zu tun hat, die nicht lange fackeln? Da kann's von hundert pro Woche abhängen, ob man mit heiler Haut davonkommt oder auf Krücken durch die Gegend humpelt. Da blättert man lieber fünf hier und zwanzig dort hin, um guten Willen zu zeigen. Ich würde nach einem Ausschau halten, der am Rande des Ruins steht, Carol.« Und auf einmal hatte er nur noch Augen für den Bildschirm. »Da ist es ja – MISPER.001. Das müßte ihre Hausaufgabe sein.«

»Ja«, sagte Carol, »scheint so. Und MISPERJV.001 könnten die Ergebnisse ihrer Analyse über Jacko Vance sein.«
»Schau'n wir doch mal nach.« Tony öffnete die Datei, und auf einmal erschien der Text auf dem Bildschirm, den Shaz getippt hatte. Es war wie eine gespenstische Begegnung mit einer Toten. Einen Augenblick lang hatte Tony das unheimliche Gefühl, als starrten ihn vom Bildschirm Shaz' zwingende blaue Augen an. »Mein Gott«, murmelte er, »das war nicht nur eine Spielerei.«
Leon sah Tony über die Schulter. »Verdammt«, stieß er schwer atmend aus, »du warst eine richtige Hexe, Shazza.« Womit er genau das ausdrückte, was alle empfanden, als sie auf Shaz' elektronisches Vermächtnis starrten.

Systematische Täter-Checkliste

JACKO VANCE
Dateigruppe: MISPER

Zahl der Geschwister:
Einzelkind.

Beruf des Vaters:
Ingenieur. Häufig aufgrund langfristiger Projektverträge auswärts tätig. Längere Zeit von zu Hause weg.

Vater-Sohn-Beziehung:
Siehe oben.

Eltern-Sohn-Beziehung:
Deutlich widersprüchliche Erziehungseinflüsse. Vater: siehe oben. Mutter scheint

unter einer postnatalen Depression gelitten zu haben. Später hat sie sich gegenüber J.V. sehr ablehnend verhalten.

Intelligenzquotient:
Überdurchschnittlich hoch. Von den Lehrern als sehr begabt eingeschätzt, konnte die in ihn gesetzten Erwartungen bei der akademischen Ausbildung nicht erfüllen; allenfalls mittelmäß ige Examensnoten.

Berufliche Fähigkeiten, Werdegang:
Zunächst hervorragender Speerwerfer, später - nach seinem Unfall - TV-Star. Perfektionist, neigt zu Wutanfällen, hat wiederholt Mitarbeiter fristlos entlassen. Arroganz und Überheblichkeit hätten ihn möglicherweise mehrere Fernsehverträge gekostet, wegen seiner früheren Leistungen als Spitzensportler und der hohen Akzeptanz bei seinem Fernsehpublikum ist er jedoch in gewisser Weise »sakrosankt«.

Soziales Verhalten:
Siehe oben. Gesellig und redegewandt, emotional jedoch unbeteiligt. Bewegt sich sicher auf dem gesellschaftlichen Parkett, genießt in den sogenannten besseren Kreisen ein durchweg hohes Ansehen. Führt allem Anschein nach eine gute Ehe, unterhält, soweit bekannt, keine außerehelichen Beziehungen.

Partnerschaftliches Verhalten:
Seit zwölf Jahren mit Micky Morgan verheiratet. Sehr populäre Ehe, »das goldene TV-Paar«. Häufig aus beruflichen Gründen oder wegen seiner intensiven karitativen Tätigkeit von zu Hause weg.

Emotionale Belastung beim Begehen eines Verbrechens:
Nichts Näheres bekannt. V. steht jedoch in dem Ruf, gerade unter Belastung betont kühl und gelassen zu bleiben.

Alkohol- oder Drogenkonsum beim Begehen eines Verbrechens:
Keine Erkenntnisse. Alkoholmißbrauch: auch aus früherer Zeit nichts bekannt. Gerüchte besagen, daß er seit seinem Unfall (Verlust des rechten Arms) an die regelmäßige Einnahme schmerzstillender Mittel gewöhnt sein soll.

Mobilität:
Besitzt ein silberfarbenes Mercedes Kabrio und einen Land Rover, beide Fahrzeuge in gutem Zustand, mit Automatik und weiterem behindertengerechtem Sonderzubehör ausgestattet.

Möglichkeit, das Medienecho auf Verbrechen zu verfolgen:
V. hat Zugang zu allen Medien, er ist mit zahlreichen Journalisten

persönlich bekannt. Also beste Bedingungen.

Gemeinsame Charakteristika der Opfer:
Ja - siehe Anlage A
(Gruppe von sieben potentiellen Opfern).

Öffentliches Ansehen:
Millionen Mütter würden ihm ihr Leben oder das ihrer Töchter anvertrauen. Wurde bei einer einige Jahre zurückliegenden Meinungsumfrage zur »vertrauenswürdigsten Person« im UK erklärt (nach der Königin und dem Bischof von Liverpool).

Aussehen:
Subjektive Einschätzung: durchschnittlich. Bei jemandem, der so berühmt ist und teure, modische Kleidung trägt, kaum objektiv zu beurteilen.

Geisteskrankheiten in der Familie:
Nichts bekannt (Mutter verstarb vor acht Jahren, Krebs).

Alkohol- oder Drogenprobleme in der Familie:
Nichts bekannt.

Vorstrafen der Eltern:
Nichts bekannt.

Emotional negative Einflüsse:
Seine Mutter soll ihm (»genau wie dein Vater«) eingeredet haben, er sei hß lich und linkisch. Offenbar hat sie ihn für die häufige Abwesenheit seines Vaters verantwortlich gemacht.

Sexuelle Dysfunktionen (mangelnde Reife, Beziehungsängste):
Keine Anzeichen, siehe auch »Partnerschaftliches Verhalten«. Keine Hinweise darauf, daß MM in der Ehe unglücklich wäre oder einen Lover hätte. (Gegencheck anhand der Klatschspalten der Boulevardpresse oder durch Befragung der in der Wohngegend eingesetzten Polizeistreifen?)

Mutter-Sohn-Verhältnis:
Kühl, distanziert. In beiden zugrundegelegten Biographien bestätigt.

Egozentrische Weltsicht:
Alle Anzeichen – sogar MM.s betont positive biographische Darstellung – sprechen dafür.

Züchtigungen während der Kindheit:
MM berichtet, sein Vater habe ihn bei der Rückkehr von beruflich bedingter Abwesenheit regelmß ig wegen ungenügender schulischer Leistungen verprügelt. Sonst keine Erkenntnisse.

Belastende sexuelle Erlebnisse während der Kindheit (Zeuge ehelicher Vergewaltigungen, Prostitution der Mutter):
Keine Erkenntnisse.

Ehebeziehung der Eltern:
Scheidung der Eltern, als V. zwölf war. MM.s Biographie zufolge war ein entscheidender Antrieb für V.s sportliches Engagement das Verlangen, seinen Vater zu beeindrucken.

Autoerotische Erfahrungen während der Pubertät:
Keine Erkenntnisse.

Vergewaltigungsfantasien:
Keine Erkenntnisse.

Reges Interesse an Pornographie:
Keine Erkenntnisse.

Voyeuristische Neigungen:
Keine speziellen Erkenntnisse. Seine Sendung *Besuch von Vance* gilt jedoch als Zuschauerspektakel, das extrem auf die Befriedigung menschlicher Neugier abzielt.

Erkenntnisse über anormale sexuelle/emotionale Beziehungen und die eigene retrospektive Reaktion darauf:
Keine.

Zwanghafte Arbeitswut:
Wird sowohl von wohlgesonnenen wie von rivalisierenden Kollegen bestätigt.

Irrationale Phobien:
Nichts bekannt.

Wahrheitsliebe:
Ein Vergleich der beiden zugrundegelegten Biographien zeigt bei der Schilderung des Unfalls und der Zeit danach ein in mehreren Punkten abweichendes Erinnerungsvermögen.

Psychologische Streßfaktoren:
J. V.s erste feste Freundin war Jillie Woodrow (frühere Beziehungen zu Mädchen waren unglücklich verlaufen). Er war fast sechzehn, als sie sich kennenlernten, sie erst vierzehn und - abgesehen von seinen sportlichen Ambitionen - V.s ein und alles. Eine zwanghafte, alle anderen ausschließende Zweierbeziehung, bei der V. offenbar den dominierenden Part spielte. Verlobung, als J. W. sechzehn wurde, gegen den Willen ihrer Eltern und seiner Mutter (zum Vater hatte V. zu dieser Zeit den Kontakt bereits abgebrochen). Nach MM.s Darstellung löste V. nach dem Unfall und dem Verlust eines Arms das Verlöbnis, weil er J. unter den neuen Umständen nicht länger an sich binden wollte. Tosh Barnes' Version zufolge suchte J. dagegen

seit längerem einen Ausweg aus der als klaustrophobisch empfundenen Beziehung und nutzte die Gelegenheit, um sich von V. zu trennen, und zwar unter dem Vorwand, ein Mann mit einer Prothese wirke abstoßend auf sie. Kurz danach lernten sich MM. und V. kennen. Kurz vor deren Heirat offenbarte J.W. in einem Interview mit *News of the World*, V. habe sie zur Duldung masochistischer Rituale gezwungen, ihr Fesseln angelegt und trotz ihrer Gegenwehr Sex mit ihr gewollt. V. versuchte, die Veröffentlichung zu verhindern, und hat, als ihm das nicht gelang, J.W.s Darstellung vehement dementiert. Obwohl die Redaktion ihm eine Gegendarstellung verwehrte, verzichtete er auf eine Klage, weil er sich – was damals zutreffend gewesen sein könnte – »die Prozeßkosten nicht leisten« könne. Sowohl die Trennung von J.W. wie auch J.W.s anschließende Enthüllungen könnten durchaus Streßfaktoren gewesen sein, die als Auslöser für das erste von V.s Verbrechen in Frage kämen.

»O Scheiße«, sagte Carol, als sie die abschließende Analyse gelesen hatte, »da kommt man ins Grübeln, wie?«
»Glauben Sie, Jacko Vance könnte tatsächlich ein Serienmörder sein?« fragte Kay.
»Shaz hat es geglaubt«, erwiderte Tony grimmig. »Und ich denke, sie könnte recht gehabt haben.«
»Aber da gibt's was, was mich stört«, meinte Simon. Und als

Tony ihm aufmunternd zunickte, fuhr er fort: »Wenn Vance so ein Soziopath ist, wieso hat er dann auf der M 1 diese Kids gerettet und versucht, auch noch den Trucker aus der Fahrerkabine zu holen, statt sie einfach ihrem Schicksal zu überlassen?«

»Guter Punkt«, sagte Tony. »Ich will keine gewagten Theorien konstruieren, aber nach allem, was wir wissen, war er in seinen prägenden Jahren von der Sucht nach Aufmerksamkeit und Anerkennung beherrscht. Er hat also nach dem Unfall instinktiv das getan, was ihn in den Augen anderer zum Helden machte. Es ist eine Erfahrungstatsache, daß hinter Heroismus oftmals das Streben nach Ruhm steckt. Ich denke, auf der M 1 war's genauso. Und damit Sie sehen, daß ich nicht den falschen Baum anbelle, werde ich Ihnen erzählen, was ich heute nachmittag bei einem Gespräch mit Commander Bishop erfahren habe.« Er unterrichtete die anderen kurz über das Treffen zwischen Shaz und Vance.

Carol deutete auf den Bildschirm. »Ich denke, Sie werden das McCormick und Wharton zeigen müssen.«

»Dazu habe ich, so wie die mit mir umgesprungen sind, keine große Lust«, sagte Tony abweisend.

»Ich dachte, Sie wollen, daß die beiden Shaz' Mörder aus dem Verkehr ziehen?«

Tony sah sie entschlossen an. »Ich will, daß ihr Mörder aus dem Verkehr gezogen wird. Aber was die beiden angeht, die werden mir vermutlich nicht mal glauben. Sie werden mir unterstellen, daß ich Shaz' Analyse manipuliert habe. Und wenn sie überhaupt mit Vance reden, höre ich schon förmlich, wie sie ihm um den Bart gehen.« Er verfiel in den breiten Yorkshire-Slang seiner Jugend. »Tut uns leid, Sie zu behelligen, aber wir ha'm da bei dem Mädel, das am Wochenende umgebracht wurde, so 'n komischen Text gefunden, aus

dem ... na ja, die hatte sich wohl in die fixe Idee verrannt, daß Sie ein Serienmörder sind.«
Carol protestierte lachend: »So schlimm wird's wohl nicht.«
»Jedenfalls werden sie Jacko Vance nicht *verhören*, dafür haben sie viel zuviel Schiß«, sagte Simon. »'n kleiner Vermerk in der Kartei, damit hat sich's.«
Tony nickte. »Und Jacko, der gute alte Kumpel, ist ein gerissener Mistkerl. Wenn er herausfindet, daß sie was von Shaz' Besuch bei ihm wissen, wird er den braven Bürger spielen und von sich aus Kontakt mit der Polizei aufnehmen. Ich denke, ich werde McCormick und Wharton lieber nichts von Shaz' Checkliste erzählen.«
Langes Schweigen. Dann fragte Simon: »Und was nun?«
Tony hatte einen Block aus der Reißverschlußtasche des Laptops genommen und fing an, etwas auf das oberste Blatt zu kritzeln. »Zunächst müssen wir eine Aufgabenteilung vornehmen. Carol, gibt's hier in der Nähe ein Lokal, das ins Haus liefert?«
»Hier draußen? Wo denken Sie hin? Aber ich hab alles da, was wir brauchen. Wenn Ihre Officer mir zur Hand gehen, zaubern wir was Leckeres hin, während der Teamchef seine Pläne schmiedet.«
Als sie eine Viertelstunde später mit Bergen von Sandwiches und einer Schale mit Knabbergebäck zurückkamen, war Tony ebenfalls fertig. Und so setzten sie sich, alle mit einer Bierflasche in der Hand, im Halbkreis um ihn herum und ließen sich erklären, was jeder tun sollte.
»Ich denke, wir sind uns einig, daß Shaz wegen ihrer Recherchen in den Fällen der verschwundenen Teenager ermordet wurde. Das und Shaz' Theorie von einem Serienmörder sind also die Annahmen, von denen wir ausgehen.« Tony sah die anderen der Reihe nach fragend an, alle nickten.
»Das externe Bindeglied ist bei all diesen Fällen Jacko Vance.

Shaz hielt ihn für den Mörder, es ist allerdings auch denkbar, daß es jemand aus seinem Umfeld war. Ich übernehme also die Aufgabe, mich um Vance zu kümmern.«
»Immer das Sahnehäubchen für den Chef«, murmelte Simon.
»Ein altbewährtes Prinzip«, bestätigte Tony grinsend. »Also, wir haben das von Shaz erstellte Täterprofil, das natürlich nur ein erster Entwurf sein kann, zumal sie sich lediglich auf allgemein zugängliche Quellen stützen konnte, und zwar im wesentlichen auf zwei Biographien. Eine davon hat Vance' Frau verfaßt, die andere ein Journalist, der sich im Showbusineß exzellent auskennt. Wir müssen noch eine Menge Recherchen anstellen, bevor wir beurteilen können, ob Vance tatsächlich für die Rolle des Serienmörders in Frage kommt. Wobei es sich bei der Theorie vom Serienmörder ebenfalls noch um eine Hypothese handelt. Wir wissen nicht einmal genau, ob die verschwundenen Mädchen tatsächlich ermordet wurden. Das ist eine für uns Profiler ungewohnte Ausgangssituation. Normalerweise ziehen wir aus den näheren Umständen eines Verbrechens Rückschlüsse auf den möglichen Täter. Dieses Mal gehen wir von dem Verdacht aus, daß jemand ein Mörder ist, und suchen nach den Morden, die er möglicherweise begangen hat. Ich bin, ehrlich gesagt, absolut nicht sicher, ob die Rechnung aufgeht. Wir müssen also mit viel Fingerspitzengefühl vorgehen und dürfen uns nicht zu früh aus der Deckung wagen.«
Wieder allgemeines Nicken. Leon ging zur Küchentür, um dort, sozusagen zwischen dem von Carol zugewiesenen Raucherterritorium und dem rauchfreien Wohnzimmer, eine zu paffen. »Ist mir soweit klar«, sagte er. »Aber was sind denn nun unsere Aufgaben?«
»Wir müssen seine Exverlobte unter die Lupe nehmen, diese Jillie Woodrow. Und derjenige, der Jillie befragt, sollte sich

am besten auch um die Recherchen zu Vance' früher Jugend kümmern – Familie, Nachbarn, Freunde, Lehrer und örtliche Bobbies, inklusive derer, die inzwischen im Ruhestand sind. Simon, würden Sie das übernehmen?«

Simon sah ihn unsicher an. »Was soll ich da genau machen?«

Tony tauschte einen Blick mit Carol. »Finden Sie einfach soviel wie möglich über Vance raus«, sagte Carol. »Wenn Sie einen Vorwand brauchen, erzählen Sie den Leuten, Vance hätte anonyme Drohungen erhalten, und wir nähmen an, daß das irgendwie bis in seine Jugendzeit zurückginge. Jillie dürfen Sie damit natürlich nicht kommen. Da könnten Sie andeuten, daß es um Anschuldigungen geht, die von einer Prostituierten erhoben wurden. Und um sie aus der Reserve zu locken, lassen Sie durchblicken, daß Sie das Ganze für üble Verleumdung halten.«

»Okay. Und wo finde ich das Herzchen, wenn ich nicht das gesamte Melderegister durchblättern will.«

»Darauf komme ich gleich«, sagte Tony. »Leon, Sie möchte ich auf die Zeit kurz vor und nach Vance' Unfall, bis in die Anfänge seiner Fernsehkarriere ansetzen. Versuchen Sie, seinen alten Trainer aufzutreiben, und Leute, die Vance aus seiner Zeit als Rundfunkreporter kennen, Athleten, die zur selben Zeit in der britischen Nationalmannschaft waren – und so weiter. Alles klar?«

Leon nickte verbissen. »Drücken Sie sich die Daumen, daß mir der Kerl dabei nicht persönlich über den Weg läuft. Sonst tut's Ihnen womöglich leid, daß Sie mir den Auftrag gegeben haben.«

»Kay, Sie klappern die Eltern der Mädchen aus Shaz' Siebenergruppe ab. Fragen Sie sie aus, als wären sie vorher nie befragt worden. Alles, was Shaz unter MISPER.001 gespeichert hat. Und alles, was Sie bei der Gelegenheit über Jacko Vance erfahren können.«

»Die örtlichen Behörden werden überglücklich sein, daß sich endlich mal jemand um ihre ungelösten Fälle kümmert«, warf Carol sarkastisch ein. »Wenn Sie Glück haben, hören die Ihnen sogar ein paar Sekunden zu.«

»Halb so wild«, sagte Tony ungerührt. »Zumal Ihnen DCI Jordan den Weg ebnet. Sie spricht vorher mit den Dienststellenleitern der zuständigen Polizeistationen und besorgt auch sämtliche anderen Informationen, die wir brauchen. Beispielsweise, wo Jillie Woodrow sich derzeit aufhält.«

Carol starrte ihn mit offenem Mund an. Was Kay, Leon und Simon mit dem hämischen Vergnügen verfolgten, mit dem Kinder gewöhnlich Ohren und Augen aufsperren, wenn sich zwischen Erwachsenen ein Streit anbahnt. »Na großartig«, sagte Carol schließlich, »da ich sonst kaum was zu tun habe, werd ich das mit Vergnügen übernehmen. Darf ich fragen, was Sie machen, Tony, während wir uns den Buckel krumm schuften?«

Tony griff nach einem Sandwich, prüfte den Belag, schien zufrieden zu sein und sagte mit einem scheinbar von jeglicher Häme freien Lächeln: »Ich schüttle inzwischen das Bäumchen.«

Detective Inspector Colin Wharton erinnerte Micky irgendwie an einen der schrägen Vögel aus den Krimis, mit denen die Fernsehsender das Loch zwischen Spätnachrichten und Sendeschluß füllten. Irgendwann mochte er auf seine knorrige Art ein ansehnlicher Bursche gewesen sein, doch nun hatte der Alkohol seine Züge aufgeschwemmt, und die schweren Tränensäcke unter den blauen Augen kamen sicher auch nicht von ungefähr. Wahrscheinlich zum zweiten Mal verheiratet, dachte sie, wieder mit denselben Problemen wie beim ersten Mal, nur, jetzt kamen noch ständige Streitereien mit den zu Teenagern herangewachsenen Kindern aus erster Ehe und das eine oder andere körperliche Wehwehchen dazu. Micky schenkte ihm ihr gewinnendes, an etlichen hundert Studiogästen erprobtes Lächeln. Wharton fuhr, wie nicht anders erwartet, voll darauf ab. Sein Assistent, Detective Constable Sidekick, schien ohnehin nur noch das letzte Quentchen Mut zu fehlen, bevor er seinem Herzen einen Stoß gab und sie um ein Autogramm bat.

Sie warf einen Blick auf die Uhr. »Jacko muß jeden Moment dasein. Steckt vermutlich im Stau. Genau wie Betsy, meine persönliche Assistentin.«

»Nun«, meinte Wharton, »wenn Sie einverstanden sind, könnten wir schon anfangen und mit Miss Thorne und Mr. Vance später reden.« Er überflog das Notizbuch auf seinem Schoß. »Wie man mir sagt, haben Sie am Vortag ihres Todes mit DC Bowman gesprochen. Worum ging es da?«

»Also, wir haben zwei Telefonanschlüsse, einen für Jacko und einen für mich. Beide stehen nicht im Telefonbuch, sie sind nur einem kleinen Personenkreis bekannt. Ich schalte mein Telefon, wenn ich außer Haus bin, immer aufs Handy, und auf dem hat mich am Freitag morgen Miss Bowmans Anruf erreicht. Ungefähr um halb neun, ich erwartete den Anruf einer Mitarbeiterin, die sich für mich um Recherchen für meine Sendung kümmert.« Micky merkte, daß sich das alles ein wenig ungeordnet anhörte, was gewöhnlich ein Zeichen für Nervosität ist.

»Aber es war nicht diese Mitarbeiterin?« hakte Wharton nach.

»Nein, es war eine mir fremde Stimme. Sie sagte, sie sei Detective Constable Sharon Bowman und wolle einen Gesprächstermin mit Jacko vereinbaren. Ich sagte ihr, daß sie auf der falschen Leitung anriefe, und sie hat sich entschuldigt und gefragt, ob sic wohl cine Nachricht für ihn hinterlassen könne. Nun, normalerweise spiele ich nicht die Sekretärin für

Jacko, aber da sie von der Polizei war und ich nicht wußte, worum es ging, hab ich mich breitschlagen lassen, mir ein paar Notizen gemacht und ihr versprochen, die Nachricht an Jacko weiterzuleiten.«

»Sehr freundlich von Ihnen, Miss Morgan«, warf Wharton ein. »Und worum ging es bei der Nachricht?«

»Sie sagte, es sei eine reine Routineangelegenheit. Sie wolle ihm im Zusammenhang mit einem Fall, den sie bearbeite, einige Fragen stellen. Weil sie dienstlich sehr eingespannt sei, am liebsten am Samstag, hinsichtlich der Zeit und des Orts könne sie sich ganz nach ihm richten. Sie hat mir dann noch eine Nummer genannt, unter der Jacko zurückrufen könne.«

»Haben Sie die Nummer noch?« fragte Wharton.

Micky schob ihm ein Notizblatt hin. »Wir fangen jeden Morgen ein neues Blatt an. Notieren alles, was im Laufe des Tages anfällt – Anrufe, Ideen für die Sendung, Dinge, die etwas mit dem Haus zu tun haben, mit Handwerkern und so – eben alles.«

Wharton las: »Det. Con. Sharon Bowman. Jacko. Gesprächstermin für Samstag? Zeit und Ort durchgeben an 307-4676, Sgt. Devine.« Das bestätigte, was sie bereits von Chris Devine erfahren hatten, aber Wharton wollte ganz sichergehen. »Diese Telefonnummer – ist das in London?«

Micky nickte. »Ja. 0171, dieselbe Ortswahl wie unsere. Mußte ja auch so sein, wenn sie bei der Met war, oder?«

»Nun, sie war zu einer Dienststelle in Leeds abkommandiert«, sagte Wharton. »Sie haben also die Nachricht an Ihren Mann weitergeleitet, und das war's dann?«

»Ich hab ihm die Nachricht auf seiner Voice Mail hinterlassen. Er hat später erwähnt, daß er einen Termin am Samstag vormittag mit ihr vereinbart hätte. Auf mich mußte er keine Rücksicht nehmen, weil ich ohnehin mit Betsy einen Wochenendausflug mit dem Shuttle machen wollte. Wir hatten zwei Gratisflüge. Einer der Vorteile, die mein Beruf so mit sich bringt.« Sie bedachte ihn mit einem strahlenden Lächeln, und Wharton grübelte ein paar Sekunden griesgrämig an der Frage herum, weshalb die Frauen in seinem Leben es nie schafften, ihn so wunderschön anzulächeln.

Bevor er die nächste Frage stellen konnte, hörte er Schritte in der Diele. Sein erster Eindruck von Jacko Vance war der eines von einem maßgeschneiderten Anzug gebändigten Energiebündels. Er kam zur Tür herein, deutete mit der linken Hand einen Gruß an, und schon war man von ihm beeindruckt.

»Inspector Wharton, nehme ich an?« sagte er, übersah geflissentlich, daß der Inspector sich halb aus dem Sessel hochdrückte, und fügte mit einer Bescheidenheit, deren Unehrlichkeit nur Micky erkannte, hinzu: »Ich bin Jacko Vance. Eine schreckliche Geschichte, das.« Er bedachte den Constable mit einem freundlichen Kopfnicken, ließ sich neben seiner Frau auf dem Sofa nieder, tätschelte ihr das Knie und erkundigte sich in dem bekümmerten Ton, den er sich beim Umgang mit unheilbar Kranken angewöhnt hatte: »Alles in Ordnung, Micky?«

Sie nickte. »Wir sprachen gerade über DC Bowmans Anruf.«

»Aha. Tut mir leid, daß ich mich verspätet habe. Der Verkehr im Westend ist nur durch direktes Eingreifen des Himmel zu retten … Tja, Inspector, um gleich zur Sache zu kommen: Ich habe damals die Nummer angerufen, die DC Bowman meiner Frau genannt hatte, mit einem Sergeant gesprochen … an den Namen kann ich mich beim besten Willen nicht mehr erinnern … und ihr gesagt, daß DC Bowman mich gern am Samstag zwischen halb zehn und zwölf zu Hause aufsuchen könne.«

»Sehr großzügig, wenn man bedenkt, was für ein vielbeschäftigter Mann Sie sind«, sagte Wharton.

Vance hob die Augenbrauen. »Ich bin den Behörden immer gern behilflich, wenn ich kann. Und an diesem Samstag war's für mich nicht mal eine Störung. Ich wollte sowieso nur privaten Postkram aufarbeiten, dann in mein Cottage in Northumberland fahren und mich früh aufs Ohr legen. Für Sonntag war nämlich ein Halbmarathon vorgesehen. In Sumberland, zugunsten wohltätiger Zwecke, Sie verstehen.« Er lehnte sich zufrieden zurück. Der Constable machte sich, wie Vance bemerkt hatte, eifrig Notizen, so daß nunmehr aktenkundig war, daß er mit dieser unappetitlichen Bowman-Geschichte nichts zu tun haben konnte.

»Wann ist DC Bowman hier angekommen?« fragte Wharton.

Vance sah Micky hilfesuchend an. »Oh, wann war das? Du wolltest gerade gehen, nicht wahr?«

»Das ist richtig«, bestätigte sie. »Das muß ungefähr um halb zehn gewesen sein. Betsy könnte Ihnen das wahrscheinlich genauer sagen, sie ist die einzige in diesem Haus, die auf Uhrzeiten achtet. Wir waren auf dem Sprung, und Jacko hat oben noch telefoniert. Ich habe sie reingebeten, ihr gezeigt, wo sie auf ihn warten konnte, und dann waren wir weg.«

»Sie hat höchstens zwei, drei Minuten warten müssen«, schloß Jacko sich an. Nahtlos wie in einer perfekten Fernsehshow, ging ihm durch den Kopf. »Sie hat sich wegen der Störung am Wochenende entschuldigt, aber ich hab ihr gesagt, daß wir in dem Job kein richtiges Wochenende kennen. Wir nehmen uns, wenn sich gerade mal eine Lücke ergibt, ein paar Stunden frei, aber das ist selten genug.« Er legte Micky den Arm um die Schultern. »Nicht wahr, Liebling?«

»Du sagst es«, seufzte sie.

Wharton hüstelte verlegen. »Würden Sie mir sagen, worüber DC Bowman mit Ihnen sprechen wollte?«

»Was?« fragte Micky. »Das wissen Sie nicht? Da nimmt ein

Police Officer den weiten Weg von Yorkshire nach London auf sich und weiß nicht mal, worum es geht?«

Wharton rutschte unruhig im Sessel hin und her und fixierte einen Punkt zwischen den beiden breiten Fenstern. »Nun, DC Bowman war, wie schon gesagt, zu einer neuen Dienststelle abkommandiert. Sie konnte, um es ganz offen zu sagen, überhaupt keinen Ermittlungsauftrag haben. Wir glauben zu wissen, woran sie gearbeitet hat, aber es wäre uns eine hilfreiche Bestätigung, wenn Sie kurz schildern könnten, was Sie an jenem Samstag vormittag mit ihr erörtert haben, Mr. Vance.«

»Kein Problem«, sagte Vance. »DC Bowman sagte mir, sie bearbeite eine Reihe von Fällen, bei denen es um – wie hat sie sich ausgedrückt? – vermißt gemeldete Mädchen im Teenageralter ging. Sie vermutete, daß sie von ein und derselben Person von zu Hause weggelockt wurden. Zufällig hat es sich so ergeben, daß einige dieser Mädchen kurz vor ihrem Verschwinden bei einem meiner öffentlichen Auftritte waren, und das hat sie zu der Frage geführt, ob es womöglich einen Irren gäbe, der's auf meine Fans abgesehen hat. Sie hat mir Fotos der Mädchen gezeigt, für den Fall, daß ich beobachtet hätte, wie sie sich mit irgend jemandem unterhalten haben.«

»Jemandem aus Ihrem Begleitteam, meinen Sie?« fragte Wharton, froh darüber, daß ihm der Ausdruck rechtzeitig eingefallen war.

Vance lachte in sattem Bariton. »Tut mir leid, Inspector, so was wie ein Begleitteam habe ich gar nicht. Ich werde von einer kleinen Gruppe ortsansässiger Helfer unterstützt. Wissen Sie, es geht bei meinen öffentlichen Auftritten darum, Geld für karitative Zwecke zu sammeln, da müssen wir die Personalkosten so niedrig wie möglich halten. Das hab ich auch DC Bowman erklärt. Es gibt einen kleinen Kern von etwa einem Dutzend Fans, die mir nahezu überallhin nach-

reisen – etwas verschrobene Leute, aber nach meiner Einschätzung absolut harmlos.«
»Man braucht solche Leute«, bestätigte Micky, »ohne sie wäre man verloren. Ein wenig verschroben, wie Jacko schon sagt, die Männer in Anoraks und die Frauen in Polyesterhosen und Acrylpullovern und mit unmöglichem Haarschnitt. Nicht gerade die Typen, mit denen ein Teenager davonlaufen würde.«
»Genauso hab ich es DC Bowman geschildert«, griff Jacko die Darstellung seiner Frau auf. Wirklich gekonnt, wie wir uns die Bälle zuspielen, dachte er. »Tja, sie hat mir also ein paar Fotos gezeigt, aber bei mir hat nichts geklingelt. Sie müssen bedenken, daß ich bei öffentlichen Auftritten bis zu dreihundert Autogramme oder mehr gebe, da bleibt einem kaum Zeit, auf andere Dinge zu achten.« Er starrte traurig auf seinen künstlichen Arm. »Ich kritzle sie hin, müßte ich eher sagen. Schreiben gehört zu den Dingen, mit denen ich mich schwertue.«
Wharton blickte betreten zu Boden und mußte unwillkürlich an den Volkstrauertag denken. Er überlegte krampfhaft, was er noch fragen könnte. »Wie hat DC Bowman darauf reagiert, Sir, daß Sie keines der Mädchen wiedererkannt haben?«
»Sie schien enttäuscht zu sein. Ja, und dann ist sie gegangen. Das muß – nun, so etwa um half elf gewesen sein.«
»Dann war sie etwa eine Stunde hier? Viel Zeit für so wenige Fragen.« Es war nicht Mißtrauen, was Wharton zu der Bemerkung veranlaßte, ihm fiel nur so schnell nichts Besseres ein.
»Ja, in der Tat«, gab ihm Vance recht. »Aber, sehen Sie, ich habe uns erst Kaffee gemacht, und dann haben wir ein wenig geplaudert. Immer dasselbe – alle wollen wissen, wie es bei *Besuch von Vance* hinter den Kulissen zugeht. Na ja, und dann

mußte ich natürlich die Fotos durchsehen. Für so was nehme ich mir immer viel Zeit. Ich meine, vermißte Mädchen – das ist schließlich eine ernste Angelegenheit. Und wenn man da an die Familien denkt, die jahrelang nichts von ihren Kindern gehört haben. Das ist wirklich schrecklich.«

»Völlig richtig, Sir«, sagte Wharton bedrückt und wünschte, er hätte den Punkt lieber nicht angesprochen. »Äh – hat DC Bowman zufällig erwähnt, wo sie anschließend hinwollte?«

Vance schüttelte den Kopf. »Leider nein, Inspector. Ich hatte zwar den Eindruck, daß sie noch eine andere Verabredung hat, aber sie hat nicht gesagt, wo und mit wem.«

Wharton sah verblüfft hoch. Zum ersten Mal beschlich ihn das Gefühl, daß das Ganze vielleicht doch nicht nur eine pflichtgemäße Routinebefragung wäre. »Und was vermittelte Ihnen den Eindruck, Sir?«

Vance runzelte die Stirn, als denke er angestrengt nach. »Na ja, nachdem ich die Fotos durchgesehen hatte, habe ich gefragt, ob ich frischen Kaffee machen solle. Und da hat sie erschrocken auf die Uhr gesehen und gesagt, sie habe gar nicht gemerkt, daß es schon so spät sei, und sie müsse jetzt gehen. Was sie dann auch einige Minuten später tat.«

Wharton klappte sein Notizbuch zu. »Und was ich nun auch tun werde, Sir. Wir waren nahezu sicher, daß DC Bowmans Besuch bei Ihnen nichts mit ihrem Tod zu tun hat, aber wir müssen eben alle Möglichkeiten überprüfen.«

Vance begleitete Wharton und den Constable zur Haustür. Micky verfolgte die Szene vom Fenster aus. Sie hatte keine Ahnung, was Jacko vor den beiden Polizisten verbergen wollte, aber sie kannte ihn gut genug, um zu wissen, daß er ihnen nicht das gesagt hatte, was man gemeinhin die volle Wahrheit nennt.

Als er ins Zimmer zurückkam, lehnte sie am Kamin. »Wirst du mir sagen, was du ihnen nicht sagen wolltest?«

Vance grinste. »Liest du mal wieder Gedanken, Micky? Ja, ich sag's dir. Ich hab doch eines der Mädchen auf den Fotos der Bowman wiedererkannt.«
Micky machte große Augen. »Wirklich? Wieso? Woher?«
»Kein Grund zur Panik. Das war ganz harmlos. Ihre Eltern haben sich, als sie verschwunden war, an uns gewandt. Weil sie so ein großer Fan von mir gewesen sei und nie eine meiner Sendungen verpaßt habe – bla-bla-bla. Sie wollten, daß ich im Fernsehen an das Mädchen appelliere, sich mit den Eltern in Verbindung zu setzen. Das hab ich natürlich nicht getan, es hätte nicht in die Sendung gepaßt. Ich hab jemanden bei einer Boulevardzeitung gebeten, eine Story darüber zu bringen. ›Jacko bittet weggelaufenen Teenager: Melde dich bei deinen armen Eltern.‹«
»Warum hast du das Wharton nicht erzählt? Wenn's in der Zeitung stand, stolpern die sowieso irgendwann darüber.«
»Ach was, die wußten doch nicht mal, was die Bowman von mir wollte. Und daraus, daß ich mal indirekt was mit einem von Gott weiß wie vielen weggelaufenen Mädchen zu tun hatte, können sie mir keinen Strick drehen. Nur, bei der Polizei sickert eben alles durch. Ich geh doch nicht das Risiko ein, in allen Sensationsblättchen ›Jacko unter Mordverdacht?‹ zu lesen. Hast du vergessen, daß ich ein Meister der Verschleierung bin?« Er kam zum Kamin und küßte sie auf die Wange. »Und noch was, Micky – versuche nie, einen auszutricksen, der sich selber gut aufs Tricksen versteht.«

Als Carol am nächsten Morgen ihr Büro betrat, stellte sie verblüfft fest, daß sich bereits ihre gesamte Crew dort versammelt hatte. Tommy Taylor saß in Machomanier mit gespreizten Beinen auf dem Besucherstuhl, Lee hatte das Fenster einen Spalt geöffnet, damit sein Zigarettenqualm abzog,

und Di lehnte wie üblich mit verschränkten Armen an der Wand. Carol hätte sie zu gern in das nächste Kaufhaus gezerrt, damit sie sich – jetzt, beim Winterschlußverkauf – endlich mal statt der teuren, häßlichen Fummel, die sie trug, was Adrettes zum Anziehen kaufte.
Sie nahm hinter dem Schreibtisch Platz, öffnete ihre Aktentasche und sagte: »Also, unser Serienbrandstifter ist allem Anschein nach kein Psychopath. Das sagt mir jedenfalls ein Psychologe, von dessen Beurteilungsvermögen ich sehr viel halte. Der Bursche, der die Brände legt, handelt offenbar aus kriminellen Motiven. Und das lenkt den Verdacht auf Feuerwehrleute, die als freiwillige Helfer auf der Basis von Zeitverträgen arbeiten.«
Die drei starrten sie an, als redete sie spanisch. »Wie war das?« brachte Lee schließlich heraus.
Carol verteilte Kopien der Liste, die Jim Pendlebury ihr gegeben hatte. »Ich möchte, daß diese Männer gründlich gecheckt werden, mit besonderem Augenmerk auf ihre finanziellen Verhältnisse. Und zwar so, daß sie nicht mal ahnen, daß wir sie im Visier haben.«
»Sie beschuldigen Feuerwehrmänner?« keuchte Tommy Taylor.
»Ich beschuldige niemanden, Sergeant. Wir gehen vor wie immer, sammeln Informationen und ziehen dann Schlußfolgerungen.«
»Die Jungs riskieren bei den Einsätzen ihr Leben«, sagte Di Earnshaw erregt. »Warum sollte einer von denen Feuer legen? Da müßte er ja total verblödet sein, und Sie sagten gerade, daß er das nicht ist. Das ist doch ein Widerspruch in sich.«
»Er leidet nicht an einer Geisteskrankheit, ist aber vermutlich in einer verzweifelten Lage«, sagte Carol. »Wir suchen einen, der so tief in Schulden steckt, daß er an nichts anderes

mehr denken kann. Er will seine Kameraden nicht vorsätzlich in Gefahr bringen. Den Gedanken, daß er's doch tut, verdrängt er.«

Taylor schüttelte skeptisch den Kopf. »Ist 'n harter Brocken, den wir der Feuerwehr da zu schlucken geben.«

»Nicht mehr, als wenn die Medien der Polizei Korruption vorwerfen. Und wir wissen alle, daß so was vorkommt«, sagte Carol. Sie schob ihre Unterlagen in die Aktenmappe, sah hoch und fragte: »Wieso seid ihr immer noch da?«

Lee warf die Zigarettenkippe aus dem Fenster und schlenderte zur Tür. Taylor griff sich ostentativ zwischen die Beine, um die derangierten Insignien seiner Männlichkeit zurechtzurücken, stand auf und winkte Di mitzukommen.

Als sich die Tür hinter den drei geschlossen hatte, lehnte Carol sich zurück und massierte sich die Verspannungen rund um den obersten Nackenwirbel. Vor ihr lag ein sehr langer Tag.

Tony griff nach dem Telefon, nuschelte »Moment, bitte« in die Sprechmuschel, tippte auf seinem Keyboard den Satz zu Ende, den er angefangen hatte, und meldete sich mit »Ja? Tony Hill.«

»Hier ist DI Wharton.« Weder freundlich, noch ruppig.

»Aha. Und warum?«

»Wie?« fragte Wharton verdutzt zurück.

»Warum Sie anrufen. Das ist doch eine ganz normale Frage.«

»Nun, sagen wir – aus Höflichkeit.«

»Das ist mal was Neues.«

»Es besteht kein Grund, spitz zu werden. Mein Chef kann Sie jederzeit zu einer erneuten Vernehmung vorladen.«

»Kann er«, bestätigte Tony, »aber das muß er mit meinem Anwalt aushandeln. Also, was wollten Sie mir aus Höflichkeit mitteilen?«

»Wir hatten einen Anruf, von Micky Morgan, der Fernsehmoderatorin. Die, was Sie vielleicht nicht wissen, Mrs. Jacko Vance ist. Sie hat uns von sich aus mitgeteilt, daß Bowman am Samstag vormittag in ihrem Haus war, weil sie etwas mit ihrem Mann besprechen wollte. Wir sind also hingefahren und haben Mr. Vance befragt. Alles in Ordnung. Diese Bowman mag ja in Ihrer kleinen Gruppe mächtig auf die Pauke gehauen haben, aber Mr. Vance gegenüber hatte sie nicht den Mumm, denselben Unsinn noch mal zu verzapfen. Sie wollte lediglich wissen, ob ihm aufgefallen sei, daß sich bei seinen Veranstaltungen jemand an eines der vermißten Mädchen herangemacht hatte. Vance hat natürlich nichts dergleichen bemerkt. Kein Wunder, wenn man bedenkt, daß Woche für Woche Tausende von Gesichtern an ihm vorbeiziehen. Sie sehen also, Dr. Hill, er ist sauber.«

»Jacko Vance erzählt Ihnen, er hätte Shaz Bowman beim Weggehen freundlich nachgewinkt, und damit ist die Sache für Sie erledigt? So einfach ist das?«

»Es gibt keinen Grund, etwas anderes anzunehmen.«

»Der letzte, der sie lebend gesehen hat?« fragte Tony. »Hakt man da gewöhnlich nicht etwas genauer nach?«

»Sie haben sich, soweit wir wissen, nicht gekannt, Vance genießt einen untadeligen Ruf, und die Bowman hat das Haus, zwölf Stunden bevor das Verbrechen begangen wurde, verlassen«, sagte Wharton mit eisiger Schärfe. »Außerdem handelte es sich um die Begegnung zwischen einem einarmigen Behinderten und einer jungen, kräftigen, gut durchtrainierten Polizistin.«

»Fand das Gespräch zwischen Vance und Shaz Bowman in Anwesenheit eines Zeugen statt, oder waren die beiden allein?«

»Vance' Frau hat die Bowman hereingebeten, dann ist sie weggefahren. Bowman und Vance waren also allein. Aber das bedeutet nicht automatisch, daß er lügt. Ich bin lange genug in dem Geschäft, und ich merke, wenn mir einer was vorlügt. Sie nehmen den falschen Mann aufs Korn, Dr. Hill. Ich nehm's Ihnen nicht übel, daß Sie versucht haben, uns von Ihren Leuten abzulenken. Trotzdem, wir halten uns an die, die die Bowman gut gekannt haben.«

»Danke für die Information«, sagte Tony und legte auf. Jedes weitere Wort wäre vertane Zeit gewesen. Er fand es immer wieder verblüffend, wie blind Menschen sein konnten. Nicht, daß Wharton ein ausgemachter Trottel gewesen wäre, er war einfach trotz seiner vielen Jahre im Polizeidienst in der Vorstellung befangen, daß jemand wie Jacko Vance keine Gewaltverbrechen beging.

Im Grunde hatte er mit Whartons Einstellung rechnen müssen. Die Polizei konnte ihm nicht recht geben, nur um Shaz Bowman zu rächen. Aber er war mehr als vorher davon überzeugt, daß Jacko Vance der Mörder war. Die Theorie von einem aus Vance' Umfeld konnte er vergessen. Wenn außer Vance niemand bei dem Gespräch mit Shaz dabeigewesen war, konnte sich, nachdem sie sein Haus verlassen hatte, nur Vance an ihre Fersen geheftet haben.

Er griff wieder zum Telefon und tastete eine Nummer ein, die er im Branchenverzeichnis gefunden hatte. Als sich die Vermittlung meldete, bat er: »Stellen Sie mich bitte zum Produktionsbüro von *Morgan am Mittag* durch.«

John Brandons Finger spielten mit dem Henkel des Kaffeebechers. »Schön finde ich das nicht, Carol«, gestand er und hob, als Carol etwas erwidern wollte, abwehrend die Hand. »Sie auch nicht, das kann ich mir denken. Es ist nicht gerade naheliegend, sich bei solchen Ermittlungen ausgerechnet auf Feuerwehrleute zu fixieren. Ich kann nur hoffen, daß wir hier keinen fürchterlichen Fehler begehen.«

»Tony Hill hatte schon einmal recht«, sagte Carol. »Und seine Schlußfolgerung ist einleuchtender als alle anderen, die wir erwogen haben.«
Brandon zog eine Miene wie ein an der Welt verzweifelter Bestattungsunternehmer. »Es ist so ein bedrückender Gedanke, daß jemand mutwillig Leben aufs Spiel setzt, wenn er sie eigentlich retten soll, und das für lächerlich wenig Geld.« Er trank einen Schluck Kaffee. Gewöhnlich bot er Carol auch einen an, daß er's heute vergessen hatte, bewies, wie tief der Schock über ihre Einschätzung der Lage saß. »Also gut. Halten Sie mich bitte auf dem laufenden. Und ehe es zu einer Festnahme kommt, möchte ich unterrichtet werden.«
»Selbstverständlich. Und ... da wäre noch etwas anderes.«
»Kommt jetzt die gute oder die schlechte Nachricht?«
»Ich glaube, die schlechte haben wir abgehakt, Sir. Je nachdem, was Sie von der anderen Sache halten.« Ihr Lächeln wirkte nicht sehr fröhlich.
Chief Constable Brandon seufzte. »Dann lassen Sie mal hören.«
»Es betrifft wiederum Tony Hill. Ich nehme an, über den Mord in seiner Profilergruppe sind Sie unterrichtet.«
»Eine schreckliche Sache. Einen Officer aus dem eigenen Team zu verlieren ist das Schlimmste, was ihm widerfahren konnte.« Dann stutzte er. »Aber was hat das, abgesehen von der persönlichen Betroffenheit, mit uns zu tun?«
»Offiziell gar nichts.«
»Und inoffiziell?«
»Tony hat Schwierigkeiten mit West Yorkshire. Offenbar halten sie ihn und seine Lehrgangsteilnehmer für die Hauptverdächtigen. Ohne triftigen Grund. Tony glaubt, daß sie andere Spuren willkürlich vernachlässigen, und will nun, da die offiziell Zuständigen Scheuklappen vor den Augen haben, von sich aus Ermittlungen anstellen.«

Brandon grinste breit. »Hat er das so gesagt?«
»Nicht wörtlich, Sir. Ich habe kein Protokoll geführt.«
»Ich kann verstehen, daß er aktiv werden will«, sagte Brandon bedächtig, »das ginge jedem so, der in seiner Haut steckt. Aber eine der eisernen Regeln für die Polizei ist, daß Ermittlungen nicht von einem Officer durchgeführt werden, der ein persönliches Interesse an der Aufklärung des Falles hat. Aus gutem Grund, weil das persönliche Engagement das Urteilsvermögen trüben kann. Meinen Sie nicht, daß es am besten wäre, die Zuständigen aus West Yorkshire ihren eigenen Weg gehen zu lassen?«
»Nicht, wenn das dazu führt, daß ein Psychopath weiter frei herumläuft«, erwiderte Carol. »Und ich kann an dem Weg, den Tony einschlagen will, nichts Falsches erkennen.«
»Bleibt noch die Frage offen: Was hat das mit uns zu tun?«
»Er braucht Hilfe. Er arbeitet mit einigen seiner Task Force Officer zusammen, aber die sind derzeit alle suspendiert und können also offizielle Quellen nicht anzapfen. Und er braucht jemanden, der eventuelle Ergebnisse aus der Sicht eines erfahrenen Police Officer beurteilt. Die Leute von der West Yorkshire Division kann er dafür nicht einspannen. Die sind nur daran interessiert, einen Vorwand zu finden, damit sie einen aus seiner Gruppe einbuchten können.«
Brandon nickte. »Die wollten diese Task Force von vornherein nicht unter ihrem Dach haben. Kein Wunder, daß sie auf eine Gelegenheit lauern, sie loszuwerden. Dennoch ist es ihr Fall, und sie haben uns nicht um Unterstützung gebeten.«
»Nein. Aber Tony. Und ich denke, ich bin ihm das schuldig, Sir. Es geht lediglich darum, daß ich mich ein bißchen umhöre und sein Team mit Namen und Adressen versorge. Mir liegt daran, das zu tun, aber ich möchte es gern mit Ihrem Segen tun.«

»Wenn Sie von Hilfe sprechen ...«
»Ich werde mich nicht in dienstliche Belange der West Yorkshire Division einmischen. Tony folgt einem völlig anderen Ansatz als sie. Und sie wissen nicht, daß ich mitmische. Ich werde Sie nicht in die Verlegenheit bringen, eine Diskussion über Kompetenzen führen zu müssen.«
Brandon trank seinen Becher aus und schob ihn ein Stück beiseite. »Verdammt richtig, das werden Sie nicht tun. Und ansonsten, Carol, tun Sie, was Sie für richtig halten. Aber ohne offizielle Absegnung. Wenn es zum Schwur kommt, hat diese Unterredung nie stattgefunden.«
Carol stand grinsend auf. »Danke, Sir.«
»Sehen Sie zu, daß Sie sich nicht in Schwierigkeiten bringen, Chief Inspector«, sagte Brandon barsch. Als sie an der Tür war, fügte er hinzu: »Und falls Sie meine Hilfe brauchen – Sie haben meine Nummer.«
Carol hoffte, daß sie nie darauf zurückkommen mußte.

Sunderland war der am weitesten nördliche, Exmouth der südlichste Punkt, dazwischen lagen Swindon, Grantham, Tamworth, Wigan und Halifax. In jedem dieser Orte war eines der Mädchen aus Shaz Bowmans Siebenergruppe verschwunden. Und nun sollte Kay Hallam nach so vielen Jahren und ganz allein auf sich gestellt bei ihren Recherchen neue Erkenntnisse gewinnen, mit deren Hilfe Tony Jacko Vance überführen konnte. Keine leichte Aufgabe.
Nicht, daß Kay das erwartet hätte. Schlendrian in irgendeinem Büro war nicht ihr Ding, und vom Polizeidienst hatte sie sich sowieso nicht mehr versprochen als berufliche Sicherheit, ein bescheidenes Gehalt und jede Menge Arbeit. Daß sie's je zu einem Job bei der Kripo bringen würde, hätte sie sich nie träumen lassen. Und sie machte die Arbeit sogar gut, dank eines Blicks für Details, die vielen ihrer

Kollegen unwichtig erschienen wären. Profiling schien das Feld zu sein, auf dem sie ihre Beobachtungsgabe voll nutzen konnte. Nur, sie hatte nicht damit gerechnet, daß ihr erster Fall einen so bedrückenden, persönlichen Aspekt haben könnte.

Carols Anruf kam zur Lunchzeit – sie war mit ihrer Vorarbeit fertig, hatte mit allen in den sieben Fällen zuständigen Polizeidienststellen gesprochen, in drei Fällen sogar mit dem Officer, der seinerzeit mit den Ermittlungen betraut war, und hatte Adressen und Telefonnummern ausfindig gemacht.

Kay hatte den Autoatlas gewälzt und Entfernungen und Zeitbedarf abgeschätzt. Bis zum Nachmittag konnte sie's nach Halifax schaffen, bis zum Abend nach Wigan, dann über die Schnellstraße in die Midlands, ein paar Stunden Schlaf in einem Motel, Frühstück in Tamworth, bis zum späten Nachmittag nach Exmouth, wieder Richtung Norden nach Swindon, übernachten, dann quer rüber nach Grantham. Am folgenden Tag ein Zwischenstopp in Leeds, um Tony zu berichten, und dann nach Sunderland, dem letzten Ziel.

Hört sich an wie aus dem Drehbuch für ein Road-Movie, dachte Kay, während sie sich durch das Geflecht von Schnellstraßen lavierte, das England überzieht. Ihr fiel auf, daß alle Zielorte in der Nähe von Schnellstraßen oder anderen Hauptverkehrsadern lagen. Wohin sie auch kam, überall empfing sie die grelle Neonreklame von Tankstellen mit eigenem Fast-food-Lokal. Hatte Vance diese Punkte ausgewählt, weil seine Opfer da am ehesten eine Chance hatten, per Anhalter weiterzukommen?

Leider das einzige, was ich in zwei Tagen herausgefunden habe, dachte sie grimmig. Das und so etwas wie eine vage Bestätigung dafür, daß es sich bei den sieben Mädchen den übereinstimmenden Merkmalen nach im kriminaltech-

nischen Sinn um eine Gruppe handelte. Die Gespräche mit den Eltern waren eher bedrückend ähnlich verlaufen und hatten keine neuen Erkenntnisse gebracht, schon gar nicht über Vance. Auch die Freundinnen der vermißten Mädchen hatten ihr nicht viel sagen können. Dabei war Kay genau der Typ, dem die Leute etwas erzählten. Ihr mäuschenhaftes Auftreten weckte bei Frauen schwesterliche Gefühle und bei Männern Beschützerinstinkte. Nein, die, mit denen sie gesprochen hatte, wollten ihr nichts verschweigen, sie wußten einfach nichts. Ja, die vermißten Mädchen hätten für Jacko geschwärmt und seien, wenn's irgendwie ging, zu seinen persönlichen Auftritten in der näheren Umgebung gefahren, und sie seien alle immer noch so erschüttert über das spurlose Verschwinden – aber das war's dann auch schon.
Als sie Grantham erreichte, war Kay auf ihren inneren Autopiloten angewiesen. Zwei Nächte in zu weichen Motelbetten, im Hintergrund das beständige Rauschen des nächtlichen Straßenverkehrs waren eben nicht die ideale Vorbereitung für eine Befragung. Aber, rief sie sich zur Ordnung, während sie noch mal herzhaft gähnte, ehe sie die Türklingel drückte, allemal besser als gar kein Schlaf.
Kenny und Denise Burton schienen von Kays Müdigkeit nichts zu merken. Es war jetzt zwei Jahre, sieben Monate und drei Tage her, seit ihre Stacey das Haus verlassen und nie zurückgekommen war, und seither hatten sie selbst keine Nacht durchgeschlafen. Sie sahen wie Zwillinge aus, beide klein, mit ungesund blassem Teint und kurzen, pummeligen Fingern. Beim Blick auf die Fotos ihrer hübschen schlanken Tochter konnte man Zweifel an sämtlichen genetischen Lehrsätzen bekommen. Das Wohnzimmer hätte aus einer Ausstellung stammen können, das Musterbeispiel für einen Raum, in dem alles ordentlich und aufgeräumt wirkte, alle Kissen den Knick an der richtigen Stelle hatten und sogar die Schei-

te im Kamin exakt auf die Länge von fünfundzwanzig Zentimetern geschnitten waren. Es war kein Wunder, daß es Stacey in die Freiheit der großen weiten Welt gezogen hatte.
»Sie war ein so liebes Mädchen«, sagte Denise wehmütig. Eine Bemerkung, die Kay nicht mehr hören konnte, weil sie offenbarte, wie wenig Mütter von ihren flügge gewordenen Töchtern wußten, und weil sie Kay an ihre eigene Mutter erinnerte.
»Nicht wie manche anderen«, sagte Kenny düster. »Wenn sie um zehn zu Hause sein sollte, war sie um zehn da.«
»Freiwillig wär sie nie weggegangen.« Auch ein Satz, den Kay inzwischen auswendig kannte. »Sie hatte auch keinen Grund dazu. Sie muß entführt worden sein, es kann gar nicht anders sein.«
Kay hütete sich, Denise Burton zu widersprechen. »Ich würde Ihnen gern ein paar Fragen stellen. Über die letzten Tage vor Staceys Verschwinden«, sagte sie. »Hat sie in der Woche irgendwann das Haus verlassen? Abgesehen vom Besuch der Schule.«
Kenny und Denise mußten nicht nachdenken. Ihre Antworten kamen wie die Aufschläge beim Ping-Pong-Spiel, immer abwechselnd.
»Sie war im Kino.«
»Mit Kerry.«
»Am Wochenende vor der Entführung.«
»Tom Cruise.«
»Tom Cruise mag sie besonders.« Das trotzige Präsens.
»Am Montag ist sie auch ausgegangen.«
»Eigentlich hätten wir ihr das in der Woche nicht erlaubt.«
»Aber das war ein besonderer Anlaß.«
»Jacko Vance.«
»Ihr Idol.«
»Hat einen Fun-Pub in der Stadt eröffnet.«

»Normalerweise hätten wir ihr nicht erlaubt, in einen Pub zu gehen.«
»Aber Kerrys Mutter hat sie mitgenommen. Da dachten wir, daß es in Ordnung wäre.«
»War's ja auch.«
»Sie kam pünktlich nach Hause. Wie's mit Kerrys Mutter abgesprochen war.«
»Und sie war so aufgedreht, unsere Stacey. Sie hatte ein signiertes Foto bekommen.«
»Persönlich signiert. Mit persönlicher Widmung.«
»Das hatte sie dabei. Als sie ... als sie das Haus verlassen hat.« Beide wurden von ihren Erinnerungen überwältigt.
Kay nutzte das aus. »Was hat sie von dem Abend erzählt?«
»Ach, sie war so aufgeregt, nicht wahr, Kenny? Ein Traum war wahr geworden. Mit Jacko Vance zu sprechen!«
»Sie hat tatsächlich mit ihm gesprochen?« Kay mußte sich Mühe geben, die Frage beiläufig klingen zu lassen. Die ständig wiederkehrenden Begleiterscheinungen, die sie entdeckt hatte, zeichneten sich von Mal zu Mal deutlicher ab.
»Ist hinterher rumgerannt wie ein aufgeregtes Huhn«, erinnerte sich Staceys Vater.
»Sie hat immer davon geträumt, zum Fernsehen zu gehen.«
Das Ping-Pong ging weiter.
»Ihre Leute haben vermutet, sie wäre uns nach London davongerannt, weil sie unbedingt ins Showgeschäft kommen wollte«, sagte Kenny empört. »Blanker Unsinn. Nicht Stacey. Sie war viel zu vernünftig. Sie hat das genauso gesehen wie wir. Die Schule zu Ende bringen, Einser-Noten einheimsen, dann sehen wir weiter.«
Denise warf versonnen ein: »Obwohl, Fernsehen, das wär schon was für sie gewesen.«
»Das Aussehen hatte sie.«
Bevor sie sich noch mehr in Erinnerungen verlieren konn-

ten, fragte Kay rasch: »Hat sie erzählt, worüber Jacko Vance mit ihr gesprochen hat?«
»Nur, daß er sehr nett war«, sagte Denise. »Ich glaub nicht, daß er etwas Besonderes zu ihr gesagt hat. Oder was glaubst du, Kenny?«
»Dazu hätte er gar keine Zeit gehabt. Da wollen Hunderte ein Autogramm haben. Er sagt was Nettes und schaut mit in die Kamera, wenn jemand für ein Foto posieren will.«
Für ein Foto posieren ... die Worte trafen Kay wie eine Erleuchtung. »Hat Stacey ein Foto mit ihm machen lassen?«
Beide nickten. »Kerrys Mum hat's gemacht.«
»Dürfte ich das mal sehen?« Kays Herz schlug plötzlich bis zum Hals, ihre Hände fühlten sich schweißnaß an.
Kenny zog ein Fotoalbum unter dem Kaffeetischchen hervor und schlug die letzte Seite auf. Die Acht-mal-zehn-Vergrößerung von einem Schnappschuß, aus einem unglücklichen Winkel aufgenommen, ein bißchen verschwommen. Auf den ersten Blick sah man nur Menschen, die sich um Vance drängten. Aber das Mädchen, mit dem er sich – die Hand auf ihrer Schulter, den Kopf nach unten geneigt – so angeregt unterhielt ... dieses Mädchen, das ihn mit großen Augen anhimmelte, war ohne jeden Zweifel Stacey Burton.

Gleich bei dem ersten Satz, den Detective Sergeant Chris Devine sagte, als sie ihm und Sergeant Sidekick die Tür öffnete, wurde Wharton warm ums Herz: »Ich hoffe zuversichtlich, daß Sie den elenden Bastard, der das getan hat, bald erwischen.« Die Künstlerfotos bildschöner junger Frauen an den Wänden irritierten ihn nicht. Er hatte bereits früher mit Lesben zu tun gehabt und festgestellt, daß sie sich auf den geordneten Dienstablauf weniger störend auswirkten als sogenannte normale Frauen. Sergeant Sidekick war zarter besaitet und wählte eine Sitzgelegenheit, von der aus er durch das breite Fenster auf die modernen Wohnblocks blicken konnte, die sich wie steinerne Symbole weltlicher Lebenslust um die alte Kirche gruppierten und sie aussehen ließen, als sei sie aus Versehen stehengeblieben.

»Das hoffe ich ebenfalls«, sagte er, während er sich auf dem weichen Futonsofa niederließ. Ein Nickerchen konnte man auf dem gräßlichen Ding bestimmt nicht machen.

»Sie haben mit Jacko Vance gesprochen?« fragte Chris, noch bevor sie in dem Ohrensessel ihm gegenüber Platz nahm.

»Ja, wir haben gestern ihn und seine Frau befragt. Er hat im wesentlichen das bestätigt, was Sie uns bereits über DC Bowmans Verabredung mit ihm gesagt hatten.«

Chris nickte. »Vance ist der Typ, der sich über so was Notizen macht.«

»Was sollte das überhaupt?« fragte Wharton. »Warum haben Sie DC Bowman bei diesem Täuschungsmanöver geholfen?«

Chris hob die Augenbrauen. »Wie bitte?«

»Vance hatte Ihre Durchwahlnummer als Kontaktadresse. Was ja wohl den Eindruck erwecken sollte, sie sei noch bei der Met.«

»Sie *war* weiterhin Officer der Met. Aber meine Telefonnummer hatte sie Vance aus einem völlig harmlosen Grund gegeben. Tagsüber kann sie als Lehrgangsteilnehmerin keine Anrufe entgegennehmen. Darum hat sie mich gebeten, das für sie zu tun.«

»Warum hat sie Vance nicht die Nummer unseres Sergeants vom Dienst gegeben? Oder ihre private Telefonnummer, mit der Bitte, abends anzurufen?«

»Ich nehme an, weil wir wegen dieses Falles bereits in Kontakt gestanden hatten.« Chris ließ sich nicht anmerken, daß die hartnäckigen Fragen sie allmählich irritierten.

»In Kontakt gestanden? In welcher Weise?«

Chris sah über Whartons Schulter in den dunklen Nachthimmel. »Sie hatte mich schon einmal um Hilfe gebeten. Es ging um Kopien aus Zeitungen, ich hab das in Colindale für sie erledigt.«
»Ach, Sie waren das mit dem Päckchen?«
»Ja, ich war das.«
»Nach allem, was man hört, müssen das dem Umfang und Gewicht nach ein paar hundert Seiten gewesen sein. Woher nehmen Sie für so was die Zeit?«
»Ich habe das in meiner Freizeit gemacht.«
»Da haben Sie sich für eine junge Kollegin eine Menge Arbeit gemacht«, sagte Wharton.
Chris' Lippen wurden zu einem schmalen Strich. Auf ihre Nase war Verlaß, und die signalisierte, daß Wharton die Absicht hatte, ihr an den Karren zu fahren. »Shaz und ich haben lange Zeit gemeinsam Nachtschicht geschoben. Wir waren nicht nur Kollegen, wir waren befreundet. Sie war eine der begabtesten jungen Polizistinnen, die ich kenne. Im übrigen glaube ich nicht, daß Sie einen Mörder überführen, indem Sie sich den Kopf darüber zerbrechen, warum ich ihr einen Gefallen getan habe. Es wäre nützlicher, mir Fragen über Jacko Vance zu stellen.«
Wharton grinste ironisch. »Sagen Sie bloß«, fragte er verächtlich, »Sie glauben am Ende diesen Unsinn, den die Bowman verzapft hat?«
»Wenn Sie damit ihre Theorie meinen, daß Vance junge Mädchen umgebracht hat, lautet die Antwort: Ich weiß es nicht. Ich hatte keine Gelegenheit, ihre Beweisführung zu überprüfen. Aber es ist nun mal eine Tatsache, daß Vance über mich Shaz' Besuch am Samstag vormittag vereinbart hat und daß sie noch vor dem nächsten Morgen tot war. Wir hier bei der Met interessieren uns immer sehr für den, der ein Mordopfer als letzter lebend gesehen hat. Und wie ich

von Shaz' Mutter weiß, scheint das Vance gewesen zu sein. Was sagt denn die Profilergruppe dazu?«
»Nun, es dürfte Sie nicht überraschen, daß wir die, die enge Beziehungen zum Mordopfer unterhalten haben, nie an den Ermittlungen beteiligen.«
Chris starrte Wharton verblüfft an. »Sie nutzen die speziellen Fähigkeiten eines Psychologen wie Dr. Hill nicht aus?«
»Wir vermuten, daß sie ihren Mörder gekannt hat. Und sie hat in Leeds nur die gekannt, mit denen sie dienstlich zu tun hatte. Sie haben Erfahrung in kriminalpolizeilichen Ermittlungen, Ihnen müßte also klar sein, daß wir Verdächtige nicht an der Untersuchung des Falls beteiligen können.«
»Sie haben den erfahrensten Profiler des Landes an der Hand, einen Mann, der das Opfer kannte und weiß, woran sie gearbeitet hat, und den lassen Sie einfach links liegen? Wollen Sie vielleicht Shaz' Mörder gar nicht fangen? Tony Hill ist sicherlich wie ich der Meinung, daß Sie Vance sehr genau unter die Lupe nehmen sollten.«
Wharton lächelte nachsichtig. »Ich kann Ihre Gefühle verstehen. Aber ich versichere Ihnen, ich habe Mr. Vance über die Unterredung mit DC Bowman eingehend befragt. Sie wollte lediglich von ihm wissen, ob er bemerkt habe, daß jemand aus seinem Umfeld sich auffallend für ein Mädchen aus Shaz' sogenannter Siebenergruppe interessiert hatte. Das war nicht der Fall, und damit hatte sich's.«
»Und das glauben Sie ihm aufs Wort? Einfach so?«
»Weshalb nicht? Welches Verdachtsmoment spricht gegen Vance? Daß er der letzte war, der Shaz Bowman gesehen hat? Das wissen wir nicht mit Bestimmtheit. In ihrem Tagebuch steht unter der Vance-Eintragung der Buchstabe ›T.‹, als ob sie vorgehabt hätte, sich anschließend mit jemand anderem zu treffen. Ahnen Sie, wer dieser ›T‹ sein könnte, Sergeant? Würde dieses ›T‹ nicht zu Tony Hill passen?«

»Eine von vielen Möglichkeiten«, sagte Chris achselzuckend. »Sie könnte auch ins Trocadero gegangen sein. Mir hat sie nicht gesagt, was sie anschließend vorhatte.«
»Hierher ist sie nicht gekommen?«
Chris runzelte die Stirn. »Warum sollte sie?«
»Sie waren befreundet. Und sie war in London. Da wäre es naheliegend gewesen, bei Ihnen vorbeizuschauen, zumal Sie sie so tatkräftig unterstützt hatten.« Sein Ton war schärfer geworden, er schob den Unterkiefer vor.
»Sie war nicht hier«, sagte Chris knapp.
Wharton ahnte die Stelle, an der er sie packen konnte. »Warum nicht, Sergeant? War ihr etwa an etwas mehr Distanz gelegen? Ich meine, nachdem sie sich mit einem Mann angefreundet hatte?«
Chris ging zur Tür und hielt sie auf. »Gute Heimreise, Inspector Wharton.«
Wharton nahm sich Zeit, aus dem Sofa hochzukommen. »Eine interessante Reaktion, Sergeant.«
»Wenn Sie Shaz' Andenken beschmutzen und mich kränken wollen, dann nicht in meiner Wohnung. Beim nächsten Mal machen Sie sich die Mühe, mich formell vorzuladen, Sir.«
Sie blieb unter der Tür stehen, bis sie Wharton und Sidekick Richtung Fahrstuhl gehen sah, schickte dem Inspektor ein gemurmeltes »Arschloch« hinterher, knallte die Tür zu und rief eine gute alte Freundin im Innenministerium an.
»Dee? Hier ist Chris. Ich brauche deine Hilfe. Ihr habt einen Psychologen auf der Gehaltsliste, einen komischen Kauz namens Tony Hill. Ich brauche seine private Telefonnummer …«

Auf dem Weg zu einem Sitz in der sechsten Reihe der leeren Tribüne fiel ihm der junge Schwarze auf. Wenn man wie Jimmy Linden viele Jahre mit vielversprechenden Nachwuchssportlern arbeitet, gewöhnt man sich an, Fremde genau unter die Lupe zu nehmen. Es ging nicht nur um Schwule, die sich an seine jungen Schützlinge ranmachen wollten, auch geschäftstüchtige Drogenhändler wollten sie immer wieder mit trügerischen Versprechungen auf die schiefe Bahn locken, da Anabolika schneller als hartes Training zu den Muskeln verhelfen, die Leichtathleten brauchen. Ein waches Auge konnte da nie schaden, besonders hier im Meadowbank Stadion, wo Jimmy die schottische Juniormannschaft für den Kampf um die Meisterschaft trainierte. Machte keinen schlechten Eindruck, der fremde Schwarze, gute körperliche Kondition. Trotzdem behielt Jimmy ihn vorsichtshalber bis zum Trainingsende im Auge.

Als er seinen verschwitzten Jungs in die Umkleideräume folgen wollte, stand der Schwarze plötzlich vor ihm und zeigte ihm einen Dienstausweis. Lesen konnte Jimmy ihn in der Eile nicht, aber er wußte, daß Dienstausweise so aussehen.

»Detective Constable Jackson«, stellte der Fremde sich vor. »Könnten Sie mir eine halbe Stunde Ihrer Zeit opfern?«

Jimmy verzog ärgerlich das Gesicht. »Sie werden keine Drogen bei meinen Jungs finden. Ich achte darauf, daß mein Team sauber bleibt, und das wissen alle.«

Leon schüttelte schmunzelnd den Kopf. »Es hat nichts mit Ihrer Mannschaft zu tun. Ich möchte nur Ihre Erinnerungen ein wenig anzapfen. Wegen einer alten Geschichte. Das ist alles.«

»Was für eine alte Geschichte?«

Leon merkte, daß es den Trainer in den Beinen juckte, seinen Jungs nachzueilen. Trainer haben ihrer Mannschaft immer etwas zu sagen. »Nichts, was Sie beunruhigen könnte, ehrlich. Hören Sie, ich habe ein Stück die Straße runter ein halbwegs vernünftiges Café entdeckt. Wie wär's, wenn wir uns dort treffen, sobald Sie mit Ihren Jungs fertig sind?«

Und so saßen sie sich eine halbe Stunde später bei einem Becher Tee und einem Teller mit Gebäck gegenüber, von dem allerdings, als Jimmy Linden zuzugreifen begann, innerhalb kürzester Zeit nicht mehr viel übrigblieb.
»Also, worum geht's?« wollte Jimmy wissen.
»Aus naheliegenden Gründen kann ich nicht auf Details eingehen«, sagte Leon, »aber wir untersuchen da einen Fall, dessen Wurzeln möglicherweise bis weit in die Vergangenheit zurückreichen. Sie könnten mir vielleicht ein paar Hinweise geben.«
»Worüber denn? Ich versteh nur was von Leichtathletik.«
Leon nickte. »Die Sache liegt zwölf Jahre oder mehr zurück.«
»Da war ich noch gar nicht hier. Ich hab damals unten im Süden gearbeitet.«
»Richtig. Sie haben Jacko Vance trainiert«, sagte Leon.
Ein Schatten huschte über Jimmys Gesicht. Er legte den Kopf schief und sagte: »Sie denken doch nicht, daß Sie Jacko was anhängen können und ich Ihnen auch noch dabei helfe?« In den wasserblauen Augen glitzerte es amüsiert.
»Davon habe ich nichts gesagt, Mr. Linden.«
»Jimmy, mein Junge. Alle sagen Jimmy zu mir. Also Jacko Vance, eh? Und was soll ich Ihnen über den Wunderknaben erzählen?«
»Alles, woran Sie sich erinnern können.«
»Wie lange haben Sie denn Zeit?«
Leon zog eine Grimasse. »So lange Sie brauchen, Jimmy.«
»Na, dann wollen wir mal sehen. Er ist, als er dreizehn war, britischer Jugendmeister geworden. Als ich gesehen habe, wie er den Speer wirft, wußte ich, daß er unsere größte Olympiahoffnung seit langem wird. Aber dann ...« Er schüttelte den Kopf. »Armer Teufel. Statt die Goldmedaille zu gewinnen, mußte er lernen, mit seiner Prothese umzugehen. So was hat keiner verdient.«

Leon hörte ein unausgesprochenes »nicht mal Jacko Vance« aus Jimmys Bemerkung heraus. »Hat er nie mit dem Gedanken gespielt, an den Paralympics teilzunehmen?«
Jimmy schnaubte verächtlich. »Jacko? Da hätte er ja zugeben müssen, daß er behindert ist.«
»Sie wurden also, als er dreizehn war, sein Trainer.«
»Ja. In London hat's ihm gefallen. Da hatte er alles, was er fürs Training brauchte. Und er hätte am liebsten Tag und Nacht trainiert. Ich hab ihn mal gefragt, ob's ihn nicht zumindest am Wochenende nach Hause zieht.«
»Und was hat er geantwortet?«
»Er hat nur die Achseln gezuckt. Ich hatte den Eindruck, daß es seiner Mutter egal ist, was er tut, solange sie zu Hause Ruhe vor ihm hat. Damals war sie schon nicht mehr mit seinem Vater zusammen. Getrennt oder geschieden, was weiß ich.«
»Sind seine Eltern nie nach London gekommen?«
Jimmy schüttelte den Kopf. »Hab die Mutter nie gesehen. Sein Vater ist mal zu einem Elterntreffen gekommen. Damals hat Jacko gerade für die Jugendmeisterschaft über fünfzehn trainiert. Die hat er aber in den Sand gesetzt. Ich glaube, sein Vater hat ihn mordsmäßig zusammengestaucht. Ich hab ihn beiseite genommen und ihm gesagt, er solle lieber wegbleiben, wenn er seinem Jungen nicht den Rücken stärkt.«
»Und wie hat er das aufgenommen?«
Jimmy trank einen Schluck Tee. »Hat mich einen blöden Schwätzer genannt. Da hab ich ihn rausgeschmissen.«
Leon wußte, daß das Tony interessieren würde. Offensichtlich sehnte sich der junge Jacko nach Beachtung. Die Mutter ließ ihn links liegen, der Vater war untergetaucht, also blieb ihm nur der Sport, in der Hoffnung, daß ihm der ein wenig Anerkennung einbrachte. »Er war also ziemlich einsam, der

Jacko?« Leon zündete sich eine Zigarette an und tat so, als habe er Jimmys mißbilligenden Blick nicht bemerkt.

»Irgendwie kam er bei den anderen nicht an. Brachte es nicht fertig, auch mal fünfe gerade sein zu lassen, wie man so sagt. Aber ein typischer Einzelgänger war er nicht. Hatte immer Jillie im Schlepptau. Die hing wie eine Klette an ihm und hat ihm dauernd gesagt, was für ein toller Kerl er wäre.«

»Sie waren also ineinander verliebt?«

»Sie war in ihn verliebt. Er war nur in sich selbst verliebt, aber es gefiel ihm, daß sie ihn anhimmelte. Obwohl, manchmal machte Jillie den Eindruck, als hätte sie genug von ihm. Ich hab Himmel und Hölle in Bewegung gesetzt, daß die beiden zusammenblieben. Jillie, hab ich gesagt, die meisten Mädchen kriegen höchstens einen billigen goldenen Ring, aber du, hab ich gesagt, du kriegst eine Goldmedaille.« Er wedelte Leons Rauch mit der Hand weg. »Um ehrlich zu sein, sonst wär's mit den beiden schon früher aus gewesen. Jillie hat ja miterlebt, wie Jackos Sportkameraden ihre Freundinnen behandelten, und im Vergleich zu denen hat er nicht besonders gut abgeschnitten. Hätte er nicht den Arm verloren, wär sie vielleicht bei ihm geblieben, dem Ruhm und dem Zaster zuliebe, den der Sport einbrachte. Damals fing das nämlich gerade an mit Werbeverträgen und so. Aber nun war er eben nicht mehr der erhoffte Dukatenesel.«

Leon traute seinen Ohren nicht. »Ich dachte, Jacko hätte sie sitzenlassen, weil er ihr nicht zumuten wollte, daß sie sich an ihr Wort gebunden fühlte. Das hab ich irgendwo gelesen.«

Jimmy grinste verkniffen. »Sie sind also auch darauf reingefallen? Den Schmus hat er der Presse weisgemacht, damit er groß rauskam und nicht als Verlierer dastand.«

Demnach konnte Shaz durchaus recht gehabt haben. Zwei Streßfaktoren waren zusammengekommen, der verlorene Arm und die verlorene Zukunft. Und nun hatte er auch noch

Jillie verloren. Das konnte einen, der mit sich und der Welt ohnehin nicht im reinen war, schon dazu treiben, Rachegedanken zu hegen.
Leon drückte die Zigarette aus und fragte: »Hat er Ihnen die Wahrheit erzählt?«
»Nein, Jillie. Ich hab sie an dem Tag ins Krankenhaus mitgenommen, und da hat sie's ihm gesagt. Hinterher hat er sich bei mir beklagt, sie sei ein gemeines Luder und hätt's nur auf sein Geld abgesehen. Ich hab versucht, ihm gut zuzureden. Daß er für die Paralympics trainieren könnte und froh sein sollte, daß er früh genug gemerkt hatte, wie er mit Jillie dran war. Da hat er mich rausgeschmissen, und ich hab ihn nie wieder gesehen.«
»Sie haben ihn nicht mehr im Krankenhaus besucht?«
Jimmys Gesicht erstarrte zu einer Maske. »Ich bin eine Woche lang tagtäglich dort gewesen. Er wollte mich nicht sehen. Wahrscheinlich hat er gar nicht begriffen, daß nicht nur sein, sondern auch mein Traum ausgeträumt war. Egal, wie, kurz danach bekam ich den Job hier in Schottland angeboten und hab hier noch mal von vorn angefangen.«
»Waren Sie überrascht, als er plötzlich zum Fernsehstar aufgestiegen ist?«
»Nein, im Grunde nicht. Er hat immer Leute gebraucht, die zu ihm aufschauen. Ich frage mich oft, ob ihm die Millionen Fernsehzuschauer wohl genügen. Er war sich nie selbst genug, er hat immer die Bestätigung durch andere gebraucht.«
Er signalisierte der Bedienung, sie solle ihm noch einen Tee bringen. »Und jetzt wollen Sie vermutlich wissen, ob er Feinde hatte und was es für dunkle Geheimnisse in seinem Leben gab?«
Eine Stunde später, als Leon wieder in seinem Wagen saß, war ihm zweierlei klar. Erstens, daß Jimmy Linden ihm das, worauf's ihm ankam, erst ganz am Schluß erzählt hatte. Und

zweitens, daß sein Mini-Recorder gestreikt und diesen zweiten Teil nicht aufgezeichnet hatte. Trotzdem war Leon sehr mit sich zufrieden, er war neugierig, ob die anderen auch soviel rausgefunden hatten. Gut, das hier war kein Wettbewerb, aber es konnte nicht schaden, wenn Tony Hill merkte, was er an ihm hatte.

Es war nicht schwierig, das Sportstadion und Freizeitzentrum zu finden, die Lichtfinger, die sich vor den dunklen Malvern Hills in den Himmel tasteten, wiesen Tony schon auf der Schnellstraße den Weg. Und als er auf der Nebenstraße war, brauchte er lediglich den anderen Fahrzeugen zu folgen, die alle dasselbe Ziel hatten. Der Parkplatz war natürlich bereits voll, und er mußte seinen Wagen zwei-, dreihundert Meter abseits abstellen. Von dort mußte er nur den Schildern »Große Eröffnungsgala – mit Jacko Vance als Ehrengast und den Stars unserer Fußballmannschaft« folgen.

Nun kam der schwierigste Teil. Tony studierte sorgfältig die Gesichter in den verglasten Kassenhäuschen neben den Einlaß-Gates und entschied sich für eine Frau mittleren Alters, weil sie verständnisvoll und kompetent aussah. Er zwängte sich an der Schlange der Wartenden vorbei, zeigte der Frau das Papier, das ihn als Mitarbeiter des Innenministeriums auswies, und sagte mit zerknirschter Miene: »Dr. Hill, Innenministerium, Referat für Sportfragen. Man wollte mir eine VIP-Karte zuschicken, aber die ist nicht angekommen. Ich hoffe, ich komme auch so zum Büro des Veranstaltungsleiters?«

Die Frau musterte ihn einige Sekunden stirnrunzelnd, kam angesichts der immer länger werdenden Schlange zu dem Schluß, daß er vertrauenswürdig wirkte, drückte den Knopf, der das Sperrgitter aufschwingen ließ, und sagte: »Halten Sie sich rechts und dann hoch in den zweiten Stock.«

Tony ließ sich vom Strom der Menge, der auf die riesige Halle zusteuerte, treiben, kaufte sich ein Programm und entnahm ihm unter anderem, daß gegen Ende der Veranstaltung denjenigen, die fünfzig Pfund lockergemacht oder beim lokalen Fernsehsender eine Freikarte gewonnen hatten, die Ehre zuteil wurde, an einer Audienz in kleinem Kreise bei Jacko Vance teilzunehmen. Und genau dabei wollte Tony nicht fehlen.
Er steuerte gemächlich auf den für Mitarbeiter reservierten, durch dicke rote Samtkordeln als für das Publikum nicht zugänglicher Bereich markierten Lift zu, zeigte dem davor postierten Wachmann kurz sein Papier, sagte wieder sein Sprüchlein vom Innenministerium auf, betrat den Lift und fuhr nach oben, ehe der verdutzte Ordnungshüter protestieren konnte.
Der Rest war einfach: raus aus dem Lift, den Flur hinunter, durch die offenen Doppeltüren, sich von der kurzberockten Hosteß ein Glas mit einem moussierenden, blaßgelben Getränk in die Hand drücken lassen, und schon gehörte er dazu. An einer Seite der Lounge erstreckte sich eine Glasfront, von der der Blick in das überdachte Stadion fiel, in dem sich gerade eine Majorettengruppe auf ihren Auftritt vorbereitete. In der Lounge standen hier und da kleine Gruppen plaudernd beieinander. Und dann entdeckte Tony am hinteren Ende der Glasfront Jacko Vance, eingekeilt von Männern und Frauen im reiferen Alter, der Charme versprühte. Daß er heute bereits zwei Wohltätigkeitsveranstaltungen hinter sich hatte, merkte man ihm nicht an, er wirkte herzlich, leutselig und entspannt, sein Lächeln betörte alle.
Tony grinste verstohlen. Das war nun die dritte Begegnung, seit er sich an Vance' Fersen geheftet hatte, und jedesmal hatte sie ihm neue Erkenntnisse gebracht. Es war, als seien Jäger und Gejagter durch einen unsichtbaren Draht miteinander

verbunden. Und dieses Mal hatte er sich vorgenommen, dafür zu sorgen, daß es nicht plötzlich zu einem Rollentausch kam. Das eine Mal hatte ihm gereicht.

Er schlenderte im Schutz der tatsächlich eingeladenen Gäste durch die Lounge, ohne Vance länger als einen kurzen Moment aus den Augen zu lassen, und ergatterte schließlich einen Platz in einer Ecke der Lounge, schräg gegenüber dem Fernsehstar, aber so, daß Vance sich umdrehen mußte, um ihn zu entdecken.

Nach einer Weile kam plötzlich eine junge Frau mit zurückgekämmtem blondem Haar, einer John-Lennon-Brille, einem knallroten Amorbogen in der Hand und einer Tasche, auf der RADIO AKTUELL stand, in die Lounge gestürmt, im Schlepptau drei aufgetakelte, aufdringlich geschminkte, junge Frauen, zwei eher durch ihre Pickel als ihren Charme auffallende Teenager und eine Dame reiferen Alters, deren Frisur so drapiert wirkte, als hätte sie noch die Lockenwickler drin. Drei Schritte dahinter folgte ein Typ mit ausgebeulten Taschen und zwei um den Hals baumelnden Spiegelreflexkameras. Die Gewinner einer Ruf-deinen-Sender-an-Aktion, vermutete Tony. Wer weiß, welche Preisfrage die Anrufer beantworten mußten. Bestimmt nicht: Wie viele Teenager hat Jacko Vance ermordet.

Die energische Blonde drängte sich in den Kreis der Bewunderer, in deren Mitte Vance hofhielt, und wandte sich an Jackos Presseagentin. Sie sprachen kurz miteinander, die PA nahm Jacko am Arm und machte ihn auf die Neuankömmlinge aufmerksam. Als er sich umwandte, ließ er den Blick mit der Routine des Profis einen Moment lang durch die Lounge schweifen und entdeckte Tony. Seine Augen verharrten eine Sekunde lang, dann setzten sie ihre Wanderung fort, seine Miene verriet nichts.

Die Gewinner der Anrufaktion wurden in die Nähe ihres

Idols gewinkt, Jacko plauderte lächelnd mit ihnen, schüttelte Hände, kniff die beiden Teenager freundlich in die Wangen und posierte für den Fotografen. Alle dreißig Sekunden ließ er den Blick in die Ecke huschen, in der Tony, das Glas mit Sekt in der Hand, an der Wand lehnte und die Szene rund um den Fernsehstar mit seltsam zufriedener Miene beobachtete.

Als die Audienz für die Radiogewinner endete, wechselte Tony zu der kleinen Gruppe hinüber, die geduldig darauf wartete, daß Vance endlich Zeit für sie fand. Lauter brave Durchschnittsbürger, mächtig aufgeregt, aber sichtlich bemüht, kühl und gelassen zu wirken. Er drängte sich in ihre Mitte. »Bitte, entschuldigen Sie, wenn ich so bei Ihnen hereinplatze«, sagte er, »aber ich glaube, Sie können mir helfen. Mein Name ist Tony Hill, ich bin Psychologe und Profiler. Stars wie Jacko locken, wie Ihnen sicher bekannt ist, oft Leute an, deren Absichten man nicht gerade ehrenhaft nennen kann. Daher erarbeite ich mit einem Team von Police Officern an einem sogenannten Schutzprofil. Es geht uns darum, verdächtige Typen abzufangen, bevor sie Ärger machen können. Der erste Schritt besteht darin, das Profil des zuverlässigen Fans zu erarbeiten. Leute wie Sie, die jeder Prominente gern in seiner Nähe weiß. Wir müssen dazu lediglich ein kurzes Gespräch mit Ihnen führen. Allerhöchstens eine halbe Stunde. Wir kommen zu Ihnen oder Sie zu uns, ganz wie es Ihnen lieber ist. Wir zahlen Ihnen für Ihre Mühe fünfundzwanzig Pfund, und Sie haben das schöne Bewußtsein, etwas für die Sicherheit Ihres Idols getan zu haben.« Immer dasselbe, sobald er die fünfundzwanzig Pfund erwähnte, bekamen die Leute leuchtende Augen.

Tony nahm die vorgedruckten Zettel aus der Innentasche seines Jacketts. »Na, wie wär's? Eine absolut vertrauliche, anonyme Befragung, und Sie haben uns geholfen, ein Leben zu retten, und sich außerdem fünfundzwanzig Pfund verdient. Notieren Sie einfach Namen und Adresse auf einem der Zettel, dann setzt sich einer meiner Mitarbeiter mit Ihnen in Verbindung.« Er verteilte seine Visitenkarten mit dem Aufdruck der NOP Task Force. »Damit Sie wissen, mit wem Sie's zu tun haben.«

Er schielte zu Vance hinüber. Der plauderte lächelnd weiter, aber sein Blick ruhte finster, fragend und feindselig auf Tony.

Ein Palast ist es nicht, dachte Simon, als er den Wagen vor dem Bungalow abstellte. Drei Schlafzimmer, Wohn- und Eßzimmer, Küche und Nebenräume, schätzte er. So gesehen, hätte sie's besser gehabt, wenn sie bei Jacko geblieben wäre, zumal sie dann nicht in einem Nest wie Wellingborough versauert wäre, wo der abendliche Bummel durchs Einkaufszentrum schon als hart an der Grenze zur Ausschweifung galt. Ein Wunder, daß Carol Jordan Jillie überhaupt so schnell in diesem gottverlassenen Winkel aufgespürt hatte.

Er blieb auf der gegenüberliegenden Seite der schmalen Straße im Wagen sitzen, um sich das Haus, das Jillie und Jeff Lewis gehörte, erst mal anzusehen. Ausgesprochen schmuck mit dem kurz getrimmten Rasen, den schnurgerade gezogenen Blumenrabatten und dem Metro in der Zufahrt, das Modell vom letzten Jahr.

Ihm war klar, daß er heute eine besonders harte Nuß zu knacken hatte. Er hatte keine konkreten Vorstellungen, was er Jillie fragen sollte, aber soviel stand für ihn fest: Wenn sie etwas wußte, womit sie Jacko Vance festnageln konnten, dann würde er's aus ihr rausholen. Und nachdem er sich so Mut gemacht hatte, stieg er aus, zog das Jackett seines Marks-und-Spencer-Anzugs an, rückte die Krawatte zurecht, straffte die Schultern und ging auf den Bungalow zu.

Sekunden nachdem er geklingelt hatte, wurde die Haustür

einen Spalt weit aufgezogen, bis zum Anschlag der Sperrkette, bei der ein kräftiger Stoß mit der Schulter genügt hätte, um sie aufzusprengen. Im ersten Moment fragte er sich, ob das Gesicht, das im Türspalt auftauchte, vielleicht das der Putzfrau wäre, weil es den alten Zeitungsfotos von Jillie Woodrow absolut nicht ähnlich sah. Blondes, zu einem Pagenkopf geschnittenes Haar, statt des dunklen Pferdeschwanzes, auf den er gefaßt war. Und von dem Babyspeck, den er von den Zeitungsfotos kannte, war auch nichts mehr zu sehen. Die Frau hinter der Tür war so hager, daß er sich, wäre er ihr Mann gewesen, Sorgen gemacht hätte, ob sie womöglich an Magersucht litte. Er war fast bereit zu glauben, daß er sich in der Hausnummer geirrt hätte, als er ihre Augen wiedererkannte. Der Ausdruck kam ihm härter vor, und in den Ecken zeigten sich erste Fältchen, aber es waren ohne jeden Zweifel Jillie Woodrows schmachtende, dunkelblaue Augen.
»Mrs. Lewis?« fragte er.
Die Frau nickte. »Und wer sind Sie?«
Er zeigte ihr seinen Dienstausweis, und sie japste erschrocken: »Jeff?«
»Nein, mit Ihrem Mann hat mein Besuch nichts zu tun. Ich gehöre nicht zur hiesigen Polizei, meine Dienststelle ist Strathclyde. Aber ich bin derzeit im Zusammenhang mit speziellen Ermittlungen nach Leeds abkommandiert.«
»Leeds? Da war ich noch nie.«
Simon lächelte. »Seien Sie froh. Ich hab mir in letzter Zeit oft gewünscht, daß es mich nie dorthin verschlagen hätte. Also, Mrs. Lewis, es geht um eine Sache, die viel Fingerspitzengefühl erfordert. Ich glaube, ich könnte es Ihnen drin bei einem Kaffee viel leichter erklären als hier auf der Türschwelle.«
Sie sah ihn unschlüssig an und warf einen Blick auf die Uhr. »Ich muß zur Arbeit«, sagte sie. Ja, das kaufte er ihr ab, die Frage war nur, wann.

»Ich wäre nicht hergekommen, wenn's nicht wichtig wäre.« Simon legte all den Charme, der ihm schon so oft Türen und Herzen geöffnet hatte, in sein Lächeln.
»Na, dann kommen Sie mal lieber rein.« Sie löste die Kette, trat einen Schritt zurück, und Simon stand in einer Diele, die aussah wie aus einem Möbelhauskatalog: ebenso makel- wie geschmacklos. Sie führte ihn in eine Küche, in der anscheinend, so wie hier alles blitzte und blinkte, noch nie gekocht worden war, und bedeutete ihm mit einem Wink, am ovalen Ecktisch Platz zu nehmen. Sie ließ Wasser in einen Kessel laufen. »Kaffee, sagten Sie?«
»Bitte.« Simon quetschte sich hinter den Tisch. »Mit Milch, ohne Zucker.«
Jillie nahm eine Dose Instantkaffee und zwei Becher aus dem Hängeschrank. »Ich vermute, es hat was mit Jacko Vance zu tun?«
Simon versuchte, sich die Verblüffung nicht anmerken zu lassen. »Wie kommen Sie darauf?«
Sie drehte sich um, lehnte sich an die Arbeitsplatte, kreuzte die in Jeans steckenden Beine und verschränkte die Arme vor der Brust. »Was soll's sonst sein? Jeff ist ein ehrlicher, hart arbeitender Vertreter, ich hab einen Teilzeitjob als Datenbearbeiterin, und Kriminelle kennen wir nicht. Also gibt's in meinem Leben nur eines, was Sie interessieren kann, und das ist die Tatsache, daß ich mal Jacko Vance' Freundin war. Und wenn es um spezielle Ermittlungen geht, fällt mir auch nur dieser gottverdammte Kerl ein. Scheint so, als sollte ich seinen beschissenen Schatten nie loswerden.« Sie drehte sich um und löffelte Kaffeepulver in die Becher, als brauche sie irgendwas, um sich abzureagieren.
Simon wußte nicht recht, wie es weitergehen sollte, und verschanzte sich hinter dem nichtssagenden Satz: »Tja, das ist sicher eine sehr sensible Sache.«

Sie stellte den Kaffeebecher so heftig vor ihn hin, daß ein paar Tropfen auf den polierten Pinienholztisch spritzten. Ein Wunder, daß sie nicht gleich mit dem Putztuch angerannt kam. Statt dessen lehnte sie sich wieder an die Arbeitsplatte, hielt ihren Becher umklammert, als suche sie daran Halt, und sagte trotzig: »Über Jacko Vance hab ich Ihnen nichts zu sagen. Sie haben sich umsonst von Leeds hierher bemüht. Aber Sie kriegen bestimmt ein gutes Kilometergeld, bei Ihnen zahlt das ja nicht ein knickriger Chef, sondern der Steuerzahler.«

In ihr sieht's so bitter aus, wie der Kaffee schmeckt, dachte Simon, trank aber einen zweiten Schluck, um etwas Zeit zu gewinnen, damit er sich eine Erwiderung überlegen konnte. »Unsere Ermittlungen sind sehr wichtig. Und wir könnten ein wenig Hilfe brauchen.«

Sie knallte ihren Becher auf die Arbeitsplatte. »Hören Sie, es ist mir schnuppe, was er jetzt wieder über mich erzählt. Es ist nicht so, daß ich ihn belästige, umgekehrt wird ein Schuh daraus. Das fing an, kurz nachdem Jeff und ich geheiratet hatten. Ich weiß gar nicht mehr, wie oft die Cops hier waren. Ob ich ihm anonyme Briefe geschrieben hätte. Ob ich seine Frau am Telefon belästigt hätte. Ob ich ihm Päckchen mit Hundekot geschickt hätte. Zum Teufel, ich kann heute nur dasselbe sagen, was ich damals geantwortet habe: daß ich bestimmt nicht der einzige Mensch bin, der eine Stinkwut auf Jacko Vance hat, weil der Mann immer nur an sich und seinen Vorteil denkt.« Sie sah Simon trotzig an. »Aber das mit den anonymen Briefen ist trotzdem Unsinn. Ich hab ihm keine geschickt. Das können Sie überprüfen, wir führen bei uns Buch über jeden Penny. Ich hab's bis obenhin satt, mir Jackos Anschuldigungen anzuhören. Nichts als ein Haufen dreckiger Lügen.« Sie schüttelte wütend den Kopf. »Nicht zu fassen, was dieser *Saukerl* sich alles einfallen läßt.«

Simon hob beruhigend die Hand. »Moment mal, Sie sind, glaube ich, auf dem völlig falschen Dampfer. Ich bin nicht hier, weil Jacko sich über Sie beschwert hätte. Zugegeben, ich möchte gern mit Ihnen über ihn sprechen, aber da geht's darum, was er getan hat, nicht, was Sie angeblich getan haben, ehrlich.«

Jillie sah ihn scharf an. »Was sagen Sie da?«

Simon befürchtete, daß er vielleicht zu weit gegangen wäre. »Also« – er versuchte, das Ganze herunterzuspielen – »wie ich bereits sagte, geht es um eine sensible Angelegenheit. Wir sind im Zusammenhang mit einer Untersuchung auf den Namen Jacko Vance gestoßen, und ich soll nun ein paar Hintergrundinformationen einholen. Ohne daß Mr. Vance dadurch aufgeschreckt wird – wenn Sie verstehen, was ich damit andeuten will.« Er konnte nur hoffen, daß sie ihm nicht ansah, wie nervös er war. Irgendwie lief dieses Gespräch ganz anders, als er's erwartet hatte.

»Ach? Sie ermitteln gegen Jacko?« Das Funkeln in Jillies Augen sah ein wenig ungläubig, aber doch hoffnungsfroh aus.

Simon rutschte verlegen auf dem Stuhl herum. »Wie schon gesagt, sein Name tauchte im Zusammenhang mit Ermittlungen in einer sehr ernsten Angelegenheit auf ...«

Jillie schlug sich auf die Schenkel. »O ja, das kann ich mir gut vorstellen. Sagen Sie nichts, lassen Sie mich raten. Er hat irgendeinem dummen Mädchen sehr weh getan, aber versäumt, die Kleine genügend einzuschüchtern, und jetzt hat sie alles ausgeplaudert. Hab ich recht?«

Simon spürte, daß ihm ein paar Schweißperlen auf die Stirn traten. Das Gespräch lief irgendwie aus dem Ruder. »Was veranlaßt Sie zu dieser Vermutung?« fragte er vorsichtig.

»Das mußte ja eines Tages so kommen.« Man merkte ihr an, wie sehr sie die Gelegenheit zur Abrechnung genoß. »Also, was wollen Sie wissen?«

Als er heimkam, hatte Tony bleischwere Augen. Bleibt nicht aus, wenn man nachts Meile um Meile auf Autobahnen und Schnellstraßen runterreißt, dachte er. Er hatte nicht vorgehabt, den Anrufbeantworter abzuhören, aber der Apparat blinkte so beharrlich, daß er schließlich doch den Wiedergabeknopf drückte. »Hi. Mein Name ist Chris Devine. Detective Sergeant Devine. Ich hab mal eine Zeitlang mit Shaz Bowman bei der Kripo der Met zusammengearbeitet. Ich hab für sie das Treffen mit Jacko Vance arrangiert. Rufen Sie mich bitte an, sobald Sie zurück sind, egal, wie spät es wird.«
Er schrieb die Nummer mit und tippte die Ziffern ein. Das Telefon läutete und läutete, bis endlich abgehoben wurde. »Ist dort Chris Devine?« fragte er in die Stille.
»Tony Hill, nehme ich an?« Reinster Südlondoner Dialekt.
»Sie haben mir eine Nachricht hinterlassen. Wegen Shaz.«
»Oh, ja. Hören Sie, bei mir waren diese Trottel von der West Yorkshire Division, und die haben mir gesagt, daß sie nicht mit Ihnen zusammenarbeiten. Stimmt das?«
Er mochte Leute, die ohne Umschweife zur Sache kamen. »Nun, sie glauben, es könne sich kompromittierend auf ihre Ermittlungen auswirken, wenn sie mich oder einen von Shaz' Kollegen hinzuzögen«, sagte er lakonisch.
»Quatsch«, sagte sie verächtlich. »Die haben nicht den Furz von einer Ahnung, worum's überhaupt geht. 'tschuldigen Sie meine Ausdrucksweise. Und? Ermitteln Sie jetzt auf eigene Faust – oder was?«
Tony kam sich irgendwie in die Ecke getrieben vor. »Nun, ich bin jedenfalls äußerst daran interessiert, daß Shaz' Mörder gefaßt wird«, sagte er vorsichtig.
»Und was tun Sie dafür?«
Er zögerte. »Warum fragen Sie?«
»Um zu sehen, ob Sie noch jemanden brauchen, der Ihnen dabei hilft, natürlich. Shaz war ein tolles Mädchen und ein

großartiger Cop. Und nun hat Vance sie aus Gründen, die wir noch nicht genau kennen, umgebracht. Es könnte auch irgendein anderer Kerl gewesen sein, aber wie auch immer, die Spuren fangen jedenfalls an Vance' Haustür an, oder nicht?«

»Sie haben recht.« Tony ahnte auf einmal, wie es Zement unter der Dampfwalze zumute sein muß.

»Sie bearbeiten den Fall also?«

»In gewisser Weise, ja.«

Ihr Seufzen hörte sich an wie eine Sturmwarnung im Seewetterbericht. »Na schön, von mir aus in gewisser Weise. Ich könnte Ihnen jedenfalls helfen. Was brauchen Sie von mir?«

Tonys Gedanken rotierten. »Mir fehlt zum Beispiel ein Druckmittel, mit dessen Hilfe ich nötigenfalls einen Keil zwischen Vance und seine Frau treiben kann.«

»So was wie: Micky Morgan ist eine Lesbe?«

»Ja, so was in der Art.«

»Soll das heißen, das mit der Lesbe reicht nicht?«

»Stimmt das denn?«

Chris schnaubte. »Und ob das stimmt. Die sind so weit weg in ihrem Elfenbeinturm, daß niemand was spitzkriegt, aber ich kann Ihnen Brief und Siegel darauf geben. Micky ist seit Olims Zeiten scharf auf Betsy. Da hat sie Jacko noch gar nicht gekannt.«

»Betsy Thorne? Ihre persönliche Assistentin?«

»Ich höre immer PA! Ihre Geliebte. Betsy hatte zusammen mit ihrem Ex einen gutgehenden, kleinen Partyservice, aber dann hat sie Micky kennengelernt, und da hat's wham-bam-bum gemacht. Als Pärchen haben sie sich damals nur an äußerst diskreten Orten blicken lassen. Dann sind sie ganz aus der Szene verschwunden, und urplötzlich ist Micky als Jacko Vance' Anhängsel wieder aufgetaucht. Aber Betsy gab's immer noch. Micky war seinerzeit auf dem Weg steil

nach oben, und da gab's Gerüchte, daß die Klatschpresse drauf und dran wäre, sie als Lesbe bloßzustellen.«
»Woher wissen Sie das alles?« fragte Tony.
»Na, was glauben Sie wohl? Wir kannten uns aus der Szene. Da saßen damals noch alle im selben Boot, und da hätte keine die andere verpfiffen. Aber wenn was durchgesickert wäre, du meine Güte, vor zwölf, fünfzehn Jahren hätten ihr die Fernsehbosse den Stuhl vor die Tür gestellt, ohne lange zu fackeln. Sie können's mir glauben, wen Jacko Vance auch bumsen mag, seine Frau ist es nicht. Um ehrlich zu sein, darum habe ich ja vermutet, daß Shaz hinter irgendwas gekommen ist.«
»Haben Sie das Shaz gesagt?«
»Wissen Sie, Micky Morgan war mir damals völlig aus dem Blickfeld gerutscht. Der Gedanke ist mir erst gekommen, nachdem ich für Shaz den Anrufbeantworter gespielt hatte. Ich wollte es ihr sagen, sobald sie sich nach ihrem Besuch bei Vance melden würde, um mir zu erzählen, wie alles gelaufen war. Tja, so bin ich eben nicht mehr dazu gekommen. Können Sie mit der Sache was anfangen?«
»Chris, das ist fabelhaft. Und Sie sind fabelhaft.«
»Das sagen mir alle, Babe. Also, möchten Sie, daß ich Ihnen helfe oder nicht?«
»Ich glaube, das haben Sie bereits getan.«

Als Carol ihr Dienstzimmer betrat, war ihr Detective-Trio schon vollzählig versammelt. Sie rang sich ein Lächeln ab und fragte: »Na, was haben wir rausgefunden?«
Tommy Taylor rutschte tiefer in den Besuchersessel und warf eine dünne Akte auf ihren Schreibtisch. »Wir wissen jetzt mehr darüber, wie's um die Finanzen der Jungs bestellt ist, als deren Ehefrauen.«
»Nach allem, was ich so über Ehen in Yorkshire höre, heißt

das noch nicht viel«, meinte Carol. Tommy und Lee Whitebread grinsten, Di Earnshaw verzog keine Miene.
»Ma'am, kann's sein, daß das 'ne sexistische Bemerkung war?« frotzelte Lee.
»Okay, beschweren Sie sich über mich. Also, was haben wir?«
»Steht alles da drin.« Tommy deutete mit dem Daumen auf den Aktenordner.
»Fassen Sie's kurz zusammen.«
Tommy drehte sich um. »Di? So was kannst du besser.«
Di schob die Hände in die Taschen ihres olivgrünen Jacketts. Eine Farbe, von der einem schlecht werden konnte.
»Mr. Pendlebury war nicht sehr entgegenkommend, hat uns aber immerhin Zugang zu den Daten verschafft, denen wir die Privatadressen und Geburtsdaten unserer Verdächtigen entnehmen konnten. Anhand dieser Daten konnten wir in den Akten des Amtsgerichts ...«
»Außerdem hat uns ein kleines Vögelchen was über Bank- und sonstige Darlehen gezwitschert«, flocht Lee ein.
»Darüber reden wir aber nicht«, erinnerte ihn Tommy.
»Vergeßt ihr den Kleinkrieg mal für 'ne Weile und kommt zur Sache?« schaltete sich Carol ein.
»Unsere beiden Spitzenkandidaten sind Alan Brinkley und Raymond Watson«, fuhr Di fort. »Beide von hier, Watson ist Single, Brinkley seit einem Jahr verheiratet. Stehen beide kurz vor der Zwangsversteigerung ihrer Häuser. Beide haben Zivilklagen wegen nicht bezahlter Schulden am Hals. Halten sich über Wasser, indem sie neue Löcher aufreißen, um die alten zu stopfen. Und so wären die Brände für beide ein Segen.«
»Denen bläst der Wind ganz schön ins Gesicht«, fügte Taylor hinzu.
Carol schlug den Aktenordner auf und nahm die beiden

Blätter heraus, auf denen es um Brinkley und Watson ging. »Gute Arbeit. Sie haben in kurzer Zeit eine Menge Details zusammengetragen.«

Lee zuckte die Achseln. »Seaford ist ein großes Dorf. Da tut man mal einem einen Gefallen, und das zahlt sich dann aus. Was meinen Sie, sollen wir die beiden zur Vernehmung vorladen?«

Carol zögerte. Sie wollte erst Tony zu Rate ziehen, aber das konnte sie dem Trio nicht gut sagen, weil es ausgesehen hätte, als könnte sie ihre Entscheidungen nicht selber treffen.

»Ich werd mir erst mal die Akte genau durchlesen. Wir sprechen morgen noch mal darüber.«

Als die drei gegangen waren und sie gerade zu einem Rundgang durch die Abteilung aufbrechen wollte, um zu sehen, was die anderen so trieben, läutete das Telefon. »DCI Jordan?«

»Brandon hier.«

»Sir?«

»Ich habe gerade mit einem Kollegen drüben in West Yorkshire telefoniert. Dabei kamen wir auch auf den Mord an DC Bowman zu sprechen. Er erwähnte, daß ihr Hauptverdächtiger in diesem Fall sich anscheinend aus dem Staub gemacht hätte. Ein gewisser Simon McNeill. Sie werden ihn wahrscheinlich bis morgen zur Fahndung ausschreiben. Ich dachte, das würde Sie interessieren, zumal die Task Force ja unter einem Dach mit uns gearbeitet hat.«

Carol schaffte es, in ruhigem Ton zu sagen: »Natürlich, Sir. Sobald ich das offizielle Fahndungsersuchen habe, werd ich's in meiner Abteilung publik machen.«

»Obwohl ich nicht glaube, daß er hier auftaucht.«

»Mh. Ja, Sir. Danke, Sir.« Sie legte auf und murmelte inbrünstig »o Scheiße« vor sich hin.

Tony fuhr sich mit dem angefeuchteten Zeigefinger über die widerspenstige linke Augenbraue und begutachtete das Ergebnis seiner Bemühungen im Spiegel, dem – abgesehen von zwei orangefarbenen Kunststoff-Sitzschalen – einzigen Möbelstück in der allenfalls für die Aufnahme eines wuchtigen Wohnzimmerschranks ausgelegten Garderobe. Er fand, daß er mit dem einzigen Anzug, den er besaß, angemessen seriös angezogen war, obwohl Carol meinte, er sähe in dem Ding aus wie ein alter Fußballer im Freizeitdreß. Immerhin, an dem taubengrauen Hemd und dem Schlips in dunklem Magentarot hatte nicht mal sie etwas herumzumäkeln gehabt.
In der Tür erschien die Frau, die sich als Mickys persönliche Assistentin vorgestellt hatte, von der er aber dank Chris' Informationen wußte, daß sie Mickys Lover war. »Alles in Ordnung?« erkundigte sie sich.
»Ich fühle mich bestens.«
»Gut.« Der professionell herzliche Ton, mit dem man Studiogästen Mut zuspricht, dachte er. Ihr Lächeln kam ihm allerdings mechanisch vor, sie war mit den Gedanken woanders. »Gewöhnlich vermeidet Micky vor der Sendung jeden Kontakt mit Studiogästen, um ihnen unbefangen gegenüberzutreten. Aber in diesem Fall … nun, sie fühlt sich irgendwie, wenn auch nur marginal, mit Ihrem tragischen Verlust verbunden. Deshalb möchte sie vor der Sendung noch ein paar Worte mit Ihnen wechseln.«
»Wird mir ein Vergnügen sein.« Tony fand, daß er das glaubhaft rübergebracht hatte.
»Gut. Sie wird in ein paar Minuten herkommen. Darf ich Ihnen irgendwas bringen lassen? Kaffee? Mineralwasser?«
»Kommt der Kaffee aus der Maschine?«
Diesmal sah das Lächeln echt aus. »Ich fürchte, ja. Kaum von Tee, heißer Schokolade oder Hühnersuppe zu unterscheiden.«

»Dann verzichte ich lieber.«
Betsy nickte und zog die Tür hinter sich zu. Tony verspürte ein leichtes Magengrimmen. Das war bei öffentlichen Auftritten immer so. Aber heute ging es zusätzlich darum, das Gespräch vor laufender Kamera so zu lenken, daß er eine Bemerkung einflechten konnte, die Vance beunruhigte und möglichst dazu veranlaßte, einen Fehler zu begehen. Sozusagen der erste Pfeil, den er auf ihn abschießen wollte. Aber Tony machte sich nichts vor, es war ein gewagtes Unterfangen, insbesondere in der Fernsehsendung von Vance' Frau.
Er räusperte sich nervös und musterte sich noch mal kritisch im Spiegel, als hinter ihm die Tür aufging und Micky Morgan erschien. Er drehte sich um und streckte ihr die Hand hin. »Hallo, Ms. Morgan.«
»Dr. Hill. Danke, daß Sie zu meiner Sendung gekommen sind.« Ihr Händedruck war kühl und fest.
»Sehr gern. Es gibt so viele Mißverständnisse über die Aufgaben von Profilern, daß man jede Gelegenheit nutzen sollte, ein wenig Aufklärungsarbeit zu leisten. Zumal wir gerade wieder mal negative Schlagzeilen gemacht haben.« Tony hoffte, daß die Art, wie er kurz den Blick senkte, Micky zu verstehen gab, worauf er anspielte.
»Ja. Es hat mir aufrichtig leid getan, von der Sache mit Detective Constable Bowman zu hören. Ich habe sie nur kurz kennengelernt, aber sie hat auf mich einen sehr energischen Eindruck gemacht. Eine Frau, die weiß, was sie will. Und überdies eine sehr schöne Frau.«
Tony nickte. »Sie wird uns fehlen. Eine unserer besten jungen Officer.«
»Das kann ich mir vorstellen. Es muß gerade für Police Officer schrecklich sein, eine Kollegin zu verlieren.«
»Ja. Man hat das Gefühl, irgendwie mitschuldig zu sein, seine Pflicht nicht so erfüllt zu haben, wie es nötig gewesen wäre,

um diesen Mord zu verhindern. Ich kann mich jedenfalls von einem gewissen Schuldgefühl nicht freisprechen.«

»Ich bin sicher, das hätte niemand verhindern können, selbst Sie nicht.« Sie legte ihm mitfühlend die Hand auf den Arm. »Als ich meinem Mann gesagt habe, daß Sie zu mir in die Sendung kommen, hat er ganz spontan ähnliche Schuldgefühle geäußert. Dabei hätte er noch weniger Grund dazu als Sie.«

»Überhaupt keinen«, sagte Tony und wunderte sich selbst, wie überzeugt er das herausbrachte. »Obwohl wir inzwischen glauben, daß Shaz' Mörder den ersten Kontakt mit ihr hier in London und nicht erst in Leeds aufgenommen hat. Es wäre gut, wenn ich, Ihr Einverständnis vorausgesetzt, in der Sendung an mögliche Zeugen appellieren dürfte, sich bei uns zu melden.«

Micky griff sich mit einer erschrockenen, seltsam verletzbar wirkenden Geste an die Kehle. »Sie glauben doch nicht, daß der Mörder ihr vor unserem Haus aufgelauert hat, oder doch?«

»Zu dieser Annahme gibt es keinen Grund«, sagte er rasch.

»Nein?«

»Nein.«

»Ich bin froh, daß Sie das sagen.« Sie atmete tief durch und strich sich das blonde Haar aus dem Gesicht. »Gut, dann sollten wir nun zum Verlauf unseres Gesprächs kommen. Ich werde Sie zuerst fragen, warum Ihre Gruppe eingerichtet wurde, wem sie unterstellt ist und bei welcher Art von Verbrechen Sie nach Beendigung der Ausbildungsphase an der Aufklärung mitwirken werden. Und dann werde ich auf Sharon zu sprechen kommen und …«

»Shaz«, unterbrach Tony. »Nennen Sie sie Shaz. Sie mochte es nicht, wenn man sie Sharon genannt hat.«

Micky nickte. »Shaz. Ich werde also auf sie zu sprechen kommen, und das wäre dann die Gelegenheit, daß Sie diesen dringenden Appell an potentielle Zeugen richten, einverstanden? Gibt's sonst noch irgend etwas Besonderes, was Sie zur Sprache bringen wollen?«

»Ich glaube, ich werde den Appell an Ihr Publikum gut rüberbringen«, erwiderte er ausweichend. Er hätte gern ein paar persönliche Worte hinzugefügt, etwas, das eine Brücke zwischen ihnen bauen konnte, aber ihm fiel nichts ein. Er setzte all seine Hoffnung darauf, mit ihrer Hilfe Jacko Vance' Schutzwall aufzuknacken, und er mußte es nur irgendwie schaffen, sie dahin zu bringen, daß sie ihm, und sei es unbewußt, dabei half.

Micky sagte ihm noch, daß er als letzter kurz vor den Mittagsnachrichten dran wäre und daß Betsy ihn rechtzeitig abholen werde. Dann schloß sich die Tür hinter ihr, nur der Hauch ihres Parfums hing noch in der Garderobe.

Tony wußte, daß er nur heute, nur dieses eine Mal eine Chance bekam, Micky Morgan auf seine Seite zu ziehen, und er hoffte inständig, daß er diese Chance nicht vermasselte.

Hoffentlich lohnt sich's wenigstens, dachte Vance. Er hatte extra wegen der Sendung den Lunch bei Marco Pierre White abgesagt und ahnte, daß der notorisch beleidigte Küchenchef ihn das beim nächsten Besuch spüren lassen würde. Er schloß von innen ab und ließ die Jalousetten herunter. Seine Sekretärin war angewiesen, keine Anrufe durchzustellen, und weder der Produzent noch Vance' Agent wußten, daß er noch hier war. Was das heutige *Morgan am Mittag* auch enthüllen mochte, es gab niemanden, der seine Reaktion beobachten konnte.

Er warf sich aufs breite Ledersofa, drückte auf die Fernbedienung, und die Mattscheibe leuchtete rechtzeitig zum Vorspann auf. Er wußte, daß er nichts zu befürchten hatte. Was immer die Bowman zu wissen geglaubt hatte, es war ihr nicht gelungen, ihre Kollegen von der Richtigkeit ihrer Vermutungen zu überzeugen. Die Polizei fraß ihm aus der Hand, daran würde auch dieser weltfremde Psychologe mit seinen halbgaren Theorien nichts ändern. Dennoch, er war bislang immer gut damit gefahren, auf der Hut zu sein, und er hatte nicht die Absicht, seine erfolgreiche Karriere als Wohltäter der Menschheit durch Leichtsinn und Arroganz aufs Spiel zu setzen.

Er hatte sich einige Informationen über Tony Hill verschaffen können, wenn auch nicht so viele, wie er sich gewünscht hätte. Immerhin, was er in Erfahrung gebracht hatte, genügte. Dieser Tony Hill war der Initiator für die Einrichtung der Task Force des Innenministeriums, der auch die Bowman angehört hatte. Er war bei der Jagd auf einen Serienmörder in Bradfield dabeigewesen und hatte sich dabei blutige Hände geholt, da der Bursche eben doch nicht so schlau war, wie er glaubte. Außerdem gab es Gerüchte über sein Sexualleben, über Praktiken, die angeblich dicht an der Grenze zur Perversität waren. Leider hatte Vance nicht genauer nachfragen können, sonst wäre sein Informant womöglich mißtrauisch geworden.

Sosehr ihn dieser Psychologe faszinierte, sein Hauptinteresse galt trotzdem Mickys Sendung. Er war vernarrt in das Medium Fernsehen, besonders in Live-Sendungen mit all ihren unwägbaren Risiken. In Vance' Hinterkopf rotierte zwar bereits die Überlegung, wie er diesen Dr. Hill, falls das nötig wurde, neutralisieren könnte, aber das beschäftigte ihn nicht so sehr, daß es ihn von Micky ablenken konnte. Sie war eine der besten. Und eine Frau, bei der es ein unschätzbarer Vorteil war, wenn man sie auf seiner Seite hatte.

Micky war von Anfang an gut gewesen, aber durch Betsys Einfluß ohne Zweifel noch besser geworden. Betsy hatte ihr beigebracht, wie man vor laufender Kamera Gesprächspartner mit scheinbar harmlosen Fragen in die Enge treibt. Die meisten von Mickys Opfern merkten erst hinterher, wie sie sie auseinandergenommen hatte. Und so war Vance zuversichtlich, daß Micky diesen Tony Hill, wenn es bei ihm irgendwelche wunden Punkte gab, heute gehörig in die Mangel nehmen würde.

Merkwürdig, dachte er, während er eine für seinen Geschmack viel zu dramatisch vorgetragene Reportage aus den Midlands verfolgte, daß ich für meine Frau nie auch nur das geringste sexuelle Begehren verspürt habe. Micky war nicht sein Typ, aber es war doch seltsam, daß sich bei ihm gar nichts regte, nicht mal bei den seltenen Gelegenheiten, bei denen er sie zufällig nackt sah. Andererseits, so wie sie sich in ihrer Beziehung arrangiert hatten, war das vielleicht ganz gut. Er war nicht darauf aus, eine Frau kennenzulernen, die seinen Vorstellungen von einer idealen Sexpartnerin entsprach. Das hätte zwischen Micky und ihm zuviel kaputtmachen können, und das konnte und wollte er sich nicht leisten, schon gar nicht jetzt.

»Und nach der Pause«, sagte Micky mit dem unter die Haut gehenden Timbre in der Stimme, bei dem, wie er argwöhnte, Tausende junger Männer eine Erektion bekamen, »werde ich mich mit einem Mann unterhalten, der sein Leben sozusagen in den Hirnwindungen von Serientätern verbringt. Der Psychologe und Profiler Dr. Tony Hill wird uns Einblick in die Geheimnisse der neu aufgestellten, künftig landesweit operierenden Spezialgruppe geben. Und wir werden uns auch mit dem tragischen Tod einer jungen Polizistin beschäftigen, die in diesem Kampf gegen das Verbrechen bereits ihr Leben gelassen hat. Das alles – und natürlich, wie immer Punkt eins, die Nachrichten – nach unserer kurzen Pause.«

Vance wartete mit wachsender Ungeduld auf das Ende der

Werbespots, und als auf dem Bildschirm das Logo von *Morgan am Mittag* erschien, schwang er die Füße von der Couch und beugte sich interessiert vor. »Da sind wir wieder«, sagte Micky. »Mein Gast ist nun der durch jahrelange Erfahrungen als Psychologe in Kliniken prädestinierte Profiler Dr. Tony Hill. Schön, daß Sie zu uns gekommen sind, Tony.«
Die Kamera schwenkte herum, und da bekam Vance zum ersten Mal Shaz Bowmans Chef zu Gesicht. Er wurde kreidebleich, und dann schoß ihm das Blut in die Wangen. Er hatte damit gerechnet, einen Fremden zu sehen, aber das Gesicht, das ihn jetzt vom Bildschirm anstarrte, kannte er. Zum ersten Mal war ihm der Kerl bei dem gesponserten Tanzwettbewerb aufgefallen, zu dem er als Ehrengast eingeladen war. Da hatte der Bursche sich an seine Fans rangemacht, und Vance hatte in aller Einfalt geglaubt, daß der Kerl der neue im Begleitteam wäre. Doch gestern abend, kurz vor seinem Auftritt in dem Sportzentrum, war er ihm wieder aufgefallen, weil er irgendwelche Zettel an seine Fans verteilte. Er hatte sich noch vorgenommen, sich über den Kerl schlau zu machen, aber das war ihm dann im Laufe des Abends entfallen. Und nun saß der Bursche vor Millionen von Zuschauern auf dem *Morgan-am-Mittag*-Sofa und plauderte mit seiner Frau. Der war nicht zufällig in die Sendung reingeplatzt, der hatte das eingefädelt. Shaz Bowmans Chef. Irgendwie beschlich Vance eine Ahnung, daß er es mit einem Widersacher zu tun hatte.

»Wie hatte Ihre Gruppe den tragischen Tod einer Lehrgangsteilnehmerin aufgenommen?« fragte Micky mit dem antrainierten Glitzern in den Augen, das den Zuschauern tiefes Mitgefühl vermittelte.
Ein Schatten huschte über Tonys Gesicht. »Es war ein schockierender Schlag. DC Bowman war eine der besten Po-

lizistinnen, mit denen ich je zusammenarbeiten durfte. Sie hatte eine besondere Begabung für die Erarbeitung von Täterprofilen, das wird schwierig sein, sie zu ersetzen. Wir werden alles daransetzen, ihren Mörder zu überführen.«

»Arbeiten Sie bei diesem Fall eng mit den Ermittlungsbehörden zusammen?«

Seine Reaktion auf diese, wie Micky geglaubt hatte, Routinefrage verblüffte sie. Er runzelte die Stirn, seine Augen weiteten sich einen Moment lang, dann sagte er: »In unserer Gruppe tut jeder sein möglichstes, um dort zu helfen, wo unsere Hilfe gefragt ist. Und es ist gut möglich, daß Ihre Zuschauer uns dabei ebenfalls helfen könnten.«

Micky war beeindruckt davon, wie rasch er sich gefangen hatte. Wahrscheinlich war den meisten Zuschauern sein kurzes Zögern gar nicht aufgefallen. »Und wie stellen Sie sich das vor, Tony?«

»Wie Sie sicher wissen, wurde Shaz Bowman in ihrem Apartment in Leeds ermordet. Wir haben Grund zu der Annahme, daß es sich nicht um ein Zufallsverbrechen handelt. Ihr Mörder muß kein Ortsansässiger gewesen sein. Shaz war am Samstag vormittag in London, etwa zwölf Stunden, bevor sie ermordet wurde. Es ist durchaus möglich, daß ihr Mörder irgendwann an diesem Tag Kontakt zu ihr aufgenommen hat. Es würde uns daher interessieren, wer sie am Samstag vormittag nach etwa halb elf Uhr gesehen hat.«

»Heißt das, es könnte jemand gewesen sein, der ihr aufgelauert hat?«

»Ich vermute, daß der Mörder ihr von London nach Leeds gefolgt ist.«

Das war nicht dasselbe, aber Micky wußte, daß sie für solche Feinheiten in ihrer Sendung keine Zeit hatte. »Und jetzt hoffen Sie, daß jemand das beobachtet hat?«

Tony nickte ernst und sah direkt in die Kamera mit dem ro-

ten Licht. Micky konnte seine Miene auf dem Monitor verfolgen, der vor ihr stand. Mein Gott, dachte sie, wie natürlich er ist. Alle anfängliche Nervosität schien verflogen.
»Wir suchen jemanden, der sie zwischen Samstag nach halb elf Uhr vormittags und Sonntag morgen gesehen hat. Einem aufmerksamen Beobachter wäre sie mit Sicherheit aufgefallen, insbesondere wegen ihrer eindringlichen, hellblauen Augen. Sie könnten sie allein oder zusammen mit ihrem Mörder gesehen haben, vielleicht an einer Tankstelle oder einer Autobahnraststätte zwischen London und Leeds. Sie fuhr einen schwarzen VW Golf. Möglicherweise haben Sie jemanden bemerkt, der DC Bowman in auffallender Weise beobachtet hat. Wir wären Ihnen in diesem Fall für eine Mitteilung sehr dankbar.«
»Wir haben nun die Nummer der zuständigen Polizeidienststelle in Leeds eingeblendet«, warf Micky ein, als sie die Textzeile unter einem Foto der lächelnden Shaz Bowman auf dem Monitor sah. »Wenn Sie Shaz Bowman am fraglichen Samstag gesehen haben, und sei es auch nur flüchtig, zögern Sie bitte nicht, die Polizei in Leeds zu verständigen.«
»Wir wollen den Mörder erwischen, bevor er noch einmal zuschlagen kann«, fügte Tony hinzu.
»Also«, wandte Micky sich an ihr Fernsehpublikum, »haben Sie bitte keine Scheu, eine Dienststelle der West Yorkshire Police oder Ihre nächstgelegene Polizeistation anzurufen, wenn Sie bei der Aufklärung dieses Mordes helfen können. Tony, ich danke Ihnen, daß Sie gekommen sind und für das Gespräch.« Sie lächelte in die Kamera, bis der Regisseur aus dem Kontrollraum »Und nun dalli rüber zu den Mittagsnachrichten!« rief.
Micky lehnte sich zurück. »Danke, Tony.« Sie nahm das Ansteckmikro ab.
»Ich habe Ihnen zu danken«, sagte er hastig, weil Betsy be-

reits auf sie zueilte. Sie griff ihm über die Schulter, um ihm das Mikrofon abzunehmen, und sagte: »Ich bringe Sie noch nach draußen.«
Micky stand auf. »Es war faszinierend. Schade, daß wir nicht länger Zeit hatten.«
Tony witterte seine Chance. »Vielleicht könnten wir mal zusammen essen gehen.«
»Ja, das wäre mir sehr recht«, sagte Micky, was sich anhörte, als wäre sie selbst erstaunt über diese Reaktion. »Sind Sie heute abend frei?«
»Ja. Ja, bin ich.«
»Dann lassen Sie's uns doch gleich heute abend tun. Wäre Ihnen halb sieben recht? Ich muß früh essen, damit ich mich hinterher noch auf die morgige Sendung vorbereiten kann.«
»Ich werde einen Tisch bestellen.«
»Nicht nötig. Das macht Betsy. Bist du so nett, Bets?«
Tony glaubte, ganz kurz ein nachsichtiges Lächeln in Betsys Augen aufflackern zu sehen, das aber Sekundenbruchteile später wieder hinter kühler Professionalität verborgen war. »Kein Problem. Aber jetzt muß ich Dr. Hill erst mal aus dem Studio bugsieren.«
»Also dann«, rief Micky ihm nach, »bis heute abend, Tony.«

Carol starrte aus dem Bürofenster auf den Hafen unter ihr. Alle hatten es heute wegen der frischen Brise etwas eiliger, sogar die, die den Hund ausführten. Hoffentlich meine Detectives auch, dachte sie, während sie die Nummer von Tonys Hotelzimmer eintippte. »Hallo?« meldete er sich.
»*Morgan am Mittag* war große Klasse, Tony. Ist Ihnen im Studio Vance über den Weg gelaufen?«
»Nein, ihn hab ich nicht gesehen. Er wird das Gespräch wahrscheinlich am Fernseher verfolgt haben. Micky hat nebenbei erwähnt, sie habe ihm von meinem heutigen Auftritt

in der Sendung erzählt. Ich war übrigens sehr von ihr angetan. Eine exzellente Moderatorin. Lullt einen mit harmlosen Fragen ein, und auf einmal nagelt sie einen fest. Ich hab's trotzdem geschafft, die Punkte zu machen, die ich machen wollte.«

»Glauben Sie, sie ahnt was?«

»Was soll sie ahnen?« fragte er verdutzt. »Daß wir ihn verdächtigen?«

Er steht heute morgen auf der Leitung, dachte Carol. »Daß er ein Serienmörder ist.«

»Ich glaube, sie hat nicht die leiseste Ahnung, sonst hätte sie sich bestimmt schon von ihm getrennt.«

Eine erstaunliche Äußerung aus Tonys Mund. Gewöhnlich teilte er die Menschheit nicht in Gut und Böse ein. »Er ist eben aalglatt«, sagte Carol.

»Wie eine Schlange. Bin gespannt, wie weit wir gehen müssen, bis er unruhig wird. Ich unternehme heute abend den nächsten Anlauf. Bin mit seiner Frau zum Essen verabredet.«

Unwillkürlich wurde Carol ein bißchen eifersüchtig. Aber ihre Stimme klang so wie immer: »Ach, wirklich? Wie haben Sie denn das hingekriegt?«

»Ich glaube, sie will einfach mehr über Profiling erfahren. Und ich hoffe, ihr bei der Gelegenheit irgendwelche nützlichen Informationen zu entlocken.«

»Sie werden das schon hinkriegen, Tony.« Eine kleine Pause, dann sagte sie: »Wir haben ein Problem mit Simon«, und berichtete ihm in kurzen Worten von ihrem Telefonat mit John Brandon. »Was meinen Sie? Sollten wir ihn überreden, sich freiwillig mit West Yorkshire in Verbindung zu setzen? Ich meine, noch wird er ja nicht per Steckbrief gesucht, aber schon nächste Woche könnte das anders aussehen.«

»Sie gehen offenbar nicht davon aus, daß er sich brav im Polizeirevier in Leeds meldet?«

Carol schnaubte spöttisch. »Nein. Sie etwa?«
»Ich fürchte, dazu hat er schon zuviel in unsere Arbeit investiert. Und da wir gerade davon sprechen: Was haben die anderen aus dem Team rausgefunden?«
Carol erzählte ihm von Kays Befragung der Eltern und Freunde und daß Kenny und Denise Burton Kay nach langem Zureden ein Foto überlassen hatten, auf dem Stacey mit Vance zu sehen war.
Tony sog scharf die Luft ein. »Die Zeloten!«
»Wie bitte?«
»Zeloten. Fanatiker. Vance' Jünger. Ich bin bei drei seiner öffentlichen Auftritte gewesen, und jedesmal sind da dieselben drei, vier Figuren aufgetaucht, die Getreuesten seiner Getreuen. Das merkwürdige ist nur, zwei von ihnen machen Fotos.«
»Gotcha?« fragte Carol hoffnungsvoll.
»Könnte möglich sein. Aber das mit dem Foto ist gut. Vielleicht der Punkt, an dem wir den Hebel ansetzen können. Vance ist clever, Carol. Der raffinierteste Kerl, den ich je erlebt habe. Wir müssen ganz einfach noch besser sein.«
»Sind wir. Und wir sind fünf. Er sieht alles nur aus seinem eigenen Blickwinkel.«
»Ja, Sie haben recht. Reden wir morgen weiter, ja?«
Sie spürte, wie ungeduldig er darauf brannte, sich wieder in seine Recherchen zu stürzen. Micky Morgan war eine Herausforderung für ihn, und er liebte Herausforderungen. Entweder schaffte er es, ihr ein paar neue Informationen zu entlocken, oder er hatte es am Ende des Abendessens zumindest fertiggebracht, eine Katze in Jacko Vance' Taubenschlag zu schmuggeln. Tony konnte so etwas besser als alle anderen. Aber da war noch etwas, worüber sie mit ihm reden mußte.
»Eines haben wir noch nicht besprochen, die Sache mit dem Brandstifter.«

»Ja, richtig. Entschuldigung. Gibt's Fortschritte?«
Sie beschrieb ihm in groben Zügen, was ihr Trio herausgefunden hatte, und die beiden Männer, die sich als Hauptverdächtige abzeichneten. »Ich bin mir nicht sicher, ob ich sie beim gegenwärtigen Stand der Ermittlungen schon offiziell zur Vernehmung vorladen und mir einen Durchsuchungsbefehl besorgen soll oder ob es besser ist, sie vorläufig weiter zu observieren. Ich hab mir gedacht, ich rede erst mal mit Ihnen darüber.«
»Geben sie ungewöhnlich viel Geld aus?«
»Brinkley und seine Frau leben auf großem Fuß: neue Autos, die neuesten Haushaltsgeräte, einen Haufen Kreditkarten. Watson scheint eher eine Spielernatur zu sein. Bringt alles, was er an Bargeld zusammenkratzen kann, zum Buchmacher.«
Tony sagte eine Weile nichts. Carol sah ihn vor sich, wie er stirnrunzelnd dasaß und sich mit der Hand durchs dichte schwarze Haar fuhr. Schließlich sagte er: »Wenn ich Watson wäre, würde ich meine nächste Wette auf Brinkley abschließen.«
»Und warum?«
»Wenn Watson tatsächlich fanatischer Spieler ist, lebt er in der Überzeugung, daß er seine Probleme mit dem nächsten Lotterielos löst. Er glaubt verbissen an sein Glück. Bei Brinkley ist das anders. Er hofft, irgendwie aus dem Schlamassel rauszukommen, Hauptsache, er schafft es, sich noch eine Zeitlang über Wasser zu halten, ein bißchen was nebenher zu verdienen und die Ausgaben etwas zu reduzieren. So seh ich die beiden. Aber egal, ob ich recht habe oder nicht, mit einer offiziellen Vernehmung erreichen Sie nichts. Vielleicht hört das Zündeln auf, aber Sie werden nie erfahren, wer für die Brände verantwortlich war. Ein Durchsuchungsbefehl wird, so wie die Brände gelegt werden, vermutlich auch nichts

bringen. Ich weiß, es ist nicht das, was Sie hören wollten, aber ich denke, durch Observation werden Sie den Täter am ehesten überführen. Und da ich mich mit meinem Tip irren kann, müssen Sie wohl oder übel beide überwachen.«

Carol stöhnte gequält auf. »Ich habe geahnt, daß Sie das sagen werden. Oberservation – der beliebteste Zeitvertreib aller Cops. Und ein verdammt teurer Spaß.«

»Wenigstens bleibt Ihnen der Trost, daß Sie sie nur nachts observieren müssen. Und da der Täter in relativ kurzen Abständen zuschlägt, wird die Aktion nicht sehr lange dauern.«

»Ein schöner Trost. Aber okay, das ist ja nicht Ihre Schuld. Danke für Ihre Hilfe, Tony. Und nun zischen Sie ab zu Ihrem Essen mit Micky. Ich werd mich zu Hause von tiefgefrorener Pizza nähren, darauf hoffen, daß ich was von Simon und Leon höre, so früh wie möglich in die Falle kriechen und ...« Ihre Stimme bekam einen sehnsüchtigen Klang. »... endlich mal ausschlafen.«

Tony lachte. »Genießen Sie's.«

»Oh, das werde ich. Und, Tony – viel Glück.«

»Wenn kein Wunder geschieht, werde ich das brauchen.«

Das Klicken in der Leitung beraubte Carol jeder Chance, Tony von der anderen Sache zu erzählen, die sie sich für heute vorgenommen hatte. Sie hätte nicht erklären können, was sie sich davon versprach, aber der Instinkt sagte ihr, daß es ein wichtiger Schritt war, und sie hatte die Erfahrung gemacht, daß auf den Instinkt manchmal mehr Verlaß war als auf die Logik. Mitten im dienstlichen Routinetrubel war ihr plötzlich die Idee gekommen, eine Anfrage an alle Polizeistationen im Lande zu richten: Chief Inspector Carol Jordan von der East Yorkshire Police bittet um Mitteilung, wenn im Zuständigkeitsbereich der angefaxten Dienststelle in letzter Zeit Mädchen im Teenageralter unter ungeklärten Umständen von zu Hause verschwunden sind.

»Mike McGowan? Das ist der da drüben in der Ecknische, Schätzchen«, sagte das Barmädchen und zeigte mit dem Daumen hin. Leon wollte noch fragen, was McGowan trinke, aber da war das Mädchen schon mit einem anderen Gast beschäftigt.

Der Pub war mäßig besetzt, fast ausschließlich von Männern. In kleinen East-Midlands-Städten wie dieser legte man Wert auf die Unterscheidung zwischen Pubs, in denen Männer ihre Zeit mit Frauen verbrachten, und solchen, die sie aufsuchten, um genau das nicht tun zu müssen. Der spezielle Anreiz dieses Pubs wurde auf einer großen Werbetafel draußen angepriesen: »Satelliten-TV-Sportübertragungen, rund um die Uhr, supergroßer Bildschirm«.

Leon trank einen Schluck von seinem Lager und ließ sich einen Moment Zeit, um einen ersten Eindruck von McGowan zu bekommen, der, wie Jimmy Linden behauptete, Jacko Vance wie kein anderer kannte. Seit seinem Anruf bei McGowans alter Zeitung in London wußte Leon allerdings, daß der alte Knabe schon seit drei Jahren nicht mehr für das Blatt arbeitete. Geschieden, die Kinder groß und kreuz und quer übers Land verstreut, hatte er der teuren Hauptstadt den Rücken gekehrt und war zurück nach Nottinghamshire gezogen, in das Städtchen, in dem er aufgewachsen war.

Er sah mehr nach der Karikatur eines Oxbridge-Professors als nach einem ehemaligen Mitarbeiter einer überregionalen Zeitung aus. Ein Hüne, das sah man ihm selbst im Sitzen an. Graublondes Haar, ein paar Fransen in die Stirn gekämmt, dicke Hornbrille, die Hautfarbe eine Mischung aus Weiß und Pink. Sein Jackett war aus dem alten Tweed gemacht, bei dem es fünfzehn Jahre dauert, bis er einigermaßen ansehnlich ist, und der dann weitere zwanzig Jahre übersteht, ohne fadenscheinig zu wirken. Dazu trug er ein graues Flanellhemd und eine gestreifte Krawatte mit eng geschlungenem

Knoten. Während Leon ihn musterte, klopfte McGowan die Pfeife aus und stopfte sich sofort eine neue, beides, ohne den Blick von dem Basketballspiel im Fernsehen abzuwenden. Was er auch nicht tat, als Leon sich dicht neben ihm aufbaute. »Mike McGowan?«

»Bin ich. Und wer sind Sie?« Die Midlands-Sprachmelodie, genau wie bei dem Mädchen am Tresen. Die Betonung lag auf den Vokalen.

»Leon Jackson.«

McGowan sah kurz hoch. »Verwandt mit Billy Boy Jackson?«

Leon hätte sich vor Verblüffung beinahe bekreuzigt. »Das war mein Onkel«, brachte er heraus.

McGowan nickte. »Selbe Schädelstruktur. War dabei, als Marty Pyeman Ihren Onkel auf die Bretter geschickt hat. Aber deswegen sind Sie nicht hier, oder?« Diesmal wirkte der kurze Blick nach oben irgendwie bauernschlau.

»Kann ich Ihnen was zu trinken holen, Mr. McGowan?«

Der Journalist schüttelte den Kopf. »Ich komm nicht her, um zu trinken, sondern wegen der Sportübertragungen. Kann mir von meiner knappen Pension keine Satellitenschüssel leisten, und so einen Riesenschirm schon gar nicht. Setzen Sie sich und verraten Sie mir, was Sie aus mir rauslocken wollen.«

Leon nahm Platz, zog das Mäppchen mit dem Dienstausweis aus der Innentasche des Jacketts und wollte es auf- und gleich wieder zuklappen. Aber McGowan war schneller. »Metropolitan Police«, murmelte er nachdenklich. »Nun bin ich aber gespannt, was ein Londoner Bobby mit Liverpooler Akzent von einem pensionierten alten Knacker im finstersten Nottinghamshire will.«

»Jimmy Linden meinte, Sie könnten mir vielleicht helfen.«

»Jimmy Linden? Da werden alte Erinnerungen wach.« Er klappte das Mäppchen zu und gab es Leon zurück. »Und warum interessieren Sie sich für Jacko Vance?«

Leon grinste anerkennend. »Ich habe zwar kein Wort davon gesagt, daß ich mich für Vance interessiere, aber wenn Sie mir was über ihn erzählen können, soll's mir recht sein.«
McGowan riß ein Streichholz an, um sich die nächste Pfeife anzuzünden. Die dicken Rauchwolken, die er auspaffte, schluckten die dünnen Rauchkringel von Leons Zigarette. »Was soll er denn angestellt haben, der Jacko? Na ja, was es auch war, ich wette, Sie werden's nicht schaffen, ihn darauf festzunageln.«
Leon würgte an seiner Wut, sagte aber nichts. Diesem cleveren alten Bastard bin ich allemal gewachsen, dachte er mit einer Inbrunst, als müsse er sich selbst überzeugen.
»Ich hab ihn schon seit Jahren nicht gesehen«, sagte McGowan schließlich. »Er ist nicht scharf drauf, Gesichter aus der Zeit zu sehen, als er noch alle Glieder hatte. Will nicht gern daran erinnert werden, was er verloren hat.«
»Na ja, er hat aber auch einiges dazugewonnen«, meinte Leon. »Einen tollen Fernsehjob, mehr Geld, als er ausgeben kann, eine fantastische Frau und ein Haus wie ein Staatsoberhaupt. Wie viele Goldmedaillen hätte er gewinnen müssen, um das aufzuwiegen? Wie gesagt, Jimmy meint, Sie wüßten mehr über Jacko als irgendwer sonst.«
»Nur scheinbar. Hab seine Karriere verfolgt, ihn einige Male interviewt und wahrscheinlich auch den einen oder anderen Blick hinter seine Maske geworfen. Daß ich ihn wirklich kenne, würde ich trotzdem nicht sagen. Das kann wohl keiner von sich behaupten. Und im übrigen hab ich alles, was ich über ihn sagen will, bereits in der Zeitung geschrieben.«
McGowan atmete wieder eine Rauchwolke aus. Leon schnupperte Kirschen und Schokolade. Er konnte sich nicht vorstellen, seiner Lunge etwas zuzumuten, was an die Zutaten für eine Schwarzwälder Kirschtorte erinnerte. »Jimmy

sagt, Sie hätten sich so was wie Dossiers mit Zeitungsausschnitten über Sportler angelegt.«

»Donnerwetter, Sie haben 'ne Menge aus dem guten alten Jimmy rausgekitzelt. Muß 'nen Narren an Ihnen gefressen haben. Na ja, er hatte immer großen Respekt vor schwarzen Sportlern. Weil die sich doppelt anstrengen müßten, um's zu was zu bringen. Vermutlich hat er gedacht, daß das bei der Polizei genauso ist.«

»Vielleicht versteh ich mich auch nur gut darauf, Leute auszufragen«, sagte Leon trocken. »Hab ich 'ne Chance, mal kurz in Ihre Dossiers reinzugucken?«

»Geht's um was Spezielles, Detective?« fragte McGowan.

»Wär mir recht, wenn Sie mich mit der Nase auf was Spezielles stoßen könnten, Sir«, erwiderte Leon knapp.

McGowan starrte weiter auf das Basketballspiel. »Die sind in zehn Minuten fertig. Kommen Sie einfach mit und sehen sich meine – wie haben Sie gesagt? – Dossiers an.«

Knapp eine halbe Stunde später saß Leon in McGowans spartanisch eingerichtetem Wohnzimmer. Die einzigen Möbelstücke waren ein zerkratzter, blaugrauer Schreibtisch und ein lederner Schaukelstuhl, der aussah wie ein Beutestück aus dem Spanischen Bürgerkrieg. Daß der Raum trotzdem so vollgestopft wirkte, lag an den deckenhohen, an allen vier Wänden aufgereihten, billigen Metallregalen, auf denen sich Schuhkartons türmten, jeder mit einem Aufkleber gekennzeichnet.

»Das ist ja unglaublich«, staunte Leon.

»Ich hab mir immer geschworen, daß ich, wenn ich pensioniert bin, ein Buch schreibe. Komisch, was man sich für falsche Hoffnungen macht. Früher bin ich um die halbe Welt gereist, um über Sportereignisse zu berichten. Heute ist meine Welt auf das Satellitenfernsehen im Dog and Gun reduziert. Da sollte man denken, ich sei deprimiert, aber es ist komisch – ich bin's nicht. Ich hab hier endlich gefunden, was ich mir immer gewünscht hatte – Freiheit ohne Verantwortung.«

»Eine gefährliche Mischung«, gab Leon zu bedenken.

»Eine befreiende Mischung. Vor drei Jahren hätte ich, sobald Sie bei mir aufgetaucht wären, sofort eine Story gewittert und keine Ruhe gegeben, ehe ich nicht herausgefunden hätte, was los ist. Jetzt ist mir das alles egal. Der Boxkampf in Vegas am Samstag interessiert mich mehr als alles, was Jacko gesagt oder getan haben kann.« Er zeigte auf eines der Regale. »Jacko Vance. Fünfzehn Schuhkartons – amüsieren Sie sich damit, Kumpel. Ich hab 'ne Verabredung mit einem Tennismatch im Dog and Gun. Wenn Sie fertig sind, ehe ich zurückkomme, ziehen Sie einfach die Tür hinter sich zu.«

Als Mike McGowan kurz vor Mitternacht zurückkam, quälte Leon sich immer noch durch die Zeitungsausschnitte. McGowan versorgte ihn mit einem Becher Instantkaffee und meinte: »Ich hoffe, die bezahlen Ihnen Überstunden, Kumpel.«

»Ist mehr 'ne Gefälligkeitsarbeit«, murmelte Leon.

»Ihnen oder Ihrem Boß zuliebe?«

Leon überlegte einen Moment. »Einem Mädchen aus unserem Team zuliebe. So was wie eine Ehrenschuld.«

»Dafür lohnt sich's immer. Ich laß Sie jetzt allein. Versuchen Sie, die Tür nicht so laut zuzuknallen, wenn Sie gehen.«

Leon hörte im Nebenzimmer die Begleitgeräusche, die zur Vorbereitung auf die Nachtruhe gehören, das Rauschen der Toilette, knarrende Dielenbretter, schließlich das Ächzen einer Matratze. Dann Stille, bis auf das Rascheln vergilbter Zeitungsseiten.

Es war fast zwei, als er auf etwas stieß, was möglicherweise genau das war, was er suchte. Ein kleiner Zeitungsausschnitt, eine eher nebensächliche Notiz, aber vielleicht ein Anfang.

Jedenfalls pfiff Leon Jackson, als er McGowans Apartmenttür hinter sich zugezogen hatte und hinaus auf die nachtdunkle Straße trat, zufrieden vor sich hin.

Tony hatte selten so aufrichtig wirkende Augen gesehen. Micky spießte mit der Gabel den letzten Happen geräucherte Ente auf, zögerte einen Augenblick und sagte: »Aber es muß Ihnen doch zu schaffen machen, wenn Sie soviel Zeit und Energie dafür aufwenden, sich in diese verdrehte Logik hineinzudenken?«
Tony nahm sich mehr Zeit, als unbedingt nötig gewesen wäre, um das Stück Polenta zu Ende zu kauen. »Man lernt schnell, eine Mauer um sich aufzubauen«, sagte er schließlich. »Sie wissen etwas und wissen es doch nicht. Spüren es – und spüren's nicht. Ich denke mir, Journalisten wird es ähnlich gehen. Wie schlafen Sie denn, wenn Sie vorher über so was wie das Dunblane-Massaker oder den Flugzeugabsturz von Lockerbie berichtet haben?«
»Ja, aber das ist etwas, das draußen geschieht. Und Sie müssen die Ereignisse in sich nachvollziehen, wenn Sie Erfolg haben wollen.«
»Ganz so weit draußen ist es auch für Sie nicht immer. Nachdem Sie Jacko kennengelernt hatten, mußten Sie eine Trennungslinie zwischen der Story und Ihrem Leben ziehen. Zwischen dem, worüber Sie im Fernsehen berichten wollten, und dem Wissen, das nur Sie persönlich etwas anging. Und als Jackos Ex-Verlobte der Klatschpresse ihre Enthüllungen verkauft hat, war das für Sie sicher keine Story wie tausend andere. Hatte das keinen Einfluß darauf, wie Sie über Nachrichten aus aller Welt berichten?«
Micky warf das Haar zurück. Er merkte ihr an, daß sie Jillie Woodrow auch nach zwölf Jahren noch verachtete. »Dieses Biest«, murmelte sie. »Jacko hat mir gesagt, das meiste sei frei

erfunden, und ich glaube ihm das. Es ist mir also nicht wirklich unter die Haut gegangen.«

Der Ober kam, um die leeren Teller abzutragen. Als sie wieder allein waren, wiederholte Tony seine Frage.

»Sie sind der Psychologe«, wehrte sie ab, zog ein Päckchen Zigaretten aus der Tasche, zögerte und fragte: »Stört es Sie?«

Tony schüttelte den Kopf. »Ist mir noch nie aufgefallen, daß Sie rauchen.«

»Nur nach dem Essen. Höchstens fünf am Tag.« Und dann sagte sie mit spöttisch herabgezogenen Mundwinkeln: »Man muß den Irrsinn unter Kontrolle halten, dann ist es keiner.«

Tony zuckte zusammen. Mit fast denselben Worten hatte er das irgendwann bei einem Vortrag über einen von Zwangsvorstellungen beherrschten Mörder formuliert, dessen Wahnsinn ihn beinahe das Leben gekostet hätte.

»Sie sehen aus, als wäre Ihnen ein Gespenst über den Weg gelaufen«, sagte Micky verwundert.

»Nur eine flüchtige Erinnerung. In meinem Kopf sind so viele bizarre Erinnerungen gespeichert, daß mir das gelegentlich passiert.«

»Das glaube ich Ihnen.« Sie nahm einen tiefen Zug an ihrer Zigarette. »Wissen Sie, was ich mich schon lange frage? Woher wissen Sie, daß Sie mit einem Täterprofil ins Schwarze getroffen haben?«

Er sah sie abschätzend an. Jetzt oder nie, dachte er. »Nun, es ist im Prinzip dieselbe Methode, mit der jeder von uns andere Menschen beurteilt. Eine Mischung aus Wissen und Erfahrung, dazu das Geschick, die richtigen Fragen zu stellen.«

»Welche, zum Beispiel?«

Sie sah ihn so arglos an, daß er sich fast ein wenig schäbig vorkam. »Zum Beispiel, ob es Jacko nicht stört, daß Betsy Ihre Geliebte ist.«

Ihr Gesicht erstarrte, und er las Panik in ihren Augen. Es dauerte eine Weile, bis sie ein hysterisches Lachen zustande brachte. »Wenn Sie darauf aus waren, mich auf dem falschen Fuß zu erwischen, war das bestimmt kein schlechter Schachzug.« Erstaunlich, wie schnell sie sich im Griff hatte. Aber Tony hatte bereits in ihren Augen ein Geständnis gelesen.

»Von mir haben Sie nichts zu befürchten«, sagte er mit sanfter Stimme, »ich kann so etwas für mich behalten, aber ich falle nicht darauf rein. Sie und Jacko – das war ein so eindeutiger Schwindel wie eine Neun-Pfund-Note. Betsy war zuerst da. Oh, es gab Gerüchte, aber die waren schnell vergessen, weil die Medien seit Charles und Diana niemanden so geschont haben wie Sie.«

»Warum sprechen Sie diese Sache überhaupt an?« fragte Micky.

»Wir sind beide hier, weil wir neugierig sind. Ich habe Fragen beantwortet, nun können Sie sich mit demselben Vertrauensbeweis revanchieren oder nicht?« Er hoffte, daß sein Lächeln so warmherzig aussah, wie er es meinte.

»Mein Gott«, sagte sie, »Sie haben vielleicht Nerven!«

»Wie, glauben Sie, habe ich's geschafft, der Beste zu sein?«

Micky sah ihn nachdenklich an und bat den Ober, der mit den Dessertkarten kam: »Bringen Sie uns lieber erst noch eine Flasche Zinfandel.« Sie beugte sich vor und fragte leise: »Worauf wollten Sie mit Ihrer Frage eigentlich hinaus?«

»Was hat Jacko davon? Schwul ist er doch sicher nicht?«

Micky schüttelte entschieden den Kopf. »Jillie hat ihm nach seinem Unfall den Laufpaß gegeben, weil sie keinen behinderten Mann haben wollte. Er hat mir geschworen, sich nie auf eine andere sexuelle Beziehung mit gefühlsmäßigen Bindungen einzulassen. Er brauchte mich, um Ruhe vor anderen Frauen zu haben, und ich brauchte ihn, um die Sache mit Betsy zu vertuschen.«

»Also ein Geschäft auf Gegenseitigkeit.«

»Ja, so könnte man's ausdrücken. Und um Jacko gegenüber fair zu sein: Er hat sein Versprechen nie gebrochen. Ich weiß nicht, wie er sein Sexualleben gestaltet, nehme aber an, daß er sich von Zeit zu Zeit gutbezahlte Callgirls kommen läßt. Was mir, um ehrlich zu sein, egal ist, solange er mich damit nicht in Verlegenheit bringt.«

»Ich wundere mich, daß jemand, der von Berufs wegen neugierig sein muß, beim eigenen Ehemann so wenig Neugier zeigt.«

Micky lächelte ironisch. »Elf Ehejahre mit Jacko haben mich gelehrt, daß man jemanden wie ihn nicht kennen kann. Ich glaube nicht, daß er lügt, aber ich glaube auch nicht, daß er es sehr genau mit der Wahrheit nimmt. Es gibt Leute, die ein Quentchen von seiner Wahrheit abbekommen, aber ganz bekommt sie niemand.«

»Wie meinen Sie das?« Tony griff nach der diskret servierten Flasche, füllte Micky nach und schenkte sein Glas voll.

»Ich erlebe mit, wie Jacko in der Öffentlichkeit den perfekten, besorgten Ehemann spielt, weiß aber, daß das nur eine Farce ist. Wenn nur wir drei zusammen sind, ist er in Gedanken so weit weg, daß man meinen könnte, wir seien Fremde für ihn. Während der Sendung verhält er sich so, wie das alle von einem Fernsehstar erwarten: charmant und aufgekratzt, aber wenn bei einer Probe etwas nicht klappt, brüllt er die Techniker an. Und beim Geld ist er unerbittlich. Hätten Sie gedacht, daß er bei jedem Pfund Spendengeld, das er eintreibt, selber zwei verdient?«

Tony schüttelte verwundert den Kopf.

»Na ja, warum sollte er umsonst arbeiten?« fuhr Micky fort. »Nur, ich verlange bei Wohltätigkeitsveranstaltungen nicht mal Spesengelder. Andererseits, bei der Betreuung unheilbar Kranker und Schwerverletzter opfert er selbstlos viel Zeit, sitzt stundenlang an ihren Betten, hört ihnen zu, erzählt ihnen etwas und spricht ihnen Mut zu. Aber da gab's eben auch die Sache mit dem Journalisten, der ein Aufnahmegerät in eines der Krankenzimmer geschmuggelt hatte, um ›Jackos wahres Herz‹ zu ergründen. Nur, Jacko hat das Gerät entdeckt und in einem Wutanfall völlig zertrümmert. Dem Journalisten wäre es vermutlich ähnlich ergangen, wenn er nicht rechtzeitig Reißaus genommen hätte.«

»Er legt eben Wert auf seine Privatsphäre«, meinte Tony.

»Oh, daran fehlt's ihm nicht. Er hat ein Haus in Northumberland, mitten in der Einöde. Ich bin einmal in zwölf Jahren dort gewesen, und das nur, weil Betsy und ich nach Schottland unterwegs waren und mal kurz reinschauen wollten. Ich mußte ihn fast zwingen, uns einen Becher Tee zu machen. Ich bin mir nie im Leben so wenig willkommen vorgekommen.« Sie lächelte nachsichtig. »Ja, er legt Wert auf seine Privatsphäre, das kann man wohl sagen. Aber das ist mir egal. Besser, als wenn er den ganzen Tag um mich herumscharwenzeln würde.«

»Da kann's ihm nicht sehr angenehm gewesen sein, daß die Polizei die Nase in seine Angelegenheiten gesteckt hat. Nach Shaz Bowmans Besuch in Ihrem Haus, meine ich.«

»Das können Sie laut sagen. Eigentlich war ich's ja, die die Polizei angerufen hat. Betsy und Jacko haben sich deswegen aufgeregt, als hätte ich ihnen die Mordkommission auf den Hals gehetzt. Aber die arme Frau war nun mal in unserem Haus gewesen, kurz bevor sie ermordet wurde, das konnten wir doch nicht einfach ignorieren. Im übrigen gab's sowieso jemanden, der das gewußt hat. Jacko hatte ja mit dieser Polizistin in London telefoniert. Wir hätten das gar nicht für uns behalten können.«

»Ich habe so ein schlechtes Gewissen wegen Shaz«, sagte Tony bedrückt. »Ich wußte, daß sie irgendeinen Verdacht

hegte, habe aber nicht gedacht, daß sie etwas unternimmt, ohne sich mit mir abzustimmen.«
»Soll das heißen, Sie wußten auch nicht, woran sie gearbeitet hat? Die Cops, die zu uns gekommen sind, schienen keine Ahnung zu haben. Aber bei Ihnen hätte ich gedacht, daß Sie Bescheid wüßten.«
Tony zuckte die Achseln. »Nicht genau. Ich weiß, daß sie die Vorstellung hatte, es müsse da einen Serienmörder geben, der es auf sehr junge Mädchen abgesehen hat. Aber mehr weiß ich nicht. Es war ja nur eine Übungsaufgabe, keine echte Ermittlung.«
Micky schauderte und leerte ihr Glas. »Könnten wir das Thema wechseln? Gespräche über Mord sind schlecht für die Verdauung.«
Tony wußte, daß man sich den Teller nie zu voll laden darf. Fürs erste hatte er genug erfahren. »Na schön. Ezählen Sie mir, wie Sie den Landwirtschaftsminister dazu gebracht haben, zuzugeben, daß er bei dieser biotechnischen Firma mitmischt.«

Drei Gesichter starrten sie stumm an, Carol starrte unerschrocken zurück.
»Ich weiß, daß Observationen ein unbeliebtes Spiel sind, aber so werden wir unseren Mann schnappen. Und da er bisher in kurzen Abständen zugeschlagen hat, gelingt uns das, wenn wir Glück haben, innerhalb weniger Tage. Jede Nacht um zehn legen sich ab heute zwei von uns auf die Lauer. Auf die Weise ist jeder von uns jede zweite Nacht dran. Ich weiß, daß das bei so wenigen Leuten hart wird, aber ich glaube, die paar Tage werden wir das durchstehen. Enttäuscht mich nicht. Noch Fragen?«
»Sie haben gesagt, Sie wären telefonisch jederzeit erreichbar, Ma'am ...« Tommy ließ den Rest in der Luft hängen.

»Damit habe ich gemeint, daß ich bei der Festnahme auf jeden Fall dabeisein will.«

»Aye. Hab ich mir schon gedacht.«

Er wollte sie ärgern, darum zeigte er seine Enttäuschung so offensichtlich, das war Carol klar. Aber weil sie keinen Sinn darin sah, jetzt aufzutrumpfen, setzte sie ein zuckersüßes Lächeln auf. »Glauben Sie mir, Tommy, Sie sollten mir dafür dankbar sein. Gut, wenn das alles war, lassen Sie mich jetzt in Ruhe weiterarbeiten.« Ihre Hand lag schon auf dem Telefonhörer, als sie dem Trio »Und machen Sie die Tür hinter sich zu« nachrief. »Hallo? Zentrale Meldestelle? Hier ist DCI Jordan von der West Yorkshire. Ich möchte mit einem Bearbeiter von Vermißtenmeldungen sprechen ... Ich habe eine Anfrage wegen verschwundener Mädchen an alle Dienststellen durchgefaxt ...«

Tony lenkte den Wagen auf den Zubringer und fragte sich, ob ihm Autofahren vielleicht mehr Spaß machen würde, wenn er statt des klapprigen alten Vauxhall eines der modernen, mit Elektronik gespickten Fortbewegungsmittel unterm Hintern hätte, die er gelegentlich in diversen Hochglanzprospekten bewunderte. Er bezweifelte es. Immerhin kämpften die Scheibenwischer so erfolgreich gegen den schrägfallenden Yorkshire-Regen an, daß er in einiger Entfernung die Konturen von Bradford erkennen konnte. Auf der Ringstraße halfen ihm die präzisen Instruktionen weiter, die er vorsorglich eingeholt hatte, so daß er die richtige Adresse ohne große Umwege fand. Was ihm an dem an den Hang gelehnten Haus als erstes auffiel, war der selbst nach militärischen Maßstäben mustergültige Ordnungssinn des Besitzers. Sogar die Gardinen an den Fenstern schienen strammzuhängen.

Er klingelte, und an der Tür erschien der Mann, den Tony

bei jeder von Vance' Abendveranstaltungen gesehen und, wie zahlreiche andere Fans, zur Teilnahme an seiner fiktiven Befragungsaktion überredet hatte. Daß er bei Philip Hawsley anfing, lag nur an der relativ kurzen Fahrstrecke.

Tony folgte ihm in das winzige, nach vorn gelegene Wohnzimmer, das durch seine Einrichtung und wegen des Geruchs nach Möbelpolitur und Luftverbesserer an einen Museumsraum unter dem Motto »Das Leben der Lower-middle-Class in den frühen Sechzigern« erinnerte. Hawsley, dem Äußeren nach zwischen dreißig und fünfzig, genauer ließ sich das nicht bestimmen, fuhr sich ständig über die Knöpfe seiner Strickjacke, als wolle er sich vergewissern, daß alle dran waren, und schielte im Minutentakt auf seine Fingernägel, als wär's denkbar, daß sie seit dem letzten Mal auf wundersame Weise schmutzig geworden waren. Sein graues Haar war militärisch kurz geschnitten, die Schuhe auf Hochglanz poliert. Er bat Tony, Platz zu nehmen, und setzte sich in akkurater Haltung, Knie und Knöchel eng beieinander, Tony genau gegenüber. Besuchern eine Erfrischung anzubieten, sah das Hausreglement offenbar nicht vor.

»Eine tolle Sammlung«, staunte Tony nach einem ersten kurzen Rundblick durch das Zimmer. Eine ganze Wand war den mit dem Datum und dem Titel der Sendung versehenen Videobändern vorbehalten; sogar vom Sessel aus konnte Tony erkennen, daß es sich bei den allermeisten Kassetten um Aufzeichnungen von *Besuch von Vance* handelte. Ein mit Folie überzogenes Wandbord war mit Einklebebüchern und Fotoalben vollgestopft. Das Prunkstück thronte auf dem Sims des gasbefeuerten Kamins: ein gerahmtes Farbfoto, auf dem Hawsley und Jacko Vance sich die Hand schüttelten.

»Es muß Jahre gedauert haben, um das zusammenzutragen.«

»Ich habe mir dieses Archiv zur Lebensaufgabe gemacht«, sagte Hawsley stolz. »Wissen Sie, wir sind im selben Alter,

Jacko Vance und ich, auf den Tag genau. Ein Gefühl sagt mir, daß unsere Schicksalsfäden miteinander verwoben sind. Jacko ist durch seinen Mut, seinen Sinn fürs Gemeinwohl, seine Herzlichkeit und sein Mitgefühl für andere das verehrungswürdigste Idol unserer Zeit. Es ist eines der kleinen Paradoxa des Lebens, daß er einen Teil von sich verlieren mußte, um anderen soviel geben zu können.«
»Ich hätt's nicht schöner ausdrücken können«, sagte Tony mit der Routine eines Mannes, der jahrelang von Berufs wegen mit Geisteskranken geplaudert hatte. »Ein leuchtendes Vorbild, unser Jacko.« Und als Hawsley sich ein wenig entspannte, so daß er nun in nahezu natürlicher Haltung in seinem Sessel saß, fügte er hinzu: »Ich würde zu gern einen Blick in Ihre Fotoalben werfen. Es gibt nämlich bestimmte Zeitpunkte in Vance' Karriere, die uns im Zusammenhang mit unserer Studie besonders interessieren.«
Hawsley ging bereitwillig auf die Bitte ein. Tony mußte ihm nur eines der Daten nennen, die er sich vorher eingeprägt hatte, und schon nahm Hawsley das Album vom Wandbord und schlug es an der richtigen Stelle auf. Sein Gedächtnis schien, was sein Idol Jacko anging, phänomenal zu sein.
Es dauerte nicht lange, bis Tony fündig wurde. Zwei Tage vor dem Verschwinden des ersten Teenagers aus Shaz' Siebenergruppe hatte Jacko Vance an der Einweihung eines Pflegeheims in Swindon teilgenommen. Ein Schaudern lief Tony über den Rücken, als er auf dem zweiten der vier Fotos, die Hawsley von dem Ereignis gemacht hatte, ein vertrautes Gesicht neben dem strahlend lächelnden Vance ausmachte. Debra Cressey, mit vierzehn Jahren spurlos verschwunden, und nur zwei Tage vorher hatte sie Vance, der gerade ein Foto für sie signierte, mit leuchtenden Augen angehimmelt.
Zwei Stunden später glaubte Tony abermals eines der ver-

mißten Mädchen auf einem von Hawsleys Fotos zu erkennen, direkt neben Vance, offenbar im Gespräch mit ihm. Weil sie den Kopf zur Seite wandte, war es schwierig, mit Bestimmtheit zu sagen, daß es sich tatsächlich um den verschwundenen Teenager handelte. Er mußte irgendwie an dieses Foto rankommen. »Würden Sie mir wohl ein paar Fotos für einige Tage ausleihen?« fragte er.
Hawsley schüttelte entschieden den Kopf und starrte Tony geradezu schockiert an. »Selbstverständlich nicht. Meine Sammlung muß vollständig erhalten bleiben. Was ist, wenn ich sie plötzlich brauche, und dann fehlen ein paar Stücke?«
»Und was ist mit den Negativen? Haben Sie die noch?«
Hawsley sah ihn gekränkt an. »Natürlich habe ich die. Glauben Sie, ich lasse hier Schlamperei einreißen?« Er öffnete das Klappfach des Wandschranks: Zahllose Plastikkästchen mit Negativen, alle so gewissenhaft beschriftet wie die Videobänder.
»Gut, könnte ich mir dann die Negative ausleihen und mir Abzüge machen lassen?« fragte Tony.
»Ausgeschlossen«, sagte Hawsley störrisch. »Es handelt sich um wichtiges Material, das in meinem Besitz bleiben muß.«
Eine Viertelstunde später hatten sie sich auf einen für beide Seiten akzeptablen Kompromiß geeinigt. Tony fuhr mit Hawsley und seinen so unersetzlichen Negativen zu einem örtlichen Fotoladen, dessen Inhaber bereit war, für einen exorbitanten Preis sogenannte Sofortabzüge zu fertigen. Danach hatte Hawsley es eilig, wieder nach Hause zu kommen und die Schachteln an ihren angestammten Platz zu stellen. Daß in seiner geliebten Sammlung Lücken klafften, und sei's auch nur für kurze Zeit, mußte eine Seelenqual für ihn gewesen sein.
Wieder auf der Schnellstraße, auf dem Weg zum nächsten Fan, gönnte Tony sich einen kurzen Moment des Triumphs.

»Wir kriegen dich, Jacko«, murmelte er in sich hinein. »O ja – wir kriegen dich.«

Simon McNeill wußte über Tottenham nur, daß es dort eine zweitklassige Fußballmannschaft gab und daß der Mob bei Unruhen in den Achtzigern, als er noch zur Schule gegangen war, einen Polizisten getötet hatte. Er rechnete nicht damit, daß die Einheimischen ihm freundlich begegneten, und so war es keine Überraschung, daß der städtische Angestellte auf seine Bitte um Einsicht in das Einwohnermelde- und Wählerverzeichnis etwa wie auf die Ankündigung eines Raubüberfalls reagierte. »Raussuchen können wir Ihnen nichts, dafür hab ich kein Personal«, knurrte er unwirsch. »Ohne Voranmeldung schon gar nicht.« Er führte Simon in das staubige Archiv, gab ihm eine Zehn-Sekunden-Einweisung in das Ablagesystem und überließ ihn seinem Schicksal. Das Ergebnis der Suche war nicht ermutigend. In der Straße, in der Vance aufgewachsen war, hatten in den Sechzigern um die vierzig Häuser gestanden, von denen aber bis 1975 zweiundzwanzig einer Wohnanlage weichen mußten. In den verbliebenen achtzehn Häusern hatte es einen permanenten Mieterwechsel gegeben, vor allem Mitte der Achtziger, wegen der erdrückenden Umweltsteuer. Nur ein einziger Name tauchte konstant im Wählerverzeichnis auf. Simon hoffte, daß Tony Hill recht behielt und die Mühe sie wirklich dem Ziel, Shaz' Mörder zu erwischen, näher brachte. Er massierte sich die Stirn, um die beginnenden Kopfschmerzen zu lindern, schlüpfte in die Lederjacke und machte sich auf den Weg, um einen Mann namens Harold Adams aufzusuchen.
Jimson Street Nummer 9 war ein winziges, aus schmutziggelbem Backstein gebautes Reihenhaus. Der schmale Streifen Garten, der es von der Straße trennte, war voll von leeren Bierdosen, Knabberzeugtüten und weggeworfenen Fast-

food-Behältern. Eine abgemagerte Katze starrte Simon böse an, als er das Gartentor öffnete, dann flitzte sie, einen Hühnerknochen zwischen den Zähnen, an ihm vorbei auf die Straße. Überall hing der Gestank von Verwesung. Die ausgedörrte Gestalt, die nach minutenlangem Klopfen öffnete, mußte schon zu Vance' Kindertagen ein alter Mann gewesen sein. »Mr. Adams?« fragte Simon, ohne sich große Hoffnungen auf eine wache Reaktion zu machen.
Der alte Mann reckte sich, um wenigstens einen Teil der Zentimeter wettzumachen, um die der Buckel ihn schrumpfen ließ, und sah Simon fest in die Augen. »Sind Sie von der Stadtverwaltung? Ich hab der Frau schon gesagt, daß ich keine Hilfe brauche. Und Essen auf Rädern will ich auch nicht.«
»Ich bin von der Polizei.«
»Ich hab nichts gesehen«, sagte Adams schnell und machte Anstalten, die Tür zuzudrücken.
»Augenblick mal. Ich will mit Ihnen nur über jemanden reden, der vor Jahren hier in der Straße gewohnt hat. Jacko Vance.«
Adams beäugte ihn mißtrauisch. »Sie sind einer von den Zeitungsschreibern, wie? Sie wollen einen alten Mann für dumm verkaufen. Ich werd die Polizei rufen.«
»Ich *bin* die Polizei«, versicherte Simon und schwenkte seinen Dienstausweis vor Adams' müden alten Augen. »Sehen Sie's?«
»Ja – schon gut, ich bin nicht blind. Ihr sagt uns doch immer, daß man nicht vorsichtig genug sein kann. Über Jacko Vance wollen Sie mit mir reden? Was denn? Der wohnt schon – ach, das müssen siebzehn, achtzehn Jahre sein – nicht mehr hier.«
»Darf ich reinkommen, damit wir ungestört plaudern können?« fragte Simon.
Adams zog die Tür auf und ließ Simon eintreten. Das Wohn-

zimmer machte einen tadellos aufgeräumten Eindruck. Kein Staub auf dem Fernseher, kein Fleck auf den Schondecken der Sessellehnen, kein Schmutzfilm auf dem Glas der gerahmten Fotos. Harold Adams hatte recht, er brauchte keine Hilfe.

»Ich bin der letzte, der noch hier wohnt«, sagte er mit unüberhörbarem Stolz. »Als wir 1947 hierhergezogen sind, war die Straße noch eine große Familie. Jeder kannte jeden, und alle hatten ständig was zu streiten. Heute kennt keiner mehr den anderen, aber streiten, das können sie immer noch.« Sein Grinsen erinnerte Simon irgendwie an einen alten Geier.

»Das glaub ich Ihnen aufs Wort. Sie müssen also die Familie Vance ziemlich gut kennen?«

Adams kicherte. »'ne Familie würd ich das nicht nennen. Sein Dad war angeblich Ingenieur, aber wenn Sie mich fragen, war das nur ein Vorwand, damit er sich wochenlang abseilen konnte. Verdient hat er anscheinend ganz gut. Lief immer rum wie aus'm Ei gepellt. Nur bei seiner Frau und dem Kind hat er geknausert.«

»Wie war sie denn?«

»Ein konfuses Weib. Hatte nie Zeit für Jacko, nicht mal, als er noch 'n Baby war. Hat ihn im Kinderwagen vor die Haustür gestellt und da stehen lassen, manchmal sogar im Regen.«

»Hat sie getrunken?«

»Nicht, daß ich wüßte. Sie mochte den Jungen einfach nicht. Er war ihr lästig, vermute ich. Als er älter wurde, hat sie ihn draußen rumtoben lassen. Nur, wenn Nachbarn sich beschweren kamen, ist sie wie eine Furie auf ihn losgegangen. Was sich drinnen abgespielt hat, weiß ich nicht, aber der Junge hat manchmal zum Steinerweichen geschluchzt. Andererseits, er war eben auch kein Engel.«

»Wie meinen Sie das?«

»Ein garstiger Bengel, der Jacko. Egal, was später alles über ihn erzählt wurde – daß er ’n Held und ’n toller Sportler ist und so, bei dem hat die Gemeinheit zum Himmel gestunken. Oh, er konnte auch sehr lieb sein, wenn er dachte, es könnte was für ihn rausspringen. Die Frauen, die sind auf ihn reingefallen, die hat er alle um den kleinen Finger gewickelt. Nur – na ja, ich hab ihn mal erwischt, wie er drüben in der Boulmer Street, hinter den Garagen, ’ne Katze quälen wollte. Hatte das arme Vieh am Wickel gepackt, damit sie ihn nicht kratzen konnte, und wie ich um die Ecke komme, seh ich, daß er ihren Schwanz in einen Petroleumkanister tunkt. Und auf dem Boden liegen schon Zündhölzer bereit. Na, ich hab dem Kerl einen Tritt in den Hintern verpaßt, den hat er so schnell nicht vergessen. Geholfen hat’s, glaub ich, trotzdem nichts. In unserer Gegend sind immer wieder Katzen verschwunden. Die Leute haben alle möglichen Vermutungen angestellt. Aber ich hatte meine eigene Theorie.«

»Hm«, sagte Simon nachdenklich, »wirklich ein garstiger Bengel.« Beinahe zu schön, um wahr zu sein. Die typischen Merkmale eines Psychopathen. Katzen quälen war eines der Musterbeispiele in jedem zweiten Lehrbuch. Und Harold Adams hatte es mit eigenen Augen gesehen.

»Ein richtiger Leuteschinder«, fuhr der alte Mann fort, »hat die Kleineren gepiesackt, wo er nur konnte. Nicht direkt, dafür war er zu schlau. Hat sie überredet, irgendwas Gefährliches zu machen, und sich halb totgelacht, wenn sie sich verletzt haben. Joan und ich, wir waren froh, daß unsere Kinder damals schon groß und aus dem Haus waren. Und dann ist er eines Tages dahintergekommen, daß er beim Speerwerfen ein As ist. Seitdem haben wir ihn kaum noch gesehen. Ehrlich gesagt, wir haben alle aufgeatmet, daß wir ihn los waren.«

»Komisch«, wandte Simon ein, »Sie werden kaum jemanden finden, der ein böses Wort über ihn sagt. Er hat den beiden

Kids damals das Leben gerettet, das können Sie nicht bestreiten. Und er engagiert sich für karitative Arbeit. Opfert unheilbar Kranken eine Menge Zeit.«
Adams verzog höhnisch das Gesicht. »Hab ich doch gesagt. Er guckt gern zu, wenn andere leiden. Vielleicht gibt's ihm einen Kick, an einem Krankenbett zu sitzen und zu wissen, daß der arme Teufel bald abkratzt, während er weiterhin munter wie Lord Muck durch die Gegend stolziert. Ich kann Ihnen nur eines sagen: Der gute Kumpel Jack ist das letzte Stück Dreck. Weswegen sind Sie eigentlich hinter ihm her?«
Simon schmunzelte. »Ich hab nicht gesagt, daß wir hinter ihm her sind.«
»Und weshalb fahren Sie dann Gott weiß wie weit, um was über ihn zu erfahren?«
Simon zwinkerte ihm zu. »Nun, Sie wissen, daß ich nicht über laufende Ermittlungen reden darf, Sir. Aber Sie waren uns eine große Hilfe, soviel kann ich sagen. Achten Sie mal in der nächsten Zeit auf die Fernsehnachrichten. Wenn wir Glück haben, erfahren Sie bald, warum ich hier war.« Er stand auf. »Und jetzt werd ich mich mal lieber wieder auf den Weg machen. Meinen Vorgesetzten wird das, was Sie mir erzählt haben, sehr interessieren, Mr. Adams.«
»Ich warte seit Jahren drauf, daß ich's endlich mal jemandem erzählen kann, Sonny. Seit Jahren.«

Barbara Fenwick wäre jetzt fast siebenundzwanzig Jahre alt. Wäre, aber sie war sechs Tage vor ihrem fünfzehnten Geburtstag durch Erdrosseln ermordet worden. Ihre verstümmelte Leiche war in einer Schutzhütte für Wanderer im Moor oberhalb der Stadt gefunden worden. Gewisse Anzeichen deuteten darauf hin, daß ihr Mörder sie zu sexuellem Verkehr gezwungen hatte, Spermaspuren wurden allerdings nicht gefunden, weder in der Vagina noch außerhalb. Die Art

ihrer Verletzungen gab den ermittelnden Officern Rätsel auf. Psychopathen verstümmeln ihrem Opfer häufig die Geschlechtsorgane, in diesem Fall aber hatte der Mörder dem Mädchen den rechten Unterarm bis zur Unkenntlichkeit zerschmettert, und zwar, wie der Pathologe versicherte, durch permanenten, ständig gesteigerten Druck und nicht etwa durch einen brutalen Schlag.
Für die Ermittler ergab das keinen Sinn.
Die Männer und Frauen, die die Leiche gefunden hatten, kamen als Verdächtige nicht in Frage, sie waren seit sechs Tagen gemeinsam bei einem Wander- und Campingurlaub unterwegs. Ihre Eltern, die Barbara fünf Tage vor dem Leichenfund als vermißt gemeldet hatten, standen ebenfalls nicht unter Verdacht, weil die pathologische Untersuchung eindeutig ergab, daß das Mädchen zur Zeit der Vermißtenanzeige noch gelebt hatte. Die Mutter und der Stiefvater sagten aus, Barbara habe sich zu Hause sehr wohl gefühlt, sie wäre bestimmt nie weggerannt, es könne sich also nur um eine Entführung handeln. Die Polizei zweifelte jedoch an der Entführungstheorie, da Barbara ihre besten Kleidungsstücke mitgenommen und den Eltern über ihre Absicht, wie sie den Tag nach der Schule verbringen wolle, etwas vorgeschwindelt hatte. Hinzu kam, daß das Mädchen am Tag seines Verschwindens die Schule geschwänzt hatte, und zwar nicht zum ersten Mal.
Für die Ermittler ergab auch das keinen Sinn.
Barbara Fenwick war kein störrischer, schwieriger Teenager gewesen. Bei der Polizei war sie ein unbeschriebenes Blatt, ihre Freunde und Freundinnen sagten, sie habe nie mehr als einen Apfelcidre getrunken. Niemand hielt es für möglich, daß sie Erfahrungen mit Drogen und Sex haben könnte. Ihr letzter Freund, der aus Eifersucht einen Monat vor ihrem Verschwinden mit ihr Schluß gemacht hatte, sagte, sie sei keine von denen gewesen, die leicht zu haben sind, im Gegen-

teil, er glaube, daß sie, wie er, noch Jungfrau gewesen sei. In der Schule war Barbara recht gut gewesen, sie hatte sich immer gewünscht, Kinderschwester zu werden. Zum letzten Mal war sie am Morgen ihres Verschwindens im Bus nach Manchester gesehen worden. Der Nachbarin, der sie beim Einsteigen begegnet war, hatte sie erklärt, sie müsse sich in der Zahnklinik die Weisheitszähne behandeln lassen. Aber ihre Mutter sagte, sie habe gar keine Weisheitszähne gehabt, was der Pathologe bestätigte.

Für die Ermittler ergab das keinen Sinn.

Nichts in ihrem Verhalten hatte darauf hingedeutet, daß sie von zu Hause weglaufen wollte. Noch am Samstag vor ihrem Verschwinden war sie mit Freunden in einer Disco gewesen, in der Jacko Vance zugunsten seines Spendenfonds Fotos signiert hatte. Ihre Freunde sagten, es sei ein supertoller Abend für sie gewesen.

All das ergab für die Ermittler keinen Sinn.

Für Leon Jackson dagegen sehr wohl.

Die Steinplatte war so raffiniert eingefügt, daß nicht mal das zur stereotypen Lautuntermalung von Horrorfilmen zählende leise Knirschen zu hören war. Ein kurzer Druck auf die richtige Stelle der Wand, und schon schwenkte die Platte lautlos um hundertachtzig Grad herum und gab den Blick auf die Steinstufen frei. Jacko drückte auf den Lichtschalter, wartete, bis unten grelles Licht aufflammte, und stieg in die einstige Krypta der umgebauten Kapelle hinunter.

Noch bevor er die erbärmliche Kreatur sehen konnte, die einmal Donna Doyle gewesen war, nahm er den Gestank wahr: Verwesungsgeruch des Fleisches, vermengt mit der schalen Ausdünstung ungewaschener, fieberheißer Haut und dem scharfen Geruch der chemischen Toilette. Sein Magen wollte rebellieren, aber er redete sich ein, daß er schon Schlimmeres gerochen hätte, zum Beispiel in Krankenzimmern. Das stimmte zwar nicht, aber es beruhigte seine Magennerven.

Am Fuß der Treppe blieb er stehen und starrte auf das armselige Bündel Mensch, das sich an die Wand preßte, als hoffe es, durch ein Wunder durch das Mauerwerk in die Freiheit entkommen zu können. »O Gott, was für ein widerliches Wesen ist aus dir geworden«, sagte er verächtlich, als er auf das glanzlos gewordene Haar, die schwärende Wunde am Arm und die schmutzverkrustete, nackte Haut starrte.

Himmel noch mal, er hatte ihr doch die Schachteln mit Frühstücksmüsli hingestellt, und um sich zu waschen, hätte sie bloß den Wasserhahn aufdrehen müssen. Es wäre wahrhaftig nicht nötig gewesen, daß sie sich so verkommen ließ. Die

Beinfesseln ließen ihr genug Bewegungsfreiheit, er konnte ja an den herumliegenden offenen Schachteln sehen, daß der zerschmetterte rechte Arm sie nicht davon abgehalten hatte, Essen in sich hineinzustopfen. Es war eine gute Idee gewesen, die Matratze mit einer Plastikplane zu überziehen. Darin konnte er sie, wenn er mit ihr fertig war, einwickeln und sich schnell und unkompliziert ihrer widerlichen Gegenwart entledigen.

Von Donnas geschwollenen Lippen kam ein wortloses Wimmern. Sie versuchte, mit der unverletzten Hand nach der Wolldecke zu greifen, um ihre Blöße zu bedecken. Er kauerte sich über sie, riß die Decke weg und versetzte ihr mit der Prothese einen Hieb ins Gesicht, der sie auf die Matratze zurückwarf. Ungerührt zog er sich aus, faltete Hose, Hemd und Unterwäsche ordentlich zusammen und legte alles auf den Stuhl. Er war scharf und hart – bereit, das zu tun, weswegen er gekommen war. Diesmal hatte er länger warten müssen als sonst, weil ihm diese blöde Bowman dazwischengekommen war. Nach der Entdeckung ihrer Leiche hatte er anfangs nicht gewagt hierherzukommen. Aber nachdem er die Polizei abgewimmelt hatte, gab es keinen Grund mehr, die Wiederholung des süßen Racheaktes – den einzigen kleinen Spaß, der sein Leben lebenswert machte – länger hinauszuzögern. Sollte dieser Tony Hill ruhig glauben, er habe was gegen ihn in der Hand, beweisen konnte der Kerl gar nichts.

Er kniete sich auf die Matratze und spreizte Donna gewaltsam die Beine. Ihr Versuch, sich ihm zu entwinden, und ihr flehentliches Betteln rührten ihn nicht, sie stachelten seine Gier nur noch an. Er ließ sich mit dem ganzen Gewicht auf ihren verletzten Arm fallen, drang roh in sie ein und hörte aus Donna Doyles unartikuliertem, nicht enden wollendem Schrei, der von den Wänden der Krypta widerhallte, ein verzweifeltes »Nein« heraus.

Carol riß die Tür auf und zerrte Tony geradezu in ihr Cottage. »Ich habe mir schon Sorgen gemacht, wo Sie bleiben.« Sie führte ihn ins Eßzimmer, wo eine Warmhalteterrine mit Suppe, ein Körbchen mit aufgeschnittenem Olivenbrot und ein Brett mit verschiedenen Käsesorten bereitstanden.

»Ein Unfall auf der Schnellstraße«, sagte er, nahm Platz und legte den Aktenordner neben sich. Er sah nicht aus, als wäre er wirklich da, jedenfalls nicht mit seinen Gedanken.

Carol schöpfte ihm und sich Suppe in die Teller. »Ich muß mit Ihnen reden, bevor die anderen kommen, Tony. Das Ganze ist jetzt keine akademische Übung mehr. Ich glaub, er hat sich noch eine andere gegriffen. Ein paar Tage bevor er Shaz umgebracht hat.«

Was immer ihm durch den Kopf gegangen war, es war schlagartig vergessen. Seine blauen Augen klammerten sich an ihr fest. »Beweise?« fragte er.

»Ich hatte so eine Ahnung. Darum habe ich eine Anfrage wegen vermißt gemeldeter Mädchen rausgefaxt. Heute nachmittag kam die Antwort aus Derbyshire. Donna Doyle, vierzehn, aus Glossop, ungefähr fünf Meilen von der M57 entfernt.« Sie gab Tony eine Kopie des Fax. »Dieselben Begleitumstände wie in den anderen Fällen. Morgens zur Schule, der Mutter was vorgeschwindelt, warum sie an dem Tag später heimkäme, die schicksten Klamotten mitgenommen, die sie hatte. Wieder ein Mädchen, das weggelaufen ist, hat die örtliche Polizei gedacht und daher weiter nichts unternommen. Aber ich habe mit der Polizistin gesprochen, die die erste Befragung der Mutter durchgeführt hat. Donna hat zwei

Abende vor ihrem Verschwinden mit einer Freundin eine Wohltätigkeitsveranstaltung besucht, bei der Vance als Ehrengast war.«

»Scheiße«, fluchte Tony. »Carol, sie kann noch leben. Hängt davon ab, was er mit den Mädchen anstellt.«

»Das wage ich nicht mal zu hoffen.«

»Es ist aber durchaus möglich. Viele Serientäter wollen das Gefühl auskosten, Macht über ihr Opfer zu haben. Wenn das bei ihm so ist, hat er vielleicht nach dem Mord an Shaz nicht gewagt, das Versteck aufzusuchen, in dem er sie gefangenhält.« Sie sahen sich an, mit dem Bewußtsein, daß das Leben eines jungen Menschen davon abhängen konnte, wie schnell sie das Richtige taten. Und dann fiel Tony ein: »Er hat ein Cottage in Northumberland.«

»Er würde doch so was nie und nimmer in seinen eigenen vier Wänden tun«, gab Carol zu bedenken.

»Vermutlich nicht, aber ich wette, daß die Stelle, an der er die Mädchen umbringt, nur ein paar Autominuten von dem Versteck entfernt ist. Was hat das Team rausgefunden?«

Carol sah auf die Uhr. »Weiß ich noch nicht. Sie müssen jede Minute hiersein. Sie treffen sich in Leeds und kommen dann zusammen her. Zurückgemeldet haben sie sich bereits. Hat sich angehört, als hätten sie eine Menge Dreck ausgegraben.«

Nahezu im selben Moment hörten sie draußen den Wagen halten. Carol öffnete die Haustür, und das Trio marschierte herein. Sie sahen aus, als könnten sie es kaum abwarten, von ihren erfolgreichen Recherchen zu berichten. Während sie am Eßtisch Platz nahmen und Tony in die Küche ging, um Kaffee zu machen, unterrichtete Carol sie kurz über das, was sie an diesem Nachmittag per Fax erfahren hatte.

Als Tony zurückkam, sagte er: »Für ein Profiling oder Brainstorming bleibt uns keine Zeit. Wir müssen jetzt alles tun, um, wenn das noch möglich ist, ein Leben zu retten. Also,

laßt mal hören, was ihr rausgefunden habt. Kay, machen Sie den Anfang.«
Kay berichtete von ihren Gesprächen mit den Eltern der verschwundenen Mädchen. »Im Grunde erzählen alle dieselbe Geschichte. Insofern keine neuen Erkenntnisse, eigentlich nur das, was in den Polizeiakten steht. Aber soviel steht jetzt fest: Alle waren wenige Tage vor ihrem Verschwinden bei einer Veranstaltung, bei der Jacko Vance aufgetreten ist. Und von einem der Mädchen habe ich ein Foto, auf dem es mit Vance zu sehen ist.«
»Großartig«, sagte Tony, »gute Arbeit, Kay. Simon?«
»Dank Carols Vorarbeit konnte ich seine Exverlobte aufspüren. Wie Sie sich erinnern, hat Shaz in Vance' Unfall das eine und in Jillie Woodrows Treuebruch das andere auslösende Moment vermutet, das ihn zum Mörder gemacht hat. Aber nach allem, was ich erfahren habe, brauchte er gar kein auslösendes Moment. So wie Jillie das darstellt, war sein sexuelles Verhalten von Anfang an nicht das, was man sich unter einer normalen Beziehung vorstellt. Er wollte im Schlafzimmer Macht ausüben, Jillie mußte den passiven Part spielen, durfte ihn nicht streicheln oder so was, und wenn sie's doch getan hat, hat er zugeschlagen. Er hat sich immer öfter Anregungen für S&M-Spiele aus Pornoheften besorgt und von ihr verlangt, sich fesseln, ohrfeigen und peitschen zu lassen. Anfangs hat sie sich gefügt, als er sie aber mit heißem Wachs, Elektroschocks und Brustwarzenklammern quälen wollte, hat sie nein gesagt.« Er zog seine Notizen zu Rate, um sich zu vergewissern, daß er nichts Wichtiges vergessen hatte.
»Nachdem er als Spitzensportler an die große Kohle gekommen war, hat er sich Prostituierte gesucht. Sie mußten Klasse haben und sich auf Extremsex einlassen, das jedenfalls glaubt Jillie. Sie habe schon damals mit ihm Schluß machen

wollen, sagt sie, aber Angst gehabt, daß er ausrastet. Als er nach dem Unfall im Krankenhaus lag und wahrscheinlich so schnell nicht wieder rauskommen würde, war das für sie die große Chance, sich von ihm zu trennen.«

Tony zog ein grimmiges Gesicht. »Und dann kam die Scheinehe mit Micky Morgan.«

Alle sahen ihn verblüfft an. Er schilderte ihnen kurz, was er zunächst von Chris Devine erfahren und was Micky ihm später selber bestätigt hatte. »Wir haben es also eindeutig mit einer abartigen sexuellen Veranlagung zu tun. Einen Haftbefehl können wir damit zwar nicht erwirken, fürchte ich, aber zumindest wissen wir nun, wer unser Mann ist.«

»Und es gibt noch mehr«, sagte Simon und berichtete, was Harold Adams ihm erzählt hatte.

»Mann, je mehr wir erfahren, desto unglaublicher ist es, daß der Kerl immer noch frei rumläuft«, schimpfte Leon. »Und jetzt habe ich auch noch was auf Lager.« Er erzählte von seinem Gespräch mit Jackos Extrainer Jimmy Linden, was nur wenige Minuten in Anspruch nahm, aber dann kam's: »Und am Schluß hat er mir den Tip mit einem pensionierten Zeitungsmann gegeben, Mike McGowan. Ein wandelndes Sportlexikon. Hat ein Archiv, da würde die Britische Nationalbibliothek vor Neid erblassen. Allein für das Material über Vance habe ich die halbe Nacht gebraucht. Und dann hab ich das hier gefunden.«

Er zog einen zerknitterten Zeitungsausschnitt mit einem Bericht der *Manchester Evening News* über den Mord an Barbara Fenwick und fünf Kopien zum Verteilen aus der Innentasche des Jacketts. Die entscheidende Stelle hatte er gelb markiert. »Barbara war nicht ein Mädchen, das von einer Party zur anderen hetzt. Sie vergnügte sich abends eher so wie letzten Samstag, als sie, wie ihre Freundinnen und Freunde sagen, eine Disco besuchte, um den Auftritt des durch sein karitatives Engagement bekannten Exsportlers Jacko Vance mitzuerleben.« Leon sah die anderen der Reihe nach an. »Und das war gerade mal vierzehn Wochen nach dem Unfall. So schnell hatte er sich erholt und ist in seine Rolle als Wohltäter der Menschheit geschlüpft.«

»Gibt es Beweise, daß sich Vance und das Mädchen an diesem Abend kennengelernt haben?«

»Vance hat ihr ein signiertes Foto geschenkt.« Leon verteilte Kopien der Notizen, die er sich von den wichtigsten Punkten der polizeilichen Anhörungen gemacht hatte. »Sie haben mich die Akten nicht fotokopieren lassen, darum mußte ich mir so helfen. Ich schätze, sie war sein erstes Opfer.«

»Und ich schätze, Sie haben recht«, schnaufte Tony. »Das ist gut, Leon, das ist wirklich klasse. Mein Gott, die Wandergruppe ist ja damals fast über ihn gestolpert.« Er tippte mit dem Zeigefinger auf Leons Kopie. »Steht hier. Als sie an der Hügelkuppe angekommen waren, ist ihnen auf der Fahrspur ein geländegängiger Wagen entgegengekommen, vermutlich ein Land Rover. Jacko bekam es mit der Angst zu tun. Darum hat er sich später einen anderen Ort für seine Morde gesucht. Wir vermuten, in Northumberland. Er hat dort ein Cottage.« Er rieb sich übers Gesicht. »Nur, der Fall ist zwölf Jahre alt. Wo werden die Unterlagen der Beweiserhebung aufbewahrt?«

Leon zuckte die Schultern. »Weiß keiner so genau. Sie haben vor fünf Jahren alles forensische Material von ungelösten Fällen in ein neues Archiv ausgelagert, und dabei ist das, was wir brauchen, entweder verlorengegangen oder falsch zugeordnet worden.«

»Die Officer, die damals ermittelt haben – mit denen müssen wir reden«, sagte Tony. »Aber ehe wir das besprechen, werde ich euch lieber erst erzählen, was ich ausgegraben habe. Ein mageres Ergebnis, verglichen mit dem, was ihr drei hier präsentiert habt. Aber ein paar Indizienbeweise sind dabei herausgekommen.« Er klappte seinen Aktenordner auf und nahm ein paar Fotos heraus. »Wie ihr wißt, habe ich Vance' fanatische Fans abgeklappert. Teilweise haben die Gespräche mit ihnen mich an das erinnert, was ich in forensischen Kliniken erlebt habe. Um's streng wissenschaftlich auszudrücken: die haben alle eine Schraube locker. Immerhin, nachdem ich mir geduldig ihre Lobhudeleien über Jacko angehört hatte, sind wir nun im Besitz einiger Fotos, die bei Veranstaltungen gemacht wurden, bei denen auch unsere mutmaßlichen Opfer anwesend waren. Vier davon zeigen Vance unmittelbar neben einem der vermißten Mädchen.« Er griff nach einer Scheibe Brot.

»Mit Kays Schnappschuß fünf«, erinnerte ihn Carol.

»Aber das wird trotzdem nicht für die Einleitung einer offiziellen Ermittlung genügen, vermute ich?« fragte Tony ohne viel Hoffnung, während er sich ein paar Käseecken abschnitt.

Carol verzog das Gesicht. »Das Problem ist, daß das nicht in meinen Zuständigkeitsbereich fällt. Die Mädchen aus Shaz' Siebenergruppe stammen alle nicht aus East Yorkshire. Aber selbst wenn's so wäre, ich weiß nicht, ob das für Ermittlungen reichen würde. Wir haben lediglich Indizienbeweise. Schwerwiegende, das gebe ich zu, aber für eine Vorladung ist das zuwenig. Von einem Durchsuchungsbefehl ganz zu schweigen.«

»Was wir brauchen, ist ein Zeuge, der Vance mit Shaz gesehen hat, nachdem sie angeblich sein Haus verlassen hat«, grübelte Tony. »Im Idealfall in Leeds.«

»Am besten einen Bischof der Kirche von England«, sagte Carol sarkastisch. »Vergessen Sie nicht, daß dieser Zeuge gegen einen hochangesehenen Mann aussagen muß.«

Tony rutschte das Messer aus, mit dem er an einem Stück Käse herumschnitt, die Klinge ritzte seinen linken Zeigefin-

ger, und aus der Schnittwunde tropfte ein bißchen Blut. »Himmelarschundzwirn!« fluchte er, steckte den Finger in den Mund und fing an, daran herumzulutschen. Er sah Carol stirnrunzelnd an und murrte: »War Ihre Schuld.«
»Meine Schuld?«
»Klar. Weil Sie an der Zuverlässigkeit von Zeugen gezweifelt haben. Aber eine Kamera, das wäre doch eine unbestechliche Zeugin, oder? Ich meine die Überwachungskameras auf der Autobahn.«
Leon schnaubte geringschätzig. »Erzählen Sie uns bloß nicht, daß Sie auch darauf reingefallen sind?« Und als Tony ihn verdutzt ansah: »Seite siebenundvierzig aus dem modernen Märchenbuch: Autobahnkameras überführen Verbrecher.«
»Wie meinen Sie das? Ich hab das doch im Fernsehen gesehen. Polizeivideos von Fahrzeugverfolgungen.«
Carol seufzte. »Die Kameras arbeiten ausgezeichnet, aber nur in bestimmten Situationen, und das meint Leon. Fest installierte Kameras schalten sich sowieso nur bei Geschwindigkeitsüberschreitungen ein, erst ab Tempo neunzig. Und die Videos schalten sich nur bei einem Unfall oder einem größeren Verkehrsstau ein. Mit anderen Worten, die meiste Zeit arbeiten sie überhaupt nicht. Und selbst wenn sie's täten, man benötigt eine ziemlich komplizierte Software, um aus den Aufnahmen etwas Beweiskräftiges herauszulesen.«
»Da müßte Ihr Bruder sich doch auskennen«, meinte Simon. »Er ist doch Computerfreak, oder?«
»Ja, das schon. Aber wir haben ja nichts, was wir ihm zeigen könnten. Und ich fürchte, wir werden auch nichts kriegen.«
Tony ließ nicht locker. »Ich dachte, als die IRA das Zentrum von Manchester in die Luft gebombt hat, wurde die Fahrstrecke des Lieferwagens mit Hilfe von Autobahnvideos rekonstruiert?«
Kay schüttelte den Kopf. »Sie hatten gehofft, mit Hilfe der

Aufnahmen von Geschwindigkeitsüberschreitungen ...« Sie brach mitten im Satz ab. Und plötzlich leuchteten ihre Augen auf.

»Was ist?« fragte Carol.

Kay war vor Aufregung ganz atemlos. »Private Überwachung mit Kassettenkameras. Erinnern Sie sich noch daran, wie die Polizei an die Besitzer von Tankstellen, Werkstätten und Schnellrestaurants appelliert hat, elektronische Überwachungsanlagen zu installieren? Wenn Shaz oder Vance unterwegs getankt haben, müßten sie irgendwo auf den Bändern sein. Shaz hatte bestimmt ihren Wagen vor der Fahrt aufgetankt, aber zurück nach Leeds hätte sie's mit einer Tankfüllung nicht geschafft. Und ich glaube, sie werden eher an einer Autobahntankstelle gehalten haben, als wegen ein paar Litern Benzin von der Autobahn runterzufahren.«

»Kommen wir an diese Bänder ran?« wollte Tony wissen.

Carol stöhnte. »Rankommen ist nicht das Problem, die meisten Tankstellenpächter verhalten sich sehr kooperativ. Aber es dauert weiß der Himmel wie lange, alle in Frage kommenden Bänder durchzusehen. Ich kriege schon beim bloßen Gedanken daran eine Migräne.«

»Nun, Carol, Sie wollte ich ohnehin bitten, mir bei dem Gespräch mit den Officern, die im Mordfall Barbara Fenwick ermittelt haben, Hilfestellung zu geben«, sagte Tony. Der Blick, mit dem er die drei anderen musterte, schien im voraus um Entschuldigung zu bitten. »Tut mir leid, wenn das klappen soll, muß ich schon mit einer ausgewachsenen Dienststellenleiterin anrücken. Wir dürfen die Jungs nicht vor den Kopf stoßen, indem wir ihnen den Eindruck vermitteln, sie hätten schlampig gearbeitet. Kurzum, darum werden Carol und ich uns kümmern. Worum ich Sie drei bitten möchte, ist, gemeinsam die Sisyphusarbeit mit den Videobändern zu übernehmen.«

Die drei starrten ihn entgeistert an. Aber dann sagte Simon: »Okay. Vielleicht lebt Donna Doyle ja wirklich noch. Und selbst wenn nicht, geht's um das Leben der nächsten.«

Enthusiasmus kam nicht gerade auf, als Carol und Tony sich in der staubigen Registratur der Polizeistation von Buxton durch dickleibige Aktenordner wühlten, aber sie wußten beide, daß sie hellwach sein mußten, um nicht den womöglich entscheidenden Hinweis zu übersehen. Nach etlichen Stunden lehnten sie sich wie aufs Stichwort fast gleichzeitig zurück.

»Leon scheint nichts übersehen zu haben«, sagte Tony. Er war froh, daß er sich bei seinem früheren Urteil über Leon ganz offensichtlich geirrt hatte. Man soll sich eben nie von äußerlicher Flapsigkeit zu Fehlschlüssen verleiten lassen, dachte er.

Carol nickte. »Sieht so aus. Aber davon mußten wir uns wohl oder übel selbst überzeugen, bevor wir mit dem Mann reden, der seinerzeit den Fall bearbeitet hat.«

Tony ordnete die Blätter, die er den Akten entnommen hatte. »Ich weiß es zu schätzen, daß Sie mir helfen, Carol. Es ist mir klar, daß Sie dabei ein gewisses Risiko eingehen. Sie mußten es nicht tun.«

Sie verzog die Mundwinkel. Vielleicht war es anfangs als Lächeln gedacht, aber es hatte bestimmt auch etwas mit schmerzlichen Erinnerungen zu tun. »Sie wissen genau, daß ich's tun mußte«, sagte sie. Daß sie es nicht fertiggebracht hätte, Tony im Stich zu lassen, weder dienstlich noch privat, mußte sie nicht hinzufügen. Und sie wußte, daß es umgekehrt genauso war.

Sie lieferten die Akten im Wachraum bei einem blutjungen Polizisten ab, der aussah, als könne er's kaum erwarten, endlich dreißig zu werden. Carol bedachte ihn mit ihrem schönsten Lächeln. »Sagen Sie, der Officer, der seinerzeit den Fall bearbeitet hat, Detective Superintendent Scott … ich nehme an, er ist schon pensioniert?«

»Schon seit zehn Jahren.« Der Constable lud sich den Aktenstapel auf beide Arme und verschwand irgendwo hinter den Regalen, um die Akten wieder einzuordnen.

»Sie wissen nicht zufällig, wo wir ihn finden können?« rief Carol ihm nach.

Die Stimme hörte sich an, als käme sie aus einem Kellergewölbe, aber die Auskunft war klar und erschöpfend. »Wohnt weit außerhalb von Buxton. Die Gegend nennt sich Countess Sterndale. Da gibt's nur drei Häuser.«

Es dauerte ein paar Minuten, in Erfahrung zu bringen, welche Richtung sie einschlagen mußten, Countess Sterndale war auf der Karte nicht eingezeichnet. Und daß es weit außerhalb von Buxton lag, stimmte auch. Nach fünfunddreißig Minuten Fahrzeit endete der Weg in einer von Bäumen gesäumten Wendeschleife. Vor ihnen lag ein etwas heruntergekommenes Queen-Anne-Herrenhaus, weiter links, hinter Kalksteinmauern, zwei geduckte Cottages mit tiefgezogenen Dächern. »Auf welches tippen Sie?« fragte Tony.

Carol zuckte die Achseln. »Kein Herrenhaus. Es sei denn, er hat's geerbt …« Sie zeigte auf das rechte Cottage.

Tony hob den Türklopfer aus Messing an und ließ ihn fallen, das Echo hallte laut im Inneren wider. Schwere Schritte näherten sich der Tür, und vor ihnen stand ein breitschultriger Mann mit glatt zur Seite gekämmtem, eisgrauem Haar und einem schmalen Oberlippenbärtchen. Der Blickfang aller ländlich sittlichen Matinees in den Vierzigern, dachte Carol und setzte ein gewinnendes Lächeln auf. »Entschuldigen Sie die Störung, Sir, wir sind auf der Suche nach Exdetective Superintendent Scott.«

»Ich bin Gordon Scott«, sagte der Mann. »Und wer sind Sie?«
Das war der heikle Punkt. »DCI Carol Jordan, East Yorkshire Police, Sir, und das ist Dr. Tony Hill von der National Profiling Task Force.«
Zu ihrer Verblüffung hellte sich Scotts Miene sofort erfreut auf. »Hat das was mit Barbara Fenwick zu tun?« fragte er.
Sie sah Tony hilfesuchend an. »Wie kommen Sie darauf?« fragte der.
In Scotts Brust kollerte ein tiefes Lachen. »Auch wenn ich seit zehn Jahren nicht mehr aktiv mitspiele, wenn innerhalb von zwei Tagen drei Leute Einsicht in die Akten meines einzigen ungelösten Mordfalls nehmen, klingelt irgendwann bei mir die Alarmglocke.« Er führte sie in sein behagliches Wohnzimmer und deutete auf die Sitzgruppe aus Lehnsesseln vor dem Kamin. »Wie wär's mit einem Drink? Meine Frau ist in Buxton einkaufen, aber einen Tee kriege ich notfalls hin. Oder lieber ein Bier?«
»Ein Bier wäre goldrichtig«, sagte Tony, aus Sorge, daß der Hausherr mit dem Tee wer weiß wie lange beschäftigt sein könnte. Carol nickte zustimmend. Ein paar Sekunden später schleppte Scott drei Dosen Boddington's an, verscheuchte den dicken Kater von seinem Lieblingsplatz vor dem Fenster, ließ sich in den Sessel fallen und riß seine Bierdose auf. »Ich war froh zu hören, daß Sie die Suche nach Barbara Fenwicks Mörder wiederaufgenommen haben. Ich hab mich fast zwei Jahre mit dem Fall herumgeschlagen. Hat mich nachts nicht schlafen lassen. Ich werd nie das Gesicht der Mutter vergessen, als ich ihr die Nachricht überbringen mußte, daß wir Barbaras Leiche gefunden haben. Das verfolgt mich heute noch. Ich bin einfach den Gedanken nicht losgeworden, daß die Lösung zum Greifen nahe liegt und wir nur nicht darauf kommen. Als ich dann erfuhr, daß Ihre Profilergrup-

pe … nun, ich muß sagen, das hat mir wieder Hoffnung gemacht. Wie sind Sie auf den Fall aufmerksam geworden?«
Da Scott die Wiederaufnahme des Falles so offensichtlich begrüßte, beschloß Tony, mit offenen Karten zu spielen. »Dies ist eine etwas unorthodoxe Ermittlung. Sie haben vermutlich Presseberichte über den Mord in meiner Gruppe gelesen?«
Scott nickte. »Ja, habe ich. Mein aufrichtiges Beileid.«
»Was nicht in den Zeitungen stand, ist, daß Shaz Bowman eine Theorie entwickelt hatte, der zufolge das Verschwinden zahlreicher Teenager auf das Konto eines Serienmörders geht, der sein Unwesen schon seit langem treibt, bisher aber noch nie verdächtigt wurde. Das Ganze sollte ursprünglich nur eine Seminarübung sein, aber Shaz hatte eine bestimmte Vermutung, und die hat ihr keine Ruhe gelassen. Meine Lehrgangsteilnehmer und ich glauben, daß sie deshalb ermordet wurde. Bedauerlicherweise ist man bei der West Yorkshire Police nicht unserer Meinung. Und das hat etwas mit der Person zu tun, die unserer Überzeugung nach Shaz Bowman getötet hat.« Er suchte Carols Blick, ein wenig Unterstützung von offizieller Seite konnte jetzt nicht schaden.
Carol sprach es unverblümt aus. »Zahlreiche Indizien deuten darauf hin, daß es sich um Jacko Vance handelt.«
Scotts Augenbrauen hoben sich, er stieß einen leisen Pfiff aus. »Kein Wunder, daß die West-Yorkshire-Kollegen nichts davon hören wollen. Und was hat das mit Barbara Fenwick zu tun?«
Carol unterrichtete ihn in groben Zügen über ihre bisherigen Ermittlungen und den Zeitungsausschnitt, durch den sie auf den Fall in Buxton aufmerksam geworden waren.
Tony sagte: »Und nun setzen wir unsere Hoffnung darauf, daß es Dinge gibt, die überhaupt nicht in den Akten auftauchen. Ich weiß, wie das bei Ermittlungen ist. Sie haben eine dumpfe Ahnung, aber so was taucht in keinem Memo auf,

über so was reden Sie höchstens mit Ihrem engsten Mitarbeiter. Uns würde interessieren, ob es den Officern, die den Fall bearbeitet haben, ähnlich gegangen ist.«

Scott nahm einen tiefen Schluck aus seiner Bierdose. »Natürlich hatten sie solche dumpfen Ahnungen. Nur, wir sind jedesmal ins Leere gelaufen. Wir haben den einen oder anderen Verdächtigen zur Vernehmung vorgeladen, aber bei allen stellte sich heraus, daß sie es den Umständen nach nicht gewesen sein konnten. Es war, als sei der Mörder aus dem Nichts gekommen und nach der Tat wieder dorthin verschwunden. Es mußte jemand von außerhalb gewesen sein, irgend jemand, dem das Mädchen zufällig begegnet ist, als es wieder mal die Schule geschwänzt hat. Und irgendwie würde das ja auch zu Ihrer Theorie passen, nicht wahr?«

»Im weitesten Sinne, ja«, sagte Tony. »Nur, wir glauben, daß die Begegnung mit Barbara Fenwick kein Zufall, sondern von langer Hand geplant war.«

»Wie sieht's denn mit forensischen Beweisen aus?« fragte Carol. »Viel scheint's da nicht zu geben?«

»Stimmt, und das hat uns sehr zu schaffen gemacht. Ich hatte keine Erfahrung mit Mördern, die ihre Spuren so sorgfältig verwischen. Sexualtäter fallen meistens so gierig über ihre Opfer her, daß es jede Menge Spuren gibt, oft kann man an ihrer Kleidung sogar noch Blut und Erde finden. Aber in diesem Fall hatten wir so gut wie nichts, was uns einen Anhalt geben konnte. Bis auf den zerschmetterten Arm. Schriftlich wollte die Pathologin sich nicht festlegen, aber mündlich hat sie die Auffassung geäußert, der Arm sei mit irgendeinem Werkzeug zerquetscht worden.«

Tony fuhr sich mit der Hand durchs Haar. Erinnerungen wurden in ihm wach. »Oh«, sagte er leise.

Und plötzlich schlug sich Scott mit der flachen Hand an die

Stirn. »Natürlich! Vance hatte einen Arm verloren, nicht wahr? Ist für die Olympiade nominiert und verliert den Arm. Warum ist mir das damals nicht eingefallen? Ach Gott, was bin ich für ein Idiot!«

»Sie hatten seinerzeit keinen Grund, so etwas in Erwägung zu ziehen«, sagte Tony, fragte sich aber im stillen, wie viele Leben wohl im Laufe der Jahre gerettet worden wären, wenn die Polizei schon früher mit Psychologen zusammengearbeitet hätte.

»Ist die Pathologin noch tätig?« fragte Carol.

»Ja, als Professorin in einer Londoner Universitätsklinik. Ich muß sogar irgendwo ihre Karte haben.« Er stand auf und ging ins Nebenzimmer.

»Hören Sie, Carol«, sagte Tony, »damit wir schneller vorankommen, sollten wir Chris Devine bitten, die Pathologin für uns aufzuspüren. Sie weiß, wie man Adressen ausfindig macht, und sie hat mir ausdrücklich ihre Hilfe angeboten.«

Carol nickte. »Gute Idee. Um ehrlich zu sein, ich könnte es mir im Moment zeitlich gar nicht leisten, nach London zu fahren. Ich muß jederzeit erreichbar sein, für den Fall, daß mein Brandstifter wieder zuschlägt.«

Tony lächelte. »Genau daran hatte ich gedacht. Wir wollen ja nicht riskieren, daß der Kerl Ihnen durch die Lappen geht.«

Kay hatte aufgehört mitzuzählen, sie hätte nicht sagen können, ob es das siebte oder achte Videoband war, das da vor ihren Augen ablief. Natürlich hatte sie wieder mal den kürzesten Strohhalm gezogen, und das bedeutete, daß sie die Autobahntankstellen zwischen Leeds und London abklappern mußte. Also nach London preschen, Kehrtwendung und an sämtlichen Tankstellen in Gegenrichtung haltmachen. Inzwischen war es später Nachmittag geworden, und sie saß in einem der zahllosen, muffigen Tankstellenbüros,

die vor Müdigkeit sandigen Augen auf das wer weiß wievielte Videoband gerichtet.
Gut, daß ihr eine zeitsparende Methode eingefallen war. Sie hatte ausgerechnet, daß sowohl Shaz wie auch Vance frühestens um elf Uhr vormittags eine der Servicestationen angefahren haben konnten, der späteste Zeitpunkt war etwa sieben Uhr abends. Also hatte sie den automatischen Vorlauf so eingestellt, daß nur die Videoaufnahmen aus den in Frage kommenden Zeiten wiedergegeben wurden. Das Aufnahmeverfahren verkürzte den Zeitaufwand zusätzlich, weil die Anlage jedes ankommende Auto nur wenige Sekunden lang aufzeichnete. Dennoch dauerte es Stunden, alle Bänder durchzusehen, und es kostete eine Menge Kraft, weil Kay auch während der Vorlaufphase angestrengt auf den Bildschirm starrte und jedesmal, wenn etwas auftauchte, was auch nur entfernt nach einem schwarzen VW oder einem silberfarbenen Mercedes-Kabriolett aussah, die Stopptaste drückte. Wegen schwarzer Volkswagen mußte sie häufig drükken, wegen silberfarbener Kabrioletts seltener.
Ihrem Eindruck nach kam sie jetzt schneller voran als am Anfang. Ihre Augen reagierten fast automatisch auf die gesuchten Objekte. Was andererseits die Gefahr in sich barg, daß sie sich zu sicher fühlte und irgend etwas Wichtiges übersah. Da – wieder der kastenförmige Umriß eines Volkswagens. Sie schaltete um auf normale Geschwindigkeit und sah sofort, daß es sich bei dem Fahrer um einen älteren Mann handelte. Das graue Haar, das unter der Baseballkappe hervorsah, ließ keinen Zweifel daran, daß es nicht Jacko Vance sein konnte. Kays Finger hing bereits über der Taste für den schnellen Vorlauf, als ihr etwas Merkwürdiges auffiel. Es hatte nichts mit dem Mann zu tun, der zur Zapfsäule ging, sondern mit dem Nummernschild. Ganz konnte sie das Kennzeichen nicht lesen, weil der VW leicht schräg zur Kamera

stand, aber die letzten beiden Ziffern waren eindeutig identisch mit denen von Shaz' Kennzeichen.
»O Scheiße«, murmelte sie in sich hinein, ließ das Band ein Stück zurücklaufen und konzentrierte sich diesmal auf den Fahrer. Und prompt fiel ihr auch an ihm etwas Merkwürdiges auf. Er hantierte mit dem Zapfhahn wie ein ungeübter Linkshänder. Nein, er gebrauchte die rechte Hand praktisch gar nicht. Genauso hätte es Jacko Vance gemacht.
Sie sah sich die Stelle mehrere Male aufmerksam an. Die Gesichtszüge des Mannes waren nur verschwommen zu erkennen, aber Kay verließ sich darauf, daß Carol Jordan jemanden kannte, der ihnen bei diesem speziellen Problem weiterhelfen würde. Mit ein wenig Glück hatten sie bis spätestens zum Morgengrauen etwas gegen Jacko Vance in der Hand, was ihnen nicht mal ein Team hochbezahlter Anwälte vor Gericht zerpflücken würde. Und wenn es so kam, hatte sie einen entscheidenden Beitrag dazu geleistet, den Tod einer jungen Frau zu sühnen, die ihr – dessen war sie sich sicher – eine gute Freundin geworden wäre.
Sie klappte ihr Mobiltelefon auf und tippte DCI Jordans Nummer ein. »Carol? Ich glaube, ich habe was, was Ihr Bruder sich mal ansehen sollte …«

Chris Devine hatte nichts dagegen, an ihrem freien Tag eine Pathologin zu besuchen. Was sie wütend machte, war, daß die Pathologin, die sie suchte, diesen freien Tag bei strömendem Regen mitten in der Wildnis verbringen mußte, und das nur, weil sie partout irgendeinen albernen Vogel beobachten wollte, der eigentlich um diese Jahreszeit in Norwegen sein müßte, aber irgendwie den Anschluß verpaßt hatte. Je mehr Regen ihr am Mantelkragen vorbei in Richtung ihrer Schultern lief, desto mürrischer wurde sie. Beschissenes Essex, dachte sie grimmig.

Sie schirmte die grobe Skizze, die der Vogelwart ihr gegeben hatte, mit einer Hand gegen den Ostwind und dessen nasse Fracht ab, um noch mal einen Blick darauf zu werfen. Sehr weit konnte es nicht mehr sein. Warum mußten diese verdammten Beobachtungsstände so versteckt liegen? Sie hatte bislang kaum einen Vogel gesehen, denn die waren viel zu schlau, um an so einem scheußlichen Tag aus ihrem Unterschlupf zu kommen.

Beinahe wäre sie an dem Beobachtungsstand vorbeigelaufen, so gut war der getarnt. Chris zwang sich, eine etwas freundlichere Miene aufzusetzen, und stieß die Lattentür auf. »'tschuldigung, daß ich einfach so reinplatze«, sagte sie zu den drei dichtgedrängten Gestalten, »finde ich hier Professor Stewart?« Sie sahen in ihren gefütterten Jacken, mit den um den Hals geschlungenen Wollschals und den Thermomützen einer wie der andere aus, Chris hätte nicht mal sagen können, wer Mann und wer Frau war.

Ein wattierter Handschuh kam hoch. »Ich bin Liz Stewart. Was gibt's denn?«

Chris seufzte erleichtert. »Detective Sergeant Devine, Metropolitan Police. Könnte ich wohl ein paar Worte mit Ihnen reden?«

Die vermummte Gestalt schüttelte den Kopf. »Ich habe keinen Sonntagsdienst.« Was sich mit ihrem schottischen Akzent gleich doppelt so ruppig anhörte.

»Aber es ist ziemlich dringend.« Chris zog die Lattentür etwas weiter auf, so daß der kalte Wind eindringen konnte.

»Liz, sei so lieb und hör dir an, was die Frau will«, knurrte jemand, der Stimme nach ein Mann. »Wir werden ewig nichts entdecken, wenn ihr beide hier herumkeift wie die Marktweiber.«

Die Professorin drückte sich griesgrämig an den beiden anderen vorbei und folgte Chris nach draußen. »Dort unter

dem Baum finden wir ein bißchen Schutz. Was gibt's denn so Eiliges?«
»Sie haben vor zwölf Jahren in Manchester einen nicht aufgeklärten Mord bearbeitet an einem jungen Mädchen namens Barbara Fenwick. Erinnern Sie sich daran?«
»Das Mädchen mit dem zerquetschten Arm?«
»Genau die. Wir sind im Zusammenhang mit einer anderen Ermittlung auf den Fall gestoßen und glauben, daß wir es mit einem Serienmörder zu tun haben und daß Barbara das einzige Opfer ist, von dem die Leiche gefunden wurde. Dadurch gewinnt Ihr Obduktionsbericht aktuelle Bedeutung.«
Liz Stewart sagte barsch: »Das wäre am Montag morgen auch noch so gewesen.«
»Stimmt. Die Frage ist nur, ob das Mädchen, das der Täter im Augenblick in seiner Gewalt hat, bis dahin überlebt.«
»Ach so. Dann fahren Sie mal fort, Sergeant.«
»Sie sollen damals die Überlegung geäußert, allerdings nicht in Ihren Obduktionsbericht aufgenommen haben, daß Barbaras Arm möglicherweise durch eine Art Werkzeug zerquetscht wurde. Jedenfalls haben meine Kollegen den pensionierten Superintendent Scott so verstanden. Ist das richtig?«
»Das war meine Meinung, aber die beruhte lediglich auf einer Vermutung. Und was ich nicht sicher weiß, schreibe ich nicht in einen Obduktionsbericht. Vor allem dann nicht, wenn es sich etwas weit hergeholt anhört.«
»Aber wenn Sie ausdrücklich danach gefragt werden, was würden Sie dann sagen?«
»Wenn ich gefragt werde, ob es möglich wäre, lautet die Antwort, ja.«
»Gab es noch andere Dinge, die Sie nicht in den Obduktionsbericht aufgenommen haben, weil sie sich möglicherweise ein wenig weit hergeholt angehört hätten?«

»Nicht, daß ich wüßte.«
»Könnte es sein, daß Sie Notizen über die Feststellungen angefertigt haben, die damals Anlaß zu Ihrer Vermutung waren?«
»O ja«, sagte Liz Stewart, als sei das selbstverständlich. »Auf die Weise kann die Staatsanwaltschaft, falls es später von Bedeutung wird, jederzeit darauf zurückgreifen.«
Chris schloß die Augen und schickte stumm ein Stoßgebet zum Himmel. »Haben Sie diese Notizen noch?«
»Natürlich. Und sogar noch was Besseres.«

Ohne zwingenden Grund verirrte sich an einem Samstag abend kein vernünftiger Mensch in das Café der Raststätte Hartshead Moor an der M62, aber gerade deshalb war es wie geschaffen für sie. Das Team, zu dem nun auch Chris Devine gestoßen war, hatte die Ecke ganz hinten mit Beschlag belegt, wo Raucher- und Nichtraucherzone aneinandergrenzten. Hier hatten sie die beste Chance, ungestört zu sein.
Leon machte einen deprimierten Eindruck, er war ein wenig neidisch auf Kay, weil sie – wieder mal – den Vogel abgeschossen hatte. Auch Simon zog eine finstere Miene, aber das hatte andere Gründe. Wer quasi auf der Fahndungsliste steht, läßt seinen Frust leicht an denen aus, die es am wenigsten verdienen, weil sie die einzigen sind, die zu einem halten. Tony fragte sich, wie lange es wohl dauern würde, bis er durchdrehte.
»Ich habe meinem Bruder gesagt, er soll das Band so bearbeiten, daß man das Gesicht deutlich erkennt«, sagte Carol zu Kay. »Er weiß, daß Sie sich's ansehen werden.«
Kay schluckte. »Kommen Sie nicht mit? Ich meine … ich kenne ihn ja nicht, und er tut das doch aus Gefälligkeit. Wenn das Ergebnis nicht so ausfällt, wie wir's brauchen … Wie soll ich ihm dann beibringen, daß er uns zuliebe an einem Sams-

tag abend noch mal ein paar Stunden dranhängen muß? Dazu könnten Sie ihn doch viel leichter überreden, Carol.«
»Da hat sie recht«, mischte sich Chris vom Rauchertisch aus ein, den sie sich zusammen mit Leon zum Refugium erkoren hatte. »Sogar Computerfreaks werden sauer, wenn man zu dreist an ihrem Wochenende herumknabbert. Wäre wohl doch besser, wenn Sie mitfahren, Carol.«
Carol rührte ihren dünnen Kaffee um. »Leuchtet mir alles ein, aber ich muß heute nacht in meinem Dienstbereich sein. Ich könnte höchstens ...« Sie sah auf die Uhr. »Also, wenn wir sofort losfahren ... um neun wären wir da ... und dann könnte ich spätestens um eins wieder in Seaford sein. Ja, okay, vorher tut sich dort sowieso nichts.« Sie griff nach Mantel und Tasche und nickte Kay zu. »Kommen Sie, wir fahren.«
»Und was tun *wir*?« Leon zündete sich an der Kippe seiner Zigarette die nächste an und sah Tony aggressiv an. »Ich hab mir den ganzen Tag diese beschissenen Videobänder angesehen. Jetzt will ich endlich mal was Vernünftiges tun.«
Kein Zweifel, die Nerven lagen bloß. Tony hoffte, daß wenigstens Chris ihm in dieser Situation eine Hilfe war. »Aber durch die Mühe mit den Videos sind wir ein gutes Stück weitergekommen, Leon«, sagte er ruhig. »Darauf müssen wir jetzt aufbauen. Auch die Information, die Chris von der Pathologin mitgebracht hat, bringt uns ein großes Stück voran. Nur, solange wir die Einzelbausteine nicht zu einem Täterprofil zusammenfügen, können wir wenig damit anfangen.«
»Obwohl wir ein Mordopfer mit einem zerschmetterten rechten Arm haben?« fragte Simon ungläubig. »Das ist doch 'n Volltreffer. Was, zum Teufel, brauchen wir denn da noch?«
»Die Anwälte, die sich ein stinkreicher Kerl wie Jacko leisten kann, lachen uns vor Gericht aus«, sagte Tony. »Vorausgesetzt, wir kommen überhaupt so weit.«

»Der zerschmetterte Arm ist kein schlechter Indizienbeweis«, warf Chris ein. »Aber uns fehlt der Beweis, daß er das in anderen Mordfällen genauso gemacht hat. Bisher haben wir nicht mal eine andere Leiche gefunden. Aber wir gehen doch davon aus, daß er sich, kurz bevor Shaz ihm auf die Pelle gerückt ist, ein anderes Mädchen gegriffen hat, oder? Wenn das so ist, besteht eine gewisse Chance, daß er sie noch nicht umgebracht hat. Also müssen wir sie finden, ihm nachweisen, daß er sie entführt hat, und dann haben wir ihn. Oder seh ich da irgendwas falsch?«

»Nein«, sagte Tony. »Nur, wir wissen leider nicht, wo er die Mädchen gefangenhält, bevor er sie umbringt.«

»Stimmt, das wissen wir nicht. Das heißt ...«

Atemlose Stille, man hätte eine Stecknadel fallen hören.

»Weiter«, drängte Tony.

»Na ja«, sagte Chris, »die meisten Mädchen, die ich seinerzeit in der Lesbenszene kennengelernt habe, sind heute in führenden Positionen. Eine davon ist zufällig Partnerin in der Medienagentur, die Jacko Vance betreut.« Sie zog ein Fax aus der Innentasche ihres Jacketts. »Jackos Termine während der letzten sechs Wochen. Wenn er kein Superman ist oder seine Frau bei der schmutzigen Geschichte mitmischt, gibt es bei diesem dichtgedrängten Terminplan nur eine einzige Gegend, in der er das Mädchen gefangenhalten kann.« Chris lehnte sich zurück und beobachtete, wie die anderen die Neuigkeit zu verdauen versuchten.

Tony fuhr sich mit der Hand durchs Haar. »Ich weiß, daß er dort oben ein Cottage hat. Aber wir haben es da mit einem ziemlich großen Gebiet zu tun. Wie können wir die Ecke, auf die wir uns konzentrieren müssen, mehr eingrenzen?«

»Es könnte sein eigenes Cottage sein«, meinte Leon.

»Ja!« Simon sprang sofort darauf an. »Fahren wir hin und sehen uns seinen Schlupfwinkel an!«

»Ich weiß nicht«, sagte Chris zögernd. »Er war mit allem anderen so vorsichtig, da kann ich mir nicht vorstellen, daß er so ein Risiko eingeht.«
»Wo liegt das Risiko?« fragte Tony. »Er bringt seine Opfer im Schutz der Dunkelheit hin, und danach hört und sieht keiner mehr was von ihnen. Sogar die Leichen verschwinden völlig spurlos. Aber Jacko Vance leistet freiwilligen Pflegedienst in einem Krankenhaus in Newcastle. Ich wette, die haben da eine Verbrennungsanlage. Und er legt doch großen Wert darauf, sich das Image des umgänglichen Kumpels zu geben, der gut bei einfachen Leuten ankommt. Würde ihm ähnlich sehen, wenn er sich regelmäßig im Kesselraum blicken läßt und ein Schwätzchen mit den Jungs da unten hält. Und wenn er von Zeit zu Zeit bei der Schmutzarbeit an der Verbrennungsanlage mit zupackt ... Wem würde es da auffallen, wenn er ein paar Plastikbeutel mehr ins Feuer wirft? Zum Beispiel die, in denen er Leichenteile mitgebracht hat?«
Das beklommene Schweigen hatte etwas Unheimliches. Tony fuhr sich mit der Hand über die Bartstoppel. »Ich hätte schon früher darauf kommen müssen. Er ist ein Perfektionist. Er will absolut sicher sein, daß keine Spuren übrigbleiben.«
»Dann laßt uns hinfahren!« Simon schob den Kaffeebecher beiseite und griff nach seiner Jacke.
»Nein«, sagte Tony entschieden, »das ist nicht der richtige Augenblick, den wilden Mann zu spielen, Simon. Wir können nicht einfach dort reinstürmen und hoffen, daß wir etwas finden, was unser Vorgehen nachträglich rechtfertigt. Vance' Anwälte würden uns in der Luft zerreißen. Wir brauchen eine Strategie.«
»Sie haben leicht reden, Sie stehen nicht auf der Fahndungsliste«, erinnerte ihn Leon. »Aber Simon muß Klarheit haben.«
»Beruhigt euch«, sagte Chris. »Es kann auf keinen Fall scha-

den, wenn wir uns da oben in Northumberland ein bißchen umhören und den Leuten Fotos von Donna Doyle unter die Nase halten. Bei dem enggestrickten Terminkalender kann Vance sie nicht abgeholt haben, sie muß selbst gekommen sein, entweder mit der Bahn oder mit dem Bus. Wir fragen überall nach, im Ort, am Busterminal und an der Bahnstation. Falls es eine kleine Bedarfshaltestelle in der Nähe von Vance' Schlupfwinkel gibt, hat sie möglicherweise jemand dort aussteigen sehen.«

Simon war schon auf den Beinen. »Worauf warten wir noch? Wir brauchen mit dem Wagen zweieinhalb Stunden bis da rauf. Suchen wir uns ein billiges Hotel dort oben und fangen morgen früh an. Leon, bist du dabei?«

Leon drückte die Zigarette aus. »Okay. Solange ich nicht bei dir mitfahren muß. Chris, was fahren Sie für 'n Auto?«

»Die Musik, die ich höre, wird Ihnen nicht gefallen. Ich bin dafür, daß jeder sein eigenes Auto nimmt. Einverstanden, Tony?«

»Aber ihr bleibt mir von dem Cottage weg. Kann ich mich darauf verlassen, Chris?«

»Können Sie!«

»Gilt das auch für euch, Leon und Simon? Akzeptiert ihr, daß Chris das Kommando hat?«

Leon zog ein finsteres Gesicht, aber er nickte. Simon schloß sich an. »Ich hätt's ja ohnehin nicht gehabt.«

»Und was haben Sie vor, Tony?« fragte Chris.

»Ich fahre nach Hause und arbeite auf der Basis dessen, was wir haben, ein Täterprofil aus. Fahrt ruhig hoch und hört euch um. Wenn Carol und Kay mit guten Fotos zurückkommen, schlage ich vor, daß wir morgen früh als erstes bei der West Yorkshire Police anrücken und sie überreden, eine förmliche Untersuchung einzuleiten. Also – ihr haltet still, bis wir miteinander telefoniert haben, versprochen?«

Chris nickte. »Versprochen, Tony. Shaz hat mir zuviel bedeutet, als daß ich das Risiko eingehen würde, alles zu vermasseln.«

Es gab mal eine Zeit, so etwa bis '89, da hab ich mich mit CP/M und DOS aus dem Effeff ausgekannt, dachte Carol wehmütig. Aber dann war sie zur Polizei gegangen, hatte die Nase in Vorschriften gesteckt oder Vernehmungstaktiken geübt und keine Zeit mehr gehabt, auf dem laufenden zu bleiben. Mit dem Erfolg, daß sie jetzt nur verblüfft zugucken konnte, wie ihr Bruder Michael und sein Freund Donny auf dem Keyboard herumhackten und irgendwas von Vision 20/20, Videodrivern, Localbuses und Smart Caches vor sich hin murmelten – für Carol alles böhmische Dörfer.

Donny sei der Beste im ganzen Norden, wenn's um eingescannte Fotos und Standbilder ging, hatte Michael ihr gesagt. Und zufällig arbeitete er in demselben Gebäude, in dem die Büros von Michaels Softwarefirma lagen. Außerdem war er ein Computernarr und hatte sich von Michael nur mit Mühe zu einer Pause überreden lassen, damit sie wenigstens zwischendurch ein Fertiggericht in die Mikrowelle schieben konnten.

Carol und Kay starrten über die Schultern der beiden auf den Bildschirm. Donny hatte die beiden letzten Ziffern auf dem Nummernschild bereits klar herausgearbeitet und war auf dem besten Weg, auch die drittletzte zu knacken. Und er war auch mit der Bearbeitung der Fotos vom Fahrer des Volkswagens so weit, daß er von dem, das am besten gelungen schien, schon mal für Carol und Kay Farbkopien ausdrucken konnte.

Je länger sich Carol das Foto ansah, desto mehr war sie davon überzeugt, daß es sich bei dem mit Baseballkappe und

Pilotenbrille getarnten Mann um den guten alten Kumpel Jacko handelte. »Was meinen Sie?« fragte sie Kay.
»Ich weiß nicht, ob ich sicher wäre, wenn er mit anderen in einer Reihe dasteht und ich mich aus ein paar Metern Entfernung beim Blick durch ein Fenster festlegen soll, daß er der Gesuchte ist. Aber hier weiß ich ja, wen wir suchen, und da würde ich sagen: Ja, das ist er.«
Nachdem der erste Druck von ihm genommen war, arbeitete Donny weiter an Kopf und Schultern des Mannes, der an Shaz' Todestag an der M1 um die Mittagszeit einen Golf aufgetankt hatte. Nicht ganz einfach, ein gutes Foto auszuwählen, weil die Baseballkappe Schatten auf das Gesicht warf und der Mann sich beim Tanken leicht nach vorn beugte. Es war verblüffend, zuzusehen, wie Donny trotzdem die Züge des Mannes allmählich deutlicher herausarbeitete. Bis auf die Wangenpartie, die zu pausbackig ausfiel, wurde das Foto auf dem Bildschirm von Minute zu Minute besser. Nur, Carol lief die Zeit davon, sie schielte immer wieder verstohlen auf die Uhr, wohl wissend, daß sie eigentlich längst woanders sein sollte und, wenn in Seaford irgend etwas schieflief, eine Menge Ärger am Hals hatte. Schließlich sagte Donny: »So, besser krieg ich's nicht hin. Komisch, der Kerl kommt mir irgendwie bekannt vor. Kann's sein, daß ich den schon mal gesehen habe?«
»Können Sie mir ein halbes Dutzend Kopien ausdrucken?« Carol kam sich ein bißchen gemein vor, Donnys harmloser Frage so auszuweichen, aber sie hatte keine Zeit, ihm zu erklären, daß und warum er an dem Gesicht eines der bekanntesten Fernsehstars des Landes herumgebastelt hatte.
Michael kam schneller drauf, vielleicht sah er auch nur öfter *Besuch von Vance.* »Er sieht Jacko Vance ähnlich«, sagte er in aller Unschuld. »Das war's, was dich irritiert hat, Donny.«

»Ja, richtig, der Blödmann ist das!« Donny schwang den Drehstuhl herum und blinzelte den beiden Frauen zu. »Zu schade, daß ihr den nicht verhaften wollt. Wär ein wahrer Segen, wenn der vom Bildschirm verschwinden würde. Tja – tut mir leid, daß ich euch kein besseres Ergebnis liefern kann, aber mehr konnte ich da nicht rausholen. Woher, sagt ihr, stammt das Band?«
»Servicestation Watford Gap an der M1«, sagte Kay.
»Ach ja. Schade, daß ihr euch nicht gleich an die richtige Adresse gewandt habt. Drüben in Leeds.«
Carol horchte auf. »In Leeds? Wieso in Leeds?«
»Weil da die Entwicklungsabteilung für CC-Vision sitzt. Die Jungs haben nur ihren Job im Kopf, aber darin sind sie einsame Spitze. Haben sich in dem Hochhaus mit der Rauchglasfront eingenistet, gleich hinter der Autobahn. Falls Sie mal einen suchen, der bei Leeds von der Autobahn abgebogen ist, haben die den garantiert auf Band.«
»Und bei denen könnten wir uns das auf CC-TV ansehen?«
Donny verdrehte die Augen. »See-See ist Kinderspielzeug von gestern. Aber das wird bald anders sein. Dauert nicht mehr lange, dann sind die innerstädtischen und die privaten Systeme mit den Autobahnkameras zu einem nationalen Überwachungssystem vernetzt. Die neuen Geräte können so fein auflösen, daß man jeden, der Räder unterm Hintern hat, eindeutig erkennt. Wer irgendwo rumkurvt, wo er nichts zu suchen hat, wird ruckzuck von der Autobahnpolizei aus dem Verkehr gezogen. Und nicht nur dort. Wenn jemand bei Marks und Sparks Hausverbot hat und sich trotzdem in der Lebensmittelabteilung rumtreibt – oder sagen wir, wenn ein einschlägig bekannter Perverser in irgendeinem Waschsalon auftaucht –, zack, wird er einkassiert, bevor er sich ein paar Damenslips einstecken kann.«
»Und was hat das alles mit der M1 zu tun?«

»CC-TV testet seine neuen Geräte auf der M1. Die sind wahnsinnig gut, die liefern gestochen scharfe Bilder vom Fahrer, von den Passagieren auf den Rücksitzen und natürlich erst recht vom Nummernschild.« Donny grinste. »Ich hab mich da mal beworben, hat mir aber nicht gefallen. Alle naselang kommt so ein Obermacker rein, tönt laut rum, klemmt sich alles untern Arm, was ihm gefällt, und macht wieder die Fliege. Ist nicht mein Ding.«
»Glauben Sie, die würden mit mir zusammenarbeiten?«
»Die reißen sich ein Bein aus, um Ihnen zu beweisen, wie gut sie sind. Wenn das Netz eines Tages einführungsreif ist, wollen sie fest im Sattel sitzen. Die sind natürlich scharf drauf, den Auftrag zu kriegen.«
Carol sah auf die Uhr. Schon nach zehn. Eigentlich müßte sie schleunigst nach Seaford fahren, damit sie in der Nähe war, sobald sich dort was tat. Außerdem war um die Zeit bestimmt keiner von den CC-TV-Verantwortlichen zu erreichen.
Donny hatte den Blick auf die Uhr bemerkt und ahnte, was in ihrem Kopf vorging. »Bei denen ist immer einer da, der was zu sagen hat. Versuchen Sie's einfach, Sie haben ja nichts zu verlieren.«
Aber Donna Doyle vielleicht, dachte Carol, der Kays flehentlicher Blick nicht entgangen war. Außerdem lag Leeds etwa auf halber Strecke zwischen Manchester und Seaford. Und ihre Officer waren erwachsen und gewöhnt, auf sich allein gestellt Entscheidungen zu treffen.

Zuerst die Opfer – das war immer der richtige Anfang. Das Problem bestand darin, denen, für die seine Analyse bestimmt war, eindeutig klarzumachen, daß die vermißten Mädchen Mordopfer waren. Wobei selbstverständlich nicht auszuschließen war, daß sie sich irrten. Vielleicht war der

Wunsch der Vater des Gedankens gewesen – sie wollten, daß Shaz recht behielt, und hatten deswegen ihre Ergebnisse möglicherweise überbewertet. So oder so, was sie gegen Jacko Vance in der Hand hatten, waren Indizienbeweise, mehr nicht.

Aber es ging um einen Irren, soviel stand fest. Und auch um Simon, der Gefahr lief, verhaftet zu werden, sobald er sich zu Hause blicken ließ. »Fang schon an«, murmelte Tony und tippte die Überschrift ins Keyboard seines Laptops.

DIE TYPISCHEN MERKMALE EINES SERIENTÄTERS

Das erste Opfer in der von uns vermuteten Gruppe war Barbara Fenwick, die vor zwölf Jahren ermordet wurde (siehe Anlage, Zusammenfassung der damaligen Ermittlungsergebnisse). Wir können mit einem hohen Maß an Wahrscheinlichkeit davon ausgehen, daß sie das erste Opfer des Serientäters war, weil seine typische Tätersignatur in keinem früheren Mordfall beobachtet wurde, insbesondere nicht die völlige Zertrümmerung des rechten Unterarms. Da die Beibringung einer solchen Verletzung nicht nötig gewesen wäre, um die Vergewaltigung und den Mord durchführen zu können, handelt es sich zweifelsfrei um eine Tätersignatur. Das willkürliche, an ein Ritual erinnernde Handeln läßt den Schluß zu, daß es eine besondere Bedeutung für den Täter hat. Wegen der zeremoniellen Natur des Handelns ist anzunehmen, daß der Täter bei den anderen Mordopfern ebenso verfahren ist; sie dürften mit an Sicherheit grenzender Wahrscheinlichkeit ähnliche Verstümmelungen aufweisen.

Ein weiteres Indiz dafür, daß es sich um den ersten Mord des Täters gehandelt hat, ist der Umstand, daß er sich für die Durchführung seines Verbrechens einen Ort ausgesucht hat, an dem er vermeintlich sicher und ungestört war. Da er aber bei seiner Tat beinahe überrascht worden wäre, dürfte er unverzüglich Vorsorge getroffen haben, um beim nächsten Mord kein Risiko einzugehen. Daß er insoweit erfolgreich war, beweist die Tatsache, daß die Leichen seiner späteren Opfer nie gefunden wurden.

Das wiederum führt zu der Frage, wo er die späteren Morde begangen und wie er die Leichen beseitigt haben könnte.

Er griff nach der Systematischen Täter-Checkliste, die Shaz damals – mein Gott, wie lange war das schon her? – erstellt hatte. Das mindeste, was er für Shaz tun konnte, war, ihre Arbeit nicht in Vergessenheit geraten zu lassen. Er übernahm also ihren Text mit wenigen Änderungen und Ergänzungen, tippte ihn ein und fuhr in seiner Analyse fort:

Während man üblicherweise bei einer Gruppe von Opfern zwei oder drei auffallende Ähnlichkeiten feststellt, ist in diesem Fall die Zahl der Übereinstimmungen so hoch, daß ein Zufall ausgeschlossen werden kann. Dabei fällt besonders die physische Ähnlichkeit der Opfer auf; sie könnten Schwestern sein – oder, was noch bemerkenswerter ist, Schwestern einer Frau namens Jillie Woodrow, so wie sie mit fünfzehn, sechzehn Jahren aussah. Sie war die – soweit bekannt, erste – Geliebte unseres Hauptverdächtigen Jacko Vance.

Vance mußte eine vielversprechende sportliche Karriere aufgeben, nachdem er bei einem Unfall den rechten Unterarm verloren hatte. Interessant ist in diesem Zusammenhang, daß der Mord an Barbara Fenwick knapp vierzehn Wochen nach diesem Unfall begangen wurde. Nach dem Unfall lag Vance im Krankenhaus, wo er nach dem Ausheilen seiner Verletzungen physiotherapeutisch behandelt wurde. Den Krankenhausaufenthalt hat Jillie Woodrow dazu genutzt, die von ihr als zunehmend belastend und unerwünscht empfundene Beziehung zu Vance zu lösen (siehe Anlage 2, Protokoll der Unterredung zwischen J. W. und DC Simon McNeill). Das Zusammentreffen dieser beiden Streßfaktoren kann bei jemandem, der seine soziopathischen Neigungen schon früher durch ein von Gewalt geprägtes Sexualverhalten ausgelebt hat, durchaus das auslösende Moment zu einem Sexualmord sein.

Er hat praktisch nie ein normales Sexualleben geführt. Seine Prominentenehe ist eine Scharade. Seine Frau ist Lesbierin, ihre angebliche persönliche Assistentin ist in Wirklichkeit ihre Geliebte – und war es bereits vor der Eheschließung mit Vance. Vance und seine Frau haben nie sexuellen Verkehr gehabt, und sie vermutet, daß er sich seine sexuelle Befriedigung bei hochklassigen Callgirls holt. Es gibt keinerlei Anzeichen dafür, daß seine Frau etwas von seinen verbrecherischen Aktivitäten ahnt.

Seine Persönlichkeitsstruktur weist bemerkenswert viele Züge auf, wie sie häufig bei Psychopathen beobachtet werden. Zeugenaussagen belegen, daß das Verhältnis zwischen Vance und seiner Mutter, die ihm von Geburt an kraß ablehnend gegenüberstand, sehr schwierig war. Die häufige Abwesenheit des Vaters, bei dem er geradezu verzweifelt Anerkennung suchte, schikanöses Verhalten gegenüber jüngeren Kindern, Grausamkeiten gegenüber Tieren und sein späteres sadistisch-dominierendes Sexualverhalten sind ebenfalls typische Kriterien. In diesem Licht stellen sich seine sportlichen Leistungen als überzogener Kompensationsversuch für all das dar, was er als Defizite in anderen Lebensbereichen empfunden hat. Der Verlust dieser Kompensationsmöglichkeit hat seiner Selbstachtung einen schweren Schlag versetzt.

Unter diesen Umständen kann es nicht überraschen, daß Vance sich an Frauen rächen wollte. Er fühlte sich durch seine Mutter und später durch seine Verlobte in seiner – von ihm so verstandenen – Männerehre verletzt. Aber er ist viel zu intelligent, um Rache an jemandem zu üben, bei dem der Verdacht sofort auf ihn gefallen wäre. Folglich mußte er Mädchen suchen, die alle eine große Ähnlichkeit mit Jillie Woodrow im Teenageralter hatten.

In diesem Zusammenhang muß daran erinnert werden, daß überführte Serienmörder in der Regel einen hohen, in einigen Fällen sogar überdurchschnittlichen Intelligenzgrad hatten. Es kann daher nicht überraschen, daß es Serientäter gibt, die über viele Jahre hinweg nicht gefaßt, ja sogar nicht einmal verdächtigt werden. Bei Jacko Vance paßt meiner Meinung nach alles zu dem typischen Bild eines Serientäters.

Tony lehnte sich zurück. Das mußte genügen, für eine ausführlichere Analyse fehlte ihm die Zeit. Aber zusammen mit den Fotobeweisen, die Carol und Kay hoffentlich mitbrachten, gab es genug Belastungsmaterial, um West Yorkshire endlich dazu zu bewegen, Ermittlungen gegen Vance einzuleiten.

Blödsinn hatte nach Detective Sergeant Tommy Taylors Erfahrung einen unverkennbaren Eigengeruch, und die Idee, einen freiwilligen Feuerwehrmann zu observieren, war der größte Blödsinn, den er seit langem erlebt hatte. Eine Nacht hatte er sich schon um die Ohren geschlagen. Im Klartext: Er hatte die ganze Nacht Raymond Watsons Haus angestarrt. Und an dem gab's wirklich keine lohnenden architektonischen Reize zu bewundern: ein gewöhnliches Reihenhaus, in dessen handtuchgroßen Garten ein vom Nordostwind gebeutelter Rosenstrauch vor sich hin kümmerte, blätternder Außenanstrich und eine von Kerben und Schrunden übersäte Haustür.

Gestern nacht war Watson um elf heimgekommen, nach dem letzten Hunderennen. Heute war offenbar nichts los, und er war, wie der Kollege von der uniformierten Polizei meldete, bereits um sieben zu Hause gewesen. Seither hatte sich absolut nichts mehr getan. Es sei denn, man wollte es als besonderes Vorkommnis bewerten, daß Watson die Milchflaschen vor die Tür gestellt hatte. Zehn Minuten danach war dann das Licht gelöscht worden – Schluß der Vorstellung, Feierabend.

Taylor grunzte mißmutig, stemmte sich auf dem Fahrersitz ein paar Zentimeter hoch, kratzte sich an den Eiern, gähnte gelangweilt, schaltete das Funkgerät ein, rief Di Earnshaw an und erkundigte sich: »Ist bei dir was los?«

»Negativ«, antwortete Di.

»Sollte die Zentrale einen Brand melden, gib mir auf unserer Frequenz Bescheid, okay?«

»Wieso? Steigst du aus und verfolgst ihn zu Fuß?« fragte Di. Sie hörte sich aufgeregt an. Vermutlich war's ihr genauso langweilig wie ihm, darum hoffte sie, daß sich endlich was täte.

»Negativ«, sagte er. »Ich muß nur mal die Beine langmachen. Diese verdammten Sardinenbüchsen sind einfach zu eng für einen wie mich. Wie gesagt, wenn was ist, sag mir Bescheid. Ende.«

Er drehte den Zündschlüssel nach rechts. Himmel, hörte der Motor sich in der ruhigen Seitenstraße laut an! Zum Teufel mit Carol Jordan und ihren blöden Ideen. Aber Taylor kannte da einen Klub, der um die Zeit noch offen hatte, nicht mal 'ne Meile entfernt. Wetten, daß dort noch ein Pint auf ihn wartete? Nun, das ließ sich ja feststellen.

Carol und Kay folgten dem Mann vom Sicherheitsdienst durch die strahlend weißen Flure, bis er eine Tür öffnete, zurücktrat und sie in ein schwach ausgeleuchtetes Großraumbüro winkte. Auf den ersten Blick sahen sie auf jeder waagerechten Fläche nur Monitore. Vor einem Bildschirm saß eine junge, platinblond gefärbte Frau, die sich kurz zu ihnen umdrehte, um sich sofort wieder ihrem Computer zuzuwenden. Und dann nahm Carol aus den Augenwinkeln eine huschende Bewegung wahr. Ein hochaufgeschossener Mann im sündhaft teuren Designeranzug rutschte von der Schreibtischkante und kam mit betont jugendlichem Elan auf sie zu. »Detective Chief Inspector Jordan und Detective Constable Hallman?« Er wußte offenbar, wie wohltönend sein voller Baß klang. »Willkommen in der Zukunft.«
Ach du lieber Gott, dachte Carol und zwang sich zu einem Lächeln. »Sie müssen Philip Jarvis sein. Ich bin Ihnen sehr dankbar, daß Sie uns zu so später Stunde behilflich sein wollen.«
»Die Zeit wartet nie auf den Menschen«, dozierte Jarvis. »Es ist uns klar, wie wichtig Ihr Anliegen ist, und wir sind rund um die Uhr für unsere Kunden da. Schließlich haben wir uns derselben Aufgabe verschrieben wie Sie: Verbrechen zu verhüten, und wenn das mißlingt, den Täter ausfindig zu machen.«
»Hm«, machte Carol reserviert. Anscheinend hatte Jarvis die Begrüßungsrede auswendig gelernt.

Er lächelte gewinnend und entblößte dabei ein strahlend weißes Gebiß, das mehr nach den Bemühungen eines erstklassigen New Yorker Dentallabors als nach denen eines Zahnarztes in Yorkshire aussah. »Dies ist unser Überwachungsraum. Die Bilder werden entweder aus dem Datenspeicher oder live von einer der Kameras eingespeist, die wir an der Teststrecke installiert haben. Der Operator kann jederzeit hin und her schalten, je nachdem, welches Bild gewünscht wird.«

Er komplimentierte Carol und Kay zum Monitor der Platinblonden. »Das ist Gina. Sie hatten mir das Datum und das Zeitfenster der gewünschten Überprüfung sowie Wagentyp, Farbe und die beiden identifizierten Ziffern des amtlichen Kennzeichens genannt. Nun, unsere tüchtige Gina hat sich Ihres Anliegens angenommen.«

»Wie gesagt, ich weiß das sehr zu schätzen. Und? Hatten Sie Glück?«

»Mit Glück hat das nichts zu tun, Chief Inspector«, belehrte Jarvis sie mit herablassender Arroganz. »Nicht bei einem vollausgereiften System wie unserem. Gina?«

Gina griff nach einem Blatt Papier, stieß sich mit den Füßen ab, schwang ihren Drehstuhl herum und sagte knapp und sachlich: »Siebzehn Minuten nach zwei hat der schwarze Volkswagen die M1 Richtung Stadtzentrum verlassen. Und um elf Uhr zweiunddreißig abends hat ein silbernes Mercedes Kabriolett exakt dieselbe Fahrstrecke genommen. Wir können Ihnen von beiden Vorgängen Bänder mit eingeblendeter Datum-Zeit-Angabe sowie Fotos zur Verfügung stellen.«

»Ist es möglich, die Fahrer der beiden Wagen zu identifizieren?« fragte Kay. Sie versuchte sich zusammenzunehmen, aber die vibrierende Stimme verriet ihre Aufregung. Gina war das natürlich nicht entgangen, sie hob neugierig die Augenbrauen.

»Nun«, sprang Jarvis ein, »es versteht sich, daß Tageslichtaufnahmen diesem Anspruch in höherem Maße genügen. Aber wir arbeiten derzeit in einer Testphase mit hochauflösendem Filmmaterial, und da unsere Computertechnologie das Ergebnis zusätzlich verbessert, kriegen wir nun auch bei Nachtaufnahmen erstaunlich scharfe Bilder.«
Gina brachte Jarvis' Geschwafel auf den Punkt. »Ich würde es mal so ausdrücken: Wenn Sie wissen, nach wem Sie Ausschau halten, erkennen Sie ihn. Wenn Sie's aber im Fernsehen als Suchmeldung à la *Aktenzeichen XY* bringen wollen, haben Sie möglicherweise ein paar Probleme.«
»Eine Testphase, hat Mr. Jarvis gesagt. Wie hoch schätzen Sie den Wert der Aufnahmen als Beweismittel vor Gericht ein?«
»Hundert Prozent bei den Fahrzeugen, mehr als fünfundsiebzig Prozent bei den Fahrern«, erwiderte Gina.
»Ach, kommen Sie, Gina, was soll der Pessimismus? Das hängt wie bei allen Beweismitteln davon ab, wie sie der Jury präsentiert werden«, behauptete Jarvis. »Ich biete mich mit Vergnügen an, die Zuverlässigkeit des Systems vor Gericht nachzuweisen.«
»Und Sie können von sich sagen, daß Sie ein sachverständiger Zeuge sind, Sir?« hakte Carol nach. Sie wollte ihn nicht bloßstellen, aber sie mußte wissen, wie fest der Boden unter ihren Füßen war.
Jarvis machte vorsichtshalber einen halben Rückzieher. »Ich nicht, aber einige meiner Kollegen.«
»Wie zum Beispiel ich«, sagte Gina. »Hören Sie, Mrs. Jordan, warum sehen Sie sich nicht einfach an, was wir haben, und beurteilen selbst, ob es sich um beweiskräftiges Material handelt oder ob alles davon abhängt, was eine Jury von unserer Technologie hält?«
Als sie eine halbe Stunde später das Gebäude verließen, wußten Carol und Kay, daß die Videobänder und die Laser-

drucke der Fotos, die Kay unter dem Arm trug, Jacko Vance ans Messer liefern würden. Wenn Donna Doyle noch lebte, gab es wieder einen Hoffnungsschimmer für sie. Carol konnte es kaum erwarten, Tony von ihrem Erfolg zu berichten.
Ehe sie ins Auto stieg, warf sie einen Blick auf die Uhr. Eine halbe Stunde nach Mitternacht – sie mußte schleunigst nach Seaford zurück. Und im Grunde konnte Kay Tony das Material genausogut übergeben. Sie blieb unschlüssig an der Wagentür stehen.
Ach, zum Teufel damit, dachte sie. Sie wollte unbedingt mit Tony über das Beweismaterial sprechen. Wenn er sich morgen früh in die Höhle des Löwen wagte, mußte er Beweise in der Hand haben, die auch bei Cops wie McCormick und Wharton die letzten Zweifel zerstreuten. Und sie hatte ja schließlich ihr Handy dabei, falls sie gebraucht wurde.

Detective Constable Di Earnshaw preßte die Schultern gegen die Rückenlehne und schob das Becken nach vorn, um eine einigermaßen bequeme Sitzposition in dem als Privatfahrzeug getarnten Dienstwagen zu finden. Weiß der Teufel, wer den Sitz konstruiert hatte. Das reinste Folterwerkzeug. Sie dachte sehnsüchtig an ihren kleinen Citroën, bei dem die Sitzschale perfekt zu ihren Konturen paßte.
Na ja, die Unbequemlichkeit hatte auch Vorteile, sie bewahrte sie davor, einzunicken. Sie hielt diese Observation zwar genau wie Tommy Taylor für reine Zeitverschwendung, aber es machte sie irgendwie stolz, daß sie für die Aufgabe ausgewählt worden war. Wo und wie Sergeant Tommy Taylor sich die Zeit vertrieb, konnte sie sich lebhaft vorstellen. Hoffentlich war ihm klar, daß Carol Jordan ihm nicht auf die Schliche kommen durfte, sonst schob er ganz schnell wieder Streifendienst als uniformierter Bobby.
Sie gähnte. Eine lausige Nacht, nichts tat sich. Alan Brinkley

lag in seiner Etagenwohnung bestimmt schön weich und warm neben seiner Frau im Bett. Di fühlte sich in dem kleinen alten Fischerhäuschen unten an den Docks wohler, obwohl die Ecke inzwischen, Gott sei's geklagt, zu einer überlaufenen Touristenfalle geworden war. Sie liebte den Salzgeruch in der Luft, die engen kopfsteingepflasterten Straßen und das Wissen, daß viele Generationen von Yorkshirefrauen auf Haustürschwellen wie ihrer gestanden und nach ihren Männern Ausschau gehalten hatten, die bald vom Fischfang heimkommen mußten. Eigentlich, dachte sie, hatte sie allen Grund, glücklich und zufrieden zu sein.

Sie verglich ihre Uhr mit der Zeit auf der Leuchtanzeige auf dem Armaturenbrett. Komisch, in den zehn Minuten seit dem letzten Uhrenvergleich hatten die beiden es irgendwie geschafft, um exakt fünf Sekunden zu differieren. Sie schaltete ihr Kofferradio ein. Hoffentlich war die blöde *Ruf-doch-mal-an*-Sendung vorbei, bei der ihrer Meinung nach sowieso nur Leute, die im Grunde nichts zu sagen hatten, unbedingt ihren Kommentar zu Dingen abgeben wollten, von denen sie nichts verstanden. Aha, die Anrufer hatten sich ausgequatscht, Schmusemusik. Und als Gloria Gaynor gerade in ihrem Schlager die Allerweltsweisheit enthüllte, daß es sich, solange man verliebt sei, zu leben lohne, nahm Di hinter den auf georgianisch getrimmten Riffelglasscheiben der Haustür von Brinkley schwachen Lichtschein wahr. Sie schreckte hoch und starrte, beide Hände ums Lenkrad geklammert, nach drüben. War's das? Oder machte sich da nur ein Hausbewohner, der nicht schlafen konnte, einen Becher Tee?

So plötzlich, wie er aufgetaucht war, verschwand der Lichtschimmer. Di rutschte mit einem erleichterten Seufzer tiefer in den Sitz. Aber da fiel unter dem Garagentor ein schmaler, heller Lichtstreifen auf die Straße. Alarmiert schaltete sie das Radio aus und kurbelte das Wagenfenster herunter. Die kalte

Nachtluft schärfte ihre Sinne. Ja, es ging los. Das unverkennbare Geräusch eines Automotors.

Das Garagentor rollte sich klappernd hoch, ein Auto fuhr auf die Straße. Brinkleys Wagen, kein Zweifel. Das heißt, genaugenommen der Wagen, für den Brinkley gerade mal drei Raten abgezahlt hatte, so daß es nicht mehr lange dauern konnte, bis sich der Autohändler das gute Stück zurückholte. Brinkley stieg aus dem Wagen und ging zur Garage, vermutlich, um das Garagentor per Knopfdruck zu schließen.

»O Mann«, murmelte Di Earnshaw, drehte das Wagenfenster hoch und drückte den Aufnahmeknopf des Mikrorecorders. »Ein Uhr siebenundzwanzig – Alan Brinkley verläßt mit dem Wagen das Haus.« Sie legte den Recorder auf den Beifahrersitz und griff nach dem tragbaren Funkgerät, das für die Kontaktaufnahme mit Tommy Taylor bestimmt war. »Tango Charlie ruft Tango Alpha. Können Sie mich hören?« Um ein Haar hätte sie beim Anlassen des Motors aus Gewohnheit die Scheinwerfer eingeschaltet. Brinkley fuhr los, am Ende der Sackgasse setzte er den Blinker nach rechts. Sie nahm den Fuß von der Kupplung und ließ den Wagen langsam anrollen, immer noch ohne Licht. Auf der Wohnstraße, die sich an den Mietshäusern entlangschlängelte, hatte sie ihn eingeholt.

Sie klickte mit der rechten Hand das Funkgerät ein, um noch einmal zu versuchen, Sergeant Taylor zu erreichen. »Tango Charlie ruft Tango Alpha. Objekt fährt Richtung Stadtzentrum. Tango Alpha, hören Sie mich? Kommen.« Auf der Hauptstraße bog Brinkley links ab. Di zählte im Sekundentakt bis fünf, dann schaltete sie die Scheinwerfer ein und folgte ihm. Er fuhr knapp über dem Geschwindigkeitslimit, nicht zu langsam, weil das nach einem übervorsichtigen, angetrunkenen Fahrer aussehen konnte, und nicht so schnell, daß er womöglich auffiel. »Tango Alpha – hier ist Tango Charlie.

Kommen.« Im stillen verfluchte sie ihren unzuverlässigen Sergeant. Sie brauchte Rückendeckung, aber Tommy war einfach nicht zu erreichen. Sie spielte kurz mit dem Gedanken, die Zentrale zu rufen, aber die hätten nur einen Streifenwagen geschickt, der mit Blaulicht und heulender Sirene jeden potentiellen Brandstifter verscheucht hätte.

»O Scheiße«, stöhnte sie, als Brinkley von der Hauptstraße in die schwach ausgeleuchteten Straßen des Industriegebiets abbog. Alles sah nach dem Augenblick aus, auf den sie nun schon so lange warteten. Di schaltete die Scheinwerfer aus und folgte Brinkley vorsichtig in größerem Abstand. Als die hohen Fabrikgebäude wie Mauern links und rechts neben ihr aufragten, beschloß sie, doch einen Streifenwagen anzufordern. Sie drehte die Lautstärke des fest im Wagen installierten Funkgeräts voll auf und griff nach dem Mikro. »Delta drei ruft Zentrale. Kommen.«

Statisches Knacken – dann nichts mehr. Das Herz sank ihr in die Kniekehlen, als ihr klar wurde, daß sie sich offensichtlich in einem der wenigen Funkschatten des Stadtzentrums befand. Ihre Chancen, von hier aus Verstärkung anzufordern, waren gleich null. Sie war völlig auf sich gestellt.

Donna Doyle fühlte keinen Schmerz mehr. Sie schwamm im warmen Nebel des Deliriums, Erinnerungen zogen – wie durch ein Vergrößerungsglas betrachtet – an ihr vorbei. Ihr Dad lebte noch, er warf sie im Park hoch in die Luft, dahin, wo die Bäume ihr mit ihren Zweigen zuwinkten. Die Zweige verwandelten sich in Arme, und da war Donna auf einmal auf einer Geburtstagsparty und spielte mit ihren Freundinnen lustige Spiele. Alles war viel größer als in Wirklichkeit, denn sie war erst sechs Jahre alt, und wenn man klein ist, kommt einem alles größer vor. Die Farben flossen ineinander, es war Kirmes, alle hatten sich für den Festzug fein angezogen.
Und sie saß in einem festlichen, von Petticoats aufgebauschten Gewand in einer riesigen Blüte aus Kreppapier auf der Ladefläche eines Pick-ups. Denn sie war die Blütenprinzessin, und alle jubelten ihr zu, was sie vor lauter Freude vergessen ließ, wie unbequem das steife Kleid an diesem warmen Tag war und wie die Plastikkrone hinter ihren Ohren drückte. Im milchigen Nebel ihrer Desorientierung zwischen Traum und Realität wunderte sie sich noch, wieso die Sonne in England so unbarmherzig brennen konnte, daß sie abwechselnd schwitzte und vor Kälte zitterte.
Von dem zerquetschten Arm, dessen blaurot verfärbtes Fleisch nutzlos an den zertrümmerten Knochen klebte, spürte sie nichts. Aber sie ahnte, daß die Verletzung sie von innen heraus vergiftete. Darum fiel es ihr so schwer, wenigstens ein bißchen Überlebensmut zu entwickeln. Ihr geschundener Körper wartete sehnsüchtig auf den Tod, damit er endlich verwesen konnte.

Schon als er ausgestiegen war, um das Garagentor zu schließen, hatte Alan Brinkley bemerkt, daß sein Atem als weißes Wölkchen in der Luft hing. O ja, dieser Winter hatte es in sich. Da traf es sich gut, daß er heute keinen weiten Fußweg zurücklegen mußte. Hätte ihm gerade noch gefehlt, mit vor Kälte tauben Fingern herumfummeln zu müssen.
Das Ziel, das er sich ausgesucht hatte, war eine Farbenfabrik im Industriegebiet am Stadtrand. Praktisch, weil er gleich nebenan vor einer Karosseriewerkstatt parken konnte. Dort standen sowieso immer eine Menge Fahrzeuge herum, da kam's auf eins mehr nicht an. Nicht, daß er befürchtet hätte, es könne ihn jemand sehen. Zufällig wußte er, daß der Mann vom Bewachungsunternehmen zwischen zwei und halb vier nachts seine Runden woanders drehte. Der arme Teufel wurde von seinem Boß hemmungslos herumgescheucht. Wenn jemand bei so vielen Objekten nach dem Rechten sehen soll, kann er das nirgendwo gründlich tun.
Brinkley fuhr auf den Hof der Karosseriewerkstatt, schaltete den Motor und die Scheinwerfer aus und überzeugte sich, daß ihm wirklich nichts aus den Taschen der Montur gerutscht war. Nein, alles da – die Zündschnur, das Sturmfeuerzeug, das Päckchen Zigaretten, die Streichhölzer, die gestrige Zeitung, das Schweizer Armeemesser und das ölgetränkte Handtuch. Er ließ das Handschuhfach aufklappen und nahm die Taschenlampe heraus.
Augen zu, drei tiefe Atemzüge, er war bereit.
Er stieg aus dem Wagen und ließ den Blick über die Autos vor der Karosseriewerkstatt schweifen. Automatisch nahm er

auch den Bug des Vauxhall wahr, der im Halbdunkel auf der Zufahrtsstraße parkte. Ohne Licht, abgeschalteter Motor – kein Grund zur Beunruhigung. Er überquerte das Vorfeld der Farbenfabrik. O Mann, wurde das heute ein Feuerwerk! Jede Wette, daß da auch die angrenzenden Gebäude was abbekamen. Noch zwei, drei solche Großbrände, und Jim Pendlebury mußte ihn – Budget hin, Budget her – als vollzeitbeschäftigten Feuerwehrmann übernehmen. Das reichte zwar immer noch nicht, um die Zinsen all der Schulden zu bezahlen, die Maureen und er angehäuft hatten, aber er war wenigstens in der Lage, die Gläubiger eine Weile hinzuhalten, bis ihm etwas einfiel, wie sie sich fürs erste oder sogar auf Dauer über Wasser halten konnten.

Brinkley schüttelte den Kopf, als wollte er die Zukunftsängste loswerden, die ihn jedesmal befielen, wenn er an den Schuldenberg dachte. Er mußte sich jetzt auf seine Arbeit konzentrieren, sich klarmachen, daß das der einzige Weg zum Überleben war. Der Pennbruder, der neulich bei dem Brand umgekommen war, hatte sich schon aufgegeben, lange bevor Brinkley ans Werk gegangen war. So weit ließ er's nicht kommen, er mogelte sich irgendwie durch. Er mußte nur alles, was ihn ablenken konnte, aus seinem Hirn verbannen und sich auf seine Aufgabe konzentrieren. Nur so konnte er ans Ziel kommen, ohne erwischt zu werden.

Denn wenn er erwischt wurde, machte ihm das endgültig einen Strich durch die Rechnung. Dann konnte er die Schulden nie mehr zurückzahlen, und das würde Maureen ihm nie verzeihen.

Er griff in den Spalt zwischen der Fabrikmauer und dem Abfallhaufen des Nachbargeländes, und seine Finger schlossen sich um den vorsorglich dort deponierten Plastikbeutel. Diesmal war das Bürofenster seine beste Chance, obwohl es von der Straße einzusehen war. Aber auf der Straße war ja

niemand. Und mindestens eine Stunde lang würde auch niemand kommen.
Er brauchte nicht mal fünf Minuten, um einzusteigen. Und danach noch einmal sieben Minuten, bis seine Standardzündvorrichtung zu glimmen anfing. Der Zigarettenrauch stieg auf, das süßliche Tabakaroma vermischte sich mit dem beißenden Farbgeruch, der im Fabrikgebäude hing. Die Halbfertigprodukte und Farbeimer würden brennen wie Zunder, dachte er mit Stolz und Genugtuung, während er sich, den Blick auf den glimmenden Zünder gerichtet, langsam rückwärts durch den dunklen Flur absetzte.
Er tastete mit der nach hinten gereckten Hand nach der offenen Bürotür, durch die er gekommen war. Aber seine Finger ertasteten statt des leeren Türrahmens ein Stück körperwarmes Tuch. Er wirbelte erschrocken herum. Der grelle Lichtstrahl einer Taschenlampe blendete ihn. Er taumelte rückwärts, verlor die Orientierung und prallte gegen die Wand. Das Licht bewegte sich auf ihn zu, die Tür fiel klickend ins Schloß.
»Hab ich dich endlich«, sagte eine Frauenstimme. »Alan Brinkley, ich verhafte Sie wegen des Verdachts der Brandstiftung …«
»Nein!« brüllte er wie ein in die Enge getriebenes Tier und warf sich mit voller Wucht gegen das Licht. Sein Körper und der der Frau prallten aufeinander und fielen ineinander verschlungen zu Boden. Sie wand und wehrte sich wie eine wilde Katze unter ihm, aber er war schwerer und stärker, und seine Oberkörpermuskulatur war durch die jahrelange Arbeit als Feuerwehrmann besser durchtrainiert.
Sie wollte mit der Taschenlampe auf ihn einschlagen, aber er fing den Hieb mit der Schulter ab. Die Taschenlampe fiel zu Boden, rollte seitwärts weg, blieb vor einem Aktenschrank liegen und warf schwankendes Licht in ihre Richtung. Er

konnte ihr Gesicht sehen. Sie riß, vor Anstrengung bizarr verzerrt, den Mund weit auf, als sie versuchte, sich von ihm zu befreien.

Wenn ich sie sehen kann, fing es in seinem Gehirn zu hämmern an, kann sie mich ebenfalls sehen. Und wenn er geschnappt wurde, war alles aus. Dann konnte er die Schulden nie mehr zurückzahlen. Und das würde Maureen ihm nie verzeihen.

Er hob das Knie an, schob es über ihren Unterleib und drückte zu, um ihr die Luft aus den Lungen zu pressen. Den Unterarm quer über ihre Kehle gelegt, nagelte er sie auf dem Boden fest. Als sie mit aufgerissenem Mund, die Zunge nach vorn gereckt, zu hecheln begann und verzweifelt nach Luft rang, faßte er ihr mit der linken Hand ins Haar, riß ihren Kopf hoch und drückte ihren Hals ruckartig gegen seinen Unterarm. Er hörte kein Knacken, er spürte es nur daran, daß ihr Körper plötzlich schlaff wurde. Der Kampf war vorüber.

Brinkley ließ sich nach hinten fallen, lag da, in sich zusammengekrümmt wie ein Fötus, und fing stoßweise zu schluchzen an. O Gott, was habe ich getan? Er kannte die Antwort sehr gut, dennoch rotierte die Frage unablässig in seinem Kopf. Er stemmte sich auf die Knie. Soviel war klar: Er konnte sie nicht so liegenlassen, hier wurde sie zu schnell gefunden. Er mußte sie wegschaffen. Und er wußte auch schon, wohin.

Wimmernd wie ein verwundetes Tier, zwang er sich, sie hochzuheben und sich über die Schulter zu wuchten. Er bildete sich ein, ihr Körper fühle sich bereits kalt und steif an. Mit zitternden Knien schleppte er sie nach hinten, wo sich die Flamme der Lunte nun schon zischend auf die Paletten mit den Farbeimern zufraß. Das Feuer würde hier eine ungeheure Hitze entwickeln, da blieb den Forensikern nicht viel,

woraus sie schlau werden konnten. Jedenfalls nichts, was auf ihn schließen ließ.
Er ließ die Leiche fallen, wischte sich die Tränen aus den Augen und rannte hinaus in die wohltuende Kälte der Nacht. Wie hatte es bloß soweit kommen können? Er hatte sich doch nur das eine oder andere leisten und das Leben ein bißchen genießen wollen. Am liebsten hätte er sich irgendwo verkrochen. Aber er mußte los, mußte zum Wagen zurück, damit er den Funkruf nicht verpaßte, der ihn zur Feuerwache rief.
Er würde sich schon irgendwie rauswinden. Maureen zuliebe. Denn wenn er gefaßt wurde, war alles aus und vorbei. Dann konnte er die Schulden nie mehr zurückzahlen, und Maureen würde es ihm nie verzeihen, wenn er sich erwischen ließ.

»Wollten Sie nicht nach Seaford fahren?« fragte er.
»Ich hatte ja mein Handy dabei. Und auf der Autobahn hätte ich nur eine halbe Stunde länger gebraucht als von meinem Cottage. Wir mußten doch erst mal Bilanz ziehen, was wir haben und wie es jetzt weitergehen soll.«
»Na schön, dann kommen Sie rein.«
Carol las Tonys Analyse und die Anlagen, er sah sich die Fotos und die Videos an, die sie mitgebracht hatte. Dann nickten sie sich zu.
»Gute Arbeit, Doktor«, sagte Carol.
»Ebenso, Detective Chief Inspector«, gab er zurück.
»Die Rache ist mein, spricht der Profiler.«
Diesmal nickte er zögernd. »Ich hätte von Anfang an auf Shaz hören sollen, dann wären wir vielleicht genauso weit und hätten keinen so hohen Preis dafür bezahlen müssen.«
Carol legte ihm spontan ihre Hand auf seine. »Seien Sie nicht albern, Tony. Niemand hätte eine Ermittlung eingeleitet auf

der Basis dessen, was eine Lehrgangsteilnehmerin in einer Seminararbeit schreibt.«

»So hab ich das auch nicht gemeint. Aber ich bin Psychologe und hätte erkennen müssen, daß sie nicht lockerläßt.« Er fuhr sich mit der Hand durchs Haar. »Ich hätte mit ihr darüber sprechen müssen, ihr das Gefühl geben, daß ihre Arbeit ernst genommen wird, und mir irgendeinen Weg ausdenken, wie wir die Sache weiter verfolgen können, ohne daß sie sich so einem Risiko aussetzen muß.«

»Da können Sie ebensogut Chris Devine die Schuld geben«, erwiderte Carol. »Sie wußte, daß Shaz ihn zur Rede stellen will, und hat sie trotzdem allein dorthin gehen lassen.«

»Und was glauben Sie, warum Chris soviel Zeit opfert, um mit Leon und Simon kreuz und quer durch Northumberland zu kutschieren? Sicher nicht nur aus Pflichtgefühl. Wegen Schuldgefühlen, würde ich eher sagen.«

»Sie können nicht die Verantwortung für alle und alles übernehmen. Shaz war eine erfahrene Polizistin, sie hätte das Risiko richtig einschätzen müssen. Selbst wenn Sie versucht hätten, es ihr auszureden, sie hätte nicht auf Sie gehört. Hören Sie zu grübeln auf, Tony.«

Er sah hoch, las Mitgefühl in ihren Augen und nickte wehmütig. »Darum ist es um so wichtiger, daß wir jetzt den offiziellen Dienstweg gehen. Wir dürfen nicht noch mal denselben Fehler begehen und wie Shaz auf eigene Faust handeln.«

Sie zog ihre Hand weg. »Ich bin froh, daß Sie das sagen, Tony. Ich kriege nämlich allmählich ein mulmiges Gefühl. Vor allem, wenn ich daran denke, wie Jacko Vance' Verteidiger mich im Zeugenstand durch die Mangel drehen werden. ›DCI Jordan, wollen Sie den Geschworenen etwa allen Ernstes weismachen, daß Sie etwas erkannt haben, das der Polizei von West Yorkshire verborgen geblieben ist? Glauben

Sie, das rechtfertigt Ihren Parforceritt als Einzelgängerin, bei dem Sie sich auf einen einzigen Indizienbeweis stützen mußten, der den Schatten eines Verdachts – und nicht mehr – auf unseren Mandanten fallen läßt? Und zwar im Zusammenhang mit dem Mord an DC Bowman, eine Frau, die er lediglich von einem nicht mal eine Stunde dauernden Gespräch kannte? Und was tut Ihr Bruder da wieder? Ein bißchen Computerhokuspokus, wenn ich so sagen darf. Kann man nicht digitale Aufnahmen so manipulieren, daß sie für alles, was man beweisen will, den sogenannten Bildbeweis liefern?‹ Nein, Tony, von jetzt an brauchen wir den Segen von West Yorkshire.«

»Ich weiß. Irgendwann ist der Punkt erreicht, an dem man mit Wildwestmethoden nicht mehr weiterkommt. Ich werde gleich heute morgen zu den Jungs von der Mordkommission gehen.« Er sah Carol an, und dann verriet seine Stimme auf einmal herzliche Zuneigung. »Vor allem, weil ich Ihnen das schuldig bin. Wenn Jacko Vance demnächst vor einer Jury steht, dann verdanken wir das dem Umstand, daß Sie uns geholfen haben.«

Ehe Carol etwas dazu sagen konnte, klingelte ihr Mobiltelefon. »Oh, Scheiße«, murmelte sie und fischte das Gerät aus ihrer Tasche. »DCI Jordan?«

Die Stimme von Jim Pendlebury. »Wir haben es offenbar wieder mit einem Fall von Brandstiftung zu tun, Carol. Eine Farbenfabrik. Ist hochgegangen wie eine Fackel.«

»Ich komme, so schnell ich kann, Jim. Sagen Sie mir, wo?«

Tony schob ihr unaufgefordert Papier und Bleistift hin, sie notierte sich die Wegbeschreibung. »Danke.« Sie schloß eine Sekunde lang die Augen, dann drückte sie die Kurzwahltaste und war mit ihrem Sergeant vom Nachtdienst verbunden. »DCI Jordan. Liegen irgendwelche Meldungen von DS Taylor oder DC Earnshaw vor?«

»Nein, Ma'am. Sie sollten Funkstille halten, es sei denn, es hätte sich irgendwas bei ihrer Observation ergeben.«

»Versuchen Sie, sie zu erreichen. Sie sollen sich mit mir an der Brandstelle im Holtschen Industriegebiet treffen. Bei der Farbenfabrik. Danke. Und gute Nacht.« Sie klappte das Telefon zu und sah Tony nachdenklich an. »Sieht ganz so aus, als hätten wir uns geirrt.«

»Bei dem Brandstifter?«

»Er hat wieder zugeschlagen, aber weder Taylor noch Earnshaw haben etwas über Funk gemeldet. Offenbar ist es doch keiner von unseren Verdächtigen.« Sie seufzte. »Zurück auf Feld eins, würde ich sagen. Ich fahr mal hin, hören, was es Neues gibt.«

»Viel Glück«, sagte er, als sie ihren Wettermantel anzog.

»Das werden Sie bei Ihrem Gespräch mit Wharton und McCormick auch brauchen.« Er brachte sie zur Tür. Carol drehte sich noch einmal um und legte ihm die Hand auf den Arm. »Und was Shaz angeht: Machen Sie sich nicht selbst zum Prügelknaben.« Sie beugte sich vor und gab ihm einen Kuß auf die Wange. »Unser Prügelknabe ist der gute alte Kumpel Jacko.«

Er sah ihr nach und atmete ihren Duft ein, den der Nachtwind zu ihm an die Haustür trug.

Über dem Schleier aus Natron und Neon war es eine klare, sternenbestückte Nacht. Jacko Vance blickte aus dem Dachfenster des Hauses in Holland Park auf das nächtliche London und malte sich aus, wie die Sterne über Northumberland aussahen. Dort oben gab es noch einen losen Faden, und wenn jemand daran zupfte und der Faden sich aufriffelte, stand er plötzlich ohne seine schützende Tarnkappe da. Es wurde Zeit, Donna Doyles Sterbeglöckchen zu läuten.

Er hatte schon lange keine mehr eigenhändig getötet. Das Töten war es nicht, was er genoß, es war der Prozeß des Sterbens. Die Auflösung der menschlichen Persönlichkeit und die Entwürdigung durch Schmerz und Siechtum. Eine hatte sich ihm widersetzen wollen. Sich geweigert, feste oder flüssige Nahrung zu sich zu nehmen und die chemische Toilette zu benutzen. Aber sie hatte es nicht lange durchgehalten. Denn wenn der Fußboden mit Kot und Urin besudelt ist, atmet man in so einem engen Verlies eine Menge Bakterien ein. Das hatte sie nicht bedacht. Ihre Gedanken waren ganz darauf fokussiert gewesen, sich möglichst widerwärtig erscheinen zu lassen, damit er sie in Ruhe ließ. Aber auch in diesem Punkt war ihre Rechnung nicht aufgegangen.
Aber nun ging es um eine kleine Jillie, die er sich vom Hals schaffen mußte. Ihre Existenz wurde zum Risiko für ihn. Solange die Polizei nach Shaz Bowmans Tod ein Auge auf ihn gehabt hatte, waren ihm die Hände gebunden gewesen. Unmotivierte Ausflüge nach Northumberland hätten ihn verdächtig gemacht. Ein einziges Mal war er dort gewesen, aber nicht lange genug, um mit dem Luder so abzurechnen, wie sich's gehörte. Und dann war ihm dieser Tony Hill in die Quere gekommen. Und er wußte nicht mal, ob der Kerl wirklich etwas gegen ihn in der Hand hatte oder ihn lediglich aus der Deckung locken wollte.
Egal, wie, sie mußte weg. Die Möglichkeit, daß sie noch lebte, bedeutete eine tödliche Gefahr für ihn. Er hätte sie gleich in der Nacht, in der er die Bowman umgebracht hatte, beseitigen sollen. Aber er war zu erschöpft gewesen, um auch das noch ordentlich zu erledigen.
Er mußte sich einfach darauf verlassen, daß niemand die versteckte Krypta entdecken würde. Nur die beiden Maurer, die damals die steinerne Tür installiert hatten, wußten etwas von dem versteckten Gewölbe. Vor zwölf Jahren hatten die

Leute noch an die atomare Bedrohung geglaubt, da oben in Northumberland sowieso. Ein Exzentriker, der sich's leisten kann, hatten sie sicher gedacht und den angeblichen atombombensicheren Bunker inzwischen längst vergessen.
Wie auch immer, sie mußte weg. Nicht heute nacht. Für morgen früh waren Dreharbeiten angesetzt, da brauchte er vorher seinen Schlaf. Aber in ein, zwei Tagen würde er schnell rauffahren und dem Mädchen einen Besuch abstatten.
Er mußte es noch mal richtig auskosten. Es würde sicher eine Weile dauern, bis er sich wieder so einen hübschen kleinen Spaß gönnen konnte. Was ihn auf eine Idee brachte. Wenn er sich wieder absolut sicher fühlen konnte, war es vielleicht angebracht, Tony Hill eine Lektion zu erteilen. Und zwar etwas ausführlicher als der Bowman. Oder … Er fragte sich, ob es womöglich eine Frau in Tony Hills Leben gäbe.
Shaz Bowman umzubringen war kein allzu hartes Stück Arbeit gewesen. Das Spielchen mit Tony Hills Freundin zu wiederholen konnte nur einfacher werden.

Die Hände in den Manteltaschen vergraben, den Kragen gegen den auflandigen Wind hochgeschlagen, starrte Carol Jordan mit versteinerter Miene auf die rauchende Ruine der Farbenfabrik. Seit drei Stunden stand sie schon hier, aber sie war noch nicht bereit, zu gehen. Feuerwehrmänner mit rußgeschwärzten Helmen drangen immer wieder in das zerstörte Gebäude ein, um zu versuchen, bis zum Brandherd vorzustoßen. Carol Jordan mußte es nicht mehr mit eigenen Augen sehen, ihr war inzwischen klargeworden, warum Di Earnshaw auf den Funkspruch der Zentrale, sich unverzüglich an die Brandstelle zu begeben, nicht reagiert hatte.
Di Earnshaw war bereits dort gewesen.
Hinter ihr hielt ein Auto, sie drehte sich nicht um. Das Ab-

sperrband raschelte, dann stand Lee Whitebread vor ihr, mit einem Burger und einem Becher Kaffee. »Ich dachte, so was könnten Sie jetzt brauchen.« Carol nickte dankbar.

»Gibt's was Neues?« fragte Lee in seiner gewohnten dienstbeflissenen Art.

»Nein«, sagte Carol. Sie zog den Polyesterdeckel vom Becher und trank einen Schluck. Der Kaffee war heiß, stark und erstaunlich gut.

»Auf der Dienststelle leider auch nicht.« Lee zündete sich eine Zigarette an. »Ich bin auf dem Rückweg an ihrem Haus vorbeigefahren. Die Jalousien im Schlafzimmer sind immer noch runtergelassen. Vielleicht hat sie sich mit Wattepfropfen in den Ohren hingelegt.« Eine Hoffnung, an die er selbst nicht glaubte, aber er wollte die Alternative verdrängen.

»Haben Sie DS Taylor irgendwo gesehen?«

»Er sagt, sie hätte sich nie über Funk gemeldet. Er ist wieder in der Dienststelle, falls sich irgendwas Neues ergibt.«

Carol verzog grimmig das Gesicht. »Ich kann nur hoffen, daß ihm noch was Besseres einfällt, ehe er sich hier blicken läßt.«

Drei Gestalten tauchten aus der Fabrikruine auf. Sie zerrten sich die Atemschutzmasken herunter. Zwei bogen seitlich ab, nur Jim Pendlebury kam auf sie zu. Schließlich blieb er stehen und nahm den Helm ab. »Es tut mir furchtbar leid. Ich kann Ihnen gar nicht sagen, wie sehr, Carol.«

Carol starrte ihn an, dann nickte sie müde. »Kein Zweifel.«

Pendlebury zuckte die Achseln. »Zweifel gibt's immer, solange die Pathologen ihre Arbeit nicht getan haben. Aber wir sind sicher, daß es eine weibliche Leiche ist. Und neben ihr lag ein geschmolzenes Funkgerät.«

Carol sah ihm an, daß sein Mitgefühl ehrlich war. Normalerweise war es einer von seinen Leuten, wenn eine Leiche in einer Brandruine gefunden wurde. Dann trug er die Verantwortung dafür. Sie hätte ihn gern gefragt, wie lange es seiner

Erfahrung nach dauerte, bis man danach wieder in den Spiegel sehen konnte. »Kann ich sie sehen?«

Er schüttelte den Kopf. »Es ist noch zu heiß da drin.«

Carol atmete scharf aus, es hörte sich fast wie ein Schluchzen an. »Ich bin in meinem Büro, falls mich jemand sucht.« Sie warf den Becher mit dem Rest Kaffee weg, drehte sich um, duckte sich unter dem Absperrband durch und eilte zu ihrem Wagen.

Lee Whitebread schnippte den Stummel seiner Zigarette in die Kaffeepfütze, verfolgte, wie die Glut zischend verlosch, blickte hoch und nickte Jim Pendlebury zu. »Ich auch. Nun ist es ein verdammter Polizistenkiller, den wir schnappen müssen.«

Colin Wharton ordnete den Stapel Fotos, nahm das Videoband aus dem Recorder, vermied es, Tony in die Augen zu sehen, und sagte: »Das beweist nichts. Okay, irgend jemand ist mit Shaz Bowmans Auto aus London nach Leeds gefahren. Aber sein Gesicht ist kaum zu erkennen. Und die Computeraufbereitung … wenn ich der schon nicht traue, was wollen Sie dann von einer Jury erwarten? Wenn der verdammte Rumpole mit seinem Plädoyer fertig ist, sind die Geschworenen davon überzeugt, daß Computer sowieso nur manipulierte Bilder liefern.«

»Und was ist mit dem rechten Arm? Da kann man nichts manipulieren. Der Mann an der Tankstelle hat den Arm steif gehalten. Und Jacko Vance hat eine Prothese.«

Wharton zuckte die Achseln. »Das kann alle möglichen Gründe haben. Kann sein, daß er Linkshänder ist. Oder er hat sich bei dem Kampf mit Bowman am Arm verletzt. Möglicherweise hat er sogar gewußt, daß Bowman Verdacht gegen Vance geschöpft und sich mit ihm verabredet hatte. Dann hat er's vielleicht darauf angelegt, vor der Kamera

Jacko Vance zu spielen. Vance hat viel mit Kameras zu tun, er hätte sich bestimmt so hingestellt, daß das Objektiv ihn nicht erfassen kann, Dr. Hill.«

Tony fuhr sich mit der Hand durchs Haar. »Aber er war zur kritischen Zeit mit seinem eigenen Wagen nach Leeds unterwegs. Ist das nicht ein bißchen viel Zufall auf einmal?«

Wharton schüttelte den Kopf. »Finde ich nicht. Vance hat ein Cottage in Northumberland. Außerdem gibt's da oben dieses Krankenhaus, in dem er freiwillige karitative Arbeit leistet. Zugegeben, die A1 wäre die direkte Verbindung gewesen, aber die M1 ist die schnellere Strecke. Und daß er in Leeds abgebogen ist – vielleicht hatte er unterwegs Appetit auf Fish und Chips bekommen.« Er war offensichtlich bemüht, die Gesprächsatmosphäre etwas aufzulockern.

Tony verschränkte die Arme, als wollte er eine Barriere zwischen Wharton und dem Zorn in seiner Brust errichten. »Weshalb wollen Sie das Ganze nicht ernst nehmen?«

»Wenn Simon McNeill nicht davongerannt wäre, sähe das anders aus«, sagte Wharton verärgert. »Aber so vermuten wir natürlich bei allem, was Sie uns auftischen, daß es getürkt ist.«

»Simon hat nichts damit zu tun. Er hat Shaz Bowman nicht ermordet. Jacko Vance war das. Er ist ein kaltblütiger Mörder. Das sagt mir nicht nur mein Instinkt, sondern auch meine Erfahrung als Psychologe. Sie haben doch mein psychologisches Täterprofil gelesen. Was müssen wir denn noch tun, damit Sie wenigstens anfangen, Vance unter die Lupe nehmen?«

Die Tür hinter ihm ging auf, DCS Dougal McCormick schob seine massige Gestalt in das Zimmer. Er sah aus und roch, als hätte er sich gerade erst Mut angetrunken. Sein Zeigefinger schoß auf Tony zu. »Ich dachte, Sie hätten bei uns Hausverbot. Es sei denn, Sie sind vorgeladen worden.«

»Ich habe Ihnen Beweise gebracht, aufgrund derer Sie Anklage gegen Shaz Bowmans Mörder erheben können.« Tonys Stimme klang müde. »Nur, Mr. Wharton scheint ihre Bedeutung nicht zu begreifen.«

»Tatsächlich? Was haben Sie dazu zu sagen, Colin.«

»Es handelt sich um interessantes Fotomaterial von einer Autobahntankstelle, das computerbearbeitet wurde, um zu beweisen, daß Bowmans Wagen am Nachmittag ihres Todestages von jemand anderem gefahren wurde.« Wharton breitete die Fotos stumm vor dem Chief Superintendent aus. McCormick studierte sie mit zusammengekniffenen Augen.

»Es ist Jacko Vance«, sagte Tony eindringlich. »Er hat ihren Wagen nach Leeds gebracht, ist zurück nach London gefahren und dann abermals Richtung Norden, diesmal wahrscheinlich mit Shaz im Kofferraum.«

»Vergessen Sie Jacko Vance. Wir haben einen Zeugen.«

»Einen Zeugen? Wofür?«

»Ein Nachbar hat Ihr blauäugiges Jüngelchen Simon McNeill an dem Abend, an dem Bowman ermordet wurde, an der Rückfront ihres Apartments gesehen. Während wir hier sitzen, nehmen meine Leute seine Wohnung auseinander. Ab sofort wird er zur Fahndung ausgeschrieben. Sie wissen nicht zufällig, wo wir ihn finden könnten, Dr. Hill, wie?«

»Woher sollte ich das wissen? Sie haben meine Gruppe aufgelöst.« Sein kalter Ton ließ nicht ahnen, wie es in ihm kochte.

»Na ja, macht nichts. Wir werden ihn früher oder später aufspüren. Und dann können wir dem Gericht etwas Besseres präsentieren als ein paar Videos, die der Bruder Ihrer Freundin manipuliert hat.« Als er Tonys bestürzten Blick bemerkte, nickte er grimmig. »O ja, wir wissen über Sie und DCI Jordan Bescheid.«

»Und da wollen Sie mir erzählen, Sie seien an Beweisen statt an Vermutungen interessiert.« Tony konnte sich nur mit Mühe beherrschen. »In aller Form: DCI Jordan ist nicht meine Freundin und ist es nie gewesen. Und meine Überzeugung, daß Jacko Vance der Mörder ist, beruht nicht nur auf Fotobeweisen. Ich will Ihnen nicht vorschreiben, was Sie tun sollen, aber Sie könnten ja wenigstens mal einen Blick in mein Täterprofil werfen.«

McCormick nahm die Akte, die auf Whartons Schreibtisch lag, und blätterte sie flüchtig durch. »Ein Täterprofil ist für mich kein Beweis. Hörensagen, Vermutungen, die Verdächtige zur eigenen Entlastung vorbringen, und bloße Schlußfolgerungen.«

»Er hat sich wenige Tage vor ihrer Entführung und Ermordung mit Barbara Fenwick unterhalten«, wandte Tony ein. »Und wir haben Fotos, die ihn mit späteren Mordopfern zeigen, jeweils wenige Tage vor dem Verschwinden der Mädchen.«

»Ein Mann wie er unterhält sich jede Woche mit Hunderten von Mädchen, und denen passiert gar nichts.« McCormick ließ sich in einen Sessel fallen. »Sehen Sie, Dr. Hill, ich verstehe, daß es Ihnen schwerfällt, zuzugeben, daß Sie, ein erfahrener Psychologe des Innenministeriums, danebengegriffen haben. Schauen Sie sich diesen McNeill an. Er war verliebt in das Mädchen, aber das beruhte offenbar nicht auf Gegenseitigkeit. Daß er mit ihr zu einem Drink verabredet war, können wir glauben oder nicht. Er ist gesehen worden, wie er ums Haus geschlichen ist, und zwar zu der Zeit, in der sie aller Wahrscheinlichkeit nach ermordet wurde. Wir haben seine Fingerabdrücke am Sprossenfenster gefunden. Und nun ist er untergetaucht. Ich kann verstehen, daß Sie sich vor ihn stellen wollen. Ich würde das vermutlich auch tun, wenn einer meiner Officer unter Verdacht stünde. Aber Sie müssen der Tatsache ins Auge sehen, daß Sie sich einen faulen Apfel ausgesucht haben. Jeder macht mal einen Fehler.«

Tony stand auf. »Gentlemen, keiner ist so blind wie der, der nicht sehen will. Ich hoffe nur, daß Ihre Blindheit Donna Doyle nicht das Leben kostet. Und jetzt entschuldigen Sie mich bitte, auf mich wartet Arbeit.«

Auf dem Parkplatz lehnte er sich, den Kopf auf die gekreuzten Arme gebettet, an den Wagen. Was, zum Teufel, konnte er gegen soviel Sturheit tun? Nur Carol glaubte ihm, aber ihre Meinung zählte bei der West Yorkshire Police nicht mehr viel. Alle konventionellen Methoden hatten versagt. Sie brauchten nun Beweise, an denen es nichts zu rütteln gab. Also wurde es Zeit, die Dienstvorschriften zu vergessen. Er hatte das schon einmal getan, und es hatte ihm das Leben gerettet. Diesmal rettete es vielleicht Donna Doyle das Leben.

Carol starrte, die Hände in die Hüften gestemmt, auf die beiden Officer, die im Büro ihrer Dienststelle saßen. Der eine tippte irgend etwas ab, der andere blätterte Akten durch. Sie machten einen bedrückten Eindruck, die Neuigkeit hatte sich also schon herumgesprochen.

»Wo ist er?« fragte sie.

Die beiden verständigten sich rasch durch einen Blick, dann fragte der am Keyboard zurück: »DS Taylor, Ma'am?«

»Wer sonst? Ich weiß, daß er hier war, aber ich will wissen, wo er jetzt ist.«

»Er ist gegangen, kurz nachdem die Meldung wegen Di durchgekommen ist.«

Carol ließ nicht locker. »Und wo könnte er sich jetzt aufhalten?« Sie durfte keine Schwäche zeigen. Es ging nicht um ihre künftige Autorität, es ging um ihre Selbstachtung. Sie hatte den Schwarzen Peter und keineswegs die Absicht, sich vor ihrer Verantwortung zu drücken. »Also los, wo ist er?«

Wieder tauschten die beiden Detectives einen Blick. Diesmal lag Resignation darin. »Im Hafenmeister-Klub.«
»Um die Zeit trinkt er Alkohol?« fragte Carol ärgerlich.
»Das ist nicht nur eine Bar, das ist ein Klub. Da können Sie essen oder einen Kaffee trinken oder die Zeitung lesen.« Carol wollte gehen, aber der junge Detective rief ihr nach: »Sie können da nicht hingehen, Ma'am.« Carol fuhr herum und starrte ihn finster an. »Ist nur für Männer. Die lassen Sie da nicht rein«, stammelte er.
»Himmelherrgott!« explodierte Carol. »Na schön, respektieren wir die geheiligten Gepflogenheiten der christlichen Seefahrt. Hören Sie auf, in den Akten zu blättern, Beckham, und gehen Sie runter zum Klub. Ich möchte Sie und DS Taylor in spätestens einer halben Stunde hier sehen, sonst kassiere ich seinen Dienstausweis und Ihren gleich mit. Habe ich mich klar ausgedrückt?«
Beckham klappte den Aktendeckel zu, sprang hoch und drückte sich mit einer gemurmelten Entschuldigung an Carol vorbei. »Ich bin in meinem Büro«, knurrte sie den Detective am Keyboard an.
In ihrem Büro ließ sie sich, ohne den Wettermantel auszuziehen, in den Schreibtischsessel fallen und starrte auf die Stelle an der Wand, an der Di bei ihren Briefings immer gestanden hatte. Im Geiste sah sie sie vor sich – stupsnasig, mit starrem Blick, miserabel angezogen. Freundinnen wären sie nie geworden, das wußte sie, aber das machte alles nur noch schlimmer. Zu dem Schuldgefühl, daß sie zu der Zeit, als Di Earnshaw sterben mußte, nicht dagewesen war, kam das schlechte Gewissen, daß sie Di nicht sonderlich gemocht hatte.
Sie grübelte an der Frage herum, was Di möglicherweise falsch gemacht hatte. Welche Entscheidung mochte sie getroffen haben, die sie das Leben gekostet hatte? Aus wel-

chem Blickwinkel sie es auch betrachtete, sie machte sich immer wieder denselben Vorwurf. Sie hatte ihre jungen Officer nicht knapp genug an der Leine gehalten, sich nicht genug in die Ermittlungen eingeschaltet. Statt dessen war sie sich wunder wie großartig dabei vorgekommen, Tony Hills Ermittlungen zu unterstützen. Nicht zum ersten Mal hatte sie sich von ihrer emotionalen Zuneigung zu einem Fehler hinreißen lassen. Diesmal war es ein tödlicher Fehler gewesen.

Das Telefon riß sie aus ihren quälenden Selbstvorwürfen. Sie nahm ab. »DCI Jordan?« meldete sie sich mit bedrückter Stimme.

»Ma'am, hier ist Lee.« Wieso klang seine Stimme so unbekümmert? Di war bei den Kollegen nicht sehr beliebt gewesen, aber ein bißchen mehr Anteilnahme hatte sie verdient.

»Was gibt's?« fragte sie barsch.

»Ich habe ihr Auto gefunden. Halb versteckt hinter einer anderen Fabrik. Sie hatte ein kleines Aufnahmegerät. Lag auf dem Beifahrersitz. Ich hab mir das Band angehört, Ma'am. Da ist alles drauf – Name, Zeit, Fahrstrecke, Fahrziel. Mehr als genug, um Brinkley festzunageln.«

»Gute Arbeit«, sagte sie ohne Begeisterung. Es mochte genügen, um Brinkley zu überführen, aber nicht, um ihr Schuldgefühl zu mildern. »Bringen Sie den Wagen her, Lee.«

Als sie auflegte, stand John Brandon unter der Tür. Er winkte ab, als sie aufstehen wollte, setzte sich auf den Besucherstuhl und sagte: »Schlimme Geschichte.«

»Außer mich trifft keinen Schuld. Ich wußte, daß meine Officer die Oberservation für Zeitverschwendung gehalten haben. Sie haben die Sache nicht ernst genommen, und nun ist Di Earnshaw tot. Ich hätte ihnen mehr auf die Finger sehen sollen.«

»Ich wundere mich, daß sie ohne Rückendeckung dort war.«

Der Vorwurf lag nicht in Brandons Worten, er lag in seinem Blick.
»Das war nicht so geplant«, sagte Carol kategorisch.
»Es wäre für uns beide gut, wenn Sie das beweisen könnten.« Carol sah ihm an, daß das nicht als Drohung gemeint war.
Sie starrte auf die Schreibtischplatte. »Ich kann mir das im Augenblick selber noch nicht erklären, Sir.«
Brandons Ton wurde schärfer. »Nun, ich empfehle, daß Sie das bald können, Chief Inspector. Di Earnshaw blieb auch keine Zeit zum Grübeln. Wir müssen ihren Mörder dingfest machen. Wann kann ich mit einer Festnahme rechnen?«
Carols Kopf fuhr ruckartig hoch, sie starrte Brandon betroffen an. »Sobald DC Whitebread mit dem Beweismaterial hier eintrifft, Sir.«
Brandon stand auf. »Gut. Wenn Sie klarere Vorstellungen davon haben, was letzte Nacht passiert ist, setzen wir die Unterredung fort.« Für Bruchteile von Sekunden lag die Andeutung eines Lächelns in seinem Blick. »Sie trifft kein Vorwurf, Carol. Sie können nicht vierundzwanzig Stunden am Tag im Dienst sein.«
Als Brandon gegangen war, starrte Carol den leeren Türrahmen an. Wie lange mochte John Brandon gebraucht haben, um diese Gelassenheit zu entwickeln? Doch dann – eingedenk all dessen, was sie über ihn wußte – fragte sie sich, ob es wirklich Gelassenheit war oder ob er nur gelernt hatte, seinen Ärger besser zu verbergen.

Leon sah die anderen irritiert an. »Und ich dachte, in Newcastle wären die Männer noch Männer und die Schafe ständig auf der Flucht?«
»Haben Sie was gegen vegetarische Pubs?« fragte Chris Devine schmunzelnd.

Simon grinste. »Ist ’ne Masche von ihm. Er tut so, als hätte er jeden Tag ’n Steak auf dem Teller.«

»Also«, kam Chris zur Sache, »ich hoffe, ihr wart erfolgreicher als ich. Ich hab das Foto überall auf dem Bahnhof herumgezeigt, aber keiner hat sie gesehen.«

»An der Bushaltestelle war’s dasselbe«, sagte Simon.

»Na, dann hab ich wenigstens so was wie ’ne Witterung«, berichtete Leon. »Ich hab mit einem Schaffner gesprochen, und der hat mich in ein Café mitgeschleppt, wo die Eisenbahner sich ihren Kaffee und ihr Sandwich reinziehen. Ich hab das Foto rumgezeigt, und einer von ihnen meinte, daß er sie im Zug nach Carlisle gesehen hätte. Er konnte sich an sie erinnern, weil sie ihn zweimal gefragt hat, wann sie in Five Walls ankämen und ob der Zug auch pünktlich wäre.«

»Wann war das?« Chris bot ihm eine Zigarette an.

»Da war er nicht ganz sicher. Er meint, es müßte in der vorletzten Woche gewesen sein.« Die Woche, in der Donna Doyle verschwunden war, aber das mußte er nicht dazusagen.

»Wo liegt dieses Five Walls?« wollte Simon wissen.

»Irgendwo im Nichts, diesseits von Hexham«, sagte Chris. »In der Nähe des Hadrianwalls. Vermutlich gibt’s dort noch vier andere Wälle.« Sie grinste. »Senior Officer wissen so was.«

»Wieso ist sie ausgerechnet in dem Nest ausgestiegen?«

Chris zuckte die Achseln. »Ich vermute mal, daß das irgendwo in der Nähe von Jacko Vance’ Landhaus ist. Aber ich muß euch ja nicht extra daran erinnern, daß wir uns da nicht blicken lassen sollen.«

»Aber die Bahnstation Five Walls dürfen wir uns sicher ansehen«, meinte Leon.

»Wir warten nur darauf, daß du dein Bier ausgetrunken hast«, drängte Simon.

»Lassen Sie’s stehen«, sagte Chris. »Sie kann nicht die einzige sein, die dort ausgestiegen ist. Und wenn wir von Haustür zu

Haustür pilgern, möchte ich nicht, daß wir nach 'ner Brauerei riechen.« Sie stand auf. »Okay, Jungs, auf geht's zur Entdeckung der ländlichen Reize Northumberlands. Habt ihr die Gummistiefel dabei?«

Alan Brinkley stand unter der Dusche, das Wasser prasselte fast zum Verbrühen heiß auf ihn herab. Der Einsatzleiter hatte entschieden, daß die Löschzüge, die den Brand in der Farbenfabrik bekämpft hatten, von einer kleineren Gruppe abgelöst würden; da die Löscharbeiten abgeschlossen seien, ginge es nur noch darum, ein Wiederaufflackern der Flammen zu verhindern und nach allem Ausschau zu halten, was irgendwie verdächtig sein konnte. Nach der Entdeckung der Leiche wollte niemand ein Risiko eingehen.

Beim Gedanken an die Leiche überlief Brinkley ein Schaudern. Trotz des heißen Wassers klapperte er mit den Zähnen. Er wollte nicht an die Leiche denken. Er wollte sich einfach ganz normal verhalten. Aber was war normal? Wie benahm er sich sonst, wenn an einem Brandort eine Leiche entdeckt wurde? Erzählte er Maureen davon? Wie viele Biere kippte er in sich hinein? Was lasen die anderen in seiner Miene?

Er lehnte sich gegen die geflieste Wand der Duschkabine. Das strömende Wasser wusch ihm die Tränen aus den Augen. Ein Glück, daß sie jetzt die Kabinen hatten und nicht mehr die alte Reihendusche, in der ihn die anderen hätten weinen sehen.

Er wurde den Geruch des verbrannten Fleisches einfach nicht mehr los. Er schmeckte den Tod auf seiner Zunge. Das war natürlich nur Einbildung, denn die Chemikalien an der Brandstelle hatten alles andere übertönt. Und trotzdem roch und schmeckte er sie. Er wußte nicht, wie sie hieß. Aber wie sie roch und schmeckte, das wußte er. Er riß den Mund zu

einem stummen Schrei auf und trommelte mit den Fäusten gegen die Fliesen.
Am Scheppern der Metallhaken merkte er, daß der Duschvorhang aufgezogen wurde. Er drückte sich, als wollte er sich verkriechen, in die Ecke der Kabine und drehte sich langsam um. Ein Mann und eine Frau. Er hatte sie schon mal gesehen, vorhin, an der Brandstelle. Die Frau bewegte die Lippen. Er hörte, daß sie etwas sagte. Aber sein Verstand nahm nicht auf, was sie sagte.
Es spielte keine Rolle mehr. Irgendwie war es sogar eine Erleichterung. Er ließ sich an der Wand nach unten rutschen, kauerte wie ein Fötus auf dem Boden und schluchzte wie ein verlorenes Kind.

Ein paar Meilen hinter Newcastle läutete Chris Devines Mobiltelefon. »Ich bin's, Tony. Irgendwas Erfreuliches?«
Sie berichtete ihm von den mageren Ergebnissen ihrer Recherchen, er erzählte ihr im Gegenzug von dem Mißerfolg seiner Mission bei Wharton und McCormick. »Wir können es uns nicht länger leisten, untätig herumzuhängen«, sagte er. »Wenn Donna Doyle noch lebt, kommt es auf jede Stunde an. Das einzige, was mir noch einfällt, ist, Vance mit dem Beweismaterial zu konfrontieren und zu hoffen, daß er entweder in Panik ein Geständnis ablegt oder irgendwas tut, was so gut wie ein Geständnis ist.«
»Genau daran ist Shaz gestorben.« Chris merkte, daß es immer noch genügte, Shaz' Namen auszusprechen, um den Schmerz wie eine frische Wunde zu spüren.
»Ich hatte nicht vor, allein hinzugehen. Ich brauche Rückendeckung.«
»Wie wär's mit Carol?«
Langes Schweigen. Dann sagte er: »Carol hat heute nacht eine ihrer Officer verloren.«

»O Scheiße. Ihr Brandstifter?«
»Ihr Brandstifter. Sie macht sich Vorwürfe, weil sie glaubt, sie habe sich zu sehr bei unseren Recherchen engagiert und darüber ihre Pflicht vernachlässigt. So wie die Dinge liegen, ist das Unsinn. Aber ich kann sie unmöglich darum bitten, heute ihre Dienststelle in Seaford im Stich zu lassen.«
»Ja, sie wird eine Menge Ärger am Hals haben.«
»Ich werde wohl Sie brauchen, Chris. Können Sie sich da oben ausklinken und nach London kommen? Jetzt gleich?«
Sie zögerte keinen Augenblick. Wenn es darum ging, den Mann zu schnappen, der Shaz' wunderschönes Gesicht so gräßlich verstümmelt und sie umgebracht hatte, war ihr nichts zuviel. »Kein Problem. Ich sag Leon und Simon Bescheid.«
»Sie können ihnen sagen, daß Kay auf dem Weg zu ihnen ist. Sie ist heute morgen hiergeblieben, um abzuwarten, was bei meinem Besuch bei Wharton und McCormick herauskommt. Ich werd sie anrufen und ihr sagen, daß sie sich mit Leon und Simon an der Bahnstation Five Walls treffen soll.«

Die Officer in der Kantine brachen in Applaus aus, als Carol und Lee Whitebread hereinkamen. Carol nickte nur kurz, Lee verschanzte sich hinter einem verhuschten Lächeln. Zwei Kaffee und zwei Doughnuts auf ihre Rechnung, dann waren sie wieder draußen und eilten zurück in die Abteilung. Es dauerte mindestens eine Stunde, bis Alan Brinkleys Anwalt dasein konnte, bis dahin saß er erst mal hinter Gittern. Auf halber Treppe drehte Carol sich um und vertrat Lee den Weg. »Wo hat er gesteckt?«
Lee wand sich. »Ich weiß nicht«, murmelte er, »muß wohl ein Funkloch gewesen sein.«
»Blödsinn. Spucken Sie's aus, Lee. Falsche Kameradschaft ist völlig unangebracht. Di Earnshaw könnte noch leben, wenn

Taylor ihr, wie abgesprochen, Rückendeckung gegeben hätte. Genausogut hätte es Sie treffen können. Und nächstes Mal trifft's vielleicht Sie. Also, wo war er? Hatte er sich verdrückt?«

Lee kratzte sich die Stirn. »Nun, in den Nächten, in denen wir zusammen waren … also, bis kurz nach Mitternacht war Tommy auf dem Posten. Dann hat er mich über Funk angerufen und gesagt, er ginge jetzt einen schlucken. Im Corcoran.«

»Bei Di hat er das offensichtlich nicht so gemacht. Weshalb hätte sie sonst bei der Zentrale dringend Verstärkung angefordert?« hakte Carol nach.

Lee verzog das Gesicht. »Ihr hätte er so was natürlich nicht auf die Nase gebunden. Sie war ja kein Kumpel.«

Carol schloß einen Moment lang die Augen. »Wollen Sie damit sagen, ich verdanke es dem traditionellen Yorkshire Chauvinismus, daß ich einen meiner Officer verloren habe?«

Lee starrte auf seine Schuhspitzen. »Hat doch keiner von uns gedacht, daß so was je passieren würde.«

Carol machte auf dem Absatz kehrt, ließ Lee stehen und hetzte die letzten Stufen bis zum Büro der Abteilung hoch. Als sie die Tür aufriß, sprang Tommy Taylor hoch. »Chefin, ich …«

»Für Sie Chief Inspector. In mein Büro. Sofort.« Sie winkte ihn vor sich her. »Wissen Sie, was, Taylor? Ich schäme mich, daß ich in derselben Abteilung arbeite wie Sie.« Die anderen Officer im Büro waren plötzlich so in ihre Akten vertieft, daß sie nicht mal Zeit hatten, hochzusehen.

Carol drückte mit dem Fuß die Tür hinter sich zu. »Hinsetzen wäre Zeitverschwendung. Jedenfalls für Sie«, sagte sie, ging um den Schreibtisch herum und setzte sich. »DC Earnshaw liegt verbrannt im Leichenschauhaus, weil Sie sich während des Dienstes verpißt haben.«

»Ich hab doch nicht …«, begann er.
Carol fuhr einfach mit erhobener Stimme fort. »Bei der offiziellen Untersuchung können Sie soviel Scheiß erzählen, wie Sie wollen. Zum Beispiel das Märchen von einem Funkloch. Bis dahin habe ich Zeugenaussagen von sämtlichen Saufbrüdern im Corcoran eingeholt. Bis Sie endgültig rausfliegen, sind Sie mit sofortiger Wirkung vom Dienst suspendiert. Ich untersage Ihnen, unsere Dienststelle zu betreten und mit anderen Officern Kontakt aufzunehmen.«
»Ich hab doch nicht geahnt, daß sie in Gefahr ist.«
»Der einzige Grund, aus dem Sie Ihr Gehalt kriegen, ist der, daß wir ständig in Gefahr sind«, fuhr Carol ihn an. »Und jetzt gehen Sie mir aus den Augen. Und beten Sie darum, daß Sie nicht weiter im Dienst bleiben. Denn wenn Sie mal in den Flammen liegen, gibt's in ganz East Yorkshire keinen Cop, der Ihnen hilft. Die würden nicht mal auf Sie pinkeln.«
Taylor verließ rückwärts das Büro und drückte leise die Tür hinter sich zu.
»Na, fühlst du dich jetzt besser?« murmelte sie vor sich hin. »Und du hast dir mal geschworen, daß du nie einen anderen für deine Fehler verantwortlich machen wirst.« Sie barg das Gesicht in den Händen. An ihr blieb bei der offiziellen Untersuchung des Vorfalls nichts hängen. Aber das änderte nichts an ihrem Gefühl, an Di Earnshaws Tod genausoviel Schuld zu haben wie Taylor. Und nichts daran, daß sie's war, die Dis Eltern die Nachricht überbringen mußte.
Das einzig Gute war, daß sie sich wegen Jacko Vance und Donna Doyle nun nicht mehr den Kopf zerbrechen mußte. Um das Problem mußte sich jetzt ein anderer kümmern.

Von Haustür zu Haustür pilgern, hatte Chris Devine gesagt, und da hatten Simon und Leon das Bild eines hübschen kleines Dorfes mit drei, vier Straßen vor Augen gehabt. Woher

hätten sie auch ahnen sollen, daß es – abgesehen von den paar Häusern, die den Dorfkern von Five Walls ausmachten – ringsum nur Farmland, Bauernkaten und zu Wochenendhäusern umgestaltete Cottages gab, und das alles verstreut in einem langgestreckten Tal? Um sich überhaupt orientieren zu können, kauften sie als erstes bei der Gemeindeverwaltung eine Wanderkarte.
Als Kay endlich zu ihnen stieß, teilten sie das Gebiet unter sich auf und vereinbarten, sich spätnachmittags an der Bahnstation wiederzutreffen. Eine undankbare Aufgabe, aber für Kay war es etwas leichter, weil die Leute, wenn eine Frau vor der Haustür steht, sich meistens nicht so zugeknöpft geben wie bei einem Mann. Bis zum späten Nachmittag hatte sie zwei Dorfbewohner aufgespürt, die Donna Doyle möglicherweise gesehen hatten, und zwar in dem Zug, mit dem sie abends gewöhnlich heimfuhren. Aber beide konnten nicht mit Sicherheit sagen, an welchem Tag das gewesen war.
Sie fand auch heraus, wo Jacko Vance' Schlupfwinkel lag. In einem der Häuser, bei denen sie angeklopft hatte, wohnte der Dachdecker, der vor fünf Jahren das Schieferdach der ehemaligen Kapelle erneuert hatte. Kays neugierige Fragen machten ihn kein bißchen mißtrauisch. Er kannte das, denn Männer wie Jacko Vance sind nun mal bekannt wie ein bunter Hund, und da fragen einen die Leute eben Löcher in den Bauch.
Bis zum Treff an der Bahnstation hatte Kay noch ein paar zusätzliche Details in Erfahrung gebracht. Vance hatte die ehemalige Kapelle vor etwa zwölf Jahren gekauft, ungefähr ein halbes Jahr nach seinem Unfall, praktisch nur noch eine Ruine, und es hatte ihn eine Menge Geld gekostet, den Bau zu restaurieren. Nach seiner Heirat mit Micky waren alle überzeugt, daß das Cottage das Wochenendhaus des Ehepaars

werden sollte, aber tatsächlich war es eine Art Fluchtburg vor der Hektik des Fernsehgeschäfts und der Stützpunkt für die karitative Arbeit im Krankenhaus von Newcastle für ihn geworden. Niemand wußte, weshalb er sich gerade diese Gegend ausgesucht hatte, familiäre Bindungen gab es, soweit die Dörfler wußten, nicht.

Leon und Simon staunten nicht schlecht, was Kay alles wußte. Sie selbst waren nicht so erfolgreich gewesen. Zwei, drei Leute wollten Donna an der Bahnstation gesehen haben, und einer, wie sie auf dem Parkplatz in einen Wagen eingestiegen sei. Aber er konnte weder den Tag noch die Zeit oder die Automarke nennen.

»Das bringt uns alles nicht weiter«, murrte Leon. »Wir sollten uns diese umgebaute Kapelle ansehen.«

»Tony möchte das aber nicht«, erinnerte ihn Simon. »Wir müssen ihn zumindest vorher fragen.«

Leon verdrehte die Augen. »Gut, ich rufe ihn an.« Er zog umständlich das Handy aus der Tasche und tippte eine Nummer ein. Welche, sahen die anderen nicht. Als das Telefon endlos durchläutete, stellte er fest: »Ihr habt's ja selber gehört, er meldet sich nicht. Was kann's schon schaden, wenn wir uns ein bißchen dort umsehen? Verdammt, das Kid lebt vielleicht noch, und wir sitzen hier faul herum. Kommt schon, irgendwas müssen wir einfach unternehmen.«

Kay und Simon sahen sich an. Es war ihnen nicht wohl dabei, entgegen Tonys ausdrücklicher Anweisung zu handeln. Aber lediglich Däumchen drehen, während es vielleicht um das Leben eines jungen Mädchens ging, wollten sie auch nicht.

»Na gut«, sagte Kay schließlich. »Aber wir sehen uns nur um, sonst nichts. Bleibt's dabei?«

»Na klar«, sagte Leon begeistert, »es bleibt dabei.«

»Das will ich schwer hoffen«, murmelte Simon beklommen.

Chris Devine schlürfte einen doppelten Espresso und inhalierte tief an der zweiten Zigarette. Irgendwas mußte sie ja gegen ihre Müdigkeit tun, zumal im Shepherd's Bush am Sonntag nachmittag zur Teezeit tote Hose war. »Erzählen Sie mir noch mal, wie Sie vorgehen wollen«, verlangte sie von Tony.
»Ich gehe zu dem Haus. Nach dem Terminplan, den Sie von Ihrer Freundin haben, ist Vance heute nachmittag bei einer Modenschau zu wohltätigen Zwecken in Kensington, also ist kaum anzunehmen, daß er nach Northumberland gefahren ist.«
»Wär's da nicht eine günstige Gelegenheit, uns dort umzusehen?« unterbrach ihn Chris. »Wenn Donna Doyle noch lebt ...«
»Es ist nicht gesagt, daß sie dort ist. Und wenn wir um sein Cottage rumschleichen, riskieren wir, daß ein Nachbar zum Telefon greift und ihn anruft. Dann stehen wir ganz schön dumm da. Bis jetzt weiß er noch nicht, daß wir ihm schon dicht auf den Fersen sind. Er weiß nur, daß ich hinter ihm herschnüffle. Die ideale Ausgangssituation für eine direkte Konfrontation.«
»Und wenn seine Frau da ist? Er läßt sich bestimmt nicht auf ein Gespräch über Shaz ein, wenn er befürchten muß, daß sie etwas davon mitkriegt.«
»Wenn Micky und Betsy da sind, dann stehen meine Chancen um so besser, daß ich ungeschoren wieder rauskomme.«
»Ja, das ist richtig. Okay, weiter.«
»Ich werde ihm sagen, daß ich unabhängig von der Polizei ermittle und im Zusammenhang mit Shaz Bowmans Tod einige wichtige Videobeweise ausgegraben habe, bei deren Auswertung er mir möglicherweise helfen kann. Da ich allein komme, läßt er mich vermutlich anstandslos rein, weil er sich sagt, daß er mich, wenn ich wirklich was gegen ihn in der Hand habe, notfalls auf dieselbe Weise wie Shaz loswerden

kann. Ich zeig ihm das Bildmaterial und sage ihm auf den Kopf zu, daß er Shaz' Mörder ist. Und Sie sitzen mit einem Funkempfänger und einem Tonbandgerät draußen im Wagen und nehmen auf, was dieser hübsche kleine Kugelschreiber, den ich in der Tottenham Court Road gekauft habe, Ihnen zuflüstert.« Er wedelte mit dem in einem Kugelschreiber verborgenen Minisender vor ihrer Nase herum.
»Glauben Sie, daß er auf Sie losgeht?« fragte Chris.
Tony zuckte die Achseln. »Wenn er allein zu Hause ist, wird er versuchen, mich umzubringen. Das ist dann Ihre große Stunde. Sie kommen reingerauscht wie die Kavallerie beim Sturmangriff.« Seine Formulierung war flapsig, aber sein Blick verriet, daß er sehr wohl wußte, worauf er sich einließ.
»Okay«, sagte Chris, »nageln wir den verdammten Kerl fest.«

Nach zehn Minuten war ihnen klar, daß es unmöglich war, in die umgebaute Kapelle einzudringen, ohne ungefähr soviel Aufsehen zu erregen wie ein Wolf, der sich in eine Schafherde einschleichen will. »Scheiße«, fluchte Leon.
»Die Ecke hat er sich nicht von ungefähr ausgesucht«, meinte Simon und ließ den Blick über den Hügel gegenüber Vance' Cottage und die Schafweiden schweifen. Weit und breit kein Mensch zu sehen, nicht mal eine menschliche Behausung.
»Komisch«, meinte Kay, »normalerweise verschanzen Fernsehstars sich hinter Gittern, Mauern und meterhohen Hecken. Aber die Kapelle zieht die Leute eher magisch an.«
»Ich vermute, ihm geht's mehr darum, daß ihm hier keiner auf die Finger gucken kann«, sagte Simon. »Anscheinend hat er 'ne Menge zu verbergen.«
Leon nickte. »Und genau das wollen wir rausfinden.«
Sie sahen sich an. Kay schüttelte den Kopf. Und Simon sagte: »Falls du die Tür eintreten willst, da mache ich nicht mit.«

»Wer sagt denn was von Tür eintreten? Kay, du hast doch mit diesem Mann gesprochen. Hat er was gesagt, daß jemand aus dem Dorf für Vance arbeitet? Ein Gärtner oder eine Putzfrau oder so was?«

»O ja«, warf Simon spöttisch ein, »die Putzfrau muß das Zimmer saubermachen, in dem er seine Mordopfer gefangenhält.«

»Einem Kerl wie dem traue ich alles zu«, sagte Leon. »Hat er was gesagt oder nicht?«

»Kein Wort«, sagte Kay. »Aber wenn jemand was weiß, ist es bestimmt der nächste Nachbar.«

Leon fragte lauernd: »Na, Simon, wer hat hier den schönsten Geordi-Akzent?«

»Scheißidee«, murrte Simon, klopfte aber zehn Minuten später brav an die Tür des großen quadratischen Bauernhauses, von dem aus man über das Moor den knapp eine Meile entfernten Hadrianswall sehen konnte. Er trat nervös von einem Bein aufs andere.

»Immer mit der Ruhe«, redete Kay ihm zu. »Klapp einfach kurz dein Ausweismäppchen auf. Die gucken da nicht so genau hin.«

Wie aufs Stichwort tauchte an der Tür ein etwas kurz geratener, dafür um so grimmiger dreinblickender Alter auf, bei dessen Anblick man sich lebhaft vorstellen konnte, wie schwer seine Altvorderen den Römern das Leben gemacht hatten.

»Ja? Was gibt's denn?«

Sie zückten fast gleichzeitig ihre Dienstausweise. Die Miene des Griesgrams hellte sich vorübergehend auf, wurde aber gleich wieder finster. »DC McNeill von der Northumbria Police«, leierte Simon sein Sprüchlein herunter. »Bei uns kam eben über Funk durch, daß jemand bei Jacko Vance einbrechen will. Wir konnten nichts Verdächtiges feststellen, wollen

uns aber lieber mal im Haus umsehen. Wissen Sie, ob jemand im Dorf den Schlüssel hat?«
»Wieso haben Sie nicht den Dorfpolizisten gefragt?« blaffte der Alte Simon an.
»Tja, wissen Sie, den konnten wir nirgendwo auftreiben. Macht wahrscheinlich seinen Sonntagsspaziergang.«
»Doreen Elliott«, knurrte der alte Mann. »Die Straße runter, an Vance' Haus vorbei. Unten die erste links – das Haus in der Senke, da wohnt sie.«
Simon konnte gerade noch »danke« sagen, dann knallte der Alte ihnen die Tür vor der Nase zu.
Eine halbe Stunde später hatten sie den Schlüssel, aber leider auch Mrs. Doreen Elliott im Schlepptau. Die grimmige Miene, mit der sie bei Kay auf dem Beifahrersitz thronte, verriet ihre Entschlossenheit, den Polizisten genau auf die Finger zu sehen. Man weiß ja, wie die manchmal mit fremdem Eigentum umgehen.

Er nannte seinen Namen, das Tor schwang auf, und Tony spazierte gemächlich die Zufahrt hinauf. Er wollte absichtlich einen linkischen, unsicheren Eindruck machen, um Vance in dem Glauben zu wiegen, daß er einen wie ihn leicht austricksen könne.
Vance öffnete mit strahlendem Fernsehlächeln die Tür und zog Tony förmlich ins Haus. »Schade, Micky treffen Sie heute nicht an, sie verbringt das Wochenende mit Freunden auf dem Land. Ich wollte Sie trotzdem nicht einfach wieder gehen lassen, ohne die Gelegenheit zu nutzen, Sie persönlich kennenzulernen. Ich meine, ich habe Sie natürlich in der Sendung meiner Frau gesehen. Aber mir ist auch aufgefallen, daß Sie neuerdings bei allen öffentlichen Auftritten von mir da sind. Warum sind Sie nicht mal rübergekommen, damit wir uns die Hand schütteln und uns bekannt machen kön-

nen? Nun mußten Sie den ganzen weiten Weg nach London fahren, damit wir das nachholen können.«

Er redet wie ein Wasserfall und versprüht seinen Charme mit der Wasserpumpe, dachte Tony und sagte: »Nun, eigentlich wollte ich nicht zu Micky. Ich wollte mich mit Ihnen über Shaz Bowman unterhalten.«

Vance sah ihn fragend an, dann tat er so, als könne er sich plötzlich wieder erinnern. »Ach ja – die Polizistin, die auf so tragische Weise ums Leben gekommen ist. Wirken Sie denn bei den Ermittlungen der Polizei mit?«

»Wie Ihnen vielleicht von dem Fernsehinterview Ihrer Frau in Erinnerung ist, gehörte Shaz zu der mir unterstellten Spezialgruppe. Da liegt es auf der Hand, daß ich an Ermittlungen regen Anteil nehme.« Immer schön ausweichen und sich hinter Förmlichkeiten verstecken, dachte er, das macht ihn unsicher.

Vance runzelte die Stirn und ließ seine blauen Augen tanzen wie im Fernsehen. »Ja, schon. Aber ich habe mir die Rolle eines Profilers ganz anders vorgestellt. Eher so, daß er Fragen beantwortet, statt welche zu stellen.«

»Sie sind gut unterrichtet«, sagte Tony. »Aber ich versichere Ihnen, daß ich, obwohl ich unabhängig von der Polizei arbeite, das Beweismaterial, auf das ich gestoßen bin, zu gegebener Zeit den zuständigen Ermittlern übergeben werde.« Nun hatte er was zu nagen, weil er überhaupt nicht mehr abschätzen konnte, ob Tony im Auftrag der Polizei oder auf eigene Faust hier war.

»Und was hat das alles mit mir zu tun?«

Tony klopfte sich auf die Jackentasche. »Ich habe Videomaterial dabei, zu dem Sie mir sicher aufschlußreiche Erläuterungen geben können.«

Zum ersten Mal wirkte Vance verunsichert. Aber er fing sich rasch wieder, und das Lächeln des netten großen Jungen von

nebenan war wieder da. »Dann schlage ich vor, daß wir nach oben gehen. Ich habe mir da ein kleines Studio eingerichtet, gleichzeitig ein Plauderstübchen für ausgewählte Gäste.« Er trat einen Schritt beiseite und bedeutete Tony voranzugehen.
Tony stieg die Treppe hoch. Ist ja egal, wo wir uns unterhalten, sagte er sich, Chris hört uns da wie dort und ist, wenn es gefährlich wird, rechtzeitig da. Hoffte er jedenfalls.
Im ersten Stock wollte er haltmachen, aber Vance winkte ihn weiter. »Die erste Tür rechts«, sagte er, als sie das dank der pyramidenförmigen Kuppel lichtdurchflutete Dachgeschoß erreichten.
Tony betrat einen langen, schmalgeschnittenen Raum. Ein Videoschirm füllte fast die ganze Stirnseite aus. Gegenüber stand auf einem Rollwagen ein Videorecorder und auf dem Tischchen daneben ein Filmprojektor. Die Wandregale waren mit Videobändern und Filmbüchsen vollgestopft. Eine Gruppe weicher Ledersessel rundete das Arrangement ab. Aber als Tony das Fenster sah, sank ihm das Herz in die Magengrube.
Auf den ersten Blick schien es ganz normales Glas zu sein, erst bei genauerem Hinsehen machte er die feinen eingewobenen Metallfäden aus. Er kannte das von den Sicherheitsräumen in Regierungsgebäuden. Die Fäden im Glas schützten vor Abhörversuchen und verhinderten gleichzeitig, daß Funkwellen nach außen drangen. Das und die Schallisolierung an den Wänden machte den Raum zu einer abgeschirmten Festung. Nun konnte er schreien, so laut er wollte, Chris Devine würde ihn nicht hören.

Chris starrte ratlos auf das Anwesen in Holland Park. Sie wußte beim besten Willen nicht, was sie jetzt machen sollte. Zunächst hatte sie Tony und Vance laut und deutlich gehört, und dann war der Kontakt plötzlich abgerissen. Das letzte,

was sie mitgehört hatte, war der Satz »Die erste Tür rechts«. Das sagte ihr nicht viel, zumal sie nicht mal wußte, welches Stockwerk gemeint war.
Zuerst hatte sie geglaubt, an dem Gerät wäre etwas nicht in Ordnung. Ein lockerer Draht oder eine Batterie, die nicht richtig in der Halterung saß. Sie überprüfte in hektischer Eile den Kugelschreiber, fand aber nichts. Chris zerbrach sich den Kopf, was da los sein könnte. Ein Gerangel, weil Vance den Minisender entdeckt hatte, hätte sie gehört. Es konnte eigentlich nur so sein, daß Tony den Sender selbst abgestellt hatte. Zum Beispiel, weil er sich in einem Zimmer befand, in dem die elektronische Rückkopplung ihn verraten hätte. Vance hatte was von einem Studio gesagt. Wahrscheinlich standen dort Geräte, die zu einer Rückkopplung führten.
Sie konnte sich, wenn sie unschlüssig war, selber nicht leiden. Wer weiß, was Tony zugestoßen war. Er hielt sich im Haus eines Mörders auf, bei dem er, wie er selber gesagt hatte, damit rechnen mußte, daß er versuchen würde, ihn umzubringen.
Natürlich konnte sie es mit seinem Mobiltelefon versuchen. Aber sie hatten abgesprochen, daß sie das nur im äußersten Notfall tun sollte. Andererseits, eine außerplanmäßige Funkstille war ein solcher Notfall. Sie drückte die Wahlwiederholung, unter der seine Nummer gespeichert war, und die Sendetaste. Einige Sekunden vergingen, dann sagte eine aufreizend ruhige weibliche Automatenstimme: »Die von Ihnen angewählte Telefonanlage ist zur Zeit nicht erreichbar. Bitte versuchen Sie es später wieder.«
»Scheiße, Scheiße, Scheiße«, zischte sie. Sie war am Ende ihres Lateins. Es konnte sein, daß sie Tony die Tour vermasselte, aber wenn sie damit Schlimmeres verhüten würde, nahm sie es in Kauf. Sie sprang aus dem Wagen, überquerte die Straße und rannte auf Vance' Haus zu.

Tony war sich des Risikos, das er einging, voll bewußt. »Nette kleine Spielzeugsammlung, die Sie hier aufgebaut haben.«
Vance konnte sich ein Grinsen nicht verkneifen. »Das Beste, was man mit Geld kaufen kann. So, was sollte ich mir ansehen?«
Tony gab ihm die Videokassette und sah zu, wie er sie in den Recorder schob. Ihm fiel auf, daß Vance hier, wo ihm alles vertraut war, von der Behinderung nichts anzumerken war. Interessant. Eine Jury würde ihm kaum abkaufen, daß er wirklich so unbeholfen war, wie er sich beim Auftanken von Shaz' Wagen angestellt hatte. Tony nahm sich vor, dem Gericht, wenn es zum Prozeß kam, vorzuschlagen, daß Vance den Tankvorgang in Anwesenheit der Geschworenen wiederholen sollte.
»Nehmen Sie irgendwo Platz«, sagte Vance.
Tony wählte einen Sessel, von dem aus er Vance von der Seite beobachten konnte. Das Band lief, Vance dimmte mit einer Fernbedienung die künstliche Beleuchtung. Tony rüstete sich innerlich für die nächste Stufe der Konfrontation. Zunächst gab das Band den Tankvorgang unbearbeitet wieder, man sah Vance mit der Fliegerbrille, der grauen Perücke und den aufgedunsenen Wangen. Aus Vance' Kehle kam ein leiser, dumpfer Laut, fast wie ein unterdrücktes Knurren. Als das Band weiterlief, veränderten sich die Tonhöhe und die Lautstärke des Knurrens. Es war ein Lachen, wurde Tony klar.
»Soll ich das etwa sein?« brachte Vance schließlich glucksend heraus und sah Tony grinsend an.
»Das *sind* Sie. Sie wissen es, ich weiß es, und bald werden es alle wissen.« Tony hoffte, daß er den richtigen Ton getroffen hatte, irgendwo zwischen Überzeugung und Zweifel. Solange Vance glaubte, alles unter Kontrolle zu haben, gab es die Chance, daß er einen Fehler beging.

Vance' Blick huschte zum Bildschirm. Dort lief jetzt das computerbearbeitete Band, in Slow-motion. Die Ähnlichkeit zwischen dem Mann auf dem Video und dem, der mit der Fernbedienung in der Hand in diesem Studio saß, war unverkennbar.
»Ach du liebes bißchen«, japste Vance amüsiert, »glauben Sie wirklich, irgend jemand würde auf der Basis solcher gefälschter Bilder Anklage erheben?«
»Das ist noch nicht alles«, sagte Tony gelassen. »Sehen Sie sich's weiter an. Die Passage, in der Sie das zweite Mal nach Leeds fahren, um den Rest der Arbeit zu erledigen, mag ich besonders.«
Vance drückte die Stopptaste, nahm das Band aus dem Recorder und warf es Tony zu. »Ich laufe nicht so herum«, sagte er verächtlich. »Ich würde mich schämen, wenn ich mich als Behinderter derart billig verkleiden würde. Da müssen Sie schon mit was Besserem kommen.«
Tony warf ihm eine Kopie seines Täterprofils zu. Vance fing sie geschickt mit der linken Hand auf und schlug die erste Seite auf. Einen Moment lang straffte sich die Haut um seinen Mund und seine Augen. Tony merkte ihm an, daß er sich nur mit äußerster Willenskraft eine scharfe Reaktion verkneifen konnte.
»Es ist alles drin«, sagte er. »Einschließlich einer Auswahl Ihrer Opfer. Fotos, auf denen Sie zusammen mit ihnen zu sehen sind. Die erstaunliche Ähnlichkeit mit Jillie. Barbara Fenwicks Verstümmelung. Das alles spricht gegen Sie.«
Vance sah ihn an und schüttelte mitleidig den Kopf. »Sie haben nicht den Hauch einer Chance. Läppische Indizienbeweise und verfälschtes Fotomaterial. Haben Sie eine Ahnung, wie viele Leute sich im Laufe eines Jahres mit mir zusammen fotografieren lassen? Das Erstaunliche ist, daß kei-

ner von ihnen umgebracht wurde. Sie vergeuden Ihre Zeit, Dr. Hill. Genau wie DC Bowman vor Ihnen.«
»Sie werden sich da nicht rausreden können, Vance. Keine Jury nimmt Ihnen ab, daß das alles nur Zufälle sind.«
»Es gibt keine Jury, in der nicht ein halbes Dutzend meiner Fans sitzt. Die glauben mir, wenn ich ihnen sage, daß das Ganze eine Hexenjagd ist. Wenn Sie nicht auf der Stelle mit den haltlosen Anschuldigungen aufhören, hetze ich Ihnen nicht nur meine Anwälte auf den Hals, sondern ich wende mich auch an die Presse und erzähle denen was von dem traurigen kleinen Mann im Dienste des Innenministeriums, der sich leidenschaftlich in meine Frau verliebt hat. Er macht sich natürlich falsche Hoffnungen, wie das immer ist, wenn traurige kleine Männer sich in Fernsehstars verlieben. Darum versucht er, mir ein paar frei erfundene Serienmorde anzuhängen. Dann wollen wir doch mal sehen, wer am Ende wie ein Narr dasteht, Dr. Hill.« Vance klemmte sich den schmalen Ordner unter die Prothese und zerriß ihn.
»Sie haben Shaz Bowman ermordet«, sagte Tony, »und noch viele andere junge Mädchen. Aber selbst wenn es nur um Shaz Bowman ginge, kommen Sie nicht ungeschoren davon. Wir kriegen Sie.«
»Das sehe ich anders. Wenn es in diesem Ordner irgend etwas gäbe, was man einen Beweis nennen könnte, wären hochrangige Officer hierhergekommen, nicht Sie. Das sind alles nur Auswüchse Ihrer Fantasie, Dr. Hill. Sie brauchen ärztliche Hilfe.«
Ehe Tony etwas erwidern konnte, fing ein grünes Lämpchen neben der Tür zu blinken an. Vance ging hin und nahm ein Wechselsprechgerät aus der Halterung. »Wer ist da?« Er lauschte einige Sekunden. »Bemühen Sie sich nicht, Detective, Dr. Hill will gerade gehen.« Er schob das Gerät in die Halterung zurück und musterte Tony. »Na, wollen Sie gehen?

Oder muß ich erst Officer rufen, die die Dinge vernünftiger sehen als Sergeant Devine?«
Tony stand auf. »Ich lasse bei dieser Sache nicht locker.«
Vance lachte lauthals. »Und meine Freunde im Innenministerium haben geglaubt, Sie hätten eine glänzende Karriere vor sich. Hören Sie auf meinen Rat, Dr. Hill. Vergessen Sie Shaz Bowman. Nehmen Sie Urlaub, Sie sind ganz offensichtlich überarbeitet.« Aber seine Augen lachten nicht mit, sogar er mit all seiner Erfahrung, sich vor Kameras zu verstellen, konnte seine Besorgnis nicht verbergen.
Tony zog ein niedergeschlagenes Gesicht, aber innerlich war ihm eher zum Jubeln zumute. Er war nicht am Ziel, aber er hatte viel erreicht. Und so war er mit sich und dem Ergebnis durchaus zufrieden, als er die Haustür hinter sich zuzog.

Die kleine Kapelle beeindruckte Kay durch ihre Schlichtheit und die architektonische Harmonie. Sie hatte durch den Umbau nichts von ihrer Leichtigkeit und räumlichen Weite verloren. Das Mobiliar war schnörkellos und rustikal, die einzigen Farbtupfen waren die Webteppiche auf dem Steinfußboden. Kochnische, Eß- und Wohnecke bildeten eine Einheit. Ganz hinten führte eine Treppe zur Schlafgalerie, darunter stand eine Werkbank mit verschiedenen Werkzeugen.
Neben Kay stand Doreen Elliott, eine Frau in den Fünfzigern, fest und unerschütterlich, der man die Entschlossenheit ansah, wie der Hadrianswall allen Stürmen des Lebens zu trotzen. »Sie scheinen nicht sehr beschäftigt zu sein, daß Sie sich um so einen windigen Einbruchsverdacht kümmern können, und auch noch zu dritt«, sagte sie.
»Wir waren gerade in der Gegend, da war's einfacher, schnell mal nachzusehen, statt jemanden von der zuständigen Dienststelle anzufordern. Und außerdem – wenn's um

Jacko Vance geht, ist uns keine Mühe zuviel«, schwindelte Kay.
»Hm. Wonach suchen Ihre Kollegen eigentlich?«
Simon hob mit der Schuhspitze die Teppiche an und ging von Zeit zu Zeit in die Hocke, um den Steinfußboden zu inspizieren. Leon zog die Klapptüren und Schubladen in der Küche auf und sah sich den Inhalt genau an. Vermutlich suchte er Anzeichen dafür, daß Donna Doyle hiergewesen war.
»Routine«, behauptete sie. »Nachsehen, ob da jemand gewühlt hat oder ob sich irgendwo einer versteckt.«
Simon hatte die Inspektion des Fußbodens aufgegeben und näherte sich der Werkbank. Kay sah, wie er seine Schultern straffte, als er dicht davor stand.
»Mr. Vance scheint gern zu basteln, wie?« sagte er und winkte Simon zu sich herüber. »Holzarbeiten, vermute ich.«
»Er bastelt Holzspielzeug für die Kinder im Krankenhaus von Newcastle«, sagte Mrs. Elliott mit so unüberhörbarem Stolz, als ginge es um ihren Sohn. »Sorgt sich unermüdlich um sie. Er hätte eine Medaille dafür verdient, daß er soviel Zeit an ihren Krankenbetten verbringt. Es muß ja nicht gleich das Georgskreuz sein.«
Leon war zu Simon herübergekommen. »'ne tolle Werkzeugsammlung. Mann, diese Meißel sind scharf wie 'n Rasiermesser.« Seine Miene war ernst und grimmig. »Kay, komm mal her und guck dir den Schraubstock an.«
»Den braucht er, um das Holz festzuklemmen«, sagte Mrs. Elliott. »Mit dem kaputten Arm kann er das nicht tun. Ist seine dritte Hand, sagt er immer.«

»Was, zum Teufel, war da drin los?« fragte Chris, als das Tor zur Auffahrt hinter Tony zugeglitten war.
»Wieso? Ich wollte gerade gehen, als Sie angerufen haben.«

»Ich meine die Funkverbindung. Die war plötzlich tot.«
Tony zuckte die Schultern. »Er hat das Studio elektronisch abgeschirmt, damit ihn niemand unbemerkt belauschen kann. An die Möglichkeit hätte ich früher denken müssen.«
Chris zündete sich eine Zigarette an. »Jagen Sie mir bloß nie mehr so einen Schrecken ein. Also, wie ist es gelaufen? Hat er was ausgespuckt? Sagen Sie ja nicht, er hat, und wir haben's nicht auf Band?«
Tony sah zum Haus hinüber und stellte mit Genugtuung fest, daß Vance im Dachgeschoß am Fenster stand und ihnen nachblickte. »Steigen wir erst mal in mein Auto, dann erzähl ich's Ihnen.« Er ließ den Motor an und fuhr um die nächste Ecke.
»Er hat auf die Beweise mit Hohn und Spott reagiert«, sagte er, nachdem er das Auto hinter dem von Chris abgestellt hatte. »Er hat mir klar zu verstehen gegeben, daß wir ihm nicht an den Karren fahren könnten und daß er mir, wenn wir ihn nicht in Ruhe lassen, übel mitspielen wird.«
»Hat er damit gedroht, Sie zu töten?«
»Nein, Vance hat mir mit der Presse gedroht. Und daß er mich wie den letzten Trottel aussehen lassen wird.«
»Für einen, der seinen großen Showdown vermasselt hat, sehen Sie recht zufrieden aus«, wunderte sich Chris. »Ich dachte, Sie sind darauf aus, daß er entweder plaudert oder die Nerven verliert und über Sie herfällt?«
Tony zuckte die Achseln. »Im Grunde habe ich nicht damit gerechnet, daß er ein Geständnis ablegt. Und wenn er mich umbringen will, hätte er's nicht zu Hause getan. Im Fall von Shaz hat er Wharton und McCormick noch davon überzeugen können, daß ihr Besuch bei ihm ganz harmlos verlaufen war. Aber ich vermute, wenn ich nun auch ermordet würde, nachdem ich bei ihm war, würden sogar die beiden Meisterdetektive Verdacht schöpfen. Nein, mir ging's eigentlich nur

darum, ihn zu verunsichern. Er soll anfangen, sich Sorgen zu machen, ob er auch wirklich alle Spuren gründlich genug verwischt hat.«

»Und was haben wir davon?« Chris drehte das Fenster herunter und streifte die Asche ihrer Zigarette ab.

»Wenn wir Glück haben, jagt er auf schnellstem Weg dorthin, wo er die Morde begangen hat. Er muß sicher sein, daß es dort keine belastenden Spuren gibt. Und sei's nur für den unwahrscheinlichen Fall, daß ich Wharton und McCormick dazu überreden kann, sich einen Durchsuchungsbefehl zu besorgen.«

»Sie meinen, jetzt gleich?«

»Darauf würde ich wetten. Nach seinem Terminkalender ist er bis morgen nachmittag um drei frei. Danach wird's die ganze Woche verdammt eng. Also muß er's heute tun.«

»O nein«, stöhnte Chris, »nicht schon wieder die M1.«

»Übernehmen Sie's?«

»Ich übernehm's«, seufzte sie. »Wie sieht der Plan aus?«

»Er hat mich zusammen mit Ihnen wegfahren sehen, also glaubt er, daß die Luft rein ist. Ich fahre hoch nach Northumberland, und Sie versuchen, sich an ihn dranzuhängen, wenn er aufbricht. Wir können über Telefon in Verbindung bleiben.«

»Gott sei Dank ist es dunkel. Und mit etwas Glück merkt er nicht, daß er dauernd dieselben Scheinwerfer hinter sich hat.« Sie stieg aus und beugte sich in Tonys Wagen. »Ich kann's nicht fassen, daß ich mich darauf einlasse. Den ganzen Weg von Northumberland nach London, bloß um wieder kehrtzumachen und zurückzufahren. Wir müssen irre sein.«

»Nein, nur darauf aus, einen Irren zu schnappen.«

Sie ging zu ihrem Wagen, sah zu, wie Tony wendete und zurück zur Straße fuhr. Es war bereits sieben. Fünf, sechs Stunden bis hoch nach Northumberland. Hoffentlich ging dann

der Tanz nicht erst richtig los. Sie wußte nicht, ob sie nach der langen Fahrt noch fit genug war.
Sie stellte den Sender ein, der um die Zeit die Golden Oldies brachte, und summte bei den Hits aus den Sechzigern mit. Lange hielt die Idylle nicht an, das Tor der Zufahrt zu Vance' Haus schwang auf, die lange silberne Nase des Mercedes schob sich auf die Straße. »Ach du lieber Himmel«, sagte sie, ließ den Motor an und rollte ein paar Meter vor.
Holland Park Avenue, dann Richtung Zubringer zur A40. Schon während sie durch Acton und Ealing fuhren, beschlich Chris ein ungutes Gefühl. Das war nicht der schnellste Weg nach Northumberland, ganz im Gegenteil. Chris konnte sich nicht vorstellen, daß er vorhatte, so weit nach Westen zu fahren, um über die M25 die nach Norden führende M1 zu erreichen.
Sie blieb so dicht dran, daß sie seine Rücklichter nicht aus den Augen verlor, und achtete darauf, daß sich nie mehr als ein Fahrzeug zwischen sie schob. Schließlich tauchten die Hinweisschilder der Abzweigung zur M25 vor ihnen auf. Aber Vance blieb auf der schnellen rechten Spur und machte keine Anstalten, die Geschwindigkeit zu drosseln.
Verdammt, er bog nicht ab! Sie mußte das Gaspedal durchtreten, um dranzubleiben. Er fuhr etwas über der zugelassenen Geschwindigkeit, genau in dem Grenzbereich, in dem man noch gute Chancen hat, nicht gestoppt zu werden. Sie griff nach ihrem Mobiltelefon und drückte die Kurzwahltaste mit Tonys eingespeicherter Nummer.
»Tony? Hier ist Chris. Hören Sie, ich bin auf der M40, Richtung Westen, dicht hinter ihm. Wo immer er hinwill, Northumberland ist bestimmt nicht sein Ziel.«

Seit der Entdeckung des Schraubstocks standen sie noch mehr unter Zeitdruck; jetzt kam es auf jede Viertelstunde an.

Kay ahnte, wie befremdlich die plötzliche Hektik auf Mrs. Elliott wirken mußte. Sie versuchte, die Zugehfrau durch ein wenig Geplauder abzulenken. »Die Umgestaltung der alten Kapelle ist wirklich wunderschön gelungen«, sagte sie begeistert.

Das war Musik in Doreen Elliotts Ohren. Sie führte Kay zur Kochnische und fuhr liebevoll mit der Hand über das glatte Holz der Einbaumöbel. »Unser Derek hat die Küche gemacht. Mr. Vance war nichts zu teuer. Alles vom Feinsten und Modernsten.« Sie deutete auf die Klapptüren unter der Arbeitsplatte. »Waschmaschine, Trockner, Kühlschrank, Gefrierschrank – alles schön ordentlich hinter Holz verkleidet.«

»Ich hätte gedacht, daß er seine Frau öfter mit herbringt«, klopfte Kay auf den Busch.

Das Thema behagte Doreen Elliott weniger, sie runzelte die Stirn. »Na ja, er hat uns erzählt, es sollte ein Wochenendhaus für sie werden, aber dann ist sie nie mitgekommen. Sie hätt's mehr mit der Stadt, sagt er, das Landleben läge ihr nicht so. Und 's ist ja wahr, wenn man sie im Fernsehen sieht, weiß man, daß sie nicht zu Leuten wie uns paßt. Er ist da ganz anders.«

»Was, sie war nie hier?« Kay tat, als wäre das ganz neu für sie. Und als sich Mrs. Elliotts Stirn noch mehr kräuselte, fügte sie rasch hinzu: »Uns interessiert nur, wer sonst noch einen Schlüssel hat. Aus Sicherheitsgründen.«

»Hab sie nie zu Gesicht bekommen.« Aber dann grinste Doreen Elliott plötzlich verschmitzt. »Damit will ich nicht sagen, daß nie eine Frau hier war. Aber das muß jeder mit sich selber ausmachen.«

Kay fragte mit harmlosem Augenaufschlag: »Haben Sie ihn mal mit einer anderen Frau hier gesehen?«

»Direkt gesehen nicht. Aber ich sorge hier alle vierzehn Tage fürs Putzen und Staubwischen, und da habe ich ein paarmal in der Geschirrspülmaschine Gläser mit Lippenstiftspuren gefunden. So was geht nicht leicht ab, wissen Sie, da muß man ein bißchen nachspülen. Na ja, und ich hab eben zwei und zwei zusammengezählt und mir gedacht, daß er wohl eine Freundin hat. Aber ich kann meinen Mund halten.«

Nur wenn dich keiner fragt, dachte Kay sarkastisch. »Kaum zu glauben, daß es seiner Frau in so einem Haus nicht gefällt.«

»Ein Palast«, sagte Mrs. Elliott und dachte dabei vermutlich an ihr eigenes bescheidenes Cottage. »Ich wette, in ganz Northumberland gibt's kein zweites Haus mit eigenem Atomschutzbunker.«

Das Wort schlug bei Kay ein wie eine Bombe.

»Ein Atomschutzbunker?« fragte Kay mit bebender Stimme. Leon und Simon erstarrten, dann fuhren ihre Köpfe herum. Mrs. Elliott dachte wohl, die drei glaubten ihr nicht, und reagierte ein bißchen gekränkt. »Direkt unter Ihren Füßen. Glauben Sie, ich saug mir das aus den Fingern, Mädchen?«

Chris hatte das Telefon kaum weggelegt, als sie sah, daß Vance blinkte. Und tatsächlich, an der nächsten Abfahrt lenkte er den Mercedes von der M40. Chris folgte ihm in gewissem Abstand und schaltete sogar, als sie auf eine schmale Nebenstraße abbogen, die Scheinwerfer aus. Und hinter einer langgezogenen Kurve war ihr auf einmal klar, wohin Vance wollte. Flutlicht erhellte den Privatflugplatz, ein Dutzend kleiner Maschinen war neben dem Rollfeld geparkt. Sie sah noch, wie das grelle Licht die beiden Lichtarme von Vance' Scheinwerfern verschluckte und wie seine Bremslichter hinter einer Maschine aufleuchteten und dann verloschen. Ein Mann sprang aus dem Cockpit und winkte. Vance stieg aus dem Mercedes und begrüßte den Piloten mit einem Klaps auf die Schulter.

O verdammt, dachte Chris. Schon wieder so eine Situation, in der sie ratlos war. Vance konnte die Maschine gechartert haben, um sich nach Northumberland bringen zu lassen. Aber er konnte auch die Absicht haben, das Land im Schutz der Dunkelheit zu verlassen. Ein kurzer Flug über den Kanal, und schon war er noch vor Morgengrauen im Europa der offenen Grenzen und Gott weiß wo. Sollte sie versuchen, in letzter Sekunde einzugreifen, oder sollte sie ihn fliegen lassen?

Sie ließ den Blick über das Flugfeld schweifen und entdeckte, halb hinter einem Hangar versteckt, den kleinen Kontrollturm. Sekunden später sprang stotternd der Motor an Vance' Maschine an, die Propeller begannen sich zu drehen. »Scheiße«, fluchte Chris und legte den Gang ein. Sie jagte über den Rundkurs des Flugplatzes und kam am Kontrollturm an, als die kleine Maschine gerade auf die Startbahn rollte.

Sie hetzte in das Gebäude, der Mann am Kontrolltisch sah erschrocken hoch. Chris hielt ihm ihren Dienstausweis vor die Nase. »Die Maschine auf dem Rollfeld – hat der Pilot einen Flugplan ausgefüllt?«

»Ja. Ja, hat er«, stammelte der Mann. »Er will nach Newcastle. Gibt's Probleme? Ich kann ihn anweisen, den Start abzubrechen. Wir bemühen uns immer, der Polizei behilflich zu …«

»Nein, es gibt keine Probleme«, versicherte Chris mit grimmiger Miene. »Vergessen Sie, daß ich hier war. Auch kein kleiner Funkspruch, daß jemand Fragen gestellt hat, klar?«

»Nein. Ich meine, ja. Kein Funkspruch. Alles klar.«

»Und nur zur Sicherheit«, sagte sie mit dem betörenden Lächeln, mit dem sie Männern gelegentlich Geständnisse entlockte, »ich stehe hier neben Ihnen.« Sie nahm das Mobiltelefon aus der Tasche und tippte Tonys Nummer ein. »Sergeant Devine. Der Gesuchte befindet sich an Bord einer Privatmaschine, Zielflughafen Newcastle. Von jetzt ab müssen Sie sich um ihn kümmern. Ich schlage vor, daß Sie ihn an seinem endgültigen Ziel von Ihren Leuten gebührend empfangen lassen.«

»Scheiße, ein Flugzeug.« schimpfte Tony. »Ich vermute, Sie können nicht frei reden.«

»Richtig. Ich stehe hier, damit der Mann im Kontrollturm den Gesuchten nicht über Funk warnen kann.«

»Fragen Sie ihn, wie lange man bis Newcastle braucht.«

Tony hörte halbverschlucktes Murmeln, dann war Chris wieder dran. »Er sagt, mit der Aztek, die sie fliegen, müßten sie's in zweieinhalb bis drei Stunden schaffen. Da haben Sie keine Chance.«

»Ich versuch's trotzdem. Und – danke, Chris.«

Also zwischen zweieinhalb und drei Stunden? Und danach mußte Vance versuchen, ein Taxi oder einen Mietwagen zu finden, was an einem Sonntag abend um zehn vermutlich nicht so einfach war. Also hatte Chris doch recht gehabt, er konnte Vance nicht vor Erreichen seines Ziels abfangen.

Vance war nicht dumm. Er rechnete damit, daß Tony etwas von dem Cottage in Northumberland wußte und sich, nachdem bei seinem Besuch in Holland Park nichts herausgekommen war, auf den Weg dorthin machen würde. Was Vance nicht wußte, war, daß Tony bereits drei seiner Leute in Northumberland hatte. Tony vermutete, daß die drei immer noch mit ihren Recherchen beschäftigt waren, er hatte jedenfalls nichts anderes gehört. Genaugenommen hatte er seit drei Uhr nachmittags nichts mehr von ihnen gehört, als sie, wie Simon am Telefon gesagt hatte, von Haus zu Haus gegangen waren, um zu hören, ob jemand Donna Doyle gesehen hätte.

Drei junge Officer, die daran gewöhnt waren, daß ihnen jemand sagte, was sie tun sollten, ohne Erfahrung, wann es besser war, sich zurückzuhalten und wann der Moment für entschlossenes Handeln gekommen war. Sie brauchten jemanden, der ihnen das sagen konnte. Und es gab nur einen Menschen, der rechtzeitig in Northumberland sein konnte.

Sie meldete sich nach dem dritten Durchläuten. »DCI Jordan?«

»Ich bin's, Carol. Wie geht's Ihnen?«

»Nicht gut. Um ehrlich zu sein, ich bin froh, Ihre Stimme zu hören. Ich fühle mich wie eine Aussätzige. Alle schneiden mich, weil sie denken, daß ich irgendwie für Di Earnshaws Tod mitverantwortlich bin. Und zu Dis Eltern zu gehen und ihnen die Nachricht zu überbringen war auch nicht so einfach. Ich mußte an die alten Griechen denken, die die Überbringer schlechter Nachrichten getötet haben. Manchmal mag das für den Boten eine Erlösung gewesen sein.«

»Es tut mir so leid für Sie. Wäre besser gewesen, wenn ich Sie nicht in die Sache mit Vance reingezogen hätte.«

»Jemand muß Vance stoppen«, sagte sie entschieden, »und außer mir wollte Ihnen ja niemand zuhören. Was in Seaford passiert ist, war nicht Ihre Schuld. Dafür bin ich verantwortlich. Ich hätte mehr Leute für die Observation anfordern müssen.«

»Carol, hören Sie auf, sich Vorwürfe zu machen.«

»Das kann ich nicht. Aber genug davon. Wo sind Sie? Und wie war's bei Vance?«

»Ich bin auf der M1. Es war ein schwieriger, ereignisreicher Tag.« Er schilderte ihr in kurzen Worten den Verlauf der Unterredung mit Vance und das, was er eben telefonisch von Chris erfahren hatte.

Carol horchte auf. »Dann ist er jetzt irgendwo zwischen London und Newcastle?«

»Richtig.«

»Und Sie können es nicht rechtzeitig schaffen.«
»Unmöglich.«
»Aber ich könnte es.«
»Wahrscheinlich. Jedenfalls mit Blaulicht auf dem Dach. Ich kann Sie nicht darum bitten, aber …«
»Hier kann ich jetzt sowieso nichts tun. Ich hab Feierabend, und eine Aussätzige ruft nachts niemand an. Es tut mir gut, irgend etwas zu unternehmen, statt herumzusitzen und in Selbstmitleid zu baden. Beschreiben Sie mir kurz die Strecke. Ich rufe Sie an, sobald ich in der Nähe von Newcastle bin.«
Ihre Stimme klang fester als am Anfang. Carol wuchs mit den Herausforderungen, die an sie gestellt wurden; er hatte es immer gewußt. »Danke«, sagte er schlicht.
»Vergeuden wir keine Zeit mit Gerede.« Und dann war die Leitung plötzlich tot.
Tony verstand nur zu gut, was in Carol vorging. Das ist der Preis für die Erfahrungen, die man sammelt, dachte er. Nur wenige Menschen wußten aus eigenem Erleben, wie das ist, wenn man sich für den Tod eines anderen verantwortlich fühlt. Plötzlich bricht alles weg, was einem bisher Sicherheit gegeben hat. Was Carol jetzt brauchte, war ein Erfolgserlebnis, das ihr die alte Sicherheit zurückgab. Carols Entschluß war der erste Schritt in die richtige Richtung.

Zu der Frage, wo der Eingang zur Krypta lag, konnte Mrs. Elliott nur vage Angaben machen. »Irgendwo unter den Steinen. Er hatte sich damals zwei alte Kumpel aus Newcastle geholt, und die haben irgendeinen Mechanismus eingebaut, den man von außen nicht erkennen kann.«
Die drei Officer starrten frustriert auf den Steinfußboden. Simon kratzte sich hinter dem Ohr. »Wenn man ihn nicht erkennen kann, wie kommt man dann runter?«

»Unser Derek sagt, daß da ein Elektromotor installiert ist«, war alles, was Mrs. Elliott wußte.
»Wenn's einen Motor gibt, muß es auch einen Kontakt geben«, murmelte Leon. »Simon, fang rechts zu suchen an. Und du links, Kay. Ich seh mich hinten bei der Schlafgalerie um.«
Leon ging nach hinten, Simon und Kay wollten mit der Suche beginnen, aber Mrs. Elliott hielt Kay am Ärmel fest.
»Was wollen Sie überhaupt in dem Bunker? Ich dachte, Sie suchen einen Gelegenheitsdieb? Der versteckt sich bestimmt nicht da unten.«
Kay grub ihr vertrauenerweckendstes Lächeln aus. »Wenn es um einen Prominenten wie Mr. Vance geht, müssen wir noch umsichtiger vorgehen als sonst. Ein Gelegenheitsdieb kann gefährlicher sein als routinierte Einbrecher. Vielleicht soll er nur auskundschaften, was hier zu holen ist, und seine Komplizen warten bereits auf das Zeichen, daß sie nachkommen können.« Sie griff nach Doreen Elliotts Hand. »Warum warten Sie nicht draußen?«
»Wieso denn das?«
»Weil es, wenn wirklich jemand dort unten ist, sehr gefährlich werden kann.« Ihr Lächeln sah ein wenig gequält aus. Denn eigentlich dachte sie daran, daß die gute Mrs. Elliott einen Schock fürs Leben bekommen konnte, falls sie tatsächlich Donna Doyle dort unten fanden. »Es ist unsere Pflicht, unbeteiligte Bürger zu schützen. Was glauben Sie, was mein Chef mir erzählt, wenn es plötzlich eine Geisel gibt, die von dem Kerl dort unten mit einem Messer bedroht wird?«
Das gab Mrs. Elliott zu denken. »Na ja, es gibt viele Fremde, die sich hier bei uns rumtreiben. Aber die kommen meistens, um sich den Hadrianswall anzusehen ...«
In dem Moment läutete Kays Telefon. Sie zog sich mit einer gemurmelten Entschuldigung ein paar Schritte zurück. »Hallo?«

»Kay? Hier ist Tony. Wo sind Sie?«
O Scheiße, dachte sie, warum ausgerechnet ich? Er hätte doch genausogut Leon anrufen können. »Äh, wir ... wir sind in Vance' Haus in Northumberland.« Simon sah zu ihr herüber, aber sie bedeutete ihm mit einem Wink, weiter nach dem verdammten Kontakt zu suchen.
»Was!« schrie Tony aufgebracht ins Telefon.
»Ich weiß, was Sie gesagt haben. Aber wir mußten dauernd an Donna Doyle denken.«
»Seid ihr eingebrochen?«
»Nein, wir sind ganz legal hier. Eine Frau aus dem Ort hatte den Schlüssel. Wir haben ihr was von einem möglichen Einbrecher erzählt.«
»Seht zu, daß ihr so schnell wie möglich von dort verschwindet.«
»Tony, sie könnte hier sein. Es gibt in dem Haus ein verborgenes Kellergewölbe. Vance hat den Maurern weisgemacht, daß es ein Atomschutzbunker werden soll.«
»Ein was?«
Kay sah förmlich sein verdutztes Gesicht vor sich. »Das war vor zwölf Jahren, da haben die Leute noch geglaubt, die Russen wollten uns nuklear verseuchen«, erinnerte sie ihn. »Wir müssen nur noch den verdammten Eingang finden.«
»Nein, ihr müßt sofort aus dem Haus verschwinden. Er ist unterwegs dorthin. Will sich davon überzeugen, daß er keine verräterischen Spuren hinterlassen hat. Ihr müßt ihn dabei überraschen. Legt euch draußen auf die Lauer, und wenn er runter in das Gewölbe steigt, ertappt ihr ihn auf frischer Tat.«
Während er noch seine Anweisungen gab, starrte Kay verblüfft auf den Steinfußboden, der sich plötzlich, wie von Geisterhand bewegt, vor ihr auftat. Ob Leon den Kontakt gefunden oder Simon ihn zufällig berührt hatte, wußte sie nicht.

Aus der Krypta stieg Verwesungsgeruch auf, sie fing zu würgen an, hatte sich aber rasch wieder im Griff und sagte mit belegter Stimme: »Dafür ist es zu spät. Wir haben den Einstieg gefunden.«
Simon war bereits auf der ersten Steinstufe. Er drückte den Lichtschalter, in der Krypta flammte Licht auf. Eine Ewigkeit schien zu vergehen, bis er sich kreidebleich umdrehte. »Wenn's Tony ist, sag ihm auch gleich, daß wir Donna Doyle gefunden haben.«

Seine Finger trommelten sanft auf die Armlehne, das einzige Anzeichen für seine innere Anspannung. Früher hatte er, wenn er aufgeregt war, an den Fingernägeln der rechten Hand geknabbert. Er erzählte gern, daß der Verlust des Arms eine extrem grausame Kur gewesen sei, ihm diese Unart abzugewöhnen. Nun strahlte er eine kultivierte Ruhe aus, weil er begriffen hatte, daß nervöses Gezappel nichts brachte. Abgesehen davon war es gerade gelassene Ruhe, die andere am ehesten nervös machte.
Das Motorgeräusch veränderte sich, als der Pilot zum Landeanflug ansetzte. Jacko sah aus dem Fenster. Unter ihm schimmerten, von Nieselregen verhangen, schlierige Lichter – die Straßenbeleuchtung der Außenbezirke. Er hatte Tony Hill abgehängt, ein Flugzeug war eben schneller. Nun, Hill hätte ihm sowieso nichts anhaben können. Durch diskrete Erkundigungen hatte er in Erfahrung gebracht, daß der Kerl keine Rückendeckung von oben bekam. Was er ja im übrigen auch selbst zugegeben hatte.
Die Reifen berührten die Landebahn, der Ruck warf ihn gegen den Haltegurt. Eine leichte Kurve, dann schaukelten sie wie ein gemütliches altes Taxi auf den Hangar des Fliegerklubs zu. Sie waren kaum zum Stehen gekommen, da stieß er die Tür auf, sprang auf die Rollbahn und hielt nach seinem

Land Rover Ausschau. Sam Foxwell und sein Bruder verdienten sich gern den Zwanziger, den er ihnen zusteckte, wenn sie ihm den Wagen herbrachten. Er mußte ihnen nur, so wie heute, per Autotelefon von unterwegs Bescheid geben. Na also, da stand der Wagen ja, im Halbdunkel neben dem Hangar.

Auch der Pilot bekam seinen Zwanziger. »Cheers – trinken Sie einen auf mein Wohl.« Es konnte losgehen.

Als er über die schmalen Landstraßen Northumberlands donnerte, die die schnellste Strecke zu seinem Cottage waren, ging er in Gedanken noch einmal durch, was er zu erledigen hatte, bevor Tony – falls er nicht aufgegeben hatte – hier eintraf. Zuallererst nachsehen, ob die kleine Schlampe noch lebte. Und wenn ja, dafür sorgen, daß sich das änderte. Danach mußte er sie mit der Kettensäge zerteilen und die Stücke in Abfallbeuteln verstauen und in den Land Rover laden. Dann den Keller mit dem Hochdruckstrahler reinigen und … Das heißt, blieb ihm dazu genug Zeit?

Im Grunde reichte es, den Motor lahmzulegen, der die Steinplatte öffnete. Schließlich wußte Hill ja nichts von der Krypta, und die örtliche Polizei würde den Teufel tun, auf Hills bloßes Geschwafel hin eine Durchsuchung zu starten. Nicht bei einem braven Steuerzahler wie Jacko Vance. Wobei nicht mal gesagt war, ob Hill überhaupt hier auftauchte. Vielleicht war's besser, erst mal nur die Leichenteile zur Verbrennungsanlage des Krankenhauses zu bringen und sich das Großreinemachen für später aufzuheben.

Irgendwie wäre es ein makabres Vergnügen, zu wissen, daß wenige Meter unter Tony Hills Füßen sein letztes Opfer gestorben war. Sein vorläufig letztes. Denn eine Weile mußte er sich den Spaß mit den kleinen Jillies verkneifen, weil dieser verdammte Tony Hill unbedingt schlafende Hunde wecken wollte. Warte nur, dachte er, mit dir rechne ich noch ab. Er hatte da schon konkrete Pläne. Eines Tages, wenn sich die Wogen beruhigt hatten und Tony klargeworden war, daß er verloren hatte, würde er die Pläne umsetzen und Hill eine Lektion erteilen, die ihm ein für allemal die Lust vergehen ließ, die Nase in Angelegenheiten zu stecken, die ihn nichts angingen.

Die Scheinwerfer fraßen sich ihren Weg durch die nachtdunkle Landschaft. Aber plötzlich gab es da, wo nichts als Dunkel sein sollte, zwei Lichtbündel, die von Vance' Schlupfwinkel aus den grauen Schotterweg ausleuchteten. Er trat so hart auf die Bremse, daß der Wagen mit quietschenden Reifen schlingernd zum Stehen kam. Was, zum Teufel, hatte das zu bedeuten?

Und während er dasaß, sich den Kopf zerbrach und spürte, wie sein Adrenalinspiegel anstieg, krochen zwei andere Scheinwerfer hinter ihm den Schotterweg herauf. Dann stellte sich das Fahrzeug, das ihm folgte, quer, so daß ihm auf dem schmalen Weg sogar die Möglichkeit versperrt war, sich rückwärts abzusetzen. Er nahm den Fuß von der Bremse und fuhr langsam auf sein Cottage zu. Als er näher kam, sah er, daß es noch einen dritten Wagen gab, der den Weg nach vorn blockierte.

Vance fuhr, nun schon mit kalter Angst im Genick, zu seinem Grundstück, ließ den Wagen ausrollen, stieg aus, ging, Zoll für Zoll der rechtmäßige Eigentümer, auf den jungen Schwarzen zu, der vor der Haustür stand, und herrschte ihn an: »Was, zum Teufel, ist denn hier los?«

»Ich muß Sie bitten, hier draußen zu warten, Sir«, sagte Leon höflich.

»Wie meinen Sie das? Das ist mein Haus. Hat's einen Einbruch gegeben oder was? Wer sind Sie überhaupt?«

»Detective Constable von der Metropolitan Police.« Er hielt Vance den Dienstausweis hin.

Vance knipste seinen Charme an. »Dann sind Sie weit von zu Hause weg.«
»Bei einer Ermittlung ist das heutzutage durch die modernen Kommunikationsmittel kein Problem mehr, Sir.« Leons Tonfall war beherrscht, aber er ließ Vance keine Sekunde aus den Augen.
»Sie wissen offensichtlich, wer ich bin, und dann ist Ihnen sicher auch bekannt, daß das mein Haus ist. Wollen Sie mir nicht wenigstens sagen, worum es geht?«
Hinter ihm hielt der Wagen, der ihm gefolgt war. Auch so ein junges Bürschchen. »Sind Sie auch von der Metropolitan Police?« fragte Vance, als der Mann ausstieg.
»Nein«, sagte Simon, »ich bin aus Strathclyde.«
»Strathclyde.« Vance war einen Augenblick lang irritiert. Er hatte vor Jahren mal eine aus London hierherkommen lassen, aber noch nie ein Mädchen aus Schottland. Er konnte den Akzent nicht ausstehen, weil er ihn irgendwie an Jimmy Linden und alles, was damit verbunden war, erinnerte. Wenn dieser zweite Cop also aus Schottland kam, konnte es nicht um Mord gehen. Er konnte durchatmen, alles war in Ordnung.
»Richtig, Sir. DC Jackson arbeitet an demselben Fall, wenn auch unter einem anderen Aspekt. Als wir vorbeikamen, hatte kurz vorher ein Autofahrer gemeldet, daß sich in dem Haus möglicherweise ein Einbrecher herumtreibt. Da dachten wir, es wäre besser, wenn wir mal nachsehen.«
»Das ist sehr lobenswert. Dann werd ich lieber mal reingehen und prüfen, ob was fehlt.« Vance machte Anstalten, sich an Leon vorbeizudrücken, aber der versperrte ihm mit ausgestrecktem Arm den Weg.
»Ich fürchte, das geht jetzt nicht, Sir. Hier ist ein Verbrechen geschehen, verstehen Sie? Wir müssen dafür sorgen, daß keine Spuren verwischt werden.«

»Was denn für ein Verbrechen? Was, um Himmels willen, ist da drin passiert?« fragte Vance.
»Wir haben eine Leiche gefunden«, sagte Simon kühl.
Es fiel Jacko nicht schwer, sich mit allen Anzeichen der Erschütterung abzuwenden. Dann schlug er rasch die Hand vors Gesicht, damit die Officer ihm nicht doch noch die Erleichterung anmerkten. Sie war tot – halleluja. Eine Tote kann nicht aussagen. Er ließ die Hand sinken und mimte Besorgnis und Erschrecken. »Das ist ja furchtbar. Aber wer … wie kann denn …? Außer mir wohnt doch hier niemand. Wieso kann in meinem Haus eine Leiche gefunden werden?«
»Das versuchen wir herauszufinden, Sir«, sagte Leon.
»Aber … die einzige, die einen Schlüssel hat, ist Mrs. Elliott. Doreen Elliott im Dene Cottage. Es wird doch … es wird doch nicht sie sein?«
»Nein, Mrs. Elliott erfreut sich bester Gesundheit. Sie hat uns Zutritt zu Ihrem Haus verschafft und der Durchsuchung zugestimmt. Eine Kollegin hat sie nach Hause gefahren.«
Irgend etwas an der Art, in der der schwarze Cop ihn ansah, brachte Vance' Nerven zum Flattern. Zwischen den Zeilen wollte der Schwarze ihm zu verstehen geben, daß seine Bastion zu bröckeln begann.
»Gott sei Dank. Aber wer ist es dann?«
»Darüber können wir derzeit keine Vermutung äußern, Sir.«
»Aber Sie müssen doch in der Lage sein, mir zu sagen, ob es sich um einen Mann oder eine Frau handelt?«
Simons Lippen verzerrten sich, er konnte sich nicht länger beherrschen. »Als ob du das nicht wüßtest«, fauchte er Vance haßerfüllt an. »Glaubst du, wir denken mit dem Hintern?« Er wandte sich mit geballten Fäusten ab.
Vance spürte, daß er sich jetzt an den anderen halten mußte, zumal der sowieso schon aussah, als fürchte er, von seinem

Kollegen in irgendwelchen Ärger verwickelt zu werden. »Wovon redet er?«
Leon zuckte die Achseln und zündete sich eine Zigarette an. »Das wissen Sie besser als ich.« Dann reckte er sich und blickte Vance über die Schulter. »Aha – sieht so aus, als käme unsere Kavallerie.«
Vance wandte sich um. Die Frau, die aus dem Wagen stieg, sah in seinen Augen nicht nach Kavallerie aus. Gerade mal dreißig, sogar der unförmige Wettermantel konnte nicht verbergen, daß sie schlank und sehr hübsch war, mit kurz und stufig geschnittenem, blondem Haar.
Und so forsch, wie sie aussah, trat sie auch auf. »Guten Abend, Gentlemen. Mr. Vance, ich bin Detective Chief Inspector Carol Jordan. Entschuldigen Sie mich einen Moment, ich möchte mich zunächst mit meinen Kollegen besprechen. Leon, sind Sie so nett, Mr. Vance Gesellschaft zu leisten? Ich möchte mich drin umsehen. Simon, kommen Sie mit?«
Sie verschwand mit Simon im Haus und zog die Tür so weit zu, daß Vance keine Chance hatte, einen Blick nach innen zu werfen. »Was wird hier eigentlich gespielt?« fragte er Leon. »Wenn hier ein Verbrechen geschehen ist, müßte dann nicht die Mordkommission dasein? Und uniformierte Polizisten?«
Leon zuckte wieder nur die Achseln. »Im Leben geht's anders zu als im Fernsehen.« Er schnippte die Zigarettenkippe auf Vance' Grundstück.
»Na, hören Sie mal!« plusterte Vance sich auf. »Das ist immer noch mein Haus. Und nur weil da drin jemand getötet wurde, hat die Polizei nicht das Recht, mein Grundstück zu verschmutzen.«
Leon runzelte die Stirn. »Das dürfte zur Zeit eine Ihrer geringsten Sorgen sein.«
»Das ist empörend!« sagte Vance.

»Ich persönlich finde es viel empörender, daß in Ihrem Haus eine Leiche liegt«, ließ Leon ihn abblitzen.
DCI Jordan und Simon kamen zurück. Sie sieht ernst aus und er wie jemand, der gleich zu kotzen anfängt, dachte Vance. Ausgezeichnet, das Luder hat keinen schönen Tod verdient. »Chief Inspector, wann bequemt sich endlich jemand dazu, mir zu sagen, was hier eigentlich los ist?« Daß Simon Leon einen Wink gab und die beiden Officer hinter ihn traten, entging ihm.
Carols blaue Augen sahen ihn kalt an. »Jacko Vance, ich nehme Sie hiermit unter Mordverdacht fest. Sie müssen keine Aussagen machen, was Sie aussagen, wird jedoch vor Gericht gegen Sie verwendet werden.«
Verblüffung lag auf Jacko Vance' Gesicht. Ehe sein Gehirn zu verarbeiten begann, was Carol eben zu ihm gesagt hatte, klickte an seinem linken Handgelenk eine Stahlfessel zu. Als Simon und Leon ihn zum Land Rover führen wollten, erwachte der alte Kämpferinstinkt in ihm. Mit einer letzten verzweifelten Willensanstrengung versuchte er sich loszureißen, rutschte aber auf dem Schotter aus, stürzte zu Boden und riß Leon mit.
Simon aber hielt das andere Ende der Handfessel eisern fest. Vance heulte vor Schmerz auf, als Simon ihn daran hochriß. »Tu mir den Gefallen, du Scheißkerl«, brüllte er Vance an, »gib mir einen Vorwand, dir ein klein wenig von dem heimzuzahlen, was du Shaz angetan hast.« Er zerrte ihn mit einem Ruck auf die Beine.
Inzwischen hatte sich auch Leon schwerfällig wieder hochgerappelt. »Soll ich dir sagen, was ich jetzt gern täte?« zischte er Vance an. »Dir die verdammte Fresse einschlagen. Eine einzige falsche Bewegung von dir, und ich schlag dich grün und blau.« Er stieß ihn auf den Land Rover zu. »Na los, beweg dich.«

Simon klickte die zweite Handschelle an der Stoßstange fest. »Ich glaube nicht, daß du jetzt noch weit kommst.«
Vance starrte ihn finster an. »Diese Nacht wird Ihnen noch leid tun«, sagte er in drohendem Ton.

Eins haben alle Polizeistationen gemein, dachte Tony, die Kantinen bieten keinen Salat an, und überall stinkt es nach kaltem Zigarettenrauch, obwohl das Rauchen schon seit Jahren verboten ist. Der Vernehmungsraum in der Polizeistation von Hexham machte keine Ausnahme.
Carol kam mit zwei dampfenden Pappbechern herein. »Stark, schwarz und kocht etwa seit einer guten Woche vor sich hin.« Sie setzte sich Tony gegenüber. »So magst du ihn doch, oder?« Sie wunderte sich immer noch, daß ihr vorhin, als er sie bei der Begrüßung stumm in die Arme genommen hatte, das Du so selbstverständlich über die Lippen gekommen war. Und noch mehr, daß er's so selbstverständlich erwidert hatte. »Ich hab gerade meine Aussage zu Protokoll gegeben.«
»Und was hast du gesagt?«
Carol wiederholte die Version, auf die sich schon Kay, Leon und Simon berufen hatten: die angebliche Meldung über einen unbekannten Verdächtigen in Vance' Haus, die Durchsuchung in Anwesenheit der Zugehfrau, das Auffinden einer weiblichen Leiche, bei der es sich dem Äußeren nach um die vermißt gemeldete Donna Doyle zu handeln schien. »Ich bin zwar im Bereich der Northumbria Police nicht zuständig, habe mich aber unter den gegebenen Umständen zu einer vorläufigen Festnahme entschlossen und Vance, weil er sich seiner Festnahme widersetzen wollte, mit Handschellen am Bugschutz seines Geländewagens festklicken lassen. Dies geschah selbstverständlich zu seinem eigenen Schutz.« Beide grinsten. »Die Polizei von Hexham hat mir den Gefallen ge-

tan, die Festnahme zu bestätigen und Vance in Gewahrsam zu nehmen.«
»Wie wurde der Haftantrag begründet?«
Carol sah ihn bedrückt an. »Sie haben noch keinen Haftantrag gestellt. Damit wollen sie warten, bis Vance' Anwalt eintrifft. Sie haben zwar dein Täterprofil gelesen und die Aussagen deiner Officer zu Protokoll genommen, aber sie scheinen noch sehr unentschlossen und zögerlich zu sein. Es ist noch nicht gelaufen, Tony. Ich setze meine Hoffnung allerdings auf den Obduktionsbericht von Donnas Leiche.«
»Es wäre besser, wenn sie den Eingang zu diesem Kellergewölbe nicht gefunden, sondern gewartet hätten, bis Vance hinuntergestiegen ist. Die Beweislage wäre dann sehr viel einfacher.«
Carol seufzte. »Weißt du, daß sie noch nicht lange tot ist? Der Polizeiarzt schätzt, nicht mal vierundzwanzig Stunden.«
Sie saßen sich bedrückt und stumm gegenüber. Dann sagte Carol: »Ich glaube, wenn er nicht zur Rechenschaft gezogen wird, will ich kein Cop mehr sein. Leute wie Vance sind wandelnde, gemeingefährliche Waffen. Wenn wir die nicht unschädlich machen können, sind wir nicht mehr als überbezahlte Politessen.«
»Und wenn wir es können?«
Sie zuckte die Achseln. »Dann kommen wir wenigstens unserer Verpflichtung denjenigen gegenüber nach, die wir verloren haben.«
Sie nippten schweigend an ihrem Kaffee. Bis die Tür aufging und Phil Marshall, der Superintendent der zuständigen Division, den Kopf hereinstreckte. »Dr. Hill? Könnte ich Sie einen Augenblick sprechen?«
»Kommen Sie rein«, sagte Carol, »wir haben keine Geheimnisse.«
Marshall schloß die Tür hinter sich. »Vance möchte mit Ih-

nen sprechen. Unter vier Augen. Aber er hat nichts dagegen, daß wir das Gespräch auf Band aufnehmen.«
»Was ist mit seinem Anwalt?« fragte Carol.
»Er will lediglich mit Dr. Hill sprechen.« Der Superintendent sah Tony fragend an. »Sind Sie bereit, mit ihm zu reden?«
»Wir haben ja nichts zu verlieren, oder?«
Marshall zuckte zusammen. »Wie ich das sehe, haben wir viel zu verlieren. Offen gesagt, ich sehe keine Möglichkeit, einen Haftbefehl zu erwirken, solange ich mich nur auf Ihre Analyse stützen kann. So wie die Dinge liegen, muß ich ihn nach vierundzwanzig Stunden freilassen.«
Tony zog das Notizbuch aus der Tasche, riß ein Blatt heraus, kritzelte einen Namen und eine Nummer darauf und gab es Carol. »Ruf dort an und erklär ihr, worum's geht. Willst du das tun?«
Carol ahnte, was Tony vorhatte. »Natürlich.«
Tony folgte Marshall den Flur hinunter. Marshall blieb vor einem Vernehmungszimmer stehen, öffnete die Tür und nickte dem uniformierten Officer zu. Als der Uniformierte den Raum verlassen hatte, trat Tony ein und starrte seinen Widersacher an. Weder Vance' arrogantes Gehabe noch sein öliger Charme schienen unter der Festnahme gelitten zu haben. »Dr. Hill«, begrüßte er Tony in liebenswürdigem Ton. »Ich würde gern behaupten, daß es mir ein Vergnügen ist, aber ich glaube nicht, daß Sie mir das abkaufen. Dafür haben Sie sich viel zu sehr in Ihre hirnverbrannten Anschuldigungen verrannt.«
»Ich weise nochmals darauf hin, daß wir dieses Gespräch aufzeichnen«, unterbrach ihn Marshall. »Und nun lasse ich Sie allein.«
Vance deutete einladend auf einen Stuhl, aber Tony schüttelte den Kopf, lehnte sich an die Wand und verschränkte

die Arme. »Was wollen Sie? Sich irgendwas von der Seele reden?«
»Dann hätte ich einen Priester rufen lassen. Nein, ich wollte Ihnen mitteilen, daß ich Sie und DCI Jordan wegen Verleumdung verklagen werde, sobald ich hier raus bin.«
Tony lachte. »Bei uns ist nichts zu holen, wir verdienen zusammen nicht mal einen Bruchteil von dem, was Sie jährlich einstreichen. Aber es kommt ohnehin anders. Sie kriegen Ihre Verpflegung in Zukunft auf Staatskosten, und mir wird es ein Vergnügen sein, Sie im Zeugenstand unter Eid zu befragen.«
Vance lehnte sich zurück. »Das denken Sie nur. Was haben Sie denn gegen mich in der Hand? Das mit absurden Behauptungen gespickte sogenannte Täterprofil, eine Handvoll verfälschter Fotos und ein paar kümmerliche Indizienbeweise. ›Hier, meine Damen und Herren Geschworene, sehen Sie Jacko Vance am Abend der Mordnacht auf der M1 bei Leeds.‹ Nun, und das erklärt sich dadurch, daß ich in Northumberland ein zweites Zuhause habe und der schnellste Weg von London dorthin über die M1 führt.« Seine Stimme triefte vor Sarkasmus.
»Wie wär's mit ›Jacko Vance mit einer Leiche in seinem Keller‹? Oder ›Ein Foto von Jacko Vance mit dem toten Mädchen in seinem Keller, als es noch geatmet, gelacht und ihn angehimmelt hat‹?« fragte Tony in leidenschaftslosem Ton. Wenn hier jemand die Nerven verlor, wollte er Vance den Vortritt lassen.
Vance grinste spöttisch. »Die Erklärung haben mir Ihre Officer bereits abgenommen. Die haben doch die Theorie von dem Unbekannten aufgestellt, der mir überallhin folgt. Für den kann es nicht allzu schwierig gewesen sein, mein Haus in Northumberland auszukundschaften. Jeder im Dorf weiß, daß Doreen Elliott den Schlüssel hat. Und sie schließt die ei-

gene Tür nicht ab, wenn sie nur mal auf einen Sprung bei der Nachbarin auf einen Becher Tee reinschaut oder im Garten ein paar Kartoffeln ausgräbt. Ein Kinderspiel, rasch einen Wachsabdruck zu nehmen und sich einen Nachschlüssel zu feilen.«

Er badete in der eigenen Eloquenz, sein Lächeln wurde breiter und seine Körpersprache selbstgefälliger. »Es ist ebenso bekannt, daß ich einen Atomschutzbunker habe. Etwas peinlich in der Zeit allgemeiner Entspannung, aber das kann ich verkraften.« Er beugte sich vor, die Armprothese auf dem Tisch, den linken Arm lässig über die Stuhllehne gehängt. »Und vergessen wir nicht die sehr publicityträchtige Vendetta gegen meine Exverlobte, die, wie Sie ganz richtig bemerkt haben, eine starke Ähnlichkeit mit den armen, vermißt gemeldeten Mädchen hat. Ich meine, könnten Sie sich nicht vorstellen, daß ein fanatischer Fan glaubt, mir mit einer Art Stellvertretermord einen Gefallen zu tun, indem er sozusagen Jillie Woodrows Ebenbild auslöscht?«

Sein Grinsen wurde geradezu triumphierend. »Sie wissen doch, wie das bei Besessenen ist, Dr. Hill. Es wird mir ein Vergnügen sein, den Pressevertretern zu erzählen, zu welcher Besessenheit sich Ihre unerwiderte Liebe zu meiner Frau gesteigert hat. Nach Shaz Bowmans tragischem Tod konnten Sie sich unter dem Vorwand dienstlichen Interesses in unser Leben einschleichen, und als die liebe, süße Micky dann auch noch Ihre Einladung zum Dinner angenommen hat, haben Sie sich eingebildet, sie würde, wenn es mich nicht gäbe, in Ihren Armen Geborgenheit suchen. Sehen Sie sich an, wohin Ihre lächerlichen Wunschträume uns gebracht haben!« Er schüttelte mitleidig den Kopf.

Tony hob den Kopf und starrte in Vance' eiskalte Augen. »Sie haben Shaz Bowman getötet. Und Donna Doyle.«

Vance grinste ungerührt. »Das ist eine reine Erfindung. Eine

selbstgebastelte Konstruktion, die Sie nie beweisen können.« Er fuhr sich mit der linken Hand über die Augen, dann rieb er sich das Ohr. Scheinbar nur ein Zeichen von Müdigkeit, aber Tony las darin siegesgewissen Hohn.
Er stieß sich von der Wand ab, war mit zwei großen Schritten am Tisch, stützte die Ellbogen auf und schob sein Gesicht dicht vor das von Vance. Der gefeierte Fernsehstar zuckte zurück. Die Schildkröte, die sich in ihren Panzer verkriecht, dachte Tony. »Kann sein, daß Sie recht behalten und wir Ihnen die Morde an Shaz Bowman und Donna Doyle tatsächlich nicht nachweisen können.« Dann fügte er mit gefährlich leiser Stimme hinzu: »Aber ich sag dir was, Jacko. Du warst nicht immer so gut. Wir kriegen dich, und zwar für den Mord an Barbara Fenwick.«
Vance sah ihn verächtlich an. »Ich habe keine Ahnung, wovon Sie reden.«
Tony drückte sich hoch und begann gemächlich in dem engen Vernehmungszimmer auf und ab zu schlendern. »Vor zwölf Jahren, als Sie Barbara Fenwick getötet haben, waren die Möglichkeiten forensischer Beweisführung noch nicht so weit entwickelt wie heute. Denken Sie nur an die Elektronenmikroskope und die Genauigkeit, mit der man damit Tatwaffen bestimmen kann. Fragen Sie mich nicht, wie sie's machen, aber die können heute eine Verletzung mit einem Gegenstand vergleichen, durch den sie möglicherweise beigebracht wurde, und so zu einem unwiderlegbaren Beweis kommen. In den nächsten Tagen wird man Donna Doyles Unterarmknochen mit den Zwingen an dem in Ihrem Haus gefundenen Schraubstock vergleichen.« Tony schielte auf seine Uhr. »Wenn wir Glück haben, ist die Pathologin bereits auf dem Weg hierher. Professor Elizabeth Stewart. Ich weiß nicht, ob Sie je von ihr gehört haben. Sie genießt einen hervorragenden Ruf, sowohl als forensische Anthropologin wie

als Pathologin. Wenn jemand die Übereinstimmung der Spuren an Donnas Arm mit der Schraubzwinge an Ihrem Werkzeug nachweisen kann, ist sie es. Freilich, wenn ich an die Fantasiegeschichte denke, die Sie vorhin aufgetischt haben, muß Sie das nicht weiter beunruhigen.«

Er unterbrach seine Wanderung, drehte sich um und sah Vance an. »Anders ist es allerdings, wenn die Spuren auch bei Barbara Fenwicks Verletzung übereinstimmen. Serienmörder neigen nämlich dazu, immer dasselbe Tatwerkzeug zu benutzen. Bei diesem fanatischen Fan, hinter dem Sie sich verschanzen wollen, ist es dagegen schwer vorstellbar, daß er aus lauter Verehrung für Sie zwölf Jahre lang hinter Ihnen herreist, stellvertretend für Sie Morde begeht und nicht einen einzigen Fehler macht, glauben Sie nicht auch?«

Ein unsicheres Zucken huschte über Vance' Gesicht, die Maske seiner Selbstzufriedenheit hatte auf einmal einen Riß. »Das ist ausgemachter Blödsinn. Nur um das nicht unwidersprochen stehenzulassen: Kein Staatsanwalt würde Mordanklage erheben, wenn er sich nur auf ein Stück Knochen stützen kann, das zwölf Jahre in der Erde gelegen hat.«

»Da würde ich Ihnen voll zustimmen«, sagte Tony. »Aber sehen Sie, die Pathologin, die Barbara Fenwicks Leiche obduziert hat, hatte noch nie eine vergleichbare Verletzung gesehen. Und wißbegierig, wie Universitätsprofessoren nun mal sind – es handelt sich um die schon erwähnte Professorin Elizabeth Stewart –, hat sie damals die Zustimmung des Innenministeriums eingeholt, Barbara Fenwicks Unterarmknochen als Anschauungsmaterial für Unterrichtszwecke aufbewahren zu dürfen. Sie hatte nämlich, wie's der Zufall will, eine winzige Unebenheit in der unteren Zwinge des verwendeten Werkzeugs ausgemacht. Winzig, wie gesagt, aber dadurch wird der Vergleich zwischen einem bestimmten Werkzeug und den Verletzungen von Barbara Fenwick und Donna

Doyle zu einem ebenso unwiderlegbaren Beweis wie ein Fingerabdruck.«
Vance starrte ihn wortlos an.
»Als Liz Stewart einen Ruf nach London annahm, ließ sie Barbara Fenwicks Unterarm in Manchester zurück, und dort liegt er nun seit zwölf Jahren konserviert als anatomisches Lehrbeispiel in der Universität.« Tony lächelte nachsichtig. »Und so wird plötzlich aus einem Indizienbeweis ein wissenschaftlich gesicherter Beweis. Erstaunlich, nicht wahr?«
Er ging zur Tür, öffnete sie und drehte sich noch einmal um. »Ich war übrigens nicht hinter Ihrer Frau her. *Meine* sexuellen Neigungen waren nie so abartig, daß ich mich hinter einer Lesbierin verstecken mußte.«
Er gab dem Uniformierten auf dem Flur einen Wink, wieder in das Vernehmungszimmer zu gehen. Und als er allein war, lehnte er sich erschöpft an die Wand, sank in die Hocke und barg das Gesicht in beiden Händen.
So fand ihn Carol Jordan zehn Minuten später vor, die in einem Nebenzimmer gemeinsam mit Marshall die Abrechnung zwischen Jäger und Gejagtem verfolgt hatte. Sie kauerte sich neben Tony und nahm ihn in die Arme.
Er sah hoch. »Was glaubst du?« fragte er beklommen.
»Du hast Phil Marshall überzeugt. Er hat mit Professor Stewart gesprochen. Sie war nicht sonderlich begeistert, mitten in der Nacht aus dem Schlaf gerissen zu werden, aber als sie hörte, worum es geht, war sie sofort Feuer und Flamme. Es gibt einen Nachtzug aus London, der etwa um neun hier eintrifft, und mit dem kommt sie. Marshall sorgt dafür, daß bis dahin Barbara Fenwicks Arm aus der Universität Manchester geholt wird. Wenn die Spuren mit der Unebenheit an Vance' Schraubstock übereinstimmen, wird er einen Haftbefehl beantragen.«

Tony schloß die Augen. »Dann kann ich nur hoffen, daß er immer noch dasselbe Werkzeug benutzt.«
»Oh, da bin ich ziemlich sicher«, sagte sie zuversichtlich. »Wir haben ihn beobachtet. Du hast das nicht sehen können, aber als du ihm das mit Professor Stewart und dem konservierten Arm gesagt hast, fing sein rechtes Bein zu zucken an. Er konnte das Zittern nicht unter Kontrolle bringen. Ich wette, er hat noch denselben Schraubstock.«
Tony stand auf, zog Carol mit hoch und grinste sie an. »Dann ist es also doch gelaufen.«
»Weil du großartige Arbeit geleistet hast. Ich bin richtig stolz, daß ich am Schluß doch noch zu deinem Team gehört habe.«
Tony machte eine Bewegung, als wolle er sie in die Arme nehmen. Doch dann ließ er die Arme sinken. Er holte tief Luft, ehe er sagte: »Carol, ich bin lange vor dir weggelaufen.«
Carol nickte. »Ich glaube, ich verstehe, warum.« Aber weil es das erste Mal war, daß sie darüber sprachen, konnte sie ihm nicht in die Augen sehen.
»Ach ja?«
Ihre Wangenmuskeln strafften sich, und dann schaffte sie es doch, ihn anzusehen. »Ich hatte kein Blut an den Händen. Darum konnte ich nicht verstehen, wie man sich dabei fühlt. Durch Di Earnshaws Tod ist das anders geworden und durch die Tatsache, daß weder du noch ich Donna Doyle retten konnten.«
»Eine eher belastende Gemeinsamkeit«, warf Tony ein.
Carol hatte sich den Augenblick, den sie jetzt erlebte, oft ausgemalt und geglaubt, ganz genau zu wissen, welche Erwartungen und Wünsche sie damit verband. Um so mehr erschrak sie darüber, daß ihre Empfindungen ganz anders waren, als sie es sich vorgestellt hatte. Sie legte Tony die Hand auf den Arm und sagte: »Ich glaube, manchmal kann Freundschaft zwei Menschen mehr verbinden als Liebe, Tony.«

Er sah sie lange stirnrunzelnd an. Durch seinen Kopf spukten bedrückende Bilder, von all den Mädchen, deren qualvollem Sterben Jacko Vance ungerührt zugesehen hatte, von all dem, was er Shaz Bowman angetan hatte. Von künftigen Mordopfern, von denen Carol und er noch nichts ahnten. Und er dachte daran, daß man in ihrem Beruf etwas brauchte, was einen mit all den Schrecken versöhnte. Die Kraft dazu fand man nicht durch die tägliche Arbeit, wohl aber durch Freundschaft.

Sein Gesicht hellte sich auf, er brachte sogar ein Lächeln zustande. »Weißt du, ich glaube, du könntest recht haben.«

Epilog

Mord ist wie Magie, dachte er. Die Geschicklichkeit seiner Hand hatte das Auge bisher noch immer getäuscht, und dabei sollte es bleiben. Sie glaubten, sie hätten ihn in die Enge getrieben und praktisch schon in Ketten gelegt. Aber er war Houdini. Er sprengte die Ketten, wenn sie es am wenigsten erwarteten.

Jacko Vance lag, den Kopf auf den linken, gesunden Arm gebettet, auf der schmalen Pritsche in der Polizeizelle, starrte zur Decke hoch und fühlte sich an die Zeit im Krankenhaus erinnert. Da hatte er sich auch nicht frei bewegen können und war nahezu erstickt an seiner hilflosen Wut und Verzweiflung. Hier würde es ihm genauso gehen, wenn er nicht bald rauskam. Damals im Krankenhaus hatte ihn nur der Gedanke aufrecht gehalten, daß er eines Tages wieder frei wäre. Und nun mußte er erneut all seine überragende Intelligenz aufbieten, um dieses Ziel zu erreichen.

Die Beweise waren dünn. Obwohl er nicht leugnen konnte, daß Tonys Geschick, sie gegen ihn auszuspielen, beeindruckend war. Es wurde bestimmt nicht leicht, den Psychologen vor Gericht als unglaubwürdig darzustellen, selbst dann nicht, wenn er vorher den Presseleuten das Märchen von Tonys unglücklicher Liebe zu Micky weismachte. Was sowieso schwierig war, weil der Kerl irgendwie hinter Mickys lesbische Veranlagung gekommen war. Wenn Tony das vor Gericht aussagte, schadete er nicht nur Mickys Ansehen, er zerpflückte auch ihm, Jacko Vance, das Argument, daß ein Mann, der mit einer so wunderschönen Frau verheiratet ist, keine anderen Frauen braucht.

Nein, wenn es vor Gericht zu einem Wortgefecht kam, geriet er, selbst bei einer Jury aus treuen Fernsehfans, in Argumentationsnot. Er mußte spätestens in der vorangehenden Anhörung dafür sorgen, daß es überhaupt nicht zu einer Hauptverhandlung kam. Und das hieß, daß er die Beweise gegen ihn überzeugend widerlegen mußte.

Die größte Gefahr war diese Pathologin, samt den Erkenntnissen, die sie aus den unverwechselbaren Merkmalen des verwendeten Werkzeuges gewinnen konnte. Wenn er das als fragwürdig entlarven konnte, hatten sie nur noch Indizienbeweise. So gewichtig die auch in ihrer Gesamtheit sein mochten, er traute sich zu, ihre Glaubwürdigkeit zu erschüttern. Nur, bei dem Schraubstock lagen die Dinge anders.

Der erste Schritt war, bei den Geschworenen Zweifel zu wecken, ob dieser Unterarmknochen wirklich der von Barbara Fenwick war. Eine Universität konnte pathologisches Anschauungsmaterial nicht so sicher aufbewahren wie die Asservatenkammer der Kriminalpolizei. So ein konservierter Unterarm ging doch im Lauf der Jahre durch Gott weiß wie viele Hände. Er konnte gegen irgendeinen anderen, vorsätzlich mit Hilfe seines Schraubstocks zerschmetterten Arm ausgetauscht worden sein. Zum Beispiel von einem Police Officer, der ihn unbedingt belasten wollte. Oder ein paar Studenten hatten der Uni einen makabren Streich gespielt und einen anderen Arm in den Aufbewahrungsraum des Anschauungsmaterials geschmuggelt. Ein paar Bruch- und Splitterstellen da und dort, damit hatte sich's schon.

Der zweite Schritt war, den Beweis zu erbringen, daß dieser Schraubstock sich vor zwölf Jahren, als Barbara Fenwick gestorben war, noch gar nicht in seinem Besitz befunden hatte. Er lag auf der harten Matratze und zermarterte sich das Hirn, um eine Lösung zu finden. »Phyllis«, murmelte er schließlich. Ein gerissenes Grinsen huschte über sein Gesicht. »Phyllis Gates.«

Sie war unheilbar an Krebs erkrankt, der mit einem Tumor in ihrer linken Brust angefangen und sich dann durch ihr Lymphsystem gefressen hatte, bis schließlich – und das war der Anfang vom Ende gewesen – das Rückenmark befallen wurde. Er hatte viele Nächte an ihrem Bett verbracht, sie getröstet oder nur stumm ihre Hand gehalten. Er saß gern neben Menschen, nach denen der Tod schon die Knochenhand ausstreckte, denn das machte ihm die eigene, kraftstrotzende Gesundheit um so bewußter. Wenn sie schon lange dahingeschieden waren, konnte er das Leben noch in vollen Zügen genießen als einer von denen, die ganz oben waren. Nun, Phyllis Gates war längst dahingeschieden, aber ihr Zwillingsbruder Terry lebte noch und war gesund. Vermutlich baute er immer noch auf Jahrmärkten seinen Verkaufsstand auf.

Terry verkaufte Werkzeuge, neue und gebrauchte. Und er fühlte sich Vance zu tiefem Dank verpflichtet, weil der seiner geliebten Schwester in den letzten Lebenstagen der einzige Trost und Halt gewesen war. Terry würde für Vance barfuß durchs Feuer gehen und den Geschworenen bereitwillig erzählen, er habe Vance den Schraubstock erst vor zwei, drei Jahren verkauft.

Vance setzte sich mit einem Ruck auf und breitete die Arme aus, als werde er von einer unsichtbaren Menge mit frenetischem Jubel gefeiert. Er hatte die Lösung gefunden. Er war praktisch ein freier Mann. Mord war wirklich wie Magie, und das würde eines nicht allzu fernen Tages auch Tony Hill am eigenen Leib erfahren. Vance konnte es kaum erwarten.